Thomas Flanagan · Pächter der Zeit

Thomas Flanagan

Pächter der Zeit

Roman

Aus dem Amerikanischen
von Gabriele Haefs

Kabel

Die amerikanische Originalausgabe
erschien 1988 unter dem Titel
»The Tenants of Time«
bei William Abrahams/E. P. Dutton
in New York

Genehmigte Lizenzausgabe für
Weltbild Verlag GmbH, Augsburg 1998

ISBN 3-8225-0458-0

Satz: Clausen & Bosse, Leck
Druck und Bindung:
Graphischer Großbetrieb Pößneck GmbH
Printed in Germany

Zur Erinnerung an

F. W. Dupee

Mark Schorer

Kevin Sullivan

Erster Teil

1

[Patrick Prentiss]

Lange Zeit nach dem Fenier-Aufstand in Kilpeder im Jahre 1867, als Robert Delaney und Ned Nolan bereits tot waren, nachdem Ardmor sich in Italien niedergelassen hatte, als nur noch Hugh MacMahon und der alte Lionel Forrester, die beide einen Teil der Geschichte kannten, noch lebten, entdeckte ein Fremder in Kilpeder, daß er, anfangs ohne sich dessen bewußt zu sein, daran arbeitete, diese Teile zusammenzufügen. Als ihm klarwurde, daß er diese Arbeit vielleicht niemals vollenden würde, und die Teile deshalb zurück in die Truhe der Vergangenheit legte, war er zu der Überzeugung gelangt, daß die Ereignisse in Kilpeder, vom Aufstand 1867 bis zum Sturz Parnells 1891, eine Form, ein Muster, ein Thema hätten, die sich in den Variationen von einem halben Dutzend Leben niederschlügen. Aber dieses Wissen war ihm zu nichts nutze. Er hatte sich in die Vergangenheit verliebt, eine vergebliche Liebe.

Eines Abends im Juni 1904 kam Patrick Prentiss zum erstenmal nach Kilpeder und nahm sich ein Zimmer in den Arms. Er war ein unaufdringlich gekleideter Mann von Mitte zwanzig, grauer Tweed in Fischgrätmuster, weicher grauer Hut, einen Überzieher über den Arm geworfen. Sein Akzent beeindruckte Gilmartin, den Besitzer der Kilpeder Arms, auf diesem Gebiet ein Fachmann.

Als er sich ins Gästebuch eintrug, nahm er aus einem Etui aus marokkanischem Leder eine Brille mit dünner goldener Fassung, in der das Licht der grünen Lampenglocke funkelte. Seine Schrift hatte keine Ähnlichkeit mit den Kritzeleien der wohlhabenden Farmer oder dem schroffen Selbstvertrauen der Handelsreisenden, der üblichen Kundschaft der Arms. Patrick Prentiss, Dublin und London.

Am nächsten Morgen hatte er das kleine, von der Sonne erhellte Eßzimmer für sich, dessen breites, geschwungenes Fenster auf den

Marktplatz hinausging. Ein Mädchen mit rotem Gesicht, mit schlanker Taille, aber dicken Fesseln unter dem schwarzen Rock brachte ihm Porridge, gekochte Eier, fettigen, dick geschnittenen Speck, gerösteten Toast, eine Kanne Tee. Beim Essen lag vor ihm auf dem Tisch ein Exemplar von *Muirhead's Guide*, und er bemühte sich, die kleinen, enggeschriebenen Buchstaben zu entziffern.

Gilmartin wartete hinter dem kurzen Tresen aus Schwarzeiche auf ihn. »Werden Sie lange bei uns bleiben, Mr. Prentiss?« fragte er und erwartete zu hören, daß Prentiss am Nachmittag bereits abgereist sein würde.

»Nicht lange«, antwortete Prentiss. »Vielleicht ein oder zwei Wochen. Macht das Probleme?«

»Nicht im geringsten«, sagte Gilmartin. »Sehen Sie sich doch um. Donnerstagabend wird es hier im Haus allerdings von Farmern und Viehhändlern wimmeln, die wie ihr Vieh brüllen. Ich kann Ihnen ein ruhiges Zimmer an der Rückseite des Hotels geben, mit Blick auf die Berge. Priester und Anwälte haben sich lobend darüber geäußert.«

Prentiss sah sich um. Verstaubte, ausgefranste rote Teppiche, unregelmäßig verteilte Sessel mit rissigem schwarzem Leder. An den Wänden hingen hinter Glas Forellen und Flußbarsche, mit schillernder Haut und glotzenden Augen. Ein großes sepiafarbenes Foto zeigte eine Jagdgesellschaft: Reiter, Pferde, Jagdhunde. Ein grelles Ölgemälde: Berge in der Ferne, lila und schiefergrau, tiefblauer Himmel, Wolken wie Wattebäusche.

»Das sind die Berge«, sagte Gilmartin. »Die Derrynasaggarts. Kennen Sie sich in diesem Landesteil aus?«

»Ich habe von den Derrynasaggarts gehört«, erwiderte Prentiss. »Dahinter liegt Kerry.«

»Und die brühmten Seen von Killarney. Im Sommer steigen Reisende auf dem Weg zu den Seen bei mir ab, aus England und Deutschland. Deutsche haben mir gesagt, daß es bei ihnen solche Seen nicht gibt. Ganze Bücher sind über sie geschrieben worden.«

Prentiss hatte, da er etliche dieser Bücher gelesen hatte, nicht den Wunsch, sie zu besuchen, Pfade, ausgetreten von Generationen von Führern und Sommerfrischlern, Ausflugskarren mit Picknickkörben, Bootsleute voll abgegriffener Versionen sentimentaler Sagen. Kilpeder, diese verschlafene Marktstadt, und die wilden Hügel, die es umgaben, hatten ihn hergelockt.

Er ging zur offenen Tür und betrachtete den Marktplatz. Keine Menschenseele war so früh unterwegs, und die Läden waren geschlossen. Ihm gegenüber lag eine stattliche Markthalle aus Stein mit den Proportionen eines früheren Jahrhunderts, Quader von grauem, behauenem Stein, ein Ziergiebel. In beiden Richtungen zogen sich daneben Läden und Schenken hin, ein Laden war sehr viel größer als alle anderen; sein Name, D. Tully und Sohn, stand in vergoldeten, komplizierten Schnörkeln auf einem roten Schild. Auf Prentiss' Seite, am nähergelegenen Ende des Platzes, befanden sich die Tore eines Gutes, Steinvögel mit ausgebreiteten Flügeln hockten auf den Torpfosten. Schräg gegenüber den Pfosten lag einee saubere protestantische Kirche mit einem Kirchturm, ihre Türen aus Eichenholz waren geschlossen. Zu seiner Rechten erstreckten sich Läden bis hin zur Polizeikaserne, und dahinter lagen in unregelmäßigen Abständen die Hütten der Landarbeiter an der Straße nach Macroom, an der die schweren Türme und sinnlosen, ornamentalen Zierpfeiler der katholischen Kirche aufragten. Ein Mann trat aus einer der Hütten und ging langsam, schwerfällig, auf den Marktplatz zu. Aus der Entfernung hatte seine formlose Jacke die Farbe des Regens.

»Ich habe einen Brief für den Schulmeister«, sagte Prentiss.

»Ah«, erwiderte Gilmartin. »Wenn's weiter nichts ist.« Er trat neben Prentiss in die Tür. »Christy Mannion. Die Schule liegt die Straße hinunter in der Chapel Street, hinter der Kirche, und Mannions Haus ist gleich daneben.«

»Nicht Mannion«, erklärte Prentiss. »Hugh MacMahon.«

Gilmartin lächelte. »Der ehemalige Schulmeister. Er ist schon lange im Ruhestand. Hughie lebt jetzt weit außerhalb der Stadt, an der Straße nach Killetin. Sie brauchen ein Pferd oder einen Einspänner, und ich habe beides nicht. Aber die Mietstallung kann Ihnen da leicht behilflich sein und Ihnen die richtige Straße zeigen.«

Jetzt trat aus der Wache ein Constable ins blasse Sonnenlicht, sein Uniformrock war nicht zugeknöpft.

»Er hat mich unterrichtet«, sagte Gilmartin. »Ein anständiger alter Bursche. Ein gelehrter Mann. Christy Mannion kann ihm nicht das Wasser reichen, der ist so ein junger Spund aus Dublin, der alles auswendig gelernt hat. Heute besteht der ganze Unterricht nur noch aus Examen und Zeugnissen. Ein kluger Mann. Er hat mit Gelehrten korrespondiert.«

Der Constable grüßte den Landarbeiter leichthin mit einem Winken, und der Mann berührte seine Mütze.

»Jetzt ist es hier friedlicher«, sagte Prentiss, »als anno 67.«

Überrascht starrte Gilmartin ihn an, dann grinste er wieder, ein goldfunkelndes Grinsen. »Unsere Stunde des Ruhms, bei Gott. Die Schlacht von Clonbrony. Vor ein paar Jahren war die Rede davon, auf dem Marktplatz eine Statue aufzustellen, aber sie konnten sich nicht über ihr Aussehen oder die Inschrift einigen. Das ist auch besser so, wenn man sich die Denkmäler in einigen Orten ansieht, die ich nennen könnte.«

Sie standen einen Moment in der windstillen Luft, dann sagte Gilmartin: »Hugh MacMahon war dabei, haben Sie das gewußt? Einer der Fenier von Clonbrony. Jetzt sind nur noch wenige davon übrig, abgesehen von den Mitläufern.«

»Ich habe es gewußt«, erwiderte Prentiss. »Deshalb habe ich ja einen Brief für ihn.«

Gilmartin stand müßig mit in die Seiten gestemmten Armen in der Tür und sah hinter Prentiss her, der über den Marktplatz zur Mietstallung ging. Aus dem Haus waren die drei Dienstmädchen bei der Arbeit zu hören, Besenstriche auf den Teppichen. Constable MacGann trat neben ihn, ein bulliger Mann mit rotem Gesicht und klaren blauen Augen unter dem Helm.

»Schau an«, sagte Gilmartin mit entsprechender Kopfbewegung. »Ein wortgewandter junger Bursche aus Dublin und London, der hergekommen ist, um Hugh MacMahon zu besuchen. Ich dachte zuerst, er hätte geschäftlich im Schloß zu tun.«

»Was Wunder«, erwiderte MacGann. »MacMahons Name ist den Gelehrten und Professoren der ganzen Welt ein Begriff.« Gilmartin mißfiel MacGanns Ulster-Akzent, Dornen und Brombeeren.

»Wegen Clonbrony Wood«, fuhr Gilmartin fort. »Das behauptet er wenigstens.«

»Attend you gallant Irishmen«, deklamierte MacGann in einer Art Sprechgesang. »Man sollte doch denken, das alles wäre aus und vorbei und hätte ein anständiges Begräbnis bekommen.«

»Das dachte man auch früher schon«, sagte Gilmartin. »Und dann beschloß Ned Nolan, uns einen Besuch abzustatten.«

»Ein erbärmliches Land«, meinte MacGann, »wo man nicht einmal Schurken und Helden unterscheiden kann.«

»Na ja«, sagte Gilmartin, faul und boshaft in der ersten Wärme der Sonne. »Mich geht das nichts an, Gott sei Dank.«

Prentiss verließ zu seinem ersten Besuch bei dem Mann, der noch nicht zu seinem Freund geworden war, Kilpeder in einem Einspänner, wobei er versuchte, die komplizierten Erklärungen des Stallburschen über den Weg nach Killetin im Kopf zu behalten. Er fuhr an Tullys Laden vorbei und an der Wache, wo vor langer Zeit junge Männer in einen Hagel aus Gewehrkugeln gestürmt waren, standhafte Ziegel und enge Fenster; vorbei an der katholischen Kirche, deren Türen zur Frühmesse geöffnet waren; in Blau gekleidete Statuen wurden sichtbar und ein vergoldeter Tabernakel, der im priesterlichen Schatten nicht funkelte; vorbei am Schulhaus, wo der Mann, der sein Freund werden sollte, einst mit einem Stock in der Hand die Kinder von Kilpeder hatte pauken lassen; vorbei an Hütten mit eingefallenen, unebenen und verrußten Strohdächern; und schließlich hinaus in die Leere der Poststraße nach Macroom. Bei einer Kreuzung, drei Meilen vor der Stadt, gekennzeichnet wie versprochen durch ein kleines, der Mutter Gottes geweihtes Heiligenhäuschen am Straßenrand, bog er nach links ab und hielt auf die Hügel zu.

Junges Korn und Heu leuchtete in der Morgensonne, grünblättrige Kartoffelfelder, dichtbewachsene Grasweiden, schwarz und braun gescheckte Vieh auf den Feldern. Häuser in der Ferne, weißgetüncht, strohgedeckt. Die Gräben auf beiden Straßenseiten waren von blühenden Brombeerhecken überwuchert. Das Gezwitscher von Vögeln, und der Ruf eines Vogels, den er nicht bestimmen konnte, ein langer Ton und dann zwei kurze. Seine Ohren suchten angestrengt nach anderen Geräuschen, aber er hörte nur noch die Hufe auf der festen Erde, das Quietschen der Räder.

Prentiss' rechte Hand hielt locker die Zügel, seine linke ruhte, durch Zufall, auf seinem Exemplar des *Muirhead*, kompakt, blau eingebunden, ein voluminöser Führer für Besucher dieser Insel, er erstickte sie mit galvanisierten Tatsachen, Skizzen, Lokalgeschichte, Karten. Für Prentiss brachte das Buch die melancholische Bestätigung der Unzulänglichkeiten der Sprache. »Kleinere Straßen«, hätte der *Muirhead* sagen können, wenn er sich zu solchen Details herabgelassen hätte, »führen nordwärts zu Dörfern wie Killetin«, ohne Vogelsang oder blühende Hecken zu bedenken.

Vor einigen Monaten in London, in seiner Wohnung in Pump Court, und fast ein Jahr, nachdem er sich zuerst versucht gefühlt hatte, über den Fenieraufstand zu schreiben, als das Bücherpaket von Blackwell angekommen war, das auch den *Muirhead* enthalten hatte, hatte er es sich sofort in seinem Sessel am Kamin gemütlich gemacht, um den Eintrag über Kilpeder zu lesen. »Ein typischer Marktflecken in West Cork«, hatte er gelesen, »gelegen an der Straße Macroom-Killarney, mit wenig Interessantem für den Besucher, mit Ausnahme von Ardmor Castle, seinen Parks und Ziergärten, Sitz der Earls of Ardmor.« Prentiss, Ire durch Geburt, durch eine Kindheit in Dublin, durch Familienferien am Loch Corrib, hatte den müden Tonfall begriffen, hatte fast Mitgefühl verspürt, hatte sich Kilpeder vorgestellt, indem er es aus Erinnerungen an kleine Städte konstruierte, die er kannte, Longford und Mullingar. Und doch begriff der *Muirhead*, wenn Prentiss recht hatte, nichts, und seine Sprache brachte die korrekten Lügen aller Reiseführer.

»Geschichte«, hatte der *Muirhead* angekündigt und dabei voller Selbstvertrauen ein Wort verwendet, das für Prentiss zu einem Gewirr aus Schatten geworden war. »Kilpeder und seine Umgebung, bis zu den Derrynasaggarts im Westen, befand sich ursprünglich im Besitz des gälischen Clans O'Donovan. Der Mittelteil gelangte später in die Hände der mächtigen normannischen Familie Barry, die am Ufer der Sullane eine beeindruckende Festung samt Bergfried errichtet hatte. Das Gebiet ging während der stürmischen Desmond- und Tyrone-Rebellionen der Tudorzeit mehrmals zwischen beiden Familien hin und her. 1584 wurde Sir Tadg O'Donovan durch den Lord Deputy Perrot an einem Baum auf dem Gebiet der heutigen Domäne gehängt. Ein Baum, der angeblich derselbe ist, was man jedoch bezweifeln muß, wird dem Neugierigen gezeigt. Die ursprüngliche Burg wurde 1599 von Hugh O'Neill, dem rebellischen und für vogelfrei erklärten Hugh of Tyrone, belagert und zerstört. Im 17. Jahrhundert gingen die Ländereien von Kilpeder in den Besitz der Forresters, einer Familie aus Dorset, über, die später in den Adelsstand erhoben wurde.«

Armer Baum, dessen Echtheit bezweifelt werden muß, hatte Prentiss neben seinem Londoner Feuer gedacht, als der Verkehr von Fleet Street leise zu seinen Ohren vordrang. Er stellte sich eine nächtliche Szene vor, von Fackeln beleuchtet, ein halbes Dutzend

Soldaten, die Tadg O'Donovan zu einer Eiche stießen und zerrten, an der in aller Eile eine Schlinge aus Hanf über einen Ast gestreift worden war. O'Donovans Haare sind verfilzt, ein ungepflegter Bart fällt auf seine Brust. Er schreit vor Wut und Furcht und dreht den Kopf zu seiner besiegten Festung um. Er trägt ein verdrecktes Wams und Hosen aus Ochsenleder. Das Rittertum, das er einst als Belohnung und gegen das Lehensgelübde der englischen Königin gegenüber erhalten hatte, ist jetzt vergessen, durch seinen Verrat zunichte geworden. Perrot, der Lord Deputy, hoch zu Roß, sitzt müßig dabei, er hat andere Aufgaben zu bedenken. O'Donovan brüllt, ein Gemisch aus Gälisch und Englisch. Perrot achtet nicht darauf. O'Donovan zuckt verzerrt an dem Baum, dessen Echtheit bezweifelt werden muß, seine Ochsenlederhosen sind besudelt. Und dieser Baum wird im Reiseführer erwähnt und dem Neugierigen gezeigt.

Aber vielleicht, dachte Prentiss jetzt, als er durch flaches Weideland auf die Vorhügel zufuhr, wußte er auch nicht besser als der *Muirhead*, wie die Vergangenheit sich abgespielt hatte. Er hatte seine eigene Version aus Scott und Hugo zusammengesetzt, seine Lektüre der Geschichte der Tudorzeit, für die Irland ein düsteres westliches Moor gewesen war, ein Moor, das Reiter und Ruhm, Kernes* und Gallowglasses** mit zerzausten Bärten, verräterisch und dumm, in die Tiefe zog. In der klösterlichen Gelassenheit des New College, Oxford, wo er in Englands festgefügter Geschichte lebte, dessen Steine im Laufe der Jahrhunderte honigfarben wurden, ungeschwärzt von Flammen, hatte er mit beschämter Faszination die narbenreiche und fragmentarische Geschichte seines Volkes gelesen, zur mitfühlenden Erheiterung seines Dozenten. Tee und Scones mit Butter um halb sechs, vor dem Fenster ein behagliches Kloster mit würzigem Geruch, und zwischen ihnen, dem Lehrer und dem Studenten, Stücke von dem, was sich als Geschichte ausgab, beschmutzt, verkohlt an den Rändern. Nun hatte diese Faszination ihn nach West Cork geführt, zum Haus eines in den Ruhestand getretenen Schulmeisters.

* Kernes: alter Ausdruck, der irische oder schottische Soldaten bezeichnet; anglisierte Form des irischen *ceithearn*, »leichtbewaffnete Fußsoldaten«.

** Gallowglass: anglisierte Form des irischen *gall óglach*, »fremde Krieger, Söldner«.

MacMahon hatte ihn vom Fenster aus gesehen, Pferd und Einspänner auf der kurvenreichen Straße zwischen den Hecken, und erwartete ihn am kleinen, affektierten, unnötigen Tor. Wilde Heckenrosen kletterten an der niedrigen Wand aus groben Feldsteinen empor. Ein dünner Mann, groß und aufrecht, hohe Stirn, schütter gewordener weißer Haarschopf, energisch geschorener Schnurrbart und, hinter dicken Gläsern, große, haselnußfarbene Augen.

»Seien Sie willkommen, Mr. Prentiss«, sagte er und streckte den Arm aus, um seinem Gast vom Wagen zu helfen. »Sie sind so jung, wie ich erwartet hatte. Ich weiß nicht, warum ich das erwartet hatte, um Ihnen die Wahrheit zu sagen.« Er sprach mit ausgeprägtem West-Cork-Akzent, ausgeprägter als Gilmartin, dieser weltgewandte Schankwirt, lebhafte, musikalische Aussprache. Ein Gesicht, das für einen Mann in seinem Alter seltsam wenig Falten aufwies. Wie alt mochte er sein, fragte Prentiss sich. Im Jahre 67 war er sicher Anfang zwanzig gewesen, jung für einen Schulmeister, aber bereits verheiratet. »Ein junger Mann mit gebildetem und respektablem Auftreten«, hatte der *Cork Examiner* geschrieben, »mit dem eifrigen Gesicht eines Enthusiasten. Er war adrett angezogen, in deutlichem Gegensatz zu vielen seiner Mitverschwörer.« Heute trug er graugesprenkelten Tweed, ein ungebügeltes, aber schneeweißes Hemd und eine blaßblaue Krawatte.

Die Hütte war so adrett wie MacMahon selber. Sie standen einen Moment lang in der kleinen Diele mit ihren weißgetünchten Wänden, breiten, rotgestrichenen Dielenbrettern, dann öffnete MacMahon die Wohnzimmertür. An die rückwärtige Wand waren braungefleckte Bretter gehämmert worden, und vom Boden bis zur Decke war die Wand ein Bücherwald. Die Bücher drohten die Regalbretter zum Bersten zu bringen. Ihnen gegenüber stand zwischen den Fenstern ein richtiger Bücherschrank aus Mahagoni. Zwei Sessel neben dem verrußten Kamin, tief, abgewetzt, die Bezüge ausgefranst und ausgeblichen. Sonnenlicht erfüllte das Zimmer.

Während MacMahon Tee kochte, ging Prentiss an der Bücherwand entlang, in der die Bände planlos und ohne System untergebracht waren – Geschichte, Reisen in Afrika, Theologie, vielleicht zwei Dutzend lateinische Bücher fielen ihm ins Auge, Livius, Sallust, einige französische, die Gedichte von Lamartine, ein Roman von Hugo. Das hatte er nicht erwartet – ein Schulmeister in West

Cork, ein Leben, verbracht damit, den Kindern von Farmern und Ladenbesitzern Rechnen, die Geographie der Welt, die Magna Carta und die Schlacht von Waterloo beizubringen.

MacMahon machte sich am Teetablett zu schaffen: Porzellan mit Weidenmuster, dünne, akkurate Scheiben Brot. Ein Tontopf enthielt Marmelade, mit dem süßen, Übelkeit erregenden Geruch der Hecken. »Der Schrank zwischen den Fenstern stammt aus dem alten Haus, in Kilpeder. Er war Marys großer Stolz, es gab auch noch eine dazu passende Anrichte und eine Art Vitrine, die auf Klauenfüßen stand. Aber wir hatten nie genug Platz für alle Bücher. Sie lagen in großen Stapeln im Schlafzimmer, ohne System oder Ordnung. Mary sagte immer, ich würde eines Tages noch selber zum Buch werden. Eines Morgens würde sie wachwerden und ein Buch neben sich im Bett finden.«

»Sie haben wirklich gewaltigen Appetit auf Bücher«, meinte Prentiss.

»Appetit«, wiederholte MacMahon und kostete das Wort aus. Sorgfältig schenkte er mit weißen, braunfleckigen Händen den Tee ein. »Da haben Sie wohl recht. Jahrelang habe ich geglaubt, ich nähme aus vollen Händen Wissen und Weisheit zu mir, aber im Grunde ist es wohl nur ein Appetit wie jeder andere.«

»Einer, den ich mit Ihnen teile«, sagte Prentiss und ließ seine Worte in der Luft hängen, bis er seine Tasse bekommen und einen Schluck probiert hatte. »Hervorragend«, sagte er und erinnerte sich schaudernd an sein Frühstück.

»Richtig aufgießen ist der Trick«, erklärte MacMahon. »Bob Delaney schwor auf den billigsten Tee. Der billigste Tee wurde an die Armen verkauft, und die nehmen niemals minderwertige Ware. Tee ist schließlich ihr einziges Vergnügen. Und Bob, wissen Sie«, sagte er und rührte seinen eigenen Tee um, »kannte sich in solchen Fragen aus, wo er doch seine ganze Jugend hinter Tullys Theke verbracht und Tee aus den Fässern in kleine Säckchen abgefüllt hatte.«

»Sie waren befreundet, nicht wahr?« fragte Prentiss. »Sie und Robert Delaney.«

MacMahon lächelte ihn an, ein zaghaftes, freundliches Lächeln hinter dem martialischen Schnurrbart.

»Wie ich Ihnen schon geschrieben habe, als ich Ihren schönen Brief erhielt, Mr. Prentiss, es wird mir eine Ehre sein, Ihnen zu erzählen, was ich weiß. Vor vielen Jahren fand man immer wieder

Artikel über Clonbrony in den Zeitungen, aber das war alles Unsinn. Ich habe sie nicht einmal aufbewahrt. Bei Ihnen ist das anders, Sie haben in Oxford Examen gemacht, haben gelehrte Essays für die großen Zeitschriften in London und Edinburgh geschrieben.«

»Zweimal«, sagte Prentiss. »Ich wollte Sie nicht täuschen.«

»Trotzdem«, meinte MacMahon. »Das ist eine Fähigkeit, die ich nie besessen habe. Ich sage Ihnen, Mr. Prentiss, bei dem Appetit, den Sie erwähnt haben, haben sich große Klumpen von Wissen in meinem Kopf festgesetzt. Wenig, was seit den Tagen der alten Fomori * in West Cork passiert ist, ist da nicht irgendwo aufgestapelt. Aber wann immer ich versuche, etwas davon aufzuschreiben, produziere ich nur ein dummes Durcheinander. Es ist sicher eine Kunst, und vielleicht können nur die, die eine Universität besucht haben, ihre Geheimnisse durchschauen.«

»Das bezweifle ich«, sagte Prentiss. »Und die Autoren drüben in Ihrem Regal würden das ebenfalls bezweifeln.«

»Ach, diese Burschen«, meinte MacMahon, als ob er von dubiosen Trinkkumpanen spräche. »Aber zurück zu Clonbrony Wood. Ich glaube nicht, daß es Ihre Anstrengungen wert ist.«

»Denken Sie oft daran?«

»Nein, wirklich nicht. Ich bin jetzt ein alter Mann, und Clonbrony Wood hat nur einige Stunden meines Lebens ausgemacht, vor langer Zeit. Mir kommen ganz andere Dinge ungebeten in den Kopf, ohne Sinn und Verstand. Ich erinnere mich aber gut genug daran, das wird Sie sicher beruhigen, und auch an die Monate vorher und die Monate, die darauf folgten. Aber es war nicht mein Leben, mein wahres Leben, daran hatte es keinen Anteil. Mein wahres Leben gehörte Mary und unseren Jungen. All die Jahre, ehe die Jungen losgezogen sind, um ihr Glück zu suchen, und ehe Mary gestorben ist. Mein Leben war das Haus in der Chapel Street, und das Schulhaus nebenan. Am besten erinnere ich mich an das Wohnzimmer in der Chapel Street und an das Klavier, das das Gehalt von sechs Monaten gekostet hatte. Am Ende des Lebens erinnert man sich an die Musik des Lebens, Mr. Prentiss, und nicht an die Gewehrschüsse eines bitteren Nachmittags.«

»Ja, natürlich«, sagte Prentiss, von dieser abrupten Intensität fasziniert und gleichzeitig beunruhigt. »Ich wollte auch nicht...«

»Wissen Sie«, fuhr MacMahon fort, und seine Rede war nun

* Zur Erläuterung historischer Begriffe siehe Anhang.

wesentlich entspannter, als wollte er um Entschuldigung bitten. »Ich habe mir das alles gut überlegt. Es ist seltsam, daß es dieses Ich gibt, für das ich mich halte, ein Schulmeister am Ende seines Lebens, mit Begeisterung für alte Dinge und für Poesie in einer Sprache, die jetzt nur noch eine Handvoll von Menschen versteht. Aber in Clonbrony Wood war ich auch, habe meine Waffe getragen und abgefeuert. Danach wurde ich in Gewahrsam genommen und vor Gericht gestellt. Ich komme jetzt nur selten nach Cork, aber als das noch öfter vorkam, stand ich bisweilen vor dem Gefängnis oder dem Gericht und versuchte, sie in meiner Vorstellung wieder mit Leuten zu besetzen, wie im Jahre 67. Die Prozesse waren eine große Sensation, das können Sie sich ja vorstellen. Es waren Kronprozesse.«

»Ich weiß«, sagte Prentiss. »Ich habe die Akten gelesen.«

Weniger überzeugend noch als MacMahons Versuche, die öffentlichen Institutionen von Cork mit Menschen zu füllen, Wörter auf langsam braunwerdenden Seiten, Paraphrasen eines Gerichtsstenographen, Reden, vielleicht leidenschaftlich, jetzt aber vergilbt, verflacht. Alle, mit Ausnahme der Rede eines Mannes, und seine Antworten waren zu kurz gewesen, um Paraphrasen zu gestatten.

»Polizisten in doppelter Reihe«, sagte MacMahon. »Mit angelegten Gewehren, und jeden Tag wurde ein Schub von uns zum Gericht gebracht, mit auf den Rücken gefesselten Händen. Nicht nur die Männer von Clonbrony, wissen Sie. Fenier aus Skibbereen und Tralee und Tipperary. Und Kavallerie und Dragoner, Fußsoldaten. Und dahinter eine große Menge von Schaulustigen.«

»Waren die Zuschauer auf Ihrer Seite?« fragte Prentiss.

MacMahon lachte, ein unerwartetes amüsiertes Kläffen. »Sie wollten Aufregung. Die Leute von Cork sind verrückt nach Aufregung. Jede alte Frau und jeder Eckensteher vom Coal Quay. Ich erinnere mich, daß eine alte Frau Paddy Ennis zurief: ›Na sag mal, konntest du denn keine feste Arbeit finden?‹ Paddy fuhr herum und wollte ihr einen Hieb verpassen, vergaß dabei seine Handschellen und seine Fußketten und fiel gegen den Mann neben ihm. Paddy Ennis aus Knockmany, sein Bruder war jahrelang Pfarrer in Listowel.«

»Es ist lange her«, sagte Prentiss sanft, »aber Sie erinnern sich noch sehr gut.«

»Ja«, bestätigte MacMahon nickend. »Ich habe nichts vergessen. Wie hätte ich es vergessen können?«

Einen Moment unsicher, versuchte Prentiss, seine Tasse auf den flachen Tisch zu stellen, aber MacMahon nahm sie ihm ab.

»Wie hätte ich es vergessen können?« wiederholte er. »Es gab nichts Vergleichbares, bis an mein Lebensende nicht mehr. So war das für die meisten von uns. Nicht für alle. Für Bob Delaney natürlich nicht.«

»Auch nicht für Edward Nolan«, sagte Prentiss.

Rasch blickte MacMahon vom Tisch auf. »Nein«, sagte er. »Nicht für Ned.«

»Aber er war doch auch Ihr Freund, nicht wahr?« fragte Prentiss. »Sie und Delaney und...«

MacMahon schüttelte den Kopf. »Vincent Tully«, sagte er. »Bob und Vincent und ich waren die dicken Freunde. Die Drei Musketiere. Und Mary. Wir drei haben den Eid gemeinsam abgelegt, in Cork, ehe Ned nach Kilpeder zurückkam, um das Kommando zu übernehmen. Ich erinnere mich noch gut an diesen Tag in Cork und daran, wie wir drei vor dem Ortskommandeur den Eid ablegten. Sie wissen doch, wie das alles organisiert war, nicht wahr, Mr. Prentiss, Kommandozentrale und Ortskommandeure und alles andere?« Wieder lachte er. »Bei Gott, wir drei dachten, wir wären in das allerheiligste Mysterium des Lebens eingeweiht worden. In die Irish Republican Brotherhood.«

»Ich weiß ein bißchen darüber Bescheid«, antwortete Prentiss. »Aber nicht soviel, wie ich wissen müßte.«

»Da müssen Sie sich anderswo erkundigen«, sagte MacMahon trocken. »Denn hier beginnt und endet mein Wissen. Ich kann Ihnen sagen, wer der Ortskommandeur für Cork war; er ist schon viele Jahre tot. Joseph Tumulty aus Cork City, ein zu Wohlstand gekommener Schiffskrämer, und er hat uns im Büro hinter seinem Laden den Eid abgenommen, vor Fenstern, die auf die Lee hinausgingen. In späteren Jahren hat er damit geprahlt. Aber da war er schon das reine Bild von Ehrbarkeit, mit einem Haus in Montenotte. Er wurde ein schrecklicher alter Langweiler, um ehrlich zu sein, aber im Jahre 65, als er uns den Eid abgenommen hat, war er ein äußerst energischer Mann.«

»Alles besteht nur aus Schatten und Fragmenten«, meinte Prentiss. »Wer zur Kommandozentrale gehörte, und wo die Macht saß, und wer die Pläne machte und die Entscheidungen fällte. Deshalb möchte ich über eine lokale Aktion schreiben, über Clonbrony. Schließlich lebt Clonbrony weiter, in den Liedern und in allem anderen.«

»Nun gut«, erwiderte MacMahon. »Und warum auch nicht? Es ist alles lange her. Es sollte mehr davon geben, wenn Ihnen an der Ansicht eines ungebildeten Mannes etwas gelegen ist. Es ist meine große Liebe, Geschichte. Aber manchmal, wissen Sie, wenn ich an einem Winterabend in diesem Sessel sitze, bei einem guten Feuer und einem Becher Punsch, und mein Macaulay aufgeschlagen auf meinem Schoß liegt, dann frage ich mich, woher um Gottes willen er weiß, was er zu wissen behauptet. Unten auf jeder Seite sind kleine Fußnoten, wie Dornen auf einem Feld, aber sie können mich nicht überzeugen.« MacMahon schlug die Arme übereinander und lächelte boshaft.

In diesem Moment erkannte Prentiss endlich eine Ähnlichkeit, die ihn die ganze Zeit gequält hatte. Und zwar mit Oliver Richards, seinem Tutor, der äußerlich überhaupt keine Ähnlichkeit mit MacMahon hatte, obwohl beide große, braune, bebrillte Augen hatten. Ein stattlicher Mann, penibel, vorzeitig gealtert, seine Hände immer unterwegs zum Tabakstopf, zur Karaffe, zu den auf dem ganzen Tisch verstreuten Papieren. Um klarzustellen, was er meinte, sprang er aus seinem niedrigen Sessel auf, hüpfte auf kleinen, adretten Füßen zu seinen Bücherregalen, redete ununterbrochen, während seine Finger Titel hervorzogen. Er hatte, so weit Prentiss hatte feststellen können, niemals etwas geschrieben. Es gab auch in ihrer Herkunft keine Ähnlichkeiten, denn Richard war der Sohn eines Pastors aus Wiltshire, war mit siebenundzwanzig Fellow geworden, und seither war die Universität sein Leben.

»Ich habe einen Freund«, sagte Prentiss, »der Ihre Zweifel teilt. Er fragt sich, ob man überhaupt Geschichte schreiben sollte.«

»Ach«, sagte MacMahon in bestürztem Tonfall. »Das habe ich aber nicht gesagt. Ohne Geschichte wären wir kaum besser als die barfüßigen Heiden in Afrika. Es ist meine große Liebe«, wiederholte er, und seine Augen wanderten zu seiner Bücherwand.

Für Prentiss war MacMahon jedoch selber Geschichte, nicht die großartige Geschichte von Gibbon und Macaulay, ordentliche Absätze und angemessene Zitate, die durch die Jahrhunderte marschierten und Menschen, Könige, Ideen, Armeen aufwirbelten, sondern ein Fragment der Vergangenheit, ein Mann, der alt geworden war und dessen langes Leben sich auf den Erinnerungen an die wenigen Wochen des Aufstandes ablagerte.

»Für mich war es danach zu Ende«, sagte MacMahon. »Aber nicht für Ned Nolan oder Bob Delaney, und für den armen Vincent endete es dort am allerwenigsten. Ach, sicher habe ich meinen Eid noch jahrelang gehalten, und wenn mich irgendwer fragte, ob ich immer noch Fenier sei, dann habe ich ja gesagt, aber schließlich, in späteren Jahren, wußte ich soviel über ihre Schandtaten wie alle, die den *Cork Examiner* lesen. Danach kam noch soviel anderes, der Landkrieg, die Boykottkampagne, Home Rule und Parnell. Aber ich habe mich aus allem herausgehalten, wenn ich auch voller Stolz beobachtet habe, wie Bob immer höher stieg, Parlamentsmitglied und einer von Parnells Getreuen, wie sie genannt wurden. Und auch von Ned hörte man ab und zu oder sah seinen Namen. Aber ich habe mich aus allem herausgehalten, so weit das in solchen Zeiten möglich ist. Jetzt ist das alles Vergangenheit.«

»Ned Nolan«, sagte Prentiss, und ihm fiel auf, daß er sich nicht ganz wohl fühlte, wenn er diesen Namen aussprach. »Er war anders als Sie und die übrigen, nicht wahr?«

MacMahon sah ihn voll an, und ehe er antwortete, rückte er die Brille auf dem Nasenrücken zurecht. »Anders?« wiederholte er. »Nun ja, so anders als ich konnte er ja schließlich nicht sein, wissen Sie. Wir waren Vettern, sein Vater und meine Mutter waren Geschwister. Als er nach Kilpeder kam, hat er bei Mary und mir in der Chapel Street gewohnt und ist bis kurz vor dem Aufstand bei uns geblieben. Das war beim Prozeß ein großes Problem für mich, Anwalt Bourke hatte im Fall von *Regina versus MacMahon* wirklich keine leichte Aufgabe.«

»Aber Mr. MacMahon, wenn ich das so sagen darf, dann trennen einen Mann wie Sie und die Art Mann, zu der Nolan dann wurde, doch Welten.«

»Wurde?« wiederholte MacMahon. »Ich frage mich, Mr. Prentiss, was für eine Art Mann Sie wohl würden, wenn Sie sieben Jahre im Gefängnis von Portland verbrächten. In der *Illustrated London News* war einmal eine Zeichnung davon. Das Gefängnis war nur von außen zu sehen, ein graues, schreckliches Steingebäude, dahinter Felsen und ein kahler Strand. Die Unterschrift besagte, daß dieses Gefängnis Englands hartnäckigsten Verbrechern vorbehalten sei.«

»Ich weiß«, sagte Prentiss. »Ich habe gelesen, wie die inhaftierten Fenier behandelt worden sind. Es ist schwer zu akzeptieren. Natürlich war er das, vom englischen Standpunkt aus. Ein englischer Verbrecher.«

»Von seinem Standpunkt aus«, erwiderte MacMahon, »war er kein Engländer. Und was die Hartnäckigkeit betrifft, es war eine gute Schule, um hart zu werden. Er kam hart wie die Steine der Gefängnismauern wieder heraus. An solchen Orten wird an den Menschen ein fürchterliches Verbrechen begangen. Was in den Straßen von Kilpeder und in Clonbrony Wood geschah, geschah im Freien, unter dem Himmel, wo es von Gott und den Menschen gleichermaßen beurteilt werden konnte.«

»Vor Portland war er also anders?« fragte Prentiss. »Wissen Sie, das ist für alle, mit denen ich über Clonbrony gesprochen habe, der springende Punkt. Clonbrony ist das eine Ereignis des Aufstandes, von dem jeder gehört hat – es könnte als kühne Aktion bezeichnet werden; Sie waren alle erstaunlich tapfer, wissen Sie, wenn wir bedenken, wie gering Ihre Chancen waren. Und im Mittelpunkt allen Geschehens steht Ned Nolan, und was er wurde, und wie er endete.«

Nach einer Pause erhob MacMahon sich, ohne zu antworten, und ging zu einem der Fenster. Als er sich umdrehte, lächelte er.

»Vor einigen Jahren«, sagte er, »wimmelte es in Munster plötzlich von patriotischen Statuen. Die meisten waren das Werk eines Steinmetzen namens Bracken, aus Templemore, drüben in Tipperary. Ein großer Liebhaber von Hurling und der Wiederbelebung unserer Sprache und allem anderen, und inzwischen machte er Tonnen von St. Brigid-Statuen für die Kirchen und rebellische Pikenträger für die Marktplätze. Natürlich mußte auch Kilpeder sein 67er Denkmal haben, um den alten Obelisken zu neutralisieren, der unsere sklavische Ergebenheit gegenüber Lord Ardmor erklärt. Aber was für ein Denkmal, um Gottes willen? Ganz Irland kannte die traurige Geschichte vom düsteren Clonbrony Wood und unserer Schlacht gegen Englands Macht. Aber wußte ganz Irland auch, daß Bob Delaney, der Vizekommandeur von Clonbrony, seine letzten Jahre hier verbrachte, ein gebrochener Mann, ohne Freunde, außer mir und einem Stallburschen und einigen Farmern, die sich daran erinnerten, was er in den alten Tagen für sie getan hatte, und die ihm das Aufsetzen ihres Testamentes anvertrauten?«

Bei dieser Erinnerung wurde MacMahons Lächeln zu einem tiefen Lachen, und einen Moment lang glaubte Prentiss, dieses Lachen gälte ihm, wie er aufmerksam dasaß, verwirrt nicht von MacMahons Worten, sondern von seinem Tonfall.

Aus einem Eckschrank nahm MacMahon eine Flasche und Kristallgläser und sprach weiter, während er Prentiss den Rücken kehrte.

»Am Ende trank Bob etwas mehr, als gut für ihn war, und wer hätte ihm da Vorwürfe machen können, wo er doch jeden Nachmittag in seiner Anwaltspraxis verbrachte, die nur von wenigen besucht wurde, als ob er sich durch einen Eid dazu verpflichtet hätte? Ich weiß genau, daß er dort eine Flasche hatte, er hat sie oft genug hervorgeholt, wenn ich aus der Schule herüberkam, um ihn zum Tee einzuladen. Mehr, als gut für ihn war, aber nie zuviel. Seine Hand war immer ruhig, und er kleidete sich immer noch so wie in den Tagen seines großen Aufstiegs, einen gutgeschnittenen Anzug und glattgebügelte, saubere Wäsche. Aber ich bin sicher, daß er allein getrunken hat, und das tut niemandem gut. Dort saß er an Winternachmittagen, wenn das Sonnenlicht versickerte, mit allem, was ihm an Erinnerungen im Kopf herumging.«

MacMahon verließ das Zimmer, um einen Krug mit Wasser zu füllen, und aus der geringen Entfernung konnte Prentiss das Quietschen der Pumpe hören, und MacMahons munteres Lachen, zweifellos, weil er im Stillen Formulierungen einübte. Wo er doch allein lebte, dachte Prentiss, mit seiner Liebe zu den Worten, polierte er seine Geschichten bestimmt, und wenn keine Zuhörer da waren vielleicht, indem er sie laut erzählte. Als MacMahon zurückkehrte, stellte er Gläser und einen Steingutkrug zwischen die Teetassen und schenkte ein sorgfältig abgemessenes Quantum Whiskey ein.

»Bitte sehr«, sagte er, »und einen Tropfen Wasser, um ihn zu taufen. Jedenfalls, auf dem Höhepunkt der Diskussion über das 67er Denkmal erschien er bei Conefry, was er nur selten tat. Damals war Conefry ein bitterer Anti-Parnellit, obwohl er in letzter Zeit davon abgekommen ist. Leben und leben lassen – die Bibel des Gastwirtes. ›Ich habe mir meine Gedanken gemacht‹, sagte er, ›über die derzeit brennende Frage.‹ Dann ging er ins Séparée und bestellte sich einen großen Brandy. ›Und diese Frage scheint mir leicht zu klären. Wir brauchen schlichte Formen, schlicht und keusch, was die große Stärke von Mr. Brackens Kunst ist.‹ Was nicht stimmte; er war berüchtigt für seine Schnörkel und seine verschlungenen Kleeblätter. ›Und darauf kommt eine Statue von Vincent Tully. Unter allen Männern von Clonbrony war Vincent der mit dem richtigen Aussehen, er sah aus wie ein Held.‹ Was, nebenbei gesagt, alles andere als die Wahrheit war. Der arme Vincent war der angenehmste Gesellschafter, den es je gegeben hat, und die Damen fanden ihn unwiderstehlich, aber wie ein Held sah er nicht aus. ›Und Tully und Sohn können die Kosten übernehmen‹, fügte Bob hinzu.«

MacMahon prostete Prentiss zu, allerdings geistesabwesend, auf seine Erzählung konzentriert.

»Bob hatte eine scharfe Zunge, vor allem in diesen letzten Jahren. Ich kann mir das Schweigen, das er im Séparée hinterließ, gut vorstellen, und danach kam er in die Chapel Street, um mir davon zu erzählen. Wir beide wußten, wessen Name niemals auf dem Denkmal erscheinen würde. Am Ende ist es nie errichtet worden. Das ist besser so. Das Lied ist sein Denkmal.«

Der vom Wasser weicher gemachte Whiskey prickelte auf Prentiss' Zunge, er hatte den Geschmack des milden Morgens. Die Anekdote, vermutete er, hatte ihre Pointe, aber bis auf weiteres konnte er sie nicht entdecken. Er sah MacMahon als Genießer solcher Geschichten, abgerundet und aphoristisch.

»Aber Nolan«, sagte er hartnäckig. »Sie hatten doch Achtung vor ihm, wie er damals war. Sie alle sind ihm gefolgt.«

»Wir hatten Vertrauen zu ihm«, erwiderte MacMahon. »Und war das nicht auch richtig von uns? Er hat uns zum festgesetzten Tag und zur festgesetzten Stunde angeführt, als in fünfzig Städten überall in Irland die Führer zögerten. Aber im ganzen Monat, den er bei uns war, unter meinem Dach schlief und mit uns aß, hatte ich nie das Gefühl, ihn zu kennen. Bob war sein engster Freund, und das war seltsam. Vorher, jahrelang, waren Bob und Vincent und ich befreundet gewesen. Aber nun gab es ihn und Bob. Ich habe nie zwei Männer gesehen, die so begeistert voneinander waren.«

»Sie waren entschlossene Männer«, sagte Prentiss. »Wenn wir von ihrem späteren Leben ausgehen.«

MacMahon hielt sein Glas mit beiden Händen. Er blickte in seinen Whiskey, dann hob er die Augen zu Prentiss und lächelte. »Das waren sie, Mr. Prentiss. Von großer Charakterstärke.«

Sie sprachen, bis Mittag längst vorbei war und MacMahon

Prentiss mit einer Grimasse versprach, jeden Tag zu Hause zu sein und sich über ein Gespräch zu freuen. Inzwischen hatte jeder drei Glas Whiskey getrunken, und Prentiss hatte ein viertes abgelehnt. Er fühlte sich in der Sommersonne etwas leicht im Kopf, MacMahon war jedoch noch so gelassen wie beim ersten Whiskey, ein kühler, offener Mann mit guten Manieren, wie es Prentiss erschien, den guten Manieren eines Provinzlers, der sich in seiner Provinz wohl fühlt. Sonnenlicht vergoldete jetzt die Bücher, fiel auf Steifleinen und Leder, auf sonnenverblichene Buchstaben. Ein Dozent, der einem bevorzugten Studenten guten Nachmittag wünscht, so begleitete MacMahon ihn ans Gartentor.

»Ich lebe nun schon seit fünf Jahren hier«, sagte er, »und nicht ein Mal bin ich dessen müde gewesen.«

»Hier gibt es sicher nicht viele Nachbarn«, meinte Prentiss.

»Stimmt«, antwortete MacMahon. »Aber weiter unten an der Straße wohnt eine Familie namens Nagle. Ihr Haus ist hinter der Kurve versteckt, aber ich kann in weniger als einer Stunde hingehen. Ich habe den Vater und danach die Jungen unterrichtet.«

»Sie müssen halb Kilpeder Buchstaben und Zahlen beigebracht haben«, sagte Prentiss. »Das muß doch eine große Befriedigung für Sie sein.«

»Das letzte Glied einer Kette«, erwiderte MacMahon. »Hier hat es immer einen Schulmeister gegeben. Früher waren es Heckenschulmeister, ein oder zwei davon waren Dichter. Vor der großen Hungersnot war diese Gegend hier, bis zur Grenze, rein gälischsprachig, und man kann es immer noch hören. Bei all Ihrem Interesse für Kanonen und Trommeln, Trommeln und Kanonen, Mr. Prentiss, wissen Sie, daß dieser Teil von Munster einst für seine Dichtkunst berühmt war?«

»Nein«, antwortete Prentiss, etwas müde vielleicht, denn nachdem MacMahon ihn kurz angeblickt hatte, sagte er freundlich: »So war es. Kommen Sie, von hier oben hat man einen schönen Blick.«

Gemeinsam überquerten sie die Straße und gelangten durch das Gatter im niedrigen Zaun aufs freie Feld. Bei seiner Ankunft war Prentiss nicht aufgefallen, daß er auf höher gelegenes Gelände zuhielt, aber nun sah er, daß sie auf einer Anhöhe standen, die gute Sicht über ansteigende Felder bis zu den Vorhügeln bot. Dahinter glitzerten die Berge in der Mittagssonne, Sonnenlicht brach sich auf Felsen.

»Da hinten«, sagte MacMahon, und Prentiss wandte seinen Kopf den anderen, entfernteren Bergen zu, den Derrynasaggarts.

»Ein dicht bevölkertes Land«, erklärte MacMahon. »Vor Ihrer Zeit, vor meiner. Vor der Hungersnot. West Cork hat in jenen Jahren schwer gelitten, aber das wissen Sie natürlich. Skibbereen, Schull, Crosshaven, die Städte an der Küste; es war eine grauenhafte Zeit für sie. Hier war es nicht ganz so schlimm, aber es war doch schlimm genug. Es ist seltsam mit der Hungersnot, nie wird direkt darüber gesprochen. Und das war fast von Anfang an so. Nur wenige Jahre danach, als ich ein Kind war, sprach die Landbevölkerung nur von den »bösen Zeiten«, dann wurde rasch das Thema gewechselt. Aber die Hungersnot ist durch diese Täler, die wir jetzt sehen, und über diese Berge gezogen. Und sie hat die Hälfte der Menschen mitgenommen, in die Hungergräber oder über den Atlantik.«

Prentiss sah Felder, von Steinen eingerahmt, das intensive Grün des Sommers, Vieh, Hütten. Ein Mann ging langsam über eine entfernte Boreen*, blieb stehen.

»Es hat mir große Freude gemacht«, sagte MacMahon, »alles, was möglich war, über das Leben an diesen Orten herauszufinden. Wunderschöne Gedichte sind dort geschrieben worden, und einige der Leute konnten sie auswendig. Ich habe sie in einem dicken Kassenbuch notiert, und ich habe auch Angaben über die Leute, die sie geschrieben haben. Das ist jetzt alles vorbei.«

Prentiss, der grauen Fels, grünes Gras überblickte, versuchte ohne Erfolg, mit den Augen von MacMahons Phantasie zu sehen. MacMahons Geschichte war unsichtbar, hatte keine Narbe auf dem Land hinterlassen. Irgendwo vielleicht, versteckt von den Vorhügeln, gab es eine Siedlung von leeren Hütten, dachlos, Nesseln auf den herabgefallenen Steinen.

»Die Hungersnot war das Ende für das Volk«, sagte MacMahon. »Aber schon damals war die Dichtkunst nur noch ein Rinnsal. Wissen Sie, was der Dichtkunst den Todesstoß versetzt hat, Mr. Prentiss? Wir waren das, die Schulmeister von Kilpeder und den anderen Orten, mit unseren Buchstaben und Zahlen. Wir haben ihnen Englisch gegeben, und wir haben das Gälische aus ihnen herausgeprügelt. Heute finden Sie in diesen Dörfern junge

* Anglisierte Form des irischen *boirín*, das eine schmale, heckengesäumte Straße bezeichnet.

Burschen, die sich ihrer Großeltern schämen, die kein Englisch oder nur sehr schlechtes Englisch sprechen. Und dann komme ich und bewahre die Dichtkunst als Kuriosität auf. Wie die alten Entdecker, die ein oder zwei Indianerhäuptlinge mit nach London brachten, mit Federkronen und bemalten Gesichtern.«

»Ich fürchte, ich weiß nichts von dieser Sprache«, sagte Prentiss. »Kein einziges Wort.«

»Nun ja«, erwiderte MacMahon. »Im Grunde entgeht Ihnen da wohl nicht viel. Es gehört ja auch nicht zu Ihrem Thema. Die Burschen von 67 sprachen alle Englisch. Die Gälischsprecher, draußen in den Hügeln, lebten in einer anderen Welt als wir. Uns erschienen sie wie wilde Geschöpfe, wenn sie in die Stadt kamen, und das lag nicht nur an ihrer Sprache. Die Männer sahen alle wild und fremd aus, und die Frauen waren scheu wie Hasen.«

Aber Prentiss hatte das beunruhigende Gefühl, schwach, bohrend, daß es durchaus zu seinem Thema gehörte und daß er niemals etwas darüber wissen würde.

»Von hier aus«, fuhr MacMahon fort, »können Sie fast bis Clonbrony Wood sehen, dem großen Thema Ihrer Forschungen.« Das Wort »Forschungen« bewegte sich vage zwischen den Anführungszeichen dessen, was Prentiss langsam als MacMahons Ironie erkannte, hilfsbereit, amüsiert, die Ironie eines Tutors.

MacMahon legte ihm eine Hand auf die Schulter und drehte ihn nach Süden. Die Gehöfte waren größer, und die Landschaft zog sich sanfter, ebener zum Fluß hin.

»Da hinten«, sagte MacMahon, »da liegt Ihr Clonbrony. Damals war der Wald dichter und doppelt so groß. Ardmor verkauft das Holz.«

Ein Schatten zwischen hellgrünen Feldern.

»Von hier aus können wir auch Ardmor Castle sehen, nicht wahr?«

»Sicher können wir das«, antwortete MacMahon.

Kilpeder war eine Ansammlung von Dächern. Dahinter lag Ardmor wie ein verkrustetes Juwel – Gärten, See, das Haus selber, auf einem niedrigen Hügel, mit Blick aufs Wasser.

»Von der ursprünglichen Burg«, hatte der *Muirhead* ihm mitgeteilt, »ist nur noch die efeubewachsene Ruine des Bergfrieds übrig. Das heutige Schloß, erbaut 1720 nach einem Entwurf von Richard Cassels, ist ein schönes Gebäude im palladianischen Stil, dessen prachtvolle Fassade aus ungewöhnlich hohen und doch wohlproportionierten Fenstern einen unvergleichlichen Blick auf die stürmischen Derrynasaggart-Hügel bietet. Auch die berühmten Gärten wurden angeblich nach Cassels' Entwurf angelegt, aber sie wurden durch den dritten Grafen nach romantischer Manier erweitert und verändert. Das Gelände enthält einen künstlich angelegten See und Wasserfall, von der Sullane gespeist, Scheunen und Melkhäuser im Schweizer Zierstil mit Stroh gedeckt, eine Grotte, Kräuter- und Irrgarten und ein Rotwildrudel. Ihre Anlage ist jedoch weder willkürlich noch gedrängt, so weiträumig ist die Domäne, und die Wirkung ist höchst angenehm. Schloß Ardmor ist für die Öffentlichkeit nicht zugänglich, aber das Gelände kann nach Absprache mit dem Gutsverwalter besichtigt werden.«

»Bis zu den Mauern der Domäne«, sagte MacMahon, und Prentiss sah ihn verwirrt an.

»Alles ist verkauft worden, weggeknabbert, mit Ausnahme der direkt bewirtschafteten Farmen und einer Handvoll von Gehöften mit langen Pachtzeiten. Und das neue Gesetz wird die auch noch erledigen, nehme ich an. Das Land der Ardmors liegt jetzt innerhalb dieser Mauern. Aber es ist schön, nicht wahr, wenn der See sich kräuselt und sich die Sonne in den Fenstern fängt.«

»Wirklich schön«, stimmte Prentiss zu, aber es war zu weit weg, und deshalb konnte er nicht mehr sagen. Seine Empfänglichkeit für diese großartigen Häuser stammte von einer sanfteren Insel voller kleiner Hügel und wogender Wiesen. Neben Ardmor Castle breitete sich Kilpeders niedriges Straßengewirr aus, durchbrochen von den Kirchtürmen an beiden Seiten des Ortes. Dahinter zogen sich die Felder zu dem Hügel hin, auf dem er jetzt mit MacMahon stand. Und hinter diesem Hügel, in geringer Entfernung, erhoben sich die Vorläufer jener Hügel, die der *Muirhead* zu recht als »stürmisch« bezeichnet hatte. Zwischen Hügeln und juwelenbesetzter Domäne schien es keine richtigen Verbindungen von Gefühl oder Landschaft zu geben.

»Wissen Sie«, sagte MacMahon, »in den Tagen der Fenier, in den Tagen des Aufstandes, war alles ganz anders. Damals bestimmten die Ardmors alles, sie und die kleineren Gutsbesitzer. Ihnen gehörte der Boden, so kam uns das damals vor, und alles, was darauf wuchs oder darüber flog. Damit waren wir aufgewachsen, wie vor uns unsere Eltern und Großeltern. Es war eine andere Welt.«

»Aber die Fenier haben nichts geändert«, erwiderte Prentiss.

»Ein paar Kasernen und Stationen der Küstenwache wurden für ein paar Stunden eingenommen, es gab ein paar Handgemenge an Straßenkreuzungen. Und danach Prozesse und englische Gefängnisse.«

MacMahon lachte. »Nein, wir haben nichts verändert. Der Landkrieg hat die Änderungen gebracht, der Landkrieg und Parnell und die Boykottkampagnen. Aber es ist niemals leicht zu sagen, wo etwas anfängt. Bei Gott, Mr. Prentiss, einige Wochen lang haben wir sie trotz allem in Panik versetzt. Die Gutsbesitzer aus Limerick packten ihre Familien und ihr Erbsilber ein und brachten sich in Killarney in Sicherheit. Man kann nie wissen.«

»Aber jetzt sieht doch alles sicher fast so aus wie damals«, sagte Patrick Prentiss aus Dublin und Clongowes Wood, Oxford und London, ein Jahr in Paris, halb neidisch, wenn auch nur für den Moment, auf ein Leben, das unter dem einen Himmel gelebt worden war, in dem die Schatten des frühen Abends immer auf dieselben Hügel, Ecken von Scheunen und Läden, auf den Staub vertrauter Straßen, auf Generationen von Weißdorn gefallen waren.

»Das stimmt allerdings«, erwiderte MacMahon und fügte trocken hinzu, »aus dieser Entfernung.«

»Kilpeder selber«, hatte der *Muirhead* erzählt, der in dieser Hinsicht strenge Maßstäbe anlegte, »ist ein typischer Marktflekken des Südwestens, der dem Sommerfrischler wenig Interessantes zu bieten hat. Die Markthalle aus dem 18. Jahrhundert, elegant und nützlich zugleich, wird in der ›Klage um Art O'Leary‹ erwähnt, einem Gedicht in gälischer Sprache, das an eine lokale Tragödie des Jahres 1773 erinnert. Es wird Eibhlín Dubh Ní Chonaill zugeschrieben, O'Learys Witwe. Die große, imposante römisch-katholische Kirche wurde mit vielen neogotischen Verzierungen nach einem Entwurf von Pugin errichtet. Im Jahre 1867 kam es in Kilpeder zu einem Scharmützel zwischen den Krontruppen und den rebellischen Feniern, und in jüngerer Zeit hat man schwerwiegende politische und agrarische Unruhe durchmachen müssen. Inzwischen ist der Ort wieder in seinen verschlafenen Zustand zurückgefallen. Reisende aus Cork oder Mallow können sich der beschwerlichen, jedoch pittoresken Straße bedienen, die durch die wilden Derrynasaggarts nach Kerry führt, und von dort entlang dem lieblichen kleinen Fluß Flesk zur Seenplatte von Killarney weiterfahren.«

»Da hinten«, sagte MacMahon und wandte sich von der Domäne ab, »im Dorf Turrist gibt es ein Hungergrab. Vielleicht möchten Sie es eines Tages besuchen. Das könnte Ihnen historische Perspektive vermitteln, wenn das der richtige Ausdruck ist.«

»Ja«, erwiderte Prentiss und überlegte sich flüchtig, wie der *Muirhead* diese Information wohl serviert hätte. Der Ausdruck selber, obwohl dünn und kühl, hatte für ihn keinen Widerhall.

Aber MacMahon konnte ein eingesunkenes Feld sehen, umgeben von einem niedrigen Zaun aus rostigem Eisen, das Gras hoch und ungemäht. Vielleicht hatte alles dort angefangen, dachte MacMahon, im Hungergrab. Wie viele lagen dort, zweihundert, drei? Vierhundert bestimmt im Massengrab in Skibbereen, auf der Anhöhe über dem Fluß. Unbesucht, ohne Gedenktafel, eine begrabene Schande.

Prentiss hatte seine Lesebrille auf die Stirn geschoben. Nun nahm er sie ab und klappte die Bügel um, die Sonne fing sich für einen Moment in den Gläsern, Leuchtsignale flackerten zu den Bergen, dem Grab, der Domäne, der tiefliegenden Stadt mit ihren Kirchtürmen hinüber. MacMahon, der bereits beschlossen hatte, ihn leiden zu mögen, lächelte. Ein höflicher junger Mann, ausgesandt von der großen Welt der Bücher und der Gelehrsamkeit, den von Büchern überquellenden Bibliotheken von Oxford und London. Ich bin ein Krümel in der Geschichte geworden, dachte er zufrieden.

Sie verabredeten, sich jeden Tag zu treffen, hier, oder bei Gelegenheit zum Essen in den Kilpeder Arms, und Prentiss dankte ihm noch einmal, als sie zur Straße, zu Prentiss' Einspänner zurückgingen.

Aber MacMahon, die Hand auf das offene Tor gelegt, aufrecht, ohne den gekrümmten Rücken der Schulmeister, schüttelte den Kopf.

»Sie wissen sehr gut, Mr. Prentiss, daß es für einen alten Mann eher eine Freude ist als eine Zumutung, wenn er gebeten wird, sich zu erinnern. Das Problem ist, daß ich mich an allzu vieles erinnere, an Dinge, die für Sie von keinerlei Interesse sein könnten. Von keinerlei Interesse.«

»Ich weiß nicht, was für mich von Interesse ist«, erwiderte Prentiss und wechselte plötzlich in einen Tonfall, den MacMahon von ihm noch nicht gehört hatte. »Weder in der Geschichte noch irgendwo anders.«

»So geht es uns allen«, meinte MacMahon und versuchte, einen entsprechenden Ton zu finden.

Sie schüttelten einander die Hände, förmlich, zwei Historiker in Klausur, auf freiem Feld im Schatten der Berge.

Unerwartet, dachte Prentiss, als der Einspänner munter nach Kilpeder zurückrollte. Was hatte er erwartet, als er im Zug von Dublin nach Mallow gefahren war, vorbei an Feldern und Dörfern, an Herden, die vor frühbelaubten Bäumen vor sich hindösten, während auf Hügeln in der Ferne die Silhouetten von zerstörten Bergfrieden vorüberzogen, von allem getrennt durch Bewegung, grünen Plüsch, fleckiges Holz, durch ein verschmutztes Fenster? Einen Schulmeister vom Lande, dessen Gedanken und Vorstellungen notdürftig angefüllt waren von der Halb-Geschichte der Christian Brothers, von patriotischen Schlagwörtern, von Prahlereien über die Tage, als er für Irland zum Gewehr gegriffen hatte. MacMahon hatte er jedenfalls nicht erwartet, die haselnußbraunen Augen wachsam und ironisch hinter der dicken Brille, während Unausgesprochenes im leichten Gespinst seiner Höflichkeiten zitterte. Jetzt sah er MacMahon vor seiner von der Mittagssonne beschienenen Bücherwand. Durch die Geographie von MacMahons Leben, über das er, wie er nun wußte, nichts wußte, fuhr er zurück zu den Geschäften von Kilpeder, dem Marktplatz, der Polizeiwache, wo in den frühen Morgenstunden eines Märztages vor fast vierzig Jahren einige Dutzend junger Burschen in Friesmänteln, bewaffnet mit gestohlenen Gewehren, sich durch eine stille, von fremdem Schnee erfüllte Straße den von Falken bewachten Toren einer Domäne genähert hatten, hinter denen, tief verborgen hinter Buchen und schweren Eichen, ein Teil dessen auf ihn wartete, was er noch nicht wußte. Die Räder seines Einspänners tickten wie eine Uhr, als sie so dahinrollten.

2

[Hugh MacMahon]

Wenn ich wüßte, wo ich anfangen soll, dann wäre ich vielleicht ein gelehrter Historiker wie der junge Mr. Prentiss, dessen Einspänner ich vom Tor aus nachsah, bis er schließlich außer Sichtweite gerollt war und mich in meiner Welt allein und einsam zurückließ. Und doch muß ich einfach glauben, Logik und Geschichte zum Trotz, daß es für mich an jenem Winterabend Ende Januar 1867 anfing, als zur Teezeit Ned Nolan zum ersten Mal an die Tür unseres Hauses in der Chapel Street klopfte.

Die Straße lag bereits im Dunkeln, so kurz sind für uns im Winter von Munster die Tage, und hinter ihm ragten die beiden Türme von St. Jarlath unten an der Straße in den Himmel. Er war ein dunkler Bursche, an dem nur seine Größe und sein schwerknochiger Körperbau unsere Verwandtschaft andeuteten, und doch wußte ich sofort, wer er war. Wir erwarteten ihn schon seit Wochen, und Fremde kamen selten nach Kilpeder und nie in unser Haus, abgesehen von den jährlichen Besuchen des Schulinspektors. Ich sehe ihn noch vor mir, ein langes Gesicht unter dem weichen schwarzen Hut, ein langes Kinn und hohe, grobe Wangenknochen wie die eines Indianers, tiefliegende Augen, so dunkel wie sein Hut, und lange, dünne Lippen. Er hielt seinen Koffer am Griff, einen riesigen, ausgebeulten Koffer, der aus einem weichen Material hergestellt war. »Ich bin dein Vetter Ned Nolan«, sagte er. »Ich bin aus Amerika zurück.« Als Willkommensgruß packte ich seinen Arm mit meinen beiden Händen und zog ihn ins Haus. Die Straße hinter ihm war wie ausgestorben.

Aber ich bezweifle, daß diese lebhafte Erinnerung wirklich zutrifft, denn wie hätte ich in der Dämmerung und unter seiner breiten Hutkrempe seine Augen so deutlich sehen können? In Wirklichkeit konnte ich ihn erst, als ich ihn ins vordere Zimmer geführt und er seinen Hut abgenommen hatte, um Mary zu begrüßen, klar sehen. Und Mary konnte sich später an nichts Dramatisches an ihm erinnern, sie sah einen großen, schlaksigen jungen Burschen in Kleidern von amerikanischem Schnitt, mit braunen, eckigen Stiefeln, von der Reise mitgenommen und dringend einer Waschgelegenheit und einer Mahlzeit bedürftig. Da haben wir den Unterschied zwischen Mary und mir, und wir sollten uns auf Marys klaren Kopf verlassen.

Und Mary war es, die ihn in die Spülküche führte und ihn mit Wasser, Seife und Handtuch versorgte, während sie sich in der Küche an die Vorbereitungen zum Tee machte. Sie war immer noch damit beschäftigt, als er wieder ins Wohnzimmer kam, und ich hatte inzwischen Flasche und Gläser hervorgeholt, damit er den Reisestaub herunterspülen könnte.

»Bist du aus Cork zu uns gekommen, Ned?« fragte ich ihn.

»Aus Dublin«, antwortete er und schüttelte den Kopf. »Zuerst London, dann Manchester, dann das Boot von Liverpool nach Dublin. Aber ich habe die letzten zwei Nächte in Cork City verbracht.«

»Eine schöne Stadt«, sagte ich, »die weite Lee und die Kathedrale und der viele Verkehr auf dem Fluß.« Aber was war Cork schon für jemanden, der in New York gelebt hatte und weit in den Vereinigten Staaten herumgekommen war? Er hatte den größten Teil seines Lebens in New York verbracht, aber in seiner Sprache war nur ein haarfeiner Nachklang von einem Yankee-Akzent, er sprach mit derselben Melodie und demselben Rhythmus wie ich.

»Wir haben dich erwartet«, sagte ich, »und du bist herzlichst willkommen. In deinem eigenen Zuhause könntest du nicht mehr willkommen sein.«

»Das ist mein Zuhause«, erwiderte er. »Kilpeder ist mein Zuhause.« An der Tür hatte er zu mir gesagt: »Ich bin aus Amerika zurück.« Als ob er vor einem Jahr nach drüben gegangen wäre, um sein Glück zu machen, und nun zurückkäme. Aber vielleicht stimmte das auch, überlegte ich mir, wenn er drei Jahre in der Nordstaatenarmee gewesen war, wie es hieß, während sein Vater in New York gestorben war.

»Wir wissen, daß dein armer Vater uns verlassen hat«, sagte ich. »Es tut mir so leid für dich. Mein eigener Onkel, und ich kann mich kaum an ihn erinnern. Ich war so klein wie du, als ihr beide Segel gesetzt habt. Aber meine Mutter hat natürlich oft von ihm erzählt, und viele andere auch.«

»Ja«, sagte er.

»In der *Nation* war ein wunderschöner Artikel über ihn und die Beerdigung. Ich habe ihn aufbewahrt. Eine Prozession in New York, mit O'Mahoney und Doheny und den anderen, und drei Flaggen, der Trikolore, der US-Flagge und dem Sonnenaufgang. Einer der Unerschütterlichen von 48, so hat O'Mahoney ihn am Grab genannt, jedenfalls hat er etwas in der Art gesagt, einer der Treuen und der Wahren.«

»Das weiß ich«, erwiderte Ned. »Es stand auch in den irischen Zeitungen von New York, und sie sind mir alle zugeschickt worden.«

»Natürlich«, sagte ich, obwohl ich momentan verwirrt war. »Du warst ja im Krieg.«

»Stimmt«, sagte er. »Ich war im Krieg.«

»Das war aber sehr hart von ihnen«, meinte ich. »Daß sie dir keinen Urlaub gegeben haben. O'Mahoney war doch auch in ihrer Armee, oder nicht?«

»Als Colonel«, erklärte Ned. »Als Kommandant eines Regimentes. Er bewachte gefangene Rebellen am Hudson, eine Zugstunde von New York entfernt. Ich war weit weg, in Tennessee.«

Tennessee. Das war eins dieser Wörter, die unsere Vorstellung von Amerika formen. Shenandoah, Susquehanna, indianische Wörter mit dem Geschmack von Kiefernwäldern, Bergbächen, Prairien, die sich endlos zu riesigen, orange leuchtenden Sonnen hinzogen. Und in den letzten paar Jahren war diese Vorstellung geschwärzt vom Kanonenrauch, von Stichen in den Londoner Zeitschriften, die in Flüssen kämpfende Kavallerie zeigten, mit tödlichen, weit ausholenden Säbeln, Brustwehren und schwere Batterien von Artillerie zogen sich zum Horizont hin, Infanterie rückte über verwundete Erde vor, vorbei an Bäumen mit toten Zweigen. Banner und Bajonette und der reiche, würzige Duft indianischer Namen.

»Als wir nach New York zurückkamen«, sagte er, »nach Kriegsende, bin ich als erstes zu seinem Grab gegangen. In einer der Zeitungen hatte gestanden, es gäbe eine Subskription für einen Grabstein, aber es gab nur den mit Gras bewachsenen Erdhügel und eine Karte, die an einem Metallstab befestigt war, und auf der Jahr und Geburtsjahr und Geburtsort standen. Auf dem Erdhügel lag ein Kranz, schwarzgefärbtes Weinlaub mit einem grünen Band.«

»Nun ja«, sagte ich und reichte ihm sein Whiskeyglas. »Seine

Freunde haben ihre Dollars wohl für einen anderen Zweck gegeben, wenn du weißt, was ich meine. Er wäre damit einverstanden gewesen.«

»Das wäre er allerdings«, erwiderte Ned und lächelte zum erstenmal, und ich sah ihn so, wie er war – kein Fremder in schwarzem Mantel vor dem Abendhimmel, sondern ein junger Mann, nicht älter als ich selber, verlegen in einem ihm fremden Land, auch wenn er es als seine Heimat bezeichnete. Er prostete mir zu.

»Vor ein paar Jahren war in der *Nation* ein Lied von ihm«, sagte ich. »Das habe ich auch aufbewahrt. ›Our new Ireland beyond the waves‹, hat er es genannt. Kilpeder ist immer stolz auf Thomas Justin Nolan gewesen. Ein Getreuer von 48, wie der Mann gesagt hat.«

»Sie haben ihm eine Arbeit beim Wasserwerk von New York besorgt«, erzählte Ned. »Er mußte Rechnungen überprüfen, danach bekam er eine bessere, bei der Gesellschaft, die die Flußfähre nach Jersey betreibt. Er hat elf Dollar die Woche verdient, und wir hatten ein Zimmer bei den Kais.«

Ich schwöre bei Gott, ich war nie auf die Idee gekommen, daß er wie jeder andere seinen Lebensunterhalt hatte verdienen müssen. In meiner Vorstellung hatte ich ihn immer als Redner auf einer mit grünem und orangem Fahnentuch dekorierten Tribüne gesehen, oder an einem Schreibtisch, an dem er »Our new Ireland beyond the waves« verfaßte.

Ned schien meine Gedanken gelesen zu haben. Er lächelte immer noch. »Das war nicht sein wahres Leben«, sagte er. »Sein wahres Leben begann um sechs, wenn er sich mit seinen Freunden in ihrer Stammkneipe treffen konnte, und in den letzten beiden Jahren vor dem Krieg war ich alt genug, um mitzugehen. Und es gab dauernd Komitees und Veranstaltungen und so etwas. Für ihn stand immer ein Stuhl auf der Tribüne, aber er wurde nur selten gebeten zu sprechen. Ich weiß noch, wie er einmal, als ich noch klein war, Thomas Francis Meagher vorgestellt hat, und Meagher beschrieb, wie er und die anderen aus der Strafkolonie in Van Diemens Land entkommen waren.«

Thomas Francis Meagher, das war nun wirklich ein Name, der Wunder wirkte, und sofort vergaß ich Neds armen Vater. Meagher vom Schwert, so wurde er in der *Nation* immer genannt, und sie brachten Stiche von ihm, ein gutaussehender Mann mit Uniform und Schnurrbart.

»Und John Mitchel«, sagte ich. »Ob dein Vater wohl John Mitchel gekannt hat?«

»In den letzten Jahren nicht mehr«, antwortete Ned. »Mitchel hat für die Südstaaten gekämpft.« Er zuckte die Schultern.

Er leerte sein Glas, als ob es mit Wasser gefüllt wäre, und ebensowenig Wirkung zeigte sich bei ihm, und ich schenkte ihm abermals ein. Beim Reden schweiften seine Augen durch das Zimmer, und ich überlegte mir, daß er zwar nach Hause gekommen sein mochte, daß er sich aber trotzdem in einem fremden Land befand. Er musterte die schweren Vorhänge, die vorgezogen waren, um den Abend auszuschließen, den Bücherschrank, das glühende Torffeuer, die braune Matte vor dem Kamin, den rot-blau gemusterten Teppich, die Drucke und Stiche an den Wänden und eines der beiden Ölgemälde, mit denen wir prunken konnten, der Zusammenfluß des oberen und des unteren Sees in Killarney, blaues Wasser, umrahmt von Eiche und Myrte, im Hintergrund die schöne Brücke mit den drei Bögen. Ich glaube jetzt, daß einem Fremden von Übersee das, was uns als am meisten vertraut und tröstlich erscheint, besonders fremd vorkommen muß, unsere Art, uns in unseren kleinen Zimmern gegen den Winter zu schützen, mit rotem Feuer und vorgezogenen Vorhängen und dicht zusammengeschobenen Sesseln.

Aber dann sagte er unvermittelt: »Als ich ankam, bin ich an Tullys Laden vorbeigegangen. Da arbeitet doch Robert Delaney, oder?«

»Stimmt«, antwortete ich. »Und da lebt er auch, in einem Zimmer über dem Laden, Tully überläßt ihm das als Teil seines Lohns.« Ich war nicht überrascht über sein Wissen, denn Bob war der Leiter unseres Zirkels in Kilpeder und war deshalb der Mann, zu dem Ned Kontakt aufnehmen mußte.

»Ich muß mit ihm reden, sobald sich das machen läßt«, sagte Ned. Und bei diesen Worten, oder eher durch ihren Tonfall, spürte ich im Zimmer die aufdringliche Anwesenheit von etwas, das hart und kalt war wie Metall.

Jetzt war ich mit Lächeln an der Reihe. »Das ist alles schon abgesprochen. Bob kommt heute abend her zum Tee. Der Laden hat jetzt Feierabend, aber er hat noch zu tun, und dann kommt er her.«

»Ihr beide seid also befreundet?«

»Stimmt, und Bob ist oft zum Tee hier. Wir sind eng befreundet, er und ich und Vincent Tully.«

»Tully vom Laden?«

»Der Sohn«, antwortete ich. »Der alte Dennis hat nichts mit der Organisation zu tun, und wenn er über Vincent Bescheid wüßte, dann würde er ihm bei lebendigem Leibe die Haut abziehen. Aber er hat sicher seinen Verdacht. Es ist eine kleine Stadt.«

»Das habe ich bemerkt«, sagte Ned.

»Wir drei haben gemeinsam den Eid abgelegt«, erklärte ich. »Vor zwei Jahren, wir waren in Cork, und den Eid abgenommen hat uns ...«

»Ich weiß, wer euch den Eid abgenommen hat«, fiel Ned mir ins Wort.

In diesem Moment brachte Mary einen Teller Butterbrote, gegen den ärgsten Hunger, und unser Gespräch wanderte zu anderen Themen – den hohen Häusern von New York und den Beschwernissen einer Seereise im Winter. Mir war sofort klar, und so blieb es dann auch, daß er Mary gegenüber auftaute, denn es gelang ihr sehr gut, Menschen aus sich herauszulocken und ihnen ihre Spannungen zu nehmen. Bei Ned hatte sie allerdings allerlei zu tun, er saß steif und unbeholfen da, hatte in einer Hand ein Stück Brot, die andere ruhte auf seinem Knie. Aber Mary redete drauflos, sie beugte sich in dem kleinen Sessel, der für sie reserviert war, vor, eine schmucke, adrette Gestalt in ihrem braunen, in der Taille eng anliegenden Kleid, und ihr Lächeln und ihre großen braunen Augen lockten ihn ins Gespräch.

Das gelang ihr, in dem sie ihm das Amerika beschrieb, das in unser aller Vorstellungen existierte, zum Teil geschaffen von Washington Irving und Fenimore Cooper, vor allem aber von den Briefen, die die vielen, die in den Jahren der Hungersnot übers Meer geflohen waren, zu Hunderten in jeden Teil Irlands schickten, bis unsere Vorstellung ein Gewirr von jungfräulichen Wäldern und Rothäuten in Mokassins geworden war, von ankernden Schiffen mit hohen Masten und Straßen, die von allen Rassen der Welt nur so wimmelten – von Portugiesen und Iren, Russen, Chinesen, Schweden. Lebhafte Sprache lag ihr sehr, und ihre Erzählung wäre eines Essays von Elia würdig gewesen und hatte auch dessen drollige Ironie, was Ned aber noch nicht klar war.

Aber dann kam Bob, und ich stellte die beiden einander mit dem Stolz eines Entdeckers vor. So klar, wie ich das Zimmer, in dem ich hier sitze, vor mir sehe, so sehe ich die beiden sich zum erstenmal gegenüberstehen, Ned groß und schwarz gekleidet,

Bob mittelgroß, aber kompakt gebaut, kantiges, gleichmäßiges Gesicht unter kurzgeschorenen sandfarbenen Haaren, seine Augen so blau wie Neds Augen dunkel waren. Ihr Handschlag war Geschichte – nicht Patrick Prentiss' Unversitätsgeschichte aus großartigem glatten Marmor, von Staatsmännern und Statuten und ausgerollten Karten von auf weiten Ebenen ausgefochtenen Schlachten, sondern die Geschichte unserer zukünftigen Leben, ihres, Marys und meines und das einiger Dutzend anderer.

»Wir haben Sie schon lange erwartet«, sagte Bob und bediente sich meiner Formulierung.

»Ich bin so gut wie ein anderer«, sagte Ned und zuckte die Schultern. »Es war vernünftig, mich zu schicken. Hugh MacMahon und ich sind schließlich Vettern. Es wird kaum Aufsehen erregen, wenn ich hier einen Besuch mache.«

Bob schüttelte den Kopf. »Darauf würde ich mich nicht verlassen, Mr. Nolan. In den letzten Monaten haben die Polizei und die Gerichte großes Interesse an Besuchern aus den Staaten gezeigt. Dieser Bursche unten in Cahirciveen hat sich auch als zurückgekehrter Einheimischer ausgegeben. John O'Connor.«

»Sie sind hier in Kilpeder sehr großzügig, was das Nennen von Namen betrifft«, sagte Ned. »Das ist mir bereits aufgefallen.«

Bob lachte ihm ins Gesicht. »Die Polizei in Cahirciveen weiß wesentlich mehr über John O'Connor als ich. Er steht jetzt in Iveragh unter Aufsicht, damit er nicht verhaftet werden muß. Aber sein Zirkel ist intakt. Bisher ist kein Kriegsrecht verhängt worden, aber das ist nur eine Frage von Wochen.«

»Wenn es noch Wochen dauerte, dann würden die Briten uns damit ein schönes Geschenk machen. Ehe es so weit ist, haben die Bastarde dringendere Probleme als schnödes Kriegsrecht.« Er schien Marys Anwesenheit ganz vergessen zu haben, denn er war ein Mann, der in der Anwesenheit von Frauen seine Zunge hütete.

Ich sah sie lächelnd an, aber sie bemerkte das nicht. Ihre beiden Hände lagen dicht nebeneinander auf der Sessellehne, und sie beobachtete die beiden, die sich da gegenüberstanden, Ned, den wir noch nicht kannten, und Bob mit dem lebhaften, wachsamen Selbstvertrauen, das ihn bis weit über die Lebensmitte hinweg begleiten sollte und fast ein Teil seiner Haltung geworden war, wie bei einem Boxer, die Schultern so breit wie möglich, den Kopf nach hinten geworfen.

»Sie bringen also Neuigkeiten, Mr. Nolan«, sagte er, »und die sind uns so willkommen wie Sie selber.« Und als Ned nichts darauf erwiderte, fügte er hinzu, »Neuigkeiten, die lange unterwegs gewesen sind. Verdammt lange.«

Auch darauf kam von Ned keine Erwiderung, statt dessen zog er ein großes, zusammengefaltetes Papier aus der Brusttasche und reichte es Bob. »Sie müssen mein Beglaubigungsschreiben überprüfen«, sagte er. »Sie hätten schon längst danach fragen müssen.«

Bob las, wobei er das Papier dicht an die grüne Lampenglocke auf dem Tisch hielt. »Captain Nolan«, sagte er und reichte es an mich weiter.

»Irish Republican Brotherhood«, stand oben auf dem Blatt, in elegantem Druck, und darunter befand sich eine Harfe mit dem Motto: »Es wird neue Saiten geben«. Die Handschrift war ausgefeilt und lässig, die Schrift eines Buchhalters, und sie wies Captain Edward Nolan an, sich in die Stadt Kilpeder im County Cork zu begeben und dort das Kommando über alle Zirkel zu übernehmen, die derzeit von Robert Delaney befehligt wurden, der von nun an den Posten des Vizekommandeurs einnehmen sollte. Captain Nolan sollte Stärke und Integrität seines Kommandos beibehalten, sollte mit den Männern exerzieren, die verfügbaren Waffen verteilen und die Männer in deren Bedienung unterweisen. Er sollte sofort und gründlich alle weiteren Befehle ausführen, die durch die entsprechenden Kanäle zu ihm gelangten, und nur diese Befehle. Es stand noch viel mehr da, aber ich machte mir nicht die Mühe, es zu lesen – die Schönschrift füllte die Seite fast bis zum Rand, aber vereinzelte Wörter, auf die mein Auge fiel, machten einen ausgesprochen kriegerischen Eindruck.

Gewohnheitsmäßig reichte ich das Papier an Mary weiter, aber Ned verlangte es zurück. »Sie haben keine Fragen zu diesem Papier, Mr. Delaney?« fragte er, und als Bob den Kopf schüttelte, beugte er sich vor und legte es auf die wütenden roten Torfsoden im Kamin. Einen Moment lang hatte es an diesem grellen, gespenstischen Leben teil, dann wurde es zu brüchiger, schwarzer Asche. So kam es zu uns, und so verließ es uns, Harfe und Schönschrift gleichzeitig, abrupte Eindringlinge, ausgesandt von einem fernen, unsichtbaren Generalissimo in Dublin oder sogar, wie die Ereignisse noch zeigen sollten, in Manchester. Die Integrität des Kommandos, bei Gott. An die hundert Landarbeiter, Bauernsöhne, Säufer, mit denen wir in mondhellen Nächten im Ödland hinter

Knockmany exerziert hatten, eher, um die Moral aufrechtzuerhalten, als um militärische Fähigkeiten zu vermitteln, wobei die Hälfte von ihnen gekichert hatte und alles offenbar für eine Art nächtlichen Mummenschanz hielt.

»Keine Fragen zu dem Papier«, sagte Bob, »und es war auch kaum nötig. Wir brauchen dringend einen Soldaten für die Aufgabe, die vor uns liegt, keinen Ladengehilfen wie mich. Ich habe sehr viele Fragen an Sie, aber die beziehen sich nicht auf das Papier.«

Mit der unüberlegten Vertrautheit eines Freundes der Familie griff er zum Whiskeykrug und füllte unsere drei Gläser aufs neue. Seine Erleichterung war wirklich echt, wie ich nur zu gut wußte. Er kommandierte schon damals gern nach eigenem Gutdünken Männer und Dinge herum, angefangen von den Waren auf Tullys Regalen, aber die Aufgabe, die vor uns lag, hatte uns beide, und auch Vincent, überfordert. Wir hatten in einem Buchladen bei den Kais in Cork die Übersetzung eines Waffenhandbuches gefunden, das ein Franzose verfaßt hatte, der behauptete, in Napoleons Grande Armée gedient zu haben, und nachts saß Bob damit fluchend auf seinem Zimmer. Und dazu hatte er auch allen Grund, denn was auf dem weiten Weideland bei Leipzig oder Austerlitz sicher sehr nützlich war, half uns in den Wiesen hinter Knockmany nur sehr wenig. Im Laden hatte es auch die einfacheren englischen Handbücher gegeben, aber Bob wollte mit dem Feind nichts zu tun haben. »Aber alles in allem«, hatte ich einmal ihm gegenüber bemerkt, »scheint Wellington doch gewußt zu haben, was er tat.«

»Wellington war Ire«, sagte Bob.

Die Reinheit unseres Patriotismus, ganz zu schweigen von unserem Fanatismus! Und doch sehe ich es jetzt, im warmen bernsteinfarbenen Licht der Erinnerung, als Unschuld, weil es ein Teil unserer Jugend war. Und Patriotismus und Fanatismus waren durchsetzt von Inkonsequenzen, die wir zu übersehen vorzogen. Schließlich ritt Bob doch immer wieder auf der titanischen Energie der englischen Fabrikanten herum, im Gegensatz zu unseren eigenen schlaffen Handwerkern und Kaufleuten, um sie dann im nächsten Atemzug als seelenlose Materialisten zu brandmarken, mit Höllenfeuersätzen, die er bei Thomas Carlyle gefunden hatte, der nun wiederum ein treuer Gefolgsmann von Königin und Empire gewesen war. Und was mich betraf, galt nicht meine eigene besondere Liebe den Dichtern Englands, Wordsworth und Keats und Tennyson? Und vielleicht sah der Generalissimo in Manchester sich als zweiten Marlborough.

»Ich bin drei Jahre lang Soldat gewesen«, sagte Ned abwertend, um den Ton zwischen uns aufzulockern. »Und das ist wirklich alles, was ich vorweisen kann.« Er hob feierlich sein Glas, erst zu Mary gewandt, dann zu uns beiden anderen. »Nein, das stimmt nicht. Ich habe zwei Jahre bei der Fährgesellschaft gearbeitet, bei der mein Vater angestellt war. Ich habe die Boote vertäut, die nach Weehawken hinüberfuhren.«

Wo immer das liegen mochte. Zweifellos auf der Seite von New Jersey, vor den weiten Wäldern und Prairien, in denen die Roten ohne Sattel herumritten wie die Akrobaten. Aber lockere Unterhaltung fiel ihm nicht leicht; es war allein die Höflichkeit, die ihn zur Geselligkeit zwang. Es war Mary, wie immer, die an diesem Abend das Zimmer lichter machte.

»Wir können jetzt essen«, sagte sie, »und ich hoffe, es ist nur die erste von vielen Mahlzeiten mit uns, Mr. Nolan.«

Ich bin fast sicher, daß es kalten Schinken und Kohl und eine Schüssel gekochte Kartoffeln gab. Ein warmes Zimmer, die Küche mit den warmen verführerischen Kochdüften, die Anrichte, in der Marys bestes Porzellan in drei Fächern lehnte, blau und weiß vor dem polierten gelben Kiefernholz. An der Wand, auf die ich blickte, als ich mich Nolan gegenübersetzte, hing die Anbetung der Heiligen Drei Könige, die wir für zwei Pfund in Millstreet gekauft hatten, als Dr. Sugdens Habe versteigert worden war. Durch Glas vor Rauch und Dampf der Küche geschützt, näherten sich die Könige voller Ehrfurcht und Verwirrung, beladen mit Geschenken, reich und exotisch gekleidet.

Ned war ein herzhafter Esser, aber während er sich mit Messer und Gabel ans Werk machte, wanderten seine Augen rastlos im kleinen Zimmer hin und her, ehe sie endlich am Herd zur Ruhe kamen. Im Wohnzimmer war es genauso gewesen, und, glaube ich, aus demselben Grund. Wenn es keine Heiligenlästerung wäre, dann würde ich eine Verwandtschaft zwischen Ned und den Heiligen Drei Königen andeuten. In all den Jahren seiner Kindheit und Jugend in den Straßen von New York und in seinen Jahren bei der Nordstaatenarmee war Irland eine weit entfernte, unbekannte Heimat gewesen, über der ein Leitstern flammte.

Später, als er mich kennengelernt hatte und mir vertraute, bestätigte vieles, was er sagte, diesen Eindruck. Als er als kleiner Junge Irland mit seinem Vater verlassen hatte, hatte er hinter sich eine tote Mutter, an die er sich nicht erinnern konnte, zurückgelassen, eine Daguerreotypie, die sein Vater ausgeschnitten und auf das Uhrgehäuse aufgeklebt hatte, ein sanftes, verschwommenes Gesicht mit großen Augen. Das Leben seines Vaters hatte nicht nur aus dem Büro der Fährgesellschaft bestanden, wo er die zu bezahlenden Rechnungen in ein Kassenbuch eingetragen hatte. Es hatte die Versammlungen und Demonstrationen und Komitees und die endlosen Pläne der Männer von 48 gegeben. Genau die Pläne, die am Ende zur Fenian Brotherhood und zu dem Plan geführt hatten, der Ned endlich zurück nach Irland gebracht hatte, und der Bob und mich veranlaßte, mit Tolpatschen im Ödland von Knockmany zu exerzieren.

Bob wartete, bis Ned eine gute Portion Schinken und Kohl verzehrt hatte, dann sagte er: »Captain Nolan, einiges in diesem Brief, den wir verbrannt haben, ist mir ein Rätsel. ›Die verfügbaren Waffen verteilen‹. Was bedeutet das wohl?«

Ned kaute und schluckte, dann antwortete er mit einer Gegenfrage:

»Was für Waffen haben Sie jetzt?«

»Vielleicht ein Dutzend Schrot- und Vogelflinten. Kein einziges Gewehr. Ich selber habe einen Revolver, und Vincent Tully hat eine elegante Pistole, die er seinem Vater abgeschmeichelt hat. Hugh hat gar nichts.«

»Und wie viele Männer?«

»Zwischen sechzig und siebzig. Einige sind im Laufe der letzten zwölf Monate abgesprungen, andere haben ihre Stelle eingenommen. Es gleicht sich aus.«

»Abgesprungen?« fragte Ned sofort. »Sie haben den Eid abgelegt und sind dann abgesprungen?« Er wollte noch mehr sagen, fragte dann aber statt dessen: »Wie haben Sie mit ihnen exerziert?«

»Mit Piken«, antwortete Bob. »Wir haben Piken hergestellt. Wir sehen aus wie eine Bande von Croppies.«

Das stimmte. Die Geschichte schien die Iren zu einer Ewigkeit von Piken verurteilt zu haben. In manchen Nächten, wenn ich Knockmany Hill den Rücken zukehrte und sie vor dem Horizont sah, hinter ihnen nichts als dornenbesetzte Zweige, dann hatte ich das Gefühl, in den tiefen Brunnen der Geschichte gefallen und auf die Truppen irgendeines Hungerleiders von Clanhäuptling in der Desmond-Rebellion gestoßen zu sein, oder auf die Landbevölkerung, die 1798 in ihr Verderben auf Vinegar Hill marschierte. Owen MacCarthy, der Dichter aus Macroom, beschreibt in einem Gedicht die Piken, die die Männer seiner Zeit trugen, als einen Wald im blattlosen Winter. Und bei uns war es noch immer so, unverändert.

»Haben irgendwelche von ihnen bei der Armee gedient?« fragte Ned.

»Kein einziger. Einer, er ist älter als die anderen, war in seiner Jugend bei der Polizei, ehe sie ihn wegen allgemeiner Unfähigkeit hinausgeworfen haben. Und daran haben sie verdammt recht getan.«

Ned nickte ausdruckslos und schnitt sich eine weitere Scheibe Schinken ab.

»Ich habe mit Piken mit ihnen exerziert«, fuhr Bob fort. »Und mit dem Versprechen, daß die Organisation uns zum festgesetzten Tag Waffen besorgen würde. Aber ich habe keine zu sehen bekommen, ebensowenig wie O'Connor in Cahirciveen oder Timoney in Killarney oder der Mann oben in Millstreet.«

»Dann haben Sie Ihren Leuten gesagt, was ich Ihnen auch sagen werde. Daß die Organisation Pläne hat, vor dem Aufstand allgemein Waffen zu verteilen.«

»Ihre Organisation läßt sich aber durchaus Zeit dabei.«

»Es ist genauso gut Ihre Organisation wie meine. Ich weiß ein bißchen darüber, was sie vorhaben. Das habe ich in Manchester aufgeschnappt.«

»Wissen Sie, Captain Nolan«, sagte Bob, »wie die Dinge in den beiden letzten Jahren überall im Land in Orten wie Kilpeder ausgesehen haben? Vor zwei Jahren sind Hugh und Vincent und ich nach Cork gegangen und haben den Eid abgelegt. Dann sind wir zurückgekommen und haben ihn den Jungs abgenommen. 65 sollte es losgehen. Das Land wußte es, und Dublin Castle und die Engländer wußten es auch. James Stephens hätte es fast noch von Dublins Dächern herunter verkündet, ehe sie ihn gefaßt und ins Gefängnis von Richmond geworfen haben. Und dann hieß es 66, und O'Mahoney rief es in New York aus. Und jetzt 67. Wissen Sie, was es heißt, sechzig oder siebzig Bauernburschen zusammenzuhalten, sie mit in Metall gesteckten Eschenstäben exerzieren zu lassen, zwei Jahre lang, auf Befehl einer Organisation, die sich nicht entscheiden kann?«

»Captain Nolan«, antwortete Ned. »Die Organisation hat mich zwar zum Captain ernannt, aber dieses Wort klingt seltsam für mich. In den drei Jahren bei der Nordstaatenarmee war ich Corporal, bis kurz vorm Ende, in Virginia, als ich zum Sergeant befördert wurde. Bei den anderen Fenier-Soldaten, die aus Amerika herübergekommen sind, sieht es ähnlich aus.«

Bob warf mir einen verärgerten Blick zu, dann wandte er sich wieder an Ned.

»Ihr verdammter Rang ist mir egal, mich interessiert die Frage, die ich Ihnen gestellt habe.«

»Ich habe Ihnen diese Frage nach besten Kräften beantwortet. Ich bin nur Corporal, ein Emporkömmling von einem Corporal, und Leuten wie Ihnen und mir wird gesagt, was sie zu tun haben, nicht, warum sie es tun sollen. Sie haben mit Ihren Männern exerziert, und irgendwann, in weniger als zwei Monaten, werden wir sie in den Kampf führen. Sie und ich.«

Mary war aufgestanden, um abzuräumen, jetzt aber stand sie stocksteif da, mit einer Miene, die ich nicht deuten konnte.

»Bewaffnet oder unbewaffnet«, sagte Bob, aber das war eher eine Frage als eine Feststellung.

»Ich habe die Gegend bisher noch kaum gesehen«, sagte Ned. »Das muß bis morgen warten. ›Captain Nolan‹ ist gut und richtig für die Jungs, aber so lange ich mich erinnern kann, habe ich auf den Namen Ned gehört.«

Und er wurde Ned für uns, in diesem Moment und für alle Zeit, die danach kam. Noch in späteren Jahren, als er berüchtigt geworden war und wir seinen Namen in Verbindung mit Rossa, Lomasney oder den Dynamitmännern in den Zeitungen fanden, kam immer ein kurzer Moment, in dem »Edward Nolan« wie ein fremder Name im Abschnitt stand. Er verbrachte vielleicht einen Monat bei uns, aber wir sollten für immer mit ihm verbunden sein.

Tee und Nachtisch folgten, und auf eine schweigende Abmachung zwischen den beiden sprachen wir über allgemeines. Mein Schulhaus, erzählte ich ihm, war nicht dasselbe, in dem sein Vater unterrichtet hatte, aber die alte Schule war noch vorhanden, hinter der Biegung in der Gasse, die noch immer Schoolhouse Lane genannt wurde, und sie wurde von Dennis Tully als Warenhaus benutzt.

»Vom Vater eures Freundes«, sagte Ned.

»Er ist mehr als nur das«, erwiderte ich. »Er ist ein wohlhabender Kaufmann. Dennis Tullys Glück versetzt die Welt in Erstaunen.«

Bob registrierte einen spöttischen Unterton in meinen Worten und sagte scharf: »Er ist gut zu mir gewesen. Großzügig.«

»Du verdienst deinen Lebensunterhalt, Bob«, erwiderte ich, »und noch ein bißchen darüber hinaus.«

»Aber er ist kein Freund von uns«, meinte Ned.

»Du hast Hugh gehört«, sagte Bob. »Ein wohlhabender Kaufmann. Und ein frommer Mann, er und Pater Cremin stehen sich sehr nahe. Und Cremin hat die Organisation vom Altar herab angeklagt und Gottes Fluch auf sie herabberufen. Nirgendwo in Irland leisten die Priester den Feniern so wütenden Widerstand wie in Munster.«

»Mich wundert«, sagte Ned, in seltsam mildem Tonfall, »daß solche Schurken es wagen, sich selber als Iren zu bezeichnen.«

»Sie sind durchaus Iren«, widersprach ich. »Viel zu sehr.« Unausgesprochen blieb mein Gedanke, daß sie vielleicht irischer waren als die Burschen aus New York, die herübergekommen waren, um uns zu führen, mit ihren viereckigen Stiefeln und ihren prahlerischen Reden über bislang unsichtbare Gewehre. Nicht nur Ned, sondern sie alle, denn die Atmosphäre dieses seltsamsten aller Aufstände war so wunderlich, daß die Luft Irlands von Gerede über die »amerikanischen Offiziere«, wie sie genannt wurden, nur so schwirrte. In den letzten Jahrhunderten sind wir zu einer Herde von Schafen geworden, unterworfen dem Befehl von Spaniern und Niederländern und Franzosen und Amerikanern.

»Wie ist den Jungs denn bei all dem zumute?« fragte Ned. »Es kann doch nicht angenehm sein, wenn du vom Altar herunter mit Gottes Fluch belegt wirst. Dürfen sie zur Kommunion gehen?«

»Natürlich dürfen sie nicht, aber sie tun es trotzdem, jeder einzelne von ihnen. Ich auch«, antwortete Bob.

Neds Lächeln kam immer unerwartet. »Das muß bei dir doch zu einer sehr wendigen Theologie führen?«

»Es gehört nicht zu den Pflichten eines Priesters, sich zwischen meinen Gott und mein Land zu stellen. Der Eid ist allerdings der springende Punkt, das ist das Problem.«

»Der Eid ist geheiligt«, erklärte Ned leidenschaftlich. »Es ist ein Eid, den wir vor Gott abgelegt haben, um dieses Land von der Unterdrückung zu befreien, und er ist bindend fürs ganze Leben.«

»Pater Cremin ist nicht deiner Ansicht«, sagte Bob sanft und leicht amüsiert.

»Zur Hölle mit Pater Cremin«, erwiderte Ned. »Vor einer Minute hast du mir erzählt, daß Männer den Eid abgelegt und mit euch exerziert haben und dann ausgestiegen sind. Es überrascht mich, daß du das zugelassen hast.«

»Zugelassen?« fragte Bob. »Wir können auf Knockmany Hill ja wohl kaum ein Kriegsgericht abhalten.«

»Warum nicht?«

Bob und ich starrten einander an, verwirrt weniger von den Worten als von der lässigen Art, in der sie geäußert worden waren.

»Einen Mann aus seinem Haus zerren und ihn zur Strafe durchwalken«, sagte Bob, »wie die Whiteboys und die Ribbonmen? Ist deine Frage so zu verstehen? Wenn es am nächsten Morgen hell wird, hast du in Kilpeder keinen Fenierzirkel mehr. Laß mich eins klarstellen, Ned, und damit will ich deinem Rang nicht zu nahe treten. Du bist in deine Heimatstadt zurückgekommen, und du trägst einen Namen, der in Ehren gehalten wird, aber du bist an einem dir unbekannten Ort. In solchen Fragen wärest du gut beraten, wenn du dich an Hugh und mich halten würdest.«

»Der Eid gilt für das ganze Leben«, beharrte Ned.

Bei Gott, dachte ich, diese Worte könnte man auf seinen Grabstein schreiben.

»Für das ganze Leben«, sagte Bob. »Aber Worte müssen sich den Umständen anpassen.«

Noch ein Motto für einen Grabstein. Ich habe in späteren Jahren oft gedacht, daß die beiden mit diesen Worten ihre wahre Natur offenbart hatten.

»Und du hast eben gefragt«, fuhr Bob fort, »wie die Jungs sich fühlen, wenn sie vom Altar herab verflucht werden. Sie fühlen sich verdammt mies, ängstlich und verwirrt. Sie sind Kneipengänger und Landarbeiter, schlichte, ungebildete Männer. Und die Sache, der sie sich verschrieben haben, wird von der Kirche verdammt, von jedem Bischof und von fast allen Priestern. Ganz zu schweigen von den Katholiken von höherem Stand, den Kaufleuten und den Gastwirten und den Viehhändlern und den anderen. Ich habe große Achtung vor den Burschen, die mit uns in die

Hügel kommen, und sogar eine Art Mitgefühl mit denen, die aussteigen.«

Er sprach die schlichte Wahrheit, und die Ehrlichkeit seiner Worte verfehlte ihre Wirkung auf Ned nicht, der im Grunde als gerechter Fanatiker bezeichnet werden konnte. Aber es war nicht die ganze Wahrheit, die sich nicht leicht in Worte kleiden läßt. Viele Kaufleute und nicht wenige Priester verdammten uns aus voller Kehle und mit gutem Gewissen und hegten doch die heimliche Hoffnung, wir möchten Erfolg haben.

»Sie gehen von eurem Knockmany Hill«, sagte Mary plötzlich, »zurück zu den Hütten von Vätern und Müttern, die so schlicht sind wie sie selber. Ängstliche Männer und Frauen, die sich an den großen Hunger erinnern, die die Macht der Gutsbesitzer und Richter und der Polizei kennen.«

Sie schenkte Tee ein und sprach dabei mit ruhiger Stimme.

»Wir alle kennen ihre Macht«, erwiderte Ned, als sie ihm seine Tasse reichte. »Die Organisation soll ihr ja ein Ende machen.« Aber sein Tonfall war so ruhig wie ihrer, und seine Worte waren die eines Menschen, der eine Streitigkeit beenden will.

Nach dem Essen gingen wir wieder ins Wohnzimmer und gönnten uns ein Glas oder zwei, um den Abend abzurunden, aber es war klar, daß niemand unter uns lange weitermachen wollte. Mit Ned war etwas Neues in unser Leben gekommen. Aber unser Gespräch war angenehm und ohne Spannungen, mit Ausnahme von Neds verlegenem Benehmen, das er niemals verlieren sollte, nicht einmal, als wir uns sehr nahe gekommen waren. In seinen Gedanken schien es für Klatsch und Plaudereien über Wetter und Ernten keinen Platz zu geben. Aber er war auch, wie ich an diesem ersten Abend erst zu entdecken begann, ein Mann, der eine große, aber seltsame Auswahl an Büchern gelesen hatte, auch wenn er kaum zur Schule gegangen war. Seine Lektüre sollte sich im Laufe der Zeit als Ramschbeutel herausstellen, geöffnet in einer hingeworfenen Anspielung oder in einem Gespräch in den Hügeln – Hugos *Les Misérables*, Marc Aurel, Herodot, die Essays von Montaigne, *Onkel Toms Hütte*, Patrick Henry, Cooper und Scott, irgendein Amerikaner, der zwei Jahre lang vor dem Mast gesegelt war. Und Shakespeare. Immer wieder las er Shakespeares Stücke.

Über *Les Misérables* sprach er an diesem Abend in einer Art, die für ihn der Geschwätzigkeit nahekam – nicht über das Buch selber, sondern über die Nächte, in denen er es gelesen hatte, am

Lagerfeuer, bei der großen Belagerung von Petersburg. Dabei befand er sich nicht auf dem Boden von Virginia, sagte er, sondern in den labyrinthischen Kloaken von Paris, zusammen mit dem armen gejagten Jean Valjean. Jean Valjean war sein großer Held, sagte er, als er steif vor uns saß und seine knochigen Knie umklammerte.

Ich brachte Bob ans Tor und blieb dort kurz mit ihm stehen.

»Dieser Vetter ist ein angespannter Bursche«, sagte ich. »Kein Mann, den man zum Pferderennen mitnehmen würde.«

»Er ist ein guter Mann«, sagte Bob. »Er ist hier bitter nötig. Morgen kann ich dieses Waffenhandbuch des verdammten Franzmanns ins Feuer schmeißen.«

»Meinst du?« fragte ich überrascht. »Ich finde das auch, aber ich dachte, ihr beide wärt absolut nicht füreinander geschaffen.«

Aber Bob schüttelte den Kopf, klopfte mir auf die Schulter und machte sich auf den Weg zu Tullys Laden.

Bald darauf nahm ich Neds Koffer und führte ihn ins hintere Schlafzimmer, das er benutzen sollte, das Zimmer, das in späteren Jahren den Kindern gehören sollte. Und die jungen Dinger übernahmen unsere Ausdrucksweise so vollständig, daß es nicht ihr Zimmer war, sondern »Neds Zimmer«. Damals in den 70er Jahren war der Aufstand bereits in die vage Vergangenheit zurückgesunken, in die Sage, aber das Zimmer trug immer noch Neds Namen.

Er nahm mir den Koffer ab, hob ihn aufs niedrige Bett und öffnete ihn. Hemden und Hosen legte er auf die Bettdecke, und dann zog er, nach heftigem Wühlen, zwei in Flanell gewickelte Gegenstände hervor. Er wickelte den kleineren der beiden aus.

»Bob hat vorhin gesagt, du hättest keine Waffe, Hugh. Du kannst diese hier gern haben.«

Vorsichtig nahm ich den Revolver, den er mir reichte, und wog ihn in der Hand, wobei mein Zeigefinger nicht auf dem Abzugshahn, sondern am Sicherungsflügel ruhte. Er war schwerer, als ich erwartet hatte, das Metall fühlte sich kalt an. Die Kammern waren kleine, schwarze Münder. Als ich ihn hielt, fühlte ich mich unbeholfen und unwohl.

»Der hier gehört mir«, sagte Ned und wickelte das andere Flanelltuch auseinander. Schußwaffen sind niemals meine Leidenschaft gewesen, weder damals noch später. Sie sind düstere Instrumente des Todes, kompakt und brutal, mit einer düsteren

Intelligenz, als ob sie in ihren metallenen Seelen wissen, daß ein haarfeiner Druck, ein Bruchteil von Sekunden Menschen oder Tieren den Tod bringen, Fleisch, Muskeln, Haut, Fell zerfetzen kann. Aber ich konnte sehen, daß Neds Revolver ein Prachtexemplar dieser düsteren Gattung war.

»Es ist ein Colt«, sagte Ned, und das Wort brachte mir das Bild eines jungen Pferdes, das wild über eine Wiese stürmt. »Es ist ihr neuster Entwurf, ein single-action .44.« Er hielt ihn in der rechten Hand und fuhr mit der linken am langen Lauf entlang, das Streicheln eines Liebhabers.

»Ist das die Waffe, die du im Krieg benutzt hast?« fragte ich.

»Der Bursche hier? Dieser Bursche ist niemals an Corporals ausgeteilt worden.« Er trug den Colt hinüber zu der Kerze, die Mary für ihn angezündet hatte. Im sanften, vertrauten Licht glänzte er, glatt und schwer, aber mit der aller feinen Mechanik innewohnenden Eleganz.

»Drei Nächte, ehe ich losgesegelt bin, hat ein Mann namens Rafferty, der bei den Pionieren Major gewesen war, ihn mir gegeben. Er war einmal Mitglied der Organisation. Ich aß an diesem Abend mit zwei von den anderen zusammen, und er kam durch das Restaurant und gab mir dieses Paket, eingeschlagen in braunes Papier und mit einer Schnur umwickelt. ›Ich weiß, wer du bist‹, sagte er. ›Das hier war für Joe MacGuiness bestimmt, aber ich kann ihn nicht finden. Ist er schon abgereist?‹ – ›Wer ist Joe MacGuiness?‹ fragte ich. Und er lachte und klopfte mir auf die Schulter, ein massiger, schwerer Mann, mit rotem Gesicht und dickem braunem Schnurrbart. ›Recht hast du‹, sagte er, ›je weniger gesagt, desto besser.‹«

»Wieso kannte er dich?« fragte ich.

»Die Organisation ist Hauptgesprächsthema in New York. Es ist ein billiges Opfer, einen Revolver zu vergeben, den du nicht mehr brauchst. Das Witzige ist, daß ich noch nie von Joe MacGuiness gehört hatte, aber er kann durchaus losgefahren und jetzt irgendwo hier sein. Des einen Freud…«

Er wog den Revolver noch einmal in der Hand, dann legte er ihn vorsichtig auf den Tisch, neben die Kerze, deren Flamme sich im Metall spiegelte.

»Es ist nicht das weichste Bett auf der Welt«, sagte ich.

»Es fühlt sich hervorragend an«, antwortete er. Er drückte mit der Handfläche auf die Strohmatratze.

Als ich alles für die Nacht bereitet hatte, war Mary schon im Bett, ihre Haare waren gelöst und ihre Hände auf der Bettdecke gefaltet. Ich legte den Revolver, den Ned mir gegeben hatte, auf die Kommode.

»Ein Geschenk von Ned«, sagte ich.

Sie betrachtete ihn wortlos. Ich bezweifle, daß sie jemals mit einem solchen Gegenstand in einem Zimmer gewesen war.

»Das sehe ich«, sagte sie mit kleiner Stimme.

»Na ja«, sagte ich. »Was soll ich machen? Das bereiten wir doch schon seit zwei Jahren vor.«

»Das weiß ich«, erwiderte sie, ihre Augen wichen jedoch nicht von dem Revolver.

»Am festgesetzten Tag«, sagte ich, »gibt es vielleicht wenig Grund, ihn zu benützen. Zwischen uns und der Kontrolle über Kilpeder steht doch nur die Polizei, und Sergeant Honan und seine Burschen sind vernünftige Männer.«

»Du weißt sehr gut, daß das nicht stimmt, Hugh.«

»Nun«, wiederholte ich, »was soll ich machen?«, mit einem Hauch von Gereiztheit in meiner Stimme.

Statt zu antworten wandte sie mir ihr Gesicht zu. »Er ist ein beängstigender Mann«, sagte sie. »Er ist nicht wie irgend jemand von uns, oder? Auch nicht wie Sergeant Honan.«

»Er ist ein sympathischer Bursche«, sagte ich, »ich konnte ihn sofort leiden, und Bob auch.«

»Das ist er wirklich«, erwiderte Mary. »Nicht Ned jagt mir Angst ein, sondern das, was er nach Kilpeder gebracht hat.« Und mehr sagte sie nicht.

Und sie brauchte auch nicht mehr zu sagen. Ich wußte, was sie meinte, und ich empfand genauso. Wir hatten exerziert und geübt, und Bob hatte mir die Verwendung seines eigenen Revolvers erklärt, der zwar ein englisches Fabrikat war, aber zweifellos genauso funktionierte wie der auf der Kommode. Aber die Waffen, die Ned uns gebracht hatte, waren Botschafter und Waffen zugleich.

Ich ging ans Fenster, und Mary sprach zu meinem Rücken.

»Es steht jetzt unmittelbar bevor, nicht wahr?«

»Unmittelbar oder gar nicht«, antwortete ich. Auch 65 hatte es unmittelbar bevorgestanden, aber das Jahr war gekommen und gegangen. »Aber wenn es kommt, dann ist es eine Frage von Wochen.« Ich muß mich wohlinformiert über diese Frage angehört haben, aber in Wirklichkeit wußten wir nichts, und ich bezweifle, daß die Männer in Cork City viel mehr wußten. Es war unwirklich, eine Art Phantasie, anders als Neds Revolver. Sogar die kronentreuen Zeitungen wußten mehr. Von ihnen hatten wir erfahren, daß Stephens und O'Mahoney beiseitegestoßen worden waren, von zum Handeln entschlossenen Männern. Von Männern, die für uns weder Namen noch Gesichter hatten, obwohl wir später natürlich die Namen von Kelly, McCafferty und all den anderen kannten. Doch bis zum Ende waren uns die Namen fremd, sogar als wir in Cork vor Gericht standen und hörten, daß wir auf ihren Befehl hin gegen Königin Victoria, ihr Königreich und ihre Person, bewaffnet rebelliert hatten.

Vage hörte ich – oder vielleicht spürte ich es nur – das Geräusch von Marys Bürste, die sie durch ihre dichten braunen Haare zog, ein vertrautes Geräusch.

»Unwirklich«, sagte sie als Echo meiner Gedanken. »Wenn wir abends darüber gesprochen haben, wir und Bob und Vincent, klang es alles großartig und unklar, wie eine Oper. Und jetzt bedeutet es einen Revolver auf einer Kommode.«

Die Straße unten war pechschwarz, nur die beiden Kirchtürme waren vage wahrzunehmen, als meine Augen sich an die Dunkelheit gewöhnt hatten. Damals gab es in Kilpeder keine Straßenlaternen. Die Kneipen waren noch offen, aber sie waren hinter der Biegung oder zu weit entfernt die Straße hinunter, so daß ihr Licht nicht bis zu uns vordrang. Aber man konnte die Existenz der Stadt spüren, Läden und Markthalle, den weiten Marktplatz. Und hinter der Stadt Lord Ardmors Wildpark und die umliegenden Hügel. In der Wache schliefen die Constables oder saßen bei einer letzten Tasse Tee zusammen, und ihre Gewehre, die sogar noch tödlicher waren als Neds Revolver, lehnten an der Wand. In seinem Zimmer über Tullys Laden war Bob aller Wahrscheinlichkeit nach immer noch wach; viereckiges kahles Zimmer, Bett, Tisch, Bücherregal; vielleicht neben dem Bett eine tropfende Kerze. Im Laden unter ihm waren Waren und Lebensmittel in Fülle aufgehäuft, Tee und Kerzen und Handhaken. In einigen Stunden würde das Morgenlicht, frisch und voller Selbstvertrauen, die Dunkelheit davonspülen, und das Vertraute, das immer den Anschein von Dauerhaftigkeit hat, wieder herstellen. Aber jetzt füllte, für meine Augen und Sinne, Dunkelheit unsere Welt mit Erstaunen und bebenden Möglichkeiten.

3

[Patrick Prentiss]

Und als Patrick Prentiss, ein Jahr später im Winter 1905 in London, in seiner Wohnung in Pump Court die Geschichte des Fenier-Aufstandes schrieb, hatte auch er das Bild des verschlafenen Marktplatzes von Kilpeder im Kopf.

Es war ein fast so kalter Winter wie der, über den er schrieb, mit leichtem Schnee und grauen, bewölkten Nachmittagen, die Dunkelheit kam früh und war fast willkommen, denn in der Dunkelheit wandte die Stadt sich nach innen, hellen Zimmern und knisternden Kohlenfeuern zu. Im Garten hinter dem Hof war die Erde gefroren, und die blattlosen Zweige sahen brüchig aus, als könnten sie jederzeit abknicken.

Er war mit seiner Arbeit inzwischen gut in Gang gekommen, seine Notizbücher waren auf einem langen Tisch neben seinem Schreibtisch aufgestapelt und peinlich genau beschriftet. Zusammenfassungen von Unterhaltungen, geführt in Pensionen in Dublin oder London, in Bars und Restaurants in Boston und New York, mit Männern, für die, wie für Hugh MacMahon, der Aufstand ein strahlender Morgen in einem ereignislosen Leben gewesen war, und anderen, wie Devoy und Rossa in New York, die immer noch Verschwörer waren, für die das Drama noch längst nicht ausgespielt war: Devoy, schmallippig und sardonisch, grauer, kurzgeschorener Bart und Schlitzaugen, und Rossa, darüber im klaren, daß sein Leben zur Legende, zu Liedern geworden war, jedoch alkoholisiert und prahlerisch, Andeutungen von »Aktionen« seiner Kämpfer bis hinein in die 80er und 90er Jahre, ermordete Grundbesitzer, hingerichtete Denunzianten. Während er in durch Wachsamkeit verhärtete oder durch Whiskey verwässerte Augen blickte, hatte Prentiss versucht, einen lange vergangenen Frühling wiederzufinden.

An den meisten Tagen machte er um fünf Uhr einen Spaziergang durch die herabsinkende Dunkelheit, zum geschäftigen

Strand, Straßenlaternen sanft wie Perlen, vom Nebel umhüllt, Schaufenster leuchteten; die Menge drängelte sich auf den Bürgersteigen; dichter Verkehr aus Droschken und Straßenbahnen. Oder er ging am Embankment, an der dunklen und öligen Themse entlang, auf Westminster Bridge und die Houses of Parlament zu, zinnenbesetzt und mit hohen schmalen Fenstern, voll vom Überschwang des 19. Jahrhunderts, verwandelt durch Londoner Nebel und Abendlicht. Verglichen mit diesem Anblick und dem Empire, zu dem er gehörte, schrumpfte das Ereignis, über das er schrieb, zur Bedeutungslosigkeit zusammen, besudelt von komischer Tollkühnheit und vom Whiskey angespornten Schwüren. Einst war in einer anderen Winternacht, 1884, ein Veteran des Aufstandes von 1867, William Lomasney – der »Kleine Captain«, der mit zwanzig Männern die Kaserne von Ballyknockane angegriffen und mit Nolan und den anderen in englischen Gefängnissen gelitten hatte – mit zwei Männern zu den Strebepfeilern der London Bridge unten am Fluß gerudert, wo sie sich in einem verpfuschten Attentatsversuch selber in Fetzen gesprengt hatten. Leichte, sinnlose Kratzer auf den Steinen der großen Stadt, fortgeschwemmt von dem Wasser des schweren, dunklen Flusses.

In seinem Club, dem Savile, bei einem Hammelkotelett, einem Glas, einer Partie Whist, wurde er oft nach seinem Buch gefragt und antwortete dann vage, es handle vom Leben in Irland im letzten Jahrhundert. »Großer Gott!« sagte dann sein Gesprächspartner. »Irland!« Aber nicht wenige hatten irgendwelche irischen Verbindungen – eine Angelhütte in Connemara, einen verrückten Vetter aus Kilkenny, der zur Armee gegangen war. Sie vergaßen immer wieder, daß Prentiss selber Ire war; weder sein Auftreten noch seine Aussprache hatten etwas Irisches. Wenn er die Karten austeilte, fiel ihm plötzlich Rossa ein, der sich über den Tisch beugte. »Niemand hat Ned Nolan so gut gekannt wie ich. Ich kannte ihn so gut wie diese Hand.« Er hielt sie zur Inspektion hin, und Prentiss staunte über ihre Biographie, eine Hand, die in einem englischen Gefängnis die Spitzhacke geschwungen, die Zündkapseln gehalten, die Briefe unterschrieben hatte, die Männer zum Morden geschickt hatten, Schüsse aus dem Hinterhalt, ein Stadthaus, das in die Luft fliegt. Oder er dachte an das erste Licht auf den Derrynasaggarts, als er von Kilpeder nach Killarney gewandert war, um das Gelände kennenzulernen, wie jeder gute Historiker das tun sollte, wobei das Licht zuerst trübe auf Stein und

Stechginster fiel, dann heller wurde, Hügel zeigte, zu kahl zum Grasen oder um dort Häuser zu bauen, von Geistern besiedelt. Das fiel ihm ein, wenn er wartenden glatten Händen in makellos weißen Manschetten die Karten austeilte.

Aber später, vielleicht in der Droschke, in der er durch die Dunkelheit nach Hause fuhr, erinnerte er sich an Kilpeder, wie er es in der Ruhe des Morgens vom Eingang der Arms gesehen hatte, oder nachts, wenn er durch die von Falken bewachten Tore des Schlosses schritt, nachdem er den Abend beim alten Lionel Forrester verbracht hatte, und wenn das Mondlicht flach auf Markthalle und Obelisk schien. Entlang der Straße und dann auf der Landstraße nach Macroom bewegten sich schattenhafte Gestalten auf die Polizeiwache zu, eine Szene in der Glaskugel seiner Erinnerung, in London, ein Spielzeug.

Nicht, daß er den Aufstand in Kilpeder für den Mittelpunkt der Rebellion von 1867 gehalten hätte; denn diese Rebellion, wie er inzwischen festgestellt hatte, hatte keinen wirklichen Mittelpunkt gehabt: Ein konfuses Oberkommando, Denunzianten, schlechter Austausch von Nachrichten, Schnee, verstreute, sinnlose Angriffe auf Kasernen, Stationen der Küstenwache, Eisenbahnen, Märsche und Gegenmärsche, demütigende Niederlagen, englische Gefängnisse, die am Ende des Weges warteten. Es war eher das Gegenteil, Kilpeder als typisches Beispiel, bevölkert mit Schauspielern, die Gesichter, Identitäten, Schicksale bekamen, indem er durch seine beiden Vergils von ihnen erfuhr, durch MacMahon und Forrester, einem Schulmeister im Ruhestand und Lord Ardmors älterem Vetter, mit trockener, sardonischer Stimme.

Denn von den noch lebenden Männern, mit denen er gesprochen hatte, waren nur wenige im Märzschnee wirklich »draußen« gewesen. Viele waren bereits in den Razzien von 65 und 66 gefangen worden und saßen in ihren englischen Zellen oder in Dubliner Gefängnissen und warteten auf die Deportation – Devoy, Rossa, O'Leary, Luby. Die Rebellionen waren lokal geschehen, auf Befehl von damals wie heute schattenhaften Männern: Kelly, McCafferty, einigen französischen Colonels auf halbem Sold, die als Führer angeworben worden waren. Die, die draußen gewesen waren, erinnerten sich an Bruchstücke, Fragmente: Eine wilde, verwirrte Schießerei in den Bergen, aufgesetzte Wildwest-Tollkühnheit, tausend Männer, die in der Nacht in den Hügeln von

Dublin warteten, hinter Tallaght. Aber *warum*? Diese Frage machte ihm ununterbrochen zu schaffen. Warum waren diese Männer, verstreut über die Städte Munsters, von Kerry bis Waterford, mit ihren wenigen Flinten und Gewehren, mit ihren pathetischen handgemachten Piken, durch Schnee und ins massive Feuer marschiert, im Dienste einer flickenhaften Verschwörung?

Er fing jeden Tag früh mit der Arbeit an, um halb acht oder acht, wenn London zumeist noch schlief. Starker Tee, ungesüßt, dicht bei der Hand, die Hand bewegte sich, nicht ruhig oder gelassen, wie man sich vielleicht Macaulay oder Michelet bei der Arbeit vorstellen kann, sondern hektisch, ein Absatz oder zwei, dann wurde die Feder auf ihren Halter aus Silber und Onyx gelegt, ein Geschenk seines Vaters, des Dubliner Anwalts, dem Geschichte als Folge von Schriftsätzen erschien, sparsam aufgestellt, einsortiert, verschnürt. Während dieser Pausen durchwühlte er Ordner, Kontobücher, noch nicht aus den Notizbüchern übertragene Notizen, Unterhaltungen, Gerichtsprotokolle, Zeitungsausschnitte.

Das, was Historiker eines Tages (falls er seine Geschichte jemals vollenden würde) als die Rebellion der Fenier bezeichnen würden hatte lange vor 67 oder sogar 65 begonnen – ein Jahrzehnt früher, im Jahre 1856. Es hatte angefangen, als James Stephens – Veteran des Aufstandes von 1848 – nach Irland zurückgekehrt war, um dem Land auf den Puls zu fühlen. Monatelang war er durch die vier Provinzen gewandert, verkleidet als Bettler, Wanderarbeiter, Handelsreisender, hatte mit den Jungen und den Unzufriedenen geredet. Seinen 3000-Meilenmarsch nannte er ihn später; damals war er die legendäre »Nummer 1« der Fenier-Verschwörung. 1865, als er die Zügel der Rebellion in den Händen hielt, wurde er zum Helden der berühmten Flucht aus dem Gefängnis von Richmond; 67 war er ein entthronter Führer, verurteilt zu mehr als dreißig Jahren geschwätziger Erinnerung, inzwischen langbärtig, ein schäbiger Weiser, der ohne einen Penny in einer Vorortwohnung hauste.

Aber 1856, im Jahr seiner Wanderung, war James Stephens ein Irrlicht gewesen, niemals vergessen, vage erinnert. *An seabhac*, wurde er in den gälischsprachigen Gegenden genannt, »der Habicht«, und das ging in die Polizeiberichte als »Shook« ein, »Mr. Shook«. »Es wird berichtet«, schrieb der Sergeant von Castletown Bearhaven, einer Hafenstadt in einem Ausläufer West

Corks, »daß Shook, der letzten Monat von der *Gazette* in Waterford gemeldet wurde, in dieser Woche Castletown besucht und sich im Laden eines Hufschmiedes namens Grady mit zwanzig Männern getroffen hat. Worüber er mit ihnen gesprochen hat, weiß man nicht, aber alle waren Männer niederen Standes, mit Ausnahme Gradys, der für seine ausschweifenden Gewohnheiten bekannt ist.« Es war ein Jahrzehnt nach der Hungersnot, dem großen Hunger, und Mr. Shook besuchte die am schlimmsten heimgesuchten Gegenden, Schull und Crosshaven und Skibbereen, wo er mit einem jungen Hitzkopf namens Jeremiah O'Donovan sprach, der behauptete, seine Abstammung erlaubte ihm, sich »O'Donovan Rossa« zu nennen.

Mit großen Schwierigkeiten suchte Prentiss nach einem Bild dieses frühen Stephens, unbesudelt von Klatsch, von Versagen. Er sah ihn bei Einbruch der Nacht, auf einem Hügelkamm, vor ihm ein nur unvollkommen vor den Seewinden geschütztes Dorf, Hütten, die zerstreut am trüben Wasser, vor einem dunkler werdenden Strand lagen. Verkleidet als Bettler, langer Übermantel, geflickte und staubige Stiefel, Segeltuchtornister auf den Rücken geschnallt, blieb er stehen. Hier, in diesem Dorf vor ihm, hatten zehn Jahre zuvor die Toten unbestattet in ihren Hütten gelegen, und hinter ihnen in den Feldern war die Kartoffelernte schwarz und stinkend verfault. Ihr Gestank hängt immer noch in der Luft, unbesiegbar von den auffrischenden Winden, die übers Wasser kommen. Er erinnert sich vielleicht an die Bauern von Tipperary im Jahre 1848, höflich und apathisch, verwirrt, als Smith O'Brien ihnen Widerstand predigte, dieser Patriarch mit der milden Stimme, der in die Rebellion geraten war und der ihnen an seinen zarten Fingern das unzählbare Unrecht abzählte, das ihnen zugefügt wurde. Vor der kleinen Menge räusperte ein Kätner sich, spuckte genau zwischen seine Füße, stupste seinen Nebenmann mit dem Ellbogen an. Ein Markttagsvergnügen, diese Herren aus Dublin in ihren Gehröcken, die eine wohlerzogene Rebellion predigten; Constables sollten auf den Straßen angehalten und entwaffnet werden, ohne daß ihnen ein Leid zugefügt würde. Der junge Stephens befand sich in der Menge, gehörte aber nicht zu ihnen, ein geladener Karabiner ruhte auf seinem Unterarm. Neben ihm O'Mahoney, Clanhäuptling der Comeraghs, ein Mann aus Tipperary, den sie kannten, aus kämpferischer Familie: ein großer gutaussehender Mann, dessen Rock offen hing und dem zwei

Pistolen im Hosenbund steckten. O'Mahony hätte sie führen können, oder Stephens selber, nicht aber die Gentlemen aus Dublin. Er war nach wenigen Stunden beendet, dieser Aufstand von 48; ein Angriff auf eine Polizeiwache, ein Schußwechsel, zwei Männer tot auf einem Feld. Nie wieder, gelobten O'Mahony und Stephens in ihrem Pariser Exil, angeregt vom Gerede über blanquistische Barrikaden, dunkeläugige *carbonari* in schlecht beleuchteten Cafés in den Seitenstraßen des Boul' Mich'. »Setzt die Dorfkämpfer ein« sagte Stephens, »nehmt Geiseln, reißt die Schienen auf.« Und schob O'Mahony die Flasche zu, und der, Abstinenzler in diesen Pariser Jahren, lächelte und schüttelte den Kopf. Aber später schrieb O'Mahony ihm aus New York über Hunderttausende von Hungersnotsiren, die an den Stränden von Boston und New York angeschwemmt worden waren, verwirrt, wütend, Bauern, die nicht an Ziegel und Asphalt und lärmende Pferdebahnen gewöhnt waren, ihre Erinnerungen klammerten sich an Hügel im Sonnenschatten, an Wollgras, an eine gewundene Straße, an Stimmen und Hitze winterlicher Schenken. »Hier gibt es ein zweites Irland«, schrieb O'Mahony. »Ungebrochen. Sie würden Geld schicken, und Männer. England hat sie von zu Hause vertrieben, und das wissen sie genau.« Sie brauchten ein Signal, schrieb er, sie müßten erfahren, daß ihr Land noch nicht tot ist.

Und deshalb begab Stephens sich auf seine Wanderung, auf der er in verstreuten, wirren Polizeiberichten seine Spur hinterließ, in der Erinnerung alter Männer, die die Zeit aufgeblasen und vergrößert hatte, durch den Stolz auf ihre eigene vergangene Jugend.

»Nun, in meiner Stadt, in dieser Stadt«, hatte ein alter Mann aus Cahirciveen, zahnlos, Wangen wie gemaserte Holzäpfel über unrasierten Stoppeln, gestreiftem, am Kragen sorgfältig zusammengestecktem Hemd, Prentiss erzählt, »waren wir ein Pulverfaß, das nur auf den zündenden Funken wartete, und James Stephens war der Funke – Mr. Shook, wie er genannt wurde, *an seabhac*, der Habicht. Wir trafen uns mit ihm in Pat Sullivans Schenke, unter der Nase der Peeler * in der Wache gegenüber. Ich war damals sechzehn, und ich war der Jüngste in Cahirciveen, dem Mr. Shook den Eid abnahm. Das ist eine Tatsache, Mr. Pren-

* Peeler = Polizist, so genannt nach dem britischen Politiker Sir Robert Peel, der als Innenminister (1822–1830) das Londoner Polizeiwesen reorganisierte.

tiss, und sollte aufgeschrieben werden.« Pat Sullivan, dachte Prentiss, und der Name glitt an seinen Platz: mit O'Connor beim Angriff auf die Küstenwache, lebenslänglich Zuchthaus. Der alte Mann saß zwischen Tochter und Schwiegersohn. Die Tochter traktierte Prentiss mit Tee und Brot, das Brot wimmelte nur so von Rosinen und war mit Zucker glasiert. Mit verlegenem Stolz, wachsame Augen auf den alten Mann gerichtet, nickten sie. »Stephens war ein gutgebauter Mann, mit kräftigen Gliedern und kohlschwarzen Augen. Ich erinnere mich noch gut an ihn, er hatte einen schwarzen Bart. Ein kluger Mann, der vor langer Zeit Lokomotivführer gewesen war. In Killenaule, im Jahre 48, war er verwundet und als tot liegengelassen worden. Er kroch hinter eine Hecke und versteckte sich. Haben Sie das gewußt, Mr. Prentiss?« Ja. Mr. Prentiss hatte das gewußt. Zwei Drucke hingen einander gegenüber. Das Herz Jesu – kalkweiß und zinnoberrot, der Zeigefinger ruhte auf dem wundersamerweise offen daliegenden Herzen – und die ovalen Photographien der Märtyrer von Manchester, Allen, Larkin und O'Brien. Über ihren Köpfen die geschnörkelte Inschrift »God save Ireland«, darunter das Datum ihrer Hinrichtung nebeneinander an einem dreifachen Galgen, 23. November 1867.

»Zu sechs Monaten Zwangsarbeit haben sie ihn verurteilt«, sagte der Schwiegersohn stolz. »Er hat zwölf Stunden pro Tag in Kilmainham Werg gezupft und Postsäcke genäht. Es heißt in der Familie, daß seine Finger sich davon nie wieder erholt haben.« Finger, die die Postsäcke Ihrer Majestät genäht hatten, ruhten auf knochigen Knien.

»Aber Mr. Prentiss möchte etwas über James Stephens erfahren«, sagte der alte Mann. »Nur habe ich nicht mehr zu erzählen. Ich habe ihn nur dieses eine Mal gesehen. Er ist niemals nach Cahirciveen zurückgekehrt. Er ist niemals irgendwohin zurückgekehrt. Das war seine Art, er war ein fliegender Habicht. Er war zu schnell für sie, das Gefängnis von Richmond konnte ihn nicht halten.«

»Er ist erst vor kurzem gestorben«, sagte Prentiss. »Wenn ich vor vier Jahren mit meiner Arbeit angefangen hätte, dann hätte ich mit ihm reden können.«

Der alte Mann schien das nicht zu hören, schien taub zu sein für Nachrichten über einen Mann, der älter war als er selber, einen vergessenen Mann, der hinter den stuckverzierten Mauern von

Blackrock dahingewelkt war. Er sah einen jungen fliegenden Habicht, dunkel vor dem Morgenhimmel.

Aber Hugh MacMahons Erinnerung war, wie erwartet, zuverlässiger. »Im Zirkel von Kilpeder gab es keinen, dessen Eid bis in die Zeit von James Stephens' Wanderung zurückreichte. Bob und Vincent und ich waren die ersten, und wir holten den Eid aus Cork nach Kilpeder. Stephens hat meines Wissens unser Dorf nie besucht, obwohl er angeblich in Macroom gewesen ist. Während seiner Wanderung waren wir sowieso allesamt noch Schuljungen, die sich mit Buchstabieren und Rechnen abmühten. Viel später habe ich Leute kennengelernt, die behaupteten, ihm begegnet zu sein, und auch einige, die sich damit brüsteten, daß Mr. Shook ihnen persönlich den Eid abgenommen hätte. Aber im Jahre 65 war Stephens die Nummer eins, COIR war sein genauer Titel, Chief Organiser of the Irish Republic, und er war überall zur selben Zeit, in New York, in Paris, in London, verkleidet sogar in Dublin. Ich erinnere mich an seine Flucht aus dem Gefängnis von Richmond im Jahre 1865. Es war das Hauptgesprächsthema in ganz Irland, und sicher auch in London. Meine Güte, es war phantastisch. Nun hatten sie ihn endlich gefaßt, noch dazu am Vorabend des Aufstandes, wie wir damals glaubten, und der Habicht war ins Netz gegangen. Die Regierung und die Zeitungslakaien, wie wir sie nannten, machten gewaltig Wind um diesen Erfolg. Sie brachten Zeichnungen, damit allen klar wurde, was das bedeutete: James Stephens mit abgerissenem Hemdkragen, an Handgelenken und Knöcheln gefesselt, wurde durch das Tor aus düsterem Stein geführt. Bei seiner Vernehmung war die Dame Street schwarz vor Menschen, alle Gentlemen und Ladies kamen von der Residenz des Vizekönigs, um ihn zu sehen. ›Ich bestreite die Gültigkeit englischer Gesetze hier in Irland‹, sagte er, ›und ich widersetze mich jeder Bestrafung, die sie mir auferlegen können. Ich habe gesprochen‹.« MacMahons Lachen endete mit einem trockenen Husten. »›Ich habe gesprochen.‹ Tapfere Worte, bei Gott, aber sie versetzten uns in Panik. Bob und Kevin Mangan, der in Macroom das Kommando hatte, fuhren nach Cork, aber dort wußten sie natürlich auch nicht mehr als wir, und Bob kam voller Wut nach Hause zurück. ›Keine Angst‹, sagte Jackie Keegan zu ihm, ›sie haben noch keinen Käfig, der stark genug ist, um den Habicht zu halten.‹ Dann legte er Bob die Hand auf die Schulter. ›Die reden allesamt wie Schundromane‹, sagte Bob zu mir, aber den Männern gegenüber versuchten wir, tapfer zu wirken, und wenn ich mich richtig erinnere, dann übernahm Bob mit reinem Gewissen Jackie Keegans Worte. Und, beim lebendigen Gott, hatte Keegan nicht recht? Sie konnten Stephens festnehmen, aber den Prozeß konnten sie ihm nicht machen. Zwei Wochen später war er so frei wie ein Vogel. Es war eine riesige Sensation, und sie hatte eine phantastische Wirkung auf die Bewegung.«

Das stimmte, und Prentiss hatte nur die vergilbenden Zeitungsbände befragen müssen, um das festzustellen. Aber die Flucht war ihm in New York außerdem von John Devoy höchstpersönlich beschrieben worden, der die Gruppe von Männern angeführt hatte, die vor den Gefängnismauern warteten. Gerade und unbeugsam wie ein Schürhaken, wie Ned Nolan einer der niemals Verzeihenden, vermählt mit seinem Eid, Knastbruder, Verschwörer, sah er durchaus nicht irisch aus, sondern wie ein Yankee-Colonel im Ruhestand. »Es war einfach genug«, hatte er gesagt. »Und wieso auch nicht? Ein Binnenjob, wie sie hier sagen. Die beiden Wärter in seinem Block waren eingeschworene Fenier, Breslin und Byrne. Sie brachten ihn durch die innere Mauer und über den Hof, und draußen warteten Kelly und ich und ein Dutzend andere mit einem Strick. Ich weiß noch, daß ein Mann namens Ryan zu mir sagte, als wir die North Circular Road erreichten: ›John, heute nacht haben wir das größte Ereignis der Geschichte miterlebt.‹ Interessantes Urteil über die Kreuzigung.«

»Und was hat Stephens gesagt?« fragte Prentiss.

Devoy lächelte grimmig und zündete seine Zigarre wieder an, wobei er sein Streichholz vorsichtig hin und her bewegte und die Zigarre umdrehte. »Stephens? In dieser Nacht hatte er wenig genug zu sagen, obwohl ich glaube, daß er zu Ryans Sicht der Angelegenheit neigte. Er war ein eitler Mann; von dieser Sünde war er besessen, und ein Jahr später wurde sie ihm zum Verhängnis. Aber zum Teufel, es war *felix culpa*, hätte er denn ohne Eitelkeit das leisten können, was er zehn Jahre früher geleistet hatte? Ein Mann allein, der über Irlands Straßen wandert und den Samen der Revolution verteilt. In dieser Nacht goß es, ein dunkler Novemberregen. Das eine, woran wir nicht gedacht hatten, war ein Mantel für Stephens, und deshalb legte ich ihm meinen um die Schultern. Der Chief Organiser der Irischen Republik kann schließlich nicht am Ufer des Royal Canal herumbibbern. Aber zuerst steckte ich meinen Revolver an eine andere Stelle, und bis wir das Versteck in der North Circular erreicht hatten, machte ich mir schreckliche Sorgen, die Patronen könnten im Regen naß geworden sein.«

»Sie hätten ihn benutzt«, sagte Prentiss.

Devoy stieß aromatischen Havannadampf aus. »Wenn ein Peeler uns auch nur gefragt hätte, wohin wir wollten, dann hätte ich ihn aus seinen Stiefeln gepustet. Es tut mir leid, daß das nicht passiert ist. Bisher war noch kein Blut vergossen worden, wissen Sie, und das hätte vielleicht den Startschuß gegeben. Bei Gott, in der Nacht, als James Stephens aus dem Gefängnis geflohen ist, hätten wir halb Dublin zum Aufstand bewegen können. Oder etwas später, während der Weihnachtszeit und bis zum Frühjahr 66. Danach kamen die Verhaftungen, und die Organisation zerfiel. Auch 67 hätte es keinen Aufstand gegeben, wenn Stephens nicht abgesetzt worden wäre. Das ging ganz einfach. McCafferty hielt ihm einen entsicherten Revolver an den Kopf und sagte: ›Mr. Stephens, Sie sind abgesetzt.‹ McCafferty hatte ein wunderbar einfaches Auftreten – er war einer der amerikanischen Offiziere, einer von Mosbys Südstaatenguerilla. Aber das weiß ich alles nur vom Hörensagen. Im Februar 66 saß ich selber im Mountjoy-Gefängnis.«

»Und 67«, sagte Prentiss, »als es zum Aufstand kam, hat damals McCafferty den Befehl dazu erteilt? Damals war McCafferty doch Nummer 1?«

Wieder lächelte Devoy. »Außer James Stephens hatte niemand diesen Titel. Außer Mr. Shook. Aber es kann nicht McCafferty gewesen sein. McCafferty organisierte den Überfall auf das Arsenal von Chester. Kelly hat den Befehl erteilt, ein solider Mann. Ich erinnere mich an den Tag des Aufstandes, wir konnten es den Wärtern anmerken, und einer von ihnen, ein anständiger Bursche namens Clanahan, erzählte mir, daß sich oberhalb von Rathfarnham tausend Männer gesammelt hätten und daß die Truppen losgezogen waren, um sie zum Aufgeben zu zwingen. Später hörten wir von den Aufständen in Cork.«

»Vom Aufstand von Kilpeder?«

»Vom Aufstand von Kilpeder, ja, Ned Nolans Aufstand, aber auch von den anderen – Ballyknockane und den anderen. Eine verdammte Verschwendung. Im Hinterzimmer in der Grantham Street habe ich James Stephens im Januar 66 gesagt: ›Jetzt oder nie‹, und später habe ich andere sagen hören, McCafferty hätte gleich ganze Arbeit leisten und abdrücken sollen, wo er seinen Revolver schon entsichert hatte. Aber dazu hätte er sich niemals hergegeben, und Burke oder Kelly auch nicht. Wir schuldeten Stephens alles. Er hat es verpatzt, und deshalb wurde er zu recht kaltgestellt, aber wir hatten ihm alles zu verdanken. Danach kamen für ihn triste Jahrzehnte, armer Teufel, aber seine Beerdigung war großartig, habe ich gehört.« Wieder zog Devoy an seiner Zigarre und grinste Prentiss an. »Fenier sind Spezialisten für großartige Beerdigungen, Mr. Prentiss. Wir haben den armen Terence MacManus ausgegraben und ihn um die halbe Welt von San Francisco nach Glasnevin gebracht.«

Habicht in einer regnerischen Nacht, dachte Prentiss, in geliehenem Mantel, unter den blattlosen tropfenden Bäumen, von bewaffneten jungen Männern durch Straßen aus braunen und gelben Ziegelsteinen geführt, die Ufer des dunklen Kanals entlang, im prasselnden Regen. Er starb damals, nicht nach tristen Jahrzehnten, zur Strecke gebracht durch die Vogelflinte der Geschichte, und seine lange Wanderung durch Munster und Connacht, die Jahre der Pläne und der Ränke, des Geldbettelns bei Immigranten in New York, Bahnfahrten, um für Iren, die mit den Nordstaatentruppen in Tennessee, in den Tälern von Virginia lagerten, Reden zu halten, das alles lag weit zurück. Vor ihm lagen nur seine Monate der Unentschlossenheit – Terror, vielleicht, und das Warten auf die Geister, die er selber herbeigerufen hatte, und dann der dickläufige Revolver des Straßenräubers McCafferty, der gegen seinen Schädel gepreßt wurde.

»Mein eigenes Spezialgebiet«, fuhr Devoy fort, »war das Anwerben von irischen Soldaten in englischen Regimentern, und das ging ziemlich gut. Ich habe Hunderten von ihnen den Eid abgenommen. Aber die Briten sind auch keine Trottel. Bis zum Frühjahr 66 waren alle Regimenter von waschechten Engländern abgelöst worden, und ich und meine Anwerbegehilfen saßen hinter Gittern. Stephens hatte mir einen Titel verpaßt, Chief Organiser of the British Army. Er war ganz groß im Titelerfinden. Als sie mich verhafteten, war ich gerade an der Arbeit und hatte zwei Sergeants im Hinterzimmer einer Kneipe. Ein Denunziant hatte mich verkauft.«

Sie aßen in einem Restaurant in den West Twenties, um die Ecke von Devoys Fenier-Zeitung. Vor ihnen standen kalter Kaffee und leere Weingläser.

»Wenn ich mich richtig erinnere, dann haben sie Ihnen lebenslänglich gegeben«, sagte Prentiss.

Devoy schüttelte den Kopf. »Fünfzehn Jahre Zwangsarbeit. Ich hatte keine Möglichkeit, den Revolver, von dem ich Ihnen erzählt habe, abzufeuern. Deshalb kam ich 71 auch für die Amnestie in Frage, zusammen mit Rossa. Leute wie Ihr Nolan mußten ein paar Jahre länger ausharren. Als Nolan hier herüberkam, haben wir ihn in Empfang genommen.«

»Kannten Sie ihn von früher«, fragte Prentiss, »aus Irland oder aus dem Gefängnis?«

»Überhaupt nicht«, antwortete Devoy. »Ned ist Ende 66 nach drüben geschickt worden, vielleicht auch Anfang 67, am Vorabend des Aufstandes. Und nachher saß er in Portland und ich in Millbank. Ihm erging es am schlimmsten. Millbank galt als vorbildliches Gefängnis, während Portland entsetzlich war. Die Leute sind in Portland verrückt geworden. Ned allerdings nicht. Portland hat Ned hart gehämmert. So geht es eben. Das Gefängnis hat den armen Rossa zum Fanatiker gemacht und Ned zu – naja, zu dem, was er geworden ist. Sie wissen ja, was er geworden ist.«

Aber Prentiss wußte es nicht. Sie alle bewegten sich in Bahnen, die jenseits von seiner Erfahrung oder seinem Begriffsvermögen lagen. Russische Nihilisten vielleicht, oder Anarchisten, die sich in ihren Clubs und Kaffeehäusern in Whitechapel trafen, mit dunklen Gesichtern, großen Gesten, weiten deklamierenden slawischen Armbewegungen. Nicht wie Devoy, zugeknöpft, zurückhaltend, eine höfliche, distanzierte Verbindlichkeit ohne jegliche Liebenswürdigkeit. »Heute?« hatte Devoy zu Beginn ihrer Mahlzeit gesagt. »Heute bin ich ein höchst respektabler alter Geselle. Meine Zeitung hat versucht, das Interesse an irischen Fragen wachzuhalten, wir haben einen Korrespondenten in Dublin, es gibt viele Schwesterorganisationen, hier und in Jersey. Gedenkveranstaltungen. Irland ist im Moment sehr ruhig, wissen Sie, sehr verfassungstreu. Es hat Mr. Redmond und Mr. O'Brien und Mr. Healy seine Zukunft anvertraut.«

Prentiss wußte es besser. Selbst jetzt gab es eine schattenhafte Fenier-Organisation, und Devoy stand ihrem Zentrum nahe.

»Mr. Healey«, fuhr Devoy mit sanfter Stimme fort, »der Mann, der Parnell verraten hat. Und der kleine Johnny Redmond. Es gibt keine Ned Nolans mehr. Das alles ist 1891 in den Hügeln von West Cork gestorben.«

Während des Essens – klare Brühe und Hammelkoteletts für Devoy, die Folge seiner Verdauungsstörungen – hatte der alte Mann lässig über den Aufstand von 67 Auskunft gegeben, ein abgeschlossenes und in der Vergangenheit versiegeltes Ereignis. Aber seine Bemerkungen über die kürzer zurückliegende Geschichte waren ausweichend, gewunden, ab und zu mit einem Hauch von Schwefel befangen – Fraktionen, Spaltungen, Sullivan und der verräterische »Dreiecksflügel«, die Invincibles, Rossas Kämpfer.

»Lomasney«, wagte sich Prentiss vor, »der Mann, der unter der London Bridge die Sprengladungen angebracht hat, hatte Rossa den beauftragt?«

»William Mackey Lomasney«, antwortete Devoy. »Der Kleine Captain, so haben seine Leute ihn immer genannt. Ein gedrungener Mann. Ich kannte seine Witwe gut, sie lebt drüben in Brooklyn.«

»Hatte Rossa ihn beauftragt?« wiederholte Prentiss amüsiert.

»Seien Sie sich da nicht zu sicher, Mr. Prentiss«, sagte Devoy und fixierte ihn mit seinen harten grauen Augen, Messer und Gabel hingen in der Schwebe über dem Kotelett. »Die Organisation ruft ab und zu auf eigene Faust eine Kampagne ins Leben.« Die Gabel spießte auf, das Messer schnitt energisch ins Fleisch. »Lomasney und Ihr Nolan waren Freunde, und keiner stand Rossas Operationen nahe. Das habe ich jedenfalls gehört.«

»Warum Ned Nolan?« fragte er später und nippte mit der Wachsamkeit des Temperenzlers an seinem Weine. »Warum über Nolan schreiben? Ein guter Mann, aber kein Führer. Abgesehen von Clonbrony Wood.«

»Vielleicht gerade deshalb«, sagte Prentiss. »Oder vielleicht, weil ich jemanden wie Nolan nicht verstehen kann, jemanden, der hart wie ein Diamant geworden ist. Er ist wie einer der Männer, über die Plutarch schreibt.«

»Plutarch«, wiederholte Devoy und kostete die schweren Vokale aus wie ein Stück Hammelfleisch. »Wenn ich mich richtig an Mr. Plutarch erinnere, dann wollte er das Leben der Menschen, der Schurken und Patrioten von Griechenland und Rom glasklar darstellen.«

Aber es war Devoy selber, der Prentiss an Plutarch erinnert hatte – exiliert, ein unerschütterlicher Patriot, mit sauberer, aseptischer Ausstrahlung, Zigarren, pro Abend zwei Whiskeys. Sein

Gemüt hatte sich so verhärtet wie Nolans, wenn auch mit weniger katastrophalen Folgen. Jetzt war er ein alternder Junggeselle, der sich zwischen den Fraktionen seinen Weg suchte und wie ein Pokerspieler seine Geheimnisse für sich behielt, mit glattem, nichts preisgebendem Lächeln.

»Wir haben manchmal eng zusammengearbeitet«, erzählte Devoy, »aber wir sind uns nie nahe gestanden, wenn Sie den Unterschied begreifen. Ich habe ihm vertraut. Er brach mit uns, als Davitt und ich uns mit Parnell geeinigt hatten. Er gehörte zu den Unversöhnlichen. Er ging danach zu den harten Männern über, den Männern, die am äußersten Rand standen – Dynamit, Revolver. Die Geschichte hat bewiesen, daß er im Unrecht war. Unsere Methoden haben die Grundbesitzer zerschmettert.«

Prentiss wartete wortlos. Er drehte sein Weinglas auf dem weißen, steifen Damast.

»Er brach mit uns, habe ich gesagt. Aber die Aktion haben wir zusammen geplant. Ned war... obskur. Er war ein Kurier zwischen zwei Orten, und manchmal hatte die Organisation ein kleines Gehalt für ihn. Aber meistens mußte er sich nach besten Kräften selber versorgen. Eine Zeitlang hat er hier in der Stadt bei der Straßenbahn gearbeitet, und Ende der 70er Jahre war er eine Zeitlang für Tom Bonner Vorarbeiter in einer Ziegelei oben am Hudson, bei Verplanck. 67 schien lange her.«

Held auf halbem Sold, dachte Prentiss. Die Vergangenheit tot und bleich wie der Schnee von Clonbrony Wood. Aber noch nicht am Ende.

»Der Mann, der in Clonbrony Wood zum Vorschein kam«, sagte Devoy, »war Bob Delaney. Das wäre der richtige Mann für Sie. Ich erinnere mich noch gut an ihn von Parnells Besuch in New York her, Parnell so kühl und gutaussehend wie ein Herzog mit langem Stammbaum in einem Melodram im Theater, und neben ihm Dillon, und Bob Delaney zwei Schritte hinter ihm. Ich mochte ihn sofort leiden, er war ein Mann für alle Eventualitäten. Diese kleine Ratte Healy war bei ihnen, dieser Judas, der seinen Chef verraten hat. Aber nicht Bob Delaney, bei Gott! Delaney hielt zu Parnell, als die geballte Macht von England und der Kirche ihn zerschmettern wollte.«

»Seine letzten Jahre waren unglücklich«, sagte Prentiss. »Ein Dorfanwalt, der ab und zu einen Auftrag finden konnte. An den Anfang von allem zurückgekehrt, nach Kilpeder.«

»Ja«, sagte Devoy. »Und wir wissen warum. Er hatte dieselbe Schwäche wie sein Chef. Eine gewisse fatale Schwäche.«

»Es war nicht nur die Frau«, widersprach Prentiss. »Sie haben es selber gesagt. Die Männer, die zu Parnell gehalten haben, sind mit ihm gestürzt.«

»Nicht alle. Johnny Redmond geht es sehr gut. Es war ein offener Skandal, auf seine Weise genauso schlimm wie die Sache mit Parnell und Katharine O'Shea. Nein, noch schlimmer. Delaney war verheiratet und hatte Kinder, und der Ehemann dieser Frau war sein Freund, ein anständiger Bursche. Parnell war ein Aristokrat, ein Protestant. Bob Delaney dagegen war einer von uns.«

Prentiss zuckte die Schultern. »Es war doch wohl seine Privatsache.«

»Privat?« Die Zähne zwischen den dünnen Lippen wurden gebleckt. »Ehebruch haben als erstes die Engländer in Irland eingeführt. Dermot und Dervorgilla – lesen Sie die Geschichte Ihres Volkes, Mr. Prentiss. Es ist die schlimmste aller Sünden, die Sünde des Fleisches. Delaney hatte eine große Zukunft vor sich, ehe er sich in diese parfümierten Laken verirrte.«

Junggeselle, verheiratet mit Irland, eifersüchtig auf Rivalinnen. In den kalten grauen Augen sah Prentiss einen Moment lang unbarmherzigen, privaten Zorn aufflackern. Dann sagte Devoy, »auch egal, er ist jetzt tot. Möge die Erde nicht zu schwer auf ihm lasten.«

»Er muß Ihnen den Kampf von Clonbrony beschrieben haben«, sagte Prentiss. »Edward Nolan, meine ich.«

»Beschrieben? Ja, das hat er sicher, irgendwann im Laufe der Jahre. Ich kann mich aber nicht erinnern, wenn ich ehrlich sein soll. Ned war niemals so ein Aufschneider wie einige andere. Ich weiß noch, daß er, als er nach seiner Entlassung aus Portland hier landete, bitter genug war, über die verpfuschten Befehle, über all die Feiglinge und die Denunzianten. Aber das waren wir alle. Er hegte kalten Zorn gegen die Denunzianten. Und er hatte in diesem Wald Männer verloren, wissen Sie. Vier von seinen Jungs erschossen, und ein anderer lag tot in den Straßen von Kilpeder. Ich glaube, es waren vier.«

»Ja«, antwortete Prentiss. »Vier.«

Später standen sie im Winterabend von Manhattan. Pudriger Schnee wurde vom Wind im gelben Licht der Straßenlaternen herumgewirbelt, es gab einen sich rasch bewegenden Fußgängerverkehr. Auf der Straße fuhr ein gelbbemalter überfüllter Bus nach Westen, zum Fluß. Eine Polizeistreife, die Devoy erkannte, berührte schmissig den Helm mit der Hand, und Devoy, die Hände in den Taschen seines kurzen Überziehers vergraben, nickte als Antwort. In dieser Stadt gab es keine Peeler – die Polizei rekrutierte sich aus den Schiffsladungen kräftiger Burschen aus Mayo, Leitrim. Devoy, ein Mann mit Beziehungen, kannte ihre Herren, in der Innenstadt, in der Centre Street, und er hatte innerhalb der Truppe seine Clann-na-nGael-Zirkel.

»Ich würde viel darum geben, Mr. Prentiss, mit Delaney und Ned Nolan in Clonbrony Wood gewesen zu sein.« Er hatte sich eine neue Zigarette angezündet und hielt sie fest zwischen den Zähnen.

»Ein Fiasko«, sagte Prentiss skeptisch. »Eine Schießerei im Schneegestöber, fünf Bauernburschen tot. Und danach mußten sie mit erhobenen Händen zu den Constables hinausgehen.«

»Der einzige Schlag seit Emmets Rebellion, der getroffen hat«, sagte Devoy. »Und bisher der letzte.«

In unerbittlicher Winterluft, die durch den Schnee gemildert wurde, im Gaslicht stand er da nach vierzig Jahren im Exil, tüchtig und eingeschrumpft, unversöhnlich. Umgeben von den Straßen einer Stadt, die die seine geworden war, ihre Gerüche und Geräusche gehörten jetzt ihm. Er lächelte und reichte Prentiss die Hand. Die weißen regelmäßigen Zähne waren falsch, die harten Kanten dieses Gebisses wurden von einem gepflegten Militärbart verborgen.

Prentiss jedoch erinnerte sich, in einem anderen Winter an der Themse, lebhafter an West Corks späten Frühling und an Hugh MacMahons Stimme neben ihm, als sie in den Hügeln spazierengingen. Die Hecken hatten frische Blätter, blaßgrün, durchscheinend, und die Sonne fiel auf die Grenzzäune in der Ferne, die das Grün des Weidelandes aufteilten, wo das Vieh graste.

»Ich erinnere mich gut an die Nacht«, sagte MacMahon, in dem höflichen Tonfall eines Menschen, für den es keine wirkliche Rolle mehr spielt, ob er sich gut oder schlecht erinnert, solange die Zuhörer zufrieden sind, solange die Vergangenheit ans Licht kommt, eine Trophäe, die an ihre eigene verlorene Zeit gemahnt.

4

[Hugh MacMahon]

Ich erinnere mich noch gut an die Nacht, in der Bob und ich Ned Nolan in das Ödland von Knockmany geführt haben, wo er die Jungs kennenlernen und sich einen Eindruck davon machen sollte, wie wir mit ihnen exerziert hatten. Es war bitter kalt, jedenfalls für die Jahreszeit, der Boden unter unseren Stiefeln war hart und unnachgiebig. Eine Meile vielleicht folgte unser Pfad der Derrybeg, einem kleinen Bach, der in die Sullane mündet, und der von Wolken versteckte Mond glitzerte uns ab und zu von den vereisten Bachufern her an. Wir gingen ohne etwas zu sagen, wir drei und vielleicht acht Männer aus Kilpeder, und vier weitere erwarteten uns an der Boreen, die von der hiesigen Seite von Knockmany zur Derrybeg hinführt.

Beim ausgemachten Treffpunkt, wie wir ihn großartig nannten, war nur noch eine schmale, enge Biegung der Derrybeg zu sehen, die ab und zu durch einige blattlose Dornbüsche herüberglitzerte. Zwanzig Männer erwarteten uns dort, die sich zu zweit oder zu dritt unterhielten oder die hin und her liefen, um sich gegen die Kälte zur Wehr zu setzen. Und wir mußten eine gute halbe Stunde warten, bis der Rest eingetroffen war, die anderen kamen allein oder, häufiger, zu dritt. Wir hörten sie, ehe wir sie sahen, Bauernburschen, die in schweren Stiefeln über Winterboden gingen. Als ich durchzählte, waren wir 62, und das Fehlen der übrigen konnte entschuldigt werden – Bob Prendergast hatte eine kranke Färse, oder ähnliches. Vincent Tully kam als letzter, obwohl er einer der wenigen Berittenen unter uns war, er kam auf der gescheckten Stute, die ihm sein Vater geschenkt hatte, ritt an den Jungs vorbei und kam sofort zu Bob und Ned und mir. Er schwang sich vom Pferd und sagte, ob zu Ned oder zu Bob konnte ich nicht erkennen: »Ich komme zu spät, General, aber das ist nicht meine Schuld. Der Alte hat uns eine geschlagene Stunde den Rosenkranz beten lassen. Meine Knie sind restlos aufgescheuert.«

Er trug einen kurzen Reitmantel, den ich gut kannte und um den ich ihn ein bißchen beneidete, aus weicher, schwerer Wolle, mit einer Pellerine, und er hatte die Revers trotz des Wetters zurückgeschlagen, so daß sein Hemd in der Dunkelheit aufleuchtete. Den steifen Hut aus der Stirn geschoben, lächelte er uns alle drei gleichermaßen an, mit diesem herzerfrischenden Lächeln, das er hatte, und mit dem er alle, mit denen er sprach, in ein leichtes, ungefährliches Vergnügen hineinzuziehen schien.

Er gab Ned die Hand, leichthin, als ob wir uns an einem Herbstmorgen zur Jagd träfen, wenn die Blätter rostbraun sind und die Meute zu unseren Füßen kläfft. Es war immer Vincents Art gewesen, eine Szene zu heller zu machen. Es gibt Menschen, wie Edmund Burke sagen würde, deren Leben eine gewisse Eleganz beschert worden ist, und von dieser Eleganz hatte Vincent einen großen Vorrat, eine Tatsache, die der Ironie nicht entbehrt, wenn wir bedenken, daß alles aus den harten, mit verschwitzten Handflächen getätigten Geschäften in Dennis Tullys Laden floß – gescheckte Stute, weiche weiße Wäsche, alles. Aber das ist ungerecht von mir. Es gibt Leben, die sich zu einer Musik bewegen, glückliche Leben, und einige, die meisten, tun das nicht.

Neds Leben war nicht so. Er behielt Vincents Hand aus lauter Höflichkeit einen Moment lang in seiner, berührte seinen Oberarm, wandte sich dann Bob zu und nickte.

Wir hatten den Männern befohlen, sich in Reih und Glied aufzustellen, und sie standen verlegen und stumm da, preßten die Hände an die Seite, die groben Jacken, in denen sie die Arbeit eines langen Tages ausgeführt hatten, wirkten in der Dunkelheit weniger grob, ihre formlosen Hüte waren weich geworden von vielen Jahren voller Regen und Wind. Bob hatte ihnen mitteilen lassen, sie sollten weder ihre Piken noch die wenigen Schußwaffen mitbringen, mit denen wir prahlen konnten. Ich kannte sie allesamt mit Namen, aber nur fünf oder sechs waren mir einigermaßen vertraut – Männer, heißt das, mit denen ich abends schon mal einen getrunken hatte. Und diese wenigen waren alle Männer, die ihren eigenen kleinen Besitz hatten; die anderen waren Arbeiter: Ein Junge arbeitete für den Hufschmied, der junge Joe Harrington in der Mietstallung. So groß war damals der Abgrund, der einen Schulmeister und andere Menschen trennte, Gott helfe uns allen.

Bob ging mit dem selbstsicheren Schritt, den er damals immer hatte, zu ihnen hinüber, Ned war neben ihm.

»Jungs«, sagte Bob, »einige von euch wissen schon, wer dieser Mann hier bei mir ist, denn ihr habt ihn vielleicht in den letzten Tagen in den Straßen von Kilpeder gesehen. Er ist einer von uns, in Kilpeder geboren, und der Sohn von Thomas Justin Nolan, dessen Namen wir alle ehren. Einer der Helden von 48.«

Vincent und ich traten vor, und obwohl ich den Hals reckte, konnte ich Neds Gesicht nicht sehen. Er hatte mir seinen kantigen, steifen Rücken zugedreht.

»Und außerdem ist er Hugh MacMahons Vetter.« Ich nickte in meiner Position als Vetter, und, ohne es zu sehen, konnte ich Vincents Lächeln spüren.

»Wichtiger aber ist«, sagte Bob, »daß er hergekommen ist, um in Kilpeder das Kommando zu übernehmen. Ned ist Captain Nolan der Armee der Irischen Republik, und Hugh und ich haben das Dokument gesehen, das ihm dieses Kommando überträgt. Ein echtes Dokument mit Siegel und Motto und allem, was dazu gehört. Die Organisation hat alles so gemacht, wie sich das gehört beim Militär.«

Die Männer standen schweigend da und rührten sich nicht, denn was sollten sie schließlich auch sagen? Aber ich stellte mir vor, eine Bewegung spüren zu können, die sie durchlief, so wie der Wind die Oberfläche eines Sees kräuselt. Das war für mich fast das Seltsamste in diesen Wochen und der Beweis, falls ein Beweis noch vonnöten war, daß Krieg ein bizarres Unterfangen ist, bei dem ganz unterschiedliche Burschen zu einem unergründlichen Organismus werden, sowie sie in Reih und Glied angetreten sind. Nicht, daß wir eine umwerfende Armee waren, weiß Gott.

»Und er ist noch mehr«, fuhr Bob fort. »Wir haben hier ja schon von Iren gehört, die im Großen Krieg in den Staaten gedient haben, der jetzt zu Ende gegangen ist, und einige unter ihnen haben es zu hohem Rang gebracht, sind General und Colonel und dergleichen geworden. Aber wer in West Cork hat schon einen von ihnen gesehen? Nun, bei Gott, dieser Mann steht jetzt vor uns! Ned Nolan ist aus gutem Grund zu unserem Kommandanten ernannt worden. Drei Jahre hat er in der Nordstaatenarmee gekämpft und hat sich in diesem großen Konflikt tapfer geschlagen. Er kennt sich in Armeefragen besser aus als irgendein rotröckiger Engländer, der durch die Straßen von Cork oder Fermoy stolziert und der nur weiß, wie er sich bei nackten Hindus oder den Wilden in Afrika als großer Herr aufspielen kann.«

Der Schößling zeigt bereits, wie der Baum dereinst aussehen wird. Eines Tages, fünfzehn Jahre in der Zukunft, sollte ich unter tausenden, auf jeden Fall unter hunderten dastehen, um Bob Delaneys Rhetorik zu hören. Damals war in der nationalistischen Presse immer von Rhetorik die Rede, niemals von einer simplen Rede. In diesen Tagen stand eine erhöhte Tribüne zu seiner Verfügung, ausgeschmückt mit Fahnentuch, grün und weiß mit gelben Sonnenaufgängen, hinter ihm saßen Honoratioren, mit steifen Kragen, hohe, gebürstete ebenholzschwarze Hüte ruhten auf ihren Knien. Flackernde Pechfackeln ließen diesen Anblick großartig wirken, orange Flammen grell vor der Schwärze eines Marktplatzes in der Provinz. Und Gesichter, darunter mein eigenes, die zu ihm hochschauten. Aber der alte Baum liegt eben bereits in der Eichel.

»Da seht ihr!« sagte er. »Jetzt können wir das Exerzierbuch von diesem französischen Gecken wegschmeißen, mit seinen Feldwachen und seinen Augen rechts und den Tanzmeisterbefehlen. Captain Nolan kann uns zeigen, wie die Iren in den Tälern von Virginia auf und ab marschiert sind.« Er streckte die Hand aus und nahm seine steife Melone ab, die er vor einem Jahr gekauft hatte, um zu zeigen, daß er nun Dennis Tullys Ladengehilfe war, und schwenkte sie seitwärts, mit einem Hauch von Selbstverspottung.

Einer der Männer stieß eine Art Willkommensschrei aus, dann nahmen die anderen ihn auf, rauh und kurz, eher ein höflicher Willkommenslärm als irgend etwas Militärisches, dann herrschte wieder Schweigen. Nach einer Pause trat Ned vor, fort von Bob und näher zu ihnen hin.

»Ich bin wirklich glücklich«, sagte er, »wieder zu Hause zu sein, wo ich hingehöre. Was Bob Delaney euch gesagt hat, trifft zu. Ich habe während des Krieges mit der Nordarmee gekämpft, in der Irischen Brigade, wie sie genannt wurde, und ich habe bei ihr das Kriegswesen gut gelernt und an einigen Schlachten teilgenommen. Aber ich war kein General oder Colonel. Ich war zuerst gemeiner Soldat, dann für die meiste Zeit Corporal, und erst, als es aufs Ende zuging, wurde ich zum Sergeant befördert. Aber das ist für uns hier kein Nachteil. Denn bei dem, was für den festgesetzten Tag von uns hier in Kilpeder erwartet wird, würde uns ein General nicht besser von Nutzen sein als ein Bischof. Von uns wird Sergeanten- oder höchstens Leutnantsarbeit verlangt. Ich nehme den Rang eines Captains in unserer Armee ein, wie Bob euch gesagt hat, und es ist das Beste, wenn ihr diese Anrede mir gegenüber verwendet. Mehr gibt es über die Rangfrage nicht zu sagen, Schluß damit. Eine Kommission ist nur ein Wort auf hübsch dekoriertem Papier. Was wir im Kopf behalten müssen, ist, daß wir alle einen Eid auf die Irische Republik abgelegt haben, die jetzt de facto existiert.«

Ich weiß nicht, was die Jungs erwartet haben, aber vermutlich nicht Neds tonlose, unenthusiastische Worte. Im Laufe der Monate hatte Bob notwendigerweise eine patriotische Beredsamkeit entfaltet, die selbst Dan O'Connell Ehre gemacht hätte, unserem Befreier, und von diesem Sendboten aus fernen Schlachten hatten sie vielleicht noch größere Worte erwartet. Vielleicht auch nicht. Vielleicht beunruhigte sie dieser Beweis dafür, daß wir uns alle in den Maschen einer Organisation versponnen hatten, deren Wurzeln weit von West Cork entfernt saßen. Ned konnte sich einbilden, wieder zu Hause zu sein, für die Jungs war er ein Fremder.

»Ich habe Bob Delaney hier zu meinem Stellvertreter ernannt. Und Hugh MacMahon und Vincent Tully sind die beiden Adjutanten. Das bedeutet, daß ihr jedes ihrer Kommandos so ausführen müßt, als käme es von mir. Und meine Kommandos kommen für euch vom Stab der Armee der Irischen Republik. Ihnen ist sofort und ohne zu fragen Folge zu leisten. Das wär's.«

Langsam ging er an den Männern vorbei, drehte sich dann um und ging zurück. Als er sich umdrehte, konnte ich kurz sein Gesicht in der Dunkelheit sehen, hohe Wangenknochen, eingefallene Wangen, sonst nichts.

»Bob hat mir gesagt, daß es bisher, vielleicht im letzten Jahr, Männer gegeben hat, die den Eid abgelegt und mit euch exerziert haben und die dann ausgestiegen sind. Ich kann das verstehen. Hinter uns liegt eine lange, nervenaufreibende Zeit für uns alle. Aber diese Zeit liegt Gott sei Dank jetzt hinter uns. Es wird einen Aufstand geben, ein Tag ist festgesetzt worden und steht unmittelbar bevor. Ihr habt den Eid abgelegt, und wenn ihr aussteigt, dann werdet ihr von der Kolonne von Kilpeder als Verräter verurteilt werden. Wißt ihr alle, welche Strafe für Verräter in allen Armeen der Welt angewandt wird?«

Es war das erstemal, daß irgendwer unter uns das Wort *Kolonne* hörte. Im Moment hatten wir jedoch keine Gedanken für solche Feinheiten. Ein düsteres Schweigen folgte, das Ned, das war klar, durchaus nicht brechen wollte, denn er begann nun, wieder hin und her zu gehen.

»Das wissen doch alle«, sagte schließlich jemand, und die Männer in der ersten Reihe drehten ihre Köpfe zu ihm um. Es war Pat Dunphy, ein kleiner Farmer, der im Westen an der Straße nach Kerry wohnte und den die Männer in seinem Dorf achteten, ein kraftvoll gebauter Mann in den Dreißigern, dessen Haare sich bereits jetzt schon ausdünnten und frühe Kahlheit verhießen, ein Mann, der beim Tanz und bei der Ernte gleichermaßen tüchtig war.

»Aha«, sagte Ned und sah ihn an. »Und welche ist das?«

»Deserteure werden erschossen«, antwortete Dunphy. »Oder aufgehängt, je nachdem.«

»Wenn ich Bob richtig verstanden habe«, sagte Ned, »dann sollten wir unser Blei nicht vergeuden. Die Kolonne von Kilpeder sollte so einen erbärmlichen Kerl aufhängen, meint ihr nicht?«

Nach einer Pause sagte Dunphy mit leiser Stimme, wobei die ersten Worte in seiner Brust dröhnten: »Als Bob Delaney uns geführt hat, war nie die Rede von Hängen oder Erschießen oder von Desertion. Und wir sind heute nacht hergekommen, was gefährlich für uns ist, und wir werden noch viel mehr riskieren. Sie haben kein Recht, so mit uns zu reden, Mr. Nolan.«

»Captain Nolan«, korrigierte Ned.

»Gut, dann Captain Nolan«, sagte Dunphy. »Und wir hatten den Befehl von Bob Delaney erwartet.«

Bob trat vor, aber Ned hörte seinen Schritt und schüttelte den Kopf.

»Bob Delaney hat mich offen gewarnt«, sagte Ned. »Er hat mich darauf aufmerksam gemacht, daß ihr euch alle gut kennt, während ich ein Fremder für euch bin. Das stimmt. Aber ich bin ein Fremder, der euch geschickt worden ist, weil ich weiß, was jetzt notwendig ist und wie es getan werden muß. Die Organisation hat vor, die Kontrolle über dieses Land durch Waffengebrauch an sich zu bringen. Wir werden die britische Armee und die irische Polizei angreifen, die einen Teil dieser Armee ausmacht. Einige von ihnen und einige von uns werden dabei ums Leben kommen. Macht euch da keine Illusionen. Alles, was uns angeht, ist die Umgebung von Kilpeder. Hier haben wir unsere Aufgaben zu erfüllen, und danach, wenn wir Erfolg haben, werden wir nach Norden zu einem bestimmten Treffpunkt marschieren und uns einem höheren Kommando unterstellen. Ich will, daß wir Erfolg haben, und dafür brauche ich wirkliche Soldaten, keine Bauern.«

»Sie haben aber Bauern«, sagte Dunphy. »Soldaten sind Burschen mit Gewehren.«

»Das werdet ihr auch sein«, erwiderte Ned. »Ich habe durchaus nicht vor, ohne Waffen mit unseren Operationen anzufangen. Soldaten sind Männer, die einen Eid ablegen und Befehlen gehorchen, ob ihnen das nun gefällt oder nicht, egal, was sie von dem Mann halten, der diese Befehle erteilt. Übrigens, Mr. ...«

»Dunphy, Pat Dunphy. Ich habe schon vor zwei Jahren den Eid abgelegt.«

»Übrigens, Pat Dunphy, was halten Sie von mir?«

Dunphy zögerte, ehe er antwortete: »Ich finde, Sie sind so unverschämt wie ein Viehschieber aus Limerick.«

»Ausgezeichnet«, erwiderte Ned. »Jetzt kommen Sie zwischen den beiden Männern vor Ihnen hindurch und kommen dann zu mir herüber.«

Einen langen Moment, während dessen ich den Atem anhielt, stand Dunphy bewegungslos da, dann zuckte er die Schultern, schob einen Mann beiseite und kam auf Ned zu. Ich konnte ihn jetzt besser sehen, einen von diesen großen Bauernburschen mit guter Haltung, mit schweren Muskeln, aber nicht dick. Seine Augen konnte ich nicht erkennen, aber ich kannte den gefährlichen, lässigen Schritt solcher Männer. Ich habe gesehen, wie ein solcher Mann sorgfältig und konzentriert sein Pint absetzt und mit seiner freien Hand einen Burschen an der Kehle packt.

»Und wenn ich Ihnen einen Befehl erteile?« fragte Ned.

»Sie haben es selber gesagt, Captain Nolan. Ich habe den Eid abgelegt. Aber, bei Jesus, Sie machen es mir nicht leicht, Ihre Befehle mit Vergnügen zu befolgen.«

»Nein, tue ich nicht«, sagte Ned und wandte sich an Bob. »Taugt dieser Bursche irgendwas, oder haben wir gerade gesehen, wie er ist?«

»Es gibt hier keinen besseren«, antwortete Bob. »Hier sind heute Nacht noch drei andere Männer aus Lackan, und die sind Pats wegen hier.«

Ned nickte. Aller Augen waren jetzt auf die beiden gerichtet. Neds Hände waren in seinen Taschen vergraben, sein schwerer Mantel mit dem ausländischen Schnitt war nach hinten geworfen.

»Sehr gut«, sagte er schließlich. »Pat, neben Waffen ist ein Sergeant das einzige, was uns fehlt, aber das können wir sofort in Ordnung bringen. Sie sind jetzt der Sergeant der Kolonne von Kilpeder.«

»Ich soll der Sergeant sein?« fragte Dunphy.

»Das sind Sie«, erwiderte Ned. »Ihnen bleibt nichts anderes übrig. Ich bin selber Sergeant gewesen, und bei Christus, ich beneide Sie nicht darum. Die Sergeants leiten in der Schlacht die Männer, nicht der Colonel oder der General. Und die Jungs werden Sie verfluchen, nicht Bob oder mich. Aber ich nehme an, Dunphy, Sie haben keine Hemmungen, anderen zu sagen, was sie zu tun haben und wie. Habe ich recht?«

Einige von ihnen hatten angefangen zu grinsen, aber bei Neds Frage pflanzten sich Wellen des Gelächters durch das Glied fort, von einem zum anderen. Ich konnte Bob nur halb sehen, bemerkte jedoch, daß er Ned mit neuem Interesse musterte, als ob Ned plötzlich eine unerwartete Qualität offenbart hätte. Vincent wandte sich zu mir um. Er lächelte, aber es war nicht dasselbe Lächeln wie das der Männer. »Unser Mr. Nolan ist ein findiger Bursche«, sagte er.

Dunphy wollte wieder ins Glied zurücktreten, aber Ned legte ihm eine Hand auf den Arm. »Damit ist Schluß, Pat. Sie müssen jetzt hier stehen und mit Hugh und Vincent die Suppe auslöffeln. Und wenn wir uns das nächstemal treffen, erwarte ich, die Männer ordentlich aufmarschiert zu sehen, eine Armlänge voneinander entfernt. Sehen Sie sie sich doch an, wie Tinker* auf dem Jahrmarkt.«

Was wußte Ned schon über Tinker, die in den Straßen von Manhattan so selten auftreten wie Karibus! Sicher war es ein Spruch, den er in einer Bar in New York oder in einem Lager in Virgina aufgeschnappt hatte, und er verfügte über ein ganzes Arsenal solcher Redensarten. Als ob er entschlossen wäre, sich durch Redeweise und Auftreten zu dem Iren zu machen, der er nur durch Geburt und die frühesten Jahre seiner Kindheit war. In Wirklichkeit war er Soldat, und nach dieser Nacht bezweifelte das niemand von uns mehr. Und der erste, der das beschworen hätte, war Pat Dunphy, der von nun an Ned Nolans Mann war.

* Tinker: Verächtliche Bezeichnung für Irlands nichtseßhafte Bevölkerung, die sich selber »Travellers« oder »Travelling People« nennt.

Nacht in diesem stillen Ödland, über uns die Schulter des Knockmany, bucklig und breit. Ich erinnere mich gut an diese Nacht. Ein Wind hatte sich im Westen erhoben, stark genug, um vom endlosen Ozean über die Derrynasaggarts zu uns getragen zu werden und die trockenen Zweige des Winters zu schütteln.

»Heute Nacht brauchen wir ansonsten nicht mehr über viel zu reden«, sagte Ned mit kratziger Stimme. »Bob Delaney hat gut mit euch exerziert, daran habe ich gar keine Zweifel, und Pat Dunphy hier, Sergeant Dunphy, wird euch schon Beine machen. Aber denkt daran: Am festgesetzten Tag werden wir nicht Soldaten bei der Parade spielen, ich werde Dinge von euch verlangen, die ihr noch nie gemacht habt und die ihr mit Gottes Gnade auch nie mehr wieder tun müßt. Die Stadt Kilpeder wird von der Irish Constabulary gehalten, und die besteht aus bewaffneten Soldaten des britischen Empires, die mit ihren Gewehren über uns herrschen, auch wenn sie keine roten Röcke tragen und sich als Iren bezeichnen. Sie sind keine Iren. Vielleicht gibt es unter ihnen den ein oder anderen anständigen Burschen – kein Wunder, wo es doch nicht genug Arbeit im Land gibt, bei der ein kräftiger Mann seine Muskeln einsetzen kann. Aber wenn ihr den Schilling der Königin genommen habt und in ihren Rock geschlüpft seid, dann seid ihr Englands Mann und führt Englands Befehle aus. Vergeßt das nicht, sie werden es nämlich nicht vergessen. Sie haben ihren Eid abgelegt, und ich bin sicher, daß ihr sie schon bei der Arbeit gesehen habt. Aber auch wir haben einen Eid geschworen, einen unvergänglichen Eid, der nicht Königin oder Empire gilt, sondern eurem eigenen Volk und eurem eigenen Land. Und wenn ich euch befehle, auf die Männer abzufeuern, die unseren Feinden dienen, dann erteile nicht ich den Befehl, dann sprechen durch mich die Worte unseres Eides. Denkt an den Eid.«

Denkt an den Eid. Die Gelehrten des Mittelalters, die Realisten und die Nominalisten, erschöpften einander in Disputen darüber, ob Wörter und Ideen eine eigene Existenz haben, so wie Stühle und Sterne und Berge. Ned hätte dieses Rätsel für sie lösen können. Sein ganzes Leben lang war der Eid, den er auf die Irische Republik abgelegt hatte, für ihn so wirklich und gewiß wie Nerven und Gewebe seines eigenen Körpers. Wir dachten damals nicht weiter darüber nach, wie sein Leben durch den Eid geformt werden würde, oder warum, aber die Macht, die der Eid seinen Worten verlieh, stand außer Frage. Als ob wir uns alle in einer geheimen Bruderschaft verbunden hätten, deren unsichtbares Netz sich weit über unsere Berge hinaus erstreckte, geheiligt und absolut.

Sie klangen uns noch immer in den Ohren, hallten in seiner rauhen, mitleidslosen Stimme wider, als er die Jungs entließ. Sogar Vincent, unser Scherzbold vom Dienst, fröhlich und nett, war eine Zeitlang stumm. Er ging mit Bob und Ned und mir zur Straße, und das tat auch Pat Dunphy, während die anderen Männer aus Lackan hinten auf ihn warteten und uns ohne Überraschung oder Neugier nachschauten, als ob nur zu erwarten gewesen wäre, daß Pat diese Verantwortung anvertraut würde. Und es waren nicht nur die Männer aus Lackan, die Ned in dieser Nacht gewonnen hatte. Ned, wie mir später aufging, als ich ins Bett ging und mir vor dem Einschlafen alles noch einmal durch den Kopf gehen ließ, hatte erkannt, daß er Eindruck auf uns machen mußte, und dieser Aufgabe hatte er sich gewachsen gezeigt. Er hatte Pat so eingesetzt wie ein wahrer Kommandant, aber seine Abschiedsrede hatte von mehr als nur von Geschick gezeugt. In Ned steckte Eisen, und er hatte es für uns aufblitzen lassen.

Vincent ging neben uns und führte sein Pferd am Zügel, und als wir eine Weile gegangen waren, blieb er stehen und zog eine Taschenflasche aus seinem Mantel, die ich schon kannte, einen schönen Gegenstand aus gehämmertem Silber, mit einem Muster aus Kreisen und Spiralen. Er drehte den Stöpsel los und trank einen Schluck, dann reichte er die Flasche an Pat weiter. »Sergeant Dunphy«, sagte er. Dunphy nahm ohne zu zögern an, als er sie aber fast bis an die Lippen gehoben hatte, hielt er plötzlich inne und sah sich zu Ned um. Aber Ned nickte, Dunphy trank, wischte die Öffnung dann sorgfältig mit dem Ärmel ab und reichte sie an Bob weiter, und so wanderte sie um durch unseren kleinen Kreis. Es war viel besserer Whiskey als an Conefrys Tresen ausgeschenkt wurde, nur die besten Sorten, die in den Kilpeder Arms in Reserve gehalten wurden, konnten ihm gleich kommen, er war weich und hatte nur einen ganz leisen Rauchgeschmack, der Gaumen und Zunge liebkoste.

Ned trank als letzter von uns, und ehe er trank, sah er uns alle der Reihe nach an, dann nahm er einen tieferen Schluck als irgendeiner von uns anderen, obwohl Dunphys harter Schädel in Bezug auf Schnaps geradezu legendär war. Dann ließ er die Flasche sinken, wischte sich die Lippen ab wie vorhin Pat, und hielt sie in der offenen Hand, während die Finger seiner anderen Hand in der Dunkelheit über die unsichtbare Gravur fuhren.

»Das ist ein schöner Behälter für solchen Whiskey, Vincent«, sagte er. »Die Getränke von Kilpeder können zu keiner Klage Anlaß geben.«

»Von wegen Kilpeder«, erwiderte Vincent. »Das stammt aus meines Vaters Privatvorrat, von dem er ein Glas serviert, wenn er einen Bischof oder Monsignore zu Besuch hat. Wenn er wüßte, daß wir damit auf unsere Organisation angestoßen haben, dann würde er einen Herzschlag erleiden, der arme Mann.«

»Feiner Whiskey«, sagte Ned. »In einer kalten Winternacht in Silber transportiert. Er kam gerade richtig. Aber damit, Vincent, hat es ein Ende. Niemals, niemals, egal aus welchem Grund, darf Whiskey zu einer Versammlung oder einer Aktion der Organisation von Kilpeder mitgebracht werden.« Er gab Vincent die Flasche zurück. »Und kein Mitglied der Kolonne darf sich zum Einsatz melden, wenn er Whiskey getrunken hat. Ist dir das klar, Pat?«

»Jawohl«, antwortete Pat fest, wenn auch leicht verwirrt von Neds Art, sich seitwärts an dieses Thema heranzuschlängeln.

»Denn das ist deine Verantwortung. Ich übernehme die Verantwortung für unsere Offiziere, aber die Männer sind deine Verantwortung. Wenn ich herausfinde, daß ein Mann im Einsatz Schnaps getrunken hat, bei Jesus, dann lasse ich ihn auspeitschen, und dir drücke ich dazu das Seil in die Hand.«

»Jawohl«, sagte Pat.

»Jawohl ist in Ordnung als Antwort auf einen Befehl, aber ich will, daß du dir merkst, was ich gesagt habe. Wir sind eine Armee ohne Uniformen und Abzeichen und den ganzen Rest, aber bei Jesus, an Disziplin wird es uns nicht fehlen. Und, wie gesagt, Vincent, das ist feiner Whiskey.«

Und damit stopfte er die Hände wieder in die Tasche und ging los, und wir mußten uns beeilen, um ihn einzuholen. Vincent beobachtete ihn mit einem halben Lächeln, irgendwo zwischen Amüsement und Bewunderung, dann verstaute er die sündhafte Taschenflasche in ihrem angestammten Versteck in seiner eleganten Bekleidung, wo immer sich dieses nun befinden mochte.

Damals fanden Bob und ich, denen diese Demütigung erspart geblieben war, Ned habe kühl und soldatenhaft gehandelt, und unser Respekt vor seiner exotischen militärischen Art hob sich noch um ein Grad, denn Bob hätte, als er uns kommandierte, niemals so mit Vincent reden können, und wenn er es versucht hätte, dann hätten Vincent und ich zweifellos losgeprustet. Erst später erfuhr ich aus halben Sätzen, die er nur widerstrebend aus sich herauslocken ließ, mehr über Neds wahre Gefühle über den Alkohol.

Ich sah einen Jungen neben seinem Vater stehen, neben einem geliebten und verehrten Riesen, in einem vom Gaslicht hell erleuchteten Schankraum, mit Sägespänen auf dem Boden, vielleicht nach einer öffentlichen Versammlung, Echos der Redekunst, die er und seine Freunde vorgeführt hatten, sollten nun mit einem guten Schuß amerikanischen Whiskeys gefeiert werden. Sie standen im Halbkreis da, ein halbes Dutzend, und der junge Barmann mit den roten Haaren des County Leitrim ließ jede dritte Runde aufs Haus gehen, sein eigenes Glas war züchtig unter dem Tresen verborgen, die Kameradschaft war wärmer und behaglicher als die vom Zigarrenrauch trübe Luft. Neds Vater dominierte, Thomas Justin Nolan, einer der Helden von 48, ein Young-Ireland-Mann, nicht wie seine Kameraden, die Hungeriren, durch Mißernten und Räumungen nach Amerika getrieben, sondern verbannt aufgrund seiner Überzeugung, ein Freund Dohenys und Meaghers, ursprünglich Schulmeister, sein Kopf vollgestopft mit Poesie, mit patriotischer Rhetorik. Bei der vierten oder vielleicht bei der fünften Runde kam seine Zunge jedoch ins Stolpern, seine Gesten wurden großartiger. Ein Sturzbach von Worten. Sie sprachen über die Heimat, die ganze unerbittliche Nacht von Manhattan hindurch, vielleicht stützte ein Freund seines Vaters ihn, und dieser Freund erzählte Ned dann von allem, was sein Vater für Irland erlitten hatte, feuchte Lippen und tränende Augen, Wunden und weißgewordene Narben, das alles waren die Orden vergangener Schlachten. Morgens aber saß der Vater still und gelassen vor seinem kalten Tee, seine Hand zitterte leicht, wenn er die Tasse berührte. »Eine lange dreckige Nacht, Ned. Gut, daß wir nicht oft ausgehen, wie mein eigener Vater zu sagen pflegte, dein Großvater.« Seine verblümte Entschuldigung, die Worte heruntergeleiert wie die Worte einer Litanei. Und der junge Ned wartete geduldig darauf, daß der geliebte Riese am späten Nachmittag wieder da war, voller Geist, lässiger Charme lag bei ihm in einer schlichten Schulterbewegung.

Nicht, daß Ned um die Flasche immer einen Bogen gemacht hätte, wie ich in den frühen Stunden des folgenden Morgens herausfinden sollte, aber sie war für ihn eine stumme und einsame Waffe gegen sich selber, und ich habe niemals gesehen, daß er sich wie ein Betrunkener benommen hätte, und das auch niemals von jemand anderem gehört. Es gibt Menschen, für die Schnaps nicht Trost, sondern Bestrafung ist, und ob wir sie für unglücklicher oder für glücklicher halten sollen als uns andere, kann ich nicht sagen.

Es war lange, nachdem wir in die Chapel Street zurückgekehrt waren und uns vor meiner Schlafzimmertür gute Nacht gewünscht hatten. Mary schlief natürlich schon, und ich zog mich leise in der Dunkelheit aus, legte mich neben sie und fühlte, wie mich die Wärme ihres Körpers willkommen hieß. Im Schlaf drehte sie sich halb zu mir um, und ich konnte ihr Gesicht im schwachen Licht desselben verschleierten, blassen Mondes erkennen, der uns in Knockmany beschienen hatte, dessen Strahlen nun aber auf stille, verletzliche und vertrauensvolle Schönheit fielen. Ihre offene Hand lag neben meiner, und ich nahm sie und blieb so liegen, während ich an die Decke starrte und in Gedanken die Ereignisse dieser Nacht durchging. Ein willkommener erster Halbschlaf überkam mich, und damit war ich zufrieden, ich kann nicht sagen, für wie lange, dann weckte mich das Geräusch eines Stuhles, der im Zimmer unter uns verrückt wurde, und als ich schon angefangen hatte, an meinen Ohren zu zweifeln, hörte ich es wieder.

Nun stand ich auf, und da ich keine Zeit damit vergeuden wollte, an den Kleiderhaken hinter der Tür nach meinem Schlafrock zu suchen, streifte ich meine Hose über und ging nach unten. Im Vorübergehen registrierte ich, daß Neds Tür offenstand, und ich fand ihn in der Küche. Auf dem Tisch, vor dem er saß, brannte eine Kerze, und er hatte neben sich eine Flasche stehen. Er war immer noch vollständig angezogen, und er mußte meine Schritte auf der Treppe gehört haben, denn er blickte zur Tür, als ob er mich erwartete, und er lächelte.

Unsere Begegnung sollte jedoch nicht die letzte späte Begegnung dieser Nacht bleiben, denn als Vincent nach Hause kam, das erzählte er mir am nächsten Tag, war sein Vater noch wach und wartete auf ihn. Als Vincent mir seine Geschichte berichtete, hatte ich immer noch meine Küchenszene im Kopf, mit ihrer einzigen Lichtquelle, deren Licht, weich und hart zugleich, wie tot auf Ned fiel, auf seine hohen Wangenknochen und seine tiefliegenden Augen, und auf sein Lächeln, das mich mit einem fremden Teil seines Wesens bekannt machte, zurückhaltend und bedrohlich. Ich erzählte Vincent nichts von unserem Gespräch, was ganz außergewöhnlich war, denn Vincent und Bob und ich standen einander so nahe wie Dumas' Drei Musketiere, obwohl mir jetzt einfällt, daß Athos sein düsteres Geheimnis hatte, das er Porthos und Aramis fast bis zum Ende vorenthielt. Aber schließlich brannte Vincent ja auch darauf, seine eigene Erzählung loszuwerden.

Das Wort »Erzählung« benutze ich ganz bewußt. Es gibt Menschen, denen jeglicher Ehrgeiz fehlt, ihre Worte zu Papier zu bringen, die aber dennoch alle Gaben eines Erzählers haben, mit Ausnahme des Durchhaltevermögens. So ein Mensch war Vincent Tully. Als Erzähler war er ein Wunder, und das paßte gut zu seinen übrigen liebenswerten Seiten. Wenn Vincent in Form war, unterbrachen ihn nur die verstocktesten Spießer mit Fragen oder Kommentaren, niemand jedoch brachte konkurrierende oder ergänzende Anekdoten. Denn wenn irgend etwas fehlte, das zum vollen Verständnis notwendig war, dann konnten wir uns darauf verlassen, daß Vincent das so wollte und daß fehlende Informationen zum passenden Zeitpunkt ihren überraschenden Auftritt haben würden. Seine Geschichten waren elegant aufgebaut, und man konnte das Vergnügen spüren, das er bei ihrer Konstruktion empfand. Alles, was für Bühnenbild und Atmosphäre nötig war, wurde eingearbeitet: Charakteristiken, Tonfälle, Zögern, Gerissenheit oder Possenreißereien, das Aussehen eines Zimmers, Geräusche und Schweigen während einer Unterhaltung – das alles stand seinen Zuhörern vor Augen, wenn er lässig seine Sätze von sich gab. Und wenn alles zum Abschluß gebracht war, wurde die Erzählung durch eine unerwartete Bemerkung abgerundet, »So, Jungs, was sagt ihr nun dazu?«, und die Geschichte hing noch eine Weile in der Luft, unsichtbar, und in das Vergnügen seiner Zuhörer floß ein Wermutstropfen, wie immer, wenn wir die Künste erleben, die im Moment ihrer Ausführung für immer verschwinden, die Künste eines Gauklers, Tänzers, Jongleurs.

So war es auch am nächsten Abend mit Vincent Tullys Geschichte darüber, wie er mit dem alten Dennis Tully zusammengestoßen war, und dabei bemerkte ich, nicht zum erstenmal, die Gefahr, die dem begabten Geschichtenerzähler mit seinem Talent gegeben ist. Denn die Geschichte mag ihre Bedeutung haben, vielsagende Ausdrücke und Farben, und doch kann die Bedeutung dem Erzähler selber unzugänglich sein, anders als in den Fabeln von Aesop und La Fontaine, die am Ende pflichtschuldigst ihre Tadel und Ermahnungen beisteuern. Als Vincent mir seine Geschichte von Vater und Sohn erzählte, die einander wie riesige Kater umkreisten, ein Daumen in der Weste aus changierender violetter Seide mit weißem eingewirktem Zweigmuster eingehakt, schien er mich geradezu zu bitten, ihre Bedeutung zu entschlüsseln, und ich hätte das durchaus machen können. Aber ich war zu sehr erfüllt von einem Gesicht im Kerzenlicht, und Vincents Stimme entführte mich durch ihren Unterton von boshaftem Vergnügen.

Um halb zwei schloß Vincent die Haustür auf und betrat die Eingangshalle, die jetzt dunkel war, abgesehen von dem Streifen gelben Lichtes, der aus dem offenen Salon fiel, und die mir immer, wenn ich die Gelegenheit zu einem Besuch hatte, ein erster Botschafter vom Wohlstand der Tullys war, mit ihrem üppigen Teppich, hellrosa mit gelben Vierecken und Rauten, ihrem sorgfältig gearbeiteten Garderobenständer, kompliziert verschlungen wie das Geweih eines Hochlandhirsches, und dem langen Tisch mit seiner Platte aus rosa Marmor.

»Vincent!« rief Dennis Tully. »Komm her. In den Salon.«

Als Vincent den Salon betrat, sagte er: »Ich wollte ohnehin hier hereinschauen, Vater. Ich habe schon auf der Straße das Licht gesehen. Was ist los, bist du krank?«

»Ich bin nicht sicher«, antwortete sein Vater. »Vielleicht. Vielleicht bin ich krank.«

Er saß, erzählte mir Vincent, in dem Sessel, der in der Familie als seiner galt, und auf dem nicht einmal fremde Besucher Platz nahmen, als ob ein Teil seines Wesens in die Kissen und die hohen Armlehnen übergegangen wäre. Eine Teekanne stand neben seinem Ellbogen auf dem kleinen Tisch aus dunklem Holz. Alle Gaslampen im Zimmer brannten, und der schwere grüne Samt der Vorhänge war vorgezogen, mit Ausnahme eines schmalen Fensterchens, hinter dem die vom Mond schwach erhellte Nacht lag. Es war der Sessel, in dem er sich sonst ausruhte, sein kahler Kopf mit seinem Kranz aus frühergrautem Haar ruhte auf dem gestärkten Leinen eines sinnlosen Sesselschoners, und sein grobknochiges Gesicht war entspannt, die Wangen voll und rosa, und die Hände mit den hellbraunen Flekken ruhten auf seinen massiven Knien. Wenn er so in seinem Sessel saß, konnte er den Teil der Welt übersehen, der aus seiner Familie und seinen Gästen bestand – Mary und mir vielleicht einmal alle zwei Wochen, Schulmeister und Frau, und Considine, der katholische Arzt, und vielleicht Mr. Roberts, der Armenpfleger. Aber in dieser Nacht saß er vorgebeugt in seinem Sessel und wiegte sich sanft vor und zurück. Sein Kopf war gesenkt, und die Wülste unter seinem Kinn wurden aufeinander gepreßt. Vincent griff zur Teekanne.

»Großer Gott«, sagte er. »Kein Wunder. Der Tee ist eiskalt. Der muß ja wie Grabenwasser in deinem Magen liegen.«

»Mary Ellen hat mir die Kanne gebracht, ehe sie ins Bett gegangen ist. Ich hatte sie nicht darum gebeten, aber du kennst ja deine Mutter.«

Vincent zog seine Uhr aus der Tasche und hielt sie unter die Lampe. »Ein Glas Portwein«, sagte er. »Es ist ein königliches Heilmittel, und ich trinke eines mit dir.«

Als er an der Anrichte stand und die Gläser aus der Karaffe mit dem tintenschwarzen Portwein füllte, sprach er immer weiter über die späte Stunde und die seltsame Entdeckung, daß Dennis noch auf war, allein und stumm vor seinem kalten Tee. Aber beim Reden dachte er nach.

»Ich weiß, wie spät es ist«, sagte Tully. »Und dazu brauche ich deine hervorragende Uhr nicht.« Sie war wirklich hervorragend; Vincent hatte eine Vorliebe für Taschenflaschen, Uhren, Zigarrenetuis. »Ich war hier, im Salon. Wo warst du?«

»An keinem respektablen Ort«, antwortete Vincent. Er trug die Gläser vorsichtig, denn er hatte sie bis dicht unter den Rand gefüllt, aber trotzdem schwappte aus einem davon etwas über, als er es seinem Vater reichte, und auf seiner Hand war der Wein nicht mehr tinten-, sondern pflaumenfarben. »Und ich sollte dir wohl lieber die ganze Wahrheit sagen. Ich war mit ein paar anderen oben in den Bergen, bei Laffan, dem Whiskeybrenner. Und mein Kopf ist nicht mehr allzu klar, wenn du das unbedingt wissen willst. Man könnte genausogut Schießpulver und Petroleum trinken wie das Gebräu dieses Burschen.«

»Daß dein Magen das verträgt, Portwein auf Poitín * !«

»Wo ein Wille ist, da ist auch ein Weg«, sagte Vincent und setzte sich Tully gegenüber auf die andere Seite des Tisches.

»Wer war denn bei dir da oben? Das war ein dummes Unternehmen, mitten in schwarzer Nacht.«

»Bei Gott, das stimmt. Aber du hast zu deiner Zeit sicher genau solche Dummheiten begangen, vielleicht sogar noch schlimmere.«

»Habe ich nicht. In deinem Alter war ich Ehemann und Vater. Und ich hatte den Laden, um mich bei der Stange zu halten.«

»Und wenn schon«, sagte Vincent. »Es ist besser, wenn wilde Gelüste schon in der Jugend aus unserem Blut verschwinden. Nicht, daß es so ein wildes Gelüst gewesen wäre. Wir hatten in den Arms ein letztes Glas getrunken, und dann sagte einer, ›Bei Gott, die Nacht ist noch jung, und oben im Gebirge bei Laffan gibt es tonnenweise zu trinken.‹«

»Und wer ist dann mit dir losgezogen?«

»Die üblichen«, antwortete Vincent. »Bob Delaney und noch ein paar.«

»Merkwürdig, daß Bob so unklug war.«

»Ach, es war sogar Bobs Idee. Bob hat mehr Seiten, als du im Laden zu sehen bekommst.«

»Und Hughie MacMahon?«

»Der nicht. Mary geht es nicht gut, und deshalb hat er den Abend bei ihr verbracht. Und das war gut für seinen Ruf. Es hätte einem Schulmeister doch übel angestanden.«

Vincent erzählte mir, daß er in den ein oder zwei Minuten, in denen er sich seine Geschichte ausdenken mußte, mit einem anderen Teil seiner Gedanken wie ein Kronanwalt daran herummäkelte. War sein Vater zum Laden oder vielleicht zu meinem Haus gegangen? Aber nachdem das Kind in den Brunnen gefallen war, lag darin, einen kühlen Kopf zu behalten, die einzige Hoffnung. Und er war schon längst ein geübter Geschichtenerfinder, da sein Vater sich immer wieder nach Vincents Unternehmungen erkundigte, wobei ihn höchstens das Fehlen eines Gitters und die Macht, die Sünden zu vergeben, von einem Beichtvater unterschieden. Vielleicht glaubte er jedoch, über etwas dieser Macht Ähnelndes zu verfügen. Vincents rücksichtsloses Benehmen – und

* Schwarzgebrannter klarer Schnaps, meist aus Kartoffeln hergestellt.

jetzt spreche ich nicht von Rebellionen, sondern von seinem Betragen bei Mädchen, bei Pferden oder an Spieltischen – war ein Thema, an dem der Vater sich immer wieder versuchte, ohne jedoch die ganze Wahrheit wissen zu wollen.

»Und dieser Vetter von Hughie, dieser Ned Nolan. War der auch dabei?«

»Doch, der ja«, sagte Vincent sofort, ehe er sich gestattete, am Portwein zu nippen. »Obwohl er nichts vertragen kann. Ein Glas oder zwei, vielleicht aus Höflichkeit ein drittes. Aber seine Gesellschaft hat uns Spaß gemacht. Ein sehr interessanter Mann.«

»Interessant«, sagte Tully.

»Und das ist er ja nicht ohne Grund«, fuhr Vincent fort. »Drei Jahre war er bei der Nordstaatenarmee und hat in den Tälern und Bergen von Tennessee und Virginia gekämpft. Und außerdem hat er in New York gewohnt. Ein weitgereister Mann.«

»Das stimmt. Und jetzt ist er über das Meer nach Kilpeder gereist. Nur die wenigsten machen die Reise in dieser Richtung.«

»Zurückgekehrt wäre vielleicht ein besserer Ausdruck. Er ist hier geboren, er ist aus Kilpeder.«

»Das weiß ich«, sagte Tully. »Tom Nolans Sohn. Ich habe Tom Nolan gekannt. Es war ein schöner Tag für Kilpeder, als Tom Nolan es verlassen hat.«

»Vielleicht«, erwiderte Vincent. »Ich habe gehört, daß der Name Thomas Justin Nolan in diesem Haus voller Respekt ausgesprochen worden ist, von Dr. Considine und sogar von Pater Cremin selber.«

Und das traf sicher zu, denn so geht es eben. Die Männer von 48, wie sie immer genannt wurden, waren in diesen Tagen heiß verehrt, als Patrioten und Gentlemen, die niemals zu brutaler Kriegführung herabsanken oder das gewalttätige und unwissende Blut der Gebirgler und Slumbewohner aufrührten. Ganz anders, natürlich, als die Fenier, die von den respektablen Bürgern als die neuen Sansculotten verdammt wurden. Und doch habe ich erlebt, daß die Fenier – und damit meine ich natürlich die »echten« Fenier, die Fenier von 67, die Männer von Clonbrony Wood, wie Vincent und mich selber, Gott helfe uns, als Bilderbuchhelden gepriesen werden, um die Land League-Leute und die Invincibles und die Dynamiters zu verdammen. Zeit und Mißlingen, vor allem Mißlingen, werfen einen Umhang aus sanften Farben und Geweben über die Vergangenheit.

»Dr. Considine hat Tom Nolan nie gekannt«, sagte Tully. »Und Cremin auch nicht. Beide sind Fremde in Kilpeder, auch wenn sie schon ein paar Jahre hier leben. Neulinge. Ich habe ihn gekannt.«

Er hatte schon recht. Denn Thomas Justin Nolan hatte sich nicht darauf beschränkt, leidenschaftliche Artikel in *The Nation* zu verfassen. Er hatte sich alle Mühe gegeben, Kilpeder aufzuwiegeln, hatte die Vertriebenen und die halb Verhungerten von 48 angestachelt, zu Piken und Knüppeln und Stöcken zu greifen. Und als ihm das nicht gelungen war, war er mit einem halben Dutzend Unzufriedener nach Tipperary gezogen, um sich Smith O'Brien anzuschließen. Natürlich hatte der junge Dennis Tully ihn verabscheut, ebenso wie sein Vater, der alte Malachi, der Gründer, wie er später genannt wurde. Denn in jenen Tagen, in den entsetzlichen Tagen der Hungersnot und ihrer Folgen, wurde der Grundstein für das Haus Tully wirklich gelegt. Und als Dennis zu Beginn der Sechziger Jahre seinen großen neuen Laden am Marktplatz eröffnete, brachte er über dem Eingang eine Steintafel an, nicht mit dem Baujahr, sondern mit der Jahreszahl 1848. Malachi und Dennis Tully hätten mit Thomas Justin Nolan nur wenig anfangen können.

Aber Vincent konnte sehr gut die Richtung sehen, in die Tullys Worte sie trugen, und ich sah sie ebenfalls, als Vincent mir die Szene darstellte. Ich konnte diesen Salon sehen, vollgestopft mit den Trophäen des Tullyschen Wohlstandes, mit Ölgemälden in vergoldeten Rahmen, mit der Anrichte, mit den Sesseln, die wie Schiffe auf einem See aus türkischen Teppichen segelten, mit dem Kaminaufsatz wie eine Kathedralenfassade, mit den schützend vorgezogenen Samtvorhängen. Fast konnte ich sogar Tully selber sehen, obwohl er in Vincents Skizze ein wenig vage und unklar blieb, denn sein Vater diente Vincent zwar als Objekt für satirische Portraits, besaß aber doch auch eine tiefe, primitive Macht. Was Vincent nicht hätte vorhersagen können, waren Tullys nächste Worte.

»Ich hatte heute nacht Besuch, Vincent, von Sergeant Honan von der Polizei. Er kam sehr spät, du warst schon längst in die Arms gegangen.«

Vincent erzählte mir, er habe nicht darauf reagiert, sondern ruhig abgewartet, ohne seinen Vater aus den Augen zu lassen, denn Tully hielt einen abgewandten Blick für den Beweis eines Vergehens.

»Er hat nach dir gefragt«, fuhr Tully fort. »Und ich sagte, du wärst höchstwahrscheinlich mit deinen Freunden in den Arms und würdest von dort aus sicher noch zu irgendwem auf ein letztes Glas gehen, vermutlich zu Hughie MacMahon. Oder in die Berge, um in irgendeiner Hütte Poitín zu trinken, den er aus der Baronie verbannen soll, wie ihm sein Eid befiehlt. Es ist ein großer Trost für einen Vater, das Benehmen seines Sohnes vorherzusagen.«

»Wenn Sergeant Honan nichts von Pat Laffans Poitín weiß, dann ist er in seinem Unwissen aber wirklich allein«, meinte Vincent, leichthin, aber auf der Hut. Der Portwein, der nicht aus Laffans Brennerei stammte, sondern von den sonnenbeschienenen Hügeln Portugals, lag reich und süßlich auf seiner Zunge.

»Du bist nicht der einzige, der Ned Nolan interessant findet«, sagte Tully. »Die irische Polizei interessiert sich auch für den Jungen. Interessiert sich wirklich sehr. Und auch für seine Freunde, die er sich in Kilpeder vielleicht zulegt.«

»Er hat sich zuerst seinen leiblichen Vetter zugelegt, Hugh MacMahon«, erwiderte Vincent. »Und Bob Delaney und mich selber. Bei Gott, die Polizei macht sich ganz schön Arbeit, wenn sie die Freundschaften unter den Männern von Kilpeder untersuchen will.«

»Du weißt sehr gut, was ich meine, Vincent, und es gehört durchaus zu ihren Pflichten. Sergeant Honan hat streng vertraulich mit mir gesprochen. Es geschah aus seiner Herzensgüte und aus seiner Besorgnis um dich und um mich.«

»Um mich?« fragte Vincent. »Und um dich?«

»Es sind verzweifelte Männer am Werk, Vincent, die Kummer und Elend über uns alle bringen können. Du brauchst nicht zur Polizei zu gehen, um das zu erfahren, du brauchst nur in der Messe Pater Cremin zuzuhören. Er hat sie von der Kanzel herab angeklagt, und er hat den Brief unseres Bischofs vorgelesen, der sie entlarvt. Diese verzweifelten Männer, wenn sie machen könnten, was sie wollten, dann würde in den Straßen von Kilpeder und in jeder anderen Stadt in Irland Blut vergossen werden.«

»Und was hat das mit Ned Nolan zu tun?«

»Hältst du deinen eigenen Vater für ein Kind, Vincent? Und hältst du Dublin Castle für hurleyspielende Kinder? Ned Nolan ist ein bekannter Mann. Er ist ein eingeschworener Fenier. Das war in New York bekannt, und was in New York bekannt ist, das weiß auch Dublin Castle. Sie schicken seit sechs Monaten ihre

Männer herüber, Schurken und Verworfene, ohne Beschäftigung, jetzt, wo der Krieg zu Ende ist.«

»Und Ned Nolan gehört zu ihnen, wollte Honan dir das sagen?«

»Er hat es mir nicht nur gesagt, Vincent. Er hat einen Bericht aus Dublin mitgebracht und ihn mir gezeigt, in dem Nolans Name steht. Und die Namen der Verbrecher, die ihn losgeschickt haben, und der Tag, an dem er in Dublin angekommen ist. Das alles ist bekannt. Und es war höchst gefährlich für ihn, mir diesen Bericht zu zeigen. ›Äußerste Geheimhaltung‹, stand oben auf dem Blatt, über dem Wappen.«

»Großer Gott«, sagte ich, als Vincent mir das erzählte, aber er zuckte die Schultern.

»Was hast du denn erwartet, Hugh?« fragte er. »Daß die Yankee-Offiziere hergekommen sind, war kein Geheimnis. Es hat im *Cork Examiner* gestanden. Und die Polizei in Kilpeder weiß noch mehr. Sie wissen, daß es hier einen eingeschworenen Zirkel gibt, weil sie Kneipenprahlereien gehört haben. Aber sie wissen nicht genau, wie groß der ist. Sie glauben, daß du vielleicht der Ortskommandeur gewesen bist, aber daß Ned dich ablösen soll. Und da liegen sie ja nicht allzu falsch.«

Nicht allzu falsch, in der Tat. Und warum ich nicht damit gerechnet hatte, weiß ich selber nicht. Wenn es um Agitation oder Aufwiegelei geht, ist der Schulmeister ein gezeichneter Mann. So war es 48, und so sollte es in den 80er Jahren mit der Land League wieder werden. Wir sind normalerweise ein friedlicher Haufen, wir armen Teufel; und wenn ich eine Bezeichnung für uns alle finden sollte, dann würde ich mich für *furchtsam* entscheiden, voller Eifer, sich mit Priestern und Inspektoren und ähnlichen Würdenträgern gut zu stellen. Aber wir sind über unseren Stand gebildet, und wir haben unsere kleinen Eitelkeiten, unsere Kenntnis der irischen Geschichte, patriotische Gedichte und Reden von der Anklagebank und den ganzen Rest. Und ich muß zugeben, daß meine Vorgänger am Ort keine glückliche Tradition geschaffen hatten, mit Thomas Justin Nolan, und lange vor ihm dem wilden Dichter und Hurenbock Owen Ruagh MacCarthy, der sich den Rebellen in Mayo angeschlossen hatte und zur Belohnung für seine Bemühungen gehenkt wurde. Aber daß mich irgendwer für den Leiter auch nur einer Antialkoholikerloge halten konnte, verringerte meine Achtung für die Polizei, obwohl das

Dokument, mit dem Honan bei den Tullys erschienen war, dem widersprach.

»Aber was ist mit Bob und dir?« fragte ich, um die angemessene Besorgnis um die Sicherheit meiner Freunde zu zeigen.

»Ach, weißt du«, antwortete Vincent. »Uns schützt unser Charakter. Bob ist der ehrgeizige junge Bob Delaney, Dennis Tullys Ladengehilfe. Und was mich betrifft, über mich wissen doch sicher alle Bescheid, Frauen und Rennen und so weiter. Ein Möchtegern-Gentleman, ein Shoneen*. Bob ist mehr Tully als ich selber. Das sagt ganz Kilpeder, das hast du selber gesagt. Und mein Vater glaubt es auch, ehrlich gestanden.«

Seine Worte hatten einen bitteren Unterton, wie ein Mann, der in eine saure Rinde von Wahrheit beißt. Es war fast seit dem ersten Tag so gewesen, als Bob den Hof seines Vaters verlassen hatte, um im Laden zu arbeiten, jüngster Sohn eines Farmers von mittlerem Wohlstand, ein stämmiger junger Bursche mit dem leichten, aber doch lebhaften Auftreten, das dem Selbstvertrauen entspringt. Ich erinnere mich gut an diesen Bob, einen angenehmen Bekannten, der noch kein Freund geworden war, an einem Abend in den Arms oder bei Conefry, schlagfertig und von trockenem Humor, aber immer mit dem ruhigen Blick, der einen Raum voller Männer zu ihren wahren Proportionen schrumpfen lassen konnte, ein Teil seiner selbst hielt sich aus den Neckereien heraus. Ich erinnere mich, wie er im Laden war und wie Tully ihn beobachtete, zufrieden und leicht besorgt, wie ein Mann, der feststellt, daß das eben gekaufte Arbeitspferd sich als geschmeidiger, fähiger Jäger entpuppt hat.

»Aber es gibt einen Unterschied, Vincent«, sagte ich. »Du bist derjenige mit dem Tullyblut, sein einziger Sohn. Du bist derjenige, den er liebt.«

»Ich weiß«, erwiderte Vincent. »Und bei aller Furcht, die seine Worte mir eingeflößt haben, wußte ich auch, daß er da voller Kummer und Besorgnis saß. Cornelius Honan hat jetzt seinen Verdacht, weißt du, und diesen Verdacht hat er in unser Haus gebracht. Er wollte mich vor Ned und dir warnen.«

»Das war anständig von ihm«, sagte ich. »Er ist ein anständiger Mann, weißt du.«

Aber wieder zuckte Vincent die Schultern, noch immer mit die-

* anglisierte Form des irischen *seoinín*, »Kriecher, Speichellecker«

sem Hauch von Bitterkeit. »Viele bei der Polizei sind anständig genug, wenn man ihnen das erlaubt. Aber es kam ihm vor allem darauf an, sich mit Tully und Sohn weiterhin gutzustellen. Die Ardmors glauben vielleicht, daß ihnen die Baronie gehört, die Ardmors und der übrige Adel, mit ihren großen Häusern und ihrer Jagd und ihren Hundemeuten, wenn sie schreiend und scharlachrot gekleidet durch die Felder reiten, wie John Peel. Aber bald werden sie wie die Glasur auf einem Hochzeitskuchen weggekratzt, und darunter wirst du Tully und Sohn finden.«

Als er sprach, konnte ich die beiden sehen, Dennis Tully und Cornelius Honan, wie sie ihre Köpfe zusammensteckten, während Honans hoher Helm wie um Entschuldigung bittend neben seinen Stiefeln stand. Er versuchte sicher ab und zu, mit dem Finger seinen mit Leder und Roßhaar versteiften Kragen zu lockern. In seiner Hand hielt er den Bericht aus Dublin, Botschaft eines weit entfernten Empires, dessen Befehle er befolgte. Beim Reden stieß er immer wieder mit dem Finger gegen den Bericht. »Nichts Böses in dem Jungen, Tully. Gar nichts Böses, sicher nicht. Heutzutage sind die Jungen leicht ein bißchen wild.« Tully nickte und musterte Honan mit den milden, klaren Augen eines Falschspielers. Aber hinter den milden Augen lagen Zorn über seinen Sohn und Angst um ihn.

»Und dann hat er mich ausgehorcht, Hugh«, sagte Vincent. »Das hat er schon oft gemacht, in anderen Zusammenhängen. Ich weiß, was du von ihm denkst, ein Gombeen*-Mann ohne mehr Gewissen als ein Dachs, aber er ist auch so gerissen wie ein Dachs, und sein Vater, der Gründer, war auch schon so. Und der allererste Tully, mit seinem Bauchladen mit Hökerwaren, Nähgarn und Fingerhüten für die Frauen.« Er hätte auch über eine Pharaonendynastie sprechen können. »Er hätte mich fast zu fassen bekommen, aber ich habe mich rechtzeitig retten können. Ich bin selber ein Tully. Aber eigentlich ist das so nicht richtig. Er hat einfach das ausgesprochen, was er für die Wahrheit hält.«

»Was ich weiß, Vincent«, hatte Tully ihm gesagt, »ist folgendes.« Beim Reden hatte er einen Finger nach dem anderen berührt, zuerst den Kleinen, wie Vincent es im Laden oft bei ihm gesehen hatte, wenn er einem Farmer eine Rechnung erklärte. »Niemand in diesem Land will Ärger – die Leute wollen keinen

* anglisierte Form des irischen *goimbín*, »Wucherer«

Ärger, die Kirche nicht und der Adel auch nicht. Wir haben alle viel zuviel Ärger miterlebt. Niemand außer den Unruhestiftern will Ärger, und den werden sie über sich selber bringen. Überall auf dieser Insel steht Polizei, und das sind sehr fähige und gut bewaffnete Männer, sicher und geborgen in ihren starken Wachen, wie in der von Kilpeder. Und wenn die Polizei nicht ausreicht, dann gibt es noch die Armee, und diese Burschen mit ihren Bajonetten werden keinen Unfug dulden. Ich weiß nicht, was diese Unruhestifter wollen, aber ich weiß, was sie bekommen werden, verdammt nochmal.«

»Sie wollen ein freies Irland«, sagte Vincent. »Habe ich gehört.«

»Ein freies Irland!« wiederholte Tully. »Himmel, wollen wir denn nicht alle Freiheit für dieses arme Land?«

»Vielleicht«, sagte Vincent.

»Hat nicht Daniel O'Connell, der Befreier, sein ganzes Leben dafür geschuftet? Sind wir nicht alle unter dem Banner der Repeal Association marschiert, die Priester und alle? Wir haben geschuftet und agitiert auf ordentliche, friedliche Weise, ohne an Verbrechen auch nur zu denken.«

»Die Fenier haben keine hohe Meinung von deinem Daniel O'Connell«, erwiderte Vincent. »Er hat hier und dort riesige Versammlungen abgehalten, und als es den Engländern paßte, sich seiner zu entledigen, haben sie ihren Stiefelabsatz auf ihn gesetzt und seine Bewegung zerschlagen. Und als ein oder zwei Jahre später die Hungersnot kam, hat er das Volk nackt ihrem Wüten überlassen.«

Vincent erhob sich und goß sich noch ein Glas Portwein ein. Sein Vater, dessen eigenes Glas unberührt war, redete zu seinem Rücken.

»Vincent, Vincent, du darfst solche Worte nicht aussprechen. Du warst noch nicht einmal geboren, als O'Connell das Volk zum Widerstand gebracht hat. Er war ein Löwe von einem Mann. Er hat Tausenden Mut gegeben; sie haben in seiner Stimme Schutz gesucht. Wir waren nichts. Verachtet. Sie verachteten uns. Er hat noch die Felsen mit seiner Stimme aufgewühlt. Wenn du mußt, kannst du in diesem Hause töricht daherreden, wo niemand dich hört, aber ich werde kein böses Wort gegen den Befreier dulden.«

»Genau das war er«, sagte Vincent. »Er war eine Stimme. Du hast es selber gesagt. Mehr war er nicht.«

Wir kannten ihn, Vincent und ich und alle in unserem Alter, von den kolorierten Stichen an den Wänden unserer Eltern, an Kneipenwänden, von bei Paraden und Prozessionen getragenen Bannern. Rosiges fleischiges Gesicht, stämmige Schultern, eine Hand in die Seite gestemmt, die andere erhoben. Als ob ein Clanhäuptling in einen modernen Anzug gezwängt worden wäre.

»Eine Stimme«, wiederholte Tully verwirrt.

»Er kam und er ging«, fuhr Vincent fort. »Und er hat uns da gelassen, wo Jesus die Juden gelassen hat. Er ist in Italien gestorben, nicht wahr, im Rufe der Heiligkeit, zur Zeit der Hungersnot, als Irlands Verhungernde hilflos zusehen mußten, wie Korn und Vieh für die englischen Tafeln abtransportiert wurden.«

»Die Hungersnot war eine entsetzliche Heimsuchung, gegen die Menschen nichts vermochten, aber sie liegt jetzt Gott sei Dank hinter uns. Es geht uns nicht so schlecht, mein Junge, den Tullys und Leuten wie uns. Sieh dir doch die Möbel in diesem Zimmer an, die Tische und alles, was selbst ein Protestant voller Stolz sein eigen nennen würde. In Limerick und auch in West Cork heißt es: ›Die Tullys. Wenn du in West Cork Geschäfte machen willst, dann mit den Tullys.‹ Wir sind im Aufsteigen.«

Als Vincent mir diese Worte wiederholte, sah ich vor mir das Bild der aufsteigenden Tullys, eine triumphierende und unwiderstehliche Prozession. Und doch würde Tully für die Ardmors hinter ihren stolzen Toren und für die anderen adeligen Familien immer »Tully mit dem Laden«, bleiben, man würde sich an die Hütte des Hökers erinnern. Und für die kleinen Bauern aus dem Gebirge würde diese Prozession kein mitreißender Anblick sein. Gombeen-Männer unterwegs. Aber man wußte ja schließlich nie. Haben nicht auch die Fugger und die Medici klein angefangen?

»Du kannst das alles wegwerfen, Vincent, wenn du weiter mit einem Burschen wie Nolan zusammen bist. Aber das weißt du selber, du bist doch ein kluger Junge. Du hast mehr in dir als Bob Delaney, und deine Erziehung war besser als die des Schulmeisters. Hughie MacMahon hat Queen's College nie von innen gesehen.«

»Und Bob Delaney«, fragte Vincent. »Wirst du den auch warnen?«

»Mehr als warnen, bei Gott«, antwortete Tully. »Ich brauche Bob, er leistet im Laden gute Arbeit, aber er hat nicht unser Blut. Wenn er Schande oder Unehre über den Laden brächte, dann würde ich ihn mit einem Pfund aus dem Haus jagen, für das er in Queenstown die Überfahrt bezahlen kann.« Sein rötliches Gesicht wirkte verzerrt, als ob er die Tränen zurückhalten müßte.

Zuneigung, ein schweres, träges Tier, rührte sich in Vincent. Er setzte sein Glas auf den Tisch, beugte sich über seinen Vater und legte ihm die Hand auf den Arm.

»Die Tullys werden nicht untergehen, Vater. Du hast das selber gesagt. Einer von uns geht diesen Weg, ein anderer einen anderen.«

»Ich weiß nichts über Wege«, erwiderte Tully. »Aber ich weiß, was für uns das Beste ist.« Er legte die Hand auf die seines Sohnes und umklammerte sie.

Und so verließ Vincent ihn und ging in sein Zimmer hinauf. Aber er blieb in der Tür stehen. Sein Vater saß bewegungslos da. Er hatte den Kopf von der Tür abgewandt und blickte auf den schweren rosa-weißen Marmor des Kamins, als ob er in dem kühlen, schönen Stein Trost finden könnte.

»Da hast du es«, sagte Vincent. »Er hat seinen Verdacht, aber er wagt nicht, ihn auszusprechen, aus Angst, er könnte sich bewahrheiten. Er hat auch seinen Aberglauben, weißt du.«

»Er liebt dich, Vincent«, sagte ich. »Und er hat Angst um dich. Und dazu hat er schließlich auch allen Grund.«

»Ja, nicht wahr?« meinte Vincent. »Aber dieses eine Mal steht die Zeit auf unserer Seite. Du spürst es überall. Es ist bald soweit. Bei Gott, Hughie, das wird ein Tag!«

Im Kerzenschein lächelte Nolan mich an. Ein Totenschädel.

»Ein Tully nimmt diesen Weg, ein anderer den anderen«, sagte Vincent.

Er nahm zwei Zigarren aus seinem eleganten Zigarrenetui, und als er meiner Feuer geben wollte, funkelten seine goldenen Manschettenknöpfe auf ihrem Bett aus schneeweißem Leinen. Er lächelte mich, seinen Vater, sich selber an. Er hatte die Gabe der Eleganz. Eine unerwartete Gabe, die die Gelehrten mit ihren Tabellen von Wesenszügen, die von einer Generation an die nächste weitergereicht werden, beschämte. Die Tullys waren ein schweres, gewichtiges Geschlecht, mit Ausnahme von Vincent.

Eine Pharaonendynastie. Wenn ich mich an Dennis Tully erinnere, dann sehe ich ihn immer im Laden oder in dem feinen, überfüllten Haus, niemals aber allein, mit klarem Raum vor klarem, freiem Hintergrund. Und doch muß ich ihn oft so gesehen haben, wenn er nach der Messe die Kirchentreppe herunterkam oder mit fest auf dem Kopf verankertem Hut den Marktplatz überquerte. Immer sehe ich ihn, wie er sich zwischen Dingen bewegt, in einer dichten Atmosphäre von Objekten.

Der Laden war mit ihnen vollgestopft – Speckseiten, Schaufeln und Spaten, Mehlfässer, Besen, Flaschen mit Einreibemitteln, Süßigkeiten für die Kinder, Krüge mit eingelegten Früchten, Tuchballen, Fäßchen mit Nägeln, Pappkartons, Teekisten. Hinter der langen Theke gab es Reihen von Schubladen und Verschlägen, höhlenhafte unten in Bodenhöhe, weiter oben immer kleinere, ganz oben unter der Decke waren sie klein und geheimnisvoll. Bob Delaney hatte auf allen sorgfältig den Inhalt notiert, aber Tully brauchte solche Schildchen nicht. Er erkannte den Inhalt jeder Schublade an der Maserung des Holzes, an Fehlern im Lack.

Höflich und aufmerksam bewegte er sich zwischen Fässern und Kisten. Jede Transaktion, wie kompliziert sie auch sein mochte, ungeachtet ihrer Proportionen von Bargeld und Kredit, war eine Ziffernfolge, die er jederzeit klar und abrufbar im Kopf hatte. Er schrieb diese Summen für seine in Fries oder schwarze Hemden gekleideten Kunden, von denen viele nicht lesen oder schreiben konnten, auf Papierstreifen. Für Tully waren diese Transformationen von Kupfermünzen und Schillingen jedoch erst komplett, wenn Bob sie in eines der Kontobücher eingetragen hatte. Den ganzen Tag über wurden die Duplikate der Papierstreifen auf einen Holzdorn aufgespießt, später, eine Stunde vor Ladenschluß, wurden sie von Bob in die Kontobücher übertragen. Die Kontobücher waren Mysterien, denn in ihnen wurden die Zinsen hinzugezählt und regelmäßige Raten festgesetzt. Und auf diese Weise wurden Gegenstände – Nägel und Süßigkeiten und gepreßter Tabak – ganz und gar ätherisch, unsichtbar und unberührbar, ohne Geruch, außer dem schwachen Duft getrockneter Tinte. Aber im Laufe der Zeit, egal, wie diese Zeit festgesetzt wurde, wurden sie rematerialisiert, wurden durch eine Art Transsubstantiation zu einem Tischservice, einer Garnitur Samtportieren, Unterricht im Queen's für Vincent und bei den Ursulinerinnen für Agnes.

In Kilpeder hieß es immer, Tullys erster Schritt ins Gewerbe des Geldverleihers, in seine Karriere als Gombeen-Mann im wahrsten Sinne des Wortes, habe darin bestanden, sich einem Bauern namens Matthew Dennehy, einem Pächter der Ardmors, gefällig zu erweisen, der vier volle Quartale in Rückstand geraten war und dem der alte Everard Chute, damals Verwalter des Gutes, bereits den Räumungsbefehl überstellt hatte. Ich weiß nicht, ob das Tatsache oder Sage war, aber Dennehy lebte noch, als ich die Schule neu übernahm, und ich verfiel auf die Laune, ihn wie ein historisches Relikt zu studieren, wie man vielleicht einen uralten Kapitän auf halbem Sold studieren würde, der einst in Brienne den jungen Bonaparte mit Schneebällen beworfen hatte.

Ich stellte mir vor, wie sie nachts zusammen sitzen, zwischen sich eine Flasche, im alten Laden am Ende der Gasse. Und zwischen den Schlucken, beim Knacken seiner groben Fingerknöchel, sagt Dennehy noch einmal, daß er einfach keinen Ausweg mehr sieht. Schließlich, behutsam, ängstlich angesichts dieses folgenschweren Schrittes, sagt Tully: »Weißt du, Matt, es gibt vielleicht einen Ausweg.« Und Dennehy, der auf den Lehmboden gestarrt hat, sieht zu ihm auf. »Der Laden ist nämlich dieses Jahr gut gelaufen, Gott sei Dank, und ich habe das eine oder andere Pfund beiseitelegen können.« Und dann, die Augen leicht von Dennehys flehendem Blick abgewandt, holt er tief Atem: »Aber wie das so ist, Matt, ich hätte gern etwas mehr zurück, als ich dir geben könnte... Wenn du wieder auf die Beine gekommen bist, natürlich. Das ist nur recht und billig, nicht wahr? Das ist nicht mehr oder weniger als sonst, wenn ich dich und die anderen hier im Laden anschreiben lasse.« Und Dennehy sagt sofort, wobei seine Worte sich in seiner Aufregung überschlagen: »Wirklich recht und billig, Dennis. Du mußt schließlich an deine Familie denken.« Tully nimmt ein Stück Papier, berechnet, wie hoch die vollständige Summe sein wird, das jetzt geliehene Geld und die kleine Zusatzzahlung, und reicht es Dennehy, der die Augen verdreht. Dann schenkt er beiden noch ein Schlückchen Whiskey ein. Nichts wird schriftlich festgehalten oder unterschrieben. Der Whiskey besiegelt den Handel.

Aber in den kommenden Jahren gab es andere Klienten, und im Laufe der Zeit wurden Vereinbarungen unterschrieben, die Cornelius Hallinan, der katholische Anwalt, aufgesetzt hatte und die die Zahlungsfristen und etwaige Bußsummen festlegten. Sie waren das Wunder und das Geheimnis der Kontobücher. Papier schuf Papier. Zahlen taten sich zusammen, paarten sich und vermehrten sich. Und im Laufe der Zeit wurde Bob Delaney der schlaue Bursche vom Lande mit einer Begabung für Zahlen, der ihre Vermehrung und ihre Nachkommenschaft im Kopf gut im Griff hatte. Tully fühlte sich, wie Bob mir einmal erzählte, unbehaglich in Gesellschaft von Hallinan, einem glatten lächelnden Mann mit aufreizendem Dünkel und gesellschaftlicher Eleganz, Hüter der geheiligten Gesetze der Besitzübereignung. Hallinan hielt sich seine eigene Kutsche samt Gespann, pflegte lässigen Umgang mit protestantischen Anwälten und Gutsverwaltern. Aber Bob war ein hilfreicher Geist gewesen, herbeigezaubert, als er am dringendsten benötigt wurde, als ob Tully einfach eine Wunderlampe gerieben hätte, die sich in seine Regale verirrt hatte. Und das war noch nicht alles, wie jeder, der wollte, sehen konnte, auch wenn Bob das niemals laut sagte, weder zu mir noch zu irgend jemandem sonst.

Tully muß oft Bob und Vincent miteinander verglichen und sich gefragt haben, welcher denn nun sein Sohn war. Vincent muß ihm als exotischer Pfropf auf dem Tullystamm erschienen sein, leichtsinnig mit Geld und Worten, Bob dagegen als Erbe der Tullyschen Gerissenheit, der mit Zahlen so geschickt umgehen konnte wie Tully, der Tuchballen entrollen und ihre Länge an seinem Unterarm messen konnte, und der wie der alte Malachi, der Gründer, seinen Bauchladen voller Waren, seinen Glitzerkram und seine Papiertütchen, die den Tee eines Kätners versüßen sollten, zusammenstellen konnte.

Eine Pharaonendynastie. Es gab alte Männer in Kilpeder, die sich daran erinnern konnten, daß Malachi in der Hütte, die zu meiner Zeit und auch heute noch Tully als Lager diente, seinen Laden eröffnet hatte. Es war ein Hökerladen von der Art, die jetzt wohl noch in fünfzig Städten zu finden ist, Theke und einige Regalfächer, schlecht beleuchtet, Talggeruch, Handel in Kupfermünzen und Schillingen, niemals im Laufe eines Jahres auch nur eine einzige Pfundnote. In jenen Jahren, in den ersten Jahren des Jahrhunderts, muß es eine düstere Gasse gewesen sein, Dreck auf der Fahrbahn, Kot von Pferd und Esel, scharfer Pissegestank, zu alltäglich, um aufzufallen. Der Marktplatz dahinter war auch damals schon der Stolz von West Cork gewesen, mit seiner schönen Markthalle aus kühlen grauen Steinen, wo Eibhlín einst Art O'Leary, gutaussehend und mutig, erblickt hatte, damals hatte es jedoch noch keinen Obelisken für einen noch ungeborenen Ardmor gegeben. Und es gab auch keine katholische Kirche, nur eine Kapelle, auf der noch die düsteren Schatten der Penal Laws lasteten. Die Tore der Ardmor-Domäne, falkengekrönt, drängten sich auf den Platz. Durch sie hindurch rollten die Kutschen des Adels zu Festmählern und Bällen, und in der Ferne, unsichtbar hinter Waldschonungen gelegen, strahlten die hohen Fenster von Ardmor Castle im Kerzenlicht, Musik, ungehört in den dunklen Gassen, erfüllte die hohen Räume. Damals, heißt es, hätten sich die Leute von Kilpeder zu beiden Seiten der Tore zusammengedrängt, um den feinen Gästen in ihren Seiden- und feinen Wollstoffen zuzujubeln, ein Brauch, der später nicht mehr gern gesehen wurde. Aber an solchen Abenden blieb der Malachi meiner Phantasie im Laden und führte nach besten Kräften, des Lesens und Schreibens unkundig, seine Rechnungen.

Und Malachi selber, woher kam der? Gewiß nicht aus diesen Baronien, wo der Nachname Tully ansonsten unbekannt ist. Sohn eines Hausierers vielleicht, aufgewachsen auf der Straße an der Seite seines Vaters, der Vater gekleidet in die Hosen und Schwalbenschwänze der alten Zeiten, sein Bündel über die Schulter geworfen, einen kräftigen Eschenstock in der Hand: So waren sie mit langen Schritten auf den Straßen Munsters unterwegs, und der junge Malachi blieb barfuß immer ein paar Schritte hinter seinem Vater zurück. Hinter ihnen, verhüllt von den Nebeln der Zeit, war nichts.

»Da hast du es«, sagte Vincent noch einmal zu mir und musterte dabei die gleichmäßig brennende Zigarre in seiner ruhigen blassen Hand. »Ein beeindruckender Mann, unser Captain Nolan.«

»Und genau der, den wir brauchen.«

Duftender Rauch stieg zwischen uns auf.

Ich dachte daran, wie ich in der Küchentür gestanden hatte, während Ned mit dem Whiskey dasaß und lächelte, hinter ihm das dunkle Zimmer.

»Ich dachte, du wärst schon längst im Bett«, sagte ich zu ihm.

»Genausowenig wie du.« Er hob die Flasche vom Tisch und hielt sie mir entgegen.

»Einen kleinen vielleicht«, sagte ich und nahm ein Glas aus der Anrichte. Ich setzte mich ihm gegenüber, und er goß Whiskey in unsere Gläser. »Viel Glück«, sagte ich.

»Ja«, erwiderte Ned. »Viel Glück.« Er bewegte sein Glas in einem Kreis auf dem Tisch und hob es dann. Sein Hemd war am Kragen offen, und trotz der Kälte hatte er seine Jacke aufgeknöpft.

»Nun, Ned«, sagte ich. »Wie kommen wir dir vor? Ein trister Haufen von Kriegern, nicht wahr?«

Aber er gab mir keine Antwort. Statt dessen leerte er sein Glas und schenkte es wieder voll.

»Diese Burschen«, sagte er plötzlich. »Du kennst jeden einzelnen von ihnen, und ich nicht.«

»Ach«, meinte ich verwirrt. »Ich kenne sie und kenne sie auch wieder nicht. Einige kenne ich seit Jahren, bei anderen kenne ich die Familie, aber nicht den Jungen selber. Meinst du das? Willst du wissen, ob wir uns auf sie verlassen können?«

»Ein Tag ist festgesetzt worden, Hugh. Wenn wir keinen anderen Befehl bekommen, dann besetzen wir die Polizeikaserne. Wir lassen zwanzig Männer hier, um sie zu halten, und der Rest geht nach Norden, in Richtung Millstreet. Wenn wir sie einnehmen können, meine ich.«

»Warum sollten wir das nicht können«, erwiderte ich. »Wo du doch jetzt hier bist und uns das alles beibringen kannst?«

Er lächelte mich wieder an. »Ich weiß, wie man es angeht. Und du könntest das auch, wenn du dich darauf konzentrieren würdest. Wir umstellen die Kaserne und rufen dem Sergeant zu, er solle sich ergeben. Dann schließt er die Tür auf, und er und seine Männer kommen heraus und legen ihre Karabiner für uns ordentlich auf einen Haufen.« Im Kerzenlicht sah ich ihn mit dem langen, schmalen Kopf nicken. »Das ist doch ganz einfach.«

»Ist es nicht«, widersprach ich, entsetzt über das, was ich für seine Unschuld hielt. »Du würdest das nicht sagen, wenn du Cornelius Honan kennen würdest. Kein Sergeant in der ganzen Polizei ist stolzer auf seine Uniform als er. Er ist schon seit achtzehn Jahren dabei, er ist Sohn eines Tagelöhners aus dem County Limerick.«

»Seid ihr vielleicht zufällig befreundet?« fragte Ned lässig.

Das war eine seltsame Frage für einen Fenier, und ich wollte schon entsprechend antworten, dann unterbrach ich mich jedoch. Honan war ein schwerer, massiver Mann, wie Sergeants schließlich sein sollen, groß und bullig, und obwohl kein Uniformrock seinen Bauch verbergen konnte, war sein Rücken so gerade, als ob er aus Eichenholz gezimmert wäre. Beim Gehen schwang sein ganzes Bein vorwärts, massiv wie der Stamm eines jungen Baumes, und er trat mit festem Schritt auf, ganz bewußt. Aber sein massiver Kopf war nicht bedrohlich, auch wenn er den Proportionen des Körpers entsprach. Oft zeigte sein Gesicht einen sanften, fragenden Ausdruck, die Lippen teilten sich in einem halben Lächeln, und die sanften blauen Augen blickten gerade und freimütig drein.

Con Honan und ich waren sicher über vierzigmal zusammengetroffen, Schulmeister und Sergeant, die einander auf dem Marktplatz oder nach der Messe guten Tag wünschen und liebenswürdige, unwichtige Worte wechseln. Wir waren sechs oder siebenmal zusammen gewesen, wenn auf den weiter entfernt gelegenen Höfen zum Tanz aufgespielt wurde, wenn die Luft vom Klang der Fiedeln und den Rufen der Tanzenden nur so schwirrte, und Honan stand dann mit den Männern seines Alters an der Wand, zu würdevoll, um zu tanzen, ein Pint Porter in einer Hand, die andere in den Gürtel gehakt. Später, wenn er gegangen war, gab es Poitín aus Laffans oder aus einer anderen Brennerei, und das wußte Honan gut, einen gesetzlosen Schnaps, farblos und mächtig. Es war ein Grund, warum er nie lange blieb, ein feinfühlender Takt, der seine Massivität Lügen strafte.

»Nein«, sagte ich. »Nicht befreundet.«

Aber in diesem Moment, im Moment meiner Antwort, erinnerte ich mich an eine solche Nacht, bei Michael Joe Grennan, wo ich mit Bob Delaney, einem rothaarigen, stark trinkenden Mann namens Paudge Skerrett und Michael Joe selber zusammengestanden hatte. Ein junger Bursche mit einer wunderschönen Stimme hatte das Haus mit einem Lied geehrt, und nachdem die letzten Töne verklungen waren, wollte ich meinen Gefährten erklären, warum in Connacht eine Textvariante und hier in Munster eine ganz andere gesungen wurde.

»Das ist ja seltsam«, sagte Honan, der mich gehört hatte und der nun zu uns herüberkam. »Limerick liegt in Munster, aber das, was Sie als Connachtvariante bezeichnen, wird auch in Newcastle West gesungen, wenn auch mit einem etwas anderen Text.«

Und dann trug er in einem Sprechgesang mit sanfter, leiser Stimme, die schon in geringer Entfernung nicht mehr zu hören war, das Lied vor, in einem so reinen Irisch, daß es den Neid jedes gälischen Gelehrten erregt hätte. Als er das Lied beendet hatte, legte Michael Joe ihm die Hand auf die Schulter, sagte »Gut gemacht, Sergeant« und ließ die Hand auf dem Rock dieser Uniform liegen, die unsere war und doch nicht uns gehörte.

»Wir haben zusammen getrunken«, erklärte ich Ned und korrigierte damit meine Worte von eben, »aber wir sind nicht befreundet.«

»Dann wird es dir ja nichts ausmachen, ihn umzubringen«, sagte Ned. »Trink aus«, befahl er dann, goß mehr Whiskey in sein Glas und füllte sein eigenes noch einmal. »Jetzt trinkst du mit mir und nicht mit Sergeant Honan.«

Ich blickte von unseren Gläsern auf und sah in seine im Schatten liegenden, halb verborgenen Augen und dachte an Mary, die oben schlief, und daran, wie ihre schlafende Hand in meiner geruht hatte. Kerzenlicht lag auf Kamin und Kommode. Dahinter war Finsternis.

»O doch«, sagte er. »Wofür sonst hast du die Männer exerzieren lassen, und warum sonst warten wir auf Waffen? Warum sonst haben wir den Eid abgelegt? Honan überläßt uns die Kaserne nicht kampflos, wenn er auch nur einen Funken von Männlichkeit in sich hat. Einige von seinen Männern kommen vielleicht ums Leben, und einige von uns. Honan selber vielleicht, vielleicht du, vielleicht ich.«

Nun hob ich mein Glas und trank den Whiskey auf einen Zug, ohne ihn zu schmecken oder zu fühlen. Ned lächelte wieder, das freudlose Lächeln, mit dem er mich begrüßt hatte.

Bestimmt zweidutzend Mal hatte ich Bob beim Exerzieren davon reden hören, für Irland zu sterben, und wir hatten genauso oft unter uns darüber gesprochen, wenn wir in unserem Wohnzimmer saßen, und wir hatten dieselben Worte in den Liedern gehört, die Vincent in seinem hohen lieblichen Tenor zu Marys Begleitung sang, beide eingehüllt in Kerzenlicht, das nicht grell und hart war wie das an diesem Abend, sondern das sanft Haare und Hände berührte. Der junge Spielmann, der sich mit dem Schwerte seines Vaters gegürtet hatte, zog hinaus in Krieg und Tod; Ruhm wachte über den Gräbern von Clanricarde und Owen Roe. Die Lieder erzählten nie davon, für Irland zu morden, vielleicht Sergeant Honan zu töten, der ein eigenes Lied hatte, reiner und irischer als die Balladen von Thomas Davis und Tommy Moore.

Ned nickte, das langsame, gewichtige Nicken eines Meisters, der einen Novizen in ein Geheimnis einweiht, und goß Whiskey in mein Glas.

»Oder vielleicht einen seiner Constables«, sagte er. »Einen Bauernburschen wie die, mit denen wir heute nacht zusammengewesen sind.«

»Du hast es heute nacht selber gesagt«, sagte ich. »In Knockmany. Sie sind Englands Armee in Irland. Bewaffnet und uniformiert.«

»Ja«, erwiderte Ned.

Aber als ich diese Worte aussprach, waren sie nur Worte, raschelndes Zeitungspapier. Eine Rebellion war auf eine Stadt zusammengeschrumpft, und die Stadt auf eine Küche, die Küche auf zwei Männer, die einander an einem Tisch gegenübersaßen. Finstere Nacht umgab uns, und ich empfand einen unvernünftigen Zorn auf diese unbekannten Männer in Dublin und New York, die glücklich an ihren Intrigen und großartigen Plänen, an ihren vorgeblich heldenhaften Zeitungskampagnen und ihrer lodernden Rhetorik arbeiteten. Meine Rebellion würde ein Küchentisch sein, eine verlauste Kaserne, Ned Nolans amerikanischer Revolver.

»Für dich ist das alles leicht«, sagte ich, und es war mir egal, ob mein Unwillen sich darin zeigte. »Ein Soldat, der in ihrem großen Krieg erzogen und geformt worden ist.«

Ich kostete das zweite Glas, einfach pur, rauh und ohne Wasser, ein scharfes Feuer in meinem Mund.

»Aber das ist es ja gerade, Hugh«, erwiderte Ned. »Das ist es doch. Ich habe dir ja erzählt, daß ich Corporal war, ein Flohsprung über einem gemeinen Soldaten. Wir waren meistens in Lagern oder auf dem Marsch zwischen zwei Orten. Und die Schlachten waren für uns wie Scharmützel, wir feuerten unsere Gewehre ab, pflanzten unsere Bajonette auf und stürzten vor, wenn uns das befohlen wurde. Es war nicht mein Leben, sondern ein Traum, in den ich hineingetaumelt war. Kriege sind für Generäle und Colonels, und vielleicht für die jungen Majore auf ihren Pferden, die Befehle herausbrüllen, die im Kanonendonner niemand hören kann.«

»Heute nacht warst du ein Soldat, bei Gott«, sagte ich und leerte mein Glas. »Niemand von uns hatte je so etwas gesehen. Nach dieser Nacht würde Pat Dunphy dir in die Hölle folgen.«

»Pat Dunphy *wird* mir in die Hölle folgen«, korrigierte Ned. »Wirf deine Konjunktive und deine Indikative nicht durcheinander, Schulmeister MacMahon.«

Er drehte sein leeres Glas in der Hand, dann hielt er es mir entgegen, und seine Hand zitterte nicht.

»Sei kein Geizhals mit deinem Whiskey, Vetter Hugh«, sagte

er. »Mein Vater hat mir immer von der Freigebigkeit der MacMahons vorgeschwärmt. Die Nolans stehen für Vorurteilslosigkeit und die MacMahons für Freigebigkeit, sagte er immer. Sagt man das in Kilpeder immer noch?«

»Ich habe das nie gehört«, antwortete ich. »Für jeden noch einen Kleinen, Ned. Und dann wird die Flasche verkorkt.«

Aber ich goß jedem von uns großzügig ein, schob danach den Korken in die Flasche und schlug mit der flachen Hand hart darauf. Ned starrte mich an, zuckte dann aber die Schultern und nickte.

»Es ist spät«, sagte er.

»Stimmt«, erwiderte ich. »Und ich muß früh aufstehen, um Kilpeders Jugend die Verwendung des Konjunktivs beizubringen.«

»*Sollten* und *würden*«, sagte Ned. »Wir würden gern noch weiter reden, aber das sollten wir lieber lassen. Wir würden gern Irland befreien, und deshalb sollten wir Sergeant Honan erschießen. Sollte Sergeant Honan uns erschießen?«

»Es ist spät, Ned«, sagte ich.

»Er hat aus freien Stücken die Uniform angezogen«, fuhr Ned fort, »und er hat den Eid auf Königin Victoria geschworen. Er wurde nicht zwangsweise eingezogen.«

»Das stimmt schon«, sagte ich, überlegte mir jedoch, daß Not ein guter Anwerbeoffizier ist und daß die Polizei sich zumeist harmlosen Aufgaben widmete. Standhafterer Patriotismus als meiner wäre nötig, um sie als gespornte und gestiefelte Kosaken zu sehen.

»Vergiß das nicht«, mahnte Ned. »Ihr alle dürft das nicht vergessen.«

Aber ich wußte im selben Moment, daß Ned mit sich selber sprach. Und ich sollte in späteren Jahren daran denken, wenn Ned Nolans Name benutzt wurde, um den Kindern Angst einzujagen, ein harter Mann, hart wie die Invincibles, ohne Gnade oder Mitleid. Was mit Ned im Gefängnis von Portland geschehen ist, wissen viele, und was in den darauf folgenden unsteten Jahren geschah, können wir uns denken; aber ich weiß aus eigener Erfahrung, daß er nicht immer so war. Wenn Ned uns am festgesetzten Tag in den Kampf führte, dann würden einige von uns getötet werden, und wir würden vielleicht andere töten, und alles wäre auf Neds Befehl hin geschehen. Deshalb hatte er in der Küche wach gesessen, mit der Flasche als einziger Gesellschaft, und deshalb hatte er mich mit diesem schrecklichen, freudlosen Lächeln begrüßt.

»Zeit, die Vorhänge zuzuziehen, Ned«, sagte ich. »Zeit, uns gute Nacht zu wünschen.«

»Richtig«, erwiderte Ned und leerte sein Glas. Und dann erhob er sich so ruhig, als ob er eine Karaffe Wasser geleert hätte.

»Die Vorhänge zuzuziehen«, war nur eine Redensart, denn in unserer Küche gab es weder Vorhänge noch Läden, und wir vermißten sie auch nicht. Ehe ich die Kerze ausblies, trat ich für eine Minute ans Fenster und hörte hinter mir Neds Schritte, als er die Küche verließ. Der Mond muß hinter Wolken verborgen gewesen sein, denn ich blickte in die schwärzeste Nacht hinaus und konnte nur sehen, was das verzerrte Licht in der Fensterscheibe wiedergab. Welche Geschichte kann jemals wahrheitsgemäß geschrieben werden, sei es nun die der Fenier von Kilpeder oder die des Assyrerreichs? Der junge Mr. Prentiss fragt nie nach Unterhaltungen in Küchen, und es würde ihn auch nicht interessieren, daß die dabei fallenden Worte den Eichentisch unter meinen Fingerspitzen, den Geschmack von unverdünntem Whiskey auf meiner Zunge in sich tragen, oder daß danach, als die Worte gesprochen waren, die Welt hinter der Fensterscheibe schwarz und unsichtbar, bedrohlich war: Kilpeder selber, die Baronie, die sie umgebenden Berge, und dahinter Flüsse, Dörfer, Städte, Armeen, Häfen, Gefängnisse und Ozeane. Ich drehte mich wieder zum Zimmer um, blies die Kerze aus und spürte in meiner sie schützenden Hand ihre Wärme.

5

[Patrick Prentiss]

An einem schönen Abend im lindgrünen Juni von Munster durchquerte Patrick Prentiss zum erstenmal die von Kugeln gekrönten und von Falken bewachten Tore von Ardmor Castle und ließ dabei die Stadt Kilpeder so vollständig hinter sich zurück, als ob er von einem Planeten auf einen anderen übergestiegen wäre. Vor einer Minute hatte er noch auf dem Marktplatz gestanden und zerstreut die Arms, Tully und Sohn, Henefys Metzgerladen, Conefrys Schenke betrachtet, eine Minute darauf wanderte er zwischen Bäumen dahin, Eichen und blaßnadeligen Lärchen.

Zu seiner Rechten passierte er ein Kutscherhaus, das jetzt nicht mehr bewohnt war, winzig und palladianisch, zwei kleine dorische Säulen trugen eine reich verzierte Veranda. Vor ihm führte eine gerade Allee durch den Wald, deren Oberfläche von alten Wagenspuren, Hufspuren zerfurcht war. Junges Gras sproß in den Spuren. Heimkehrende Vögel kreisten über den Bäumen.

Dort, wo der Wald spärlicher wuchs, befand sich von eisernen Zäunen umgebenes Weideland. Dort wartete zwischen zwei Eichen in der Ferne schwarzes Vieh auf seinen Hirten. Hinter dem Weideland gab es noch mehr Wälder und einen Bach, der aus einem seichten See der Sullane entgegenfloß. Eine gewölbte Brücke führte über den Bach, auf der anderen Seite des Sees befand sich ein kleiner Steinpier, fast eine Verzierung, an dem jedoch ein auf dem seichten Wasser dümpelndes Boot vertäut war. Hinter dem See, zwischen den Ulmen, lag ein hölzernes rundes Lusthaus mit kegelförmigem Dach. Dieser Anblick war Prentiss von japanischen Drucken vertraut, und er wußte, daß genau diese Wirkung bei Besuchern, die soeben den Wald verließen, erzielt werden sollte. Erzielt durch etwas Feineres, Künstlerischeres als einfache Sorgfalt. Bach, See, Brücke, Pier, Lusthaus, fast sogar das Vieh selber, das unter seinen weitkronigen Eichen ruhte, waren nach einem ausgefeilten und zugleich zufälligen Plan entworfen worden.

Ardmor Castle selber lag noch ein gutes Stück entfernt, nüchtern und elegant. Auch dieses Schloß war in der Absicht errichtet worden, den Reisenden zu beeindrucken, aber diese Absicht unterschied sich von der, die Brücke, Pier und Lusthaus erdacht hatte, um einen Moment japanischer Verblüffung zu schaffen. Die hohen palladianischen Fenster hielten noch die letzten Abendsonnenstrahlen, als Prentiss sich dem Schloß näherte, weich und kühl, ein Spiel des Lichtes zwischen den gewaltigen Steinquadern. Die Allee endete in einer bogenförmigen, mit Kies bestreuten Auffahrt, über die er auf die Eingangstür zuging. Aus geringerer Entfernung war jedoch zu sehen, daß die weiße Farbe der Fensterläden abblätterte und verwittert war. Die Treppenstufen, über die er die Tür erreichte, waren von vertrocknetem blaßbraunem Schmutz überzogen.

Hugh MacMahon hatte Prentiss an einem Nachmittag, als sie auf einem flachen Hügel standen und das Schloß und die Domäne sehen konnten, vorgeschlagen, einmal mit Lionel Forrester zu sprechen. »Er war 67 hier in Kilpeder, wissen Sie. Der Earl war nicht hier, er studierte damals in Cambridge. Aber Lionel war hier, er besuchte die Mutter des Earl.«

Prentiss lächelte zweifelnd. »Der Vetter eines Earls«, sagte er, »kann mir doch sicher nicht viel über die Geschichte der Fenier erzählen.«

»Aber Sie würden in ihm trotzdem einen sympathischen Mann finden«, meinte MacMahon. »Er ist auch eine Art Historiker, so wie Sie selber. Jedenfalls ein Schriftsteller. Essays und Reisebücher – ein paar Romane. Ich habe die meisten. Eine Frage des Lokalpatriotismus.« Aber Prentiss schüttelte den Kopf.

Als sie weitergingen, behielten sie das Schloß im Blick, und seine Ausmaße wurden zur Größe eines Puppenhauses reduziert, der See zu einem grünsilbernen unregelmäßigen Spiegel. Kein Pfad führte vom Hügel, und sie bahnten ihren Weg durch Nesseln und hohes Gras, auf die MacMahon geistesabwesend mit seinem Schlehenstock einschlug. Die Sullane floß in der Ferne vorbei, durch die Sonne oder den Schatten der Bäume.

»Wir haben hier zwei Welten«, sagte er. »Unsere und ihre. Ihre Welt ist die halbe Geschichte.« Er blieb stehen und wandte sich zu Prentiss um. »Das müssen Sie doch selber wissen. Ihre Geschichte endet in Brierly Lodge.«

Prentiss schüttelte wieder den Kopf. »Ned Nolan hat diesen Mann 1892 umgebracht, ein Vierteljahrhundert nach dem Aufstand.« Dann aber fragte er voller Neugier: »War Forrester an jenem Abend in Brierly Lodge?«

»Nein, das war er nicht. Er war Lord Ardmors Vetter, und inzwischen standen den Ardmors die Häuser des Landadels nicht mehr offen. Die Ardmors waren die edelste von all diesen Familien. Das sind sie immer noch. Es hat eine Zeit gegeben, da gehörte ihnen die Stadt Kilpeder, einfach so, wie jemandem eine Weide oder ein Jagdhaus in Connemara gehören. Aber nach dem Landkrieg waren manche Türen für sie verschlossen. Es war eine bittere Zeit.«

»Sie kennen ihn also«, fragte Prentiss, »diesen Lionel Forrester?«

»Ich sehe ihn vielleicht vier- oder fünfmal pro Jahr. Er kommt im Herbst zur Jagd, und dann erst wieder im Frühling. Wir tauschen Bücher aus. Im Herbst schickt er mir jedesmal Moorhühner oder Fasane, und alle ein bis zwei Jahre legt er ein neues Buch von sich bei. Er hat ein wunderbares Büchlein über die italienischen Hügelstädte veröffentlicht, das er selber illustriert hat. Lord Ardmor lebt jetzt dort, in den Hügeln südlich von Florenz. Er kommt nie her.«

»Nie?«

»Er hat Kilpeder endgültig 1892 verlassen, in dem Jahr, in dem seine Frau in London gestorben ist. Er war seitdem noch zweimal hier, weil es die Geschäfte des Gutes erforderten, und wenn er sich darum gekümmert hatte, reiste er gleich wieder ab. Bis auf eine Handvoll Farmen ist das Ardmor-Land bis hin zu den Domänenmauern verkauft worden. Sie waren einst eine reiche Familie, die Ardmors, und ihre Farmen zogen sich bis zur Grenze von Kerry und im Norden bis Millstreet hin. Sie waren die Gutsherren meiner eigenen Familie, der MacMahons, und auch der Nolans, um genau zu sein. Die Zeiten ändern sich, sogar in diesem elenden Hinterwald.«

Sie hatten sich wieder in Bewegung gesetzt, und jetzt verbarg eine Schonung das halbe Schloß vor ihren Blicken, als ob eine Wolke sich darüber gelegt hätte.

»Aber Sie müssen befreundet sein«, beharrte Prentiss. »Sie und Forrester. Warum sollte er Ihnen denn sonst Bücher und Moorhühner schicken?«

»Ich habe nie gelernt, wie man solche Geschöpfe fertigmacht«, antwortete MacMahon. »Wie sie aufgehängt werden und alles andere. Da liegt das arme Vieh dann auf meinem Küchentisch, und seine Federn verlieren ihren Glanz, und seine offenen Augen sehen aus wie dunkle Glasperlen. Die Bücher sind mir weitaus willkommener, um Ihnen die unhöfliche Wahrheit zu sagen. Er hat ein großes Talent dafür, mit einem oder zwei Sätzen weit entfernte Orte lebendig zu machen – die Sonne, die auf Fischernetze scheint, oder die Frauen auf Sizilien, wenn sie Sonntags aus der Messe kommen, dunkel und schweigsam. Nein, wir sind nicht befreundet. Dort liegt seine Welt, hier meine.«

Sie hatten inzwischen den Hügel verlassen und gingen über ein Feld auf die Straße zu. Der Duft von Klee hing in der Luft, Kleeblüten schmückten das Gras. Sie gingen in geselligem Schweigen dahin, aber Prentiss spürte, daß MacMahon etwas unerwähnt gelassen hatte. Er sagte nichts; sein neugewonnener Freund, denn als den betrachtete er MacMahon inzwischen, sollte mit seiner Vergangenheit allein sein. Dann sagte MacMahon schließlich auf kunstvoll lässige Weise: »Aber Forrester hat Bob Delaney gut gekannt. Wissen Sie, Bob und Ardmor waren befreundet.«

»*Lord* Ardmor?« fragte Prentiss ungläubig. Ardmor Castle, und ein Hinterzimmer von Tullys Laden, mit dem Geruch der Lebensmittel?

»Nicht zu Ihrer Zeit«, antwortete MacMahon fast barsch. »Nicht zur Zeit von Clonbrony Wood. Das war viel später, in den Tagen der Land League, als Bob die Bauern organisierte. In den Tagen der Boykottaktionen und von Parnells Kampagne.«

Eine trockene Mauer trennte sie von der Straße, die Steine ohne Mörtel sorgfältig aufeinander getürmt. Auf der anderen Straßenseite stieg aus einer Hütte Torfrauch auf, beißend und doch süß, ein Geruch, der in Zukunft, in London, Irland immer wieder in Prentiss' Gedächtnis rufen und ihm von Straßen, Hütten, dem Schrei eines Brachvogels erzählen sollte. Es war eine elende Hütte, das Strohdach war alt und farblos. Vor der offenen Tür pickten Hühner in einem Misthaufen. Der Boden war jetzt eben, das Schloß und die Domäne unsichtbar. Jetzt gab es nur Felder, die Hütte, eine Straßenbiegung. Die Hütte hatte Lehmwände, mit weißer Tünche beschmiert – die Hütte eines Tagelöhners oder Viehhirten.

»Der Bob Delaney jener Jahre«, sagte MacMahon. »Ich kann

nicht sagen, wer ihn besser kannte, ich oder Ardmor. Und doch hat mir außer Mary niemand, vielleicht nicht einmal ganz am Ende, jemals näher gestanden als er. Näher vielleicht als meine eigenen Söhne. Aber wir haben Clonbrony Wood auf verschiedenen Straßen verlassen, Bob und Ned und Vincent und ich.«

»Delaneys Weg hat ihn ins Parlament geführt«, meinte Prentiss.

MacMahon nickte. »Ins Parlament«, sagte er, »und weiter. Es wäre wirklich ein Jammer, Patrick, wenn Sie soviel Zeit in Kilpeder verbrächten, ohne mit Lionel Forrester zu sprechen. Ein großer Jammer.« Seine Hand ruhte auf der Mauer, sein geistesabwesender Blick auf der Hütte. »Ein großer Jammer.«

Und deshalb hatte Prentiss aus dem Gasthaus einen kurzen, steifen und förmlichen Brief zum Schloß hinauf geschickt. Sohn eines Dubliner Anwaltes, Clongowes Woods College, Studium in Oxford. Trotz alledem hatte er das Gefühl, sich nicht weniger als ein Delaney oder ein MacMahon einer Welt zu nähern, die nicht die seine war. Die Antwort jedoch war die Ungezwungenheit selber, Gekritzel auf einem halben Bogen schlichten Papiers. »Wunderbar. Kommen Sie, wann Sie mögen. Dienstagabend, wenn es Ihnen paßt.«

Der Glockenstrang produzierte irgendwo im Haus einen gedämpften Lärm, und sofort danach öffnete eine Frau mittleren Alters mit hageren Zügen, die ein schwarzes Kleid trug und ihre ergrauenden Haare hinter dem Kopf zu einem Knoten verschlungen hatte. Prentiss reichte ihr Forresters Zettel, und sie sagte, ohne ihn zu lesen: »Guten Abend, Mr. Prentiss. Vielen Dank. Ich bringe Sie zu Mr. Forrester in die Bibliothek. Er hat mir gesagt, daß Sie vielleicht vorbeischauen wollten. Aber Sie hätten nicht zu gehen brauchen, wir hätten Ihnen den Einspänner schicken können.«

Er folgte ihr durch die weite Eingangshalle, die nur durch das Bogenfenster am hinteren Ende von der untergehenden Sonne beleuchtet wurde. »Es war ein angenehmer Spaziergang«, sagte er. »Die Parks um das Schloß sind wunderbar.« Er machte sich über seine eigenen Worte lustig, als er sie hörte, die Sprache einer historischen Romanze. Aber wie hätte er sie denn sonst beschreiben sollen?

»Wirklich wunderbar«, sagte sie, ohne sich zu ihm umzudrehen. »Es gab eine Zeit...« begann sie und unterbrach sich dann. »In ein paar Wochen wird alles noch schöner sein, wenn die Bäume wirklich voll aufgegangen sind.« Sie sprach mit irischem Akzent, aber nicht West Cork, ihr Akzent wies einen scharfen Unterklang auf.

Die Gemälde verwirrten ihn, sie waren durchaus nicht, was er erwartet hatte, soßenfarbene Landschaften, Ahnen in scharlachroten Röcken, Herren und Herrinnen, die steif auf Terrassen sitzen, neben ihnen Kinder, nüchtern in Samt und mit Zweigen gemustertem Musselin, die als Beweis für ihre Kindheit Ball oder Reifen umklammerten. Die Bilder hier waren selbst in diesem trüben Licht lebhaft und von einer schwerelosen Wärme. Er blieb vor einem stehen, das silbrigen Nebel über einem halb verborgenen Fluß zeigte, zwei Gestalten, kaum zu erkennen, geschlechtslos, auf dem anderen Ufer. Dahinter pfirsich-, zitronen-, dattelpflaumenfarbene Gebäude. Fluß, Gebäude und Figuren verschmolzen gleichermaßen mit dem Nebel.

»Das ist ein Bild von Lord Ardmor«, sagte die Frau.

»Französisch«, meinte Prentiss. »Er muß die Franzosen mögen.«

»Er hat es gemalt«, korrigierte sie. »Alle Bilder hier in der Halle stammen von ihm, und auch die im hinteren Salon. Im rosa Salon, wie Lady Ardmor ihn immer nannte. Es ist sehr schade, daß die Bilder hier kein besseres Licht haben.«

Sie öffnete eine Tür und trat dann zurück. Ein Mann, der neben einem Lesepult gestanden hatte, kam auf Prentiss zu. »Mr. Prentiss?« fragte Forrester. »Sie sind mir herzlich willkommen.«

Die Bibliothek war, anders als die Eingangshalle, so, wie Prentiss es von Ardmor Castle erwartet hatte. Dunkel, mit hohen Wänden, hohe Fenster, die auf die Terrasse hinausgingen, die anderen Wände in tiefem Schatten, verdeckt von Bücherregalen, nur ein riesiger steinerner Kamin ließ seinen Marmor hell in der Dunkelheit leuchten. Flammen tanzten in seinen höhlenhaften Winkeln.

»Es ist sehr zuvorkommend von Ihnen, mich zu empfangen«, sagte Prentiss.

»Durchaus nicht zuvorkommend«, wehrte Forrester ab. »Eher Neugier als Höflichkeit. Historiker sind eine Seltenheit in Kilpeder. Sie sind vielleicht unser erster. Abgesehen, natürlich, von Hugh MacMahon. MacMahon geht es gut? Immer noch in seiner Einsiedelei?«

Ein hageres Gesicht, mit einem Hauch von Rot in den Wangen, blaßblaue Augen, reichlich Grau in den braunen Haaren, eine dünne und stark gebogene Nase. Er trug groben Tweed und eine locker verknotete Krawatte. Er lächelte beim Reden, sein Lächeln war, wie sein Brief, lässig und zurückhaltend.

Sie saßen einander am Feuer in tiefen Sesseln gegenüber. Forrester bot eine Zigarette aus einer Dose aus Ebenholz und Sandelholz an, Basarware für Touristen.

»Sie müssen wissen, MacMahon hat mir über Sie geschrieben. Sie sind ein Mann von phantastischem Wissen, meint er, trotz Ihrer Jugend. Oxford.«

»New College«, erklärte Prentiss ein wenig steif.

»Als ich im Magdalen war, war Ihr Laden nicht gerade wegen seines phantastischen Wissens berühmt. Die Zeiten ändern sich. Waren Sie lange dort?«

»Drei Jahre«, antwortete Prentiss. »Vier.« Er rutschte in seinem Sessel herum. »Hugh MacMahon ist ein Mann der Ironie, wie ich festgestellt habe.«

»Nicht bei diesem Thema. Er hat großen Respekt vor dem Wissen. Tom Ardmor seinerseits war in Cambridge, 67 war er in Cambridge. Ich aber war hier. Fast aus purem Zufall. Das ist Ihr...«, er suchte nach einem Wort, »Ihr Thema, nicht wahr, der Aufstand und Clonbrony Wood und alles andere?«

»Mein Thema ist die Bewegung der Fenier«, erwiderte Prentiss. »Aber es ist schwer, diesem Thema eine Form zu geben. Es gibt keine richtigen Aufzeichnungen darüber. Ich habe das Gefühl, wenn ich Clonbrony Wood verstehen könnte...«

»Ja«, stimmte Forrester sofort mit einer Art Eifer zu.

»Sie finden das auch?« fragte Prentiss überrascht.

Forrester bewegte die Hand und zerteilte den flaumleichten Rauch. »Was Clonbrony Wood angeht? Ich weiß sehr wenig über Clonbrony Wood. Wie sollte ich das?« Die Gesten seiner Hand sprachen für ihn. Wie konnte dieses Zimmer, sagte die Hand, die Welt hinter der Domäne, die Konspirationen von Tagelöhnern und Ladengehilfen kennen?

»Die Ewigkeit in einem Sandkorn«, sagte Forrester. »Lesen junge Männer heute noch Blake? Als ich jung war, gab es einen Blake-Kult. Rossettis Bruder hatte ihn in einem Karren gefunden, so geht die Sage. Sein Buch gefunden, meine ich. Yeats behauptet, er sei Ire gewesen, wie jeder andere. Aber wenn man wirklich einen Augenblick der Geschichte, eine Woche, einen Monat nehmen und ihn wirklich begreifen könnte, ihn zwischen den Fingern drehen, bis alles Licht auf seiner Oberfläche gespielt hätte... Das meinen Sie doch, nicht wahr?«

»Nein«, sagte Prentiss, verblüfft von dieser Begegnung mit Metaphysik in Kilpeder. »Nicht wirklich. Sie trauen mir zuviel Originalität zu.«

»Vielleicht«, erwiderte Forrester. »Vielleicht tun Sie sich auch selber Unrecht.«

Das Zimmer war zur Hälfte Licht, zur Hälfte Schatten, die hohen Bücher lagen im Schatten, kühles Sonnenlicht jedoch fiel durch die Terrassenfenster in den Raum. In der Ferne, hinter den Fenstern, ein Horizont von Bergen.

»Sie waren äußerst seltsam für uns, diese Februarwochen«, sagte Forrester. »Erschreckend, aber vielleicht nicht so erschreckend, wie sie hätten sein können. Wir zweifelten nie daran, daß der Aufstand, wenn er denn überhaupt stattfinden sollte, niedergeschlagen werden würde. Vor allem, nachdem die Armee gekommen war. Unsere Häuser, die Häuser des Landadels, lagen verstreut, wissen Sie. Die Armee konnte uns keinen wirklichen Schutz bieten, und die Polizei auch nicht. Isabel – Lady Ardmor, Toms Mutter, meinte in der einen Minute, die Dienerschaft sollte bewaffnet werden, und in der nächsten, daß auf sie alle kein Verlaß sei.«

»Und wäre Verlaß auf sie gewesen?« fragte Prentiss.

»Ach, ich glaube schon«, antwortete Forrester. »Jedenfalls sind nur zwei von ihnen mit den Rebellen losgezogen. Einer der Untergärtner und der Sohn des Obergärtners. Dinny – ich glaube, so hieß der Junge – mußte sechs Monate im Gefängnis von Richmond absitzen und kam dann nach Hause. Isabel hat ihn wieder bei seinem Vater arbeiten lassen. Die Zeiten waren eben so.«

Er war ein großer Mann, hager gebaut, seine langen Beine streckte er zum Feuer hin aus. Die wettergegerbten Stiefel waren wunderbar poliert.

»Die Zeiten waren eben so«, wiederholte Prentiss.

Er konnte Dinny fast vor sich sehen, ein geschlagener Held, nervöse Finger drehten die Mütze hin und her, ein dummes, unsicheres Lächeln.

»Hier jedenfalls«, fuhr Forrester fort. »In Ardmor. Nicht überall. Nach dem Aufstand wurden einige von den Beteiligten von ihrem Pachtland vertrieben. Die kleineren Grundbesitzer waren außer sich vor Wut. Nolan hatte ihnen ihre Waffen gestohlen, deshalb war Nolan eine Zielscheibe für ihren Zorn. Agitator aus den USA, der die loyalen Bauern aufwiegelt. Und im nächsten Atemzug verfluchten sie jeden irischen Katholiken als Verräter. Ein temperamentvoller Haufen, der Landadel von Cork. Kennen Sie sie überhaupt?«

Prentiss schüttelte den Kopf. Aber er konnte sie sich vorstellen, wie er sich vor wenigen Minuten Dinny vorgestellt hatte. Rote Wangen und cholerische Stimme.

»Eines Nachts«, erzählte Forrester, »nach dem Waffenraub, aber vor dem Aufstand, gab es eine Versammlung bei Christopher Pierson, bei Gott, nein, es war bei Johnny Boyle, in Brierly Lodge. Das heißt, 1867 gehörte Brierly Lodge noch Johnny Boyle. Als Nolan ein Vierteljahrhundert später zurückkehrte, um seinen Mord zu begehen, war Johnny längst nicht mehr hier. Hatte alles verkauft und war lange tot, zweifellos, oder lebte irgendwo in London in einer Mietwohnung. Das war aber alles nur Zufall.« Er beugte sich vor und warf seine Zigarette ins Feuer.

»Als Ned Nolan zurückkehrte.« Erst MacMahon und jetzt Forrester. Als ob der Aufstand nicht an dem Winterabend in Clonbrony Wood geendet hätte!

»Ich war in jener Nacht da«, sagte Forrester. »Ich vertrat gewissermaßen die Familie, in Toms Abwesenheit. In den alten Zeiten, als Toms Vater noch lebte, hätte die Versammlung hier im Schloß stattgefunden. Aber während Johnny in Brierly Lodge wohnte, war es eher ein Club als ein Jagdhaus. Johnny war Witwer, seine beiden Söhne dienten in der Armee. Er war ein anständiger Bursche, selber früher in der Armee gewesen. Er konnte nicht begreifen, warum die Regierung alles so weit hatte kommen lassen, warum sie die Fenierzirkel nicht zerschlagen und die Anführer ins Gefängnis gesteckt hatte. Das begriff aber auch sonst niemand von uns. Und der Waffenraub hatte uns allen einen Schrecken versetzt. Auch Brierly Lodge war ausgeplündert worden, und Johnny war mit der Pistole bedroht worden. Sie hatten seine Gewehre und Schrotflinten und sogar seinen Armeerevolver genommen.«

Über dem Kamin hing ein Portrait: Eine Frau, schlank, in einem schwarzen Kleid. Prentiss saß zu dicht beim Feuer, um es richtig sehen zu können. Es war perspektivisch gezeichnet und fast eine

Abstraktion; schwarz, elfenbein, ein paar Tupfer Zinnoberrot, der helle Hintergrund vage in warmen Pfirsichtönen. Während Forrester sprach, ließ Prentiss seine Augen auf diesem Bild ruhen.

»Das gehört doch sicher zu den Dingen, die Sie wissen müssen?« fragte Forrester höflich, mit leicht trockenem Unterton. »Der Aufstand vom Standpunkt des Großgrundbesitzers aus gesehen?«

»Das stimmt«, antwortete Prentiss rasch, als ob Forrester ihn bei irgendeiner Art schlechten Benehmens ertappt hätte.

»Mehr kann ich Ihnen auch nicht erzählen, fürchte ich. Als die Unruhen kamen, die Schlacht von Kilpeder, wie das jetzt heißt – in späteren Jahren war ich sicher, daß wir alles hier im Schloß gehört hätten; die Schüsse, den Angriff auf die Polizeiwache. Ich habe es immer sehr lebhaft beschrieben. Isabel und ich standen dort draußen auf der Terrasse, blickten voller Besorgnis auf die Stadt, die Dienerschaft war außer sich vor Entsetzen. Und vielleicht war es wirklich so. Die Schüsse müssen wir auf jeden Fall gehört haben. Es war ein wütendes Gefecht. Aber es ist alles so lange her.«

In Prentiss' Vorstellung standen sie nebeneinander auf der winterlichen Terrasse; eine Frau mittleren Alters und ihr Neffe. Vor ihnen abgestufte Rasenflächen, ein von blattlosen Weiden eingerahmter See, schimmerndes Eis. Hinter den Domänenmauern, vielleicht außer Sichtweite, obwohl das Schloß auf einer leichten Anhöhe stand, marschierten Gruppen von Männern durch die Straße auf die Polizeiwache zu. Schüsse und vielleicht Rufen, ein Schrei. Aber die beobachtenden Gestalten brauchten nur wieder ins Morgenzimmer zurück zu gehen, und vor dem Kamin erwarteten sie Tee und ein Teller mit gebuttertem Toast.

Aber etwas machte Prentiss zu schaffen, störte das Bild, das er in seiner Vorstellung sah, und plötzlich ging ihm auf, was es war.

»Es hat geschneit«, sagte er. »Das Wetter war bitterkalt, und es schneite heftig.«

»Ja«, antwortete Forrester. »Der Schnee der Fenier, wie die Landbevölkerung es später genannt hat.« Und dann lächelte er, als ihm die Bedeutung von Prentiss' Worten aufging. Es war ein entzücktes Lächeln, und es hellte sein Gesicht auf. Er nickte Prentiss zu, und endlich schienen sie die Höflichkeit zu überwinden und einander zu berühren. »Ein überaus heftiger Schneefall. Es hatte schon am Vorabend angefangen, und während der Nacht und bis weit in den Tag hinein schneite es weiter. Dieser Schnee hat den Aufstand zum Mißerfolg werden lassen, überall im Süden, sagten die Leute, in Munster wie in Leinster. Außerdem wehte ein ziemlich scharfer Wind, und später verdichtete sich der Schneefall noch beträchtlich, und die Gebirgspässe waren abgeriegelt.«

Prentiss wartete.

»Auf der Terrasse muß Schnee gelegen haben, und wir konnten nur bis zum nächstgelegenen Rasen sehen. Ich erinnere mich sehr gut an den Schnee. Ich erinnere mich, ich glaube mich zu erinnern, daß ich an diesem Fenster dort stand, genau an diesem, und ins Schneetreiben hinausblickte. Aber in meiner anderen Erinnerung, wo Isabel und ich auf der Terrasse stehen und in Richtung der Schüsse, der Schlacht von Kilpeder blicken, gibt es keinen Schnee. In dieser Erinnerung liegen auf den Steinplatten einige trockene Platanenblätter. Isabel trägt eine kurze Jacke, braun oder schwarz, mit Pelzkragen. Ihre Hand ruht auf meinem Unterarm. Durch klare Luft sehe ich auf Wälder, nackte Zweige, den See.«

Eine große Begabung, mit einem oder zwei Strichen Szenen lebendig werden zu lassen, hatte MacMahon über Forrester gesagt.

»Nun, Mr. Prentiss«, sagte Forrester. »Nun ja, Geschichte.«

»Wie Sie gesagt haben«, erwiderte Prentiss. »Es ist sehr lange her.« Er zögerte. »Vielleicht gibt es einen Grund dafür, daß Ihre Erinnerung so aussieht, wie Sie erzählt haben.«

»Irgendeinene Grund«, wiederholte Forrester.

Die Frau, die Prentiss die Tür geöffnet hatte, brachte Tee und deckte den niedrigen Tisch zwischen ihren Sesseln, ein Service aus kunstvoll bearbeitetem Silber, trübe, stellenweise angelaufen. Die gerillten Tassen waren chinesisch, ein rotbraunes Muster.

»Soll ich eingießen?« fragte sie.

»Nicht nötig, Emily«, antwortete Forrester. »Danke. Wir kommen schon zurecht.«

»Toast«, sagte sie, »und ich habe das Mädchen ein paar Rosinenbrötchen aufbacken lassen. Reicht das wohl?« Sie lächelte Forrester an.

»Reicht uns das, Mr. Prentiss? Ich glaube schon, Emily. Ja.«

»Sie ist nicht von hier?« fragte Prentiss, als sich die Tür hinter ihr geschlossen hatte.

»Emily?« fragte Forrester und griff nach der Teekanne. »Sie kommt aus Westmeath, aus der Nähe von Mullingar. Aber sie hat lange außerhalb Irlands gelebt. Und sie ist nicht meine Haushälterin, Mr. Prentiss. Emily ist meine Lebensgefährtin, seit vielen Jahren schon. Wir sind gute Freunde, Emily und ich. Gelegentliche Besucher in Kilpeder.«

Geschickt goß er Tee und heißes Wasser in die Tassen.

»Emily und ich reisen mit leichtem Gepäck«, fuhr Forrester fort, »aber für unseren Tee haben wir immer alles bei uns. Wenn wir hier sind, schickt Evans, Toms Verwalter, ein Mädchen aus der Stadt, das sich um den Haushalt kümmert.« Er rührte seinen Tee um. »Irgendeinen Grund«, wiederholte er. »Welchen Grund? Nun, dieses Treffen der Großgrundbesitzer in Brierly Lodge. Da können Sie jedenfalls sicher sein, notieren Sie das als Geschichte. Ich fand seltsam, wie sie über die Iren sprachen, seltsam und ein wenig beängstigend. Sie waren doch selber fast alle Iren. ›Anglo-Iren‹ ist ja jetzt die moderne Bezeichnung, eine törichte Bezeichnung. Ich bin selber auch Ire, natürlich. Mein Vater hatte ein kleines Gut in der Nähe von Mallow. Ich bin wirklich der arme Vetter, jüngerer Sohn eines jüngeren Sohnes. Aber ich bin in England zur Schule gegangen, und danach war ich in Oxford. Das entspricht vielleicht auch Ihren eigenen Erfahrungen?«

Aber Prentiss hatte Clongowes Woods besucht, in Kildare, dicht bewachsen mit Ulmen, eine Lindenallee führte zum neogotischen Schulhaus mit seinen Türmen, und drinnen herrschte in den weißgetünchten Korridoren mit ihren Bildern von Ignatius und Franz Xaver jesuitische Disziplin. Eine Schule für die Söhne ehrgeiziger Katholiken – Verwalter, Rechtsanwälte, Richter.

»Beängstigend?« fragte er.

»Als ob sie sich vor ihren eigenen Pächtern fürchteten. Ein tiefer, unüberbrückbarer Abgrund zwischen ihrer Welt und unserer. Haben Sie je so ein Gefühl gehabt? Ich muß zugeben, daß es mir eine Zeitlang so gegangen ist. Nicht damals, später, in den 80er Jahren, während des Landkrieges und der Boykottaktionen. Im schlimmsten Jahr verließ keiner von uns unbewaffnet das Haus. Ich hatte immer einen kurzläufigen kleinen amerikanischen Revolver, nicht gefährlicher als eine Knallbüchse, nehme ich an. Eines Tages ritt ich durch die Berge nach Kerry. Am späten Nachmittag kam ich zu einer dicht am Straßenrand liegenden Hütte. Die Tür war geschlossen, und innen war kein Lebenszeichen zu sehen, kein Rauch kam aus dem Schornstein. Zwei Fenster blickten wie blinde, glotzende Augen auf die Straße. Aber vier Männer standen an der Stirnseite – ein alter Mann, vielleicht sechzig, und drei jüngere. Zwei hielten Gewehre in ihrer Armbeuge, als ob sie gerade von der Jagd zurückkämen. Und das taten sie auch zweifellos. Aber so kam es mir nicht vor. Es war... unheilverkündend. Sie standen bewegungslos da und sahen mich an, alle vier. Ich hob die Hand an meine Mütze, aber sie rührten keinen Finger. Der Alte trug einen formlosen Hut, die anderen waren barhäuptig – Matten aus dunklem, ungekämmtem Haar hingen bis zu den tiefliegenden Augen hinab. Und alle vier schienen den gleichen Mund zu haben – mit langer, dünner Oberlippe. Ein grausamer Mund. Ich war bald an ihnen vorüber, aber ich drehte mich im Sattel um. Sie sahen mir immer noch nach, Mr. Prentiss, immer noch bewegungslos. Ihre Rasse und unsere, Mr. Prentiss. Und in diesem Moment war ich sicher, daß sie mich haßten, obwohl sie mich noch nie gesehen hatten. Es waren brutale Zeiten, wissen Sie. Verwalter wurden ermordet. Männer wurden ausgezogen und mißhandelt, ihre Leichen in Moorlöcher geworfen.«

Forrester arrangierte die Toastscheiben auf Tellern und reichte Prentiss einen. Hinter den Fenstern kam Nebel auf.

»Jetzt ist es zweifellos anders. Ruhigere Zeiten. Haben Sie nie dieses Gefühl gehabt, Mr. Prentiss, zu einer anderen Rasse zu gehören?«

»Es ist meine eigene Rasse«, erwiderte Prentiss. »So, wie solche Angelegenheiten hierzulande betrachtet werden. Ich komme aus einer katholischen, alteingesessenen Familie. Ich kann unseren Namen nicht erklären, wir haben uns nie für Genealogie interessiert.«

Aber er wußte, was Forrester meinte. Er war der Sohn eines Dubliner Anwaltes, Enkel eines Dubliner Juristen, und vorher hatte es eine Farm in County Meath gegeben, in der Nähe von Bective. An einem heißen Tag im August hatte er mit seinem Vater diese Farm besucht, die Kutsche war von Dublin nordwärts durch üppiges Land mit tiefgrünem Gras gerollt. Sein Vater unter seinem Zylinder, mit Siegeln und einer Uhrkette, die in der Sonne funkelten, war in mitteilsamer Stimmung gewesen. Prentiss hatte als kleiner Junge, ernst und mit aufgerissenen Augen, lauschend neben ihm gesessen. »Die 60 Acres unserer Ahnen«, sagte sein Vater und zeigte, die Hand im grauen Handschuh, mit der Peitsche mit Ebenholzgriff auf das Land, »gut, sich daran zu erinnern, Patrick.« Neben ihrer Kutsche floß die von Bäumen umstandene, ruhige Boyne der See entgegen. Aber hier, im gebirgigen Munster, spürte Prentiss nichts, das ihn mit großknochigen Bauern verbunden hätte, mit ihren trägen Bewegungen und ihrer durch vergessenes Gälisch unverständlich gewordenen Sprache.

»In der Tat«, sagte Forrester höflich und wischte sich die Finger an steifem Leinen ab.

»Aber so empfanden es in jener Nacht in Brierly Lodge die Grundbesitzer?«

»O ja«, bestätigte Forrester. »Von uns war bestimmt ein Dutzend gekommen, und wir redeten über jedes unschuldige Thema unter der Sonne, bis Johnnys Diener die beiden dampfenden Schüsseln Whiskeypunsch brachte, auf den Tisch stellte und dann hinter sich die Tür schloß. Und selbst dann warteten wir noch, bis wir seine Stiefel quietschen hörten, als er durch die Diele ging. ›Galvin ist sicher‹, sagte Johnny. ›Ich würde mein Leben auf ihn setzen. Er war schon bei uns, als mein Vater noch lebte. Ich habe seinem Sohn vor ein paar Jahren aus einer bösen Klemme geholfen, habe ihn nach Amerika geschickt und seine Überfahrt bezahlt.‹ – ›Keiner von denen ist sicher‹, widersprach irgendwer. Ich glaube, es war Sanders, ein Mann namens Sanders, Verwalter der Dennisons. ›Fragt irgendeine von den unglücklichen Familien, die in Killarney Schutz gesucht haben‹, sagte er.«

Draußen wurde es rasch dunkel. Das Zimmer verdüsterte sich, aber das Feuer ließ den Kamin hell bleiben, angelaufenes Silber reflektierte sein Glühen. Das rätselhafte Portrait über dem Kamin lag im Schatten.

»Denn, sehen Sie«, sagte Forrester, »in Kerry waren die Fenier in Aktion getreten und hatten eine Polizeiwache angegriffen.«

»Eine Station der Küstenwache«, korrigierte Prentiss. »Bei Killarney.«

»Ach ja? Der Landadel von Kerry floh nach Killarney, mit Karren voller Silber und Familienportraits. Und das alles hatten wir auch hier, diesseits der Berge, gehört. Aber bei unserem Treffen kam nichts heraus, das ist ja immer so. Wir alle unterschrieben Briefe, die ein Anwalt namens Fortescue für uns aufgesetzt hatte, einen an den Polizeichef und einen an Dublin Castle, in denen wir über die Saumseligkeit klagten, mit der die Regierung ihre Maßnahmen ergriffen hatte, treue Untertanen der Krone wurden schutzlos bewaffneten Mörderbanden preisgegeben. Aber schließlich reagierte die Armee dann ja doch schnell genug, und die Polizei auch. Nein, es war die Stimmung dieser Männer, meiner Mitgrundbesitzer, um sie so zu nennen, die mir Angst machte.«

Die Grundbesitzer von West Cork, einige in den langschößigen Röcken jener Zeit, andere in groben Jagdjoppen. Das Zimmer war gleichermaßen Waffenzimmer und Salon, im Haus eines Witwers, über dem Kamin hing ein Hirschkopf, Reitpeitschen waren in ein Gestell neben der Tür gequetscht, es gab abgenutzte, bequeme Sessel. Vor einer Wand stand der Gewehrschrank, leer, die Glastüren standen offen, und eine war halb aus den Angeln gerissen, Ergebnis von Nolans Waffenaktion. Lange, ehe sie genug geredet und ihre Briefe unterschrieben hatten, waren beide Punschschüsseln leer, Nelken und Zitronenstückchen schwammen in der Neige. Boyle brüllte durch den Flur und ließ die Schüsseln wieder füllen. Sie waren nun in Galvins Anwesenheit nicht mehr so sehr auf ihrer Hut. Forrester führte Prentiss die Szene fast wie ein witziges Jagdbild vor, Fuchsjäger in Hemdsärmeln am Ende des Tages, oder wie ein Kapitel aus einem von Charles Levers Romanen über die Junker von Galway. Aus seinen Worten ging nicht hervor, was ihm in jener Nacht Angst gemacht haben mochte. Er hatte ein paar Romane geschrieben, hatte MacMahon erzählt, und er schien den erzählerischen Stil zu bevorzugen, Geschichten, deren Bedeutung dicht unter der Oberfläche lag.

Ein guter Schauspieler war er also auch. Mitten in seinem Bericht sprang er auf, dieser bewegliche ältere Mann, und ging durch das Zimmer zu den Fenstern.

»Sanders stand hier, wissen Sie, vor Johnnys Fenster, ein großer bulliger Bursche in karierter Weste. Er meinte, wir sollten uns bewaffnen, oder, besser gesagt, wieder bewaffnen. Er hatte einen Korb voller historischer Halbwahrheiten, die er uns nacheinander vorlegte – wir waren eine Garnison, die Irland drei Jahrhunderte lang für die Krone gehalten hatte, immer ohne richtige Unterstützung aus England. Unsere Großväter hatten 1798 gewußt, wie man mit Rebellen umgehen muß – Peitsche, Dreieck und Pechkappe. Im Reden machte er gewaltige Gesten in Richtung Irland, das irgendwo hinter den Fenstern von Johnny Boyles Salon lag, in der schwarzen Nacht. Der Whiskey hatte ihn aufgestachelt. ›Ihr Großvater‹, sagte er plötzlich und zeigte mit dem Finger auf mich, ›Ihr Großvater hat 98 die Miliz befehligt. Der wußte, wie man mit Rebellen fertig wird.‹ ›Er war vom König eingesetzt‹, teilte ich ihm mit der beleidigenden Oxford-Aussprache mit, die ich damals kultivierte. ›Und er handelte seinen Befugnissen entsprechend.‹«

Ob kultiviert oder nicht, Forrester sprach immer noch so, dachte Prentiss und merkte, daß er den alten Mann mit belustigtem Respekt ansah. Fast ein Dandy in seinem heidefarbenen Tweed, seinem mit sorgfältig eingeübter Nachlässigkeit geknoteten Schlips. Das letzte Licht fiel auf dünnes, sorgfältig gekämmtes Haar und zeigte den langen, schmalen Schädel darunter. Wie er wohl in jener Nacht im Jahre 67 bei Johnny Boyle ausgesehen hatte? Das Gesicht war damals sicher schmal, wie jetzt, die Wangen rosa, die Nase geschwungen und voller Selbstvertrauen. Prentiss sah einen altgewordenen Studenten aus Oxford, dessen lässiges Auftreten wie in Kampfer konserviert worden war. Ob er je verheiratet gewesen war? Prentiss dachte an Emily, schlank, in mittleren Jahren, die neben dem Teeservice stand. »Meine Lebensgefährtin.«

»Die Häuser des Landadels waren nie in Gefahr«, sagte er. »Die Fenier wollten die Polizeiwachen im ganzen Land einnehmen, die Kontrolle über Straßen und Bahnlinien an sich bringen und das Land zum Aufstand bewegen.«

»Das Land zum Aufstand bewegen«, wiederholte Forrester ironisch. »Genauso gut könnte man den See dazu bringen.«

So muß es von diesem Zimmer, dieser Terrasse aus ausgesehen haben, aus dieser Position, die so erhaben war, daß Bauern mit Gewehren und Krautjunker in farbenfroher Jagdkleidung gleichermaßen uninteressant schienen.

Forrester öffnete das Fenster, vor dem er stand, und Prentiss erhob sich, um sich neben ihn zu stellen. Aber zuerst trat er zwei Schritte zurück und betrachtete das Portrait über dem Kamin.

Es war außergewöhnlich. Eine junge Frau, vielleicht Ende zwanzig, stand neben einem kleinen Kamin aus zartem, keuschem Marmor. Über dem Kamin hing ein kleiner Spiegel mit Goldrahmen. Zu ihrer Rechten, auf einem niedrigen Tisch, eine weiße, mit Rosen gefüllte Schale. Die Frau trug ein schwarzes Samtkleid mit tiefem, eckigem Ausschnitt und enggeschnürter Taille. Zu drei Vierteln sah sie den Betrachter an, und der Spiegel gab einen Teil ihres Gesichtes wieder, sonst jedoch nichts. Der Maler schien sie in einer schwebenden Bewegung erfaßt zu haben, als ob sie einen Moment innehielte, ehe sie den Raum verließ, sich ihm zuwandte oder vielleicht den Betrachter anschaute. Es war eine genau geplante, fast bombastische Übung im Arrangieren: schwarze Töne als Kontrast zu Haut und Marmor, Schatten, das tiefe, brennende Rot der Rosen. Aber die Frau selber kämpfte gegen diese kühle Formalität des Entwurfes. Sie war eine Frau von bemerkenswerter Anziehungskraft, obwohl vielleicht zu schlank für die Mode ihrer Zeit, kleine Brüste, kompakte Äpfel. Ihr Zauber lag in ihrem Gesicht – gleichmäßige Lippen, gerade Nase, dunkle, ruhige Augen. Augen, die auf irgendeine Weise den Eindruck von Intelligenz und Geist vermittelten. Ich komme schon wieder zu einer Verabredung zu spät, schien ihr Gesicht zu sagen, ich kann nicht warten, bis ich in Weiß, Schwarz und grauen Schatten arrangiert worden bin. Der Künstler hatte diese spielerische Bosheit erkannt und sie aus Rache in seinem Bild mit verarbeitet. Bild und Subjekt wurden in einer zerbrechlichen, leicht erotischen Spannung gehalten.

»Es ist von verblüffender Ähnlichkeit«, sagte Forrester. »Sylvia Ardmor, Toms Frau.«

»Sie – es – ist wunderschön«, sagte Prentiss.

»Beides«, erwiderte Forrester. »Sylvia war schön, und das Portrait ist auch schön. Es ist von Galantière, wissen Sie. Es wird oft vergessen, daß er Engländer war, wegen seines Namens und weil er sich in Paris niederließ. Aber dieses Bild wurde in London gemalt, in Toms und Sylvias Haus am Cheyne Walk. Sie hat nur fünfmal kurz für ihn gesessen; darauf hatten sie sich geeinigt. Es war gewissermaßen eine Herausforderung. Sie und Tom und Galantière waren damals eng befreundet, später kam es dann zu einem Zerwürfnis. Ich war einmal dabei, als sie für ihn saß. Im Salon, Tom und Galantière und ich tranken Rheinwein und Soda, und Sylvia gab vor, wegen seiner Umständlichkeit böse auf ihn zu sein. Es war ein nebliger Morgen, gelber Nebel vom Fluß preßte gegen die Fensterscheiben. Sylvia nannte es ›einen Whistlermorgen‹, worüber Galantière gar nicht glücklich war.«

Forrester lachte bei dieser Erinnerung, als ob er sich an eine Szene und eine Zeit erinnerte, in denen er sich mehr zu Hause gefühlt hatte. Mit einiger Mühe wandte Prentiss sich vom Bild ab. Er war verlegen, und er wußte warum: Die Erotik war schwach, diskret, aber sie gehörte zum Wesen des Bildes, und er hatte auf sie angesprochen.

»Ein fesselndes Portrait«, sagte Forrester, als ob er ihn damit freisprechen wollte. »Das finden alle. Sylvia hat immer behauptet, sie könnte es nicht leiden, aber das war nur ein Spiel, das sie spielte, mit Galantière, oder vielleicht mit Tom. ›Ich sehe billig aus‹, sagte sie einmal. ›Wie ein Malermodell im Kleid der Maitresse von irgendwem.‹ Tom hat auch gemalt. Die Bilder in der Halle sind von ihm.«

»Ja«, sagte Prentiss. Ich weiß. Ihre – es ist mir gesagt worden.«

»Tom hatte Talent«, fuhr Forrester fort. »Ich habe ihn um seine Talente beneidet. Er hat gemalt, Stiche gemacht und Gedichte geschrieben. Einmal haben er und ich zusammen an einem Buch gearbeitet, aber er verlor das Interesse. Ich habe es allein vollendet, aber ein Teil ist von ihm, und der ist ganz besonders gelobt worden. Er war ein begabter Mann.«

Er hörte sich an, als ob Ardmor tot wäre und nicht irgendwo in Italien lebte, in den Hügeln südlich von Florenz.

»Er hat die Allee entworfen«, fuhr Forrester fort. »Die Anfahrt zum Schloß durch die Wälder. Nicht die Gärten natürlich, oder die Terrassen. Sie sind über hundert Jahre alt, und Tom achtete sie sehr, aber er fand sie zu förmlich, kalt. Tom hat gerne das Spontane arrangiert, wenn das kein Widerspruch ist.«

»Lady Ardmor«, fragte Prentiss, »war sie Engländerin oder Irin?«

»Irin natürlich«, antwortete Forrester. »Irin. Sie war eine geborene Challoner aus Westmeath. Wie Emily. Als ich Emily kennenlernte, stand sie bei den Challoners in Diensten. Sie ist als Sylvias Zofe nach Kilpeder gekommen. Kann das denn möglich sein?«

Prentiss fiel keine Antwort ein. Forrester, schloß er, empfand ein stilles Vergnügen, wenn er ihn aus dem Gleichgewicht bringen konnte.

»Vom Waldrand aus hat man einen schönen Blick«, sagte er. »Auf den See und das Sommerhaus am anderen Ufer.«

»Eine arrangierte Spontaneität«, erklärte Forrester. »Tom hat es entworfen. Aber ganz früher, als ich als Junge hergekommen bin, gab es im Park eine Herde Rotwild. So zahm, daß man ganz nah an sie herangehen konnte. Damals war Kilpeder, das große Objekt Ihrer Forschung, ein Gewimmel von Läden hinter dem Tor. Sonntags überquerten wir den Marktplatz, um den Gottesdienst in der Kirche zu besuchen. Die Jagd versammelte sich immer vor den Arms, Gentlemen in rosa Röcken, kläffende Hunde. Der alte Gilmartin brachte den Reitern Sherry heraus. Toms

Vater führte die Jagd natürlich an. Tom tat das auch, einige Jahre lang, nachdem er das Erbe seines Vaters angetreten hatte. Er war ein guter Reiter, rücksichtslos. Aber ein sicherer Schütze. Am Ende ist er dann natürlich nicht mehr mitgeritten. Am Ende gab es in der Baronie nicht mehr als fünf Gentlemen, die noch mit ihm sprachen.«

»Am Ende?« fragte Prentiss.

»Sie müssen den Blick von der Terrasse sehen«, sagte Forrester. »Ehe es zu dunkel wird.«

Dämmerung. Die Rasen waren jetzt dunkelgrün, die Steine von Treppen und Balustraden nahmen schwarze Farbtöne an. Dahinter warfen Ulmen lange Schatten über den See. Bei der Allee stand bewegungslos ein Arbeiter und stützte sich mit beiden Händen auf einen Rechen. Die Wälder waren dunkel. Der Fluß, der in den See mündete, war hinter den Wäldern nur noch zu ahnen. Die Domänenmauer aus behauenem Stein hob sich dagegen ab; hinter den Mauern, in Kilpeder, waren die ersten Lichter angezündet worden. Die Türme der beiden Kirchen durchbrachen den dunkler werdenden Himmel, die protestantische stand links und ziemlich nah, niedrig und prüde, rechts dagegen, weiter entfernt, die hohen selbstbewußten Türme von Saint Jarlath, rund und italienisierend, katholisch.

»Das Objekt meiner Forschung«, sagte Prentiss, als Tribut an Forresters Ironie, und nickte durch die Dunkelheit zur beleuchteten Stadt hinüber.

»Sie könnten ein oder zwei meiner eigenen kleinen Bücher als historisch bezeichnen«, sagte Forrester. »Ich tue das, aber Historiker würden mir da nicht zustimmen. Farbe lenkt mich ab, Gefühl, erhöhtes Gefühl. Ich habe eine fatale Schwäche für Muster.«

»Wie Galantière«, meinte Prentiss.

Die Aussicht war einladend, kühl. Wie es wohl sein mochte, dachte er, das alles zu besitzen – Schloß, Terrassen, See, eine Herde Rotwild, eine Stadt? Einen Moment lang schien Kilpeder aus dem Maßstab gerissen zu sein, ein plumpes Anhängsel der Mauern, die die Domäne umgaben.

»Wie heißt es noch in der Ballade?« fragte Forrester. »*Full sixty men from Kilpeder town, to the hills above did go.*« Er zitierte den Text ohne Ironie, denn die Ironie lag in der Szene selber. Die Hügel waren unsichtbar, in Dunkelheit eingehüllt.

Vor vielen Jahren, ein Haus in Chelsea, Nebel über der Themse, träger Verkehr auf dem Fluß, zwei Männer tranken Rheinwein, entspannt, scherzend. Eine junge Frau, zum Ball gekleidet, ließ ihre Hand auf weißem Marmor ruhen und sah sie an. Der Künstler sprach zu ihr, ungeduldig, und sie antwortete. Welche Worte hatte sie verwendet, welchen Klang hatte ihre Stimme? Ardmor hatte Kilpeder 1892 verlassen, hatte MacMahon gesagt, im Todesjahr seiner Frau, im Jahr, in dem seine Frau in London gestorben war. Am Ende haben keine fünf Gentlemen in der Baronie mit ihm geredet. Am Ende wovon?

»Ich komme jeden Herbst her«, sagte Forrester, »und ein paar Wochen im Juni. Die Jagd ist immer noch gut – Rebhühner, Kiebitze, Fasan. Wir schießen unter anderem auch in Clonbrony Wood. Clonbrony Wood gehört immer noch Tom. Seltsam, nicht? *And death was waiting in the snows of dark Clonbrony Wood.* Jetzt wartet der Tod auf die armen Vögel; zusammen mit älteren Gentlemen in Tweed und Gamaschen.«

Die Terrasse war dunkel, und Prentiss kam es vor, als müsse die Bibliothek hinter ihnen noch dunkler sein, aber als er sich umschaute, sah er, daß Lampen angezündet worden waren und Lichtfelder auf dunkles Holz fielen, auf Teppiche.

»Es war sehr nett von Ihnen, mich zu empfangen, Mr. Forrester.«

Forrester zögerte, ehe er antwortete. Sein Gesicht lag im Schatten, milde Augen und energische, militärische Nase. »Das Gut ist in Pension gegangen, gewissermaßen. Irgendwann wird es verkauft werden. Die Guinness-Familie sammelt doch mit Begeisterung Schlösser und Titel und läßt Parks und Grotten und normannische Bergfriede restaurieren. Sie müssen sich irgendwann einmal unseren Bergfried anschauen. Er war die ursprüngliche Burg, wissen Sie, zu Zeiten der O'Donovans. Diese O'Donovans warten im Schatten schon auf die Forresters. Nichts ist ewig in diesem Land. Es war durchaus nicht nett von mir, Mr. Prentiss. Ein gutes Gespräch gibt es in dieser Gegend nur selten. Ich habe mir fest vorgenommen, daß wir einander besser kennenlernen.«

»Das würde mir gefallen«, erwiderte Prentiss. Forresters Melancholie erschien ihm nicht ganz echt, wie seine kurze Pose als tweedgekleideter Junker auf Jagd in Clonbrony Wood.

»Würden Sie glauben«, fragte Forrester, »daß Ardmor einst für seine Bälle berühmt war? Sie waren das Ereignis der Saison, damals zu Lebzeiten des alten Earls, Toms Vater. Ich erinnere mich an einen, den ich als Junge erlebt habe. Strahlend beleuchtet von Kerzen und Gaslicht, aus Dublin bestellte Musiker. Ich erinnere mich an Gerüche, Parfüm, Kerzenwachs, Eichen aus Clonbrony, die in den Kaminen aufloderten. Der Ardmor Ball fand immer im Frühling statt, wenn das Land sich langsam erwärmte und die Erde weich wurde. Dann lag der Winter hinter uns.«

»Jetzt liegt der Winter auch hinter uns«, sagte Prentiss.

»Ja«, erwiderte Forrester.

Prentiss lehnte das Angebot ab, von einem gewissen Tim in die Arms zurückgefahren zu werden. Emily, »meine Lebensgefährtin«, war nicht zu sehen, und Forrester brachte ihn zur Tür. Die Halle war jetzt jedoch erleuchtet, und im Vorbeigehen ertappte Prentiss sich dabei, wie ein Tourist, der durch ein Museum auf dem Kontinent eilt, hastige Blicke auf die Bilder des abwesenden, begabten Tom Ardmor zu werfen – vage Umrisse, helle Pastellfarben, Mittagssonne.

6

[Hugh MacMahon]

Was County Cork betrifft, so setzte der Aufstand der Fenier mit der Aktion ein, die bis heute als »Nolans Beute« bekannt ist und die in der Nacht des 26. Februar stattfand. Und selbst, wenn sie kein anderes Ziel gehabt hätte, als Verzweiflung und Verwirrung zu verbreiten, so würde sie doch als militärischer Triumph gelten, dessen ein Hannibal oder ein Murat sich nicht zu schämen brauchten. Da Ned jedoch Ned war, waren seine Ziele weniger kompliziert: Wir brauchten Waffen, und wir brauchten sie sofort. Am 20. war klar, daß uns Waffen aus Manchester oder Dublin nicht mehr rechtzeitig erreichen würden.

Ned schlug sein Hauptquartier in den Vorhügeln der Boggeraghs auf, in der Hütte, in der Pat Laffan seine Brennerei betrieb. Bob und Vincent und ich waren bei ihm, und es war unsere Aufgabe, die einzelnen Gruppen zu den von uns ausgewählten Häusern zu schicken, aber es war Ned, der die Operation leitete, und in dieser Hinsicht wurde niemand im Zweifel gelassen.

Es war eine bescheidene Wohnstatt: Eine Hütte mit zwei Zimmern, strohgedeckt, natürlich, auf einer leichten Anhöhe, deren Fenster zu beiden Seiten einer Halbtür über das Ödland hinwegschauten. Laffan brannte nicht nur schwarz, er war auch Farmer, und am Stirnende des Hauses befand sich eine Scheune, weniger weit entfernt, als ein anspruchsvoller Geschmack wünschenswert gefunden hätte. Die Luft, sogar in der Hütte selber, war gesättigt vom dicken, schweren Geruch von Tieren, Pisse, Exkrementen, feuchtem Stroh. Gerüche, die ich seit jener Nacht mit Poitín assoziiere, was in diesem Fall ganz unfair ist, denn er produzierte wirklich gute Ware, rein und sanft auf der Zunge, allerdings fast farblos, mit ganz feinem Perlenschimmer, als ob er das Mondlicht selber in Flaschen gefüllt hätte. Nein, die Aversion, die in jener Nacht in mir aufbrach, hatte etwas Ursprüngliches, Erschreckendes, als ob wir, nach einer Generation in der Stadt, in die düsteren

Abgründe zurückgekehrt wären, in denen unsere Großeltern und die Generationen vor ihnen gehaust hatten.

Laffan war ein Mann von trägen Bewegungen, mit schweren Schultern und einem Buckel, und so schweigsam, daß er mißmutig wirkte. Allerdings hatte er auch nur wenig, mit dem er sich beschäftigen oder worüber er reden konnte. Er wußte, was wir vorhatten, und er hatte uns bereitwillig seine Hütte überlassen, und damit war für ihn die Sache erledigt. Er stand da und beobachtete uns, eine Minute nach der anderen, die Arme verschränkt und die bulligen Schultern an die Mauer aus Steinen und Lehm gelehnt. Dann ging er nach draußen, in eine Nacht, die dunkler wurde, als wir unsere Arbeit aufnahmen, und die, als die Operation in vollem Gange war, pechschwarz und nur von einem schwachen, hinter Wolken verborgenen Mond erhellt war. Ein- oder zweimal ging ich zu ihm hinaus, und wir standen in einem Schweigen nebeneinander, das vertrauensvoll, aber durchaus nicht gesellig war.

An der kurvenreichen Boreen, die zur Straße hinunterführte, hatten wir drei Männer mit Laternen aufgestellt, einerseits als Wachtposten, vor allem aber, um den anderen, die mit ihren beladenen Karren zu uns heraufkamen, den Weg zu zeigen. Wir hatten sechs Abteilungen mit je fünf oder sechs Mann losgeschickt. Von unserem Standpunkt vor der Hütte aus gesehen wirkten die Laternen wie herabgefallene Sterne, einsam und ohne Verbindung zueinander. Aber die Wachtposten befanden sich untereinander und mit uns in Rufweite. Wenn einer einen Ruf ausstieß, dann antwortete ihm ein anderer, junge Burschen, wie wir gefangen zwischen Aufregung und Angst.

Peg Laffan, die Ehefrau, war so düster wie er – ihre gemeinsamen Abende müssen muntere Schweigepartien gewesen sein –, aber sie hatte immerhin die Aufgabe des Teekochens, mit der sie sich beschäftigen konnte. Der Kessel über dem Feuer wurde ununterbrochen am Kochen gehalten, der Tee selber war so stark, daß eine Maus darüber hätte spazieren können, im Licht der Laternen wies er Mahagonifarbe auf. Es gab nicht genug Tassen für alle, aber sie behielt die vorhandenen im Auge und goß, wenn eine leer war, die Reste ins Feuer und wischte sie kurz mit ihrer Schürze aus. Mehr als einmal wünschte ich mir, ich wäre in meiner eigenen Küche in Sicherheit, während Mary für uns mit dem blau-weißen Porzellan deckte und der Kessel aus christlichem Erbe auf dem Kaminvorsprung sang.

Es gab auch kleine Laffans, hinter dem Vorhang aus grobem Wollstoff, der die Zimmer trennte, und bei dem vielen Hin und Her kamen die Armen in dieser Nacht bestimmt nicht zum Schlafen. Es war immer wieder eine Weile ruhig, dann fing eines an zu weinen, und dann legten auch die anderen los. Sofort ging ihre Mutter dann zu ihnen und mahnte sie auf irgendeine Weise, die wenig erreichte, bis schließlich Laffan selber eingriff und eine Art Gebrüll losdonnern ließ, in dem Wörter keine Rolle spielten, und sofort war für eine Weile Ruhe, während die armen Geschöpfe verängstigt und unruhig dalagen.

»Gnädiger Gott«, murmelte Vincent mir einmal zu, als wir zusammen an der Tür standen. »Vielleicht ist es gar keine gute Idee, diese Leute zu befreien!«

»Es sind die besten Bauern der Welt, wie Daniel O'Connell immer zu sagen pflegte.«

»Abgesehen von Sizilien«, meinte Vincent.

Aber wir schämten uns beide unserer Krämerskrupel, das verrieten uns die verlegenen Blicke, die wir dann tauschten. Wir waren in der endlosen schwarzen Nacht ebenso einsam wie die Wachtposten auf der Straße. Und unsere Angst war absolut begründet, denn durch die Arbeit dieser einen Nacht führte Ned uns weit darüber hinaus, einen Eid zu schwören, wie umstürzlerisch auch immer, einem anderen den Eid abzunehmen oder sogar nachts bewaffnet zu exerzieren. Für Vincent und mich zumindest, und sicher auch für Bob, wirkten die weit von allem anderen Farmland gelegene stinkende Hütte, die Frau und der Mann, die selten das Bedürfnis nach Worten zu verspüren schienen, die engstehenden, groben Mauern des schäbigen Zimmers, der Lehmboden wie Schauplatz und Embleme einer unbekannten Welt, über deren Grenzen wir uns verirrt hatten.

Bob ging es bestimmt auch so. Aber während der ersten Hälfte der Nacht war Bob zu sehr auf seine Aufgabe konzentriert, um sich über solche Fragen Gedanken zu machen. Er und Ned saßen nebeneinander auf einer an den groben Holztisch herangezogenen Sitzbank und hatten die Viertel-Zoll-Generalstabskarte vor sich ausgebreitet, eine Seite wurde von einem Holzklotz festgehalten, die andere von einem irdenen Krug. Bob hatte die Güter und Farmen angekreuzt, von denen wir wußten, daß dort Waffen zu holen waren – Schrotflinten, Gewehre, Pistolen oder was auch immer –, und er hatte für jede Gruppe eine Route ausgearbeitet und sogar berechnet, wieviel Zeit ihnen für jeden ihrer »Besuche« zur Verfügung stand, ein Wort, das er weniger aus Taktgefühl verwendete, als weil ihm kein passenderes einfiel.

Es war eine Aufgabe, die Ned, der sich in der Baronie nicht auskannte, ihm übertragen hatte, und er führte sie auf eine Weise durch, die mir beeindruckend fachmännisch vorkam. Er hätte genausogut in Tullys Laden stehen können, mit aufgekrempelten Ärmeln und einer um die Taille gebundenen Schürze, und Fässer voller Nägel und Säcke mit Zucker auflisten können. Ein- oder zweimal beugte ich mich vor, blickte zwischen ihnen hindurch und sah zu, wie sein Bleistift über die Karte wanderte, zuerst dieses, dann jenes x antippte und die blauen Linien der Bäche und die roten der Straßen übersprang. Unsere Welt befand sich auf diesem riesigen viereckigen Stück Papier, kodiert zu Karos und Kreisen und länglichen Kreuzschraffierungen. Die ganze Karte war mit einem blassen, gelblichen Braun eingefärbt, dem kalkigen Braun regennassen Lehms.

Aber die Burschen, die wir ausgesandt hatten, hatten fast alle noch nie eine Landkarte gesehen, und Bob hätte genausogut okkulte und sinistere Hieroglyphen befragen können. Er übersetzte für sie die Zeichen auf dem Papier in Straßen, Bäche, einen buckligen Hügel, einen zerfallenden Bergfried auf einer Weide, eine hochgewölbte Brücke. Er hatte sich da keine leichte Aufgabe gestellt, denn wenn es möglich war, dann schickten wir sie in Dörfer, in denen es weniger wahrscheinlich war, daß man sie erkennen würde, und damit über Straßen, die ihnen weniger vertraut waren als die ihrer eigenen Gemeinde. Ein- oder zweimal konnte er gerade noch in letzter Minute einen Fehler vermeiden.

Ein Mann namens Brendan Casey sollte seine Männer zu einem Gut namens Thatchford führen, Eigentum eines gewissen Major Singleton, eines indischen Offiziers im Ruhestand, dessen Waffenraum sehr gut ausgerüstet war, wie einer seiner Stallburschen uns verraten hatte.

»Nimm dich bei dem in acht«, riet Bob. »Ich habe im Laden mit ihm zu tun gehabt; er ist ein heißblütiger Bastard. In Gedanken ist er immer noch in Indien und tritt den armen Hindus in den Hintern.«

»Ach, ich werd mich vor Major Singleton schon gut genug in acht nehmen«, meinte Casey grinsend. Er war ein hagerer Mann um die dreißig, der die meisten seiner Vorderzähne eingebüßt hatte.

»Ja, mach das unbedingt«, sagte Bob.

»Weißt du, ich hab den Singleton schon seit zwei Jahren auf dem Kieker, seit er die Polizei geholt hat, weil ich meine Viecher auf seiner Weide neben meinem Haus stehen hatte. Da saß das Luder in seinem Gig, mit seinem hohen gestärkten Kragen, und Constable Belton von der Wache neben ihm, um seinem Gerede Macht zu geben. Der Mann vor ihm hat mir nie Ärger gemacht, ein anständiger alter Knabe, der in Cavan lebte.«

Ned hob den Kopf und sah Casey an, aber Bob rollte eine Weile seinen Bleistift auf der Karte hin und her, dann sagte er: »Ein Soldat aus Indien, Brendan. Er könnte sogar gegen euch fünf, kräftige Burschen mit geschwärzten Gesichtern, Widerstand leisten.«

»Das wäre aber sein letzter, bei Gott. Darauf kannst du dich verlassen, Bob.«

»Ja«, sagte Bob. »Aber das wird nicht nötig sein. Eine von den anderen Gruppen kann sich um Major Singleton kümmern.«

»Casey ist dein Name?« fragte Ned. »Hast du zugehört, Casey, als ich vor weniger als zwei Stunden zu euch allen gesprochen habe? Kein Haar soll diesen Leuten gekrümmt werden, keinem einzigen von ihnen. Wenn es Ärger gibt, dann zieht euch zurück. Benutzt eure Waffen nur, um euren Rückzug zu erkämpfen, wenn das sein muß. Weißt du noch, daß ich das gesagt habe?«

Es war klar, daß Casey das nicht mehr wußte, er war ganz außer sich vor törichter Erregung.

»Du hast eine Abteilung«, fuhr Ned fort, »weil Bob Delaney dich mir als vernünftigen Mann empfohlen hat, den die anderen respektieren. Beweise mir das.«

»Du kannst dich auf Brendan verlassen«, sagte Bob und lächelte Casey rasch und beruhigend zu. »Ich würde mein Leben dafür verwetten.« Was ein wenig zu weit ging, aber Casey waren diese Worte willkommen, er nickte und schluckte, wobei sein Adamsapfel große Aktivität an den Tag legte.

»Dein Leben steht aber nicht auf dem Spiel«, erklärte Ned. »Unsere Arbeit heute nacht ist so ähnlich, als ob wir mit einem Stock in einem Hornissennest herumstocherten. Und ich will nicht hören müssen, die Fenier hätten ihre Aktionen damit begonnen, Iren zum Mord an anderen Iren anzustacheln, andere Iren zu ermorden oder sie in ihren eigenen Herrenhäusern blutig und bewußtlos zu prügeln. Wir requirieren heute nacht Waffen für den bevorstehenden Krieg gegen den gemeinsamen Feind aller Iren, die Truppen der britischen Krone.«

»Kannst du dir das alles merken, Brendan?« fragte Bob trokken, aber mit demselben gelassenen Lächeln. »Wir requirieren Waffen.«

»Bei Gott«, erwiderte Brendan in einem letzten Versuch, seine Würde zu bewahren. »Die Jungs, die letzte Woche in Kerry losgeschlagen haben, hatten weniger feine Manieren. Als denen auf der Straße Polizisten begegnet sind, haben sie einfach losgeschossen.«

»Vergiß die wilden Raufbolde von Kerry«, sagte Ned. »Kilpeder steht unter meinem Befehl, und du kannst dich darauf verlassen, daß dein Major Singleton gegen mich wie ein sabbernder Säugling wirken wird, wenn meine Befehle nicht befolgt werden.«

Bob hatte seinen Bleistift auf seiner Karte von Punkt zu Punkt wandern lassen. »Schau her, Brendan«, sagte er. »Eine Meile hinter Thatchcroft, gleich neben der Brücke. Mrs. Heatherington, eine brave Methodistenwitwe, ein Sohn studiert in Dublin im Trinity Griechisch und Theologie. Und er jagt liebend gern Schnepfen und Kiebitze, wie früher sein Vater. Ich habe sie oft losballern sehen. Mach einen Besuch bei Mrs. Heatherington und vergiß nicht, auch Munition mitzunehmen. Ihre Traktatsammlung kannst du ihr lassen; heute nacht werden wir keine Erlösung brauchen.«

Casey erwiderte sein Grinsen, wobei er seine Sammlung fehlender Zähne zeigte.

Sie waren ein effektives, gut zusammenpassendes Paar, Ned Nolan und Bob Delaney, Ned ganz Metall und scharfe Kanten, Bob lässig und umgänglich bei aller Schroffheit. Ich frage mich, ob Ned unser Wesen je verstanden hat, während Bob es im Blut hatte, er konnte Befehle erteilen, und sie wurden befolgt, weil er sich nie als etwas Besseres aufspielte als die anderen. Sie hätten Plutarchs Entzücken erregt, wenn er töricht genug gewesen wäre, sich nach West Cork zu begeben. Oder vielleicht auch Machiavellis.

Es gab in dieser Nacht in Laffans Hütte oder auf den Straßen niemanden, der nicht vom Aufstand in Kerry gehört hatte, obwohl es nur wilde Gerüchte darüber gab, was wirklich dort geschehen war. Aber es gab unserem eigenen Unternehmen einen feinen, scharfen Beigeschmack, das Gefühl, daß wir endlich begonnen hatten. Als Ned zu Anfang unserer nächtlichen Arbeit zu den Männern sprach, hatte er es erwähnt, und obwohl er sich sehr vorsichtig ausgedrückt hatte, waren die Männer in wilden Jubel ausgebrochen. In Killarney und Cahirciveen wurde gekämpft, nahm man an, und die Halbinsel Iveragh war abgeriegelt. Die Wahrheit jedoch war anders, und sie wurde am Freitag von zwei Männern in die Baronie gebracht, die dabei gewesen waren und die über die Berge gekommen waren, um bei ihrem Vetter in Graney Zuflucht zu suchen, einem Mann namens Phil Larkin. Larkin ließ Bob benachrichtigen, und Bob und Ned suchten ihn auf.

Die beiden Männer, Brüder mit Namen Egan, Cornelius und Denny, waren nicht die besten Kriegsberichterstatter. Sie waren noch jung, Cornelius kaum älter als 18, sein Bruder noch etwas jünger, und sie waren prahlerisch und verängstigt zugleich. Der Aufstand hatte in Cahirciveen stattgefunden, Hunderte hatten sich daran beteiligt, unter dem Kommando eines Colonels namens O'Connor, eines zurückgekehrten Yanks wie Ned, der noch weitere Amerikaner mitgebracht hatte. O'Connor war offenbar Hector und Odysseus in einer Person, furchtlos und listenreich, mit einer weißen Hahnenfeder an seinem weichen schwarzen Hut. Der junge Dennis war ausgesprochen fasziniert von dieser Feder und von O'Connors Geschicklichkeit im Umgang mit dem Revolver. Aber sie begriffen kaum, was passiert war, oder warum. Sie hatten die Polizeistation in Cahirciveen eingenommen und waren dann über die Straße nach Glenbeigh zur Küstenwache in Kells marschiert, die ebenfalls, zusammen mit einem Vorrat an Waffen, an sie gefallen war. Dann waren sie nach Killarney marschiert und unterwegs einer Abteilung Polizei begegnet, mit der sie sich eine Schlacht geliefert hatten. Ein Triumph hatte den anderen gegeben, und O'Connor hatte sie angeführt, wobei seine Feder wie eine weiße Flamme loderte.

Es war wirklich bewegend, vor allem durch die unzusammenhängende und stürmische Darstellung der Egans. Bob kannte die Straße nach Glenbeigh, und er konnte, während die Brüder uns alles erzählten, die Kolonnen der Männer aus Cahirciveen sehen, wie sie über die staubige Landstraße marschierten, zu ihrer Linken die weite, liebliche Bucht, dahinter, weit weg und von blauem Dunst verschleiert, die Berge von Dingle. Für uns war das keine kleine Angelegenheit – zum erstenmal, seit die armen verdammten Bauern von 1798 in Antrim und Mayo ihre Flaggen gehißt hatten, unternahmen Iren einen Angriff. Aber der Bericht der Egans brach an der Stelle auseinander, als O'Connor nach dem Sieg über die Polizei einige seiner Männer zurück nach Cahirciveen geschickt und die übrigen ins Gebirge geführt hatte.

Die Egans waren mit ihm auf dem Berg gewesen, wo sie die Nacht und den gesamten folgenden Tag verbracht hatten. Dann war der Berg gegen Abend, einem kalten, verregneten Abend, als sie vor Hunger und Durst schon geschwächt waren, von britischen Soldaten umstellt worden, die anfingen, zu ihnen hinaufzuklettern. Es waren Schotten in Kilts und Federmützen, ein Volk, das keiner der Männer aus Kerry je zuvor gesehen hatte, laut Cornelius Egans Beschreibung wütende Kämpfer – ein schrecklicher Anblick –, Nebelschwaden zogen herauf, die Kilts schwangen über kräftigen, knochigen Knien, die Sonne war noch stark genug, um den Stahl der aufgepflanzten Bajonette ein- oder zweimal auffunkeln zu lassen. Und ebenso unheimlich war es, daß die Schotten sich auf Gälisch verständigten, dem groben und barbarischen Gälisch des schottischen Hochlands, das die Männer aus Kerry nur zur Hälfte verstehen konnten.

Mit allerlei Tricks und Kniffen quetschten Ned und Bob aus den Egans eine Erklärung darüber heraus, wie das alles passiert war, aber sie taugte nicht viel. Sie waren anständige, unwissende Bauernburschen, eher Knaben als Männer, und ihre Geschichte zerfiel in zwei Hälften, die einfach nicht zueinander passen wollten. In einer Minute stürmten sie die Station der Küstenwache, die ich mir sehr gut vorstellen konnte, eine protzige Konstruktion mit falschen, sinnlosen Türmen, spitz wie Minarette. Und in der nächsten hockten sie zwischen Felsen und Ginster im Nebel. Es hatte keinen Sinn. »Der Teufel soll dich holen«, sagte Ned und packte Cornelius am Revers. »O'Connor muß euch doch gesagt haben, warum er gerade jetzt seine Operation gestartet hat.« Aber Cornelius starrte ihn mit den milden, entsetzten Augen eines Berghasen an. Am Ende wurden die Egans in der Obhut ihres Vetters Larkin zurückgelassen, mit dem strengen Befehl, mit niemandem zu reden. Larkin stimmt widerstrebend zu. Er war durchaus bereit, Verwandten Zuflucht zu gewähren, aber er hatte keinen Eid abgelegt, und daß er Bob Bescheid gesagt hatte, war das Äußerste, zu dem er bereit war. »Eid hin, Eid her«, sagte Ned, »die Armee der Republik Irland hat Ihnen einen Befehl erteilt!« Larkin war ein wachsamer, sardonischer Mann, und er warf Bob einen bitteren, belustigten Blick zu und sagte dann zu Ned: »Die Republik Irland. Na, la-di-da!«

Neds Vorsichtsmaßnahme erwies sich als nutzlos, denn andere Männer aus Cahirciveen kamen über die Berge und erzählten ebenso unheilverkündende Geschichten, die sich bei jedem Bericht großartiger anhörten, bis es schließlich ein arges Rätsel war, wie dieses gewaltige Heer zu diesen versprengten Flüchtlingen zusammenschrumpfen konnte. Inzwischen hatte Ned beschlossen, Bob und mich nach Killarney zu schicken, um selber Erkundungen einzuholen. »Ihr solltet versuchen, O'Connor zu finden«, sagte er, »aber ich bezweifle, daß euch das gelingt. Und wenn nicht...«

»Ich kenne mich da aus«, sagte Bob und unterbrach ihn mit seinem lässigen Lächeln, denn Ned hatte vergessen, daß Bob bis zu seinem eigenen Eintreffen unser Ortskommandeur gewesen war und sich mit den Männern in Kerry beraten hatte.

»Ein verdammter Scheißcolonel«, fluchte Ned, »der seine Leute auf einen Berg führt!«

»Wenn das wirklich so passiert ist«, sagte Bob.

Bob war mir ein Rätsel. Ned entzog sich meinem Verständnis, er war ein Exot. Aber Bob, mein Busenfreund, vernünftig und unerschütterlich, konnte es mit ihm aufnehmen.

Wir brachen am nächsten Morgen früh auf, einem klaren, frischen Wintermorgen, der das Gemüt belebte, auf Pferden, die Joe Gaffney, ein eingeschworener Junge, der in Trainors Mietstallung arbeitete, für uns gefunden hatte, wenn ich das so sagen darf. Wir ritten von Kilpeder aus westwärts und folgten einer Landstraße, die durch die Derrynasaggarts führte und dann nach Kerry hinunter abfiel. In der Vergangenheit hatten wir diesen Ausflug ein halbes dutzendmal zum Vergnügen unternommen, und mehr als einmal war Mary mitgekommen, und wir hatten einen Ferientag daraus gemacht, mit Brathähnchen und Schinken in einem Korb und allem, was dazu gehört. Wir hatten jedoch nie einen schöneren Tag als diesen erlebt, und da der Mensch nun einmal ein Mensch ist, verdrängten wir über lange Strecken unseres Rittes dessen Ziel aus unseren Gedanken und freuten uns über den Tag und über unsere Gesellschaft. Mir ging das wenigstens so. Bei Bob konnte man sich nie sicher sein. Er konnte einfach drauflos plaudern, Karten austeilen oder in einer Schenke eine Runde ausgeben, und doch gab es in seinen Gedanken immer eine kühle, saubere Ecke, in der Bob abwägte, berechnete, abschätzte.

Reiches Weideland fiel zu den Vorhügeln hin ab, das Gras war lang und üppig, tiefgrün und noch naß vom Morgentau, hier und da Felsbrocken, in der Ferne Schafe wie weiße Farbtupfer. Und aus den Vorhügeln ritten wir dann ins eigentliche Gebirge, schroff und felsig, hier und da mit Stechginster bewachsen, der gerade erst anfing, sich lila zu färben, ein blasses, rosahaftes Lila. Wir hatten die Berge für uns, kein anderer Reiter war auf der Straße, es gab nicht einmal einen vereinzelten Bauern mit seinem Karren oder seinem Esel, auf dem zu beiden Seiten ein Fischkorb hing.

Es war die absolute Einsamkeit, und von den Kämmen der hohen Hügel aus konnten wir sehr weit sehen, bis zu den Hügeln in der Ferne, die Kerry noch immer unseren Blicken entzogen, oder, wenn wir uns in den Sätteln umdrehten, bis West Cork, wo Kilpeder jetzt nicht mehr zu sehen war, obwohl wir den Knockmany erkennen konnten, der die Stadt überragt. Wir waren jetzt so weit oben, daß Vögel unsere einzige Gesellschaft darstellten, Habichte, einmal sahen wir drei dicht beieinander – ein seltener Anblick, denn der Habicht ist ein einsamer Jäger. Bob zog die Zügel an und beobachtete einen davon, der über uns kreiste, wobei die ausgezackten Ränder seiner Flügel wie Finger ausahen. Der Habicht drehte weite, suchende Kreise und stand dann bewegungslos vor der Wintersonne, dann ließ er sich fallen und war nicht mehr zu sehen.

Auf der anderen Seite ritten wir hinab in die Vorhügel, nach Kerry hinein, und die Erde bewegte sich wieder schneller für uns. Killarney mit seinen Seen ist ein seltsamer Ort, an dem die Geschichte zu leben scheint, eine Geschichte, die die Sommerfrischler, die aus der Ferne herbeiströmen, aus England und vom Kontinent, niemals erraten können. Der Besucher braucht nicht zu wissen, daß die Kriege Elizabeths und Cromwells, die Desmond-Rebellion und ihr entsetzliches Nachspiel und die Tage des großen Hungers diesen Teil Kerrys verheert haben, und die Tage des großen Hungers brachten eine Verzweiflung mit sich, an die sich alle, die noch leben, sehr gut erinnern.

Ich selber bin nur selten nach Killarney hinabgeritten, ohne über all das nachzudenken, feine, wohltönende Überlegungen, Phrasen, die sich in Gedanken zur Hälfte von selber bilden, berührt von der schattenhaften, würzigen Melancholie der Vergangenheit.

Aber die Stadt selber brachte mich wieder in die Gegenwart zurück, das war unvermeidlich, denn nichts, was wir in Kilpeder gehört hatten, hatte uns darauf vorbereitet.

Die Straßen wimmelten nur so von Soldaten, jedenfalls kam es meinen ungeschulten Augen so vor, und egal, wohin man sah, überall fiel der Blick auf ihre scharlachroten Röcke. Sie gingen durch die Straßen, standen in Gruppen vor den Kasernen und dem Gericht, und sie standen sogar auf den Stufen der Kathedrale. Wie wir später erfuhren, hatten sie ihre Zelte in den Feldern auf der anderen Seite der Stadt aufgeschlagen, eine Hälfte von ihnen machte in den jenseits gelegenen Hügeln noch immer Jagd auf O'Connor und seine Männer, die andere Hälfte hatte den Nachmittag frei bekommen, um sich in Killarney zu amüsieren. Während Bob und ich uns noch umschauten, kamen vier von ihnen aus der Schenke gegenüber, sie hatten ihre Käppis zurückgeschoben und ihre Kragen gelockert. Sie wirkten harmlos genug auf uns, angetrunken, aber keinesfalls aggressiv.

Aber für Bob und mich war es ein ungewohnter Anblick, und wir zogen uns von der Straße zurück und lehnten uns an die Fenster eines kleinen Hökerladens. Von der Kathedrale her kam ein ganzes Regiment von ihnen herangeschlendert, so kam es uns wenigstens vor, mit Lärm und Gebrüll, und die vier, die eben aus der Schenke gekommen waren, starrten sie genauso an wie wir selber. »Tom«, rief einer von ihnen einem Kameraden zu, den er erkannt hatte, »bist du mit den Jungs im Abendgottesdienst gewesen? Hier drin hättest du's aber besser gehabt!« Er machte eine Kopfbewegung zur Kneipe hinter ihm, und seine Mütze reflektierte ein Funkeln der schrägstehenden Sonne. Er hatte kurzgeschorene sandfarbene Haare, er war nicht mehr jung, vielleicht dreißig, und wies die beiden breiten Streifen eines Corporals auf.

»Gnädiger Gott«, sagte ich, »die gesamte britische Armee ist nach Killarney verlegt worden.«

»Die brutal mißhandelte Bevölkerung duckt sich in ihrem Entsetzen«, sagte Bob und nickte zu drei Mädchen hinüber, die an der Ecke gegenüber so dicht beieinander standen, daß ihre von Schals verhüllten Köpfe einander fast berührten. Alle drei kicherten. Die größte war auch die kühnste. Sie hatte eine Hand in die Hüfte gestemmt, die andere berührte die Kante ihres Schals. Als sie den Soldaten entgegenblickte, sagte sie etwas, was die beiden anderen erneut in Gekicher ausbrechen ließ. Sie hatte große, dunkle Augen und hohe Wangenknochen. Ein Streifen Haare, der unter dem Schal hervorlugte, war schwarz.

»Die Eltern dieser Mädels denken wohl kaum an ihre Verantwortung«, sagte ich. Die Kleinste von ihnen tanzte geradezu vor Aufregung, ihre Füße bewegten sich nach einem Muster.

Bob grinste sie an, seine Augen hingen an dem großen, schwarzhaarigen Mädchen. »Die britische Armee wird vielleicht ein oder zwei Andenken hinterlassen, wenn niemand aufpaßt. Diese Mädels sollten von einem Priester von der Kathedrale nach Hause geprügelt werden.« Aber seinee Worte waren härter als sein Blick. Einen Moment lang trafen sich die Blicke der beiden, aber sie wandte ihren Kopf wieder ab. Die jungen Männer Irlands hatten an jenem Tag in den Straßen von Killarney keine Chancen.

Um ehrlich zu sein, war die Keuschheit Kerrys die geringste meiner Sorgen. Die britischen Soldaten, die sich in den Straßen von Killarney drängten oder die sich in meinen Augen dort wenigstens zu drängen schienen, waren für den Moment harmlos genug, und viele unter ihnen waren zweifellos selber auch Iren, aber trotzdem war die Bedeutung ihrer Anwesenheit nicht mißzuverstehen. Das sah ich einem Jungen an, der einen Moment lang allein dastand, vor der Schenke, ganz unbesorgt, der seine Daumen in seinem weißen Gürtel verhakt hatte, der nicht so recht wußte, wohin er nun gehen sollte. Er war ein Gemeiner Soldat, seine Ärmel zeigten keine breiten Pfeile, ein hagerer, hungrig aussehender Bursche mit ausgeprägtem Adamsapfel. Er blickte die Straße hinauf und hinab, sein Blick erfaßte uns beide und ruhte einen Moment auf uns. Er lächelte durchaus nicht, die Winkel seines langen, schmalen Mundes zogen sich nach unten.

»Das sind noch lange nicht alle«, sagte Bob. »Die Eganbrüder haben von Schotten gesprochen, von Hochländern mit roten Schenkeln.«

»Aber wie um Himmels willen sind sie hierher gekommen?« fragte ich. »Wie konnten sie von Cork hierher kommen, ohne die Straße durch Kilpeder zu nehmen?«

»Die britische Armee ist überall und nirgends«, sagte Bob. »Wie der Heilige Geist oder die Peripherie des Kreises, was auch immer. Wir sollten uns erkundigen.«

Wir machten uns auf den Weg durch die Straße voller roter Röcke. In dieser Stadt herrschte fast Ferienstimmung, und wenn die roten Röcke dafür verantwortlich waren, dann konnte auch nicht behauptet werden, daß die Leute vom Lande sie mit bösem Auge musterten. Am Bahnhof öffnete sich der große Platz der Stadt. Es gab einen Markt mit Läden und Schenken und nicht weniger als vier Hotels. Etwas weiter entfernt, so angelegt, daß seine gepflegten Rasenflächen eine Ecke des Bahnhofsgebäudes berührten, lag das große Eisenbahnhotel, zu dem die Sommerfrischler strömten. Auch jetzt schien es überfüllt, obwohl keine Saison war. Broughams, Landauer und Gigs standen auf der geschwungenen Auffahrt, und neben ihnen spazierten Gentlemen und Ladies hin und her und unterhielten sich, wobei die langen Kleider der Damen über den sauber geharkten Kies fegten. Wären wir näher gewesen, so hätten wir ihr *swisch-swisch* hören können, ein luxuriöses und erotisches Geräusch. Auch hier war die Armee vertreten, allerdings nicht durch Schenken-Corporals und Gemeine. Hinter dem weißen Säulengang standen zwei Ladies und ein Gentleman und beobachteten alles, was vor sich ging, die Ladies trugen weitkrempige, unter dem Kinn mit Schals festgebundene Hüte, der kleine, korpulente Gentleman trug einen Zylinder und hatte die Hände hinter dem Rücken verschränkt. Auf der Treppe standen zwei Offiziere, ziemlich jung und ohne Kopfbedeckung, deren Kaste weniger durch ihre Abzeichen verraten wurde als durch ihre Haltung, und unterhielten sich mit ihnen. Einer von ihnen, ein gutaussehender junger Mann mit einem langen, herabfallenden Schnurrbart, stand in nachlässiger Haltung da, seine Arme waren verschränkt, und ein schwarzer, polierter Stiefel ruhte auf der obersten Treppenstufe. Der andere, der einen Kopf kleiner war, teilte seine Aufmerksamkeit zwischen der Unterhaltung und Blicken, die er über die Schulter zurück auf die Stadt warf. Irgendwer sagte etwas, ich stellte mir vor, es wäre der junge Offizier gewesen, und alle lachten. Das silberhelle Lachen der Frauen wurde über kurzgeschnittenen Rasen, runde Beete mit Wintersträuchern und Pflanzen zu uns getragen.

»Offiziere des Zweiten Blankshire sprechen den beunruhigten Einwohnern von Kerry Mut zu«, sagte Bob. »Ihr adrettes und munteres Aussehen ist für viele ein willkommener Anblick.«

»Du hättest eine große Zukunft bei der Presse«, sagte ich, »wenn du dich bloß von Tully losreißen könntest.«

»Vielleicht hat das Zweite Blankshire andere Pläne für uns«, erwiderte Bob. »Sie scheinen doch herzensgut zu sein.«

Mit solchen Scherzen vertrieben wir uns die Zeit, als ob wir unsere männliche Sorglosigkeit unter Beweis stellen wollten, bis wir merkten, daß der jüngere der beiden Offiziere uns fixierte, und ich kann nicht sagen, warum uns das beunruhigte, schließlich waren wir ein respektabel aussehendes Paar, ein Schulmeister und ein Ladengehilfe, mit der Blässe derer, die selten im Freien sind. Die fünf Menschen da vor uns boten ein hübsches Bild, die beiden Damen und der behäbige Gentleman und die beiden Offiziere, und in der Abendluft stellte ich mir vor, wie ein Walzer aus dem Aufenthaltsraum strömte, Violinen und ein Flügel.

»Vincent gehört eher hierher als wir beide«, sagte Bob. »Machen wir, daß wir fortkommen.«

Auf der anderen Seite des Platzes wurden die Straßen wieder enger. Timoneys Schenke befand sich in der ersten Straße links auf halber Höhe – ein recht großes Haus, das Kneipenfenster mit klarem Glas oben und dunkelrotem Glas unten, und über allem war »Martin Timoney« großartig golden auf purpurrotem Untergrund aufgemalt.

Es war eine ruhige Tageszeit in der Schenke, der frühe Abend. Am Tresen, nahe der Tür, saßen zwei alte Männer, der eine hatte sein Pint vor sich auf dem Eichenholz stehen, der andere hielt es in seiner langen, krallendünnen Hand. Der Barmann, jung und fast schon kahl, stand vor ihnen hinter der Theke. Sonnenlicht, das durch rotes Glas fiel, bildete Muster auf dem Fußboden. Eine Schenke hat um diese Zeit eine befristete Ruhe, nicht einmal die Geister der nächtlichen Zecher sind noch zu spüren. Sie hat einen Hauch von Beichtstuhl, oder auch von den Freuden melancholischer Meditation.

Bob ging an den beiden Alten vorbei ans Ende des Tresens und ließ sich auf einem Barhocker nieder. Wir warteten, bis der Barmann zu uns kam. Bob hatte die Hände vor dem Bauch gefaltet.

»Ist das Leben derzeit ruhig in Kilpeder?« fragte der Barmann.

»Dennis, nicht wahr?« fragte Bob seinerseits. »In Kilpeder ist es immer ruhig, Dennis, außer an Markttagen und Nächten mit Freudenfeuer. Wir müssen über die Berge nach Killarney, wenn wir Aufregung wollen. Oder natürlich nach Killorglin*.«

»Killorglin!« wiederholte Dennis verächtlich.

* In Killorglin, County Kerry, findet jährlich im August ein Volksfest statt, bei dem ein Ziegenbock zum König gekrönt wird.

»Mein Freund Hugh MacMahon«, stellte Bob vor. »Der Schulmeister von Kilpeder.«

Dennis hielt mir seine weiche weiße Hand hin, feucht vom Auswischen der Gläser. »Dann sollte ich wohl auf meine Wortwahl und meine Grammatik achten«, meinte er. »In Anwesenheit eines Lehrers.«

»Zwei Kleine, Dennis, bitte«, bestellte Bob. »Und einen Tropfen Wasser, wenn du den entbehren kannst. Für diese Jahreszeit ist im Eisenbahnhotel aber ganz schön viel los.«

Dennis lächelte, sagte aber nichts, bis er unseren Whiskey eingeschenkt und die Gläser vor uns hingestellt hatte.

»Ihr habt also schon sondiert«, sagte er, und dieses elegante Wort hatte er sicher meinetwegen verwendet. »Der halbe Landadel der Baronie hält sich im Moment in der Stadt auf. Einige von ihnen wohnen bei den Kenmares, andere bei Freunden, die Häuser bei den Seen besitzen, und der Rest ist in Zimmer im Hotel gepfercht. Sie sind sofort hergekommen, als sie gehört haben, daß die Polizeistation in Cahirciveen angegriffen worden war. Und nach dem Angriff in Kells sind noch mehr gekommen. Manche hatten hochbeladene Karren bei sich, mit Teeservicen und Portraits in vergoldeten Rahmen, und hohen Leuchtern aus Gold und Silber. Es ist eine Gnade Gottes, daß die Tinker nicht in der Stadt sind.«

»Auf dein Wohl«, sagte Bob und hob sein Glas.

Das Glas Whiskey tat gut nach der Reise, kühl im Geschmack wie der kühle, ruhige Raum.

»Wir haben unsere Pferde in Bricks Stall am anderen Ende der Stadt eingestellt«, erzählte Bob. »Aber Jeremiah war nirgendwo zu sehen. Nur sein kleiner Junge war da.«

»Jeremiah ist schon seit ein paar Tagen nicht in der Stadt«, antwortete Dennis. Er polierte die Eiche vor ihm mit seinem Bartuch. Eine sinnlose Arbeit. Alte Ringe von Porter und Whiskey-Gläsern waren mit der Maserung des Holzes verschmolzen. »Niemand weiß, wann er wiederkommt. Etliche Burschen aus der Stadt halten sich zur Zeit nicht in ihrer üblichen Umgebung auf.«

»Wir hatten einen ruhigen Ritt durch die Derrynasaggarts, Hugh und ich. Keine Seele zu sehen, außer ab und zu einem Habicht.«

»Falls Habichte Seelen haben«, fügte ich hinzu.

Dennis war nicht in spekulativer Stimmung. »Da doch nicht«,

sagte er. »Drüben, in Iveragh, in den Hügeln vor Cahirciveen, da soll es viel Aufregung und Bewegung geben.«

»Ist dein Vater da, Dennis?« fragte Bob. »Oder ist er mit Jeremiah Brick in die Ferien gefahren?«

»Nein. Er ist oben. Ihr wollt euch sicher mit ihm unterhalten. Seht ihr die beiden Alten dahinten?« fragte er, wobei er seine Stimme senkte und ihr einen wilden Unterton gab, ein Trick, den Gastwirte erlernen, noch ehe sie gelernt haben, ein anständiges Pint zu zapfen. »Beide kleine Farmer, wohnen jenseits von Gortrelig. Einer von ihnen brauchte Tabak, und da beschlossen sie, sich in Killarney einen schönen Tag zu machen. George O'Riordans Laden liefert eine Sorte Tabak, die ihm gut schmeckt, sagt er. Sie heißt Trafalgar Blue, und auf der Packung ist ein blaukoloriertes Bild von Lord Nelson. Die beiden da, wie sie ihre Pints genießen. Wenn sich vor ihnen die Erde öffnete, würden die beiden sich nicht darum kümmern.«

»Aber genau das ist doch passiert, Dennis, nicht wahr?« Bob hatte seine Lautstärke kein bißchen verändert, und doch wirkte der Raum jetzt noch stiller. Nur das sanfte sss-sss des Tabakliebhabers und seines Kameraden brach die Stille. »Die Erde von Kerry scheint sich doch geöffnet zu haben. Zwei Jungen aus Cahirciveen halten sich jetzt bei einem Vetter in Kilpeder auf, junge Brüder namens Egan, und ich habe mit ihnen gesprochen, ich und ein gewisser Freund von uns.«

Dennis sagte nichts. Seine Hand mit dem Bartuch lag bewegungslos auf dem Eichentresen.

Ich berührte den Rand meines Glases. »Laß uns die andere Hälfte probieren, Dennis«, sagte ich.

Bob blickte zu den beiden Alten hinüber, dann betrachtete er einen Druck, der an einer Wand hing, Robert Emmet vor Gericht, in seiner grün-weißen Uniform, die Hand erhoben, während er seine Rede hielt. Während sein Blick immer noch nachlässig auf dem Druck ruhte, fragte Bob: »In was für einen verdammten Wahnsinn sind die Fenier von Kerry denn da geraten?«

»Dennis«, sagte ich, weniger vom Durst getrieben als von einem menschlichen Wunsch, die Spannung zu verringern. »Die andere Hälfte, und gieß dir auch selber einen ein, wo du schon mal dabei bist.«

Aber das tat er nicht. Er schenkte zwei Whiskey ein und schob den Krug mit dem Wasser dichter an meine Hand. Ich fand unter den Münzen in meiner Tasche einen Schilling und legte ihn neben den Krug, wo er unbeachtet liegen blieb.

»Diese Frage solltest du meinem Vater stellen, nicht mir.«

Sie waren gleich stark gewesen, Martin Timoney und Bob Delaney, die Ortskommandeure für Kilpeder und Killarney, ehe die amerikanischen Offiziere eingetroffen waren.

»Ja«, sagte Bob. Er hob den Krug hoch und goß Wasser in sein Glas, bis das tiefe Braun des Whiskey zu schwachem Gold erweicht worden war.

Er wartete, bis Dennis den Raum verlassen hatte, dann hob er sein Glas.

»Die Timoneys sind nicht unterwegs in den Hügeln von Iveragh«, sagte er. »Was Vorsicht angeht, sind die Gastwirte von Munster doch nicht zu übertreffen.«

»Um Himmels willen, Bob«, widersprach ich. »Martin Timoney ist ein Krüppel, der an zwei Stöcken geht. Und er ist doch mindestens fünfzig.«

»Dennis ist rege genug«, meinte Bob. »Weich, aber flink, wie eine getigerte Katze.« Er erledigte seinen Whiskey in zwei Zügen und stellte sein Glas schwungvoll auf den Tresen.

Ohne mir etwas anmerken zu lassen, das dachte ich wenigstens, musterte ich Bob im sorgfältig geputzten Spiegel hinter der Theke. Ich war im Irrtum gewesen, ihn wegen seiner Ruhe zu beneiden. Sein eckiges, intelligentes Gesicht war ruhig genug, seine Wangen und seine gleichmütigen blauen Augen zeigten keine Nervosität, und sein Benehmen, abgesehen von dem einen Peitschenhieb, wirkte gelassen. Aber er saß sehr gerade da, und die ausgestreckten Finger seiner freien Hand krümmten sich. Ich wandte mich vom Spiegel ab und betrachtete sie, wie sie sich mit weißen Fingerspitzen gegen das Eichenholz preßten.

Dennis war kaum verschwunden, als er auch schon zurückkehrte, erleichtert, zweifellos, seinen Auftrag ausgeführt zu haben, und er nickte Bob zu, der sich erhob und die Tür zum Treppenhaus öffnete. Ich folgte ihm.

Martin Timoney erwartete uns auf einem kleinen Treppenabsatz. Das schwere Gewicht seines Körpers ruhte schwer auf den Stöcken, die er in beiden Händen hielt.

»Du hättest unseretwegen wirklich nicht aufzustehen brauchen, Martin«, sagte Bob.

»Wenn's weiter nichts ist«, antwortete Timoney. »Jeden Tag

geh' ich ein dutzendmal diese Luder von Treppen rauf und runter. Warum denn auch nicht?« Er war ein großer, bulliger Mann, der im Laufe der Jahre aus der Form geraten war, sein schwerer Bauch drohte, seinen Gürtel zu sprengen.

Er führte uns in eines der beiden vorderen Zimmer über dem Laden, wo ein weiterer Mann saß, hager und drahtig, mit langen, glatten Haaren, fast so schwarz wie Neds, aber das war auch die einzige Ähnlichkeit.

»Das ist Captain Eugene Reilly«, stellte Timoney vor. »Er ist mit John O'Connor hergekommen.«

Reilly saß an einem runden Tisch aus Schwarzeiche, und Timoney lud uns durch eine Geste seines Stockes ein, uns ebenfalls dorthin zu setzen. Dann ließ er sich selber auf einen der Stühle fallen, legte einen Stock neben seinem Stuhl auf den Boden und saß uns dann gegenüber, wobei seine beiden Hände auf dem Knauf des anderen Stockes ruhten.

»Ned Nolan hat uns von Ihnen und Colonel O'Connor erzählt«, begann Bob höflich. »Ned Nolan ist unser Kommandant in Kilpeder.«

»Das weiß ich«, erwiderte Reilly. »Aber ich kann mich durchaus nicht an Nolan erinnern. Im Moment gibt es hier zu viele von uns. Unter wem hat Nolan gedient? Bei Meagher gab es einen Nolan, aber der hieß Eugene mit Vornamen.« Seine Stimme klang, anders als Neds, nur nach Yankee, mit schwerem Akzent und doch nasal.

Bob schüttelte den Kopf. »Er hat es uns erzählt, aber ich kann mich nicht erinnern. Er hat in Tennessee und Virginia gekämpft.«

»Es war eine Zahl und ein Name«, sagte ich. »Das Siebte New Yorker, oder so.«

»Egal«, meinte Reilly. Er hatte die Hände mit den Handflächen nach unten in seine Hosentaschen geschoben, eine Angewohnheit, die er mit Ned teilte. »Nun ja, Jungs«, sagte er dann, »außer den Hügeln gibt es wenig Ähnlichkeiten zwischen Kerry und Tennessee. Die Schlacht von Kerry wird niemals in die Annalen der Kriegsgeschichte eingehen.«

»Was ist passiert, um Gottes willen?« fragte Bob. »Deshalb hat Ned Hugh und mich doch hergeschickt. Er hat mir den Befehl erteilt, mit Colonel O'Connor zu sprechen.«

Martin Timoney lachte amüsiert und blickte Reilly an. »*Colonel* O'Connor?« fragte er.

»John O'Connor ist auf der Flucht«, sagte Reilly. »Er ist bei Freunden außerhalb von Sneem so ziemlich in Sicherheit. Aber auf allen Straßen nach Iveragh gibt es Armee- und Polizeipatrouillen. Im Moment habe ich deshalb das Kommando in Killarney. In Kerry ist alles vorbei, Jungs. Das ist alles, was es dazu zu sagen gibt.«

»In Kilpeder wissen wir nichts davon, was hier passiert ist«, sagte Bob mit seiner trügerischen Geduld. »Die Eganjungs halten sich dort versteckt. Ihr habt in Cahirciveen losgeschlagen und die Polizeiwache übernommen, und dann die Station in Kells, und dann habt ihr irgendwo zwischen hier und Sneem gegen die Polizei gekämpft. Mehr wissen wir nicht in Kilpeder.«

»Gegen die Polizei gekämpft«, wiederholte Timoney mit angeekelter Stimme. »Bei Gott, das haben sie. Und sie haben die ganze verdammte Armee über uns hereinbrechen lassen. Seid ihr durch Killarneys Straßen gegangen?«

»John O'Connor hat einen Aufstand in Cahirciveen organisiert«, sagte Reilly. »O'Connor. Nicht ich. Und mehr kann ich euch auch nicht sagen. Er hat mir Bescheid gegeben, daß der Aufstand angefangen hätte und daß ich unsere Jungs bereit machen sollte. Am nächsten Tag habe ich dreißig von ihnen unter Jeremiah Brick losgeschickt, und nur sieben von ihnen sind bisher nach Killarney zurückgekehrt.« Und dann zog er eine Hand aus der Tasche und legte sie auf den Tisch. »Ich kann euch mehr erzählen als die Egans, aber nicht soviel, wie Nolan sicher wissen möchte.«

»Habt ihr keinen Hunger, Jungs?« fragte Timoney.

»Ob ich Hunger habe, fragst du?« erwiderte Bob. »Kerry rebelliert und wird geschlagen und ist für uns verloren, und du fragst, ob ich Hunger habe!«

»Kerry ist allerdings verloren«, sagte Reilly. »Da hast du wirklich recht.«

Bob schüttelte den Kopf. »Hugh und ich begreifen ja nicht einmal, wieso die verdammte Armee hier sein kann. Über die Straße von Macroom sind keine Truppen bewegt worden.«

»Sie sind bei Limerick Junction nach Süden abgeschwenkt«, erklärte Reilly. »Ein General namens Horsford hat sie hergeschickt. Sir Alfred Horsford, und der ist wirklich ein feiner, tatkräftiger General. Er hat hier eine Inspektion durchgeführt. Ich habe ihm vom Fenster aus zugeschaut, er stand mit seinem Adjutanten auf der Straße. Er ist ein kleiner hitziger Bursche mit gewaltigem Schnurrbart. Er hat alles herbefohlen, was in Limerick Junction aufzutreiben war – Ausflugskarren, Möbelwagen, feine Kutschen. Kerry ist abgeriegelt.«

»Sieht so aus«, meinte Bob.

»Wieso habt ihr denn keinen Hunger?« fragte Reilly. »Ich könnte allerdings keinen Bissen mehr herunterwürgen. Ich bin schon seit drei Tagen in diesem Zimmer, und die Damen Timoney stopfen mich mit Schinken und Brathähnchen und Fleischpasteten voll. Ich glaube, sie wollen mich für den Jahrmarkt mästen.«

Bei Menschen kann man sich nie auskennen. Auf den ersten Blick hatte ich aus irgendeinem Grunde eine Abneigung gegen Reilly gefaßt, aber ich hatte ihn falsch beurteilt. Da saß er, wie Ned in Kilpeder, vom Himmel herunter in ein fremdes Land gefallen, all seine großen Pläne ruiniert, versteckt in einem Zimmer über einer Gastwirtschaft, ohne andere Ablenkungen als die Mahlzeiten und ab und zu den Anblick eines britischen Offizieres mit rotem Rock und kriegerischem Kavallerieschnurrbart. Aber er hatte nicht mehr Nerven als ein Eiszapfen und trotz unserer Grobheit sogar eine gewisse Sympathie für Bob und mich.

Schließlich brachte Dennis' Frau, eine dünne, kleine Person mit schmalem Gesicht und raschem, nervösem Lächeln, ein großes Tablett mit Schinken und kaltem Huhn. Dick geschnittenes Brot, eine Schüssel Butter und eine Kanne Tee. Ich beschmierte mir zwei Schnitten mit Butter und legte Schinken dazwischen, tat dann dasselbe für Bob, als ich sah, daß er keine Anstalten machte, sich dem Essen zu nähern, und goß Tee für uns beide ein.

»Jetzt stehen auf beiden Seiten von Kilpeder britische Truppen«, sagte er. »In Cork, und jetzt hier in Killarney.« Diese düstere Tatsache war mir noch nicht klar gewesen.

»Stimmt«, erwiderte Reilly. »Und das war schon die ganze Zeit so. Ob westlich von euch in Kerry oder im Norden macht kaum einen Unterschied. Die Männer von Kilpeder glauben doch sicher nicht, den Kampf allein ausfechten zu können. Worauf es ankommt, ist, daß sich alle Zirkel am Sechsten erheben, die Briten können nicht überall zugleich sein. Was hier passiert ist, hat uns in Kerry zurückgeworfen, euch anderen kann es aber nicht schaden.«

Bob und ich sahen einander an, und ich weiß noch, wie er das Schinkenbrot mit beiden Händen hielt.

»Am Sechsten?« fragte ich.

»Natürlich am Sechsten«, antwortete Reilly. »Das große Rätsel für mich ist, warum John O'Connor in Cahirciveen so voreilig gehandelt hat.« Als er uns anblickte, erst den einen und dann den anderen, hatte er ein neues kleines Rätsel zu verdauen, aber dieses löste er gescheit genug. Er hatte einen Fuchskopf, dreieckig und kompakt, mit wachsamen, tiefliegenden Augen. »Nolan weiß Bescheid. Hat er es euch nicht gesagt?«

»Gewissermaßen schon«, antwortete Bob trocken. »Er nennt es den festgesetzten Tag. Captain Nolan neigt nicht sehr zur Konversation.« Nun biß er in sein Schinkenbrot, und ich war seinetwegen verlegen. Er war trotz allem unser Vizekommandant. Aber ich hatte nur wenig Gefühl, das ich für Mitleid hätte verwenden können. Der festgesetzte Tag, wie wir ihn nach Neds Beispiel fromm nannten, war also wirklich nur noch wenige Wochen entfernt, und diese Tatsache hatten wir nicht unter fröhlichen Bedingungen erfahren. Ich tröstete mich mit meinem Schinkenbrot und wünschte, ich säße in meiner eigenen Küche.

Das kleine, kahle Zimmer wurde nun dunkler, und keine Lampe oder Kerze wurde angezündet. Martin Timoney, mit seinem riesigen Bauch, und der kühle, zähe Reilly saßen im Schatten. Unten auf der Straße brüllten Männer einander an, vielleicht Soldaten oder Leute aus der Stadt oder vielleicht Leute vom Land. Bob erhob sich und ging zum Fenster.

»Wir haben dem Adel einen Schrecken eingejagt«, sagte Timoney. »Bei Gott, wenn John O'Connor und seine Burschen auch sonst nichts geschafft haben, das ist ihnen immerhin gelungen. Wißt ihr, wer jetzt mit all den Protestanten im Eisenbahnhotel eingepfercht ist? Die Familie des ›Befreiers‹. Die O'Connells von Derrynane und von Killarney. Und da gehören sie auch hin, bei Gott, diese verdammten Whigs. Endlich sind sie bei ihresgleichen.« In seiner Stimme lag ein kleiner, saurer Triumph, als ob er mit seiner Zunge gegen einen vereiterten Zahn stieße.

»Unten auf der Straße sehe ich drei von O'Connors Männern«, berichtete Bob. »Und eine Garde von General Horsfords Rotröcken, die sie vor sich herstößt.« – »Jesus, Maria und Josef«, sagte ich zu mir selber.

»Ja«, erwiderte Reilly, »so sind sie alle hergebracht worden. Zu zweit und zu dritt.«

»Die Schlacht von Kerry«, sagte Bob und drehte uns weiterhin den Rücken zu.

»Die Schlacht von Kerry«, wiederholte Reilly. »Ich kann euch kurz erzählen, was wir bisher darüber wissen, Martin und ich, und er kann mich korrigieren, wenn ich etwas Falsches sage. Es hat keine Schlacht im eigentlichen Sinne dieses Wortes gegeben. Die Küstenwachstation in Kells war durch Polizei verstärkt worden, aber sie haben sich ergeben, ohne einen einzigen Schuß abzufeuern. O'Connor ließ sie ihr Waffenarsenal herausbringen und sorgfältig aufstapeln, damit die Waffen dann an die Jungs verteilt werden konnten. Dann hißte er irgendeine grüne Flagge an einem der Geschütztürme, und sie marschierten weiter. Er schickte aus Kells den Boten an Martin und mich. Der Bote war völlig außer sich über diesen großen Sieg.«

»Die meisten Leute von der Küstenwache sind Engländer«, sagte Timoney. »Aber die Polizisten sind anständige Iren. Sie haben sich geweigert, das Feuer auf ihre eigenen Leute zu eröffnen.«

»Das haben sie John O'Connor gesagt«, erzählte Reilly. »Für General Horsfords Ohren hatten sie allerdings eine andere Geschichte, da könnt ihr sicher sein. Auf dem Marsch hierher ist O'Connor bei Glenbeigh auf eine berittene Polizeipatrouille gestoßen, und er hat ihnen befohlen, sich zu ergeben. Es kam zu eineme Handgemenge, und der Sergeant, der den Befehl hatte, Duggan, hat versucht, sich den Weg freizukämpfen. Einer von unseren Burschen hat geschossen und ihn vom Pferd geholt. Duggan brachte Meldungen von hier nach Cahirciveen, und als O'Connor diese gelesen hatte, änderte er seine Pläne und führte seine Männer in die Hügel. Das ist alles. Die Schlacht von Kerry, die in Lied und Legende gefeiert werden wird.«

Er hatte keine Ahnung von Kerry. Das Lied von der Schlacht von Kerry wird bis heute jenseits der Berge gesungen, über den Angriff auf die Station in Kells und die Jungs aus Cahirciveen, die vorwärts drängen, geführt von O'Connor. Es gibt dazu auch einen Druck, der uns O'Connor in einer Art Uniform und mit einem großen, breitkrempigen Hut mit Feder zeigt, während er seinen Männern mit gezücktem Schwert einen Befehl erteilt.

»Und wurde der Sergeant verletzt?« fragte ich.

»Eine üble Wunde«, antwortete Reilly. »Er wurde aus nächster Nähe in den Rücken geschossen, und die Kugel hat einen Lungenflügel durchschlagen. Er lag auf der staubigen Straße in seinem Blut, war aber bei Bewußtsein. John O'Connor hat versucht, ihm etwas Schnaps einzuflößen, aber er hat es wieder herausgewürgt.

Das hat die Männer völlig aus der Fassung gebracht, unsere Jungs und auch die Polizisten. John stand neben ihm und las die Meldungen, während die anderen sich um den Verletzten kümmerten. Er ist jetzt schon tot, hier im Krankenhaus gestorben, und das ist ja auch kein Wunder, nachdem er in einem Karren durchgerüttelt worden ist.«

Das erste Blut, das während des Aufstandes vergossen wurde. Ich sah ihn vor mir auf der Straße liegen. Die anderen waren schattenhaft und vage: die Polizisten in ihren schwarzen Uniformröcken, und unsere Jungs, was immer sie anhaben mochten, und alle starrten einander und den Verletzten auf der Straße an. Aber den Mann selber sah ich deutlich in meiner Vorstellung. Irgendwer hatte eine Jacke zusammengefaltet und unter seinen Kopf gelegt.

»Er gehörte zu der Verstärkung, die letzten Monat aus Cork geschickt worden ist«, erzählte Timoney. »Er war überhaupt nicht von hier. Aber die anderen Polizisten konnten nicht sagen, welcher von unseren Jungs die Kugel abgefeuert hat, Gott sei Dank.«

»Und wir haben die Bescherung«, sagte Bob. »Ein Polizist erschossen, und Kerry vollgestopft mit Soldaten. Was zum Teufel hat O'Connor in diesen Meldungen entdeckt?«

»Das werde ich erfahren, wenn ich mit John sprechen kann«, sagte Reilly. »Ich nehme an, daß er uns einen Boten hierhergeschickt hat, der jedoch nicht angekommen ist. John muß das Land verlassen. Er ist jetzt ein gezeichneter Mann.«

»Auf der Straße unten ist wieder alles ruhig«, berichtete Bob. »Abgesehen von drei jungen Burschen, die auf ein Pint in den Laden kommen. Und so, wie sie aussehen, ist das nicht ihr erstes heute abend.« Er wandte sich vom Fenster ab.

»Trotz notwendig gewordener Veränderungen im Lokal werden die Geschäfte weitergeführt«, sagte Timoney. »Dennis wird sich um sie kümmern. Wenn ihr ein ruhiges Leben sucht, dann ist Dennis der richtige für euch.«

»Das ist er wirklich«, stimmte Reilly zu. »Dennis wird nicht traurig sein, wenn ich hier Abschied nehme.«

Bob ging durch das Zimmer zur Anrichte, nahm eine Flasche und Gläser und trug sie zum Tisch.

Er schenkte für uns vier ein und hob sein Glas, ohne zu prosten, an die Lippen. Erst nach dem Trinken setzte er sich wieder zu uns.

»Sie werden selber bald genug ein gezeichneter Mann sein, Captain Reilly. Irgendeiner von den festgenommenen Burschen wird etwas zu erzählen haben, um seine eigene Haut zu retten.«

»Das habe ich mir auch überlegt«, erwiderte Reilly. »Wie Sie sich bestimmt vorstellen können.« Er drehte das Glas in seiner Hand, dann hob er es. »Ein unrühmliches Kapitel in der Geschichte des Reilly-Clans. Sechs Wochen in Killarney herumgelungert und keinen einzigen Schuß im Zorn abgegeben. Man weiß ja nie, Jungs. Vielleicht tauche ich in Kilpeder auf, wie ein gefälschter Penny.«

»Nein«, sagte Bob. »Gehen Sie dieses Risiko nicht ein!«

»Man hatte uns Waffenlieferungen versprochen«, sagte Reilly. »Das wissen Sie selber. Und wo zum Teufel stecken die? An den Stränden hinter Cahirciveen sollten Waffen an Land gebracht werden. Wir waren bereit, sie in Empfang zu nehmen.«

»In Irland gibt es keinen sichereren Ort«, sagte Timoney. »Und das war immer schon so. Die Küstenwache ist wegen der Schmuggler nach Kells gelegt worden, und sie war hilflos. Mein Vater hat manche Flasche auf den Tresen unten gestellt, die Königin Victoria keine zwei Pence eingebracht hat.«

Wieder schwingt Kerry sein Schwert für die Freiheit, dachte ich. In späteren Jahren habe ich die Behauptung gehört, Reilly und O'Connor hätten in den nächsten Tagen tatsächlich versucht, über die Berge zu uns zu gelangen, die Leute aus Kerry hätten davon jedoch nichts hören wollen. Die beiden wurden einige Wochen in einem sicheren Haus versteckt gehalten und dann zu Schiff vom berühmten Strand von Cahirciveen aus aus dem Land geschmuggelt. Bis vor einigen Jahren bekam ich jedes Jahr zu Weihnachten einen Brief von Captain Reilly, der sich als Eisenwarenhändler in Newark, New Jersey, niedergelassen hatte. In jedem Brief erinnerte er sich an den Abend, als Bob und ich im Zimmer über Timoneys Gastwirtschaft mit ihm geredet hatten, es waren sorgfältig aufgebaute Briefe in flüssiger Handschrift. »Jetzt heißt es«, schrieb er in einem dieser Briefe, »die Briten hätten all unsere Pläne gekannt und wir wären von Denunzianten verkauft worden. Aber Sie und ich wissen, daß nur das Fehlen der Waffen daran schuld war. Kerry war bereit, und West Cork auch.« Wie die Briefe, zweifellos, die die Jakobiten aus ihrem Exil in Paris und Rom in die Highlands schrieben, während sich Prince Charles, ihr schmucker Anführer, in Brandy und Selbstmitleid ertränkte.

An jenem Abend war er ein anderer, noch nicht der gemütlich in Newark lebende Geschäftsmann mit großer Leibesfülle und wachsender Familie der Weihnachts-Daguerreotypien. Wie Ned Nolan war er an jenem Abend ein Mann, bereit zu großen Unternehmungen, wie Bacon sagen würde, und in dieser Hinsicht hatte er keine große Ähnlichkeit mit irgendeinem von uns, abgesehen höchstens von Bob selber.

Um die Wahrheit zu sagen, wäre ich gern in diesem behaglichen dunklen Limbo geblieben. Ich hatte durchaus nicht den Wunsch, mich noch einmal unter die rotröckigen Soldaten zu mischen, die durch die Straßen von Killarney wanderten, und in Gedanken sah ich immer wieder das Bild von Sergeant Duggan vor mir, der die Straße mit seinem Blut färbte. Bob dagegen erhob sich und verabschiedete sich, als er sein Glas und dessen andere Hälfte geleert und festgestellt hatte, daß weder Martin Timoney noch Eugene Reilly uns noch mehr erzählen konnten, und ich folgte ihm.

»Mr. Delaney – Bob, nicht wahr?« fragte Reilly, als wir die Tür bereits erreicht hatten. »Was hier geschehen ist, war nur ein Zwischenfall. Abgeriegelt, wenn Sie so wollen, wie Kerry selber. Es hat keinen Einfluß auf den Aufstand. Es hat keinen Einfluß auf West Cork. Sagen Sie das Nolan.«

»Nein«, erwiderte Bob mit der Hand an der Klinke. »Aber es ist ein verdammt trauriger erster Akt. Kommen Sie gut nach Hause, Captain Reilly.« Seine Stiefel polterten die enge Treppe hinunter, und er überließ es mir, den beiden höflichere Worte zu sagen.

In dieser Nacht teilten wir bei Jeremiah Brick ein Bett, und bei Bricks herrschte eine klägliche Stimmung, da Mrs. Brick nur an Jeremiahs Abwesenheit denken konnte und durch Natur oder Erfahrung nur wenig imstande war, die Ereignisse zu begreifen, die ihn verschlungen hatten. Das hielt sie jedoch nicht davon ab, uns am Morgen Tee und ein anständiges Frühstück vorzusetzen und uns mit ihrer scharfen Zunge zu beglücken. Ich hatte sie vorher zwei- oder dreimal getroffen und sie für ein harmloses, friedliches Geschöpf gehalten. Darin hatte ich mich restlos getäuscht. Sie war eine Xanthippe.

Als Bob und ich unseren Tee und unser mit Butter bestrichenes Brot zu uns nahmen, stand sie mit in die Hüften gestemmten Händen neben uns, wild entschlossen, unsere Verdauung zu ruinieren. »Der arme Jerry irrt durch die Hügel oder liegt dort tot, oder sie werden ihn an einem Strick durch die Straßen führen, wie diese

Burschen gestern. Aber Martin Timoney sitzt bequem in seinem Wirtshaus, da könnt ihr sicher sein, und heute abend werdet ihr beide wohlbehalten in Kilpeder sein. Ich verstehe wirklich nicht, wie ihr es über euch bringen könnt, etwas zu essen, ihr beiden.«

»Es war nett von Ihnen, uns etwas vorzusetzen«, sagte ich.

»Das geschieht nicht euch zuliebe, darauf könnt ihr Gift nehmen«, sagte sie. »Ich dachte bloß, daß irgendeine anständige Frau in den Bergen für den armen Jerry dasselbe tut. Ihr habt euch eingebildet, ihr könntet mit der britischen Armee fertigwerden, was, und Gott möge euch vergeben, ihr unwissenden Kinder. Sie strömen nur so in die Straßen von Killarney, kräftige gutaussehende Burschen, die wissen, wie man mit Kanonen und Gewehren umgeht.«

»Bisher sind noch keine Kanonen eingesetzt worden«, widersprach ich, der ewige Pedant.

»Mein eigener Bruder ist bei den Munster Fusiliers, ein Corporal ist er, und wenn die Munsters hergeschickt werden, dann machen sie mit euch allen kurzen Prozeß.«

»Und zweifellos auch mit Jerry«, sagte ich, und durch diese Kriegslist konnte ich eine kurze Unterbrechung ihrer Tirade erreichen.

»Die Priester haben euch alle vom Altar herunter verurteilt«, sagte sie dann, »und trotzdem bezeichnet ihr euch selber als Iren.«

Bob hatte nichts gesagt, sondern sich mit seinem Frühstück beschäftigt. Nun schob er seinen Teller zurück. »Da haben Sie recht, Mrs. Brick. Ich möchte wirklich wissen, warum Jerry jemals in diese verzweifelte Sache hineingeraten ist, wo er doch zu Hause bleiben und den Frieden an Ihrem Kamin genießen könnte.« Ironie war bei ihr vergeudet.

Aber als wir unsere Pferde gesattelt hatten und aus dem Stall führten, wartete sie in der offenen Tür auf uns. Sie hatte sich einen von Jerrys Mänteln zum Schutz gegen die Kälte des Morgens über die Schultern geworfen.

»Kommt gut durch die Berge«, sagte sie. »Ihr seid brave Burschen, ihr beide.«

»Jerry wird zu Ihnen zurückkommen«, sagte Bob und legte die Hand an seinen Hut. »Haben Sie keine Angst.«

»So Gott will«, sagte sie. »Und Gott möge euch schützen.«

Jerry kam tatsächlich zu ihr zurück, wenn auch nur für eine Woche. Dann wurde er von der Polizei geholt, in Tralee vor Gericht gestellt und ins Millbank-Gefängnis in England geschickt, wo er zwei Jahre absitzen mußte. Als er entlassen wurde, war sein Mietstall längst bankrott, denn der Landadel von Killarney und die respektablen Geschäftsleute wollten nichts mit einer Fenier-Familie zu tun haben. Die Finger seiner rechten Hand waren verkrümmt und verknotet, manche sagen, von seiner Arbeit im Gefängnis, während andere behaupten, der Knüppel eines Wärters habe sie zerschmettert.

Wir hatten einen stillen Ritt zurück nach Hause, denn wir waren beide nicht in Konversationslaune. Mehrmals fragte ich Bob, was er von dem, was wir gehört und nicht gehört hatten, hielte, aber er wollte nicht antworten. Dann jedoch, als wir an der Flesk entlangritten, zog er die Zügel an und betrachtete den rasch dahinfließenden silbrigen Bach. »Wie Reilly uns so richtig gefragt hat, Hughie, wo zum Henker sind die verdammten Gewehre?«

»Er hat die Falschen gefragt«, antwortete ich.

»Nicht wahr?« meinte Bob zustimmend. »Er sollte diese Frage Dublin und New York und Manchester stellen.«

Er hätte genauso gut Wien oder Timbuktu sagen können, für mich waren all diese Orte weit entfernte Punkte auf der Weltkarte im Klassenzimmer. Doch dort saß Bob, ein Ladengehilfe, rittlings auf einem geliehenen Pferd und teilte die Wörter aus wie Karten aus einem abgegriffenen Spiel.

»6. März«, sagte er, »der festgesetzte Tag, und um das zu erfahren, mußten wir bis nach Kerry reiten. Verdammte Yanks.« Dann berührte er die Flanke des Pferdes mit seiner Ferse.

Diesmal sahen wir patrouillierende Soldaten, insgesamt sechs, zu Pferde. Sie ritten über einen Kamm zu unserer Rechten, etwa eine Meile von uns entfernt, einer hinter dem anderen, während die Mittagssonne ihre scharlachroten Röcke beschien. Wir ritten in unserem gemütlichen Tempo weiter und hatten doch Angst, sie könnten jeden Moment über uns hereinbrechen. Doch obwohl sie uns so gut sehen konnten wie wir sie, kamen sie uns nicht näher, und so ritten wir eine halbe Stunde lang nebeneinander.

»Sie werden zu Tausenden geprägt«, sagte Bob, »wie die winzigen Grenadiere und die Kavallerie, die du in den Schaufenstern der Spielzeugläden von Cork City sehen kannst.«

An diesen Burschen war jedoch nichts Winziges. Die Soldaten, die durch die Straßen von Killarney geschlendert waren, hatten ein beeindruckendes Zeugnis abgelegt vom physischen Standard, der in den Regimentern Ihrer Majestät gepflegt wird, und diese sechs Dragoner hatten etwas Heraldisches, als sie sich als Silhouetten vor dem Bergkamm abhoben.

Aus Killarney zurück in unser eigenes Kilpeder zu kommen war, an diesem Tag zumindest, wie der Übertritt aus einer Welt in eine andere. Die Schläfrigkeit der Stadt, die wir so oft in unserem jugendlichen Temperament und unserer Ungeduld verflucht hatten, erschien uns nun als Segen. Ein Farmer kam uns mit Esel und Karren entgegen und berührte seinen formlosen schwarzen Hut mit der Hand, als er den Schulmeister erkannte, oder vielleicht eine erhabenere Persönlichkeit, Dennis Tullys Gehilfen. Er war alt, hatte ein Gesicht wie ein verschrumpelter Apfel und war im alten Stil angezogen, mit Kniehosen und langen Wollstrümpfen. Wir ritten an Saint Jarlath und dem Pfarrhaus vorbei, dann an meinem Haus und der Schule. Bei der Wache war nichts von Sergeant Honan zu sehen, Constable Belton jedoch stand am Tor und plauderte mit zwei Kollegen, und alle drei wirkten völlig entspannt. Kräftige Bauernburschen in zu engen Uniformen, absolut nicht bedrohlich, anders als die rotröckigen Soldaten auf dem Kamm oberhalb der Flesk.

Als wir die Wache jedoch passiert hatten, beugte Bob sich zu mir herüber und sagte: »Die beiden gehören nicht zu Honans Männern. Sie kommen von draußen.« Ich blickte mich zu ihnen um, so unauffällig, wie es mir überhaupt möglich war, und auch ich konnte keinen der beiden erkennen. »Diese Irren in Kerry!« sagte ich. »Ihretwegen ist die Wache in Kilpeder verstärkt worden.«

»Irgend etwas ist jedenfalls schuld dran«, sagte Bob und rieb sich den Mund mit dem Handrücken.

»Was soll denn sonst der Grund sein?« fragte ich. »Bisher herrschte hier ein angenehmes Gleichgewicht zwischen uns und den Peelern. Jetzt ist es zerstört.«

Bob ließ seine Faust sinken und lächelte mich an, und wir ritten langsam über den Marktplatz zum Stall.

Und ebenso langsam schlenderten wir zurück zu meinem Haus in der Chapel Street. Die Steinfalken der Ardmorschen Tore hatten ihre blicklosen Augen auf uns gerichtet. Die Stadt wirkte jetzt etwas weniger freundlich, und das Schlimmste von allem war mein Gefühl, daß Bob und ich, und nicht die Polizisten, hier das mißtönende Element waren.

Es war ein Gefühl, das immer stärker wurde, als wir das Haus betraten. Ned war in der Küche gewesen, aber unsere Schritte riefen ihn sofort herbei. Einen Moment lang schien er der Hausvater zu sein und Bob und ich die Besucher. Das Feuer im Wohnzimmer war erloschen, und die Luft war kalt. Ned trug den schwarzen Anzug, der ihm fast als Uniform diente, und hatte eins meiner Halstücher umgebunden. Seine glatten Haare waren ungekämmt, und ihretwegen und wegen seiner langen Wangen und hohen Wangenknochen sah er mehr denn je aus wie ein Indianer aus den amerikanischen Ebenen.

»Kilpeder ist sprunghaft angewachsen«, sagte Bob ohne Vorrede. »Hugh und ich können die Stadt offenbar nicht eine Nacht lang unbeaufsichtigt lassen.«

»Fünfzehn«, erwiderte Ned. »Berittene Polizei. Sie sind gestern nachmittag gekommen, in ihren Umhängen, die Karabiner über die Schultern gehängt. Sie haben einen eigenen Sergeant, aber ein Inspektor war auch dabei, um sie Honan zu übergeben.«

»Die Armee selber steht in Kerry«, erzählte Bob. »Sie sind von Limerick Junction aus nach Süden gegangen.«

»Wir haben Glück, daß sie nicht auch hier sind«, sagte Ned. »Sondern nur Peeler.«

»Nur Peeler«, wiederholte Bob mit trügerischer Sanftheit.

»Wir haben wirklich genug zu tun«, sagte Ned. »Von jetzt bis zum festgesetzten Tag.«

»Bis zum Sechsten, meinst du«, sagte Bob in demselben lässigen Tonfall, und Ned starrte ihn einen Moment lang wütend an, dann lächelte er.

»Ja«, erwiderte er. »Bis zum Sechsten. Bis zur Nacht des Fünften, um ganz korrekt zu sein. Aber wir greifen am Sechsten an, nach der Dämmerung. Sie reden wohl sehr gern, da unten in Kerry.«

»Das ist ihnen schon immer nachgesagt worden«, sagte ich.

»Wir haben das Datum nicht von jemandem aus Kerry erfahren«, erklärte Bob, »sondern von einem Yank wie dir. Einem Mann namens Reilly. O'Connor versteckt sich in Iveragh, und seine Männer sind versprengt.«

Ned nickte, lehnte sich dann an den Bücherschrank, umfaßte seine Ellbogen mit den Händen und hörte zu, lauschte Bobs Bericht über alles, was wir in Killarney erfahren hatten. Besser gesagt, was Bob erfahren hatte, denn es überraschte mich, wie aufmerksam er gewesen war; er hatte sich die Abzeichen verschiedener Regimenter gemerkt und wußte noch genau, was wir gesehen und gehört hatten. Die Einrichtung des Zimmers, sicher und behaglich, schien seine Worte zu tadeln, als ob er Soldaten und Pferde durch die enge Tür hereingebeten hätte.

»Aber weder Reilly noch Timoney wissen, warum er seine Leute auseinandergejagt hat«, sagte Bob. »Und die Patrouillen ziehen sich bis hin zu den Derrynasaggarts. Wir sind an einer vorbeigekommen, aber sie haben uns nicht aufgehalten.«

»Gut«, sagte Ned, fast gleichgültig. »Kommt mit in die Küche, ihr beiden.« In der Tür blieb er stehen und fügte hinzu: »Hugh, bring den *Examiner* mit.«

Die Zeitung war offen über dem Sessel ausgebreitet, in dem ich meine Abende zu verbringen pflegte, beim Feuer, und die Seite, auf die mein Blick fiel, sah irgendwie fremd aus, eine Spalte neben der anderen über ein einziges Ereignis, einige Abschnitte waren in dickeren Buchstaben gesetzt als die übrigen. Ich zog mein Brillenetui aus der Brusttasche und setzte die Brille auf. Einer der kühn hervortretenden Abschnitte schwamm in mein klarer gewordenes Blickfeld, wie ein Fisch, der aus trübem Wasser an die klare Glaswand seines Aquariums schießt.

»Sie waren schmutzig, zerlumpt, geschwächt und zitterten«, las ich, »als ob die Armenfürsorge die Skelette aus ihren Krankenstationen auf die Kais von Dublin geschafft hätte. Sie trugen die seltsamste und buntest zusammengewürfelte Kleidung, und doch hatten die meisten von ihnen Geld, und es wurde auch eine große Anzahl von Revolvern gefunden, die sie auf der Flucht weggeworfen hatten. Der Anblick, den sie boten, war eine seltsame Mischung aus Wildheit und Erbärmlichkeit. Die Menge der rüpelhaften Zuschauer, die das Schauspiel angelockt hatte, stieß vereinzelte Rufe rebellischen Trotzes aus, die diese geschlagene und hoffnungslose Fenier-›Armee‹ jedoch nicht beachtete.«

Gnädiger Gott, dachte ich, was ist das für eine Katastrophe? Und ich faltete die Zeitung wieder zusammen, um die erste Seite lesen zu können. Dort gab es zwei Artikel, jeder mit seiner Schlagzeile in großen, schwarzen Lettern, und keine von beiden sagte mir etwas, und ich konnte auch keinen Zusammenhang zwischen beiden erkennen. Ein Artikel behandelte die Festnahme von über hundert Rebellen in den Docks von Dublin, die soeben von der Fähre aus Liverpool an Land gegangen waren. Der andere Artikel berichtete über den »gewagten« und »verbrecherischen« Versuch der irischen Fenier, Chester Castle zu besetzen. Und das verblüffte mich nun wirklich, denn das einzige Chester, von dem ich je gehört hatte, lag irgendwo in England. Ich vergaß meinen Auftrag, ließ mich in den Sessel fallen und schob mir die Brille höher auf die Nase.

Vage sah ich in meiner Vorstellung eine Burg wie die, die Sage und Lied uns beschert haben, massiv, von Türmen gekrönt, in einsamer Eminenz, während wilde Wogen sich an den Felsen ihrer Fundamente brachen. Was hatte solch eine Zitadelle mit den düsteren Vogelscheuchen auf den Kais von Dublin zu tun?

Freundlicherweise lieferte der *Examiner* mir eine Erklärung, wie er das schon so oft in der Vergangenheit bei weniger wichtigen Fragen getan hatte. »Hätte die Konspiration ihr kompliziertes Ziel erreicht«, teilte er mir mit, »dann wären die Folgen äußerst schwerwiegend gewesen. Mindestens 10000 Gewehre und ein großer Vorrat an Munition befinden sich im Arsenal der Burg. Die Rebellen, die fast 1000 Mann stark waren, hatten sich in den vergangenen Tagen in Liverpool versammelt, das 15 Meilen nördlich von Chester liegt, und sie hatten den sorgfältig entwikkelten Plan, in Holyhead die Fähre an sich zu bringen und die Eisenbahn und andere Kommunikationsmittel zu zerstören. Drogheda an der irischen Ostküste war ihr geplanter Zielhafen, und in dieser Stadt ist von der Polizei eine große Anzahl Fenier verhaftet worden.«

Stärker noch als meine Erkenntnis einer Katastrophe waren meine Gefühle von Verwirrung und Furcht. Wir hatten natürlich immer gewußt, daß es irgendwo, weit entfernt von den Hügeln von Cork, ein Direktorat oder einen Obersten Rat gab, oder wie immer dieses Gremium sich nun, jeden Monat anders, gerade nennen mochte. Und wir hatten gewußt, daß es uns auf irgendeine Weise, vielleicht durch Zauberei, mit Waffen versorgen würde. Vielleicht hatten wir in unserer Unschuld angenommen, daß sie aus Amerika kommen würden, riesige Dampfer, bis zum Bersten vollgestopft mit glänzenden, geölten Gewehren. Ich machte mich wieder über den *Examiner* her, konnte aber dem Gelesenen keinen Sinn entnehmen. Dann fiel mir ein, daß ich ihn schließlich nur in die Küche zu bringen brauchte.

Und so geschah es, daß wir, aus den vertrauten Seiten des *Examiner*, vom fehlgeschlagenen Überfall auf Chester Castle erfuhren, durch den Waffen für den Aufstand besorgt werden sollten. In den folgenden Wochen lieferten die *Illustrated News* und ähnliche Zeitschriften ihren englischen Lesern die dazugehörigen Bilder, und Chester Castle war keine romantische Bastion mehr, abgesehen von seinem einen erhaltenen Turm, sondern eine düstere Ansammlung von nützlichen Lagerhäusern und ähnlichem, und unsere Fenier wurden als häßliche, verworfene Bande dargestellt, aus deren Arbeiterjacken Revolverläufe hervorlugten. Für den Moment jedoch war meine Phantasie auf ihre eigenen Produkte angewiesen.

Ned und Bob standen nebeneinander in der Küche, sie hatten die Generalstabskarte auf dem Tisch ausgebreitet und hielten Teetassen in den Händen. Bob hatte seinen Mantel aufgeknöpft, ihn jedoch noch nicht ausgezogen. Ich hielt ihnen die Zeitung hin, aber Ned hob seine Augen nicht von der Karte, es war Bob, der mir die Zeitung abnahm. Es war jedoch offensichtlich, daß Ned ihm bereits das Wesentliche erzählt hatte.

»Soldaten« las Bob laut vor, »wurden in den Stunden vor dem geplanten Überfall mit der Bahn nach Chester geschafft und bezogen Stellung, um jegliche feindliche Handlung der Insurgenten zurückzuschlagen.«

»Hervorragende Stellung«, sagte Ned. »Unsere Jungs hatten nur Revolver. Es wäre ein verdammtes Gemetzel gewesen. Irgendwo steht, daß sie fünftausend Soldaten hingeschickt hatten.«

»Der Tee ist frisch aufgegossen, Hugh«, sagte Bob und übernahm Neds Aufgabe, mich in meinem eigenen Haus in Sicherheit zu wiegen.

»Wußtest du von diesen Plänen, Ned?« fragte ich.

»Wir sollten vor dem festgesetzten Tag bewaffnet werden«, antwortete Ned. »Mehr habe ich nicht gewußt.«

Bob legte, wie um sich zu wärmen, beide Hände um seine Tasse. »Das ist verdammter Unsinn, Ned. Mörderischer Unsinn. Und das müßte dir auch klar sein. Wenn diese Gewehre in Drogheda an Land gebracht worden wären, dann wären sie im Osten verteilt worden. Vielleicht wäre an deinem verdammten festgesetzten Tag Dublin eingenommen worden. Aber die Gewehre hätten niemals den Weg in die Midlands gefunden, ganz zu schweigen von Kerry oder Galway. Reilly, unten in Killarney, scheint sich einzubilden, daß Waffen von irgendwoher in Cahirciveen an Land gebracht werden sollten. Das hätte uns geholfen«, fügte er in einem Tonfall von offenem Sarkasmus hinzu.

»Das hätte es wirklich«, sagte Ned, den Sarkasmus ignorierend. »Vielleicht hat O'Connor deshalb die Küstenwache überfallen. Vielleicht hat O'Connor Befehle ausgeführt, über die wir alle nichts wissen. So arbeitet die Organisation nämlich.«

»Jetzt werden keine Waffen in Kerry an Land gebracht werden«, sagte Bob. »Und O'Connor braucht sehr viel Glück, um mit heiler Haut aus Irland herauszukommen.«

Ich hatte kaum Appetit auf Tee, aber ich goß mir eine Tasse ein, um etwas zu tun zu haben. Ned mochte seine Verdienste als Captain haben, als Teekoch war er dagegen ein Fehlschlag. Schwach und blaß war dieses Gebräu.

»Wir haben noch knapp zwei Wochen Zeit«, sagte Bob. »Und ihr wißt, in welcher Lage wir uns befinden. Kleine Bauern und Landarbeiter mit ein paar Entenflinten.«

»Warum sollte ich nicht wissen, in welcher Lage wir uns befinden? Ich habe schließlich das Kommando über Kilpeder, Bob Delaney, das solltest du lieber nicht vergessen.«

»Ich beneide dich nicht um deinen hohen Rang«, erwiderte Bob. »Was schlägst du vor?«

»Seltsame Frage, Bob. Du weißt doch, was wir vorhaben. Früh am Morgen des Sechsten werden wir die Polizeiwache übernehmen und dann nach Norden marschieren. In Millstreet werden wir uns einer weitaus größeren Streitmacht anschließen.«

»Ohne Waffen«, sagte Bob, »und obwohl Honan fünfzehn Mann Verstärkung bekommen hat. Die nicht geschickt, sondern von einem Inspektor hierhergebracht wurden, bei Gott. Dublin Castle hat sich endlich in Bewegung gesetzt.«

»Nicht ohne Waffen«, widersprach Ned. »Als ich euch beim erstenmal in Knockmany versammelt habe, habe ich euch versprochen, daß wir nicht unbewaffnet losschlagen werden. Und das werden wir auch nicht. Wir müssen etwa siebzig Männer versorgen; die Baronie selber wird die Versorgung übernehmen.«

Und so wurde über Teetassen in der Küche eines Schulmeisters die große Waffenaktion von Kilpeder geplant, »Nolans Beute«, wie es in dieser elenden Ballade heißt. Bob und Ned beugten sich wieder über die Karte und gingen sie Zoll für Zoll durch, wobei Bob die Linien und Punkte in Farmer und Güter und Namen von Personen übersetzte. Er kannte sie nicht alle selber, ebensowenig wie ich, aber er kannte recht viele und konnte damit Neds Plan auf die Sprünge helfen. Bald darauf kam Mary von irgendeinem Besuch nach Hause, krempelte die Ärmel auf und fing an, uns eine richtige Mahlzeit zu kochen. Eine Stunde später kam Vincent, gerade rechtzeitig, um mit uns zu essen. Was Mary, die uns ihren Rücken zukehrte, von unserem Gespräch hielt, kann ich nur erraten, aber sicher hörte sie nichts Angenehmes, als unsere räuberischen Taten geplant wurden, egal, wie sehr die Notwendigkeit diese auch rechtfertigen mochte.

Aber Vincent war uns eine große Hilfe. Schon damals, als junger Mann, kannte er sich im Sportleben der Baronie sehr gut aus und wußte, wer unter dem Landadel als guter Schütze bekannt war und wer in der Armee gedient hatte. Die Vorstellung, daß sie uns mit den Mitteln für unseren Krieg versehen sollten, fand er ausgesprochen komisch, und er machte sich an die Aufgabe, als ob es sich dabei selber um einen Sport oder wenigstens ein Spiel handelte. »Saunders also«, sagte er und tippte mit einem langen weißen Zeigefinger auf die Karte, »den habe ich in den Arms prahlen hören, daß seine Gewehrsammlung diesseits von Mallow nicht ihresgleichen hat, seine Waffen sind wunderschöne Geschöpfe, die ein Waffenschmied in London speziell für ihn entworfen hat. Ich wollte sie immer schon mal ausprobieren.« Zu diesem Zeitpunkt seiner Laufbahn wurde er nur in einer Handvoll der Häuser des Adels empfangen, meistens Häuser ausschweifender unverheirateter Krautjunker, wilder, trunkfreudiger Gesellen. In späteren Jahren war das alles ganz anders.

Vom Anfang bis zum Ende hat Ned Vincent wohl niemals richtig eingeschätzt, glaube ich. Ned hatte eine grobe Art von Humor und lachte manchmal über die komischen oder albernen Seiten menschlicher Angelegenheiten. Aber im Grunde nahm er das Leben ernst und wägte ständig Gewißheiten ab, die schwer waren wie Blei oder Gold. Und zuviel von Vincent erschien ihm als Schaum und Neckerei, silberne Taschenflaschen und geblümte Westen, Gerede über Frauen und Pferde. Darin irrte er, glaube ich, weil er so viele Jahre fern von diesem Land verbracht hatte, denn nach allem, was man über sie hört oder liest, sind die Amerikaner ein nüchternes und fleißiges Volk, die an ihren wichtigen Erfindungen arbeiten und ihre von Indianern bevölkerte Wüste erobern. Die Vincents dieser Welt jedoch sind aus demselben Stoff, aus dem unser Nationalcharakter zugeschnitten ist, und wir kennen sie gut. Man findet sie beim Pferderennen, die Hüte zurückgeschoben und Zigarren zwischen weiße, regelmäßige Zähne geklemmt. Oder sie sitzen am Kamin einer Gastwirtschaft bei einer Schüssel voll dampfendem Punsch gegen die Kälte des Winters zusammen. Vor allem aber sieht man sie an einem rostroten Morgen auf der Jagd, in ihren Tweedanzügen und ihren hohen, mit Kletten besetzten Gamaschen, wenn ihr Geschrei sich mit dem Kläffen der Hunde vermischt. Und wir wissen, daß sich unter Schaumschlägerei und Geplänkel vielleicht nichts befindet, nur eine Menge leerer Luft. Oder aber ein eisenharter Wille und die Gerissenheit eines gehetzten Fuchses.

Auf jeden Fall brach Ned voller Ungeduld alle pikanten Anekdoten ab, die Vincent über die Leute erzählen wollte, die ausgeraubt werden sollten – »eine Abgabe für die nationale Sache«, wie Ned sich taktvoll ausdrückte. Ihn interessierten nur Vincents Überlegungen, was für Waffen wir wohl finden und welche ihrer Besitzer wahrscheinlich Widerstand leisten würden. Vincent nahm ihm das nicht übel. Er genoß Ned, so wie er fast alle neuen Erfahrungen genoß, einen nie vorher gekosteten Sherry oder das Eintreffen einer neugekauften Zuchtstute in der Baronie. Bob machte sich über alles, was wir zusammentragen konnten, Notizen, und als wir damit fertig waren, beugten er und Ned ihre Köpfe wieder über die Karte und arbeiteten unseren Aktionsplan aus.

So einfach lief das alles ab, die Planung von »Nolans Beute«, »der Waffenaktion von Kilpeder« – nennt es, wie ihr wollt. Zwei Stunden Arbeit, und dann das Essen, das Mary während dieser ganzen Zeit vorbereitet hatte, die Karte wurde sorgfältig zusammengefaltet und beiseite gelegt, die schmutzigen Tassen mit kaltem Tee wurden in die Spülküche getragen, und die blauweißen Porzellanteller wurden vor uns hingestellt. Wie weit Gedanken und ihre Folgen voneinander entfernt sind, erstaunt mich immer wieder, und deshalb habe ich zweifellos einen gesetzten häuslichen Beruf gewählt. Für Ned und Bob war alles erledigt, als sie die erfolgversprechenden Häuser ausgesucht und auf der Karte gekennzeichnet und ein wenig darüber gesprochen hatten, wer die einzelnen Gruppen anführen sollte, und sie machten sich über ihr gekochtes Geflügel her. Für sie stand nichts so fest wie die Tatsache, daß ihre Pläne zur Wirklichkeit reifen würden, wie diese japanischen Kügelchen, die man ins Wasser fallen läßt, wo sie sich zu Pflanzen und kleinen mißgestalteten Drachen entfalten.

Und so geschah es natürlich drei Nächte später auch. Dieselbe Karte wurde auf Laffans grobem Tisch ausgebreitet, in der dunklen Nacht, deren Schwärze nur von den Sternschnuppen der Laternen der Wachtposten durchbrochen wurde. Es war eine Aufgabe, die die ganze Nacht in Anspruch nahm und die bis zur Morgendämmerung anhielt. Jede Abteilung hatte ihre Route zugewiesen bekommen, vier oder fünf oder eine halbes Dutzend Häuser, und als sie zurückkehrten, wurden sie, wenn sie ihre Zeit richtig und effektiv ausgenutzt hatten, dadurch belohnt, daß sie noch einmal losgeschickt wurden. Jede Gruppe mußte über einen oder gar zwei Fehlschläge berichten. In Rosalis war, trotz allem Gegenteiligen, das Bob und Vincent angenommen hatten, keine einzige Waffe vorhanden, obwohl eine Woche früher zwei Entenflinten zur Reparatur nach Cork geschickt worden waren. Und Summit's Eye, die baufällige Farm eines Krautjunkers namens Nagle, war nach Aussage einer Abteilung besser befestigt als ein Oxhoft, gerade so, als ob Nagle schon mit Ärger gerechnet hätte. »Wir hätten mit viel Zeit und Geduld die Tür einschlagen können«, sagte Kennedy, der Anführer dieser Gruppe. Dann fügte er vernünftig hinzu: »Aber zum Teufel damit, haben wir gesagt.«

Unser Erfolg konnte sich jedoch sehen lassen. Zu viert und fünft und sechst wurden alle Arten von Gewehren und Schrotflinten in Laffans Hütte gebracht. Jede wurde zuerst von Ned und dann von Vincent untersucht und auf einen der ordentlichen Stapel in der hintersten Ecke des Zimmers gelegt. Daneben, auf einer umgedrehten Kiste, lagen die kleinen hölzernen Munitionsdosen. Einer fehlte der Deckel, und ich steckte die Finger hinein und betastete die kühlen, öligen Patronen mit ihren schwarzen düsteren Spitzen. Es gab auch etliche Pistolen und ein paar Revolver, selbstherrlich in ihrem Aussehen, als ob sie mehr als ihre Besitzer über explosive Todesarten wüßten. Und es gab sogar, wunderschön in dunklem Walnußholz untergebracht, oben und unten von verblichenem blauen Samt eingerahmt, ein Paar Duellpistolen, deren lange, breite Läufe graviert waren. Der Boden des Kastens war ihrer Form angepaßt. Diese Pistolen kamen aus dem Haus der Barringtons in Glencairn an der Straße nach Millstreet, deren Vater und Großvater in jenen Tagen auf dem Felde der Ehre berühmt gewesen waren, als niemand gewagt hatte, sich als Gentleman zu bezeichnen, der nicht auf seinen Widersacher gefeuert und seinerseits an einem kühlen, nebligen Morgen im Feuer gestanden hatte, während Sekundanten und der Arzt bereitstanden und Flaschen mit Brandy und Kaffee in der Kutsche warteten.

Ferdy Lynch, der den Kasten von den Barringtons zu uns brachte, setzte ihn geradezu ehrfürchtig auf die auf dem Tisch ausgebreitete Karte, wo er viele Acres bedeckte. Es war klar, daß der arme Junge diese Pistolen für den Hauptfang der Aktion hielt, obwohl sogar mir klar war, daß diese Pistolen für uns sinnlos waren, komplizierte Gegenstände mit Rädchen und geheimnisvollen Vorrichtungen. Mir erschienen sie als hochmütige und bösartige Sendboten aus der Welt, die wir herausfordern wollten, einer Welt, die hundert Pfund für zwei Stück mörderisches Spielzeug vergeuden konnte.

Ned jedoch nickte Lynch mit mehr Takt und guter Laune zu, als ich ihm zugetraut hätte. »Wirklich schöne Waffen«, sagte er. Lynch hatte, wie einige andere auch, für die Arbeit dieser Nacht sein Gesicht geschwärzt, seine Züge waren rußverschmiert, und wenn er lächelte, dann waren seine starken Zähne weiß wie vom Regen saubergespülter Marmor. Seine war eine der letzten Gruppen, die zurückkehrten, und obwohl das Zimmer immer noch dunkel war und nur von der tropfenden Talgkerze beleuchtet wurde, so wurde es vor dem schmutzigen Fenster doch inzwischen bereits hell. Wir waren alle müde und nicht mehr richtig wach, und als Ned leise den Deckel aus dunklem, glattem Holz über den Duellpistolen zugeklappt hatte, rieb er sich mit den Fingerknöcheln die Augen.

Er war offensichtlich mit der Arbeit dieser Nacht zufrieden, und dazu hatte er auch allen Grund. Nach Bobs Buchführung hatten wir die Kolonne von Kilpeder bewaffnet, mit Gewehren, Schrotflinten, Revolvern, und hatten noch ein oder zwei Armvoll Waffen übrig für neue Rekruten, die sich uns vielleicht anschließen würden. Wie sich später herausstellen sollte, war unseres vielleicht das erfolgreichste Unternehmen des Aufstandes von 1867, und zweifellos war das der Grund, warum es so oft in der erbärmlichen Kneipendichtung späterer Jahre auftauchte, zusammen mit Clonbrony Wood und O'Neills Schlacht unten an der Küste und der wilden Schießerei, die Crowley kurze Zeit später in Limerick veranstalten sollte. Damals jedoch, während der ganzen langen Nacht, kam es uns überhaupt nicht wunderbar vor. Vielleicht, weil Ned so gelassen blieb und seine Gruppen losschickte, wie man Straßenarbeiter losschickt, die eine Straße reparieren sollen. Vielleicht lag es aber auch einfach daran, daß wir anderen alle wirklich keine Ahnung hatten, worauf wir uns eingelassen hatten, und uns blind darauf verließen, daß ein Soldat aus Amerika die Fäden und Zügel großer Strategie in Händen hielt.

Die allerletzte Gruppe, die zurückkehrte, war die von Matty Brennan, eine kleine Abteilung, denn zwei seiner Jungs, zwei Brüder, hatten sich davongemacht, als sie auf dem Rückweg an ihrer eigenen Farm vorbeigekommen waren. »Na, und da kann man ihnen wirklich keinen Vorwurf machen«, sagte Matty entschieden, »wo sie doch den Rauch von ihrem eigenen Herd sehen konnten und wußten, daß ihr alter Vater auf sie wartete.« Bob nickte und lud Matty zu einem Napf von Laffans Brei ein, den Laffan seltsamerweise selber kochte, statt diese Aufgabe seiner Frau anzuvertrauen. Es war sehr guter Brei, heiß und dick, mit dem Geschmack des Morgens. Als er die Näpfe füllte, gab er in jeden eine Eierschale von seinem Whiskey, einen Stich Butter und einen Schluck Milch.

Ich ging mit meinem Napf nach draußen, um der stickigen, stinkenden Hütte zu entkommen. Jetzt befanden sich nur noch wenige von uns auf dem Hügel, die ganze Nacht hindurch waren Gruppen von Männern aus- und eingegangen, schwitzend und fluchend, hatten auf den Boden gespuckt und es kaum für nötig befunden, ihre Spucke mit ihrem Stiefelabsatz zu zertreten. Ihre Anwesenheit war noch zu spüren, und sie besudelte die Luft. Sie mochten zwar Soldaten der Republik Irland sein, aber Laffans Hütte war in dieser Nacht von der Zeit losgelöst gewesen, und wir hätten allesamt Ribbonmen sein können, oder die Whiteboys des vergangenen Jahrhunderts, Viehhirten und Spalpeens*, die düstere, blutige Rache planten. Zumindest für einige von den Männern war es in dieser Nacht nicht so sehr darum gegangen, die Kolonne von Kilpeder zu bewaffnen, sie hatten den Großgrundbesitzern eins auswischen wollen, zum erstenmal seit vielen Jahren.

Um die Wahrheit zu sagen, hatte ein Teil von mir es ebenso empfunden. In Gedanken hatte ich einen dunklen Salon gesehen, unsichtbar die eleganten Sessel und Sofas auf ihren zierlichen Beinen, die Ofenschirme mit Petit-point-Stickerei; bedrohlich an der Wand die Scherenschnitte und Portraits von Vätern und Großvä-

* anglisierte Form des irischen *spailpín*, »wandernder Erntearbeiter, Tagelöhner«

tern, kalt, steif, herrisch; Silber und Zinn auf der Anrichte. Rufe, Schläge an die Eingangstür, dann eine neugierige Kerze im Treppenhaus, die Türbolzen entfernt, die Tür zuerst einen Spalt breit geöffnet, dann weit aufgestoßen. Und vor der Tür, in der kalten Nachtluft, in der Welt, die immer fremd ist, wenn man ihr um Mitternacht begegnet und gerade aus dem Schlaf gerissen worden ist, Matty Brennan und seine Männer, dunkle Kleider und geschwärzte Gesichter. Ohne ein Wort dringen sie in die Halle ein. Für den Hausbesitzer ist es ein ererbter Alptraum: mordlustige Bauern, die sich aus vom Nebel verhüllten Mooren erhoben haben. Nicht Matty Brennan, der anständigste und sanfteste Mann, den man im Umkreis von hundert Meilen finden kann, sondern eine Moorkreatur, schlimmer noch als die, die sich hinter ihm zusammendrängen. Und Matty Brennan seinerseits sieht nicht Samuel Soundso von Gut Diesunddas, schlicht, sorglos, gutmütig, sondern einen Großgrundbesitzer, der allen Grund zur Angst hat, der um seinen Salon voller Goldbronze-Uhren und Petit point und prahlerischer Erbstücke fürchtet. In all diesen Jahren waren düstere Leidenschaften in uns am Werk, die später in den Tagen des Landkrieges wieder aufbrachen. Ich selber kann mich am wenigsten davon freisprechen.

Die Welt des Morgens vor Laffans Hütte jedoch war über solche Sorgen erhaben. Sie alle lagen irgendwo hinter dem verschlungenen Strang von Boreens, hinter den Weiden, die noch vollgesogen waren vom leichten Regen der Nacht. Keine andere Hütte war zu sehen, und als ich Gewehren und Revolvern meinen Rükken zukehrte, schien ich ganz Irland für mich zu haben. Alle Dunkelheit war weggeblichen worden, und die Landschaft lag in nasses, perlfarbenes Licht gebadet da. Es ließ das harte, rauhe Grün des Grases und die schwarzen, glänzenden Felsen weicher werden. Die Boreen, die von unserer Hütte wegführte, schlängelte sich zwischen Hecken und schlanken Bäumen hindurch, Ebereschen und Brombeeren, blattlos jetzt in diesem Monat vor dem Frühling. Weit weg, zu meiner Linken, lag ein kleines Moor, an das die Nebel sich noch klammerten, hinter dem Moor jedoch traf unerwartetes Licht auf das blasse Silberband eines Baches. Und, am weitesten entfernt, immer noch dunkel, weit im Westen, lagen die Derrynasaggarts, die uns vor dem Meer schützten. Es war eine lautlose Welt – kein Brachvogel schrie, kein schneller Flügelschlag störte den tiefhängenden, wolkenreichen Himmel.

Für kurze Zeit Herr über eine menschenlose Welt, stand ich da, ich weiß nicht, wie lange, sicher einige Minuten, lang genug jedenfalls, um meinen Porridge von der Luft abkühlen zu lassen. Wie oft kommt es vor, daß man das Universum für sich hat, und wie leicht ist es zu erlangen, wenn man lange genug mit dem Zubettgehen wartet oder aufsteht, ehe die anderen sich gerührt haben! An diesem Morgen jedoch, und vielleicht, weil wir die Nacht auf diese Weise verbracht hatten, fühlte ich mich von Geheimnissen bedrängt und war äußerst verwundert über unser einsames Unternehmen. Wer waren wir, fragte ich mich, mit welchem Recht tobten wir durch die Nacht, plünderten wir Häuser aus und brachten wir Gewehre an uns, mit denen wir Polizisten und Rotröcke erschießen wollten? Und wer waren sie, die im Land hin- und hermarschierten und uns für eine Königin und ein Parlament in einem fernen Land unterworfen hielten? Die Antworten lagen irgendwo in dem Anblick, der sich mir hier bot und der Irlands Aussehen und Wesen ausmachte, der die Sinne so beeindruckte wie ein in der Dämmerung über das Tal tönendes gälisches Lied, der Anblick eines Torfstechers, der im Abendlicht nach Hause geht, oder die verwitterten Steine einer zerstörten Abtei, die sich vor dem Horizont abhebt. So gehen wir in der Einsamkeit mit uns selber zu Rate, und was dabei herauskommt, sind abgefeuerte Gewehre und Männer, die mit schrecklichen Wunden zu Boden sinken.

Zum Glück jedoch wurde ich mit diesen Überlegungen nicht allein gelassen, denn nun kamen auch die anderen aus der Hütte, zuerst Bob und Vincent zusammen, redend und lachend. Bob wirkte weder müde noch schläfrig, er freute sich über das, was wir geschafft hatten, wie ein Schneekönig, und er rieb in der beißenden Kälte des Morgens temperamentvoll seine Hände aneinander.

»Bei Gott, Hughie«, sagte er zu mir, »du siehst ja aus wie Prinz Hamlet, der wie eine schwarze Krähe auf den zerfallenden Wällen Dänemarks hockt.«

»Unten im Queen's College gibt es einen Professor«, erzählte Vincent, »der glaubt, daß Shakespeare Ire war. Wie hätte er denn sonst so große Poesie schreiben können? Ein interessanter Gedanke. Tommy Moore war ein großer Dichter und ein Ire. Der Professor verfügt da wirklich über mächtige Logik.«

Er hatte seinem Etui aus blutrotem Marokkoleder eine Morgenzigarre entnommen, die er nun mit seinem eleganten kleinen Feuerzeug ansteckte, wobei er die Flamme hin und her bewegte und sanft an der Zigarre zog.

»Er hat aber keine besondere Zuneigung zu den Iren, dieser Shakespeare«, sagte ich, »wenn er überhaupt an uns denkt. Wilde Krieger mit verfilzten Haaren. Hat Queen's College das auch bedacht?«

»Tarnung«, erwiderte Vincent. »Spuren verwischen. Gibt vor, der Sohn eines Gerbers aus Stratford zu sein.«

»Hör sich einer das an«, sagte Bob. »Ihr beide. Da haltet ihr eine gelehrte Konversation, und hinter euch steht Laffans Hütte, bis zum Dach vollgestopft mit Feuerwaffen.«

Doch während er das sagte, konnte seine Stimme seine Zufriedenheit nicht verhehlen, und Vincent und ich grinsten uns an, als wir das bemerkten. Ich frage mich, ob Vincent damals die Quellen dieser Zufriedenheit erraten hat, die ich erst lange Zeit später durchschaute. Seit unserem Ritt nach Kerry hatte das Problem mit den Waffen ihm zu schaffen gemacht, und es war eine große Erleichterung für ihn zu wissen, daß wir sie jetzt hatten und daß sie bei Laffan in Sicherheit waren. Aber ich glaube, das war noch nicht alles. Unsere Aktion ist als »Nolans Beute« in die Sage eingegangen, aber es war genau so sehr Bobs Verdienst wie Neds. Bob hatte die Gruppen ausgesucht, hatte ihnen mit Gewalt und Schmeichelei klargemacht, worum es überhaupt ging, hatte ihnen bei ihrer Rückkehr schon an der Tür gratuliert und sie zum Kamin geführt, wo sie von der Kälte der Nacht und der Dunkelheit befreit wurden.

Vincent ging zu einem von Laffans Grenzsteinen, einem flachen grauen Quader mit Flecken von verblichener weißer Tünche, und betrachtete ihn geistesabwesend, als ob er versuchte, sich an etwas zu erinnern.

»Jetzt ist der festgesetzte Tag wirklich nahe gerückt.« Dieses eine Mal lag in seinem wohlklingenden Tenor keine Spur von Neckerei.

»Sehr nah«, sagte Bob und blickte zurück zur Hütte. In diesem Moment kamen die letzten, Ned und Pat Dunphy, gefolgt von Laffan, zu uns heraus.

Neds schwerer Mantel hing offen und lose von seinen Schultern, und er hatte wie immer die Hände in den Taschen vergraben. Er muß genauso zufrieden gewesen sein wie Bob, aber seine

Züge, sein mageres Gesicht und seine tiefliegenden Augen verrieten das nicht. Laffan, ein unordentlicher Mann mit wenig ausgeprägten Zügen, hielt einen Krug in der Hand. Er hatte uns in der Nacht gute Dienste geleistet und würde das auch in Zukunft tun, aber ich mochte ihn nicht leiden. Er bewegte sich zu einer abgehackten und barbarischen eigenen Musik, die diese einsame Gegend, die Gesellschaft von Hasen und Schnepfen für ihn aufspielten.

»Wir könnten wohl alle einen Schuß davon brauchen«, sagte Ned und nickte zum Krug hinüber, und Laffan zog den Stöpsel heraus und reichte Bob den Whiskey. Bob warf einen überraschten Blick auf Ned, setzte den Krug an den Mund, trank, wischte die Öffnung dann ab und reichte den Krug an Vincent weiter. Als ich an die Reihe kam, nahm ich zuerst einen kleinen, vorsichtigen Schluck, aber es war eins von Laffans besseren Produkten, sanft wie geschmolzene Perlen, und ich gönnte mir einen guten Schluck und dann noch einen, um den ersten herunterzuspülen.

Wir standen in einem ungleichmäßigen Kreis, wir sechs, und der Augenblick hatte etwas Rituelles, als der Whiskey herumgereicht wurde. Wenn eine Schnepfe oder ein Brachvogel über uns gekreist wären, dann hätten sie uns für klein und unbedeutend gehalten, sechs Männer, die neben einer Hütte standen, während sich in alle Richtungen die endlosen Weiden und Moore hinzogen und sich bis zu den Bergen erstreckten. Unsere Stimmen, die so zuversichtlich und stark schienen, als wir einander auf dem Boden gegenüberstanden, würden im Schweigen der höheren Luftschichten untergehen.

Ned trank als letzter, nachdem Dunphy ihm den Krug gereicht hatte, den er dann, nachdem er seinen Durst gelöscht hatte, Laffan zurückgab. Laffan schob den Stöpsel wieder in den Krug, drehte uns den Rücken zu und ging mit schwerfälligen Schritten zurück in die Hütte.

»Die Männer brauchen zwei lange Durchgänge, um Gefühl für die Waffen zu bekommen«, sagte Ned. »Danach fängt das Exerzieren richtig an. Laß sie kommende Nacht ausruhen, Bob, und bring sie dann in der nächsten Nacht wieder hierher. Danach kann jeder seine Waffe mitnehmen und zu Hause weiter üben, und dann treffen wir uns am Donnerstag in Knockmany wieder. Kannst du dafür sorgen?«

»Kann ich«, antwortete Bob. »Pat Dunphy und ich können dafür sorgen.«

»Die meisten von den Jungs haben in dieser Nacht zum erstenmal ein Gewehr angefaßt«, sagte Dunphy.

»Das war mir durchaus bekannt«, erwiderte Ned. »Ich kann ihnen in einer Stunde alles erzählen, was sie wissen müssen.«

»Ja, Sir«, sagte Dunphy mit argem Zweifel in der Stimme.

»Ich geb euch mein Wort«, erklärte Ned. »Wir brauchen Gewehre und Männer, die damit losballern, keine Scharfschützen.«

Bob, wie ich bemerkte, machte ein ebenso spöttisches Gesicht wie Dunphy, sagte jedoch nichts dazu.

»Was wir in dieser Nacht geschafft haben, wird in Kilpeder für große Aufregung sorgen«, sagte er.

»Die Aufregung hat wahrscheinlich schon eingesetzt«, sagte Ned. »Honan von der Polizei wird in den nächsten Stunden alles erfahren, und dann erfährt es der Distriktsinspektor, und diese Herren werden es nach Cork und Dublin drahten. Dann solltet ihr besser zu Hause sein. Du kannst dich schon mal auf Sergeant Honans scharfe Fragen vorbereiten, Hughie.«

Ned schien das Vorlesen eines Buchkapitels zu beenden und zur nächsten Seite weiterzublättern. Seine Augen blinzelten unter den schweren Brauen zu mir herüber. Es war ein Buch, das nicht neu geschrieben werden konnte. Diese Nacht war unwiderruflich.

»Was soll ich ihm denn erzählen, Ned?«

Er zuckte die Schultern. »Er wird dir doch kein Wort glauben. Ich habe gestern abend bei dir gegessen, und dann bin ich weggegangen. Seitdem hast du mich nicht wieder gesehen. Vielleicht verhaftet er dich, vielleicht auch nicht. Ich bezweifle es eigentlich. Bob und Vincent wird nichts passieren. Davon bin ich überzeugt.«

»Angenehme Neuigkeiten«, sagte Vincent mit kläglicher Stimme, und er und ich tauschten einen Blick. Er hielt immer noch seine Zigarre zwischen den Lippen, aber sie brannte nicht mehr.

»Sie werden hier den Ausnahmezustand verhängen«, sagte Bob. »Aber das wird eine Weile dauern. Es muß in Dublin beschlossen werden. Bis dahin muß es Haftbefehle und einen begründeten Verdacht und das alles geben.«

»Sie werden ihn bestimmt verhängen«, sagte Ned. »Das hier kommt zu kurz nach O'Connors Geschichte unten in Kerry, von dem uns nur die Berge trennen. Flicken aus derselben Decke.«

Vincent und ich, ganz zu schweigen vom armen Dunphy, waren wie Schulkinder, die eine Unterhaltung von Lehrern belauschen, bei der Fragen behandelt werden, die unser Verständnis bei weitem überschreiten. Mir ging es jedenfalls so. Vincent, wie ich beobachtete, verbarg hinter seiner erloschenen Zigarre ein leichtes Lächeln.

»Um ganz ehrlich zu sein«, sagte Vincent, »ich würde mich außerhalb der Stadt wesentlich sicherer fühlen.«

Ned zögerte, ehe er antwortete, dann nickte er. »In Ordnung«, sagte er. »Du kannst hier bei mir bleiben, wenn du möchtest. Was Laffan betrifft, kann ich nichts sagen. Aber du nicht, Bob, und Hughie auch nicht. Ich brauche euch an Ort und Stelle, unten in Kilpeder, egal, wie hoch das Risiko für euch auch sein mag.«

»Darauf kannst du dich verlassen«, erwiderte Bob. »Hugh und ich, wir müssen unser tägliches Brot verdienen. Wir sind keine Gentlemen-Abenteurer wie ihr zwei.«

Und damit hatte er allerdings recht. In wenigen Stunden würde ich vor meinen kleinen Schurken stehen, die Fibel in der Hand, die Rute in Reichweite, um jegliche Erhebung der Knechte zu unterdrücken, während Bob sich seine adrette grau-weiß gestreifte Schürze um die Taille binden und sich um die Bedürfnisse von Tullys Kunden kümmern würde. Diese Vorstellung konnte das Gefühl von Unwirklichkeit, das mich gepackt hatte, nicht vertreiben. Ist es wahrscheinlich, fragte ich mich, daß Irland von Schulmeistern und Ladenschwengeln befreit werden wird? Oder von sturen, verwirrten Bauernburschen wie Pat Dunphy, oder von Junkerimitationen wie Vincent? Irgendwann, vielleicht in einem Jahrhundert, mochte der Anblick, den wir im Moment boten, einen hübschen Stahlstich ergeben, die Fenier von Kilpeder versammelt vor einer Hütte in den Bergen, mit Bächen und Hügeln im Hintergrund, ruhige Entschlossenheit prägt unsere Züge. Aber die simple Wahrheit war, daß Vincent nicht die Polizei fürchtete, sondern den Zorn Dennis Tullys, und wer hätte ihm das verdenken können? Ich selber stellte mir voller Verzweiflung vor, wie meine Mary Sergeant Honan die Tür öffnete und wie seine mit Karabinern bewaffneten Männer sich hinter ihm drängten.

Ein Blick auf Ned konnte diese böse Vorahnung jedoch weitgehend zerstreuen. Nicht nur, weil er fähig und entschlossen war, sondern auch, weil er zu uns als Sendbote der Organisation gekommen war, deren Netz sich über das ganze Land gelegt hatte und deren Zentren in Dublin und London und Manchester und New York saßen. Ich glaube, daß Ned in diesen Wochen für uns alle eine überlebensgroße Bedeutung hatte. Er verkörperte für uns das, was damals immer als »die Sache« bezeichnet wurde, ein Terminus, der heute altmodisch klingt, obwohl Politiker ihn immer noch lieben. »Die Sache, für die die Fenier in den Bergen gekämpft haben und gestorben sind«, erzählen sie uns, wenn sie unsere Stimme wollen – O'Brieniten und Redmonditen und Healyiten und all die anderen. Ich habe mich ihrer Werbung immer entzogen, obwohl ich kurze Zeit als einer der Kämpfer aus den Bergen, wie sie uns dann nannten, sehr gefragt war. Damals war alles ganz anders. Vielleicht lag es daran, daß wir jung waren.

»Nun, Captain Nolan«, sagte Bob, als wir uns von ihm und Vincent verabschiedeten. »Du kannst auf eine Nacht guter Arbeit zurückblicken. Wir haben einen guten Anfang gemacht.« Er griff nach Neds Hand. Die beiden standen einen Moment lang in dieser Position und blickten einander in die Augen. Sie hatten Verständigungsmöglichkeiten, die mich einfach ausschlossen.

»Grüß Kilpeder von mir«, trug Vincent mir auf. Er wirkte so munter wie eh und je. Es sah fast aus, als ob er beschlossen hätte, das Wochenende bei einem Freund zu verbringen, in der Hoffnung auf einen Morgen voller Jagdglück.

Als Bob und Pat und ich ein Stück die Boreen hinabgegangen waren, wandte ich den Kopf, um einen letzten Blick auf sie zu werfen. Vincent war nicht zu sehen. Vielleicht war er in die Hütte zurückgegangen, um sein neues Quartier zu inspizieren, Gott sei ihm gnädig. Ned stand halb von uns abgewandt da, eine schlaksige Krähe von einem Mann. Er schaute nach Norden, in Richtung Millstreet, bewegungslos wie eine Statue.

»Ein guter Anfang«, sagte ich zu Bob und zitierte damit seine eigenen Worte, die er zu Ned gesagt hatte.

»Hier«, erwiderte Bob. »Hier hat es gut angefangen. In Kilpeder.« Mehr sagte er nicht.

Bei der Kreuzung nach Killoughter verabschiedete sich Pat, um die fünf oder mehr Meilen zu seiner Farm zu Fuß zurückzulegen. »Wir sind jetzt für den festgesetzten Tag gerüstet, Bob, nicht wahr?« sagte er.

»Das sind wir wirklich«, antwortete Bob, »wenn wir erst einmal gelernt haben, wie wir mit diesen Donnerbüchsen und Pferdepistolen und tragbaren Kanonen umzugehen haben.«

Dunphy lachte, mit weit gespreizten Beinen, und stemmte die Hände auf seine kräftigen Hüftknochen. »Eins steht fest, Bob«, sagte er, »wenn alle Kolonnen solche Kommandanten haben wie Nolan, dann wird unser armes Land frei sein.«

Aber als wir beide dann unter uns waren, fragte ich Bob unverblümt: »Was ist los mit dir?« Jetzt war es klarer Morgen, helle, funkelnde Luft, der blaßblaue Himmel wurde nur von wenigen Wolken durchbrochen, die sehr hoch hingen und flauschig wie Watte waren.

»Gar nichts«, antwortete Bob, wandte seinen Blick von mir ab und ließ ihn über ebene Weiden zu einer Hütte in der Ferne schweifen. »Rein gar nichts, außer panischer Angst und bösen Vorahnungen.« Dann lachte er und drehte sich wieder zu mir um, um sich von der Wirkung seiner Worte zu überzeugen.

»Du zitterst nicht«, sagte ich zu ihm, »jedenfalls nicht so, daß es zu sehen wäre.«

»Das ist auch nicht meine Art«, erwiderte er, und das stimmte. »Er ist nicht so beschaffen wie wir anderen«, sagte er, »wie du und ich und Vincent. Er ist wie einer dieser Revolver, die jetzt bei Laffan liegen.«

Als Bob das sagte, befand ich mich wieder im Hinterzimmer meines Hauses, damals in der ersten Nacht, und Ned, der noch ein Fremder für mich war, hielt in der Hand den amerikanischen Revolver, wuchtig, aus dunklem Metall, mit seiner großen, mörderischen Mündung.

»Das brauchen wir«, sagte ich, und Bob nickte geistesabwesend.

»Aber sicher«, stimmte er zu, und wir wanderten eine Weile in geselligem, besorgtem Schweigen weiter. Aber seine Worte brachten andere Gefühle in mir zum Klingen, und sie versetzten dem hellen Morgen einen Dämpfer.

»Wir haben ein faire Chance«, sagte Bob, eher zu sich selber als zu mir. »Und auf mehr haben wir nie gehofft, eine faire Chance.« In Wahrheit hatten wir jedoch auf sehr viel mehr gehofft. Vor zwei Jahren, an einem milden Nachmittag im März, als wir nach Cork gereist waren, um den Eid abzulegen, war viel von Männern und Gewehren und Gold die Rede gewesen, die aus Amerika zu uns herüberströmen würden, wenn der große Krieg dort drüben erst einmal vorbei war. Und noch letztes Jahr hatten die loyalistischen Zeitungen sich in die Panik hineingesteigert, die Waffen könnten schon in Irland sein, zusammen mit Tausenden von Soldaten, während die Agenten der Fenier die Moral unserer irischen Jungen in den britischen Regimenten zersetzten. Eine der großen illustrierten Zeitungen Londons hatte eine ganze Seite für einen phantasievollen Stich reserviert, auf dem ein Dampfschiff in einer wilden, einsamen Bucht im Westen beidrehte; schwarze Sturmwolken hingen am Horizont, und massive, unheilschwangere Berge drängten bis an den Strand vor. Boote ruderten zum Schiff hinaus, um die geölten und in riesige, sarggroße Kästen verpackten Gewehre zu übernehmen. Und das alles war so sehr geschrumpft, daß es in Laffans Hütte paßte, geschrumpft zu Neds Abteilungen, die eine Armladung von Entenflinten durch die weite, sternlose Nacht trugen, während schwache Laternen ihnen den Weg wiesen.

Nun aber war Tageslicht, der Duft nassen Grases hing in der Luft, und Bob und ich konnten der ganzen Welt als zwei müßige junge Burschen erscheinen, die über die Landstraße nach Kilpeder gingen. Die Straße ist immer noch vorhanden, natürlich, warum auch nicht, und in späteren Jahren bin ich sie oft gegangen und habe mir diesen Morgen in Erinnerung gerufen. Die Straße ist noch vorhanden, die Weiden, die schwarz grauen Zäune und entweder noch dieselben Hütten oder ihre Nachfolgerinnen. Es ist die Vergangenheit, die verschwunden ist, meine eigene Vergangenheit und die des Landes.

Es gibt Menschen, die die Ereignisse, zu denen wir noch kommen werden, als »glorreichen Mißerfolg« bezeichnet haben und sie in die rosagetönten Nebel der Sage hüllen, hinter denen die sich bewegenden Gestalten nur vage erahnt werden können. Und es gibt andere, die sich darüber lustig machen und die uns, die in Limerick und Tipperary und West Cork losgezogen sind, als unwissende und unbesonnene Leute schmähen, betrogen von gefühllosen und halbbetrunkenen Abenteurern, betrogen wie die Dienstmädchen in New York und die Hafenarbeiter von Liverpool, wenn sie ihre verdreckten und zusammengefalteten Dollarscheine spendeten, ihre verschmierten Schillinge, damit die Fenierführer sicher und angenehm im Hotel ihrer Wahl logieren konnten. Gelehrte und vernünftige Historiker werden uns zweifellos eines Tages in einer bis jetzt noch unvorstellbaren Perspektive sehen, schwarze Ameisen allesamt, die durch das Säulengebälk der Geschichte krabbeln – Fenier und Polizisten und Soldaten und Großgrundbesitzer und Landarbeiter.

Nur einmal, und dann nur für einige Wochen, hat mein Leben das Leben der Geschichte gestreift. Für Ned Nolan und Bob Delaney war es anders. Sie waren gezeichnete Männer: Die Geschichte hatte sie in Besitz genommen. Aber ich sollte in die Geschichte hinein- und dann wieder herausgetrieben werden, ein Mann, geschaffen für die Obskurität, so wie andere für große Unternehmungen geschaffen sind. Sind meine unbedeutenden Erinnerungen nicht der Beweis dafür? Ich erinnere mich an Bob und mich auf unserer Morgenwanderung nach Kilpeder, an die Luft, die sich unter der aufgehenden Sonne erwärmte, an den Straßenstaub, an vereinzelte Schlüsselblumen am Straßenrand, an die Türme der Stadt in der Ferne, und an die silberhelle Sullane. Bobs Laune besserte sich, als wir uns der Stadt näherten, obwohl er immer noch besorgt war, und er fing an zu pfeifen, eine Melodie, die ich nicht wiedererkannte. Es konnte jede von den vielen klagenden, quälenden Melodien sein, die wir Städter mit den irischsprachigen abgelegenen Gegenden der Boggeraghs identifizierten, Melodien, die auf der Fiedel gekratzt oder von der unbegleiteten Stimme vorgetragen werden. Solche Melodien, selbst wenn sie munter oder temperamentvoll sind, haben doch immer auch die Einsamkeit von Mooren und farnbewachsenen Hügeln, eine reizvolle und anziehende Melancholie.

Endlich hatten wir die letzte Straßenkreuzung vor der Stadt erreicht, die sich auf einer leichten Anhöhe befindet, und zwischen uns und dem Marktplatz lag nur noch ein Spaziergang von zwanzig Minuten. Wir blieben stehen, Bob wandte sich zu mir um und zitierte Tom Moore falsch, den Favoriten unserer Donnerstagabende, wenn wir um das Klavier standen, Bob und Vincent und ich selber, während Mary vor dem Instrument saß und ihre Hände über die Tasten flogen und Kerzen zu ihren beiden Seiten sanft leuchteten. »The Valley lay smiling before us«, sagte Bob und lächelte mich an, als ob er meine Erinnerung teilte, die Noten der Melodie und das flackernde Kerzenlicht miteinander verflochten, und unsere Stimmen hielten uns in Freundschaft verbunden. Von unserem Standpunkt aus konnte ich unser Haus sehen, warm und lockend, weit weg von Laffans einsamem Berghang und der Arbeit der Nacht, die hinter uns lag. Es war jedoch die

Arbeit dieser Nacht, die in der Erinnerung weiterleben sollte, in der Baronie und weit über ihre Grenzen hinaus, da die menschliche Natur nun einmal so ist, wie sie eben ist.

In search of arms he sallied forth, brave Dunphy at his side,
»Rise up, rise up, ye Fenian men, defeat we'll not abide.
With weighty lead and dauntless steal, we'll face them as we should.«
Thus Nolan bold, 'neath green and gold, marched towards Clonbrony Wood.

So ist es zweifellos mit den Annalen aller Nationen. Schulmeister und Ladengehilfen und Krautjunker in ihren Westen mit Zweigmuster sind kein Stoff für Balladen, anders als die Revolverhelden, die auftauchen und wieder verschwinden, und die gutherzigen jungen Burschen, die am Ende des Gefechtes auf dem harten Boden liegen und den Schnee mit ihrem Blut beflecken.

7

[Patrick Prentiss]

Eines Sommernachmittags, als Patrick Prentiss sein Manuskript und die Anhäufung von Notizbüchern und Aufzeichnungen, aus denen er dieses zusammenbaute, für einige Tage beiseite gelegt hatte, schwebte unaufgefordert eine Erinnerung vor sein geistiges Auge.

Er verbrachte eine Woche bei seinem alten Kommilitonen Dick Leese in einem Dorf in North Devon, einige Meilen von Taunton entfernt, einem Dorf, das so zahm und gemütlich war wie ein viktorianischer Bilderbogen: Kirche, Pfarrhaus, Gasthaus, Kolonialwarenladen, Tuchhändler, alles hintereinander an einer sanft geschwungenen Landstraße gelegen. Sein Freund und die meisten der Nachbarn seines Freundes hielten Bienen, und in der schläfrigen Nachmittagssonne verschmolz ihr Summen in seiner Wahrnehmung mit dem Duft von Klee und jungem Gras. Kilpeder, mit seinem schäbigen Marktplatz und seinen schroffen Hügeln, schien so weit entfernt wie die Pole. Leeses Garten endete hinter dichtbelaubten Dornsträuchern an einem Bach, an dem ein sandiger Fußweg entlangführte. Eine Viertelmeile bachabwärts erhob sich eine kleine Brücke, bucklig, aber doch elegant, über dem Wasser. Er ging immer eine Stunde vor dem Tee dorthin, eine Stunde schwer von Klang und Geruch, von der Schwere einer sicheren und gesetzten Welt, und der viereckige Kirchturm war über den breiten Kronen der Ulmen gerade noch zu sehen.

An diesem Tag machte eine Erinnerung ihm zu schaffen, sanft und ohne Grund. Es war Sommer, er war aus der Schule nach Hause gekommen, er stand im Arbeitszimmer seines Vaters in Palmerston Park. Sein Vater saß, mit dem Rücken zum Fenster, hinter seinem riesigen Schreibtisch und machte sich Notizen mit seiner ruhigen Hand, die er regelmäßig hob, um die Feder ins Tintenfaß zu tunken. Seine andere Hand ruhte flach auf dem Schreibtisch, er strich sich jedoch damit von Zeit zu Zeit über den glatten, seidigen, inzwischen graugesprenkelten Bart. Auf der anderen Seite des Zimmers beim kalten Kamin saß Patrick auf dem Boden, mit dem Rücken an einen Stuhl gelehnt. Er war sehr still. Das war ihr Brauch, akzeptiert durch einen ungeschriebenen Vertrag. Er war willkommen in diesem Arbeitszimmer; seinem Vater gefiel es, wenn er dort war, und er blickte Patrick ab und zu an und lächelte. Aber Patrick durfte nichts sagen, erst wenn sein Vater seufzte, sich streckte und die Feder wieder in ihr Gestell setzte. Patrick hatte die Bücher zur Gesellschaft, Reihe um Reihe, die höchsten Regalfächer waren für ihn unerreichbar, während die besten Bücher dicht am Boden standen, hohe Folianten, die Reisen in die Levante, zum Amazonas, nach China schilderten und reich illustriert waren. An dem Nachmittag, an den er sich jetzt erinnerte, hatte er neben sich einen alten, gebundenen Jahrgang der *Illustrated London News* liegen, ein riesiges, in lila Steifleinen gebundenes Buch, auf dessen Einband, goldgestanzt, die Königin saß, einen langen, blattbewachsenen Zweig in jeder Hand, unter einem Halbkreis aus sieben Kronen. Er nahm jedenfalls an, daß es sich um die Königin handelte. Er traute sich nicht zu fragen.

Es war, wie er später begreifen sollte, Parnells Sommer, im Oktober würde Parnell tot sein. Aber während des ganzen Sommers kehrte er Woche für Woche nach Irland zurück, in seinem wilden, verzweifelten Kampf um die Wiedereroberung der Sache, die er einst beherrscht hatte, und sprach auf schäbigen Podien, bei tropfendem Fackellicht, geschützt von seiner Leibwache aus schlagkräftigen Feniern, vor feindseligen Zuhörern; Hohngeschrei, Lehmklumpen wurden aufs Podium geschleudert, auf den großen wütenden Redner mit seinem ungekämmten Bart, seiner vom Schreien heiseren Stimme. Das ganze Melodrama, von dem Prentiss später erfuhr. Aber es sickerte, wie der Rauch des im Herbst verbrannten Laubes, in das Haus im Palmerston Park, beim Essen oder bisweilen beim ersten Frühstück, wenn Kollegen seines Vaters vorbeischauten, ehe sie sich alle auf den Weg zum Gericht machten.

»Er ist verrückt geworden«, sagte sein Vater eines Morgens – und in jenem Sommer war mit diesem Pronomen immer Parnell gemeint. »Ich meine das im wahrsten Sinne des Wortes. In seiner Familie hat es immer Irrsinn gegeben. Die Partei zu zerreißen, das Land zu zerreißen. Und wer wird davon profitieren? Die Tories, natürlich. Die Großgrundbesitzer und die Londoner Bankiers.

Wir haben ihn gemacht, bei Gott, und wenn es nötig ist, dann können wir ihm beweisen, daß wir ihn auch wieder zerstören können. Unsere eigene Schuld – zehn Jahre lang haben wir ihn wie eine Art ungekrönten König behandelt.«

»Nun ja«, sagte ein Freund eines Morgens und hielt dem Dienstmädchen seine leere Tasse hin. »Jetzt hat er ja eine ungekrönte Königin, die ihn trösten kann.« Aber Patricks Vater hatte, ohne zu lächeln, warnend zu dem lauschenden Jungen hinübergenickt.

Die Welt lag in diesem lila Steifleinen-Folianten vor ihm – ein großes Schiff lief in New York vom Stapel, das italienische Abgeordnetenhaus, die Seychellen, der Kristallpalast in London nach einem heftigen Schneesturm, schwere weite Schneedecken verbargen Glas und Eisen, Kaiser und Kaiserin von Frankreich in den Tuilerien, der Kaiser in Uniform und mit Spitzbart, die Kaiserin in enggeschnürter Krinoline mit einem Diadem im Haar. Jetzt, ein Vierteljahrhundert später, war Frankreich kein Kaiserreich mehr. Napoleon III. war tot, und seine Kaiserin wurde alt, irgendwo in England. Die Seiten drohten sich aufzulösen, als Prentiss eine nach der anderen umblätterte. Plötzlich lag das Vertraute vor ihm, bescheiden und verwirrend.

Eine ganze Seite war einem Dorf gewidmet, das wie jedes Dorf in Irland aussah, bedeutungslos in seiner Vertrautheit. Eine ungepflasterte Straße, daneben eine zerbröckelnde Mauer, hinter der Mauer eine viereckige Kaserne, neben der Kaserne zwanzig Mann in schwarzen Umhängen, Gewehre an die Schultern gelehnt, lässige Haltung. Ein Uniformierter, an dessen Seite ein Schwert baumelte, sprach mit Zivilisten mit Zylinderhüten. Auf der anderen Seite der Straße hatten sich auf einem Feld Bauern versammelt und starrten zur Kaserne herüber, die Frauen barfuß und in ihre Schals gehüllt, die Männer in verschlissenen Hosen, zerbeulten Hüten, einer von ihnen hielt eine Tonpfeife zwischen seinen zusammengekniffenen Lippen. In der Ferne zog sich die Straße an Hausfassaden, einem Kirchturm und, sehr weit weg, einer Zeile elender Hütten vorbei. Vor dem grauen Himmel hier und da ein Vogel – jeder dargestellt mit zwei raschen, doppelt gebogenen Strichen. Das war alles. Neben einer der Hütten die zusammengekauerte Figur einer Frau, undeutlich zu erkennen. »Die Polizeistation von Kilpeder«, stand unter dem Bild. »Schauplatz eines Angriffes der bewaffneten Fenier am 6. März. Die Schlacht, die hier ihren Anfang nahm, endete in derselben Nacht im nahegelegenen Clonbrony Wood.«

Er erinnerte sich plötzlich, daß er seinen Vater gefragt hatte: »Was war die Schlacht von Kilpeder?« Sein Vater hatte gedankenverloren aufgeblickt, sich seine Antwort gut überlegt und dann gesagt: »Kilpeder? In Irland? Es gibt ein Kilpeder in Cork, an der Straße nach Killarney. Einen Marktflecken. Unter den Tudors kann es da eine Schlacht gegeben haben. Vielleicht während der Desmond-Rebellion.«

»Nein«, widersprach Patrick. »Hier ist ein Bild von Kilpeder in den *Illustrated News*. Kilpeder und Clonbrony Wood.«

Sein Vater legte seine Feder beiseite und sah Prentiss an, zwei weiße Hände ruhten auf dem Schreibtisch. »Gott schütze uns, Junge. Clonbrony Wood. Zeig es mir mal!« Es war gar nicht so leicht, das schwere Buch hinüberzutragen. »Leg es hierhier, Patrick«, sagte sein Vater dann. »Kümmer dich nicht um die Papiere; denen passiert schon nichts.«

Prentiss beugte sich über das vor ihnen geöffnete Buch, und Vater und Sohn betrachteten den Stich. Durch einen perspektivischen Trick schienen sie zusammen auf der Straße zu stehen, wo auch der Künstler gestanden hatte, und zu Kaserne, Polizisten, Bauern hinüberzublicken. Daran erinnerte er sich nun am besten.

»Ich war im Trinity«, sagte sein Vater. »Ich war ein paar Jahre älter als du jetzt. Der Aufstand der Fenier – ich erinnere mich an jene Tage. Ballyknockane, Clonbrony Wood, Tallaght. Der Fenier-Schnee, Schießereien unten in Munster, in unseren eigenen Hügeln – hier, in der Nähe von Dublin. Und dann schien alles einfach zu ersterben. Aber das Jahr war noch nicht vorbei, als alles uns wieder ins Gedächtnis gerufen wurde. In Manchester wurde der Gefängniswagen überfallen und Colonel Kelly gerettet. Allen und Larkin und O'Brien wurden öffentlich aufgehängt, während ein betrunkener englischer Mob sie verspottete. Clonbrony Wood. Ich habe vielleicht genau diesen Stich damals gesehen. Als junger Mann im Trinity.«

Der junge Prentiss konnte sich seinen Vater nicht als Studenten vorstellen. Sein Vater war doch immer in Autorität gekleidet, in elegantes, ebenholzschwarzes Kammgarn, in weichen, dicken Tweed.

»Gott segne sie alle«, sagte sein Vater. »›They rose in dark and evil days.‹ Hast du dieses Lied je gehört?«

Prentiss schüttelte den Kopf.

»Bei Clonbrony Wood waren Jungen dabei, die nicht älter waren als ich«, erzählte sein Vater. »Und wem, um Himmels willen, haben sie gedient? Der Eitelkeit von James Stephens und der Habgier von Yankee-Abenteurern. Ihre erbärmliche Organisation, durchsetzt mit Denunzianten und Scharlatanen. Diese armen Burschen, die gekämpft haben, mußten den Preis bezahlen. Weißt du, wo der größte Aufmarsch stattgefunden hat, Patrick? Hier, in den Bergen außerhalb Dublins. Tallaght, Glencullen, Stepaside. Tapfere Männer. Irregeleitet, aber tapfer.«

Prentiss konnte diese unzusammenhängende Rede nicht begreifen. Sein Vater hatte etwas von einem Universitätsdozenten, der den Beruf verfehlt hatte. Er hielt gerne Vorlesungen, rollte die Vergangenheit auf, am Mittagstisch oder bei langen sonntäglichen Spaziergängen in den Bergen, wo einst ein großer Aufmarsch stattgefunden hatte. Einmal, während einer Wanderung über Scalp, zwischen hohen, kahlen Felsbrocken und kargen Mooren, hatte sein Vater ihm Napoleons gesamte Karriere dargelegt, vom hageren, hungrigen Leutnant bis zum ruinierten fetten, weinerlichen Verbannten von St. Helena. Aber nun dozierte er nicht, und seine Rede war abgehackt und beschwert von Gefühlen, die Prentiss nicht verstehen konnte.

»Du kennst doch F. X. O'Brien, nicht wahr, Patrick?« fragte sein Vater. »Er ist oft hier gewesen. F. X. war einer von ihnen. Einer von den Feniern von Cork. Er war nicht in Clonbrony Wood, aber er war in Cork, hat dort gekämpft. Für ihn hatten sie sich ein besonderes Schicksal ausgedacht. Gehenkt, gestreckt und gevierteilt, so lautete das Urteil. Er war der letzte, über den das Britische Gesetz jemals dieses Urteil verhängt hat. Das Urteil, das am armen Emmet vollstreckt wurde, hier in unserem Dublin. Aber sie haben sich nicht getraut, es durchzuführen. Ist dir jemals Mr. O'Briens Hand aufgefallen? Daß er nur eine Hand benutzen kann? Die andere ist verkrüppelt, und er kann die Finger nicht voneinander lösen. Das haben sie ihm im Gefängnis angetan.«

Aber Prentiss war O'Briens Hand nie aufgefallen. Er erinnerte sich an einen Mann, der uralt wirkte, mit einem langen, dünnen Bart, der über seine Weste floß, onkelhaft und öde.

»Es gibt noch einen Mann«, sagte sein Vater plötzlich viel lebhafter, »einen Mann, der zweimal in diesem Haus gegessen hat. Nein, vielleicht dreimal. Deine Mutter müßte das noch wissen.

Jedenfalls war er dort, genau dort, in Kilpeder und Clonbrony Wood. Wurde vor Gericht gestellt. Bob Delaney.« Sein Vater tippte die brüchige Seite mit dem Zeigefinger an, als ob er wütend darüber sei, daß der Künstler Delaney nicht mitgezeichnet hatte, vielleicht neben dem Offizier und den Herren mit den Zylinderhüten. Aber Delaney konnte bei dieser Szene nicht zugegen gewesen sein, die doch zweifellos das Nachspiel der Schlacht darstellt, oder wohl eher des Handgemenges, wenn man vom Bild auf die Ereignisse schließen konnte, unverständlich und unrühmlich. Schlachten wurden auf weiten, windigen Ebenen ausgefochten, Kavallerie und Reihen von marschierender Infanterie rückten vor, gestochener Dampf umgab wie ein Kreis die Kanonen.

»Er war dabei«, wiederholte sein Vater. »Einer der Helden von Clonbrony Wood, wie sie später genannt wurden. Hat ihm durchaus nicht geschadet, als er Jahre später fürs Parlament kandidiert hat. Ganz im Gegenteil. Erinnerst du dich an Mr. Delaney, Patrick – ein lebhafter, gutaussehender, glattrasierter Mann?«

Aber Patrick erinnerte sich nicht. Er hätte sich ohne den Weihnachtsmannbart auch nicht an F. X. O'Brien erinnert. Es hatte immer viel zu viel Gäste gegeben, als daß er sich an alle hätte erinnern können – Parlamentsmitglieder, Anwälte, Land-League-Agenten, Richter, ein paar Mandanten. Sie waren verschwommene Gesichter über weißem Leinen.

In einer denkwürdigen Nacht vor vielen Jahren, lange nach dem Essen, als die Männer über Kaffee und Brandy saßen, war seine Mutter zu ihm herauf auf sein Zimmer gekommen, wo er halbwach im Bett lag. »Zieh Morgenrock und Pantoffeln an, Patrick. Mr. Parnell ist hier, und Vater möchte, daß du ihn begrüßt.« Keine schwarze Wolle, kein schwarzes Leinen, sondern grober Tweed, als ob er gerade von der Jagd zurückkäme, eine gestrickte Weste, kastanienbraune Haare und Bart. »Ein feiner Junge«, sagte er zu Patricks Mutter, zerstreut, mit einem Nicken. »Ein feiner kleiner Mann.« Er nickte wieder, und ein verlegenes Schweigen folgte.

»Ich habe ihn nur für einen Moment heruntergeholt«, erklärte Patricks Mutter. »Er schläft ja schon halb.«

»Und lassen Sie ihn schon Jura studieren, Prentiss?« fragte Parnell seinen Vater. »Ein junger Anwalt?«

»Alles zu seiner Zeit«, antwortete Patricks Vater. »Nur nichts überstürzen. Er gehört jetzt wohl wieder ins Bett, Ellen. Er wird sich an diese Nacht erinnern, in der er Mr. Parnell begegnet ist.«

In der Tür verrenkte Prentiss seinen Hals, um zurück zum Tisch blicken zu können. Parnell griff nach einem der Äpfel in der ovalen Silberschale.

»Er ist der ungekrönte König«, erklärte ihm seine Mutter oben auf dem Treppenabsatz, ihre Hand ruhte auf der geschnitzten Ananas aus schwarzem Walnußholz. »Es gibt ein Lied, in dem er so genannt wird. Die Mädchen in der Küche kennen es alle. Ein gutaussehender Mann, Patrick, er sieht fast so gut aus wie dein Vater.«

Katey kannte das Lied. Am nächsten Morgen sang sie ihm Bruchstücke daraus vor, als sie den Brotteig knetete, während das Mehl wie Puder ihre aufgekrempelten Ärmel bestäubte. »›For the uncrowned King of Ireland lies in Kilmainham Gaol.‹« Aber was konnte ein Gast am Tisch seines Vaters mit Gefängnissen und Kerkern zu tun haben? Patrick versuchte, sich Parnell in einer Gefängniszelle vorzustellen, ausgestreckt auf dem Stroh, die Zelle in tiefem Schatten liegend, Handfesseln und schwere Ketten an den feuchten Wänden befestigt, Ringe und Bolzen aus dunklem Eisen. »Was kannst du denn sonst von denen erwarten?« fragte Katey und knallte den gekneteten Teig auf den Tisch. »Robert Emmet war ein Gentleman, und Lord Edward Fitzgerald war ein Lord. Kerker und Tod warteten auf sie, und sie warten auch wieder auf Mr. Parnell.« Auf den sonntäglichen Spazierfahrten in den Phoenix Park kamen sie am Kilmainham-Gefängnis vorbei, das gegenüber der Parkeinfahrt lag, graue, massive Steine, hohe abwehrende Mauern, bedeckt von wütenden Glasscherben, bewaffnete Wachtposten an den düsteren Toren.

Aber damals war Prentiss ein Junge gewesen, nicht der junge Gelehrte aus Clongowes Woods, der im Licht der grünen Lampenglocke neben dem Schreibtisch seines Vaters im Arbeitszimmer stand.

»Nein«, sagte er. »Ich kann mich nicht an Mr. Delaney erinnern.«

»Schade«, erwiderte sein Vater trocken. »Er wird so bald wohl nicht mehr bei uns essen. Mr. Delaney hat sich dafür entschieden, Mr. Parnell in die Wüste zu folgen.«

Nun, in der Gegenwart, in der Prentiss und sein Vater sich im

Arbeitszimmer unterhielten, hatte sich alles geändert. Parnell war nicht mehr der ungekrönte König. Er war auch im Souterrain nicht mehr Kateys Held, denn in Palmerston Park war die Politik monolithisch. »Da war ein Tropfen schlechtes Blut«, sagte sie rätselhaft. »Irgendwo war da ein Tropfen schlechtes Blut.« In der Dubliner Innenstadt, auf der breiten Sackville Street, hinter der riesigen Statue von Daniel O'Connell, dem Befreier, kam es zu Handgemengen zwischen den beiden Parteien, denen, die trotz allem Parnell unterstützten, und seinen Gegnern. Hüte wurden mit Holzstangen heruntergeschlagen, und die berittene Dubliner Polizei ritt hin und her, brüllte, beugte sich von den Pferden und schwang ihre langen, bleiverstärkten Knüppel, um Ordnung zu halten. Einmal hatten, zur Teezeit, Prentiss und seine Mutter so einem Handgemenge von den hohen Fenstern des Imperial Hotel, gegenüber den weißen Säulen des Hauptpostamtes, zugesehen. Sie und die anderen Gäste hatten entsetzt und fasziniert an den Fenstern gestanden, während die beiden Menschenmengen um Lord Nelson auf seiner hohen Säule wogten, auf die seine großen Siege an den vier Seiten des Sockels eingemeißelt waren, Trafalgar und die anderen. »Da haben Sie's«, hatte eine der anderen Damen zu seiner Mutter gesagt, »das Land hat sich in das reine Tollhaus verwandelt.« Seine Mutter hatte nicht geantwortet, und als Prentiss sich zu ihr umgedreht hatte, hatte er gesehen, wie sie sich auf ihre vollen Lippen biß und daß ihr die Tränen in den Augen standen.

»Für diese Burschen war es viel einfacher«, sagte sein Vater. Er strich mit der flachen Hand über die *Illustrated London News*. Er blätterte die großen, breiten Seiten um.

»Da«, meinte er dann, als er eine weitere Seite umgeschlagen hatte, »das war die Schlacht hier bei uns, in Tallaght.« Das Bild der Schlacht bedeckte die ganze Seite. Unter einem Winterhimmel zielte und feuerte eine Reihe von Soldaten, oder vielleicht von Polizisten. Hinter ihnen, schemenhaft und vage, hinter dunklen Gebäuden und blattlosen Bäumen, war ihr Ziel eine undeutliche Masse. Und in der Ferne, tief über einem nahen Horizont, waren die Dublin Mountains zu sehen. »Das war der große Aufmarsch der Fenier«, sagte sein Vater. »In Tallaght.« Tallaght war nicht weit von ihnen entfernt, eine kurze Fahrt von Palmerston Park brachte sie in die sanft abfallenden Vorhügel, in das Dorf mit seinen Vorstadtvillen. »Die Irish Constabulary, so hießen sie damals«, erzählte sein Vater weiter. »Die Königin hat ihnen als Belohnung für ihre Dienste im Kampf gegen die Fenier das königliche Adjektiv verliehen. The Royal Irish Constabulary. Sie haben die Fenier niedergeschlagen, nicht die Armee.« In der nächsten Nummer der *Illustrated News* gab es noch einen ganzseitigen Stich.

»Gefangene Fenier werden in Dublin auf dem Weg zum Mountjoy-Gefängnis aus dem Lower Castle geführt.« Eine schöne Wiedergabe vom Dublin Castle, von dem alten, zinnenbewehrten Turm und der Kapelle. Der Hof war übersät von Kavallerie und Infanterie; dahinter befand sich eine Menge gaffender Zuschauer mit gereckten Hälsen. In der Mitte, fast nicht zu sehen, und zu beiden Seiten durch Doppelreihen von Soldaten mit aufgepflanztem Bajonett bewacht, stand eine Menge grobgekleideter Männer, die aus Trotz oder Scham ihre Köpfe gesenkt hatten.

»In der Tat«, sagte sein Vater. »So ist das damals gewesen.« Geistesabwesend klappte er das Buch wieder zu. Auf dem lila Hintergrund regierte die siebenfach gekrönte goldene Königin über die Ereignisse der Welt. Die Vergangenheit war wieder in brüchige Seiten eingesperrt, um neben die gebundenen Jahrgänge von *Punch* zurückgestellt zu werden. Allerdings nicht endgültig. Denn an den Tisch im Palmerston Park war der weißbärtige O'Brien getreten, der zum Hängen, Strecken und Vierteilen verurteilt worden war, und Delaney, an den Prentiss sich nicht erinnern konnte, dem seines Vaters Worte jetzt jedoch einen düsteren Glanz verliehen hatten, ein Anhänger Parnells, dieses gefallenen Luzifers.

»Es war alles hoffnungslos, weißt du, Patrick« sagte sein Vater. »Vereinzelte Aufstände, Schießereien, einige Tote. Wie der Aufstand des armen Emmet ein halbes Jahrhundert zuvor. Als alles vorbei war und die armen Teufel tot waren oder auf ihren Prozeß warteten, kam ein mit Waffen beladenes Schiff aus den USA an. Und das ausgerechnet in Sligo. Das Kriegsschiff der Fenier wurde es genannt. Seltsam, daß die *Illustrated News* kein Bild davon hatten.« Normalerweise machte sein Vater sich bald wieder an die Arbeit, um Prentiss zu verstehen zu geben, daß das Gespräch beendet war. Nun jedoch wirkte er zerstreut.

Das Sonnenlicht des Sommernachmittags fiel durch einen Spalt zwischen den zugezogenen Vorhängen ins Zimmer. Bald würden sie in die Ferien fahren, sein Vater, seine Mutter, er selber und

Elizabeth, seine Schwester. Dieses Jahr sollte es nach Italien gehen, ein Land, das außer seiner Mutter niemand von ihnen bisher besucht hatte. Als junges, eben erst aus der Nonnenschule entlassenes Mädchen war sie mit ihren eigenen Eltern dort gewesen und hatte Erinnerungen an enge, steile Straßen, kühle, schattige Kirchen und die unermeßliche Weite des Petersdoms zurückgebracht.

»Sie mußten entsetzlich leiden im Gefängnis«, erzählte sein Vater. »Die Engländer haben sie barbarisch mißhandelt. Als junger Jurist war ich beim Amnestie-Komitee. Ich erinnere mich an die ersten Entlassungen – O'Leary, Luby, Devoy.« Er sah, daß Prentiss ihn scharf musterte und lächelte. »Wir sind ein seltsames Volk, Patrick. Kein Wunder, daß die Engländer uns nicht verstehen können.« Er nahm seine Feder auf, berührte ihre Spitze mit dem Zeigefinger und tauchte sie dann in sein elegantes Tintenfaß aus Messing und Malachit. »Tapfere Männer«, sagte er. »Tapfere, unwissende Männer.« Dann senkte er seinen Löwenkopf wieder über die Arbeit.

Die Hitze des Sommers von Devon war fast greifbar, eine dicke Decke aus unbeweglicher Luft. Kirche, Brücke, Bach, Pfad, die bewegungslosen Farne, wie elegante tiefgrüne Stickereien, das Summen der Bienen, das der schweren Luft eine Stimme zu geben schien, das alles erzählte ihm von einer geordneten Welt, einer geordneten Geschichte. Dieser Anblick mit seiner salbungsvollen Harmonie mißbilligte den zerrissenen Bericht, den er zusammenzustückeln versucht hatte. Bald würde in Dick Leeses Pfarrhaus der Tee warten, in diskreter Entfernung von der Kirche im Garten aufgetragen, in der Nähe der Beete mit den roten und rosa Rosen, und die Hände der jungen Eleanor Leese würden wie weiße Vögel über die Tassen huschen. Die Fenstertüren, die vom Arbeitszimmer in den Garten führten, würden weit aufgerissen sein, und im dunkler werdenden Zimmer würden die Bücherregale im Schatten liegen. Die Kirchenväter und die neuen Romane aus Paris standen dort nebeneinander. Die Kirche selber stammte aus dem fünfzehnten Jahrhundert, aber Dick konnte ihre Geschichte bereits aus dem Ärmel schütteln: die Namen ihrer Erbauer, der Edwardianischen Reformer, die Statuen und Altarbilder entfernt hatten, Heilige aus Stein und Gips, blau angemalt und vergoldet, die wild durcheinander neben den Gittern gelegen hatten, die lange Schläfrigkeit des 18. Jahrhunderts mit seinen trinkfesten, rotgesichtigen Pastoren, der Fast-Skandal eines Ritualisten aus der Oxford-Bewegung um 1850, Mrs. James in den 80er Jahren, die farbenfrohe indische Schals getragen hatte und verrückt geworden war, ihr gelehrter Ehemann, der seine Geschichte der Pfarre niemals vollendet hatte. In England war die Geschichte eine gütige Meereskreatur mit trägen, besonnenen Bewegungen, deren Umfang sich Schicht um Schicht ausdehnte, ein schillernder Panzer. Irische Geschichte, seine eigene Geschichte, bestand aus Scherben, Fragmenten, den zusammengestürzten Steinen zerstörter Abteien, Burgen. Hier bestand kein Bedarf an Mr. James' unvollendeter Chronik der Pfarre, sie blühte in den gepflegten Gärten, sie flüsterte in der kühlen grauen Stille der Kirche, deren Gottesdienst Prentiss an diesem Sonntag besucht hatte, ein verkleideter Papist, der der Predigt seines Oxforder Freundes lauschte, einem milden einschläfernden Kommentar zu einer Bibelstelle. Prentiss saß inmitten der Gemeinde, Grundbesitzern, Anwälten und Ärzten, wohlhabenden Farmern, Dienstboten.

Nun, auf dem Rückweg, wandte Prentiss sich vom Bach ab, kehrte Brücke und Kirchturm den Rücken. Der Duft der Rosen war jetzt stärker geworden, und im Garten erwartete ihn, wie er gedacht hatte, sein Freund, in einer abgetragenen Jacke aus leichtem, hellgrauem Tweed, mit rundem, massivem Kopf und Gesichtszügen, die schon auf den ersten Blick zuversichtlich, interessiert, freundlich gewirkt hatten. Er war ein Teil dieser Welt, was Prentiss selber niemals sein könnte, trotz New College, seinem Club in London, seiner Wohnung beim Embankment.

»Mir kommt das immer noch diffus vor, das muß ich zugeben«, sagte Leese. »Eine formlose Farce.« Geschickt schnitt er ein Muffin durch und bestrich die eine Hälfte mit einem Löffel von Eleanors Erdbeermarmelade. »Bauern und Ladenschwengel stehen auf in einer Handvoll von Städten. Auf Befehl einer Verbrecherbande aus New York, die sich die Taschen mit jämmerlichen halben Dollars von Dienstmädchen und Eisenbahnarbeitern vollstopfen. Denunzianten und Scharlatane. Wenn du unbedingt eine Rebellion willst, warum nimmst du dann nicht eine richtige? Versuch's mal mit der von Tyrone – ›dem entsetzlichsten Rebell, der sich je wider sein Königreich erhoben‹, wie Elizabeth ihn genannt hat.«

Aber Prentiss erinnerte sich an Kilpeder und Macroom, verdreckte strohgedeckte Hütten, schlammige Straßen.

»Diese Bauern und Ladenschwengel«, sagte er. »Warum haben

sie zu den Waffen gegriffen, Dick? Ich weiß es selber nicht. Noch nicht. Sie wußten, was sie riskierten, weißt du. Und sie haben diesen Preis bezahlt, einen entsetzlichen Preis. Einige von ihnen haben im Gefängnis den Verstand verloren.«

»Haben sie das wirklich?« fragte Leese. »Den Preis gekannt? Hier ist das Land der Monmouth-Rebellion, weißt du. Genau hier. Verwirrte Bauern, die diesem törichten jungen Mann als ›König Monmouth‹ gehuldigt haben. Jeffrey hat drüben in Dorchester Gericht über sie gesessen, Schübe von ihnen in Kitteln und zerfetzten Hosen. Die Schurken, die sie aufgestachelt hatten, wußten, was sie taten – Shaftesbury und die anderen. Sie wollten Macht. Aber die Bauern glaubten... was? Daß sie ihre wahre Religion gegen Papisten wie dich verteidigten, vielleicht. Was sie vor Gericht und unter dem Galgen gesagt haben, ist nicht vollständig aufgezeichnet worden. Elende Analphabeten, die Gott um Vergebung anflehten.«

»Die Fenier haben nicht gefleht«, sagte Prentiss. »Sie haben weder Gott noch Queen Victoria um Verzeihung gebeten.«

An einem Galgen in Manchester fand eine dreifache Hinrichtung statt: O'Brien, Larkin und Allen hatten sich geküßt, ehe sie ruhig auf die schwarzen Kapuzen, den Strang warteten. Aber sie hatten ihr Ziel erreicht: Sie hatten Kelly gerettet, den Mann, der Stephens als Anführer der Fenier-Armee ersetzt hatte. In der Hölle von Dartmoor hatten einige Fenier eine bedingte Amnestie abgelehnt. Prentiss hatte in New York mit einigen von ihnen geredet, nun alte Männer, die sich prahlerisch an zerfetzte Erinnerungen klammerten, an zerrissenes leuchtendes Fahnentuch. Ebensowenig wie Dick Leese konnte er verstehen, was sie einst empfunden hatten, Jungen mit Piken und gestohlenen Schrotflinten.

»Es war ein wüstes Durcheinander, nicht wahr?« fragte Leese. »Das ist alles, was jetzt noch darüber bekannt ist. Das Fenier-Fiasko. Operettengeneräle und durcheinanderlaufende ›Colonels‹, und dann ein paar Scharmützel.«

»Es war ein Chaos«, gab Prentiss zu. Das wußte er aus Notizen und alten Zeitungsausschnitten, aus den Protokollen der Prozesse, aus den Erzählungen der alten Männer – nicht ausführlich, nicht wahrheitsgetreu –, aus den Staatsakten, die er hatte durchsehen dürfen. An der Spitze Eitelkeit, dumme Fehler, Verzweiflung, und unten Burschen, die hinter einer Scheune oder in einer dunklen Schenkenecke ihren Eid abgelegt hatten.

Der Aufstand wurde von New York aus geleitet, erzählte er Leese. Dreitausend Meilen entfernt, spät nachts, nach öffentlichen Versammlungen, in schäbigen Logierhäusern in Seitenstraßen des Broadway. O'Mahoney war beiseite gedrängt worden. In seinem Schrank hing, nun verstaubt, die Uniform, die er als Colonel in der Nordstaatenarmee getragen hatte, eine Geste der Yankee-Regierung, um unter den jungen Iren, die in den Werften von Manhattan und Brooklyn arbeiteten, Rekruten zu werben. In seinem Kopf wirbelten immer noch die Nebel der keltischen Sage, Finn und Cuchulainn, wunderbare Helden. John Roberts, rivalisierender Anführer, der sein Haus zu einem Feniertreffpunkt gemacht hatte, wo Stabsoffiziere in einem mit Bourbonflaschen, Zigarrenkisten, Spucknäpfen ausgestatteten Salon herumlungerten, hatte Pläne, die eines Cuchulainn würdig gewesen wären: ein Kriegsschiff, das englische Handelsschiffe überfallen sollte, eine Invasion Kanadas. Die öffentlichen Versammlungen, egal welchen Lagers, waren riesig groß, die New Yorker Iren strömten herbei, um sich an Rhetorik und Prahlerei gütlich zu tun, an Roberts, mit leuchtenden Wangen über seinem buschigen Bart, hinter ihm auf dem Podium seine Veteranen aus der Potomac-Armee, Männer in viereckigen Stiefeln, blauen Uniformröcken, an denen einst goldene Knöpfe gesessen hatten. Bei anderen Versammlungen, in einem Vortragssaal in der Nähe von Cooper Union, O'Mahoney und *seine* Veteranen, O'Mahoney groß und blaß, sein herabhängender Schnurrbart kriegerisch und melancholisch zugleich, ein Ehrenmann, romantisch und düster, der sein geheimes Wissen hegte, daß die Stunde vorbei war, falls es sie je gegeben hatte.

Hin und her über den Atlantik, aus Frankreich, aus Irland, reiste Stephens, *an seabhac*, der Habicht. Seine Wanderung der tausend Meilen, durch die vier Provinzen Irlands, lag jetzt zehn Jahre zurück. Den Berichten zufolge, die die Regierung in Dublin von Denunzianten und Polizisten auf dem Lande erhielt, war er überall. Ein Sergeant in Dungarvan hatte gehört, er sei in Waterford, nun blind, mit einem kleinen Jungen als Führer. In Leitrim, dem County der Moore und der nassen Weiden, der schilfumwachsenen Seen, sprach er vor eingeschworenen Männern, bei Nacht zusammengerufen, und er war bärtig wie ein Prophet des Alten Testaments und bewaffnet. Die Stunde ist da, sagte er ihnen, im Jahre 66. Das berichtete der Sergeant aus Carrick-on-Shannon, mühsam zu Papier gebracht in runder Schuljungenschrift.

Wann immer er jedoch wirklich erschien, verschwand die Sage in der Haut des Mannes. Er hatte durch Überheblichkeit und Prahlerei die Hoffnungen seiner Anhänger geweckt, war von seinen eigenen Versicherungen aufrecht gehalten worden, daß am Ende alles in Ordnung kommen, daß die Truppen sich zu Zehntausenden versammeln würden, bewaffnet und exerziert. Aber wenn er zur Tat gerufen wurde, schrumpfte der Mythos, den er geschaffen hatte, auf seine wirkliche, eiskalte Größe zusammen. Im düsteren Dezember 65, in Kellys Dubliner Quartier, als Devoy und seine Abteilung, bewaffnet mit amerikanischen Revolvern, die Grantham Street bewachten, während gelber Nebel vor den roten Ziegeln aufstieg, hatte Stephens an einem dunklen Nachmittag den Aufstand abgeblasen. Nur für einen Monat, vielleicht zwei, aber auf keinen Fall für länger. Er mußte wieder nach Amerika, mußte die dortige Spaltung wieder ausgleichen, Waffensendungen organisieren. Es hatte zu viele Verhaftungen gegeben – O'Leary und O'Donovan Rossa in Dublin, Kenealy und Keane in Cork. Die Leitung mußte neu organisiert werden. Zu zweit und zu dritt brachten Kelly und Devoy die Kommandeure in das Wohnzimmer in der Grantham Street, wo er ihnen gegenüber hinter einem niedrigen Tisch saß, *an seabhac*, der Legendäre. Einen Monat, vielleicht sechs Wochen.

Ein fataler Aufschub? Die Fenier sollten diese Frage ein halbes Jahrhundert lang diskutieren. Devoys Meinung zufolge, die er Prentiss in einem Restaurant in Manhattan mitgeteilt hatte, hatte Stephens alles verdorben. Die Regierung konnte nun in aller Ruhe die Regimenter irischer Soldaten ersetzen, die er und Boyle O'Reilly mit Engelsgeduld rekrutiert hatten, die rotberockten Gemeinen Soldaten und Corporals, denen sie in einer Schenke in der Camden Street den Eid abgenommen hatten. Bis Ende Februar war die *habeas corpus*-Akte ausgesetzt worden, und Devoy und Hunderte andere saßen im Gefängnis.

»Er hat alles verdorben«, sagte Devoy, unversöhnlich, nicht bereit zu verzeihen. »Als Kelly und ich ihn aus Richmond herausgeholt haben, hatten wir das Spiel in der Hand. Das weiß ich, Mr. Prentiss, das ist keine Spekulation. Während dieser Monate nach Richmond habe ich seine Leibwache kommandiert. Das Land war organisiert, Dublin war organisiert. Wir hätten Dublin einnehmen können.«

»Ohne Waffen?« fragte Prentiss.

»Waffen? Wir hatten Waffen. 12000 eidgebundene Männer allein im County Dublin, und Waffen für tausend von ihnen. Ganze Regimenter hatten geschworen, sich gegen ihren Kommandanten zu erheben. Das Pigeon-House-Arsenal war voll von Waffen, und es war zum Pflücken reif. Aber nach dem Februar wurden sie über die See nach Chester Castle gebracht. Deshalb mußte MacCafferty ein Jahr später seinen Überfall auf Chester versuchen.«

Ein Jahr später. Bis zum Mai 66 hatte Stephens sich in Dublin bedeckt gehalten und sich dann abermals auf den Weg nach New York gemacht. 67, versprach er jetzt, sollte das Jahr sein. Im November sprach er vor einer Versammlung von 50000. »Mein letztes Wort«, sagte er, »ist, daß wir im Januar auf irischem Boden kämpfen werden und daß ich da sein werde, mitten unter meinen Landsleuten.« In der folgenden Nacht wiederholte er dieses Versprechen vor seinen Leutnants, vor Kelly, Burke, McCafferty und den anderen. Alle glaubten ihm. Danach wurde die zweite Welle von Offizieren nach Irland geschickt, zu denen auch der junge Edward Nolan gehörte, »Ned« genannt von seinen Freunden und von den Freunden seines Vaters, dieses treuen Besuchers der Massenveranstaltungen, Vertreibers von Petitionen, Verteilers von Flugblättern, Liebhabers von Bourbonwhiskey, dieses streitsüchtigen, gedankenlosen, liebenden Vaters.

»Ein Marktschreier«, sagte Dick Leese in mildem Tadel, im tiefen Grün des späten Sommernachmittags von Devon. »Stolzierte von Stadt zu Stadt, von Land zu Land. Spie Feuer und Schwefel auf öffentlichen Podien, hatte aber Angst, als es darauf ankam. Und ließ es sich in New York zweifellos wohl sein. Eine Suite in einem guten Hotel und alles, was dazu gehört, Austern und Roastbeef.«

»In einem anständigen Hotel«, korrigierte Prentiss. »Schließlich hatte er eine Position zu bewahren. Er war der Chef der Fenier. Organisator der Republik Irland lautete sein Titel.«

Erwärmt von Leeses ruhigem, amüsiertem Blick, lächelte er dann jedoch. »Na gut«, sagte er. »Es war eine erbärmliche Farce. 65 hat Stephens in New York den Aufstand abgeblasen, und ein Jahr später tauchte er dort wieder auf und machte weiter. Aber sein Glück – wenn man das als Glück bezeichnen kann – war aufgebraucht. Er wurde dann und dort abgesetzt. McCafferty hielt ihm einen Revolver an die Schläfe und teilte ihm mit, er sei abgesetzt. Er weinte, und sie betrachteten ihn mitleidig und angewidert. McCafferty und Halpin und die anderen, harte junge Männer, die im Krieg an Guerillakämpfen teilgenommen hatten.«

»Mit Fug und Recht«, meinte Leese.

Mitte Januar machten sie sich auf die Überfahrt nach Frankreich, und von dort aus sollten sie nach London weiterreisen. Sie versprachen, Stephens mitzunehmen, der jetzt ein Symbol war, eine ausgebrannte Legende für die, die mit ihm zu tun gehabt hatten, für die irischen Bauern und die britische Regierung jedoch gleichermaßen ein grenzenlos gefährlicher und einfallsreicher Mann. Sie erwarteten ihn auf einem Pier in Brooklyn, in der dunklen, bitteren Kälte eines New Yorker Winters, und am Morgen standen sie bis zum Ablegen an der Reling. Weiche weiße Schneeflocken fielen vom Himmel. Sie fuhren ohne ihn.

»Und das also war das oberste Kommando deiner Fenier-Armee«, sagte Leese ungläubig. »Ein halbes Dutzend oder so von jungen Schlägern mit sechsschüssigen Revolvern, die sich auf die Reise nach Europa machten, Straßenräuber auf der Suche nach Aufregung und Ruhm.«

Er lebte danach noch viele Jahrzehnte, in Frankreich, dann in New York, dann wieder in Paris. Endlich, als er schon sehr alt war, durfte er nach Irland zurückkriechen, zu einer Hütte am Südufer der Bucht von Dublin, sein langer Bart war jetzt weiß, wie bei einem Patriarchen. Er war eine lokale Sehenswürdigkeit. Prentiss konnte ihn als Junge durchaus gesehen haben, wenn er mit seinem Vater über die Küstenstraße zum Pier von Kingstown gefahren war. James Stephens, *an seabhac*, der legendäre Fenier-Führer. In der Legende der Fenier, die das Unternehmen mit besudelten Wolken der Romantik verschleierten, hatte Stephens in der Nacht nach Abreise der anderen den verlassenen Pier von Brooklyn aufgesucht, dessen Pflaster einen Zoll hoch mit schmutzigem Schnee bedeckt war, zerfahren von Karrenrädern, besudelt von Karrengäulen.

»Die Organisation gehörte nach Irland«, sagte Prentiss. »Nicht nach New York oder London. Ortskommandeure in Dublin und Cork, in den einzelnen Städten im Süden – Tipperary, Kerry, Limerick, Waterford. Sie warteten schon zwei Jahre, exerzierten, warteten auf Waffen und trainierte Soldaten aus Amerika. Aber sie ließen sich nach diesem Frühling 67 nicht mehr zusammenhalten. Über das Land war Kriegsrecht verhängt worden, Dutzende von Männern waren im Gefängnis, es liefen Gerüchte um über Denunzianten und Polizeispitzel. Jetzt oder nie, hieß es, überlegten sich Kelly und die anderen. Der Aufstand wurde für den 6. März angesetzt. McCaffertys Überfall auf Chester Castle war ihre letzte Chance, um zu Waffen zu gelangen.«

»Und sie wollten sich aus dem Königreich lösen, die Union zertrennen, eine Republik ausrufen«, sagte Leese. »Sonst noch was? Oder war das schon der ganze Einkaufszettel?«

»Eine minimale Liste«, erwiderte Prentiss. »Darauf hatten sie sich geeinigt. Einige von ihnen wollten auch den Großgrundbesitz unter die Pächter und die Landlosen verteilen.«

»Jack Cade also«, sagte Leese. »Ein Bauernaufstand, mit Dampfschiffen und Telegrammen und Depeschen und amerikanischen Revolvern.«

Eleanor Leese kam durch die offene Glastür auf sie zu, ihr Rock fegte durch das Gras. Sie trug einen Weidenkorb in der Hand, in dem nur ihre Gartenhandschuhe lagen. Ihre kastanienroten Haare waren von der hohen, blassen Stirn zurückgekämmt. Eine kleine goldene Uhr war an ihrer Hemdbluse befestigt. Sie verlieh ihr einen ironischen Hauch von Schulmeisterin; sie war nämlich durchaus kein Bücherwurm, sondern eine muntere, zu Scherzen aufgelegte junge Frau.

»Patrick hat mir von seinen irischen Revolutionären erzählt«, sagte Leese. »Ein erbärmlicher Haufen.«

»Du darfst dich über Patrick nicht lustig machen«, mahnte sie.

»Erbärmliche Leute«, beharrte Leese. »Revolverhelden und Brandstifter. Eleanor und ihre Familie hatten ein Sommerhaus in Irland, Patrick. Haben wir dir das erzählt?«

»In West Cork«, sagte Eleanor. »An der Küste, bei Glengarriff. Mein Bruder fährt immer noch zum Fischen dorthin. Als wir Kinder waren, kam es uns vor wie verzaubert. Das Meer und die Berge, die die Heide lila gefärbt hatte. Die Pfarre meines Vaters lag in Süd-London, weißt du. Im Winter war es dort um vier Uhr nachmittags schon dunkel. Im Februar dachten wir nur noch an Glengarriff, sogar Vater. Die weiche Luft und der nebelfeine Regen. Das Licht ändert sich dauernd, wunderbar für Aquarelle. Und die Menschen sind reizend. Ich meine nicht den Landadel, Patrick, ich meine die normalen Menschen, die Bauern. Du kennst Glengarriff doch sicher, Patrick?«

»Ja«, antwortete Prentiss. »Es liegt in der Nähe des Marktflekkens, der im Mittelpunkt meines Buches stehen soll. Einer Stadt namens Kilpeder. Es gibt eine Straße nach Norden, durch den Paß von Keimaneigh, an Gougane Barra vorbei. Die Berge ragen auf und fallen dann wieder ab, und Kilpeder liegt dazwischen. Es ist ein ganz normaler Ort, ganz anders als Glengarriff.«

»Glengarriff«, wiederholte Eleanor, ließ sich zwischen ihnen nieder und stellte ihren Korb ins Gras. »Es wird bald kalt, aber ist es gerade jetzt, in dieser halben Stunde, nicht wunderschön? Wenn die ersten Schatten über das Gras fallen? Diese Unruhen, über die du schreiben willst, Patrick, haben Glengarriff sicher nie berührt. Ich habe nie von ihnen gehört. Wir hatten dort Freunde, irische Freunde. Die Butlers und die Armours, und einen wundervollen alten Mann namens Hassett, der allein hoch auf einem Hügel mit phantastischem Blick auf die Bucht lebte. Im Sonnenuntergang war sie lila.«

»O doch«, widersprach Prentiss. »Auch Glengarriff. Die Polizei in Glengarriff wurde angegriffen, konnte die Angreifer jedoch in die Flucht schlagen. West Cork gehörte den Feniern. Deshalb habe ich mich dafür entschieden. Es gibt Spuren, aber Sommergäste würden sie nicht bemerken.«

In Skibbereen ein Hungergrab, auf einem Friedhof oberhalb des Flusses, eingesunkene Erde. Anonym, keine in Stein eingravierten Namen. Die Leichen waren aus dem Arbeitshaus dorthingebracht worden, erstarrten in Särgen aus billigem Fichtenholz. Ein ungepflegtes Grab, groß wie ein Feld, von Unkraut überwuchert, eine schändliche, aus der Erinnerung getilgte Geschichte. »Arme landlose Menschen«, hatte ein alter Mann zu ihm gesagt. »Sie hatten fünf Acres, wenn es hoch kam. Die Krankheit hat die meisten von ihnen geholt, das Fieber. Das habe ich jedenfalls immer gehört.« Es war Sonntag nachmittag. Er war mit Kindern, Enkelkindern gekommen und hatte Blumen für ihre eigene, gutgepflegte Grabstätte gebracht, die ein knöchelhohes Gitter, eine Statue der Heiligen Jungfrau mit gesenktem Kopf, Umhang und ausgestreckten Armen aufweisen konnte. Frühlingsblumen wuchsen im hellen Gras. Seine Söhne, breitschultrige Bauern, sorgfältig gekleidet, beobachteten voller Verlegenheit, wie er Prentiss das Grab erklärte, die Hungersnot war nun eine verhüllte Legende. Auch die Fenier waren nun Legende, eine lichtere Legende, von bewaffneten und kühnen Männern aus den Bergen, von der Zeit gemildert. Aber Eleanor und ihr Vater, der für die Ferien sein geistliches Gewand abgelegt hatte, würden darüber wenig von ihren Freunden, den Armours und den Butlers, gehört haben. Oder von der höflichen, ehrerbietigen Ortsbevölkerung. Schöner Tag, Euer Ehren, sicher springen die Forellen Ihnen heute in die Hand.

»Unruhen«, sagte Dick und gab ihre Worte in zärtlichem Spott wieder. »Unser Patrick hat eine ausgewachsene Rebellion auf dem Menü. Hochverrat, bewaffneter Aufstand, Gewehre aus Amerika.«

»Die Gewehre sind nie eingetroffen«, korrigierte Prentiss.

»Es gab die Boykottaktionen«, sagte Eleanor. »Von denen haben wir gehört. Hatten die Fenier damit zu tun?«

»Die Boykottaktionen kamen mit der Land League«, antwortete Prentiss. »Mit Parnell. In den 80er Jahren.«

»Es klingt alles so romantisch«, meinte Eleanor. »Wie in einem Roman. Ich kann wirklich nicht begreifen, warum Dick sich über dich lustig macht. Warum machst du dich über ihn lustig, Dick?«

»Ich mache mir Sorgen um unseren Patrick«, antwortete Leese. Aus einer ausgebeulten Tasche zog er Pfeife und Tabaksbeutel. Der Tabaksbeutel überbrückte die Jahre zwischen Oxford und Devon. Prentiss erinnerte sich an ihn. Unser Patrick. »Ich spüre, wie das Stammesblut in Wallung gerät. Wenn wir Farbe und Lack des New College wegkratzen, dann finden wir einen wütenden irischen Rebellen an unserem Tisch und in unserem Garten. Einen Dynamitmann, bereit, unsere arme kleine Brücke in Trümmer zu sprengen. Wie der Bursche, der versucht hat, London Bridge in die Luft zu jagen. Patrick weiß bestimmt, wie er hieß. Wie hieß er doch noch gleich, Patrick?«

»Lomasney«, antwortete Prentiss. »William Mackey Lomasney.«

»Da hast du's!« sagte Leese zu Eleanor.

»Er gehört auf gewisse Weise zu meiner Geschichte«, erzählte Prentiss. »Lomasney hat 67 die Polizei in Ballyknockane angegriffen. Er war mit Ned Nolan im Gefängnis. Ned war vielleicht bei der London Bridge dabei. Das weiß ich aber noch nicht sicher.«

»Da hast du's«, sagte Leese noch einmal und grinste, während er den Pfeifenstiel zwischen starken, ebenmäßigen Zähnen hielt.

Langsam bewegte er ein brennendes Streichholz über dem Pfeifenkopf hin und her. »Patrick ist sehr angetan von diesem Mr. Nolan. Er war länger bei uns, sozusagen, als die meisten anderen, nicht wahr?«

»Gewissermaßen«, bestätigte Prentiss. »Vor dreizehn Jahren hat er einen Mann getötet. Dort, in Kilpeder, wo alles angefangen hat.«

Eleanor griff sich mit der Hand an den Hals, und sie sah Prentiss aus weitaufgerissenen Augen an, als ob er einen Klumpen Torf auf den Tisch geworfen hätte, zwischen Teetassen und die Platte mit den Sandwiches.

»Da hast du's«, sagte Leese zum drittenmal. In Oxford war er derselbe gewesen, ein viel schwerer zu befriedigender Fragensteller als Prentiss' Tutor. »Aber warum willst du das denn?« fragte er manchmal irgendeine unbegabte Frohnatur, die nichts anderes im Sinn hatte, als Oxford zu verlassen und das Familiengeschäft zu übernehmen. »Warum Ceylon? Warum Tee?« – »Warum die Kirche?« hatte Prentiss ihn einmal gefragt, um ihn seinerseits in die Enge zu treiben. »Warum willst du dein Leben lang die Kinder von Bauern taufen und ihre unverheirateten Tanten begraben?« – »Ach«, hatte Leese geantwortet, plötzlich ausweichend. »Es gibt doch noch mehr als nur das, weißt du.« Und hier saß er nun, im Pfarrgarten, voller Selbstvertrauen wie immer.

»Das sieht dir so wenig ähnlich, Patrick«, sagte Eleanor. »Wirklich.« Sie stützte ihr Kinn in die Hand und lächelte ihn an. »Hat es politische Gründe? Siehst du eine Karriere für dich in der irischen Politik? Ich glaube nicht, daß die Iren gern an ihre Revolverhelden und Mörder erinnert werden wollen. Oder vielleicht doch?«

»Durchaus möglich«, antwortete Prentiss. »Du würdest sie für ein seltsames Volk halten, Eleanor. Einer der Revolverhelden von Kilpeder ist in die Politik gegangen, hat geholfen, diese Boykotts zu organisieren, von denen du gesprochen hast, und hat später mit Parnell im Parlament gesessen.«

»Kurz gesagt«, meinte Leese, »hat das Beste aus seinem Verrat gemacht.«

»Vielleicht hoffe ich auch, das Beste daraus zu machen«, sagte Prentiss. »Mir als Historiker einen Namen zu machen.«

»Nicht sehr wahrscheinlich«, erklärte Leese. »Nimm dir die Rosenkriege. Den Hof des Sonnenkönigs. Aber nicht Revolverhelden und von Heckenschützen ermordete Polizisten. Das ist guter, sensationeller Stoff, aber keine Geschichte.«

»Wir haben keine andere Geschichte«, erwiderte Prentiss. »Hinterhalte, Demagogen, Hungergräber. Das ist unsere Geschichte.«

»*Wir*«, wiederholte Leese. »*Unsere.* Jetzt nähern wir uns dem Kern der Sache. Siehst du das also so? Ein bißchen romantisch, wenn du meine Meinung hören willst. Dein Vater war doch wohl kaum ein Revolverheld, oder? Ein höchst ehrenwerter Anwalt, wenn ich mich recht erinnere. Und Oxford, wie du?«

»Ja«, bestätigte Prentiss, »höchst ehrenwert, ein Kronanwalt. Aber nicht Oxford. University of Dublin. Ein Trinity-College-Katholik. Bis zur Spaltung hat er Parnell unterstützt. Ehemalige Fenier waren Gäste an unserem Tisch. Ich habe Parnell einmal gesehen; er war zum Essen bei uns.«

»Aber keine Revolverhelden«, sagte Leese sanft, unnachgiebig.

»Nein«, bestätigte Prentiss. »Keine Revolverhelden.«

Aber Hugh MacMahon, ein Mann aus der Generation seines Vaters, hatte neben ihm auf Knockmany Hill gestanden und ihm das Feld gezeigt, auf dem Nolan und Delaney mit ihren Männern, darunter MacMahon selber, exerziert hatten. Eine Pöbelarmee mit einigen Dutzenden gestohlener Gewehre und Jagdflinten.

»Und an diesem Morgen haben wir uns schließlich hier versammelt«, sagte MacMahon. »Am berühmten Morgen des 6. März.« Er verlieh der Wendung eine Prise Ironie.

»Und der Schnee«, sagte er. »Der berühmte Schnee der Fenier. Es hatte ziemlich spät am vorherigen Nachmittag angefangen, gegen Abend. Der Himmel war schon dunkel geworden, mit schweren, tiefhängenden schmutziggrauen Wolken, aber der Schnee selber hatte dann gar nichts Graues; große, schöne weiße Flocken. Ich erinnere mich bis heute an diesen Schnee, in meiner Erinnerung vermischt er sich mit dem, was danach passiert ist.«

»Ja«, sagte Prentiss. »Ich habe von diesem schweren Schneefall gehört.«

»Nun ja«, meinte MacMahon. »So weit würde ich nicht gehen. In der Ballade heißt es so, das stimmt schon. ›When the snow fell fast in each mountain pass, from Cork to Aherlow.‹ Balladendichter sind eine traditionsgetreue Sorte von Menschen. Es gab keinen dichten Schneefall, wie die Sage behauptet. Ich bezweifle, daß die Pässe unbegehbar waren. Später war das so, als es zum zweitenmal geschneit hatte. Nicht daß wir überhaupt die Möglichkeit gehabt hätten, sie zu erreichen, nicht wir aus Kilpeder jedenfalls.«

»Traditionsgetreu«, wiederholte Prentiss und nahm damit dieses Wort in sein Magazin von Redewendungen auf.

»Der Überlieferung zufolge hat sich das Wetter gegen uns verschworen, die Wolken und der Wind. Ist Ihnen das nie aufgefallen? Die Stürme, die die Schiffe der Armada an unseren Küsten zerschellen ließen, gewaltige Seestürme. Wolfe Tone 96 in der Bantry Bay. Auch an diesem Weihnachtsfest gab es Stürme. Vom Deck seines Schiffes aus konnte er den Schnee auf den Berggipfeln sehen.«

Das dichtbewachsene Feld fiel im Osten zu einem kleinen, rotbraunen Moor hin ab. Geschichte auf diesem Hügel war ein Flickwerk aus zerfetzten Sagen.

»Wissen Sie«, sagte MacMahon, »es hat wirklich geschneit, aber es war ein seltsamer Schnee. Wir konnten ja nicht wissen, was die Jungs in Tipperary machten, oder in Limerick, wir hatten nicht einmal von O'Brien im Osten unseres eigenen Countys etwas gehört. Und Dublin, das alle für den Mittelpunkt der Ereignisse hielten, wie man sagt, war so weit von uns entfernt wie Konstantinopel. Das erzählte uns der Schnee. Wir waren von der Welt abgeschnitten. Dort unten, genau dort« – er zeigte mit seinem dornigen Schlehenknüppel – »standen wir gegen Morgen und warteten, und auf der Welt gab es nur uns und den Schnee.«

»Aber es gab doch sicher Kuriere, die zwischen Cork City und Ihrer Abteilung hin- und hergeschickt wurden?«

»Sicher, die gab es«, erwiderte MacMahon trocken. »Phantastische Kuriere, und phantastisch wenige davon. Frühmorgens am Zweiten, einem Samstag, kam ein Bote von Tumulty und teilte Ned und Bob mit, daß der Aufstand beschlossene Sache sei und daß es jetzt kein Zögern mehr geben dürfe. Die Nacht des Fünften, oder, genauer gesagt, im Morgengrauen des Sechsten. Ganz egal, was in Kerry oder bei der Katastrophe von Cheshire Castle passiert war. Dann brachte er dieselbe Botschaft nach Millstreet und dann nach Mallow. Die Burschen in Mallow erwiesen sich jedoch als verdammt schwerhörig. Ach«, er unterbrach sich mit einem Lachen. »Recht hatten sie, wenn man es sich überlegt.«

Am ersten März war Massey, der die Operationen in Munster befehligen sollte, wie Prentiss bereits wußte, in Cork City eingetroffen. Einer der Fenier-Abenteurer, die aus dem Puppentheater hätten entsprungen sein können. Godfrey Massey, unehelicher Sohn eines Bauernmädchens und eines Junkers aus Castleconnell, Handelsreisender, Colonel (oder auch nicht) in der Südstaatenarmee, Freund von John O'Mahoney und Thomas Justin Nolan, Eckensteher beim Fenierhauptquartier in Manhattan, Feuerfresser.

Aber MacMahon sagte, wobei seine Worte hart zwischen Prentiss' Gedanken einschlugen: »Ein Mann, der in Amerika General gewesen war, sollte uns in Munster kommandieren, sagte uns Ned, nachdem er mit Tumultys Boten gesprochen hatte. Wir sollten die Kaserne in Kilpeder besetzen, die Drähte durchschneiden und die Straße unpassierbar machen und dann nach Norden gehen, durch das Gebirge. Die anderen Kolonnen sollten dasselbe tun, und wir sollten alle nach Tipperary marschieren, wo der Mann, der General gewesen war, das Kommando übernehmen würde.«

»Aber dann passierte etwas«, sagte Prentiss sanft und übernahm damit MacMahons Gewohnheit der Untertreibung.

»Allerdings«, erwiderte MacMahon. »Es ist wirklich etwas passiert.«

»In dieser Morgendämmerung«, sagte Prentiss, »in der Stunde nach der Morgendämmerung, als Sie darauf warteten, daß Ned Nolan den entscheidenden Befehl erteilte.« Er versuchte, sich diese Szene vorzustellen, aber das häßliche, unkrautüberwucherte Feld hinderte ihn daran. In seiner Vorstellung fand sich nur ein Holzschnitt, Männer mit Gewehren und Piken, vielleicht einer grünen Fahne, und Nolan, der nach vorne und nach hinten zeigte, sein Gesicht unter dem breitkrempigen Hut verborgen. »Wissen Sie noch, was Sie gedacht haben, was die anderen gesagt haben? Waren sie erregt, hatten sie Angst?« Sie würden mit diesen Gewehren schießen, würden selber beschossen werden, Bauernknechte und Landarbeiter. Sicher hatten sie das Gefühl, die weiten, steinigen Felder, das düstere Moor, die tiefhängenden Wolken, die letzte noch zögernde Dunkelheit mißbilligten ihr Vorhaben.

»Wir haben uns an den Schnee erinnert«, sagte MacMahon. »In den späteren Jahren haben wir ihn oft erwähnt. Er hat uns Angst gemacht und dieses Gefühl vermittelt, von der ganzen Welt abgeschnitten zu sein. Ehe wir losmarschiert sind, ließ Ned uns mit Blick nach Süden in Formation gehen, mit Blick auf die Stadt, natürlich. Was dann später geschah, in der Stadt selber, ist eine andere Geschichte. Jeder von uns hatte andere Erinnerungen daran, abgerissene, grobe Erinnerungen. Vom Feld von Knockmany jedoch, dem Feld, das Sie hier vor sich sehen, erinnerten wir uns an den Schnee und an unsere – unsere Unschuld, könnten Sie sagen. Wenige Wochen später, im Gefängnishof, trafen wir Burschen aus anderen Städten, die uns dasselbe erzählten. Aber es gab auch Städte, wissen Sie, in denen der Aufstand überhaupt nicht stattgefunden hat. Der Schnee fiel auf leere Felder. Oder auf Felder, wo sich fünf oder sechs Männer versammelt hatten und ein paar Stunden warteten, einander dämlich ansahen und schließlich zurück zu ihren Häusern trotteten. Ach, wer kann schon sagen, was hätte geschehen müssen und was nicht?«

Er stützte beide Hände auf seinen Stock und preßte ihn in den von einem Regenguß am frühen Morgen aufgeweichten Torf. Hände mit dicken Fingerknöcheln, weiß wie Schulkreide.

»Ihr habt hier ein anderes Wetter«, sagte Prentiss, als er mit seinen Freunden im Pfarrgarten saß, im Zwielicht, in Devon.

»Oh, darüber läßt sich streiten«, sagte Leese gemütlich. »Ein Garten in Cork und ein Garten in Devon sind sich doch sicher sehr ähnlich. Irgend etwas macht dir zu schaffen, junger Patrick Prentiss.«

Debatte in einem Garten. Leese spätnachts in Oxford, den Bierkrug in der Hand, tief im Ledersessel verborgen, mit einem Vorrat von unschuldigen sokratischen Fragen. Hier übte er sich vielleicht, wenn keine Gäste da waren, an Eleanor, die es sicher mit ihm aufnehmen konnte. Prentiss lächelte beiden zu, schüttelte dann aber den Kopf und lehnte Leeses Einladung zum Disput ab.

»Wenn das so ist«, sagte er, »dann habe ich davon leider nichts gemerkt. Was eines Tages im März 1867 in Clonbrony Wood und was dort ein Vierteljahrhundert später an einem Winterabend passiert ist – das ist alles, was mir zu schaffen macht.«

Das, und die Ereignisse in den Jahren dazwischen – Gefängnisjahre, die Land League, die Boykottaktionen; Aufstieg und Fall von Bob Delaney, Vincent Tullys »muntere Scherze« und gelbgemusterte Westen, der abwesende Herr von Schloß Ardmor, auf dessen jetzt vernachlässigtem Rasen einst Rotwild geäst hatte; ein Frauenportrait, weiß und mit einem Hauch von rätselhafter Farbe, ein junger Hugh MacMahon in den siebziger Jahren, die Rebellion jetzt ein vager Nebel, unwichtig, MacMahon, der

Musik, Lieder, Fragmente gälischer Dichtung in abgelegenen Bergdörfern sammelt, die Gesichter der alten Sänger, rund und verschrumpelt wie Holzäpfel, über den roten Kamin gebeugt; sein eigener Vater, gekleidet in feinen Wollstoff, Gold leuchtet neben der Westentasche auf, eine weiße, langgliedrige Hand glättet einen seidenweichen Bart, ein Essen in Brierly Lodge, eine aufgerissene Doppeltür, Revolverschüsse; Ned Nolan, der einst als junger Mann Männer in einem Feld unterhalb des Knockmany kommandiert hatte, wandert verwundet hinter Clonbrony in vom Regen verhangene Berge.

Die Schatten wurden dunkler, länger. Gras und blühende Büsche, ein tiefes, dauerhaftes Grün hoben sich von ihnen ab. Es war nicht Irlands tieferes Grün, an das er sich erinnerte: taugetränkte, regenschwere Weideländer, ausufernde Hecken, die reichbelaubten Bäume des Sommers. Er erinnerte sich an Moore, rote und schwarze Moore, tote Vegetation, zerfasert, bearbeitet von den geheimen Säften vergangener Jahrhunderte. Auf Landzungen, oder jetzt umgeben von Weideland, halbzerstörte Burgen und Türme, Ruinen von Abteien und Klöstern, ein zerfallener Chor, die zerklüfteten Überreste eines zerstörten Querschiffs. Im Licht des frühen Morgens, grau, ungleichmäßig, eine verlassene Hütte ohne Tür, ein aufgerissener Mund ihr Eingang. Ein Regenpfeifer schreit jenseits eines vom trockenen, raschelnden Schilf des Winters umgebenen Sees. Er erinnerte sich an sein Land wie an nachlässige, zerstreute Geschichte.

Eleanor Leese erwiderte sein Lächeln, wollte aufstehen und legte deshalb die Hand auf den hohen geflochtenen Griff ihres Korbes. Selbst im traditionsverhafteten Devon bevorzugte sie eher unkonventionelle Röcke, leuchtendes Gelb oder Rot, die einen Kontrast zu ihren züchtigen Hemdblusen bildeten. Als sie sich zu dem Korb hinüberbeugte, bildeten ihre Hüfte und ihre Taille eine geschmeidige, glatte Linie. Einen Moment lang dachte Prentiss völlig unpassend an das Portrait in Ardmor Castle, schwarzer Samt und weißes, beunruhigendes Fleisch.

»Ich beneide dich, Patrick«, sagte sie, »du kannst in der Vergangenheit herumwühlen. Aber die hält niemals still, oder? Sie ist wie diese Kaleidoskope, die wir als Kinder hatten. So schöne Muster, und dann bewegen wir das Handgelenk einmal kurz, und die Farbstücke fallen auseinander und bilden ein völlig neues Muster.«

»Sei vorsichtig, meine Liebe«, meinte Leese. »Patrick wird dir sagen, daß das keine Rolle spielt. Was eine Rolle spielt, ist, daß es niemals *kein* Muster geben kann. Kaleidoskope und Historiker sind Mustermacher. Deshalb lieben wir sie ja so.«

Aber Prentiss wollte in diesem Moment nur Eleanor Leese ansehen, eine junge Frau im Zwielicht, in einem Garten voller dunkler werdender Blumen. Er beneidete Leese um seine lässige Folge solcher Abende und um die Gewißheiten, die sie mit sich brachten. Der Abend war dick wie Butter, die Luft schwer und wohltuend. Und doch schien Eleanor, mit ihren festen, sinnlichen und schlanken Hüften unter dem Leinen, nicht so völlig mit dieser unstörbaren Ruhe verbunden zu sein. Das stellte er sich als Mustermacher in diesem Moment jedenfalls vor. Aber im nächsten Augenblick stand sie von ihrem Stuhl auf, faßte den Korb nun mit beiden Händen, und sie, die Frau seines Freundes, blickte ernst auf ihn herab. Einmal, vor Jahren, hatte ein junger Mann namens Bob Delaney zweifellos ebenso vorsichtig eine Frau angesehen wie Prentiss, ohne es zu wollen, Eleanor Leese angesehen hatte, und von diesem Moment an war Delaneys Schicksal besiegelt gewesen. Troja, gepfercht in eine heruntergekommene irische Stadt. Das stellte Prentiss sich jedenfalls vor.

»Zeit, an die Abreise zu denken«, sagte er zu beiden. »Dienstag, mit dem Frühzug.«

»Das hier verlassen?« fragte Leese in gespielter Überraschung, zeigte mit der Pfeife auf den Garten, und hinter dem Garten auf Bäume, Bach, See, Kirche, Brücke. »Das hier verlassen, wegen Notizbüchern, Akten und deinen irischen Briganten, Ladenschwengeln mit Pistolen?«

»Du sagst es«, antwortete Prentiss. »Ganz genau so. Der Ortskommandeur meiner Rebellen von Kilpeder war ein Ladengehilfe, ein junger Mann von Anfang Zwanzig. Und ein äußerst bemerkenswerter Bursche. In ruhigeren Zeiten wurde er Parlamentsabgeordneter, einer von Parnells Leutnants.«

Gespielte Überraschung verwandelte sich in gespielte Besorgnis. Leese schüttelte den Kopf. »Eine noble Karriere«, sagte er, »seine Tage bei dieser Parnellbande zu beschließen. Schieber, Viehhändler, Schmierenjournalisten. Nun gut, Patrick, mein Junge, geh zu ihnen zurück, wenn du mußt. Was sollen wir mit diesem Burschen nur machen, Eleanor?«

»Machen?« fragte Eleanor. Sie sah ihre Rosen an, ein Meer von unklarer Farbe. »Patrick scheint doch gut zurechtzukommen. Besser als meine Rosen. Sie brauchen Regen, die armen Rosen. War er glücklich im Parlament, Patrick, dieser Ladengehilfe?«

»Glücklich im Parlament!« wiederholte Leese. »Was für eine Frage! Aus dir wird nie eine Historikerin, findest du nicht, Patrick?«

»Ich glaube schon, daß er glücklich war«, sagte Patrick zu ihr. »Zuerst. Aber er beschloß seine Tage zu Hause in Kilpeder. Am Ende war er ein kleiner Landanwalt, setzte Testamente auf, befaßte sich mit Landübertragungen.«

Aber Eleanor war zu ihren Rosen gegangen, ihr Rock schleppte über das gleichmäßige, kurzgeschnittene Gras. Besorgt beugte sie sich über sie und berührte eine Blüte. Prentiss und Leese betrachteten sie voller Zuneigung. Jetzt war wirklich Abend, die Luft duftete nach Blumen.

Einige Tage später, als er wieder in London war, in seiner Wohnung im Pump Court, wo der Lärm der Stadt zu ihm getragen wurde, undeutlich und gedämpft, sollte Prentiss sich an die einsetzende Dämmerung erinnern, an eine schlanke Frau, die sich über Blumen bückte, sollte sich an seine Erinnerungen an diese andere Insel erinnern, an diese andere Stadt, den Marktplatz, Tullys Laden, wo Delaney einst gearbeitet hatte, wo sich Dennis Tully, an den Fingerknöcheln nagend, über seinen Kontobüchern den Kopf zerbrochen hatte, an die Polizeikaserne, seit einem halben Jahrhundert unverändert, die eine Gruppe von Männern im Märzschnee angegriffen hatte.

8

[Hugh MacMahon]

Um zwei Uhr morgens stand ich auf und zog mich bei Kerzenlicht an. Mary atmete ruhig und gleichmäßig und schien zu schlafen. Deshalb wagte ich nicht, sie zu küssen, obwohl ich es so gern getan hätte, und deshalb war das letzte, was ich tat, ehe ich das Zimmer verließ, den Revolver, den Ned mir gegeben hatte, in seiner Flanellverpackung und die Schachtel mit den Patronen aus der Kommode zu nehmen. Danach ging ich in die Küche hinunter und dachte mir, daß noch Zeit für eine Tasse Tee wäre, ehe Bob mit den Pferden kommen würde.

Am Fuße der Treppe kam mir jedoch ein anderer Gedanke, und ich öffnete die Haustür, um nachzusehen, was für eine Nacht mir bevorstand. Meine Augen brauchten ein oder zwei Minuten, um sich an das von Wolken gedämpfte, durch den leise rieselnden Schnee verschleierte Mondlicht zu gewöhnen. Natürlich regte sich nichts, und der Schnee machte die Stille nur noch vollkommener. In keiner Richtung der Chapel Street, weder rechts noch links von mir, konnte ich weiter als wenige Fuß sehen, aber die Türme von St. Jarlath auf der anderen Straßenseite ragten dunkel und verschwommen auf. Wann immer, ob damals in Marys und meinem Haus oder hier, in diesem Häuschen in den Bergen, ich in einer schwarzen Nacht meine Tür aufmache, bin ich ergriffen von der Endlosigkeit des Universums der Sterne und Windstöße. Aber in jener Nacht, das muß ich sicher nicht erwähnen, schienen die Zimmer hinter mir alle Sicherheit zu enthalten, die ich je gekannt hatte, und vor mir lag ein auf keiner Landkarte verzeichnetes Leben.

Als das Feuer im Kamin glühte, brachte ich den Kessel zum Kochen, zog dann die Bank an den Tisch, wickelte das lange Stück Flanell auseinander und saß bewegungslos da, während ich Neds Geschenk betrachtete. Der gelbliche Schein der Petroleumlampe fiel voll darauf, auf dieses düstere, tödliche Instrument mit seinem langen Lauf und dem hölzernen Schaft, über den ich alsbald meine Finger gleiten ließ. Das Walnußholz fühlte sich glatt und ölig an, aber es war ein seltsam angenehmes Gefühl, als ob der Revolver selber eine Autorität enthielte, die sich nun auf mich übertrug. Voller Selbstvertrauen hob ich ihn hoch, öffnete ihn, wie Ned es mir gezeigt hatte, legte ihn wieder auf das Flanelltuch, öffnete die Schachtel und schüttelte schwere Patronen auf meine Handfläche. Als ich mit dem Daumen eine nach der anderen sorgfältig in ihr metallenes Nest schob, empfand ich ein Gefühl wachsender Sicherheit, als ob ich mich endlich an eine Aufgabe machte, an die ich schon lange gedacht hatte. Danach zielte ich mit dem Revolver auf den armen, unschuldigen Kessel, zog den Hammer zurück, hielt den Revolver einen Moment lang so und sicherte ihn wieder. Dann legte ich ihn auf den Tisch und schaute zum Fenster hinüber, das bis auf das schwach reflektierte Zimmer schwarz war.

Der Gesang des Kessels riß mich aus meinen Gedanken, aber als ich aufblickte, sah ich, daß Mary in die Küche gekommen war, mit verschränkten Armen lehnte sie am Türrahmen. Sie trug ihren Schlafrock, und ihre langen, offenen Haare fielen darüber. Sie konnte noch nicht lange dastehen, und doch hatte ich das Gefühl, sie habe mich beim Laden des Revolvers beobachtet. Der Kessel schrie inzwischen, und ich wollte aufstehen, aber sie sagte: »Ich mach uns den Tee.«

Wir schwiegen, während sie sich an Kanne und Tassen, Zuckertopf und Milchkännchen zu schaffen machte. Bald saß sie mir gegenüber auf der Bank und schenkte mit ruhiger Hand den Tee ein, ich sah jedoch, daß ihre Züge angespannt waren und daß sie die Lippen fest aufeinanderpreßte.

»Ich wollte mich davonschleichen, ohne dich zu wecken«, sagte ich.

»Ich habe nicht geschlafen«, erwiderte sie. »Es schneit. Hast du aus der Tür geschaut?«

»Habe ich«, antwortete ich. »Weicher, federleichter Schnee. Vom Wind gezaust. Gott helfe den armen Schafen.«

»Das ist eine grimmige, riesige Kanone«, sagte sie. »Kannst du damit umgehen?«

»Ich habe mich gefragt, weißt du, wie ich das verdammte Ding transportieren soll. Für meine Jackentasche ist es zu groß, und wenn ich es mir in den Hosenbund schiebe, dann schieß ich mir am Ende noch ins Knie. Ich bin eine traurige Ausrede für einen Soldaten.«

»Ihr seid allesamt keine Soldaten«, sagte sie. »Ihr seid doch höchstens Dorfkämpfer. Oder wie die Whiteboys, die in den alten Zeiten in Macroom gehängt worden sind.«

»Das sind wir beides nicht«, widersprach ich. »Und das weißt du ganz genau.«

»Das weiß ich nicht«, sagte sie. »Zu Anfang, vor zwei oder drei Jahren, war die Rede von einem gewaltigen Aufstand im ganzen Land, und von riesigen Schiffen aus Amerika mit Gewehren und Soldaten. Und jetzt ist alles auf ein paar Burschen aus Kilpeder zusammengeschrumpft, unterwegs in Schnee und Blut.«

»Das sieht vielleicht so aus«, sagte ich. »Hier in der Chapel Street, mitten in der Nacht. Und vielleicht sieht es auch in den Städten in Munster, Waterford, Tipperary und Limerick so aus. Jedes große Unternehmen sieht zu Anfang vielleicht so aus.«

Aber ich packte einen Zipfel des Flanelltuches und zog es über den Yankee-Revolver, der, neben Neds Revolver, die einzige Waffe aus Amerika darstellte, von der ich sicher wußte. Da Ned, O'Connor und Reilly drüben in Killarney die einzigen heimgekehrten Yanks waren, brachten Marys Worte, nicht meine eigenen, meine Gefühle wesentlich besser zum Ausdruck. Meine Überlegung mochte mir sagen, daß Männer in anderen Städten sich so auf uns verließen wie wir uns auf sie. Aber was hatte meine Überlegung mit einem Mann zu tun, der in seiner eigenen kalten Küche sitzt, seine Hände an einer Tasse Tee wärmt und vor dem auf dem Tisch ein geladener Revolver liegt, den zu benutzen er geschworen hat? Ein Windstoß, jählings und kurz, schüttelte den klapprigen Fensterrahmen. Bote aus der rauhen Nacht draußen. Ich schaute zum Fenster hinüber, Mary nicht; ihr Blick blieb auf mich gerichtet, ein Blick, den ich nicht deuten konnte.

»Was soll ich denn tun?« fragte ich schließlich verdrossen. Aber sie antwortete nicht, sie senkte nur ihren Kopf.

»Wenn es jetzt nicht geschieht«, fuhr ich fort, »dann wird es nie geschehen. Zwei Jahre voller Verzögerung und nicht eingehaltener Versprechen. Egal, was für ein Aufstand heute stattfindet, er wird für unsere Generation der einzige sein. Wir haben Männer verloren, weißt du, hier nur ein paar, anderswo waren es mehr. Und wer kann ihnen da einen Vorwurf machen?«

»Ja, wer?« fragte sie. Sie erhob sich und sagte dabei: »Ich mach dir ein bißchen Schinken und Brot zurecht. Wer kann denn wissen, wann du dich wieder zu einer Mahlzeit hinsetzen kannst; du solltest lieber etwas mitnehmen.«

»Schon geschehen«, sagte ich und nickte zur Speisekammer hinüber. »Brot, Käse, Schinken, die Lammreste. Ich habe alles letzte Nacht zurechtgemacht, als du schlafen gegangen warst.«

»Ich habe nicht geschlafen«, erwiderte sie. »Als du ins Bett gekommen bist, habe ich ruhig dagelegen, aber geschlafen habe ich nicht.«

Aber es war so, als ob sie geschlafen hätte und als ob im Schlaf eine Änderung über sie gekommen wäre, wie in den alten Geschichten, die die Leute auf dem Lande erzählen. Wir hatten einen ruhigen, unbeschwerten Abend verbracht, hatten über dieses und jenes geredet und um den nächsten Tag einen Bogen gemacht wie ein Wanderer um ein Moor. Wir hatten die langen Stunden nach dem Tee im Vorderzimmer verbracht, wo das Licht der Lampe, weich und gelb, auf Bücher fiel, auf das kleine Klavier, das ihr ganzer Stolz war, auf ihre Noten. Ich hatte ihr noch einmal die fast unbesiegbare Unwissenheit der Brüder Dennehy geschildert, Zwillingssöhne eines kleinen Bergbauern nördlich der Straße nach Macroom, der fand, die beiden wären bei ihm zu Hause besser aufgehoben als in der Schule, wo sie ihre dicken Schädel mit Brüchen und Dezimalen quälen mußten. Und sie hatte, wie immer, pädagogische Strategien vorgeschlagen. Aber dieses war eine andere Mary, eine, die ich nicht kannte. Ich glaube jetzt, daß ich sie vielleicht im Spiegel meiner eigenen Angst sah.

»Gott verhelfe dir zu einer guten Verrichtung«, sagte sie trokken, und in diesem Moment hörten wir Bob, der an die Haustür klopfte und sie dann öffnete. Die raschen, optimistischen Schritte seiner Stiefel waren in der kleinen Diele zu hören, dann stand er bei uns in der Küche. Er trug den schweren Tweedmantel, den der alte Tully ihm zu Weihnachten geschenkt hatte, eine Pellerine fiel von seinen Schultern, und er war barhäuptig. Ein breiter Gürtel war um den Mantel geschlungen, und an diesem Gürtel hing eine lederne Pistolentasche.

»Allmächtiger Gott, Bob«, sagte ich. »Du siehst aus wie Rory der Rächer. Woher hast du denn diese Takelage?«

Er grinste uns beide an. »Die wurde in der Nacht der Waffenaktion von den Jungs befreit. Wir verdanken sie, könntest du sagen, der Freundlichkeit des alten Nicholson von The Rise. Es wäre eine nette Vorstellung, daß dieses Leder von der heißen Sonne Afghanistans gebacken worden ist, aber ich bezweifle das doch stark. Nicholson sieht nicht aus wie ein schlachtengewohnter Veteran. Ein scheußlicher Morgen, Mary. Schnee und Wind.«

»Nimm eine Tasse Tee, Bob«, sagte Mary.

»Ja gerne, danke. Eine Tasse in aller Eile. Ich trink sie im Stehen, und dann müssen Hughie und ich los.«

»Eine ruhige Nacht«, sagte ich. »Soweit das zu sehen ist.«

»Stimmt. Aber der junge Neafsey war wie verabredet im Stall und hat für uns beide die Pferde gesattelt. Ich habe ihn schon vorausgeschickt, nach Knockmany. Er hatte Tee gekocht, aber ich habe abgelehnt, ich ziehe deinen vor, Mary.« Sie reichte ihm die Tasse.

»Ein kleines Kompliment«, sagte sie mit einem Hauch ihres alten Wesens, »daß du meinen Tee lieber trinkst als den eines Stallburschen.« Ihr gelang sogar ein Lächeln, und in diesem Moment hätte ich sie so gerne an mich gedrückt und liebkost.

»Sonst hast du nichts bemerkt?«

Er nahm einen großen Schluck. »Würde ich nicht sagen. Ich bin an der Kaserne vorbeispaziert. In einem Fenster oben brannte Licht, und zwei Polizisten gingen vor dem Tor hin und her, Gewehre über den Schultern, und sie schlugen die Arme um sich, zum Schutz vor der Kälte.«

Mary faßte sich an den Hals, ließ die Hand jedoch nach einem Moment unbeholfen herabsinken.

»Unruhige Zeiten, Mary«, sagte er. »Das war zu erwarten.«

»Mary meint, wir wären die wiedergeborenen Whiteboys von Macroom«, sagte ich. »Bei Gott, Bob, du siehst auch aus wie einer.« Und das tat er wirklich, mit seinem Mantel, dem Gürtel und der Pistole. Aber er hatte kein Whiteboygesicht, so wie ich sie mir als Junge vorgestellt hatte, zur Hälfte Helden, zur Hälfte Ungeheuer, brutale und wütende Bauern, Viehmörder, Folterer von Verwaltern und Steuereintreibern.

»Heute könnten wir ein paar von denen gut brauchen«, sagte Bob. Er leerte seine Tasse und stellte sie auf den Tisch. Ich faßte diese Botschaft so auf, wie sie gemeint war, und erhob mich nun auch.

»Vergiß das nicht«, sagte Mary und reichte mir mein Essenspaket aus der Speisekammer. »So schwer, wie das ist, reicht es sicher für euch beide aus.«

In der Diele zog ich meinen eigenen strapazierfähigen Mantel an und stellte fest, daß zumindest eines meiner Probleme gelöst war, denn der Revolver fand problemlos Platz in der weiten, tiefen Manteltasche. Bob ging höflich den kurzen Gartenweg hinab, damit ich mich von Mary verabschieden konnte, und ich drückte sie fest an mich und küßte sie dann. Es gab nicht genug Licht, um ihr Gesicht deutlich zu sehen, aber ich fuhr mit meinen Fingern über ihre Wange und ihren Mund. Sie nahm meine Hand in ihre beiden und preßte sie an ihren Mund und küßte sie, und ich drückte meine Hand an ihre Lippen und stand einen Moment bewegungslos da. Dann holte ich Bob ein und gab mir alle Mühe, mich nicht umzusehen.

Die Stille der Nacht war außergewöhnlich, so kam sie mir jedenfalls vor. Und der Mond gab trotz des Schnees genug Licht. Wir stiegen, beide ein wenig ungeschickt, auf die Pferde und machten uns auf den Ritt von einer halben Meile zur Straße nach Macroom, von wo aus die Straße uns nach Knockmany führen würde. Aber wir ritten durch Skinner's Lane und machten dadurch einen Bogen um die Kaserne, die wir ja bald genug besuchen würden. Wer Skinner war, ist im Nebel der Geschichte verlorengegangen – ein Protestant, dem Namen nach, oder vielleicht hatte es hier im alten Jahrhundert eine Gerberei gegeben; jetzt war es jedenfalls eine Gasse mit elenden Hütten, acht oder zehn vielleicht, mit schmutzigen Strohdächern und düsterem Aussehen. Kein Christenmensch regte sich in ihnen, und die Gasse war so eng, daß ich die Wärme der Körper, die drinnen schliefen, fast spüren konnte, Familien, die sich in ihrem einzigen Zimmer bis zu den Grenzen der Schicklichkeit und darüber hinaus aneinanderkauerten. Aber der fallende Schnee war kühl und weiß an meiner Wange.

Als wir die Stadt verlassen hatten und die Straße entlangritten, fühlten wir uns gleich sicherer. Die Stadt endete in einer Ansammlung von Hütten, die kaum besser waren als die in der Gasse, und in einer, fast der letzten überhaupt, war ein trüber, kleiner Kreis von Kerzenlicht zu sehen. Bob nickte zu dieser Hütte hinüber. »Deeny Lawlor«, sagte er. »Guter Junge. Wie zum Henker hat er gewußt, wann er wachwerden muß, wo er doch nicht mal eine Uhr besitzt? Ich bin nicht mal sicher, daß er das Zifferblatt lesen kann.«

Deeny Lawlor war ein guter Junge, wie Bob gesagt hatte, der

älteste Sohn der Lawlors, um die Neunzehn, mit einem karottenroten Haarschopf und zwei fehlenden Zähnen im Unterkiefer, das Ergebnis irgendeines Unfalls oder Handgemenges, obwohl er im Grunde ziemlich ruhig war. Er war siebzehn gewesen, als Bob und ich ihm den Eid abgenommen hatten, vor der Stirnwand von Hartigan, und ich weiß noch, daß ich mich mit demselben Snobismus, den Bob gerade gezeigt hatte, fragte, was er sich wohl unter dem Wort »Republik« vorstellen mochte, für die zu kämpfen er gerade schwor. Aber sein Kopf war vollgestopft mit einer Halbgeschichte, die er irgendwo aufgelesen hatte – Daniel O'Connell und Brian Boru und das alles. Und jetzt, nach den Balladen und der Geschichte und dem Feniereid, zog er sich bei Kerzenlicht an. 66 von uns haben die Schlacht von Clonbrony Wood geschlagen, wenn das das richtige Wort dafür ist – und die Sache, die uns zusammenhielt, war eine nebelhafte Abstraktion.

Wir verließen kurz vor drei Uhr morgens die Straße nach Macroom und ritten in leichtem Paßgang weiter, ohne viele Worte zu wechseln. Es war eine enge Straße, und ich ließ Bob die Führung übernehmen. Wir waren beide eher praktische als geschickte Reiter, und er wurde beim Reiten etwas durchgerüttelt, aber sein Rücken zeigte eine Entschlossenheit, die mir in meiner derzeitigen Stimmung tröstlich vorkam. Der Wind hatte sich gelegt.

Nach einer, oder jedenfalls nach zwei Stunden zog Bob die Zügel an, und als ich ihn einholte, nahm er mich beim Arm und zeigte auf drei Lichter, die vor uns glühten, zwei weiter entfernt, eines in der Nähe. »Na also«, sagte er. »Neds Willkommenslaternen. Was für ein umsichtiger Mann.« Wir ritten auf sie zu und erreichten bald genug die erste, neben der jemand stand. Der Mann bückte sich und hob sie hoch, und ihr grelles Licht fiel auf sein Gesicht, Donal Cassidy, ein Bierkutscher. Sein freier Arm erhob sich in einer Art Salut, etwas, das ich noch nie bei ihm gesehen hatte. »Bob«, sagte er als Gruß, »Meister MacMahon.« Wunderbar ist der Respekt, den Schulmeister hervorrufen.

»Kalter Morgen, Donal.«

»Allerdings«, sagte Cassidy. »Ich war einer der ersten. Nur Captain Nolan und Vincent Tully und ein knappes halbes Dutzend von den anderen waren noch früher hier. Inzwischen sind wir schon zwanzig.« Er sagte das voller Stolz, als ob ihm, ebenso wie mir, Zweifel gekommen wären.

Die zwanzig Männer hatten sich genau in der Mitte des Ödlands von Knockmany versammelt, und sie konnten einander im Licht der Laternen sehen. Ich hätte Ned sofort erkannt, auch wenn er nicht gekommen wäre, um uns zu begrüßen. Er war eine düstere Gestalt in seinem schwarzen amerikanischen Mantel und mit seinem breitkrempigen, weichen Hut, den er tief ins Gesicht gezogen und an einer Seite umgeklappt hatte. Er hielt Bob, der dichter bei ihm stand, die Hand hin und half ihm beim Absteigen. Ich schaffte es allein. Aber in der nächsten Minute stand Ned neben mir, ergriff meine Rechte und legte mir seine freie Hand auf den Arm.

Er ließ mich nicht los, wandte sich jedoch zu Bob um und fragte: »Ist es in der Stadt immer noch ruhig?«

»Im Grunde schon«, antwortete Bob. »Ein oder zwei von den Jungs machen sich abmarschbereit, um zu uns zu stoßen. Und zwei Polizisten sind auf Nachtpatrouille bei der Kaserne. Das ist allerdings ein ungewöhnlicher Anblick.«

»Und Licht in einem Fenster, hat Bob mir erzählt«, fügte ich hinzu.

»Cornelius Honan studiert seine Vorschriften«, sagte Vincent, der zu uns herangeschlendert kam. »Ein eifriger Mann, dieser Sergeant Honan, möchte gern befördert werden.« Zwischen seinen Zähnen steckte eine Zigarre, und man hätte glauben können, er wanderte ganz entspannt zwischen den einzelnen Rennen auf dem Turf herum, um sich über den Stand der Wetten zu informieren.

»Egal, ob er studiert oder nicht«, sagte Ned, »er ist ein tüchtiger Mann.«

»Ob er vielleicht unseren Besuch erwartet, Ned?« fragte Bob.

Ned zögerte mit seiner Antwort, dann sagte er mit leichtem Schulterzucken: »Schon möglich. Die Polizei muß schließlich wissen, daß die Organisation noch diesen Monat zuschlagen will. Sie wissen, daß West Cork betroffen ist, wie sie das nennen. Warum haben sie denn sonst die Abteilungen hier und in Macroom und in Millstreet verstärkt? Aber ob sie nun Wachen postiert haben oder nicht, wir können Kilpeder nehmen, und das ist alles, was uns zu interessieren braucht.«

Im Laternenlicht, in den Lichtkreisen, die vom orangegefärbten Glühen ausgeschickt wurden, glitzerte der Schnee. Ich betrachtete ihn und versuchte, Neds Worte nicht bis zu mir durchdringen zu lassen.

Als nächste trafen Pat Dunphy und die anderen drei aus Lackan ein, wobei Dunphy die Nachhut bildete. Dunphy und zwei andere hatten Schrotgewehre, der vierte trug eine Sense, als wäre er zu einem Tagewerk auf dem Feld aufgebrochen. Einen Moment lang wurde die Sense vom Laternenlicht getroffen und glänzte heller als der Schnee, metallisch und furchterregend. Ich sollte diese Sense noch viele Jahre später vor meinem geistigen Auge sehen; sie hatte die Kraft eines Symbols.

»Vincent«, sagte Ned, als Dunphy auf ihn zukam, gedrungen und phlegmatisch: »Hast du noch einige von diesen Zigarren bei dir?«

Vincent lächelte: »Ich geh doch nie ohne«, sagte er und zog aus irgendeinem inneren Versteck in seinem Pellerinenmantel sein Etui aus elegantem Marokkoleder. Ich stand neben ihm, und ich konnte sehen, daß er nur noch eine Zigarre übrig hatte, aber er zog sie mit großer Geste hervor und reichte sie Ned, als ob er sich aus einem unerschöpflichen Vorrat bediente. Dann griff er nach seinem Feuerzeug, doch Ned schüttelte den Kopf, biß die Spitze ab, spuckte sie aus und schob sich die unangezündete Zigarre zwischen die Zähne. Er streckte Dunphy die Hand hin und sagte: »Guten Morgen, Sergeant. Ich hatte Sie schon früher erwartet.«

»Es ist ein übler Morgen«, erwiderte Dunphy.

Ein Mann wie Dunphy, oder wie einer der anderen aus Lackan – was hatte sie dazu gebracht, sich uns anzuschließen? Bob und Vincent und ich selber waren uns über unsere Beweggründe sehr gut im klaren, und das galt sogar für Ned, diesen Besessenen und Gejagten. Aber Männer wie diese hier aus Lackan… für jeden Bauernburschen, der zu uns stieß, hier und anderswo auf der Insel, gab es zehn, die fernblieben. Wenn das nicht der Fall gewesen wäre, dann hätten wir mehr Erfolg gehabt. Die wahre Loyalität des Bauern gilt nicht der Nation, sondern seinem eigenen Stückchen Land, und sonst interessiert ihn nur wenig. Er klammert sich an seine wenigen Acres und hält sie fest, mit allen Mitteln, die ihm erfolgversprechend erscheinen, rottet sich in einem Jahr mit anderen zusammen, um Verwalter und Landgrabscher zu foltern und zu terrorisieren, im nächsten Jahr kriecht er vor seinem Großgrundbesitzer auf dem Bauch und redet ihn in der verachtungswürdigen und ekelhaften Sprache der Knechtschaft an. Und jeden Sonntag gehört sein Ohr der Kirche, und er predigt die notwendige Unterwerfung unter die Herrschaft und verflucht die Übel der Agitation. Selber Bauernsöhne, diese Priester, nun aber in der Welt ein wenig aufgestiegen, halten in den Häusern von Viehzüchtern und Viehhändlern und Verwaltern Andachten ab und laben sich an gewaltigen Sonntagsmahlzeiten, Rind und Lammbraten, mit rotem Wein hinuntergespült. Und der Priester hat seinen älteren Bruder, den wohlhabenden Farmer in den Galtees, und seinen jüngeren Bruder, den irischen Polizisten in Limerick. Weihnachten verbringen sie in den Galtees, Farmer und Priester und Polizist, am langen Tisch, bei Gans und Truthahn, und die Frauen tragen die dampfenden Schüsseln voller Kohl und Kartoffeln in ihren von Butter triefenden Schalen auf. Später, in der nur selten benutzten guten Stube, gibt es Whiskey und heißes Wasser und die süßen, beruhigenden Melodien von Thomas Moore, und vielleicht einen Hauch von Feuer durch »Clare's Dragoons«.

Wenn ich so rede, dann höre ich mich vielleicht an wie der verstockte Fenier, als der ich in Kilpeder gelte, was heute allerdings voller Zuneigung gesagt wird, jetzt, wo die Gewehre der Fenier und die englischen Gefängnisse mit der romantischen Vergangenheit verschwinden und »The Battle of Clonbrony Wood« zum allgemeinen Repertoire gehört. Aber nichts könnte weiter von der Wahrheit entfernt sein. In dieser dicken, dichtgewebten Decke, die das Leben unseres Volkes darstellt, erscheinen mir Priester und Gastwirt, Viehhändler und Pächter als feste Stränge, unser Gerede von Republiken und Menschenrechten dagegen jedoch nur als seltsame glitzernde Fäden. Und doch, und doch!... An jenem verschneiten Märzmorgen waren Pat Dunphy und die Männer aus Lackan und noch sechzig andere bei uns. Die meisten von ihnen waren unverheiratet, und das mag einiges erklären, aber das galt durchaus nicht für alle. Dunphy selber hatte eine junge Frau und drei Kinder zurückgelassen. Niemand unter ihnen konnte vor zehn Jahren James Stephens gesehen haben, *an seabhac*, der, das glaubten zumindest viele von uns, zum Tag des Aufstands nach Irland zurückgekehrt war, der in Wirklichkeit aber sicher in Paris saß, entmachtet und geifernd. Bob und ich hatten ihnen den Eid vorgelesen, wohlklingende Worte, und sie hatten ihre Hände gehoben. Vielleicht hatte Mary recht, wie in so vielen Fällen, daß diese Burschen die Enkel und Urenkel von Whiteboys waren, angespornt durch ein im Blute liegendes Erbe, irgendeinem verrückten Stammesinstinkt gehorchend.

Sei es, wie es sei. An diesem Tag hielten sie sich an Ned, und mir ging es ja auch nicht anders. Der Morgen, bewölkt und grau hinter dem Schnee, war schon angebrochen, als die letzten eintrafen, fünf an der Zahl, die mit dem leichten, ruhigen Schritt des Landmannes im Gänsemarsch zu uns stießen. Und während dieser ganzen Stunde des Wartens, ob er mit uns sprach oder nicht, hatte Ned etwas Abwesendes, eine Distanz zu uns. Und oft hielt er sich wirklich für sich, stand neben unserem dichtgedrängten Kreis, am Rande des Lichtfeldes, die Hände tief in den Manteltaschen vergraben, während die kalte Zigarre aus seinem kantigen, grobknochigen Gesicht hervorragte. Auch in anderen Städten von Munster und Leinster ließen an diesem Morgen Männer ihre Fenier aufmarschieren und erschraken, nachdem sich Gerede, Dispute und Prahlereien gelegt hatten, zweifellos angesichts der beängstigenden Einsamkeit ihrer Situation und waren davon überzeugt, daß der Schnee als Decke gefallen war, die jeglichen Aufstand ersticken sollte. Und, um die Wahrheit zu gestehen, ich habe mich oft gefragt, wie wir uns ohne Ned verhalten hätten. In späteren Jahren, als alles zur Sage verdunstet war, hieß es, Neds militärische Erfahrung habe uns zusammengehalten und zur Tat getrieben. Das bezweifle ich. In Amerika war er doch nur ein Corporal gewesen, einer von denen, denen Befehle erteilt werden, ohne erlerntes Wissen um Autorität und Kommando. Was uns bei der Stange hielt, war seine feurige Sicherheit, woher die auch gestammt haben mochte. Und es mag wilde Phantasie sein, aber ich glaube, daß irgendein unheimlicher Teil seiner selbst wußte, daß er in diesen Stunden seinem Leben für alle kommenden Jahre seine Form gab.

Schließlich kam er herüber, rief Bob und Vincent und mich und Pat Dunphy zu sich, ging noch einmal seine Befehle an uns durch und teilte uns mit, wie wir uns zu verhalten hatten, falls die Dinge sich nicht so entwickelten wie gewünscht. Dabei war er geradezu schmerzhaft geduldig, als ob er bedauerte, irgendeinen Teil unseres Vorhabens aus den Händen geben zu müssen. Bob fing einmal meinen Blick auf und lächelte. Und tatsächlich hatte Ned in diesem Moment etwas von einem Schulmeister, ernst und pedantisch, versessen auf Klarheit.

Dann befahl er Dunphy, die Männer in Aufstellung zu bringen, in Zehnerreihen. Die Laternen wurden gelöscht, da sie nicht mehr benötigt wurden. Die Männer standen nervös und ruhig da, ihre

Waffen hatten sie in allen möglichen Winkeln über die Schultern gelegt, Gewehre und Schrotflinten, einige Sensen und sogar, wie ich voller Erstaunen feststellte, zwei Waffen, die mit Piken größere Ähnlichkeit hatten als mit jedem anderen Gegenstand. Die Piken verliehen unserem Abmarsch, in meinen Augen zumindest, eine verlorene und düstere Färbung, als ob unsere elende Geschichte sie uns vermacht hätte. Vogelscheuchenhafte Wiedergänger aus dem Jahre 98, hinter ihnen im Schatten die Truppen der Desmond-Kriege, die durch eben diese Täler marschiert waren – nein, nicht marschiert, sie hatten sich an die Ränder der jetzt verschwundenen Wälder geklammert, am Ende führerlos, hungrig, bleich hinter verfilzten Bärten, gejagt und zur Strecke gebracht.

»Nun gut, Jungs«, sagte Ned. Vincents Zigarre hatte er vorsichtig in der Innentasche seines Mantels verstaut. Welche Bedeutung sie für ihn hatte, kann ich nicht sagen, vielleicht erinnerte er sich an irgendeinen Yankee-Captain in den fernen Bergen von Virginia und Tennessee, einen abgehärteten Kommandanten abgehärteter Truppen. »Nun gut, Jungs.«

Er schritt die vorderste Reihe ab, gefolgt von Bob und Vincent und mir, Dunphy stand ein wenig abseits auf der einen Seite. Ich denke immer daran, wie jung wir waren, einige waren über dreißig, aber nur wenige. Als er in der Mitte angekommen war, drehte Ned sich um und sah die Männer an.

»An diesem Morgen«, sagte er, »hat überall auf dieser Insel der Kampf um unsere Freiheit begonnen. Vielleicht kommt es uns wenigen Männern hier nicht so vor, die wir uns in diesem Ödland versammelt haben, während eine einsame Aufgabe vor uns liegt. Aber ihr müßt euch klar vor Augen halten, was an vielen anderen Orten geschieht. Ich werde euch sagen, was ich darüber weiß, und das ist nicht viel. Captains sind niedere Kreaturen, wenn wir ehrlich sind, und die Männer, die diesen Tag viele Monate lang geplant haben, haben an anderes zu denken als an die Stadt Kilpeder. Wir werden uns um Kilpeder kümmern, danach werden wir nach Norden marschieren, wo sich die Truppen von Munster versammeln sollen, und die anderen Städte werden desgleichen tun, so Gott will. Danach werden wir ein großes Heer sein, wenn auch nicht das größte. In diesem Moment versammeln sich Tausende in den Hügeln bei Dublin. Dort werden die wichtigsten Kämpfe ausgefochten werden, aber wir alle werden genug zu kämpfen haben, und die Männer in Dublin werden sich auf uns verlassen. Und das können sie auch. Hat es denn in den vergangenen Jahrhunderten jemals Kämpfe gegeben, an denen dieses County sich nicht beteiligt hätte?«

»Captain Nolan!« rief einer der Männer.

Wenn er sich über diese Unterbrechung ärgerte, dann zeigte er das jedenfalls nicht. »Ja, Paudge«, sagte er. Paudge Callahan, aus Inchigeelagh, im Osten. Es war wirklich ein Wunder, wie leicht er alle ihre Namen im Kopf behielt.

»Ist *an seabhac* hier bei uns in Munster oder bei der großen Armee in Dublin?«

Er hatte einen so groben Akzent, daß seine Worte gewissermaßen gesiebt werden mußten, ehe man sie verstehen konnte.

In Inchigeelagh wird Irisch gesprochen, das war damals jedenfalls so, und es ist ein Wunder, daß er überhaupt Englisch sprach und an jenem Morgen dort bei uns war. Jahre später, als ich seine Leute kennengelernt hatte, hatte ich den Eindruck, sie lebten in ihrer eigenen Welt, unberührt von Aufständen und Agitationen. Aber man weiß ja nie. Ich selber hatte Paudge den Eid abgenommen, und er trug ihn nach Inchigeelagh zurück, obwohl dieser Samen dort auf steinigen Boden fiel.

Ned zögerte mit seiner Antwort, dann sagte er: »Vielleicht ist er bei uns in Munster, vielleicht in den Straßen von Dublin, und vielleicht auch ganz woanders. Was bedeutet der Name, der ihm vor zehn Jahren gegeben worden ist, denn sonst? Er ist der wilde Habicht, und er entscheidet ganz allein, wohin er fliegt.

Habt ihr sonst noch Fragen?« fuhr Ned dann fort. »Irgendwer von euch? Jetzt ist Zeit zum Fragen, später nicht.« Als alle schwiegen, sagte er: »Ihr habt gefragt, ob James Stephens hier sein wird. Ich kann euch sagen, wer hier sein wird. Es ist nur richtig, daß ihr es wißt, und es kann auch nichts schaden, seinen Namen zu kennen. Ein Gentleman namens Massey ist einer der Leiter der Organisation. Er ist wie ich im Amerikanischen Krieg ausgebildet worden, aber er war Colonel, kein armer Corporal so wie ich. Und er ist General der Fenierarmee, General der Armee der Republik Irland. Zuerst hat er bei den Jungs in Cork City eine Pause eingelegt, jetzt ist er in Tipperary. General Massey wird uns führen, und einen besseren könnten wir nicht finden.«

Das machte auf sie sichtlich Eindruck, und das war ja auch nur richtig, auf jeden Fall bei denen, die den *Cork Examiner* oder eine andere Zeitung lasen. Im Grunde hatten die Zeitungen nur wilde

Gerüchte und Verlautbarungen aus Dublin Castle bringen können, aber Masseys Name war einer der Namen, die dabei oft erwähnt wurden, zusammen mit Stephens und Kelley und diesem französischen General Cluseret.

»Und damit genug«, sagte er mit sardonischem Unterton, »zum Thema große Strategie. Unsere eigene Aufgabe ist einfacher. Behaltet euren Platz im Glied bei. Wir werden aus Richtung Macroom in die Stadt kommen. Aber bei den ersten Häusern werden wir uns aufteilen. Die ersten vier Glieder stehen unter meinem Kommando, und Vincent Tully und Pat Dunphy gehören zu uns. Ihr anderen steht unter dem Befehl von Bob Delaney und seinem Stellvertreter Hugh MacMahon. Und ihr wißt, was wir in Kilpeder zu erledigen haben.«

Er legte dann bewußt eine Pause ein, um ihnen Zeit zum Nachdenken über seine letzten Worte zu geben. Er trat ein paar Schritte zurück und stand nun neben Bob.

Dann, als die Pause lang genug gewesen war, sagte er: »Die Polizeikasernen in Kilpeder und in jeder anderen Stadt auf unserer Marschroute nördlich von Cork müssen eingenommen werden. Wir brauchen uns nur mit dieser hier zu befassen. Und wir müssen rasch sein, es darf keine lange Belagerung geben. Sergeant Honan und seine Constables müssen uns die Kaserne und ihre Waffen überlassen und sich ergeben. Durch Bitten und Schmeicheln, egal, mit welchen süßen Worten, werden wir sie nicht dazu bringen. Sie müssen vertrieben werden, und wahrscheinlich werden sie Gegenwehr leisten. Jetzt habt ihr sicher Fragen. Welche?«

Aber es kamen keine Fragen. Die Männer wechselten untereinander nervöse Blicke, wie mir schien, aber niemand sagte etwas. Diesmal redete Ned jedoch nicht weiter. Er stand fast bewegungslos mit langen, hängenden Armen da und wartete.

»Captain«, sagte schließlich einer, »wissen Sie, daß die Besatzung in der Kaserne verstärkt worden ist?«

»Natürlich«, antwortete Ned. »Fünfzehn Mann sind dazugekommen, mit ihrem eigenen Sergeant, um Honan Gesellschaft zu leisten. Fähige, kräftige Burschen, wie mir scheint, und jeder hat einen Karabiner. Aber wenn auch, die Kaserne ist nicht stark genug, um uns zurückzuschlagen, wenn wir entschlossen sind und wenn wir unseren Befehlen Folge leisten. Einige dieser Burschen sind sicher nach Feierabend anständig genug, aber sie sind Soldaten, die Kilpeder für die Königin besetzt halten, der wir heute morgen den Krieg erklärt haben. Vergeßt das nicht. Das hier ist kein Weihnachtsmummenschanz.«

Inzwischen war heller Morgen, und sogar in diesem trüben Ödland zwischen den Mooren hatten die Vögel angefangen zu zwitschern, ohne daß ich das bemerkt hatte. Aber nun, in der Stille, für die Ned gesorgt hatte, hörte ich sie.

Plötzlich wandte er den Kopf und fragte: »Hast du den Jungs irgend etwas zu sagen, Bob?« Bob setzte zu einer Rede an, preßte dann aber die Lippen zusammen und schüttelte den Kopf. Er sah weder Ned noch die Männer an, sondern die kleine Baumgruppe, wo die Vögel sich tummelten. Offenbar wurde von Schulmeister MacMahon keine Ansprache an die Truppe erwartet, und das war ja nur gut. Noch immer herrschte das seltsame Schweigen, von dem ich nicht weiß, ob es außer mir irgendwem bewußt war.

»Dann gibt es nur noch eins zu sagen«, sagte Ned, »und ich werde es schnell sagen. In diesem Land ist schon genug geredet worden, von O'Connells Schäumereien zur Zeit unserer Väter bis heute. Und wenig hat es gebracht. Diese Täler waren vor zwanzig Jahren schwarz vor Hunger und Fieber und Tod. Wenige von euch stehen hier heute morgen, die keine Verwandten durch den großen Hunger verloren haben. Die Menschen in diesen Tälern, in allen Tälern und Bergen von Irland, sind in ihren Hütten gestorben oder haben gefleht, in die Arbeitshäuser aufgenommen zu werden, und ihre sarglosen Leichname wurden in die Hungergräber gestoßen. Noch viel mehr haben Abschied von ihrem Zuhause genommen und sind in Queenstown an Bord der Totenschiffe gegangen, um nach New York zu fahren, wo die Straßen nicht mit Gold gepflastert sind, sondern mit Arbeit und Einsamkeit. Und in diesen entsetzlichen Jahren haben die Schaumschläger nichts getan. O'Connell ist mit seiner Bettlermütze zu den Engländern in ihr Parlament gezogen, und die Dichter von Young Ireland haben in ihrer Zeitung schöne Worte geschrieben. Und es wäre wieder genauso, es wäre ganz genauso, wenn die Kartoffelpest zurückkehrte.«

Es war etwas ganz Besonderes. Ich habe kein Wort von damals vergessen. Nichts, was er sagte, keine einzige Silbe, war nicht schon hundertmal in Shebeens* und den schlecht gedruckten Fe-

* Shebeen: anglisierte Form des irischen *sibín*, Kneipe ohne Schankerlaubnis, Ausschank von Schwarzgebranntem oder geschmuggeltem Alkohol.

nierzeitungen gesagt worden. Die Worte waren in den zehn Jahren davor sogar so etwas wie eine Litanei geworden: O'Connells Bettlermütze, die Hungergräber und die Totenschiffe. Außergewöhnlich jedoch war die plötzliche, unerwartete Leidenschaft, die Ned Nolan hineinlegte. Er hatten etwas Hartes und Undurchsichtiges gehabt, etwas Gefährliches, so wie sein langläufiger Revoler. Er war zugeknöpft in seinem langen dunklen Mantel zu uns gekommen, und obwohl er ein sympathischer, freundlicher Mensch war, wenn man ihn erst einmal kennengelernt hatte, so hatte sein Wesen doch einen Kern, den er verbarg. Jetzt wurde dieser Kern eine Minute lang bloßgelegt und sollte bald wieder verdeckt werden. Bob und Vincent schien das nicht bewußt zu sein, und als ich sie in späteren Jahren danach fragte, meinten sie, Ned habe eine schöne Rede gehalten, die uns allen klarmachte, worum es ging, mehr aber nicht. Für mich jedoch schien er sich entblößt zu haben, und nichts, was später geschah, konnte mich überraschen, nicht einmal, als es hieß, daß er Messer und Dynamit und sinnlosen Terror verbreitete.

Die Männer starrten ihn an, als er sich unterbrach. Er stand bewegungslos und gerade da, eine große Vogelscheuche im Winterschnee, mit dem weichen, schlaffen Hut einer Vogelscheuche.

»Es wäre wieder genauso«, sagte er ein drittes Mal, »wenn zwei Dinge nicht wären. Das eine ist der Eid, den wir alle abgelegt haben, der uns alle fürs Leben bindet. Ihr habt gehört, daß dieser Eid als Sünde bezeichnet worden ist, aber ich sage euch, er ist heilig. Wir haben geschworen, die Fremden, die uns versklavt halten, aus unserem Land zu vertreiben, und die unter uns, die den Fremden dienen, zum Schweigen zu bringen, ob es sich nun um Polizisten, Großgrundbesitzer oder Bischöfe unserer eigenen heiligen Kirche handelt. Es gibt keine andere Möglichkeit, keine andere Möglichkeit, um dafür zu sorgen, daß wir nie mehr hungrig und kalt auf den Hügeln stehen müssen, wie unsere Väter, und auf die Karren voll reifen Korns hinabblicken müssen, die zu den Kais von Cork City unterwegs sind, und auf die Hirten, die die großen Viehherden vorübertreiben, die die Tische von London und Manchester mit Fleisch versorgen sollen.«

Er hätte kein Bild aussuchen können, das mit größerer Sicherheit in den Gedanken explodieren und in ihnen eine blinde und unbezwingliche Wut entfachen konnte. Wenige von denen, die dort im Ödland von Knockmany standen, waren alt genug, um sich an die Tage von 46 und 47 zu erinnern, aber wir hatten alle von diesen Kornkarren und den Menschen gehört, die ihnen mit leerem Magen hinterhergeblickt hatten. Es war ein schändliches Bild, und die Schande heizte unsere Leidenschaften an, als ob diese elenden Skelette sich selber und auch uns Schande gemacht hätten, weil sie sich nicht voller Zorn auf diese Karren gestürzt hatten.

»Der Eid«, sagte er, »und sonst nichts.« Er löste die Schnur, die seinen Revolver in der Scheide festhielt, und zog ihn heraus. Er hob ihn hoch, nicht, als ob er schießen wollte, sondern er wiegte ihn auf der Handfläche und schloß die Finger darum. »Ohne das«, sagte er, »und ohne die Waffen, die ihr heute morgen mitgebracht habt, hat der Eid keine Bedeutung. Der Eid ist ohne das alles nur leere Worte, eine Ballade in einer Shebeen oder ein Schaumschläger, der auf einem Podium unter grünem Fahnentuch seinen Schaum versprüht. Aber beides zusammen, Eid und Gewehr der Fenier, und unsere Brüder in ganz Irland heute morgen, an den Eid gebunden und vom Gewehr unterstützt, werden das englische Joch abschütteln.«

Er steckte den schweren Revolver vorsichtig wieder in die Scheide und ließ sich dabei Zeit. Dann sah er sie an. »Ich habe zu lange geredet«, sagte er. »Ich habe zuviel Zeit für meine eigene Rede verwendet. Es ist Zeit zum Aufbruch nach Kilpeder. Eure Stadt, früher auch die Stadt meiner Familie, wartet auf euch. Wir haben einen kalten Winterspaziergang vor uns, Pat. Also brechen wir auf.«

Dunphy war wirklich der geborene Sergeant; Ned hatte gut gewählt, und es ist erstaunlich, daß Dunphy seine Zeit auf den Feldern von Lackan vergeudet hatte, wo die Engländer ihn in ihrer Armee so gut hätten brauchen können. Er ließ die Männer so abmarschieren, daß ihr größter Teil, der unter Neds und seinem Befehl stehen würde, zuerst kam, während die zwanzig, die Bobs Befehl unterstellt waren, die Nachhut bildeten. Als wir zu unseren Pferden gingen, versuchte ich, in den Gesichtern der Männer zu lesen, aber das war ein ergebnisloser Versuch. Alle Formen und Größen von Gesichtern waren vertreten, und daß mir eines kriegerisch vorkam und ein anderes besorgt, kann meiner eigenen Vorstellung entsprungen sein.

Ned und Vincent nahmen ihre Plätze an der Spitze der Kolonne ein, Bob und ich bildeten den Abschluß. Wir sahen vielleicht aus wie Schnitter, die vom Feld zurückkehren oder wie Männer unterwegs zum Gesindemarkt. Wir hatten keine Fahne. In den kolorierten Lithographien, die immer noch fleckig in den Schenken von County Cork zu finden sind, flattert über uns eine riesige Fenierflagge, grün und seidig, mit einer großen goldenen Harfe, aber das ist reine Sage. Auch erhob sich keine Stimme zu einem Lied. Die Männer trotteten dahin, einige sprachen miteinander, und ab und zu war ein plötzliches nervöses Auflachen zu hören, aber das war alles. Es war eine enge Straße, kaum besser als eine Boreen, aber die Männer schafften es doch, in Dreierreihen zu gehen und einigermaßen Ordnung zu halten. Schnee bedeckte die Hecken zu unseren Seiten, aber es schneite fast nicht mehr, ein anderer Widerspruch zur Lithographie. Die erzielt mit den blendenden Schneeflocken nämlich einen schönen, dramatischen Effekt.

Während unseres Vormarsches nach Kilpeder hatten Bob und ich uns kaum etwas Wichtiges zu sagen. Aber er war willkommene Gesellschaft, mein lieber Freund aus meinem ersten Jahr in der Stadt, nach den drei trüben Jahren meiner Ausbildung in Mitchelstown. Er hatte die Stricke des Lebens fest im Griff, so kam es mir wenigstens vor. Aber an eines seiner Worte erinnere ich mich doch.

Am Kreuzweg bogen wir nach rechts in die Straße nach Macroom ein. Es war eine breite Straße, und so früh am Morgen war sie absolut still. Es gab keine Spur von Karrenrädern oder Hufen. Statt dessen lag eine breite, lange Decke aus weichem, exotischem Stoff rein und rätselhaft auf diesem vertrauten Anblick, kalt und verlockend, mit feinen, tanzenden Glitzerflecken hier und dort. Vor uns erhoben sich die hohen Zwillingstürme von St. Jarlath, und, zu ihrer Rechten, hinter ihnen zurückweichend, der bescheidene Einzelturm der protestantischen Kirche. Wenn man aus Macroom oder Cork City nach Kilpeder zurückkam, dann ragten diese Willkommenszeichen vor dem niedrigen Horizont der Hügel in der Ferne in den Himmel. Die Hügel waren an diesem Morgen nicht zu sehen, die tiefhängenden Wolken verdeckten sie, obwohl der Himmel langsam heller wurde.

Ehe man die Stadt erreichte, mußte noch ein steiler Anstieg der Straße bezwungen werden. Ned ließ die Kolonne anhalten, drehte sich im Sattel um und winkte Bob und mich zu sich. Bob sah mich an und sagte: »Lebwohl, Zufriedenheit«, eines dieser geflügelten

Worte aus Shakespeare, mit denen wir uns gern amüsierten, und trieb sein Pferd vorwärts, wobei er es jedoch im Schritt hielt. Ich schloß mich ihm an, und wir ritten auf Ned und Vincent zu, vorbei an den abwartenden Männern. Alle sahen entweder uns oder Ned an. Und nun ließ Bob mir gegenüber die Bemerkung fallen, die ich nie vergessen sollte. Er wollte seinen üblichen, lässigen Tonfall beibehalten, aber seine Worte klangen gezwungen und gepreßt, und seine ruhige Fassade war brüchiger, als ich angenommen hatte. »Und wenn wir gewinnen, Hughie«, sagte er, »dann werden die einen immer noch zu Fuß gehen, und die anderen werden reiten.« Ich starrte ihn an, zu verwirrt, um eine Antwort zu geben, aber er schüttelte den Kopf.

»Also«, sagte Ned zu uns. Er war wieder er selber, gewissermaßen, ruhig und zielbewußt. »Wenn wir oben auf diesem kleinen Hügel hier vor uns angekommen sind, dann werden wir die Stadt und die Kaserne im Blick haben. Die beiden Wachtposten sind kein Problem, die Kaserne ist jetzt jedenfalls wach, und der Tee ist schon aufgesetzt. Wir steigen ab und laufen mit den Männern in die Stadt. Aber wir rennen nicht, es wird nicht gerannt. Und wir wissen alle, was wir zu tun haben und wie wir es zu tun haben. Viel Glück uns allen, und Gott helfe uns.«

Bei den letzten Worten hob er die Stimme, so daß alle sie hören konnten. Die Männer antworteten jetzt nicht mit Schweigen, wie auf seine Rede in Knockmany, sondern mit Rufen, zunächst vereinzelt, vier oder fünf Männer, dann alle zusammen. Als sie wieder verstummt waren, rief einer »Gott helfe uns«. Dabei bekreuzigten sich etliche unter ihnen, und, um ehrlich zu sein, auch ich berührte meine Brust, wo unter Tweed und winterlicher Flanellwäsche auf meiner bloßen Haut ein Skapulier lag, das ich vor langer Zeit von einem Missionar erhalten hatte, das jedoch ein Großteil dieser Zeit in einer Schublade hinter aufgerollten Strümpfen verbracht hatte. Die Worte hatten natürlich ihre Ironie, die nur im Rückblick sichtbar wird, vor uns die beiden Kirchtürme, die sich hart und wütend unserem kriminellen Unterfangen entgegenstellten. Ned aber nickte und legte mir dann, weil ich näher bei ihm war als Bob, die Hand auf die Schulter.

Wir erreichten den Gipfel des Hügels, alles in der richtigen Ordnung, und begannen unseren Eilmarsch. Bei den ersten Hütten am Stadtrand hielten wir abermals an und teilten unsere Truppe in ihre beiden unterschiedlichen Teile. Bob und ich führten unsere

Männer zuerst in die Stadt, wie wir verabredet hatten. Wir waren jetzt vielleicht vierhundert Yards von der Kaserne entfernt, und wir rückten weiter vor. Sie stand wuchtig und wehrhaft da, ein solides dreistöckiges Gebäude aus gutem grauem Kalkstein, Eisengitter schützten die Fenster im Erdgeschoß. Ein kurzer Pfad führte von der Straße zu ihrer schweren Tür, mitten durch den Garten, der Cornelius Honans Stolz war. Seine Rosenbüsche waren nun auch vom Schnee bedeckt, aber sie erinnerten mich an die Sommerabende, wenn ich Honan bei der Gartenarbeit gesehen hatte, ohne Uniformrock, mit aufgekrempelten Ärmeln. Die Rosen hatten Namen, aber für solche Ziereien hatte ich niemals Geduld, während seine Kenntnisse über ihre Pflege bewundernswert waren. Er hatte seine Rosen in einer anderen Welt gehegt, nicht in der Welt dieses weißen Märzmorgens.

Als wir die Kaserne erreicht hatten, blieben wir nicht stehen, obwohl ich meinen Blick nicht von ihr abwenden konnte. Entweder waren die Wachen hereingerufen worden, oder sie hatten uns gesehen und Alarm geschlagen. Aber ich konnte hinter den Fenstern keine Bewegung sehen, obwohl ich, als wir vorbeigegangen waren und das Gebäude schräg hinter uns lag, aus einem der Schornsteine ganz schwachen grauen Rauch hervorquellen sah. Ned hatte recht gehabt; sie saßen beim Tee. Wir hatten jetzt unser Ziel erreicht, eine Zeile von vier Hütten mit schlichten Mauern, etwa zwanzig Yards von der Kaserne ihr schräg gegenüber an derselben Straße gelegen.

Nun hielten wir an, und Bob nickte mir zu, ging zur nächstgelegenen Hütte, hob die geballte Faust und klopfte. Alle vier waren die Hütten von Tagelöhnern, von Männern, die auf dem Gut der Ardmors arbeiteten, und ich kannte keine einzige dieser Familien. Auf dem Gut gab es Gärtner und Bedienstete, von denen die meisten ihre Kinder zur Schule schickten. An diesem Morgen war sogar der Sohn eines Untergärtners bei uns, er gehörte zu Neds Abteilung. Für die Kinder aus diesen Hütten gab es jedoch keinen Schulunterricht, was immer die Schulbehörde sich einbilden mochte.

Ich rief die fünf Männer, die Ned mir zugeteilt hatte, heran und ging zu einer anderen Tür. Als ich davor stand, zögerte ich und sah mich um. Neds Männer befanden sich auf der anderen Seite der Kaserne, und er zeigte auf eine zerfallene Mauer, die zehn Fuß entfernt davon ihr gegenüber in einem Feld stand, und auf eine türlose Steinhütte, die mit dieser Mauer einen Winkel bildete. Vincent neben ihm hatte seinen Mantel aufgeknöpft und die Revers zurückgeschlagen. Er hatte seine Pistole gezogen und hielt sie steif von sich ab, wobei er auf die verschneite Straße zeigte. Als ich mich von ihnen abwandte und mich wieder meiner eigenen Aufgabe widmen wollte, sah ich endlich Leben in der Kaserne. Zwei Männer standen an einem der Seitenfenster im ersten Stock. Ich konnte ihre Gesichter nicht deutlich erkennen, aber ich hatte das unbehagliche Gefühl, daß sie mir voll ins Gesicht starrten. Ned rief irgend etwas in Richtung Kaserne, das ich nicht verstehen konnte, und daraufhin wandten sich die beiden Gesichter von mir ab. Ein Stück weiter die Straße hinunter sollten zwei von Neds Männern die Telegraphenleitungen durchtrennen. Einer von ihnen war bereits hochgeklettert und hatte irgendein Gerät aus seinem Gürtel gezogen, zweifellos eine kleine Schafschere. Da, dachte ich, das ist die erste Kriegshandlung, die Drähte Ihrer Majestät werden zerschnitten. Hinter ihnen lag die Straße nach Macroom, leer und weiß.

Also los, dachte ich, mit Gottes Hilfe, und ich hämmerte gegen die Tür. Meine Schläge hallten laut und hohl in der kalten Luft wider, es gab jedoch keine Antwort. Ich wartete, dann hämmerte ich wieder, zehn- oder ein dutzendmal, und brüllte: »Ihr da im Haus! Macht auf!« Der Mann neben mir trat von einem Fuß auf den anderen. »Weißt du, wer hier wohnt?« fragte ich ihn, aber er schüttelte den Kopf. Wieder hob ich meine Faust, aber im selben Moment hörte ich hinter der Tür ein Geräusch, und dann wurde sie weit aufgerissen. Vor mir stand ein alter Mann, mindestens sechzig, mit dünnen, zerzausten weißen Haaren. Er ließ die Hand von der Klinke fallen und starrte uns an, wobei er seine Augen von einem zum anderen wandern ließ. Ich stellte mir vor, daß er unsere Gesichter überhaupt nicht sah, sondern nur unsere Gewehre, die die Männer natürlich nicht auf ihn gerichtet hatten, die aber trotzdem gefährlich und fremd wirkten. Dann wandte er sich wieder mir zu:

»Schulmeister MacMahon«, sagte er.

»Richtig«, erwiderte ich. »Wir wollen für heute morgen deine Hütte ausleihen.«

»Schulmeister MacMahon«, wiederholte er, als ob er sich an das einzige vertraute Element dieser Szene anklammern wollte. Es ist gut, eine Dorfberühmtheit zu sein.

»Ich kann mich leider nicht so genau an deinen Namen erinnern«, sagte ich.

»Dominick Murphy«, antwortete er. »Ich arbeite auf dem Gut.« Seine Stimme war von Schlaf und Verwirrung heiser. In der Dunkelheit hinter ihm bewegte sich eine vielleicht weißgekleidete Gestalt.

»Nun gut, Dominick«, sagte ich. »Dein Tag fängt übel an, das gebe ich zu. Aber daran läßt sich nichts machen. Hast du da drinnen eine Familie? Bring sie lieber schnell von hier weg, und geh selber auch mit.«

Er sah weiterhin schweigend abwechselnd mich und dann die Gewehre an und starrte immer wieder in das einzige Zimmer der Hütte. Jetzt sah ich das Bett an der Wand und den Herd, und die Frau, die danebenstand, ihre langen grauen Haare und die vor ihrer Brust verschränkten Arme, mit denen sie sich selber umklammerte. In Murphys Starren lag Furcht, aber vor allem stupide Verwirrung.

»Komm einen Moment heraus«, sagte ich. »Und dann wirst du alles verstehen.« Aber er blieb stehen wie angewachsen. Ich streckte die Hand aus und packte ihn am Arm und zog ihn auf den Weg. »Sieh doch selber«, sagte ich. Die meisten von Neds Männern gingen jetzt hinter Mauer und Hütte in Stellung. Dunphy gehörte zu ihnen. Ned und Vincent jedoch standen der Kaserne genau gegenüber, auf der Straße, zusammen mit sieben oder acht Männern, die, wie um ihnen Deckung zu geben, mit ihren Gewehren voll auf die Kaserne zielten. Von drinnen rief eine Stimme Ned etwas zu.

»Kilpeder hat sich erhoben«, erklärte ich Murphy. »Ganz Irland hat sich heute erhoben, Kilpeder und der Rest. Die Armee der Iren, die Fenierarmee, muß die Kaserne erobern, und wir brauchen dein Haus. Wir brauchen es jetzt.«

Das bleiche Licht des Morgens und die Szene, mit der er konfrontiert war, waren von durchschlagender Wirkung. Er begriff zwar nicht, was passierte, aber zumindest war er jetzt wach.

»Das ist nicht mein Haus«, sagte er. »Es gehört Lord Ardmor. All diese Häuser gehören dem Lord.«

»Der erfährt das nicht«, tröstete ich. »Der ist in England.«

»Aber Mr. Chute wird es hören«, sagte er. »Und ihre Ladyschaft und dieser Vetter aus England, Mr. Forrester. Mr. MacMahon, sind Sie verrückt geworden?«

Während Murphy auf mich einredete, brüllte Ned etwas zur Kaserne hinüber, das ich wegen des zänkischen Gewimmers neben mir nicht verstehen konnte. Dann zogen sich, während sie immer noch die Augen auf die Kaserne gerichtet hatten, er und Vincent und ihre Kolonne langsam, Schritt für Schritt, zum Feld zurück.

»Noch nicht, Dominick. Du kannst gern in deiner Hütte bleiben, und deine Frau auch, aber das wäre ziemlich töricht. Es kann hier bald gefährlich werden. Du gehst also besser.«

In diesem Moment kam Bob zu mir. Er hatte die rechte Hand in der Tasche, aber ich konnte sehen, daß er seinen Revolver umklammerte. »Hughie«, sagte er, »was um Himmels willen treibst du hier?«

»Bob Delaney aus dem Laden«, sagte Murphy, zu sich selber, aber laut. Er schien einen Alptraum mit vertrauten Gesichtern auszustatten.

»Dominick Murphy und ich diskutieren das Recht auf Privatbesitz«, antwortete ich.

Bob grinste mir kurz zu, dann sagte er: »Alles klar. Murphy vom Gut, ich kenne dich.« Er packte Murphy am Hemdsärmel und fuhr fort: »Jetzt nimmst du deine Frau und eine warme Jacke und gehst zum Marktplatz. Jetzt sofort. Keine Widerrede.« Er benutzte den Arm als eine Art Stemmeisen, schob Murphy in die Hütte und wandte sich dann an meine Männer. »Wir brauchen zwei von euch – euch beide. Die anderen gehen in die Hütte und stellen sich ans Fenster. Richtet eure Gewehre und eure Augen auf die Kaserne, aber schießt erst, wenn es euch befohlen worden ist.« Er steckte den Kopf in die Hütte. »Raus hier, verdammt noch mal«, rief er. »Das ist mein letztes Wort an euch!«

Manchmal wirkt ein schroffer Mangel an Höflichkeit wahre Wunder. Murphy und seine Frau standen fast augenblicklich neben uns auf dem Weg, Murphy in seiner Friesjacke, die Frau hatte einen Männermantel lose über ein grau gewordenes Nachthemd geworfen. Das Gesicht der armen Frau war verzerrt vor Angst, und ihre tiefliegenden, rotgeränderten Augen waren weit aufgerissen. »Keine Angst«, sagte Bob zu ihr. »Gehen Sie jetzt mit Dominick zum Marktplatz. So, das ist brav.«

Dann schritten wir beide, und die beiden Männer, die er ausgesucht hatte, die Straße hinauf, um uns mit Ned zu beraten. Bob ging mitten auf der Straße und blickte weder nach rechts, noch nach links, aber ich behielt die Kaserne im Auge. Ich hatte erwartet, Karabinerläufe aus den Fenstern hervorschauen zu sehen, aber da hatte ich mich geirrt. Ned und Vincent standen vor der Hütte. In ihr und hinter ihr waren Männer aufgestellt, andere, die meisten, standen hinter der Mauer.

»Wir haben die Hüttenzeile«, teilte Bob mit. »Die Leute sind weggeschickt worden, und Hughie und ich haben unsere Jungs in Stellung gebracht.«

»Gut«, sagte Ned. »Sergeant Honan und ich haben ein paar Worte gewechselt. Ich habe ihn aufgefordert, die Kaserne zu übergeben, und er meinte, wir sollten wieder gehen.«

»Was wird er jetzt machen?« fragte ich.

»Was *er* machen wird?« erwiderte Ned. »Er braucht gar nichts zu tun. Er sitzt sicher und stark hinter seinen Mauern. Er nimmt an, daß wir uns im nüchternen Licht des Morgens die Sache noch einmal überlegen werden.«

»Wenigstens kann er keine Hilfe holen«, sagte ich und dachte an die zertrennten Leitungen.

»Vielleicht«, meinte Ned. »Aber wenn jede Kaserne in Alarmzustand ist, müssen sie vielleicht jeden Tag ein Signal drahten. Oder zweimal am Tag. Vielleicht.«

»Wenigstens kann er nicht mitteilen, wie viele von uns hier sind«, sagte Vincent.

»Oder wie wenige.« Ned blickte die Straße entlang auf den Marktplatz. »Aus dieser Stadt und aus der ganzen Umgebung sechzig Mann.« Ich folgte seinem Blick. Von unserem Standpunkt wirkte die Ecke des Marktplatzes jungfräulich, die Läden und Conefrys Kneipe ruhig und abgeschlossen. Der gedrungene Obelisk, der die Volljährigkeit des dritten Earl feierte, trug eine Schneemütze. Bald würden sich jedoch Gruppen von Neugierigen auf dem Platz versammeln, auch wenn sie sich dadurch vielleicht in Gefahr brachten, aber während dieser halben Stunde hatten wir die Stadt für uns, wir und die irische Polizei. Träge hob ich meine Augen zum Schloß. Es war fast vollständig hinter den hohen Lärchenpflanzungen verborgen, sein oberster Stock jedoch hob sich gelblichweiß vom klaren Weiß des Schnees auf den Bäumen ab. »Die Stadt Kilpeder«, lautete die Inschrift unter dem kolorierten Druck in den Arms. »Eigentum des Earl of Ardmor, 1822«.

»Wenn wir jetzt gehen, sagt Sergeant Honan, werden sie nicht allzu hart mit uns verfahren«, meinte Ned. »Schließlich ist bisher noch kaum Schaden angerichtet worden. Einige Dutzende hitzige Knaben mit Schrotgewehren und Sensen.« Er blickte Bob voll ins Gesicht. »Ein vernünftiger Mann, dieser Sergeant Honan.«

Dann drehte er sich zu den Männern um. »Ihr alle«, sagte er. »Legt euch flach auf den Bauch hinter diese Mauer. Ich will keinen Kopf und keinen Ellbogen hervorschauen sehen, bis ich es euch befehle.« Zu uns sagte er: »Geht hinter die Hütte. Und haltet mir einen Platz frei.«

Als wir alle unsere Plätze eingenommen hatten, war er der einzige, der noch stand. Er knöpfte seinen Mantel auf und schob ihn unter dem einengenden schweren Gürtel, an dem seine Pistolentasche hing, zur Seite. Danach blieb er stocksteif stehen, als sei er der einzige, der dem massiven Gewicht der irischen Polizei entgegenträte. Dann kletterte er über die niedrige Mauer. Er ging an den auf dem Boden ausgestreckten Männern vorbei, blieb vor dem vierten stehen und nahm dessen Waffe. Dann richtete er sich wieder auf, legte das Gewehr sorgfältig an seine Wange, zielte und schoß.

Es war der lauteste Lärm, den ich je gehört hatte. In unseren Übungsnächten nach der Waffenaktion hatte ich den Knall der Gewehre nervenaufreibend und entsetzlich gefunden. Die Schrotflinten waren nicht so schlimm gewesen, laut und dröhnend, aber irgendwie auch flach. Die Gewehre dagegen hatten ein trommelfellzerfetzendes und immer unerwartetes Dröhnen, den Klang des Todes. Ich verspürte einen leichten, krankhaften Geruch von verbranntem Pulver. Stille herrschte. Ich konnte aus meinem Blickwinkel, hinter der Hütte, das gezackte Loch, eine Wunde, in einem Fenster im Obergeschoß sehen. Als ich mich wieder umschaute, war Ned weitergegangen und hielt ein zweites Gewehr in den Händen. Ich spürte eine Hand auf meinem Arm und sah Vincent, der ihn umklammert hielt. Seine Lippen waren geöffnet. Ned schoß jetzt zum zweiten Mal, schneller und fast lässig, und er zielte dabei, wie mir schien, tiefer als beim ersten Mal. Dann senkte er das Gewehr und ließ sich auf ein Knie fallen.

»Das bringt's«, sagte Vincent. »Die Männer der Königin beschießen.« Er lächelte, aber ich konnte nicht erkennen, ob es ein Lächeln der Nervosität oder des Vergnügens war.

Stille folgte, dann rief eine Stimme uns an, und ich erkannte Sergeant Honan, angespannt und unnatürlich.

»Nolan!« rief er.

»Ja!« rief Nolan zurück.

»Nolan, Sie stehen am Abgrund, und ein Fuß schwebt schon über dem Nichts. Es ist nicht Ihr Fehler, aber Ihre Schüsse haben niemanden verwundet. Sie sind verrückt! Hören Sie mit Ihrem verdammten Wahnsinn auf!«

Ned fuhr sich mit dem Mantelärmel über den Mund.

Dann öffnete er sich selber wie ein Klappmesser, richtete sich auf und war von der Taille bis zum Kopf ohne Deckung. Jesus und Maria, sagte ich zu mir selber, denn ich glaubte, er würde im nächsten Moment in Stücke geschossen werden. Aber in einer ruhigen Stunde begriff ich später, daß es für ihn und Honan die letzten zwei oder drei Züge in ihrem eigenen Spiel waren.

»Kommen Sie her, damit ich mit Ihnen reden kann, ohne zu schreien«, rief Honan.

»Ich kann Sie gut genug hören«, antwortete Ned. »Und Sie hören mich. Wir haben den Befehl, Kilpeder einzunehmen, und das werden wir auch tun. Es besteht kein Anlaß zum Blutvergießen. Kommen Sie mit Ihren Männern friedlich heraus. Wir sind doppelt so viele wie Sie, und die meisten von uns sind bewaffnet.« Aber nachdem er das gesagt hatte, stützte er beide Hände auf die Mauer und kletterte hinüber. Er machte ein Dutzend Schritte und erreichte damit fast die Straße. Dann wartete er. Gleich darauf wurde die Kasernentür geöffnet, und Honan füllte die Türöffnung aus. Sein Uniformrock war zugeknöpft, und er sah kampfbereit und soldatenhaft aus, obwohl er seinen Helm nicht aufhatte. Sein Gesicht war rot.

»Nolan«, sagte er. »Seien Sie doch vernünftig, Mann! Die Polizei hat nicht die Angewohnheit, Whiteboys oder Feniern, oder wie immer Sie sich nennen mögen, die Kaserne zu überlassen. Wir haben feste Mauern, und wir sind gut ausgerüstet; haben genügend Proviant; wir sind besser bewaffnet – mit Karabinern, wissen Sie, nicht mit gestohlenen Vogelflinten und Duellpistolen. Wir können diese Kaserne bis zum Jüngsten Gericht halten.«

»Das Jüngste Gericht ist da«, erwiderte Ned.

»Sie sind ein verdammter mörderischer Narr!« sagte Honan. Er formte mit den Händen einen Schalltrichter vor seinem Mund und rief: »Ihr Männer da drüben, hört mir zu! Das alles führt zu nichts, außer daß einige von euch wahrscheinlich getötet werden. Und danach gibt es für euch kein Leben mehr, für keinen von euch, außer Gefängnis und trocken Brot. Das hat dieser Mann für euch vorgesehen. Wollt ihr das?«

Ich blickte mich um und sah die acht oder neun von uns an, die sich hinter der sicheren Hüttenmauer zusammenkauerten. Sie hatten Angst, das stand fest, vielleicht ebenso große wie ich selber, aber keiner von ihnen rührte sich. Ein o-beiniger Mann namens Dermot Foley starrte in den zertrampelten schmutzigen Schnee vor seinen Stiefeln, seine Augen quollen hervor, seine Wangen waren rot, seine Kiefer verbissen zusammengepreßt.

»Ihr müßt das entscheiden«, rief Honan. »Nicht dieser Revolverheld, den keiner von euch vor einem Monat gekannt hat. Na los, Jungs, was meint ihr? Geht nach Hause, dann ist nichts Schlimmeres passiert.« Seine Stimme hatte einen vernünftigen und schmeichelnden Tonfall angenommen, so hätte er zu Sturzbesoffenen geredet, die aus einer Schenke taumelten.

Es war Vincent Tully, der ihm seine unerwartete Antwort gab. Vincent trat an mir vorbei aus der Deckung, zielte mit dem Revolver voll auf Honan und gab zwei Schüsse ab. Für einen Moment waren wir alle, ich glaube, sogar Honan und Ned, völlig verwirrt. Honan blickte in raschem Wechsel immer wieder von Vincent zum Türrahmen, wo eine der beiden Kugeln eingeschlagen sein mußte. Ned bewegte sich als erster, er rannte gebückt nicht hinter die Mauer, sondern zu unserer Hütte. Honan sprang rückwärts in die Kaserne, und ein anderer Polizist schlug hinter ihm die Tür zu. Fast im selben Moment, als Ned in Sicherheit war, erhob die Kaserne das Feuer auf uns. Ich kann nicht sagen, aus welchem Fenster sie schossen, denn ich preßte mich mit dem Rücken an die Rückwand der Hütte.

»Es hat angefangen!« rief Ned Dunphy zu. »Verpaßt ihnen eine Runde und stellt danach das Feuer ein!« Und nun brach neben mir, wenn ich auch sicher hinter der Hütte stand, Gewehr- und Karabinerfeuer los, ein wahrer Höllenlärm. Und so begann die »Schlacht«, wie sie später genannt wurde, während Clonbrony Wood, der ihr den Namen geben sollte, noch meilenweit entfernt war, uns mit seinen blattlosen Bäumen und seinem noch unbesudelten Schneeteppich erwartete.

Wie verabredet, verstummten die Schüsse, in der Kaserne und hinter der Mauer, aber meine Ohren waren immer noch betäubt, und ich schien ihr Echo zu hören und in alle Ewigkeit weiter hören zu müssen.

Ned hielt seinen Revolver in der Hand, er hatte den krummen, tödlichen Hahn entsichert.

»Pat«, rief er. »Wie geht's euch?«

»Alles klar«, antwortete Dunphy. »Nichts passiert. Die Jungs haben eine großartige Salve abgegeben, was?«

»Allerdings. Wir machen uns gut.« Dann wandte Ned sich an Vincent und sagte mit leiserer Stimme: »Bei Gott, Vincent, du bist ein verdammt sorgloser Mann. Ich hätte dabei umgebracht werden können.«

»Und ich selber auch«, sagte Vincent. »Honan hat über deinen Kopf hinweg uns andere gemeint, und ich habe ihm seine Antwort gegeben.«

»Na gut«, sagte Ned nach einer Pause. »Dieses Gerede bringt auch nichts. Was hast du sehen können, Pat?« rief er.

»Alle Fenster sind besetzt«, antwortete Dunphy. »Die verdammten schwarzen Läufe zielen auf uns.«

»Wir versuchen's noch mal«, sagte Ned. »Ihr Jungs da. Wenn Pat euch den Befehl erteilt, dann gebt ihr noch zwei Salven ab. Aber diesmal möchte ich, daß ihr alle dasselbe Ziel nehmt. Das Fenster links von der Tür, wo der Sergeant gestanden hat.«

Wir warteten vielleicht eine Minute, dann wurde von unserer Seite gefeuert, dann warteten wir noch länger, und die zweite Salve folgte. Ich blickte zum Marktplatz hinüber und konnte gerade noch zwei Männer, die ich aus dieser Entfernung nicht erkennen konnte, hinüberrennen sehen. Aus der Kaserne wurden unsere Schüsse nun erwidert, nicht konzentriert, sondern als kurzes Kläffen, gefolgt von einer Pause, dann noch zweimal Kläffen, als ob auch die Polizisten ein bestimmtes Ziel hätten. In meiner Angst verlor ich vollständig jegliches Gefühl für die Polizisten als Männer, denen ich seit Jahren mit höflichem Gruß begegnet war, für Honan in Hemdsärmeln bei seinen Rosen oder wenn er mir die Limericker Version eines Volksliedes beibrachte, für den gemütlichen und alles andere als scharfsinnigen Paudge Belton, dessen Bauch seinen Uniformrock zu sprengen drohte. Sie waren Männer, die sicher hinter Steinen saßen, mit gut geölten Karabinern, und wenn ich meinen Kopf vorgestreckt hätte, dann hätten sie ihn mir abgeschossen.

Ned riskierte es. Er trat kurz aus der Deckung heraus und war ebenso schnell wieder in Sicherheit.

»Sie richten sich auf einen langen Morgen ein«, sagte er. »Na gut, Bob. Ich geh zu den Jungs hinter der Mauer zurück, und Vincent hält die Burschen hier als Reserve. Hughie und du, ihr kehrt zu den Hütten zurück. Die Karren sind deine Sache, Bob, sie müßten in einer halben Stunde hier sein. Die Hütten stehen unter deinem Kommando, Hughie. Du mußt uns decken, und du mußt selber entscheiden, wie. Ihr habt nur sieben oder acht Gewehre und für jedes nur eine Handvoll Munition. Solange ich es euch nicht anders befehle, bleibt ihr, wo ihr seid, egal, was passiert.«

Ich warf Bob und Vincent je einen verstohlenen Blick zu. Sie erweckten in mir einen Neid, der in diesem Moment fast zum Zorn wurde. Bob hätte hinter seinem Tresen bei Tully stehen können, während ein Farmer seine Einkaufsliste herunterrasselte. Und Vincent schien sich, das schwöre ich, fast zu amüsieren, seine großen schwarzen Augen funkelten vor Aufregung. Dazu hat er ja auch allen Grund, dachte ich, schließlich hat er die solide Hüttenmauer im Rücken. Als ich Ned anblickte, sah ich, daß auch er mich anschaute.

»Weißt du, was du zu tun hast, Hughie?« fragte er. »Bob wird bald wieder bei euch sein, wenn er mir die Karren gebracht hat.«

»Aber ja«, sagte ich. »Das weiß ich genau.«

Aber er schaute mich weiterhin durchdringend an. »Und noch etwas. Es ist zwar unwahrscheinlich, daß Bob irgendwas passiert, aber wenn, dann bist du für die Karren verantwortlich, und ich brauche sie hier, egal, wie groß das Risiko ist. Wenn du irgendwelche schlimmen Probleme kriegst, dann ruf mich.«

Hinter Ned und hinter der Mauer sah ich einen Mann Kopf und Schultern heben, um sich umzusehen, einen jungen Burschen mit zerzausten Haaren. Aus der Kaserne fielen in rascher Folge zwei Schüsse, und der Mann war nicht mehr zu sehen und stieß einen entsetzlichen Schrei aus. Wir starrten die Mauer an, und seine Schreie dauerten an, wortlos und schrill, eine Art Schluchzen. »Seine Schulter«, rief Dunphy uns zu. »Seine Schulter ist zerschmettert und blutet fürchterlich.«

»Da habt ihr's, Jungs!« rief Ned zurück. »So behandelt die Polizei Männer, die für ihr Land kämpfen. Ich komm sofort zu euch.« Irgendeine kühle kleine Abteilung meines Gehirns registrierte das als feines Stückchen Zynismus: Als ob Ned nicht auf die Uniformen der Königin losgeballert hätte. »Gut«, sagte er. »Machen wir weiter. Das Geschrei dieses Burschen tut uns wirklich nicht gut.«

»Ihr Männer«, rief jemand aus der Kaserne, »seht ihr jetzt, wohin euch das führt?«

»Gehen wir, Hughie!« sagte Bob, und ich machte mich bereit, auf die tödliche Straße hinauszugehen. Aber mein Körper muß Bob meine Gedanken verraten haben, denn er schüttelte den Kopf: »Nicht auf die Straße, Hughie«, sagte er. »Bei Gott, du bist ein Narr vor lauter Tapferkeit. Wir gehen zusammen los, Ned und wir beide. Dann gehen du und ich durch Tunney's Lane. Dabei kommen wir auf der anderen Seite der Hütten wieder heraus.«

Ich nickte. Ich hatte das Gefühl, daß Bob und Ned mich befremdet ansähen, als ob mir meine schändliche Angst im Gesicht geschrieben stände.

»Duck dich, Hughie«, sagte Ned. »Und ich brauch dir ja wohl nicht zu sagen, daß du dich beeilen sollst. Und vergiß nicht, diese Burschen sind keine Meisterschützen auf Entenjagd, sondern Bauernburschen in Uniformröcken mit steifen Kragen.« Er klopfte mir auf die Schulter und sagte: »Los!« Dann rannte er selber davon, und seine schwarzen Mantelschöße flogen hin und her.

Wir wurden beschossen, und die Schüsse trafen meine Ohren wie der Lärm von gegeneinander geschlagenen Brettern, doch das Geschrei des Verletzten war für mich wesentlich wirklicher. Bob überholte mich, und es versetzte mir einen Schock, daß er aufrecht stehen blieb, um auf mich zu warten. Ich rannte auf ihn zu, und er trat vor.

»Ruhig durchatmen, Hughie«, sagte er. »Wir sind außerhalb ihrer Reichweite.« Er sah an mir vorbei, auf den Weg, den wir gekommen waren, und ich sah unsere Männer flach auf dem Boden liegen, während Ned an ihnen vorbeikroch, schwarz und eilig. Er war zu dem Verwundeten gegangen, und ich sah, wie er die Friesjacke dieses armen Burschen öffnete. Die Kaserne sah aus wie immer, offiziell und solide, aber nun ragten die schwarzen Läufe aus den Fenstern.

Wir gingen durch die Gasse, an deren Ende wir, hinter den gegenüberliegenden beiden elenden Hüttenzeilen, ein Stück des Marktplatzes erkennen konnten. Wir atmeten beide schwer. Vor uns wurde eine Tür geöffnet, ein Mann erwartete uns. Als wir ihn erreicht hatten, fragte er: »Sind die Jungs losmarschiert, Bob, ist es so weit?«

Bob blieb stehen, um ihn anzusehen. »Das sind sie, Batty. Die Jungs sind losgegangen, aber du kannst ruhig wieder ins Bett gehen. Nimm dir den Tag frei.«

»Die Hütte steht aber sehr nah bei der Kaserne. Meinst du, wir sollten uns in Sicherheit bringen? Wohin sollen wir denn gehen? Kommen die Jungs auch auf den Marktplatz, was meinst du?«

»Tun sie vielleicht«, sagte Bob. »Tun wir vielleicht.«

»Was sollen wir tun?«

»Es ist mir scheißegal, was ihr tut«, erklärte Bob und ging weiter.

»Schulmeister MacMahon«, sagte der Mann wimmernd. »Gehören Sie denn auch dazu?«

»Ich nickte wortlos und lief hinter Bob her.

»Verdammter kleiner Feigling«, sagte Bob aus dem Mundwinkel zu mir.

»Viel Glück für die Jungs«, rief der Mann uns hinterher. »Hoch die Fenier!«

Bob wandte den Kopf, ohne langsamer zu gehen. »Hoch deinen Arsch!« sagte er.

Der Marktplatz sah an diesem Morgen anders aus als je zuvor. Der Schnee hatte die seltsame Wirkung, auf mich zumindest, ihn vorübergehend aus der Zeit herauszuheben. Keine Seele war zu sehen, obwohl es Spuren gab, und das verlieh der Szene einen Hauch von Goldsmiths Dorf. Nichts, was an diesem Morgen geschah, kam mir ganz real vor, und deshalb war es nur angemessen, daß der vertraute Marktplatz – die Piazza, das Forum unserer gesellschaftlichen Existenz – weiß verhüllt dalag. Hinter uns fielen drei Schüsse, zwei dicht hintereinander, dann ein dritter. Zweifellos hatte jemand, einer von uns oder ein Polizist, unvorsichtigerweise einen Kopf oder eine Schulter gezeigt.

»Hughie«, sagte Bob. »Ich nehme ein paar Leute mit, und dann machen wir uns an die Arbeit. Eine Viertelstunde, vielleicht zwanzig Minuten. Joe Harrington erwartet mich wohl im Stall. Halte die Jungs in den Hütten bei gutem Mut. Wie Ned uns gesagt hat, du mußt selber wissen, was du zu tun hast.« Er drehte sich um, um den Marktplatz zu überqueren, dann wandte er sich wieder mir zu. »Geht's dir auch so wie mir? Ich hab eine fürchterliche Angst.« Die Besorgnis, die er und Ned gleichermaßen zeigten, war beschämend, und ich sah mich mit ihren Augen, ängstlich und unentschlossen, ein Strohwisch.

Bob ging los, und ich schlug die entgegengesetzte Richtung ein, über den Fußweg zu den Hütten. Die Tür der nächstgelegenen stand weit offen und war wehrlos, und ich trat ein. Es war, als ob ich die totale Finsternis beträte. Die Morgensonne war immer noch blaß, aber sie war schon stark genug, um den Schnee zum Funkeln zu bringen, und meine Augen wurden nun von der Düsternis in der Hütte überfallen. Aber ich konnte zwei Männer erkennen, die nebeneinander am Fenster knieten und ihre Waffen hindurchgeschoben hatten. Drei andere befanden sich hinter ihnen, zwei saßen auf dem Bett, der dritte lehnte mit untergeschlagenen Armen am Kamin. Ein niedriges Torffeuer glühte darin.

Einer der beiden auf dem Bett sagte zu mir: »Guten Morgen, Meister«, und als sich meine Augen an die Dunkelheit gewöhnt hatten, sah ich, daß er noch kein ausgewachsener Mann war, sondern ein Junge von siebzehn, Gerry Lawlor, der mein Schüler gewesen war.

»Guten Morgen, Ger«, sagte ich und ging zu ihm hinüber. Er saß vorgebeugt da und hatte die Arme fest um seine Beine geschlungen. Der Mann neben ihm ließ ein Schrotgewehr auf seinen Knien ruhen. »Wo ist deine Waffe, Ger?« fragte ich.

»Ich habe keine«, antwortete er. »Ich wollte die Sense mitbringen, aber das kam mir so blöd vor. Aber dann habe ich gesehen, daß auch andere Sensen bei sich haben.«

»Ja«, sagte ich. Ich erwog, ihm meinen Revolver zu geben, entschied mich jedoch dagegen.

Verstreute Schüsse erklangen, und ich trat ans Fenster.

»In Ordnung, Jungs«, sagte ich. »Schießt los, auf die beiden unteren Fenster.« Sie zögerten kurz, dann feuerten sie. So entsetzlich wie der Lärm im Freien war, war er doch nichts im Vergleich zum Lärm in der Hütte.

Einer der Männer betrachtete seine Waffe, fast überrascht und auf jeden Fall achtungsvoll.

»Das hat aber alles kaum Zweck«, sagte er. »Die Kaserne ist so stark wie eine Burg. Ich weiß noch, wie sie gebaut worden ist, als ich noch ein Kind war. Damals sind Armee-Ingenieure und Leute von der Baubehörde gekommen. Sie haben riesige Steinquader benutzt. Mein Onkel Dan hat mitgearbeitet.«

»Captain Nolan schießt, damit sie was zum Nachdenken haben«, sagte ich. »Nur Geduld.«

Ich besuchte jede der vier Hütten, und in jeder ließ ich die Jungs ein oder zwei Salven abgeben, damit sie ein Gefühl für die Situation entwickelten und das Gefühl hatten, sinnvoll beschäftigt zu sein.

Als ich aus der letzten Hütte wieder auf die Straße trat, sah ich Bob und seine Männer über das entgegengesetzte Ende des Marktplatzes gehen. Sie hatten zwei Karren mit lose verschnürtem Heu aus dem Stall geholt, ein vertrauter Anblick, den die Umstände für mich dramatisch werden ließen. Bob erschien mir als ein Wunder, er sah sogar aus der Entfernung gelassen aus, als ob Rebellion zu seinem normalen Tageswerk gehörte. Er erblickte mich, beschrieb mit dem Arm einen langsamen, weiten Bogen, und ich berührte als Antwort meine Stirn mit den Fingern. Hinter ihm lagen die züchtige, verschlossene protestantische Kirche – sicher hinter ihrem Gitterzaun, der schneeweiße Kirchhof voller Grabsteine – und die Tore, die die Schloßdomäne hüteten.

Emsig schoben die Burschen die Karren über die weiße Straße. Als sie Tullys Laden erreicht hatten, ließ Bob sie anhalten und ging mit einem der Männer zur Doppeltür. Einige Yards östlich von ihnen, gleich hinter Conefrys Schenke, befand sich eine Gasse mit dem großartigen Namen River Street, die direkt zum Fluß geführt hatte, ehe die Domänenmauer errichtet worden war. Eine kleine Gruppe von Männern und Frauen, vielleicht zehn oder ein Dutzend, hatten sich dort versammelt, aus müßiger und rücksichtsloser Neugier. Bob zog die Ladenschlüssel aus der Tasche, öffnete die Türen, ging zusammen mit dem anderen Mann ins Haus und ließ die Türen hinter sich weit offen stehen. Wenn man Ausrüstung für ein militärisches Unternehmen requiriert, lohnt es sich, über die Schlüssel zu den Räumlichkeiten des wichtigsten Kaufmannes zu verfügen.

Bald ließen sie sich wieder sehen, und jeder von ihnen trug zwei Zehn-Gallonen-Kanister Petroleum mit sich. Diese wurden auf den Heuballen abgelegt, und dann tat Bob etwas Hochinteressantes. Er ging zurück und schloß den Laden wieder zu. Schließlich war er Dennis Tullys Ladengehilfe, und ich hatte oft neben ihm gestanden, wenn er den Laden abschloß und wenn vielleicht ein musikalischer Abend, an dem wir uns um Marys Pianoforte versammelten, vor uns lag, oder doch wenigstens ein ruhiges Bier bei Conefry.

Sie bildeten ein schönes Genrebild, der Laden und sein ernster junger Gehilfe an einem verschneiten Morgen, hinter den großen Bogenfenstern aus Bleiglas auf beiden Seiten der Türen die Rechtecke und Pyramiden verlockender Kaufmannsware, und die goldenen Schnörkel »Tully und Sohn« über der Tür. Aber Bob hatte seine umsichtige Aufgabe im Nu erledigt, dann machten er und seine Männer sich wieder auf den Weg, überquerten den Platz und kamen genau auf mich zu.

In diesem Moment feuerte die Kaserne mit wütendem Lärm los, und sicher zielten sie auf Bob und seine Leute oder sogar auf mich. Ohne mir Zeit zum Nachdenken über diese Frage zu lassen, brüllte ich den Hütten den Befehl zu, das Feuer wieder aufzunehmen und stürzte in die, die ich für mich selber ausgesucht hatte, weniger als Befehlsstand denn als Schlupfloch. Hinter seiner Mauer erteilte auch Ned den Schießbefehl, und vier oder fünf Minuten lang erfüllte mark- und beinerschütterndes Getöse die Luft. Ich griff in meine Tasche und legte die Finger um den Revolver, ließ meinen Zeigefinger den Abzughahn berühren.

Wie verabredet, soweit ich die Richtungen der Schüsse erraten konnte, stellten Ned und Sergeant Honan das Feuer ein, und ich befahl meinen Männern, ein gleiches zu tun. Beißender Gestank hing schwer in der Luft der Hütte. Meine Augen brannten und tränten; ich rieb sie, und das machte alles nur noch schlimmer, aber ich konnte gut genug sehen. Die beiden Männer, die aus dem Fenster geschossen hatten, drehten sich zu mir um.

»Gut gemacht«, sagte ich zu ihnen, weil mir nichts Besseres einfiel. »Gute Arbeit.«

»Jesus, Hughie«, sagte der ältere von beiden zu mir. »Diesmal haben sie auf uns geschossen. Wenn du noch einmal einen Fuß auf die Straße setzt, dann wird's dich das Leben kosten.«

»Ich glaube eher, daß sie es auf Bob und seine Leute abgesehen hatten«, sagte ich, »soweit ich das beurteilen kann. Aber denen ist wohl nichts passiert, wenn nicht ein unseliger Schuß doch getroffen hat.«

Ich wartete, so lange ich konnte, bis Neugier und Sorge um Bobs Sicherheit überhand nahmen und ich mich auf die Suche nach ihm machte, wobei ich einen Stellvertreter hinterließ. Zuerst jedoch zog ich meinen Revolver aus der Tasche und hielt ihn von mir ab, weil ich Angst vor einem Unfall hatte. Dann stürzte ich aus der Hütte und rannte um mein liebes Leben. Mehrere Gewehrschüsse fielen, aber ich konnte nicht feststellen, ob sie mir galten oder nicht. Als ich die Sicherheit der Gasse erreicht hatte, lehnte ich mich keuchend und dankbar an eine Hütte.

Wieder wurde ich von Batty Collins angesprochen, dem ewigen Beobachter der Geschichte.

»Meister«, rief er zu mir herüber. »Was machen Bob und seine Jungs denn jetzt?«

Als ich ihn erreicht hatte, hielt ich inne und ging zu ihm hinüber.

»Wir wollen Honan und die Polizisten ausräuchern, damit sie herauskommen und wir unter besseren Bedingungen mit ihnen kämpfen können.«

»Jesus, Maria und Joseph«, sagte er in plötzlichem Entsetzen. »Meinen Sie das ernst?«

»Allerdings«, antwortete ich, »und ich habe wirklich keine Zeit, um hier mit dir zu schwatzen.«

Aber ich hatte geschwatzt, und ich wußte, warum. Langsam drängte sich mir das entsetzliche und verwirrende Gefühl auf, daß ich mit zwei unterschiedlichen Realitäten lebte, wie Platten von buntem Glas mit verschiedenen Mustern, die übereinandergeschoben worden sind. Wie wir es in langen Monaten geplant hatten, hatten wir uns als Rebellen erhoben. Ich konnte sehen, daß es passierte und daß ich daran teilnahm, aber ich konnte nicht wirklich glauben, was ich sah und tat, nicht einmal, als Kugeln aus Polizeikarabinern um mich oder auf mich zuflogen. Der Revoler in meiner Hand war wirklich und doch wieder nicht wirklich, wie die kurzen Säbel und Degen, die von Laienschauspielgruppen benutzt werden. Die Kammern des Revolvers enthielten Kugeln, die bei der Explosion, durch bloßes Anspannen des Zeigefingers, Fleisch, Muskeln und Adern durchschlagen, Knochen zerschmettern, Augen und Gehirn zu blutigem Matsch schießen würden. Die Gassen und Läden von Kilpeder, meiner eigenen Stadt, sahen so aus wie immer, und die Kirche mit ihren Türmen, die idiotische Pyramide mit ihren kriecherischen Worten, der Laden, und Bob, der davor stand und die Schlüssel in der Hand hielt, die Umrisse der vertrauten Hügel am Horizont, die Frauen mit ihren Schals, die auf die Unruhe hinausspähten – das alles war eine Realität, die weit in die Zeit zurückreichte, die Zeit der Geschichte und meiner eigenen Erinnerungen. Unser jetziges Vorhaben hatte für mich den Charakter eines Traumes, allerdings eines dringlichen und gefährlichen Traumes.

»Sie ausräuchern, ja?« meinte Batty. Er wollte noch mehr sagen, unterbrach sich dann aber. Ich hätte ihm leicht die Worte vorsagen können. Die Whiteboys einer vergangenen Zeit hätten dasselbe tun können, denn es gab keine Teufelei, zu der sie nicht imstande gewesen wären. Aber Battys Worte, wie immer sie gemeint sein mochten, trafen mich mit einer brutalen Häßlichkeit.

»Sie können sich ergeben«, sagte ich. »Sie brauchen bloß ein Wort zu sagen.«

»Ach ja«, sagte Batty rätselhaft, dann verschwand er in den schattigen Nischen seiner Hütte. Er schloß hinter sich die Tür, ich hörte das Klicken des Schlosses.

Ich rannte jetzt nicht, sondern schlug einen schnellen Schritt ein und ging zum Ende der Gasse, als das Feuer wieder aufgenommen wurde. Die andere Wirklichkeit, die von Heu und mörderischen Karabinern, beanspruchte wieder meine Aufmerksamkeit. Aus meiner günstigen Angriffslage schaute ich um die Ecke. Bob und seine Leute waren nun innerhalb der Schußweite der Kaserne, und Ned und Vincent versuchten mit aller Kraft, ihnen Deckung zu geben. Ned kroch den langen Weg an seinen Männern vorbei, legte dem einen oder anderen die Hand auf die Schulter, und Vincent hatte in der Hütte Deckung gesucht. Der Lärm war für mich so entsetzlich wie immer, als ob er in meinen Kopf geschleudert würde. Bobs Leuten muß klar gewesen sein, daß sie jetzt die Hauptangriffsziele darstellten, und Bob stand neben einem Karren. Er rief etwas, aber ich konnte nichts verstehen.

Ich war unfähig, mich zu bewegen, vorwärts zu gehen oder in die Gasse zurückzuweichen, und ich wurde zum Beobachter wie Batty oder die Frauen in der River Street. Und als ich so dastand, stieß einer der Männer am zweiten Karren einen entsetzlichen Schrei aus, lauter als die Schüsse von Gewehren und Karabinern, und wurde rücklings in den Schnee geschleudert. Er hörte nicht auf zu schreien, sondern lag dort mit angezogenen Beinen und preßte sich die Hände in die Seite. Bob rannte zu ihm und kniete neben ihm, und das taten auch zwei der anderen Männer. So blieb es für ein oder zwei Minuten, drei Männer knieten bewegungslos da, wie die Heiligen Drei Könige an der Krippe, der vierte wand sich schreiend auf dem Boden. Dann schüttelte Bob den Kopf und stand auf, berührte dabei die Schulter seines Nebenmannes, und sie wandten sich wieder dem Karren zu. Für kurze Zeit waren alle Schüsse verstummt, als ob die in der Kaserne ebenso entsetzt wären wie ich.

Er lag dort im Schnee und schien zum Tier zu werden, seine Schreie kamen aus einem düsteren, entsetzlichen Ort in der Seele, an dem wir alle Tiere sind, gequälte Bestien. Einmal als kleiner

Junge war ich mit anderen zu einem Arbeiter gerannt, dem ein Arm in die Sägemühle geraten war, und er hatte ebenso geschrien. Aber die Tatsache, daß wir alle, die wir in Hörweite gewesen waren, zu ihm gerannt waren, ließ die Erinnerung weniger schrecklich wirken. Der Mann hier lag allein, und nun waren ihm die Rücken seiner Gefährten zugekehrt.

Als ich es nicht mehr ertragen konnte, bog ich um die Ecke und rannte zu ihm. Vielleicht glaubte ich, ihm helfen zu können. Ich weiß es nicht. Ihm war nicht mehr zu helfen. Obwohl es erst März war, trug er nur eine Joppe aus schwerem, grobem Fries, und seine Finger waren auf seinem Bauch gespreizt. Der Stoff war triefnaß, und seine Finger glänzten vor hellem, glitzerndem Blut. Seine Schreie schienen nicht aus seinem Mund zu kommen, sondern aus seinem zerfetzten Bauch. Ich kannte ihn, allerdings nicht gut: Michael Dermody, Landarbeiter auf Major Clements Gut, ein schweigsamer Mann mit tiefer, polternder Stimme. Jetzt war er nicht schweigsam, und seine wortlosen Schreie waren schrill wie die eines Mädchens. Seine Augen quollen hervor.

Ich hielt den Revolver in der Hand und wurde plötzlich von dem Wunsch erfaßt, ihn auf die Kaserne abzufeuern, den Männern, die das getan hatten, Blei in den Leib zu jagen, sie ebenfalls zu blutenden, schreienden Tieren zu reduzieren. Wenn Schweine geschlachtet werden, dann geschieht das auf saubere Weise. Aber statt dessen steckte ich die Waffe wieder in die Tasche, trat hinter Dermody, beugte mich über ihn und packte ihn mit beiden Händen in den Achselhöhlen. Dann richtete ich mich so gut auf, wie ich konnte, und fing an, an ihm zu ziehen. Es nützte nichts. Er war viel schwerer als ich selber, und ich konnte ihn nur um wenige Zoll bewegen. Und vielleicht vergrößerte ich damit noch seine Qualen, denn ich bildete mir ein, daß seine Schreie sich nur verstärkten. Ein Krampf überkam seine gekrümmten Beine.

»Hugh! Hugh!« hörte ich jemanden rufen, und als ich aufblickte, saß ich, daß Ned sich umgedreht hatte und mich ansah.

»Laß ihn!« rief Ned mir zu. »Du kannst ihm nicht helfen.«

Das konnte ich wirklich nicht, aber ich stand unentschlossen da und hielt Dermody immer noch an den Schultern fest. Seine Schreie waren ein entsetzlicher Vorwurf, als ob ich selber ihm das angetan hätte.

»Um Himmels willen, laß ihn«, rief Ned. »Mach, daß du da wegkommst. Geh zurück zu den Hütten!«

Während ich auf dem Feld stand, fiel auf keiner Seite ein Schuß, und die einzige Mordlust herrschte wohl in mir selber. Meine Arme zitterten, trotz des Gewichtes, das sie hielten. Ned war nicht der einzige, der mich anstarrte. Zwölf Gesichter unserer Männer waren mir zugekehrt. Die Heukarren, für die Dermody mit seinem blutenden Bauch bezahlt hatte, hatten jetzt die Mauer erreicht und standen dort nebeneinander. Trotz meiner mutigen Worte, die ich an Batty gerichtet hatte, war mir bei dem Gedanken an ihre geplante Verwendung schlecht geworden, aber das war jetzt vorbei.

»Verdammte Pest, Hughie«, rief Ned. »Ich kann meine Zeit nicht mit dir vergeuden. Hau ab jetzt, verdammt nochmal!«

Ich ließ Dermody auf den verschneiten Boden sinken. Er konnte nicht wissen, ob er sterben mußte oder nicht, ob er gerettet war oder nicht. Er konnte nicht wissen, wo er war, oder ob irgendwer neben ihm stand, oder was mit ihm passiert war. Er war zu Schmerz geworden. Ich warf einen letzten Blick in das verzerrte Gesicht, es war bullig und unrasiert, der Mund war weit aufgerissen und zeigte schwarze Zahnstummel. Dann wandte ich mich von ihm ab und rannte zurück in die Gasse.

Ich suchte jede Hütte auf und erzählte, was Ned und seine Männer vorhatten. Sie würden alle Hilfe brauchen, die wir ihnen geben konnten, aber es erschien mir am besten, meine Gewehrschützen selber entscheiden zu lassen, wann sie schießen wollten. Wir hatten wenig genug Munition. Brendan Cosgrave in der der Kaserne nächstgelegenen Hütte fragte mich, wer und wie getroffen worden war. Selbst aus dieser Entfernung konnten wir Dermody hören, aber nun schrie er nicht mehr ununterbrochen. Er verstummte, und dann fing er wieder an. Sind es nur die Schmerzen, dachte ich, oder mischt sich nun auch Verzweiflung hinein?

Neben dem Kamin hing eine große kolorierte Lithographie des Herzen Jesu. Der Erlöser war weiß gekleidet, und Sein Gesicht war ruhig, einladend. Sein Bart kastanienbraun und seidig. Mit dem Zeigefinger zeigte Er auf das geheimnisvoll entblößte rote, weiche Herz. Verzweiflung, wird uns erzählt, ist diese obskure, namenlose Sünde wider den Geist, für die es keine Vergebung gibt. Schweigend sprach ich ein Gebet für den armen Dermody und, wo ich schon einmal dabei war, auch noch eins für mich. In meinem Haus, das keine zehn Minuten weit entfernt lag, stand Mary bewegungslos am Fenster, wie ich mir vorstellte, eine Hand lag vielleicht auf dem Fensterrahmen. Dermodys Schreie und die Schüsse würden sich bei ihr leiser anhören als bei mir.

Plötzlich wurde wieder geschossen, und ich ging auf die Straße und suchte in dem schmalen Eingang eines Hökerladens Schutz, der elenden Behausung einer Witwe namens Neely, die drinnen zweifellos vor Angst zitterte. Das Fenster neben mir enthielt eine dürftige, schmuddelige Auswahl an Büchsen und Schachteln, fleckig und von einem Staubfilm überzogen.

Aus einem Teil der Mauer waren die Steine entfernt worden, und die Karren wurden durch die so entstandene Öffnung hindurchgeschoben. Männer, an jedem Karren vier, die sich so tief wie möglich duckten, um ihre Aufgabe erfüllen zu können, zogen sie zur Kaserne. Einer von ihnen war Ned selber, ich konnte ihn an seinem breitkrepigen schwarzen Hut und seinem enggeschnallten Gürtel erkennen. Ich empfand einen jähen Funken des Zorns darüber, daß er sich selber in Gefahr brachte, denn wer sollte uns anführen, wenn ihm etwas zustieße? Aber ich hatte kaum Zeit für solche Überlegungen. Die Kaserne richtete ihr Feuer nun voll und ganz auf die Karren. Ich hob meine Hände und bewegte sie hin und her, um den Männern in den Hütten ein Zeichen zu geben.

Einen Moment, ehe Cosgrave das Feuer eröffnete, stolperte einer der Männer bei Neds Karren und wäre fast gefallen. Ned packte ihn an der Taille und schleuderte ihn beiseite. Einen Moment lang ruhte er auf einem Knie, dann stand er auf und rannte über die Straße auf mich, auf die Sicherheit der Hütten zu. Er preßte beide Hände in die Seite, gegen die Rippen, und er taumelte im Laufen. Meine Aufmerksamkeit galt ihm, wurde dann plötzlich jedoch durch ein Aufflammen hinter ihm abgelenkt. Ned hatte die beiden Karren angesteckt und sie an die Kasernentür geschoben. Jetzt rannten er und seine Männer um ihr Leben, auf die Sicherheit gewährende Mauer zu. Ich riß den Mund auf wie ein Zirkusbesucher, der wilde Tiere durch brennende Reifen springen sieht, und nur die Gewehrschüsse von gegenüber sagten mir, daß die Männer in den Hütten mehr Verstand hatten als ich selber. Sie vergeudeten zwar ihre Patronen, aber damit gaben sie den Rennenden gute Deckung, denn keiner von ihnen fiel. Als ich sicher war, daß sie alle die Mauer erreicht hatten, gab ich ein Zeichen, das Feuer einzustellen.

Inzwischen war der Verwundete bei mir angekommen, ja, er

fiel mir entgegen und hielt die beiden Hände immer noch in seine Seite gepreßt.

»Jesus«, sagte er. »O, Jesus, Hughie, ich bin übel verletzt.« Er kannte meinen Namen, aber ich konnte mich im Moment nicht an seinen erinnern. Ein Mann von Mitte zwanzig. Tränen füllten seine wilden, verängstigten Augen.

»Geh in eine von den Hütten und leg dich hin«, sagte ich. »Sobald wir können, kümmern wir uns um dich. Wir holen dir einen Arzt.«

»Hughie«, sagte er, »laßt mich nicht hier in meinen Schmerzen und in meinem Blut liegen wie den armen Dermody. Bin ich schlimm verwundet?«

»Das kann ich nicht sagen«, antwortete ich. »Immerhin hast du's bis hierher geschafft, das ist ein gutes Zeichen.« Ich lehnte ihn gegen die Hökertür, ergriff seine Handgelenke und zog seine widerstrebenden Finger von der Wunde. »Ich kann es nicht sagen. Vielleicht hat die Kugel dich nur gestreift, und vielleicht steckt sie dir auch noch im Leib. Wir brauchen einen Arzt. Aber wenn dir dein Leben lieb ist, Mann, dann geh dich hinlegen. Die Jungs in der Hütte können sich vielleicht um deine Blutung kümmern.«

Er schluchzte kurz auf, und ich legte ihm die Hände ans Gesicht. »Geh jetzt in die Hütte«, sagte ich. »Sei ein braver Junge.«

Er hieß Matty Brennan, und er hatte eine tiefe Streifwunde davongetragen. Die Kugel war schräg auf eine seiner Rippen aufgetroffen und hatte sie zerschmettert. Später, als wir alle mit Ausnahme der Verletzten Kilpeder verlassen hatten, kümmerte sich Hickey, der protestantische Arzt, um ihn, verband ihn und sorgte dafür, daß er zusammen mit uns anderen vor Gericht gestellt werden konnte. In späteren Jahren verließ er Kilpeder, und ich meine gehört zu haben, daß er im Arbeitshaus von Buttevant gesehen worden sei. Aber einmal, keine zehn Jahre ist es her, besuchte er Kilpeder und wurde in Conefrys Schenke gefeiert. Er war damals ein schäbig gekleideter Mann in mittleren Jahren, kahl und fast zahnlos, aber einer der Helden von Clonbrony Wood. Kurz vor der Sperrstunde knöpfte er seine billige Jacke auf und zog sein Hemd hoch. Die Narbe war vorhanden, blaßweiß und glatt auf gelber, runzliger Haut. »Und hier ist der Mann, der bei mir war«, sagte er, als ihm jemand einen weiteren großen Whiskey reichte. »Lehrer MacMahon.« Er trank mir mit zitternder Hand zu. Ich versuchte, mich an den Jungen jenes verschneiten Märzmorgens zu erinnern, mit seinen wilden Augen voller Tränen, seinem Schluchzen, gegen einen dunklen, größer werdenden Flecken gepreßte Hände. Ich erinnere mich sehr gut daran, wie ich ihn an die Hökertür lehnte, blasses Gesicht und rote nasse Lippen. Aber er hatte nichts mit diesem Prahlhans zu tun, der hier vor mir stand, mit dem vom Whiskey feuchten Bartstoppeln. Nur die Narbe verband die beiden, chirurgisch, unnatürlich glatt, die Nabelschnur der Zeit.

Nun zogen unsere Männer, an die zwanzig von ihnen, ab, und sie bewegten sich in stiller Sicherheit, denn aus der Kaserne wurde nicht auf sie geschossen. Einstweilen dachten sie in der Kaserne nur an die Flammen, die zu ihnen hingetragen worden waren. Neds Feuer war in gewisser Hinsicht ein großer Erfolg. Das petroleumgetränkte Heu brannte lichterloh, die Flammen wurden hoch in die Luft geschleudert, und es stand fest, daß das Holz der Karren und dann die riesige Eichentür mit ihren Eisenbeschlägen bald brennen würden. Ich wußte, ohne daß es mir erklärt worden wäre, warum Ned seine Abteilung ausgesandt hatte. Wenn Honan seine Männer aus der Kaserne führen wollte, dann konnten sie die Vordertür, die auf die Straße nach Macroom führte, nicht mehr benutzen. Die Tür würde zum Inferno werden, und die Fenster im Erdgeschoß waren vergittert. Wenn sie versuchten, aus dem ersten Stock zu springen, dann sprangen sie Neds Männern voll vor den Lauf. Honan würde sie aus dem Hinterausgang schicken müssen, der auf Felder hinausführte, die sich zur Domänenmauer hin langsam senkten. Ned schickte Männer aus, die sie dort empfangen wollten, auch wenn ich mir nicht vorstellen konnte, was sie dort als Deckung benutzen sollten.

Ich frage mich jetzt, wie ich die Vorstellung, Männer zu sehen, die zwischen Gewehren und Flammen in der Falle saßen, so ruhig habe hinnehmen können. Der Zorn, den ich empfunden hatte, als ich neben Dermody kniete, hatte sich gelegt, aber er wurde nicht durch Mitleid oder menschliche Gefühle ersetzt. Ich glaube – aber wie soll ich mir nach all den Jahren sicher sein? – ich glaube, daß mich eine kühle Angst bewegte, nicht so sehr um meine augenblickliche Sicherheit, sondern eher die Angst, die meinem Wissen um unser Vorhaben entsprang. Es schien so, als ob wir Schritt für Schritt tiefer in eine Rebellion hineingewandert wären, aus der es kein Zurück mehr gab, was immer auch die Folgen sein mochten. Mein Ritt nach Knockmany an diesem Morgen mit Bob schien jetzt viele Stunden zurückzuliegen, idyllisch und ruhig, wie er gewesen war, und auch unser Appell und unser Marsch in die Stadt. Stunde um Stunde, Minute um Minute waren wir in das hineingetragen worden, was jetzt eine Schlacht war, ein bewaffneter Aufstand, bei dem drei von uns bereits verwundet worden waren und einer von ihnen aller Wahrscheinlichkeit nach im Sterben lag, und es war ebenfalls wahrscheinlich, daß unser Feuer in der Kaserne auch ein oder zweimal getroffen hatte. Wir hatten nur die eine Hoffnung, daß alles gut für uns lief, nicht nur in Kilpeder, sondern im ganzen Land. Und deshalb sah ich zu, wie die Kaserne angezündet wurde, und hoffte nur, Entsetzen und Angst würden die Polizisten herausjagen und ihnen klarmachen, daß Kapitulation das einzig Vernünftige war.

Vieles von dem, was als nächstes passierte, konnte ich nicht sehen. Die Tür hatte jetzt Feuer gefangen, aber ob das Feuer auch den Kasernenboden bereits erfaßt hatte, konnte ich nicht erkennen. Die Leute hinter der Mauer gaben ab und zu einen Schuß ab, isoliert und überraschend, als ob Ned, um Kugeln zu sparen, ihnen befohlen hätte, nur dann zu schießen, wenn sie hinter den Fenstern eine Bewegung sehen konnten. Aus der Kaserne wurde das Feuer nicht erwidert, und doch kam es jetzt auf die dort drinnen an, darauf, was Sergeant Honan entscheiden würde.

Später, als die meisten von uns in aller Ruhe im Gefängnis von Cork City auf den Prozeß warteten, erzählte Vincent mir, wie die Männer, die Ned hinter die Kaserne geschickt und über die Vincent den Oberbefehl gehabt hatte, die Situation erlebt hatten. Selbst nun, selbst im Gefängnis, als ihn sein Glück, wie alle anderen auch, restlos verlassen hatte, hatte Vincent eine Eleganz und eine Gepflegtheit, die meine Bewunderung erheischten. Sein Vater versorgte ihn großzügig mit Zigarren und mit allerlei Leckerbissen, um die abscheuliche Kost anzureichern, und noch im Gefängnis erwies er sich als äußerst großzügig und verteilte, was er hatte. Wir standen eines trüben, kühlen Nachmittags zusammen und rauchten, er und ich, und lehnten mit dem Rücken an der Mauer des Gefängnishofes. Die Luft wirkte grau, so als ob wir keine Menschen wären, sondern Figuren auf einer Lithographie, Männer, die zu zweit und zu dritt herumwandern oder einsam dahokken. Ein schmaler Fußweg führte oben um die Mauer herum, und Polizisten patrouillierten dort oben in kurzen schwarzen Umhängen, Karabiner über den Schultern. Von uns haben sicher an die vierhundert im Gefängnis gesessen, aus Kilpeder und Knockane und Millstreet und den anderen Städten, und wilde, törichte Gerüchte hingen in der Luft, daß ein Ausbruchsversuch geplant sein könnte, wie er dann kurz danach in Clerkenwell wirklich versucht wurde.

Vincent aber hätte, so benahm er sich wenigstens, ebenso gut an diesem Morgen auf seine Jagdgenossen warten können, sein Pelerinenmantel war offen, ein wenig verstaubt und ungebügelt allerdings, und seine Stiefel waren nicht geputzt. Ich beneidete ihn, denn wir anderen, sogar Ned und Bob, boten einen tristen Anblick. Ned wirkte wie eine große, vom ungeschickten Schuß eines Jägers flügellahm geschossene Krähe, von düsterem Aussehen und düsterem Benehmen, freundlich zwar und mit demonstrativer Munterkeit für die jungen verängstigten Burschen, aber wenn er sich von ihnen abwandte, dann war sein Gesicht wie eine Maske, seine Augen verengten sich zu Schlitzen, und seine Lippen waren aufeinandergepreßt. Irgendwo unterwegs hatte er seinen weichen, breitkrempigen Hut verloren, und seine glatten Haare waren ungekämmt. Während des täglichen Hofganges hielt er sich meistens für sich oder sprach mit Bob, während Vincent und ich einander Gesellschaft leisteten.

»Es hat gute zehn Minuten gedauert«, erzählte Vincent mir später im Gefängnis, »bis wir über die Straße nach Macroom und durch Tully's Lane und quer über die Felder endlich die Kaserne erreicht hatten. Geht so gut in Stellung, wie es eben geht, hatte Ned mir munter genug noch geraten, aber dort gab es überhaupt keine Stellungen. Direkt hinter der Kaserne liegt der Garten, auf den Honan so stolz ist, Kohl und Zwiebeln und Kartoffeln. Der Garten sah tot aus, wo die Schneedecke doch Pflanzen und Dreck gleichermaßen verhüllte. Dann öde, unbestellte Felder ohne auch nur einen schützenden Felsen, und ganz hinten, als eine Art Horizont, der die Szene einrahmte, die Domänenmauer. Die Mauer wäre ein phantastischer Schutz gewesen, aber sie war zu weit weg, um nützlich zu sein. Von meinen Jungs hatten nur zwei Gewehre, die anderen Schrotflinten, die bei größerer Entfernung nutzlos gewesen wären. Weil wir nichts Besseres hatten, befahl ich den Jungs, eine Reihe zu bilden und dann auf ein Knie zu fallen. Bei Gott, dachte ich mir, wenn die Kaserne jetzt das Feuer auf uns eröffnet, dann gebe ich den Befehl, wegzurennen und über die Mauer zu klettern, und zum Teufel mit der Republik Irland. Aber es wurde nicht geschossen. Aus der Entfernung, von Neds Abteilung auf der anderen Seite der Straße, hörte ich Rufe, die ich nicht deuten konnte, aber das war alles. Ich konnte das Schweigen der Kaserne nicht verstehen.«

»Tully's Lane.« Es war seltsam, Vincent so lässig den Namen aussprechen zu hören, der doch gewissermaßen sein eigener war. Die Gasse war nach dem Hökerladen so benannt worden, aus dem das Vermögen der Familie gesponnen worden war, wie Gold im Märchen, und die elende Bruchbude stand immer noch und diente den Bedürfnissen des großen Geschäftshauses auf dem Marktplatz als Lager, während Vincents Großvater, wie jetzt die Witwe Neely, in staubiger Dunkelheit Kupferpennies, Tabak, Tee zwischen den Fingern gedreht hatte. Eine nach einem Hökerladen benannte Gasse.

»Hinter uns«, erzählte Vincent, »lag die Domänenmauer, und weit hinter dieser Mauer die Baumpflanzung, und ihre Äste waren jetzt schneeweiß, der Schnee glitzerte in der Sonne, und hinter der Schonung war eine Ecke des Schlosses sichtbar, ein Stück hochmütiger Ziergiebel. Weißt du, zu welcher Erinnerung ich Zeit hatte, sogar in einem solchen Moment? Ich habe an diesen Druck im Schankraum der Arms gedacht, mit Stadt und Fluß und Domäne und in den vier Ecken aus Dekorationsgründen das Schloß und eine Flußbiegung im Schatten der Weiden, und der alte Wachturm, von dekorativem Efeu bewachsen. Und an die Unterschrift unter dem Bild. ›Die Stadt Kilpeder, Eigentum des Earl of Ardmor, 1822.‹«

»Du hast die vierte Ecke vergessen«, sagte ich, »den edlen Ritter.« In schwerer mittelalterlicher Rüstung, zwei Hände ruhten auf einem hohen Schild, schulterhoch, der das Wappen der Familie Forrester trug.

»Ja«, stimmte Vincent zu und grinste mich an. »Eigentum des Earl of Ardmor.« Seine schlanke Zigarre von der Farbe des Herbstlaubes war verlöscht, und er zündete sie mit seinem silbernen Feuerzeug wieder an, ein unpassendes Funkeln von Luxus auf dem Gefängnishof in Cork City.

»Aber wir brauchten nicht lange zu warten«, fuhr er dann fort, »um die Erklärung für die Stille zu finden. Über das ganze Gebäude zog sich im Erdgeschoß ein rosiges Glühen, wie ein gefangener Sonnenuntergang. Ich dachte zuerst, wir blickten durch den Wachraum auf die brennende Tür und die Karren, aber dann ging mir auf, daß diese Heuballen ihre Aufgabe voll erfüllt hatten. Die Kaserne stand wirklich und wahrhaftig in Flammen, und die Polizisten hatten keine andere Wahl, als herauszukommen oder drinnen eines entsetzlichen Todes zu sterben. Was bedeutete, dachte ich, daß wir gewonnen hatten, denn Con Honan war ein vernünftiger Mann und kein Horatio auf der Brücke. Aber es war ein taubes Gefühl, es hatte nicht einmal Aufregung in sich. Ein Haus brannte im Schnee, und im Haus waren Männer gefangen. Vor uns lag Honans Küchengarten, bei Conefry prahlte er immer mit seinen verdammten Zwiebeln. Natürlich war Honan der Feind, mit seinen Waffen und seinem schwarzen Rock, aber ich hatte außerdem das Gefühl, wir hätten unser eigenes Leben in Brand gesteckt. Oder der arme Belton, mit seiner Atemnot und seinem Porterbauch.

›Honan‹, brüllte ich auf einen jähen Impuls hin, ›Honan‹, und dann wartete ich. ›Honan, können Sie mich hören?‹ Hinter den Fenstern im ersten Stock bewegten sich vage Gestalten, sie waren aber zu weit entfernt, als daß ich sie hätte erkennen können. Doch dann stand Honan da, blickte mich an, noch immer zugeknöpft und formell, obwohl ich irgendeinen schmierigen Flecken auf seiner Wange zu erkennen glaubte. ›Honan‹, rief ich, ›jetzt komm doch endlich raus, um Himmels willen!‹ Aber er schüttelte den Kopf und wandte sich von mir ab. Ich wollte meinen Augen nicht trauen. Jetzt weiß ich natürlich, daß er seine Gründe dafür hatte, so lange wie möglich durchzuhalten, und daß er mit Ned verhandeln würde und nicht mit Leuten, die seine Zwiebeln zertrampelten.«

Oder vielleicht, dachte ich, als ich Vincent zuhörte, vielleicht hat Honan auch voller Unglauben den Kopf geschüttelt, als er aus dem Fenster auf den Sohn Dennis Tullys hinabblickte, bewaffnet und kriegerisch, der sein Schicksal mit dem von Bauernburschen und Tagelöhnern in einen Topf geworfen hatte. Noch hier, noch auf diesem Gefängnishof, wirkte Vincent eher wie ein Besucher als wie ein Gefangener, in seinem eleganten Mantel, mit seinen wohlgesetzten Worten. Es muß jedoch unmittelbar danach passiert sein, daß Honan durch die Kaserne zu den Vorderfenstern ging und Ned etwas zurief.

Es war, wie Bob mir später erzählen sollte, ein entsetzlicher Anblick, denn das Feuer hatte nach seinem eigenen wütenden Willen beschlossen, sich zuerst auf der Vorderseite durch die Zimmer im Erdgeschoß seinen Weg zu fressen. Honan stand in Rauchschwaden gehüllt über den Flammen.

»Nolan«, rief er, »wir verlassen jetzt die Kaserne durch den Hintergarten. Laßt uns in Ruhe, wenn ihr wißt, was gut für euch ist. Hier drinnen liegt ein toter Mann, der den Rock der Königin trägt. Ihr habt heute einen Mord begangen.«

Ned, der neben Bob gekniet hatte, richtete sich auf. »Auch wir haben unseren Toten, Sergeant Honan. Ein Mann liegt stumm auf dem Feld hier hinter mir. Er ist für unser eigenes Land gestorben, und nicht für eure Königin drüben in England. Kommt jetzt aus diesem mörderischen Gebäude heraus, und sagen Sie Ihren Leuten, sie sollen, wenn sie herauskommen, die Hände hochhalten.«

Honan blieb einen Moment am Fenster stehen, dann schien er, wie Bob glaubte, kurz zu nicken, ehe er sich abwandte.

»Verdammte Hölle«, sagte Ned, »er will kämpfen, dieser verfluchte Narr.« Dann wandte er sich Dunphy zu, rief ihn herüber und wollte ihm seine Befehle erteilen; doch just in diesem Moment kam der Wachtposten von der Straße nach Macroom in den Ort geritten.

Ich konnte ihn von meinem Standort aus ebenfalls sehen. Ned hatte zwei Posten aufgestellt, dort wo die Straße den höchsten Punkt erreicht, kurz, ehe sie zur Stadt hin wieder abfällt, und hatte ihnen die beiden Pferde überlassen, auf denen Bob und ich am Morgen nach Knockmany geritten waren. Der Posten sah aus wie eine Vogelscheuche, ein ungeschlachter Bursche, ganz Knie und Ellbogen, mit einem formlosen Hut, der ihm vom Kopf geweht wurde, während ich ihn beobachtete. Ohne sich um die Schüsse zu kümmern, die aus der brennenden Kaserne auf ihn abgefeuert wurden, ritt er geradewegs zu unserer Mauer, zog die Zügel an und glitt vom Pferd. Ich sah, wie er mit Dunphy und Ned und Bob sprach und wie Dunphy zu ihnen hinüber ging. Er beschrieb immer wieder weite Bogen mit dem Arm und tanzte vor Aufregung, hüpfte von einem Fuß auf den anderen.

Gleich darauf traten Ned und Bob auf die Straße und kamen auf mich zugerannt, wobei Neds Mantel hinter ihm herflatterte. Als sie mich erreicht hatten, packte er meinen Arm so fest, daß es wehtat.

»Bob sagt, daß das Schloß einen Wachtturm hat«, sagte er. Sein Gesicht hatte sich verdüstert, seine Augen hatten die Farbe schmutzigen Schiefers angenommen, und die straffe Haut seiner Wangen war von Röte überzogen.

»Wachtturm?« fragte ich Bob verwirrt.

»Er meint den Aussichtsturm«, erklärte Bob.

»Ja«, sagte ich, »den Aussichtsturm.«

»Kommt mit«, sagte Ned. »Ich brauche den Turm. Ist der normalerweise abgeschlossen?«

»Nein«, antwortete ich und fühlte mich verwirrt und töricht. »Wer würde schließlich einen Aussichtsturm abschließen?« Seine langen Finger bohrten sich in meinen Arm.

»Geh mit ihm, Hughie«, sagte Bob. »Du kennst dich genauso gut aus wie ich, vielleicht sogar besser.«

Und das stimmte. Die Ardmors waren in dieser Hinsicht höflich und nachbarlich und erlaubten den Leuten aus der Stadt, auf der Domäne herumzuspazieren und die Gärten und den Fluß zu bewundern. Ich war schon häufig die Treppen hochgestiegen.

»Bob«, sagte Ned und zog mich gleichzeitig mit starker Klaue mit sich. »Nimm die Männer aus den Hütten und geh mit ihnen hinter die Kaserne zu Vincent.« Er zog so energisch an mir, daß ich stolperte, mit ihm zusammenstieß und Bob in der Hoffnung auf eine Erklärung ansah. Aber Bob blickte mich nur kurz an, sein Gesicht so weiß wie Neds düster, dann kehrte er mir den Rücken und ging zu den Hütten hinüber. Im Gehen rief er den Männern dort irgend etwas zu.

Ned und ich brachen auf, halb gehend, halb laufend, und überquerten den verlassenen Marktplatz, vorbei an Arms und Conefrey, Tully, dem Sattler und den kleineren Läden.

»Was ist los, Ned?« fragte ich ihn zweimal, aber vielleicht hörte er mich nicht, jedenfalls gönnte er mir nicht einmal ein Kopfschütteln als Antwort.

Am anderen Ende des Platzes schien die protestantische Kirche mit ihrem Turm und ihren glatten Steinen vorwurfsvoll hinter ihren verschlossenen Toren zu stehen, der Schnee auf dem Kirchhof war noch unbesudelt, und die Grabsteine aus Granit und weißem Marmor trugen kleine Schlafmützen aus Schnee. Dicht bei der Kirche erhob sich im rechten Winkel zu ihr das von Pfeilern eingerahmte Tor der Domäne; Kugeln krönten die Pfeiler, und ein schneebedeckter Falke mit ausgebreiteten Flügeln hielt jeweils eine Kugel fest. Hinter den Pfeilern folgten die erste Kurve der Auffahrt und das Kutscherhaus. Ned nickte hinüber.

»Kann da wohl jemand postiert sein?« Er hatte seinen Marsch unterbrochen, sein Körper drängte jedoch danach, weiterzugehen.

»Meine Güte, nein«, antwortete ich. »Da wohnt ein altes Paar namens Rafferty. Er war früher einmal Kutscher bei Lord Ardmor.«

Aber Ned ging mit dem Revolver in der Hand zum Haus hinüber. Die Tür stand auf, er ging hinein und kam eine Minute später wieder heraus.

»Sie haben sich davongemacht«, sagte er. »Ist es noch weit bis zum Turm?«

»Du kannst die Spitze sehen«, antwortete ich, »links hinter der Schonung. Wenn wir weiter über die Auffahrt gehen, dann kommen wir bald zu einem Pfad.« Und wir gingen weiter durch den reinen Schnee.

In einer Kurve, kurz vor dem Pfad, den wir suchten, kam plötzlich das Schloß in Sicht. Die Schneedecke, die sich über unsere Welt gebreitet hatte, machte es nur noch mehr zu einer wundersamen Märchenszene. Nichts bewegte sich, nichts war zu sehen. Obwohl mir Lionel Forrester Jahre später erzählen sollte, daß er und Lady Ardmor, seine Tante, irgendwann an diesem Morgen durch die hohen Fenstertüren auf die Terrasse gegangen waren und von dort zur Stadt hinübergeblickt hatten. Aber damals sah ich sie nicht; und er konnte sich auch nicht an uns erinnern. Wie wir ihm wohl vorgekommen wären? Amseln, die im Schnee herumhüpfen, Figuren, die von einem Graveur in aller Eile skizziert worden sind, um Maßstab und Proportionen anzuzeigen?

Der Aussichtsturm lag nur zehn Minuten von uns entfernt, ein gewundener Pfad führte dorthin, der zu beiden Seiten mit Bäumen bestanden war, mit Lärchen und Ulmen. Ich war hier noch nie im Winter gegangen, da Besuche auf der Domäne ein Sommervergnügen waren, wenn die Gärten vor Farben barsten, verbunden durch kleine, grau und bräunliche Wege aus geharktem Kies, graubraun und weich die Waldwege, und die Ulmen mit ausladenden Ästen, die tiefe Schatten warfen. Alles kam mir jetzt fremd vor, Schnee machte den Weg undeutlich, und Ned schritt mit flatternden Rockschößen vor mir her wie eine riesige Saatkrähe.

Auf der Lichtung, wo im Sommer ein kurzgehaltener, hübscher Rasen den Aussichtsturm umgab, blieb er nicht bewundernd stehen, sondern ging geradewegs zur Tür.

Die meisten, der Adel wie das gemeine Volk, nannten den Aussichtsturm »Pavillon«, aber ich zog »Aussichtsturm« vor. Sein Modell, das glauben wir zumindest alle, war ein Campanile in irgendeiner Stadt in den Hügeln Italiens, aber wenn das so war, dann war es in unsere rauhe nördliche Sprache übersetzt worden und sah wie ein normannischer Bergfried aus, war nur größer und schmaler, ein verrücktes, unsicheres Gebäude, das stolz auf seine dekorative Nutzlosigkeit war.

Ned legte die Hand auf die Klinke, und die Tür öffnete sich. Das Erdgeschoß war heller, als ich erwartet hatte, durch das blasse, gleichmäßige Sonnenlicht des Winters, das auf seine Steinplatten und auf mit Musselin verhängte Picknicktische und Stühle fiel. Die Wendeltreppe begann an einer Seite des Raumes, und Ned ging sofort hinüber und machte sich an den Aufstieg, wobei ich ihm auf dem Absatz folgte. Die keilförmigen Stufen waren zu eng, als daß wir mehrere gleichzeitig hätten hinter uns bringen können, und ich spürte seine Ungeduld. Wir kletterten durch fünf Stockwerke, vorbei an hohen, engen Räumen. Der oberste war phantastischerweise mit einem dunklen, samtartigen Blau ausgemalt, über das willkürlich Myriaden von kleinen, goldenen, fünfzackigen Sternen verstreut waren. Hier endete die Treppe, aber Ned ging zu der kleinen Tür, öffnete sie, als ob er den Turm in einem früheren Leben schon einmal besucht hätte, senkte Kopf und Schultern und stieg die kantige, gerade Treppe zur Aussichtsplattform hoch.

Als ich ihn einholte, empfand ich ein schwindelerregendes Bewußtsein von Höhe. Unsere Welt – oder besser gesagt, meine Welt, denn Ned sollte in ihr immer ein Fremder bleiben – lag vor uns ausgebreitet: Die Berge, die Derrynasaggarts zu unseren Linken und die Boggeraghs zu unserer Rechten, Horizonte von weißen Gipfeln, die noch vor zwei Tagen grün gewesen waren, braun oder schwarz. Hinter uns, das wußte ich, lag das Schloß in seinen anmutigen, ruhigen Proportionen. Aber Ned stand gerade da, mit den Händen klammerte er sich an zwei der kleinen dicken Sandsteinpfeiler. Vor uns, in der Richtung, in die er schaute, floß die Sullane, und dahinter erhoben sich die hohen Domänenmauern, hinter denen sich wiederum die Stadt erstreckte. Als ich neben ihn trat, wurde die Luft von donnernden Schüssen zerrissen.

Zu unseren Füßen lag die Stadt, massig und geräumig, Schiefer- und bescheidenere Strohdächer, der Marktplatz ein weißes Tuch, aber das Muster, das sie im Sommer bot, wurde durch den Kampf bei der Kaserne verzerrt. Das Feuer im Gebäude, so entsetzlich es aus der Nähe auch gewesen sein mag, war für uns hier oben nur ein trübes Glimmen hinter den unteren Fenstern. Aber der Kampf hatte sich genügend ausgebreitet und war gut genug zu sehen. Unsere Männer standen vor der Kaserne und dahinter. Vincents Männer, und auch Bobs, knieten und hatten ihre Gewehre angelegt. Zwar wußte ich es zu dem Zeitpunkt nicht, aber das Gefecht hatte seinen Wendepunkt erreicht. Honan hatte seinen Männern befohlen, das Feuer zu eröffnen, ehe sie durch die Hintertür ihren Ausfall ins Freie machten. Die Schüsse hörten sich hier oben anders an – keine entsetzlichen Detonationen für das Ohr, sondern wütende, trockene Ausbrüche.

Und doch sah ich das alles nur mit einem Teil meiner Augen und meiner Gedanken, denn meine Aufmerksamkeit wurde augenblicklich in die Richtung gelenkt, die Neds Blick so magisch angezogen hatte.

Über die Straße von Macroom kam, verwirrend und entsetzlich wie ein Alptraum, eine lange Kolonne von Soldaten marschiert, deren rote Röcke sich lebhaft von der verschneiten Landschaft und der hellen Luft abhoben. Sie marschierten, habe ich gesagt, aber nicht alle waren zu Fuß, denn an ihrer Spitze ritt ein Trupp Kavallerie, nicht im roten Rock, sondern mit dunklen Umhängen, die von ihren Schultern herabfielen. Die Soldaten befanden sich noch in einiger Entfernung von dem Hügel, der langsam zur Stadt hin abfällt. Die Kavallerie hätte ihn zwar im Nu erreichen können, wenn die Pferde zum Galopp übergegangen wären, aber die Kolonne rückte geschlossen vor, und deshalb blieben die Pferde im Schritt. Dies erschien mir, als mein erster Schock sich gelegt hatte, als das Entsetzlichste von allem – diese energische, aber nicht eilige Bewegung, mit ihrem Anschein der Sicherheit. Ganz vorne ritten drei Männer – zweifellos die Offiziere.

Sie waren elegante Reiter, diese drei, lässig und zielbewußt, mit breiten Schultern, von denen die Umhänge in glatten, sanften Linien fast bis auf die Flanken ihrer Streitrösser fielen; sie ritten dicht nebeneinander, wie bei einem Plausch, Gentlemen, die nach erledigtem Waidwerk von der morgendlichen Jagd zurückkehren, zu einem bereits angerichteten Mahl: geräucherter Schinken und verlorene Eier, Rheinwein in hohen geschliffenen Gläsern. Hinter ihnen näherten sich, ein Bild der Tapferkeit, Männer zu Fuß und Männer zu Pferde schweigend unserer privilegierten Position, die uns durch die Entfernung vor dem Hämmern von Stiefeln und Hufen, dem Klirren des Metalls, dem Knarren gedehnten Leders schützte.

Durch die Entfernung und durch die Schüsse. Ned hatte eine Hand auf die idiotische dekorative Brüstung gelegt und beugte sich vor; ein Wasserspeier, wie wir sie auf den Doré-Illustrationen zu Victor Hugos historischen Romanen sehen können. Er hatte einen so guten Überblick über den Stand der Dinge, wie sich ein General, Hannibal oder Junot oder Murat, nur wünschen konnte.

Plötzlich drehte er sich zu mir um, und das, was ich in seinem Gesicht sah, flößte mir Entsetzen ein. Aber ich hatte in diesem Moment zuviel, mit dem ich mich gleichfalls befassen mußte: die mörderische Stadt und ein All mit samtenem Himmel und funkelnden Sternen, das strenge, wohlwollende Schweigen der Domäne, Soldaten, klein wie die Spielzeugarmeen, die zu Weihnachten in Prendergasts Schaufenster in Cork City zu sehen sind, das Schulhaus und daneben unser eigenes Haus, grauer Schiefer und Ziegelsteine in der Farbe schwelenden Torfes.

Er starrte mich an, ohne mich zu sehen, und wollte sich abwenden, aber ich legte ihm die Hand auf die Schulter.

»Verdammte Bastarde«, sagte er, spuckte die Wörter wie Kugeln aus und befreite mit einem Ruck seine Schulter aus meinem Griff.

»Mein Gott, Ned«, sagte ich zu ihm, »sind wir verloren?« Während des ganzen Morgens, seit der trüben Dämmerung in Knockmany, hatte er Gewißheit ausgestrahlt, war er ein vor Entschiedenheit strotzender Wille gewesen. Jetzt war er leer, und er zeigte eine Art Wut.

Meine Frage brachte ihn zurück, und er sah mich an, wie ein Astronom vielleicht, der sein Instrument auf die nächste Umgebung richtet. »Ja, Hughie«, sagte er. »Wir sind verloren.«

Jetzt kamen sie brüllend aus der Kaserne gerannt, und unsere Männer griffen sie an. Sie sahen aus wie Spielfiguren, und zwei von ihnen fielen vor meinen Augen, einer wurde kopfüber in den Schnee geschleudert, auf schneeschwere Kletterpflanzen, der andere fiel als brüllendes Tier auf die Knie. Das alles sah ich über Neds schwere Schulter hinweg. Hinter ihnen, hinter der Stadt, bekränzten scharlachrote Röcke und Reiter in dunklen Umhängen den Hügel. In Honans Küchengarten, über gefrorenen Wurzeln und Knollen, bohrten sich schwere Stiefel, von Dublin Castle für gut befunden und ausgeteilt, in den Boden. Sie waren in wilder Unordnung ins Freie gekommen, aber jeder einzelne von ihnen hatte seinen Karabiner und fiel jetzt, einer wie der andere gesund und munter, auf ein Knie, wie es in den entsprechenden Handbüchern vorgeschrieben wird. Und unsere Jungen, wenn das die richtige Bezeichnung ist – denn sie waren ja allesamt Iren, die wild entschlossen waren, einander zu vernichten –, hielten stand.

»O ja«, wiederholte Ned. »Wir sind verloren.« Er hatte allem den Rücken zugekehrt. Dann setzte er seinen schwerknochigen Körper in Bewegung und sagte: »Wir müssen weg hier. So viele von uns, wie es schaffen können.«

Nun erscholl ein Trompetenstoß, silberhell und klar; ein Trompeter unter den Rotröcken gab das Signal zum Angriff, und ihre Kavallerie, die bisher die Flanken der Marschierenden gedeckt hatte, rückte im Trab vor. Für mich sahen sie wunderbar und unbezwinglich aus. Aber Ned hatte sich bereits von mir abgewandt und stürzte die steile Treppe hinunter. Ich folgte ihm und las aus seinen hochgezogenen knochigen Schultern böse Vorzeichen.

9

[Hugh MacMahon]

In Brailsfords *History of the Royal Irish Constabulary* lesen wir, die Polizei von Kilpeder habe ihre brennende Kaserne tapfer gehalten, bis die Flammen sie hinausjagten, und habe dann in offenem Gelände gekämpft, obwohl zahlenmäßig unterlegen, bis sie durch eine »fliegende Kolonne« zu Fuß und zu Pferde unter dem Kommando von Lieutenant Colonel F. J. Sheppard aus ihrer Gefahr befreit worden seien. Und das alles stimmt ja auch durchaus. Was in meinem Ohren falsch klingt, ist der Bericht darüber, wie die »Rebellen sich von der Belagerung zurückgezogen« und nordwärts nach Clonbrony Wood marschiert sein sollen. »Sie flohen voller Angst und Panik aus der Stadt« wäre eine Ausdrucksweise, die der Wahrheit näher käme, aber Mr. Brailsford hat sich zweifellos große Mühe gegeben, uns als sehr gefährlich darzustellen, um den Sieg besser feiern zu können, und das ist schon seit den Tagen Caesars Brauch bei Militärhistorikern.

Während der Zeit, die Ned und ich brauchten, um durch die Domäne und die verlassene Stadt zur Kaserne zu rennen, hatten die Soldaten bereits die Häuser am Stadtrand erreicht, wo ihr Offizier, bei dem es sich durchaus um Lieutenant Colonel J. F. Sheppard gehandelt haben mag, sie anhalten ließ. In Viererreihen standen sie an der Straße nach Macroom, sie hatten ihre langen mörderischen Säbel aus der Scheide gezogen und hielten sic in die Luft. Die Schüsse waren verstummt.

Am Laden von Robinson, dem Sattler, blieb Ned stehen und lehnte sich an die Tür. Wir waren beide außer Atem. Ned sah, daß ich zuerst ihn, dann die Straße, dann wieder ihn anstarrte, und plötzlich, unerklärlicherweise, lächelte er. »Na, Hughie«, sagte er. »Was machen wir jetzt?« Er fuhr sich mit dem Handrücken über den Mund.

Die Männer hinter der Wand waren fast alle aufgesprungen, ohne sich um ihre Sicherheit zu kümmern, und blickten den Soldaten entgegen. In der Ferne, hinter den Reitern, marschierten die schwarzen und roten Fußsoldaten mit leichtem, zuversichtlichem Schritt. Einer der Reiter bewegte sich im Sattel, und die Sonne schlug einen Funken aus seinem Säbel.

»Sie haben alle Zeit der Welt«, sagte Ned, und dann wiederholte er sich: »Sie haben alle Zeit der Welt.«

»Was erwarten sie von uns, Ned?« fragte ich. »Warum haben sie dahinten angehalten?«

Er schüttelte den Kopf. »Ich weiß es nicht«, sagte er. »Vielleicht wollen sie, daß wir uns ergeben.«

Schweigen, furchtbare Erwartungen prägten diesen Moment. Später sollte sich herausstellen, daß Colonel Sheppard tatsächlich beschlossen hatte, entweder unsere Kapitulation entgegenzunehmen oder uns irgendwo hinter der Stadt, in offenem Gelände, zum Kampf zu zwingen. Aber das konnte keiner von uns, schon gar nicht Ned, damals wissen. Er lehnte an der Tür und blickte auf seine Stiefel und den verdreckten Schnee hinab. Dann schüttelte er heftig den Kopf, als wollte er ihn dadurch klären. »Komm jetzt, Hughie«, sagte er.

Er ging mit langen, energischen Schritten die Straße hinunter und rief Dunphy zu, als wir in Hörweite gekommen waren: »Bleibt, wo ihr seid, Pat. Wir gehen die anderen holen.« Dunphy stand in einer kleinen Gruppe seiner Männer, bewegungslos, die Hände in die Seiten gestemmt. Es war windstill, und der Himmel war von klarem, zartem Blau. Hinter der Mauer, hinter der ungleichmäßigen Reihe von Männern, hinter den leeren Winterfeldern, lagen Wälder und, ganz weit weg, die Berge. In diesem Moment befanden wir uns so dicht bei der brennenden Kaserne, daß ich die Hitze auf Gesicht und Hals spüren konnte, eine düstere Wärme, die nicht zur Jahreszeit paßte.

Als wir die Kaserne umrundet und die Felder dahinter erreicht hatten, weiß ich nicht, welchen Anblick ich erwartet hatte, keinesfalls jedoch die Szene, die sich uns bot. Honan und seine Polizisten, Bob und Vincent und unsere Männer standen einander gegenüber, waren jedoch so weit voneinander entfernt, daß sie sich außer Reichweite von Gewehren und Karabinern befanden. Honan hatte seine Männer in militärische Formation gebracht, sie standen in drei Reihen da, während er und der andere Sergeant etwas seitlich standen, hinter ihnen die nutzlose Kaserne. Bob und Vincent waren weit zurückgefallen, fast in den Schatten der Domänenmauer. Und dort standen sie, diese beiden Gruppen, als ob sie darauf warteten, daß Ned oder Colonel Sheppard oder die Geschichte sagten, was sie zu tun hatten.

Als er unsere Leute fast erreicht hatte, fiel Ned in eine langsamere Gangart und trat neben Bob.

»Jesus, Ned«, sagte Bob leise. »Vincent und ich sind ein Stück die Straße hochgegangen. Die ganze verdammte britische Armee bricht über uns herein.«

»Soviel davon, wie für diese Aufgabe gebraucht wird, jedenfalls«, sagte Ned. Er musterte zuerst Bob, dann Vincent, und dieser Anblick brachte ihm offenbar keine Ermutigung, denn ich konnte in ihren Gesichtern lesen, daß sie ebenso verängstigt und verwirrt waren wie ich selber.

»Was ist mit den Jungs?« fragte Ned.

Bob zuckte die Schultern. »Sie begreifen langsam, was passiert ist. Das ist nicht leicht für sie. Vor einer halben Stunde sah es doch schon so aus, als ob wir bald die Herren von Kilpeder sein würden.«

»Ja«, stimmte Ned zu und blickte über das lange Feld mit seinem vom Schnee verhüllten Unkraut auf die passiven, wachsamen Polizisten, auf das brennende Gebäude. »Nun, Bob, was meinst du? Vincent?«

»Du weißt genau, was wir zu tun haben, Ned. Uns ergeben und unsere Waffen ausliefern, entweder diesen Leuten hier oder den Soldaten, wem, das spielt, glaube ich, keine Rolle. Wir sind Bauernburschen ohne Training, Ned, gut genug, um auf eine Polizeikaserne loszufeuern, aber das ist auch alles.«

»Vincent?«

»Wenn du noch Zweifel hast, Ned, dann geh und sieh dir an, was da auf uns zugeklirrt kommt. Unsere Leute könnten ihnen keinen Widerstand leisten, sie würden die Beine in die Hand nehmen. Und ich kann ihnen da keinen Vorwurf machen, ich wäre auch lieber woanders.«

Ned nickte und entfernte sich dann ein Stück von uns. Einen Moment lang glaubte ich, nun sei alles vorbei, und er wolle mit Honan den bestmöglichen Frieden schließen. Aber statt dessen blieb er zwanzig Fuß von uns entfernt stehen und vergrub die Hände in den Taschen. Er war schon ein seltsamer Mann. Er sah uns an, ohne uns zu sehen, und dann wanderte sein Blick hinter den Horizont.

Als er zurückkam, stellte er sich vor unsere Männer und spreizte dabei seine langen, schlaksigen Beine.

»Ihr wißt alle, was passiert ist«, sagte er zu ihnen. »Die Engländer haben eine ihrer fliegenden Kolonnen hergeschickt, und denen können wir in Kilpeder keinen Kampf liefern. Sie würden uns in Fetzen reißen, das ist schließlich ihr Handwerk. Aber es wäre töricht von uns, uns zu ergeben. Bob und Vincent und Hugh und ich haben diese Frage diskutiert und sind zu diesem Ergebnis gekommen.«

Mehr war zum Thema schlichte Wahrhaftigkeit nicht zu sagen. Ich warf einen verstohlenen Blick auf Vincent, aber der starrte Bob aus großen, dunklen, wachsamen Augen an.

»Das hat zwei Gründe«, fuhr Ned fort. »Solange wir die Soldaten beschäftigen können, sind sie hier ebenso gefangen wie wir. Sie können nicht nach Norden marschieren, wo die großen Schlachten ausgefochten werden. Aber es gibt noch einen anderen, fast genauso guten Grund. Heute morgen sind auf beiden Seiten Menschen getötet worden. Wenn wir uns ergeben, werden wir unter Arrest gestellt, und sie werden uns wegen bewaffneter Rebellion und Mord vor Gericht bringen. Von Raub und Brandstiftung ganz zu schweigen.«

Er legte eine Pause ein, während der sie seine Worte verdauen konnten, und auf mich zumindest hatten sie einen tiefen Eindruck gemacht.

»Unsere beste Chance besteht im Abmarsch. Wir verlassen Kilpeder und gehen in die Berge. Und wir teilen uns auf. Ihr hier geht mit Bob und Hugh, und Vincent, Pat Dunphy und ich gehen mit den anderen nach Westen, durch Clonbrony Wood und in die Derrynasaggarts. Die Soldaten werden uns verfolgen, aber das wird eine Weile dauern, weil sie das nicht erwarten. Daß wir uns zerstreuen, paßt ihnen vielleicht genauso gut wie uns. Und wenn eine Gruppe von uns die Berge erreicht, dann haben wir eine Chance, zu zweit und zu dritt zu entkommen. Es ist keine phantastische Chance, aber die beste, die ich euch anbieten kann. Überlegt euch das einen Moment. Ich gebe euch keinen Befehl, darüber sind wir jetzt hinaus, aber ich würde euch führen.«

Nun schwieg er und ließ seine Augen an ihnen vorbeiwandern, während sie ihn und einander ansahen. Und in dieser Pause meldete Bob, der vor zwei kurzen Minuten noch ganz versessen auf die Kapitulation gewesen war, sich zu Wort.

»Ergeben, was? Ich bezweifle, daß sie uns das erlauben würden. Eher würden sie uns mit ihren Schlachterschwertern niedermachen. Uns mit ihren riesigen Kriegsrössern niedertrampeln.«

»Wir sind dafür, Jungs«, sagte Vincent. »Ned kennt sich mit Armeen aus, und wir sollten lieber auf ihn hören.« Er hatte seine stolze Haltung zum Teil wiedergefunden und ließ die Fäuste auf den Hüften ruhen. Man hätte Vincent so gut kennen müssen wie ich, um seine Stimmung zu erkennen, seine herumirrenden, gejagten Spieleraugen.

Ich konnte ihre Begeisterung für Neds Plan, ob nun vorgetäuscht oder echt, nicht teilen. Als Ned vor einigen Minuten an der Sattlertür gelehnt und auf seine Stiefel hinabgestarrt hatte, hatte er die schlichte Wahrheit gesprochen. Wir waren erledigt, und je eher alles vorbei war, desto besser. Ich wollte genauso gern in eine Zelle gestopft werden wie über wilde, wüste Berge wandern. Und ich war auch von einer Art Übelkeit erregender Verzweiflung erfüllt, einem geistigen Ekel. Die Wahrheit war über uns hereingebrochen. Krone und Richter und Polizisten und Soldaten und Kavallerie in schweren Stiefeln hatten durchaus nicht die Absicht, das Land Landarbeitern und Ladenschwengeln zu überlassen.

»Lehrer MacMahon«, sagte einer der Männer, und obwohl ich ihn gehört hatte, mußte er meinen Namen wiederholen, ehe ich mich ihm zuwandte. Er war ein junger Bursche, siebzehn oder achtzehn, der meine Schule besucht hatte, da war ich mir sicher, konnte mich jedoch nicht an seinen Namen erinnern. Er trug eine dunkle Jacke, hatte sich einen Schal eng um den Hals geschlungen und hielt eine exotische langläufige Vogelflinte in der Hand. Er war barhäuptig, und blaßrote Haare verbargen zur Hälfte seine Ohren.

»Lehrer MacMahon«, wiederholte er. »Sehen Sie das auch so?«

Ich zögerte mit meiner Antwort, und während dieser Pause trat Bob neben mich. Ned war angespannt und ungeduldig und hielt wieder seinen massiven Yankeerevolver in der Hand. Ich stand den Männern schräg gegenüber, und aus dem Augenwinkel heraus sah ich die brennende Kaserne.

»Vincent Tully hat auch für mich gesprochen, Junge«, sagte ich. »Captain Nolan ist der einzige von uns, der sich mit diesen Fragen auskennt.« Dann wandte ich mich brüsk von ihm ab und ließ meinen Blick auf den Reihen der Polizisten ruhen. Sie schienen entspannt und doch wachsam, jetzt, wo sich die Lage unerwartet zu ihren Gunsten verändert hatte. Ihre Welt kam wieder ins Lot.

»Ned«, sagte ich, »du glaubst doch nicht im Ernst, daß diese Burschen uns weglassen werden.«

»Das ist sogar meine einzige Gewißheit«, sagte Ned. »Sie haben ihre Aufgabe gut erledigt. Honan hat die Kaserne gehalten, bis seine Stiefelsohlen anfingen zu rauchen, und jetzt hält er das Schlachtfeld. Warum sollte er seine Leute noch weiter in Gefahr bringen, wenn doch die britische Armee gekommen ist, um sich um uns zu kümmern?«

Patsy Flavin. Jetzt erinnerte ich mich an ihn als Schuljungen, in einer ähnlichen Jacke, über das Pult gebeugt, neben ihm ein Bruder mit den gleichen karottenfarbenen Haaren. Vielleicht hatte mein Unterricht ihn mit uns hergeführt, auf dieses öde Feld. Sie sind gekommen, um sich um uns zu kümmern. Rufe, geschwungene Säbel, und vielleicht mein eigener Tod; es war unvorstellbar.

»Wir brechen auf und halten uns dabei dicht an die Domänenmauer«, sagte Ned. »Wir gehen bis auf die andere Seite der Stadt, wo die Mauer auf die protestantische Kirche trifft, und dort führt Bob euch an der Kirche vorbei und ein Stück die Straße nach Killeter entlang, und danach schlagt ihr euch in die Felder. Ich werde euch bei der Kirche verlassen und die anderen holen gehen. Wenn ihr Gebrüll oder andere Störungen hört, dann kümmert euch nicht darum. Bleibt zusammen, bis die Stadt ganz und gar hinter euch liegt.«

Die Männer lauschten Ned wie einem Wunderheiler oder Propheten, der ihnen einen vernünftigen oder inspirierten Plan zu ihrer Errettung vortrug, und dazu hatten sie allen Grund, so munter und zuversichtlich hörte er sich an. Und doch kam es mir nur wenig besser vor als eine Verzweiflungstat, die Verlängerung einer Niederlage, die ich schon im Mund spürte, ein bitterer, metallischer Geschmack, der an Eisen erinnerte. Ich schämte mich, weil ich nicht den Mut gehabt hatte, Patsy Flavins Frage ehrlich zu beantworten, ein schuldiger Schulmeister, der seinen Schüler in Gefahr gebracht hatte. Und doch hätte ich das niemals tun können, denn wir waren durch Ort und Stunde aneinandergebunden, und Ned war unser Wille und unser Hirn. In allen späteren Jahren, wenn Ned Nolan erwähnt wurde oder wenn wir uns trafen, in den Jahren, nachdem er zu einem Ungeheuer oder zu einer Art verzerrtem Helden geworden war, je nach Standpunkt, in all diesen Jahren sollte ich mich immer so an ihn erinnern, wie er an diesem Ort und zu dieser Stunde gewesen war.

Und es ist die schlichte Wahrheit, daß er uns aus dem Ödland hinter dem Kasernengarten und an der Stadt vorbei ins offene Gelände führte, wodurch die Balladenmacher »Clonbrony Wood« für ihr heroisches Wortgeklimper bekamen und nicht »Kilpeder«, obwohl es der Angriff der Fenier auf die Kaserne und deren Verteidigung durch die Polizei war, wenn an diesem Tag überhaupt irgend etwas die Bezeichnung Schlacht verdient hatte. Denn was einige Stunden später in Clonbrony Wood geschehen sollte, war keine Schlacht, nicht so, wie ich durch meine Lektüre dieses Wort verstehe. Dichter, von Shakespeare oder Byron bis zu Balladenreimern, lieben das Pittoreske, und ihre Phantasie wurde von Nolans Feniern gefangen, die durch verschneite Wälder marschieren, dicht gefolgt von rotröckigen Soldaten und Polizisten in dunkler Uniform, und die schließlich umzingelt anhalten, um sich dem letzten Gefecht zu stellen. Aber es war keine Schlacht. Eine winterliche Jagd wäre eine zutreffendere Bezeichnung, mit Neds Männern als Beute, die endlich zur Strecke gebracht wird.

Ich weiß noch, wie wir an der Mauer entlanggingen, uns dabei immer wieder umschauten, um uns zu vergewissern, daß die Polizei uns wirklich nicht verfolgte und daß sie gelassen hinter ihrer zerstörten Kaserne stehenblieb. Wie Ned über die Soldaten gesagt hatte, sie hatten alle Zeit der Welt. Als Ihre Majestät Monate später der Polizei zum Dank für ihre Loyalität und ihren Eifer während des Aufstandes das Adjektiv »königlich« verlieh, auf daß sie hinfort als »Royal Irish Constabulary« bekannt sein sollten, gehörte Kilpeder zu den Schlachten, die zu ihrem Lob besonders hervorgehoben wurden – sowohl das Scharmützel selber, wie es genannt wurde, als auch die Dienste, die die Polizisten der Armee später bei der letzten Verfolgung durch Wälder und schwieriges Gelände erweisen sollten. Sehr wohl verdientes Lob. Nur wenige Stunden zuvor, mit den Augen der Männer in der Kaserne betrachtet, bewaffnete und gefährliche *banditi*, Tentakel von Anarchie und Verrat, hatten wir uns vor ihren Augen in vertrautere Formen aufgelöst: Schurken, Drückeberger, Ribbonmen. Mit dieser Art von Menschen hatten sie lange Erfahrungen. Wir waren in Kilpeder einmarschiert, schlichen uns jedoch vorsichtig hinaus, und obwohl das nur in meiner Phantasie geschah, denn die Entfernung zwischen uns war Gottseidank zu groß, stellte ich mir vor, wie eine fast gewohnheitsmäßige Herablassung sie anschwellen ließ.

Die ganze lange Domänenmauer aus glattem und elegantem Stein, grau wie ein Möwenflügel, war von dichtem Efeu bedeckt, tiefstes Grün, weißgefleckt, an den Rändern stachelig. Die Männer in der Reihe, die am dichtesten daran vorbeiging, hätten es mit den ausgestreckten Armen berühren können, wenn sie das gewollt hätten. Diese Mauer ist jetzt, in den späteren Jahren, an manchen Stellen eingestürzt, und an den Stellen, wo kein rostiger Stacheldraht die klaffenden Lücken überbrückt, mit Zement geflickt. Damals jedoch wurde sie von Lord Ardmors Angestellten vollendet gewartet, eine Verheißung der Ordnung, die drinnen lag, gepflegte Gärten, das Schloß selber mit seinen Terrassen, den hohen Fenstern, die die Sonne fingen, bewacht nicht nur von Stein, von putzigen Kutscherhäusern, sondern von Männern, Kavallerie, schnellmarschierender Infanterie, von Löwen und Einhörnern, von steinäugigen Falken. Auf unserer anderen Seite, hinter Stoppelfeldern, Disteln und üppigem Gras, lag die Rückseite von Kilpeder, verwitterte Ziegel und Tünche, abblätternder Gips. Aus den rückwärtigen Fenstern über Läden, hinter grauen Vorhängen, wurde unser Vorrücken, wenn es denn so genannt werden darf, zweifellos beobachtet, wurden Kommentare zur späteren Verwendung gespeichert, als dieser schäbige Rückzug zu Sage, zu Reim verwandelt wurde. Aber in diesem Moment gab es keine ermutigenden Zurufe.

Bei dem engen Durchgang, der zum Winkel zwischen Domänentor und Kirche führte, ließ Ned uns anhalten. Er zog Bob beiseite und sprach so leise mit ihm, daß wir seine Worte nicht hören konnten. Später erzählte Bob mir, was Ned gesagt hatte. »Es war unmöglich, seine Gedanken zu erraten«, sagte Bob. »Du erinnerst dich doch an seine Augen. Indianeraugen haben wir sie genannt, kohlschwarz, und seine lange Lippe, wie die Karikaturen von Iren im *Punch*. Was er sagte, war klar genug, daß die beiden Gruppen, seine und unsere, getrennt losgehen und sich auf Glück und Zufälle verlassen mußten. Und wenn das Glück mit uns war, dann wollten wir versuchen, in Clonbrony Wood wieder zusammenzustoßen. ›Glück‹, wiederholte ich seine Worte tonlos, aber wie als Frage. ›Mehr Glück, als wir haben werden‹, erwiderte er. Die Zeit stand still, und es gab nur uns beide; ihr übrigen bildetet verschwommene Punkte am Rande meines Blickfeldes. Ich hörte Lärm, Füßescharren und Rufe von den Jungen hinter der Mauer, die der Kaserne gegenüberstanden, die ich nicht verstehen konnte, dann, aus der Entfernung, prompt wie der Urteilsspruch über seine Worte, ein Hornsignal, das durch die tote, windstille Winterluft zu uns getragen wurde.«

»Ich erinnere mich gut an das Hornsignal«, erzählte ich Bob, »und es hat mir eine Heidenangst eingejagt, daß sie mit ihren Pferden und Gewehren und schweren Stiefeln und sogar mit Musik auf uns zumarschierten und ritten.« Aber das war ein phantasievoller späterer Gedanke, denn damals erweckte das Hornsignal in mir nur die Angst, ich könnte die Kontrolle über meinen Darm verlieren. Ich konnte Wind und dunkles Wasser durch meine Eingeweide rollen spüren.

»Es hat mich in die Zeit zurückgeholt, könntest du sagen«, erzählte Bob, »und ich wußte, daß wir uns zerstreuen mußten, ehe diese marschierenden Männer die Stadt erreicht hatten; aber ich konnte meinen Blick nicht von Neds Gesicht abwenden, als ob er, nicht die britische Armee, das Urteil über uns gefällt hätte, bis er mich leicht mit seiner geballten Faust am Arm berührte und sagte: ›Wir brechen jetzt auf, in Gottes Namen.‹«

Und wir brachen auf, vom Ostende des Marktplatzes, wo die Steine von Staat und Kirche – Lord Ardmors blinde Falken mit ihren scharfen Krallen und der dornige Turm der protestantischen Kirche – uns gegenübertraten. Hinter dem verlassenen Platz, seinen Läden, dem Gasthaus und den Schenken, lag die ausgeweidete, verwüstete Kaserne, und ihr gegenüber, von uns aus kaum noch zu sehen, die Mauer, hinter der Dunphy mit seinen Männern wartete. Ich widmete ihnen ein wenig Mitleid, denn ich wußte, daß sie während der fünfzehn Minuten, in denen wir anderen uns beraten hatten, die wunderbarste Aussicht auf die britischen Soldaten, die gegen uns vorrückten, hatten genießen können.

Und das konnten wir jetzt auch, denn der Platz liegt nicht parallel zur Straße nach Macroom, sondern in einem schrägen Winkel, so daß wir ihnen direkt gegenüberstanden, als wir mit dem Kirchengitter im Rücken eine kurze Pause einlegten, wenn auch aus barmherziger Entfernung. Ein großes scharlachrotes Tier, schuppig und mit tausend Füßen, schien auf Kilpeder zuzukriechen, gelassenes Rot auf weißgepuderter Straße. Leere Hügel ragten hinter ihm auf. Zu seiner linken Seite, näher bei uns, erhoben sich die Türme von Saint Jarlath, und nahebei, meinen Blicken verborgen, mein eigenes Haus, in dem Mary stand, die das Hornsignal gehört und seine Bedeutung erraten haben mußte. »Heilige Maria!« sagte einer der Männer neben mir mit leiser Stimme, als ob er fürchtete, die Aufmerksamkeit des scharlachroten Tieres auf uns zu lenken. Die Offiziere, die die Kolonne befehligten, saßen lässig im Sattel, Jäger, die bei schönem, klarem Wetter zum morgendlichen Schießen ausreiten, ihre Haltung, anders als unsere, belebend und erfrischend.

»Na gut«, sagte Ned. »Laßt uns machen, daß wir von hier weg und aufs Land kommen.« Er hatte seinen massiven Yankeerevolver aus seiner herunterhängenden Hülle gezogen und hielt ihn locker in seiner schwerknochigen Hand. »Vincent, du kommst mit mir.« Vincent trat sofort neben ihn. Er wirkte ruhig, aber sein Gesicht war kreidebleich, ein hübsches Gesicht, ein wenig mädchenhaft fast, ohne die fleischige Fülle, die sich in späteren Jahren dort ansammeln sollte, und ich konnte fast ein schwaches Lächeln erahnen, vielleicht ein Lächeln des Entsetzens.

»Ned«, sagte ich rasch, »du vergißt doch die Jungs, die wir bei den Hütten postiert haben, nicht.« Ned wandte sich mir zu und lächelte dann plötzlich, als ob er etwas Vertrautes erkannt hätte. »Das tun wir nicht, Hughie«, sagte er. »Wir werden die Jungs in den Hütten nicht vergessen. Du wirst sie wiedersehen, so Gott will. In Clonbrony.« Und damit machte er auf dem Absatz kehrt und ging zusammen mit Vincent über den Marktplatz. Ein schlecht zueinanderpassendes Paar, Ned in seinem ausländischen amerikanischen Mantel und seinem breitkrempigen Hut, und Vincent elegant in seinem Pellerinenmantel und barhäuptig.

Bob vergeudete keine Zeit, sondern ließ uns sofort aufbrechen, durch die Gasse, die zur Straße nach Killeter führte. Wir waren eine seltsame Prozession, die da ihre eigene Stadt verließ, denn die gepflasterte Gasse war so eng, daß wir nur zwei und zwei nebeneinander gehen konnten, und wir waren stumm, der jungfräuliche Schnee bildete unter unseren Füßen ein Kissen. Hinter uns lag eine Nebenstraße, an der in der Ferne verstreute Farmen lagen, und links und rechts wuchsen Hecken. Die Entfernung zum Platz, so gering sie auch war, hatte auf einem der Höfe mutig gemacht, und seine Bewohner standen vor der Hütte und starrten uns an, Mann und Frau und mehrere Kinder, und ein alter, gebückter Mann, der sich auf seinen Stock stützte. Sie winkten uns nicht zu oder riefen uns an, wie es sonst auf dem Lande Brauch ist. Der Torfstapel hinter ihnen sah seltsam aus mit seiner Schneedecke. Einer unserer Männer hob den Arm, als ob er sich einen Antwortgruß erhoffte, aber der blieb aus. Die Hütte stand auf einer Anhöhe, und von dort aus konnten sie zweifellos die scharlachroten Soldaten sehen.

Bob ließ uns eine rasche Gangart anschlagen, und obwohl ich einen Kopf größer war als er, mußte ich große Schritte machen, um sein Tempo halten zu können. Plötzlich sagte er, fast wie ein Fauchen, weniger zu mir als zu sich selber oder zu der weißen Straße vor uns: »Verdammtes Pech, verfluchte Verschwendung. Verdammte Pest!« So etwas sagte er oft, mit seinem angsteinjagenden Widerwillen gegen Faulheit, Schlamperei und ganz normale menschliche Einfalt, während er aus Tullys Laden ein Wunder an Ordnung machte. Seine Worte kamen mir, abgesehen von dem Gift, das er in sie hineinlegte, vertraut vor. Er wollte von mir keine Antwort hören, und ich gab ihm auch keine. Nach einer Weile wandte er sich mir zu, ob er mich ansehen oder durch mich hindurchblicken wollte, kann ich nicht sagen, und was ich sah, schockierte mich. Wir waren alle verängstigt und verwirrt, Gott weiß, wie ich selber ausgesehen haben muß, aber was ich in Bobs Gesicht sah, war eine Art kranker Wut, so intensiv, daß für Verwirrung kein Platz mehr blieb. Zum erstenmal an diesem Tag der Schüsse und der Flammen, des von Kugeln zerfetzten Fleisches, waren seine Augen mörderisch, als ob er morden wollte, sein Opfer jedoch nicht zur Hand hätte.

»Kilpeder ist nur eine Stadt«, sagte ich lahm zu ihm. »Heute gibt es doch sicher fünfzig Aufstände. Es ist der festgesetzte Tag. Überall in Munster und Leinster und Dublin.« Ich wollte ihn mit diesen frommen Worten nur trösten, denn ehrlich gesagt scherte mich in diesem Moment der Aufstand nicht einen Pfifferling, ich dachte nur an meine eigene Haut und vielleicht noch an die Haut der Männer, die bei uns waren.

Er starrte weiterhin durch mich durch. Meine Worte schienen ihn durch die helle, spröde Luft nur langsam zu erreichen. Dann sagte er: »Hughie, du Idiot!« und wandte sich von mir ab.

Und das beendete in gegenseitigem Einvernehmen unsere Unterhaltung. Ich drehte den Kopf, um einen Blick auf die Männer hinter uns zu werfen, und sah, daß sie keine Ermahnungen brauchten, um Bobs schnelle Gangart beizubehalten. Jeder Schritt entfernte uns weiter von dem scheußlichen scharlachroten Ding, das sie auf der Straße nach Macroom gesehen hatten. Ihre Gesichter zeigten ihre Angst.

Etwas später, vielleicht zehn Minuten, hörten wir die Schüsse, ein halbes Dutzend oder so, erst einen, dann einen zweiten, dann die anderen kurz hintereinander. Aus dieser Entfernung klangen sie trocken und spröde, wie Hundegebell. Und danach kam gar nichts mehr. Die Schüsse ließen uns anhalten, und instinktiv wandten wir uns alle der Stadt zu, aber natürlich war nichts zu sehen.

»Kilpeder kann das nicht sein«, sagte ich zu Bob. Inzwischen mußten Ned und Vincent und ihre Männer Kilpeder längst verlassen haben, während die Soldaten es kaum erreicht haben konnten, selbst wenn sie im Trab vorgerückt waren.

»Nein«, sagte er, »nicht Kilpeder.«

Was wir erwarteten, kann ich nicht sagen, aber es passierte nichts. Nackte Felder und blattlose Bäume, weit verstreut, lagen zwischen uns und der Stadt, und auf der anderen Seite lagen weitere Felder, die langsam anstiegen, und weit in der Ferne als unser Horizont die Derrynasaggarts, große Hügel, aufgetürmt vor einem Himmel, so blau, leer und perfekt wie der Kopf eines Rotkehlchens.

Bob schüttelte den Kopf und marschierte dann weiter, ich ging neben ihm, die anderen hinter uns. Das soldatische Aussehen, das wir am Morgen, als wir nach Kilpeder marschiert waren, vielleicht gehabt hatten, verloren wir jetzt schnell. Die unter uns, die wirkliche Waffen hatten, Gewehre oder Schrotflinten, trugen sie nachlässig über der Schulter oder in der Armbeuge. Wir müssen eher wie Burschen ausgesehen haben, die zum Gesindemarkt unterwegs sind, verbissen und von leichter Hoffnung erfüllt. Aber Männer unterwegs zum Markt hätten Witze gemacht, und irgendeiner hätte früher oder später ein Lied angestimmt, in das die anderen dann eingestimmt hätten, mit rauhen Stimmen und fröhlich.

Und im Weitergehen hallten die Schüsse, die wir gehört hatten, schwach in irgendeiner Kammer meines geistigen Ohres wider, sechs Schüsse, dann Schweigen. In meiner Erinnerung ist das jedenfalls so, aber das kann an meiner Phantasie liegen, denn von allem, was an diesem Tag in Kilpeder passiert war, inbegriffen die »Schlacht« von Clonbrony und alles andere, waren das die Schüsse, die als Echo weiterleben sollten, in den Zeitungen und vor Gericht und später in der elenden Ballade. Diese sechs Schüsse streckten zwei Männer tot zu Boden, einer trug die dunkle Wolle der Polizei, der andere eine Joppe aus grobem Fries und mit Lehm und Dung verschmierte Stiefel: Constable Belton und der junge Jamesy Spellacy. Vor Gericht gelang es Mr. Butt und Mr. Bourke, diesen Juristen, die so listenreich waren wie Odysseus, ein Dikkicht von Ungewißheit und Mutmaßungen um diese Schüsse zu errichten, aber der Balladendichter hatte da überhaupt keinen Zweifel, und aus diesen wenigen Sekunden, aus der Zeit, die wütende und verzweifelte Männer brauchen, um Schüsse aufeinander abzugeben, entsprang das Bild, das Ned bis ins Grab anhaften sollte, das Bild eines kühlen und rücksichtslosen Mörders, schwarz und unversöhnlich wie ein Felsquader. Bob und ich dagegen waren weit entfernt von diesen Schüssen, wir hörten sie und wunderten uns über sie, sie berührten uns mit kalten Fingern, und dann nahmen wir unseren Rückzug, um ihm einen würdevollen Namen zu geben, wieder auf.

Es war ein Uhr nachmittags, eine volle Stunde seit unserem Aufbruch aus Kilpeder, als wir die Kreuzung erreichten, an der die Straße nach Killeter anfing. Hinter uns lag die lange Boreen, die wir gekommen waren, gerade und ohne Kurven, und sie war leer. Hohe Hecken ragten zu ihren beiden Seiten auf, verschneit und verwuchert. Als ob wir durch das Schweigen gewandert wären, durch den Schnee, aus der Verwirrung und dem flammenden Stroh von Kilpeder in weite, schweigende Felder, in denen wir nun auf ewig herumirren müßten. Dort, wo Boreen und Straße aufeinandertrafen, lag ein Gehöft. Die Hecken wichen einer mit wenig Meisterschaft aus Feldsteinen errichteten Mauer. Das Haus lag weit von der Straße entfernt, ein langes, in seiner Einsamkeit melancholisch aussehendes Gebäude, mit Schnee auf dem Strohdach und Torfstapel und einem Misthaufen neben der Tür. Rauch stieg vom Giebelende auf und trug den Geruch des Torfes zu mir, vertraut und beißend.

Die Straße vor uns führte fünf Meilen nordwärts nach Killeter, einige Hütten an einer Kreuzung, eine hatte eine Schanklizenz, allerdings hatte ich nie angehalten, um dort etwas zu trinken – es war ein übel aussehendes Haus, nützlich vielleicht für Hirten und

Spalpeens, die zu den Gesindemärkten von Kilpeder und Macroom unterwegs waren. Eine der Straßen führte nach Osten, vorbei an niedrigen Hügeln und auf der rechten Seite an Clonbrony Wood. Wir hielten bei der niedrigen Mauer an, als ob wir ein Ziel erreicht hätten. Und während wir dort standen, öffnete sich die Tür der Hütte, ein Mann trat heraus und kam über das schneebedeckte Feld auf uns zu.

Wir sahen ihn an, die vielleicht zwanzig Mann, die wir waren, als sei er irgendein Sendbote. Er hatte seinen Stock in der Hand, und im Gehen schwenkte er ihn vor sich her, setzte ihn auf die harte Erde und hob ihn wieder hoch, ein untersetzter Mann gegen Ende seiner mittleren Jahre, in Friesjoppe und Hosen nach altem Schnitt, die in die Stiefel gestopft werden. Als er nah genug gekommen war, rief er uns an, aber ich konnte ihn nicht verstehen. Er ging weiter und erreichte das Ende des Feldes, ohne seinen Schritt verlangsamt zu haben, blieb erst stehen, als er seine Mauer erreicht hatte und nur noch die Steine ihn von uns trennten. Er sprach wieder, und nun wußte ich, warum ich ihn nicht verstanden hatte:

Er hatte uns auf Gälisch angerufen.

»Was macht ihr denn überhaupt hier?« fragte er. »Wer seid ihr?«

Ich durchwühlte mein Gehirn nach einer Antwort, aber Bob kam mir mit seinem elenden Gälisch zuvor, das er von der Farm seines Vaters nach Kilpeder mitgebracht hatte und holpernd und eingerostet beibehielt, um hinter Tullys Tresen auch Menschen wie diesen hier bedienen zu können.

»Wir haben auf den Straßen von Kilpeder mit der Polizei gekämpft«, sagte er, »und jetzt suchen uns die Polizei und die Soldaten aus Macroom und vielleicht auch aus Cork. Wir sind auf der Flucht in die Berge.«

Es war ein Mann mit breitem Gesicht, mit vollen unrasierten Wangen, geplatzten Adern und muskulösem Unterkiefer. Er hätte aussehen können wie ein grober Quader von einem Gesicht, wenn nicht die großen, starrenden Augen vom bleichsten Blau, geschützt von schweren Brauen, gewesen wären. Er antwortete nicht sofort.

»Das muß ein großartiger Kampf gewesen sein«, sagte er und ließ seine blauen Augen auf den geschulterten Gewehren und Schrotflinten ruhen. »Was wolltet ihr denn überhaupt?«

»Wir sind Fenier«, erklärte Bob. »Es ist der festgesetzte Tag der Fenier von ganz Irland.« Bewußt, oder so kam es mir wenigstens vor, sagte er das Wort »Fenier« auf Englisch und steckte es in sein Gälisch wie einen Kern in einen Pudding. Ich warf ihm einen Blick zu. Da ich Bob kannte, wußte ich, daß der Zorn immer noch in ihm arbeitete, im Moment gab es jedoch noch etwas, eine Art von bitterem Amüsement. Er sprach leichthin.

»Nun ja«, sagte der Farmer. »Das seid ihr also. Von euch ist viel die Rede gewesen. Seit ihr die Leute, die mit geschwärzten Gesichtern in Union Hall eingefallen sind und Mary Tansell, das Dienstmädchen, erschreckt und die schönen Vogelflinten aus London gestohlen haben?«

»Wir, oder Freunde von uns«, antwortete Bob.

»Um Himmels willen«, sagte ich auf Englisch zu Bob. »Haben wir nichts Besseres zu tun, als an einer Mauer zu lehnen und uns mit dem Landadel zu unterhalten?«

»Landadel, was?« sagte der Farmer zu mir in ungelenkem Englisch, dann wandte er sich auf Gälisch wieder an Bob. »Und das ist bei all dem Gerede herausgekommen, ja, gestohlene Schrotflinten und ein Kampf mit der Polizei von Kilpeder, und neunzehn Männer, die über die Straße nach Killeter davonstürzen?« Ich registrierte, daß er uns gezählt hatte.

»Ja«, sagte Bob absolut tonlos. »Das ist bei dem Gerede herausgekommen. Sie werden bald genug hinter uns herkommen, durch die Boreen oder vielleicht über die Hauptstraße. Komisch, daß sie uns nicht schon gefunden haben.«

Der Mann nickte und fuhr sich mit einem Handrücken, der so groß war wie ein junger Schinken, über den Mund und die dünne Matte aus grauwerdenden Haaren. »Ihr steht schon fast mit einem Fuß in den Hügeln«, sagte er, »aber die Berge sind noch einen Tagesmarsch entfernt. In den Bergen solltet ihr sicher sein, denn da gibt es nur Heide und wilde Hasen und pfadlose Wildnis.«

Die Hügel in der Ferne wirkten unwirklich unter ihrer Schneeschicht. Schweigen umgab sie. Näher bei uns kreiste ein Habicht, stand still. Noch näher sah ich wilde Hasen. Ich stellte mir einen vor, der im Dickicht kauerte, lange, aufmerksame Ohren flach vor Angst, sein schlanker Körper in Habachtstellung, an den Boden gepreßt. Während der Saison hetzten Farmer ihn als Morgensport, brachen durch Hecken, kletterten über Zauntritte, ihre

Stiefel trampelten durch hohes Gras, ihre Hosen waren mit Disteln übersät.

»Von hier aus können Sie die roten Soldaten gut sehen«, sagte Bob. »Es wird so lustig werden wie ein Markttag. Und vielleicht können Sie auch mit ihnen plaudern.«

»Diese englischen Soldaten sprechen nur wenig oder gar kein Irisch«, sagte der Farmer.

»Sie werden auch die Polizei mitbringen, schwarze Hunde auf der Fährte. Sergeant Honan ist mit Irisch großgeworden, im wüsten Ödland von Limerick.«

Der Farmer blickte zu seiner Scheune hinüber und wandte sich dann wieder an Bob. »Auf mich wartet viel Arbeit«, sagte er. »Ich kann nicht den ganzen Tag hier an der Mauer stehen und nach roten Soldaten Ausschau halten.«

Es war die erste Pause, die wir einlegten, und die Männer schienen sich in diesem Moment besser zu fühlen, eingefangen in einer vertrauten Szene, mit einem Farmer an seiner Mauer. Am Morgen waren sie selber von Farmen wie dieser aufgebrochen.

»Vom höchsten Berg«, sagte der Farmer, »kann man an einem wolkenlosen Tag hinter den Hügeln von Kerry das Meer sehen.«

Dann drehte er sich um und verließ uns, wobei sich sein Schlehenstock vor ihm in die Erde bohrte.

»Viel Glück«, rief Bob hinter ihm her, und er nickte als Antwort, ohne sich umzudrehen. »Sie könnten uns auch Glück wünschen, wir können es brauchen.«

Nun drehte der Farmer sich um. »Ich wünsche euch weder Glück noch Unglück«, sagte er. »Ihr bedeutet mir nichts.« Er sprach mit eisiger Neutralität, und seine Worte schienen zu uns herüberzuschweben, vielleicht, weil er sich nicht die Mühe gemacht hatte, seine Stimme zu erheben.

Als wir weiter über die Straße nach Killeter zogen, ging er mir nicht aus dem Kopf. Ich sah ihn, wie er dastand, sich umdrehte, und ich hörte seine letzten Worte, gesprochen in der Sprache, die, mehr als Englisch das je sein kann, verbunden ist mit unserer Landschaft, eine Sprache, die für Felder, zerstreute Findlinge, Pfützen, rotes Moorland spricht. Ihr bedeutet mir nichts, hatte er gesagt, und es war die festgetrampelte Erde, die sprach, kahlästige Bäume, die von den Seewinden geschüttelt wurden.

Nun lagen wirklich Hügel vor uns, nicht die Berge, auf die

seine Worte hingedeutet hatten, sondern ansteigender Boden, der sich zu Kämmen erhob, durchzogen von Zäunen. Auf einer Weide in der Ferne wanderte eine Herde langsam durch den fremden Schnee. Die kleinen schwarzen Kühe von Munster, und etwas abseits von ihnen, neben zwei Bullen, stand ein einzelner Weißdorn. Es war eine gute Straße, breiter als unbedingt nötig. An einer Stelle standen Schlehen mit frühen Blättern, Spitzen von zusammengefaltetem Grün bohrten sich durch den Schnee. Es herrschte tiefe Stille, eine Sonntagsstille.

Die Männer hatten wieder angefangen zu reden, ich konnte Wortfetzen aufschnappen. »Bei Gott«, sagte Dinny Lacey. »Dieser Bursche hat recht gehabt. Wir können die Berge vor der Nacht nicht erreichen, aber dort wäre sogar eine Armee in Sicherheit. Es ist eine öde, wüste Gegend, das habe ich immer gehört.«

»Ich habe keine Ahnung, was dieser Mensch geredet hat«, sagte sein Freund. »Ich kann kein Wort Gälisch, genausowenig wie meine Eltern.« Er sprach mit einem Hauch von Verachtung, Gälisch wurde rasch zu einer stigmatisierten Sprache, ernährt von den Elementen, der Geschichte und den Jahreszeiten, sonst von nichts und niemandem.

»Ich hab dich vorhin angefahren, Hughie«, sagte Bob, »und noch dazu ohne Grund. Ich bitte dich um Entschuldigung.«

»Ach, das ist doch nicht nötig, Bob«, sagte ich. »Nicht bei uns beiden.« Obwohl dieses Wort mich getroffen hatte, härter als ich mir eingestehen wollte. Idiot.

»Gott allein weiß, was vor uns liegt. Ich hatte gedacht, daß die Armee uns jetzt schon erreicht hätte. Vielleicht wäre es besser, wenn wir uns zerstreuten und versuchten, das Gebirge zu erreichen.«

»Clonbrony Wood, hat Ned gesagt«, erinnerte ich.

Aber Bob sagte, als ob er mich nicht gehört hätte: »Wir sind hier hineingerutscht, und jetzt sind wir fertig. Bauernburschen und Ladengehilfen, die sich selber zu Rebellen ernennen, während sogar die Kirche gegen uns ist. Dieser Farmer vorhin, mit seinem Gälisch wie ein Mundvoll Kieselsteine, hat völlig recht. Wir sind nur Straßenstaub, der weggeweht werden wird.«

»Wir haben Kilpeder gehalten«, widersprach ich. »Ned hat uns Kilpeder gegeben, und wenn nicht die Soldaten zu Hunderten...«

»Wenn nicht, wenn nicht«, äffte er mich nach, mit leiser, eisiger Stimme. »Mein Gott, Hughie, hast du dir diese Männer genauer angesehen? Das sind wirklich Soldaten, die tun nicht nur so. Und die Herrschenden in diesem Land wissen, wie sie sie herumschieben müssen, das machen sie doch seit Jahrhunderten.« Er zog die Schultern hoch. »Wir werden sie bald genug aus nächster Nähe sehen können.«

»Ned Nolan ist Soldat«, sagte ich. »Ein echter Soldat hat uns nach Kilpeder geführt.«

»Ein echter Corporal«, verbesserte Ned. »Er hat sich alle Mühe gegeben, uns da nicht zu täuschen. Im Grunde ist er ein Bursche wie wir.«

»Heute morgen nicht«, sagte ich, verletzt durch Bobs Bitterkeit, die sich erst auf mich, dann auf Ned gerichtet hatte. »Er war ein guter General, wir hätten uns keinen besseren wünschen können.«

»Aber sicher«, meinte Bob. »Der Napoleon von Kilpeder. Ein Hannibal der Hühnerkörbe.«

»Jesus Christus, Bob«, sagte ich. »Wir haben allesamt das Recht, jetzt wütend und verängstigt zu sein, aber du hast keinen Grund, deine Wut an mir oder an dem Mann auszulassen, der uns kommandiert hat. Der uns noch immer kommandiert. Hüte deine Zunge!«

Während ich das sagte, hob sich meine Stimme, und instinktiv legte Bob mir wie zur Mahnung die Hand auf den Arm. Aber ich wußte, daß die anderen nicht auf unser Gespräch achteten.

Wir hatten eine Stelle erreicht, wo die Straße sich zu einer buckligen Brücke mit zwei Bögen hob, unter der ein Bach floß, die Awbeg, die aus den Hügeln kommt und dann in die Sullane mündet. Der Schnee, der in den Hügeln dichter lag, hatte sie anschwellen lassen, und sie bot einen hübschen Anblick, glitzerte in der kalten, klaren Luft, während sich schneebedeckte Büsche über sie beugten.

Bob trat beiseite, zog mich mit sich und drückte sich in die Hecke. Er gab den Männern ein Zeichen zum Vorrücken, und das machten sie, erst zur Brücke, dann hinüber. Als sie das andere Ufer erreicht hatten, blickten sie sich nach uns um. Bob schüttelte den Kopf und gab ihnen mit einer Bewegung seines ausgestreckten Arms den Befehl, weiter die Straße entlang zu gehen.

»Keine einzige Frage kommt von ihnen«, sagte Bob. »Wie eine verdammte Schafherde. Aber sie werden uns bald genug Fragen stellen, bei Gott.«

»Die Männer auch, ja?« fragte ich. »Die Männer sind verdammte Schafe, und Ned Nolan ist ein Hinterhofgeneral, und ich bin ein Idiot. Nur du bist ausgenommen.«

Wir hatten die Welt für uns, die Welt und meine Wut. Ich wäre lieber mit den Männern weitergegangen, in Richtung Killeter, und vielleicht zu Nolan, als mit Bob in dieser unerklärlichen Stimmung zusammenzusein. Eine wolkenlose Sonne wärmte den Nachmittag, und wir konnten fast spüren, wie der Schnee auf den grasbewachsenen Feldern schmolz. Bob wandte sich von mir ab, ging auf die höchste Stelle der Brücke, stützte dort seine Ellbogen auf die Brüstung und blickte auf die Awbeg hinab. Ich folgte ihm und stellte mich neben ihn, wollte aber nicht sprechen. Es war eine hübsche kleine Brücke aus behauenem Stein, aus dem letzten Jahrhundert, als Großgrundbesitzer stolz auf so etwas gewesen waren.

Schweigend standen wir da, unsere Schultern stießen fast aneinander, zwei Freunde, die nie zuvor grob zueinander gesprochen hatten.

»Hughie«, sagte er schließlich, »ich muß dich ein zweites Mal um Verzeihung bitten. Ich bekomme mich nicht in den Griff. Ich kann mich auf mein Urteil nicht verlassen. Natürlich kann ich dir oder den Jungs keine Vorwürfe machen, und Ned am allerwenigsten. Er war alles, was wir verlangen konnten, und noch mehr. Zuviel, vielleicht.«

Aber ich gab keine Antwort und stand aufrecht und steif da. Er mußte den Kopf heben, um mir ins Gesicht zu sehen.

»Was uns in Kilpeder gelungen ist, war ein Wunder«, sagte er, »und Ned hat uns gezeigt, wie wir es machen sollten. Ein paar Dutzend Bauernburschen mit Schrotflinten und Sensen und einer Karrenladung Heu, und wir haben die stärkste Kaserne belagert, die jemals in Munster gebaut worden ist. Wenn dieses verdammte Regiment nicht über uns hereingebrochen wäre, dann befände Kilpeder sich jetzt in Händen der Fenier, und wir anderen würden nach Norden zur großen Heersammlung marschieren.«

»Das kann doch immer noch passieren«, sagte ich. »Wenn Gott will.« Aber ich glaubte nicht, was ich da sagte.

»Es wird keine Heersammlung geben«, sagte Bob. »Wenn ich mit meinen Befürchtungen recht habe. Ich glaube, wir sind geschlagen, nicht nur in Kilpeder. Der Aufstand ist aus und vorbei.«

Unter uns floß kristallklares Wasser über ein sandbraunes Bett. Das Wasser zischte, flüsterte. Zweige trieben auf der wirbelnden

Oberfläche und waren vielleicht aus den hohen Bergen in der Ferne hergetragen worden.

»Das ist ein entsetzlicher Gedanke, Bob«, sagte ich, aus meinem Zorn gerissen. »Wir wissen über den Aufstand nur, was uns hier widerfahren ist.«

»Das weiß ich«, sagte Bob. »Habe ich dir nicht gesagt, daß mein Geist verwirrt ist? Ich habe schreckliche Angst vor dem, was uns heute noch erwarten kann. Dieser Gedanke ist mir in der Boreen gekommen, als wir die Stadt verlassen hatten, und seitdem ist er mir nicht mehr aus dem Kopf gegangen.«

»Na gut«, sagte ich und zuckte die Schultern. Aber er wandte sich nun von der Brücke ab und sah mir voll ins Gesicht.

»Die Soldaten wußten, was los war«, sagte er. »Sie haben unseren Angriff auf die Kaserne erwartet. Wir hatten die Leitungen durchtrennt, Honan war abgeschnitten. Aber die Armee befand sich schon auf dem Marsch zu uns, seit dem frühen Morgen. Vielleicht noch länger, wenn sie aus Cork geschickt worden ist. Sie haben es gewußt, Hughie. Sie müssen es gewußt haben.«

Über seine Schultern hinweg konnte ich unsere Jungen sehen, langsam jetzt, fast schlendernd, ein oder zwei am Schluß blieben stehen und betrachteten den Anblick, den wir sicher boten, zwei Wasserspeier auf einer Brücke.

Er faßte mein Schweigen als Frage auf und antwortete mit einer Gegenfrage. »Wie konnte sie das wissen, Hughie? Kannst du mir das sagen?«

Aber ich hatte keine Antwort. So weit das Auge reichte, gab es nur leere Felder, ein paar verstreute Häuser, eine Herde, schwarze Gestalten auf einem weißen Laken, die Hügel.

»Sie haben mit uns gespielt«, sagte er. »Katz und Maus. Kein Wunder, daß sie die Zirkel im ganzen Land nicht zerstört und zurückgekehrte Yanks wie Ned mit ihren breiten Hüten und eckigen Stiefeln und Yankeerevolvern durch die Straßen haben stolzieren lassen. Sie wußten Bescheid über uns.«

»Du bist wirklich ein Wunder. Wir rennen um unser Leben, und du beschäftigst dich mit an den Haaren herbeigezogenen Spekulationen. Was du brauchst, ist Vincents silberne Whiskeyflasche. Die Flasche wartet auf dich, zusammen mit Vincent und Ned und den anderen. Sieh dir doch die Jungs dahinten auf der Straße an. Die müssen doch denken, wir wollten sie im Stich lassen.«

Er sah mich an, und dann lächelte er endlich. »Du hast ja recht, Hughie. Komm jetzt, sonst müssen wir rennen, um sie einzuholen.« Und er machte auf dem Absatz kehrt und marschierte los, und ich folgte ihm. Er war wieder er selber, das dachte ich wenigstens. Bis zum letzten Tag seines Lebens war es nie möglich, ihn wirklich zu durchschauen. Er hielt immer einen Teil von sich selber zurück.

Und so marschierten wir nach Killeter und zu dem, was für uns das schmähliche Ende der ganzen Sache darstellen sollte, in die berühmte »Schlacht«. In den kommenden Monaten und in den folgenden Jahren wurde die »Schlacht«, wie wir – wir patriotischen Iren – sie nannten, zur polierten Sage, zu einem Schild, den wir zwischen uns und die häßlichen Wahrheiten zu halten versuchten. Denn Bob Delaney – auf der buckligen Brücke bei Killeter, hinter uns Tote und eine abgebrannte Kaserne, die Kapitulation eine Stunde vor uns, in fast vorhersehbarer Zukunft, einer Zukunft, nicht weiter entfernt als eine Straßenkreuzung – hatte mit der Sprache der Geschichte gesprochen, mit Patrick Prentiss' Sprache, einer Sprache, die spöttisch oder mokant in Fußnoten zu uns spricht.

Es gab andere Schilde, und auch sie sollten ihre Balladen bekommen. In Ardagh und Kilmallock, in Limerick wurden Kasernen angegriffen, und es gab auch in Connacht Heersammlungen, in Galway und in Sligo. Tausend Männer versammelten sich in dieser Nacht auf dem Marktplatz von Drogheda. Entschlossene Männer nahmen in Cork die Kaserne von Ballyknockane ein, geführt von F. X. O'Brien, William Mackey Lomasney und dem jungen Michael O'Brien. Die Southern-and-Western-Eisenbahn wurde angegriffen, Schienen wurden herausgerissen und Leitungen zerschnitten. Die Station der Küstenwache in Knockadoon wurde gestürmt, Waffen wurden erbeutet. Es gab zwei, vielleicht drei Dutzend von solchen Aktionen. Ich hatte es schließlich sehr satt, davon zu hören, denn viele der Beteiligten wurden, als alles vorüber war, mit uns im Gefängnis von Cork City einquartiert. Wir waren wie Spiegel, die sich gegenseitig reflektierten, alle prahlten flüsternd den anderen gegenüber, und alle hatten nur eine Geschichte zu erzählen, von Angriff, ungeordnetem Rückzug und Kapitulation. »Fliegende Kolonnen« nannten sie die Soldaten, die uns entgegengeschickt wurden, und sie waren überall; aber als sie auf uns zugerückt kamen, schienen sie überhaupt nicht zu fliegen, sondern sich wie die roten Reihen auf der Straße nach Macroom mit sicherem, unbezwinglichem Schritt zu bewegen, Linien der Macht, die sich von London her ausstreckten, über Wasser und staubige oder verschneite Straßen.

Der Aufstand zeichnete uns alle, uns alle, die an jenem Morgen dabeigewesen waren, uns alle außer zweifellos mich selber, einen gesetzten Mann, der froh genug war, seine Gefängnisstrafe, die Schüsse, die brennende Kaserne und die Männer, die tot oder voller Qualen auf den Straßen von Kilpeder gelegen hatten, hinter sich zu lassen, froh genug, das unnatürliche Schweigen der verschneiten Felder an der Straße nach Killeter hinter mir zu haben, das gleichgültige Urteil, das auf Gälisch über uns gefällt wurde, und den Anblick von Clonbrony Wood, der uns schließlich zuteil wurde, froh genug, zu Mary nach Hause zu kommen, hinkend, da die Fußeisen durch Gewebe und Blut bis zum weißen Knochen des Fußknöchels vorgedrungen waren.

Und doch, wenn Clonbrony Wood eine Schlacht war – aber es war eher die wilde Schießerei, als die sie der *Cork Examiner* bezeichnete, einige Tage später, ehe die Sage Zeit gehabt hatte, sich zu entwickeln –, hatten weder Bob noch ich noch unsere Leute daran Anteil, obwohl wir den Lärm hörten. Clonbrony Wood war für uns eine Antiklimax, schändlich und verwirrend.

Gegen drei Uhr nachmittags bot sich uns vor einer Steigung in der Straße der Blick auf Killeter, mit seinen an der Kreuzung verstreuten Hütten. Die Wälder fingen damals gleich neben der Straße an. Sie sind jetzt nicht mehr so dicht, und das ist schon seit den 70er Jahren so, als die Ardmors ins Holzgeschäft einstiegen, und wenn ich sie heute besuche und die jungen Setzlinge sehe, dann fällt es mir schwer, mich daran zu erinnern, wie sie einst ausgesehen haben, diese Bäume mit ihren schweren Stämmen, mit ihren verschränkten Zweigen, ihrer Dunkelheit. Um sie zu erreichen, hätten wir vielleicht eine halbe Stunde gebraucht, die Straße hinab, durch Killeter, danach wieder aufwärts. Aber wir blieben abrupt stehen.

Zwischen Killeter und dem Wald, verteilt, als ob sie am liebsten die ganze Landschaft gefüllt hätte, befand sich die britische Armee. Nicht, soweit ich das beurteilen konnte, in Formation, sondern ohne vorzurücken in einem weiten Bogen aufgestellt. Zwei Kompanien standen rechts von uns gelassen im Glied, berittene

Soldaten warteten zu ihrer Linken. Es sah aus wie ein für Jungen aufgebautes Schaubild, rotbemalte Bleisoldaten vor einem Wald. Es gab auch Polizisten mit hohen Helmen. Während wir noch zusahen, fiel ein einzelner Gewehrschuß, ein wütendes Kläffen, im Wald, gefolgt von zwei anderen.

»Sie sind dahinten im Wald«, sagte ich. »Und wir können nirgendwohin ausweichen, höchstens in die steilen Hügel.«

Bob sagte nichts. Wir alle drängten uns aneinander.

»Ich kann sie gar nicht zählen«, meinte ein Bursche namens Larry Rodgers. »Zu Tausenden sind sie gegen uns aufmarschiert.«

Ich sagte »zu Hunderten« und korrigierte ihn gewissermaßen instinktiv. Es machte allerdings kaum einen Unterschied.

»Sie sind über diese Straße gekommen.« Bob zeigte auf die Straße. »Kein Wunder, daß wir nichts von ihnen gesehen haben.« Im Süden, so weit das Auge reichte, war tiefergelegenes Land. In der Ferne zeichneten sich die Kirchtürme von Kilpeder klar und deutlich vor dem Horizont ab.

»Was sollen wir tun, Bob?« fragte ich. Aber er antwortete nicht. Er stand da wie angenagelt. Er hatte mir sein Profil zugekehrt, und ich konnte ihm nichts entnehmen.

»Gütiger Jesus, Erbarmen«, sagte Larry. »Sie werden die Jungs im Wald abschlachten und dann über uns herfallen.«

»Da hast du's«, sagte Bob. »Larry hat ein gutes Auge für Strategie. Frag ihn, was wir tun sollen. Wir werden uns zuerst von diesem Hügel zurückziehen und uns nicht sehen lassen.« Als er sprach, fielen Schüsse, und sie jagten uns von der Anhöhe weg und auf die andere Seite des Kamms. Wir waren jetzt nur eine Pöbelbande – mir fällt kein freundlicheres Wort ein –, und unsere Waffen erschienen mir grotesk, als ob eine boshafte Fee die Rechen und Mistgabeln, die die Geschichte uns zugewiesen hat, verwandelt hätte. Und wir alle warteten auf irgendein Wort von einem Ladengehilfen, der mit sich darum kämpfte, seine Gefühle vor uns zu verstecken.

»Gut«, sagte er schließlich. »Ihr habt gesehen, wie die Dinge stehen. Captain Nolan und seine Leute sind im Wald, und die Soldaten haben ein weites Netz gespannt. Sie werden es jetzt zuziehen. Wenn ich Captain Nolan wäre, dann würde ich ein weißes Taschentuch an einem Gewehr befestigen und in die Luft halten. Aber ich bin nicht Captain Nolan.« Und wie um seine Worte zu beweisen, erscholl wieder donnerndes Gewehrfeuer. Ich versuchte, mir den Wald nicht vorzustellen. Es gab einige enge Pfade, bedeckt mit verrotteten Blättern, aber ansonsten war es ein Labyrinth von Stämmen und Unterholz, und das Astwerk war so dicht, daß es die Pfade dunkel und düster hielt, selbst wenn es nicht belaubt war und nur ab und zu einen Schwall von gelbem, staubigem Licht durchließ.

»Sie haben uns nicht bemerkt«, fuhr Bob fort. »Soweit ich das sehen konnte. Und das könnte uns unsere einzige Chance geben. Wir gehen eine halbe Meile oder so zurück, dann gehen wir durch die Felder und die Hügel und versuchen, die Derrynasaggarts zu erreichen. Mit Gottes Hilfe können wir das unbemerkt schaffen.«

Niemand sagte etwas. Ich wandte meinen Blick, wie die meisten anderen, den Bergen in der Ferne zu: Große, kahle, gezackte Klumpen, uns allen fremd, auch wenn der Zufall uns vielleicht über die Landstraße nach Killarney geführt haben mochte, und selbst dann waren sie riesige fremde Existenzen, unbewohnbar, von Felsen übersät, und ihre steilen Hänge kahl oder von hohem Gras bedeckt. Im Sommer waren sie durch die zähwurzelige Heide lila gefleckt.

»Mein Gott«, sagte einer der Männer. »Da gibt es doch nichts, Bob. Das ist eine öde Wüste.«

»Das weiß ich«, antwortete Bob. »Wir haben noch eine andere Möglichkeit. Wir können unsere Waffen auf diese Straße hier legen und mit erhobenen Händen zu den Soldaten und Polizisten gehen. Wir können nicht zurück. Kilpeder wird von der Krone gehalten. Entscheidet euch selber.«

Er stand uns scheinbar gleichgültig gegenüber, die Hände in den Manteltaschen vergraben. »Es war mir egal, wofür sie sich entscheiden würden«, erzählte er mir später, in Cork City. Es war ein langer Tag gewesen, und er ging zu Ende.

»Bob«, sagte ich, als ob ich ihn an etwas erinnern wollte. »Ned ist da, zusammen mit all seinen Männern, gefangen in Clonbrony.«

Er schüttelte den Kopf. »Wir können Ned nicht helfen, wir zwanzig Männer. Sollen wir uns denn auf offenem Feld erschießen lassen? Sie würden uns plattquetschen wie Schmeißfliegen. Ned ist erledigt, und wir sind auch erledigt.«

»Jesus«, sagte Larry, »wir sind ein elender Haufen.« Aber Bob machte sich nicht die Mühe, ihn anzusehen. Mich sah er an, als ob er von mir irgendein Urteil erwartete. Ich wünschte mir innig, es wäre ein Monat früher, vielleicht auch nur eine Woche, und ich säße im weichen Lampenlicht des Wohnzimmers, und ein Klopfen an der Tür würde Bob zu einem Abend mit ruhigem Gespräch bringen. Aber es war ein Klopfen, das Ned brachte, dunkel vor dem Abendhimmel, den schwarzen breitkrempigen Hut tief ins lange, schwere Gesicht gezogen, Ned und seinen Kasten mit den beiden Revolvern und den fettigen Patronen.

»Du hast das Kommando, Bob«, sagte ich. »Wir werden tun, was du uns sagst.« Um nichts in der Welt wollte ich im Grunde hinunter zu diesem Wald gehen müssen, zu diesen Männern in ihren scharlachroten Röcken, dieser zielbewußten Menge, die den Tod austeilte; aber wenn wir Ned den Rücken kehren wollten, dann wollte ich, daß Bob den Befehl dazu erteilte. Ich schien mein Gewissen gepackt zu haben und es tief in eisiges Wasser zu halten, wo es sich nicht bewegen und nichts fühlen konnte.

Bob nickte. Er hat meine Gedanken gelesen, dachte ich, und er akzeptiert, was er dort gesehen hat.

Aus dem Wald war jetzt nichts mehr zu hören. Bob wandte seinen Blick von mir ab, um uns alle anzusehen. »Wollt ihr einen Befehl? Na gut, nehmt diesen hier als gegeben hin. Ihr wißt, was ich für unsere einzige Möglichkeit halte. Aber dieses ist der letzte Befehl, der erteilt werden muß. Wenn wir uns in diese Felder schlagen, werden wir Männer auf der Flucht sein, wie Schafdiebe oder Roßtäuscher. Das beste ist, wir zerstreuen uns.«

»Dann ist es also vorbei«, sagte Jack Reynolds, ein Mann von vielleicht dreißig, älter als die meisten von uns, ein kleiner, o-beiniger Mann mit mächtigen, schräg abfallenden Schultern. Es hörte sich an wie eine Frage, verwirrt.

»Ich weiß es nicht«, antwortete Bob.

»Der Aufstand von Kilpeder ist jedenfalls vorbei. Ihr seid tapfere Burschen, und Hughie und ich sind stolz darauf, mit euch hier gekämpft zu haben.« Aber in seinem Rücken lag Clonbrony hinter dem Hügel versteckt, und ich wünschte, er hätte nichts von Tapferkeit gesagt.

»Wenn sie uns finden, Bob«, sagte Reynolds, »was passiert dann mit uns?«

Bob suchte nach einer Antwort, dann zuckte er die Schultern. Das war Antwort genug, und wir spürten die Kälte dieses trüben Nachmittags. Die helle klare Sonne des Morgens war zu Blei geworden: Es war die Zeit für starken süßen Tee und am Kamin gewärmtes Brot.

»Dort gibt es nichts«, fuhr derselbe Mann fort, »sogar wilde Ziegen verschmähen die Berge.«

Dann fiel ein einzelner Schuß, nicht wie ein Schuß in einer »Schlacht«, sondern wie der eines Jungen, der irgendwo weit weg ein Eichhörnchen erlegt, ein Herbstgeräusch, vertraut wie der Schrei eines Regenpfeifers.

»Machen wir, daß wir wegkommen«, sagte Bob. »Los jetzt, Leute.« Und als ob er uns zeigen wollte, wie man das macht, ging er durch uns, die wir ihm gegenüberstanden, hindurch und schlug die Straße ein, auf der wir gekommen waren, seine Fäuste noch immer in die Manteltaschen gebohrt.

Ich zögerte und brach als letzter auf. Ich beobachtete sie, als sie loszogen, ohne Eile, aber doch bereit, eine Entfernung zwischen sich und Clonbrony zu legen. Etwa sechs von ihnen gingen sehr schnell, und Bob ließ sie die Führung übernehmen. Er sah sich nicht nach mir um. Der Jäger, den ich mir vorgestellt hatte, war nicht allein, denn jetzt fielen zwei Schüsse fast gleichzeitig, so daß sie nicht aus derselben Waffe abgegeben worden sein konnten. Barmherzigerweise war der Wald für mich nicht zu sehen, ebensowenig wie ich für den Wald, und ich stellte ihn mir als ein Gewirr von Zweigen, Schatten, sich bewegenden Gestalten vor, die einander nicht deutlich sehen konnten, verwischtes Schwarz, Grau, Rot. Ich stellte mir Stille vor, unterbrochen von plötzlichen, willkürlichen Explosionen, von Schreien, die ich bei der Entfernung nicht hören konnte. Aber ich kehrte ihm den Rücken, und es dauerte nicht lange, bis ich mit großen Schritten Bob und die anderen eingeholt hatte und aus unserem engen Zusammensein Wärme ziehen konnte.

Was von diesem Tag, oder vom Aufstand, noch übrig war, ist kaum der Rede wert. Wir erreichten die Derrynasaggarts gar nicht erst. Kurz vor der Brücke von Killeter schlugen wir uns in die Felder und zerstreuten uns, kämpften uns langsam durch die Hindernisse aus Nesseln und hohem Gras hindurch, kletterten unbeholfen über Steinmauern. Wir alle erreichten die Hügel, die so langsam anstiegen, daß man es zuerst gar nicht bemerkte, bald genug jedoch kletterten wir an Stechginster und breiten, flachen Felsen vorbei, die vom Schnee halbverdeckt waren. Larry Rodgers und ich gingen jetzt nebeneinander, und ab und zu blieben wir stehen, um nach rechts und links Ausschau zu halten, und dann sahen wir die anderen, einsame Gestalten wie wir selber. Wir hatten allesamt noch zwei oder drei Stunden, bis die Soldaten und die Polizei sich auf die Suche nach uns machten, lange genug für den bleiernen Nachmittag, um in einen dunklen frühen Märzabend überzugehen.

Bei einem langen schmalen Felsen ruhten Larry und ich uns aus und blickten auf die hinab, die uns am nächsten gekommen waren, eine gemischte Gruppe von Soldaten und Polizei, die in einer Reihe vorrückte. Am einen Ende der Reihe ritt ein Kavallerist in seinem Umhang, sein Pferd fand geschickt den Weg durch die Brennesseln. Wir gingen nur widerstrebend weiter. Es wäre eine Erholung gewesen, sitzenzubleiben, wie Farmarbeiter, die an einem Herbstmorgen den Treibern zusehen, die durch das Stoppelfeld ziehen und Schneehühner, Kiebitze, rundbrüstige Fasanen aufscheuchen. Aber wir erhoben uns und kletterten weiter. Wir kletterten verbissen, wie Männer bei einer Arbeit, deren Zweck nicht mehr ganz klar ist, bis wir ihre Schüsse hörten, dann blieben wir stocksteif stehen und drehten uns zu ihnen um. Einer der Polizisten rief uns etwas zu, was wir auf diese Entfernung nicht verstehen konnten, seine Hände lagen als Schalltrichter vor seinem Mund. Ich nickte, nicht ihm, sondern Larry und mir selber zu. Vorsichtig zog ich den Revolver, den Ned mir gegeben hatte, aus der Tasche, wobei meine Finger versehentlich das kalte Metall des Laufes berührten, und ließ ihn auf den Boden fallen. Larry sah mich mit bleichem Gesicht an, aus großen, glotzenden Augen, dann bückte er sich und legte sein Schrotgewehr neben den Revolver. Dann gingen wir bergab auf sie zu, wobei ich einige Schritte vorne lag. Als wir näher an sie herangekommen waren, schrie der Reiter: »Hände hoch!«, und wir gehorchten.

Während unseres Abstieges kamen andere Soldaten, mit drei von unseren Männern, von rechts auf uns zu, und sie trieben sie durch Stöße mit den Gewehrläufen vor sich her, ganz angelegentlich, ohne Grausamkeit. Als wir noch drei oder vier Armlängen von ihnen entfernt waren, befahl der Reiter uns, anzuhalten, und kam zu uns herübergeritten. Er war ein junger Mann von Anfang Zwanzig, wie wir selber, mit einem hübschen, jungenhaften Gesicht unter seinem Helm, kornblumenblauen Augen und einem kleinen, vollen Mund. Er war sehr ernst und runzelte die Stirn.

Unsere drei Männer wurden zu Larry und mir herübergestoßen, und wir fünf standen zusammen, ohne einander anzusehen. Er schien uns leicht seltsam zu finden, jedoch waren seine Gedanken anderswo.

»Alles klar«, sagte er zu den Polizisten. »Zwei von euch bringen die hier zu den anderen nach unten.« Er nickte seinem Sergeant zu, dann ritt er weiter und kam dabei sehr dicht an uns vorbei.

Die beiden Polizisten, die uns durch die Felder zurückbrachten, kannte ich nicht einmal vom Sehen. Sie gehörten zu den Neuen, die als Verstärkung nach Kilpeder verlegt worden waren. Wir alle trotteten eine Weile schweigend vorwärts, dann sagte einer: »Jesus, jetzt nageln sie einen Galgen für euch, ihr Bastarde.« Er hatte den schweren Akzent von Connacht-Galway vielleicht oder Mayo. Sein Karabiner ruhte lässig in seiner Armbeuge. Niemand gab ihm eine Antwort, und er redete weiter:

»Blöde, unwissende Männer, das seid ihr allesamt, und Mörder noch dazu.«

»Hör auf«, sagte der andere. »Hör auf, Mick. Laß sie in Ruhe.«

»Die werden nicht in Ruhe gelassen«, widersprach Mick. »Bei Gott, das werden sie nicht. In diesem verdammten Wald liegen drei Polizisten tot oder so gut wie tot, weißt du das, Junge?« Er holte mit seinem Stiefel aus und traf Larry, der ihm am nächsten stand, hart am Schienbein. Larry stolperte, ging aber weiter.

»Verdammt nochmal«, sagte der andere, »ich hab dir doch gesagt, du sollst sie in Ruhe lassen.«

Aber Mick schien ihn nicht gehört zu haben. »Und Paudge Belton aus eurer eigenen Stadt, kaltblütig erschossen, sein armes verdammtes Gesicht weggepustet. Der Galgen ist das mindeste, was ihr verdient habt.«

»Lieber Gott«, sagte ich zu Larry, ohne nachzudenken. »Der arme Paudge Belton!« Er war einer von denen, die ich neben Con Honan am besten kannte: Harmlos, rundes Gesicht und schwerer Bauch; im Sommer erstickte ihn sein Roßhaarkragen, und der Schweiß troff nur so von seinem Gesicht.

»Der arme Paudge Belton«, sagte Mick und äffte dabei meinen Tonfall nach. »Mir tut bloß leid, daß diese Bastarde im Wald sich am Ende ergeben haben. Sie hätten allesamt wie tollwütige Füchse abgeschossen werden sollen.«

»Dann ist es vorbei«, sagte ich. »Gott sei Dank, es ist vorbei.«

»Nicht für dich, du Luder«, erklärte Mick. »Für dich fängt es erst an.«

»Sei still, verdammt noch mal«, sagte der andere Polizist. »Und du auch!«, und er packte mich so brutal, daß ich durch meinen dicken Mantelstoff jeden einzelnen von seinen Fingern spüren konnte. »Haltet jetzt alle den Mund.«

Und so endete die Schlacht von Clonbrony. Ned und Vincent und ihre Männer erwarteten uns unter Bewachung. Dann warteten wir alle, bis Bob und die übrigen gebracht wurden, allein und zu zweit und zu dritt. Als wir alle versammelt waren und sie uns nach Kilpeder führten, war fast schon Nacht, und in den Hütten, die vor uns lagen, waren die Lampen angezündet worden. Unterwegs schien unsere Identität von uns abzufallen, und wir wurden etwas anderes, als wir je gewesen waren: Gefangene. Sogar Ned, den ich ab und zu kurz ansah, wirkte verändert und reduziert. Er hatte seinen Hut verloren, und sein rechter Arm schlenkerte an seiner Seite, als ob er zerschlagen worden wäre. Niemand sagte etwas. Mir wäre sogar Micks geifernde Bosheit willkommen gewesen, aber die Polizisten, die rechts und links von uns hintereinander hergingen, waren genauso stumm wie wir. Die einzigen Stimmen, die wir hörten, waren die der Soldaten, weit vor uns, die jetzt zurückkehrten, ab und zu ein Ruf und ein lässiges Lachen.

So endete es in den Städten und Hügeln, an Flüssen, auf Scheunenhöfen und Weiden, überall in Munster, in Waterford und Wicklow und in Stepaside und den Hügeln im Süden von Dublin. Es gab nicht viele Tote beim Fenieraufstand von 67, vielleicht siebzig oder achtzig, wenn wir beide Seiten zusammennehmen, und die meisten von ihnen waren Iren – Rebellen, Polizisten und Angehörige der Küstenwache. In den Taschen einiger Toter wurden Embleme gefunden, das behaupteten wenigstens die Zeitungen, eine sorgfältig zusammengefaltete grüne Flagge, der Eid der Bruderschaft der Fenier, in Schönschrift widersinnigerweise auf das Vorsatzblatt eines Gebetbuches geschrieben. Es sollte noch Wochen dauern, bis die Männer von Knockadoon gefaßt und bis Peter Crowley in Tipperary erschossen wurde. Lomasneys Männer hatten im Untergrund noch eine Weile durchgehalten, aber nur wenige waren bereit gewesen, ihnen zu helfen. In den meisten Fällen jedoch endete es überall so wie in Clonbrony Wood. Bauernburschen und Handwerker, ein paar Buchhalter und Schulmeister marschierten unter Bewachung dahin, verängstigt und abgerissen.

Es war schon finstere Nacht, als wir Kilpeder erreichten. Da die Kaserne nicht zu gebrauchen war, sondern ausgebrannt, unser Signal und einziger Triumph, wurden wir in die Markthalle gebracht. Die Lampen der Stadt erwarteten uns, wie sie da hinter den vorgezogenen Vorhängen leuchteten. Wir gingen an der dunklen Saint Jarlath vorbei, deren Türme sich riesengroß vor dem sternenlosen Himmel abhoben; vorbei an meinem dunklen Schulhaus, an meinem Haus, in dem hinter den Wohnzimmervorhängen eine Lampe brannte. Ich wandte den Kopf von ihm ab, ein Gefangener, der einst ein Schulmeister gewesen war, ein Leser staubiger Bücher, warm in seiner Gemütlichkeit, die er nicht zu schätzen gewußt hatte.

Die breiten Doppeltüren der Markthalle waren in Erwartung unseres Eintreffens aufgerissen worden. Tagsüber war diese Halle ein schönes Gebäude, das von Besuchern sehr bewundert wurde, geräumig und doch züchtig und schlicht, im Stil des alten Jahrhunderts. Nun hatte die Dunkelheit sie fast ihrer Umrisse beraubt, obwohl ich einen in die Dunkelheit ragenden eisernen Kran ausmachen konnte, der in Schulterhöhe an den Steinen befestigt war und mit dem die Waren gewogen wurden. Dieser Kran hatte eine unangenehme Ähnlichkeit mit einem Galgen. Als ich von den Männern hinter mir durch die Türen in die Halle gedrängt wurde, wandte ich den Kopf, um einen letzten Blick auf die Stadt zu werfen, aber dort war außer den vereinzelten Lichtern in den Fenstern über den Läden nur wenig zu sehen, obwohl ich mir einbildete, ein trübes gedämpftes Licht am Horizont zu ahnen, wo Ardmor Castle gelassen auf seiner Anhöhe ruhte und vom dunklen, ruhigen Fluß und dem dunklen Wald von der Stadt abgetrennt war. Dann schoben die Männer hinter mir mich jedoch weiter, und ich stolperte in die konturlose Finsternis.

Wir blieben dort bis zum Morgen eingepfercht, dann wurden wir nach Macroom geführt und von dort mit dem Zug nach Cork City gebracht. In Macroom bekamen wir Brot und einen Becher mit süßem Tee, und gegen Mittag befanden wir uns in der Stadt. Inzwischen hatten sich die ärgsten Ängste der Nacht gelegt, und wir verspürten immer noch einen schwachen Teegeschmack im Mund. Soldaten, munter und mit rosigen Wangen, trieben uns über breite Pflasterstraßen zum Gefängnis und über die vornehme

Brücke, die in der Patrick Street den Fluß Lee überquert, unter uns das dunkle ölige Wasser, wo es nach Tauwerk, Teer, Kohle roch, zum Gefängnis. Am Vortag, an diesem Tag selber und an allen Tagen der kommenden Woche wurden Gruppen von Gefangenen, unrasiert und erschöpft, zum Gefängnis gebracht. Es sollte noch einige Zeit dauern, Monate und Jahre, Jahrzehnte gar, bis die Balladenmacher und Verseschmiede und Statuenmacher mit uns ans Werk gehen, unsere Gesichter schrubben und unsere Kleider ausbürsten und uns durch die Magie von Marmor und Metren zu etwas machen würden, was wir nicht gewesen waren. Die Bewohner von Cork City bekamen einen richtigeren Eindruck von uns.

Zweiter Teil

10

[Patrick Prentiss]

In Gedanken nannte Patrick Prentiss seine Lesebrille inzwischen seine »irischen Augengläser«, obwohl er sie zwei Jahre zuvor bei einem Optiker in Paris erworben hatte. Normalerweise brauchte er sie nicht beim Lesen, höchstens bei der einen oder anderen Fußnote, bei seinen täglichen Forschungen waren sie jedoch notwendig. Nach einigen Stunden über alten Zeitungen, Prozeßberichten, Mitteilungen von Sonderausschüssen begann die auch im besten Fall schon erbärmliche Schrift zu wackeln, zurückzuweichen und zu verschwinden. Noch schlimmer war es in den Stunden, wenn ihm unzulässigerweise ein Freund im Innenministerium gestattete, die Kopien der Berichte von Richtern und Polizeiinspektoren durchzusehen, unter der Bedingung, daß er keine Notizen machte, diese Berichte niemals zitierte oder auch nur erwähnte. Er fand bisweilen die kühne soldatische Schrift eines Majors oder Captains a. D., oder die peinlich genaue, runde Schrift eines pedantischen Sergeants, zu oft jedoch gab es nur ein fast unentzifferbares, in aller Eile hingeworfenes Gekritzel. Die Wörter gingen ineinander über, und Tatsachen und Mutmaßungen wurden munter vermischt. Schattenhafte Verschwörungen wurden angedeutet, »erhaltene Informationen« von irgendeinem Denunzianten in Dublin oder Liverpool, der nur durch Anfangsbuchstaben identifiziert wurde, ein A. B. oder M. N, der sich über den Tresen eines Gin-Ausschanks oder über einen Kaffeehaustisch beugte, wurden registriert.

Prentiss nahm die irischen Augengläser aus ihrem Etui, und dann nahmen die Wörter wie durch Zauberhand Klarheit an. Bisweilen fand sein Freund, ein Schotte in seinem Alter namens Alan Grant, etwas für ihn und brachte es in die Bibliothek. »Hier«, sagte er dann, »hier ist schon wieder dein spezieller Freund.« – »R. R. ist sich auch sicher«, berichtet das Schriftstück in einem mittleren Abschnitt, »daß die Gelder, die Edward Nolan dem

Kampffonds entnommen hat, für den Kauf von Sprengstoff verwendet werden sollen.« So ein Bericht enthielt das Datum des Tages, jedoch keine Jahreszahl, aber irgendein Sekretär in London hatte immer das Datum seines Eingangs in eine Ecke gestempelt, »11. August 1884«. »Ja«, sagte Prentiss dann, »da haben wir ihn.« Und er fragte sich hinter seinen bebrillten Augen, ob das der Sprengstoff sein konnte, der Lomasney unter London Bridge in Fetzen gesprengt hatte, zehn Minuten zu Fuß von dem Raum entfernt, in dem er und Grant hier saßen. »Und hier hast du auch deinen Delaney« sagte Grant dann, in dessen Konsonanten Cromarty und Cambridge miteinander im Krieg lagen. »Wirklich ein ehrenwerter Bursche, ich muß schon sagen.« – »Robert Delaney, Anwalt in der Stadt Kilpeder in diesem County und ein äußerst fanatischer heimlicher Fenier und Rebell, ist in die Land League aufgenommen worden, unter stillschweigender Duldung seiner Bruderschaft. Er ist der Vertraute von M. Davitt, dem Rädelsführer der League, der auf Ehrenwort aus dem Gefängnis von Dartmoor entlassen worden ist.«

Prentiss schüttelte den Kopf und schob sich die irischen Augengläser auf die Stirn. »Glaubt die Regierung diesen Unsinn denn wirklich? Delaney hatte schon längst nichts mehr mit den Feniern zu schaffen. Die Fenier haßten die Land League. Delaney war inzwischen ein erfolgreicher Anwalt und hatte in die wohlhabenden Kaufmannsfamilien von Cork eingeheiratet.«

Grant lachte. »Woher soll ich wissen, wieviel die Regierung von den Berichten von Polizisten und hitzigen Friedensrichtern glaubt? Elende Denunzianten, die pro Denunzierung bezahlt werden. Aber was weißt du denn, wenn man's genau nimmt? In der Land League gab es üble Kunden. Boykottaktionen, Terrortaktiken, ermordete Verwalter und Pachteinzieher.«

Wieder schüttelte Prentiss den Kopf. »Nicht Delaney.« Er nahm denselben Tonfall an wie Grant. »Er war Gast am Tisch meines Vaters.«

»Ach«, sagte Grant. »Das ist natürlich ein gewaltiger Unterschied.« Zwei Kelten, die mit angelsächsischen Vorstellungen von Redlichkeit, mit dem Verhaltenscode der Gentlemen spielten.

Hugh MacMahon hatte ein Photo von Delaney und sich selber aus den frühen 70er Jahren, Schulmeister und frisch zugelassener Anwalt standen steif nebeneinander, jeder hatte eine Hand auf einem Tisch mit dunkler Fransendecke liegen. Massive Bibel,

Vase mit langstieligem Farn. Ihre Anzüge – MacMahons dunkel, Delaneys hell – wirkten neu, und sie trugen sie voller Befangenheit. Unter Delaneys starkem, eckigem Gesicht schien ihn ein steifer Kragen zu würgen. Seine freie Hand ruhte auf seiner Brust, die Fingerspitzen waren unter dem Revers versteckt.

»Was du wirklich brauchst, werden wir nie zu sehen bekommen, du nicht und ich auch nicht«, sagte Grant. »Der Geheimdienst hält alles unter Verschluß, drüben im Yard.« Neben der Themse ragte die plumpe Gotikimitation New Scotland Yards mit ihren braunen Türmen auf.

»Vielleicht«, meinte Prentiss. »Mehr davon, höchst wahrscheinlich.« Er gab Grant den vergilbenden Bericht zurück, der aus der Gestalt auf dem Photo einen fanatischen Fenier gemacht hatte. Aber einst, als junger Mann, war er verzweifelt gewesen, an einem Morgen im März, bewaffnet, einer der Männer von Clonbrony Wood, und er hatte sechs Monate in Portland gesessen. Ein kurzer Prozeß, *Regina vs. Delaney*, weniger als eine Seite – Prentiss kannte ihm fast auswendig. Der Prozeß gegen Edward Nolan dagegen, dem Hochverrat in zwei Fällen sowie der vorsätzliche Mord am Polizisten Patrick Belton vorgeworfen wurden, nahm viele Seiten ein.

Der Name des Photographen war golden in den braunen Rahmen des Photos eingestanzt – »Robert Emmet Cashmann, Sunday's Well, Cork« –, und auf die Rückseite hatte MacMahon das Datum geschrieben: »11. Februar 1873«.

»Delaney war später Parlamentsabgeordneter?« fragte Grant. »Einer von den Schurken, zu denen Parnell uns verdammt hat?«

»Ja«, antwortete Prentiss.

»Einige von diesen Burschen, die Parnell herübergeholt hat, waren bestimmt Fenier«, meinte Grant. »In ihren Herzen waren sie Fenier. Ihre Reden atmeten Feuer und Zerstörung. Die irischen Abgeordneten waren anständig genug, solange sie von dem alten Isaac Butt angeführt wurden. Butt war ein Gentleman. Parnell hat das alles geändert.«

»Butt hat Ned Nolan verteidigt«, sagte Prentiss. »Vor dem Gericht in Cork, 1867. Er hat Noland das Leben gerettet. Nolan stand zu allem anderen auch noch unter Mordanklage. Ein Polizist namens Belton war in einer Gasse hinter der Kaserne erschossen worden. Butt hat die Zeugen unglaubwürdig werden lassen. Er war ein wüster Kreuzverhörer, habe ich gehört.«

»Das ist etwas ganz anderes«, behauptete Grant. »Ein Verteidiger, der sich für seinen Mandanten einsetzt.«

Es ist nicht meine Aufgabe, über meine Mandanten zu urteilen, hatte Prentiss' Vater ihm in seinem Arbeitszimmer in Palmerston Park erklärt; dafür haben wir Richter und Geschworene, auch wenn sie vielleicht Idioten sind. Zufriedene Finger fuhren durch den seidenweichen, graugesprenkelten Bart.

»Butt war ein Gentleman«, wiederholte Grant. »Er hat die Traditionen des Hauses, den Anstand geachtet. Parnell haßte dieses Land. Er hat den armen alten Butt fertiggemacht und Schurken und Revolverhelden wie deinen Freund Delaney ins Parlament gebracht.«

Delaney war in seinem Leben vielerlei gewesen, dachte Prentiss, und nicht alles war positiv, aber ein Schurke war er nie. Grant, ein fähiger junger Beamter, ein aufstrebender Schotte, Pastorensohn mit dem parlamentarischen Marschallsstab im Tornister, hatte Delaney etikettiert und einsortiert, in einem steifen roten Ordner abgeheftet und den Ordner verschnürt: Fenier, ländlicher Demagoge, der an Parnells Rockschößen hing. So wie Prentiss Grant etikettiert und einsortiert hatte.

»Vor der Verhandlung«, hatte MacMahon erzählt, »habe ich meine Kameraden höchstens sekundenweise zu sehen bekommen. Wir saßen in verschiedenen Zellen. Drei von den Männern aus Ballyknockane waren bei mir, und ein gehirnloser armer Tropf, den sie in Knockadoon erwischt hatten; wir fünf hatten Strohsäcke auf dem Steinboden, den ekelhaften Eimer für die Notdurft, Brot und Kakao wurden zu uns hereingeschoben, Blechnäpfe mit Stew mit fetten Lammfleischbrocken. Wir wurden alle zusammen auf den Hof geführt und gingen in einem riesigen Oval immer wieder im Kreis, jeweils vier nebeneinander. Aber wir hatten natürlich unsere eigenen Kleider und waren noch nicht geschoren worden. Das kam erst später, nach dem Prozeß. Unterhaltungen waren nicht erlaubt, aber Bob und Vincent und ich verständigten uns durch Grinsen und Winken und Kopfnicken. Ned nicht. Er war wie ein wildes Tier, das in Gefangenschaft geraten ist, düster und von uns allen entfernt, von Gefangenen und Wärtern gleichermaßen. Wie ein Tier, das in der Pampa mit Stricken und Fallen gefangen wird.«

»Am Ende hat Parnell ja doch seine Lektion gelernt«, sagte Grant. »Als er am Boden lag, haben sich alle gegen ihn gewandt, all die Emporkömmlinge von Ladenschwengeln und auf Ehrenwort Entlassenen. Er hatte sie großgemacht, und dann fielen sie über ihn her.«

»Nein«, widersprach Prentiss. »Nicht alle.«

Es gab keine Photos von Delaney aus den letzten Jahren. Cashman aus Sunday's Well hatte das staubige Büro niemals besucht, um das ehemalige Parlamentsmitglied zu photographieren. Anwalt ohne Praxis, Flasche in der Schreibtischschublade, dem verdreckten Fenster den Rücken gekehrt. »Parnell hat eine seiner letzten Veranstaltungen in Kilpeder abgehalten, etwas über einen Monat vor seinem Tod. Delaney hat mit ihm auf dem Podium gestanden. Sie wurden mit Steinen und Lehm beworfen.«

»Und das alles wegen der Liebe zu einer Frau«, sagte Grant leichthin, darunter jedoch sprach ernst und kalt der Sohn des schottischen Geistlichen, kühler Sabbat im Pfarrhaus, ein zorniger Himmel.

Prentiss starrte ihn verwirrt an, dann ging ihm auf, daß Grant von Parnell sprach. »Sieht so aus«, sagte er. »Er ist wirklich tief gefallen, und eine Frau hatte damit zu tun.«

»So was hat es noch nie gegeben«, sagte Grant. »Nicht in modernen Zeiten. Er hatte das Land in der hohlen Hand. Hat alles für einen Rockzipfel hingeworfen, um es einmal grob auszudrükken. Aber nun gut. Wer von uns kann so etwas schon beurteilen. Das hat mit deinem Thema ja auch gar nichts zu tun.«

Prentiss aber wußte, daß das nicht stimmte. Auch Bob Delaney hatte geliebt, und diese Liebe war ein Strang im Gewebe.

»So etwas kann passieren«, sagte er zu Grant. »Es kann noch dem Vorsichtigsten passieren.«

Wenn er im nebligen November nach Pump Court heimging und dabei Brücke und Parlament den Rücken kehrte, dann kam er an New Scotland Yard vorbei. Irgendwo dort drinnen gab es ein paar Zimmer mit Schreibtischen und Archiven, zweifellos führte der Geheimdienst, der einst der Irische Dienst gewesen war, Buch über Anarchisten, die radikalen Juden von Whitechapel, Poeten der Bombe; Sergeants und Inspektoren führten ihre Denunzianten auf, sorgfältig zusammengebaute Lügen und Prahlereien, aufgeblasene Berichte über Verschwörungen in Petersburg und Krakau. Ein vielleicht zehn Jahre altes Gebäude, dessen Sage in der populären Presse gepflegt wurde. In den 80er Jahren, damals, als die Fenier und die Invincibles ihren Dynamitkrieg geführt hatten, hatte der Irische Dienst seine Räumlichkeiten im alten Yard bei Whitehall, im Schatten der Regierung gehabt. Nolans Name stand sicher in den Berichten, Nolans und Lomasneys und McCaffertys, und zweifellos auch Delaneys und O'Briens und Sextons, und die Namen von mindestens weiteren zwanzig von Parnells Leutnants, allesamt unter einer Bezeichnung zusammengeworfen: Terroristen, Land-League-Agitatoren, silberzüngige Redner aus Clare, gesetzte Hausfreunde der Prentiss' – für den Irischen Dienst war das Wort »Irisch« allein schon ein inoffizieller Anklagegrund.

Such dir eine Wohnung im Temple, hatte Prentiss' Vater oft zu ihm gesagt. Vielleicht färbt das Gesetz ein bißchen auf dich ab. Ich kann ein paar Briefe schicken, wenn du willst. Das hatte sich in gewisser Hinsicht als guter Rat erwiesen. Jetzt, an einem späten Nachmittag, an dem Winter am Himmel hing, ging er von den Regierungsgebäuden fort, durch das Gesetz in die Geschichte, und kostete eine Vergangenheit, die wie Nebel war, dicht und ungreifbar zugleich. In diese Straßen war Bob Delaney vor zwanzig Jahren gekommen, als seine erste Jugend hinter ihm lag, Clonbrony Wood zur Sage geworden war, die Torheit eines brennenden Patriotismus, Held der Boykottaktionen von Munster (zumindest für einige), angeheirateter Tully, Gatte und Vater, Abgeordneter für Cork.

»Ich weiß noch, wie er nach der ersten Sitzungsperiode nach Hause kam«, erzählte MacMahon. »Unter seinem üblichen Auftreten war er verängstigt und verwirrt, und Mary und ich hatten wirklich Angst um ihn. ›Ich bin hinter die Schranke gegangen *‹, sagte er, ›und hatte auf jeder Seite zur Begleitung einen Abgeordneten, und ich habe meinen Namen in das Buch auf dem Tisch eingetragen, und der Parlamentspräsident hat mir die Hand geschüttelt, und auf einer unserer Bänke wurde ein Platz für mich gefunden. Bei der Irish National Party. Und, bei Gott, Hughie, ich war genausogut Mitglied wie irgendeiner von denen, wie Gladstone oder Forster oder Chamberlain oder sonst jemand. Dort in dieser großen Kammer, mit dem Amtsstab und allem anderen. Und alle unsere Leute waren mit mir auf den Bänken – Dillon und Healy und Harrington.‹ – ›Und Parnell?‹ fragte ich ihn und nahm ihm sein leeres Glas ab, um wieder nachzuschenken. Seine Finger

* Schranke im Unterhaus, hinter die nur Abgeordnete dürfen

zitterten ein wenig. ›Nicht am ersten Abend oder am zweiten. Aber am dritten kam er, als die Sitzung schon weit fortgeschritten war, formell gekleidet, schwarz wie die Mitternacht und mit weißer Hemdbrust. Er setzte sich auf den erstbesten Platz, auf die Bank vor meiner, und nachdem er Platz genommen hatte, drehte er sich um und nahm meine Hand. ›Es freut mich sehr, Sie hier zu sehen, Mr. Delaney‹, sagte er. ›Sie gehören hierher.‹ Dann zog er sich seinen hohen Zylinder bis zur Nasenspitze ins Gesicht und verdeckte damit seine Augen, und es war unmöglich zu erraten, ob er sich die Reden anhörte oder schlief.‹ – ›Da hast du's‹ rief Mary bewundernd. ›In ihrem eigenen Unterhaus behält er seinen Hut auf, um ihnen zu zeigen, was wir von ihnen halten.‹ Eigentlich verabscheute sie Alkohol, aber an diesem Abend trank sie erst ein Glas Sherry und dann noch eins, und ihre Augen glänzten. ›Überhaupt nicht, Kind‹, sagte Bob zu ihr, ›überhaupt nicht. Das ist so Sitte im Unterhaus. Aber bei Gott, sie wissen, was er von ihnen hält. Von Zeit zu Zeit, erst Healy, dann Dillon, kam jemand zu ihm, und sie berieten sich. Healy hatte eine kleine Themenliste. Und einmal zog Parnell einen Bleistift und ein Stück Papier aus der Tasche, kritzelte eine Notiz hin und reichte sie Healy. Ich konnte die Unterschrift erkennen, C. S. Parnell. Er blieb nur eine Stunde, dann warf er seinen Opernmantel über und wanderte hinaus, mitten in Harcourts Rede, als ob das Unterhaus einfach eine Music Hall wäre.‹ – ›Und das ist es ja vielleicht auch‹, sagte ich in meiner weltmännischsten Art, der Schulmeister von Kilpeder gibt sein Urteil über Staatsangelegenheiten ab. ›Und wenn‹, sagte Bob, ›dann ist es die großartigste, die je gebaut worden ist, riesige Fenster und massive Bögen, und das gewölbte Dach ist so hoch, daß Vögel darunter nisten können. Massiv, Hughie, massiv ist das richtige Wort.‹ – ›Wie traurig wird das sein, wenn die Home Rule erreicht ist‹, sagte ich, ›und Mr. Parnell und ihr anderen euch mit ein paar Bankreihen in der alten Bank of Ireland begnügen müßt und aus den alten Fenstern nichts anderes zu sehen bekommt als die dreckige Liffey.‹ Bob verstand, was ich meinte, und lächelte verlegen und doch beunruhigt. Es war gemein von mir, ihn dermaßen aufzuziehen, mitten in seiner ersten Aufregung, als er sich die Zeit genommen hatte, uns zu besuchen, ehe er mit Agnes zum Essen bei den alten Tullys davonstürzen mußte, wo der Bischof von Kerry und er selber die Ehrengäste waren. Aber ich glaube, er hätte den Abend lieber bei uns verbracht, wenn ich ehrlich sein soll.«

Es war eine Entwicklung mit weitreichenden Konsequenzen, sagte Prentiss' Vater, als er und Patrick über die Rathmines Rood gingen, und das nicht nur für Irland. Die *alte* irische Partei, Mr. Butts Partei, war eine Partei der Gentlemen gewesen. Parnell hatte das alles geändert, hatte Anwälte, zeilenschindende Journalisten, Land-League-Agenten, Stenographen wie den kleinen Healy aus Bantry, die Bantrybande, Schinken- und Speck-Händler, Viehhändler ins Parlament gebracht. Der kleine Micksey Mackey aus Waterford, der war ein hervorragendes Beispiel für einen, der jetzt nach Herzenslust in den Lobbies und Bibliotheken und auf der Galerie des Unterhauses herumwandeln durfte.

Patrick Prentiss, der über die Ferien aus Oxford nach Hause gekommen war, hielt bewundernd mit ihm Schritt. Gegenüber der Kirche von Rathmines blieb sein Vater stehen und kehrte dabei der geraden engen Gasse, die zur Rückfront der Portobello-Kaserne führte, den Rücken. Am Ende dieser Gasse lehnten zwei Soldaten an einer roten Ziegelmauer, barhäuptig, mit geöffneten Kragen. Prentiss' Vater ließ seine beiden Hände auf dem vergoldeten knolligen Knauf seines Spazierstocks ruhen, die Zwinge drückte auf das Pflaster von Rathmines. Er lächelte und ließ dadurch kleine Wellen durch den seidigen Bart laufen, Lachfältchen vertieften sich um seine blassen blauen Augen. »Unsere Leute, Patrick, so unwahrscheinlich das auch erscheinen mag. Diese Landanwälte in ihren Tweed-Anzügen und Melonen sind sehr darauf versessen, Verteidiger der, sagen wir mal, der älteren Schule zu behalten. Vor allem dann, wenn wir Katholiken und ein kleines bißchen patriotisch sind. Irlands vorherrschende Leidenschaft, Patrick, ist Snobismus.« Während er so zwischen Religion und Staat, Kirche und Kaserne stand, wiegte Prentiss' Vater sich voller Entzücken über seine Worte leicht auf seinem Stock hin und her.

Aber trotz alledem, dachte der Patrick Prentiss des Jahres 1904, als er durch den Temple zum Pump Court ging, hatten wenige Abgeordnete der 80er Jahre die Soldaten der Königin mit der Waffe bedroht, eine Polizeikaserne beschossen, vor Gericht gestanden, ihr Urteil vernommen, nicht einmal als verzeihliche Jugendtorheit.

»Es war an demselben Abend«, erzählte Hugh MacMahon, »daß Bob mir und Mary seine Jungfernrede schilderte, die am Ende der Sitzungsperiode stattfand. Er sprach gegen den Antrag auf ein Zwangsgesetz, und Dillon und MacCarthy hatten vor ihm gesprochen. Er war so nervös, sagte er, daß er Angst hatte, er würde keine Worte mehr finden, obwohl er seine Punkte auf einem Blatt Kanzleipapier notiert hatte. Er hatte Angst, sie würden ihn als ›Knastbruder‹ oder ›Fenier‹ beschimpfen. Aber bei dieser ersten Gelegenheit war das Haus sehr höflich zu ihm – das ist bei ihnen so der Brauch –, und da stand er, Bob Delaney aus Tullys Laden in Kilpeder, im Unterhaus und hielt eine Rede. Ich habe ihn einmal dort besucht, wissen Sie, das eine Mal, daß ich in London war, und habe hoch oben auf der Besuchergalerie gesessen und auf ihn hinuntergeblickt, aber das war in einer späteren Periode, als er sich im Haus schon wie zu Hause fühlte und sich wie die anderen auf seiner Bank räkelte.«

Aber das alles, dachte Prentiss, war in den 80er Jahren; die Land League existierte erst seit 79, und nach dem Aufstand war ein Jahrzehnt verstrichen, das Jahrzehnt, während dessen Bob Delaney vom Gehilfen zum Partner und Schwiegersohn aufgestiegen und als Anwalt zugelassen worden war.

»Ach«, sagte MacMahon. Es war bei Prentiss' drittem Besuch in Kilpeder, und er war, um ein Versprechen zu erfüllen, mit MacMahon nach Cork gefahren – ein Besuch in der Oper, ein spätes Essen im Oyster, dann Zimmer im Metropole. »Ach, das waren ruhige Jahre. Für mich war es anfangs nicht leicht, wissen Sie, ich mußte versuchen, bei der Schulbehörde in Gnaden wieder aufgenommen zu werden. Bob und ich wurden wie Jungen behandelt, die sich reichlich daneben benommen hatten, und oben gab es durchaus Leute, die nichts mehr mit mir zu tun haben wollten. Der alte Tully konnte jedoch Wunder vollbringen, sogar bei Pater Cremin und beim Bischof selber. Das tat er wegen unserer Freundschaft mit Vincent, dachte ich damals, ich Idiot.« Das Wetter meinte es nicht gut mit ihnen, Regen prasselte auf die Lee, und unter einem tiefhängenden grauen Himmel war während ihres Spazierganges die charakteristische Silhouette der Shandonkirche auf dem anderen Flußufer verwischt.

»Ich hatte erwartet, daß er auf uns beide, vor allem auf Bob, ungeheure Wut haben würde, weil wir Vincent auf diese üble Bahn gelockt hatten, aber, bei Gott, statt dessen hat er für uns alle die Anwaltskosten übernommen, und nicht nur das, er hat auch den äußerst teuren Emmet Bourke als Verteidiger für uns engagiert, der damals bei allen als der beste Verteidiger von Munster galt, ob Whig oder Tory oder was sonst auch immer. Obwohl er Katholik war, und deshalb Whig, und der Bruder eines Bischofs.« Er ging gegen den nassen Wind, wie er vielleicht von seinem Haus in Kilpeder aus den Hügel hinabgegangen wäre, mit langen, leichten Schritten, wobei der Saum seines formlosen Tweedmantels ihm gegen die Waden schlug und er seinen Tweedhut tief ins Gesicht gezogen hatte.

»Das war doch etwas«, sagte er, »von Emmet Bourke verteidigt zu werden, obwohl ich damals zuviel Angst hatte, um die Ehre schätzen zu können.«

»Nolan aber nicht«, sagte Prentiss.

MacMahon lachte, das schleimerstickte Lachen eines alten Mannes. »Nein, allerdings nicht. Butt hat Nolan verteidigt. Für den alten Tully war Ned der leibhaftige Teufel. Und da hatte er vielleicht gar nicht so unrecht.«

Der Regen wurde stärker. Wie auf Verabredung suchten sie in einer Schenke Zuflucht, einem höhlenhaften Raum, gewärmt von der Hitze der Körper. Gaslicht glühte hinter gefärbten Lampenkugeln, rot, gelb, blau. Die lange Theke war ein blendendes Gewirr von Spiegeln, reflektierte die Farben in ihren Flaschenreihen. Sie fanden zwei hohe Hocker und waren zu beiden Seiten von Milchglasscheiben in dunklem geschnitztem Holz geschützt.

»Sehr künstlerisch«, sagte MacMahon trocken und winkte den Barmann herbei. »Emmet Bourke hat sich einmal mit mir beraten«, sagte er. »Er saß mir gegenüber auf einem Stuhl, der für ihn gebracht worden war, und der Anwalt Dripsey stand neben ihm. Es dauerte eine halbe Stunde, dann kamen die zwei Stunden vor Gericht. Und er hatte 150 Guineen verdient, wie Vincent mir später erzählt hat. Bei Gott, das Gesetz ist ein hervorragendes Metier.«

»Das Metier meiner Familie«, sagte Prentiss. »Mein Vater ist Verteidiger.«

Wie bei einem Fauxpas erwischt, faßte MacMahon ihn am Unterarm. »Ja, natürlich. Sie müssen meine Äußerung verzeihen. Butt war ein ganz anderer Fall. Er hat für Ned Wunder gewirkt. Als er sein Plädoyer beendet hatte, war die Jury schon halb davon überzeugt, daß niemand den armen Belton umgebracht hatte. Aber ich darf mich wirklich nicht beklagen. Emmet Bourke war sein Geld wert. Zwei große Grog bei diesem Wetter«, sagte er zum Barmann.

»Mit dampfend heißem Wasser und viel Zucker. Und ein paar Nelken.«

»Sie können sich wirklich nicht beklagen«, meine Prentiss.

»Nein, durchaus nicht«, stimmte MacMahon zu. »Aber ich habe gehört, es sei die Politik der Regierung gewesen, Leute wie Ned, die Anführer, die Yankeesoldaten, die herübergekommen waren, mit der ganzen Härte des Gesetzes zu treffen. Und die kleinen Fische ein Jahr oder so im Gefängnis herumschwimmen zu lassen, wo sie Reue üben und sich über die Torheit, schlechten Rat anzunehmen, ihre Gedanken machen konnten. Und das klingt plausibel. Wenn sie uns alle hätten ernähren und unterbringen müssen, hätten wir die Gefängnisse in den Bankrott treiben können.«

»Ja«, sagte Prentiss und dachte, daß die Regierung damals auch demonstrieren wollte, daß es sich nicht um eine richtige Rebellion gehandelt hatte, sondern um einen Mob aus unwissenden Männern, die Opfer von Abenteurern und Defraudanten.

»Aber wissen Sie«, sagte MacMahon und berührte das heiße Glas, das vor ihn hingestellt worden war, mit weißen, dünnen Fingern, »in England herrschte große Wut auf uns – der Angriff auf den Gefangenentransport in Manchester, und Sergeant Brett erschossen, und die Explosion außerhalb Londons, in Clerkenwell, wo diese armen Unschuldigen umkamen, arme Leute wie wir – wieviel waren es?«

»Zwölf«, antwortete Prentiss. »Und vielleicht hundert Verletzte.«

Die Schenkentür wurde geöffnet und ließ kurzfristig kalte, regennasse Luft hereinströmen.

An diesem Londoner Nachmittag im Spätherbst herrschte eine andere Luft. Eine Geschichte, dachte Prentiss, mit Londoner Nachhall. Delaney, ein Lehrling im Unterhaus, beugt sich vor, um eine Hand eine Unterschrift auf einen Zettel kritzeln zu sehen, »C. S. Parnell«. In einem Londoner Vorort sprengt Schießpulver eine Gefängnismauer, jagt Mauerwerk in hohem, willkürlichem Bogen durch die Luft. Unter der London Bridge, nicht viel weiter von Prentiss' Standort entfernt als der Bogen, den das zerschlagene Mauerwerk in der Luft beschrieben hatte, lang gewesen war, zerstörte sich der Fenier Lomasney auf törichte Weise selber und glaubte vielleicht auch noch in diesem letzten geblendeten Moment, daß die London Bridge einstürze. Und in Chelsea, in einem

Haus, dessen Adresse dem Möchtegernhistoriker, der sich im Krebsgang darauf zubewegte, noch unbekannt war, einem Haus, das in seiner Vorstellung klein war, Bogenfenster hatte, Oberlicht, das über das weiße Maßwerk oberhalb der Tür fiel, war Delaney seiner großen Liebe begegnet, der Liebe, von der Prentiss sich noch keine Vorstellung machen konnte, ein Leben, gelebt in Dimensionen, zu denen die Geschichte keinen Zugang hat. Prentiss hatte einen Moment lang das Gefühl, sich in seinen eigenen Machenschaften verfangen zu haben. Die Geschichte, von der er einst geglaubt hatte, sie verfüge über Form, Zusammenhang, sogar Symmetrie, deren Zentrum auf dem Marktplatz von Kilpeder lag, trat über die Ufer, ein nicht eindämmbarer Fluß.

Endlich erreichte er seine Tür und stieg die Treppe aus grobem Holz empor, vorbei an Räumen, in denen tagsüber Schriftsätze von Juristen gelesen wurden, die sich mit Teilen der Wahrheit zufriedengaben, mit Fragmenten, und für die Wahrheit in Präzendenzfällen, Plausibilität, Statuten gemessen wurde, kenntlich gemacht durch römische Ziffern und die Namen längst verstorbener Könige. In seinem Wohnzimmer drehte er das Gaslicht an und zog die schweren Vorhänge vor den Herbstabend.

11

[Hugh MacMahon]

Es ist eine seltsame Tatsache, daß ich mich an keine Einzelheit meines Prozesses, den ich doch auf jeden Fall als aufregendstes Ereignis meines Lebens betrachten muß, detaillierter erinnere als an mein Gespräch mit Emmet Bourke, dem hervorragenden Kronanwalt, der durch Dennis Tullys Freundlichkeit mit meiner Verteidigung betraut worden war.

Am Morgen vor der Verhandlung wurde ich aus meiner Zelle, die ich mit den Männern aus Ballyknockane teilte, durch zugige weißgestrichene Gänge und zwei Treppen hoch in eine kleine Wartezelle geführt, die bei all ihrer Kargheit mir wegen des Alleinseins, das sie ermöglichte, als der Gipfel des Luxus erschien. Aus ihrem kleinen Gitterfenster hatte ich sehr gute Aussicht über den Gefängnishof, und in einem engen, unbequemen Winkel sah ich sogar ein Stück Straße, zuerst, weil es noch sehr früh war, verlassen, doch gegen acht Uhr konnte ich Arbeiter zu ihren Arbeitsplätzen eilen und Bierwagen langsam einherpoltern sehen, gezogen von ihren schwer sich ins Geschirr stemmenden Pferden.

Gegen Mittag ließ der Wärter Peter Dripsey, meinen Anwalt, den ich inzwischen gut kannte, und Mr. Bourke in meine Zelle. Dripsey würde ich als anständigen Burschen bezeichnen, als Juristen aus Cork City, mit guter, reicher Erfahrung in Fragen wie Landübertragungen und Testamentsverfügungen, und mit einer Schwester, die einem Nonnenkloster vorstand. Ein hagerer, hohlbrüstiger Mann mit langem kummervollem Gesicht und Augen, die immer zu tränen schienen. »Ach herrje«, sagte er bei unseren Gesprächen immer wieder, wie ein Hausarzt, der die Bettdecke über das Gesicht eines verlorenen Patienten zieht, und das hatte, zusammen mit den tränenden Augen, unseren kleinen Unterhaltungen ein melancholisches, herbstliches Gepräge verliehen.

Bourke war ein ganz anderer Mensch, ein erfolgreicher Mann, dessen Erscheinung lediglich von den ersten Anfängen eines Bauches getrübt wurde, und Kleidern, die selbst mein ländlicher Blick als fast dandyhaft elegant erkennen konnte. Er trug einen schwarzen Rock, und die gelbe Krawatte über seiner blassen Weste war von lebhaftem Blau. Gesicht und Kopf hatten indessen nichts von einem Dandy – das Gesicht war fleischig, die braunen Augen lagen tief und wurden von dichten, rotblonden Brauen beschattet. Er war jünger, als ich es bei einem so berühmten Mann erwartet hatte, diesem Schrecken der gegnerischen Anwälte und sogar der Richter – höchstens acht- oder neununddreißig. Er kam aus der richtigen Familie, denn die Bourkes waren schon als Verteidiger vor Gericht tätig gewesen, seit das im Jahre 1790 den Katholiken erstmals erlaubt worden war, und Emmets Großvater hatte seine Zulassung im selben Jahr wie Daniel O'Connell erhalten, mit dem er in der Kampagne für die Katholikenemanzipation zusammengearbeitet hatte. Emmet dagegen vergeudete keine Zeit damit, seine ererbten Qualifikationen vorzuführen, und er warb auch nicht durch Aufzählen seiner Erfolge um meine Bewunderung. Ihm gegenüber kam ich mir vor wie ein schäbiger Provinzling, und das war ich ja auch, noch dazu ein verbrecherischer.

Er ließ sich auf einen Stuhl fallen und wies aufs Bett, auf das ich mich setzte, so daß ich ihm verlegen gegenübersaß.

»Nun gut, Mr. MacMahon«, sagte er. »Ich bin die Einzelheiten Ihrer Beteiligung an dieser elenden Geschichte durchgegangen, und Ihr Fall scheint mit dem von Delaney und dem jungen Vincent Tully übereinzustimmen. Sie werden morgen alle drei vor Gericht gestellt werden, und ich schlage vor, in allen drei Fällen identisch vorzugehen. Es gibt nur noch einige Punkte, bei denen wir alle Mißverständnisse aus dem Weg räumen sollten. Sie sind Schulmeister, Sie haben zumindest eine gewisse Erziehung genossen, und ich bezweifle, daß ich diese Einzelheiten weiter ausführen muß.«

Er sprach so selbstverständlich, als ob er ein Glas Rotwein bestellte, und obwohl ich von ihm nicht erwartet hatte, daß er mein tiefes Interesse an meinem Schicksal teilen würde, war ich doch bestürzt. Das schien er zu bemerken, und er gönnte mir ein kühles, aber nicht unfreundliches Lächeln. Er stützte die Ellbogen auf die Knie und das Kinn in seine Fäuste.

»Sie und die beiden anderen«, sagte er, »sind töricht in eine äußerst gefährliche Konspiration verstrickt worden, die nun aber, wofür wir Gott danken sollten, niedergeschlagen ist. Und noch dazu ohne große Schwierigkeiten niedergeschlagen, da ihr die Unterstützung durch eine Bevölkerung gefehlt hat, die weniger töricht war als Sie. Die Ausmaße Ihrer Torheit überraschen mich, das muß ich gestehen. Ausgerechnet ein Schulmeister, in dessen Obhut die Erziehung, nicht nur die praktische, sondern auch die moralische Erziehung der Knaben seines Ortes ruht. Es freut mich, sagen zu können, daß Pater Cremlin davon überzeugt ist, daß Sie Ihren Pflichten gewissenhaft nachgekommen sind. Es liegen keinerlei Hinweise darauf vor, daß Sie Ihre Autorität mißbraucht und Ihre Schüler zu gesetzeswidrigen Handlungen verführt haben.«

»Das stimmt«, sagte ich. »Niemand hatte vor, eine Kinderbrigade aufzustellen.«

»Seien Sie vorsichtig, Mr. MacMahon. Wenn im Laufe der Verhandlung Ironie angebracht scheinen sollte, dann überlassen Sie sie bitte mir. Sie haben Ihren Schülern nicht den Eid angeboten, doch er ist von jungen Männern, die in früheren Jahren Ihre Schüler waren, abgelegt worden. Achten Sie darauf, daß ich sage, er ist ›von ihnen abgelegt worden‹. Die Passivform sollte in der Literatur zwar vermieden werden, vor Gericht ist sie jedoch sehr nützlich. Und der Einfluß eines Schulmeisters endet nicht an der Schwelle des Schulhauses. Sein Beispiel wird befolgt. Ein Schulmeister! Und ein junger Mann von nirgendwo, Sohn eines kleinen Bauern, der es durch Fleiß und Intelligenz zum geschätzten Gehilfen des wichtigsten Kaufmannes von Kilpeder gebracht hat! Und der Sohn dieses Kaufmannes, ein junger Mann, der eine vorbildliche Erziehung genossen hat, der im County viele höchst ehrenwerte Freunde hat, ein vielversprechender junger Mann. Und nun betrachten Sie sich, Sie alle drei! Wie viele Ihrer Taten, Ihrer verwerflichen Taten, lassen sich auf eine andere Quelle als die Torheit zurückverfolgen?«

»Ja, wie viele?« erwiderte ich vorsichtig, da mir langsam eine ganz vage Ahnung dämmerte.

»Ich habe mit diesem Vater gesprochen, Mr. MacMahon. Ich habe mit Dennis Tully gesprochen. Ich verwende ein so dramatisches Wort wie ›gebrochenes Herz‹ nicht leichtfertig, aber nun verwende ich es. Ist Ihr Vater noch am Leben, oder vielleicht Ihre Mutter?«

»Nein, das nicht«, antwortete ich, fügte jedoch hilfsbereit hinzu: »Aber ich bin verheiratet.«

»Diese bedauernswerte Frau!« sagte Bourke.

»Und wenn es gestattet ist, Mr. Bourke, dann möchte ich dagegen protestieren, daß sie mich bisher erst einmal besuchen durfte, und selbst diese Erlaubnis war nur sehr schwer zu erlangen.«

»Solche Fragen müssen Sie mit Mr. Dripsey besprechen. Schließlich ist er Ihr Anwalt. Ihre Frau kann Ihnen in Ihrer derzeitigen Notlage nicht helfen. Nur ich kann Ihnen helfen.« Er hob eine Hand, um die elegante changierende Seide an seiner Kehle zu berühren. »Vor dem Gesetz, Mr. MacMahon, wird verwerfliches Tun unglücklicherweise durch Torheit nicht entschuldigt. Unglücklicherweise für Sie, meine ich, nicht für die Gesellschaft. Törichte Verbrecher sind genauso gefährlich wie kluge.«

»Zweifellos«, sagte ich. Meine Hoffnungen, so gering sie auch bestenfalls sein konnten, ruhten bei ihm, und ich bedauerte, daß ich eine dünne, scharfe Abneigung gegen diesen Mann entwikkelte. Er hatte eine zu große Vorliebe für wuchtige Formulierungen.

»Und doch, Mr. MacMahon. Und doch. In ganz Irland haben sich an jenem unglückseligen Morgen im März junge Männer, die denselben Eid abgelegt hatten wie Sie, eines Besseres besonnen und sind gemütlich und gesetzestreu im Bett geblieben. Oder haben sich zum Versammlungsort begeben, die Frage durchgesprochen und sich dann stillschweigend zerstreut. Heute gehen sie ihrer legalen Arbeit nach und freuen sich zweifellos auf ein ruhiges Glas nach Feierabend, auf ein Gespräch am Kamin. Zweifellos beneiden Sie diese jungen Männer.«

»Ich würde lieber nicht im Gefängnis auf meinen Prozeß warten«, gab ich zu, »falls Sie das meinen.«

»Fast«, sagte er. »Ich meine, daß Sie aus ganzem Herzen den Weg, den Sie eingeschlagen haben, bedauern.«

»Ich bedaure aus tiefstem Herzen«, sagte ich, »daß alles so gekommen ist.«

Wieder lächelte er. »Ich habe Sie schon einmal gewarnt, MacMahon. Überlassen Sie die Ironie mir. Und auch die Zweideutigkeiten. Sie werden feststellen, daß Mr. Bodkin ein wütender Ankläger ist. Ihm fehlt die schwache, die äußerst schwache Sympathie, die ich für Ihr irregeleitetes Unternehmen empfinde. Gestern mußten wir vor Gericht eine schmerzliche Szene miterleben. Edward Noland stand vor Gericht, und trotz aller Bemühungen von Mr. Butt, einem der fähigsten Verteidiger auf dieser Insel, wurde er zu lebenslänglicher Haft verurteilt. Ohne Mr. Butts Geschick jedoch wäre er wegen Mordes gehängt worden.«

Davon hatte ich bisher kein Wort gehört, und es warf mich um – weniger die Tatsache, denn das Urteil hatte ich im Grunde erwartet, sondern die Art, auf die mich diese Nachricht erreichte, in so wohlgesetzten Worten, die Zunge und Lippen fast auszukosten schienen und die Ned in den Namen »Edward Nolan« preßten.

»In Ihrem Fall, und in dem von Delaney und Tully, ist es uns gelungen, die Anklage von Landesverrat zu Hochverrat zu senken, aber auch das kann eine harte Strafe nach sich ziehen, eine sehr harte Strafe. Ich werde Sie alle drei für nicht schuldig erklären, aber Sie und ich und Richter Adams wissen alle, daß Sie so schuldig sind wie die Sünde.«

»Ach herrje«, sagte Mr. Dripsey.

»Also gut«, fuhr Bourke fort. »Widmen wir uns den wenigen Punkten, von denen ich gesprochen habe. Erstens, wann haben Sie den Eid der Irisch-Republikanischen Bruderschaft abgelegt?«

»1865«, antwortete ich. »Anfang des Jahres. Februar oder März.«

»Und wo?«

»Hier«, antwortete ich. »In Cork City.«

»Und wer hat Ihnen den Eid abgenommen?«

Ich ließ mir Zeit, einen langen Augenblick, wie es mir vorkam, um mir diese Frage zu überlegen. »Wissen Sie, Mr. Bourke, es scheint so lange her zu sein wie die Punischen Kriege. Aber ich erinnere mich genau. Es war in einer der Schenken unten beim Coal Quay, im Hinterzimmer. Ein Mann war aus Dublin gekommen, ein großer Mann mit krummem Rücken, deshalb wirkte er kleiner, als er in Wirklichkeit war. So sieht er in meiner Erinnerung aus, aber vielleicht ist das bei Bob und Vinnie anders, wir haben den Eid zusammen abgelegt.«

»Mr. Dripsey«, sagte Bourke, »wenn Sie gestatten«, und er streckte die Hand aus, eine wohlgeformte Hand, die an einem Finger einen Ring mit dunklem Stein trug. Dripsey beugte sich vor und reichte ihm den dicken Ordner, den er mitgebracht hatte. Bourke öffnete ihn, blätterte mit großer Geste darin herum, hielt dann bei einem bestimmten Blatt inne und tippte mit dem Ringfinger darauf.

»Was das Datum betrifft, haben Sie recht, Mr. MacMahon.

11. März. Und es war tatsächlich am Fluß, aber nicht am Coal Quay. Es war in den hinteren Büroräumen eines gewissen Joseph Tumulty, eines Schiffsausstatters, und Tumulty selber hat Ihnen den Eid abgenommen.«

Ich schwieg.

»Ich betreibe keine Schwarze Kunst, Mr. MacMahon. Nicht alles wird vor Gericht öffentlich ausgebreitet. Ihr Ankläger ist besser informiert als Ihr Anwalt. Ein beklagenswerter Umstand.«

Hoch oben an der Wand, gerade oberhalb von Dripsey, befand sich eine dunkle Verfärbung von Größe und Form eines Männerkopfes. Ich versuchte, mich darauf zu konzentrieren, aber das gelang mir nicht. Tumulty war der Kommandant für Cork, dem zuerst Bob, dann Ned verantwortlich gewesen war. Und außerdem auch Lomasney und alle anderen.

»Der Aufstand war ein Fehlschlag, Mr. MacMahon«, sagte Bourke, »und es kann doch nichts schaden, über eine zerschlagene Organisation zu reden. Jeder muß sich selber retten, so gut er kann.«

»Es ist vielleicht keine Denunzierung, Mr. Bourke«, erwiderte ich, »aber es kommt dem sehr nahe. Ist das der Weg, den Sie mir empfehlen?«

»Nein«, antwortete Bourke. »Leider nein.« Er wühlte in den Papieren des Ordners, der aufgeschlagen auf seinem Schoß lag. »Ein Denunziant muß etwas Wertvolles zu verkaufen haben, und das haben Sie nicht. Ihre ganze Bande ist auf frischer Tat ertappt worden, und die Aussage der Polizei reicht völlig aus. Obwohl sie Nolan nicht beweisen konnten, daß er den armen Polizisten erschossen hat. Zu viele Schüsse sind auf beiden Seiten abgegeben worden. Und nicht einmal in diesem Falle könnten Sie als Informant von Nutzen sein, Sie und Delaney befanden sich zu diesem Zeitpunkt ja bereits auf der Straße nach Killeter.«

Es war meine erste Begegnung mit dem Gesetz, und seine einzigartige Beziehung zu der Wirklichkeit, der Realität, in der wirkliche Menschen wirkliche Leben lebten, beeindruckte mich. Monate später sollte John Kenealey, der bei den Männern hinter der Kaserne gewesen war, mir den Tod des armen Belton schildern – eines törichten, von den Ereignissen erregten Mannes, der zusammen mit zwei anderen auf unsere Männer zugerannt war, die sich gerade davonmachen wollten. Er fiel auf ein Knie und feuerte seinen Karabiner ab, dann sprang er auf und blieb stehen, vielleicht, um wieder zu laden. Ned drehte sich um und rannte zu ihm, zielte sorgfältig mit seinem Revolver, als er keine zwanzig Yards mehr von ihm entfernt war, und schoß zweimal. Die anderen Polizisten wichen zurück. »Ich war bei den Nachzüglern«, sagte John, »und als der Captain schoß, stand ich so dicht neben ihm wie jetzt neben dir. Sein Gesicht war sehr ruhig, er preßte die Lippen aufeinander und ließ sich Zeit.«

»Wenn du bei den Nachzüglern warst«, sagte ich, »hat er dir vielleicht das Leben gerettet.« – »Der zweite Schuß riß Belton zu Boden«, erzählte John.

»Delaney hat in Kilpeder kommandiert, bis Nolan ihn abgelöst hat«, sagte Bourke, »und Sie waren sein Stellvertreter. Sie machen mir meine Aufgabe wirklich nicht leicht.«

Ich hätte ihm mein Mitgefühl aussprechen können, entschied mich aber eines besseren. Seine Warnungen vor Ironie waren vernünftig.

»Aber schließlich hat Nolan das Kommando übernommen«, fuhr Bourke fort. »Ein abgehärteter Soldat. Und überhaupt kein Ire. Einer von diesen Yankee-Abenteurern, rücksichtslose und blutrünstige Männer.«

»Ire genug«, sagte ich. »Er ist hier geboren. Er ist sogar mein Vetter.«

»Ist das wahr?« fragte Bourke, an Dripsey gewandt, als ob er ihm Vorwürfe machen wollte. »Das wußte ich ja gar nicht.«

»Verschlimmert das meine Lage?« fragte ich zahm.

Als Bourke sich von Dripsey wieder abwandte, lächelte er. »Für einen Mann, dem eine lange Gefängnisstrafe bevorsteht, Mr. MacMahon, sind Sie bemerkenswert gelassen.«

»Das bin ich durchaus nicht«, sagte ich. »Ich bin außer mir vor Angst. Ich kann nachts nicht schlafen, und meine Verdauung ist äußerst flüssig. Die englischen Gesetze versetzen mich in Panik, und der Gedanke an Jahre ohne meine Frau ist eine Qual. Nachts liege ich auf meinem Stroh und starre in die schwarze Finsternis, und immer wieder sage ich mir, daß ich am Ende bin. Aber ich werde morgen vor Gericht nicht weinen, und ich werde jetzt auch vor Ihnen nicht weinen.«

Er starrte mich eine Ewigkeit an, so kam es mir jedenfalls vor, während seine Hände flach auf seinen Papieren lagen. Dann stapelte er die Papiere ordentlich aufeinander und legte den Ordner auf den Boden neben seinen Sessel. Er erhob sich, ging an mir vorbei zum Fenster, schaute hinaus und kehrte uns beiden dabei den Rücken. Ich sah zu Dripsey hinüber, der meinen Blick jedoch nicht erwiderte. Seine schmächtige Gestalt preßte sich auf eine Weise, die »ach herrje« zu sagen schien, an die weißgetünchte Wand, ohne dabei Worte verwenden zu müssen. Bourkes Rücken war verbindlich und weltgewandt, der Wollstoff bewundernswert zugeschnitten.

»Es hätte auch keinen Sinn, Mr. MacMahon«, sagte er. »Tränen würden auf Richter Adams keinen besonderen Eindruck machen.« Er drehte sich wieder zu uns um. »Für andere Argumente ist er jedoch aufgeschlossener. Unsere Herren in Dublin Castle und Westminster haben durchaus nicht den Wunsch, vernichtende Urteile über die Tausende, vielleicht Zehntausende von Narren zu verhängen, die in diese elende Geschichte hineingeraten sind. Ihr Interesse gilt den Rädelsführern. In Kilpeder gab es einen einzigen Rädelsführer, Edward Nolan. Das hat er selber in seiner Aussage bestätigt, und er hat Sie und Ihren Freund Delaney ausdrücklich entlastet. Ganz zu schweigen von diesem armen Tullyjungen.« Er verhakte einen Daumen in seiner Westentasche und spendierte mir sein kühles Lächeln. »Sie folgen mir doch, darf ich annehmen, Mr. MacMahon?«

Das Fenster hinter ihm ließ ein flaches Spätmorgenlicht ins Zimmer fallen.

»Nicht ganz«, antwortete ich. »Sie haben noch vor einer Minute Ihre Aufgabe als schwierig bezeichnet. Bob und ich haben den Leuten aus Kilpeder den Eid abgenommen, und bis zu Neds Eintreffen haben wir mit ihnen exerziert. In der Nacht der Waffenaktion...«

Bourke schüttelte den Kopf. »In der Anklageschrift ist keine Rede von einer Waffenaktion. Ich bin über keine Waffenaktion informiert, ist das nicht so, Mr. Dripsey?«

»Das ist durchaus so«, sagte Dripsey mit einer Bündigkeit, die ich ihm niemals zugetraut hätte.

»Nein«, sagte Bourke. »Und Nolan hat in seiner Aussage klargestellt, daß Delaney und Sie am Morgen des sechsten nur widerstrebend mitgemacht haben. Während der Wochen vor diesem unseligen Morgen haben Sie dagegen argumentiert, aber er hat Sie auf Ihren Eid verwiesen, diesen elenden Eid. Es war weise von der Kirche, eidgebundene Organisationen mit ihrem Bann zu belegen.«

»Das haben wir gemacht?« fragte ich.

»Jawohl, durchaus«, sagte Bourke. »Erinnern Sie sich, Mr. MacMahon. Sicher fallen Ihre Bemühungen Ihnen dann wieder ein. Es ist wichtig, daß Sie sich erinnern.«

Ich zuckte die Schultern. »Mir erschien es immer mehr als hoffnungsloses Unternehmen, und in unseren Gesprächen mit Ned haben wir mehr als einmal unsere Meinung gesagt. Aber es hat niemals ein Zweifel daran bestanden, daß...«

Bourke hob die Hand. »Sie brauchen nicht mehr dazu zu sagen. Weder jetzt noch morgen vor Gericht. Sie sind jung, sie wurden verführt, und Sie bereuen. Was wir daraus machen können, ist meine Angelegenheit, nicht Ihre.«

»Lassen Sie uns offen sprechen, Mr. Bourke«, sagte ich. »Alle Schuld, und damit auch die härteste Strafe, soll auf Ned Nolans Schultern abgeladen werden.«

»Wenn Sie offen sprechen wollen, Sir«, erwiderte Bourke, »dann bitte sehr. Nolans Fall ist hoffnungslos; das weiß er genau. Er ist nur um Haaresbreite mit dem Leben davongekommen. Er hat keinen Grund, andere mit sich ins Verderben zu ziehen. Seine Verhandlung ist vorbei und abgeschlossen, Mr. MacMahon. Vergessen Sie das nicht.«

Aber vielleicht war mein Appetit auf offene Worte im Grunde doch nicht so groß. Bourkes Umschweife hatten den freundlichen Zweck gehabt, die harten Fakten der Angelegenheit in weiche Tücher zu hüllen. Ned Nolan, so schien es mir, sollte den Löwenanteil der Schuld für Kilpeder übernehmen, aber es würde immer noch genug übrigbleiben, das unter uns verteilt werden konnte. Mr. Bourke jedoch, der offenkundig wußte, was er tat, verfügte über Kunstgriffe, die unsere Portion Pastete auf einen Löffelvoll beschränken würden. Diese Möglichkeit entzückte mich mehr, als Worte auszudrücken vermögen, und doch füllte sie meinen Mund mit dem sauren Geschmack der Schuld.

»Und was ist mit den anderen Jungs, Mr. Bourke?«

»Die Jungs sind nicht meine Mandanten«, antwortete er. »Machen Sie sich keine Sorgen um sie, wenn Sie das gemeint haben sollten. Sie können sich auf einige Monate im Gefängnis gefaßt machen, und das ist ein verdammt billiger Preis für einen bewaffneten Aufstand. Ein Mann namens Dunphy kann vielleicht damit rechnen, etwas länger hinter Gittern zu bleiben. Es gibt Kronzeugen, die aussagen können, daß er gezielt und einen Polizisten verwundet hat. Nicht ernsthaft, Gott sei Dank.«

»Wir haben doch alle losgeballert«, sagte ich.

»Und die meisten von Ihnen waren erbärmliche Schützen. Das sollten Sie wirklich dem Landadel überlassen. Ich glaube nicht, daß wir noch mehr zu besprechen haben, Mr. MacMahon, falls Sie keine Fragen haben.« Mit großer Geste zog er eine schwere Golduhr aus seiner Westentasche und hielt sie in der hohlen Hand. Mit dem Daumennagel öffnete er sie. Das goldene, glänzend polierte Gehäuse funkelte für einen Moment im bleichen Sonnenlicht auf.

»Haben Sie mit Ned gesprochen?« fragte ich.

»Mit Edward Nolan?« erwiderte er. »Selbstverständlich nicht. Ich habe mit denen gesprochen, die ich zu vertreten habe. Mit dem jungen Tully, mit Delaney und mit Ihnen. Ich habe allerdings mit Mr. Butt gesprochen. Mr. Butts volle Unterstützung gilt meiner geplanten Vorgehensweise, und darüber freue ich mich sehr. Isaac Butt ist ein großartiger Jurist, nicht wahr, Mr. Dripsey?«

»Das ist er wirklich«, bestätigte Dripsey. »Ein gerissener Fuchs im Gerichtssaal, aber ein äußerst liebenswürdiger Mensch. Zu liebenswürdig, behaupten manche. Er hat seine kleinen menschlichen Schwächen.« Dripsey machte vage Gesten, die Trunksucht, Wollust, eine übergroße Leidenschaft für den Kartentisch andeuten konnten.

»Und wer von uns hat die schließlich nicht?« meinte Bourke, entweder voller Barmherzigkeit oder mit leichtem Spott über diese Tugend; es war nicht leicht, diesen Mann zu entschlüsseln. »Meine eigenen sind jedenfalls weniger fatal.« Er streichelte die leichte Schwellung unter seiner Weste. »Im Moment reichen mir ein anständiges Kalbskotelett im Oyster und eine Flasche von Mr. Sugrues Claret. Wie werden Sie hier ernährt, Mr. MacMahon?«

»Schlichte Kost«, antwortete ich. »Ich kann nicht klagen.«

»Sie werden sich noch einige Zeit damit zufriedengeben müssen, fürchte ich.« Er bückte sich und suchte seinen Schriftsatz zusammen. »Ein letzter Punkt noch«, sagte er, ohne mich anzusehen. »Sie haben nach Ihren ›Jungs‹ gefragt. Lobenswerte Loyalität, wenn auch irregeleitet. Der junge Vincent Tully war einfach einer von den Jungs. Anders als Sie und Delaney hat er keinen Autoritätsposten bekleidet, trotz der Freundschaft, die Sie drei verbindet. Ist mein Punkt klar?«

»Allerdings, Mr. Bourke«, antwortete ich nach kurzem Zögern. »Wenn ich noch einen oder zwei Tage in Ihrer Gesellschaft verbringen würde, dann wäre mir vielleicht klar, wie das Gesetz funktioniert. Es scheint nach seinen eigenen Richtlinien organisiert zu sein.«

Nun blickte er mir voll ins Gesicht. Die braunen Augen schienen Bosheit, Humor und Mitleid gleichermaßen zu enthalten. »Vielleicht, Mr. MacMahon, und vielleicht auch nicht. Ich möchte einen gewichtigen Beitrag zu Ihrem Wissen leisten. Sie haben meine Dienste Mr. Dennis Tully zu verdanken, Sie und auch Robert Delaney. Mr. Tullys Zuneigung zu Delaney hat eine arge Erschütterung erlitten, hat aber doch auf irgendeine Weise überlebt. Warum er beschlossen hat, seine Großzügigkeit auch auf Sie auszudehnen, kann ich nicht sagen. Aber im Mittelpunkt seiner Besorgnis, und deshalb auch meiner, steht natürlich sein Sohn. Das ist doch nur natürlich.«

»Einen gewichtigen Beitrag?« wiederholte ich und ließ dieses Wort wie eine Frage klingen.

»Die Gesetze dieser Inseln, Mr. MacMahon, besitzen eine hervorragende Struktur, die kompliziert und unparteiisch ist; sie stehen über uns allen, sie hüten unsere Freiheiten und unsere bürgerliche Ordnung. Juristen jedoch – Mr. Dripsey, ich selber, wir alle – sind zu mieten; wir werden bezahlt, um die Interessen derer zu sichern, die es sich leisten können, uns zu mieten. Ein Paradoxon. Meinen Brüdern im Dubliner Gericht würde es sicher nicht gefallen, daß ich mich so kraß ausdrücke, aber so ist es nun einmal.«

Ich mochte Emmet Bourke nicht. Während der nächsten zwanzig Jahre, bis Mr. Justice Bourke bei einem Ferienaufenthalt in Deauville an einem Schlaganfall verschied, wurde sein Name immer solider und strahlender und bekam eine Art Rundung, wie diese Bälle aus Stanniol, die Schuljungen zusammenballen und formen. Bis heute, habe ich gehört, erinnern sich Juristen im Gerichtsbezirk Munster über Port und Brandy in den Hotels der Gerichtsorte an Bonmots, die Emmet Bourke gesagt oder angeblich gesagt hat – geistreiche Antworten an die gegnerischen Anwälte, taktvolle Bloßstellungen verschrobener Richter, findige Zitate aus obskuren Bestimmungen. Einmal habe ich ihn kurz gesehen, als er in einer Nacht im September oder Oktober die Oper in Cork verließ. Die Stadt war in Nebel gehüllt. Er stand mit Freunden auf den Stufen, nach einer Aufführung von *Maritana* – schwarzer Abendanzug, ein schwarzer Umhang über die Schultern geworfen, ein glänzender Zylinder in den Nacken geschoben. Er war nicht mehr glattrasiert, sondern trug einen kurzgeschorenen rötlichen Bart, und sein Bauch war inzwischen schwer geworden. Er hatte eine vage Ähnlichkeit mit dem Prinzen von Wales. Als ich an ihm vorbeiging, hatte er gerade etwas gesagt, was die anderen zum Lachen brachte, und er amüsierte sich auch selber, hatte den Kopf schräg gelegt, und sein bärtiges Gesicht öffnete sich zu einem Lächeln.

Ich kann nicht sagen, warum ich ihn nicht mochte, denn es bestanden wirklich keine triftigen Gründe dafür. Er führte unsere Sache gut, Vincents und Bobs und meine, und sein Selbstvertrauen war aufmunternd. Er wirkte im Gerichtssaal überwältigend, wenn er Robe und Perücke trug und ein Sekretär vor ihm herging, der Kanzleipapier und Bleistifte, ein Glas Wasser und Halspastillen auf dem Tisch zurechtlegte. Vielleicht lag es daran, daß ich vor der Anklagebank stand, als ich sein Auftreten beobachtete, und daß die Anklagebank sich in einer hüfthohen Zelle befand, in der hinter mir ein Wärter stand, gleichgültig und mit übereinandergeschlagenen Armen.

Um die Wahrheit zu sagen, zog ich Hubert Bodkin, den Kronanwalt, fast noch vor. Er war ein winziger kahlköpfiger Mann mit einem kontrollierten Schnauben, das er als Interpunktion verwendete. Bei Bodkin, einem Protestanten aus Midleton, wußte man, woran man war; die Familie hatte in den Jahren von O'Connells Agitation enge Verbindungen zu den Orangisten gehabt. Es hatte eine Großtante gegeben, deren Ruf nicht der beste gewesen war, und im Wahlkampf hatte O'Connell sich mit Anspielungen auf Shakespeares »nackten Bodkin« über sie lustig gemacht. Die Bodkins konnten einen empfangenen Hieb jedoch erwidern; es war ein Bodkin, der O'Connell als erster als den »Großen Bettler« und den »König der Bettler« bezeichnet hatte. Aber all das hatte eine so tief verwurzelte Munstersche Primitivität, daß sie schon fast anheimelnd wirkte.

Ich kann gar nicht daran zweifeln, daß Bodkin mich als Rebellen und Verräter an der Krone betrachtete. Schließlich erschien ihm das als Krankheit, ob latent oder virulent, an der alle Papisten litten, eine Blutvergiftung wie Gicht oder Gelbsucht. Die Anklage etwa der Hälfte aller Fenier Corks war ihm zugefallen, und wenn ich von meinen eigenen Erfahrungen ausgehen darf, dann erledigte er seine Aufgabe auf routinierte Weise, indem er die Anklageschrift vorlas und dann seine beiden Zeugen rief, Sergeant Honan und einen weiteren Polizisten. Es war ein arbeitsreicher Prozeß für ihn gewesen, und jeglicher Eifer, den er vielleicht für seine Aufgabe empfunden haben mochte, war bereits verschwunden, als ich auf die Anklagebank geführt wurde. Er war nun eher wie ein Farmer, der in einer Scheune Ratten erschlägt – sicher kein Freund der Ratten, aber ohne Zeit oder Energie, um sie an rein persönliche Gefühle zu verschwenden.

Das kann ich in meinen heutigen ruhigen Umständen sagen, doch damals waren meine Gefühle ganz anders. Mein Prozeß war der zweite an diesem Morgen und kam gleich nach Bobs Verhandlung, und ich mußte in einem kleinen unterirdischen Raum warten, aus dem mich eine Stimme rief, die meinen Namen nannte. Der Wärter, der mich begleitete, ein anständiger, phlegmatischer Bursche, öffnete eine niedrige Tür, und ich kletterte eine kurze, enge Treppe hoch, um die Anklagebank zu erreichen. Nach der Finsternis des Warteraums kam mir der Gerichtssaal riesig und hell vor, Sonnenlicht strömte durch die hohen Fenster herein. Für einen Moment war ich wie geblendet, konnte jedoch bald vor mir die Reihen von Zuschauern sehen, weniger, als meine Eitelkeit erwartet hatte, obwohl Mary natürlich da war, in ihrem guten grauen Kostüm, mit dem kleinen, dazu passenden Hut. Sie hielt sich sehr gerade, verbarg jedoch ihre Nervosität. In der ersten Reihe saß Dennis Tully, kahl wie Bodkin, und wirkte wie geschrumpft, er beugte sich vor und starrte mich an, die gefalteten Hände hingen zwischen seinen Beinen. Die Anwälte saßen getrennt voneinander an zwei Tischen. An der Wand zu meiner Linken, den Fenstern gegenüber, waren in einer Art langer Loge die Geschworenen aufgereiht, die Geschworenen, die für uns alle einberufen worden waren und denen es allesamt gelang, verantwortungsbewußt und gelangweilt zugleich auszusehen.

Ich hatte eine feierliche Stille erwartet, nicht aus Achtung vor mir, sondern vor der Anklage, unter der ich stand, und auch hier wurde meine Erwartung enttäuscht, denn ich hörte Stimmengewirr, schwere Stühle, die über den Boden scharrten, und es gab Bewegung, zwei Zuschauer standen zusammen auf und bahnten sich vorbei an widerstrebenden Knien ihren Weg zum Mittelgang. Emmet Bourke streckte sich und schob dabei die Schultern zurück, beugte sich nach links und rief Bodkin etwas zu. Bodkin blickte verwirrt von seinen Unterlagen auf, dann grinste er und nickte. Bodkins Perücke war auf seinem kahlen Schädel leicht verrutscht. Zweifellos war es ein unwichtiger Scherz, ausgetauscht zwischen gelehrten Mitgliedern einer Bruderschaft, aber auf mich machte es einen schlechten Eindruck.

Richter Adams, in seiner Robe und seiner langen Perücke, durch seinen großen Tisch von uns anderen getrennt, schien die Majestät des Gesetzes nicht zu kümmern. Er hatte einige Gentlemen aus dem County eingeladen, sich zu ihm zu setzen, und diese Gentlemen unterhielten sich miteinander und starrten mich dabei gleichgültig an, ein weiterer Fisch im Aquarium. Adams selber, ein kleiner Mann, der unter der Last seiner Robe zusammenzubrechen drohte, war in seine Arbeit vertieft, schrieb rasch eine Zeile nach der anderen und hielt nur inne, um seine Feder in ein hohes, reich verziertes Tintenfaß zu tunken. Er beugte sich so weit vor, daß ich sein Gesicht nicht sehen konnte, und mir fiel auf, ein sinnloses Detail, daß er Linkshänder war und beim Schreiben die Hand unbeholfen verdrehte.

Aber er blickte bald genug auf, und dann sah ich ein höchst außergewöhnliches Gesicht, braun wie eine Walnuß und nicht viel größer, braune Augen, überschattet von schweren Lidern, aber fast ohne Brauen, einen langen Schlitz als Mund. Die riesige Perücke rahmte das Gesicht ein und beherrschte es. Sein Aufblikken war wie das Stichwort, das die Souffleuse in einem Theater dem Schauspieler zuzischt. Die Zuschauer, Neulinge wie ich selber, kamen nur langsam zum Schweigen, anders als die Anwälte oder die Geschworenen und die Schreiber und Gerichtsdiener. Er blickte zuerst geistesabwesend durch den Saal auf die großen, geschlossenen Doppeltüren, dann drehte er wie eine Schildkröte seinen kleinen Kopf, der unbeholfen und geschickt zugleich auf seinem langen Hals balancierte, und sah mir ins Gesicht. Dann folgte ein Nicken, das ich für ein Nicken des Erkennens hielt, das in Wirklichkeit aber ein Signal für den Gerichtsschreiber war.

Als nächstes hörte ich meinen eigenen Namen. Er wurde nur fünfzehn Fuß von mir entfernt genannt, die Stimme jedoch schien in den widerhallenden Raum hineingeschleudert zu werden. »Hugh Ignatius MacMahon«, sagte die Stimme, »Sie werden bezichtigt des Hochverrats gegen den Frieden Ihrer Majestät der Königin, Ihre Krone und Ihre Würde. Was sagen Sie dazu?«

Ich sagte nichts. Ich war wie mit Stummheit geschlagen. Alles, was ich in diesen Minuten gesehen und gehört hatte – die flüsternden, herumscharrenden Zuschauer, Bourke, der die Schultern reckte, die über den Zeilen gekrümmte Hand des Richters, die Fenster, die die Sonne willkommen hießen, die Luft im Saal mit ihrem leichten Geruch von Wolle und Staub, der von einer großen Geschwulst entstellte Hals eines Geschworenen, schwarze Roben und staubige Perücken – das alles hatte nichts mit mir zu tun gehabt, die Maschinen des Weltgeschäfts, die gleichgültig und unpersönlich ihre Arbeit verrichteten, Theater, Buchhaltung. Mein Name schleuderte mich mitten in alles hinein.

»Was sagen Sie dazu?« fragte der Protokollführer noch einmal, und diesmal war seine Stimme leise und gelassen, als ob ihm klar wäre, was passiert sei, und als ob er sich zu kurzem, mildem Mitleid bewegt fühlte und mich deshalb von Mensch zu Mensch anredete.

»Nicht schuldig«, sagte ich, und meine Augen suchten Mary. Meine Hand drückte ich auf das Gitter der Anklagebank, denn für mich war es wichtig, daß ich nicht zitterte.

Bodkin erhob sich und begann dabei schon zu sprechen. »Wenn Sie gestatten, Euer Lordschaft, meine Herren Geschworenen«, sagte er. »Ich vertrete zusammen mit meinem gelehrten Freund Mr. Robinson die Krone, während mein gelehrter Freund Mr. Bourke den Angeklagten verteidigt. Der Fall, der nun vor Ihnen liegt, ist fast in jedem Detail identisch mit dem soeben beendeten, dem Fall *Regina versus Delaney*. Der Angeklagte Hugh Ignatius MacMahon, wohnhaft Chapel Street in der Stadt Kilpeder, steht hier vor Ihnen...« Ich konnte mich in dem, was er sagte und was er weiter sagen würde, wiedererkennen, und doch schien er fast über jemanden zu reden, der mir und allen anderen fremd war, über eine juristische Fiktion. Über die Themen, mit denen Bourke mich gequält hatte, wurde kein Wort verloren – wann ich den Eid abgelegt hatte oder wo, oder in wessen Gesellschaft, oder wer ihn mir abgenommen hatte. Die Frage, um die es hier ging, war offenbar, daß ich an einem bewaffneten Überfall auf die Kaserne teilgenommen hatte und auf den Hügeln hinter den Straßen nach Killeter festgenommen worden war. Bodkin brauchte nur wenige Minuten, um das alles vorzutragen, dann rief er Cornelius Honan in den Zeugenstand.

Honan machte eine gute Figur, gerade und groß, sein Uniformrock sauber und gut gebürstet, sein Kinn erhob sich über dem steifen Kragen. In seiner rechten Hand hielt er ein kleines schwarzes Notizbuch, das er in die linke nahm, um seinen Eid abzulegen. Er sah mich erst an, als Bodkin ihn dazu aufforderte.

»Er war bei den Männern, die die Hütten an der Straße unterhalb der Kaserne besetzt hatten«, sagte er. »Und gegenüber der Kaserne.«

»Sie konnten ihn von der Kaserne aus deutlich sehen«, fragte Bodkin, »und Sie haben ihn klar erkannt?«

»Das stimmt«, antwortete Honan.

»Und als Sie ihn gesehen haben«, fuhr Bodkin fort, »wobei haben Sie ihn da gesehen?«

»Ich habe ihn von Zeit zu Zeit gesehen«, sagte Honan. »Ich habe ihn von einer Straßenseite auf die andere gehen sehen. Ich glaube, einmal habe ich ihn rufen gehört, aber ich konnte kein Wort verstehen.«

Bodkin warf einen Blick auf seine Notizen und sah auch nicht davon auf, als er fragte: »War er bewaffnet?«

Honan zögerte, ehe er antwortete: »Das kann ich nicht beschwören«, sagte er. »Aber die meisten von ihnen hatten irgendeine Waffe, Schrotgewehre und Revolver und...«

»Einspruch«, sagte Bourke und lächelte Bodkin an.

»Hatten Sie den Eindruck, Sergeant, daß der Angeklagte sich am Überfall auf die Kaserne beteiligt hat, oder war er durch irgendeinen unseligen Umstand zufällig dazwischengeraten?«

»Das war er nicht«, antwortete Honan. »Er hatte das Kommando über die Männer in den Hütten. Ich weiß noch genau, daß er einer Hütte etwas zugerufen hat, und zwei Männer kamen heraus, beide bewaffnet, ich erinnere mich sehr gut, mit Karabinern oder Schrotflinten, und er zeigte auf die Kaserne, und die beiden eröffneten das Feuer auf uns.«

Bourke machte eine leichte Bewegung, als ob er wieder Einspruch erheben wollte, schien sich jedoch eines Besseren zu besinnen und zuckte die Schultern.

Es gab vielleicht zwei Dutzend von solchen Fragen, und in seinen Antworten sagte Honan nichts, was den Eindruck von ihm als dem eines fairen Mannes beschädigen konnte, den ich schon immer gehabt hatte. Seine Sprache war steif und unbeholfen, vielleicht aus Ehrfurcht vor dem Anlaß, aber er sagte nichts, was ich ihm hätte vorwerfen können. Es ist sogar möglich, daß er mein Gefühl von Unwirklichkeit teilte. Ab und zu stellte Bodkin eine Frage oder gab Honan eine Antwort, bei denen Bourke Einspruch erhob, und dann formulierte Bodkin seine Frage anders. Es war ein Spiel, eine Art Federball, bei dem Richter Adams als Schiedsrichter fungierte. Weit entfernt von diesem Saal, dieser Stadt, glühte die Kaserne in tödlichem Rot, Schüsse zerrissen die Luft, ein Mann schrie ununterbrochen. Entfernt sogar von Kilpeder, in einer Welt der Dinge, Leidenschaften, Schmerzen.

»Sergeant Honan«, sagte Bourke. Er legte seine Feder sorgfältig neben den Schriftsatz und strich dann mit dem Zeigefinger sanft daran entlang. »Sie sind ein bewunderswerter Zeuge, Sergeant. Ich habe bereits in den früheren Verhandlungen Ihre Aussagen bewundert, und ich bewundere auch diese. Sie haben uns mit Hilfe meines gelehrten Freundes ein klares Bild der unglückseligen Ereignisse gegeben, die uns heute hierhergeführt haben. Ich habe nur noch wenige Fragen an Sie.« Er hob die Hand und legte sie an den Kragen seiner Robe.

»Mr. Bodkin hat Sie scherzhaft gefragt, ob Sie den Eindruck hatten, der Angeklagte sei durch Zufall in das Geschehen hineingeraten. Und das hatten Sie natürlich nicht. Hat es Sie überrascht, ihn dort zu sehen?«

»Ich verstehe Ihre Frage nicht, Mr. Bourke«, sagte Honan, und Bodkin sagte gleichzeitig »Einspruch« und übertönte damit Honans Antwort.

»Akzeptiert«, sagte Bourke. »Lassen Sie es mich so versuchen. Wie lange kennen Sie den Angeklagten schon?«

»Ich bin vor zwei Jahren nach Kilpeder versetzt worden«, antwortete Honan. »Und da war er dort bereits Schulmeister.«

»Ja«, sagte Bourke. »Der Schulmeister und der Sergeant aus der Kaserne. Honoratioren im Dorf, Vertreter von Gelehrsamkeit und Gesetz. Haben Sie einander in diesen beiden Jahren gut kennengelernt?«

Zum erstenmal, seitdem er mich vorschriftsmäßig identifiziert hatte, sah Honan zu mir herüber und blickte mir voll ins Gesicht. Er verzog dabei keine Miene. Der arme Belton, der erschossene Polizist, war sein Freund gewesen. Ich war froh, daß ich nicht hinter diese blaßblauen Augen sehen konnte.

»Ich dachte schon«, sagte Honan, und zum ersten Mal bekam seine Stimme einen düsteren Unterton.

»Sie kannten ihn als einen Mann von gutem Ruf, von gutem Charakter?«

»Soviel ich gehört habe, ist er ein fähiger Lehrer.«

»Zweifellos«, sagte Bourke. »Aber ich habe Sie nach seinem Charakter gefragt.«

»In der Stadt habe ich niemals etwas Schlechtes über ihn gehört«, sagte Honan, »wenn Sie das meinen sollten.« Er zögerte, dann sagte er: »Wir kannten ihn als einen Mann mit fortschrittlichen Ansichten.«

»Fortschrittliche Ansichten«, wiederholte Bourke. »In welcher Hinsicht waren sie fortschrittlich? Gehört er zu den Anhängern Mr. Darwins?«

Das löste unter den Gutinformierten im Saal Wellen des Gelächters aus.

»Politisch«, sagte Honan kurz.

»Aha«, meinte Bourke. »Fortschrittliche politische Ansichten. Und wir sollten alle dafür dankbar sein, daß das in Großbritannien durchaus kein Verbrechen ist.«

»Ist das eine Frage, Mr. Bourke, oder ein Kommentar?« fragte Richter Adam. »Der Angeklagte steht hier nicht wegen seiner Ansichten über Politik oder über Mr. Darwins Spekulationen vor uns. Statt dessen wird ihm vorgeworfen, an den Ereignissen beteiligt gewesen zu sein, die sich am 6. März in Kilpeder abgespielt haben.«

»Wenn Sie gestatten, Euer Ehren, er wird des Hochverrats bezichtigt. Man kann nicht nur für einen einzelnen Tag Verräter sein. Es ist ein langsam heranreifendes Verbrechen.«

Bodkin schenkte ihm ein eisiges Lächeln und sagte: »Euer Ehren, wenn Sie gestatten. Es ist möglich, an einem einzigen Tag, in einer einzigen Stunde seinen Verrat zu *beweisen.*«

»Das scheint hier der Fall zu sein, Mr. Bourke, nicht wahr?«

»Wenn Euer Lordschaft gestatten«, sagte Bourke und zupfte an seiner Robe. »Sergeant, Sie haben den Angeklagten auf dem Schauplatz gesehen, aber Sie können uns nicht sagen, ob er bewaffnet war oder nicht?«

»Nein«, sagte Honan.

»Er war einer von über sechzig Männern, die die Kaserne angegriffen haben. Einer der Beteiligten.«

»Er gehörte zu ihren Anführern«, sagte Honan.

»In der Tat!« sagte Bourke. »Er hat auf der Straße gestanden und auf die Kaserne gezeigt. Haben Sie andere Beweise? Überzeugendere Beweise, wenn möglich?«

Honan starrte ihn an, setzte zu einer Antwort an, machte dann den Mund wieder zu. Man konnte fast fühlen, wie er nach Worten suchte.

»Sergeant«, sagte Bourke. »Sie haben sich an diesem Morgen hervorragend betragen. Sie und jeder Polizist in der Kaserne. Aber es war ein hitziger Kampf. Schüsse wurden gewechselt, die Kaserne wurde in Brand gesteckt. Können Sie da wirklich sicher sein, daß ein bestimmter Mann ein Anführer war, ein Mann, der von ihnen entfernt auf der Straße gestanden hat, ein Mann, der vielleicht bewaffnet war, vielleicht aber auch nicht?«

Honan blickte hilfesuchend zu Bodkin und dann zum Richter hinüber, aber die beiden starrten ihn an, ohne eine Miene zu verziehen.

»Jeder weiß doch...«, begann Honan, aber Bourke fiel ihm ins Wort.

»Was jeder weiß«, sagte er, »kann nicht in den Zeugenstand berufen werden. Nur Zeugen können berufen werden, und sie können uns nur erzählen, was sie bezeugen können.«

Und gesunder Menschenverstand, dachte ich, hat auch nichts in einem Gerichtssaal zu suchen. Wenn Honan Mitgefühl suchte, dann hätte er mich ansehen sollen, und nicht Bodkin oder Adams.

»Nun gut«, sagte Bourke, »wenn Sie nichts mehr hinzufügen möchten, dann können wir ja fortfahren.«

»Ehe wir fortfahren«, wandte der Richter ein, »ehe wir fortfahren, Mr. Bourke. Die Geschworenen wissen vielleicht in etwa, worauf Sie hinauswollen, aber bei mir ist das durchaus nicht der Fall. Wollen Sie die Behauptung aufstellen, der Angeklagte habe an dem Überfall auf die Kaserne von Kilpeder nicht teilgenommen?«

»Im Moment, Euer Ehren, geht es mir nur darum, die übereilte Behauptung des Zeugen in Frage zu stellen, daß seines Wissens der Angeklagte eine größere Verantwortung trägt als die anderen Verhafteten.« Er zuckte die Schultern. »Mein gelehrter Freund hat vielleicht vor, andere Zeugen vorzuführen, aber...«

Adams hob eine fleckige Pfote. »Sie können mit Ihrem Verhör fortfahren, Sir.«

»Ich will den Zeugen nicht viel länger aufhalten, Euer Ehren. Und wenn Sie sich darauf beschränken, Sergeant, was Sie selber bestätigen können, und nicht, was alle wissen. Der Überfall auf die Kaserne wurde von Edward Nolan geleitet, dessen beeidete Aussage ich als Beweis vorlegen kann. Während der Wochen, in denen er sich in Kilpeder aufgehalten hat, wo hat Nolan da gewohnt?«

»Er hat bei dem Angeklagten gewohnt«, sagte Honan. »Bei Hugh MacMahon.«

»Ein finsterer Umstand«, meinte Bourke. »Am Vorabend des Aufstandes trifft ein berüchtigter amerikanischer Fenier in Kilpeder ein und quartiert sich bei dem Angeklagten ein. Oder vielleicht auch nicht. Könnten Sie sich irgendeinen Grund für diesen Umstand vorstellen, der nicht düster wäre?«

Honan hob eine Hand, die bisher an seiner Seite gehangen hatte, und spreizte die Finger. »Sie sind verwandt«, sagte er.

»Verwandt«, wiederholte Bourke. »Ist das wahr? Entfernt verwandt?«

»Sie sind Vettern«, antwortete Honan. »Edward Nolans Vater und Hugh MacMahons Mutter waren Geschwister.«

»Dann sind sie in der Tat Vettern«, sagte Bourke. »Dann lag es für ihn ja auf der Hand, zu MacMahon zu gehen, falls er nicht die hervorragende, aber vielleicht kostspielige Gastfreundschaft der...« – hier konsultierte er mit großer Geste seine Aufzeichnungen – »der Kilpeder Arms vorzog.«

»Das ist sehr wahrscheinlich«, sagte Honan.

»Danke, Sergeant«, sagte Bourke. Er wandte sich wieder seinen Notizen zu, schob die einzelnen Blätter auf dem Tisch herum, hielt dann plötzlich inne und ließ seinen Zeigefinger über einige Zeilen fahren. Dann blickte er auf, lächelte Honan freundlich an und sagte: »Keine weiteren Fragen, Euer Ehren.«

Als Honan den Zeugenstand verließ, trafen sich durch Zufall unsere Blicke. Vielleicht erinnerte er sich nicht mehr an den Revolver, den ich an jenem Morgen in der Hand gehalten hatte, aber ich erinnerte mich nur zu gut – sein Gewicht, sein kaltes Metall. Ich erinnerte mich, wie ich ihn mit beiden Händen gehalten und auf die Kaserne gezielt hatte, auf Honan, erinnerte mich an die Bewegung meines Zeigefingers, an die Explosion des Pulvers, an Stahl. Seine Uniform schloß ihn ein, trug ihn durch die Stunde, in der wir gefangensaßen.

Bourke berief für mich keine Entlastungszeugen, sein Plädoyer zu meiner Verteidigung ist mir jedoch als »guter Jahrgang« beschrieben worden – keine seiner großen Reden, ein Luxus, den er sich gestattete, wenn sein Fall hoffnungslos war oder wenn irgendein Prinzip von Gesetz oder Freiheit auf dem Spiel stand. Im Gegenteil, ihm ging es darum, die Aufmerksamkeit der Geschworenen auf meine charakterlichen Schwächen zu lenken, ein harmloser Schulmeister von bücherliebender und gesetzter Natur, enthusiastisch, aber durchaus nicht bösartig, von wirrer und übel vorbelasteter Phantasie. Die Art, in der er dieses Bild aus dem groben Stroh der Beweise webte, reichte fast an ein Wunder rhetorischer Findigkeit heran. Er sprach nachlässig, sein Tonfall zeigte eine leichte, fast herablassende Melancholie. Ich konnte mich in seinen Worten kaum wiedererkennen, in denen ich von Ned Nolan in seine brutalen und finsteren Pläne gezerrt wurde und mich schließlich an der Grenze zur Gewalttätigkeit wiederfand. Zweimal zuckte er, an die Geschworenen gewandt, die Schultern, als ob er und sie, als Männer von Welt, mir Zugeständnisse machen müßten. Und doch war es keine lange Rede, und als er sie beendet hatte, nickte er sich selber zu, setzte sich mit einem matronenhaften Flattern seiner Robe, goß sich ein Glas Wasser ein und stellte seinem Anwaltskollegen eine geflüsterte Frage.

Dieses ganze Theater schien zunächst vergeblich gewesen zu sein, denn die Geschworenen kamen zu ihrem Spruch, ohne ihre Loge zu verlassen, und ihre Entscheidung wurde dem Richter hinaufgereicht. Sie befanden mich des Hochverrats für schuldig.

Eine Pause folgte, die vielleicht nur einen Augenblick dauerte, die mir jedoch wie eine Ewigkeit vorkam, und Adams fragte mich, ob ich noch etwas zu sagen hätte, ehe das Urteil verkündet wurde. Es war meine historische Stunde.

»Nein, Euer Ehren«, sagte ich.

Hoch über uns beugte Richter Adams sich vor. Er hatte die Angewohnheit, die Wörter erst für sich selber mit dem Mund zu formen, ehe er mit seiner hörbaren Rede anfing, er kostete sie auf seinen dünnen, nassen Lippen.

»Angeklagter«, sagte er. »Sie sind des häßlichsten und unnatürlichsten aller Verbrechen für schuldig befunden worden. Allein schon das Wort, *Verrat*, ist abstoßend. Die Zunge schreckt davor zurück.«

Und doch kam es ihm problemlos genug über die Lippen. Vielleicht hatte die Häufigkeit, mit der es während dieses Prozesses fiel, seine Aussprache gestählt.

»Der italienische Dichter Dante ordnet die Verräter dem tiefsten Kreis seiner Hölle zu – ich glaube, dem achten.«

Er warf einen kurzen, unruhigen Blick auf Bourke, als sei der fähig, auf diese weit hergeholte Anspielung zu reagieren. Bourke hätte vielleicht in angemessenem Protest aufspringen sollen –

»der neunte, ganz bestimmt, Euer Ehren« –, aber er begnügte sich mit einem halben Lächeln.

»Sich gegen das eigene Land, die eigene Königin zu wenden! Das ist die schlimmste aller verräterischen Handlungen. Und für diese Handlung werden Sie jetzt verurteilt.«

Damals hatte ich weder Geduld noch Ruhe genug, mir seine Worte zu überlegen. Sie waren nur rhetorisches Zierwerk, das zu meinem Urteil überleiten sollte. In einer Debattiergesellschaft hätte ich ihn leicht genug widerlegen können, indem ich seine Worte gegen ihn gekehrt hätte. Victoria war nicht meine Königin, die englische Monarchin war nicht mein Souverän; ich hatte für Irland, mein Land, gekämpft. Dieses Gericht, sein ganzer Apparat, von Adams selber bis zu den Bänken, auf denen die Jury saß, war in Fenieraugen von außen aufoktroyiert, ein Instrument der Unterdrückung wie die Armee und die Polizei.

Aber wir befanden uns nicht in einer Debattiergesellschaft, und ich sagte nichts. Ich verpaßte meinen historischen Moment, den O'Leary und Rossa und Mitchel ergriffen hatten, und ihre Worte sind jetzt unsterblich durch die Sammlungen *Reden auf der Anklagebank*, die patriotische Schuljungen auswendig lernen und deren Worte durch Holzschnitte, die einen standhaften Fenier vor Gericht zeigen, mit geradem Rücken und einem zum Himmel erhobenen Arm, gebührend illustriert werden. Mein Aussehen dagegen wurde, zweifellos zu Recht, vom *Cork Examiner* als das eines »Galgenvogels« beschrieben. Ich wurde mit Ned Nolan verglichen, der zwei Tage früher ebenfalls geschwiegen hatte und der als »angeketteter Wolf, mörderisch und düster« beschrieben wurde.

Die Wahrheit ist, daß Vorsicht und Klugheit mein Schweigen steuerten. Ich würde jetzt ins Gefängnis geschickt werden, und ich hatte keine Lust, den Mann, der mich dorthin schickte, zu provozieren, diesen affenartigen, in luxuriöse Seide eingehüllten Gnom. Aber das war nicht alles. Ich muß doch Marys Blick gesucht haben, um bei ihr Stärke zu finden, aber daran kann ich mich nicht erinnern. Ich kann mich nicht an den Wald von Augen erinnern, die auf mich gerichtet waren, als Adams mit seiner Tirade fortfuhr. Ich weiß nicht mehr, wie ich dastand und wie sich das hölzerne Geländer anfühlte, als meine beiden Hände es umklammerten. Ich erinnere mich an eine Stimme, an unklares Scharlachrot, an Perücken und Roben, an Wärter mit übereinandergeschlagenen

Armen, und ich glaube, bin aber nicht sicher, daß ich mich an den alten Tully erinnere, der auf seiner Bank hin- und herrutschte und sich mit einem Taschentuch über die Stirn wischte. Woran ich mich erinnere, ist das bleierne Gefühl, von einem Universum der Tatsachen in die Knie gezwungen und zerbrochen zu werden.

Die hergebrachte Weltordnung, vor die ich als Verräter geschleift worden war, schien mir in diesem Moment überwältigend real, dicht, vielschichtig. Im Gegensatz dazu wirkten die Ideale und Hoffnungen, die mich zur Rebellion angestachelt hatten, töricht und vage, so töricht, wie die Ereignisse sich ja auch entpuppt hatten – verstreute Überfälle auf Kasernen und Stationen der Küstenwache, Schüsse, abgegeben auf eine Handvoll von Polizisten, und überall in Irland »die Sache«, wie wir sie feierlich genannt hatten, von Feigheit und miesem Verrat restlos unterminiert. In den Straßen, durch die wir ins Gefängnis gebracht worden waren, hatten die Leute uns angestarrt wie Mißgeburten in einer Völkerschau. Wir hatten uns in einer schattenhaften Welt aus halbgeformten Ideen, Prahlereien, Einbildungen bewegt. Ich scherte mich nicht für zwei Pence um England oder Königin Victoria, aber trotzdem hatte ein Verrat stattgefunden. Wir hatten die Realität verraten.

Höchst unwahrscheinlich, könnte man sagen, daß ein verängstigter Mensch, dem gleich sein Urteil verkündet werden wird, sich die Zeit nimmt, um solche Fragen von philosophischer Wichtigkeit zu erwägen. Aber diese Überzeugung überkam mich nicht als Gedanke, sondern als Empfindung, durch die Beschaffenheit der Luft im Gerichtssaal, das flache Sonnenlicht auf dunkler Täfelung, die raschelnden Papiere.

»Es gibt wenig oder gar keine Beweise«, sagte Adams, »daß Sie während der entsetzlichen Ereignisse des 6. März eine ausschlaggebende Rolle gespielt hätten, und Sie haben allen Grund, dafür dankbar zu sein. Sie sollten auch dafür dankbar sein, daß Sie vor diesem Gericht von einem Anwalt von bemerkenswerten Fähigkeiten und großem Geschick vertreten worden sind.«

Hier grüßte er Bourke durch eine Art Nicken mit Kopf und Schultern und gestattete sich ein Lächeln, in dem sich Bewunderung und Bosheit mischten, wie es mir schien. Bourke antwortete durch eine kurze, zurückhaltende Geste. Er hob die beiden Hände, um seinen weißen, gestärkten Kragen zu berühren.

»Das ist mir bewußt. Mir ist jedoch auch bewußt, daß Sie in

Ihrer Stadt das Amt des Schulmeisters ausgefüllt haben. Abermals gibt es auch hier keinen Beweis dafür, daß Sie Ihre Autorität pervertiert hätten, um der Jugend von Kilpeder Verrat und Illoyalität einzuflößen. Nicht durch Worte zumindest. Aber wir können auch durch unser Beispiel predigen, und was Sie Ihrer Stadt, den Knaben und jungen Männern dieser Stadt, geboten haben, ist das Schauspiel einer Person, die doch angeblich über eine gewisse Erziehung verfügt, die an diesem schicksalhaften Morgen Vernunft und Gewissen der wildesten und verachtenswertesten Unternehmung geopfert hat. Mr. Bourke hat angedeutet, daß Sie dem Einfluß des Verbrechers Nolan erlegen sind. Das mag wohl sein. Es spricht nicht für Ihre Charakterstärke, und doch scheinen Sie ja einen guten Ruf gehabt zu haben.«

Nun legte er eine Pause ein und rieb sich auf höchst unrichterliche Weise mit seinen kleinen knochigen Daumen die Augen. Als er die Hände wieder sinken ließ, hatte sich sein Auftreten geändert, war knapper und alltäglicher. Der Gerichtssaal wirkte ruhiger, für einen Moment war alles aufmerksam.

»Hugh Ignatius MacMahon, dieses Gericht verurteilt Sie im Namen der Königin zu einer Haft in einem der Gefängnisse Ihrer Majestät für einen Zeitraum von nicht weniger als vier Jahren.«

Wieder erfüllte Gemurmel die Luft, und ich schwankte. Es war die Strafe, auf die Dripsey mich mehr oder weniger vorbereitet hatte, die Strafe, die Bob vor mir an diesem Morgen erhalten hatte. Was Dripsey mir nicht gesagt hatte, waren die Begleitumstände der Urteilsverkündung. Ich hatte vage angenommen, daß Mary und ich die Möglichkeit finden würden, uns zu umarmen, und daß ich vielleicht eine oder zwei Minuten bewilligt bekommen könnte, um mich bei Emmet Bourke für seine Geschicklichkeit zu bedanken. Was das betraf, brauchte ich mir keine Sorgen zu machen. Bourkes Sekretär, ein junger Mann mit glänzenden Wangen, suchte bereits auf dem Tisch seine Papiere zusammen, und Bourke war zu Bodkin hinübergegangen, wo die beiden sich nun lachend unterhielten und Bourke eine Hand auf Bodkins Robenärmel ruhen ließ. Aber Mary war aufgesprungen und kam mit aneinandergepreßten Händen auf mich zu.

Und dann spürte ich die Hand des Wärters, nicht grob allerdings, und wußte, daß ich die Treppe hinuntersteigen mußte, die direkt von der Anklagebank wegführte. Ich blieb jedoch bewegungslos stehen, als Mary sich dem Geländer näherte, das die

Tische der Anwälte vom Publikumsraum trennte, bis wir einander so nah standen, daß ich ihre Augen, die voller Tränen standen, deutlich sehen konnte. »Komm jetzt«, sagte er. Ich wollte ihr etwas zurufen, tat es jedoch nicht.

»Du kriegst sie noch zu sehen, ehe ihr rübergeschickt werdet«, sagte er, als er mich in die Wartezelle zurückführte. Er ging vor mir, und ich nickte seinem Rücken zu.

Der entscheidende Moment im Schicksal der Nationen, der Prozeß *Regina vs. Hugh Ignatius MacMahon*, war beendet, und in der großen Arena über meinem Kopf machten Schreiber, Wärter und Juristen sich bereit für den nächsten Fall, der auf der Tagesordnung stand. Der Wärter ließ mich eine Weile allein und schloß die schwere Metalltür mit ihrem kleinen Gitterfenster, das wiederum ein kleines Türchen hatte, das er offen ließ.

Er war stehengeblieben, ehe er die Zelle verließ, und hatte einen Schlüsselring von seinem Gürtel abgehakt.

»Das ist viel besser ausgefallen, als möglich gewesen wäre«, sagte er.

»Ja«, sagte ich. »Ich weiß.«

Er war ein kleiner Mann mit Hängebauch und einem fahlen, hinter Schnurrbart und kurzgetrimmtem dunklem Bart halb versteckten Gesicht. Er ließ den Schlüsselring von der rechten in die linke Hand und wieder zurück wandern.

»Ihr habt es gut gemeint«, sagte er, »habt es alle gut gemeint.« Er sprach mit dem Akzent von Cork City. »Was war denn bloß in euch gefahren?« fragte er plötzlich, und nun überstürzten sich seine Worte. »Was um Himmels willen war denn bloß in euch gefahren?«

Ich zuckte die Schultern und sah ihn an. »Naja«, sagte er und verließ mich mit tiefem, theatralischem Seufzer. Als er auf der anderen Seite der Tür stand und den schweren Schlüssel im Schloß herumdrehte, sahen wir uns durch das Fenster an, und sein Gesicht wurde von den engstehenden Gitterstäben unterteilt.

12

[Lionel Forrester]

Meistens komme ich im Frühherbst nach Ardmor, und obwohl ich anderen und manchmal auch mir selber erzähle, daß ich wegen der Jagd hinfahre, so ist das doch nur eine Entschuldigung. Ardmor ist eine herbstliche Welt geworden, und das paßt mir in meinem Alter sehr gut. In den meisten Septembern, wenn Emily und ich eintreffen, fangen die Blätter gerade an, gelb zu werden. Morgens ist es noch warm genug, um auf der Terrasse zu frühstücken, und wir können über die Rasenflächen und Gärten auf die Schonungen von Lärche, Buche und Eberesche sehen, und dahinter auf die lange Ulmenallee, die am Fluß entlangführt. Die Ulmen verfärben sich als erste, aber wenn es noch früh genug im September ist, können wir das bei dieser Entfernung von der Terrasse aus nicht sehen. Wir sehen nur die schweren Massen von Dunkelgrün, und hier und da, wenn es Lücken in der Allee gibt, die ruhige, langsam dahinfließende Sullane.

Aber meistens frühstücken wir früh, und oft, ehe ich mich an die Arbeit mache, unternehme ich einen Spaziergang zum Fluß. Für den Großteil des Jahres hat das Schloß jetzt, wo Tom im Ausland lebt, nur wenig Dienerschaft, aber Tom besteht darauf, daß die Gärten gepflegt bleiben. Hatchey, der Obergärtner, hat seine Jungen dann schon zur Arbeit geschickt. Ich komme an ihnen vorbei und wir grüßen einander, einige nicken mit angedeuteter, verlegener Höflichkeit mit dem Kopf; die anderen jedoch nehmen ihre Mützen ab oder zupfen sich auf altmodische Weise an der Stirnlocke. Sie sind die letzten Konservativen: Gärtner, Wildhüter, Sattler – geistige Tories. Hinter der Terrasse ziehen sich die Ziergärten zwischen den Rasenflächen dahin, die schlichte und doch künstlerische Anlage, um die Isabel, Toms Mutter, sich so intensiv gekümmert hat. Ein oder zweimal habe ich ihre Anwesenheit fast gespürt, wenn mir die graziöse Krümmung ihres Rükkens einfiel, mit der sie sich über ein Blumenbeet bückte, oder das

Rascheln ihres Rockes auf dem geharkten Kies. Die Gärten gehören der Erinnerung an sie, wie so viel anderes auf diesem Gelände der Erinnerung an Sylvia gehört, einem komplexeren Schatten.

Und vor allem die Ulmenallee, in der sie so gern spazieren ging, wo ich sie in ihren ersten Ehejahren oft begleitet habe, wenn Tom an einem Bild arbeitete oder mit seinem Verwalter Eddy Chute über Land unterwegs war. Oder gegen Abend –, dann gingen wir drei hier zusammen spazieren, und ihre behandschuhte Hand ruhte auf seinem Unterarm. Sylvia galt unter Toms Künstlerfreunden in London als »große Schönheit«, aber mir war nie klar, was das eigentlich bedeutete. Ich neigte eher dazu, ihrem eigenen Londoner Bekanntenkreis zuzustimmen, der ihr Aussehen »umwerfend«, oder sogar, voller Zuneigung, ausgesprochen »rätselhaft« fand. Wie sie sich selber sah, hätte ich gern gewußt, denn sie war sich ihrer Wirkung durchaus bewußt – sie war, auf ihre eigene Art, eine Künstlerin der Persönlichkeit. Der Abend paßt zur Erinnerung an sie: Unklare Schatten fallen von den Ulmen über den von Gräsern gesäumten Weg, dahinter der Fluß und die hohe Domänenmauer, die Ardmor von der Stadt abschneidet. Sie trägt in meiner Erinnerung ein ganz bestimmtes Kleid in dunkler Pflaumenfarbe, ein Violett mit rotem Glühen unter der Oberfläche, schlicht geschnitten, wie all ihre Kleider, mit enger Taille, aber leicht und frei zu Boden fallend, ein Schal mit chinesischem Muster liegt um ihre Schultern. Tom redet, und sie beugt den Kopf zu ihm hinüber, ihre langen dunklen Haare rahmen ihr Gesicht ein.

Nicht, daß meine Erinnerungen sich immer um Tom und Sylvia drehen, wenn ich meinen Morgenspaziergang mache, am Fluß entlang, unter den Ulmen. Ich erinnere mich vielleicht an irgendeinen unwichtigen, unbedeutenden Moment des vergangenen Jahres, ein Theaterstück in London, eine Oper in Paris, ein Essen mit Freunden. Und meine Gedanken widmen sich durchaus nicht immer nur meinen Erinnerungen. Während dieser halben Stunde gehe ich oft die Szenen oder Kapitel durch, an denen ich gerade arbeite. Vielleicht eines dieser Bücher voller Eindrücke, die meine besondere Freude sind – die Freude, die ich empfinde, wenn ich in raschen verbalen Strichen eine lebhafte Szene entwerfe; eine Hafenstadt in Griechenland zur heißen Mittagszeit; ein paar Tische vor einer *taverna*, glühendheiße, schattenlose Straßen mit dem Geruch von Fischen, Tauwerk, nassen Netzen. Öfter jedoch handelt es sich leider um ein Kapitel für diese Romane, von denen meine Einkünfte abhängig sind; Gobelins, Fechtszenen, irgendeine nobel untergegangene Sache, ein Hochland-Laird, der den Jakobitern seine Treue bewahrt und jetzt beim König von Frankreich in Diensten steht, der sich aber immer noch an Felsen, Heide, einen von baumlosen Klippen geschützten Hafen erinnert.

Ich bin für die darin liegende Ironie nicht unempfänglich. Viele könnten meinen, daß ich mich selber in einem Roman befinde, wenn ich am Fluß eines zerstörten Gutes entlangwandele, dem Gut eines Earls, während der Earl selber, Freund und Vetter, im selbstgewählten Exil in Cortona lebt und Sylvia, seine Gräfin, die große Schönheit, nun eine Erinnerung ist, eine schlanke Gestalt, die unter den sommerlichen Bäumen einhergeht, eine Stimme in der Erinnerung, leise und erregend. Aber es ist nichts als mein eigenes vergangenes Leben, damals gelebt ohne Gedanken an die Form, die es sich selber geschaffen hatte. »Ein zerstörtes Gut in Irland« – da haben wir es, ein Stichwort im Notizbuch des Romanciers. Aber nicht für mich. Ich habe mich immer schon eines klaren, gelassenen Bildes meines Talents und seiner engen Begrenzungen gerühmt: Ein Konstrukteur von Kleinigkeiten, geschickt in verbaler Kolorierung, dem entfernte Szenen, tote Zeiten als farbenprächtige Bausteine dienen, Muster, Formen, ausgekippt aus der Spielzeugkiste eines Kindes. Wie könnte ich wahrheitsgemäß über mich selber sprechen, wie über Tom oder Sylvia? Ich bin kein Schriftsteller, sondern »Literat« (ekelhafte Bezeichnung): Frühling und Sommer in London, Winter in engen, schäbigen Zimmern in Rom, im Herbst, eine große Ersparnis, der Gast meines abwesenden Vetters und Freundes; auf einem Gut, das jetzt fast aller seiner es früher ernährenden Farmen beraubt worden ist, eine ausgedehnte, öde Domäne, geschützt durch hohe Mauern aus behauenem Stein, die einst elegant waren, die jetzt aber hier und da eingestürzt sind, worauf die Löcher mit verrostendem Stacheldraht geflickt wurden.

Der Literat ist in London wohl angesehen, sein Name wird mit den Namen von anderen, die dasselbe Handwerk ausüben, in Verbindung gebracht – Mason, Stanley Weyman, Conan Doyle, Walter Besant. Bei den Anspruchsvollen vielleicht ein wenig besser angesehen als diese. Lionel Forrester, sagen sie, hat ein kleines, echtes Talent, eine Szene lebendig werden zu lassen; wenn er will, kann er zu einer Art Impressionisten werden. Aber um das festzustellen, muß man sich seinen dünnen Bänden mit Skizzen,

Reflexionen zuwenden. Die Romane – nun, vielleicht auf ihre Weise. Aber die Romane erlauben die Saison in London, die Zimmer in Rom.

Lionel Forrester ist in London und Rom sehr beliebt, wenn eine Tischgesellschaft vervollständigt werden muß. Er hat niemals geheiratet. Es gibt zwar eine Frau, aber sie ist in keiner Hinsicht gesellschaftsfähig. Eine Irin. Sie hat, wie einem manche erzählen können, als Zofe bei Sylvia Challoner angefangen. Lionel und Tom Ardmor sind Vettern, wissen Sie. Und noch jetzt erweckt der Klang ihres Namens Erinnerungen. Er hält die Frau nicht versteckt; sie gehen zusammen ins Theater, zu Ausstellungen, in Restaurants. Man würde nie auf die Idee kommen – eine zurückhaltende Frau mit guten Manieren. Eine nachsichtige Frau – wenn wir bedenken, wie Forresters Ruf noch vor wenigen Jahren war.

Arme Emily! Es könnte für irgendwen sogar ein Romanstoff sein, Emily und ich, im Stil von George Moore, eine Zofe und ein Gentleman-Schriftsteller, im besten Moore-Stil – breite, vulgäre Striche, bei denen der Struktur viel Aufmerksamkeit gewidmet wird, Musik Halls mit Gaslicht, das Leben im Dienstbotengeschoß. Alle Fiktion erzählt Lügen, das wissen zumindest Besant und ich, selbst wenn es bei Moore nicht der Fall sein sollte.

In Ardmor fällt es mir leicht, mich selber als Schattierung zu sehen, denn dort herrscht die Stimmung eines Bühnenbildes, von dem jegliches Leben sich zurückgezogen hat. Die Ziergärten, Sylvias wunderschöner japanischer Garten mit seinem vernachlässigten Teehaus, der geschwungenen Brücke, dem überwucherten Weiher. Die leeren Schuppen und Scheunen, die Ställe, die fast leer sind, abgesehen von dem Einspänner und meinen beiden Pferden, die lange Allee und die runde Auffahrt, der Krähenhorst und die Schonungen, die Gärtner, die mir selbst dann, wenn sie untereinander Witze machen, wie desinteressierte Bühnenarbeiter vorkommen, das große Haus selber mit seinen geschlossenen Flügeln. Wie gesagt, ich habe einen Sinn für Melancholie, und ich beneide den jungen Patrick Prentiss, der, als er mich letzte Woche besuchte, alles einfach als Szene erlebte. Vielleicht hat es für ihn seine eigene Ordnung gehabt, Steine oder wucherndes Gras als Emblem für eine verschwindende Welt. Der Fall des Großen Hauses, mag er gedacht haben. Der irische Landadel geht unter. Und das stimmt ja zweifellos auch; denn ich erinnere mich an Ardmor damals, als ich als Junge herkam, zur Zeit des alten Lords, Toms

Vater. Ich erinnere mich vor allem daran, wie ich einmal mit meinen Eltern herkam und am Abend des Jagdballes eintraf, schläfrig, müde und verdreht nach der langen, holprigen Reise, und dann ragte plötzlich das Schloß vor mir auf wie im Märchen, alle Fenster erleuchtet, Musik ertönte. Aber das Leben hält sich nicht an die Gesetze historischer Verallgemeinerungen. Überall in diesen Baronien gibt es Herrenhäuser, die aussehen wie Ardmor, deren Land verkauft worden ist, während die alten Familien nach Cheltenham oder Bayswater verschwunden sind; in ebenso vielen, vielleicht sogar in der Mehrheit, hat sich das Leben aber nicht geändert – Bälle, die Jagd tobt scharlachrot über die Stoppelfelder, die adeligen Familien besuchen einander und erwidern Besuche, erhalten ihre Boots- und Jagdhäuser. Es mag der letzte Akt unseres Dramas sein, halb Tragödie, halb Farce, aber es gibt Häuser, die diese phantasievolle Vorstellung nicht akzeptieren würden.

Nein, der Fall des Hauses Ardmor hatte andere Ursachen, und wenn uns die Geschichte zerstört hat, dann hat sie dabei eine Maske getragen. Meine große Stärke, das erzählen mir meine Rezensenten, ist meine Fähigkeit, einen Ort lebendig werden zu lassen, und ich nehme an, dahinter verbirgt sich der sanfte, unausgesprochene Vorwurf, die von mir geschaffenen Figuren seien weniger real, Pappfiguren, ausgestellt vor Höfen, Kathedralen, Wasserfällen. Aber vielleicht liegt darin eine perverse Stärke, eine Neigung dazu, Menschen nicht direkt abzuwägen, sondern als Teil einer Landschaft. Wenn ich also in die Stadt gehe, vielleicht um am Spätnachmittag in den Kilpeder Arms einen Whiskey zu trinken, eine exotische und doch vertraute Gestalt in altem Tweed, mit einer dandyhaften Krawatte in rosa oder blaßblau und weicher Mütze, dann sehe ich die Menschen als Landschaft, so sehr ich mir auch Mühe geben mag, sie anders zu sehen. Am anderen Ende des Marktplatzes, auf der Straße nach Macroom, sehe ich den Sergeant vor der Kaserne, seine Hand aufs Tor gelegt, und ich sehe nicht ihn, sondern seinen mir unbekannten Vorgänger in dem weit zurückliegenden Handgemenge, aus dem das Volkslied eine Schlacht gemacht hat, und ich stelle mir ausgeteilte Hiebe und abgefeuerte Schüsse vor. Ein törichter und protziger Obelisk auf dem Platz feiert das Mündigwerden von Toms Großvater, und ich frage mich dann, wie der junge Sam Forrester von der Zeit so zugerichtet werden konnte, daß er der alte Wüstling wurde, dessen Portrait in der oberen Halle hängt, Hammelkoteletts und gierige Augen. Der Obelisk wird nicht ewig dort stehen, früher oder später wird der Stadtrat ihn durch einen grimmigen Pikenträger mit offenem Hemd oder durch eine von einem Wolfshund aus Beton bewachte Hibernia ersetzen. In den Arms werde ich in ein Separee im Schankraum geführt, das ich für mich haben werde, was ich weniger will als der Besitzer und zweifellos auch die Gäste, und dort werden Whiskey und Wasser und ein mit der Schürze ausgewischter Aschenbecher vor mich hingesetzt werden.

»Die Stadt Kilpeder, Eigentum des Earl of Ardmor, 1822« lautet die Unterschrift unter dem Stich, der mir gegenüber an der Wand hängt. Das ist vorbei. Selbst die Pachtzahlungen der Stadt gehen jetzt nicht an Tom, sondern an die Tullys, die Kaufmannsfürsten von Kilpeder. Nur die besseren Leute trinken in den Arms – Anwälte, Gutsverwalter, die beiden Ärzte der Stadt, Handelsreisende. Aus meinem Separee, durch ein niedriges glasloses Fenster, kann ich sie sehen und hören, Stimmen, die sich aus der Tiefe einer Welt erheben. Drei oder viermal habe ich mich zu ihnen gesellt, steife Begegnungen, zu herzhaftes Lachen, ihre Augen waren nicht unfreundlich, aber wachsam, schufen eine Distanz, ihr Benehmen war eine seltsame Mischung aus Ehrerbietung und Herablassung. Ich bin vom Schloß, einem auf mehr als nur eine Weise ruinierten Schloß, durch die von Falken bewachten Tore zu ihnen gegangen, und ich bin selber ein armer Verwandter, ohne festen Wohnsitz, begleitet von der nicht mehr jungen Frau, die einst Lady Ardmors Zofe gewesen war.

Oft reite ich über Land, und dann fällt die Stadt rasch zurück und wird durch kurvenreiche Straßen, Hecken, Felder mit kleinen schwarzen Rindern ersetzt. Wenn mir Bauern begegnen – die Männer in formlosen Jacken, krawattenlosen Hemden mit angeknöpftem Kragen, die Frauen mit Schals und schwarzen Röcken – dann nicken sie mir zu, und vielleicht machen die Frauen, vor allem die älteren, einen angedeuteten Knicks. Für mich ist es nicht so wie auf den Straßen anderer Länder, nicht einmal wie auf den Straßen Englands. Es ist mein Land, so wie es ihr Land ist, auch wenn ich nicht hier lebe, und sie sind meine eigenen Landsleute.

Wenn ich unternehmungslustig genug für einen langen Spaziergang bin, dann durchschreite ich die Torpfosten anderer Adelsfamilien – die der Scotts von Cloud Hill vielleicht, wenn ich die

Straße nach Killeter einschlage, die an Clonbrony Wood vorbei in die Berge führt, oder die der Fitzherberts von Drimnagh, deren Haus auf einem Hügelkamm hinter Knockmany steht, ein kleines Haus, und doch eines der wenigen wirklich distinguierten, entworfen von Francis Johnson in seinem besten Regencystil. Ich besuche sie nicht, weder die Scotts noch die Fitzherberts. Die Ereignisse der 80er Jahre liegen natürlich lange zurück, aber hier haften die Erinnerungen fast am Boden selber, und Felsen und Bäume vergessen nicht. Ein paar Häuser würden mich sicher willkommen heißen, aber sie würden meinen Besuch nicht erwidern, solange Emily bei mir lebt.

Vor den »Ereignissen der 80er Jahre«, in Toms ersten Jahren als Herr von Ardmor Castle, nachdem er endlich von seiner kurzen, unbefriedigenden Militärerfahrung und seinen Jahren aus Paris zurückgekehrt war, war alles ganz anders, und noch anders wurde es natürlich, als er dann später mit Sylvia zurückkehrte. So schlecht diese Rolle auch zu ihm paßte, so war Tom in jenen Jahren doch der Fürst der Baronien, wie es vor ihm sein Vater gewesen war, arrangierte die Jagden und fungierte als Friedensrichter. In jenen Jahren wurde der Frühlingsball mit Gästen aus London und sogar einigen vom Kontinent gefeiert, aus Paris und Rom. Die Scotts und die Fitzherberts waren Verwandte vom Lande, die Kleider der Frauen waren entweder zu bieder oder zu auffällig, die Männer standen im Jagdzimmer und im Billardsalon verlegen beieinander, voller Bewunderung und sicher auch voller Neid, verwundert über die Musik, auf der Sylvia bestand. Der Ballsaal ist jetzt abgeschlossen, aber Emily und ich haben ihn an einem Nachmittag im Spätherbst besucht, ein großer, verstaubter Raum, freudlos, die Bilder waren entfernt worden.

Wenn ich die Straße nach Kerry einschlage, liegen die Derrynasaggarts vor mir, weit weg, vom Heidekraut lila gefärbt, die Sonne trifft plötzlich eine Felskante. Damals, in den 80er Jahren, lagen in dieser Richtung auf beiden Seiten der Berge rein gälischsprachige Dörfer. Einige davon lagen auf Forresterland, und ich erinnere mich an einen Nachmittag gegen Ende der 70er Jahre, als Tom und ich sie zusammen mit Eddy Chute besuchten. Acht oder neun ärmliche Hütten lagen an der Straße, Misthaufen vor ihren Türen, Hühner pickten im Dreck, das Stroh der Hüttendächer war verrottet und entfärbt. Die Bauern hatten sich schon um uns versammelt, als wir noch kaum aus der Kutsche ausgestiegen waren, ihre Sprache war ein Babel, ein gutturaler Singsang. Chute beherrschte diese Sprache nicht sehr gut, für seine Bedürfnisse jedoch ausreichend, und das führte er uns vor, unterhielt sich liebenswürdig mit den Männern und widmete den Frauen schickliche, vage Neckereien. Sie hatten die Wachsamkeit von Tieren, verfilzte Haare, die Frauen gingen in ihre Schals gehüllt und barfuß.

Dieser kühle, klare Morgen vor so vielen Jahren hat in meiner Erinnerung etwas von einer Sage, von einem Leben, das jahrhundertelang unverändert geblieben ist, eingeschlossen in eine Geheimsprache. Es war die Sprache von Heloten, und heutzutage wird sie nur noch in den abgelegensten Bergen und Mooren gesprochen. Die alten Leute sprechen sie, und ihre Kinder schämen sich ihrer. Oder man hört sie, wenn sie an Markttagen in den Zelten, wo Getränke verkauft werden, gebrüllt wird, vielleicht auch als Liedfetzen. Die Leute selber assoziieren sie mit Unwissenheit, Armut, ungehobeltem Benehmen. MacMahon, der lokale Schulmeister, hat sich große Mühe gegeben, um sie aus unseren Dörfern zu vertreiben, und doch ist er jetzt, in den Jahren nach seinem Ausscheiden aus dem Schuldienst, einer ihrer Enthusiasten geworden und sammelt ihre Geschichten und Lieder und Aberglauben, ehe sie für immer verschwinden. Aber vielleicht haben Sprachen, wie Völker, ihre normale Lebensdauer und sollten nicht durch künstliche Mittel am Leben gehalten werden. Viel mehr als die Sprache hat sich geändert, seit ich ein junger Mann war, das Irland des 19. Jahrhunderts, von Gutsherr und Pächter, Herr und Knecht, ist verschwunden. Der alte Everard Chute, Eddys Vater, hatte ihm von der großen Hungersnot erzählt, als die Dorfbewohner bei seinem Kommen auf die Knie fielen und sich an seine Rockschöße klammerten. Zu meiner Zeit wurde die Hungersnot unter den Bauern nie erwähnt, sie war eine gemeinsame Schande, während sich das Land selber erinnerte. Es ist seltsam, durch die Sprache von seinem eigenen Volk getrennt zu sein.

Sehr selten reite ich in die Berge, die eine eigene, unbevölkerte Welt darstellen. Es führt ein rauher Weg dorthin, Straßen, die nur wenig besser sind als Ziegenpfade, auf denen zu beiden Seiten Stechginster wächst und wo ich keine Gesellschaft habe außer einem verdutzten Hasen, einer raschen Schnepfenschar oder ein paar Pfeifenten. Es gibt unerreichbare Bergseen mit blauem, ruhigem Wasser. Berge ziehen sich hinter anderen Bergen dahin, und an den klaren Tagen kann man bis weit nach Kerry hineinblicken und den Ozean ahnen, der sich hinter den Hügeln am Horizont verbirgt, hinter steilen Klippen und Landzungen, schwebenden Möwen, Tölpeln. Hier, auf einem Hügelkamm, ziehe ich dann die Zügel an. Es gibt nur wenige Iren, glaube ich, die mit solchen Szenen, solchen Momenten, nicht ihr geheimes Abkommen haben. Unter mir, im Flachland, in den Feldern und Städten, sind die Muster unklar, widersprüchlich, unzusammenhängend, die Teile unserer Welt passen nicht zusammen. Ich bin der politischen Streitereien, der uralten Feindseligkeiten, des tief in den Knochen sitzenden Aberglaubens müde. Meistens halte ich mich überhaupt nicht für irisch, es sei denn als pittoreskes Detail, und patriotische Politiker und Verleger sind sicher, daß ich kein Ire bin. Und doch. Allein, zwischen den Bergwegen, den geduckten Hügeln, den vom Schilf umwachsenen Seen, wenn ich die unsichtbare Küste ahne, dann überkommt mich ein tiefes, quälendes Ortsbewußtsein. Und das ist vielleicht nicht nur eine Illusion.

Aber an jenem Tag im Jahre 1874, als ich Tom zum erstenmal, nachdem er sich auf Ardmor niedergelassen hatte, besuchte, befand ich mich in einer anderen Welt, einem andern Irland. Es war zu Beginn des Frühlings, und Tom kam mich mit der Barutsche am Bahnhof in Cork abholen. Im Erster-Klasse Wagen hatten wir zu dritt gesessen, ein Gutsverwalter aus Fermoy, ein Mann aus Dublin, der geschäftlich mit Lord Midleton zu tun hatte, und ich selber. Hinter den verschmutzten Fenstern öffnete sich das Land vor unseren Augen – die weiten grünen Felder der Midlands, die Hügel von Munster, der kurz vorüberfliegende Anblick eines zerstörten Bergfrieds, ein von einer Schonung halb verborgenes Gutshaus, das zerfallene, dachlose Mittelschiff eines vergessenen Klosters. Bei jedem Bahnhof warteten kleine Gruppen von Landbevölkerung auf den Zug, die Frauen unterhielten sich miteinander und trugen große, formlose, in braunes Papier gewickelte Pakete bei sich, die Männer hatten die Hände tief in den Taschen vergraben. Ich war seit dem Tod von Isabel, Toms Mutter, vor vier Jahren nicht mehr hiergewesen.

Er erwartete mich auf dem Bahnsteig, hatte einen langen braunen Reitmantel locker über die Schultern geworfen und die Hosenbeine in seine Stiefel gestopft. Als wir uns sahen, kam er rasch auf mich zu und faßte als Willkommensgruß meinen Arm, dann trat er einen Schritt zurück, als ob er mich mustern wollte. »Willkommen zu Hause in Irland«, sagte er und lächelte. Er hatte noch immer den langen Schnurrbart, den er sich bei der Armee hatte stehen lassen, ansonsten war er glattrasiert, und er hatte Isabels große, blaßblaue Augen.

Wir hatten uns zuletzt vor zwei Jahren in Paris getroffen, und nach der Oper hatten wir beide beim Abendessen geschworen, daß Irland uns zum letztenmal gesehen hätte. In einem Studentenlokal in der Rue Bonaparte, als eine zweite Flasche Burgunder zwischen uns auf dem Tisch stand, hatten wir auf diesen Entschluß angestoßen, und weil ich ihn so gern hatte, hatte ich einen Funken von Bosheit unterdrückt, denn Malerei war ein Spiel, das er sich leisten konnte, dieser junge Lord Ardmor, weil Chute für ihn sein Gut verwaltete und ein dickes Scheckbuch zu seiner Verfügung stand, während ich nur meine 400 pro Jahr und das hatte, was meine Feder mir einbringen konnte. Wir trugen natürlich Abendkleidung, als einzige im Lokal; am nächsten Morgen jedoch, als wir im Luxembourg spazierengingen, hatte er ein langes braunes Samtjackett und eine locker gebundene blaue Krawatte getragen. »Ich weiß jetzt, was ich will, Vetter«, hatte er mit leichter, zuversichtlicher Stimme gesagt, und er ging auf eine Weise, die er wohl für das lässige Schlendern eines Künstlers hielt. Aber die Armee hatte ihm ihren Stempel aufgedrückt, ob ihm das nun paßte oder nicht. Es war seine Haltung, die Art, wie er den Kopf hielt. Soldat und Künstler waren hier in Cork verschwunden, ersetzt durch einen irischen Landjunker, der sich mit seiner ausgreifenden Gestik deutlicher zu erkennen gab als sein englischer Kollege.

Es ist eine schöne Fahrt von Cork nach Kilpeder, durch die alte Marktstadt Macroom, während am Horizont die Berge aufragen, und Tom lenkte die Pferde voller Eleganz. Er war immer ein hervorragender Reiter gewesen, und es überraschte mich nicht, daß er nun die Jagden arrangierte. »Wundervolles Jagdland hier«, sagte er. »Das weißt du ja. Du erinnerst dich doch noch, wie Vater uns mitgenommen hat.« Ich erinnerte mich. Ich bin sechs Jahre älter als Tom, und ich erinnere mich an ihn als kleinen Jungen, befangen und doch mit frühreifer Selbstsicherheit, wie er verstohlene Blicke auf seinen Vater warf, um dessen Anerkennung zu erlangen, was dieser, ein schroffer Mann mit dichtem Bart, dessen befehlsgewohnte Stimme einen fast einschüchterte, aber nicht zu bemerken schien. Er ritt durch das Leben, wie er durch die Felder ritt, sprang über Mauern und Gräben, und er starb, ehe seine Zeit wirklich gekommen war. Ich hatte ihn zuletzt in London gesehen, als er zum Rennen in Newmarket unterwegs war, und ich hatte ihm ein Exemplar meines ersten Buches gegeben. In seinen großen gefleckten Händen sah es zerbrechlich und unwichtig aus; er hatte seine Brille aufgesetzt und blätterte höflich ein paar Seiten um. »Wundervolles Jagdland«, sagte Tom, »und wir bauen wieder eine anständige Jagd auf, wie zu Vaters Zeiten.«

Tom streckte die lange Peitsche aus und berührte damit leicht und geschickt die Flanke des Pferdes. »Du bist wirklich willkommen, Lee, ich kann dir gar nicht sagen, wie sehr.« Lee hatte er mich als Junge genannt, und dieser Name enthielt Erinnerungen.

»Gut zu wissen«, erwiderte ich. »Ardmor hat mir immer mehr bedeutet als unser eigenes Haus, und jetzt, wo Bert vielleicht verkauft...« Ich zuckte die Schultern. Mein Bruder und ich hatten wenig gemein, und obwohl wir beide in London lebten und Mitglied in denselben zwei Clubs waren, sahen wir einander nur selten. Ardmor bedeutete mir wirklich mehr, ebenso wie Tom.

»Ardmor hat sich nicht verändert«, sagte er. »Das wirst du sehen. Die Gärten sind noch dieselben. Ich denke an einen Ball in der nächsten Saison. Das County erwartet einen. Schwierig ohne Frau. Aber bis dahin ist's ja noch ein Jahr, und inzwischen...« Er unterbrach sich plötzlich, und ich sah ihn an, aber er hatte sein Gesicht von mir abgewandt. »Sieh mal da«, sagte er. »Du erinnerst dich doch an die Rossiters? Der alte Rossiter herrscht noch immer da drüben. Du erinnerst dich doch an Rossiter, Vaters Freund, einen wütenden alten Tiger, der von Brandy angetrieben wurde.« Hinter der Domänenmauer versteckte eine üppige Schonung das Haus vor Blicken. Ich erinnerte mich vage an eine flache, unschöne Kaserne von einem Haus, an Ställe. An Rossiter selbst konnte ich mich überhaupt nicht erinnern.

»Ich bin verdammt froh, dich wieder hier zu sehen, Lee«, sagte er. »Verdammt froh. Ich hätte nie erwartet – erinnerst du dich an unseren Trinkspruch in Paris?«

»Warum bist du zurückgekommen?« fragte ich.

Die Räder, deren gelbgestrichene Speichen glänzten, trugen uns über die Straße nach Macroom. Die Hecken zeigten ihre Frühlingsblätter aus zartem Grün, das Grün der Weiden jedoch war bereits reich und üppig.

»Ich weiß es selber nicht genau«, antwortete er. »Es bestand natürlich keine Notwendigkeit. Nicht, solange Eddy Chute hier im Schützengraben steht. Ich habe ihm die Zügel gelassen. Es ist irgendwie auch sein Gut, so wie es auch das Gut seines Vaters war. Er und die Pächter kommen sehr gut miteinander aus – er ist hart, aber gerecht, und das wissen sie. Aber wir arbeiten zusammen, ich lerne. Wir haben aus dem Morgenzimmer ein Büro gemacht, und darin verbringen er und ich an den meisten Tagen eine Stunde oder so. Hast du eine Vorstellung von unserer Pächterliste? Ardmor ist eine Art Fürstentum.«

Er hatte beim Reden einen nervösen Unterton, als ob er mich von etwas überzeugen wollte, von irgendeiner Version seiner selbst. Vielleicht, dachte ich, ist er deshalb selber mit der Kutsche nach Cork gekommen, statt einen Kutscher zu schicken. Und dann machte ich mir Vorwürfe, denn ich wußte ja, daß es ein bewußtes, beiläufiges Zeichen seiner Freundschaft war. Und doch gab es bei ihm, seinem Auftreten und seiner Kleidung irgend etwas – der grobe Reitmantel, die schweren, dumpf glänzenden Stiefel, der betonte Besitzerstolz. Ich konnte mir nur schwer vorstellen, daß er und Chute zusammenarbeiteten.

»Weißt du«, sagte ich, »ich kann mich nur an einen Winter hier erinnern – das Weihnachtsfest, das ich bei deiner Mutter verbracht habe, als dein Regiment in Indien festsaß. Es waren schöne Weihnachten – Isabel ließ sie schön werden; große Holzscheite aus Clonbrony Wood brannten in der Bibliothek, Girlanden aus Kiefernzweigen, ein Strom von Besuchern, dampfender Punsch. Am 27. Dezember kamen die Bauern, junge mit Stroh verkleidete Burschen. Sie trugen einen Vogel in einem Holzkäfig bei sich, einen Zaunkönig, und sie sangen ein archaisches Heischelied.«

»Zaunkönigssinger«, sagte Tom. »Sie singen ›Zaunkönig, Zaunkönig, aller Vögel König‹. Es ist fröhlich, aber auch ein bißchen beängstigend. Sehr alt und nicht von hier, nehme ich an. Ich glaube, Raleighs Leute haben es aus England mitgebracht, als sie Munster besiedelt haben.«

»Zweifellos«, sagte ich. Folklore ist ermüdend, Morristänze und in Zeitschriften abgedruckte Briefe von Landgeistlichen. Als ich jedoch spät nachts mit einem Glas Milchpunsch und Florios *Montaigne* zum Schutz gegen die Kälte im Bett lag, überlegte ich mir, daß wir Forresters wie die Zaunkönigssinger auch nicht von hier waren. Auch wir waren mit Raleigh und Spenser, Wilmot und Mountjoy herübergekommen. Hatten uns mit Feuer und Säbel Baronien zurechtgehackt, knietief im Moorwasser stehend, hatten die einheimischen Stämme abgeschlachtet und sie weit in die zerklüfteten Hügel abgedrängt. Unsere einzige Signatur auf dem Land war ein groteskes Weihnachtsritual, ein kleiner Knittelvers. Zaunkönig, Zaunkönig, aller Vögel König.

»Kein Zweifel«, sagte ich zu Tom. »Aber die Helligkeit und die Wärme, die Isabel diesem Weihnachtsfest gab, war ein Lichtstrahl in der Finsternis. Irland im Winter ist erbärmlich, findest du nicht? Baumlose Wüste, und es wird schon um vier Uhr nachmittags dunkel. Es gibt nur wenige Besuche. Das Land zieht sich in sich selber zurück. Die Nächte sind lang.«

So hatte ich es in meiner eigenen Kindheit jedenfalls empfunden, wenn ich aus der Schule nach Hause kam, in dieses kalte Haus in Midleton, ein Haus ohne Frauen, mein Vater, düster und fromm, arbeitete sich in der zugigen Bibliothek mit Hilfe von Portweinkaraffen durch die Kirchenväter hindurch, während mein lieber Bruder Bertie mich für seinen Laufburschen hielt. Es war kein großes Haus, es gab die Köchin und ein paar schlampige Dienstmädchen. Hirten, einen finsteren, zahnlosen Wüstling von einem Jagdaufseher. Und um uns herum lagen die trockenen, harten Winterfelder, Moore, die vereisten Tümpel.

Tom wandte sich zu mir und lächelte. Sein Lächeln brach durch das neue Benehmen durch, das er sich selber entwickelt hatte, schnitt Schichten seines Wesen ab – den Armeeoffizier, den Pariser Faulenzer. Er war wieder, wenn auch nur für einen Moment, der Tom, der mein ganz besonderer Freund war, der es noch jetzt ist, wo wir beide alt sind und Tom in seinem wunderlichen Exil lebt.

»Du hast mich erwischt«, sagte er. »Ich bin von Frühling bis Herbst hier, aber im Winter überlasse ich Ardmor wieder Chute. Ich habe die Wohnung in Paris noch, und von dort reise ich nach Süden, nach Italien. Ich habe eine besondere Zuneigung zu Venedig im Winter. Bist du schon einmal dort gewesen?«

»Nein«, antwortete ich. »Nur einmal im Sommer«, und ich erwiderte sein Lächeln. Ihm war damals niemals klar, welch ein privilegiertes Leben er Ardmors Pächterlisten verdankte, durch die er nach Lust und Laune herumreisen konnte – was mir als der allergrößte Luxus erschien.

Die Straße führte uns eine Zeitlang an der Sullane entlang in

Richtung Macroom, einer Kilpeder sehr ähnlichen Stadt. Vor uns konnte ich die Türme von zwei Kirchen und die Befestigungen von Penn Castle sehen. Diese Marktstädte von Munster sind alle gleich, von Gutsherren nach dem Plan englischer Dörfer angelegt, wobei der Plan aber nie ganz verwirklicht wurde, als ob sich eine eingeborene Wildheit der Erde selber nach oben drängte und die Ordnung zerstörte. An Markttagen beherrschten die Bauern diese Städte, trieben ihr Vieh herein, die Männer in ihren langen, verdreckten Mänteln lenkten die Tiere mit Weidengerten, die schweren Flanken von Kühen und Bullen preßten sich gegen Läden, warfen Marktstände um, die Händler stießen Flüche aus, und die Schenken waren überfüllt. Männer mit ihren Portergläsern wurden auf die Straße hinausgedrängt.

»Ich male immer noch«, erzählte Tom. »Ich werde dir zeigen, was ich zuletzt gemacht habe. Es wird dich überraschen, glaube ich. Damals, als wir uns in Paris getroffen haben, hatte ich Angst, es könnte ein Zeitvertreib sein, ein junger Gentleman, der nicht weiß, was er will, greift zu Farbe und Zeichenstift, ein Stümper. Von denen gibt es in Paris Hunderte. Aber jetzt weiß ich es. Damals habe ich dir nie gezeigt, was ich gemalt hatte. Klecksereien, und das war mir klar. Jetzt ist das anders.«

Ich freute mich, das zu hören, aber ich konnte seine Gedankensprünge nicht entwirren. Ich schwieg. Zum Glück war in Macroom kein Markttag, und wir gondelten durch die Stadt, über die Straße, die in der Stadtmitte durch die Insel aus Markthalle und Platz, Ladenzeilen und Schenken und zwei einander gegenüberliegenden Hotels geteilt wird, vorbei an den protzigen Burgtoren im nachgeahmten Mittelalterstil. Müßiggänger beobachteten uns, das ließ sich ja nicht umgehen, der junge Earl of Ardmor in seiner eleganten gelbrädrigen Barutsche; aber ihm schien das nicht bewußt zu sein, als er sich an Kutschen und Eselskarren vorbei seinen Weg bahnte; er sah gut aus, mit seinem maisfarbenen Haar und Schnurbart. Er redete über Macroom, aber ich hörte nicht zu, erst dann, als wir unangefochten wieder aus der Stadt herauswaren und die Straße sich ruhig an der Domänenmauer entlangschlängelte, einer sehr langen Mauer, die fast bis nach Kilpeder zu reichen schien.

»... und dann dem Friedensrichter vorgeführt«, sagte er. »Ich bin jetzt selber Friedensrichter. Wie mein Vater seinerzeit.«

Wie sein Vater. Gutsherr, Jagdherr, Friedensrichter. Wie sein Vater gewesen war.

»Tut mir leid, Tom«, sagte ich. »Ich habe nicht richtig zugehört.«

Er lächelte und verzieh mir ohne weiteres. »Ich habe gesagt, daß die Gutsbesitzer von Macroom einige Probleme haben. Schlechte Beziehungen zu ihren Pächtern – die alte Geschichte. Es hat ein paar häßliche Räumungen gegeben; die Verwalter wollen jetzt unbedingt von bewaffneter Polizei begleitet werden. Letzten Monat wurde ein Verwalter von einigen Schurken fast zu Tode geprügelt. Aber wir wissen wohl, wer sie sind, und sie werden vor Gericht gestellt werden.«

Hinter der Mauer glitzerte die Sullane silbern unter der Sonne des frühen Nachmittags, die Weiden waren üppig. Unter den weitausgestreckten Ästen der dickstämmigen Ulmen döste rotflankiges Vieh. Es war nicht der tote, eisige Winter dieses Landes, an den ich mich voller Widerwillen erinnerte. Ich erinnerte mich an Räumungen und Gerede über Räumungen in dieser luftlosen, vollgestopften Bibliothek in Midleton, an meinen Vater und seine Freunde. *Räumung, Vertreibung*, diese Wörter hatten einen häßlichen Klang.

»Sie sind ein tyrannischer Haufen, einige von diesen Gutsbesitzern aus Macroom«, sagte Tom, »und einige stehen bis zum Hals in Hypotheken und haben keine andere Wahl. Auf Ardmorland hat es seit Jahren keine Räumung gegeben, Gott sei Dank.«

Vielleicht hätte ich ihm zu diesem Punkt weitere Fragen stellen sollen, aber dazu bestand kaum Grund. Die nächsten Jahre sollten mir ausgezeichnete, wenn auch unwillkommene Beispiele für die Beziehungen zwischen irischen Gutsherren und irischen Pächtern liefern. Und nicht nur mir. Aber in Irland besteht ein herzzerreißender Widerspruch zwischen seiner Gewalttätigkeit und der Welt, die es den Sinnen bietet. Diese sanften Felder, eingehüllt in die warmen, blassen Farben des Frühlings, die würzige Luft und der weite blasse Himmel, weiche und undeutliche Wolken, und in der Ferne die violetten, in Dunst gehüllten Hügel, hier und da auf Anhöhen verstreute Hütten, Bauern auf den Feldern, die sich so langsam bewegen wie ihr Vieh – Pastell, ein Thema für Wasserfarben, Kalk. Wenige Jahre später sollten Journalisten wie von einem Schlachtfeld berichten, in greller Sprache, voller Schwarz und Scharlachrot. Aber die Journalisten sollten kommen und dann wieder gehen, ihre Notizbücher waren vollgeschrieben, aber sie wußten nichts, rein gar nichts über dieses Land.

Eine Straßenbiegung ließ uns wieder die Sullane sehen, und Toms Blick hellte sich auf. »Wenn du hier den Fluß siehst«, sagte er, »dann weißt du, daß hinter der nächsten Kurve Kilpeder vor uns liegen wird.«

Und so war es dann auch. Die Straße stieg vor der Biegung an und bot plötzlich Kilpeder unseren Blicken dar, Schloß und Stadt und die Felder und Wälder, die sich dahinter ausstreckten. An diesem Tag war alles dunstig, während sie an anderen Tagen von dieser Anhöhe aus meistens klar wie die Spielzeugwelt eines Kindes waren – das Schloß mit seinen Seen wie kunstvoll bearbeitete Glasstücke, das große Haus selber ein Spielzeug, die Mauer, die es umgab, die Läden und die Häuser der Stadt, allesamt wild durcheinandergewürfelt. Aber trotz des Dunstes glitzerten die Seen, und die Türme der beiden Kirchen waren deutlich und streng in ihrer Distanz zueinander zu sehen.

»Wir nehmen das Tor am Ende des Dorfes«, sagte Tom. »Dann kannst du einen Blick auf Kilpeder werfen.«

Keine Frage, Tom war wichtig in der Stadt. Die Feldarbeiter, die die Barutsche gesehen hatten, nahmen ihre Mützen ab und preßten sie an die Brust, bis wir an ihnen vorbei waren, und die Bäuerinnen versanken im tiefen Knicks. Im Kilpeder von heute, dem Kilpeder von 1904, ist es schwer, sich daran zu erinnern, daß so etwas damals üblich war, und doch war es das, und nicht nur in Kilpeder. Wenn jemand Macht über Leben und Tod von einem hat, dann behandelt man ihn mit Ehrerbietung und gibt sich Mühe, das auch zu zeigen. Und es ist eine Tatsache, daß Tom und ich das natürlich fanden und jedes Anzeichen von mannhafter Unabhängigkeit für finster und verdächtig gehalten hätten.

Und doch schien die Stadt ihr eigenes Leben zu haben, an dem wir keinen Anteil hatten. Das Hotel hatte seit meinem letzten Besuch einen neuen Anstrich bekommen, ein blasses, überraschendes Blau, und sein Name wurde jetzt in geschwungenen goldenen Buchstaben verkündet. »The Kilpeder Arms«. Conefry, die Schenke gegenüber, schien, wenn ich von ihrem Äußeren ausgehen durfte, vollständig renoviert worden zu sein. Es war früher eine Art Höhle gewesen, deren Außenmauer von zwei niedrigen Fensterchen durchbrochen worden war und um deren Tür sich die Dunkelheit zu ballen schien. Aber jetzt gab es, nach der Mode von Dublin, Cork und London, eine Front aus poliertem Holz und buntem, rotem und grünem Glas, glitzernd und einladend. Tullys Laden dominierte immer noch diese Seite des Marktplatzes, und er kam mir größer vor denn je, als ob er kleinere Läden, die früher danebengelegen hatten, verschlungen hätte.

Als wir bei Conefry vorbeikamen, traten gerade zwei Männer heraus und blieben einen Moment lang wie erstarrt im hellen Nachmittagslicht stehen. Einer von beiden jedoch, der Tom erkannte, zog seine Melone. Tom hob als Erwiderung die Hand, die die Peitsche hielt. »Considine«, sagte er, »der katholische Arzt.« Irische Kleinstädte haben von allem zwei, wie die Arche Noah – nicht männlich und weiblich, sondern protestantisch und katholisch: Kirchen, Geistliche, Ärzte, Anwälte, Viehhändler.

Wir fuhren durch die Domänentore, vorbei am Kutscherhaus, über die lange Allee, deren Bäume Toms Urgroßvater gepflanzt hatte, deren Rinde nun abblätterte und deren lange Arme die Straße fast berührten. Jetzt war Frühling, die Blätter waren blaß und durchscheinend, im Sommer jedoch würden sie dunkel und schwer sein und die Allee in einer Art ewigen Zwielichts halten, hinter dem die Sonne auf Terrasse, Rasenflächen, Gärten fiel.

Wo die Allee auf die runde, kiesbestreute Auffahrt traf, hielt Tom an und sagte: »Laß uns zum Haus laufen.« Wir stiegen ab, und er band die Zügel locker um einen Pfosten. Das Schloß war von hier aus vollständig zu sehen, eine Viertelstunde entfernt, und der Dunst schien sich aufzulösen, denn die klaren grauen Portlandsteine der Fassade waren heller denn je, und die Gärten, die runden und ovalen Beete, die Isabel mit solcher Umsicht angelegt hatte, waren ein Meer von Frühlingsfarben, rosa und gelb und weiß. Auf dem von uns am weitesten entfernten Weg pickten zwei Pfauen, deren hinter ihnen herschleifende Schwänze gerade noch zu sehen waren, vor sich hin.

Ich hörte hinter mir ein Geräusch, drehte mich um und sah, daß bereits ein Stalljunge gekommen war und die Barutsche über einen schmalen Weg ins Kutschenhaus brachte. Er ging neben dem Kopf des Pferdes her, ein kleiner Bursche mit runden Schultern.

»Deine Dienerschaft ist aufmerksam, Tom«, sagte ich. »Tyrannisierst du sie?«

Er lachte. »Ich nicht«, sagte er. »Dafür ist Griffin zuständig.«

Und Griffin stand wirklich am Fuße der Steintreppe, um uns willkommen zu heißen, unter der *porte cochère*, als ob er nach uns

Ausschau gehalten hätte, was auch sicher der Fall gewesen war. »Es freut mich sehr, Sie wieder hier willkommen heißen zu dürfen, Mr. Forrester«, sagte er mit schlotterndem Doppelkinn. Er war eine Art Triumph der Familie Forrester, ein junger Lakai, dessen organisatorische Fähigkeiten Toms Großvater aufgefallen waren, und der, aller Wahrscheinlichkeit zum Trotz, schließlich unter Isabel oberster Butler geworden war, inzwischen selber Großvater, dessen vier Kinder ebenfalls bei der Familie in Diensten standen. Irgendwo im Norden, hinter der Grenze von Limerick, lebten Griffins Verwandte, und er sprach immer noch mit dem schweren Limericker Akzent; im Geiste jedoch war er mit den Forresters vermählt.

Er riß mit großer theatralischer Geste die Tür zur Halle für mich auf, wobei er mich gleichzeitig willkommen hieß und mir das Haus präsentierte. Es ist dasselbe Haus, in dem ich jetzt, über ein Vierteljahrhundert später, diese Zeilen schreibe, aber die schwarz-weiß gemusterten Marmorplatten des Hallenbodens haben schon längst ihren Glanz verloren, und die weite Marmortreppe ist jetzt schmuddelig, ihr roter Teppich ausgefranst. Zu Griffins Zeiten gab es für alles genug Zeit und Personal und Geld. Morgens begegneten einem zwei Hausmädchen, die auf der Treppe knieten und die dünnen Teppichstangen aus Messing polierten. Ardmor Castle bedeutete Griffin in gewisser Weise mehr als uns, für ihn war es ein magischer Sprung von einer Hütte in einer Stadt in Limerick, die er nie wieder besucht oder jemals erwähnt hatte, wenn ich dabei war. Es ist die Art von Tragödie, die oft vorkommt, wenn große Häuser fallen, und doch erinnert man sich nie an die »Tragödie des Dieners«. Noch ein mögliches Thema für Mr. George Moore.

Ich trank zusammen mit Tom Tee, und dann ging ich nach oben, um mich vor dem Abendessen auszuruhen. Ich bekam immer dasselbe Zimmer, auf halber Höhe der oberen Halle, einen großen, viereckigen, spärlich möblierten Raum mit wunderbarem Blick auf Gärten, See, Fluß, die Berge am Horizont. In der Ferne lagen die Türme und Schieferdächer von Kilpeder. Wenn wir in meiner Kindheit hierher zu Besuch kamen, dann wurden Bertie und ich zu Tom ins Kinderzimmer gestopft, wo wir in Ballnächten die Musik oder gelegentlich eine durchdringende Stimme hören konnten. Wir spielten Spiele, bei denen Tom und ich immer gegen den Rest der Welt zusammenhielten, während Bertie als älterer, herablassender Beobachter fungierte. Bald genug bekamen Bertie und ich jedoch ein eigenes Zimmer, und Tom hämmerte an die Tür, um Zutritt zu erlangen. Tom war das letzte Kind im Kinderzimmer gewesen, denn er und Sylvia blieben ja kinderlos. Emily und ich haben diesen Flügel des Schlosses stillgelegt, und ich möchte ihn auch nicht besuchen. Ich stelle ihn mir vor: Den Tisch mit den niedrigen Stühlen, an dem Tom zuerst mit seiner Nurse und dann mit seinen Gouvernanten saß, die Zeichentafeln und Lampen, ein kunstvoll gearbeitetes, extravagantes Steckenpferd, jetzt von Staub überzogen, das nach einer ordentlichen Wäsche jedoch verblaßtes Blau, Rot und Gold zeigen würde. Tansie, die Nurse, war eine Irin gewesen, eine rotgesichtige Protestantin aus Bandon, gutmütig und geschwätzig; Henries, die Gouvernante, war jedoch aus dem Stoff, aus dem Gouvernanten zugeschnitten werden, Tochter eines Vikars in Derbyshire, des jüngeren Sohnes eines Baronet. Irland war ihr Exil, und nichts, nicht einmal der Palast eines Earl, konnte ihr Trost bieten. Sie spitzte ständig die Ohren, um jeglichem hibernischen Vokal, den Tom vielleicht bei Kutschern oder Stalljungen aufschnappte, umgehend den Garaus zu machen. Arme Frau: Von Ardmor wechselte sie auf eine Stelle in Leitrim über, in der Nähe von Carrick, und geriet immer tiefer und tiefer ins Exil.

Zwischen Ardmor und dem Haus, in dem ich selber aufgewachsen war, war die Geräumigkeit der größte Unterschied. Duhallow konnte zwar mit Fug und Recht als Gut und Duhallow House als »Herrensitz« bezeichnet werden, aber es war von bescheidener Größe, und seine Zimmer waren mit den Möbeln vollgestopft, die meine Eltern aus London und Paris immer wieder mitbrachten. Und wenn ich in meiner Phantasie nach Ardmor reiste, oder wenn ich diese Reise in Wirklichkeit machte, dann hatte ich die Vorstellung von Unendlichkeit; von hohen luftigen Räumen und der weiten Treppe, den Rasenflächen und Terrassen, die sich zum Fluß hinzogen, den verstreuten Schonungen, den dunklen und einladenden Waldwegen, den heißen, duftenden Ställen, den hohen Mauern, die alles umgaben. Es war zum Teil der Streich, den die kindliche Phantasie der tatsächlichen Größe spielt, aber eben nur zum Teil. In der nüchternen Wahrheit war Ardmor eines der größten Güter Munsters, eine Welt für sich.

Tom hielt, wie ich zu meiner Überraschung feststellte, die Mahlzeiten sehr formell ab, sogar für uns beide, in dem großen

Eßzimmer, an das ich mich aus Isabels Zeiten noch erinnern konnte, mit seinen chinesischen Tapeten mit weißen und smaragdgrünen Mustern, Mandschu-Herren und -Damen in steifem Brokat, die sich über kleine hochbögige Brücken neigten, mit Pagoden und in der Ferne mit Bergen, nicht überwältigend und wild wie die hinter den hohen Fenstern, sondern gezähmt, domestiziert, ein Hintergrund für höfliche Sitten. Die lange Anrichte wurde von der riesigen, plumpen Punschschüssel aus Silber dominiert, die im Jahre 1800 der Ardmor jener Tage in Auftrag gegeben hatte, um das Unionsgesetz zu feiern, durch das England und Irland vereint wurden, was sie, zumindest theoretisch, zu einem Land machte. In vielen der großen Häuser Irlands kann man auf ähnliche Erinnerungsstücke an die Union stoßen, aber nur wenige haben die kunstvolle und protzige Vulgarität der Ardmor-Schüssel. Man könnte einwenden, daß es tatsächlich eine stolze Prahlerei war, denn die Historiker haben angedeutet, die Forresters seien als Belohnung für ihre Unterstützung des Unionsgesetzes von schnöden Baronets zu Earls erhoben worden. Ein breiter Spiegel, vor dem Kerzenleuchter standen, bildete den Hintergrund der Schüssel, und seine Wirkung war überwältigend und beeindruckend und amüsant zugleich.

Tom grinste mich an. »Der Geschmack unserer Vorfahren. Leute in London behaupten, wir wären heute allesamt viel zu verfeinert. Aber da siehst du's ja, bilde dir dein eigenes Urteil.«

»Was sind das für Leute?« fragte ich. Ich saß ruhig da, während Griffin und sein Gehilfe mich bedienten. Er erledigte diese Aufgabe mit perfektionierter und äußerst kunstvoller Verlegenheit, und das Essen war, wie immer in Ardmor vor Sylvias Zeiten, nichtssagend, Scheiben von angebranntem Rindfleisch, wäßriges Gemüse.

»Ach«, sagte Tom. »Leute, die ich kennengelernt habe. Wir müssen uns über sie unterhalten. Wir treffen uns so selten in London. Das ist komisch, Lee. Cork, Paris.«

»Ich weiß«, antwortete ich. »In London muß ich arbeiten. Es verdient mir Paris. Paris und Italien.«

»*Radierung in Wasser*«, sagte Tom »Ein wunderschönes Buch. Aber es kann dir nicht viele Ferien in Paris verdient haben.«

»Es hat nicht einmal zu einer einzigen Reise gereicht«, antwortete ich. »Es hat kaum 300 Stück verkauft. Aber bei den anderen liegen die Dinge anders.«

»Bei den anderen«, begann Tom mit verlegenem, aufgesetztem Enthusiasmus, dann unterbrach er sich jedoch und verstummte. Das kommt bei meinen Freunden oft vor und liegt daran, daß meine Freunde anspruchsvoller sind als meine Leser.

Ich rettete ihn, indem ich mit einem Scherz das Thema wechselte, und brachte ihn endlich dazu, über seine Malerei zu sprechen. Er hörte sich dabei zweiflerisch und erregt zugleich an, und die Affektiertheit, die ich in Paris an ihm bemerkt hatte, fehlte nun völlig. Ich wünsche mir sehr, und aus mehr als einem Grund, ich könnte mich genau daran erinnern, was er damals sagte. Er klang vielleicht so zweiflerisch, weil ich seine Arbeit noch nicht gesehen hatte, oder vielleicht auch, weil seine Erregung so wenig zu der Landjunkersrolle paßte, die er angenommen hatte.

Was er zu sagen hatte, war um die Jahrhundertwende allgemein bekannt, damals jedoch nicht. Ganz im Gegenteil. Toms Bilder, die jetzt in der Halle hängen und die die Bewunderung des jungen Prentiss so sehr erregt haben, hätten in den 70er Jahren, zumindest für britische Augen, verblüffend und sogar grotesk ausgesehen, Farbexplosionen, seltsame Perspektiven, die Themen eher zufällig als bewußt gewählt. So, das muß ich zugeben, kamen sie mir am nächsten Morgen auch vor, als Tom mir einige von ihnen und deren Vorgänger in seinem Atelier zeigte. Und doch habe ich keinen Grund zu der Annahme, ich sei für Kunst weniger empfänglich als der junge Prentiss. Kunst, wie wir alle wissen, hat die außergewöhnliche Fähigkeit, ihr eigenes Universum zu schaffen, das von seinen eigenen Gesetzen regiert wird, und uns dann in dieses Universum hineinzuziehen, so kommt es uns Laien zumindest vor. Ich habe mir von Leuten mit besserer Urteilskraft versichern lassen, daß Tom ein wahrer Künstler mit ganz eigenem Auge und eigener Hand ist. Aber das spielt ja im Grunde keine Rolle. Was eine Rolle spielt, ist die Macht, die die Kunst über ihn hatte, als er an diesem Abend mit mir darüber sprach, Kunst als ordnende Erfahrung, Farbe, Linie, Form, Leidenschaft, Intelligenz.

»Für dich muß es doch dasselbe sein, Lee«, sagte er. »Mit Wörtern.« Und ich versicherte ihm, daß das zuträfe, aber das war gelogen. O, manchmal, damals, als ich noch ernste literarische Ambitionen hatte, konnte ich mir vorstellen, eine glückliche Übereinstimmung von Sprache und Schauplatz oder Stimmung gefunden zu haben, und das brachte mir eine heftige, aber kurzlebige Freude. Das war alles. Nichts, verglichen mit den Gefühlen, die Orte, Musik oder Sternenlicht in mir erwecken konnten.

Ich beneidete ihn, hatte aber auch ein bißchen Angst um ihn. Er schien mir von einem neuen Land zu erzählen, einem Land aus leuchtenden Papageienfarben, Lichtfluten, Federn, und doch kämpften seine Worte darum, einen Ausdruck zu finden. Wenn ich sie hier aufschriebe, dann würden sie sicher vertraut klingen, aber als ich sie damals hörte, schien er aus einer neuen Offenbarung heraus zu sprechen. Er mußte meine Gefühle in meinem Gesicht gelesen haben, denn er unterbrach sich und sagte fast feindselig: »Genug davon, eh?«

»Nein, nein, Tom«, sagte ich sofort. »Versteh mich nicht falsch, bitte. Es ist nur immer so überraschend, wenn ein Freund plötzlich ernst mit einem redet. Ich kann dir gar nicht sagen, wie sehr ich mich darauf freue, deine Bilder zu sehen.«

Er grinste besänftigt und war fast wieder er selber. »Du wirst sie auch sehen«, sagte er. »Aber vergiß nicht, sie sind noch nicht das, was mir vorschwebt, sie können dir nur einen Eindruck geben...« Und dann legte er wieder los. Ich muß zugeben, daß es nach einer Weile etwas ermüdend wurde, wie religiöser Enthusiasmus oder politisches Feuer.

Jedenfalls war es eine ziemliche Erleichterung, daß Griffin schließlich die Karaffen und einen kleinen Zigarrenkasten brachte. Etwas an Brandy und Portwein und den duftenden Zigarren erinnerte Tom daran, wo wir waren, und nach und nach kam der Gutsherr zurück, immer noch jedoch mit dieser vagen Theatralik, als ob er voller Unsicherheit eine Rolle ausprobierte. Als er über Kunst sprach, über seine Kunst, war das anders gewesen.

»Bald, vielleicht am Wochenende«, sagte er, »sollten wir Chute zum Essen einladen. Er kennt sich hier viel besser aus als ich. Ein kühler Kopf, dieser Chute, da hat die Familie wirklich Glück gehabt.«

»Und ein kühler Kopf ist vonnöten, nehme ich an?« fragte ich.

»Nicht auf diesem Gut«, antwortete Tom. »Im Grunde nicht. Aber im County, im Land. Die Ernteaussichten machen vielen Sorgen. Hier nicht, Gott sei Dank, nicht in Munster. Aber oben in Connacht. Und diese Art Besorgnis verbreitet sich wie ein Lauffeuer. Dieses Land ist nicht mehr dasselbe, glaube ich, seit das alles in den 40er Jahren passiert ist. Die Bauern reden nicht darüber, gehen diesem Thema aus dem Weg, aber es ist tief in der

Erinnerung verwurzelt, eine Narbe auf dem Land. Es könnte wieder passieren. Ich bin sicher, daß ihnen dieser Gedanke niemals aus dem Kopf geht. Wie sollte das auch möglich sein?«

Ja, wie? Aber ich wunderte mich über die Leichtigkeit, mit der wir – wir allesamt – über die Bauern sprachen, darüber, was in ihrer Erinnerung vor sich ging. Chute hatte mit ihnen zu tun, und das hatte auch mein Vater, ein kleiner Gutsbesitzer, der sein eigenes Gut verwaltete; aber auch sie kannten die Bauern nur sehr wenig, abgesehen von den wohlhabenden Farmern, den Gärtnern, den Dienstboten.

Hinter uns bewegte sich Griffin. »Haben Sie noch einen Wunsch, Mylord?«

»Nein, nein, Griffin, überhaupt keinen«, antwortete Tom. »Sie können zu Bett gehen. Gute Nacht, Griffin.«

»Gute Nacht, Mylord, Mr. Forrester«, sagte Griffin.

Es waren niederländische Zigarren, schlank und gelbbraun, süß und aromatisch. Manchmal kaufte ich mir in London eine, um sie in meinem Club zu rauchen. Immer erinnerte sie mich an Tom, an seine Besuche bei mir in Oxford oder an meine einzige Mahlzeit mit ihm in seiner Regimentsmesse.

»Vermißt du jemals die Armee, Tom?« fragte ich.

»Wie in aller Welt kommst du denn auf die Idee? Großer Gott, nein. Ich habe die Armee gehaßt – eine törichte Welt, Schuljungenrituale und entsetzliche Gesprächsthemen. Nein, das stimmt nicht. Ich hatte Freunde bei der Armee, habe sie immer noch, und einiges an diesem Leben hat mir gefallen. Weißt du, es ist genau wie die Schule; eine Zeitlang gibt es deinem Leben eine Form, aber danach ist es einfach nicht mehr gut genug. Als ob ich eine Rolle gespielt hätte, über die ich hinausgewachsen bin.«

»Aber jetzt hast du dich ja gefunden«, sagte ich mit einem Hauch von Bosheit, den ich mir nicht zugetraut hätte. »Gutsherr und Künstler.«

Er erkannte die Bosheit, reagierte aber nicht scharf darauf. »Genau«, sagte er. »So etwas ist schon vorgekommen.«

»In diesem Land aber nur selten«, widersprach ich, und wir prusteten beide gleichzeitig los. Es war schon lange unsere Überzeugung, daß Irland, so schön es auch sein mochte, eine Feindin der Phantasie war. Weißt du, hatte Tom mir einmal in Paris gesagt, sag Irland zu mir, und ich erzähle dir, was ich sehe. Feilschende Männer auf dem Markt von Kilpeder, die sich in ihre verdreckten Hände spucken, um ihren Handel zu besiegeln. Ein Bauer, der seine Herde nach Hause treibt. Es ist Abend, Winter, hinter ihm die aufgeweichte Straße, blattlose Bäume. Ein Junker, allein in seinem Salon, halb betrunken, vor ihm auf dem Tisch eine Flasche Whiskey.

»Ach«, sagte Tom leichthin, beschützender Spott lag in seiner Stimme. »Du wirst schon sehen. Irland ist noch nie gemalt worden. Bis jetzt.«

Wir gingen mit unseren Zigarren auf die Terrasse. Der Abend war mild, und der Mond schien. Rasenflächen und Gärten waren fast verborgen, doch hinter den Bäumen glitzerten Fluß und See im Mondlicht, und in der Stadt, hinter der Domänenmauer, brannten noch Lichter. Die Berge waren unsichtbar. Ein schwacher, angenehmer Wind wehte.

»Das ist doch der Stoff für ein hervorragendes Bild«, meinte ich, aber er schüttelte den Kopf. »Das wäre etwas für dich«, entgegnete er. »Du könntest doch«, sagte ich, »ein riesiges historisches Panorama entwerfen. *Die Fenier überfallen Kilpeder*. Hunderte von Rebellen wimmeln um die Kaserne herum. Polizisten feuern drauflos. Rotröcke marschieren über die Straße nach Macroom. Die Akademie würde es sofort aufhängen. Wäre doch eine Erlösung nach all den ›Belagerungen Lucknows‹ oder den nackten Afrikanern mit Speeren.«

»Vielleicht«, sagte Tom. »Es ist nicht gerade das, was mir vorschwebt, aber wenn du mich lange genug aufziehst, dann mach ich es vielleicht. Ich könnte es sehr wahrheitsgetreu werden lassen, weißt du. Der Sohn des Gärtners war Fenier. Ein paar von den Rädelsführern sind wieder in der Stadt. Der Schulmeister, wenn du dir das vorstellen kannst. Der Sohn vom alten Tully, dem Gombeenmann. Ein Anwalt, einer von Tullys Buchhaltern, der es zu etwas gebracht hat. Allesamt harmlos, soviel ich weiß. Ein oder zwei Jahre in englischen Gefängnissen haben ihr Feuer gelöscht. Ich könnte sie bei den Feinheiten um Rat fragen.«

»Und mich kannst du auch fragen«, sagte ich. »Du scheinst vergessen zu haben, daß ich hier war.«

»Großer Gott«, meinte er. »Stimmt ja. Das hatte ich vergessen. Ich war damals in Cambridge, und du warst hier bei Mutter. Du hast mir darüber geschrieben. Ich habe vergessen, was du geschrieben hast.«

»Nichts von Bedeutung. Damals, von hier aus, sah es eher wie ein Scharmützel aus als wie eine Schlacht. Natürlich konnten wir nicht viel sehen, aber wir hörten die Schüsse und sahen die Kaserne brennen. Und dann, gegen Ende der Affäre, konnten wir die Armee auf den Hügeln im Osten sehen. Ich kann nicht einmal behaupten, daß wir erleichtert waren, wie damals die Leute in Lucknow. Wir hatten niemals das Gefühl, in Gefahr zu sein. Ich weiß noch, daß deine Mutter dahinten stand, nicht hier, in ihrem Morgenkleid und Mantel, und ich kann mir fast eine Teetasse in ihrer Hand vorstellen. Wir waren überhaupt nicht beunruhigt, weißt du; es wirkte alles so absurd. Obwohl bei Überfällen ein paar Wochen zuvor Waffen erbeutet worden waren und unter den Gutsbesitzern ziemliche Unruhe herrschte.«

»Ja«, sagte Tom mit einem feinen Unterton von Verachtung, »das kann ich mir vorstellen. Aber wie außergewöhnlich das doch ist. In aller Ruhe auf der eigenen Terrasse stehen und eine Schlacht beobachten.«

»Eine Schlacht in der eigenen Stadt sogar«, sagte ich. »Handgemenge wäre vielleicht ein besseres Wort dafür. Aber auf beiden Seiten sind Männer getötet worden.«

»Auf beiden Seiten«, wiederholte Tom. »Und was war ihre Seite? Eine Republik, nicht wahr? Eine unabhängige Republik.«

»Das sagten sie, aber für viele waren das einfach bloß Worte. Sie wollten Freiheit. Freiheit von England, vielleicht auch von uns. Aber mit solch vagen Zielen konnten sie das Land nicht mitreißen. In Kilpeder haben sie vielleicht fünfzig Leute zusammenscharren können. Und das war eines der beeindruckenderen Aufgebote. Der Kommandant war ein Feuerfresser. Es gibt eine Ballade über ihn.«

»Clonbrony Wood«, sagte Tom. »Ned Nolan. Er ist zum lokalen Kinderschreck geworden.«

Am besten erinnere ich mich von jenem Morgen aber an Isabel, meine Tante, die mit offenen Haaren neben mir stand.

Als nun wir hier standen, Tom und ich, verlöschte in der Stadt ein Licht, ein ins Wasser gefallener Stern. Meine Tante, so vermutete ich bisweilen, wußte mehr über meine Gefühle für sie, als mir lieb war. Oder vielleicht war es mir ja lieb, und ich dichtete in unseren äußerst unschuldigen Umgang miteinander gefährliche Flirts hinein. Sie war eine kluge und tugendhafte Frau. Ich konnte sie in Herzensdingen um Rat fragen. Von denen ich damals und auch später recht viele haben sollte. Nichts konnte sie schockieren, solange es in eine schickliche Form gebracht wurde. Der Altersunterschied zwischen Tom und mir war gerade so groß, daß ich ihn ständig anders sah, als Freund, Vetter, Neffen.

»Und jetzt arbeiten sie wieder alle hart«, sagte Tom, »und sind, was sie eben sind – Schulmeister, Ladenbesitzer.«

»Die meisten« widersprach ich. »Nicht alle.«

Tom warf seine Zigarre weg, ihre glühende Spitze beschrieb einen Bogen bis zum Buschwerk unterhalb der Terrasse, und er stützte seine beiden Hände auf die flache Steinbrüstung.

»Ich werde heiraten, Lee«, sagte er plötzlich. »Ich hätte es dir geschrieben, aber ich wußte ja, daß du herkommen würdest.«

Er hatte mir das Profil zugekehrt, und trotz der Dunkelheit konnte ich sein Gesicht erkennen.

»Aber Tom«, sagte ich, »das sind doch wunderbare Nachrichten. Wieso wußte ich nichts davon? Wer ist sie?«

»Wir haben es noch nicht bekannt gegeben. Ich bin sehr verliebt, Lee, und ich glaube, sie auch.«

»Wie es sich gehört, alter Freund«, sagte ich, »wie es sich gehört.« Einen Moment lang verspürte ich Verlegenheit, als ob ich selber eine Rolle spielte, den derben Freund des Junggesellen. »Aber noch einmal, wer ist sie?«

»Du bist ihr vielleicht schon begegnet oder hast von ihr gehört. Sie ist aus Irland, weißt du. Westmeath. Aber ihre Familie hat ein Haus in London, und sie sind fast das ganze Jahr über im Ausland. Auf dem Kontinent. Die Challoners. Sie sind entfernt mit Leuten aus Cork verwandt, mit den Bowens, und ich glaube auch mit den Pendens. Sie ist eine große Schönheit. Du bist ihr vielleicht schon begegnet. Sie heißt Sylvia. Sylvia Challoner.«

Endlich nannte er mir ihren Namen, nachdem er von ihrer Familie erzählt hatte, wo sie lebte, von Verwandten in einem anderen County. Ein schöner Name. Als ich ihn hörte, muß ich nach Luft geschnappt haben, denn er fuhr zu mir herum.

»Du bist ihr also begegnet«, sagte er. »Sylvia konnte sich nicht an dich erinnern.«

»Nein, nein«, widersprach ich. »Ich würde mich doch an eine große Schönheit mit einem wunderbaren Namen erinnern. Warum meinst du, wir wären uns schon begegnet?«

»Sie schreibt ein bißchen«, antwortete Tom. »Sie kennt einige Dichter.« Dann überstürzten sich seine Worte, als ob er das Thema wechseln wollte. »Ihr Vater war in der Armee, ist jetzt im

Ruhestand. Hubert Challoner. Frühzeitiger Ruhestand. Er ist ein brüsker, humorvoller Mann; du wirst ihn mögen. Das Land in Westmeath ist restlos mit Hypotheken belastet; niemand wird mir vorwerfen können, um des Profits willen zu heiraten. Deshalb sind sie so viel im Ausland; sie haben das Haus geschlossen. Aber für die Hochzeit wird es wieder geöffnet. Und das bringt mich zur Sache, Lee. Ich hoffe sehr, daß du mein Brautführer sein wirst.«

Ich versicherte ihm, daß mich natürlich nichts davor zurückhalten würde, daß ich mich verletzt gefühlt hätte, wenn er mich nicht gebeten hätte, und die ganze Zeit suchte ich seinen Blick, aber die Dunkelheit machte das unmöglich. Die Hochzeit sollte Ende Juni stattfinden, was für mich aus mehreren Gründen, die ich ihm allesamt verschwieg, ein wenig ungelegen kam. »Ein wunderbarer Name«, wiederholte ich.

»Ja«, sagte er. »Ich sollte mich wohl besser vorsehen. Du verliebst dich bestimmt in sie, und dein Ruf ist ja bekannt, du Hund. Sie hat schon mehrere Dichter aus der Fassung gebracht, und ich kann ihnen da keinen Vorwurf machen. Du wirst ja sehen.«

»Ich freue mich sehr für dich, Tom«, sagte ich, und das stimmte. In seiner Stimme lag eine Erregung, die mich an seine Kindheit erinnerte, wenn ich aus Oxford nach Kilpeder zu Besuch kam und er in den Schulferien aus Winchester zu Hause war, freigelassen in die Wälder, zum Fluß, in den Wildpark. Und doch lag in seinem Benehmen eine schwache Wachsamkeit, die ich nicht erklären konnte. »Habt ihr euch in London kennengelernt?«

»Ich erzähl dir das alles«, sagte er. »Später. Wir haben doch noch eine ganze Woche.«

Ich lachte. »Wenn ich dich richtig verstanden habe, dann reicht das aber nicht aus.«

Und daraufhin gingen wir ins Haus zurück und begaben uns nach einem Brandy in der Bibliothek nach oben. Fast ganz Kilpeder war schon vor uns zu Bett gegangen. Die einzigen Lichter der Stadt waren die der Schenken. In der Ferne brannten auf den Feldern und in den Hügeln noch ein oder zwei Lichter.

Viel später erschien es mir als seltsam und vielleicht sogar als böses Omen, daß ich Sylvias Namen von Tom zum erstenmal in der Dunkelheit einer Nacht in Kilpeder hören sollte, während Lichter in der Ferne flackerten und dann verlöschten und der kalte Wind schwach und neckend seinen Weg aus den Bergen zu uns fand. Und daß meine Erinnerung an Isabel mein Gemüt für Sentimentalitäten vorbereitet hatte. Aber ich sollte in späterer Zeit Grund genug haben, Spuren von Sylvia, Ahnungen, Vorzeichen zu suchen. Keine Geschichte Sylvias, sondern eine Geschichte von Sylvia in unserer beider Leben.

13

[Hugh MacMahon]

Es war im Jahre 70 oder 71, glaube ich, daß ich mir angewöhnte, lange Sonntagsspaziergänge in die Berge zu machen. In den ersten Jahren kam Bob meistens mit, und oft schloß sich auch Vincent an. Aber Bob hatte in jenen Jahren viel zu tun, denn er half nicht nur in Tullys Laden aus, sondern leistete auch die vorgeschriebenen Jahre als Kanzlist bei Cornelius Hallinan, dem Anwalt, ab, und wenn er dann noch ein paar Stunden frei hatte, dann machte er eifrig Agnes Tully den Hof, die aus der Schule der Ursulinerinnen in Cork zurückgekehrt war, ein schlankes Mädchen mit flachsgelbem Haar und kornblumenblauen Augen, wie sich ein Romancier vielleicht ausdrücken würde, mit graziöser Haltung und einer schnellen, eifrigen Art zu sprechen. Und doch war die Freundschaft, die uns drei schon so lange verband, so stark wie eh und je, und ich glaube, daß Bob unsere sonntäglichen Wanderungen brauchte, um seinen Kopf von den würzigen, aber schweren Gerüchen des Ladens und vom dicken schädlichen Pfeifenrauch des alten Hallinan in der Kanzlei zu klären.

Die Stadt kannte uns so, uns drei, wie wir nach der Frühmesse aufbrachen, feste Stöcke in der Hand, die Jackentaschen vollgestopft mit Brot, Käse, Schinkenscheiben, Flaschen. Und fast immer rief uns jemand, noch ehe wir uns eine Stunde weit von der Stadt entfernt hatten, zu, wenn er uns zu Pferd oder in seinem Wagen überholte: »Die Fenier-Häuptlinge!« – »Gibt's in Kerry einen Aufstand?« oder »Jesus, laßt mir mein Leben, ihr Schurken und Rebellen!« Denn das war aus dem Aufstand geworden, ein Witz am Straßenrand. Die entsetzlichen Monate, die Bob und ich in der Hölle verbracht hatten, die Pentonville heißt, lagen einige Jahre hinter uns, und wir sprachen mit niemandem darüber, nur mit Mary oder Vincent, der durch die Zauberkünste des Emmet Bourke vom Gefängnis verschont geblieben war und der sich deshalb uns gegenüber etwas schämte. Und diesen beiden erzählten wir eine entschärfte Fassung unserer Geschichte. Ich bezeichne Pentonville nicht als Hölle, weil das so großartig klingt. Der Dichter Shelley beschreibt die Hölle als einen Ort, der große Ähnlichkeit mit London hat, und ich beuge mich seiner besseren Kenntnis seiner Landsleute.

Wir waren damals allesamt noch nicht die Talmihelden, zu denen wir doch so bald werden sollten. Die Zeit hatte uns noch nicht in ihren glänzenden Mantel gehüllt, oder, um es genauer zu sagen, »Clonbrony Wood« und die anderen Kneipenlieder waren noch nicht verfaßt worden. In Kilpeder, in Cork und überhaupt überall in Irland herrschte ein herablassendes Mitleid mit uns, die im Jahre 67 »dabei« gewesen waren, vermischt mit dem traditionellen Gefühl für alle Patrioten, so irregeleitet sie auch sein mochten, die den Engländern in die Hände gefallen waren. Diesem Gefühl hatten wir und einige hundert andere unsere frühzeitige Entlassung zu verdanken, denn Geschichten über die barbarische und brutale Behandlung, der wir ausgesetzt waren, drangen durch die kalten Mauern von Millbank und Portland und Pentonville, die Schläge und das Hungerleiden, die besonderen, wenn auch unerlaubten Bestrafungen, die für Iren reserviert waren, und Amnestiekomitees schossen wie Pilze aus dem Boden. Aber da unser Nationalcharakter nun einmal ist, wie er ist, waren trotz dieser warmen Gefühle fast alle davon überzeugt, daß wir uns zum Narren gemacht, unser Leben aufs Spiel gesetzt und die Ruhe im Lande bedroht hatten, um die Taschen von abtrünnigen Anführern zu füllen, die ihre Haut gerettet hatten, indem sie sich in Denunzianten verwandelten. Irland, mit einem Lächeln und mit Spott in den Augen, um das alte Lied zu paraphrasieren.

Unsere Taten schienen wie Regen in die Erde gesunken zu sein. Einige Male legten wir auf unseren Sonntagswanderungen genau die Strecke zurück, über die Bob und ich unsere Leute geführt hatten, und ich erwartete oder hoffte vielleicht, daß die Erinnerungen uns zu schaffen machen würden, aber das war nicht der Fall. Wir kamen an der Farm an der Wegkreuzung vorbei, wo der Gälisch sprechende Farmer uns mit brutaler Gleichgültigkeit gemustert hatte, und nach Clonbrony, wo wir die Schüsse gehört hatten. Wir sahen das alles, wir erinnerten uns genau, und doch hatte die Szene für keinen von uns Widerhall. Und das war ja nur gut, denn Bob und ich schienen im respektablen und ruhigen Leben unseren Weg zu finden.

Bei Vincent lag das alles anders. Eine Weile, natürlich auf Drängen seines Vaters, spielte er mit dem Gedanken an eine juristische Karriere, und einige Monate lang sprachen er und ein Freund von ihm aus Limerick, ein Lebemann namens Dinny Gilbert, von irgendeiner geschäftlichen Partnerschaft, aber das alles führte zu nichts. Laut Vincents erbitterter Darstellung der Ereignisse hatte sein Vater ihm in letzter Minute seinen Kapitalanteil verweigert; aber das war nicht der einzige Grund. Bob vertraute sich mir an, und Bob wußte Bescheid, da er inzwischen vollen Zugang zu Tullys Kassenbuch und zu Tullys Hoffnungen für seine kleine Dynastie hatte. »Dieser Dinny Gilbert ist ein gefährlicher Bursche«, sagte mir Bob. »Ich war mit Vincent ein Wochenende bei ihm, in seinem Haus oben in Askeaton, und ich habe dem Alten geraten, das Geld nicht herzugeben. Wir haben uns da oben wirklich köstlich amüsiert – riesige Mengen zu essen und zu trinken, ein bißchen Jagd und zwei so wilde Nächte, wie ich sie noch nie erlebt hatte. Aber ich würde Dinny Gilbert nicht weiter trauen, als ich einen Amboß werfen kann. Ich habe mich bei einigen Geschäftsfreunden von uns in Limerick und bei Anwaltskollegen erkundigt, und was ich gehört habe, war nicht sehr beruhigend. Schlimmer noch: Er ist nie so betrunken, wie er vortäuscht, und das ist der Gipfel menschlicher Gemeinheit.« Und Bob hatte das wirklich gut durchschaut, denn im Jahre 79 stand Dinny Gilbert vor dem Ruin und schnitt sich mit dem Rasiermesser die Kehle durch.

Vincent kannte viele Männer wie Dinny Gilbert, und ich glaube, deshalb befreundeten sich einige Landadelige mit ihm, deshalb und wegen seines Charmes und seines Geistes. Bei Rennen machte Vincent sich immer mehr bemerkbar, war lebhaft und überschäumend, schob sich seinen glänzenden Zylinder weit in den Nacken und steckte sich eine Zigarre zwischen die Zähne, unterhielt sich, wenn man ihn zum erstenmal an diesem Nachmittag sah, mit Lord Dunraven, und eine Stunde später mit einem Stallburschen und gegen Ende mit einer Gruppe von Männern mit äußerst schlechtem Ruf, die für einen Tag aus Dublin gekommen waren.

»Freunde von *uns* in Limerick«, so drückte Bob sich aus, und damit meinte er natürlich Tully und Sohn, denen gegenüber er jetzt, was auch richtig war, eine besitzergreifende Rolle eingenommen hatte. Er war nicht länger ein einfacher Ladengehilfe mit Schürze und aufgekrempelten Ärmeln, ein Dorfjunge, der für diese Aufgaben eingestellt worden war, sondern eher eine Art Wesir für Tully, den er gegen Abend besuchte, wenn Hallinan seine Kanzlei geschlossen hatte, und dann zogen die beiden sich in das kleine Hinterzimmer des Ladens zurück, und die Kontobücher wurden aus dem Regal gezogen und aufgeschlagen. Tullys Laden, so wie er inzwischen aussah, einfach als Laden zu bezeichnen, tat ihm unrecht, denn Dennis hatte nun Zugriff auf Land und andere Besitztitel überall in den Baronien, einen Flickenteppich von Schuldscheinen und Hypotheken, Pachten und Land, das ihm wirklich gehörte und das er an kleine Bauern weiterverpachtet hatte. Einmal schlug Bob ihm vor, daß eine Übersichtskarte eine Hilfe sein könnte, von der Sorte Karten, die Gutsverwalter verwenden, aber Dennis schreckte in einer Art abergläubischen Entsetzens vor diesem Vorschlag zurück.

Bob drückte das so aus: »Es ist so, als würden solche Landkarten ›ihnen‹ gehören – und mit ›ihnen‹ meint er den Landadel, die Protestanten, die besseren Leute, die, die über uns stehen, die Cromwellianer, die anderen, wie immer man sie bezeichnen mag. Sich mit ihren Abzeichen und Insignien zu umgeben, würde die Vorsehung herausfordern. Er drückt sich natürlich nicht so aus, nicht einmal im geheimen, aber das steckt hinter seiner Weigerung. So lange es nur ihn und mich gibt und wir über den Büchern in diesem stickigen Zimmer die Köpfe zusammenstecken, ist alles gut.«

Das klang plausibel. Es klang nicht nur plausibel, sondern es stimmte auch mit meiner Vorstellung der Tullys als den legendären Gestalten überein, die über einen sichereren Instinkt verfügten als die meisten, eine Willenskraft so blind wie ein unter der Erde buddelnder Maulwurf.

Aber sie waren nicht nur Sagenwesen, sondern sie gehörten auch zur Wirklichkeit, und das Tullyhaus, schön und solide, dessen rote Ziegelsteine nun hinter Virginia-Efeu halb verborgen waren, eine Mode, die sich über ganz Munster verbreitet hatte, quoll von den Beweisen für ihren Wohlstand nur so über: Pianoforte und Ölgemälde, nicht nur eins, sondern zwei Teeservice aus solidem Silber, die per Schiff von Weir in der Dubliner Grafton Street geliefert worden waren: Das erste Service sollte auf der Anrichte funkeln und dominieren, das andere war, wie Vincent mir fröhlich versicherte, in Stroh eingewickelt und sorgfältig weggepackt worden. Die Bilder gehörten zu einer Schule, die schlicht als »teuer« bekannt ist, das konnten sogar solche Landmäuse wie Mary und ich beurteilen, und doch brachten sie unserer nördlichen und mageren Insel ein Gefühl der großen Welt jenseits der Meere – Schlittschuhläufer auf einem niederländischen Kanal, rotwangig und fröhlich; Gondeln, die durch den Canale Grande gestakt wurden, auf beiden Seiten von verfallener Größe umgeben; ein atemberaubendes Alpenpanorama, Eis und Schnee bedeckten bis ins Unendliche eine Schlucht nach der anderen. Sie waren für uns Fenster zur Welt hinaus. Ihre Rahmen waren sorgfältig geschnitzt und vergoldet.

Und doch ließen mich Vernunft und meine Vorstellung der Tullysage glauben, daß Vincent seinem Vater arges Herzbluten bescheren mußte. Vincent, glaubte ich in meiner Unschuld, hätte sich mit seinem Vater ins Hinterzimmer zurückziehen und dort planen und abwägen, veranschlagen und überlegen müssen. Aber das war eine rätselhafte Geschichte, und mein Taktgefühl verbot mir, mit Bob darüber zu sprechen, dem zufälligen Nutznießer von Vincents flatterhaftem Wesen. Es war klar, daß Dennis Bob als Sohn betrachtete und daß Bob aus diesem Grunde viel verziehen wurde, ungeheuer viel sogar; denn Dennis glaubte, daß Vincent sich niemals mit den Feniern eingelassen haben würde, wenn seine Freunde, Bob und ich, ihm nicht so ein schlechtes Beispiel gegeben hätten. In allen anderen Zusammenhängen jedoch paßte der Sohn, den der alte Mann sich erwählt hatte, besser zu den Familientraditionen als der Sohn, der seinen Lenden entsprungen war, das kam uns, die wir das Drama beobachteten, jedenfalls so vor. Es sollte sehr lange, Jahre sogar, dauern, bis ich langsam dahinterkam, wie die Lage zwischen Dennis Tully und seinem Sohn Vincent wirklich war.

Es gab Anzeichen, aber ich konnte sie nicht richtig deuten. Ich erinnere mich an einen Abend aus diesen frühen Jahren, nachdem Agnes aus dem Kloster zurückgekehrt war, als Bob und Mary und ich bei den Tullys zum Essen eingeladen waren. Zum *Festmahl* wäre zweifellos das passendere Wort gewesen, denn es gab gewaltige Portionen Lamm und Huhn, eine Kalbspastete und einen riesigen Biskuitauflauf, und alles wurde von den beiden Bauernmädchen serviert, die jetzt bei den Tullys angestellt waren und die schwarze Kleider und weiße Schürzen trugen. Vincent hätte auch mitessen sollen, aber er ließ sich nicht blicken, obwohl auf ihn gewartet wurde, während Tully Bob und mir mehr Whiskey einschenkte, als gut für uns war, und Mary den tapferen Versuch machte, mit Mary Ellen Tully, einer bleichen, schweigsamen Person, zu plaudern, ehe sie sich voller Erleichterung Agnes zuwandte, die nur so übersprudelte mit Erzählungen über das Leben in der Schule und die Gedichte von Mr. Browning, einem, wie es im Kloster hieß, Mann von außergewöhnlicher Bildung, der jedoch gefährlich zum Irrglauben neigte. »Er sollte nur stellenweise gelesen werden, aber einiges von ihm ist wunderbar«, erzählte sie mir, während ihr Vater zum vierten oder fünftenmal seine große Taschenuhr hervorzog, und Bob musterte Agnes voller Bewunderung, als ob sie soeben literarischen Scharfsinn zur langen Liste ihrer Tugenden hinzugefügt hätte.

Im Eßzimmer war auch für Vincent gedeckt worden, und Teller, Besteck und Glas wirkten während der gesamten Mahlzeit wie ein Vorwurf. Als wir den Biskuitauflauf löffelten, kam er endlich. Wir hörten ihn zuerst, er öffnete geräuschvoll die Haustür und kam dann mit schweren Schritten ins Eßzimmer, die durch sein Aussehen erklärt wurden, denn er war für das Feld gekleidet, mit schweren, kniehohen Stiefeln. Seine dunkle Hose hatte er in die Stiefel gesteckt, und darüber trug er eine graue, fleckige und zerknitterte hellgraue Jacke und Weste. Er streckte die Hand nach einer Weinflasche aus, die in seiner Nähe stand, schenkte sich ein Glas ein und setzte sich dann zu uns. Uns war allen klar, daß er bereits mehr Wein als unbedingt nötig getrunken hatte, obwohl er zuerst noch ganz klar sprach.

»Ich bitte um Verzeihung, Mutter«, sagte er. »Verzeihung, Gäste. Verzeihung, Vater.«

»Wir haben ziemlich lange auf dich gewartet, Vincent«, erklärte der alte Tully, »und dann haben wir uns zu Tisch gesetzt.«

»Sehr richtig«, erwiderte Vincent, »sehr richtig«, und mehr sagte er nicht.

Darauf folgte natürlich ein Schweigen, das Mary auf ihre taktvolle Art füllen konnte. Bob und ich übernahmen ihre Stichwörter, und wir drei plauderten drauflos, während Mary Ellen ihren Biskuitauflauf betrachtete und Dennis stumm dasaß und seinen Sohn anstarrte. Vincent seinerseits folgte unseren Bemerkungen mit perfekter höflicher Aufmerksamkeit.

Dann unterbrach er uns plötzlich und sagte: »Ich war den Nachmittag über mit Jim Norris zusammen, Vater. Wir sind das Revier abgegangen, das er zum Jagen gekauft hat. Er scheint ein anständiger Bursche zu sein.«

James Norris war der ehemalige Offizier, der kürzlich als neuer Friedensrichter zu uns gekommen war, ein Witwer in mittleren Jahren und nach allem, was man gehört hatte, hitzig wie Curry, aber, wie Vincent meinte, ein anständiger Bursche. Ich konnte dazu nichts sagen: Friedensrichter und Dorfschulmeister weilen nicht oft in derselben Gesellschaft, schon gar nicht, wenn es sich bei dem Dorfschullehrer um einen ehemaligen Knastvogel handelt. Norris hatte einen struppigen rot-graugeprenkelten Vollbart und trug schweren, orangefarbenen Tweed.

»Wie nett für dich«, sagte Tully in einem Tonfall, der irgendwo zwischen Ironie und Wärme lag.

»Nett für mich«, wiederholte Vincent. »Das war nett für mich.« Er leerte sein Weinglas und füllte es wieder, hielt es ins Licht, um rubinrote Tiefen zu betrachten. »Und für Jim Norris erheiternd. Die Stoppelfelder mit einem rebellischen Fenier abzuschreiten, sagte er. Ex-Fenier, berichtigte ich, ehemaliger Fenier. Aber davon wollte er nichts hören und klopfte mir herzhaft auf die Schulter. Unsinn, sagte er. Wenn sie euch rufen, dann werden Sie wieder dabei sein, Tully, mein Junge. Und dabei fuhr er mit der Hand über die Läufe seines Gewehres, das er im Arm hielt. Aber er machte Witze, Vater. Er wußte natürlich daß ich kein Fenier mehr bin, er würde niemals mit einem Fenier seine Felder abschreiten.«

»Das will ich auch hoffen«, erwiderte Tully. »Das ist alles aus und vorbei. Für euch alle.« Er nickte mit dem Kopf nach links und nach rechts, um Bob und mich einzubeziehen.

»Schnee von gestern«, sagte ich. Und das war es ja auch, was mich betraf, und für Bob galt das mehr oder weniger auch, obwohl er mir eingestanden hatte, daß er aus reiner Sentimentalität bei Gelegenheit ein oder zwei Pfund spendete. Wir hatten allesamt keinen Kontakt mehr mit der Organisation, die jetzt nur noch eine hinterhältige, pathetische Kreatur war, auch wenn sie immer noch unheildrohend in der Tory-Presse herumspukte. Das Amnestiekomitee, in dem wir beide aktiv waren, war etwas anderes, denn sein Ziel war es, die vielen Fenier freizubekommen, die immer noch in englischen Gefängnissen saßen, immer noch, soweit wir feststellen konnten, unter den entsetzlichen Verhältnissen, die wir nur einige kurze Monate hatten erleiden müssen. Aber die Amnestie wurde von allen unterstützt, das heißt, von allen in »unserem« Irland, nicht in »ihrem«. Dennis Tully hatte 50 Pfund

Sterling gestiftet, eine gewaltige Summe, und mehrere Bischöfe hatten ebenfalls ihr Scherflein beigesteuert. Die Iren sind ein großzügiges Volk, wenn es darum geht, verlorene Kämpfe und auf Irrwege geratene Patrioten zu unterstützen.

Für Bob und Vincent und mich lag der Fall aber anders, und daran würde sich nichts ändern, solange Ned in Portland saß. Ab und zu – alle sechs Monate, vielleicht – gingen Gerüchte über ihn um. Einige Häftlinge wurden aus dem Gefängnis entlassen und wurden in Dublin vom Komitee empfangen, eine Gruppe von Männern erwartete sie im grauen, verregneten Licht der North Wall, dann, ein oder zwei Tage später, folgte ein großes Essen bei Morrison oder in einem anderen Hotel. Ned war ihr absoluter Champion, so berüchtigt, wie er inzwischen war, »Nolan der Fenier«, düster und unversöhnlich. Gerüchte drangen aus dem Gefängnis nach draußen, daß sie ihn allein in eine Zelle geworfen hatten, um seinen Willen zu brechen, und daß sie ihm dabei die Hände auf den Rücken gefesselt hatten, damit er wie ein Tier aus dem Napf essen mußte, der vor ihn hingestellt wurde, und sich in seinem eigenen Kot suhlen mußte. Auch über andere wurden solche Geschichten verbreitet – über Rossa zum Beispiel oder über Dr. Corrigan. Zu meiner Zeit habe ich solche Helden nicht erlebt, sondern habe versucht, mich so unauffällig wie möglich zu benehmen, und ich kann wirklich nicht behaupten, schlechter behandelt worden zu sein als die anständigen nicht-irischen Einbrecher und Straßenräuber. Das Gefängnis ist jedoch für immer zum Teil meiner Phantasie geworden, seine grauen kalten Steine schweben schwerelos in meine Träume; ich höre die nächtlichen Schritte eines Wärters im tunnelähnlichen Flur widerhallen. Wieviel schlimmer muß es also für Ned und seinesgleichen gewesen sein – diese harten, unbeugsamen Fälle.

»Er hat vorgeschlagen«, erzählte Vincent, »Jim Norris hat vorgeschlagen, daß ich demnächst mal mit ihm auf die Jagd gehe, jetzt, wo die Fasanen fällig sind. Und ich mußte ihn daran erinnern, daß meine Bewährung erst in einigen Jahren abläuft und daß ich so lange keine Schußwaffen abfeuern oder auch nur anfassen darf. Das Land ist wirklich zum Teufel gegangen, wenn rebellische Fenier die Friedensrichter an ihre Pflichten erinnern müssen. Wir haben herzlich darüber gelacht, Jim Norris und ich. Er ist eine anständige alte Haut.«

Während Vincent das erzählte, hatte er sich emsig mit der Karaffe befaßt, die er für sich beansprucht hatte, und er goß sich wieder ein Glas ein und leerte es auf einen Zug.

»Du hast ein schönes Essen verpaßt«, sagte Bob gelassen.

»Schön, meinst du, weil ich dabei gefehlt habe. Mein Gott, Bob, du hast dir wirklich die passende Laufbahn ausgesucht. Du kannst Worte genauso fein zurechtschneiden wie Emmet Bourke.«

Bob zuckte die Schultern. »Wenn du meinst.«

Vincent setzte zu einer Antwort an, unterbrach sich dann aber und wischte sich mit dem Handrücken die Lippen, eine plötzliche, vulgäre Geste.

»Bitte um Verzeihung«, sagte er. »Verzeiht mir alle«, und er erhob sich, versuchte es zumindest, verlor aber das Gleichgewicht. Sofort stand Bob neben ihm, stützte ihn und führte ihn aus dem Zimmer. In verlegenem Schweigen hörten wir ihre Schritte auf der Treppe. »Nun ja«, sagte ich. MacMahon, der Diplomat.

Mein Blick ruhte unerklärlicherweise für einen Moment auf Mrs. Tully, die ihren Stuhl ein wenig vom Tisch zurückgeschoben hatte und deren Hände wie Vögel im Nest in ihrem Schoß ruhten. Auf ihrem Gesicht lag immer eine graue Gemütsruhe, ihre Augen waren grau und blaß und die für eine Frau ihres Alters erstaunlich faltenlosen Wangen farblos. So sah sie auch jetzt aus, aber ich sah, daß ihre Augen voller Tränen standen, die nicht fallen konnten oder wollten.

Weder Mary noch ich haben sie jemals gut kennengelernt, ebensowenig wie Bob. Agnes und Vincent sprachen immer mit Zuneigung, Respekt und einer leichten Verlegenheit über sie. Sie war eine Dempsey aus Charlesville, einem hartnäckigen Clan von Ladenbesitzern und Viehhändlern. Einige Monate nach diesem Essen, als Bob und Agnes heirateten, brachen sie *en masse* über Kilpeder herein, rotgesichtige und rundwangige Männer, eine Mischung aus Hökern und Handelsfürsten, die meisten mit lauten, polternden Stimmen. Auch die weiblichen Dempseys konnten nicht als bescheidene Veilchen bezeichnet werden, denn die männlichen Dempseys schienen eine Vorliebe für grobknochige Frauen zu haben, für große, einfältige Geschöpfe, denen es jedoch nicht an Energie oder Lebensmut mangelte.

Aber unsere Dempsey, Mary Ellen Tully, hatte kaum Ähnlichkeit mit ihrer Sippe. Sie war ein graues stilles Wasser.

Bald gesellte sich Bob mit lässigem, geselligem Grinsen wieder zu uns. »Dem geht's gut«, sagte er. »Er wird bald wieder so frisch wie ein Tautropfen sein.«

»Wenn Whiskey und Wein in ihm verdunstet sind«, meinte der alte Tully.

»Ich bin mir da nicht so sicher«, sagte Bob. »Er hat mir erzählt, daß Norris und er heute mittag eine Wildpastete gegessen haben, die ihm ein bißchen komisch vorkam, aber er hat nichts gesagt und aus Höflichkeit seine Portion aufgegessen.«

»Der arme Vincent«, sagte Agnes. »Ob wir Biddy kurz zu Dr. Considine schicken sollten?«

»Aber nein«, lehnte Tully rasch und schroff ab. »Überhaupt nicht nötig. Ruhe ist das allerbeste für ihn. Das glättet seine Innereien, und vielleicht bekommt er einen Schluck aus der schwarzen Flasche, wenn er in der Nacht wach wird.«

Nicht Hickey, der protestantische Arzt, war Donald Considines Hauptrivale in Kilpeder, sondern die schwarze Flasche, die bei Tully verkauft wurde, ein scheußliches Gebräu, dessen Etikett das Gesicht eines uralten und wohlwollenden Priesters und eine lange Liste der Übel und plötzlichen Anfälle zeigte, die es angeblich heilte. In vielen Fällen war es auch wirklich recht wirksam.

Aber einstweilen wurde weder die Flasche noch Considine gebraucht, Wildpastete oder nicht, und aus dem Blick, den Agnes Bob zuwarf, entnahm ich, daß sie es auch selber wußte. Es war ein Blick und ein halbes Lächeln, neckend und herausfordernd, die Sprache verliebter Paare, ganz anders als die Sprache der Ehe.

»Gott weiß, was ihm so zusetzt«, sagte Tully und meinte damit weder Wein noch Wildpastete. »Weißt du das, Bob? Hughie?«

»Manche brauchen länger als andere, um zur Ruhe zu kommen«, sagte ich in meinem salbungsvollsten Ton. »Und in manchen Fällen ist das nur gut für sie.«

»In manchen«, sagte Tully.

Ein angehender Schulmeister, der sich mit Heiratsplänen trägt, oder ein Ladengehilfe aus dem Hinterland von nirgendwo, jüngster Sohn eines kleinen Bauern, kommen rasch zur Ruhe. Aber warum so eilig, wenn man einen nachgiebigen Vater hat, der bereit ist, Geld für feine Kleidung, Jagdpferde, das Zubehör der Vornehmheit, hinzublättern? Warum so eilig, wenn Cork City nur einige Stunden zu Pferd entfernt ist und ein geheimnisvolles und einladendes Meer Cork von Europa trennt?

Tully schüttelte den Kopf. »Gott weiß, er wird nie Entbehrungen kennenlernen.«

Später gab es Tee. Er wurde nicht wie früher serviert, während wir alle noch am Tisch saßen, sondern im vorderen Salon, wo Mary Ellen Tully die Tassen füllte und Biddy sie herumtrug. Wir sprachen über allgemeine Dinge und verbannten Vincent aus unseren Gedanken.

Agnes wurde zum Singen aufgefordert, und Mary begleitete sie. Agnes hatte eine hübsche Stimme, die im Kloster guten Unterricht bekommen hatte. Sie trug vier Lieder vor, zwei aus Moores *Melodies* und zwei aus den Opern von Donizetti; die lieblichen Vokale Italiens erblühten in unserer kalten Stadt im Norden, in dem von dunklen, schweren Tischen und Sesseln überfüllten Salon. Sie waren ein schönes Paar am Klavier, Mary und Agnes, die Dunkle und die Blonde, als sie dort die Köpfe senkten. Bob und ich wandten den Blick von ihnen ab und sahen einander an, und wir lächelten beide. Agnes dachte ich, würde sich unserer kleinen Gruppe anschließen, mit Mary und mir schwesterlich verbunden, da die Liebe sie und Bob zusammengebracht hatte. Sie hatte damals eine im Kloster entstandene Keckheit an sich. Es war leicht, sie sich als Leitstern von St. Ursula vorzustellen, wo die eine Hälfte der Mädchen für sie schwärmte und die andere sich in Melancholie und Kummer verzehrte. Sie war damals voll Witz – ruhig, aber mit einem Hauch von Bosheit –, eine seltene Eigenschaft bei Frauen, wie ich festgestellt habe, aber eine willkommene, ein Gewürz zum Schutz gegen Dumpfheit.

Wer hätte sich damals vorstellen können, was die Zukunft noch für sie bereithalten würde oder daß Bob, der sich jetzt mit den Händen auf den Knien zu ihr hinüberbeugte, für ihre Veränderung verantwortlich sein würde? Der alte Tully hatte die Hände auf seinem schweren Bauch gefaltet, Vincent vorübergehend vergessen und war jetzt sehr zufrieden mit der Welt, sein schweres Gesicht unter dem riesigen, kahlen, rotgefleckten Schädel war weich und schutzlos. Moores *Melodies* rankten sich um ihn, diese zarte Welt aus Seen im Mondenschein, funkelnden Sternen am nächtlichen Himmel und einer uralten, verschwundenen Ritterlichkeit.

Später auf dem Heimweg blieben Mary und ich stehen und sahen uns um. Die Lampen im Salon brannten nicht mehr, in der Küche, wo die beiden Dienstmädchen jetzt sicher noch bei der

Arbeit waren und kratzten und schrubbten, war noch Licht. Mein Kopf schwirrte immer noch angenehm von Musikklängen und vielleicht ein wenig zuviel Wein. Plötzlich flammte in einem der oberen Zimmer das Licht auf, zuerst als sanftes Glühen, dann hell, als der Docht höher gedreht wurde, und dort stand Agnes, sicherlich vor einem Spiegel, den ich nicht sehen konnte, und berührte ihre Haare. Dann fuhr sie mit wirbelnder Bewegung herum und entschwand aus unserem Blickfeld, als ob sie tanzte.

»Schäm dich«, sagte Mary freundlich, »Mädchen in ihren Zimmern zu beobachten, wie Brendan Healy, der von Mary Murphys Brüdern zusammengeschlagen worden ist.«

Tullys Haus gegenüber, auf der anderen Straßenseite, stand leer und erwartungsvoll das Haus, das Bob und Agnes als Mann und Frau beziehen sollten – es war zwar nicht direkt ein Geschenk von Tully, konnte aber doch als solches gelten, erzählte mir Bob, als er mir die Bedingungen der Pacht erklärte, die nach einer bestimmten Anzahl von Jahren in eine Hypothek übergehen sollte. »Mir ist das so lieber«, sagte mir Bob. »Tully hat seine Vorstellungen, und ich habe meine, und am Ende sind wir zu dieser Vereinbarung gekommen. Mir paßt es gut so, und ihm auch.«

Diese beiden einander gegenüberliegenden Reihen von Häusern, sieben auf einer und neun auf der anderen Seite, die an einer ordentlich gepflasterten Sackgasse lagen, waren damals schon, wie noch heute, die Wohnsitze unserer angesehenen Bürger, die nicht lieber außerhalb der Stadt wohnten, unserer Anwälte und Ärzte, unserer Viehhändler und unseres Gastwirtes Conefry. Aus einem Zimmer über einem Laden dort einzuziehen, wie Bob das machen würde, ein Knastvogel, wenn er auch vielleicht einer ehrenwerten Sache gedient haben mochte, ein noch junger Mann, ein Anwaltslehrling, bedeutete einen gewaltigen Sprung. Aber seltsamerweise akzeptierte Kilpeder diese Entwicklung, auch viele von denen, die Bob nicht mochten oder neidisch auf ihn waren, und daß das bei recht vielen der Fall war, sollten die Ereignisse beweisen, zu denen es Jahre später kam. Bob hatte eine klare Überzeugung seines Wertes, ein lässiges Selbstvertrauen. In dieser Nacht lag das leere Haus unter einem schwachen, von Wolken verborgenen Mond und wartete auf ihn.

Dieser Abend hat sich in meiner Erinnerung eingeprägt, nicht wegen Vincents unglücklichem Auftritt, sondern eher, weil der Abend trotzdem warm und tröstlich gewesen war. Ich weiß noch, daß ich albernerweise dachte, daß sich unser Leben von nun an friedlich und harmonisch entwickeln würde. Mary erwartete bereits Brian, unseren Ältesten, für uns eine Quelle großer Hoffnung und großen Erstaunens, aber außer uns beiden und Dr. Considine wußte das noch niemand. Und in meinen Gedanken bewegte sich bereits, wie Brian sich in Mary bewegte, mein großer Ehrgeiz, Musik und Dichtung der Irischsprecher in den Bergen, vor allem in den verlorenen Dörfern und Weilern in Richtung Kerry, zu sammeln und aufzuschreiben. Ich wäre dann, wie ich mir mitten in der Nacht erzählte, ein Galilei, ein Winckelmann, ein Schliemann, der nach Kilpeder wie nach Oxford oder Padua Kleinodien aus der Erde selber zurückbrächte, diese Musik, von der Moore, so bezaubernd seine Lieder auch sein mögen, nur einen schwachen Abglanz gibt, und diese Poesie, von der er nichts wußte, eingeschlossen in die sterbende Sprache der Gälen. Und Bob, der Bob in der Zukunft meiner Phantasie, würde einer der großen Männer unserer Stadt werden. Bei Vincent war ich mir, gelinde gesagt, sehr viel weniger sicher. Und immer gab es noch den Gedanken an Ned in dem Loch, in das er geworfen worden war. Aber eines Tages in nicht allzu weiter Ferne würde er freigelassen werden; es hieß doch sogar, daß sie Rossa freilassen würden, der noch unversöhnlicher war als Ned, ein Trotz speiender Streithammel. Und doch hatte die Zukunft eine Form, das glaubte ich wenigstens.

Ich erinnere mich an diesen Abend seltsamerweise genauer und lebhafter als an Agnes' und Bobs Hochzeit, obwohl das wirklich ein großes Ereignis war, aber keine Form hatte, obwohl die Trauung selber und die Brautmesse sehr schön waren, in der schweigenden Kirche, deren Altar mit Blumen geschmückt war. Die daran anschließenden Festlichkeiten jedoch kamen mir schwerfällig vor, eine riesige Menschenmenge pferchte sich ins Tullyhaus, das bei all seiner Größe für einen solchen Anlaß doch zu klein war, denn halb Kilpeder war vertreten, dazu Mary Ellen Tullys Verwandtschaft, und Bobs Vater und Brüder, die ich nur selten getroffen hatte, Farmer mit Bobs selbstbeherrschtem Auftreten, ruhige Männer mit plötzlich aufflackernder geistreicher Schläue. Gegen Abend hatte sich das Fest bis in die Küche ausgedehnt. Ich ging auch selber hinüber und entdeckte Bobs Vater und zwei der Brüder, die an der Wand lehnten. Sie hatten sich mit einigen Farmern aus Cloneety bekannt gemacht, und sie alle hielten Portergläser in Händen, mit Ausnahme einiger weniger Whiskeytrinker. Es war das übliche Gerede von Farmern, das andere langweilen und zum Weghören bringen soll, und doch fand ich meine eigenen Gefühle in ihren Stimmen wieder.

Für Hochzeiten ist ein Farmhaus der richtige Ort, wo Fässer voller Stout und Porter aus der Scheune herübergerollt werden und wo ein Fiedler an der Wand lehnt und seine Musik wie Quecksilber in der Luft herumwirbelt, die schwer ist vom Tabaksgeruch, vom Essensduft, von auf groben Brettern oder festgetrampeltem Lehmboden vergossenem Alkohol. Ein Haus, das vielleicht zu klein ist für alle Festgäste, die plaudernd und trinkend auf dem Hof stehen, umgeben von der Welt der Natur, von den dichtbelaubten Sommerbäumen. Der Abend geht in die Nacht über, die Stimmen sind nicht mehr so klar, die Geister, freigesetzt durch geistige Getränke, heben sich, es gibt Gelächter, Eleganz, Ungeschicklichkeit. Vielleicht einen Streit, vom Whiskey inspirierte Beleidigungen, was aber bald geklärt wird. Ein Lied, solo oder mit Geigenbegleitung, fast ohne Aufforderung, Süße, die die Luft durchdringt.

Auf dem Hochzeitsfest von Agnes und Bob war alles sehr gut gemeint, und alle waren sehr guter Laune, aber es gab auch Steifheit, Zwang. Sie merkten das nicht; Agnes strahlte in ihrem weißen, seidenen Spitzenkleid, das ihr auch auf Ardmor selber keine Schande gemacht hätte; ihre blonden Haare waren nach der gerade herrschenden Mode gelockt und aufgesteckt, und sie trug das besondere Geschenk ihres Vaters, ein Halsband aus verflochtenem Gold und Silber, an dem ein kompliziert geschliffener und in dünngehämmertes, kunstvoll geschmiedetes Gold eingefaßter feuriger Stein hing. »Eine wunderschöne Braut«, sagte ich zu Bob, als wir einen Moment für uns hatten und beide an einem der hohen Bogenfenster standen, die auf die Straße hinausgingen. Jetzt war die Nacht gekommen, und das Gaslicht hinter uns fiel auf die schattenhaften Büsche im Garten. Er lächelte und nickte, und ich berührte sein Glas mit meinem. Er hatte nichts von einem errötenden Bräutigam. Er war ein Mann mit einem Fuß in der Zukunft, und die Ereignisse dieses Tages gehörten zu diesem Schritt einfach mit dazu.

Er blickte über meine Schulter, lächelte irgendwen an und hob zum Gruß sein Glas. »Einer von Vincents Kumpeln« sagte er. »Sandy North aus Buttevant. Vincent hat Großes geleistet und bankrotten Landadel, Taugenichtse von jüngeren Söhnen, Bastarde von Viscounts herbeigelockt, jedenfalls habe ich aus sehr guter Quelle gehört, daß Sandy einer sein soll.«

»Du bist ein harter Mann, Bob«, sagte ich. »Und noch dazu an deinem Hochzeitstag. Das sind doch nicht alles Liederjane. Edward Chute gibt uns auch die Ehre, und Mrs. Chute auch.« Ich konnte Edward Chute sehen, Lord Ardmors Verwalter, einen kleinen, rundlichen Mann, dessen Bauch mit demütiger, erotischer Dringlichkeit gegen seine Weste andrängte, ich sah seinen bis auf einen Kranz aus roten Haaren kahlen Kopf und sein rundes, volles Gesicht, das vom Porter angeheiztes Wohlwollen ausstrahlte.

»Keiner von Vincents Preßpatrouille«, sagte Bob. »Ardmor Castle hat immer das richtige gemacht. Hat den Gutsverwalter und dessen brave Frau geschickt, wenn der führende Kaufmann der Stadt seine einzige Tochter mit seinem Ladengehilfen verheiratet. Und wir unsererseits stellen für sie Obelisken auf den Marktplatz. Die loyalen Pächter.« Und während er das alles sehr schnell sagte, lächelte er die ganze Zeit den armen Schlappschwanz Sandy North an, dessen erhabene Herkunft in meinen Augen nur eine romantische Sage darstellte, obwohl er zweifellos ein Bastard war und ein kleines Gut besaß, das er verschwendete und verspielte und verhurte. Bob wandte sich nun an mich und zeigte sein wahres Lächeln, rasch und boshaft.

Im irischen Leben ist sie immer präsent, die schnelle Handbewegung, die das Tuch des Anstands, Damast oder Baumwolle, wegreißt und einen Moment lang das gewetzte Messer auffunkeln läßt. Das ist durchaus nicht bedrohlich, wenn man sein ganzes Leben damit verbracht hat. Ohne unsere Messer und unsere Wunden würden wir uns einsam fühlen.

»Ja, ja«, sagte ich. »Der kühne Fenier.«

»Es war wie ein Traum, Hughie. Nicht so, wie es war, sondern wie es in meiner Erinnerung aussieht«, sagte Bob. »Geht dir das auch so?«

Hinter dem Fenster aus Bleiglas mit seinem bunten, goldenen, rubinroten, smaragdgrünen Rautenmuster lag die Stadt einsam und verlassen da. Ein paar zerlumpte Männer waren zweifellos noch unterwegs – Tagelöhner, Stallburschen, vielleicht ein paar Farmer, die whiskeytriefend O'Harts Schenke verließen. Aber das respektable Kilpeder hatte sich in die Häuser zurückgezogen, sogar Norris, der Friedensrichter, und Sergeant Dineen aus der Kaserne, jetzt zivil gekleidet, in einem schlechtsitzenden Anzug aus schwarzem Kammgarn, gegen den seine mächtige Schulter- und Brustpartie immer wieder ankämpfte. Zweifellos schickten sie regelmäßig ihre Berichte über uns an Dublin Castle, aber es gab wenig genug zu berichten. Höchstens vielleicht, daß ich zwei oder dreimal pro Jahr irgendeiner Vogelscheuche von Anwerber für die Organisation ein Nachtlager bot, irgendeinem hohlwangigen Paudge oder Mick oder Dinny, der in einer Westentasche eine vielfach zusammengefaltete, brüchige und schmutzige Abschrift des Eides verstaut hatte: »Im Namen der Republik Irland, die hiermit ausgerufen ist...« Es gab sie in unterschiedlichen Formen und Größen, diese Sendboten der metaphysischen Republik, aber die meisten von ihnen teilten eine Liebe zur Flasche, und die meisten besaßen die Verbindlichkeit der städtischen Armen – Dublin, Belfast, Liverpool –, sprachen mit leiser, verstohlener Stimme und hatten gewaltigen Appetit, ein bodenloses Fassungsvermögen für Kohl und Speck, Brotscheiben, Tee mit Zucker.

»Ich weiß nicht mehr recht, wie es in meiner Erinnerung aussieht«, sagte ich zu Bob, dem Bräutigam. Die Kaserne war bereits zwei Monate nach dem Aufstand vollständig wieder aufgebaut worden, da der Regierung ihre schwarzen Wände, die zerstörten Fußböden und Decken zweifellos unangenehm waren. Die neue war größer und völlig anders angelegt: Gelbe Ziegelsteine, rosa Ziegelsteine, solide Steinquader, drei Stock hoch und an jeder Ecke ein Turm mit Fenstern und einer Schieferhaube. Die vier Türme gaben ihr ein leicht exotisches Aussehen, einen herrischen Anstrich. Eines Abends spät in den Kilpeder Arms, einen oder zwei Monate, nachdem Bob und ich aus dem Gefängnis nach Hause gekommen waren, erzählte Vincent Tully seinen entzückten Zuhörern, vor denen Becher mit Whiskeygrog auf dem Tisch standen, daß das Kriegsministerium seiner Ansicht nach zwei Baupläne verwechselt hatte, den für die Kaserne in Kilpeder und den für ein Fort an der afghanischen Grenze. Und nun, erklärte er, steht unsere bescheidene, schäbige Kaserne irgendwo hinter Peshawar und verwirrt die dunklen Patanen mit ihren Filzbärten. Ich lachte mit den anderen und hielt mein Glas, wie Bob seins, in einer Hand, die vom Wergzupfen wund gewesen war und sich danach mit Schwielen überzogen hatte.

»Nun ja«, sagte Bob jetzt und zeigte mit einer inzwischen glatten, blassen Hand, der Hand eines Anwalts, auf den überfüllten Raum.

»Ihr habt meine besten Wünsche und meine Liebe, Bob«, sagte ich. »Du und deine liebliche Braut.«

»Ist sie das nicht?« fragte er rasch, und seine Worte überstürzten sich. »Ist sie nicht lieblich?« Seine Augen suchten sie, die mit zwei ihrer Brautjungfern zusammenstand, Mädchen, die mit ihr zur Schule gegangen waren. Später, als zwischen den beiden alles schiefgegangen war, erinnerte ich mich an diesen Moment, an Bobs überstürzte Worte und an Agnes, die an diesem Tag ganz besonders gestrahlt hatte.

Nicht nur in dieser Hinsicht bedeutete dieser Tag das Ende von Bobs Lehrzeit, denn als sie in das neue Haus einzogen, schien sein Wesen etwas von dessen massivem Gewicht, von Ziegelsteinen und großgemaserter Eiche zu übernehmen. Als ob er Besitz von einem Königreich ergriffe, und wirklich wirkte an diesem Tag Dennis Tully wie ein kleiner Fürst, mit seinem breiten Gesicht über dem steifen Vatermörder und seiner Aureole von weißen Haaren.

Dann wurden Bob und Agnes aufgefordert zu tanzen, und ohne Proteste ging er zu ihr hinüber und nahm ihre beiden Hände in seine. Es wurde für sie Platz gemacht, und Mary stimmte am Klavier, nachdem sie zuerst unentschlossen die eine oder andere Note angeschlagen hatte, plötzlich eine Mazurka an, deren Klänge voll und silbrig in den Raum wirbelten. Bob führte seine Braut in die Mitte der freien Fläche, legte eine Hand leicht auf ihre Hüfte und begann, ohne zu zögern, mit dem Tanz. Es war eine Überraschung für mich, eine der vielen Überraschungen, die Bob mir in jenen Jahren bereiten sollte. Es war überhaupt nicht erstaunlich, daß Agnes über solch vornehme Fertigkeiten verfügte, aber ich hatte Bob bisher nur bei groben Bauernfesten tanzen sehen, Jigs und Reels, eher sportliche Aufgaben. Und doch tanzte er nun, so selbstsicher wie ein Adjudant in Dublin Castle, auf flinken Füßen durch den Raum, und Agnes folgte seiner Führung, legte den Kopf leicht in den Nacken und sah ihm voll in die Augen. Ich blickte zu Mary hinüber, aber sie konzentrierte sich auf ihre Musik, ihre gewölbten Hände flogen sicher über die Tasten. Bob und Agnes waren allein auf der freigeräumten Tanzfläche, allein mit den wirbelnden Silbertönen, und aller Augen waren auf sie gerichtet.

»Meine Güte, Bob«, sagte ich Stunden später zu ihm. »Meine Güte, hast du denn gar keine Nerven?« Als Antwort öffnete er seine locker geballte Faust für mich, und ich sah vier halbmondförmige, flache Wunden in der Handfläche, wo er sich in seiner Nervosität die Nägel in die Hand gebohrt hatte. Er erzählte mir, wie Agnes und Vincent ihm gemeinsam gesellschaftlich akzeptables Tanzen beigebracht hatten, wie sie Füße, die für Scheunen und grobe bäuerliche Festlichkeiten gedacht waren, für den Salongebrauch trainiert hatten. An diesem Abend jedoch hätte niemand diese Vorbereitungen erahnen können, als sich die beiden bewegten und drehten und einander dabei ansahen, Agnes mit ruhigem, konzentriertem Gesicht, Bob mit einem leichten Lächeln, das auf seinen Lippen lag, aber seine Augen nicht erreichte.

So war unser Leben in den 70er Jahren, diesem Jahrzehnt des Wartens, wie es einige unserer Geschichtsbücher jetzt nennen, obwohl das uns, die wir damals lebten, durchaus nicht so vorkam. Lange Zeit gaben sich die unter uns, die am Aufstand teilgenommen hatten, mit dem demütigenden Urteil zufrieden, das die Geschichte darüber gefällt zu haben schien und uns nicht einmal den würzigen Duft anständiger Erinnerungen ließ. Der Aufstand war gekommen und gegangen und hatte kaum eine Narbe auf dem Land hinterlassen, übrig waren nur einige Dutzend in englischen Gefängnissen eingesperrter Männer. Und als später eine Art Fenierkult entstand, mit Bannern und Liedern und billigen Pamphleten, mit scharfen Fotos für die Kneipenwände und dem Öldruck der Märtyrer von Manchester auf dem Schafott, Allen, Larkin und O'Brien, über denen mit Schnörkelschrift »Gott schütze Irland« stand, während die drei sich die Hände reichten, als ihr Hals schon in der Schlinge steckte, unter einem düsteren und regenverhangenen englischen Himmel und über einem triumphierenden englischen Mob – da erschien zumindest mir das alles als grelle Phantasie, die nichts mit der Wirklichkeit zu tun hatte.

Denn die Wirklichkeit bedeutete Heiraten, Geburten, Mathematikunterricht, Buchhaltung in Tullys Laden, Möbel, ein geselliges Glas in den Kilpeder Arms und sonntags, nach der Messe, ein Spaziergang in die sommerlichen Hügel, vorbei an üppigen Weiden und schnellfließenden Bächen. Der Aufstand wirkte nun noch weniger real als sogar Markttage und Renntage, wo sich die Menschenmengen lachend und schwitzend zusammendrängten und der Gestank verschütteten Porters aus den Schenkentüren strömte. Ich erinnere mich an eine Nacht, als ich am Stadtrand bei Grennan vorbeikam, einer von Tagelöhnern und ihresgleichen frequentierten Shebeen, daß ich drinnen eine portergetränkte

Stimme diese törichte Ballade über Clonbrony röhren hörte und daß ich ganz ohne Eitelkeit dachte, daß ich jetzt ein Lied über mich selber hörte, über ein nicht erkennbares Ich, einen Öldruck.

So spielte die Geschichte uns ihre Streiche; denn in jenen 70er Jahren, als unser Leben für immer seine Bahn gefunden zu haben schien, wurden endlich Ned Nolan und die anderen schweren Fälle aus dem Gefängnis entlassen, und wir hörten als nächstes einige Wochen später etwas über ihn, als er in New York ankam und ein Empfangskomitee ihn im Hafen erwartete. Danach gab es ein Bankett und am nächsten Abend eine Massenversammlung in der Webster Hall, über die nicht nur die irischen Zeitungen in New York berichteten, sondern auch *Herald* und *Times*. Die *Times* brachte einen Druck, der ihn zeigte, wie er über die Laufplanke schritt, nicht zu erkennen, in einen Mantel mit hochgeschlagenem Kragen gehüllt, während der *Irish Sentinel* ihn auf dem Podium der Webster Hall zeigte, mit frisch angelegtem Schnurrbart und anständiger, aber schlecht sitzender Jacke. Hinter ihm saßen in einer langen Reihe die Männer, die schon vor ihm in New York angekommen waren, Devoy, Connolly, Lyons, Gaffney und die anderen. Der Applaus auf seine Rede schien das Dach zu heben, aber es war doch nicht, was sie erwartet hatten. Eine kurze Rede, die der *Sentinel* vollständig widergab, ohne rhetorische Überschwenglichkeit. Devoy entschädigte für alles, denn er schilderte Clonbrony Wood als einzige lichte Seite in der trüben Geschichte des Aufstands und malte dann die entsetzlichen Einzelheiten von Neds Leben im Gefängnis aus. »Nolan der Fenier«, so nannte ihn der *Sentinel*, und dieser Name blieb haften. Es war ein seltsamer, wie durch ein Schlaglicht herausgehobener Moment in seinem Leben, zwischen der Finsternis seines englischen Gefängnisses und den obskuren, mörderischen Schatten, in denen er bald untertauchen sollte.

»Da hast du's«, sagte ich zu Bob, als wir zusammen in den Kilpeder Arms im Separee saßen und vor uns die amerikanischen Zeitungen ausgebreitet hatten.

»Das ist jetzt alles vorbei«, sagte Bob Delaney, zugelassener Anwalt. »Es konnte für uns nicht vorbei sein, solange Ned noch da drüben eingesperrt war.«

»Was wird er jetzt machen?« fragte ich. »Was kann er jetzt machen? Er hat keinen Beruf, nur die paar Jahre in der Armee.«

»Der Beruf seines Vaters war die Rhetorik«, meinte Bob. »Aber der Sohn scheint dafür nicht geeignet zu sein.«

»›Nolan der Fenier‹«, sagte ich. »Das könnte ein Jahr von Banketten bringen.«

In unseren Scherzen lag Bitterkeit; und sie senkte sich auch in den Whiskey in meinem Glas.

Die 70er waren große Zeiten, um aus der Haft entlassene Fenier willkommen zu heißen, in Dublin oder in Boston oder in New York. Vier von den vielen, die im Januar 1878 entlassen worden waren, landeten am zwölften um sechs Uhr abends in Kingstown, und Dublin war außer sich vor Aufregung.

In der Dunkelheit eines Winternachmittags war der Hafen beleuchtet, und oben in Howth brannten, über die ganze Bucht hinweg zu sehen, Freudenfeuer, wie die Feuer, wie eine Zeitung blasphemisch äußerte, die der heilige Patrick auf dem Hügel von Slane angezündet hatte, und solche Feuer gab es auch im Süden, in Dalkey. Das *Freeman's Journal* brachte eine Skizze, auf der die vier das Postschiff verließen, und in meiner Erinnerung verschwimmt sie mit dem Bild von Ned in der New Yorker Zeitung. Raketen wurden abgefeuert, und nicht weniger als drei Blaskapellen hatten sich auf der Promenade verteilt und spielten »A nation once again« und »God save Ireland«. Aber das war erst der Vorgeschmack. Als der Zug in Westland Row ankam, warteten schon Tausende auf ihn, und die Anzahl der Blaskapellen war auf achtzehn angestiegen. Der Kutsche, die die vier Entlassenen ins European Hotel in der Bolton Street brachte, folgte eine dichte Menschenmenge, lärmend, aber gesittet. Inzwischen war es dunkel geworden, und Hunderte von Fackeln flackerten und tropften. Drei der Häftlinge, denn das waren sie bis vor Tagen gewesen, McCarthy und O'Brien und Chambers, waren Soldaten, die 67 vors Kriegsgericht gestellt und zu lebenslänglich Zuchthaus verurteilt worden waren. Das letzte Jahrzehnt hatte sie geprägt, ihre Augen lagen tief in den Höhlen, ihre Schritte waren unsicher. Der vierte Mann, gefängnisblaß aber gutaussehend mit seinem üppigen Schnurrbart, eingehüllt in einen Pelerinenmantel, den ihm Anhänger in London verehrt hatten, sprach für alle vier.

Wir lasen damals natürlich alles darüber, aber meine Erinnerung wird aufgefrischt durch ein Pamphlet, das der *Irishman* damals veröffentlichte und in dem der Empfang, die Willkommensreden und die zu dieser Gelegenheit verfaßten Gedichte ausführlich wiedergegeben wurden. Der Stil der Reden war saftig wie Granatäpfel. Major Purcell O'Gorman, Mitglied des Parlaments, den ich in späteren Jahren kennenlernte, lieferte die saftigste – er war ein riesengroßer Mann, fast schon kugelförmig, und seine Reden wurden hochgelobt, obwohl er privat, whiskeygeschmiert, blasphemisch und obszön wie ein Türke sein konnte. »Ihr habt euer Leben und eure Freiheit auf dem Altare eures Landes dargebracht; und wenn auch durch euer Opfer seine Freiheit nicht errungen werden konnte, so ist doch seine Ehre gerettet, seine Männer haben sich bewährt, und unter uns ist ein neues Ehrgefühl entstanden, das das Land dereinst erlösen und erneuern wird.«

»Der wiederauferstandene Thomas Justin Nolan«, sagte Bob und las mir Auszüge aus O'Gormans Rede mit passendem Pathos in Stimme und Gesten vor, und doch verbarg seine Stichelei eine Sehnsucht danach, daß diese Worte sich bewahrheiteten, daß der Aufstand die Ehre des Volkes gerettet hätte, und ich glaube, jetzt, wenn wir einen Tag, ein Jahr nennen müßten, um den Zeitpunkt festzulegen, an dem der Aufstand von der trüben Tatsache zu Sage, Mythos, Vorsehung wurde, warum dann nicht diese Winternacht, mit den Blaskapellen und den Tausenden auf den Straßen, mit fliegenden Raketen und lodernden Feuern in Howth und Dalkey? Nie mehr wieder würden Iren bewaffnet in ihrem eigenen Land in den Kampf ziehen, und obwohl wir mit unseren wenigen Gewehren und Karabinern, unserer Ungeschicklichkeit und unserer Feigheit kein umwerfendes Bild abgegeben hatten, hatten wir doch gekämpft, hatten geschossen und waren beschossen worden, hatten den Eid abgelegt. Die Republik Irland ist hiermit ausgerufen, eine idiotische Phrase mit ihrem eigenen idiotischen Adel. Die, die von der Krone glimpflich behandelt worden waren, denen eine verächtliche Warnung erteilt worden war, worauf man sie, Viehhirten und Tagelöhner, zurück in ihre Dörfer geschickt hatte, und sogar die Hunderte von Männern, die wie Bob und ich sechs Monate, acht Monate oder sogar ein Jahr im Gefängnis verbracht hatten, kamen schweigend nach Hause und wurden mit Schweigen empfangen. Aber im Laufe der Jahre, als Jahrgänge von Gräsern auf den Wiesen wuchsen, wo Männer gekämpft hatten, erschienen die Männer, die noch immer in Haft waren, in der Abstand schaffenden Perspektive der Zeit als Vorwurf an uns, für unsere friedlichen Jahre.

Die vier standen nebeneinander vor einem hohen Fenster im ersten Stock des European, und solange sie dort standen, wollte die Menge sich nicht zerstreuen, das berichtet der *Irishman*, der auch eine Illustration beisteuerte: Vier Männer, einer kaum vom anderen zu unterscheiden, Folge des billigen und schlampigen Drucks. Jetzt, ein Vierteljahrhundert später, bricht das vergilbte Papier unter meiner Berührung. Hinter den vier Männern sind vage einige Gestalten zu erkennen, die Organisatoren der »Ehrung«. Patrick Egan, John Dillon, James Carey, T.D. Sullivan – Fenier, Mitglieder der Organisation, respektable nationalistische Journalisten und Anwälte, und sogar, als billiger Druckfarbenfleck, Charles Stewart Parnell, der sichergestellt hatte, wirklich dabei zu sein und bereits einen Tag früher mit dem Postschiff gekommen war, noch ein Mysterium, Gutsbesitzer aus Wicklow, Aristokrat, Cambridge-Absolvent, Protestant, grimmig und unergründlich. Wenn dieses Bild doch nur klarer wäre – schließlich sollten diese Kleckse von Druckerschwärze während des nächsten Jahres unser Leben bestimmen – wenn es ein Foto wäre, auf dem jeder Zug, jede Kontur klar und deutlich wäre und Charakter, vielleicht sogar Schicksal andeuten könnte! Dann würde es sicher zeigen, was sehr bald andere bemerkten: Daß die vier Männer am Fenster elend aussahen, blaß und verwirrt, und daß ihre Augen tief in den Höhlen lagen. In der folgenden Nacht brach einer von ihnen, McCarthy, zusammen und starb – aufgrund der jahrelangen Mißhandlungen im Gefängnis, wie der Leichenbeschauer später feststellte. Der andere, O'Brien, starb eine Woche später. Sie wurden in Glasnevin begraben, aber nur die Carmeliterkirche in der Clarendon Street nahm sich ihrer an, denn reulose Fenier waren noch immer mit dem Bann belegt und hatten keinen Zugang zu den Sakramenten – die Hölle, wie Bischof Moriarty festgestellt hatte, war schließlich weder heiß noch ewig genug für solche Verbrecher, die aber dennoch zu Nationalhelden geworden waren.

Die Organisation wandte den Tod von McCarthy und O'Brien äußerst nutzbringend an und veranstaltete gewaltige Leichenzüge nach Glasnevin – die größten, wie es hieß, seit der Beerdigung von O'Connell, größer noch als die von Terence Bellew MacManus vor dem Aufstand. Das große Rennen nach patriotischen Leichen hatte begonnen, das im Leben Irlands immer noch nicht beendet ist. Armer O'Brien und armer McCarthy – Bauernburschen, von

Armut oder Ruhelosigkeit in die britische Armee getrieben, hatten sie eines Nachts in irgendeiner Bruchbude in Dublin in der Nähe der Kaserne den Feniereid abgelegt, waren durch eine Denunziation aufgeflogen, ehe auch nur ein Schuß gefallen war, und in ein englisches Gefängnis gebracht worden. Während meiner eigenen kurzen Zeit, denn schließlich sind sechs Monate nur verlängerte Ferien, konnte ich auf dem Gefängnishof die irischen Häftlinge sofort erkennen. Gespräche waren verboten, und wir gingen in Dreierreihen immer wieder im Kreis, unsere Köpfe waren geschoren, und während der ersten Monate trugen wir breite Pfeile auf unseren Jacken, waren Eigentum Ihrer Majestät und sahen alle gleich aus – Fenier, Straßenräuber, Sodomiten, Einbrecher. Wer jedoch die Knüppel der Wärter zu kosten bekam, Rippenstöße oder Schläge mit dem eisenharten Holz auf den Oberarm, war fast immer ein Fenier. Warum sie uns so haßten, weiß ich nicht, aber es war wirklich so. O'Brien und McCarthy hatten das viele Jahre lang erleiden müssen, ohne zu sprechen, ohne die Sakramente, und dann brach plötzlich wie ein Sonnenaufgang die Freiheit über sie herein und blendete sie, die schreiende Menge, eine verwirrende, unbegreifliche Lobhudelei, und Männer, die ihnen wie Fürsten, Gouverneure oder Gefängnisinspektoren erschienen sein müssen, die Gehröcke trugen und hohe glänzende Zylinder in der Hand hielten, priesen sie als Helden. Vielleicht explodierten ihre Herzen.

Sie brauchten nur wenige Wochen, wenige Monate zu warten. Sie waren rasch genug vergessen, die meisten der heldenhaften Fenier. Ab und zu trieben ihre Namen an die Oberfläche, in Briefen aus den Staaten oder in amerikanischen Zeitungen: Nachtwächter in New Jersey, Polizisten in Chicago. Das war natürlich nicht bei allen von ihnen so: Nicht bei Devoy, nicht bei Rossa, bei Boyle O'Reilly oder Ned Nolan. Aber die meisten unter ihnen wurden von der Geschichte zerkaut und dann lebendig wieder ausgespuckt, wie die letzten Überlebenden der Light Brigade, die noch vor wenigen Jahren als Pensionäre, deren lange weiße Bärte über ihre scharlachroten Röcke hinabfielen, in Chelsea bestaunt wurden.

Bei einem dieser vier Männer lag der Fall jedoch ganz anders. Ich betrachte sein unscharfes Abbild, aber es verrät mir nichts. Im Gegenteil, ich dichte in die verblaßte Druckerschwärze hinein, was ich über ihn weiß, was wir alle über ihn wissen. In der behaglichen Wärme des Hotels hat er seinen Pelerinenmantel ausgezogen, aber der Druck zeigt uns nicht den leeren, in einer Jackentasche festgesteckten Ärmel; der Arm wurde abgerissen, als Michael Davitt, ein Junge von elf, in einer Mühle in Lancashire arbeiten mußte, ein Kind der Hungersnot, im schwarzen Jahr 49 aus einer Hütte in Mayo vertrieben, deren Steine auseinandergerissen und deren Dach angesteckt wurden. Er sollte in ganz Irland bekannt werden, und ich selber habe ihn später getroffen und mit ihm gesprochen, denn schließlich trat Bob doch seiner und Parnells Partei bei. Aber vorher war er auch schon hiergewesen, in Kilpeder, während des großen Boykotts. Inzwischen war er bereits berühmt, drei knappe Jahre nach seiner Entlassung aus dem Gefängnis, der Mann, der »Mayo in Brand gesteckt hatte«, wie die englischen Zeitungen schrieben, die sich niemals Ruhe zu der Überlegung gönnten, daß das Feuer bereits im Jahre 49 entfacht worden war, als ein Verwalter ein Hüttendach angesteckt hatte und kleine Kinder, unter ihnen Michael, hilflos zusehen mußten, wie ihre bescheidenen Möbel auf die Straße geschleudert wurden.

Jetzt, im Jetzt dieses zerfallenden Pamphletes, ist er nur ein Schatten, und hinter ihm, noch schattenhafter, ein vager Fleck unter anderen vagen Flecken, steht Parnell. Hätte einer von ihnen allein das erreichen können, was sie gemeinsam schafften: eine Revolution? Ganz zu schweigen von ihrer Wirkung auf unseren kleinen Kreis in Kilpeder, in den seltsamen Jahren, die für uns nun folgten und in denen ich als einziger ungeschoren davonkam: Schulmeister, Volkskundler, Ehemann und Vater, Zuschauer am Straßenrand, in Salonecken, im Schatten.

Dieses Pamphlet des *Irishman* ist ein zufälliger Triumph. Davitt sieht man dort, Parnell, Dillon und Sexton, die Parnells Leutnants werden sollten, Biggar aus Belfast, Fenier und Gemäßigte, die zu dieser Gelegenheit zusammengefunden hatten. Ganz im Hintergrund, zu unwichtig, um bereits viel Platz zu erlangen, steht James Carey, bullig und mit Walroßschnurrbart, was wir jedoch nicht sehen können, Mitglied der Stadtbehörde, Baumeister und Spekulant, der in wenigen Jahren, von Gemäßigten und Feniern gleichermaßen angeekelt, sich an der Verschwörung beteiligen sollte, die die Invincibles mit Revolvern und Derringers auf die Straßen von Dublin schickte, in den Phoenix Park, um dort mit langen Skalpellen Cavendish und Bourke zu ermorden, den Staatssekretär und seinen Stellvertreter. Alle sind da, undeutlich auf dem schäbigen Druck im *Irishman*. Ihm fehlt nichts, diesem Druck, um wirklich vollständig zu sein, mit Ausnahme des einen unabdingbaren Bestandteils jeglicher irischer Unternehmung, des Denunzianten, des Verräters. Ach, aber er ist doch auch da, kann man einwenden, denn schließlich hat doch Carey am Ende doppelt gearbeitet, erst geholfen, die Invincibles zu organisieren und ihnen den Mord zu ermöglichen, um dann Kronzeuge zu werden und durch seine Aussage ihr Leben zu opfern. Was wollen wir denn noch mehr? Aber nicht so schnell! Der Redakteur des *Irishman* verpaßt seinem Text ein hervorragendes Ende: Nach einer finsteren Nacht, sagt er uns, erglühen die ersten Farben einer neuen Dämmerung über unseren irischen Hügeln und Flüssen, unseren reichen Weiden. Und er unterschreibt mit seinem Namen, und auch seine Unterschrift ist hier wiedergegeben – breite, zuversichtliche schwarze Buchstaben, Schlingen und Schleifen: *Richard Pigott, Herausgeber.* Wählt euren Judas, Carey oder Pigott, je nach politischer Überzeugung; zwei Schurken für den Preis eines Pamphletes, selbst für irische Verhältnisse ein Spottpreis. Aber die Überschrift ist ein nettes symbolisches Detail, ein böses Omen; schließlich versuchte Pigott am Ende durch die Fälschung von Parnells Unterschrift Parnell, seinen ehemaligen Anführer, mit den Morden im Phoenix Park, mit diesen zerfetzenden Skalpellen, in Verbindung zu bringen.

Ich kann nicht mehr sagen, wie dieses Pamphlet in meine Hände geraten ist. Vielleicht habe ich es in Cork gekauft, vielleicht hat Bob es von dort mitgebracht und an mich weitergereicht. Aber ich kann beschwören, daß es damals keinen großen Eindruck auf mich machte. Was danach geschah, geschah sehr plötzlich, so kam es den meisten von uns wenigstens vor. Davitt hatte natürlich seine sieben Jahre im Gefängnis gehabt und hatte sich alles überlegen, hatte seine Pläne für den nächsten Schritt machen können. Und Parnell – aber wer hätte ihn je durchschauen können, damals oder später? Sein Stern ging nun langsam auf; bald sollten wir in vollem Ernst über Parnells Stern reden, als ob er mit dem Schicksal, mit seinem Tierkreiszeichen einen Pakt geschlossen hätte. Seit einem vollen Jahr hatte er nun schon die Kontrolle über die Home-Rule-Partei, nachdem er den armen anständigen Gentleman Isaac Butt, der Ned Nolan vor Gericht verteidigt hatte, beiseite gefegt hatte. Das war uns allen, die Zeitungen lasen, klar, und wir wußten auch, daß er sich den Zorn des Unterhauses zugezogen hatte, von Whig und Tory gleichermaßen, weil er Nacht für Nacht den Betrieb aufhielt. Die Bezeichnungen, die man in England für ihn hatte, wirkten ausländisch in ihrer Schärfe – »Prolet«, »Flegel«, »Renegat«, »fanatischer Hasser seinesgleichen« –, klangen für irische Ohren jedoch entzükkend. Wir wußten, daß er als Ire galt und sich auch selber als Ire betrachtete, aber er war kein Ire so wie wir, er sprach mit englischem aristokratischem Akzent und trat locker und lässig, selbstsicher und fast arrogant auf. »Ein englisches Schwert, für einen irischen Zweck geschmiedet«, sagte Davitt später über ihn.

Davitt vergeudete keine Zeit. Kaum war McCarthy anständig unter die Erde gebracht – oder unanständig, das kommt darauf an, was man von solchem patriotischen Karneval hält – begab er sich nach Mayo, das er als vierjähriges Kind verlassen hatte, und zwar mit einem Zug, der an jedem Bahnhof hielt, damit er sich feiern lassen konnte – in Ballyhaunis und Claremorris und Castlebar, und überall organisierten die Fenier seinen Empfang. In Castlebar gab es einen langen Fackelzug, und viele Männer und Frauen begleiteten ihn am nächsten Tag auf das Feld, wo im Jahre 1798 die Männer von Mayo und die Franzosen, die zu ihrer Unterstützung herübergekommen waren, General Lake und seine Rotröcke besiegt hatten. Das alles wurde ausführlich im *Connacht Telegraph* berichtet und einige Tage später vom *Cork Examiner* und zweifellos auch von den Dubliner Zeitungen übernommen. Es ist seltsam, daß sich die Aufmerksamkeit so sehr auf Davitt konzentrierte, denn damals unterschied er sich nur wenig von anderen freigelassenen Feniern. Als er 1870 verhaftet wurde, war er ein junger Mann von vierundzwanzig Jahren, ein Waffenbeschaffer für die Organisation, findig und von raschem Verstand, aber nicht wichtiger als zwei Dutzend andere. In späteren Jahren sagte er oft, daß er im Gefängnis den Schlachtplan ausgearbeitet hätte, den er alsbald in die Tat umsetzen sollte; aber davon war in der ersten Zeit noch nichts bekannt. Und doch richteten sich in diesen Wintermonaten des Jahres 1878 aller Augen auf Davitt, als ob alle spürten, daß er wußte, was als nächstes geschehen würde.

In Mayo besuchte er, wie der *Connacht Telegraph* kurz berichtet, das Haus seiner Vorfahren in Straide, genauer gesagt, die Stelle, an der es gestanden hatte. Jahre später beschrieb er mir bei unserer einzigen Begegnung in Dublin diesen Besuch. Wir saßen in Morrisons Hotel im Rauchsalon, er saß zwischen Bob und mir, die Gläser mit Porter in den Händen hielten, die er uns unbedingt hatte ausgeben wollen, während Davitt selber eine Gingerlimonade trank. Er war in Wirklichkeit hagerer, als seine Fotos ahnen lassen, seine Augen lagen sehr tief in seinem schmalen Gesicht, und die Haut über dem schwarzen kurzgetrimmten Bart spannte sich über den Wangenknochen. Während all der Jahre, die er damit schon lebte, war es ihm nie gelungen, so kam es mir vor, sich an den leeren Ärmel zu gewöhnen, der in seiner Tasche sorgfältig festgesteckt oder angenäht war. Wenn er mit jemandem sprach, dann drehte er sich in seinem Sessel um und schob seinem Gesprächspartner seine heile Schulter entgegen.

»Ja«, sagte er, »ja, in der Tat. Ein Besuch in der Heimat der Familie, ein ergreifender Moment.«

Der Rauchsalon war überfüllt. Es war ein beliebtes Hotel, das Home-Rule-Politiker und Land-League-Agenten frequentierten, wenn sie in der Stadt zu tun hatten, ebenso wie Viehhändler und Handelsreisende, so daß Loyalisten und Nationalisten auf Tuchfühlung saßen. Einen Monat später wurde Davitt hier verhaftet, weil er gegen die Bedingungen seiner Entlassung verstoßen hatte, zwei Monate später holte die Polizei Parnell ab. Walnuß und Leder, die Luft zum Schneiden dick vom Zigarrenrauch, Jagdszenen an der Wand.

»Ja, in der Tat«, wiederholte Davitt. »Mein Besuch zu Hause.«

Straide ist ein kleiner Weiler an der Straße zwischen Foxford und Castlebar, eine Ansammlung von kleinen Gehöften, eine Wegkreuzung, ein Hökerladen und eine Schenke, eine Kirche. Und eine alte Abtei, Straide Abbey, die kein Dach mehr hat, aber einige schöne Gräber aufweist. Er begab sich an einem kalten klaren Morgen in einem Ausflugskarren dorthin, dem zwei weitere Wagen folgten. Onkel erwarteten ihn, Vettern. Hinter der Abtei, wo sein Haus und die Häuser der Nachbarn gestanden hatten, zeigten die kahlen Felder keine Spur mehr. Davitt und sein Onkel Patrick gingen über harte, festgetrampelte Erde. »Ungefähr hier muß es gewesen sein«, sagte Patrick Kielty. »Wenn man in Richtung der Morgensonne blickte, lag die Abtei hinter der linken Schulter. Ich weiß noch, wie ich deinem Vater bei der letzten guten Ernte geholfen habe.« – »Sie haben die Wände eingeschlagen«, sagte Davitt, »aber die Steine müssen doch noch da sein.« Er war vier Jahre alt gewesen, er konnte sich nicht erinnern. »Eine

Zeitlang lagen sie natürlich hier herum«, erwiderte Patrick Kielty, »aber der Gutsherr hat diese Steine und die Steine der anderen geräumten Häuser für die neuen Grenzmauern verwendet.« Eine dieser Mauern führte an der Straße entlang zur Kirche. Das sind vielleicht einige von unseren Steinen, dachte Davitt. Kielty stampfte mit dem Stiefel auf. »Merkst du, daß der Boden hier uneben ist?« fragte er. »Hier könnte das Haus gestanden haben.« – »Der Gutsherr«, sagte Davitt. »Knox aus Ballycastle. Ich weiß noch, daß mein Vater über Knox aus Ballycastle gesprochen hat.« In der häßlichen Stadt in Lancashire mit ihren Webstühlen und Fabriken, wo ein Junge von elf seinen Arm verloren hatte. »Nicht Mr. Knox«, widersprach Kielty, »der ist schon lange nicht mehr hier. Jetzt gehört die Stadt Mr. Joynt, einem englischen Gentleman. Und diese Pappel hier, an die erinnere ich mich noch. Hier ist es, Michael.« Die Pappel hatte dürre Zweige.

Davitt ging die Straße hinab zur Abtei. Jetzt im Winter überwucherte brüchiges Unkraut den Pfad. Klares kaltes Licht fiel durch die schmalen Fenster der Nordwand, und unter den Fenstern gab es ein kunstvoll gemeißeltes Grab, die Heiligen Drei Könige, Christus zeigt Seine fünf Wunden, ein kniender Bischof. Stücke von zerbrochenen Statuen lagen auf dem Boden des Altarraums. Davitts Vater hatte ihm von der Abtei erzählt. »Die Jordans aus Exeter haben sie erbauen lassen. Im 13. Jahrhundert. Das waren Engländer, eine Art Engländer, die Normannen genannt werden.«

Eine Art Engländer, von Jordan aus Exeter bis zu Mr. Joynt aus Gott weiß wo, der kurz nach der Hungersnot herübergekommen war, angezogen von der Möglichkeit, verschuldete Güter günstig zu erwerben. Und jetzt, in Davitts erstem Freiheitswinter, stand Mayo abermals auf der Schwelle einer Hungersnot, eine Mißernte nach einer Mißernte im Jahre 77 und einer noch katastrophaleren im Jahre 78.

»Keiner von euch weiß, was eine Hungersnot ist«, sagte Davitt und nickte erst Bob und dann mir zu. »Ich weiß es ja selber kaum, war damals ein kleines Kind im langen Kleid. Später ist mir alles immer wieder erzählt worden. Wir konnten nirgendwo hingehen. Die Nachbarn haben uns für ein oder zwei Wochen mit durchgefüttert, erst eine Hütte, dann die andere, aber sie hatten ja selber kaum etwas. Am Ende sind wir nach Swinford gegangen, zum Arbeitshaus. Meine jüngste Schwester war erst zwei Monate alt, und meine Mutter und meine andere Schwester wechselten sich beim Tragen ab. Mein Vater ging voraus. Er sprach mit niemandem. Ich meine, mich vage daran zu erinnern, an die lange Straße nach Swinford. Wir baten beim Arbeitshaus um Aufnahme, aber es gab die Regel, daß Jungen, die älter als drei waren, bei den Männern wohnen mußten. Meine Mutter packte mich und schwor, lieber am Straßenrand sterben zu wollen, und mein Vater konnte ihr keinen Widerstand entgegenbringen. Wir verbrachten eine Stunde im Arbeitshaus von Swinford, die große Schande der Familie. Wir sprachen in unserer Hütte in Haslingden davon, erwähnten es Fremden gegenüber jedoch nie.«

Er schnippte mit den Fingern, um einen vorübergehenden Kellner herbeizurufen. »Eine Kanne Tee, bitte, und ein paar Brote würden sich jetzt gut machen. Einige mit Schinken und einige mit Huhn, mischen Sie sie ein bißchen.«

»Ja«, sagte der Kellner, »sofort, Mr. Davitt, Sir.«

Plötzlich begann Davitt zu lachen, setzte sein Glas hin und schlug mit der flachen Hand auf den Tisch. »Aber nur auf Gälisch, über unsere Schande sprachen wir nur auf Gälisch – unsere eigene Sprache, die nur für Unglück, Dreck, Schande zu gebrauchen ist. Bei Gott, ich schäme mich nicht. Schämen soll sich ein Land, das Frauen und Kinder heimatlos auf die Straße jagt. Wir hatten vielleicht sogar Glück. Auf den Feldern hinter dem Arbeitshaus von Swinford sind sechshundert in einem Massengrab verscharrt, nur eine Tafel kennzeichnet die Stelle«, erzählt er. »Ihr habt eine Hungersnot oder etwas sehr Ähnliches in eurem County gehabt. Davon zu hören ist eins, nichts zu essen zu haben, deine eigenen Kinder verhungern zu sehen ist etwas anderes. Und das mußten meine Eltern erleben, ehe sie Liverpool erreichten. Aber wißt ihr, das aufzuschreiben, was erlebt worden ist, damit alle es fühlen können. Das ist eine seltene Begabung.«

Er legte Bob die Hand auf den Unterarm, denn er hatte von Bob gesprochen, dessen Bericht über *Weihnachten in den Boggeraghs* in jenem Winter 79 von der League weit verbreitet worden war.

Bob zuckte die Schultern. »Hughie hat mir zur Seite gestanden, und die feine literarische Würze, wie man sie vielleicht nennen könnte, hat er beigesteuert.«

Ich widersprach ihm nicht. Bob hatte einen kräftigen, mitreißenden Stil, wenn er die Feder in die Hand nahm, und die Fähigkeit des Anwalts, Argumente aufmarschieren zu lassen. Aber niemand würde ihn deshalb als Literaten bezeichnen. Es war der grimmige und unvergeßliche Bericht über diese elenden Bergbewohner, die Woche für Woche tiefer in den Hunger getrieben wurden, der den Artikel zu einem düsteren Wunder machte, und das alles stammte von Bob, wie auch die wilde Anklage gegen Bartholomew Colthurst, den Besitzer dieser kargen Hügel. Die Beschreibungen stammten von mir und waren auf Bobs Wunsch hinzugefügt worden – der kahle winterliche Horizont, die Lehmhütten, in denen sich die Familien abgemagert und abgerissen aneinanderdrängten, die Verwalter und das Räumungskommando mit ihren Rammböcken. Was ich von diesem entsetzlichen Tag, den wir in den Boggeraghs verbrachten, mitgebracht hatte, war ein Bettlerbündel aus Farben, Gerüchen, Geräuschen, ein Gefühl von Elend und Verzweiflung, das sich durch Worte nicht mehr fassen ließ. Aber wenn die Menschen durch die Artikel in Zorn versetzt wurden, dann geschah das sicher durch Bobs klaren Beweis, daß das System, durch das das Land gehalten wurde, bei Gelegenheit auch eine Form von Verfolgung und Mord sein konnte.

»Ich erinnere mich an diese feine literarische Würze«, sagte Davitt. »Vielleicht haben Sie Ihren Beruf verfehlt, Mr. MacMahon.«

»Nein, das habe ich nicht«, sagte ich und schüttelte den Kopf. »Die Natur hat mich zum Schulmeister geschaffen.«

»Sie hat Ihnen aber immerhin Zeit für einen Aufstand und eine Gefängnisstrafe gelassen.«

»Ein paar Stunden für den einen«, erwiderte ich, »und ein paar Monate für die andere. Das hat meinen Appetit auf Heldentum gestillt.«

»Das glaube ich gern«, sagte Davitt. Wie sie wohl gewesen waren, diese sieben Jahre, die er von seinen fünfzehn Jahren abgesessen hatte! Eine mechanische Existenz – Wärter, Eisengitter, schlurfende Schritte beim Hofgang.

»Vor zwei Jahren«, fuhr Davitt fort, »als 79 die League gegründet wurde, brauchten wir dringend intelligente Männer, energische Männer, die als Agenten arbeiten konnten. Damals waren Rekruten wie Bob hier selten genug. Heute ist das ganz anders. Die League marschiert; wir sind eine Organisation, vor denen die Engländer mehr Angst haben als jemals vor O'Connells Association. Und, und das ist noch wichtiger, die Gutsbesitzer fürchten sie viel mehr als O'Connell, der schließlich selber einer war und sich all seinen mutigen Worten zum Trotz um ihr Wohlergehen sorgte.«

»Mr. Parnell ist ebenfalls Gutsbesitzer«, warf ich, hoffentlich mit sanfter Stimme, ein. »Mit schönen Farmen und wogenden Weiden oben in Wicklow.«

»Stimmt«, gab Davitt unangefochten zu, »aber er ist in seinem Kampf für die Pächter und die kleinen Bauern um kein Jota gewichen. Das ist ein Unterschied zwischen Parnell und O'Connell, und ich könnte noch viele andere anführen.«

Es war eine faire Antwort.

Wir sind, wie oft festgestellt worden ist, ein seltsames Volk. Der absolute Eckstein der Bewegung, die Parnell und Davitt zusammengeschmiedet hatte – den Gentleman, der Fuchsjagden liebte, und den vorbestraften Fenier –, war der Krieg bis aufs Messer gegen die Großgrundbesitzer, und dabei war Charles Parnell doch Parnell von Avondale, Herr über weite Felder, mit Cromwells Schwert erobert, wie ein Zeitungsartikel es ausgedrückt hatte. Und das entzückte uns, wenn ich ehrlich sein soll. Wir sind ein Volk von Snobs, jeder einzelne von uns, von den Heckenpoeten und wandernden Harfnern des 18. Jahrhunderts, die vor ihren englischen Herren krochen, bis zu den Leitartikeln unserer patriotischen Presse. Davitt war einer von uns, aber Parnell stand für sich, distanziert, kühl.

»Was ich meine, Mr. MacMahon«, sagte Davitt, »ist, daß die Land League heutzutage über genügend Helfer verfügt, aber ich ziehe Männer vor, auf die ich mich verlassen kann, Männer wie Bob hier, und Männer, für die Bob garantiert.«

»Ich habe verstanden, was Sie meinen, Mr. Davitt, und ich fühle mich geehrt«, sagte ich. »Aber ich habe genug Öffentlichkeit gehabt, in meinen wenigen Stunden und meinen sechs Monaten. Ich wünsche Ihnen und Ihrer Sache viel Erfolg. Wenn in Kilpeder eine Hand benötigt wird, um eine Fackel auf einer Demonstration der League zu tragen oder um bei einer Veranstaltung das Podium aufzubauen, können Sie sich auf mich verlassen. Aber dabei bleibt es dann auch.«

»Ja.« Davitt lächelte höflich und zuckte mit seiner heilen Schulter. Näher kam ich in den ersten triumphalen Jahren der League nicht an die großen Ereignisse heran, obwohl Bob später wieder Verwendung für mich haben sollte.

Diese Nacht lag in den großen, stürmischen frühen 80er Jahren, die während der 70er Jahre – als Mary und ich die Kinder bekamen, als Bob und Agnes ihren Hausstand gründeten und als

Vincent seine bunten, übelbeleumdeten Abenteuer beging – niemand von uns erwartet hätte. Aber das ist einer der Streiche, den die Geschichte spielt, nicht den normalen Menschen, sondern den Historikern. Das ist mir bei Patrick Prentiss aufgefallen. In den Geschichtsbüchern, ob sie nun nationale oder loyale Standpunkte vertreten, werden die 70er als die stillen Jahre, die ruhigen Jahre, die Jahre der Vorbereitung oder ähnlich blödsinnig bezeichnet; denn Historiker scheinen instinktiv der Ruhe und Stille, den Jahreszeiten, den Sternen gegenüber feindselig eingestellt zu sein. Die League, die Boykottaktionen, Parnells Aufstieg, die Landgesetze, die letzte Explosion in Bitterkeit und Zerwürfnis, das melancholische Nachspiel – daraus wird für sie die Geschichte gemacht.

Und doch sehe ich rückblickend die langsame Saatzeit der 70er. Wir alle sehen vielleicht das, was wir sehen wollen. Bob, glaube ich, war ein von Geschichte unbelasteter Mann, schnell und brüsk, bereit, Entscheidungen zu treffen und zu handeln. Auch Ned glaubte, die Geschichte beiseite geschleudert zu haben, aber das war nicht der Fall; sie heftete sich an seine Schritte, eine scharf zubeißende sabbernde Promenadenmischung. Es sind vielleicht Leute wie ich, ruhige Männer, die ihren Pakt mit der Geschichte gemacht haben, die wirklich in ihr leben, und wir kosten die ruhigen Zeiten, die stillen Jahrzehnte aus: das Heranwachsen unserer Kinder, die Verwicklungen, die uns Jahr um Jahr unsere auswuchernden, unbeschnittenen Erinnerungen bescheren.

Wenn ich also auf dieses Jahrzehnt zurückblicke, dann sehe ich, daß das große Ereignis, das auf der Leinwand meiner Erinnerung erscheint, mir nicht durch Zeitung oder Pamphlet berichtet wurde und höchstens ironisch auf die Zukunft wies. Dieses Ereignis war die Rückkehr von Thomas Forrester, Lord Ardmor, und seiner wunderschönen Braut Sylvia Challoner nach Ardmor Castle. Sie wurden schon seit Tagen erwartet, dann traf die Nachricht ein, daß sie am Vorabend in Queenstown an Land gegangen waren und über die Straße von Cork kommen würden.

Ihre Pächter hatten auf den Hügelkämmen Freudenfeuer aufgeschichtet, hoch über der Straße, die nach Kilpeder führt, und als die Kutsche in der Ferne gesichtet wurde, wurden diese Feuer angesteckt. Es war noch nicht ganz dunkel, der Horizont war noch abendlich blaß, und die Flammen hoben sich nur wenig davor ab.

Aus meinem Wohnzimmerfenster konnte ich hinter Saint Jarlath zwei dieser Feuer sehen, die hoch und schmal aufstiegen, bevor sie von einer scharfen Brise erfaßt wurden. Komisch, daß einige Ardmor-Pächter Fenier gewesen und in die Hügel geflohen waren, während ihre Brüder jetzt Feuer schürten, um die Braut des Gutsbesitzers willkommen zu heißen. Ich blieb wahrscheinlich sehr lange am Fenster stehen und ging nur einmal zu Mary in die Küche, um ihr alles zu erzählen, sie wollte jedoch nicht zu mir ins Wohnzimmer kommen. Als ich wieder ans Fenster trat und zusah, wie es immer dunkler wurde, wurden in der Stadt die ersten Lampen angezündet, und die Feuer auf den Hügeln tanzten ihren wilden roten Tanz.

Bald darauf hörte ich Rufe, ging aus dem Haus und den Pfad hinunter. Die Ardmors kamen natürlich über die westliche Straße und würden nicht an meinem Haus vorbeifahren. Die halbe Stadt, mindestens, war zu den Toren geeilt, und Nachzügler waren jetzt auf dem Weg, sich ihnen anzuschließen. Ich ging gerade weit genug, um die Tore sehen zu können. Männer mit Portergläsern in Händen standen vor Conefry, in Schals gehüllte Frauen liefen lachend und plaudernd an den Läden vorbei. Am anderen Ende des Platzes, wo sich die Menschenmenge versammelt hatte, waren Teerfässer angezündet worden und warfen ein grelles und zugleich gastliches Licht auf die Szene. Ein Gefühl für meine Stellung hielt mich wie gebannt dort, wo ich stand. Für Schulmeister gehörte es sich ebensowenig wie für Anwälte oder Viehhändler, sich dieser Menge anzuschließen, obwohl ich Bräutigam und Braut alles Gute wünschte. In diesem Moment gab ein Schrei der Leute an den Toren ihre Ankunft bekannt, und einen Moment später konnte ich die Kutsche selber, trotz des kalten Abends ein offenes Gefährt, und die beiden Kutscher mit ihren Zylindern sehen. Die beiden sitzenden Gestalten waren undeutlich, teerige Flammen schufen eine flackernde Illusion von Grau, Rosa und Schatten.

Die Kutsche rollte durch das Tor in die Finsternis, obwohl weit oben, wo der ansteigende Boden des Parks sich zum Schloß hinzog, über dem Fluß, über Schonungen und Terrassen, Licht aus hohen Fenstern fiel. Für die Gaffer an den Toren gab es nichts mehr zu sehen, aber sie schienen nicht weggehen zu wollen und lungerten weiter in der Wärme der Teerfässer herum, während ihre angeregten Stimmen zu mir getragen wurden.

Es war eine märchenhafte Stunde, eher Perrault als Grimm, und kein Text, sondern ein gewaltiger Stahlstich: Vorbei an Bauern, durch Schloßtore, durch eine dunkle, geheimnisvolle Märchenwelt führt ein junger Edelmann seine liebliche Braut heim. So kam es mir vor, aber Lord und Lady Ardmor oder die vernünftigen Einwohner von Kilpeder, die sich über eine kleine Lustbarkeit, Fackeln und Teerfässer, Leuchtfeuer auf den Hügeln unschuldig freuten, sahen das sicher anders. In einem halben Dutzend Jahren, nach Beginn des Landkrieges, sollte das alles anders sein, und Männer, die in dieser Nacht am Tor standen und aus vollster Kehle ihre Glückwünsche brüllten, sollten empört und mit gutem Gewissen abstreiten, jemals einem so protzigen Werkzeug der Unterdrückung wie Lord Ardmor zugejubelt zu haben. Ihre Väter vielleicht, oder eher noch ihre Großväter, diese gehorsamen Leibeigenen. Aber sie doch nicht. So funktioniert eben unsere Erinnerung. Obwohl es ihnen schwerer fallen würde, die großen Feiern einige Wochen später von der Tafel ihrer Erinnerung zu tilgen, als die Scheunen zum Tanz geöffnet, zahllose Fässer voll Porter und Stout angestochen wurden und das ganze Schloßgelände, Wildpark und Flußpromenade, die Kieswege der Terrassen und die Ziergärten selber, die der heißgeliebte Stolz der alten Gräfin gewesen waren, den Einwohnern von Kilpeder offenstanden. Die Schatten des späten Frühlingsnachmittags vertieften sich langsam, die Ulmen am Flußweg streckten ihre schweren Zweige über dunkler werdendes Wasser, und die Luft war von Stimmen erfüllt. Die langen Tische in den Scheunen stöhnten unter Schinken und Hühnern, Kuchen mit dicker Glasur, gebutterten Hefekränzen. Abends, nachdem der Tanz begonnen hatte, kam der Earl mit seiner Gräfin auf die Terrasse der Bibliothek, und ein gewaltiges Geschrei erhob sich, sowie man sie entdeckte, der Tanz wurde unterbrochen, Tanzende und Musikanten stürzten ins Freie und standen auf dem Rasen, der jetzt schwarz war und nur an einigen Stellen durch Lichtfetzen erhellt wurde. Der Earl sah in seinem Abendanzug großartig aus, und seine Dame wirkte, wie man sich eine Märchenprinzessin vorstellt, aber das habe ich ja schon gesagt. Ein Fiedler stimmte dann eine Melodie an, die ich nicht erkennen konnte, einen leidenschaftlichen Ohrwurm, und dieser Musiker war so virtuos, seine Musik so bezaubernd, daß alle anderen Geräusche verstummten, mit Ausnahme des Geschirrklapperns in der Küche. Die Melodie schwebte zu Bräutigam und Braut empor, schwebte zum von Zweigen überragten Fluß, zum

Wildpark mit seinem weichen Gras, wo unsichtbar Kilpeders berühmte Herde schlief.

Als es nichts mehr zu sehen gab, wandten sich die Leute aus der Stadt von den falkenbewachten Toren ab und gingen nach Hause. Wie ich selber. Ich las noch eine Weile; es war, wie ich mich noch deutlich erinnere, in jenem Frühling und Sommer, daß ich mich durch den gesamten *Don Quijote* hindurcharbeitete, durch alle sieben Bände in der Kassette, die ich als Sonderangebot in Cork City gefunden hatte, in der Motteux-Übersetzung, noch unaufgeschnitten, mit an den Rändern leicht angegilbtem Papier von ausgezeichneter Qualität und einem Stich zu Beginn jedes Bandes, der verrückte magere Ritter mit seinem Knebelbart und sein gerissener, clownhafter Diener bei einem neuen lächerlichen Abenteuer.

14

[Lionel Forrester]

Ich besuchte gerade die Emersons in Limerick, als Tom mir mitteilte, daß sie aus Italien zurückgekehrt waren und mich in Kilpeder erwarteten. Für meinen Geschmack waren sie viel zu lange fortgeblieben, aber wir hatten uns außerdem in Paris und in London haarscharf verpaßt, und ich hatte Venedig gerade eine Woche vor ihrem Eintreffen verlassen. Tom schrieb mir aus Venedig, einen langen, unverbindlichen, reizenden Brief. Sie hatten die Casa Donati gemietet, die ich gut kannte – jedenfalls von außen, ein karges, heruntergekommenes, sehr schönes Haus am Kanal, kurz ehe er zum Rialto abbiegt. Er schickte mir Skizzen, die er auf seinem Balkon angefertigt hatte: Die *palazzi* auf dem anderen Kanalufer, die Gondeln, die Salutekirche in der Ferne, das Zollhaus. Die üblichen Zeugnisse einer Wallfahrt nach Venedig zweifellos, aber alle auf seine neue Art ausgeführt – rasche, zuerst verwirrende Impressionen, Bleistiftstriche und Tintenflecken, die dann jedoch klar, deutlich wurden, wenn auch niemals, und vielleicht bewußt, lebendig. Ich habe sie irgendwo aufbewahrt, Gott weiß wo. Sie waren in Venedig und ineinander verliebt, schrieb Tom.

Er schickte auch eine Skizze von Sylvia, die in Wasserfarben, nicht in Tinte ausgeführt war. Sie steht auf dem Balkon und trägt ein tief ausgeschnittenes lachsfarbenes Kleid, hat einen Umhang aus weißen Spitzen über ihre Schultern geworfen und beugt sich vor, stützt beide Hände auf die Marmorbrüstung und blickt über das Wasser, über den gesamten Kanal. Es ist spätnachmittags, so sieht es jedenfalls aus, die schrägfallenden Sonnenstrahlen färben Wasser, Stein und Stuck. Die Technik, die Tom hier anwandte, ist heute allgemein verbreitet, damals war sie ganz neu – kühne, gegeneinander ausbalancierte Farbblöcke. Selbst diese Skizze, die Arbeit einer Stunde, vielleicht, während er neben ihr auf dem Balkon saß, hat die Kraft eines Arguments. Ich spreche nicht aus Erinnerung, denn diese Skizze liegt nicht Gott weiß wo, sondern hängt eingerahmt in meinem Schlafzimmer. Ihr Gesicht liegt halb im Schatten, halb im schweren Licht Venedigs.

Ich entschuldigte mich bei den Emersons und eilte nach West Cork, und die Emersons bedauerten meine Abreise vielleicht nicht allzusehr, denn ich hatte inzwischen schon fast vierzehn Tage bei ihnen verbracht, mit Jack an der kleinen Yacht gearbeitet, die er in Kilrush liegen hatte, und war mit ihm vorbei an Scattery Island, Carrigaholt und Killbaha über den Shannon in den Atlantik gesegelt. Ich fühlte mich leicht, von einer Last befreit, gewichtslos; Jack ist ein fähiger Segler, und für mich gab es wenig zu tun, außer auf seinen gebrüllten Befehl hin eine Leine einzuholen. Irland zu verlassen und mit dem Boot in die offene See zu stechen ist ein seltsames Erlebnis. Wenn man zurückblickt, auf Loop Head und Kerry Head, dann wirkt das intensive Grün des Landes fast wie ein Schock. Bei der Rückkehr am Abend – ein Abend voller Nebel und zerfasertem Dunst – wirkt das Leuchtfeuer von Loop Head wie ein verschwommenes Leuchten, sanft und gastfreundlich. Ich hütete mich davor, darüber mit Jack zu sprechen, diesem hartgesottenen Steuereinzieher, der Kunst und Poesie für Schrott hält.

Einer der Einspänner von Ardmor und ein wettergegerbter, schweigsamer Mann namens Leahy, dessen Stiefel und Zylinder verstaubt und dessen Anzug nachlässig waren, warteten am Bahnhof auf mich. Er hatte Brote und eine Flasche Sancerre in einem Picknickkorb mitgebracht. Am geflochtenen Griff war ein Zettel befestigt, auf dem stand: »Willkommen zu Hause in Kilpeder. Alles Liebe, Sylvia.«

Und im Schloß selber war es Sylvia, nicht Tom, die mich als erste begrüßte. Wir hatten die Tore passiert und fuhren nun die lange sonnenfleckige Allee hinunter, als sie uns entgegengeritten kam, über die Felder und zwischen den Bäumen, auf einer schweren kastanienbraunen Stute, in einem dunkelgrünen Reitkostüm, einer Waldfarbe. Als sie uns erreicht hatte, ließ sie ihre Stute drehen, und Leahy hielt den Einspänner an.

»Willkommen zu Hause in Kilpeder«, sagte sie, wie sie auf dem Zettel geschrieben hatte. Ich hatte sie zuletzt bei ihrer Hochzeit in Westmeath gesehen, als sie ausgesehen hatte wie alle Bräute, weiß gekleidet, strahlend. Später überlegte ich mir, daß sie sich aus Höflichkeit uns allen gegenüber der Rolle, die sie spielte, unterworfen hatte. Jetzt aber war sie sich treu, und ich sah sie zum erstenmal richtig. Ihre Haltung deutete an, daß sie stolz war auf ihre Figur, und dazu hatte sie auch allen Grund, eine Frau, die schlanker war, als die Mode damals vorzog, aufrecht mit schmaler Taille, die mit lässigem Selbstvertrauen auf ihrem Pferd saß. Sie war barhäuptig, und ihre Haare hatten sich aufgelöst, fielen über die Schultern der grünen Jacke und waren nach ihrem Ritt durch die Felder zerzaust.

Ich wollte aus dem Einspänner steigen, aber sie legte die Hand auf meinen Arm. »Später«, sagte sie. »Laß uns zum Schloß weiterfahren. Wir wollen Tom überraschen.«

Und so setzten wir in angenehmer Unterhaltung gemeinsam den Weg fort.

»Da drüben«, sagte sie und zeigte mit ihrer Reitpeitsche über die Wiesen. »Dort wollen Tom und ich eine Art japanisierten Garten anlegen, mit einem Bach und einer kleinen Brücke und einem kleinen Teehaus. Mit allem.«

»Japanisiert?« wiederholte ich verwirrt. In wenigen Jahren sollte halb London verrückt nach Japanischem sein, aber bislang war es noch nicht so weit.

»O ja«, sagte Sylvia. »Und er wird mir gehören, sagt Tom. Wenn du das nächste Mal nach Kilpeder kommst, lade ich euch beide zum Tee in mein Teehaus ein, aber ihr müßt erst um meine Erlaubnis bitten, es betreten zu dürfen, denn es wird ganz und gar mir gehören und durchaus kein Teil von Ardmor sein.«

»Im Gutsbüro hängt ein Stich«, sagte ich, »und darunter steht, daß die Stadt Kilpeder mit allem, was dazugehört, dem Earl of Ardmor gehört.«

»Das mag von mir aus so sein, aber das Teehaus und der japanische Garten nicht. Die gehören mir.«

»Du könntest eine Tafel anbringen«, schlug ich vor. »Eigentum der Gräfin von Ardmor.«

»Nein«, sagte sie. »Darauf wird stehen: ›Das gehört Sylvia.‹«

Dann setzten wir eine Zeitlang wortlos unseren Weg fort, als die Allee plötzlich auf die runde Auffahrt einbog und Ardmor in Sicht kam.

Der späte Frühling, der in den Sommer übergeht; das ist die schönste Jahreszeit in Ardmor, finden viele. Das fand auch Isabel, Toms Mutter, und sie hatte schließlich die wunderbaren Gärten geschaffen und ihre Blumen kunstvoll so zusammengestellt, daß sie während aller Sommermonate blühten, Woche für Woche. Wir kamen jetzt am ersten Garten vorbei, dem schönsten, und die

Farben in der Ferne überwältigten mich – rosa, zinnober, zartlila, gelb.

»Die Gärten sind immer wunderschön«, sagte ich. »Noch schöner als in der Erinnerung.«

»Ja«, sagte sie etwas abrupt. »Da ist Tom! Im Säulengang. Er hat uns den Rücken zugedreht, er weiß nicht, daß wir hier sind.« Sie berührte die Flanke ihrer Stute mit der Reitpeitsche und jagte davon, während Leahy und ich hinter ihr hertrotteten.

Als wir am Säulengang ankamen, standen sie dort zusammen, ihre Hand ruhte fest auf seinem Unterarm. Mit dem freien Arm zog er mich an sich, dann hielt er mich von sich ab und gab vor, mich zu mustern. »Du hast dich nicht verändert«, sagte er. »Oder hat er das, Sylvia?«

»Du hättest dich verändern sollen«, sagte ich zu ihm.

Die lange Halle wirkte kahl, und Tom bemerkte meine Verwirrung. »Ich habe all die Bilder abgenommen, die seit anno Schnee da gehangen haben«, sagte er. »Alle diese toten und begrabenen Forresters in ihren scharlachroten Uniformen. Und alle diese Ansichten von mit Soße gemalten flämischen Wiesen. Ich lasse die Halle neu streichen, und dann werde ich Bilder aufhängen, die ich in Paris gekauft habe, und vielleicht ein oder zwei von meinen eigenen. Findest du das schrecklich von mir? Ich werde unsere Vorfahren natürlich anderswo aufhängen. Ich werde sie nicht in eine Rumpelkammer verbannen.«

»Von mir aus kannst du das tun«, erwiderte ich. »Du hast also in Venedig gemalt? Hast dich nicht um deine Braut gekümmert?«

»Er war sehr aufmerksam«, sagte Sylvia. »Er hat mich gemalt, und nicht die Seufzerbrücke oder die Markuskirche.« Sie drehte sich zu ihm um. »Tom, du mußt mit Griffin über den Kutscher sprechen, der Lionel abgeholt hat. Leahy, heißt er nicht so? Sein Kragen war eine Schande, und seine Stiefel sind mit Schmutz überzogen.«

Tom lächelte mich an. »Wir sind hier nicht in London, Liebes. Wir sind nicht einmal in Dublin. Lionel hat keinen Anstoß daran genommen, nicht wahr?«

Aber ehe ich eine Antwort geben konnte, sagte sie: »Nein, aber vielleicht dein nächster Besucher. Wenn du ihm eine Tweedjacke und eine Melone geben würdest, dann würde es vielleicht keine Rolle spielen, aber wenn er eine Livree tragen soll, dann mußt du auch dafür sorgen, daß er sie anständig trägt.«

Es war ein vernünftiger Einwand, der aber trotzdem einem früheren Bild widersprach, dem einer jungen Frau, die über die Wiesen auf mich zugeritten kam.

»Du warst zu lange in London«, sagte Tom. »Du hast Irland vergessen.«

»Ich habe Irland niemals vergessen«, widersprach sie und lächelte. »Und daß ich Irin bin, auch nicht. Mir ist nicht erlaubt worden, das zu vergessen.«

Ihr Irland, Westmeath, war fast unseres, aber nicht ganz. Ihr Vater, der alte Hubert, der Colonel im Ruhestand, hatte das Haus für die Hochzeit geöffnet, ein älteres Haus und viel kleiner als Ardmor. Es stammte aus der Zeit von Queen Anne, warme rote Ziegelsteine, zwei kleine, fast unmöblierte Salons. Mehrere Generationen von Challoners mußten schlecht gewirtschaftet haben, um im fruchtbarsten Farm-County Irlands mit seinem schweren Boden und seinem dicken Gras mit einem schwer belasteten Gut dazusitzen. Mit Hypotheken belegt oder bis zu den Domänenmauern verpachtet. Aber Hubert hatte seine Armee haben müssen; alle Challoners waren Soldaten gewesen. Er war nicht der untersetzte Colonel der Karikaturen im *Punch*, sondern ein schmächtiger, zarter Mann mit dünnen Knochen – ein eleganter Mann, eigentlich – und seine Frau war ebenso attraktiv, eine gelassene Frau mit blaßblauen Augen, so blaß, wie seine dunkel waren, fast schwarz, wie Sylvias.

Aber sie lebten schon so lange in London oder im Ausland, daß sie in ihrem eigenen, wieder geöffneten Haus wie Fremde wirkten. Eines Morgens, wenige Tage vor der Hochzeit, war ich Challoner im Eßzimmer begegnet, wo er am Fenster stand und über die Felder schaute, bis zum Horizont, wo das Wasser in der Sonne glitzerte.

»Gutes Land hier«, sagte er zu mir. »Guter Boden, nicht wahr, Forrester?« Als ob er sich selber daran erinnern wollte, Stolz und Bedauern mischten sich in seiner Stimme. Seine Haare waren silbern, weich, sorgfältig gebürstet. Einst waren sie ohne Zweifel dunkel gewesen. Sylvia mußte ihre Haare von ihm geerbt haben.

»Tee?« fragte mich Tom. »Oder einen Whiskey?«

»Warum oder?« fragte Sylvia. »Und in der Bibliothek.«

Und so geschah es. Es dauerte eine Weile, bis der Tee gebracht wurde, und für die Wartezeit schenkte sie uns drei Whiskey ein und gab sich ebensoviel wie uns, als sie mit männlichem Selbstvertrauen zur schweren Karaffe aus Waterford-Kristall griff, dann setzte sie sich auf Toms breite Sessellehne, so daß wir einander gegenübersaßen. »Auf Lionel«, sagte sie. »Auf Toms lieben Freund Lionel«, und hob ihr Glas.

»Nein, nein«, sagte ich, »ich sollte auf euch trinken. Auf euch beide. Und ihr habt meinen Segen.«

»Seinen Segen«, wiederholte sie und nippte. Tom legte ihr den Arm um die Taille und schaute zu ihr auf, zu ihrem Profil. Sie sah mir voll in die Augen und lächelte.

Das Licht der Abendsonne fiel durch die hohen Fenster, auf den schönen, verblaßten Teppich, weiß, rosa, blaßblau, und berührte die Regale mit den seit Jahrzehnten, vielleicht auch seit jeher ungelesenen Büchern. Der Torf im tiefen Kamin war zum Anzünden bereit, große Blöcke aus dem Moor, dunkel faserig. Das Zimmer war mir eher ein Zuhause als das Haus meines Bruders, als meine Wohnung in London. Ich erinnerte mich in diesem Zimmer an Isabel.

Sie war eine verblüffende Frau. Wann immer irgendwer Sylvia beschreibt, sollte er mit diesem Wort anfangen, denn es schwirrt sicher durch seine Gedanken. Jetzt, in diesem Zimmer, gab ihr grünes Reitkostüm ihr etwas Dramatisches. Sie saß ruhig auf der Sessellehne, eine schlanke, aber durchaus keine kleine Frau – sie war eher groß und grobknochig. Sie saß mit gekrümmtem Rücken da, Toms Arm hielt sie umfangen, und sie streckte fast unziemlich ein Bein aus, dessen Reitstiefel glänzend schwarz war. Sie hielt das Whiskeyglas in ihren beiden Händen.

»Einen japanischen Garten«, sagte sie. »Ich habe es Lionel erzählt. Es wird der erste japanische Garten in West Cork sein.«

»Darauf kannst du dich verlassen«, sagte ich.

»Und ich werde den Tee auf japanische Art servieren«, fuhr sie fort. »Wir werden auf Strohmatten knien, und ich serviere euch den Tee in eierbechergroßen Tassen.«

»Ich habe gehört, es soll eine sehr formelle Zeremonie sein«, meinte ich. »Und eingehüllt in östliche Mysterien.«

»Alles Form«, behauptete Tom. »Keine Mysterien.«

»Mr. Whistler würde dir nicht zustimmen«, sagte ich. »Ich kann einfach Toms Kunstverständnis nicht herausfinden«, meinte sie an mich gewandt. »Schaffst du das? Als er mir zuerst seine Bilder gezeigt hat, dachte ich, er müßte ein großer Bewunderer von Mr. Whistler sein, aber das ist er durchaus nicht.«

»Ich mag ihn ja«, sagte Tom. »Aber es ist wirklich nicht das, was ich selber vorhabe. Er kommt aus einer anderen Richtung.«

»Aus dem Osten«, sagte sie. »Aus Japan. Nicht aus Paris.«

Tom lächelte und schüttelte den Kopf. »Das ist alles Unsinn, und das weiß er sehr gut. Er spielt ein Spiel. Er ist ein komplizierter Mann und spielt komplizierte Spiele. Er hat in Paris gelernt, und das versuche ich auch.«

Ich wußte immer noch nicht, was ich von Toms neuem Dasein als Künstler halten sollte. Auch er spielte ein Spiel wie Whistler. Aber Whistler war schließlich ein wahrer Künstler. Ich war ihm mindestens ein dutzendmal begegnet, bei irgendeinem Empfang, in irgendeinem Salon, ein alberner Dandy, geschniegelt und geschnürt, affektiert im Gehen und im Stehen, mit einem Sack voller im voraus ersonnener Epigramme. Aber er war ein echter Künstler – ein wahrer Künstler, während ich niemals ein wahrer Schriftsteller sein würde. Und Tom würde – so nahm ich anfangs törichterweise an – kein wahrer Maler sein. Und warum sollte er das auch, ein Earl mit weiten Feldern, verheiratet mit dieser außergewöhnlichen Frau?

»Kennst du Mr. Whistler?« fragte sie. »Mr. Whistler und ich sind eng befreundet.«

»Du hast wirklich Glück mit deinen Freunden«, sagte ich. »Er ist ein bemerkenswerter Mann. Sehr geistreich.«

Tom warf mir einen sarkastischen Blick zu. Er kannte meine ausweichenden Antworten. Aber er sagte nichts. Wenn man wie ich einen Monat bei einem Freund lebt, vierzehn Tage bei einem anderen, dann entwickelt man Strategien, Codes, private Ironie.

»Ja«, sagte sie. »Weißt du was, wir werden einen großen Ball geben. Dieser wunderbare Ballsaal wird wieder benutzt werden, zum erstenmal seit – Tom, seit wieviel Jahren? Es sieht so traurig aus, Lionel, diese große kahle Schachtel von einem Raum, wo die Spiegel mit Tüchern verhängt sind. Wir werden einen großen Ball geben, für all unsere Nachbarn hier, und vielleicht für Leute aus Meath und Kilkenny und Wicklow und Dublin, und vielleicht auch aus London. Sie werden viele Tage bleiben, und wir werden Lampions in den Gärten aufhängen.«

»So lange her«, sagte Tom zu mir, und ich wußte sofort, was er meinte. Es war sehr, sehr lange her, daß wir als Schuljungen zusammen auf der Treppe gesessen und die Musik, das Stimmengewirr gehört hatten.

»Aber zuerst«, meinte er dann, »und zwar sehr bald, schon übermorgen, wird es das übliche Fest für die Pächter und die Leute aus Kilpeder geben. Schade, Sylvia, daß dein Teehaus noch nicht fertig ist. Bauern mögen nichts lieber als eine gute Tasse Tee.«

»Mach dich nicht lustig über sie«, sagte sie. »Oder über mich. Ich finde es alles wundervoll, wie in einem Märchen. Lord und Lady Ardmor. Hat es ein Fest gegeben, als du mündig geworden bist?«

»Damals war ich nicht hier«, antwortete Tom. »Ich war in Cambridge. Und in Kilpeder war es damals unruhig. Die Unruhen hatten gerade angefangen.«

»Die Unruhen?« fragte sie.

Mrs. Ledwich brachte den Tee, wie ich ihn aus meiner Kindheit noch kannte, im Service, das Toms Großeltern zu ihrer Hochzeit bekommen hatten, mit Schüsseln voller Brote, breiter und dicker, als man sie in England sehen würde.

»Woher kommen Sie denn diesmal, Mister Lionel?« fragte sie. »Aus Griechenland vielleicht, oder vom Nordpol?«

»Noch viel weiter, Mrs. Ledwich. Aus Limerick. Ich war bei Jack Emerson.«

»Limerick!« sagte sie. »Gott schütze uns. Ich war einmal in Rathkeale.«

»Immer noch näher als Wicklow«, meinte Sylvia. »Aber wir waren letzten Monat in Wicklow, Lionel. Bei den Cardews. Kennst du sie, Lionel? Er war mit Tom in Cambridge.«

Ich schüttelte den Kopf.

»Ein anständiger hohlköpfiger Bursche mit einer feinen Hundemeute«, erklärte Tom. »Er hatte noch einen anderen aus Cambridge zu Besuch. Charles Parnell, einen weiteren begeisterten Jäger. Er hat kein geringeres Ziel als das Parlament. In Isaac Butts Partei.«

»Ja«, sagte ich, »Butt hat anständige Leute in seiner Partei«, dachte aber nicht weiter darüber nach.

Soweit ich mich erinnern kann, habe ich damals Parnells Namen zum erstenmal gehört, so ganz nebenbei, ein Jäger, der in Wicklow einen Mann namens Cardew besuchte. In wenigen Jahren sollte niemand in Irland bei Erwähnung dieses Namens gleichgültig bleiben.

Isaac Butts Name war mir natürlich vertraut, und er wurde fast immer voller Zuneigung genannt, egal, wo der Sprecher politisch auch stehen mochte. Ich hatte ihn sogar zuletzt im Parlament gesehen, als ich dort war, um einen humorvollen Freund eine öde Rede halten zu hören. Butt war mir in der Lobby begegnet; wir kannten uns flüchtig. Die Zuneigung zu ihm begann mit seinem Aussehen, ein rundlicher Mann, weniger als mittelgroß, ein zerzauster weißer Haarschopf, nachlässig getragene Kleidung und ein Lächeln, das nicht nur seine Lippen umspielte, sondern auch seine Augen erreichte. Er war spöttisch und geistreich, Bosheit jedoch kannte er nicht. Er hatte an dem Abend ein paar Glas zuviel getrunken. Das tat er oft – es war seine Schwäche, das sagten alle, das und die Frauen. Beides zusammen ließ ihn immer wieder am Rande einer Katastrophe balancieren. Er machte seine Witze darüber. »Die Gerichtsvollzieher«, sagte er oft, »die Gerichtsvollzieher und ich sind die besten Freunde. Alte Vertraute. Sie kennen mein Haus besser als ich selber. Und wieso auch nicht, sie sind ja auch viel öfter da.«

»Er sieht sehr gut aus, dein Mr. Parnell«, sagte Sylvia.

»Nicht mein Parnell«, widersprach Tom. »Wir sind uns ein paarmal begegnet. Wir waren zusammen in Cambridge. Allerdings gehörte er nicht zu meiner Clique. Haben ein paarmal zusammen gejagt. Typischer Landjunker aus Wicklow, möchte ich meinen. Überhaupt kein Mann für Butt.«

»Wer ist denn dann ein Mann für Butt?« frage Sylvia. »Und wer ist Butt?«

»Ein Verteidiger«, antwortete ich, »und ein sehr fähiger. Das war er jedenfalls. Und bis vor wenigen Jahren war er Führer der Organisation, Hochkirche, Hochtory. Danach hat er sich total gewendet, hat sich für die Amnestie der inhaftierten Fenier eingesetzt, kämpft für etwas, das er Home Rule nennt und das uns eine kleine eigene Legislative hier in Dublin bringen soll. Er hat seine eigene kleine Partei aufgemacht, zwanzig Mitglieder oder so. Ab und zu erhebt sich einer von denen im Haus und hält eine Rede über Irland. Harmlose Geschichte, und einige von seinen Leuten sind sehr amüsant.«

»Aber das ist doch phantastisch von ihm«, meinte Sylvia und schenkte ein. »Warum machst du dich über ihn lustig?«

»Du bist ja sehr gut informiert, Lee«, sagte Tom.

»Du hast völlig recht, Sylvia«, gab ich zu. »Das war nicht richtig von mir. Irgendwer, weiß Gott, muß für dieses arme heruntergekommene Land sprechen, und Butt ist sehr beredt, er ist kein Demagoge und kein Bettler wie O'Connell.«

»Und nun will sich der gutaussehende Mr. Parnell, der Jäger, ihm anschließen«, sagte Sylvia.

»Das ist aber kein beeindruckender Zuwachs für seine Reihen, auch wenn er gut aussieht«, meinte Tom. »Ich hätte ihn für einen Tory gehalten, einen jagenden, schießenden Tory-Junker.«

»Butt war auch einmal ein Tory«, sagte ich. »Und einer aus seiner Partei hat mir erzählt, Kilpeder hätte bei seiner Bekehrung eine Rolle gespielt.«

Tom sah mich verdutzt an. »Davon habe ich nichts gehört.«

»Butt hat 65 und dann wieder 67 einige Fenier verteidigt, nach dem Aufstand. Dazu war er gesetzlich verpflichtet, er hatte keine Sympathien für sie. Und er konnte auch nicht viel für sie tun, obwohl er sich alle Mühe gegeben hat. Bewaffnete Rebellen, da kann ein Verteidiger nicht viel ausrichten. Er hat einige der Anführer und auch einiges Fußvolk verteidigt. Edward Nolan zum Beispiel, den Mann, der den Überfall auf Kilpeder geleitet hat.«

Sylvia fragte verwirrt: »Den Überfall auf Kilpeder? Hier?«

»O ja«, antwortete Tom. »Auf dieses Kilpeder. Kilpeder wurde angegriffen, und ich wurde mündig. Bei beiden Ereignissen war ich in Cambridge. Ich habe die Geschichte verpaßt. Aber Lee war hier, Lee hat den Fenieraufstand gesehen.«

»Allerdings nur vom Schloß aus«, erzählte ich ihr. »Von hier aus war wenig genug zu sehen und zu hören. Gewehrschüsse, und ganz am Ende konnten wir auf der Straße nach Macroom Soldaten sehen, am anderen Ende der Stadt.«

»Wie aufregend«, sagte Sylvia. »Wart ihr alle außer euch vor Angst hier im Schloß?«

Ich nahm ihre Frage ernst und versuchte, sie zu beantworten.

»Nein«, sagte ich. »Eigentlich nicht. Es schien alles sehr weit von uns, vom Schloß entfernt zu sein. Wir hatten es erwartet, weißt du – nicht, daß es hier in Kilpeder passieren sollte, sondern daß überhaupt in diesem Frühling ein Aufstand stattfinden würde. Die lokalen Gutsbesitzer waren außer sich vor Wut und Wachsamkeit. Und doch wußten wir alle, irgendwo im tiefsten Herzen wußten wir alle, daß der Aufstand mißlingen würde. Ich glaube, das wußten sogar die Fenier.«

»Sie haben es gewußt«, sagte Sylvia, »und doch haben sie angegriffen. Sie wollten ihre Rebellion.«

»Diese erbärmliche kleine Geschichte hier war eine von ihren Pflichtübungen«, sagte ich. »Es gab Tote. Fenier, einen Polizisten. Blutvergießen. Nur ein Beispiel für das, was im ganzen Land geschehen ist.«

»Aber es waren die Leute aus dem Ort?« fragte Sylvia. »Eure Pächter? Die Leute, die für uns die Freudenfeuer angezündet und uns bei unserer Ankunft zugejubelt haben?«

»Und die auf unser Fest kommen werden«, sagte Tom. »Vielleicht nicht ganz genau dieselben, aber doch ihre Brüder und Tanten und Väter.«

»Chute weiß sicher mehr darüber als wir beide zusammen«, meinte ich. »Du könntest mit ihm sprechen, wenn dich das interessiert.«

»Das werde ich«, sagte Sylvia mit übertriebener Entschlossenheit. »Beim Zeus, das werde ich. Eine Rebellion auf unserer eigenen Türschwelle, und ihr beide wißt so gut wie nichts darüber.«

Und dann wandte sich unser Gespräch anderen Fragen zu, vielleicht Venedig oder gemeinsamen Freunden. Oder vielleicht erzählten Tom und ich ihr das wenige, was wir wußten – Isabel und ich auf der Terrasse, Schüsse. Erzählten ihr vielleicht, daß der Schulmeister des Ortes und der Gehilfe im großen Laden der Stadt bei den Rebellen gewesen waren. Aber vielleicht taten wir das auch nicht. Sylvia interessierte es damals weniger, als sie behauptete. Sie neckte uns. Zweifellos hielt sie sich selber für irisch, und das taten wir ja alle, aber sie hatte ihr Leben hauptsächlich in London verbracht und war nur in den Ferien nach Hause gekommen. Irin zu sein war für sie eine Feder an ihrem Hut, und gab es Irischeres als die schwachen, harmlosen Echos einer fehlgeschlagenen Rebellion?

Ich blieb damals fast sechs Wochen bei ihnen. Der Frühling wurde zum Sommer, die Ulmen auf meinem Lieblingsspazierweg am Fluß beugten sich unter ihren schweren Blättern, die die Sonne fast aussperrten. Sylvia ging mit mir spazieren, während Tom arbeitete und während ich hätte arbeiten sollen. Mein Manuskript lag halbfertig auf dem Tisch in der Bibliothek. Es war ein weiteres meiner Reisebücher, das über Spanien, und ich hatte es meinem Verleger für den Herbst zugesagt. Aber mit Sylvia zu sprechen war wie ein Besuch in einem anderen Land.

Die Domänenmauer liegt auf dem anderen Flußufer, und wir hörten die Geräusche der Stadt – Rufen, quietschende Karrenräder, die dröhnende Glocke von Saint Jarlath. In diesen Wochen entdeckte ich Sylvia, wie man ein Land entdeckt. Das bildete ich mir zumindest ein.

Einmal saßen wir auf einer Bank, etwa auf halber Höhe der Allee, und die Morgenluft war leicht und kühl.

»Tom und ich sind uns nicht richtig vorgestellt worden, weißt du«, erzählte sie. »Wir haben uns in Galantières Studio kennengelernt. Bei dem Künstler, du weißt schon. Jeden Mittwoch und jeden Donnerstag lud er Leute zum Tee, aber meistens gab es eher Punsch. Ich weiß nicht, warum wir uns vorher nie begegnet sind. Aber Tom war damals viel in Paris.«

»Und davor in der Armee«, sagte ich.

»Aber damals wäre ich auch noch viel zu jung gewesen«, sagte sie. »Ich kann mir Tom nicht als Soldaten vorstellen. Er muß gut ausgesehen haben – sah er gut aus?«

»Gut genug, nehme ich an. Wie Parnell.«

»Ich schwärme für gutaussehende Männer«, sagte sie in ihrer vorgetäuschten Entschiedenheit.

»Das ist ein allgemeines Vorurteil«, erklärte ich. »Ich habe auch schon darunter zu leiden gehabt.«

»Du, Lionel!« rief sie. »Du bist etwas Besseres als gutaussehend. Du bist...« Sie suchte nach einem Wort.

»Interessant ist die übliche Notlösung«, schlug ich vor.

»Das ist keine Notlösung«, erklärte sie. »Das ist absolut richtig. Du interessierst die Leute, und das fängt mit deinem Aussehen an.«

Bei jeder anderen jungen Ehefrau hätte das wie ein Flirt gewirkt, bei Sylvia jedoch nicht. Ihre dunklen, großen Augen sahen mich voll an, beunruhigend, aber nicht flirtend. Sie war eine beunruhigende Frau. Ich mochte sie.

»Tom hat Glück«, sagte sie. »Einen so guten Freund zu haben. Ich habe niemanden, der mir so nahesteht, wie ihr beide euch zu stehen scheint.«

Eine Elster flog aus einem der Bäume auf dem anderen Ufer auf, flog über uns hinweg auf eine Baumgruppe zu.

Und einmal machten wir beide ein Picknick, fuhren in einem Ausflugskarren durch das Tor und in die Derrynasaggarts. Inzwischen war Hochsommer, Dunst verhüllte den Horizont, die Bäche jedoch waren klar und lebhaft, die Gräser von tiefem, bodenlosem Grün. Wir breiteten unser Tischtuch auf einer Wiese unter einer Eiche aus, und Sylvia nahm Porzellan, Silber und Gläser aus Körben. Der Chablis war strohgolden. Ihr Sommerkleid war am Hals geöffnet, ihr Fleisch war rein und glatt. Sie trug einen breitkrempigen Strohhut, den sie mit einem Band unter ihrem Kinn befestigt hatte, aber nachdem wir uns niedergelassen hatten, nahm sie ihn ab und legte ihn neben sich ins Gras. Sie breitete ihr Kleid aus, ein Muster mit kleinen Blumen, blaßgrün, blaßrosa.

»Wem gehört diese Wiese?« fragte sie. »Gehört sie Tom? Ist es unsere Wiese?«

»Großer Gott, Sylvia«, sagte ich. »Woher soll ich das wissen? Frag Chute. Vielleicht nicht. Wir sind nicht die einzigen Gutsbesitzer, weißt du – bei weitem nicht. Ich glaube, Toms Land liegt im Norden der Stadt, hinter Clonbrony Wood. Aber er hat überall verstreuten Besitz. Frag Chute. Die Wiese könnte durchaus Tom gehören.«

»Frag Chute«, sagte sie. »Das sagt Tom mir immer. Es muß seltsam sein, nicht zu wissen, was dir gehört. Bei uns war es genau umgekehrt. Wir wußten genau, was uns einmal gehört hatte, was wir verkauft hatten.«

»Und ich«, erklärte ich, »habe niemals etwas zu verkaufen gehabt. Alles gehört meinem Bruder. Aber es ist viel weniger, als Tom hat, natürlich.«

»An Tagen wie heute«, sagte sie, »gingen Vater und ich die Straßen entlang, die von unserem Haus wegführten. Er hatte einen seltsamen Stock, den er von Übersee mitgebracht hatte, aus dem Pandschab, glaube ich, verzerrt und knorrig und schwarz wie die Sünde. Wir machten immer auf einer Anhöhe eine Pause, und er beschrieb mit dem Stock einen weiten Bogen. Und weißt du, es war nicht so sehr der Verlust von Land und Pachten, den er beklagte. Sondern, daß er soviel von seinem Einsatz hier verloren hatte, von seiner Heimat.«

Wir sind ein seltsames Volk, wir Anglo-Iren, wir Engländer-in-Irland, oder wie immer man uns nun nennen mag. Ich konnte Hubert Challoner in Sylvias Worten sehen, denn ich war Dutzenden wie ihm begegnet – Soldaten, Dozenten, Richtern in den Kolonien, Kaufleuten in der Hälfte aller Häfen Chinas und der Levante, Gesichter und Hälse rot oder braun gebrannt. Soldaten, die meisten von ihnen. Irland züchtete sie für das Empire, ihr Zuhause war die Regimentsmesse, ihre Traditionen waren die Traditionen des Regiments. Wenn man sie mit dem falschen Tonfall als Iren bezeichnete, brach die Hölle los. Aber jeder erinnerte sich an einen bestimmten Anblick – eine Baumgruppe, einen Bach, eine eingestürzte Mauer oder die Musik eines frühen Morgens, Vogelsang in klarer, blasser Stille. Im Laufe der Jahre wird das Gut Stück für Stück verkauft, eine Farm bezahlt einige indische Ponies, eine weitere Farm sorgt dafür, daß eine Tochter bei Hof vorgestellt werden oder daß ein Sohn in Oxford leben kann, wie es sich gehört. Jahre können ohne einen Besuch in Irland oder sogar ohne den Wunsch nach einem Besuch vergehen. Aber am Ende kommen sie zurück, die Szene ihrer Erinnerung ist immer noch klar und auffindbar, und mit etwas Geld, etwas Glück, finden sie ein Jagdhaus, taufen es »Khyberpaß«. Die Nachrichten am Ort gefallen ihnen nicht. Ein Nachbarssohn ist Katholik geworden, um eine von ihnen heiraten zu können. Die Regierung setzt sich nicht hart genug gegen diese schurkischen Fenier, gegen Whiteboys, Desperados zur Wehr. Aber an rosaroten Morgen verbindet die Jagd sie wieder mit dem Land, oder ein Rennen, Rufe, donnernde Hufe, eine Gruppe von Bauern neben einer Box, ein Windstoß; plötzlich wissen sie, daß sie wieder zu Hause sind, daß sie heimgekehrt sind. Wir sind keine Iren, wir Anglo-Iren, das erzählen uns die nationalistischen Zeitungen.

Aber als Sylvia mir gegenübersaß und ihre dunklen Augen an mir vorbei die Hügel anblickten, schien sie nicht aus der Welt des Hubert Challoner, aus meiner oder Toms Welt zu stammen.

»Tom und seine Kunst«, sagte sie plötzlich, »das ist sehr seltsam, nicht wahr? Wir erwarten, daß die Menschen so sind, wie die Welt es von ihnen erwartet. Ein Gutsbesitzer sollte Gutsbesitzer sein oder Soldat vielleicht, oder Parlamentsabgeordneter. Nicht Maler.«

»Nein«, stimmte ich zu. »Stört dich das?«

»Ob mich das stört?« rief sie. »Um Himmels willen, nein! Ich finde es wunderbar. Ich wünschte, ich könnte malen oder zeichnen oder skizzieren, aber ich schaffe bloß elende Kleckserеien. Ich beneide ihn.«

»Diese Maler, die er so bewundert, seine Franzosen, ich habe gehört, daß auch die als Kleckser bezeichnet worden sind.«

»Glaub das bloß nicht«, sagte sie mit so wütender Energie, daß ich sie anlächelte. »Sie ändern die Welt, seine Franzosen.«

»Kunst ändert die Welt nicht«, sagte ich. »Nichts ändert die Welt. Die Welt ändert sich selber, und wir können nichts dagegen tun.«

»Na gut«, sagte sie, »dann ändern sie die Art, in der wir die Welt sehen. Bist du damit einverstanden?«

»Gerne«, antwortete ich. »Obwohl ich nicht sicher bin, ob du recht hast. Ich sehe wegen dieser Knaben die Welt durchaus nicht anders. Ich will verdammt sein, wenn ich das tue.«

»Es gibt einen Mann namens Galantière...« begann sie.

»Ich weiß, wer das ist«, erklärte ich. »Ich kenne ihn. Erzähl mir nicht, daß Paul Galantière die Welt ändern wird, das werde ich dir nicht eine Minute lang glauben.«

Er war ein Gesellschaftsmaler, ein Portraitist mit geschickter, aber, wie ich fand, aufgesetzter Technik, theatralisch, massenhaft schwarz und weiß, wettgemacht durch dramatische Farbtupfer, das tiefe Rot einer Rose, eine gelbe Schärpe, eine Dekoration. Ich war vielleicht unfair ihm gegenüber, denn er änderte wirklich die Art, in der die Menschen in seiner Welt einander oder sich selber sahen; er gab ihnen Bilder von einer neuen Eleganz.

»Nein«, sagte sie, »das erzähle ich dir nicht. Paul begreift, was diese Leute tun, diese Leute, die er durchaus nicht imitieren will. Und er hat mir beigebracht, Bilder anzusehen. Ich wußte nicht, daß es verschiedene Arten gibt, Bilder, die Welt, Hügel, Horizonte anzusehen.« Sie machte eine kurze Handbewegung. »Ich war ein sehr unwissendes Mädchen.«

Ihre Art verwirrte mich. Das sollte bis ans Ende so bleiben, sie verwirrte und bezauberte mich. Was sie sagte, war immer offen und freimütig, und doch gab es eine Zurückhaltung, ein Gefühl von ungesagt gebliebenen Dingen.

»Tom möchte ein Portrait von mir gemalt haben, und ich habe beschlossen, daß Paul Galantière der richtige Mann dafür ist. Wenn wir zur Saison nach London fahren. Wir haben jetzt ein Haus in London, hast du das gewußt? In Chelsea. Ob ich für ihn ein gutes Objekt wäre, was meinst du?«

Ich lächelte sie an. »Nicht so wie jetzt, wo du mit einem Freund inmitten von Brotkrusten auf einem Feld sitzt. Aber er wird dich posieren lassen, und dann bist du ein gutes Objekt.«

»Aber du, Lee Forrester, wenn du Maler wärst, dann würdest du mich so wie jetzt malen.«

Sie hatte sich fast ganz zurückgelehnt und ruhte auf einem Ellbogen. In diesem Moment konnte ich sie mir nirgendwo anders oder anders aussehend vorstellen, und ich beneidete Tom heiß.

Schließlich hat Galantière sie wirklich gemalt, das Portrait, das in der Bibliothek über dem Kamin hängt und das einst, als er es ausstellte, die Sensation der Saison war. Vielleicht hatte er eine Wahrheit über sie eingefangen. Es war nicht nur Kunst und Melodrama, wie ich vielleicht angedeutet habe. Und bei Frauen war er besonders geschickt. Und natürlich kannte er sie gut – weitaus intimer, als ich sie jemals kennenlernen sollte. Auf seinem Bild bietet sie eine Herausforderung, wie sie da im Halblicht steht, halb im Schatten zwar, doch scheint ihr blasses Gesicht von innen heraus zu leuchten. Aber an jenem Tag auf dieser Bergwiese, ohne Schatten außer denen der Eichenzweige, an jenem Tag gab es keine Herausforderung, sondern nur Ruhe, die nachdenkliche Ruhe einer schönen Frau, in der Gesellschaft eines Mannes, dem sie eben zu vertrauen lernt.

Es gab natürlich auch andere Tage, aber sie alle folgten einem bestimmten Muster, und alle ähnelten diesem Nachmittag auf der Wiese. Auch die Abende hatten ihr Muster. In diesem Jahr gingen wir nach dem Essen aus irgendeinem Grund nicht in die Bibliothek, sondern in den kleinen Salon, der das Lieblingszimmer von Isabel, Toms Mutter, gewesen war und wo ihr Klavier stand. Tom und ich saßen dann in den Sesseln und lasen, und unsere Lampen bildeten Seen von Licht. Manchmal las auch Sylvia, aber nicht oft; sie war kein großer Bücherwurm. Sie blätterte in einem Album mit Drucken und sprang dann plötzlich auf und setzte sich an Isabels Klavier. Sie liebte Chopin und spielte ihn mit soviel Gefühl, daß ich mich immer noch an den Klang der im Zimmer freigelassenen Melodien erinnere, die zu den Lichtseen schwebten, auf die Fenster zu, deren vorgezogene Vorhänge die Wildnis von West Cork verbargen. Tom legte dann sein Buch in den Schoß und betrachtete sie, wobei er mir sein Profil zuwandte. Die Nacht verband uns – Musik, Dunkelheit, das Gefühl der Beständigkeit, das dieses Zimmer vermittelte. Ich erinnere mich noch, daß meine eigenen Gefühle gespalten waren – meine Freunde an unserem nahen Zusammensein, davon getrennt mein Glück über sie beide, und schließlich, in ihrem eigenen komplizierten Gemach, meine Gefühle für Sylvia, unverletzlich und sinnlich zugleich, wenn das Lampenlicht voll auf ihren Hals und auf ihren kleinen vollkommenen Busen fiel. Hat es jemals, damals oder später, eine Zeit gegeben, in der ich nicht in sie verliebt war? Vielleicht, aber wir sprachen nie darüber, auch nicht später, als wir die intimsten Geheimnisse austauschten.

Vorgezogene Vorhänge und die Wildnis von West Cork! Was für eine glatte Formulierung, und wie trügerisch. Uns umgab ein Land mit einem Volk, das wir nicht kannten, höchstens als Dienstboten, Träger, Kutscher, Jagdgehilfen, Wildhüter, Gärtner. Und diese, könnte ein sardonischer Gelehrter argumentieren, waren wie die wilden Indianer des amerikanischen Westens, die die Pioniere und Viehtreiber für ihre Dienste abrichten. Sie starrten uns von Fotografien an, diese abgerichteten Wilden, eine Melone mit einer Feder, ein schlechtsitzender Bratenrock, ein Auftreten – aufgesetzt oder echt, wer könnte das sagen? – der Unterwürfigkeit; aber die Gesichter sind wild, dunkel, die Augen liegen im Schatten. Und so verhält es sich meiner Ansicht nach mit den Dienstboten und Gefolgsleuten aller großen Gutsbesitzerfamilien Irlands.

Nicht so viel anders, kann man vielleicht sagen, als die Umstände in England oder Frankreich. Und doch spürt man hier den Unterschied. Moorland und kahle Berge drängen ihn uns auf. Einmal haben Isabel und ich auf einer mit Blättern übersäten Terrasse gestanden und Schüssen in der verschneiten Luft gelauscht. Diese Männer, diese Rebellen, waren, wenn man so will, unsere abgerichteten Indianer, die ihr wahres Wesen wieder annahmen – Ladenbesitzer, Stallburschen, Gärtnergehilfen. Fast alle waren sie Englischsprecher, und ihre Köpfe waren vollgestopft mit den Schlagwörtern einer Sache, die anderswo ihren Reiz verloren hatte, mit schlechtgeschriebenen Pamphleten, dem Porridge einer groben und irreführenden Geschichte, Sagen uralter Unterdrükkung. Aber trotz allem hatten sie sich vom Erdboden, von Moor und Gebirge erhoben. Die meisten von ihnen Vettern ersten und zweiten Grades der gälischsprachigen Sumpfbewohner, die sich verständnislos aus diesen Ereignissen herausgehalten hatten, was wiederum sehr bezeichnend war.

Jetzt, im Jahre des Heils 1904, gibt es nur wenige genug gebildete Menschen, mit denen man diese oder ähnliche Fragen besprechen kann. Die Familien des Landadels würden natürlich lieber mit dem Satan persönlich als mit einem Home-Rule-Agitatoren sprechen, aber sie sind schließlich auch keine gebildeten

Menschen. Sie haben ihre Verdienste – sind einigermaßen ehrlich, gewissenhaft, schicken ihre Söhne ins Trinity College oder zur Armee oder zur Juristerei, aber sie leben in ihrer Umgebung verstaubter Vergnügungen und sind ganz bestimmt wütend, weil Ardmor Castle, das nach Fug und Recht der glänzende Mittelpunkt ihres Daseins sein sollte, so wie anderswo Lismore oder Revane Castle in East Cork, düster dasteht, leer, verlassen, abgesehen von den jährlichen Besuchen eines armen Verwandten und seiner Geliebten, einer ehemaligen Zofe. Tom, der seit über zehn Jahren in Italien sitzt, ist nur noch eine böse Sage im Club, wie Beckford von Fonthill Abbey oder Wilde im Zuchthaus zu Reading. Und natürlich erinnern sie sich an Sylvia, sie erinnern sich an den großen Ball, den Tom und Sylvia aus Anlaß ihrer Heirat damals gaben. Daran erinnern sie sich bestimmt als Symbol für den Glanz, der der Stadt und ihrem Leben hätte gegeben werden können.

Seltsamerweise kann ich mich kaum daran erinnern. Der Ball wurde nicht von Sylvia geprägt, und auch nicht von Tom, sondern war hektisch, laut, überfüllt von Leuten, die einander nicht gut kannten; den Leuten aus der Umgebung und den anderen großen Familien aus Cork und Kerry und Waterford, und natürlich von den Leuten, die Tom aus London hatte kommen lassen und von denen manche noch nie in Irland gewesen waren, während andere einige Wochen in Connemara geangelt hatten und von unserer weniger spektakulären Landschaft enttäuscht waren.

Sylvia gefiel der Ball. Ich erinnere mich deutlich, wie sie auf der Treppe stand und eine Hand auf dem Marmorgeländer ruhen ließ. Eine Gruppe von Leuten stand auf dem Absatz und schaute zu ihr hoch, und sie blickte mit strahlenden Augen und leicht geöffnetem Mund auf sie herab, ein aufgeregtes Mädchen. Ich dachte, daß ihr dieses große Leben selber noch ganz neu war, diesem Kind der verpfändeten Felder, das in eine Gräfin verwandelt worden war.

Ich könnte mich natürlich mit dem Pastor des Ortes anfreunden, mit Charlie Cummings, auch wenn er meinen Lebenswandel mißbilligt, aber wozu? Auf seine eigene zaghafte Weise ist er ein kleiner Liberaler, was er aber sorgfältig verbirgt, denn die Liberalen werden allgemein von unseren Konfessionsgenossen als nützliche Idioten der Home Ruler angesehen. Der Pfarrer von Saint Jarlath, der katholischen Kirche, ist unmöglich, ein Bauerntölpel mit Haaren in den Nasenlöchern und Watschelgang, und sein Kaplan ist ein rotgesichtiger Hurlingfanatiker. Früher, ironischerweise in den Tagen vor der Katholikenemanzipation, sollen sich die Söhne der alten, heruntergekommenen katholischen Adelsfamilien zum Priestertum berufen gefühlt haben, Männer von Eleganz, auf dem Kontinent ausgebildet, an Fenelon und Bossuet geschult. Das ist vorbei. Übrig bleibt allein der Schulmeister, nicht der derzeitige, ein teiggesichtiger kleiner Pedant, sondern sein Vorgänger, Hugh MacMahon, ein Mann von beträchlichem Verstand und Geschmack, überraschend belesen, von ausgeglichenem Urteil, und, und das ist das Allerüberraschendste, einer der rebellischen Fenier von Clonbrony Wood. Aber warum sollte das überraschen, schließlich war doch sogar Bob Delaney ein Fenier. Delaney, der für unsere Katastrophe, fast wie durch Zufall, mehr Verantwortung trägt als irgend jemand sonst.

Ab und zu leihen wir einander Bücher, MacMahon und ich. Er kommt steif, befangen, die Allee herauf, und er trägt die Bücher immer mit großer Umsicht, denn er bringt ihnen die abergläubische Ehrfurcht der Autodidakten entgegen. Immer treffen wir uns hier in der Bibliothek, mit einigen, für mich sehr interessanten Ausnahmen. »Außerordentlich« ist eines seiner Lieblingslobesworte. »Außerordentlich«, sagte er und klopft mit dem Zeigefinger auf mein Exemplar von Schliemanns *Mykene*, dessen Titelblatt den Schatz des Atreus zeigt, in der Nähe des Löwentors, wie es jetzt genannt wird, und auf die großartige Widmung für »Seine Majestät Dom Pedro II., Kaiser von Brasilien« mit dem »tiefen Respekt« des Autors, Dr. Schliemann, Entdecker und Zerstörer von Troja und nun auch von Argos. »Und mit einem Vorwort von Gladstone selber«, sagte MacMahon dann. »Außergewöhnlich. Ein Mann von mannigfaltigen Talenten, dieser Mr. Gladstone.«

»Ja«, stimme ich zu und biete ihm meine Schachtel mit Virginiazigaretten an.

»Ein großer Geschichtsliebhaber«, meint MacMahon, »und doch in der Welt der praktischen Ereignisse aktiv.«

»Zu aktiv vielleicht«, sagte ich, und statt zu antworten beugt er sich zu meinem angezündeten Streichholz vor.

Einmal, früh an einem Samstagmorgen, bin ich zu seinem kleinen, gemütlichen Haus hochgeritten, und wir beide sind zu Fuß in die Berge gegangen. Wir haben den ganzen Tag mit Gehen und Reden verbracht, haben oft Pausen eingelegt und eine Stunde lang das Mittagessen verzehrt, das er eingepackt hatte, Sandwiches aus dicken Brotscheiben, einen Kuchen. An diesem und am nächsten Tag, und auch nur dieses eine Mal, gelang es MacMahon, die Steifheit abzulegen, die Klasse, Aussprache und zweifellos auch manches andere aus einer Vergangenheit, an die wir uns beide erinnern, unserer Beziehung auferlegt haben.

»Hier war es doch, nicht wahr«, fragte ich, »auf dieser Straße, daß Ned Nolan vor zehn Jahren versucht hat zu entkommen?«

Wir gingen ein Stück weiter, ehe er antwortete, dann schüttelte er den Kopf. »Nein, nicht auf dieser Straße.«

Es war offensichtlich, daß er dieses Thema nicht berühren wollte. Aber in Gedanken stellte ich Nolan auf diese Straße, vor uns, eine Figur aus der illustrierten Presse, düster und bedrohlich, mit langen Schritten, einen mörderischen Revolver in der Hand.

Wir waren unterwegs ins Bergdorf Kildaragh, wo MacMahon Betten im Gasthaus bestellt hatte. Spätnachts fanden wir beide uns in der überfüllten Wirtshausküche nebeneinander vor dem Torffeuer. Eine Art Sessel waren für uns herbeigeschafft worden, ein Symbol ihrer Achtung. Die anderen, Bauern allesamt, lehnten an der Wand oder hockten auf umgestülpten Porterfässern. Eine Geige spielte auf. Ich hörte zum erstenmal die Musik, die MacMahon mir beschrieben hatte, und sie war auf ihre Weise wirklich außergewöhnlich. Wie die meisten Iren, wie unvollkommen wir auch sein mögen, kannte ich einige gälische Lieder gut genug, um sie wiederzuerkennen: »An Cuilfhionn« und »An bonnán buí« und einige andere; aber ich kannte nur ihre für das Pianoforte gereinigten Versionen. Hier, in diesem übelriechenden Raum mit dem festgetrampelten Lehmboden, erhellt vom Glühen des Torfes und von einigen wenigen Kerzen, hier, wo Tabakschwaden in der Luft hingen, schien die Musik aus der Erde selber aufzusteigen, aus den Bergen, die unsichtbar hinter den beiden kleinen Fenstern lagen, aus der gewaltigen Nacht.

Ich warf einen verstohlenen Blick auf MacMahon, der mit der Hand auf seinem Knie den Takt der Musik schlug. Er ist diesen Leuten fast ebenso fremd wie ich, dachte ich. Vor allem wurde das deutlich, wenn er sich mit ihnen auf Gälisch unterhielt, denn er sprach viel langsamer als sie und schien nach Worten suchen zu müssen. Wie wir ihnen wohl vorkommen, dachte ich, denn obwohl sie schwer und unbeweglich wirkten, wußte ich, daß das nur eine kulturelle Täuschung war und daß sie in ihrer eigenen Welt ihre eigene Schnelligkeit, ihre eigene Ironie hatten. Gutsherr, Schulmeister – Besucher, die höflich behandelt werden müssen.

Die Musik schien, wie gesagt, der Erde selber zu entströmen. Aber ich habe auch anderswo solchen Gesang gehört – in den Bergen Mazedoniens, einst in einem Dorf in Kalabrien. Sie wies für mich nicht den Zauber auf, der zu MacMahon sprach. Die Musik schien ein Geheimnis zu enthalten, das mit ihm selber zu tun hatte, sie schien voller Klarheit Gefühle zum Ausdruck zu bringen, die er nur verwirrt und wirr erlebt hatte.

»Es geht alles zu Ende, wissen Sie«, sagte er unvermittelt am nächsten Morgen, als wir zu seinem Haus zurückwanderten – einem feuchten Morgen, die dicken Gräser waren naß, und die Heide bildete Klumpen aus feuchtem, nassem Violett. »Die Musik, die Dichtung, die Sprache selber. Ich habe geholfen, sie zu töten, Gott möge mir verzeihen. Ich und die anderen Schulmeister.«

»Die Geschichte hat sie getötet«, meinte ich schroff. »Eisenbahnen und Schulmeister und alles mögliche.«

In seinem Haus bot er mir eine Tasse Tee an, und als wir sie tranken, nahm er langsam wieder den Umgangston an, der sich zwischen uns eingespielt hatte, freundlich und doch formell, ein wenig distanziert. Hohe Bücherregale überragten uns, und durch das klare, geputzte Fenster mit seinen kleinen Glasscheiben konnte ich über die Felder auf die Hügel blicken, in denen wir die Nacht verbracht hatten.

Etwas später, als ich die Allee hinaufritt – und als der zerstörte japanische Garten weit weg lag und hinter der weitläufigen Schonung kaum zu sehen war – ging mir erst auf, wie ähnlich sich unsere Lebensumstände doch waren, MacMahons und meine. Die Zeit von Ardmor Castle war um, das stand fest. Und wenn man den Journalisten und Schriftstellern und den Männern, die in Clubs und bei Dinners in London mit einem sprachen, Glauben schenken wollte, dann hatte die Geschichte über alle Schlösser wie Ardmor den Stab gebrochen. Sie alle waren unter einem Meer von Hypotheken versunken, nur die allergrößten nicht, Parnell und seine Land League, Agitatoren und Terroristen hatten sie zerschlagen. Und jetzt, als letztes Urteil von allen, kamen die Landgesetze, die es für uns so verlockend erscheinen ließen, auszuverkaufen und unsere Koffer zu packen. Aber ich habe nie dazu geneigt, solchen Leuten zu glauben, mit ihren aufs Stichwort hervorgeholten Theorien, die jeden Morgen neben unserem Eierbecher liegen. Ich glaube nur, was ich mit den Fingerspitzen fühlen, in der Luft riechen, im sich verändernden Licht entdecken kann.

Selbst jetzt, wo die Seitentrakte geschlossen sind, ist das Haus zu groß für Emily und mich und die wenigen Dienstboten. An manchen Nachmittagen, wenn ich mit der Arbeit fertig bin, gehe ich von Zimmer zu Zimmer, wo die Sessel und Tische in verdreckten Musselin gehüllt sind. Im leeren Ballsaal klappern meine Absätze laut, klack klack, auf dem Holzfußboden wie Gewehrschüsse.

15

[Ned Nolan]

Manchmal, wenn er etwas getrunken hatte, sah er sich selber als einen Vogel mit gebrochenen Schwingen.

Für eine Weile verließ er Manhattan und arbeitete für einen Ex-Fenier namens Tom Bonner, der oben am Hudson, hinter Peekskill, eine Ziegelei betrieb. Die Arbeit, die Bonner für ihn fand, war weder anspruchsvoll noch anstrengend; er saß über Abrechnungsformularen und Kontobüchern und überprüfte Wagenladungen von Lehm, Stroh und die Löhne der Arbeiter. »Ich kann schwerere Arbeit leisten, weißt du«, sagte er zu Bonner. »Ich bin doch kein Krüppel.«

»Das kannst du nicht, weil du keine Ahnung von diesem Handwerk hast«, erwiderte Bonner. »Ziegelbrennen war schon bei den alten Ägyptern ein Handwerk.«

Hinter der Ziegelei, hinter den Brennöfen, führten gewundene Pflasterstraßen zum Dorf am Fluß. Im Dorf gab es eine katholische Kirche aus weiß gestrichenen Ziegeln, rauh und frisch, und einen Friedhof, auf dem bereits einige Grabsteine standen, für Männer aus Derry, Cavan, Fermanagh. Es gab Arbeiterhäuser aus den hier hergestellten Ziegeln, jedes hatte eine kleine Holzveranda. Abends riefen die nach Hause gehenden Männer den Frauen, die auf den Fensterbänken lehnten, Grüße zu. Im Frühling hing der schwere Geruch von gekochtem Kohl oder Koteletts in der Bratpfanne in der Luft. Nolan mietete bei einem kinderlosen Ehepaar namens Dennehy das Hinterzimmer und aß auch bei ihnen.

Es gab zwei Kneipen. Er zog das Shamrock vor, das näher am Fluß lag. Im Shamrock servierte Terry Brophy aus Cork City Bier in hohen Krügen und Bourbon oder Roggenwhiskey in Schnapsgläsern. Nolan trank nicht viel. Er freute sich über die Gesellschaft, lauschte den Stimmen, den Akzenten von Ulster und Connacht, in die sich bereits die Laute von New York und Brooklyn gemischt hatten. Die meisten waren aus der City hierhergekommen. Brooklyn war für sie eine zweite Heimat geworden, für manche sogar die erste; einige waren in den Staaten geboren und hatten nur noch einen Hauch von irischem Akzent, den sie zu Hause als Kinder aufgeschnappt hatten. Sonntags fuhren sie mit der Bahn nach New York, um Eltern oder Vettern zu besuchen. Nach Feierabend standen sie an der langen Theke, und ihre Hände waren rot vom Ziegelstaub.

Sie vergaßen nie, wer er war, das war das einzige Schlechte an diesem Leben. Genauer gesagt, sie vergaßen nie, für wen sie ihn hielten, wie sie ihn haben wollten. In New York konnte er sich selber für Tage oder Wochen verlieren, wenn er das Geld hatte, und sich in seinen Schlupfwinkel zurückziehen. Eine Zeitlang hatte er mit anderen freigelassenen Feniern auf Podien gesessen, in überfüllten Hallen, deren Böden vom Tabakssaft fleckig waren. Damals hatte sein Name zusammen mit denen von Rossa und Clandillon auf einem vorne in der Halle ausgespannten, von Gasflammen angestrahlten Banner gestanden. »Nolan von Clonbrony Wood. Auf dem Schlachtfeld und in der Gefängniszelle.« Am Ende sangen die Zuschauer, egal, ob nun viele oder wenige gekommen waren, immer »God Save Ireland«, und der Hut wurde herumgereicht, »für die Sache« oder »für die von uns, die England immer noch in den Klauen hat«. Nolan verachtete das Wesen, das auf dem Podium saß und das seine Unterschrift auf Papierfetzen oder die erbärmlichen Portraits seiner selbst setzte, die an der Tür für ein paar Cents verhökert wurden. Bilder von Rossa gab es für 25 Cents, und für 50 Cent konnte man ein großes Stück Karton mit den oval eingerahmten Konterfeis der Märtyrer von Manchester erwerben – Allen, Larkin und O'Brien. »High upon the gallows tree...«

In Van Brunt's Point dagegen, im Frühling, konnte er das Shamrock verlassen und von dort über den Fußweg zum Fluß hinuntergehen. Es war ein breiter Fluß, so breit wie der Shannon, und auf dem anderen Ufer erhoben sich in der Ferne Berge. An den kühlen Abenden waren Schiffe nordwärts nach Albany oder südwärts zu den Docks von Manhattan unterwegs. Süß duftende oder unangenehme Gerüche wurden vom Wasser zu ihm getragen. Der Fluß und die Hügel in der Ferne, seine Ahnung von Bergen und Bergketten hinter ihnen, von Wäldern und Prairien, konnten ihn mit einem ruhigen Glück erfüllen. Aber seine Jahre im Gefängnis verließen ihn nie, in Träumen, in unwillkommenen Phantasien, wo ihn die Mauern zu zerquetschen drohten, die Finsternis, die Geräusche in der Nacht, die besser unidentifiziert blieben. Er sah die Steinbrüche im Winter, Hämmer und Spitzhacken wurden schweigend geschwungen, das Licht fiel düster und kalt auf sie alle, auf Gesichter, an die er sich jetzt nur noch aus dem Gefängnis erinnern konnte. Nachts dagegen, wenn er auf Stroh und Wolle lag, kämpfte er gegen die Vergangenheit an und erinnerte sich an die klaren Weiden von Munster und, früher, die Farmen von Tennessee und Virginia.

Einmal hörte er, als er den Treidelpfad entlangging, der zum Dock der Ziegelei führte, hinter sich Schritte und stand Bonner gegenüber, als er sich umdrehte. Zusammen gingen sie an den Rand des Docks, wo ein leerer Lastkahn vertäut lag und sich im Rhythmus der starken Strömung leise wiegte. Bonner hob eine dreieckige Ziegelscherbe auf und warf sie ins dunkler werdende Wasser.

»Das alte Ägypten«, sagte Nolan, und Bonner verstand, was er meinte.

»Und nicht nur das«, erwiderte er. »Du hast gute Augen und einen guten Kopf. Ich könnte einen guten Vorarbeiter brauchen. Ich habe da drüben, bei Stony Point, Gelände am Fluß gekauft. Will noch eine Ziegelei aufmachen. New York City schreit nach Ziegeln; das Bauen in dieser Stadt nimmt einfach kein Ende. Und beim Stadtrat haben die Iren einen guten Namen.«

»Du bist auf dem Weg zum Reichtum, Tom«, sagte Nolan. »Ich wünsch dir viel Erfolg.«

»Aber du hättest eine Sechs-Tage-Woche«, fuhr Bonner fort, »und würdest oft bis spät in die Nacht arbeiten müssen.«

Nolan nickte und starrte geistesabwesend auf die Stelle im Fluß, wo die Ziegelscherbe versunken war.

»Du verstehst doch, was ich meine«, sagte Bonner. »Du kannst weder hier noch anderswo anständige Arbeit leisten, wenn du jeden Auftrag übernehmen mußt, den die Organisation dir erteilt. Philadelphia, Chicago. Du weißt, was ich meine, Ned.«

»Ja«, erwiderte Nolan, »ich weiß«, und dabei bewunderte er Bonners Diskretion. Bonner war vor Jahren auch ziemlich wild gewesen, hatte eine ähnliche Vergangenheit wie Nolan, das Auswandererschiff, dann die Yankee-Armee und schließlich den Aufstand. Das alles war jetzt vorbei.

»Weißt du«, sagte Bonner, der Nolans Gedankengang gefolgt war, »ich bin ja selber noch in der Organisation, bezahle meinen Beitrag und ab und zu auch ein bißchen mehr. Und stelle nicht zu viele Fragen danach, wo das Geld hingeht oder wofür es ausgegeben wird. Aber jetzt sind andere Zeiten. Irland wird nicht dadurch befreit, daß wir ab und zu einen rüberschicken, um irgendeinem Landgrabscher eine Kugel zu verpassen. Und auch nicht, wenn wir nach Chicago fahren und einem Denunzianten die Rechnung präsentieren.«

»Das mache ich also?« fragte Nolan.

»Ich will gar nicht wissen, was du tust«, antwortete Bonner. »Ich bin nicht dein Richter.«

Er verbrachte fast sechs Monate in Van Brunt's Point und arbeitete für Bonner, und später kehrte er ab und zu für einige Tage dorthin zurück – nicht, um zu arbeiten, der Fluß zog ihn an, mit seinen Verheißungen von Freiheit. Etwas über ein Jahr wohnte er in zwei unmöblierten Zimmern in der Nähe der New Yorker Docks, fünf Minuten zu Fuß von der Wohnung entfernt, in der er vor dem Krieg mit seinem Vater gelebt hatte. Wenn er durch diese Straßen ging, an die er sich nur schlecht erinnern konnte, sah er plötzlich Szenen aus diesem früheren Leben: Das rote, zuversichtliche Gesicht seines Vaters, rosig über der geblümten Weste. Oder sein Vater, der spätabends von Treffen zurückkehrte, die sich durchaus nicht von denen unterschieden, die Nolan jetzt selber besuchte. Überhaupt kein Unterschied – vielleicht wurden Banner und Fahnentuch von einer Generation an die nächste weitergereicht – smaragdgrünes Tuch, Harfen, Talmischwerter.

In diesem Jahr hatte er eine Frau aus Cork kennengelernt, die als Küchenhilfe in Murray Hill arbeitete. Sie hatte donnerstags ihren freien Nachmittag, und ihrer Herrschaft war es egal, wie lange sie wegblieb, wenn sie nur am nächsten Morgen um sechs wieder ihren Dienst antrat. »Wenn ich ein richtiges Stubenmädchen wäre, dann wäre das etwas anderes«, erklärte sie. »Die sind etwas Besonderes. Sie haben irgendwie eine Stellung im Haushalt. Aber die Küchenmädchen sind den Sturdevants egal.«

»Ist das dein großer Wunsch«, fragte Nolan, »Stubenmädchen werden?«

»Sie haben ein sauberes, schönes Leben«, antwortete sie, »sie polieren und wischen Staub.«

Aber sie war immer die Sauberkeit selber, wenn sie zu ihm kam, den Körper hatte sie so hart abgeschrubbt, daß der Geruch der gelben Seife ein Teil seiner erotischen Erwartungen wurde. Später in diesem Jahr wurde sie zum Stubenmädchen befördert, und dann hatten sie den Nachmittag und den frühen Abend bis acht Uhr. Sie ging vom Schlafzimmer in das kleine Wohnzimmer und trug dabei nur einen enganliegenden Unterrock aus weißem Musselin, ihre bloßen Brüste waren frei, ihre braunen Brustwarzen braun umrandet. Einmal, nachdem sie sich geliebt hatten, sah sie, daß er sie vom Bett aus beobachtete.

»Findest du mich schamlos?« fragte sie.

»Überhaupt nicht.«

»Ich schäme mich schrecklich, weil ich mich so vor dir zeige, aber diese Scham macht mir auch Vergnügen. Kannst du das verstehen?«

»Du hast bestimmt lange, interessante Gespräche mit deinem Beichtvater«, sagte Nolan, aber sie gab keine Antwort. Sie hieß Margaret. Margaret Quill.

Am Tag vor Heiligabend erzählte sie ihm, daß ein junger Amerikaner namens Edward Reilly, der in einem Lebensmittelladen arbeitete, ihr einen Heiratsantrag gemacht hatte.

»Was hast du ihm geantwortet?« fragte Nolan.

Die Fenster aller Lebensmittel- und Schlachterläden waren mit rotem und grünem Papier ausgeschlagen, und an den Haken über den Schlachterfenstern hingen fette Gänse und Truthähne. Der Süßigkeitenladen an der Ecke hatte sich selber übertroffen, Zukkerflocken stellten Schnee auf den Dächern eines kleinen Dorfes dar, Häuser und Farmen und eine weiße protestantische Kirche mit adrettem Türmchen. Vor dem Modelldorf füllten Süßigkeiten und Pralinen rote Schachteln. Es gab einen gläsernen Weiher, auf dem kleine Figuren Schlittschuh liefen.

»Ich habe ihm erzählt, daß es eine Ehre für mich wäre, seine Frau zu werden«, sagte sie.

»Dieser Mann hat wirklich Glück«, meinte Nolan.

Sie hatte ihren Hut und den dicken Mantel abgelegt, sie saßen nebeneinander auf dem Bett und sahen sich an.

»Es könnte auch dein Glück sein«, sagte sie.

»Nein«, erwiderte er, legte seine beiden Hände auf ihren gesenkten Nacken und begann, ihr schwarzes Kleid zu öffnen.

»Es heißt, du wärst bei den Feniern eine Art General gewesen«, sagte sie, »und dann hättest du einen Gutsbesitzer erschossen und wärst ins Gefängnis geworfen worden.«

»Ja, so ähnlich«, sagte er.

Vorsichtig öffnete er die Haken, die sich über ihren ganzen Rücken hinzogen, dann hob er erst ihre eine, dann die andere Hand und öffnete auch ihre Manschetten. Danach streifte er ihr das Kleid und dann ihre bestickte Untertaille ab. Sie saß ruhig da.

»Zwei Zimmer so groß wie diese«, sagte sie. »Und Küchenbenutzung. Es könnte so schön aussehen. Richtig schön und sauber, alles gewachst und gebohnert.« Als er ihre Brüste entblößte, sagte sie: »Nächste Woche will er mit mir bei seiner Mutter Tee trinken, sie ist Witwe und wohnt in der West Side.« Ihre Brustwarze hatte sich schon aufgerichtet, als sein Finger sie berührte. Er legte ihr den Arm um die Schulter und zog sie aufs Bett.

Einige Jahre später glaubte er, sie in Irving Hall bei der großen Gedenkmesse für John O'Mahoney gesehen zu haben. Aber er war nicht ganz sicher. Junge Frauen, die ihr ein bißchen ähnlich sahen, gab es überall in dieser höhlenhaften Halle. Er stand in den Kulissen hinter dem Podium und wartete mit einem Dutzend anderer Männer darauf, daß sie auf die Bühne geführt würden, als Krieger der Bewegung, die O'Mahoney zwanzig Jahre zuvor ins Leben gerufen hatte. Aber er war sich fast sicher; sie hatte den Mund geöffnet, und ihre Augen strahlten. Sie trug einen Mantel mit einem kleinen Pelzkragen und einen passenden kleinen runden Hut. Ein sympathisch aussehender rothaariger junger Mann stand neben ihr.

Vor einigen Jahren hatte er O'Mahoney besucht, der nur ein paar Blocks entfernt wohnte, in einer elenden, finsteren und luftlosen Wohnung. Sie saßen zusammen an einem staubigen Fenster und schauten die lange Straße zum Fluß hinab, den ein Lagerhaus vor ihrem Blick verbarg. Ein kühler Tag, kein Feuer. Nolan hatte eine Flasche mitgebracht; sie stand zwischen ihnen auf dem Tisch. O'Mahoneys Mantel war bis zum Kragen hin zugeknöpft, und er hatte eine Decke um seine Beine gewickelt. Er sah immer noch gut aus, mit seinem feinknochigen Gesicht und dem dunklen, geschwungenen Schnurrbart, der jetzt allerdings graue Sprenkel aufwies.

»Es könnte ein Tag in Irland sein«, meinte er, »ein Nachmittag im Winter.«

Im Jahre 48 war er mit O'Brien und Stephens in Ballingeary

gewesen, dreißig Jahre zuvor. Aber er erinnerte sich an Nachmittage in Irland.

Über einem Tisch auf der anderen Seite des Zimmers hing der Druck, den alle kannten. O'Mahoney in seiner Uniform als Colonel der Nordstaatenarmee, kriegerisch mit seiner Adlernase. O'Mahoney sah, daß Nolan dieses Bild betrachtete.

»Es hängt nicht aus Eitelkeit da«, erklärte er. »Ganz im Gegenteil. Es war keine große militärische Karriere, ich hatte das Kommando über Depots und Garnisonen. Wir saßen einfach den Krieg aus, und danach sollte unserer anfangen. Ach, was soll ich dir das erzählen, Ned. Du warst ja bei uns.«

Vorsichtig schenkte Ned mehr Whiskey in die beiden Gläser. »In Tennessee«, sagte er. »Unter diesem oder jenem Kommandanten. Aber ich habe euch gedient.«

O'Mahoney hob verächtlich eine lange weiße Hand. »Wir hatten uns schon zerstritten, als du noch da hinten in Tennessee warst. 65 sollte das Jahr sein. Aber in jedem anderen Punkt haben wir uns gestritten. Wir streiten uns immer noch. Sie tun das. Ich bin nicht mehr dabei.«

Er gab einen Spritzer Wasser in sein Glas.

»Ich habe am Grabe deines Vaters gesprochen, Ned. Das weißt du. Meine Rede ist viel gedruckt worden, in den irischen Zeitungen in diesem Land. In Boston. Hier. In Chicago.«

»Ich habe sie«, sagte Ned. »Sie waren sehr großmütig.«

»Er hat sein Leben für Irland gegeben, habe ich gesagt. Was bedeutet eine solche Sprache? Ich weiß es nicht mehr.«

»Sie haben Ihr eigenes Leben gegeben, Colonel«, sagte Nolan.

Das stimmte wirklich, dachte er, als er neben dem eingefallenen Mann saß, der in seiner Reisedecke auf dem Stuhl zitterte. Er war der Sohn eines wohlhabenden Farmers gewesen, der zum alten katholischen Landadel gehört hatte, zu den Stammesfürsten der Comeraghs; und das hatte er weggeworfen, um mit Revolver und Gewehr nach Ballingeary zu reiten. Er war ein Gelehrter, in den ersten zuversichtlichen Jahren in New York hatte er Keatings alte Geschichte aus dem Gälischen übersetzt; andere Gelehrte hatten diese Übersetzung hochgelobt. Durch sein Wissen hatte er ihren berühmten Namen geprägt; nach der kriegerischen Bruderschaft der alten Sagas, der Bruderschaft der Fenier. Jetzt hatte er das hier, diese Wohnung, eine geschenkte Flasche. Er war wie Stephens aus dem Rat ausgeschlossen. Aber die Macht war ihm schon vor so langer Zeit genommen worden, daß er das verziehen hatte. Bei feierlichen Gelegenheiten wurde er vorgeführt.

Die bleiche lange Hand machte eine ausholende Geste. »Ich habe meine Bibliothek weggegeben«, sagte er. »Unordnung. Tote Worte, brüchiges Papier. Ich habe noch ein paar Bücher im Schlafzimmer und lese sie immer wieder. O'Donovans große Übersetzungen der *Annalen*. Rabelais. Swift. *Tom Jones*. Ich würde dir gern ein Exemplar meiner Übersetzung geben, aber ich habe sie alle schon vor langer Zeit verschenkt.«

»Ich habe Ihre Übersetzung«, erwiderte Nolan. »Es ist ein edles Werk.«

»Edel«, wiederholte O'Mahoney mit einem Unterton von Ironie. »Handwerklich wohl eher. Du sprichst selber kein Gälisch? Es stirbt aus. Ein Volk ohne Sprache. Es waren wohl harte Jahre für dich, in den englischen Gefängnissen?«

»Hart genug«, sagte Nolan.

Sie schwiegen eine Weile. Nolan goß Whiskey nach. Er wußte nicht so recht, warum er diesen Besuch machte, aber der alte Mann schien sich in seiner Anwesenheit, bei ihrem Schweigen, wohlzufühlen.

»Kommandierender General«, sagte O'Mahoney schließlich. »Den Titel haben sie mir verpaßt. Ich war der Kommandierende General, und Stephens war der Leitende Organisator der irischen Republik!« Plötzlich begann er zu lachen, aber sein Lachen wurde zu einem trockenen, keuchenden Husten. »Zuerst wurde ich beiseite gestoßen, dann kamen die Männer, die mich hinausgeworfen hatten, ihrerseits an die Reihe. Denunzianten, Prahlhänse, Trinker, Hahnreis – mein Gott, was hatten sie da im Fenian House, wie sie es nannten, für eine Bande! *Wir* haben euch im Stich gelassen; diese ganze Meute, die wir waren, haben euch junge Leute im Gebirge im Stich gelassen.« Er seufzte. »Es ist lange her.«

»Worauf es ankommt, ist die Organisation«, sagte Nolan. »Die Organisation und der Eid. Sie haben ihn uns abgenommen, Sie und Stephens. Daran wird man sich immer erinnern; deshalb werden Sie nie vergessen werden.«

»Ich hasse Städte«, erwiderte O'Mahoney. »Und ich habe mein halbes Leben, abgesehen vom Krieg, in dieser verbracht. Diese scheußliche Straße da unten, die schäbigen Ladenfassaden, die Pflastersteine, die im Regen glänzen. Du steckst selber tief im Rat der Organisation, habe ich gehört.«

»Nicht tief«, korrigierte Nolan. »Ich befolge ab und zu ihre Befehle.«

»Du hast keine große Ähnlichkeit mit deinem Vater. Er war blond, und du bist dunkel. Wir waren Gentlemen oder versuchten zumindest, welche zu sein – Thomas Nolan, John Mitchel, Meagher vom Schwert, Richard O'Gorman. Aber die Burschen, die jetzt die Leitung übernommen haben – wer zum Teufel sind sie, kannst du mir das sagen? Devoy scheint in Ordnung zu sein, Devoy lasse ich gelten.«

»Mit Verlaub«, sagte Nolan. »Bei einer Revolution braucht man keine Gentlemen.«

Zum erstenmal an diesem Nachmittag lächelte O'Mahoney mit offenbar echtem Vergnügen. »Das mag wohl so sein. Wolfe Tone war durchaus deiner Meinung. Es gibt eine hübsche Geschichte über O'Conor von Belnagare, damals im letzten Jahrhundert. Er gehörte zu den großen fürstlichen O'Conors, den O'Conor Dons. Aber zwischen Cromwell und den Penal Laws war er vernichtet worden und war wenig besser als ein schnöder Bauer. Eines Tages pflügte er zusammen mit seinem Sohn, und der Sohn gab ihm eine freche Antwort. »Sieh dich vor, Sir«, sagte O'Conor. »Du bist schließlich nur der Sohn eines Pflügers, aber ich bin der Sohn eines Gentleman.« Er lächelte. »Du kannst durchaus recht haben.«

Regentropfen schlugen gegen das Fenster.

»Ich habe alles nach besten Kräften zusammengehalten«, sagte er. »Aber das war nicht gut genug. Zuerst hat Roberts uns in zwei Fraktionen gespalten, mit seinem ›Senatsflügel‹ und diesem verrückten Überfall in Kanada. Dann sind Stephens und McCafferty mit gezogenem Revolver übereinander hergefallen. Mein Gott, Junge, wenn der eigene historische Moment vorüber ist, sollte man verschwinden. In einer Rauchwolke. Oder in der Versenkung.«

O'Mahoney hier in New York, beiseite geschoben. Sie waren wirklich keine Gentlemen, diese Männer, die Nolan Befehle erteilten, jedenfalls nicht so, wie O'Mahoney dieses Wort verstand. Rossa, ein Ladenschwengel aus Skibbereen; McCafferty, ein brutaler Kerl, der sein Handwerk im Krieg bei Freischärlern aus den Südstaaten erlernt hatte.

Hinter dem staubigen Fenster konnte Nolan eine leere, vom dünnen Nieselregen verschleierte Straße erkennen. Läden hatten in der frühen Dunkelheit ihre Lampen angedreht – ein Kohlenhändler, ein Gemüsehändler, ein Eisenwarenhändler. Hinten an der Straßenecke lag eine Kneipe, deren Lampen grün und rot verkleidet waren und die in Regen und Kälte des frühen Winters willkommen hieß.

»Aber ich habe noch eine Rolle zu spielen, Captain Nolan«, sagte O'Mahoney. »Wenn ich erst tot bin, können sie mich an die Arbeit schicken. Ich werde dann nach Irland zurückkehren, Captain, das steht felsenfest. Tausende werden hinter dem tiefschwarz verhüllten Sarg hermarschieren. Vielleicht wird man sich um den Besitz der Leiche schlagen, Fenier und Parlamentarier werden aufeinander losgehen, mit der Polizei Ihrer Majestät als Schiedsrichter. Und wer wird wohl am Grab stehen und die Lobrede halten – Dick Pigott vielleicht, oder einer von den Sullivans?«

Verlegen wandte Nolan den Blick ab und ertappte sich wieder dabei, daß er den Druck des uniformierten Colonels anstarrte, dessen sicheres und zuversichtliches Auftreten eine Spur zu theatralisch wirkte.

»O ja«, sagte O'Mahoney, »ich weiß es, niemand weiß es besser als ich. Ich habe dabei geholfen, die vom Gin getränkten Knochen von Terence Bellew MacManus zusammenzupacken und nach Dublin zu verfrachten. Den ganzen Weg von San Francisco. Im Leben war er ein nutzloser Knabe, der arme Terence, liebenswürdig, aber nutzlos. Aber im Tode, bei Gott, da hat er wirklich großen Einsatz geleistet.«

Nolan lachte plötzlich und wandte sich von dem grellbunten Druck ab, leuchtend goldene Abzeichen auf einer mitternachtsblauen Uniformjacke.

»Besser, man sieht die Dinge schräg, Ned«, sagte O'Mahoney, »nicht platt von vorne. Das hilft dir im Leben weiter.«

Das Plaid war zu Boden geglitten. Ned kniete und legte es O'Mahoney um die Knie. Als er sich erhob, waren die habichtscharfen Augen halb geschlossen, und der immer noch eindrucksvolle Kopf senkte sich auf die Brust.

»Wenn ich darf, komme ich wieder vorbei«, sagte Nolan.

»Aber ich bitte darum, Captain. Ich bitte darum. Der Sohn deines Vaters ist immer willkommen. Dein Vater war ein hervorragender Mann. Er hat sich in diesem Land nie zurechtgefunden. Er war sehr stolz auf dich, weißt du. Im Krieg bin ich ihm einmal begegnet, in der Astor Bar. Er hatte einen Brief bei sich, den du ihm aus Tennessee oder vielleicht auch aus Virginia geschickt hattest. Er hat mir daraus vorgelesen.«

An der Tür drehte Nolan sich um, um etwas zu sagen, aber O'Mahoney schlief schon fast. Auf der Straße ging er einen oder zwei Blocks weiter zu einem Kohlenhändler und ließ dem Colonel zwei Säcke schicken. Dann ging er nach Westen, in der Ferne lag unter schweren Regenwolken der Fluß.

O'Mahoneys Beerdigung lief so ab, als ob er selber mit dem Bleistift eines Zeichners den Plan dafür entworfen hätte; es gab eine Messe in Webster Hall, dann versammelten sich die Getreuen mit schwarzem Trauerflor am Ärmel an den Docks. Im Rumpf eines Dampfers, in einem mit dicken Brettern verstärkten Sarg, kehrte der erste Oberste Rat der Fenier-Bruderschaft endlich nach Irland zurück. Fenier und gemäßigte Nationalisten wetteiferten um die Ehre, hinter dem Sarg durch die Sackville Street und nach Glasnevin gehen zu dürfen. Auch an diesem Tag regnete es in Dublin, elender irischer grauer Nieselregen, aber die meisten trugen als Zeichen ihrer Achtung die Hüte in der Hand. Zeitungen, in denen die Menschenmenge am Grab in Glasnevin dargestellt war, wurden nach New York geschickt. Richard Pigott las eine Rede vor, die O'Donovan Rossa aus Amerika gesandt hatte. »Wir wollen alle Meinungsverschiedenheiten vergessen«, sprach Rossa durch Pigotts Lippen, »wenn wir heute den Tod des Führers, des Gründers, des kühnen Soldaten und wahren Iren betrauern.«

»Wir wollen alle Meinungsverschiedenheiten vergessen«, sagte Charlie Duignan zu Nolan. »Guter Witz.« Sie saßen in Hanefys Bar in der Eighth Street und warteten auf Mick Coogan aus dem Hauptquartier. Sie saßen an einem kleinen Tisch hinten bei der Tür, die zur Gasse führte. Vor Nolan stand ein Bier, vor Duignan ein Glas Whiskey, um das er seine Finger geschlossen hatte.

»Ich will nichts gegen John O'Mahoney hören«, sagte Nolan. Er beobachtete die hin- und herschwingende Doppeltür.

»Wirst du von mir auch nicht«, sagte Duignan. Seine Familie war aus Limerick gekommen, als er drei Jahre alt war, und er sprach mit New Yorker Akzent. Nolan mochte weder diese Aussprache noch Duignan.

»Unsere Meinungsverschiedenheiten haben uns kaputtgemacht«, fuhr Duignan fort. »Seit der ersten großen Spaltung und dem Senatsflügel. Bei Gott, wenn diese Leute das jetzt nicht einsehen wollen, dann müssen sie dazu gezwungen werden.«

»So ungefähr«, meinte Nolan.

»Rossa ist immer in seiner eigenen Parade marschiert«, sagte Duignan, »und sein eigener Trompeter hat das Lob von Jeremiah O'Donovan Rossa verkündet.«

Die Doppeltür teilte sich, aber es war nicht Coogan. Zwei Yanks, einer in großkariertem Mantel und Hosen, sein in der Mitte gescheiteltes Haar glänzte vor Öl.

»Im Gefängnis von Dartmoor ist er nicht in seiner eigenen Parade marschiert«, meinte Nolan. »Im Gefängnis von Dartmoor war er ein gefolterter Mann in einer Zelle. Die ganzen Jahre lang hatten sie es auf ihn abgesehen, aber sie konnten ihn nicht brechen.«

Duignan schwieg, und im Schweigen kehrte Nolan ins Gefängnis von Portland zurück. In der Finsternis lag er auf seiner Pritsche, in dieser Finsternis, die andere sich nicht vorstellen konnten, einer Finsternis, die nicht nur der Nacht entsprang, sondern der feindseligen, haßerfüllten Enge, wo Stein und Eisen die Sonne aussperrten. Nolan erinnerte sich an eine Nacht, zu Anfang seiner Haft, als er plötzlich angefangen hatte zu schreien, wobei seine Stimme immer höher kletterte, ein mädchenhafter Sopranschrei. Über ihm und unter ihm, rechts und links begannen Blechnäpfe zu scheppern, ob aus Mitleid oder aus Verärgerung, wußte er nicht. Danach hatte er nie mehr geschrien, hatte aber lautlos bei den Schreien der anderen seinen Mund bewegt.

»Er ist in Ordnung«, sagte Duignan. »Rossa ist in Ordnung. Aber er ist ein verdammter Irrer und kann hiervon nicht die Finger lassen.« Sein Zeigefinger tippte auf den Rand seines Glases.

Coogan stieß die Türen auf und betrat die verräucherte Kneipe, wobei er den Kopf hin- und herdrehte, bis er sie sah. Er kam aus Leitrim, war kräftig gebaut, klein, mit schweren eckigen Schultern und einem massiven Kopf auf einem kurzen, dikken Hals.

Als Temperenzler bat er auf Duignans Drängen um ein Glas Gingerale.

»Das Geld für eure Ausgaben steckt in einem Briefumschlag, den ich euch zukommen lassen werde. Für die Bahnfahrt und die Unterkunft und eure Mahlzeiten und alles andere. Ihr müßtet sogar noch etwas übrigbehalten. In Chicago gibt es so viele Iren, daß ihr dazwischen verschwinden könnt. Aber geht der Organisation aus dem Weg. Ihr seid Paddys auf Arbeitssuche.«

»Ned hat mir erzählt, daß die Organisation diesen Mann voll durchschaut hat«, sagte Duignan. »Und daß kein Zweifel mehr besteht.«

»Nein«, antwortete Coogan. »Kein Zweifel.« Dann, nach einer Pause, fügte er hinzu: »Eh, Ned?«

»Ich habe jedenfalls keine«, sagte Nolan.

»Du vielleicht?« Coogan wandte sich Duignan zu. »Und wenn, dann solltest du aussteigen. Ich setze niemanden an so eine Aufgabe, wenn er Zweifel hat.«

»Nein, nein«, beteuerte Duignan rasch.

Die Zugreise von New York nach Chicago dauerte einige Tage. Duignan war zuerst aufgeregt und machte Nolan auf jede Stadt, auf jede Hügelkette in der Ferne und auf jeden Wasserturm aufmerksam. Aber endlich ging auch ihm die Monotonie der Reise auf, und er gab nach. Er lief durch die Zugkorridore, unterhielt sich mit Fremden und beteiligte sich ein oder zweimal an einer Kartenpartie. Nolan dagegen genoß die Winterlandschaft, die verschneiten Felder, die Weiher unter ihren brüchigen Eisdecken, auf die blasses, wäßriges Sonnenlicht fiel, die hölzernen Häuser und Scheunen, die sich, rot gestrichen, hell vom Schnee abhoben. Bauernkinder, in Schals und Handschuhe eingemummt, winkten ihnen zu. Die Entfernungen zwischen den Städten waren gewaltig.

Dr. Sheehan lebte in einem Vorort der Stadt, deren Häuser wirklich solide aussahen, manche hatten sogar Türmchen oder Erker, die Straßen jedoch waren ungepflastert und schlammig. Es gab keine Gaslaternen. Nolan und Duignan warteten in ihrem Mietwagen mit seinem ruhigen, müden Pferd in einer Nebenstraße hinter Sheehans Haus. Gegen zehn Uhr abends kam Sheehans leichter Wagen die Straße hinunter, er stieg aus und warf die Zügel des Pferdes über den Pfosten. Als er seine Instrumententasche aus dem Wagen nehmen wollte, ging Nolan, gefolgt von Duignan, zu ihm hinüber.

»Dr. Sheehan«, sagte Nolan.

»Ja?« fragte Sheehan verwirrt. »Ja? Wer sind Sie?«

Nolan sah ihn im schwachen Mondlicht. Die Daguerreotypie war sehr ähnlich gewesen, ein kleiner, rundlicher Mann mit Brille und dunklem, kurzgetrimmtem Bart. Die Tasche sah schwer aus. Sheehan ließ sie von seiner rechten in seine linke Hand wandern.

»Sie wissen schon, wer wir sind«, sagte Nolan. »Sie haben uns schon erwartet.«

Sheehan reckte den Hals. »Kenne ich euch, Jungs? Ich kann euch nicht richtig sehen.«

»Kevin Timothy Sheehan«, begann Nolan, und Sheehan unterbrach ihn durch einen langen Seufzer.

»Ja«, sagte er. »Ich weiß, wer ihr seid.«

»Über Sie ist das Urteil gefällt worden«, sagte Nolan, »und Sie haben das Recht, es zu hören.«

»Ich habe noch ganz andere Rechte«, erklärte Sheehan.

»Nein«, widersprach Nolan. »Sie sind zweimal nach New York gerufen worden, um sich zur Anklage zu äußern. Ich wundere mich ja, daß Sie nicht umgezogen sind.«

»Einmal«, sagte Sheehan. »Einmal hat mich der Rat vorgeladen, nicht zweimal. Ich konnte meine Praxis nicht im Stich lassen. Ich habe ihnen geschrieben.«

Die Vorderfenster im Haus wurden hell, und Nolan konnte eine Gestalt sehen, Sheehans Frau oder ein Dienstmädchen, das sich hinter den Gardinen bewegte.

»Es ist aus, Doktor«, sagte Nolan. »Reden hat keinen Zweck.«

»Laß ihm doch Zeit, Ned, um Gottes willen«, bat Duignan. »Zeit für ein Reuegebet und eine Minute, um sich zu sammeln.«

»Er hat ganz schön viel zu bereuen«, widersprach Nolan. »Und wir haben nicht viel Zeit.«

»Ned«, sagte Sheehan. »Jetzt weiß ich, wer du bist. Ned Nolan. Ich hab' dich einmal in der Hibernian Hall gesehen.«

»Und dann hast du gleich einen Sonderbericht an Mr. Anderson in Dublin Castle geschickt, ja?« fragte Nolan. »Oder hast du mich für einen deiner Ausflüge nach Kanada reserviert, für eins deiner Gespräche mit Mr. Fleming?«

»Gütiger Jesus«, sagte Sheehan.

Einen Moment lang schwiegen alle.

»Ich habe meinen Rosenkranz bei mir«, sagte Sheenan. »Ein Bußgebet und ein Gesetz des Rosenkranzes. Für die Mutter Gottes.«

Er griff in seine Manteltasche, doch als er sie wieder herausziehen wollte, hob Nolan den Arm und schoß. Sheehan wurde rückwärts geschleudert, fiel, und Nolan schoß ihm noch zweimal in die Brust.

Mit wachsamem Blick auf das Haus kniete Nolan sich neben

Sheehan, während Duignan neben ihnen stand und die Hände auf den Knien abstützte. Er starrte die zerschmetterte Brust an, die offenen, starren Augen, den vom Bart eingerahmten aufgerissenen Mund, dann drehte er den Kopf rasch auf die Seite und übergab sich.

Vorsichtig zog Nolan Sheehans Hand aus der Manteltasche. Die Finger hielten immer noch den Revolver, und er zog Hand und Revolver zusammen heraus. Als Duignan sich hustend ein Taschentuch vor den Mund hielt, sagte Nolan: »Da hast du deinen Rosenkranz.«

»O Gott«, sagte Duignan. »O Gott, o Gott.«

Am nächsten Nachmittag betrank sich Duignan in der Stadt bis tief in die Nacht hinein. Nolan saß neben ihm, erst in dieser Kneipe, dann in jener, trank vorsichtig ein Glas, wenn Duignan vier oder fünf leerte, und sorgte dafür, daß er nichts Falsches sagte. Früh am Morgen brachte er ihn in ihr Gasthaus zurück und steckte ihn ins Bett. Zwei Tage später fuhren sie nach New York zurück. Als sie den Bahnhof erreichten, war Duignan schon fast wieder er selbst und fing an, ein wenig zu prahlen, geheime Aufträge anzudeuten.

Nolan suchte Coogan auf und sagte: »Gib mir nie mehr solche Aufträge. Mein Magen verträgt das einfach nicht.«

»Aber du hast es gemacht, Ned«, meinte Coogan. »Ein guter, sauberer Job, und er mußte erledigt werden.«

»Nicht von mir«, widersprach Nolan. »Und nicht noch einmal.«

Diesen Schwur brach er erst in den 80er Jahren, aber der Mord an Dr. Sheehan reichte aus, um seinen Ruf zu besiegeln. Der Fall wurde nie aufgeklärt, aber die Gerüchte über Ned Nolan verbreiteten sich in Fenierkreisen, er galt als einer der harten Männer, einer der unversöhnlichen. »Er hat immer einen Revolver bei sich«, hieß es, »und er hat ihn mehr als einmal benutzt.« – »Kein Wunder«, wurde behauptet, »nach allem, was sie ihm im Gefängnis angetan haben.« In jener Zeit war die Organisation eine Art Gespenst, das sich hinter der Fassade von Massenversammlungen, Paraden, patriotischen Ausflügen an die Strände von New Jersey und Long Island bewegte, hinter noch mehr Fahnentuch und riesigen Portraits von Washington und Robert Emmet in ovalen Zwillingsrahmen. Sie nannte sich jetzt Clann-na-nGael und zählte Richter und Kongreßabgeordnete zu ihren Mitgliedern,

Parteigrößen, Anwälte und Delegierte. Aber irgendwo im Clann gab es den namenlosen Obersten Rat. Devoy kontrollierte ihn vielleicht, oder O'Donovan Rossa. Oder vielleicht erhielten sie ihre Befehle aus Dublin oder Belfast. Die Organisation lebte von Geheimnissen, von den Sagen über den Aufstand von 67, über die in Manchester gehenkten Männer, die Gefolterten in den englischen Gefängnissen. Nolan gehörte dazu. Bei Clann-na-nGael-Picknicks an sandigen Stränden, wenn Kinder schrien, Reden gehalten wurden und dann ein Ballspiel stattfand, stupsten New Yorker Polizisten und Feuerwehrleute mit irischen Namen einander an und nickten zu ihm hinüber. Aber er ging zu solchen Veranstaltungen, weil Devoy glaubte, sie seien gut für die Moral. In schwarzer Jacke saß er dabei, eine Krähe zwischen dicklichen schwitzenden Männern in buntgestreiften Hemden.

Sein Vetter Hugh MacMahon schrieb ihm regelmäßig, und ein oder zweimal pro Jahr erhielt er auch einen Brief von Bob Delaney. Sie hätten öfter geschrieben, aber Nolan antwortete nicht jedesmal. Wenn er es tat, dann in steifer, angespannter Sprache, anders als MacMahons joviale, ausgeklügelte und weitschweifige Betrachtungen oder Delaneys kühler Enthusiasmus, seine sardonischen Berichte über seine eigenen Erfolge oder lokale Torheiten. Aber er hob alle Briefe auf und las sie ab und zu von neuem. Die wenigen Wochen, die er in Kilpeder mit ihnen verbracht hatte, wurden zu einem der Mittelpunkte seines Phantasie-Daseins. Er erinnerte sich an MacMahons Wohnzimmer, Mary am Pianoforte, die langen Sonntagsspaziergänge mit Delaney, Vincent Tullys kläffendes Lachen, wenn er seine Taschenflasche aufdrehte. Er dachte an die Stadt im fernen Munster, die er unter solch seltsamen Bedingungen kennengelernt hatte, und sah sie friedlich und häuslich vor sich. Gewehrfeuer, Clonbrony Wood, zerstörten diese Erinnerung. Hinter der Stadt, hinter Clonbrony Wood, hinter der Hütte, von der er die Waffenbeschaffer ausgesandt hatte, lagen die Berge, die er nie besucht hatte, braun oder grün oder lila im immer veränderlichen Licht. In seiner Vorstellung wanderte er dort über enge, abweisende Pfade, vorbei an klaren, eiskalten Bächen, Stechginster, an von Regen und Nebel schwarz und glänzend wie Anthrazit geschrubbten Felsen. Wenn er sich in seiner Phantasie umdrehte, dann lag Kilpeder vor ihm, mit seinen Kirchtürmen, voller Menschen und unerreichbar.

16

[Hugh MacMahon]

In meiner Erinnerung höre ich noch einen Bänkelsänger aus Dublin, der mit nasaler und greinender Stimme den Vorübergehenden seine letzten Kompositionen anbietet. »For the uncrowned king of Ireland lies in Kilmainham Gaol.« Ich weiß nichts mehr über den Mann selber, wieviel Uhr es war oder was die anderen ihn singen hörten, als sie ihm zuhörten oder vorübereilten, ich erinnere mich nur an seine Stimme, und sie singt für mich nur diese eine Zeile. Diese Zeile jedoch setzt für mich eine Zeit in unser aller Leben fest. Im Oktober 1881 wurden Parnell und die anderen Führer verhaftet und in Kilmainham eingekerkert, und dort blieben sie bis zum folgenden Mai, als der »Vertrag«, wie sie das nannten, unterschrieben wurde. Und in der Weihnachtswoche dieses Jahres fuhr ich nach Dublin, um Bob Delaney zu besuchen, der in diesem Winter immer wieder für die Land League oder für Tully oder sich selber dort etwas zu erledigen hatte.

In dieser Woche hatte Bob einmal auch in Kilmainham zu tun, wo er sich mit Parnell und Egan beraten mußte, und ich fuhr mit der Straßenbahn zusammen mit ihm hinaus, eine schöne kurze Fahrt mit Blick auf den Phoenix-Park auf dem anderen Ufer. Bob würde mindestens einige Stunden dort zu tun haben, und deshalb spazierte ich durch den winterlichen Park, dessen kahlzweigige Bäume die eleganten Alleen säumten, dann ging ich in die Schenke gegenüber vom Gefängniseingang, um dort weiter zu warten. Es ist ein hartes, abweisendes Gebäude, errichtet aus riesigen, düsteren Steinquadern.

Vor Kilmainham standen natürlich keine Bänkelsänger, aber trotzdem ist das Lied für mich untrennbar mit dem Anblick des Gefängnisses selber verknüpft, dem ich gegenübersaß, während ich mein Porterglas in den Händen drehte. Es war ein kalter Tag, von der feuchten Dubliner Kälte, gegen die das Torffeuer vergeblich ankämpfte, und ich fröstelte in meinem Mantel. »Bei Gott«, sagte Bob, als er zu mir stieß. »Die führen da drüben das große Leben, Parnell und die anderen. Ein Wohnzimmer so groß wie diese Schenke, und davon geht Parnells Schlafzimmer ab. Als Zelle könntest du das nicht bezeichnen. Sie sind wirklich in großem Stil gefangen.« Er gab dem Barmann ein Zeichen und hielt seine beiden Hände hoch, um anzuzeigen, daß er ein großes Glas brauchte. Er war ungeheuer gut gelaunt.

Und dort, in diesen Worten, macht sich für mich die besondere Würze jener wunderbaren Jahre fest. Parnell war zwar zusammen mit seinen wichtigsten Leutnants im Gefängnis, die Briten konnten ihn jedoch nicht auf immer dort festhalten. Die Ballade mit ihrer tränenseligen Klage war ein erwartetes Ritual, eine pflichtbewußte Trauer, weil noch ein irischer Führer in einen Kerker geworfen worden war. Aber dieser hier war keiner der Anführer, von denen zwölf aufs Dutzend gehen, dieser hier war Charles Stewart Parnell, den wir in wenigen kurzen Jahren wirklich als unseren ungekrönten König anzusehen gelernt hatten, und der aus dem Gefängnis mit Gladstone wie mit seinesgleichen verhandelte. Heutzutage tut es weh, auf jene Zeiten zurückzublicken.

Nach dem langen düsteren Jahrzehnt, das auf unseren elenden Aufstand gefolgt war, stolperte plötzlich von dem unbekannten Ort, an dem die Geschichte ihre Energie verbirgt, alles an die Oberfläche. Der junge Patrick Prentiss könnte darin vielleicht ein Muster finden, mir will das nicht gelingen. Die entsetzliche schwarze Ernte von 79, als uns noch eine Hungersnot bevorzustehen schien, Parnells Griff nach der politischen Macht, Davitt und die Land League – alles schien gleichzeitig zu passieren, und alle Geschehnisse zehrten voneinander. Plötzlich, so kommt es mir heute wenigstens vor, wurden wir aus unserer Lethargie, aus unserer gleichgültigen und schmerzlosen Verzweiflung gerissen und in Aufregungen, Hoffnungen, Fackelzüge und jubelnde Menschenmengen geschleudert. Später, in seinen letzten Jahren, als Bob Zeit genug hatte, um zu reden und nachzudenken, gingen wir zwei immer wieder der Frage nach, warum und wie es passiert war, und wie sich dadurch das Land geändert hatte, für immer, wie es aussah. Aber Bob hatte keine besseren Antworten als ich selber, obwohl Bob dem Mittelpunkt der Geschehnisse näher gewesen war, an denen ich im Grunde nur als Zaungast teilgenommen hatte.

»Der ungekrönte König«, sagte er mir einmal in diesen späten Jahren. »Eine mysteriöse Bezeichnung.«

»Ein guter Spruch für den Wahlkampf«, sagte ich. »Für Balladen, Zeitungen.« Ich täuschte eine Bitterkeit vor, die seiner eigenen gleichkam, die ich in Wahrheit jedoch nicht empfand. Die von uns, die am Fuße der Podien gestanden hatten, bei Versammlungen an langen, hellen Abenden, an denen Fackeln und Pechfässer aufloderten, die aufgeschaut hatten zu Reihen von Landjuristen in schlechtsitzenden Anzügen, lokalen Honoratioren, Land-League-Agenten, dem ein oder anderen höflich lächelnden Priester – für uns war er ein ungekrönter König oder etwas Ähnliches, mit seinen eleganten Kleidern, die er durch seine lässige Art, sie zu tragen, ruinierte, eine gestrickte Jagdweste, grob und abgetragen unter dem dunklen guten Tuch. Er war ein gutaussehender Mann, was sogar seine Feinde zugaben, aber seine Eitelkeit erstreckte sich nicht auf sein Äußeres, und er schien sich seiner regelmäßigen Züge nie bewußt zu sein: der schwarzen, tiefliegenden Augen; der gebogenen Nase; des seidigen, rotbraunen Bartes. Seine Stimme war unvergeßlich. Nicht, daß er unvergeßliche Dinge gesagt hätte, durchaus nicht. Er hatte eine besondere Fähigkeit, eine Diskussion nach seinen Wünschen zu dirigieren und verfügte über eine schlichte, schmucklose, kraftvolle Sprache. Er konnte durchaus elektrisierend wirken, wie bei seiner berühmten Rede in Ennis, die der Regierung ganz einfach den Krieg erklärt hatte. Bob war an jenem Tag in Ennis dabeigewesen, jedoch noch nicht auf dem Podium, sondern dicht daneben, und nachher erzählte er mir, daß Parnell tonlos und ohne Gesten gesprochen hatte, mit geballten Fäusten, die schlaff an seiner Seite hingen, so, als ob Rhetorik für ihn eine Quälerei sei. Nein, was an seiner Stimme unvergeßlich war, war ihr Klang und ihr Akzent, für uns der Akzent von Großgrundbesitzern, Fuchsjägern, trägen, gleichgültigen Reitern, deren Stimmen die unmißverständliche Autorität der Herrschaft aufwiesen.

»Und er sah wirklich aus wie ein König und Herrscher«, sagte ich zu Bob, in leichtem Spott, wie zum Selbstschutz; ich zitierte eine Zeile aus einer Ballade. »Genau«, sagte Bob in diesem späteren Jahr, »ganz genau.« Wir saßen in seiner Anwaltskanzlei, die auf den Marktplatz hinausging – in einem großen, viereckigen Zimmer, in dem früher ununterbrochen Hochbetrieb gewesen war, wenn Bob seinem Sekretär Jamesey Gannon Befehle zubrüllte und Jamesey eine aufgesetzt freche Erwiderung zurückschrie, vielleicht saßen zwei Mandanten im Zimmer, beleibte, rotgesichtige wohlhabende Farmer, und der breite Mahagoni-Schreibtisch war von Papieren übersät, deren mysteriöse Anordnung nur für Jamesey durchschaubar war; nun aber war das Zimmer eingestaubt, das Fenster verdreckt, und auf dem Tisch befanden sich nur noch ein Tintenfaß aus Messing und die Whiskey-Karaffe.

»Genau so«, sagte Bob. »Wie ein König und Herrscher. Weißt du, was sie jetzt alle sagen, O'Brien und dieser kleine Halunke Healy und der ganze Rest? Jeder behauptet plötzlich, Parnell sei für ihn einfach ›Parnell‹ gewesen, für die anderen alle aber ›Mr. Parnell‹. Mein Gott, dieser irische großmäulige Snobismus! Erst einen Mann im Stich lassen und dann auf dem eigenen gesellschaftlichen Vorrang beharren!«

»Und was hast du gesagt?« fragte ich. »›Parnell‹ oder ›Mr. Parnell‹?«

Bob lächelte und schenkte uns Whiskey ein, in wunderschöne Gläser aus Waterford, geschliffen wie Diamanten. »Wir haben ihn nie gekannt, weißt du, keiner von uns. Healy hat ihm in Parteidingen nahegestanden, aber nach Feierabend mischte er sich nie unters Volk, um das mal so auszudrücken. Alte Hasen mit einem Rest von Vornehmheit bekamen ihn manchmal zu sehen: O'Gorman Mahon und ein paar von der Sorte. Er war für uns genauso ein Mysterium wie für alle anderen. Und er nutzte dieses Mysterium aus. Er kam oft spätabends ins Parlament, lange nach dem Essen, setzte sich hin, und dabei hatte er seinen Zylinder tief ins Gesicht gezogen. Sie haßten ihn, die Liberalen und auch die Tories, das stand fest. Über uns andere konnten sie lachen, konnten uns Ladenschwengel und Sumpflatscher nennen, aber bei ihm war das nicht möglich.«

Und obwohl ich einmal mit ihm gesprochen, seine Hand geschüttelt hatte, obwohl ich ein Dutzend Treffen besucht hatte; obwohl ich am Ende unter beträchtlichem persönlichem und beruflichem Risiko neben ihm gestanden hatte, ich selber und dreißig oder vierzig andere, auf einem windigen Marktplatz, während ein Mob uns und ihn verhöhnte, war er schon damals für mich das, was er jetzt in der Erinnerung ist: ein Umriß, eine Form, in die wir unsere Hoffnungen ergossen hatten.

Ich habe die 70er Jahre als ödes Jahrzehnt bezeichnet, und das waren sie auch für Leute wie mich und Bob, die der Jargon jener Jahre als »extreme Nationalisten« bezeichnete – darunter zu verstehen waren Fenier, die durch ihre Erfahrungen dermaßen geläutert worden waren, daß sie höchstwahrscheinlich niemanden mehr aus dem Hinterhalt erschießen würden. Für andere jedoch, und zwar für die große Mehrheit der normalen Leute, Reiche wie Arme, war es eine goldene Zeit der guten Ernten. Der Aufstand schien, wie die Hungersnot zwei Jahrzehnte früher, eine verheilte Wunde zu sein, ein weißgewordenes Stück Fleisch ohne Schmerzen oder Gefühle. Unter uns lagen in Städten wie Skebbereen und Schull die vernachlässigten Hungergräber, die Massengräber der namenlosen Toten, eine Schande und ein Skandal für die Überlebenden, daß wir jemals, und noch dazu vor so kurzer Zeit, so tief gesunken waren. In Cork zumindest – über andere Counties kann ich mich nicht äußern – hatte die Hungersnot einen klaren Schnitt gemacht, und die Ärmsten der Armen waren verschwunden, die Leute, die nur ein, zwei Acres oder auch gar nichts gehabt hatten, die für ein paar Monate an kargen Hängen in Tangbeeten Kartoffeln gezogen hatten, sie waren in den Hungergräbern oder in den Arbeitshäusern oder auf den Auswandererschiffen verschwunden. Jetzt hatten die meisten doch wenigstens ihre 20 Acres, und die Anzahl der wohlhabenden Farmer war stark angewachsen.

Das alles sollte sich ändern, dieser warme Spätsommer der Zufriedenheit. Und die Änderung setzte mit den drei Mißernten ein, die die 70er Jahre beendeten. Der Sommer 77 war naß und kalt, der Himmel schwer und grau, und es schien ununterbrochen zu nieseln. Es gab eine Unterbrechung in diesem schlechten Wetter, gerade lang genug, damit die Farmer ihr Heu retten konnten, und obwohl die Preise für das Korn fielen, so hielten sich doch die Viehpreise, und es gab den besten Ertrag an Butter, den man seit vielen Jahren gesehen hatte. Das folgende Jahr jedoch war schlimmer; es gab keine Atempause für das Heu, alle Preise fielen, und, und das war das Entsetzlichste von allem, die Kartoffelfäule kehrte zurück, und die schweren Regenfälle und Überschwemmungen halfen, sie zu verbreiten. In den Schenken von Kilpeder konnte man die Farmer schweigend zusammenstehen sehen. Das Wetter in jenem Sommer unterbrach meine Sonntagswanderungen, und ich machte mich nur einmal während einiger Stunden seltenen, hellen Sonnenscheins auf in die Berge. Als ich mich der Kreuzung hinter Kilpeder näherte, stieß ich auf ein langes, weites Kartoffelfeld, das von der Fäule befallen war. Eine hohe Steinmauer trennte mich von diesem Feld. Kein Mensch war zu sehen, obwohl Rauch aus dem Schornstein eines sauberen, wohlhabend aussehenden Farmhauses aufstieg; es war sehr schön geweißt, und Türen und Fensterrahmen waren in einem hellen, frischen Blau gestrichen. Auf einer Weide in der Ferne ruhte eine Herde unter weitausladenden Eichenästen. Dahinter, weit zu meiner Linken, strömte ein Bach einen aufgeweichten Hügel hinab; auf diese Entfernung war er für mich nicht zu hören. Eine Szene für Constable, könnte man sagen, oder für Stubbs, aber die weißen Flecken, die da wie zufällig über die Kartoffelstauden verteilt waren, machten mir eine Gänsehaut. Es war wie ein Symbol uralten Entsetzens.

Erst jetzt, während dieser zweiten Mißernte, fingen die Farmer an, die Grundbesitzer um Pachtsenkungen zu bitten, mit welchem Erfolg, kann man sich ja denken; und alles wurde für sie noch dadurch verschlimmert, daß die Banken kaum noch Kredite gewährten. Auch bei den weniger formellen Transaktionen, die bei den Farmern üblich waren, kam es zu einer starken Einschränkung der Kredite. Nur die Firma Tully und Sohn bildete hierin eine Ausnahme, und der alte Mann war wie so oft in der Vergangenheit bereit, eine Rechnung, ob groß oder klein, zu übernehmen und ein kluges Darlehen zu bieten. Jetzt reichte ein Händeschütteln im Hinterzimmer oder ein auf einen Zettel gekritzeltes X nicht mehr aus, alles geschah auf angemessene, juristisch einwandfreie Weise in Bobs Kanzlei, mit juristischen Dokumenten voller obskurer lateinischer Ausdrücke, den Unterschriften der Zeugen und roten Wachssiegeln.

Einmal, als Mary und ich zum Tee bei den Delaneys waren, überließ Bob die beiden Frauen ihrer Unterhaltung und zog mich in das Zimmer, in dem er seine Bücher aufbewahrte. Das hohe Fenster blickte über die Straße hinweg auf Tullys Haus, ein stolzes, einschüchterndes dreistöckiges Gebäude, das man eher in Cork City oder Limerick erwartet hätte, solide auf seinem eigenen Grund und Boden errichtet. Bob nahm zwei Zigarren aus einer Lederschachtel auf dem Tisch, dann standen wir beide am Fenster, der Duft des guten Tabaks hing in der Luft.

»Dieser Bursche«, sagte er, »ist solider als mancher kleine Grundbesitzer in der Baronie. Das ist doch ein interessanter Gedanke!«

Aber es war ein Gedanke, der mir schon oft gekommen war, und mir fiel einfach keine Antwort ein.

»Grundstücke, Pachten, Schuldscheine, Besitztitel. Beim Lesen bewegt er stumm die Lippen und kneift seine Augen fast ganz zusammen. Und doch ist er inzwischen eher ein Bankier als ein Ladenbesitzer. Bei Gott, Hughie, ist er nicht ein wundervolles Geschöpf?«

»Er hat wundervolle Hilfe«, erwiderte ich, eher aus Wahrheitsliebe als aus Höflichkeit.

»Aber dennoch, Hughie, aber dennoch. Er hat die Gabe der Vorausschau, wie alle großen Kommandanten, Caesar und Bonaparte und Sheridan. Ein kleiner Bauernsohn kommt zu ihm als Ladenschwengel, und er sieht, daß der das Zeug zu einem Anwalt hat.« Er wandte sich vom Fenster ab und sah mich an, wobei er die Zigarre auf eine Weise zwischen die Zähne geklemmt hatte, die bei Vincent elegant ausgesehen hätte, die bei Bob jedoch vulgär wirkte. Er grinste. »Er sieht einen Fenier, der nach sechs Monaten Zwangsarbeit zurückkommt, und er sieht einen Schwiegersohn. Er ist ein Seher, ein Prophet!«

Er beunruhigte mich, als ob er sich, seinem Wesen widersprechend, grobem und abstoßendem Zynismus ergeben hätte.

»Ich stehe in seiner Schuld, Hughie. Ich verdanke ihm schließlich alles – dieses Haus, meine Zulassung als Anwalt, meine juristischen Bücher, die Möglichkeit, hinter dem Tresen hervorzukommen. Das heißt allerdings nicht, daß ich mich nicht selber ernähren könnte. Meine Praxis wird jedes Jahr größer. Ich hätte ein angenehmes Einkommen, selbst wenn ich für Tully und Sohn keinen Finger mehr rühren würde. Aber trotzdem stehe ich tief in seiner Schuld. Er braucht mich gar nicht daran zu erinnern.«

»Aber erinnert er dich denn daran?« fragte ich.

»Nein, nein«, beteuerte er sofort. »Wenn ich das behauptete, dann würde ich ihm unrecht tun. Er ist ein großzügiger Mann, wenn er jemanden leiden mag. Aber es ist trotzdem ein bedrükkendes Gefühl. Ach, was red ich denn da, kannst du mir das verraten?«

Das konnte ich nicht. Ich hatte meine eigenen privaten Ansichten über die Tullys, das habe ich ja schon gesagt, auch wenn ich Agnes und Vincent ausnahm, die überhaupt nicht wie Tullys wirkten. Und diese Unterhaltung erschien mir als recht geschmacklos, wo Agnes doch nur durch eine Wand von uns getrennt war. Zwischen Bob und mir hatte es jedoch kaum jemals Geheimnisse und Zurückhaltung gegeben, und ich hätte ihn jetzt vielleicht bedrängen sollen, mir die Ursachen seines Unbehagens zu erklären. Statt dessen rauchten wir unsere Zigarren in geselligem Fast-Schweigen zu Ende.

»Er ist eine Gabe Gottes«, sagte ich schließlich, »in dieser Zeit. Wenn wir dem Stadtklatsch glauben dürfen, dann haben es mindestens zwanzig Farmer Dennis Tully zu verdanken, daß sie heute ein Dach über dem Kopf haben, und er scheint auch den kleinen Leuten großzügig Kredit zu gewähren.«

Bob warf mir einen Blick zu, aus dem fast schon Zorn sprach. »Wie gesagt«, meinte er trocken, »er ist ein großzügiger Mann.«

»Nun gut«, sagte ich. »Er hat seine eigenen Gründe für das, was er tut. Ein großes Haus wie das da gegenüber läßt sich nicht aus der leeren Luft greifen. Die Leute, die bei ihm geliehen haben, haben eine dicke Schuldenlast auf dem Buckel. Aber er läßt ihnen Zeit, und das tun die Grundbesitzer nicht und die Banken auch nicht. Wenn ein Tully in Kilpeder gute Geschäfte macht, dann, weil er gebraucht wird.«

»Das weiß ich, Hughie«, meinte Bob. »Das weiß ich. Aber diese Baronie ist doch übel dran, wenn zwei Mißernten die Leute zwischen Grundbesitzern und Gombeen-Männern zerreiben können.«

Gombeen-Männer war ein häßliches Wort, und ich hatte es nur selten aus Bobs Mund gehört, wenn es auch in den Straßen und Schenken von Kilpeder achtlos und immer wieder benutzt wurde. Es war eine Bezeichnung aus der Vergangenheit der Tullys, aus dem Hökerladen in der Gasse, ein Drecksklumpen, der gegen das hohe Haus mit Bogenfenstern und rosenroten Ziegeln geschleudert wurde.

»Zwei Mißernten«, sagte er, das weiß ich noch genau, und deswegen müssen seine Worte im Jahre 78 gefallen sein, als uns das entsetzliche Jahr 79 noch bevorstand, das uns eine erneute Mißernte bescherte. Zuerst verfaulte das Heu, dann das Getreide, und der darauffolgende Winter war der schlimmste in unserer Erinnerung, das Vieh litt und viele Schafe starben. Wenn die Farmer und die Landarbeiter, die von ihnen abhängig waren, in den beiden vorausgehenden Jahren düster gewesen waren, waren sie jetzt wie versteinert vor Entsetzen, und man konnte ihnen da wirklich keinen Vorwurf machen.

Die Sommer jener Jahre waren eine mildere Form von Winter, sogar im Juli und August waren die Tage kalt, es regnete fast ununterbrochen, der Himmel hing tief und versteckte sich hinter schmutziggrauen Wolken. Im Sommer 78 setzte die Kartoffelfäule wieder ein. Sie trat zwar nur an einigen Orten auf und war rasch vorbei, aber sie erschien dennoch als eine Botin aus einer unaussprechlichen Vergangenheit. An einem kalten Augustsonntag ging ich einige Meilen über die Straße nach Norden. Immer neue Regenböen brachen über mich herein, und ich suchte Schutz hinter einer Hecke. Dann hellte es sich für vielleicht eine halbe Stunde wieder auf, die Wolken am westlichen Himmel zogen weiter, aber es gab keinen hellen, klaren Sonnenschein. Der Gestank des nassen, schweren Heus war süßlich und ekelhaft.

Die wenigen unter uns, die in der Stadt lebten und arbeiteten – Ärzte und Anwälte und Schulmeister und Sattler –, hielten sich für Männer von Welt, Zeitungsleser, Kommentatoren der Ereignisse. Aber keiner von uns war weit vom Land entfernt, und als Kinder hatten wir gelernt, Himmel und Wurzeln zu lesen, nicht Zeitungen. Und selbst in unserem abgehobenen Dasein hatten die Mißernten ihre Wirkung. Die Gastwirte stellten fest, daß die wohlhabenden Farmer nicht mehr wie früher großzügig eine Runde nach der anderen bestellten, die Sattler erfuhren, daß alle sich mit ihren alten Geschirren behalfen, flickten und improvisierten. Donald Considine, der katholische Arzt, hatte jetzt weniger Patienten; nun war die Landbevölkerung wieder zufrieden, wenn sie sich mit dem Inhalt der »schwarzen Flasche« behandeln konnte, die bei den alten Leuten ohnehin nie in Ungnade gefallen war, mit dieser wirkungsvollen Mixtur, die nicht in der Apotheke verkauft wurde, sondern an Tullys Tresen, eine kohlschwarze Flasche, deren üppigverziertes Etikett eine ausgiebige Liste von Leiden aufwies.

»Jetzt siehst du, wie das ist«, hat Bob vielleicht zu mir gesagt. »Sogar der Himmel hat sich mit den Tullys verschworen. Die Kartoffeln verfaulen in der Erde, und schon geht der Verkauf von Pater Johns Mixtur in die Höhe.«

Ich stelle mir diese Bemerkung eher vor, als daß ich mich an sie erinnern könnte, aber tatsächlich sind in meiner Erinnerung an jene Jahre die katastrophale Wirtschaftslage und Bobs schlechte Laune nicht voneinander zu trennen. Ihn erfüllte eine Art Wut, die sich manchmal hierhin richtete, manchmal dorthin, und ein oder zweimal gegen mich. Soviel ich sehen konnte, richtete sie sich niemals gegen Agnes, doch wer kann sagen, wie Ehepaare hinter verschlossenen Schlafzimmertüren miteinander umgehen? In der Öffentlichkeit behandelte er sie jedenfalls nicht nur höflich, sondern sogar voller Zuneigung, und das läßt sich vor engen Freunden nicht leicht vorspiegeln. Agnes vergötterte ihn, wie Mary mir mehr als einmal mitteilte, und ich brauchte ihre Aussage im Grunde nicht, denn wenn er ihr ein Buch oder eine Tasse reichte, dann ruhte ihre schmale weiße Hand ein oder zwei Sekunden auf seiner, und ihre großen, blassen Augen suchten seinen Blick.

Die Nonnen im Kloster in Cork City hatten Agnes eine geziemende Liebe zur Salonmusik vermittelt, und Agnes hatte gelernt, mit gewinnender Süße zu singen und zu spielen. Ein oder zweimal spielte sie für uns, kühl und korrekt, und sie saß dabei mit gerader Haltung in einem der dunklen Kleider, die sie am liebsten trug. Am Klavier war meine Mary zu allem bereit, sie stürzte sich auf Chopin oder Tom Moore oder eine der Melodien, die ich aus den Ballynasaggarts mitgebracht hatte, und was ihr an Ausbildung fehlte, glich sie durch Energie und Phantasie wieder aus. Agnes dagegen kam ganz offensichtlich einer gesellschaftlichen Verpflichtung nach, die ihr kaum Freude machte, und so hörten wir schließlich auf, sie in dieser Hinsicht zu bedrängen. Und doch hörte sie mit einer Liebenswürdigkeit, die unsere Herzen gewann, zu, wenn Mary oder Vincent spielten, und ihr Blick ruhte voller Freude auf jedem von uns, ehe er sich schließlich unweigerlich auf Bob richtete. Und das Instrument, auf dem Mary oder Vincent spielten, war nicht unseres, sondern das einschüchternde Instrument, das die Delaneys aus Dublin hatten kommen lassen, per Schiff nach Cork City und dann in vorsichtigen Etappen nach Macroom und schließlich nach Kilpeder, glattes, kostbares Holz, glänzend wie Seide, jedoch warm und lebendig bei der Berührung, und Agnes' Freude wuchs über diesen Freundeskreis hinaus und schloß das üppige Zimmer selber ein, die schweren Vorhänge, im Lampenlicht glänzendes Holz.

»Hansdampf in allen Gassen«, konnte Vincent sagen, wenn er sich vom Klavier erhob, nachdem er »The Rakes of Mallow« oder »The Kilruddery Hunt« gespielt hatte, oder bisweilen, ohne Vorwarnung und zu unserer Verblüffung, Schumann oder Schubert; er spielte recht gut für jemanden, der über keine richtige Ausbildung verfügte, gefühlvoll und intelligent, wobei er uns jedoch zuzwinkerte, als ob er sagen wollte: »Was haltet ihr denn davon, Jungs?« Er war jedoch seltener bei uns, als uns lieb war, denn wir kamen freitags oder samstags abends zusammen, wir und ein halbes Dutzend andere, Donald Considine und seine Frau, Brian Roche, der andere katholische Anwalt der Stadt, und Larry Saurin, der kleinere der beiden protestantischen Anwälte, ein anständiger, vager Bursche mit einem großen Vorrat von abgegriffenen Nettigkeiten. Vincent dagegen hatte an den Wochenenden oft andere Verpflichtungen, er besuchte je nach Saison im ganzen County, ja, sogar in ganz Munster und gelegentlich so weit weg wie in Connemara oder Donegal Angelgesellschaften und Jagdsitze. Manchmal war er wochenlang unterwegs, hielt sich in Dublin, London oder sogar auf dem Kontinent auf und kehrte mit einem reichen Schatz an Anekdoten, Anspielungen, Augenzwinkern für die Männer und für die Damen, für Agnes und Mary zurück, mit Berichten über Mode und Boulevards, über Kirchen in abgelegenen Winkeln auf dem Lande in der Nähe von Paris, einer Beschreibung von Versailles mit seinen Myriaden von Zimmern, einem Babel der Eitelkeit, gezeichnet nicht von der Rache Gottes, sondern von der der Menschen.

»Einmal«, sagte er – zu Bob und mir, meine ich – im Separee in den Kilpeder Arms, »einmal habe ich mir Versailles angesehen, und in der nächsten Woche war ich in London und ging an der Themse entlang, hinter mir der Tower, vor mir Parlament und Westminster Abbey. Eine lehrreiche Erfahrung. Sie zeigt uns, wer in diesem Jahrhundert die Welt regiert, ein Spaziergang an der Themse reicht schon aus. Jungs, wie sind wir denn bloß auf die Idee gekommen, wir könnten es mit den Engländern aufnehmen, kann mir das einer erklären?«

»Wir waren jünger«, erwiderte ich. »Waren doch kaum über zwanzig.«

»Auch Leute von kaum über zwanzig sollten klüger sein«, sagte Vincent. »Aber wir kämpften ja immerhin für eine gute Sache. Ich bedaure das nicht, das tut keiner von uns. ›Out and make way for the bold Fenian men‹, wie das Lied sagt. Du kennst das Lied doch, oder nicht?« fragte er den rothaarigen jungen Barmann. »Na, hier sind gleich drei kühne Fenier!«

Der Barmann blickte von dem Glas hoch, das er gerade polierte und lächelte uns an.

»Kannst du mir das erklären?« wiederholte Vincent herausfordernd, fast mit einem Unterton von Wut, an Bob gerichtet.

»Wie Hughie schon gesagt hat«, antwortete Bob in einem Ton, der keine weiteren Reden mehr erlaubte, »wir waren jünger.«

An diesem Abend brachte mich Bob nach Hause, denn ich hatte ein oder zwei Glas mehr getrunken, als ratsam gewesen wäre, so angenehm war der Abend gewesen, in der Wärme des Separées, der Wärme maskuliner Freundschaft. Es war eine Winternacht, klar und kalt, der Himmel war sternenbedeckt. »Der treibt sich dauernd in Paris herum, dieser Bursche«, sagte ich. »Wenn er nicht gerade in London ist. Schön für ihn. Opern und Theater und Museen, alles liegt zu seinen Füßen.«

»Oper, meine Güte«, sagte Bob mit einem kläffenden Lachen des Entzückens. »Was ihm zu Füßen liegt, sind die Frauen von Paris, eine neben der anderen, auf weichen Matratzen und seidigen Laken. Und wer von uns würde nicht sofort losstürzen, wenn so ein Ziel winkte?«

»Meinst du das?« fragte ich voller Zweifel und einer seltsamen Angst. Vincent redete natürlich gern über Frauen – »ein gewisses Paar dunkler Augen in Paris«, oder ähnlich – aber das klang immer leicht nach Music-Hall, nach einem Witz, nach aufgesetzter Männlichkeit. Was Bob gesagt hatte, war jedoch von einer ziemlichen Grobheit gewesen, die eher in seinem Tonfall als in den Worten selber gelegen hatte.

Wir waren an der Stelle stehengeblieben, wo die Straße nach Macroom auf den Marktplatz trifft, kurz vor der Abbiegung in die Chapel Street.

»Natürlich meine ich das«, sagte Bob ungeduldig. »Warum sollte ich das denn nicht meinen? Vincent ist nicht verheiratet und hat die übliche Ausstattung, und Geld genug, um die Bordelle von Timbuktu zu bereisen, ganz zu schweigen von Paris, falls er mal etwas Außergewöhnliches haben möchte. Aber Paris reicht ihm, das behauptet er jedenfalls.«

»Das behauptet er.« Blöde wiederholte ich seine Worte. »Sicher hat er seinen Spaß mit dir getrieben.«

»Seinen Spaß hat er weiß Gott getrieben«, sagte Bob. »Aber nicht mit mir, Gott sei Dank.«

Noch heute kann ich mich an die Gefühle erinnern, die mich plötzlich überkamen, als ob Bob und Vincent sich plötzlich weit von mir entfernt hätten und zwischen uns nur leerer Raum läge. Und ich erinnere mich noch an mein Gefühl der Torheit, daran, Bob töricht zu erscheinen, wie einer meiner eigenen Schüler.

»Es wäre nicht korrekt«, fuhr Bob fort, »ihn als Hurenbock zu bezeichnen. Er hat so viele andere Beschäftigungen – Jagen und Schießen und den Damen den Hof machen. Aber unser Vincent ist ein munterer Bursche, und er hat keine Skrupel, zu kaufen, was die Damen ihm nicht freiwillig anbieten. Genausowenig wie viele andere.«

»Ja«, sagte ich düster, und erst jetzt bemerkte Bob mein Unbehagen. Er konnte mein Gesicht in der mondlosen Nacht wohl kaum erkennen, aber er wußte meinen Tonfall zu deuten.

»Großer Gott, Hughie«, sagte er. »Ich habe dich schockiert. Das wollte ich wirklich nicht. Ich dachte, du wüßtest das, aber woher hättest du es denn wissen sollen?«

»Vincent und ich haben nie über solche Themen gesprochen«, erklärte ich. »Und ich dachte, daß wir keine Geheimnisse voreinander hätten.«

»Dann hat er sich doch wenigstens einmal Mühe gegeben«, meinte Bob. »Vorletztes Jahr, als er mit einem peinlichen Leiden aus London zurückkam, ist er einmal die Woche zur Behandlung nach Dublin gefahren. Er hat sich nicht zu Considine getraut und hatte panische Angst, der alte Tully könnte Wind von der Sache bekommen.« Er lachte. »Mit mir konnte er über nichts anderes sprechen, egal, zu welcher Tageszeit.«

»Ach«, sagte ich. »Und ist schließlich alles wieder in Ordnung gekommen?« Ich ging davon aus, daß das eine männliche, lässige Frage war.

»Sieht so aus«, meinte Bob. »Jedenfalls hat er aufgehört, darüber zu reden, Gott sei Dank. Die Symptome sind äußerst unappetitlich, wenigstens für so heikle Burschen wie uns beide.«

Er schlug mir auf die Schulter, und der unangenehme Moment war vorbei. Wir gingen weiter, dieses kurze Stück, das noch übrig war, fanden jedoch kaum noch etwas zu sagen.

Das ländliche Irland, was immer zu diesem Thema von frömmelnden Patrioten und missionierenden Priestern gesagt werden mag, bekommt sein Teil an der menschlichen Natur ab – Paare, die sich hinter Hecken treffen und die ihren Flirt bisweilen zu weit treiben. Wir bekommen unser Teil, will ich damit sagen, an Heiraten, die durch die Umstände arrangiert werden, und ab und zu erwartet ein entsetzliches Schicksal ein verängstigtes Mädchen, das verzweifelt versucht, ihr Kind allein auf die Welt zu bringen, in einer dunklen Scheune oder im nach verrottetem Heu und rostigem Eisen stinkenden Stall. Es gibt sogar noch schlimmeres, unaussprechliche Dinge, die jedoch allen bekannt sind. Und was den Adel betrifft – die Geschichten, die über die Adelsfamilien erzählt werden, haben es wirklich in sich; zügellose Feste, Krautjunker mit ihren ausgehaltenen Frauen; und nur wenige Baronien in Munster haben keine Geschichte aus früheren Zeiten bewahrt, aus dem schlimmen vergangenen Jahrhundert, über einen Grundbesitzer, der nicht davor zurückschreckte, sein *droit du seigneur* anzuwenden. Bei uns wird diese Geschichte über ein trostloses Herrenhaus auf halbem Wege nach Macroom erzählt, der Schornstein ist eingestürzt, das Gebäude steht verfallen und fensterlos da. Gefesselte und wehklagende Mädchen sollen hierhin verschleppt worden sein. Nein, die menschliche Natur war mir so gut bekannt, wie das möglich ist für einen Mann, der auf dem Lande lebt, und doch hatte ich mir absurderweise nicht vorgestellt, daß sie sich auch hier, in meinem engsten Kreis, bemerkbar machen könnte. Für einen verheirateten Mann muß ich Bob und Vincent absurd unschuldig vorgekommen sein.

Vor meinem Tor blieben wir stehen. Zwar lud ich Bob zu einem letzten Glas ein, aber wir wußten beide, daß es spät war, und er lehnte ab.

»Hughie«, sagte er, »ich hätte das alles nicht erzählen sollen. Aber du wirst deshalb nicht schlechter über Vincent denken.«

»Nein, nein«, beteuerte ich. »Das ist es nicht. Das ist es wirklich nicht.« Und das war es auch nicht. Was mir zu schaffen machte, war ein äußerer Grund, der keinen Namen hatte. Bob und Vincent schienen eine Welt von Erfahrungen, Gefühlen, Zusammenhängen zu teilen, aus der ich ausgesperrt war. Ich wollte keinen Anteil daran haben, und doch fühlte ich mich ausgeschlossen, fühlte einen Bruch in unserer Freundschaft.

»Wirklich seltsam«, sagte ich boshaft, »daß du dir keinen Grund aus den Fingern saugen kannst, um mit Vincent nach Paris oder sonstwohin zu verschwinden.«

Er beantwortete meine Bosheit mit einer Grobheit, die ihre eigene Schärfe hatte. »Ich bin verheiratet, Hughie. Und vor meiner Ehe hätte ich mir einen Ausflug nach Frankreich kaum leisten können. Ich habe mich ganz bequem mit den Huren von Cork City begnügt.« Und damit machte er auf dem Absatz kehrt und ging davon zu seinem schönen, wohlbestallten Haus.

Wir schienen in einen mysteriösen Streit geraten zu sein, dessen

Bedingungen keinem von uns bekannt waren. Bei unserer nächsten Begegnung ließen wir ihn unerwähnt und waren so vertraut wie eh und je, und doch hinterlassen solche Ereignisse ihre Spuren in einer Freundschaft, wie Kratzer auf einer lackierten Fläche. In dieser Nacht, spät oder nicht, schenkte ich mir einen großzügigen Whiskey ein, ehe ich hinauf in mein Schlafzimmer ging, und dort trank ich ihn in aller Ruhe in der Finsternis.

Das dritte der Jahre, die das Jahrzehnt beendeten, war das schlimmste. Der Septembermarkt in diesem Jahr war wie immer überfüllt von Menschen und Tieren und Lärm, aber es gab nur wenig vom Lachen und Scherzen der anderen Jahre, von der menschlichen Wärme, der schalkhaften Bosheit und der Freude am scharfen Feilschen. Einige der Männer, die an diesem Tag auf dem Marktplatz standen, waren schon den ganzen Monat unterwegs gewesen, von Jahrmarkt zu Jahrmarkt, von Millstreet nach Macroom und von Macroom nach Kilpeder, auf der Suche nach dem, was sie in früheren Jahren als anständigen Preis zu betrachten gelernt hatten. Aber der Markt hatte seinen Boden verloren, und jetzt herrschte ein unvernünftiger Zorn zwischen den einzelnen Männern, zwischen Farmern und Händlern. Wenn an diesem Septembertag doch noch ein Handel abgeschlossen wurde, dann wurde nur selten der alte Brauch beherzigt, nach dem die beiden Beteiligten sich in die Hand spuckten und dann einen Händedruck wechselten. An diesem Tag kam es auf beiden Seiten eher zu einem kurzen Nicken, danach kritzelte der Händler eine kurze Notiz auf seine zusammengefalteten Papiere.

In diesem Jahr tranken die Händler in den Kilpeder Arms und die wohlhabenden Farmer bei Conefry, und zwischen beiden Orten gab es nur wenig Kontakt. Am Rande des Marktplatzes hatten wie immer Hökerfrauen ihre Stände aufgebaut und boten Bänder und Fingerhüte feil, fromme Bilder in schwerem Ocker und Magenta, mit Ausnahme der Heiligen Jungfrau in Weiß und Blaßblau, Süßigkeiten für die Kinder, billige Bücher mit den Prophezeiungen von Columkille und Pastorini, kleine Duftkissen als Geschenke für Frauen und Schwestern. Diesen Frauen hatte die Tradition ihre Standplätze zugewiesen, und einige von ihnen waren zum Septembermarkt aus Killarney und sogar aus Kanturk und Dunmanway gekommen. Sie waren prächtige Erscheinungen – große, üppige Frauen die meisten, mit schwarzen Schals und roten Unterröcken und lederner Lunge, um ihre Waren auszubrüllen. In diesem Jahr riefen sie jedoch vergebens, und sie hatten nur wenige Kunden – einen wohlhabenden Farmer, der mit einer Blase voll Porter aus Conefrys Gasthaus getorkelt kam, oder einen törichten Landarbeiter. Gegen Abend kamen sie deshalb zu zweit oder zu dritt zusammen und diskutierten mit übereinandergeschlagenen Armen das schlechte Wetter. Als es dunkelte, wurde der Nieselregen zu einem anhaltenden Pladdern, und sie bedeckten ihre Karren mit Planen und schoben sie weg. Die Schenken und das Hotel machten noch Geschäfte, der Marktplatz dagegen war leer, und der Regen prasselte auf die Steine, ein trostloser Anblick. Dieser Anblick bot sich in jenem Herbst überall in Munster. Am anderen Ufer des Shannons, in Connacht, war es noch schlimmer, wie wir bald erfahren sollten.

»Nächstes Jahr« war eine Redensart, die in jenem Jahr sehr oft verwendet wurde – nächstes Jahr würde alles wieder in Ordnung kommen, der Sommer würde blauen Himmel und reiche Ernte bringen, und überall würde auf den Märkten wieder große Nachfrage nach Vieh aus Munster herrschen. Und das nächste Jahr, 1880, war wirklich anders, wenn auch auf eine Weise, die nur wenige von uns erwartet hatten. Ich habe gelesen, Irland habe damals, in genau den Monaten und Wochen, über die ich erzählt habe, seine lange schattige Nacht verlassen und sei ins grelle Tageslicht und den Lärm der Geschichte eingetreten. Eine blödsinnige Vorstellung, denn obwohl die 80er Jahre uns genügend Lärm und grelles Licht brachten, und obwohl am Ende dieses Jahrzehnts kaum jemand auf der Insel sich nicht auf irgendeine Weise verändert hatte, in seinem Vermögen oder seinem Gemüt, hatten doch auch diese Jahre Schatten und Licht, Geheimnisse und unerwartete Wendungen. Aber damals wußten wir natürlich nicht, was uns erwartete.

Wenn ich einen Anfang nennen soll, dann lag er für uns in den ersten Oktobertagen, einige Wochen nach diesem elenden, trostlosen Markt, als Bob zur Polizei gerufen wurde, wo ein Mann namens Mick Docherty, dem ein Mordversuch zur Last gelegt wurde, auf seine Verlegung ins Gefängnis von Macroom wartete. Bob ritt am nächsten Morgen selber nach Macroom, kam noch vor Docherty und seinen Bewachern dort an und kehrte am selben Abend gegen neun zurück. Er ging zuerst zur Polizei, dann in die Kilpeder Arms, wo er eine Tasse Tee mit Whiskey trank, dann kam er zu uns, ich schenkte ihm einen weiteren Whiskey ein, während Mary in die Küche ging, um ihm ein Ei zu kochen und ein paar Scheiben Brot abzuschneiden.

Weder Mary noch mir kam es seltsam vor, daß er zu uns kam, statt nach Hause zu gehen. Wir hatten ihn sogar erwartet, ohne so richtig zu wissen, warum. Inzwischen wußte ganz Kilpeder von Dochertys Verhaftung, und wir wußten auch, daß er sein zweiläufiges Schrotgewehr aus nächster Nähe auf einen anderen Mick abgeschossen hatte, auf Mick Tobin, und eine Ladung hatte Tobins Schulter zu einer Masse aus Blut, Fleisch und Knochensplittern gemacht. Als ich früher am Abend vorbeigeschaut hatte, war bei Conefry von nichts anderem die Rede gewesen, und bei jeder Wiederholung war der Schuß lauter und das Blut spritzte höher.

»Conefrys Kunden haben eben Phantasie, das steht fest«, sagte Bob, als ich ihm das beschrieb. »In Wirklichkeit waren überhaupt keine Zeugen dabei. Docherty ist über ein nasses Feld zu Tobin gegangen, und als er glaubte, nahe genug zu sein, hat er ihn angerufen und losgefeuert. Danach ist er wieder nach Hause gegangen. Tobin hat zwei Stunden lang wie ein Kalb gebrüllt, bis einer seiner Söhne ihn gefunden hat.«

»Wie geht es ihm jetzt?« fragte ich.

»Wen meinst du? Tobin? Der wird wieder gesund, hat Considine mir gesagt, seine Schulter allerdings nicht. Die ist übel zugerichtet.«

»Gütiger Jesus!« sagte ich.

»Genau«, sagte Bob trocken. »Und wie es Docherty geht? Ich habe ihn in der Zelle verlassen, er stützte die Hände auf die Knie und starrte vor sich hin. Es geht ihm schlecht, aber ab und zu kommt er zu sich, und ich weiß so einigermaßen, was passiert ist.«

»Und wird er bis zur Verhandlung in der Zelle bleiben?« fragte ich.

»Allerdings. Und noch viele Jahre in irgendeiner anderen Zelle«, antwortete Bob. »Als der Sergeant auf seine Farm kam, um ihn zu verhaften, hat er alles sofort zugegeben, und bei der Polizei hat er ein Geständnis abgelegt und es unterschrieben.« Er zuckte die Schultern und hielt mir sein leeres Glas hin.

»Was war denn bloß in ihn gefahren?« fragte ich. »Hatten sie sich gestritten?«

»Allerdings«, erwiderte Bob, dann rief uns Mary, als ich unsere Gläser wieder füllen wollte, und wir nahmen sie mit in die Küche.

»Ja«, sagte Bob und klopfte vorsichtig mit seinem Löffel gegen das Ei, als ob die Schale Geheimnisse in sich gefangen hielte. »Sie hatten sich gestritten. Docherty soll die Farm räumen, und Tobin will den Pachtvertrag übernehmen. Wenn ich mir das richtig überlege, wird es ganz schön schwierig. Die Polizei hat Docherty ganz und gar aus Kilpeder entfernt, und Tobin wird nie mehr pflügen können, wenn die Polizei und Considine recht haben. Seine Söhne sind noch zu jung.«

Er lächelte mich an, und ich selber konnte ein Grinsen auch nicht unterdrücken.

»Ich schäme mich für euch beide«, sagte Mary. »Darüber macht man doch keine Witze! Ein Mann ist verstümmelt worden, ein Nachbar sitzt in einer Gefängniszelle. Ihr habt selber in Zellen gesessen. Hat euch das vielleicht gefallen?«

»Hat es nicht, Mary«, antwortete Bob. »Überhaupt nicht.«

»Ich glaube nicht, daß ich sie kenne«, meinte Mary. »Keinen von ihnen. Hat Docherty auch eine Familie?«

»Aber ja doch«, antwortete Bob. »Natürlich. Eine Frau und sieben Kinder, und er ist auch noch nicht so alt. Und er hat einen Bruder in Amerika. Chris Docherty. Christopher. Kommt dir dieser Name bekannt vor, Hughie?«

Ich schüttelte den Kopf. »Zwei von Tobins Jungen kommen zu mir in die Schule, und auch zwei von Dochertys. In der letzten Zeit hat zwischen ihnen böses Blut geherrscht, und ich bin nie auf die Idee gekommen, mich nach dem Grund zu erkundigen.«

»Den kann ich dir leicht verraten«, sagte Bob, als er eine von Marys riesigen Scheiben von dick gebuttertem Toast zerteilte.

Mick Docherty gehörte zu Lord Ardmors Pächtern, wie schon vor ihm sein Vater, und er hatte eine Farm von dreißig Acres südwärts an der Straße nach Killarney. Woher die Familie ursprünglich gekommen war, wußte niemand. In den ersten Jahren nach der großen Hungersnot, als die ganze Gegend entvölkert war, war Pat Docherty in Kilpeder aufgetaucht, ein junger unverheirateter Mann mit genug Bargeld, um den alten Everard Chute, der damals das Gut verwaltete, zu überreden, ihm eine Pacht zu geben. Auf diesem Land hatte noch eine Hütte gestanden, und dort war er mit all seinem in eine zum Bersten gefüllte Tasche aus Teppichstoff gestopften Hab und Gut eingezogen – ein Unterhemd, ein paar Hemden, ein Gebetbuch, ein Rosenkranz und ein Lederbeutel mit goldenen Guineen.

Nur wenige Tage, nachdem der Schuß auf Tobins Feld gefallen war, war die Geschichte von Mick Dochertys Familie in Kilpeder zur Sage geworden, die wir noch heute, wo sie alle verschwunden sind, ab und zu hören können. Ich würde dem Gebetbuch und dem Rosenkranz und dem Lederbeutel eher mißtrauen, das sind typische Märchenrequisiten, wie bei der Sage vom ersten Tully, der sich aus dem Nebel erhoben hat. Aber daß der alte Pat Docherty in Cork fremd war, will ich gern glauben. Es ist kein Name aus Cork, nicht einmal ein typischer Munster-Name. Er war nicht sehr gesellig, und als er zum Heiraten bereit war, verließ er Kilpeder für einen Monat und kam mit einer Frau aus Adare in Limerick zurück, die er schon lange hatte heiraten wollen und die den Nachbarn erzählte, daß sie sich einige Jahre vorher kennengelernt hatten, als Pat bei Lord Dunraven als Wildhüter angestellt gewesen war. Viel mehr erfuhren sie von ihr jedoch nicht, Docherty schien ihr den Mund verboten zu haben.

»Sie waren immer ein seltsames Paar«, hörte ich eines Abends einen Nachbarn, Dinny Loftus, bei Conefry sagen. »Immer anständig und hilfsbereit. Aber sie blieben für sich, wenn ihr wißt, was ich meine. Seltsam, wie sie zuerst hierhergekommen sind, der Alte wanderte durch eine verwüstete Gegend und konnte sich unter den Farmen von denen, die gestorben oder vertrieben worden waren, Gott gebe ihnen die ewige Ruhe, ganz gemütlich eine aussuchen, und dann mit seinem Goldbeutel zu den Schloßtoren gehen.«

»Es heißt, daß Landgrabscher niemals Glück haben«, sagte einer der Trinkenden zu Loftus. »Und jetzt schließt sich der Kreis, und Mick Docherty sitzt im Gefängnis von Macroom, weil er auf einen Grabscher geschossen hat.«

»Er war kein Grabscher«, widersprach Luftus energisch. »Bei Gott, der alte Pat Docherty war kein Grabscher! Mein eigener Vater hat die Felder neben Dochertys übernommen, weder du noch irgendwer sonst kann meinen Vater als Grabscher bezeichnen. Die armen Seelen waren alle vertrieben worden, das sag ich euch, und die Felder waren schon total verwildert. Die Leute, die diese Felder bestellt hatten, sind in den Hungergräbern bei Tullynally begraben.«

»Ja, sicher, sicher«, sagte der Mann. »Ich wollte wirklich niemanden beleidigen, Dinny. Aber Mick Tobin«, und er drehte seinen mit einem Hut bedeckten Kopf hin und her, um sich zu vergewissern, daß keiner von Tobins Busenfreunden in Hörweite war, »Tobin hätte gegrabscht.«

Und das hätte er. Einen Teil der Geschichte, die Bob mir an jenem Abend erzählte, als er den Teller mit den Brotkrusten und dem erstarrten Eigelb zurückgeschoben hatte und die Flasche in die Küche geholt worden war, hatte er schon gewußt, und den Rest hatte Mick Docherty ihm in Macroom erzählt, wo er fast bewegungslos dagesessen und vor sich hingestarrt hatte. Im Jahre 77 und dann noch einmal 78 hatte Docherty, wie andere, um einen Pachtnachlaß gebeten, aber Edward Chute hatte alle abgewiesen. Er war da nicht der einzige; die Gutsverwalter von West Cork und auch einige aus Kerry hatten sich in dieser Frage beraten und waren zu dem Schluß gekommen, daß Nachlässe nicht gerechtfertigt seien, jetzt wenigstens noch nicht. Und zu demselben Schluß kamen sie jetzt, im dritten Jahr.

Ich kann mir die beiden, Chute und Docherty, im Gutsbüro gut vorstellen; Metallschachteln voller Papiere, Grundbriefe, Briefe, vergilbte Notizen, ein halbes, vielleicht ein ganzes Jahrhundert alt, hoch aufgetürmt, Chutes Schreibtisch ein Labyrinth von Verstecken, Ritzen, Schubladen mit kleinen Griffen aus schmutzigem, unpoliertem Messing, an den Wänden – eingerahmt in Walnuß und verschnörkelte, schwere Eiche – Landkarten, architektonische Aufrisse und natürlich der Druck mit der Stadt Kilpeder, dessen Unterschrift erklärte, daß die Stadt und zweifellos alle, die darin wohnten, Eigentum des Earls von Ardmor seien. Ich kenne diesen Raum gut. Es gibt nur ein hohes Fenster, das nach Osten hinausgeht, über die Domäne, über Mauer und Felder hinweg auf die Boggeraghs in der Ferne.

So, wie Docherty Bob diese Szene beschrieben hatte, hatte Chute ihn aufgefordert, sich zu setzen, und deshalb saßen die beiden Männer einander gegenüber, wobei ihre Knie sich fast berührten. Chute war ein penibler, genauer Mann, fast die Karikatur eines Verwalters, mit hohem, glänzendem Schädel und einem Kreis aus hellroten Haaren sowie einem schweren, birnenförmigen Körper. In jenen Jahren trug er einen Anzug aus orangegesprenkeltem Tweed, während sich die Glieder einer goldenen Uhrkette über seinen Bauch hinzogen. Docherty kann ich nicht klar vor mir sehen, denn ich bin ihm nie begegnet. Er war ein großer Mann, erzählte mir Bob, noch recht jung, etwa Mitte Dreißig, mit schwerem Kopf und flachem Gesicht. Nun teilte Chute ihm mit, daß der Entschluß gefallen war und daß er den Räumungsbefehl vorbereitete. Es würde nicht die erste Räumung in diesem Jahr in Kilpeder sein – vier oder fünf hatten bereits stattgefunden – aber doch die erste auf Ardmorland. Geduldig erklärte Chute Docherty den Fall immer wieder und bewies ihm, wie man ein Theorem des Euklid beweisen würde, daß das Gut in dieser Frage keine Wahl hätte.

»›Geduldig‹ ist Dochertys eigenes Wort«, sagte Bob. »Docherty trägt Ardmor oder Chute nichts nach. Seine ganze Wut richtet sich auf Tobin, der mit Chute bereits abgesprochen hatte, daß er die Farm übernehmen würde, sowie Docherty davon entfernt worden wäre. Er ist immer noch wütend und bedauert sehr, daß Tobin nicht tot ist. Ich habe ihm gesagt, er sollte das lieber nicht zu laut erzählen, es ist ohnehin alles schon schlimm genug. Aber ist Chute denn nicht ein kluges Luder, wenn du den Ausdruck verzeihst, Mary, erst verhandelt er mit einem Grabscher, und dann erst macht er seinen Zug!«

»Es war aber nicht so gescheit von ihm«, sagte ich, »dem wütenden Mann Tobins Namen zu verraten.«

»Docherty hat den Namen aus ihm herausgekitzelt. Er hat zu Chute gesagt, kein Mensch in Kilpeder würde so gemein oder so töricht sein, das Land eines anderen an sich zu reißen. Solche Tricks könne man anderen Baronien überlassen. ›Na gut‹, sagte Chute schließlich, als er am Ende seiner Geduld angekommen war, ›es ist Mick Tobin‹. Und jetzt haben wir's!«

»Und dann ging er nach Hause«, meinte ich, »und holte sein Gewehr.«

»Nicht sofort«, korrigierte Bob. »Erst ging er unbewaffnet zu Tobins Haus, sowie er aus dem Verwaltungsbüro kam, und er und Tobin haben sich gestritten, das kannst du dir ja gut vorstellen. Tobins Schmerzen sind nicht so schlimm, daß er dem Sergeant keine Aussage hätte machen können. Nach dem Streit ging Docherty weg, dann kehrte er noch einmal um und sagte: ›Ich sag dir eins, Mick, ich bring dich um.‹« Bob griff nach seinem Glas. »Und dann hat er sein Gewehr geholt.«

»Es wird ihm schlecht ergehen«, meinte Mary.

»Sehr schlecht. Einen Verteidiger kann er sich nicht leisten, und der würde auch nicht viel retten können. Im Gefängnis sitzt er immerhin warm und trocken. Besser, als auf den Straßen herumzuirren.« Bob kippte seinen Whiskey, ohne Wasser hinzuzugeben, und knallte sein Glas auf den Tisch. »Wir haben ein erbärmliches, übles System«, sagte er, »und Tobin und Docherty und auch Chute sind nur die Rädchen, die es in Betrieb halten. Es wird weitere Räumungen geben, wie sollte sich das vermeiden lassen? Noch ein nasses, kaltes Jahr, und die Baronie ist am Ende. Wer könnte es mit sich verantworten, Mick Docherty Vorwürfe zu machen, weil er bis über jedes Maß gereizt wurde und getan hat, was jeder getan haben könnte? Aber vor dem Gesetz ist das keine Verteidigung.«

Er stieß abrupt seinen Stuhl zurück und stand auf. »Ich bin ein grober, undankbarer Gast, Mary, und ich hab selber ein Zuhause, wo ich herumbrüten kann.«

»Nein, nein«, sagte sie und legte beide Hände auf seinen Arm.

»Wo zum Henker hat Tobin das Geld für diese Pacht aufgetrieben?« fragte Bob. »Das ist das einzig Geheimnisvolle in dieser Geschichte. Diese elende Farm, die er jetzt hat, ist halbes Ödland. Kein Wunder, daß er alles getan hätte, um da rauszukommen, dieser verdammte Grabscher.«

»Es war wirklich ein kleiner Ehrgeiz«, meinte ich, »und sieh dir an, was er dafür bezahlen mußte!« Ein Farmer mit zerschossener Schulter, mit nutzlos hinunterhängendem Arm, war arm dran.

»Ich weiß, Hughie«, sagte Bob. »Ich weiß.« Er streichelte Marys Hand in geistesabwesender Zuneigung und befreite dann seinen Arm.

Ich brachte ihn zur Haustür, und als ich sie öffnete, sagte er mit einem Anflug seines üblichen Auftretens: »Du wärst ein mieser Jurist, Hughie.«

»Wäre ich sicher«, stimmte ich zu.

»Ein Anwalt«, erklärte Bob, »oder ein Richter würde fragen, woher ein Mann wie Mick Docherty sein Schrotgewehr hat. Und dazu noch ein sehr schönes, das auch Vincent oder Major Townsend keine Schande machen würde, mit einem samtweichen Kolben aus wunderschönem Walnußholz. Und weißt du die Antwort, Hughie? Bei Gott, es ist wirklich eine hübsche Antwort.« Er stand in der Türöffnung, und aus dem offenen Wohnzimmer fiel schräg das Licht auf ihn. Ich schüttelte den Kopf.

»Es ist ein Fenier-Gewehr, Hughie. Chris Docherty, sein Bruder, war damals bei uns. Er war einer von den fünf oder sechs, die entkommen konnten, weißt du noch, ganz zum Schluß. Er ist über die Berge geflohen und dann in die Staaten gegangen. Als sich die

Lage beruhigt hatte, hat sein Freund aus Kerry Docherty das Gewehr zurückgebracht. Der Alte hat es nie benutzt, er hatte es im Dachstroh versteckt. Mick aber hat es vor ein paar Jahren heruntergeholt, geölt und gereinigt. Gott weiß, wem es ursprünglich gehört hat. Vielleicht war es sogar Major Townsend. Wir hatten die Jungs nach Deep Dane geschickt, weißt du noch?«

»Ich erinnere mich an keinen Chris Docherty«, sagte ich.

»Ich auch nicht«, erwiderte Bob. »Und ich habe mir wirklich das Gehirn zermartert. Chris Docherty, sage ich, in der Hoffnung, ein Gesicht oder ein Tonfall könnten auftauchen. Aber es besteht kein Zweifel. Ich bin heute auf der Straße Ginger Hassett begegnet und habe ihn gefragt. Er erinnert sich sehr gut an Chris und weiß sogar, was aus ihm geworden ist. Er ist in einer Stadt in New Jersey namens Passaic Polizist.«

»Polizist«, wiederholte ich. »Da hat er bei uns ja ein schönes Training gekriegt.«

»Ich weiß«, erwiderte Bob. »So ging mir das gestern, als ich in die Kaserne gerufen wurde und mir überlegt habe, daß Kilpeder uns die neue verdankt, weil wir die alte abgebrannt haben.«

Einen Moment lang lächelten wir uns im flackernden Licht an, gesetzte Männer in den Dreißigern, die sich an eine extravagante Jugend erinnern. Durch diese Tür hatte ich mich an jenem Märzmorgen zum Aufstand begeben.

»Nicht, daß Mick irgendwas mit der Organisation zu tun hat oder hatte«, fuhr Bob fort. »Idioten hat er uns genannt, als er in seiner Gefängniszelle in Macroom saß. Ich habe dieses Urteil nach seiner Quelle bewertet. Chris war der älteste Sohn. Wenn er nicht den Eid abgelegt hätte, dann hätte er heute die Farm. Man sollte meinen, Mick würde ein bißchen Dankbarkeit zeigen.«

»Er hat seine eigenen Sorgen«, sagte ich. »Komm gut nach Hause, Bob.«

Doch als ich in dieser Nacht auf den Schlaf wartete, während im Zimmer außer Marys ruhigem Atem und dem schwachen Bergwind in der Ferne, einem lauter und leiser werdenden Seufzen, nichts zu hören war, dachte ich an Dochertys Gewehr. Obwohl ich Waffen verabscheue, konnte ich es fast sehen, berühren. Ein Jahrzehnt lang hatte es in Dochertys Strohdach gelegen, um dann schließlich herausgeholt, geölt und gereinigt und benutzt zu werden – wozu, gegen Vögel, Schädlinge? Von einem bis zur Verzweiflung getriebenen Mann. Die Räumung hätte ihn wirklich auf die Straße gejagt. Vielleicht hätte er irgendwie das Geld für die Überfahrt nach Amerika zusammenkratzen können, vielleicht nicht; vielleicht gab es nur das Arbeitshaus.

In Gedanken, in dieser schlaflosen Nacht, konnte ich ihn sehen, einen mir unbekannten Mann, mit schwerem Kopf, hatte Bob gesagt, und flachem Gesicht, wie er auf Tobin zuging und das Gewehr dabei unbeholfen im Arm hielt. Mein Kummer, ein distanzierter Kummer ohne Druck, eine Empfindung, galt beiden Micks, Docherty und Tobin. Das Geräusch des Windes tilgte langsam beide aus meinen Gedanken. Ein sanfter Wind in den Straßen von Kilpeder, der jedoch aus den Bergen kam, wo er wütend vom Ozean herüberwehte und am Stechginster riß.

17

[Patrick Prentiss/Myles O'Clery]

»Ich erinnere mich nicht nur gut an Bob Delaney«, sagte Myles O'Clery, »ich weiß auch noch, wo ich ihn zum erstenmal gesehen habe, in Morrisons Hotel in Dublin. Ein junger Mann, der vor Energie nur so strotzte – in jenem ersten Jahr waren sie alle da, Parnell, Davitt, Bob, William O'Brien, J. J. O'Kelly. Ich war natürlich bei ihnen; du kannst mich in deinem Buch als ›Parnelliten‹ aufführen, was immer das deiner Ansicht nach bedeuten mag. Ich war am Anfang bei ihm, und ich bin bis zum Ende bei ihm geblieben, und das haben nur verdammt wenige getan, wie du weißt. Aber ich war etwas älter als die anderen, vergiß das nicht, sechs oder sieben Jahre älter als dein Vater. Ich weiß noch, wie dein Vater seine Zulassung als Verteidiger bekam – er war ein gutaussehender Mann, dein Vater. Aber das war Parnell auch, bei Gott. Er hätte seinen Lebensunterhalt beim Theater verdienen können und Kavallerie-Majore, ungarische Barone, elegante französische Liebhaber oder so spielen können. Jetzt, wo ich mir das überlege, würde ich deinen Vater und Charles Parnell als die beiden bestaussehenden Iren jener Zeit bezeichnen. Von mir hätten sie das niemals sagen können. Tim Healy, Gott verfluche sein mieses kleines Herz, behauptete immer, ich erinnerte ihn an ein Walroß im Zoo. Und da hatte er gar nicht so unrecht, würde ich sagen.«

Jetzt war O'Clery ein alterndes Walroß, seine Tage als Verteidiger und Wahlredner lagen längst hinter ihm, und er genoß lange Sommer auf seinem weitläufigen Jagdsitz in Connemara, im Kreise seiner Verteidiger-Söhne, seiner Anwaltssöhne, des einen Sohnes, der an der Royal University Professor für klassische Sprachen war, seiner Schwiegertöchter, seiner Enkel und Enkelinnen. In Connemara trug er rauhen Tweed in Farben, die zur Landschaft paßten, schwere Schuhe, lange Wollstrümpfe, aber makellos weiße Hemden und adrette Krawatten aus schwarzer Seide.

Er hatte Prentiss in Clifden, der Hauptstadt Connemaras, vom

Zug abgeholt, an einem Tag mit unwahrscheinlichem Sonnenlicht, die Twelve Pins glitzerten in der Ferne, die Luft war hell, der wolkenlose Himmel zeigte ein zartes Blau.

»Es macht dir doch hoffentlich nichts«, sagte er, »daß ich dich im Highlands Monarch einquartiert habe; es ist ein sehr anständiges Hotel im alten Stil, wenn du weißt, was ich meine. Es wird von Johnny Lavelle gemanagt, einem anständigen Burschen. Vor zwei Wochen hätte ich dich bei mir unterbringen können, aber im Moment ist jede Ecke und jeder Winkel von verschiedenen Generationen von O'Clerys besetzt. Wenn ich ein Bett für dich hätte finden können, dann hätte der Lärm dich verrückt gemacht. Du hast keine Angel dabei, sehe ich. Macht nichts; wir haben Dutzende davon. Mein Gott, was hast du denn bloß für Wetter mitgebracht, nun sieh dir das an! Gibt es eine schönere Gegend als Connemara? Ich habe das Haus im Jahre 81 gekauft, von meinem Honorar im Fall Sherlock. *Sherlock versus Sherlock*. Das irische Äquivalent zu *Bleakhaus*. Er zog sich über Jahre dahin. Dein Vater hat aus dem Fall auch einige Guineen herausgequetscht.«

Prentiss fühlte sich zu Hause bei dem alten Mann. Er erinnerte sich aus seiner Kindheit an Besuche, die er mit seinen Eltern in O'Clerys Jagdhaus gemacht hatte, wenn sie von ihrem eigenen Sommerhaus am Loch Corrib bei Oughterard herübergekommen waren. Ein jüngerer O'Clery, unter seinem Tweed weniger umfangreich, erwartete sie dann auf der Treppe. Die Stimme war noch dieselbe, eine Stimme, die alles andere war als gewichtig, eine Grashüpferstimme, dünn und lebhaft, die von einem Punkt zum anderen hüpfte, zufrieden mit sich und der Welt. Einmal in den Sommerferien, als ihre Kutsche die Meilen zwischen Oughterard und Clifden hinter sich brachte, am Ufer des wunderschönen, schilfumrandeten Sees, hatte Prentiss gesagt: »Mr. O'Clery macht so viele Späße!«

Sein Vater, der die Zügel lose in langen, geschickten Fingern hielt, hatte ihn schräg angesehen und ein wenig grimmig gelächelt. »Späße, findest du? Wie wahr, wie wahr. Wir sind alte Freunde, Mr. O'Clery und ich. Aber sei vorsichtig bei ihm. Er ist so gerissen wie...« Sein Vater unterbrach sich, als ob ihm einfach kein Vergleich einfiele. »Wir sind zusammen voranmarschiert, Myles und ich. Er hatte Clongowes gerade verlassen, als ich dorthin kam, aber wir haben Freundschaft geschlossen, erst in London und dann hier, vor Gericht.«

Seltsam, hatte Prentiss gedacht, daß sein Vater und O'Clery einst in Clongowes Schuljungen gewesen waren wie er jetzt selber, und daß sie durch dieselben weißgetünchten Flure gegangen waren.

»Auch politisch waren wir einer Meinung. Das dachte ich zumindest. Aber nach der Spaltung standen wir dann auf gegnerischen Seiten. Ohne daß das unserer Freundschaft geschadet hätte, Gott sei Dank. Das ist mehr, als die meisten von sich behaupten können. Der Bruch wird nie heilen. Er wird das Land ruinieren. Hat es schon ruiniert.« Danach war sein Vater wieder verstummt, hatte sich auf die Lippe gebissen und die Flanke der Leitstute mit der Peitsche berührt; er war in Connemara jedoch niemals lange schlechter Laune. »Myles O'Clery«, sagte er mit jovialer Heftigkeit und blickte durch den hellen, silbrigen, sonnengefleckten Regen in Richtung Clifden.

Nun, auf der zweiten Etappe dieser Reise, von Clifden nach Ballyconeely, spann Myles O'Clery ein geselliges Wortgewebe, ohne eine Antwort zu benötigen.

»Aber wir werden Zeit zum Reden haben«, sagt er, »alle Zeit auf der Welt. Ich habe den O'Clerys meine Befehle erteilt. Und du ißt natürlich bei uns. Ich hätte dich von Anfang an für einen Gelehrten gehalten, Patrick, aber dein Vater war immer so sicher, daß du zum Juristen geschaffen wärst.«

»Das kann ja noch kommen«, meinte Prentiss. »Ich habe noch Zeit.«

»Alle Zeit auf der Welt«, stimmte Prentiss zu.

Sein Vater schien neben ihm zu sitzen, distanziert, bewertend, höflich.

»Es war ein hervorragender Sommer«, sagte O'Clery. »Eher Toskana als Connacht. Wenn sich das Wetter hält, dann gibt es eine großartige Ernte. Die Bauern hier können es gebrauchen, die armen Teufel. Selbst in seinen besten Zeiten ist Connemara für die Sommerfrischler angenehmer als für die armen Einheimischen. Aber dieses Jahr ist hervorragend, Gott sei Dank.«

Hinter dem See waren die Hügel blau; Sonnenschein wurde von flachen, vom Regen polierten Felsen reflektiert. Auf dem anderen Ufer gab es Moore.

»Nicht wie 79«, sagte Prentiss.

»79«, meinte O'Clery verwirrt, dann lichtete sich seine Miene. »Ach so«, sagte er, »der Forscher am Werk. Nein, wirklich nicht.

Ich habe Connemara zwar in jenem Sommer nicht gesehen, aber die Berichte waren einfach entsetzlich. In dem Herbst war ich in Mayo, das war schlimm genug. In Donegal sah es auch katastrophal aus. ›Gott helfe dem armen Donegal‹, sagen sie in Tyrone und Fermanagh immer noch. Hier in Connacht standen sie kurz vor einer Hungersnot, und auch Teile von Munster waren übel dran. Leute wie wir, Patrick, wir können uns einfach nicht vorstellen, was ein oder zwei Mißernten für diese Menschen bedeuten. Den O'Clerys hat sonntags der Braten auf dem Tisch nie gefehlt, und den Prentisses auch nicht.«

»Davitt hat Sie nach Mayo geschickt?« fragte Prentiss. »Sie waren von Anfang an dort?«

»Nicht ganz«, antwortete O'Clery. »Nicht ganz von Anfang an. Ich bin mit Parnell nach Mayo gefahren. Mit der Bahn nach Castlebar, und dort erwartete uns eine Menschenmenge, mit in aller Eile zusammengeflickten Bannern, allesamt grün, einer Farbe, vor der Parnell eine abergläubische Angst hatte. Und mit einer Kapelle, natürlich, die ›The West's awake‹ spielte. Und als wir aus dem Zug stiegen, fragte er mich, ob diese Melodie einen Namen hätte. Er konnte sich einfach keine Melodie merken, und ihm fehlte jegliche Spur von Poesie.«

»Aber irgendwo war die Poesie«, meinte Prentiss. »Das haben die Ereignisse doch erwiesen.«

Mit plötzlich zusammengekniffenen Augen sah O'Clery ihn an, wobei sein schräggelegter Kopf fast seine Schulter berührte. »Du hast die politischen Ansichten deines Vaters übernommen, wie ich sehe. Das ist nur natürlich.«

»Nein«, widersprach Prentiss. »Nicht in dieser Frage jedenfalls.« Er stand noch einmal als Junge am Fenster des Imperial Hotel. Unten, in der Sackville Street, brüllte die Menschenmenge. Seine Mutter weinte still, ihre Augen waren hinter ihrem Spitzentaschentuch verborgen.

»Nicht in dieser Frage«, wiederholte O'Clery lachend. »Als ob es für Männer im Alter deines Vaters oder in meinem eine andere gäbe. Es hat uns alle fürs Leben gezeichnet. Haben wir zu Parnell gehalten oder nicht. Auf jeder Seite der Kluft zwischen uns standen gute Männer. Das sehe ich jetzt. Aber er war ein seltsamer Mann, einen seltsameren habe ich nie gekannt. Hat dein Vater dir je von der Ehrengabe erzählt? Das muß im Jahre 83 gewesen sein. Wir waren damals allesamt Parnelliten, dein Vater ebensosehr wie ich. Zwei- oder dreimal hat er sich sogar bei juristischen Fragen an deinen Vater um Rat gewandt.«

In der Ferne, bei den Twelve Pins, hatte es zu regnen angefangen, die Luft war von Dunst erfüllt; auf ihrer Straße jedoch schien hell die Sonne, die wunderbare Sonne des Westens, an die er sich aus seiner Kindheit erinnerte. Sie glitzerte auf Stränden aus korallenrotem Sand, auf aquamarinblauem Wasser, das immer dunkler wurde, je weiter das Auge wanderte, über die leere Bucht bis zum Atlantik.

»Ja«, sagte O'Clery. »Im Frühling 83. Im Parlament kreideten uns die Tories die Morde im Phoenix-Park an. Sie deuteten an, Parnell hätte den Invincibles ihre Skalpelle besorgt. Und zu allem Überfluß fanden wir dann auch noch heraus, daß er versuchte, seinen Besitz in Wicklow zu verkaufen – das Gut in Avondale, das Jagdhaus, alles. Er war fertig, steckte bis zum Hals in Hypotheken und sah keinen Ausweg mehr. Und deshalb wurde ein Fonds gegründet, und aus allen vier Ecken Irlands und aus England und Amerika kam das Geld. Am Ende des Jahres hatten wir fast 30000 Pfund gesammelt. Die große Ehrengabe für Parnell.«

O'Clery fing an zu lachen, ein tiefes Grummeln, das aus einem massiven Bauch nach oben drängte. Es explodierte in einem hohen »hi-hi«, und er zog ein riesiges Taschentuch hervor, öffnete es durch ein Schütteln und hielt es vors Gesicht. »Hi-hi«, sagte er noch einmal, hielt den Wagen an und senkte das Taschentuch, um auf das zartblaue Wasser zu blicken. Seine Augen waren trocken.

»Die Ehrengabe für Parnell«, wiederholte er. »Für ihre Überreichung wurde ein großes Bankett arrangiert. Wir waren alle zugegen. Ich weiß noch, daß dein Vater da war. Der Oberbürgermeister fing an zu reden – er hatte tagelang geübt. Aber kaum hatte er die ersten Worte gesagt, da unterbrach Parnell ihn: ›Ich glaube, Sie haben einen Scheck für mich.‹ Der gute Mann ist leicht befremdet, aber er nickt und fängt wieder mit seiner Rede an. ›Ist er unterschrieben und kann sofort eingelöst werden?‹ fragt Parnell. ›Ja‹, antwortet der arme Bürgermeister. ›Dann geben Sie ihn mir doch einfach‹, sagt Parnell. Und so geschah es. Der Scheck war in einen großen Rahmen eingespannt worden, der mit Kleeblättern und Rundtürmen und vielleicht einem oder zwei Wolfshunden bemalt war, mit den Seen von Killarney und so weiter. Alles kam zum Stillstand, als Parnell vorsichtig den Scheck aus seiner Umrandung befreite. Das machte ihm einige Mühe, und er stand auf, aber schließlich hatte er ihn, faltete ihn zwei- oder dreimal zusammen und verstaute ihn in seiner Westentasche. Dann blickte er auf und sah den Bürgermeister mit offenem Mund dastehen und sagte auf die allerhöflichste Weise, die man sich vorstellen kann: ›Setzen Sie sich doch, Sir. Setzen Sie sich. Genießen Sie Ihren Kaffee und Ihre Zigarre.‹ Dein Vater und Sexton und ich verließen die Bankettthalle nachher durch Zufall gleichzeitig, und Sexton war außer sich. ›Jeder Tagelöhner‹, sagte er, ›hätte sich höflicher bedankt, wenn ihm jemand ein Taschenmesser geliehen hätte.‹ Und das stimmte auch.«

O'Clery gab dem Pferd mit einer leichten Drehung seines Handgelenks den Befehl zum Weitergehen und überließ Prentiss der Überlegung, warum der alte Mann ihm diese Geschichte erzählt haben mochte. Es war eine der Episoden, die in die Sage übergegangen waren, als ob sie eine absolutere Wahrheit über Parnell enthielten, als die Sprache vermitteln konnte.

»Ich habe ihn einmal gesehen«, sagte er. »Er war bei uns zum Essen. Ich wurde nach unten geholt, um ihn zu begrüßen, dann wurde ich wieder ins Bett geschickt.«

O'Clery nickte. »Und diesen Moment hast du nie vergessen, nehme ich an. Es ist wie sein Grabstein in Glasnevin. Ein vulgärer Bestattungsort, Kitschengel und schäbige Grabsteine, und dann biegst du plötzlich um eine Ecke, und hier, auf sauberem, anständigem Torf, steht ein Quader aus Wicklowgranit mit dem einzigen Wort *Parnell.*« Er wandte sich zu Prentiss um und lächelte. »Selbst im Tod hatte er eine Art Eleganz. Eine geheimnisvolle Eleganz.«

Der Bericht über Parnells letztes Jahr, den Prentiss von seinem Vater gehört hatte, sah das ganz anders.

»Den Granitquader haben Sie doch besorgt, nicht wahr, Mr. O'Clery?«

»Ach«, sagte O'Clery, »ich und andere. Ein großes Komitee, das übliche, das kannst du dir ja vorstellen. Aber wir haben es anständig gemacht, in gewisser Weise. Ein angemessenes Denkmal.«

Er hatte eine pedantische Vorliebe für angemessene Details, die Prentiss in früheren Jahren bei dem Freund seines Vaters nicht beobachtet hatte. Auf seltsame, aber anziehende Weise paßte das zu seinem Umfang.

»Weißt du, was mir an Connemara am besten gefällt?« fragte

O'Clery. »Abgesehen vom Angeln natürlich? Die Landschaft, könntest du natürlich sagen, die in ganz Europa berühmt ist und anglikanische Pastoren aus Surrey und Globetrotter aus Bayern herlockt. Sollte man nicht denken, daß denen die Alpen ausreichen? Andere erzählen dir vielleicht etwas von der unheimlichen und wunderschönen Stille. Sie sagen, hier sei es so still wie im schottischen Hochland, aber ohne dessen Bedrohlichkeit, ohne dessen dunkle, düstere Täler. Das stimmt auch alles, aber was mich jeden Sommer wieder hierherbringt...«

Sie hatten jetzt die Boreen erreicht, die von der Straße nach Ballyconeely zu O'Clerys Jagdhaus führte. Sieben Uhr abends an einem Sommer in Connacht. Die Luft hatte ein ruhiges, intensives Gleichgewicht, und die sichtbare Welt war klar. Auf beiden Seiten der Straße schützten verwucherte Hecken mit schweren Blättern schilfumrandete Seen und nasse Felder.

»Was mich jeden Sommer wieder hierherbringt«, sagte O'Clery, »ist, daß es hier keine verdammte Geschichte gibt, überhaupt keine Geschichte. Geschichte ist der Fluch dieses Landes, Patrick, und es tut mir leid, daß ich derjenige bin, der dir das sagen muß. Wer würde sich hier niederlassen, solange er auf Erden noch irgendwoanders hinkönnte? Die O'Flahertys sind hergekommen, nachdem die Martins sie aus Galway vertrieben hatten, und dann haben sich die Martins hier angesiedelt, nachdem Cromwell sie besiegt hatte. Und das ist der Anfang und das Ende der Geschichte von Connemara. Jetzt sind sie alle verschwunden. Hinter Ballyconeely an der Straße nach Roundstone gibt es eine zerstörte Burg der O'Flahertys, und Dick Martins Haus steht in Ballynahinch. Aber die Martins gibt es nicht mehr. Im September, wenn wir den Zug zurück nach Dublin nehmen, überläuft mich ein Schauer – die Geschichte droht mich zu erdrücken, wie diese Hecken hier zu unseren beiden Seiten.«

Die »Hütte«, wie die O'Clerys sie unbedingt nennen wollten und wie auch Prentiss sie bereits als Kind genannt hatte, war irgendwann um 1820 von einem Viehzüchter aus Loughrea erbaut worden, einem Protestanten namens Ticknell, dem sein Freund, Captain John Darcy, der Gründer Clifdens, von Connemaras Schönheit erzählt hatte. Der alte Dick Martin war damals schon tot, sein Sohn hatte seinen Besitz übernommen und war nun der Herr von Ballynahinch, und in der Nähe von Oughterard lebten verstreut einige kleinere Landbesitzer. Aber es gab nur wenige Straßen, und diese waren entsetzlich. Ticknell war der erste, der in Connemara ein Haus für die Sommerfrische baute, ein Jagdhaus in vagem Regency-Stil, mit weißer Front und zwei verspielten, sinnlosen Türmchen. Anfang der 50er Jahre ging er bankrott, und das Jagdhaus, das damals den wohlklingenden Namen »Walton's Rest« trug, ging an einen Fabrikbesitzer aus Birmingham, der es in »Erin's Repose« umtaufte. Als dessen junger Enkel es um 1880 an O'Clery verkauft hatte, suchte sich bereits Efeu seinen Weg im absplitternden Gips, und die schwarzen Steinplatten, die von der Rückseite des Hauses zum See führten, waren zerbrochen.

Inzwischen tauchte Connemara in allen Reiseführern als »die irischen Highlands« auf, und es hätte von Jagdhäusern völlig verstopft sein können, wenn es nicht so weitläufig und wenn sein Schweigen nicht so absolut gewesen wäre. Die neue Bahnlinie von Galway über Oughterard nach Clifden machte das Reisen sehr viel einfacher. Familien und kleine Gruppen von sportlichen Junggesellen verließen den Zug in Clifden, wo die Ausflugskarren sie bereits erwarteten. Sie hatten Handkoffer bei sich, Taschen aus Teppichstoff, Gewehrkästen aus dunklem, poliertem Holz und in Segeltuch gewickelte Angelruten; die Kinder trugen Netze und hatten breitkrempige Strohhüte. Sie bestiegen die Karren oder die offenen Wagen, wenn es sich um eine große Gruppe handelte, und Connemara fing für sie mit dem Kutscher an, mit seinem altmodischen Rock mit Schwalbenschwänzen, den in die langen Wollstrümpfe gestopften Hosenbeinen und seiner Sprechweise, breit und fremd, aber tröstlich wie heißer Porridge an einem kalten Morgen.

Das Fischerhotel, wo O'Clery für Prentiss ein Zimmer bestellt hatte, lag zwei Meilen von Erin's Repose entfernt, ein gemütlicher, weitläufiger Gasthof, dessen Fenster auf denselben See schauten. Nachts konnte Prentiss von seinem Zimmer aus Lichter sehen, frühmorgens hörte er die Rufe der Gillies.* Er frühstückte im Hotel und lauschte den Stimmen an den anderen Tischen, lautes Selbstvertrauen der Engländer, sanfteres, verschwörerisches Wohlbehagen der Iren. Dann ging er nach Erin's Repose hinüber

* Gillies, von irisch *gille*, »Bursche, Diener«. Hier: Jagdhelfer, die den Sommerfrischlern die Waffen tragen und sie zu den besten Jagd- und Angelplätzen führen.

und trank dort noch mehr Tee. Bei gutem Wetter waren die O'Clery-Söhne schon ausgegangen, sie brauchten keine Gillies. Sie hatten sich schon vor Stunden davongeschlichen, vorbei am Schilf, während im frühen rosafarbenen Licht der Dunst über dem Wasser hing.

Erin's Repose konnte mit einem Eßzimmer prunken, dessen zwei hohe Fenster auf Mannin Bay hinausgingen, hinweg über Hecken von üppigem Grün und dem Rot und Weiß später, verwelkender Blüten. Hier wurde der Tee eingenommen. Die O'Clerys hatten in Connemara kein Personal. Wenn die Teekanne leer war, brachte O'Clery sie in die kleine vollgestopfte Spülküche, mit schwerem Schritt, aber doch mit Eleganz. »Ich meine«, sagte er, »daß ich Bob Delaney am Tag, nachdem Parnell und einige andere von uns von dem Treffen in Limerick zurückgekommen waren, zum erstenmal gesehen habe, und dann müßte es Ende August oder Anfang September gewesen sein.«

Es waren schreckliche Wochen voller Regen, der Himmel hing tief, und die Mißernte war uns nun sicher. Ich weiß noch, als sei es erst eine Woche her, wie ich aus dem Fenster starrte, als wir mit der Bahn nach Osten fuhren, und wie bei Limerick Junction der schwere Regen wieder einsetzte, die Fensterscheiben hinunterrann und auf die Felder mit hohem, ungemähten Heu und Korn prasselte. In unserem Abteil hing zum Schneiden dick der Zigarrenrauch, und wir hatten einander nur wenig zu sagen, wir sechs, obwohl wir aufgeregt und angspannt waren. In diesen ersten Wochen der League konnten wir kaum glauben, was wir sahen oder taten. Keiner von uns, außer Parnell.

Er saß in seinem Tweedanzug am Fenster und rauchte eine der langen, dünnen Zigarren von Fox in der Grafton Street, auf seinen Knien lag ein Blatt Papier, er schrieb, unterbrach sich für eine Minute und schrieb dann weiter. Andere im Abteil mögen geglaubt haben, er verfaßte eine unsterbliche Rede, aber ich wußte, daß er an einem seiner unveröffentlichbaren wissenschaftlichen, wie er sie nannte, vagen geologischen Berichte arbeitete, durch die er beweisen wollte, daß der Untergrund seiner Heimat Wicklow von Goldadern durchzogen sei. Diese Berichte waren sein einziger Versuch, sein Gut in Avondale klug zu verwalten.

Man konnte jedoch behaupten, daß er in Limerick eine unsterbliche Rede gehalten oder zumindest wiederholt hatte. Sie geht uns ja schließlich heute noch im Kopf herum. »Klammert euch an eure Heimstätten!« hatte er dort zu den kleinen Farmern gesagt, was sehr nah an strafbare Aufwiegelei heranrückte. Dasselbe hatte er auf die eine oder andere Weise überall in Connacht und jetzt in Munster gesagt.

Es hatte im Juni mit der Versammlung in Westport in Mayo angefangen. Erzbischof MacHale hatte seine Herde davor gewarnt, eine Veranstaltung zu besuchen, wo man »sich auf geheimnisvolle und gesetzlose Weise« versammelte und die von »einigen wenigen Männern mit üblen Absichten« organisiert worden war. Ein erstaunlicher Mann! 89 Jahre alt, seit einem halben Jahrhundert Erzbischof von Tuam, aber seine Hand hatte ihre Kraft nicht verloren, er war ein Kirchenfürst, wie die Renaissance ihn geliebt hatte. Die Versammlung war für Sonntag den achten angesetzt worden, und Seiner Eminenz war es gelungen, seinen Brief in der Samstagmorgenausgabe des *Freeman's* erscheinen zu lassen, auf daß jeder Priester in Mayo und Galway ihn zusammen mit Kohl und Lamm verdauen konnte. Parnell war mit dem Postschiff aus England herübergekommen, und Davitt begab sich in aller Eile ins Morrison, um ihn zu begrüßen. Es war ein unangenehmer Moment für Parnell, einen Protestanten und eingeladenen Redner, die meisten Katholiken hatten den ganzen Morgen über Rückzieher gemacht. »Ob ich komme?« fragte ihn Parnell. »Doch, selbstverständlich. Warum nicht? Ich habe es Ihnen doch versprochen.« In der Tür, die in die Dawson Street führte, wäre Davitt fast mit mir zusammengestoßen. »Bei Gott, das ist wunderbar«, sagte er. »Dieser Mann fürchtet sich vor nichts und niemandem.«

Die Veranstaltung in Westport wurde von mindestens 10000 Zuhörern besucht. 500 davon waren junge Burschen zu Pferde, die sich selber als »Kavallerie« bezeichneten und die Parnell vom Hotel zum Versammlungsort vor der Stadt begleiteten. Für die meisten dieser Männer, die vor oder hinter der Kutsche einherritten, war Parnell bisher nur ein Name, der in der Presse als eine Art parlamentarischer Straßenräuber dargestellt wurde, kleiner protestantischer Landadel, wohlwollender Unterstützer von Home Rule, einer Sache, die in diesem Juni 1889 den Bauern von Mayo wenig genug bedeutete.

Es war ein wunderschöner Tag, einer von zwei oder drei schönen Tagen in diesem elenden Sommer. Seit zwei oder drei Monaten, auf jeden Fall seit der Versammlung in Irishtown im April, veranstalteten Davitt und seine Freunde in Mayo jeden Sonntag solche Treffen, und bei mehr als der Hälfte davon hatte der Regen schon vor der Frühmesse eingesetzt, nachmittags war dann das Feld in Claremorris oder Ballinrobe oder wo auch immer weich und gluckste unter den Füßen, während das grüne Fahnentuch triefend und trist herabhing. Dieser Tag jedoch brachte das, was die Zeitungen bald »Parnell-Wetter« nennen sollten, Clew Bay glitzerte hinter lindgrünen Weiden, seine Tausende von Inseln zeichneten sich klar und deutlich ab. Croagh Patrick ragte über uns auf, ein zottiger brauner Riese.

Davitt und Parnell trafen sich an diesem Morgen mit mir zum Frühstück im Hotel, und Parnell hatte mich als eine Art Puffer zwischen sich und Davitt gesetzt. So kamen sie in diesen ersten beiden Jahren oft zusammen, zum Frühstück in einem Provinzhotel oder einer Teestube bei Westminster, oder im Rauchsalon des Morrison in Dublin. Und so erinnere ich mich auch am besten an sie, wie an diesem späten Vormittag, als Davitt nach der Messe erschien und aus nächster Nähe die munteren Rufe der »Kavallerie« erschollen, die vielleicht bereits ein Glas getrunken hatten, aber sicher nicht mehr. Wir saßen an einem Tisch bei den hohen Fenstern, die auf die schöne Laubenpromenade der Stadt hinausgingen, die Wyatt in den alten Tagen entworfen hatte, als die Großgrundbesitzer sich für das Aussehen einer Stadt interessierten, wie die Parsons und die de Vescis in den Midlands und die Ardmors unten in Kilpeder. Gott möge uns vergeben, wir haben die Macht der Großgrundbesitzer zerstört, und ein wenig vom Guten, ein Rest des alten Anstands ist mit ihnen verschwunden. Was haben wir denn jetzt noch außer unserem eigenen Abschaum? Und wenn die Kampagne gegen die Großgrundbesitzer irgendwo einen Anfang hatte, dann war das in Westport, an diesem Sonntagmorgen im Juni, als wir die Rufe hörten und Charles Parnell und Michael Davitt einander über die Teekannen ansahen.

Eine Art Puffer, so sah Parnell mich. Damals brauchte er mich, wie auch wieder am Ende. Ich war damals einer der jüngsten irischen Abgeordneten, und ich war etwas schlanker, etwas eleganter als heutzutage. Ein Home-Rule-Vertreter, natürlich, aber was bedeutete das? Familie ist hier alles, oder fast alles, und meine Zeugnisse waren solide, katholisch und Whig. Mein Vater verhalf mir zu gutem Ruf; der alte Maurice O'Clery, Clongowes Wood College, ein Freund von George Henry Moore aus Moore Hall, Verteidiger, Abgeordneter für Meath, im selben Gerichtsbezirk wie Isaac Butt, ein Vorrat von lateinischen Zitaten, Anspielungen auf Ronsard und Rabelais – reiche europäische Kultur, wie es damals hieß. Ein Katholik, aber ein Gentleman.

Das Leben im Westminster der 70er Jahre war angenehm, vor allem für ein Mitglied von Isaac Butts Home-Rule-Partei, wenn sie als Partei bezeichnet werden kann. Wir hatten unsere Prinzipien, an die wir uns unbedingt hielten: Amnestie für die inhaftierten Fenier in englischen Gefängnissen, eine vernünftige Reform des ungerechten Landsystems und natürlich unser äußerstes Ziel, die Wiederherstellung einer gewissen Selbstregierung für Irland. Gleichzeitig betonten wir natürlich, oder versuchten das zumindest, unsere Loyalität gegenüber Königin und Empire. Wirklich, das taten wir. Wir waren ein seltsamer Haufen, und das Parlament amüsierte sich köstlich über uns. Disraeli mochte zum Beispiel Butt sehr gut leiden, und die beiden tranken ab und zu ein Glas Wein zusammen. Ich weiß noch, wie ich einmal unerwartet in der Parlamentsbibliothek auf die beiden stieß, ihre gesenkten Köpfe waren im grünlichen Lampenlicht gebadet und stießen fast aneinander. Ein einziger Widerspruch, dachte ich. Da haben wir den Erz-Tory, den Rhapsoden der Königin und Kaiserin, den Sohn eines jüdischen Buchhändlers, den Prototypen seiner Rasse, wie er mir da im Profil gegenüber sitzt – schwere Augenlider, geschwungene Nase, den dünnen Bart eines Hohepriesters. In seiner Jugend war er ein Dandy gewesen – braunrote oder malvenfarbene Westen, hohe gerollte Revers aus changierender Seide –, jetzt kleidete er sich jedoch nüchtern: ernstes Grau, eher wie ein Geistlicher als wie eine Taube, an den Manschetten leuchtete ein diskret verdeckter Rubin auf. Dicht neben seinem Kopf eine graue, ungekämmte Mähne, ein volles, fleischiges Gesicht, der Führer, das glaubte England, von rebellischen irischen Papisten, in seiner Jugend jedoch ein Orangist, ein Erz-Tory von Geburt.

In jenen Monaten des Jahres 1867, als er sie verteidigte, hatten die Fenier ihn bekehrt, hieß es. Nicht zu ihrer Sache, denn Butt blieb bis an sein Lebensende ein Mann der Königin und der Krone, bekehrt hatte ihn ihre Ehrlichkeit, ihre Gewißheit, daß nichts uns helfen konnte außer Pike und Gewehr und Überfall. Und im Grunde hatten die Fenier ja auch Gladstone bekehrt und ihm klargemacht, daß auf der anderen Seite der Irischen See in mancher Hinsicht sehr dringend Abhilfe geschaffen werden mußte. Butt und Gladstone waren in gewisser Weise Alliierte, die für gemäßigte Reformen eintraten, während Butt und Disraeli sich im Parlament bis aufs Messer bekämpften. In Wirklichkeit hatten diese beiden jedoch mehr Gemeinsamkeiten, hatten dieselbe Phantasie und denselben Geist, dieser jüdische Tory und dieser protestantische Fenier.

Beide mochten die Damen und die Flasche ein wenig zu sehr, beide gingen ein wenig zu sorglos mit ihrem Portemonnaie um. Der arme alte Butt. Mehr als einmal mußte der Hut herumgereicht werden, um ihn vor dem Schuldturm zu bewahren, obwohl er der Führer einer Parlamentspartei war und Kronanwalt mit florierender Praxis. Ich habe ihn so verwirrt vom Schnaps gesehen, daß er kaum noch wußte, wo er war, und daß er mit offenem Mund seine Haarsträhnen zwirbelte und zwirbelte. Das geschah jedoch nie im Parlament und nie vor Gericht. Er war ein Gentleman, ein anständiger Ehrenmann, und er liebte Irland auf seine Weise. Das war unsere Schwäche als Partei, so sah es einige Jahre später aus, nachdem Parnell alles auf den Kopf gestellt hatte. Wir waren eine Partei von irischen Gentlemen, und die Engländer machten sich lustig über uns. Am Ende haben wir ihn zerstört. Nicht England, *wir* haben das gemacht. Es mußte sein, und Parnell trat beiseite und ließ es geschehen. Als das Ende kam – Parnells Ende, meine ich jetzt –, habe ich zu ihm gehalten, und ich weiß noch, daß er einmal gesagt hat: »Die Engländer brauchen uns nicht zu zerstören; wir bringen uns schon selber gegenseitig um.« Und ich dachte, du hast uns gezeigt, wie man das macht. Wir haben den armen Butt gebrochen ins Grab geschickt. Es mußte sein.

Ich erinnere mich an Parnells ersten Abend im Parlament. Butt führte ihn an der Hand herein, und dabei freute er sich wie ein Schneekönig, der neue Abgeordnete für Wicklow, genau der Mann, von dem Butt das Land gern vertreten sah, Jagdherr in Wicklow, High Sheriff für den County, eine Familie, die seit über einem Jahrhundert einen guten Namen hatte. Und da, dachte ich, haben wir all seine Qualifikationen. Und wo er doch so gut aussah, mit seiner großen, hageren Gestalt – er hätte jede Frau haben können, warum um Himmels willen mußte es unbedingt diese sein? Er war während der ganzen Periode nervös und zurückhaltend und sagte kaum ein Wort. Na, dachte ich, er wird als ›Parnell mit der einen Rede‹ in die Geschichte eingehen.

Einmal fuhren dein Vater und ich zusammen mit dem Postschiff nach Hause, und der alte Major O'Gorman schloß sich uns an. Und der repräsentierte die alte Partei in ihrer vollsten Blüte. Der alte Major, doppelt so fett wie ich heute, das schwöre ich dir; trug aber bewundernswert geschnittene Anzüge aus feinstem Wollstoff und einen Bart wie der Weihnachtsmann, weiß wie eine Engelschwinge, und über seinem üppigen altersgrauen Schnurrbart erhob sich eine Nase von reichlichen Ausmaßen von der Farbe eines Granatapfels. Ich rede von Purcell O'Gorman, nicht vom O'Gorman Mahon, wie er sich selber nannte, dem Abgeordneten für Clare. Wir machten an Deck einen Spaziergang, alle drei, dein Vater und ich hatten den kühnen Major in die Mitte genommen. Er hatte trotz seines gewaltigen Gewichts einen stolzen Gang, schob seinen Bauch wie eine Befestigungsanlage vor und hielt einen Stock in der Hand, der fast so hoch war wie ein Hirtenstab, aus Ebenholz, mit einem geschnitzten Elfenbeinknauf. »Dieser Mann«, sagte er, »ist eine Schande. Eine Schande und ein Mysterium.«

Es war in dieser Nacht so ruhige See, wie überhaupt nur möglich ist, aber der Nebel war dicht und das Deck glitschig. »Abend für Abend stellt dieser Mann sich im Parlament auf die Hinterbeine und hält den Betrieb auf. Butt hat mit ihm gesprochen, aber das führt zu nichts. Er und dieser Laffe O'Donnell und Biggar, dieser vulgäre kleine Speckhändler aus dem Norden. Mein Gott, was für eine Dreifaltigkeit!« So haben die meisten von uns zu Anfang auf Parnells Behinderungspolitik, wie er sie nannte, reagiert. Ich erinnere mich, daß er an einem Abend stundenlang gesprochen hatte, noch Stunden nach dem vorgesehenen Sitzungsschluß, und daß er dann eine Vertagung der Debatte beantragte, weil man ihm nicht mit der gebührenden Aufmerksamkeit zuhörte. »Da haben Sie recht, Parnell!« rief Biggar ihm mit seiner groben Belfaster Stimme zu, er war ein buckliger kleiner Mann mit breiten Schultern. »Ich war selber auch schon eingenickt. Sie haben so eine melodische Stimme. Wir vertagen das lieber und hören uns alles noch einmal von vorne an!« Das geschah in der Debatte über den Militärhaushalt, stellen Sie sich das vor.

Wir gingen also hin und her, wir drei, der Major und dein Vater und ich, und die Lichter aus dem Salon färbten den Nebel blaßgelb. In der Dunkelheit konnte man fast spüren, wie sein voluminöses Fleisch erzitterte. »Die Regeln des Hauses, bedenken Sie das doch, die Regeln des Hauses!« Parnell, mußt du wissen, und die kleine Anhängerschar, die er um sich versammelte, hatten nicht die geringste Achtung vor der Mutter der Parlamente, der Wiege der konstitutionellen Regierung und allem dem. Von den anderen konnte man auch nichts Besseres erwarten – von Biggar und O'Connor Power. Das waren doch schließlich bloß Fenier, eingeschworene Mitglieder der Revolutionären Bruderschaft! Aber Parnell! Aussehen und Benehmen eines Gentleman, Cambridger Akzent! Butt hat eines Abends versucht, sich von ihm zu distanzieren, er erhob sich und erklärte, er könnte das Benehmen des Abgeordneten für Meath nicht kontrollieren, lehnte es ganz und gar ab und entschuldigte sich im Namen der irischen Nation beim Hohen Haus. Und Parnell antwortete sehr kühl, aber durchaus nicht unverschämt, daß er sich der irischen Nation gegenüber zu verantworten habe, und nur dieser. »Verdammter Dachs!« knurrte der Major in den Nebel und stieß mit der Zwinge seines Stocks auf die Decksbretter.

Dein Vater und ich stießen Geräusche der Zustimmung aus. Der Major war im Parlament so etwas wie ein Witz, mit seinem Umfang und seinen Wortspielen und seinen Anekdoten von staubigen Feldzügen gegen die Afghanen, aber er war einer unserer Ältesten, und wir fühlten uns ein bißchen geschmeichelt.

Doch ein paar Stunden später, in unserer Kabine, sagte dein Vater zu mir: »Er hat recht, weißt du.« – »Wer, der Major?« – »Nein«, sagte dein Vater so langsam wie möglich, scheinbar widerstrebend. »Ich meine Parnell.« Seine Worte entsprachen dermaßen meinen eigenen Überlegungen, daß ich verwirrt war, und das sagte ich ihm auch, aber zuerst achtete er kaum auf mich. »Den Engländern sind wir restlos egal; das ist nie anders gewesen. Wenn du willst, daß ein Engländer dir zuhört, dann mußt du ihm an die Kehle gehen. Das machen Parnell, Parnell und Biggar und O'Donnell, seine Leute.« Großer Gott, Patrick, hier sitzt du und wühlst in einer obskuren Stadt in West Cork herum und hoffst, die Geschichte wie eine Trüffel ausgraben zu können, und dabei war sie die ganze Zeit bei dir zu Hause. Historische Szene: Der junge Prentiss und der junge O'Clery gestehen einander auf dem

Nachtboot nach Kingstown* ihre Bekehrung zu Parnell. Dichter Nebel ruht über der Irischen See.

Ich hatte mich eines Abends gegen Ende Mai 1876 bekehrt, wie ich deinem Vater erzählte, sobald er mir zuhören wollte. Einige wenige irische Mitglieder sprachen sich für Amnestie für die Leute aus, die wegen der Rettungsaktion in Manchester immer noch im Gefängnis saßen, und auch für einen einarmigen Arbeiter namens Davitt, der schon lange unter üblen Bedingungen im Gefängnis von Dartmoor litt. Butt war sehr für die Amnestie, hatte aber in seinem Pech, das ihn gegen Ende immer verfolgte, das Parlament bereits verlassen, und Hicks-Beach, der für die Regierung sprach, machte eine höhnische Bemerkung über Abgeordnete, die Mord verteidigten. »Nein«, sagte Parnell mit scharfer, klarer Stimme. »Nein!« – »Ich bedaure, hören zu müssen«, sagte Hicks-Beach höflich, »daß ein ehrenwertes Mitglied dieses Hauses Mord entschuldigt.« Für den armen Butt wäre das eine hervorragende Gelegenheit gewesen, sich eine halbe Stunde lang über die üble Lage zu Hause, über den Widerwillen Mord gegenüber, den jeder wahre Ire empfindet, und alles andere zu verbreiten. Was Parnell aber sagte, war so kurz und verblüffend, daß ich mich noch an jedes Wort erinnern kann. Ich habe meine Erinnerung einmal im Hansard aufgefrischt.

»Der ehrenwerte Gentleman«, sagte Parnell, »hat mir direkt ins Gesicht gesehen, als er seinem Bedauern darüber Ausdruck verlieh, daß irgendein Mitglied dieses Hauses einen Mord entschuldigen könnte, und deshalb möchte ich genauso direkt und in aller Öffentlichkeit sagen, daß ich nicht glaube, und niemals glauben werde, daß in Manchester ein Mord begangen worden ist.« Ich kann ihn noch so deutlich vor mir sehen, als ob es gestern gewesen wäre. Wie viele Abgeordnete hatte er später am Abend noch andere Verpflichtungen, er war in Abendkleidung, und sein emotionsloser und fast lässiger Tonfall schien der Gewichtigkeit seiner Worte zu spotten. Aber er hatte eine machtvolle Behauptung auf den Tisch des Hauses gelegt, denn wenn in Manchester kein Mord begangen worden war, dann waren Allen und Larkin und O'Brien einem Justizirrtum zum Opfer gefallen und zu Unrecht gehängt worden. Danach setzte Parnell sich wieder, streckte die Beine aus und setzte seinen Zylinder auf. Ich saß schräg hinter ihm

* heute Dún Laoghaire bei Dublin

und konnte nur ein Stück von seinem Gesicht sehen, aber ich hatte den Eindruck, daß er Hicks-Beach anlächelte, und der sah aus wie ein soeben Erstochener. Eine Bande von mit Fackeln und Enterhaken bewaffneten Feniern schien ins Parlament eingebrochen zu sein. Wir hatten einige, die als Fenier galten, Biggar und Power, und auch sie schienen ihn mit ganz neuen Augen zu sehen.

Und ich glaube, deshalb hat er es auch gesagt. Wo dieser Fuchsjäger aus Wicklow seine politische Gerissenheit hernahm, ist genauso mysteriös wie alles andere an ihm. Er meinte überhaupt nicht Hicks-Beach, sondern sandte eine Botschaft nach Irland. »Vertraut mir«, sagte er den Männern aus den Bergen, die sich vor zehn Jahren am glänzenden Fluß mit Piken und gestohlenen Gewehren versammelt hatten. »Ich bin kein Gentleman wie Butt, kein Opportunist wie O'Gorman, kein furchtsamer katholischer Junker, kein Lakai.« Kein Wunder, daß Gerüchte umliefen, er habe selber den Fenier-Eid abgelegt. Aber das stimmte natürlich nicht. In den folgenden Jahren hatte er mit den Feniern zu tun und hatte auch keine Einwände dagegen, sie an irgendwelchen ruhigen Orten zu treffen; aber das war alles nur eine Vernunftehe. Sie benutzten ihn, und er benutzte sie. Und wenn es überhaupt Loyalität gab, dann machte sie sich erst am Ende geltend, als er ein Gejagter war und mit dem Rücken zur Wand stand. Damals kamen sie gewissermaßen aus den Bergen und traten neben ihn. Die Fenier waren damals schon süchtig nach hoffnungslosen Aktionen; Parnell jedoch war anders. Er spielte, um zu gewinnen.

Von Holyhead nach Kingstown. Im Licht des Morgens, perlgrau im dünner werdenden Nebel, erheben sich vor einem die Berge, die Berge von Dublin und die Berge von Wicklow, und die Stadt ist irgendwo sicher vor den Blicken verborgen, zwischen Wasser und von Heide lila gefärbtem Hügel. Wieviel Zeit in unserem Leben verbringen wir wohl auf dieser Reise, Holyhead nach Kingstown, Kingstown nach Holyhead, Dublin nach London, Irland nach England, und dann wieder zurück? Dein Vater und ich sahen zu, wie der Himmel heller wurde. Wir waren wieder an Deck gegangen und spazierten eine Stunde oder so hin und her, ungestört vom Major. Dein Vater war natürlich kein Parlamentsmitglied, er nahm seine Mahlzeiten im Temple ein, war aber fast genauso tief in die Politik verwickelt wie ich selber. Und wir beide beschlossen, daß ich mich Parnell anschließen sollte, wir schüttelten uns darauf sogar die Hände, wir beiden wichtigtuerischen jungen Patrioten. Aber ich konnte mir dieses Spiel leisten, weißt du. Mein Sitz war sicher, schon mein Vater hatte ihn innegehabt, die O'Clerys waren immer schon eine Familie, die keinen Fingerbreit wich. Und während wir so redeten, erhob sich Irland vor uns, eine westliche Insel, eine schwache Linie am breiter werdenden Himmel, Braun unter Korallenrot, Lachsrot.

Jetzt, im Connemara der Ferien von 1904, war es für Prentiss unmöglich, sich diese Szene vorzustellen, die O'Clery ihm da beschrieben hatte: Verteidiger und Parlamentsabgeordneter O'Clery, Dämmerung auf der Irischen See, er lehnt sich an die Eichenreling, hält durch den Nebel, durch die Dunkelheit Ausschau nach dem ersten Anblick des Hill of Howth, dem Zuckerhut. Als er O'Clery jetzt mit familiärer Zuneigung, mit wissenschaftlicher Vorsicht betrachtete, sah er nur einen in die Jetztzeit versetzten Major O'Gorman. Es war unmöglich, durch das Fleisch hindurch mit spektroskopischen Augen den jungen Mann zu sehen, der zur nächsten Parlamentsperiode zurückgekehrt war, zur Periode von 1877, ein eingeschworenes Mitglied von Parnells Gruppe, entschlossen, Butts Politik der Mäßigung zu Fall zu bringen. Und doch stand es alles im Hansard: Biggar sprach bis zur Erschöpfung, dann übernahm O'Clery, oft wurden die Geschäfte des Parlaments tagelang davon blockiert. Er verdiente sich sogar eine Karikatur in *Vanity Fair*, die bei Prentiss zu Hause in der Bibliothek gehangen hatte – »Behinderungs-O'Clery« nannte ihn der Karikaturist Spy, und die Zeichnung zeigte einen gepflegten jungen Mann mit sanft schwellendem Bäuchlein unter knappsitzender Weste und einer kahlen Stelle von der Größe einer goldenen Guinea. »O'Clery«, lautete die Unterschrift, »einer von Mr. Parnelles tapferer Schar hibernischer Redenhalter, die ihre geliebte Insel dadurch befreien wollen, daß sie das Unterhaus in Schlaf versetzen.«

Ja, sagte O'Clery, das war im Rauchsalon im Morrison, an der Ecke Dawson/Nassau Street. Parnell stieg fast immer dort ab, und deshalb war mindestens ein Jahrzehnt lang der Rauchsalon ein unoffizielles lokales Parlament, was dem Hoteldirektor nicht unbedingt recht war, weil der Landadel nun ausblieb und ihre Kundschaft Russel, dem Shelbourne und dem Royal Hibernian vorbehielt.

Bob Delaney hatte an Davitt geschrieben, und Davitt hatte ihm kurz geantwortet. Nicht, daß Davitt im Hotel gewohnt hätte, damals nicht und noch Jahre später auch nicht. Damals war er recht knapp bei Kasse, die Organisation hatte ihm eine kleine Summe vorgeschossen, und er verdiente ab und zu mit Vorträgen über seine Erfahrungen im Gefängnis noch etwas dazu.

Als Bob eintrat, saß ich mit Davitt und Sexton und Egan und einigen anderen an dem großen runden Tisch in der Ecke. Ein Kellner zeigte ihm von der Tür aus, wo wir saßen, und er kam sofort zu uns herüber. Nicht, daß es ihm schwergefallen wäre, Davitt zu finden, der wie immer schräg am Tisch saß und seinen leeren Ärmel im Schatten hielt. Vor uns anderen standen Portweingläser, wie ich dir gerne erzähle, und eine fast leere Flasche von dem sehr anständigen abgelagerten Portwein, den Morrison damals führte. Den findest du heutzutage nirgendwo mehr. Ich weiß nicht, warum. Aber Davitt saß vor seinem großen Glas Gingerale, er war ein fanatischer Temperenzler. Wenn das Gefängnis daran schuld ist, dann möge Gott uns davor bewahren.

Delaney stellte sich vor, und Davitt bat ihn, sich zu uns zu setzen. Delaney trug einen dunklen Anzug, auf den er ziemlich stolz zu sein schien – sicher, weil er ihn von der Stange gekauft hatte, statt ihn von einem der wandernden Schneider nähen zu lassen, die eine Landplage in Munster sind. Er war ein angenehmer, beredter Bursche, rotblonde Haare und ausgeprägte, gleichmäßige Züge, und trotz seiner Nervosität hatte er ein bereitwilliges Lächeln. Wir baten den Kellner um ein weiteres Glas.

Einige Minuten lang drehte unser Gespräch sich um gleichgültige Themen – die Ursachen des schlechten Wetters im Südwesten und so weiter.

»Im Westen gibt es ebenfalls eine Mißernte, wie wir gehört haben«, sagte Delaney. Er hatte einen schnellen, abschätzenden Blick, und er ließ ihn von einem zum anderen und im ganzen Zimmer herumwandern und registrierte die Vorhänge vor den Fenstern, die Tische und eine Gruppe von Handelsreisenden am anderen Ende des Salons. Aber sein Blick kehrte am Ende immer wieder zu Davitt zurück.

»Eine Mißernte«, sagte Davitt. »Ich habe schon einmal eine gesehen, vor vielen Jahren, als Kind. Da ist kein Irrtum möglich.«

Für einen Moment schienen die Kindheit in einer englischen Industriestadt, die Jahre im Gefängnis wie weggeblasen zu sein. Ein kleines Kind aus einer ruinierten Familie stand auf einer Straße in Mayo. Nur einen Moment lang.

»Sie sind selber kein Farmer, Mr. Delaney?« fragte Sexton.

»Nein, ich bin Anwalt«, antwortete Delaney. »Aber meine Mandanten sind fast alle Farmer. Und meine Brüder. Ich komme aus einer Bauernfamilie.«

»Wer tut das nicht«, meinte ich, »in diesem Land?«

Als der Kellner das Glas brachte, gab Sexton ihm ein Zeichen, Delaney einzuschenken, was dieser dankbar annahm, dann ließ er das Glas jedoch unberührt vor sich stehen.

»Sie waren sicher nicht immer Anwalt, nehme ich an«, sagte Davitt.

»Nicht immer«, bestätigte Delaney. »Ich habe als Ladengehilfe in Kilpeder angefangen.«

»Und Sie waren auch nicht immer Ladengehilfe«, ergänzte Davitt. »Mr. Delaney war einst wie ich ein Knastbruder.«

»Nur einige Monate lang«, sagte Delaney. »Vor zwölf Jahren. Nicht so wie Sie, Mr. Davitt.«

Davitt nickte und musterte Delaney mit seinen dunklen, eingesunkenen Augen. Er trug damals einen langen Schnurrbart, der zu beiden Seiten seines Mundes hinunterhing. Wie sieben Jahre im Gefängnis wohl sind? Unvorstellbar. Und doch konnte er leicht genug darüber reden; irgendein Ereignis weckte eine Erinnerung, die er dann mit ruhiger, tonloser Stimme vortrug. In diesem Zimmer, im Rauchsalon im Morrison, sind Davitt und Parnell einander zum erstenmal begegnet. »Ich könnte es nicht durchhalten«, sagte Parnell, als vom Gefängnis die Rede war. »Es würde mich um den Verstand bringen. Ich würde einen Wärter umbringen, um gehängt zu werden, statt diese Qualen erleiden zu müssen. Einsamkeit und Stille sind zu entsetzlich, um daran zu denken.« Eine seltsame Bemerkung. Ich habe später oft darüber nachgedacht. Wir denken an Parnell als einen Mann des Schweigens, der Einsamkeit, und an Davitt, den Davitt jener Jahre, als jemanden, der immer in Gesellschaft anderer ist und der redet und debattiert.

Natürlich, dachte ich, und die Namen *Kilpeder* und *Delaney* fügten sich endlich in ein Muster ein. Ich hörte in Gedanken Fetzen von der Ballade, ›full sixty men from Kilpeder town to the hills above did go‹. Delaney und ein anderer, ihr Anführer, dachte ich. Bauernburschen, Ladengehilfen, eine Handvoll Yankee-Offiziere. Schnee hatte die Bergpässe abgeriegelt, hatte ihnen den Rückzug versperrt. Nolan, dachte ich, so hieß er, Ned Nolan. ›With brave Nolan to lead on the van.‹ Jetzt war Delaney ein Landanwalt und war für einen Tag nach Dublin gekommen. Warum?

»Wie ich Ihnen geschrieben habe, Mr. Davitt«, sagte er, »ich wäre dankbar, wenn Sie eine Stunde für mich Zeit hätten.«

»Aber mit dem größten Vergnügen«, erwiderte Davitt und öffnete auf der Tischplatte seine Hand.

»Vielleicht paßt es Ihnen ein andermal besser«, meinte Delaney. »Wenn es für Sie keine große Rolle spielt.«

»Warum nicht jetzt«, erwiderte Davitt. »Diese Herren hier und ich haben uns nach einigen anstrengenden Tagen nur eine kleine Entspannung gegönnt.«

Aber Delaney saß stumm und stur da, hatte seine Knie leicht geöffnet und klemmte die Hände dazwischen. Nach vielleicht ein oder zwei Minuten lächelte Davitt endlich und sagte: »Nun gut, Mr. Delaney«, stand auf und führte Delaney zu einem kleinen Tisch zwischen verhängten Fenstern.

»Meine Herren«, sagte ich zu Egan und Sexton. »Das ist ein Affront.«

Aber Sexton war ein alter Hase. »Nein«, sagte er. »Aber wir sind keine Mitglieder der Organisation.« Er dehnte das Wort mit spöttischer Betonung.

Ich habe gehört, Davitt sei in jenen Tagen nicht nur Mitglied der Organisation gewesen, sondern habe sogar zu ihrem Obersten Rat gehört. ›Die Firma‹ nannten sie sich damals. Davitt war Mitglied der ›Firma‹. Und Bob Delaney war damals noch zahlendes Mitglied der Bruderschaft. Das mag ironisch klingen, wenn wir bedenken, was sich nachher herausstellen sollte, aber es steht fest, daß Delaney sich an Davitt als ein Fenier an den anderen wandte. Und doch mißtraute die Organisation, wie die Welt bald entdekken sollte, der Liga, die Davitt organisieren wollte, und deshalb wurde er dann auch bald aus dem Obersten Rat verbannt.

Als Sexton und Egan und ich schließlich die Tafel aufheben wollten, hatten Davitt und Delaney ihre Stühle aneinandergerückt, und ab und zu nickte einer von beiden. In diesen kurzen

Jahren geschah alles leicht, und vieles wurde improvisiert. Aber dennoch sagt es etwas über Bob Delaney, daß er es übernommen hatte, in West Cork die Land League zu organisieren, und daß er sich sofort an Michael Davitt um Unterstützung gewandt hatte. Später, gegen Ende der 80er Jahre, wurde oft behauptet, Bob Delaney sei einer der kommenden Männer und würde einen hohen Rang einnehmen, sobald Home Rule gewonnen wäre und wir unser altes Parlament am College Green zurückerhalten hätten. Das war auch nicht unwahrscheinlich, obwohl es dann für das Land und für den armen Delaney anders kommen sollte. Aber als ich in der Tür stand und ihnen zum Abschied zuwinkte, sah ich, wie ich eingestehen muß, einen gleichzeitig scheuen und dreisten Landanwalt von steifem Auftreten. Und Davitt beugte sich zu ihm vor. Unsere alte Partei, Butts Partei von »hibernischen Gentlemen«, wurde herausgefordert, von diesen Burschen von außen und von Parnell von innen.

Prentiss hatte Fotografien von Delaney gesehen, in einem schweren Album aus rotem Kunstleder oder zusammen mit anderen in einer Schachtel. Eines war ein Hochzeitsbild, Agnes saß gerade und nachdenklich da, kleines, festes Kinn und ruhige Augen, und Delaney stand neben ihr und hatte ihr leicht die Hand auf die Schulter gelegt. Er senkte seinen Kopf und sah sie an, nicht die Kamera. Ein anderes Bild, ein Bruststück diesmal, zeigte ihn, wie er, nach MacMahons Aussage, damals wirklich ausgesehen hatte, und er trug zweifellos den Anzug, den O'Clery beschrieben hatte, und eine sorgfältig gebundene Krawatte, während seine wirren hellen Haare mit Wasser gebändigt worden zu sein schienen.

Es gab ein Gruppenbild von allen, aufgenommen am Fluß: Delaney und Agnes, das Ehepaar MacMahon, und Vincent Tully. »Da wären wir«, hatte MacMahon gesagt, als er es Prentiss gereicht hatte, »wir alle zusammen.« Sie picknickten, offenbar im Hochsommer, die Bäume waren reichbelaubt, und ein großes weißes Tischtuch war auf dem zum Fluß hin abfallenden Boden ausgebreitet. MacMahon und Delaney trugen keine Hüte, streckten sich auf dem Boden aus und stützten den Kopf in die Hand; Tully stand, eine Hand ruhte an einem Ulmenstamm, seine Augen wurden von einem breitkrempigen Hut überschattet, den er, wie MacMahon sagte, aus Italien mitgebracht hatte. Die beiden Frauen saßen steif nebeneinander und hatten die Hände in den Schoß gelegt. Mary MacMahon lächelte leicht, sie hatte ihre Augen in der Sonne zusammengekniffen. Von den Blättern gefiltertes Sonnenlicht fiel über die Szene.

»Es ist seltsam«, hatte MacMahon gesagt, »wie die Kamera die Vergangenheit verfälscht, indem sie sie festhält. Hier sehen Sie uns alle, an einem Augustsonntagnachmittag in den 80er Jahren. Und das wird immer so bleiben, bis irgendwer diese Schachtel mit Bildern wegwirft. Eine Flußufer-Pastorale. Und doch war es der Sommer, in dem Vincents heftige Auseinandersetzungen mit seinem Vater über Geld anfingen, sein Vater war zwar nachsichtig wie immer, es ärgerte ihn jedoch, daß Vincent überhaupt keine Anstalten machte, zur Ruhe zu kommen, sondern dem alten Mann immer wieder Geld für Reisen nach Europa oder für ein Jagdhaus abschmeichelte, in dem er seine liederlichen Freunde aus dem Landadel unterhalten wollte. Und Bob, sehen Sie ihn sich doch an, liegt hier gemütlich ausgestreckt; aber in diesen Monaten beanspruchte die League all seine Aufmerksamkeit. Wir mußten ihn wirklich umschmeicheln, damit er sich für diesen Sonntag frei nahm. Dieser Nachmittag hatte einen unangenehmen Beigeschmack. Es war nicht ruhig, obwohl es hier auf dem Bild, im Schatten der Ulmen, so aussehen mag. Ein anderes Bild gehört dazu; wir sitzen alle steif und befangen in einer Reihe, meine beiden Jungen zu meinen Füßen, Tom lehnt seinen Rücken an meine Beine, und Agnes hat Conor, der damals noch ein Baby war, auf dem Arm. Sein Gesicht ist nicht zu sehen, versteckt hinter einer riesigen Spitzenhaube. Ich weiß nicht, wo dieses Bild abgeblieben ist. Es war kein ruhiger Sommer, für uns nicht und für das Land nicht.«

»Aber es war doch nicht der Sommer der großen Boykottaktionen«, sagte Prentiss.

»Nein«, antwortete MacMahon. »Die kamen später. Im Sommer 81. Aber die Räder hatten sich in Bewegung gesetzt. Die Land League jagte alles vor sich her, wie Flammen in einem Herbstwald. Es fing alles so plötzlich an – hier in Cork jedenfalls –, und nur wenige von uns hatten eine Vorstellung davon, wohin uns das alles führen würde. Und 80 war ein schreckliches Jahr für die Leute hier, wissen Sie. Die Zustände waren grauenhaft, aber die

Grundbesitzer taten nichts; es gab nur wenige Pachtsenkungen. In vielen Gegenden von Munster – allerdings Gott sei Dank noch nicht in unseren Baronien – kam es zu Räumungen, zu Landgrabschereien und allem, was dazu gehört. Und auch die Regierung unternahm nichts, sondern überließ es privater Wohltätigkeit, die Armen zu ernähren. Und wie immer bestand für uns alle die schreckliche Angst, der große Hunger könnte zurückkehren. Nur nicht für Schulmeister und Anwälte und Kaufmannssöhne. Wir hatten unsere Sonntage an der Sullane, mit ausgebreitetem Tischtuch, mit Fleisch und gekochten Eiern und Brathuhn. So hält die Kamera uns fest, eingefroren in der Zeit, während das Papier vergilbt.«

»Aber er beobachtete gut, wie die anderen sich betrugen, unser Bob Delaney«, sagte Myles O'Clery. »Ein halbes Dutzend Jahre später im Unterhaus machte er seiner Nation alle Ehre, wie die Phrase lautet. Seinen West-Cork-Akzent verlor er allerdings nie ganz, und seine Redeweise, rasch und abrupt, herausfordernd, änderte sich nie. Er war von schlauem Witz, wissen Sie, ein sardonischer Bursche. Aber er fühlte sich wohl im Unterhaus, und er hätte sich in einem Salon in Mayfair bestimmt nicht blamiert. Natürlich hatte er inzwischen den Vorteil eines hervorragenden Unterrichts gehabt, doch je weniger wir darüber sagen, desto besser.«

Ihr Weg hatte sie an die Mannin Bay geführt, die durch einen Streifen rötlichen Sandes von ihnen getrennt war. Es war früh am Abend, und hinter der Bucht, auf dem dunkler werdenden Atlantik, hielt ein Schleppnetzfischer langsam auf Galway zu. Schwere Wolken hingen tief über dem Wasser, über den Hügeln, über den flachen Feldern, die sich zu beiden Seiten ausbreiteten. Die Sonne schien zwar, aber trotzdem fiel ein leichter Sprühregen.

O'Clery warf einen Blick auf seine Uhr und klappte ihren Dekkel auf. »Sechs«, sagte er. »In einer halben Stunde kommt Kevin mit dem Einspänner.«

Er hielt Prentiss die Uhr hin und löste sie aus einer feingliedrigen Goldkette. »Eine schöne Uhr, findest du nicht? Ein bißchen protzig vielleicht, aber hol's der Teufel.« Prentiss fühlte das Gewicht der Uhr in seiner Handfläche, seine gekrümmten Finger folgten den filigranen Gravuren auf dem offenen Deckel. Die römischen Ziffern hoben sich klar und elegant vom weißen Untergrund ab. Ein Regentropfen fiel zwischen III und IV auf das Zifferblatt. Rasch wischte Prentiss ihn ab und ließ die Uhr zuschnappen. Die Gravierungen, das sah er jetzt, umrahmten das Bild eines gestellten Hirsches auf einem Bergkamm. Er gab sie O'Clery zurück.

»Ein Geschenk unserer Partei, vor einigen Jahren«, sagte O'Clery. »Ein Vierteljahrhundert treuer Dienste in Westminster, unserer Nation gebrachte Opfer. Verdammt wenige Opfer, wenn du die Wahrheit hören willst, aber es hat sich schön angehört.«

Er zeigte mit seinem Stock über die Straße auf einen breiten, flachen Felsen. »Wir können uns gemütlich dorthin setzen«, sagte er, »während wir auf Kevin warten. Kevin ist ein guter Junge und hat einen guten Kopf für die Juristerei – aufmerksam und klug und ohne jegliche Phantasie.« Ein grimmiges väterliches Lächeln, ein Teil Liebe, ein Teil Spott.

Der Fischkutter auf dem Weg nach Galway war nur noch ein Umriß vor dem dunkler werdenden Horizont. In geselligem Schweigen beobachteten Prentiss und O'Clery ihn, während sie auf Kevin O'Clery und den Einspänner warteten.

18

[Lionel Forrester]

Farbe und Form. Sanftes Braun, sanftes Grau, zart wie ein Herbstnachmittag, Blau so leicht wie Blütenblätter. Die Formen schienen von der Logik der Notwendigkeit auferlegt, damit die Farben nicht ihre Reinheit verlören, einander bekämpften. Doch schon auf eine Entfernung von wenigen Fuß hin lösten Farben und Formen sich voneinander, wurden Fluß, Pfad, eine Allee aus tiefhängenden Ulmen.

»Das ist unser Fluß, dein Fluß«, sagte ich zu Tom. »Die Sullane. Hier in Kilpeder.«

Sonnenlicht fiel in großen Lichtflecken auf das Wasser, Apfelgrün, das sich dickfaserigem Waldgrün und mit weißen Wildblumen gesprenkeltem Gras näherte.

»Es gefällt mir«, erwiderte Tom. »Das hier gefällt mir. Deshalb wollte ich es dir zeigen.«

Es war ein schönes Zimmer zum Malen, vom Sonnenlicht durchflutet. Tom hatte die Staffelei, auf der das Bild stand, vor die hohen Fenster zum Terrassengarten getragen, hinter dem ich den Fluß selber sehen konnte, einen silbernen Strich im Morgenlicht.

»Es ist wunderschön«, sagte ich. Und das stimmte: Wunderschön waren die Farben, die er ausgesucht hatte, und wunderschön hatte er sie arrangiert. Insgeheim jedoch hatte ich das Gefühl, daß etwas fehlte, nicht nur auf diesem Bild, nicht nur in allen seinen Bildern, die Tom mir gezeigt hatte, sondern in der gesamten Schule, bei der er Führung und Anleitung suchte. Und damit gebe ich mich als reinen »Spießer« zu erkennen, ein peinliches Geständnis für jemanden, der stolz darauf ist, selber eine Art Künstler des Wortes zu sein, und der Worte, seine Farbtöne, mit gebührender Rücksicht auf ihr Gewicht, ihre Farben, ihre sagenhafte Geschichte wählt.

Tom schenkte mir sein rasches, gerissenes Lächeln, als ob er nicht nur mein konventionelles Lob, sondern auch meine unausgesprochenen Zweifel gehört hätte. Das Zimmer war kühl, er trug eine kurze Tweedjacke und hatte die Ärmel aufgekrempelt, als er an seinem überfüllten Arbeitstisch stand und Pinsel reinigte. Die Tischplatte aus Tannenholz zeigte ein durch Zufall entstandenes Wappen: Spritzer von Kobalt, Zinnober, Obsidian, Ocker.

Er zeigte mit einem Pinsel auf das Fenster. »Da hinten«, sagte er, »hinter dem echten Fluß, wie du das nennen würdest, ist einer unserer Pächter angeschossen worden. Ein Mann namens Michael Tobin. Es ging um Land.«

»Es geht immer um Land«, sagte ich. Und das stimmt, ob wir uns nun hier befinden, auf Sizilien oder in den Pyrenäen.

»Ja«, meinte Tom, »aber diesmal sind wir in den Fall verwikkelt. Chute hatte vor, einen Bauern namens Docherty von einer unserer Farmen evakuieren zu lassen, von einer der besseren, und die Pacht dann Tobin zu übertragen.«

Ein häßliches Wort: evakuieren. Sein lateinischer Ursprung war in Irland längst in Vergessenheit geraten, und seine Erwähnung beschwor Bilder herauf von den »Brechstangenbrigaden« mit ihren Spitzhacken und Vorschlaghämmern, drei oder vier berittenen Polizisten zu ihrem Schutz, von Männern und Frauen am Straßenrand, die Frauen vielleicht barfuß, von Kindern, die sich an ihre Röcke klammerten. Bisher war ich niemals Zeuge einer solchen Szene gewesen, aber das war auch gar nicht nötig. Zu Evakuierungen gehörten feste Bilder in unserer Phantasie, und zwar bei jedem von uns.

»Der Mann, der auf ihn geschossen hat, heißt auch Michael«, fuhr Tom fort. »Michael Docherty. Er sitzt jetzt in Cork im Gefängnis.«

»Kennst du ihn?« fragte ich. »Oder einen von beiden?«

»Ich kenne keinen von ihnen«, antwortete er und stellte den Pinsel in seinen Topf. »Ich kenne die Dienstboten, die Kutscher, die Wildhüter, die Verwalter, den Flußwart. Die Pächter nicht. Als Sylvia und ich hergekommen sind, nach unserer Hochzeit, als wir die Domäne geöffnet und in den Scheunen Porter und Punsch serviert haben, waren sie alle hier, Docherty und Tobin waren zweifellos auch dabei. Die besten Freunde. Nein, ich kenne meine Pächter nicht. Kennst du die von deinem Vater?«

»Aber sicher«, sagte ich. »Natürlich. Aber unser Gut ist ja auch klein.« Als kleiner Junge war ich einmal mit meiner Mutter im Dogcart zu einer alten Pächterin gefahren, einer Frau namens Harris. Meine Mutter brachte ihr einen Korb mit Kuchen, Sülze, Marmelade, einem Brathuhn. Sie hatten das Bett der alten Frau dicht ans Feuer geschoben, und sie saß von Kissen gestützt aufrecht darin. Ihre weißen Haare flossen über das Kissen. Sie hatte wäßrige Augen. Sie jagte mir Angst ein. Eine Frau mittleren Alters, ihre Tochter oder eine Nachbarin, saß neben dem Bett. Als wir hereinkamen, sprang sie auf und machte einen sehr, sehr tiefen Knicks. Ich versteckte mich hinter meiner Mutter, und sie sagte kurz und munter »da wären wir«. Sie setzte sich auf den Stuhl neben dem Bett. Auf einem Tisch gab es ein Glas Wasser, einen Rosenkranz und eine Photographie in einem hölzernen Rahmen. Es zeigte einen Soldaten mit wütendem kriegerischem Schnurrbart, Schnurverschluß und hohem, steifem Kragen. Während meine Mutter sich mit der alten Frau unterhielt, starrte ich den Soldaten an und stellte mir die Länder vor, in denen er gekämpft hatte.

»Chute und ich haben darüber gesprochen«, sagte Tom. »Nicht gerade in aller Freundschaft, fürchte ich.« Er rollte seine Ärmel wieder herunter und rückte den Kragen gerade. »Du weißt, Chute ist ein anständiger Bursche – ehrlich, fair den Leuten gegenüber. Aber er ist selber auch ein kleiner Junker, die meisten Verwalter sind das inzwischen, und offenbar haben sie sich zusammengerottet und beschlossen, keinen Pachtnachlaß zu gewähren. Das hat den ganzen Ärger verursacht, und deshalb hat Docherty Tobin angeschossen.«

Danach gingen wir zu Sylvia ins Morgenzimmer, doch in der Tür drehte Tom sich noch einmal um, um einen Blick auf sein Atelier zu werfen. Vielleicht lag sein wahres Leben in diesem Zimmer, ein Leben aus Öl, Farben, Pinseln. Bilder der Franzosen, in die er so verliebt war, hingen zwischen den hohen vorlanglosen Fenstern, Farben und Formen, Formen und Farben. Wenn er dieses Zimmer verließ, dann verließ er sich selber.

Das Morgenzimmer lag in Morgenlicht gebadet. Das Licht streifte die feinen Tapeten, die es gegeben hatte, solange ich mich erinnern konnte, ausgesucht von einer anderen Braut, von Isabel: Pagoden und kleine hochbögige Brücken, Damen mit Sonnenschirmen, leicht skizzierten undeutlichen Gesichtern. Sylvia war nicht hier, aber eins der Mädchen kam hinter uns ins Zimmer und brachte ein Kaffeeservice aus Porzellan. Sie stellte es auf dem langen, flachen Tisch ab. Tom schien sie nicht zu bemerken. Er war ans Fenster getreten und stand nun da, eine Hand ruhte auf der weißen Fensterbank. Ich bedankte mich, und sie machte einen Knicks, ein junges Mädchen mit sympathischem Gesicht.

Hinter dem Fenster konnte ich jetzt, als ich darauf zuging, sehen, daß Sylvia durch die Gärten zu uns unterwegs war. Sie hielt in einer Hand ein Buch und schürzte mit der anderen leicht ihren Rock. Ihr Kleid war dunkelrosa gehalten, ein Morgenkleid, und sie trug einen lose gebundenen breitkrempigen Strohhut. Ein langer Reitmantel hing offen über ihre Schultern.

Ein Herbstgarten. Vergilbte Blätter und Blüten, vom Wind zerzaust, lagen über die Kieswege verstreut. Der Morgennebel hatte sich noch nicht ganz verzogen; er klammerte sich an die hohen Büsche am Wegesrand. Sylvia ging langsam – eigentlich schlenderte sie –, und nun blieb sie stehen und bückte sich über einen Rosenstrauch. Sie legte ihr Buch auf den Weg und berührte den Strauch mit beiden Händen. Der Herbst paßte zu ihr. Alle Jahreszeiten paßten zu ihr, nur der Winter nicht.

Wir warteten auf sie, und als sie uns erreicht hatte, schenkte sie Kaffee ein, ließ dann die Untertasse auf dem Tisch stehen und hob ihre Tasse mit beiden Händen hoch, nippte daran und blickte mich über den Tassenrand hinweg an. »Sonst bist du nie so früh aufgestanden, Lee«, sagte sie. »Du hast dir irgendwo schlechte Gewohnheiten zugelegt. Aber sicher nicht in Italien?«

Noch ehe ich antworten konnte, sagte Tom: »Ich habe mit Lee geredet. Über Chute und über Docherty und Tobin.«

»Ach?« fragte sie. »Das überrascht mich nicht. In der ganzen letzten Woche hat er über nichts anderes gesprochen, Lee.«

»Nun«, sagte Tom. »Es ist eine traurige Geschichte. Warum sollte ich mich nicht betroffen fühlen? Einer unserer Leute ist angeschossen worden, der andere sitzt im Gefängnis, und irgendwie sind wir daran schuld. Weil Chute – in unserem Interesse, nicht zu vergessen – eine Räumung angeordnet hat, und weil dieser elende Tobin bereit war...«

»Das Land zu grabschen«, vollendete ich. »Er hätte wahrscheinlich nicht viel davon gehabt. Die Leute hier haben den Aberglauben, daß ein Grabscher nie Glück mit seinem Land hat. Ich weiß noch, als ich ein Junge war, passierte auf einem Gut bei uns in der Nähe...«

Aber ich unterbrach mich, denn zufällig waren Sylvias und mein Blick einander begegnet, und ich wußte, wie durch Zauber, was wir beide dachten. Und sie wußte das auch, denn sie lächelte. Wir dachten beide, daß wir die Kinder kleiner Grundbesitzer waren. Mein Vater hatte keinen Bevollmächtigten gehabt, ein Verwalter hatte ihm gereicht, und bei meinem Bruder war das jetzt auch nicht anders. Und Sylvias Vater hatte während seiner Armeejahre die Verwaltung seines Gutes einem Anwalt in der Stadt übertragen. Ich erinnerte mich an den »Grabscher«, wie er genannt wurde; ob er wirklich einer war, kann ich nicht sagen: ein bärtiger Mann mit schlaffen Schultern, der immer lächelte, jedenfalls, wenn er mit uns sprach. Unsere Köchin erzählte mir einmal, daß er und seine Familie in der Messe ganz allein in einer Bank knieten und daß er niemals die Schenken besuchte, außer einer Shebeen an der Straße nach Mitchelstown, wo wirklich jeder bedient wurde. Und dort trank er sich zwei- oder dreimal pro Jahr zuerst in Wut und dann in Bewußtlosigkeit, und seine beiden ältesten Söhne schafften ihn nach Hause. »Und nichts ist ihm gelungen«, erzählte die Köchin meinem Bruder und mir, »seit er diese Farm übernommen hat.« Aber wann immer ich ihn sah, lächelte er, und wenn unser Einspänner ihm auf der Straße begegnete, dann riß er sich den Hut vom Kopf, drückte ihn mit beiden Händen an seine Brust, und das Lächeln zerriß seinen schwarzen, verfilzten Bart.

»Ja?« fragte Tom ungeduldig. »Als du ein Junge warst?«

»Ich werde offenbar alt«, sagte ich. »Verliere mich in Anekdoten. Aber Tom, Chute ist doch sicher kein harter Mann. Er ist fair, das sagst du selber.«

»Docherty war arg im Rückstand«, berichtete Tom. »Zwei Jahre. Und in diesem Quartal hatte er nichts. Wir hatten doch jetzt drei elende Mißernten hintereinander, und die haben ihm das Genick gebrochen.«

»Tobin aber nicht«, meinte ich. »Docherty hat Tobin erledigt, nicht das Wetter.«

»Es ist ein miserables System«, sagte er.

»Stimmt.«

»Aber daran sind wir nicht schuld«, sagte Sylvia. »Niemand von uns ist daran schuld – und auch nicht Chute oder diese beiden armen Burschen.«

Tom wandte seinen Blick von uns ab und blickte hinweg über Terrassen, Garten, Fluß, die Stadt selber. »Das System«, sagte er. »Als ob alles, was wir tun, was von uns getan wird und was uns angetan wird, vom System ausginge – eine Mißernte, Evakuierungen, Schüsse und Verwundete. Hypotheken und Bankrotte, Jungen, die sich anwerben lassen, um gegen die Zulus zu kämpfen, ein verfallenes Gut. Alles ist das System.«

Es war, gekleidet in diese ausländischen Ausdrücke, eine Karikatur der Maschinen aus dem 18. Jahrhundert, die die Menschheit verbessern sollten, Räder und Kolben und Zahnräder, und die am anderen Ende Dandies, Handwerker, Schornsteinfeger ausspuckten. Verfallene Güter, hatte Tom gesagt, und ich erinnerte mich an eines zu Hause: Torpfeiler, auf denen lustige Sandsteinaffen hockten und sich die Pfoten vor die Augen schlugen, von dort eine kurze Auffahrt zu einem dachlosen Gutshaus, dessen Fenster durch die Steine von Bengeln zerbrochen waren, eine Regenrinne hing lose herab.

»Dieses ganze System«, wiederholte Tom. »Ihr wißt, womit wir es jetzt zu tun haben? Mit einer neuen Hungersnot, der Hunger kommt zurück, wenn wir nicht vorsichtig sind. Alle Anzeichen sind vorhanden. Ich weiß noch, wie mein Vater über die letzten Monate erzählt hat, als alles in der Schwebe hing. Das System. Es hat Mayo bereits verkrüppelt, und es wird nach Süden kommen. Diesmal ist es nicht die Fäule. Und wieder unternehmen weder die Regierung noch die Grundbesitzer etwas. Private Wohlfahrt – meine Güte! Die Herzogin von Marlborough sammelt in London Geld, indem sie Hauskonzerte organisiert. Meine Güte! Das System, wißt ihr, wird durch private Wohltätigkeit nicht weiter gestört.«

Ich hatte ihn noch nie so heftig oder so betroffen über eine politische Frage reden hören.

»Ein elendes System, Tom, das steht fest. Aber wir haben kein anderes.«

»Haben wir das nicht?« fragte er. Er hatte uns noch immer den Rücken zugewandt. »Haben wir das nicht? Ich habe Chute befohlen, alle Pachten um 40 Prozent zu senken, alle Rückstände für ein Jahr auszusetzen und in den nächsten sechs Monaten nicht zu evakuieren. Wollen doch mal sehen, was das System davon hält.«

Weder Sylvia noch ich sagten ein Wort, obwohl ich spürte, daß Tom sehnlichst auf eine Antwort wartete. Schließlich sagte ich, wie um das Schweigen zu brechen: »Ich bin kein Fachmann, was das System betrifft, Tom, kein Professor für politische Ökonomie. Aber ich kann dir sagen, was jetzt in Kilpeder passieren wird.

Außer zwei oder drei Großen wie dir, den Blakeleys von Grange und den Pendletons, sind die Junker in den Baronien nicht besonders solvent und hoch mit Hypotheken belastet. Der arme Mouser Lambert konnte für seine Töchter dieses Jahr keinen Ball geben. Und seine Teppiche sind ein Filigran von Löchern, wenn wir Dr. Johnstons Definition eines Netzes folgen wollen. Wenn er den Kurs einschlagen würde, den du dir selber gesetzt hast, dann würdest du ihn und seine Frau bald zum letztenmal sehen, auf einem Karren, mit allem, was bei der Auktion nicht verkauft werden konnte. Soll das einem Mann passieren, dessen Vater ein Freund deines Vaters war?«

»Ich habe diesen Kurs für mich selber gesetzt und für niemanden sonst«, sagte Tom. »Ardmor kann den Verlust gut tragen. Wir sind solide. Das gibt Chute zu.«

»Ach Tom«, meinte Sylvia schließlich. »Kannst du nicht weiter sehen als bis zu deiner Nasenspitze? Kilpeder kann nicht allein stehen. Ihr seid hier die große Familie, und alle erhoffen von Ardmor Führung. Jeder kleine Junker in den Baronien wird von seinen Bauern aufs Brot geschmiert bekommen, daß sie einen Anspruch auf dieselben Absprachen haben, die der Earl of Ardmor, Gott segne ihn, mit seinen Pächtern getroffen hat.«

»Aber hier liegen die Dinge doch ganz anders«, sagte Tom. »Das müssen sie doch sehen können.«

Ich lachte – etwas grob, fürchte ich. »Die Pächter sehen, was sie sehen wollen, und für den Rest sind sie blind. Und mit den Junkern ist es genau dasselbe. Die werden bloß sehen, daß du weich geworden bist, verrottet, so als ob du eine Papistin namens Bridget McGinn geheiratet hättest, daß du sie verraten hast, weil du dir das leisten konntest.«

»Du wärst ein stehender Vorwurf für sie, Tom«, sagte Sylvia. »Für deinesgleichen, wie sie es nennen würden. Und du kannst doch Chute nicht bitten, eine solche Politik zu betreiben, Maßnahmen, die ihn in den Bankrott treiben würden, wenn er sie für sein eigenes Land ergreifen wollte.«

»Und das ist noch nicht einmal alles«, fügte ich hinzu. »Ein Schuß wurde abgegeben, um das zu erreichen; ein Mann ist verwundet, und ein anderer wartet auf seinen Prozeß. Und als Folge dieses Schusses gewährt der große Junker der Baronie, der Hohe Lord, einen Pachtnachlaß. Das ist eine Geometrie, die die Bauern ganz ohne Euklid begreifen können.«

Tom blickte von einem zur anderen, in seinen Augen lag eine Art geistreicher Wut.

»Wie ihr sagt, ein System. Und für uns alle, hoch oder niedrig, gibt es nur eines, nämlich sich zu beugen. Vielleicht ist das System nur ein Totem. Aber deine Augen brauchen nicht blind zu sein, Lee. Reite doch an einem nebligen Morgen wie heute in die Boggeraghs; sieh dir diese elenden Felder an.«

»Ich habe sie gesehen«, sagte ich und zuckte hilflos die Schultern.

»In diesem oder jenem Haus«, fuhr Tom fort, »hörst du ganz selten einmal so nebenbei ein Wort über den großen Hunger vor dreißig Jahren. Oder du reitest an einem Hungergrab vorbei, auf dem Rückweg von der Jagd. Wir haben das zusammen getan, Lee, du und ich. Aber ich wette mit dir, daß in den Hütten nie die Rede davon ist; nur wenige Sagen haben mit dieser Zeit zu tun. Sagen und Märchen handeln von den Schrecken des Geistes, von Alpträumen, nicht von den wirklichen Schrecken der Geschichte.«

»Ich habe die Felder gesehen, Tom«, sagte ich leicht befremdet von seiner billig erkauften Tugend. Noch vor einer Stunde hatte er über die verschiedenen Stärken von Magenta diskutiert, hatte die Schatten von Blättern verglichen. »Du kannst eine solche Frage nicht so leichtfertig entscheiden. Es wird überall in den Baronien seine Wirkung tun, eine Wirkung, die du dir nicht überlegt hast.«

»Nicht leichtfertig«, widersprach er. »Durchaus nicht leichtfertig. Ich habe zu einer Besprechung aller Grundbesitzer gebeten und wurde sehr kühl darüber informiert, daß sie allesamt beschlossen haben, hart zu bleiben. Nächstes Jahr, vielleicht, können wir Nachlässe gewähren. Nächstes Jahr, wenn es noch eine Mißernte gibt. Aber vier Mißernten am Stück hat es wohl noch nie gegeben. Man könnte annehmen, daß sie ihre Geschäfte mit Hilfe des hundertjährigen Kalenders führen!«

»Machen sie auch«, sagte ich. »Einige jedenfalls. Tom, einige von ihnen stecken bis zum Hals in Schulden. Sie sind so übel dran wie ihre eigenen Bauern. Wenn sie ihre Pacht nicht bekommen, dann sind sie erledigt.«

»Aber ich wäre das nicht, und doch wollte Chute die erste Räumung in Ardmor durchführen. Und das dulde ich nicht.«

Sylvia hatte uns still, mit den Händen im Schoß, zugehört. »Tom«, sagte sie. »Wir kennen unsere Nachbarn nicht gut. Noch nicht. Wir sind zu oft und zu lange im Ausland.«

»Du wirst sie auch kaum kennenlernen«, sagte ich, »wenn Tom so weitermacht. Die Grundbesitzer sind ein Teil von deinem verdammten Euklid, Tom.«

»Was schlägst du mir denn vor, Lee?« fragte er ruhig.

»Ich war vor zwölf Jahren hier«, sagte ich. »In jenem März, dem März des Aufstandes. Du warst damals in Cambridge. Eine Besprechung der Adelsfamilien wurde einberufen, und ich bin hingegangen, als dein Stellvertreter gewissermaßen. Das war nach dem Waffenraub, und alle waren in Panik. Ich habe ihnen gesagt, die Armee und die Polizei wüßten doch sicher, was sie zu tun hätten, aber das wollten sie nicht hören. Sie waren davon überzeugt, daß die rote Anarchie auf der Türschwelle lauerte und daß ich bereit wäre, mich damit zu arrangieren.«

»Ja«, sagte er und ließ dieses Wort wie einen leichten Seufzer klingen. »Ja, ich weiß.«

»Ich bin mir da nicht so sicher«, widersprach ich. »Du hast ein Gut, das überall als groß gelten würde, außer vielleicht in Ungarn, und es ist mindestens drei Generationen lang für die Familie gut verwaltet worden. Du stehst nicht mit dem Rücken zur Wand. Nach der großen Hungersnot sind mindestens zwanzig kleine Junker aus der Nachbarschaft meines Vaters weggespült worden, und ich nehme an, daß das Gesetz über verschuldete Güter auch in Kilpeder zur Anwendung gekommen ist. Diese Männer – Chute und seine Freunde – sind keine Schurken aus einem Melodrama.«

»Ich frage dich noch einmal, Lee. Was schlägst du mir denn vor? Im nächsten Quartal wird Chute mit einer langen Namensliste zu mir kommen. Räumungskandidaten. Soll ich sie vertreiben lassen? Soll ich sie ins Arbeitshaus oder auf die Straße jagen lassen? Sag mir das!«

»Das kannst du nicht tun, Tom!« rief Sylvia plötzlich. »Tom! Lee! Mein Gott, das könnt ihr nicht tun!« Ihre Hand flog an ihre Kehle.

»Nein«, sagte Tom mit ruhigem Zorn. »Das werde ich auch nicht. Mein Vater hat nicht einmal in den schlimmsten Zeiten räumen lassen, und ich werde es auch nicht tun.«

Nein, dachte ich, Toms Vater nicht. Aber wie stand es mit seinem Großvater, der auch mein Großvater war, und mit unserem Urgroßvater, und weiter zurück durch die Zeiten bis zum ersten freibeuterischen Forrester, mit einem Freibrief von Elizabeth, der auf einen Kaperbrief hinauslief und der damals von Petty unterschrieben worden war? Mitleid kam spät in dieses Land, vielleicht in jedes Land.

»Es war sehr klug von Chute, nicht wahr«, sagte ich, »dafür zu sorgen, daß die erste Räumung auf dem Ardmorland stattfinden würde und nicht auf einer der Farmen eines kleinen Junkers? Er hat einen Sinn für Hierarchie, dieser Eddy Chute.«

»Den habe ich auch«, erklärte Tom.

Und dann wandten wir uns alle drei wie auf stumme Übereinkunft anderen Themen zu; ich weiß nicht mehr, welchen. Es ist seltsam, wie deutlich ich mich an das Porzellanservice erinnere und an Sylvias Hand, die darüber schwebte, so deutlich wie an unsere Unterhaltung, die gewaltige Folgen haben sollte. Ich bin überzeugt davon, daß die Erinnerung nicht macht, was sie will, von einer brutalen Gleichgültigkeit ist, sondern sie hat ihre eigene strenge Hierarchie, die uns verborgen bleibt.

Etwa eine Woche später, als ich geschäftlich in Dublin zu tun hatte, traf ich im Kildare Street Club Johnny Lynam. Warum ich meine Mitgliedsbeiträge dort immer noch bezahlte, weiß ich wirklich nicht, denn ich kam so selten nach Dublin, daß ich den Klub fast nie betrat. Sicher war der Grund, daß mein Vater gern dort gewesen war und mich zum Essen einlud, wenn ich in den Ferien aus Oxford nach Hause kam. Der Klub erinnerte mich an ihn – nicht durch sein Aussehen, weiß Gott, sondern einfach, weil wir zusammen dort gewesen waren; und vielleicht gab es dort ja einen Geruch, den ich mit ihm verband: guter Tabak, gepflegtes Leder und, im freudlosen Eßzimmer, der Duft von Braten, Rind oder Hammel, Dampf, der von den Kartoffeln aufstieg, ein Reispudding, den er immer zu mir herüberschob. Heutzutage würde mich wohl, wenn ich den Kopf zur Tür hineinsteckte, das erste Mitglied, das mich erblickte, mit einem im Südafrikanischen Krieg erbeuteten Djambak bearbeiten.

Eine Andeutung dieser Zukunft lag in meiner kurzen Unterhaltung mit Johnny Lynam. Ich saß in der Bibliothek, wie sie lachend genannt wird, las die *Saturday Review* und genoß eine Zigarre, als ich hörte, wie sich jemand in einen Sessel in der Nähe fallen ließ, der wie meiner Ausblick auf die Nassau Street und Trinitys Kricketgelände hinter dem hohen eisernen Collegezaun hatte. Ich blickte auf und begegnete Johnnys wütendem Blick.

»Hab gehört, daß Sie wieder hier sind«, sagte er. »Wohnen Sie bei diesem Cousin?« Warum Johnny Lynam sich in irgendeine Bibliothek gewagt haben sollte, kann ich nicht sagen, falls er nicht nach einem Artikel über Fliegenfischerei suchte. Ich kann auch seine telegraphische Redeweise nicht erklären, die die Pronomen unterschlug und typisch für seine Klasse war. Vielleicht hatten die Junker sie von der Armee übernommen, Botschaften, die in aller Eile hingekritzelt und weitergedrahtet wurden.

»Ja«, sagte ich in unbemerkter Nachahmung. »Schon fast einen Monat wieder hier.«

»Was hat er vor? Was hat Ardmor vor? Bin nicht der einzige, der das gerne wüßte.«

Ich erriet sofort, woran er dachte, sah ihn aber ausdruckslos an.

»Kapiert wohl nicht, daß wir sehr bald einen Landkrieg am Hals haben können. Hat in Mayo schon angefangen. Ich würde das, was dieser Bursche Davitt da treibt, als Kriegserklärung auffassen. Und was kann man auch erwarten – da entlassen sie einen rebellischen Fenier, was kann man da erwarten?«

»Sie sind ein bißchen schnell für mich, Lynam«, sagte ich. »Wir sprachen über meinen Vetter Tom. Tom ist kein Fenier, und im Gefängnis war er schon gar nicht. Er gehört dem Hochadel an, um es korrekt auszudrücken.«

»Kann mich irren, Forrester«, sagte er. »Könnten mich vielleicht korrigieren. Aber was ich gehört habe, in diesem Club und unten in Waterford bei meinen eigenen Leuten, ist, daß Ardmor die Zeit für gekommen hält, um gegen die anderen Grundbesitzer in der Baronie zu arbeiten. Verdammt mieser Zeitpunkt.«

»Es sind schlechte Zeiten«, sagte ich. »Für Grundbesitzer und Verwalter und Banken und Geldverleiher, aber für die Pächter sind sie unendlich viel schlechter. Ehe der Winter vorbei ist, wird die Hungersnot kommen. Ich kann nichts über Waterford sagen, aber so ist die Lage in West Cork. Ich bin erst heute morgen von dort gekommen.«

»Und können Sie auch über North Cork sprechen? Wird Ihr Bruder Ardmors großzügigem Beispiel folgen?«

»Nein«, sagte ich, »und vielleicht hätte ich überhaupt nichts sagen sollen. Ich bin schließlich kein Landbesitzer. Im Grunde kann ich mit Fug und Recht nur über den Stuhl sprechen, auf dem ich jeweils sitze.«

Was natürlich nicht ganz wahr war, denn obwohl ich mich mehr oder weniger mit meiner Feder ernähren konnte, gab es doch bei Doneraile und bei Mitchelstown ein paar verstreute Grundstücke, die einen beträchtlichen Unterschied machten, wenn ich jedes halbe Jahr meine Buchführung erledigte.

»Sie haben ja recht«, sagte Lynam, »die Zeiten sind wirklich schlecht. Sie haben recht. Wir wissen alle, was passiert ist...«, und er unterbrach sich, suchte nach einem Wort, schaute aus dem Fenster auf Trinitys abweisende Mauern und Gitter, seine kahlen Bäume, den kalten, verlassenen Cricketplatz – »was *damals* passiert ist.«

Aber unsere Generation wußte es zum Glück nicht. Wir waren damals noch nicht geboren oder in unseren Internaten gewesen. Wenige Geschichten wurden zu unserer Information erzählt. Es gab die grabsteinlosen Hungergräber, die Bergweiler mit ihren zerfallenen, leeren Hütten, mit ihren verrotteten Dächern und den verstreuten Steinen. Kryptogramme.

»Damals«, sagte ich.

»Aber jetzt nicht«, erklärte er. »Wir lernen aus der Vergangenheit. Und eine ruinierte Wirtschaft würde niemandem helfen. Uns nicht, und ihnen auch nicht.«

»Nicht einmal den Geldverleihern«, sagte ich.

Er überlegte einen Moment, dann lachte er. »Nein«, sagte er. »Nicht einmal denen. Also fahren Sie zurück nach Kilpeder und sagen Sie Ardmor, er soll ein braver, vernünftiger Junge sein. Er mag sich ja für einen – was noch, Geiger? Maler? – halten, aber er muß an seine Position denken. Jetzt müssen wir alle zusammenhalten, eh?«

»Ja«, sagte ich, »ich werde ihm von unserem Plausch erzählen«, und vergrub mich in der *Saturday Review*. Dieser ermüdende Mensch hatte natürlich nicht unrecht. Wenn Toms Plan, die Pachten zu senken, bereits in ganz Munster bekannt war, dann hatte er in ein Wespennest des Unmuts gestochen.

Johnny saß immer noch da, als ich mich zum Gehen erhob, sein Geist jedoch, ein zerbrechlicher Nachen, hatte sich anderen Themen zugewandt. »Drei glückliche Jahre dort verbracht«, sagte er und nickte über die Nassau Street zu Trinitys grauen Steinen hinüber. »Sie sind weggegangen, nach Oxford, nicht wahr? Froh, daß ich hiergeblieben bin. Kann mich nicht erinnern, auch nur eine verdammte Sache gelernt zu haben, aber das wäre in Oxford auch nicht anders gewesen. Burke, Swift, Goldsmith, Johnny Lynam – Trinitys mächtiges Heer!«

Als ich die Tür erreicht hatte, rief er hinter mir her: »Wenigstens waren Sie nicht in Cambridge. Cambridge hatte die Ehre, dieses Vieh Parnell zu säugen. Kürzlich mal im Morrison gewesen? Den Besuch wert. Besser als der Zoo. Ich hab eines Abends mal vorbeigeschaut – Bande von Anwälten, Journalisten, auf Ehrenwort entlassenen Feniern – und mitten drin saß der Jagdherr von Wicklow, der ehemalige High Sheriff seines Countys, und paffte an seiner Zigarre.« Johnny schüttelte verwirrt den Kopf. »Nicht zu fassen.«

Ich wohnte nicht im Club, sondern im Shelbourne, zwei Minuten zu Fuß entfernt, ein Spaziergang durch die Kildare Street und den Park. In Dublin bringt die Dunkelheit oft einen feuchten Nebel mit, der Melancholie erweckt, vage Sehnsüchte. Das gelbe Licht unserer Fenster, deren Vorhänge noch nicht vorgezogen waren, fiel auf die Fassade des Clubs, eine liebenswürdige Phantasie, die allen Ernstes als »venezianischer Stil« bezeichnet wurde und deren Steinskulpturen Billard spielende Affen darstellten. Als der neue Club 1860 erbaut worden war, war ich zum erstenmal mit meinem Vater dort gewesen, um den Pudding zu testen.

Hinter dem Club versuchte in der Nähe der Bibliothek ein Bänkelsänger sein Glück, obwohl die Straße schon fast menschenleer war, zu seinen Füßen lag ein Stapel von Liederblättern, und eine Auswahl neuer Produkte war an einem Brett befestigt, das an der Wand lehnte. Er sah so melancholisch aus wie der Abend, dieser lange, schlaksige Bursche, in einem Mantel, der ihm bis auf die Schuhe fiel, und einem formlosen Hut. Er hielt Fiedel und Bogen in einer Hand.

»Armeeballaden, Sir?« rief er mir zu. »Nennen Sie Ihr Regiment! Die Fusiliers?« Ich lächelte und schüttelte den Kopf, suchte jedoch in meinen Taschen nach einem Schilling. Ermutigt fragte er: »Jagdlieder? Nennen Sie Ihre Jagd, Sir, Kilruddery, die Blazers, die Black and Tans? Oder Ihre Gegend, Sir! Jedes County in Irland, ich kenne sie alle. Wenn ich sie nicht auf dem Papier habe, dann kann ich sie singen.«

»Ach, wirklich?« fragte ich und fand in meiner Tasche eine Handvoll Kleingeld. »Haben Sie Lieder über West Cork?«

»Jessas, Sir, wieso denn nicht? ›The Bold Thady Quill‹, ›Ye Maids of Dulhollow‹, das hab ich hier, wunderschöner Druck. Ein Schilling das Blatt, und ein bißchen Gesang als Zugabe. Sie müssen ›Thady Quill‹ kennen, wenn Sie aus West Cork sind. Ein sehr witziges Lied.«

»Nein«, sagte ich. »Das nicht. Näher, sagen wir, bei Macroom.«

»Macroom habe ich«, brüllte er mich geradezu an, als ob dieser Zufall ihn umgeworfen hätte. »›The Flower of Sweet Macroom‹, das hab' ich auch gedruckt, und als Zugabe singe ich ›By the banks of the Sullane I chanced once to stray‹. Zwei Schillinge alles in allem. Bitte sehr.«

»Aus der Nähe von Macroom«, sagte ich. »Nicht aus der Stadt selber. In der Gegend gibt es wunderbare gälische Lieder, habe ich gehört.«

Endlich sah er mich mit einem Blick an, der alles andere als beruflich orientiert war. »Ich habe das selber auch gehört, Sir. Aber ich kann nicht mehr Gälisch als *poitin** und *a stór***. Und um ehrlich zu sein, ich bin nie näher an diese Gegend herangekommen als einmal auf einem Ausflug nach Cork City.«

»Ein Ort namens Kilpeder«, sagte ich.

Verstehen flackerte auf, zerrte an seinen Mundwinkeln, dann kniff er die Augen leicht zusammen.

»Kil*peder*, meinen Sie, Sir? Jessas, Sir, es gibt Kildies und Kildas, von einem Ende des Landes zum anderen, und ich hab' Fetzen von vielleicht sechzig davon. Aber ein Kilpeder, und in West Cork, sagen Sie? Nein, das ist mir neu.«

»Sie enttäuschen mich«, meinte ich. »Wir sind sehr stolz auf unsere Ballade und erzählen uns gegenseitig, sie sei überall zu hören.«

Er war ein schlauer Bursche und riskierte ein halbes Lächeln, eines, das er zur Not auch wieder abstreiten konnte. »Ach, niemand kann doch alle Lieder kennen«, sagte er.

»Wissen Sie was«, schlug ich vor und gab ihm ein paar Münzen. »Irgendwo dazwischen steckt mindestens ein Zweischillingstück. Wenn Ihnen ein paar Zeilen einfallen sollten, dann brüllen Sie los, ehe es zu spät ist.«

Er ließ die Münzen klimpern, berührte seinen Hut zum Gruß mit der Faust, die die Fiedel hielt.

Ich ging weiter, vorbei an der Bibliothek und an dem eleganten

* *poitin* – irisch, schwarzgebrannter Schnaps
** *a stór* – irisch, etwa: »mein Liebling«

Wohnsitz, den der Herzog von Leinster im 18. Jahrhundert erbauen ließ, als es einige Jahrzehnte lang aussah, als läge die Geschichte vor und nicht hinter uns, ein wunderschönes Haus von französischen Proportionen. Ich schlenderte dahin, und zwei junge Frauen eilten an mir vorbei, sie kamen mir zumindest jung vor. Ihre Röcke fegten über das feuchte Pflaster.

Ich war schon an der Ecke angekommen, als ich ihn hörte. Er hatte die Stimme erhoben, brüllte aber durchaus nicht – er hatte eine schöne Baritonstimme, wenn er sie auch grausam mißbraucht hatte. Die Töne der Fiedel tanzten zwischen den abgenutzten Versen. Die Bäume im Park waren dunkel und kahl, sie drückten sich aneinander und verbargen den kleinen Zierteich vor meinem Blick. Zwischen mir und dem Hotel wartete eine Reihe von Mietskutschen, ihre Fahrer, in Zylindern oder Melonen, hatten sich zum Plausch versammelt.

»*When the snow fell fast in each mountain pass, from Cork to Aherlow,*
Full sixty men from Kilpeder town to the hills above did go.«

Es war ein beeindruckender Vortrag. Vernünftigerweise ließ er es bei diesen Anfangszeilen bewenden, und sie schwebten in der Luft und riefen ein Fragment der Geschichte herbei. Ich drehte mich um. Eine Kutsche bog in die Kildare Street ein, und fast im selben Moment wurde die Tür des Clubs aufgestoßen, und gelbes Licht strömte in den Nebel. Eine Gruppe lärmender junger Burschen, mindestens sechs, kamen aus der Molesworth Street, meistens die ruhigste aller Straßen mit ihren Bibelgesellschaften und ihren protestantischen Missionsvereinen. Geräusche, die Bewegungen der Menschen, geschäftige Bedeutungslosigkeit, zerstörten die Stille der letzten Minute.

19

WEIHNACHTEN IN DEN BOGGERAGHS

von Robert Delaney, Anwalt

The Square, Kilpeder. County Cork

Kilpeder, eine Markstadt im County Cork, wird allen Sommerfrischlern bekannt sein, die über Macroom durch die Derrynasaggart-Berge zum berühmten Ort Killarney gereist sind. Vielleicht erinnern sie sich an verstreut liegende niedrige Gebäude und an einen Platz mit einem Obelisken, der die Volljährigkeit eines englischstämmigen Aristokraten feiert. Wahrscheinlicher jedoch konzentrieren sich ihre Gedanken auf die Schönheiten, die sie erwarten: die Seen und die sanften Berge von Killarney, die Freuden eines auf tiefblauem Wasser dahintreibenden Bootes, die Ruderschläge des Bootsführers. Sie werden nicht nach rechts schauen, auf die düsteren Berge, die als die Boggeraghs bekannt sind.

Unsere Welt bietet den Sommerfrischlern ein lächelndes Gesicht. Gegen Mitte September sind sie alle abgereist, und der Winter sammelt sich zu seinem langsamen Vormarsch über die Hügel. Weihnachten kommt natürlich im toten Winter zu uns, aber wie in allen christlichen Ländern hat es auch in Irland seine besondere Wärme. In jeder Hütte, so bescheiden sie auch sein mag, steht eine Kerze auf der Fensterbank, die dem Christkind den Weg zu uns weisen soll. Man kann bei Einbruch der Dunkelheit über einem Tal stehen und erst hier, dann dort ein kleines Licht im Nebel aufflackern sehen. Wenn es dann dunkel ist, werden zwanzig, vielleicht dreißig Kerzen wie gefallene Sterne in der Dunkelheit leuchten. In den meisten dieser Hütten knien um Mitternacht, wenn der Vorabend der Geburt Christi in Seinen Tag übergeht, die Familien auf dem Lehmboden und beten zusammen den Rosenkranz. Wenn Gott will, ist der Morgen dann klar, und Sonnenstrahlen lassen den Reif glitzern. Und am folgenden Tag, am Fest des heiligen Stephanus, machen sich die jungen Burschen mit ihren Knüppeln auf, um den Zaunkönig zu jagen, »den König der Vögel«, wie es in ihrem seltsamen Lied heißt.

In weiten Teilen von Munster und Connacht hat die vergangene Weihnachtszeit jedoch nur wenig vom Glück dieses Festes gebracht. In die Gesetze des Rosenkranzes mischten sich Gebete um Rettung. Es ist allgemein bekannt, daß Irland eine dritte Mißernte erlitten hat, und es ist kein Geheimnis, daß arges Leid für die arme Landbevölkerung darauf folgen wird. Wir müssen uns jedoch fragen, wie viele von denen, die in Dublin oder in Cork vor ihren munteren Feuern sitzen und zweifellos guten Willens sind, harte und klare Tatsachen über das Wesen und die Ausmaße dieses Leides wissen. Und wir müssen uns fragen, wieviel von diesem Leid, auch wenn die Natur es über die Menschen gebracht hat, durch das harte und brutale System des Großgrundbesitzes verstärkt wird.

Der Autor fordert deshalb seine Leser auf, ihn im Geiste auf einer Reise zu begleiten, die er einige Wochen vor Weihnachten in kleine Dörfer unternommen hat, deren Familien in so arger Not sind, wie es für Christenmenschen nur möglich sein kann.

Kilpeder liegt, wie gesagt, an der Straße von Macroom nach Killarney. Aber eine halbe Meile hinter der Stadt führt eine zweite, weniger bekannte Straße nach Norden, durch die Boggeraghs, nach Millstreet. Der größte Teil dieser kurvenreichen und unebenen Straße zieht sich durch Ödland, in dem nur Stechginster und Berggräser, wilde Hasen und Bergziegen willkommen sind. Hoch oben schweben Habicht und Turmfalke in der Luft. Aber die Hügel hinter Kilpeder werden von einem kräftigen und zähen Volk bestellt, das die alte Sprache, Gälisch, spricht und das Bräuche pflegt, die um Jahrhunderte älter sind als die Weihnachtskerze und die Jagd auf den Zaunkönig. Ihre Wohnstätten sind so primitiv wie die der wilden Tatarenhirten, ihre Hütten sind aus Steinen und Lehm erbaut, und sie teilen sie mit Kuh und Ziege.

Die Tage, die ich bei ihnen verbrachte, begleitet von einem Schulmeister und lokalem Forscher, der ihre Sprache sehr viel besser beherrscht als ich, waren Tage, in denen sich ein kaltes Unbehagen seltsam mit der Wärme vermischte, die bei der Begegnung mit instinktiver Gastfreundschaft entsteht. Was mich jedoch am meisten betroffen machte, war die Armut, wie ich sie noch nie erlebt hatte und die hier bis ins Extrem ging.

Hier muß ich jedoch einen Unterschied machen, auf den ich bald zurückkommen werde. Der Distrikt, den wir besuchten, Aghabullogue, erstreckt sich zwischen den Hügeln über etwa acht

Meilen hin, und seinen Besitz teilen sich zwei Großgrundbesitzer. Im Süden liegt das Land von Lord Ardmor, Eigentümer der Stadt Kilpeder und noch vielem anderem, im Norden der Besitz von Bartholomew Colthurst, Esquire, von Dunmurray House. Nord- und Südteil dieses Gebietes unterscheiden sich nicht sehr, beide sind deutlich vom Stempel der Vernachlässigung durch den Grundbesitzer geprägt. Dennoch gibt es einen Unterschied, und zwar einen ganz grundlegenden, eine Frage, wie ich kühn behaupten möchte, von Leben und Tod. Denn Lord Ardmor gewährt seinen hiesigen Pächtern, wie auch einigen andernorts, für das derzeitige Quartal einen vollen Pachtnachlaß. Seine Motive sind mir unbekannt, und ich möchte gern glauben, daß es sich dabei um ein schlichtes Prinzip christlicher Nächstenliebe handelt, wie es die Heilige Schrift gebietet. In diesem Falle handelt er in vollem Widerspruch zum Handeln seiner Vorfahren, der entfernten und der unmittelbaren, denn die Ardmors sind niemals als »gute« Grundbesitzer bekannt gewesen, was immer unter diesem kriecherischen Ausdruck zu verstehen sein mag. Es reicht, daß er sich so verhalten hat, noch dazu gegen den Widerstand anderer Junker und, wie es heißt, auch seines Verwalters.

Mr. Colthurst dagegen ist sich mit seiner Klasse einig und teilt deren selbstsüchtiges Desinteresse. In diesem Moment blickt er zweifellos den Freuden der Weihnachtszeit entgegen, wie sie hinter den dicken Mauern von Dunmurray House genossen werden können. Torffeuer lodern in den Kaminen auf, und ermunternde Flaschen Sherry und abgelagerten Portweins werden aus den Kellern geholt. Mr. Colthurst selbst war bei der Räumung, die ich beschreiben möchte, nicht zugegen, doch hat er den Befehl für den Gerichtsvollzieher und dessen schäbige Schurkenbande und die Polizisten, die diese vor dem Volkszorn schützten, zweifellos unterzeichnet, während er vor einem dieser Feuer saß.

Aber lassen Sie mich unsere Erlebnisse in korrekterer Reihenfolge schildern. An einem Freitagabend kurz nach Sonnenuntergang verließen mein Freund und ich Kilpeder, nachdem wir bereits vorher ausgemacht hatten, daß wir die Nacht bei unserem Freund Mr. G. verbringen würden, dessen Taverne etwa drei Stunden von der Stadt entfernt liegt. Dadurch war es uns möglich, die Boggeraghs noch bei Licht zu erreichen. Gegen Norden steigt das Gelände zu den Vorhügeln hin steil an, und nach einer halben Stunde konnten wir innehalten und hinter uns die Stadt sehen, die wie in einem Panorama vor uns lag, ihre Läden und Kirchen dunkle Silhouetten im Licht des frühen Abends, und das gewaltige Schloß Ardmor hinter seinen hohen Mauern. Im Weiler an der Straßenkreuzung hieß uns Mr. G. mit seiner guten Frau willkommen, und nach dem Essen schlossen sich uns zehn oder zwölf seiner Nachbarn an. Wir konnten sie kommen sehen, ihre Laternen wanderten wie langsame Kometen durch die Finsternis.

Der nächste Morgen war kalt und klar, und wir konnten nicht nur die Berge dicht vor uns sehen, sondern auch die, die sich düster und abweisend in der Ferne hinzogen. Die Weiler, zu denen wir unterwegs waren, waren gut zu sehen; winterliche Felder so braun wie die Hänge hinter ihnen, blaßgrüne Weiden. Ein Bach, die Navogue, fließt zwischen den beiden Weilern dahin, was wir jedoch erst sehen konnten, als wir unser Ziel fast erreicht hatten. Auf beiden Seiten standen braune, leblose Hecken.

North Aghabullogue, unser Ziel, ist eine Ansammlung ärmlicher Hütten, vielleicht ein Dutzend, eine etwas größere nennt sich Laden und Schenke. Wir trafen um elf Uhr morgens ein, und die Einwohner waren schon längst an ihrer Arbeit. Und doch gibt es jetzt, mitten im Winter, nur wenig zu tun; dennoch beschäftigen sie sich, flicken Wände, bessern ihre Arbeitskarren aus. So werden zumindest die meisten Winter verbracht, vielleicht sogar der jetzige unglückselige. Es war jedoch ein besonderer Morgen, und die Männer waren von ihren Feldern zurückgekehrt. Einige standen mit untergeschlagenen Armen vor den geschlossenen Fenstern ihrer Hütten, in einigen Fällen stand dort auch, nervös wie ein Gebirgshase, die Frau des Hauses.

Wir waren schon von weitem gesehen worden, und unser Herannahen wurde genau beobachtet. Die Männer musterten uns beim Absteigen, schienen uns jedoch kein Mißtrauen entgegenzubringen, denn sie hatten meinen Freund, den Schulmeister, erkannt. »Guten Morgen«, rief er auf Gälisch und berührte seinen Hut mit der Hand. Der uns nächststehende Mann nickte ernst und ohne ein Lächeln. Mein Freund, Mr. MacM., ging zur »Schenke«, vorbei an dem stinkenden Misthaufen, klopfte an und trat ein, und ich folgte ihm auf dem Fuße.

Wir befanden uns in einem finsteren, niedrigen Raum, in dem die Wände entlang auf dem Boden Säcke und Kisten standen. Ein Torffeuer brannte, qualmend und beißend. Drei Männer standen mit Teetassen in den Händen daneben, und MacM. sprach einen von ihnen auf Englisch an. »Wie du siehst, Paddy, sind wir heute gekommen, wie ich dir gesagt habe.« Paddy war ein kleiner, beleibter Mann, kahlköpfig und nicht mehr ganz jung.

»Das wird ein anstrengender Tag für Aghabullogue«, sagte er, »mehr Besucher, als wir seit Jahren hatten.« Sein Akzent war so breit, daß ein ungeübtes Ohr ihn für Gälisch hätte halten können. Einer der beiden anderen, Michael O'Tuama, sagte für den Rest des Tages gar nichts, wenn ich mich recht entsinne, vielleicht war er ja stumm; jedenfalls war er nicht taub, denn mir fiel auf, daß er sehr genau zuhörte, wenn die Unterhaltung auf Gälisch abgehalten wurde, und daß seine kleinen, tiefliegenden Augen von einem Sprecher zum anderen wanderten. Der dritte Mann, Joseph Haggerty, war, um es so zu sagen, der traurige Anlaß unseres Besuches, denn Bartholomew Colthurst hatte für ihn einen Räumungsbefehl ausgestellt.

Er war ein großer, hohlbrüstiger Mann mit dunklem Bart und blutunterlaufenen Augen. Wie die anderen war er auf die alte Weise gekleidet, in torffarbene Hosen und lange Wollstrümpfe und einen offen und locker hängenden Friesmantel.

»Sprichst du überhaupt Englisch, Joseph?« fragte ich ihn in meinem holprigen Gälisch, aber er schüttelte den Kopf. Danach sprachen wir nur noch Gälisch, wobei MacM. meine eigenen schwachen Versuche unterstützte. Paddy brachte uns beiden großzügig gezuckerten Tee. Der arme Haggerty sah ausdruckslos zuerst einen von uns an, dann den anderen.

»Es ist ein Tag der Trauer«, sagte MacM. zu ihm, und obwohl Haggerty diese Worte gehört hatte und sogar dazu nickte, sagte er nichts, und sein Blick ging ins Leere.

»Sie sind zu siebt«, erzählte Paddy. »Er selber und die Frau und fünf Kinder. Das älteste Kind ist ein Mädchen von neun Jahren.«

»Gütiger Gott«, sagte ich. »Was soll bloß aus ihnen werden? Wo sollen sie hin?«

»Für die beiden ist heute nacht in diesem Haus Platz«, sagte er, »und die anderen nehmen die Kleinen auf. Aber danach...« Er zuckte die Schultern. »Sie waren eine kleine Familie. Nur Joe und ein älterer Bruder. Der Bruder ist jung gestorben, er war empfindlich.« Letzteres, dieser Hinweis auf die Empfindlichkeit des Bruders, ist die übliche Ausdrucksweise der Landbevölkerung, wenn sie auf Englisch die Schwindsucht erwähnen, die bei ihnen die Hauptursache für Sterblichkeit in jungen Jahren ist. »Es ist klar, was er zu tun hat, der arme Bursche.«

Für das Arbeitshaus haben sie nicht einmal einen Euphemismus, und es bedeutet für sie – was es ja auch ist – einen Sturz durch unbekannte Luft, verwirrend und entsetzlich. Haggerty stand also das Arbeitshaus von Kilpeder bevor – ein weitläufiges, flaches Gebäude hinter der Stadt, dessen bloßer Anblick schon Elend und Unglück versprach. Und noch Schlimmeres: denn grausige Geschichten aus den 40er Jahren hafteten ihm noch immer an, aus der Zeit des »großen Hungers«.

»Wo sind sie jetzt?« fragte ich Haggerty auf Gälisch. »Die Kinder und ihre Mutter?«

Er antwortete mir mühsam, als ob er seine Gedanken sammeln müßte. »Sie sind unten«, sagte er, »bei – bei der Hütte. Ich gehe jetzt zu ihnen. Sie meint, wir sollten alles mitnehmen, was wir haben – die Stühle und die Betten und alles. Aber wo sollen wir damit hin?«

Ich fing den Blick meines Freundes MacM. auf, ehe er sich von mir abwandte und zur Tür ging, und ich wußte, daß wir dasselbe dachten. Ein weiter Ozean schien uns von diesen Männern und ihrer Welt zu trennen. Und doch war es noch vor einem halben Jahrhundert auch die Welt unserer Familien gewesen, die Welt unserer Großeltern, eine gälische Welt, abgeschnitten von Schulen und Zeitungen und Anwaltskanzleien. Der Schankwirt, Paddy, stand wie ein Botschafter zwischen Haggerty und mir.

Nachdem Haggerty gegangen war, führte Paddy MacM. und mich durch den Weiler. Im Sommer mochte er vielleicht seine fröhlichen Seiten haben, aber jetzt, mitten im Winter, war er in starrer Kälte gefangen, der Boden war gefroren, Hecken und Dornbüsche kahl. Ein kalter Wind kam aus den Bergen und rüttelte an den Zweigen.

Einige Stunden später lenkte ein Schrei aus einer der Hütten unsere Aufmerksamkeit zu dem Schauspiel, um dessentwillen wir nach Aghabullogue gekommen waren.

Tief unter uns, auf der Straße, die wir selber genommen hatten, bewegte sich langsam eine kleine Prozession, ein Karren, in dem Männer saßen, und etwa acht bis zehn Reiter. Die Reiter ritten vorn, der lange schmale Karren bildete die Nachhut. Aus dieser Entfernung konnten wir nichts hören; aber plötzlich sahen wir hell einen Sonnenstrahl aufblitzen, der den Karabiner eines Polizisten traf.

Eine Gruppe unserer Dorfbewohner stand an der Straße und blickte ins Tal hinunter. Ich konnte ihre Gesichter nicht deuten, die verschlossen und ausdruckslos waren. Die meisten von ihnen hatten lange, fahle Gesichter und dunkle, glatte Haare, die unter den Hüten bis auf ihre Schultern fielen.

MacM., Paddy und ich gingen zu ihnen. Die Frauen und Kinder blieben, wie ich beobachtete, bei den Hütten, die Frauen schlugen die Arme übereinander und verbargen die Gesichter in ihren Schals. Aber die Männer standen zusammen. Haggerty war nicht bei ihnen. Seine Hütte war mir gezeigt worden, und jetzt sah ich, daß er und seine Familie hineingegangen sein mußten, denn niemand von ihnen war zu sehen. Die Hütte war weder besser noch schlechter als die anderen, kaltes Sonnenlicht ließ vor ihr die Eisdecke auf einer Pfütze glitzern.

Dann konnten wir Hufe auf hartem Boden und das Quietschen von Karrenrädern, aber keine Stimmen hören. Und bald darauf sahen wir Gesichter, darunter eins, das ich erkannte, Sergeant D. von der Polizei aus Kilpeder. Auf diese Entfernung wirkte es wie das Gesicht eines Zinnsoldaten, mit Adlernase und kriegerischem Schnurrbart unter dem hohen Helm.

Doch auch von den Männern, neben denen wir standen, war nichts zu hören. Sie schwiegen. Einer räusperte sich und spuckte aus.

Als die Prozession den Weiler erreicht hatte, konnte ich auf dem Boden des Karrens einen schweren Klotz sehen, der im Notfall den Zutritt zur Hütte erzwingen sollte. Die Leute des Gerichtsvollziehers saßen auf den Seiten des Karrens und hatten die Füße auf den Klotz gestellt. Sie waren zu acht, und ich konnte nur zwei als Einwohner von Kilpeder erkennen. Eugene B., der Gerichtsvollzieher, ritt neben dem Sergeant an der Spitze des Zuges, ein kleiner korpulenter Mann, der Mantel, Schal und einen hohen Hut trug.

Er kannte das Haus, dem ihre Mission galt, ebenso wie der Sergeant, und sie führten ihre Männer hinüber. Die Männer am Straßenrand drehten sich um und folgten ihnen, und nun verließen die Frauen, gefolgt von den Kindern, ihre Hütten und traten auf die Straße.

»Joseph Haggerty!« rief B., dann wiederholte er noch einmal

den Namen, »Joseph Haggerty!« Aber aus der Hütte kam keine Antwort, und B. zog, als ob er nichts anderes erwartet hätte, den Räumungsbefehl aus der Tasche und verlas ihn. Dann stieg er vom Pferd und nickte den Männern im Karren zu. Gleichzeitig streckte der Sergeant den Arm aus und befahl seinen Männern durch eine Handbewegung, einen weiten Kreis zu bilden, der die Dorfbewohner von der Hütte trennte. Die Polizisten taten nur ihre Pflicht, soviel ich sehen konnte, ohne Mitleid oder Schadenfreude, und doch lag bereits in ihrem bloßen Auftreten – ihrem Umhang, ihrem Helm, ihren Waffen – eine Bedrohung.

»Haggerty!« rief B. noch einmal. »Das hat doch keinen Sinn, Mann. Es ist zu Ende!« Dann, als ob ihm eine Erinnerung gekommen wäre, wechselte er auf Gälisch über, ein flüssigeres Gälisch als mein eigenes. Aber aus dem Haus war keine Stimme und auch kein anderes Geräusch zu hören. Er ging zur Tür und schlug mit seiner behandschuhten Faust dagegen, dumpfe, widerhallende Schläge.

Als er keine Antwort bekam, trat er zurück, zuckte die Schultern, eher für uns als für sich selber, und nickte dann seinen Männern zu. Der Leiter der Gruppe, ein breitschultriger, o-beiniger junger Spund, sprang geschmeidig aus dem Karren, und seine Männer folgten ihm. Mit einiger Mühe wuchteten sie ihre Waffe, einen entrindeten, etwa acht Fuß langen Baumstamm, aus dem Karren. Anderweitig sind, wie wir wissen, wirkungsvolle Rammböcke perfektioniert worden, sie sind in Rahmen eingelassen und hängen an Ketten. Hier hatten wir den vertrauteren und traditionelleren Baumstamm.

Als sie ihn zur Hütte trugen, bemerkte ich um mich herum ein Murmeln, rechts und links, Männer sprachen leise entweder miteinander oder stießen in die leere Luft hinein Flüche aus. Die Männer standen vor der Tür, drei auf jeder Seite der Waffe, die sie mit ungeschickter Entschlossenheit hielten. Ihr Anführer blickte B. an, als ob er eine letzte Anweisung erwartete, und B. fuhr sich mit der Zunge über seine trockenen Lippen. Und in diesem Moment sprang eine Frau vor, hob einen Stein auf, der fast so groß war wie ihre Faust, und schleuderte ihn auf den Anführer. Sie hatte einen kraftvollen Arm, aber wenig oder keine Übung, vielleicht wurde sie auch durch ihren Zorn abgelenkt, jedenfalls flog der Stein über den Kopf des Anführers und schlug neben der Tür gegen die Hüttenwand.

Sie war eine junge, gutaussehende Frau, wie es bei den Frauen in diesen Bergen oft der Fall ist, schlank und vollbusig. Ihre offenen schwarzen Haare fielen weit über ihre Schultern, und die Kraft, mit der sie den Stein warf, schleuderte sie auf die Seite. Ich sah ihr Profil, hohe Wangenknochen und vor Wut blitzende Augen. Sie hatte den Stein geworfen und stand nun stumm da, die geballten Fäuste in die Hüften gestemmt.

Andere aus der Menge folgten jetzt ihrem Beispiel und bückten sich nach Steinen oder Lehmklumpen. Aber Sergeant D. handelte rasch, winkte mit einem Arm seine Männer heran und zog mit dem anderen an seinen Zügeln, um sein Pferd zu drei zusammenstehenden Dorfbewohnern umzudrehen, von denen einer einen tödlich aussehenden Stein in der Hand hielt. »Los jetzt«, schrie er, ritt in scharfem Schritt auf sie zu, und einer der drei, bei dem die Wut die Vernunft besiegte, sprang vor und packte die Zügel. Ich sah, wie er dem Sergeant ins Gesicht starrte und wie beängstigender Zorn aus seinen Augen funkelte. In diesem Moment ergoß sich ein Steinregen über die Köpfe der Polizisten, und diesmal traf einer den Anführer mitten auf der Brust. Er taumelte rückwärts, fiel jedoch nicht. Mit weit ausholendem Arm schlug Sergeant D. nach dem Mann, der seine Zügel hielt, und traf ihn voll ins Gesicht, mit solcher Macht, daß ein scharlachroter Blutstrom aus der Nase des Mannes quoll und sich über seinen Mantel ergoß. Der Sergeant brüllte dem Mann etwas zu.

Jetzt wurde aber völlig unerwartet die Hüttentür aufgestoßen. Einen Moment lang starrten wir alle atemlos in ihre Dunkelheit, obskur und trübe im winterlichen Sonnenschein. Und dann kam Haggerty herausgestürzt und hielt mit beiden Händen eine lange, mörderisch aussehende Mistgabel. Er rannte genau auf den Gerichtsvollzieher zu, wobei die Gabelzinken nach oben gerichtet waren. »Nein«, brüllte er, »o Gott, nein, Heilige Mutter Gottes!« Aber ehe Haggerty sein Ziel erreicht hatte, traf ihn einer der Männer des Gerichtsvollziehers kurzentschlossen mit seiner schweren Schulter, warf ihn um, und gleich darauf rang ein Polizist, der von seinem Pferd gesprungen war, ihn zu Boden, während ein anderer ihm die Mistgabel entriß.

Nun begann Haggerty ganz entsetzlich zu brüllen, laute, sinnlose Geräusche, wie das Gebrüll eines jungen Bullen. Das Gebrüll wurde langsam immer höher, und er schien Wörter zu rufen, jedoch so unzusammenhängend, daß sie nicht zu verstehen waren.

Ich stand nah genug bei ihm, um zu sehen, daß er schluchzte, die Tränen strömten aus seinen Augen und liefen über sein erdverschmutztes Gesicht. Sein fast zahnloser Mund war eine weite, klaffende Wunde.

Ich wandte meinen Blick von ihm ab und seiner Hütte zu und sah, daß seine Frau zusammen mit zwei Kindern herausgekommen war. Sie starrte mit derselben hilflosen Verwunderung, die uns alle überkommen hatte, ihren Mann an; aber die Kinder, für die es ein grauenhafter Moment gewesen sein mußte, fingen jetzt an zu weinen.

Langsam verebbte Haggertys entsetzliches Schluchzen, und er blieb still liegen. Die beiden Polizisten, die ihn überwältigt hatten, standen dicht neben ihm. Einer der Dorfbewohner, ein großer Koloß von einem Mann mit verschlossenem, dunklem Gesicht, trat jetzt vor und half dem Ärmsten auf die Füße. Haggerty sah uns alle an, als ob er uns zum erstenmal erblickt hätte. Als er jedoch seine Frau entdeckte, rief er: »Komm jetzt da weg, Máire! Komm her zu mir, und bring die Kinder mit.«

Die junge Frau, die den Stein geworfen hatte, rief dem Sergeant zu: »Laß sie wieder ins Haus, damit sie ihre Sachen mitnehmen können!«

»Wozu?« fragte Haggerty. »Wo sollen wir denn hin damit?«

»Mein Jesus, Erbarmen«, sagte sie. »Seid ihr denn alle zu Stein erstarrt? In dem Haus sind noch Kinder. Und es gibt dort Betten, die sie brauchen werden.« Und mit diesen Worten ging sie ins Haus und kam dabei so dicht an mir vorbei, daß sie meinen Arm streifte.

Mein Freund MacM. war zu Haggerty hinübergegangen und hatte ihm die Taschenflasche Whiskey angeboten, die wir zum Schutz vor der Kälte mitgebracht hatten. Haggerty nahm dankbar an, legte den Kopf in den Nacken und nahm einen tiefen Schluck. Dann wischte er sich den Mund ab, dankte MacM. und sagte: »Jetzt gibt es nur noch einen Ort für uns. Und danach keinen mehr.« Ein Mann, der ihn gehört hatte, rief dem Gerichtsvollzieher zu: »Bist du jetzt zufrieden, du Sohn einer H...?«

»Ist er nicht«, rief ein anderer. »Der ist erst zufrieden, wenn das Dach verbrannt ist und kein Stein mehr auf dem anderen liegt.«

B. stand unbeweglich und mit ausdruckslosem Gesicht da; es freut mich jedoch, berichten zu können, daß der Sergeant und einige seiner Männer weniger abgebrüht waren, und der Sergeant sagte: »Der Gerichtsvollzieher hat das Gesetz auf seiner Seite, das wißt ihr alle genau.«

»Und es ist ein schwarzes Gesetz«, erwiderte der Mann, der Haggerty auf die Füße geholfen hatte. »Und ihr solltet euch schämen, ihm zu dienen. Wie kann er denn seine Pacht bezahlen, wie kann das irgendwer von uns? Sieh dich doch um, Mann! Dein Gesetz wird uns alle vertreiben, ehe es zufrieden ist.«

»Trotzdem ist es das Gesetz«, erklärte Sergeant D. »Und dem Gesetz kann nicht widersprochen werden.«

»Machen wir also weiter«, sagte B. und rieb sich wegen der Kälte die Hände.

Ich kann jetzt bezeugen, daß die Wohnstätte einer Familie im Südwesten Irlands in weniger als einer Stunde zerstört werden kann – das Dach wird heruntergerissen, die Wände werden mit Vorschlaghämmern demoliert, mit Stemmeisen aufgerissen – wenn sich Männer finden lassen, die herzlos genug sind, um diese Aufgabe auszuführen.

Haggertys Frau und die beiden Kinder waren neben ihn getreten, und nun schlossen sich auch die anderen Kleinen ihnen an. Sie standen dicht beisammen, ohne einander jedoch zu berühren, Haggertys Hände hingen schlaff an seinen Seiten hinunter, die Frau hatte ihren Schal so weit vorgezogen, daß er ihr Gesicht fast verbarg. Auf der Straße hatten die Leute, die der jungen Frau geholfen hatten, wild durcheinander eine billige Kommode, einige Strohmatratzen, acht oder zehn unförmige Säcke, zwei schwarze Eisentöpfe, einen Fischkorb und einige dreibeinige Schemel abgestellt. In der Hütte, an ihren gewohnten Standorten, hatten sie zweifellos ein Leben dargestellt, hatten die Ordnung repräsentiert, die das Vertraute uns vermittelt. Ein wenig Holz, Eisen, Stroh: Sie hatten in den tiefen Schatten der Hütte gelebt. Jetzt, im kalten Sonnenlicht, lagen sie im Dreck; nicht einmal ein Tinker hätte sich dazu herabgelassen, sie zu stehlen.

Und so war es auch mit der Hütte selber. In weniger als einer Stunde war sie nur noch ein unförmiger Lehmhaufen, zerstört, wie es unweigerlich geschieht, damit der Pächter sich nicht zurückschleichen kann, um sich und seine Familie zu wärmen, wenn Gerichtsvollzieher, Sergeants, Polizisten und die Schlägertruppe des Gerichtsvollziehers fort sind. Ein Leben kann so leicht in Trümmer zerschlagen werden.

Danach war alles nur noch eine Antiklimax. Die Männer des

Gerichtsvollziehers drängten sich aneinander, nachdem sie ihr hassenswertes Werk verrichtet hatten, und wußten nicht so recht, was sie als nächstes tun sollten. Das machte ihnen jedoch keine große Sorge, denn jetzt stand fest, daß die Dorfbewohner vorerst nicht mehr unternehmen würden, als durch düstere Blicke und Rufe ihre Trauer und ihre Wut zum Ausdruck zu bringen. Die junge Frau, die damit angefangen und die sich den Männern so tapfer widersetzt hatte, stand jetzt zusammen mit einer Gleichaltrigen, ihrer Schwester vielleicht oder einer Freundin, und war ruhig, obwohl ihre Schultern und ihre Brust bebten. Ein seltsamer Ausdruck lag auf ihrem Gesicht, als ob sie nicht begreifen könnte, was sie getan hatte. Ihre Lippen waren geöffnet.

Die Polizisten blieben auf ihren Plätzen, gleichgültig oder verlegen, wer kann das sagen, bis Mr. B.s Leute wieder in ihrem langen Karren saßen. Dann verließen auch sie den Weiler und fuhren über die schmale Straße zurück nach Kilpeder. Die Dorfbewohner sahen ihrem Aufbruch zu, wie man vom eigenen Fenster aus einen Sturm beobachten würde, schwere zitternde Äste und gejagte Wolken.

Mein hilfloser Blick richtete sich auf den armen Haggerty und seine Familie. MacM. stand neben mir; wir wußten nicht, was wir zueinander sagen sollten. »Nun ja«, sagte Paddy und trat neben uns. »Wir brauchen wohl einen Tropfen gegen die Kälte.« Und wir nickten, aber Haggerty, zu dem wir nun hinübergingen, wollte sich uns nicht anschließen. Er sah weder uns noch seine Nachbarn an, nicht einmal seine Familie. Seine Augen wanderten vage erst zur zerstörten Hütte, dann zu den Männern, die sich die Straße abwärts von uns entfernten – die Abbruchmänner und die beiden Reihen von Polizisten mit ihren Umhängen und ihren hohen Helmen.

»Laßt ihn eine Weile in Ruhe«, sagte Paddy. »Die Nachbarn behalten ihn schon im Auge. Da kann ihm nichts Schlimmes passieren.«

»Nein«, sagte ich, als wir wieder in Paddys Hütte standen und jeder einen heißen Whiskey gegen die Winterkälte in der Hand hielt. »Im Moment kann ihm nichts Schlimmes passieren.«

Das Arbeitshaus liegt hinter Kilpeder an der Straße nach Macroom, ein flaches, häßliches Gebäude: Die Fassade zur Landstraße hin ist aus behauenem Stein erbaut, hinten jedoch wurden die Reste der guten Steine und dann Feldsteine, Schutt, Ziegel verwendet, und hinter dem Hauptgebäude ziehen sich Anbauten aus Ziegelsteinen bis zu öden, nutzlosen Feldern hin, einer ist die Krankenstation und der andere, errichtet in den Jahren nach der großen Hungersnot der 40er Jahre, soll Frauen und kleine Kinder beherbergen. Die Fenster im Erdgeschoß sind vernagelt. Es wird erzählt, daß in den schlimmsten Hungertagen, als das Arbeitshaus bereits überfüllt war, die Armen und die Hungernden, die aus den Bergdörfern wie Aghabullogue nach Kilpeder gekommen waren, sich plötzlich, auf einen Impuls hin, gedankenlos wie eine Welle über die wenigen Wärter ergossen, über sie hinwegtrampelten und dann auf der Suche nach Essen oder Wärme oder einfach nach etwas anderem als dem düsteren grauen Himmel über ihren Köpfen ins Innere eindrangen. Aber drinnen gab es nichts, nur ebenso verhungerte Bauern wie sie selber, hohlwangig, aber so auf den Besitz des Arbeitshauses versessen, daß sie einander bekämpften, die Schwachen und die Verhungernden schlugen mit den Fäusten aufeinander ein, fluchten, traten und schwangen die Arme wie Dreschflegel.

Solche Geschichten über die große Hungersnot gibt es überall in Irland, und in West Cork sind sie so weit verbreitet wie überall. Es gibt Geschichten über die Arbeitshäuser von Skibbereen und Schull, wo morgens Leichen vor der Tür gefunden wurden, drei oder vier, vielleicht eine Familie, kalt und steif. Oder Geschichten über die Hungergräber und die Choleraschuppen am Stadtrand. Familien standen verwirrt am Straßenrand oder bettelten in den Straßen der Städte und Dörfer. Aber das ist nicht das Schlimmste, es gibt noch häßlichere Sagen, die nicht zu Papier gebracht werden können, aber die bekannt sind, die immer noch in der Luft hängen.

In Wirklichkeit stehen die Arbeitshäuser heutzutage unter der sorgfältigen Obhut gewissenhafter Wärter, und diese Herren und ihr Personal sind ehrenwerte Gentlemen. Wir haben es seit den Tagen unserer Eltern und Großeltern doch weiter gebracht. Nichts jedoch kann diese vagen Bilder vom Arbeitshaus als Ort der endgültigen Schande aus der Vorstellung der Landbevölkerung tilgen, fast als Verlust von Name und Geburtsrecht. Dazu waren Joseph Haggerty und seine Familie von Bartholomew Colthurst verurteilt worden, einem wohlhabenden Gentleman, einem Mitglied der Jagd von Kilpeder, der von seinen Pachteinnahmen lebte. Und das alles geschah zur Weihnachtszeit.

Abgesehen von MacM., mir selber und Paddy, unserem Gastgeber, hatten sich vielleicht acht bis zehn Männer am Feuer versammelt. Ich hatte die meisten von ihnen schon vorhin gesehen, als sie mit Worten oder Steinen ihren Protest zum Ausdruck gebracht hatten oder in steinernem Schweigen dabeigestanden hatten. »Er ist in die Welt geschleudert worden«, sagte einer von ihnen auf Gälisch. »Er und seine Leute. Sie sind in die Welt geschleudert worden.« – »Und das kann jedem passieren«, meinte ein anderer. »Dir oder mir genauso leicht wie dem armen Joseph.« Was auch stimmte, denn keine der Hütten in Aghabullogue hatte bisher die Pacht für das Quartal bezahlt, und Haggerty war offenbar willkürlich ausgewählt worden, um ein Exempel zu statuieren.

Ich empfand, vielleicht mehr als mein Freund MacM., ein Gefühl der Fremdheit diesen Männern gegenüber, meinen Landsleuten, obwohl ich kaum 50 Meilen entfernt auf einer Farm aufgewachsen bin – vielleicht war sie etwas wohlhabender, und sie lag in einer englischsprachigen Gegend. Ich war mit Gälisch aufgewachsen, das zwar nicht die Sprache meiner Eltern gewesen war, aber doch die meiner Großeltern und auch die der Wanderarbeiter, die zur Ernte zu uns kamen. Eine Sprache geht verloren, wenn wir sie nicht benutzen, und wenn wir sie wieder hören, wird sie zu einem Rhythmus, einer Welle von vertrauten Geräuschen, deren Bedeutung wir nur halb erkennen.

Als sich die Tür wieder öffnete, trat Haggerty selber ein. Über seine Schulter hinweg sah ich einen Moment lang kahle Felder und hungrige Hügel. Haggerty schloß rasch die Tür, aber ein Stoß kalter Luft war doch mit ihm hereingekommen, eine kurze Kälte, trotz der Wärme des Feuers. Paddy reichte ihm eine Tasse heißen Whiskey, die er dankbar mit seinen beiden Händen umschloß. Einer der anderen überschüttete ihn mit einem Wortschwall, von dem ich nichts verstehen konnte, und ich sah MacM. fragend an, der jedoch die Schultern zuckte. »In den alten Tagen hätte es für diesen Schurken B. eine Kugel gegeben«, sagte einer, verwendete aber ein gälisches Wort mit gröberer Bedeutung als »Schurke«.

»Stimmt nicht«, widersprach ein anderer. »Damals gab es in diesem Tal keine einzige Schußwaffe. Aber da, wo die Straße zwischen den Felsen enger wird, hätten einige Männer auf ihn gewartet, und dort hätten sie ihn verprügelt, ein Schlehdorn hätten seinen Kopf wie einen faulen Apfel geknackt.«

»Ach«, meinte Paddy, »da würden die Peeler auch noch ein Wort oder zwei mitreden wollen. Schließlich haben sie ihre mörderischen Karabiner nicht zum Spaß bei sich.«

»Was spielt das für eine Rolle?« frage Haggerty. »Geschehen ist geschehen. Ich weiß nicht, wohin ich gehen soll, Gott helfe mir!«

Ehe wir Aghabullogue verließen, suchten MacM. und ich eine Gelegenheit, ihn beiseite zu nehmen und ihm eine Geldsumme aufzudrängen, die wir in Kilpeder bei Menschen gesammelt hatten, die ihn nicht kannten, die ihm jedoch wohlwollten. Er nahm sie verlegen an, sein Blick wich unserem aus, und es bedrückte mich, daß er in den kommenden Monaten, wenn noch weitere Mißgeschicke folgen sollten, lernen würde, leichter mit Wohltätigkeit fertig zu werden.

Als wir auf unsere Pferde stiegen, stand nur Paddy auf der Straße, um sich von uns zu verabschieden. Zu unserer Rechten lagen die häßlichen Überreste von Haggertys Hütte und einige seiner Habseligkeiten, obwohl die meisten bereits in andere Behausungen geholt worden waren. Die Luft war still und hatte den schwachen, spröden Duft, der baldigen Schnee ankündigt.

»Was soll aus uns allen werden, wenn es so weitergeht?« fragte Paddy uns auf Englisch. Aber ich konnte nur den Kopf schütteln. Ich hatte schon beschlossen, alles aufzuschreiben, was ich hier miterlebt hatte, und dafür zu sorgen, daß es gedruckt würde. Es könnte schließlich Mr. Bartholomew Colthurst von Dunmurray House, Kilpeder, diesen wohlhabenden Gentleman, dazu bringen, sich ein wenig zu schämen, wenn es in ihm schon keine christliche Reue zu erwecken vermochte. Wenn das fehlschlug, und ich machte mir nur wenig Hoffnungen für ein Unternehmen, das auf Mr. Colthursts moralischem Empfinden beruhte, so könnte ich vielleicht den Leuten dieses Countys und vielleicht sogar noch einige Meilen über die Countygrenzen hinaus ein wenig darüber vermitteln, wie es uns in diesem Winter ergeht und warum. Nördlich von uns, in Mayo, haben sich energische Farmer, inspiriert durch den berühmten Michael Davitt, angespornt jedoch vor allem durch ihre eigene Tapferkeit und Entschlossenheit, in der Land League zusammengeschlossen. Vielleicht wird auch in Munster eine solche Organisation zur Verteidigung derer entstehen, die die Felder bestellen und das Vieh ernähren. Das kann ich nur inbrünstig hoffen.

Es wird jedoch zu spät geschehen, um meinem Freund Paddy und seinen Nachbarn in Aghabullogue praktische Hilfe bieten zu können. Eine Land League braucht Organisation, Versammlungen und Planung. Aber Mr. Barholomew Colthurst aus Dunmurray House verfügt bereits über seine Truppen, seinen Gerichtsvollzieher und dessen Männer und seinen Sergeant und dessen Polizisten mit ihren Karabinern und dahinter über das ausgefeilte Gesetz selber mit seinen Räumungsbefehlen. Natürlich mag sich der Sieg, den ich hier geschildert habe, als Pyrrhussieg erweisen. Die Vertreibung des Joseph Haggerty von seinem kleinen Flecken Land bringt Mr. Colthursts Börse keinen Schilling und keinen Penny. Wir müssen annehmen, daß er auf Grund des militärischen Prinzips, durch das Meutereien niedergeschlagen werden, gehandelt hat, obwohl in Aghabullogue, wie wir gesehen haben, gar keine geplant war. Kein Geld wird ihm vorenthalten und heimlich gehortet; statt dessen schmerzt es, die Armut dieses Tals sehen zu müssen.

In den Wochen nach meinem Besuch ist es dort nicht zu neuen Räumungen gekommen, obwohl in der Stadt Kilpeder Gerüchte umlaufen, daß weitere jetzt bevorstehen. Joseph Haggerty und seine Familie mußten ins Arbeitshaus von Kilpeder gehen, blieben dort jedoch weniger lange, als ich befürchtet hatte; Menschen im County, die ihnen wohlwollten, sorgten für ihre Überfahrt nach New York. Es ist ein Weg, den vor ihnen schon Tausende aus unserem County eingeschlagen haben, das Meer eine Straße zu einem weitaus besseren Dasein, als ihr eigenes Land ihnen bereiten kann.

Am Heiligen Abend, in der Wärme und Sicherheit meines eigenen Heims in Kilpeder, dachte ich an Aghabullogue und die abgetragenen Steine von Haggertys Hütte. Im Dorf erinnert man sich an seinen Namen und an den seiner Kinder. Aber bald, in einem oder zwei Jahren, werden die Steine zu Zäunen, zu Mauern anderer Hütten verarbeitet worden sein; was einst seine Wohnstätte war, wird dann nur noch ein flacher, unförmiger Erdhügel sein, auf dem Brennesseln wachsen. Und sein Name wird leiser werden, wird vom Winterwind verweht werden, wird verschwinden.

Es war ein kaltes, klares Weihnachtsfest in West Cork. Um Mitternacht, als wir an unserem Wohnzimmerfenster standen, meine Familie und unsere Freunde, sahen wir auf einen Marktplatz, der in schwaches, diffuses Mondlicht gebadet lag und über dem sich ein schwarzer, ruhiger, sternenloser Himmel wölbte. Im Norden und im Osten zogen sich unsichtbar hinter Farmen und Weiden die Boggeraghs hin, in denen die gefährdeten Häuser von Aghabullogue mit uns zusammen wachten.

20

[Hugh MacMahon]

Noch jetzt, wenn ich zu einem Exemplar von *Weihnachten in den Boggeraghs* greife und die letzten Absätze lese, dann erinnere ich mich, wie wir zusammen vor Bob Delaneys Fenster standen – Bob und ich und zwischen uns Mary und, ein bißchen abseits, Agnes in dem neuen Winterkleid, das Bob ihr in Dublin gekauft hatte, dunkle, changierende Seide mit Pelzstücken an Kragen und Taille. Es war genau die Nacht, die das Pamphlet beschreibt, kalt und außergewöhnlich klar, dünner weißer Pulverschnee bedeckte den Boden. Ich weiß noch, wie ich mit den Fingern das Fenster berührte, das Glas war eisig wie der Pol, und ich weiß noch, daß wir tatsächlich in diesem Zimmer voller weihnachtlicher Wärme an Aghabullogue und seine zerstörte Hütte dachten, wie es da zwischen hungrigen Hügeln lag.

Wie schrill mir das Pamphlet jetzt vorkommt, mit seinem grellen Titelbild, einem groben Holzschnitt mit bulligen Männern, die eine Hütte einreißen, während hagere und mitleiderweckende Bauern sie von der Straße aus anstarren. In der Ferne ragen hohe, schroffe Berge auf, schneebedeckt wie die Alpen. Aber als das Pamphlet erschien, war es die Sensation. Finneran, der Drucker in Cork City, mußte drei Nachauflagen herstellen, und es wurde im *Cork Examiner* und im *Freeman's Journal* erwähnt. Es stürzte Bob in große Verlegenheit, daß ich darauf bestand, daß nur sein Name auf Einband und Titelseite erscheinen sollte. Man erinnert sich noch immer an das Pamphlet, obwohl es schon lange vergriffen ist, und es wird bisweilen als der erste Schuß bezeichnet, der in County Cork im Landkrieg abgegeben wurde. Was natürlich genau das war, was Bob beabsichtigt hatte.

Später erzählte er mir, daß sich auf seinem Schreibtisch ein ordentlicher kleiner Stapel von Pamphleten befunden hatte, als eines Morgens Bartholomew Colthurst in seine Kanzlei gestürmt kam, eingemummt in einen schweren großkarierten Pellerinenmantel, seine behandschuhte Hand umklammerte ein Exemplar der Schrift. Es war ein bitterkalter Januarmorgen, und er brachte einen Kältestoß mit sich.

»Wir kennen uns nicht«, sagte er zu Bob. »Wir sind einander nie begegnet.«

»Ich weiß, wer Sie sind, Mr. Colthurst«, erwiderte Bob.

»Dann wissen Sie auch, daß Sie Lügen über mich gedruckt haben«, sagte Colthurst und schwenkte das Pamphlet, »und daß Sie Ihren Namen daruntergesetzt haben.«

»Lügen, meinen Sie, Mr. Colthurst? Da stehen keine Lügen. Achten Sie auf Ihre Wortwahl, sonst werden Sie noch ärgere Schwierigkeiten bekommen. Sie haben hier eine schwerwiegende Anklage vorgetragen, aber ich sehe ja, daß Sie aufgeregt sind.«

»Aufgeregt, sagen Sie?« rief Colthurst. »Ich möchte Ihnen sehr gern mit der Peitsche kommen! Wofür zum Teufel halten Sie sich, daß Sie einen Mann in aller Ruhe in einem Druckwerk beleidigen können?«

»Erst üble Nachrede«, sagte Bob, »und dann wird auch noch mit physischer Gewaltanwendung gedroht. Bei Gott, Mr. Colthurst, Sie haben ja viel vor heute morgen. Möchten Sie mich vielleicht auch noch mit der Pistole bedrohen?«

»Bei Leuten Ihresgleichen ist das ja wohl nicht nötig«, sagte Colthurst, »ein nach oben gekommener Ladenschwengel aus Tullys Geschäft. Pistolen sind für Gentlemen.«

»Gentlemen wie Sie«, meinte Bob, »die mitten im Winter Familien auf die Straße setzen. Wunderbar muß das sein, wenn man ein Gentleman ist. Merkwürdig, daß Sie Anstoß daran nehmen, daß ich Ihre Aktivitäten feiere.« Und er ließ seinen Blick zu dem kleinen Stapel von *Weihnachten in den Boggeraghs* wandern.

»Es war fast schon grausam von mir, Gott möge mir vergeben«, sagte Bob an jenem Abend zu mir und goß für jeden von uns einen Whiskey ein, denn Vincent und ich saßen bei ihm im Büro, sanftes Lampenlicht fiel auf den Schreibtisch, und Kilpeder lag schwarz wie Anthrazit vor den Fenstern. Seine Hand zitterte leicht, weil er sein Lachen unterdrückte.

»Und es war wirklich grausam«, meinte Vincent. »Der arme Bat Colthurst ist nicht der schlechteste. Er ist kein Frömmler, und er ist ein guter Jagdgenosse. Ich hab' schon viele nette Jagdpartien mit Bat Colthurst hinter mich gebracht. Und jetzt habt ihr beide ihn mit euren literarischen Bemühungen in ein wütendes Monster verwandelt, einen Nachfolger von Lord Clanricarde und Lord Leitrim und Männern wie denen.«

»Er ist ja nicht ganz unschuldig, Vincent«, erinnerte ich. »Er hat sich an dieser Schändlichkeit beteiligt. Er hat die armen Haggertys auf die Straße gesetzt, daran besteht kein Zweifel. Bob und ich haben dabei zugesehen, und es war ein verdammt elender Anblick.«

»Da stand er nun, der kleine Scheißer«, sagte Bob, »zwischen deinem Stuhl, Vincent, und Hughies. Er zitterte vor Zorn und wühlte in seinem schlechtsortierten Gehirn nach irgendeiner brutalen Beleidigung, die er mir an den Kopf werfen könnte. Aber ihm fiel nur ein, daß ich hinter dem Ladentresen gedient hatte, daß ich deines Vaters Botenjunge war.«

»Kurz gesagt, du hast ihn getriezt«, erklärte Vincent.

»Verdammte kleine Krautjunker«, sagte Bob. »Halb-Gentlemen oder wie immer du sie nennen möchtest. Krethi und Plethi von Cromwells Bande. Wir werden zuerst diesen Abschaum ausräumen – das dauert vielleicht zwei oder drei Jahre –, und dann, wenn es uns gefällt, werden wir uns die Auswärtigen und die großen Güter vorknöpfen.«

Während er das alles und noch mehr sagte, lag sein polierter Stiefel auf der geöffneten Schublade des großen Schreibtisches, den er sich aus Cork City hatte bringen lassen, und ein halbes Lächeln verspottete seine Worte und nahm sie doch gleichzeitig auch ernst. Diese Stimmung hatte ihn jetzt überkommen, seit er Land-League-Agent für die Stadt Kilpeder war und eine Stimme bei den League-Räten in ganz Cork hatte.

»Wenn du das vorhast«, meinte Vincent lässig, »dann triffst du bei Bartholomew Colthurst auf einen harten Kämpfer. Außer dem in Aghabullogue hat er nur verdammt wenig Land, und er steht mit dem Rücken zur Wand. Aber er ist mit den anderen Grundbesitzern befreundet, und die Colthursts haben überall zwischen Macroom und dem Meer Verwandte. Die sehen nicht zu, wie du ihn fertigmachtst, um dich und deine Land-League-Kumpane zufriedenzustellen, ganz zu schweigen von diesen Vogelscheuchen in Aghabullogue.«

»Oder deinen Vater«, fügte Bob leicht, fast neckend hinzu. Denn Dennis Tully hatte in Kilpeder bekanntwerden lassen, daß er auf seiten der Land League stand und sie in jeder Hinsicht unterstützen wollte. Die Tullys haben einfach nie aufgehört, mich in Erstaunen zu versetzen.

»Oder meinen Vater«, wiederholte Vincent im selben Tonfall, als ob die beiden leicht und höflich beim Fechten die Degen gekreuzt hätten.

»Nun gut«, sagte Bob, »ich erzähle weiter von Bartholomew Colthurst. Ich werde euch seine Zukunft voraussagen, das geht ganz schnell, denn er hat nicht mehr viel davon.«

Er nahm seinen Stiefel von der Schublade und saß uns nun aufrecht gegenüber. Dann goß er uns aus der Waterford-Karaffe neuen Whiskey ein und fügte Wasser hinzu. »Er mag vielleicht dein Jagdgenosse sein, Vinnie, und sicher auch der reine Teufel von einem Burschen zu Pferd oder im Schlafzimmer oder im County Club, aber ich bin der große Fachmann für seine Zukunft, denn seine Zukunft wird nicht auf der Jagd entschieden, sondern in diesem Büro.«

»In deinem Büro, ja?« fragte Vincent mit aufgesetzter Bewunderung. »Nicht einmal in Aghabullogue?«

»Nicht einmal da«, antwortete Bob. »Ach, ich sage dir, wenn Colthurst irgendeinen Hungerleider finden könnte, der blöd genug wäre, Haggertys Farm zu übernehmen, dann würde es Ärger geben. Die Leute da oben würden ihn in einen Topf stecken und ihn zum Abendessen mit Brennesseln als Klopse servieren. Aber niemand wird diese Farm oder eine andere übernehmen, falls er dort eine zweite Räumung ansetzen sollte. Dieses elende Dorf ist der Arsch von irgendwo, und das einzig Vernünftige für ihn wäre gewesen, seinen Gürtel ein Loch enger zu schnallen, wie seine Pächter. Aber er doch nicht, nicht der große Waidmann, und jetzt, dank Hughies Beredtsamkeit, ist die Aufmerksamkeit von ganz Munster auf diese elenden Acres gerichtet.«

»Das stimmt«, sagte Vincent und hielt sein Glas bewundernd in das gelbliche Lampenlicht, doch in Wirklichkeit musterte er Bob. »Und ich kann nicht glauben daß die Grundbesitzer und der Landadel in diesen Baronien zulassen werden, daß einer von ihnen einer Bande von Agitatoren zum Opfer fällt. Du mußt entschuldigen, daß ich ihre Bezeichnung für die Land League verwende. Eine Bande von Agitatoren.«

»Keine Entschuldigung nötig. Genau das sind wir ja. Eine Bande von Agitatoren. Aber es gibt einen Unterschied, das werden deine Freunde vom Landadel bald feststellen. Der Landadel wird den Kampf mit der League aufnehmen, da bin ich mir sicher, und sie werden die Regierung und die Armee und die Royal Irish Constabulary im Rücken haben. Aber sie werden ihre Fälle sorgfältig aussuchen. Sie werden niemanden verteidigen, der nicht verteidigt werden kann, und dem Helden von Hughies Pamphlet werden sie nicht helfen. Wenn du gerne einen von Bat Colthursts Jagdhunden hättest, dann halte die Augen offen. Er wird bald alles verkaufen.«

Die Jahre 80, 81, 82. Das waren Bob Delaneys große Prophetenjahre. In dieser Nacht, als Vincent und ich auf dem Platz standen, waren wir beide – ich fast ebensosehr wie Vincent – gleichzeitig amüsiert und ein bißchen verärgert über die Art, in der Bob das Leben jetzt angriff, wie er sich unter vollen Segeln und reichlich selbstsicher dagegenwarf. »*Er* weiß, was der Landadel machen wird«, sagte Vincent und schlug in der Kälte seine behandschuhten Hände gegeneinander. »Wer in Gottes Namen hat ihm das gesagt, die Land-League-Leute oben in Macroom und Cork? Hast du jemals solch eine Meute gesehen? Anwälte und Winkeladvokaten und verlotterte Zeitungsschmierer.«

»Ach«, meinte ich, um den Frieden zu bewahren und um aus der Kälte nach Hause zu kommen, denn ein dünner, scharfer Wind kam aus den Bergen, »das ist ein neuer Enthusiasmus.«

Aber wir irrten uns beide sehr, als wir so leicht und spöttisch darüber hinweggingen. In diesen drei Prophetenjahren, wie ich sie später nannte, hat Bob keinen einzigen falschen Schritt gemacht, glaube ich. Dabei rede ich natürlich von seinem öffentlichen Leben. Sein Privatleben dagegen sollte ganz anders verlaufen. Aber ist es nicht wundervoll von jemandem mit Bobs Anfängen, einem Ladenschwengel – da hatte Bat Colthurst recht gehabt –, daß er später ein öffentliches Leben hatte, als einer der Großen in der Land League und als Parlamentsabgeordneter, und daß er als einer von Parnells jungen Leutnants bekannt wurde?

Es ist möglich, das Schicksal beim Schopf zu ergreifen, wie die alten Autoren das sagen würden. Aber vielleicht kommt es öfter vor, daß es im Leben einiger Menschen einen Moment gibt, in dem sie aus ihrer eigenen Obskurität herausgehoben und mit der Geschichte ihres Volkes verbunden werden, so daß beide eins sind? Was ich als Bobs Prophetentum bezeichnet habe, war eine Sicherheit des Handelns, eine Gewißheit, daß das große schwere Pendel der Geschichte sich in Bewegung gesetzt hatte und durch

Zeit und Raum fegte. Ein Pendel mit so scharfen Kanten wie die Axt eines Henkers.

Die Angelegenheiten des armen Colthurst entwickelten sich genauso, wie Bob vorausgesagt hatte. Noch ehe sechs Monate vorbei waren, hatte er ausverkauft und war zu seinen Vettern in deren Schloß bei Macroom gezogen, und von dort ging er nach London und ließ sich in unserem County nicht mehr sehen. Ein oder zwei Jahre später begegnete Vincent ihm oben in Galway bei einem Treffen der Blazers. Inzwischen tobte überall in Irland der Landkrieg, und in Galway und Mayo waren große Güter unter Belagerung. Colthurst, wie Vincent mir berichtete, war wie ein Überlebender einer frühen Schlacht, gehässig und übellaunig. »Er wollte einen Streit mit mir vom Zaun brechen«, erzählte Vincent, »saß da auf seinem geliehenen Jagdpferd und zupfte an den Spitzen seines tabakfleckigen Schnurrbarts, aber ich wollte nichts davon hören. Und er griff oft zu einer reichlich großen Taschenflasche und trank tüchtig davon, wenn er glaubte, daß niemand ihn sehen könnte. So fallen die Mächtigen, eine Familie, die mindestens seit Cromwells Tagen hier ist.«

Es war ein lebhaftes Bild, doch als Vincent mir das erzählte, konnte ich mir Colthurst in seiner Londoner Wohnung noch lebhafter vorstellen, einen Exilanten, der seinen nutzlosen Zorn pflegte.

So begann in unsere Baronien der Landkrieg, mit einer Räumung in den Boggeraghs und dem Sturz des Bartholomew Colthurst. Es war wie ein erster kurzer Schuß zu Beginn eines Scharmützels. Die Land League machte darum natürlich sehr viel Aufhebens, und bei öffentlichen Reden in Millstreet und Macroom und anderswo wurde darüber gesprochen wie über ein zweites Salamis oder Marathon, und Colthurst galt als zweiter, aber lächerlicher Herodes.

Nun kamen die großen Tage der Versammlungen und der Fackelzüge fast überall im Westen und im Süden Irlands, und in dieser Hinsicht ließ Kilpeder sich nicht übertreffen. Es wurde jedoch einige Wochen vor unserer ersten eine frühe Versammlung in Macroom abgehalten, zu der ich zusammen mit Bob gefahren war. In der Woche vorher hatte es überall in den Baronien Plakate gegeben, und ich habe wegen seiner bilderreichen Ausdrucksweise eines aufbewahrt.

»MUNSTER ERWACHE!!!« fing es an. »Große Pächter-

Versammlung am nächsten Sonntag auf dem Marktplatz von Macroom.« Und die Prominenz, mit »deren Erscheinen man rechnete«, wurde in großer Zahl aufgelistet, sogar eine Schwadron von Parlamentsmitgliedern war dabei, angeführt von »Charles S. Parnell, Esquire, M. P.« Das war natürlich alles nur Zirkusflitter, denn Parnell und die übrige Prominenz hielten sich für einen strategisch wichtigeren Auftritt zurück; aber das Plakat konnte wahrheitsgemäß vermelden, daß der Held von Aghabullogue erscheinen würde, der Verteidiger der armen Bauern unserer Hügel und Täler, der Mann in der Bresche, Robert Delaney, Anwalt. Und dann folgte ein phantastischer Schluß: »Von Pekings Porzellantürmen bis zu den Rundtürmen Irlands, von Connemaras Hütten bis zu den Kraals im Kafferland, von den Lehmhütten der polynesischen Inseln bis zu den Wigwams Nordamerikas ertönt der Schrei: ›Nieder mit den Invasoren! Nieder mit den Tyrannen!‹ Jedem sein Land! Jedem sein Heim!«

Wir brachen gemeinsam auf, Bob und ich, und saßen bequem in seinem schönen Einspänner, dessen Seiten schwarz glänzten und auf dessen Sitzen weiche Kissen lagen. Bob trug die neuen Kleider, die unter Vincents Aufsicht bei Duffy in Cork City für ihn geschneidert worden waren – einen schönen Gehrock, schwarz wie der Wagen, mit schwarzer Seide am Revers. Er war nervös, das konnte ich daran sehen, wie er die Zügel handhabte – und ehe wir Macroom erreichten, hatte er drei der langen, blassen Zigarren geraucht, die er sich kürzlich zugelegt hatte und die er zwischen die Lippen geklemmt hielt.

Es war Abend, als wir eintrafen, und verabredungsgemäß gingen wir ins Imperial Hotel, wo John Stephen Murphy uns erwartete, ebenfalls ein Anwalt und der große Drahtzieher von Macrooms Pächterrechtsbewegung. Wie Bob hatte er sich sehr gut gekleidet, er trug einen Gehrock und eine leuchtendweiße Hemdbrust mit einer Halsbinde aus changierender Seide, die mit einer kleinen Perlennadel befestigt war. Fünf oder sechs andere waren bei ihm, und wir aßen zusammen, während draußen auf dem Platz alles vorbereitet wurde. Es war ein großartiges Festmahl. Die Mädchen rannten immer wieder zwischen Küche und Eßzimmer hin und her und brachten große Schüsseln mit Schinken und Hühnerfleisch, Schüsseln mit dampfenden Kartoffeln in ihren heißen braunen Schalen, und die hohen Porter- und Biergläser wurden immer wieder neu gefüllt.

Bei diesem Essen herrschte, jetzt streng gezügelt, dasselbe Gefühl der Erregung, das ich in Bob gespürt hatte, und wenn ich daran zurückdenke, dann glaube ich, seine Ursachen besser zu verstehen als damals, obwohl Bob sich große Mühe gegeben hatte, mich aufzuklären. Mir selber, wie zweifellos zahllosen anderen, erschien die League damals als ein ehrenhaftes Unterfangen, das vielleicht in diesem unseligen Jahr den Bauern Hilfe bringen konnte. Aber bisher hatte ich mir noch nicht vorgestellt, es könnte das Instrument werden, zu dem Parnell und Davitt es mit Hilfe von Leuten wie Bob und John Stephen Murray aus Macroom machen sollten. An diesem Tag hatte ich zum erstenmal eine Ahnung von dieser Zukunft.

Als wir bei Tee und Früchtebrot angekommen waren, versank die Stadt langsam in Dunkelheit; aber es war immer noch hell genug, um zu sehen, daß sich eine große Menschenmenge auf dem Platz versammelte. Pechfässer waren angezündet worden, und einige Männer holten sich dort das Feuer für ihre eigenen Pechfackeln. Wir konnten ab und zu durch den dumpfen Lärm vieler Stimmen einen plötzlichen Ruf hören, nicht bedrohlich, umgänglich und erwartungsvoll – jemand rief über den Platz hinweg einem Freund etwas zu, und vieleicht brüllte dann einer, der zu tief ins Glas geschaut hatte: »Hoch Macroom!« oder »Hoch Cork!«, wie bei einem Hurlingspiel.

Aber die Honoratioren der League ließen sich Zeit und warteten auf den günstigsten Augenblick, und auf dem Tisch kreiste jetzt eine Flasche. Bob und John Stephen nahmen nur einen Spritzer und füllten ihre Gläser dann mit Wasser, wobei sie ein trockenes Lächeln wechselten. »Auf die Land League«, sagte John Stephen und hob sein Glas, und wir hoben unsere. Und wie aufs Stichwort fing eine Blaskapelle auf dem Platz an zu spielen. Ich hatte gehört, wie sie sich angewärmt hatten, ein vereinzelter Kornettstoß über dem Lärm der Versammlung, dann ein zaghafter Trommelwirbel. Aber jetzt waren sie soweit, und sie stimmten Thomas Davis' Young-Ireland-Lied an, »A Nation Once Again«.

»And then I prayed I yet might see
our fetters burst in twain,
and Ireland long a province be
a nation once again.«

Draußen auf dem Platz und im Speisesaal verstummten die Stimmen.

Es ist seltsam. Für den Moment war das anerkannte Ziel der League, den Druck zu erleichtern, unter dem große und kleine Bauern in dieser katastrophalen Zeit litten, und die Räumungen zu beenden. Dahinter jedoch lagen schemenhafte und trübe Vorstellungen, den Feudalismus zu stürzen und das Land den Bauern zu geben. Das alles hatte scheinbar wenig mit politischer Unabhängigkeit zu tun, und doch spielte hier die Band »A Nation Once Again«, und jeder in Macroom, wo er politisch auch stehen mochte, wußte, daß der Kampf um das Land und der Kampf um die Unabhängigkeit zusammenhingen, daß sie über jegliche Logik hinaus miteinander verkettet waren.

Draußen auf dem Platz sang die Menge den Text, denn sie kannten ihn alle, und hier, am Tisch, stimmte erst der Mann zu meiner Rechten, dann einer, der mir gegenüber saß, mit ein, und dann sangen wir es alle; gleich darauf sprang einer nach dem anderen auf, und wir legten die Hände an die Hosennähte und sangen es wie eine Nationalhymne, und das war es ja vielleicht auch.

»For freedom comes from God's right hand,
and needs a godly train,
and righteous men must make our land
a nation once again.«

Am Ende erhob sich auf dem Platz gewaltiges Gebrüll, wir jedoch standen stumm um den Tisch herum, leicht verlegen, leicht zynisch und leicht sentimental zugleich, was schließlich auch recht nah beieinander liegt.

Was die Versammlung selber betrifft, so erinnere ich mich natürlich am besten an Bobs Rede, aber da bin ich nicht der einzige; in den kommenden Jahren konnte man bisweilen jemanden aus Macroom über Bob sagen hören: »Der ist mir doch gleich aufgefallen, schon an dem Sonntag, als er mit John Stephen Murphy auf dem Podium bei mir zu Hause in Macroom stand und mit seiner Rede die Baronien in Brand gesteckt hat! Und ich stand so dicht neben ihm wie jetzt neben dir! Es war seine erste Rede, aber er war so ruhig wie O'Connell im Parlament!« Ich stand nicht so dicht neben ihm, obwohl er und John Stephen mich gedrängt hatten, mich zu den Würdenträgern aufs Podium zu setzen. Ich lehnte jedoch ab und stand auf der Treppe zum Hotel, wo sich mir andere anschlossen.

John Stephen hatte natürlich den Ehrenplatz inne, rechts von ihm saßen der Pfarrer und der Kaplan, links Bob. Aber die Versammlung wurde nicht durch einen Segen von Pater Maguire eröffnet und beendet. Das kam erst Monate später, als die Land League sich bewiesen hatte; vorerst begnügte die Kirche sich damit, ihr wohlwollendes Interesse zu zeigen. Aber ich will Pater Maguire zugestehen, daß er das personifizierte Wohlwollen war, ein wohlgenährter Mann von großem Umfang und dicken Wangen, der während der Veranstaltung breit lächelte und ein- oder zweimal fast in Beifall ausgebrochen wäre, der sich jedoch theatralisch zurückhielt – eine Botschaft, die seinen Pfarrkindern durchaus verständlich war, denn wie die meisten Iren konnten sie komplizierte geistliche Pantomimen hervorragend deuten.

Als John Stephen Bob mit einer blumigen Sprache, die ihn als Verfasser des Plakattextes auswies, dem Publikum vorstellte, nahm Bob seinen Zylinder ab, legte ihn vorsichtig auf den Stuhl und trat in die Mitte des Podiums. Er schien die Ruhe selber zu sein, doch ehe er ein Wort sagen konnte, stimmte die Kapelle »Clonbrony Wood« an. Es war bestenfalls ein Lied zum Mitsingen, Knittelverse, die vorgetragen und nicht auf einem Blasinstrument gespielt werden sollten; aber im Laufe der Zeit hatte sich eine Art Instrumentalversion ergeben, und die Menge, die sie kannte, sang mit. Diese Version war zum Glück kürzer als die, die in den Schenken gesungen wurde, und für öffentliche Veranstaltungen wie diese hier war sie aufrüttelnd genug.

»Let all true Irishmen be good,
and fight for what they hold.
Like all those heroes brave and bold,
who held Clonbrony Wood.«

»Er war dabei, wissen Sie«, sagte mein Nebenmann. »Bob Delaney hat zu den Männern gehört, die 67 Clonbrony Wood gehalten haben.«

»Das habe ich gehört«, erwiderte ich.

»Bei Jesus«, sagte der Mann. »Ist er nicht großartig? Sehen Sie sich ihn doch an! Die Engländer können uns in den Staub trampeln und uns die Gurgel zudrücken, aber solange wir Männer wie den da haben, sind wir noch nicht fertig.« Er atmete schwer, und ein Hauch von Porter und Speck schwebte mir entgegen, ein vertrauter Geruch.

Bob wartete bewegungslos, bis das Lied und der darauffolgende Jubel verklungen waren. »Ich habe das Lied erkannt«, sagte er. »Und ich glaube mich zu erinnern, daß ich vor einigen Jahren aus irgendeinem Grund nach Clonbrony Wood gegangen bin, ich weiß nicht mehr, warum.« Er wartete, bis sich Lachen und Jubelrufe gelegt hatten.

»Bei Gott«, sagte Porter und Speck zu mir. »Witziger Bursche, nicht wahr? Und bescheiden noch dazu.«

»Aber ich sollte nicht in meiner Erinnerung an jenen Tag herumwühlen«, fuhr Bob fort, »egal, was damals passiert sein mag. Hier sind nämlich heute abend ein paar Burschen anwesend, die alles, was gesagt wird, aufschreiben und an Dublin Castle weiterreichen.« Er nickte zu den beiden Polizisten mit ihren Umhängen und Helmen hinüber, von denen einer einen Schreibblock in der Hand hielt. Gemurmel erhob sich, mit einem Unterton von vager Bedrohlichkeit, aber Bob hob die Hand.

»Laßt sie mit ihrer harmlosen Beschäftigung in Frieden«, sagte er. »Hier wird heute abend kein Wort fallen, das den Rahmen des Gesetzes überschreitet.«

»Ach, wie schade!« rief ein Mann ihm zu.

»Nein, nein«, widersprach Bob. »Besser, die Peeler beschäftigen sich mit dem Aufschreiben von Redekunst als mit anderen Aufgaben, die sie dieses Jahr auf Befehl der Großgrundbesitzer ausführen müssen, Wache stehen zum Beispiel, wenn Schurken armen Kätnern das Dach über dem Kopf wegreißen oder irgendeinen verwirrten armen Tropf ins Gefängnis karren, der die Hand erhoben hat, um die Zerstörung seines Heims zu verhindern. Schreibt nur drauflos, Jungs!« rief er den Peelern zu, die unter ihren steifen Helmen knallrote Gesichter hatten. »Schreibt nur drauflos! Wenn ich zu schnell für euch rede, dann sagt Bescheid!«

Hier war ein Bob Delaney, den ich noch nie gesehen hatte; es war seine erste öffentliche Rede, und er schien völlig in seinem Element zu sein, ein geborener Demagoge, wenn das nicht ein zu hartes Wort in Zusammenhang mit einem Freund ist. Vage erinnerte ich mich an die Worte, die er 67 zu unseren Männern gesagt hatte, als er Ned Nolan das Kommando übergab – zuversichtliche

Worte natürlich. Er war von Anfang bis Ende ein zuversichtlicher Mann; ganz am Ende, gebrochen und bitter, war er zuversichtlich in seiner Verzweiflung. Aber 67, als wir allesamt auf dem Ödland hinter Knockmany standen, hatten seine Worte eine ruhige Autorität gehabt, knapp wie Flaggensignale. Doch wer kann schon sagen – bei einem Mann, der mit Worten so geschickt umgehen kann, wie Bob das sein Leben lang vermochte –, was echt ist und was ein Kunstgriff?

»Die Zeiten ändern sich«, sagte Bob, und jetzt hatte er ihre Aufmerksamkeit und konnte leiser sprechen, obwohl seine Worte noch die Männer und Frauen erreichten, die ganz hinten standen. »Die Zeiten ändern sich, und Pläne und Waffen müssen sich mit ihnen ändern. Im Jahre 67 haben Männer sich von Munster bis zu den Hügeln von Dublin erhoben. Und das Ergebnis kennen wir alle. Es war eine Katastrophe und die Zerschlagung unserer Hoffnungen, während unsere Feinde lachten und uns verspotteten. Ach ja, sicher haben wir unsere Lieder über die kühnen Fenier und die Helden, die in Manchester gehängt worden sind. Aber wir haben gesehen, wie weit Piken und Gewehre und Mistgabeln uns bringen können, wie weit Slogan und Banner. Wir treffen in einem düsteren Jahr und in einer kalten Jahreszeit zusammen. Bereits jetzt können wir hören, daß das schwarze Jahr 47 durchaus zurückkehren kann. Gott möge verhüten, daß es soweit kommt, und ich glaube es auch nicht. Was ich glaube und was jeder von euch weiß, ist, daß wir eine weitere Mißernte hatten und daß unsere Herren und Meister – die Großgrundbesitzer – mit wenigen anständigen Ausnahmen darauf keine Rücksicht nehmen. Und wir kennen ihre Methoden – die Methode der Brecheisenbrigade, die Methode der eingerissenen Hütten und der auf die Straße gejagten Familien. Die Methoden der Farm, die jedem beliebigen Nachbarn oder Vorüberkommenden angeboten wird, der die alte Pacht bezahlen kann. Und es sind schöne, effektive Methoden – in früheren Zeiten wurde uns das Land mit Gewalt, mit Schwert und Kanone genommen, aber seitdem wird es gehalten durch Gerissenheit, dadurch, daß ein Nachbar gegen den anderen aufgehetzt wird, daß ehrliche Männer zu Landgrabschern gemacht werden, beschützt von den Karabinern der Polizei.«

Das Podium hatte ein schmales Geländer, und Bob ließ die Hand darauf ruhen und legte eine Pause ein. Ich konnte sehen, wie sein Blick über die Gesichter wanderte, als ob er sie abschätzen wollte.

»Aber diese Methoden brauchen nicht effektiv zu sein. Es mag für Leute aus Munster nicht angenehm sein, sich Connacht zum Vorbild zu nehmen, aber in diesem einen Fall können wir dadurch nur gewinnen. In Connacht – in Mayo und in Galway – haben sich die kleinen und großen Bauern – merkt euch das, die kleinen und die großen – zusammengeschlossen, wie ihr wißt. Sie bestehen auf einer Pachtsenkung, und die Junker haben in einer Stadt nach der anderen widerwillig nachgeben müssen. Und welche Waffe haben sie benutzt? Nicht die Pike oder die Muskete, Gott segne den Tag...«

»Ein Gewehr wäre aber richtig«, rief eine Stimme. »Das ist stärker als Worte!«

Gutmütiges Lachen und vereinzelter spöttischer Applaus waren zu hören. Der Ruf war von irgendwo auf der anderen Seite des Platzes gegenüber von unserem Hotel gefallen, vielleicht auf der Veranda eines der beiden Wirtshäuser, wo die Männer in Gruppen beisammenstanden.

»Aber sicher doch«, sagte Bob und paßte seine Reaktion dem Lachen und dem dahinplätschernden Applaus an. »Das ist die Art von Bemerkung, die Dublin Castle mit Vergnügen empfangen wird. Aber die Waffe, die die Land League in unsere Hände legen kann, wird durch das Gesetz geschützt. Wir können gegen die Grundbesitzer vorgehen, und sie können nichts dagegen tun. Sie können uns nicht zwingen, Wucherpachten zu bezahlen, solange sie uns nicht vom Land vertreiben können. Und Räumungen würden sie ebenso ruinieren wie uns, solange sie keine Grabscher finden können. Sie werden versuchen, die Gesetze ändern zu lassen, darauf könnt ihr euch verlassen, aber dazu brauchen sie Zeit. Bis dahin werden wir gewonnen haben, werden Connacht und Leinster gewonnen haben. Und es wird nur eine Schlacht sein, nicht der Krieg, an den die Land League denkt. Irlands Land für Irlands Menschen. Mit weniger geben wir uns nicht zufrieden.«

Die Hügel hinter der Stadt lagen in der Dunkelheit, im Westen, in Richtung Kilpeder gab es jedoch noch ein schwaches, grünliches Licht. Der Platz war von den tropfenden Tonnen und Fackeln hell erleuchtet; ihr Licht fiel auf Läden und auf die Martkhalle, auf den überfüllten Platz, auf das Podium. Bob redete immer noch, und ich hörte ihm mit halbem Ohr zu, wurde jedoch abgelenkt von allem, was es zu sehen gab. In der Menge gab es natürlich auch Bewegung; ein Mann bahnte sich seinen Weg und ging zu irgendeinem Ziel die Straße hinab; ein anderer reckte den Hals, um einen Freund zu entdecken. Aber es war seltsam ruhig. Nicht einmal das mit Irlands Land für Irlands Menschen, kein neuer Slogan, aber doch gut genug für einen Bravoruf, hatte sie herausfordern können. Sie hörten Bob tatsächlich zu, und von nun an glaubte ich, das Geheimnis seiner Rednergabe entdeckt zu haben. Es gelang ihm, scheinbar zu jedem einzelnen und doch zu allen gleichzeitig zu sprechen.

Erst ganz am Ende und vielleicht, weil er wußte, was erwartet wurde – wie der Zweizeiler, der das Gedicht beschließt, wie musikalische Verzierungen, die in der Luft zu schweben scheinen –, schwang er sich zur großen Rede auf. Er hatte von der Führung der League gesprochen, hatte geschickt die ortsansässigen Mitglieder erwähnt und sich dann Davitt und Parnell und Parnells Helfern im Parlament zugewandt, bisher erst einer Handvoll, aber Parnells Name war bereits überall bekannt, sogar hier in Macroom, während Davitt ihnen noch nicht vertraut war.

»Ihr werdet ihre Namen wieder hören«, sagte er. »Merkt sie euch gut. Charles Stewart Parnell kämpft Irlands Kampf in Englands Unterhaus, und er kämpft gut. Und Michael Davitt ist nach langen Jahren in englischen Gefängnissen zurückgekehrt, um denselben Kampf auf irischem Boden auszufechten. Seit 67 hat eine schwarze Wolke über dem Leben in Irland geschwebt, aber nun hebt sie sich, Gott sei Dank. Euch, jedem einzelnen von euch muß klar sein, wo eure wahren Interessen liegen. Gebt diesen Männern euer Vertrauen, so wie ich ihnen meins gegeben habe, aber gebt es ihnen nicht blindlings. Die Land League bittet um eure Hilfe, damit sie euch helfen kann. Ich weiß nicht, wie es hier in Macroom aussieht, aber ich kenne die Lage in Kilpeder. Die meisten von euch sind sicher schon einmal aus irgendeinem Grunde in Kilpeder gewesen. Ihr erinnert euch daran. Eine Stadt, die sehr viel Ähnlichkeit mit dieser hier hat. Auf der einen Seite des Marktplatzes erheben sich die Hintertore eines großen Gutes, schöne, große Tore, Granitpfeiler, gekrönt von Kugeln, und auf jeder Kugel sitzt ein Falke, ein wilder Raubvogel. Hinter diesen Toren scheint ihr euch in einer anderen Welt zu befinden, einer Welt, die nichts von Mißernten oder Räumungen oder Heimatlosen weiß, die über hartgefrorene Straßen wandern. Hinter diesen Toren liegt eine angenehme Welt, liegen Ställe für glänzende

Jagdpferde und Höfe für Kutschen, ein Schloß, wie die, über die wir in Märchen hören, Wohnsitz von Fürsten. Ich wünsche den Herren dieser Welt nichts Schlechtes, aber ich verspreche euch, sie sollen nicht länger auf Kosten unserer Welt leben. Vielleicht habt ihr hier in Macroom auch solche Tore.«

Und das hatten sie, und vom Podium aus konnte er sie sehr gut sehen. Obwohl sie sie sehr wohl kannten, wandte sich doch über die Hälfte der Menge um, um die Tore von Macroom Castle zu betrachten, eines schönen, aber chaotischen Gebäudes, halb Festung und halb Herrensitz, nicht so tief in seinem Park verborgen wie das Schloß in Kilpeder, sondern fast noch ein Teil der Stadt; viele Fenster waren erleuchtet, und in einem Fenster im ersten Stock konnten wir Menschen sehen, die von unserer Erregung angezogen zu sein schienen.

Bob sagte nichts mehr zu diesem Thema, sondern ließ sie seine Lektion schweigend verdauen. Und das geschah auch, denn Macroom wurde eines der Zentren der Land-League-Unternehmungen bis zum Kampagnenplan am Ende des Jahrzehnts. Obwohl John Stephen Murphy viel mehr damit zu tun hatte – wie die Ereignisse beweisen sollten, war er ein großartiger Organisator –, standen er und Bob am Ende zur Zeit der Parnell-Spaltung auf gegnerischen Seiten; und wie es damals überall war, so griff der Streit aufs Persönliche über, und auf beiden Seiten fielen bittere Worte. Aber das lag noch weit in der Zukunft. An diesem Abend war, als Bob seine Rede beendet hatte und ehe die Menschen auf dem Platz losjubeln konnten, John Stephen bereits aufgesprungen und hatte Bob den Arm um die Schulter gelegt. Die beiden standen nebeneinander, als der Jubel losbrach, und ehe ich mich's versah, hatte ich in den Jubel eingestimmt. Und wieder spielte die Kapelle »Clonbrony Wood«.

Es war jedoch natürlich noch lange nicht das Ende der Reden. John Stephen hielt die große, heiß erwartete Rede dieses Abends und erfüllte alle Erwartungen, die an einen Mann gestellt werden konnten, der die Türme Pekings und die Wigwams Nordamerikas in einen Aufruf zu einer öffentlichen Versammlung in West Cork einbringen konnte. Und doch muß ich, in der Eitelkeit der Freundschaft, doch denken, daß es Bobs Worte waren, die haften blieben, weil er mit den Bauern in einer Sprache gesprochen hatte, die sie verstehen konnten, und weil er erst am Ende elegante, unvergeßliche und leicht beängstigende Bilder benutzt hatte – als er uns an die beiden Welten erinnerte, in denen wir lebten, an unsere eigene Welt und an die Welt unserer Herren.

Als nach der Versammlung die Kapelle »God Save Ireland« spielte, ein weiteres Fenier-Lied, gingen Bob und ich mit der übrigen Prominenz in die rückwärtige Bar des Imperial, wo Bob sich endlich zwei anständige Whiskeys erlaubte und den ersten gleich kippte, was ihm überhaupt nicht ähnlich sah.

»Bei Gott, Bob«, sagte John Stephen. »In dir steckt ja das Zeug zu einem O'Connell! Das war eine verdammt gute Rede!«

»Im Vergleich zu deiner war sie nichts«, erwiderte Bob höflich. »Ich war zu steif. Das kommt davon, daß ich mir die Rede immer wieder vorgesprochen habe und meine arme Frau mir mitten in der Nacht zuhören mußte.«

»Ihr wart beide sehr gut«, erklärte Pater Maguire. »Zwei verschiedene Predigtstile, könnte man sagen.« Er hatte ein bescheidenes Glas Bier und ließ es auf seinem schwarzen, runden Embonpoint ruhen.

»Aber wir brauchen mehr als Reden oder sogar Predigten«, sagte John Stephen. »Hab' ich recht, Bob?«

»Ich kann nur für Kilpeder sprechen«, antwortete Bob, und damit steckten die beiden die Köpfe zusammen und wandten sich dem wirklichen Inhalt und Ziel der League zu, wovon die Reden nur der Schaum waren. Es schien eine ideale Gelegenheit, um mir ein paar Minuten ruhige Luft zu gönnen, und ich entschuldigte mich, aber die anderen hörten mir kaum zu, abgesehen von Maguire, der sich ebenfalls entschuldigte und mit mir zusammen aufbrach. Wir beide durchquerten das dunkle, von einer einzigen herabgedrehten Gasflamme erhellte Foyer und gingen auf den Platz hinaus.

Es war seltsam, den verlassenen Platz zu sehen, der noch vor einer halben Stunde überfüllt gewesen war. Das Podium mit seinem Geländer unter dem schwachen Mond wirkte wie ein Skelett, und das grüne und goldene Fahnentuch hing schlaff hinunter. Am anderen Ende der Stadt brannten hinter den Toren im Schloß Macroom noch immer einige Lichter.

»Eine milde Nacht«, sagte er.

»Wie wahr, Pater«, erwiderte ich. »Gott sei Dank.«

»Eine bedeutsame Nacht vielleicht«, fuhr er fort. »Eine wichtige Nacht.«

»So Gott will.«

»Ich setze große Hoffnungen auf die League, wissen Sie«, sagte Maguire. »Das tun wir alle. Das ist der richtige Weg. Ihr Freund Delaney hatte mit seinen ersten Worten recht. Die Fenier waren auf der falschen Spur; die Menschen standen nicht hinter ihnen, nur Landarbeiter, Handwerker in den Städten und ein paar Tunichtgute haben sie unterstützt. Und das weiß sicher niemand besser als Delaney.«

»Oder ich, Pater«, erwiderte ich. »Ich war bei Delaney. In Clonbrony Wood. Wir waren nicht alle nur Tunichtgute.«

Er lachte bellend. »Delaney ist jedenfalls keiner, bei Gott. Er macht seine Sache wirklich sehr gut. Und Ihnen geht es auch gut, hoffe ich.«

»Gut genug«, antwortete ich. »Vielleicht ist es seltsam, das zu sagen, Pater, aber wissen Sie, ich habe Clonbrony Wood nie bereut.«

»Ach«, sagte er mit leichtem, tolerantem Seufzer. »Das müssen Sie mit Ihrem Beichtvater ausmachen. Ich habe übereilt gesprochen. Bei den Feniern hat es auch gute Männer gegeben, es fällt mir nicht schwer, das zuzugeben. Mein eigener Bruder oben in Ballinasloe war eine Weile bei ihnen, in seiner wilden Jugend, und jetzt ist er ein braver Gutsverwalter.«

Er wühlte in seiner Tasche, holte eine Schnupftabaksdose hervor, bot sie mir an und nahm selber mit Daumen und Zeigefinger eine Prise.

»Es ist eine üble alte Gewohnheit«, sagte er, hielt die Prise einen Moment fest und betrachtete die Finger, die sie hielten, als handle es sich dabei um eine Seele auf dem Weg zu ihrer Bestimmung, »und wissen Sie, es ist ein sehr verbreitetes geistliches Laster. Die meisten Schnupfer meiner Bekanntschaft sind Priester.«

Diese Beobachtung traf zu, und während ich darüber nachgrübelte, zog er den Schnupftabak ein, ein wenig für jedes Nasenloch, lautes, schweres, stierhaftes Schnaufen.

»Ich war damals in Rom«, sagte er. »67, meine ich. Sie können sich vorstellen, wie wenig beliebt solche Ereignisse in dieser Stadt sind. Ich wurde schwer in die Zange genommen, mußte mich für mein unglückseliges Volk entschuldigen und nach allen Seiten versichern, daß wir gesetzestreu und gottesfürchtig sind, was immer eine irregeleitete Handvoll von Männern auch anstellen mag.«

»Eine irregeleitete Handvoll«, wiederholte ich. Wieder lachte er, blieb stehen, um sich die Finger abzuwischen, und klopfte mir auf den Arm. »Sie wissen schon, was ich meine, Mr. MacMahon. Aber das war damals, und jetzt ist jetzt, und mein Bruder ist Gutsverwalter, Sie selber sind ein respektabler Schulmeister, und Robert Delaney – nun, wer wollte *seinem* Ehrgeiz schon eine Grenze setzen?«

»Sein Ehrgeiz im Moment ist«, sagte ich, »daß die League die Menschen aus dieser entsetzlichen Grube befreit, in die sie gefallen sind. Das ist Ehrgeiz genug für jeden, möchte ich meinen.«

»Mein Pfarrhaus ist nur fünf Minuten entfernt«, sagte er, »und der Abend ist mild.«

Und so gingen wir weiter, die respektabelsten Männer, Schulmeister und Priester. Der Mond gab uns gerade genug Licht, und die milde Temperatur ließ den Spaziergang zum Vergnügen werden. Maguire war einen halben Kopf kleiner als ich.

»Haben Sie schon viel über die Stellung der Kirche in diesem Land nachgedacht?« fragte er.

»Ab und zu«, antwortete ich vorsichtig. »Vielleicht nicht so oft, wie ich sollte.«

»Es ist kein Thema für eine Unterhaltung von fünf Minuten«, sagte er. »Wir sind Iren, wissen Sie, Mr. MacMahon. Iren und Priester. Wir haben die Fenier als Iren verurteilt. Das sind doch klare Worte, nicht wahr? Und als Iren werden wir vermutlich die Land League mit Wohlwollen betrachten. Vermutlich, sage ich. Wer kann schließlich sagen, was im Kopf eines Bischofs vorgehen mag?«

»Ich jedenfalls nicht«, sagte ich mutig.

»Ich auch nicht, nie. Aber ich kann Ihnen eins mit Gewißheit sagen. Wenn es irgendeinen Grund zu der Annahme gibt, daß die Fenier die Kontrolle über die League haben, dann wird sie mit Stumpf und Stiel verdammt werden. Verdammt von den Bischöfen, verdammt vom Altar herab. Ich bete zu Gott, daß das nicht eintreffen wird.«

»Die Fenier«, erwiderte ich, »werden die League wohl eher bekämpfen.«

»Meinen Sie das?« Er blieb stehen und fuhr herum, um mich anzublicken. »Die Hälfte der Organisatoren der League in Mayo sind Fenier, heißt es. Die League selber wird von Davitt organisiert, einem auf Ehrenwort entlassenen Fenier, mit dem Segen von Devoy und New York und dem Clann na nGael, und der ist schließlich nur die Bruderschaft der Fenier mit Yankee-Akzent. Das hört sich für mich nicht so an, als ob die Fenier die League bekämpften.«

»Wenn Sie Informationen brauchen, Pater Maguire, oder auch nur eine politische Analyse, dann sind Sie an den Falschen geraten. Ich habe, wie Sie wissen, den Eid abgelegt, und ich habe im Jahre 67 gemacht, was man damals eben so machte, und deshalb war ich auch kurze Zeit im Gefängnis. Und ab und zu, wenn ich ein paar Schillinge übrig habe, was nicht oft der Fall ist, dann schicke ich sie der Organisation. Das machen viele, die 67 nicht dabei waren. Aber damit ist auch Schluß. Und was die Land League angeht, das ist eine Sache der irischen Bauern. Ich bin Schulmeister.«

»Die Bauern«, sagte Maguire, »und Edmund Gabin aus Castlebar, County Mayo, und Michael Davitt aus dem Gefängnis von Dartmoor, und John Devoy vom Clann na nGael und Bob Delaney. Wirklich schöne Bauern allesamt.«

»Wenn Sie sich wegen Bob Delaney Sorgen machen«, sagte ich, »dann hätten Sie nicht bei einer öffentlichen Versammlung mit ihm auf dem Podium sitzen dürfen, Pater. Wenn Sie meine unverschämte Rede entschuldigen.«

»Gar nicht nötig«, erwiderte er. »Er wird von Dennis Tully unterstützt, und das reicht für mich. Sie waren damals doch alle noch junge Burschen, Delaney und Sie selber und Vincent Tully, brannten darauf, für Ihr Heimatland einen Hieb zu führen. Wer sollte Ihnen da Vorwürfe machen? Sie waren doch nicht wie dieser Verrückte in den Staaten, wie Ned Nolan.«

Aber inzwischen waren wir bei seinem Tor angekommen, und obwohl er mich höflich zu einem Schlummertrunk einlud, lehnte ich doch ab, denn ich bezweifelte, daß diese Einladung von Herzen kam. Er hatte mir eine Botschaft ausgerichtet, und seine Aufgabe war erfüllt. Vielleicht, dachte ich, als ich zum Imperial zurückging, vielleicht hätte ich ihm das alles energischer versichern sollen. Denn ich hatte ihm mehr oder weniger die Wahrheit gesagt. Wir hatten vor langer Zeit den Eid abgelegt, und ab und zu schickten wir eine kleine Spende, aber wir dachten nur selten an die Organisation, und wenn, dann ungeduldig und peinlich berührt.

Die Wahrheit dieser Überlegung wurde mir weniger als eine Woche später, als Jeremiah Mulcahy uns aufsuchte, brutal klargemacht. Er suchte Bob auf, um genauer zu sein; aber Bob schickte einen Jungen zu mir, um mich zu holen.

Es war am frühen Abend, und Bobs Haus sah warm aus, die Ziegelsteine waren rosig in der klaren Luft, der Garten sauber und einladend. Agnes öffnete auf mein Klopfen hin. Sie sah wie immer kühl und sympathisch aus in ihrem Kleid aus gewirktem Musselin mit seinem Blümchenmuster und ihren blassen, klaren, ruhigen Augen; ihre Wangen waren glatt, jetzt aber leicht gerötet.

»Sie sind drinnen«, sagte sie und nickte zum vorderen Wohnzimmer hinüber, aber als ich zur geschlossenen Tür ging, legte sie mir die Hand auf den Arm. »Ein Mann namens Jeremiah Mulcahy«, sagte sie. »Hört sich an, als ob er aus Dublin käme.« Etwas machte ihr unklare Sorgen, denn der Akzent, der ihr in der Schule mit größter Mühe eingetrichtert worden war, war für den Moment verschwunden und durch die dorischen Noten von West Cork ersetzt worden.

Aber der Name bedeutete mir nichts, deshalb schüttelte ich den Kopf. »Na, dann geh rein, Hughie.«

Bob saß hinter seinem schönen Schreibtisch und hatte dem hohen Fenster, wo der Vorhang zugezogen war, den Rücken gekehrt. Aber aus den Fenstern links von ihm strömte spätes Sonnenlicht ins Zimmer, Stäubchen tanzten in den breiten Sonnenstrahlen und verteilten sich auf dem rotblauen türkischen Teppich. Jeremiah Mulcahy saß auf einem der beiden Ledersessel vor dem Tisch. Er hatte sich zu mir umgedreht, als ich die Tür geöffnet hatte. Seine Kleider waren sauber, aber sichtlich abgetragen, ein Anzug aus dunklem Serge und ein Hemd, dessen hoher, steifer Kragen etwas zu eng für ihn war. Er hatte die Haut an seinem Hals rot gescheuert. Beide hielten ein Glas in der Hand, und Bob nickte zur Flasche hinüber und forderte mich stumm auf, mich zu bedienen, was ich auch tat.

»Das ist Mr. Jeremiah Mulcahy, Hughie«, sagte er, »und er ist einzig und allein aus Dublin hergekommen, um mit uns zu reden. Und mit Vincent, hatte ich gedacht, aber er meint, wir beide wären genug.«

»Guten Abend, Mr. MacMahon«, sagte Mulcahy und streckte mir seine Hand hin. Sein Arm war kurz und muskulös.

Als ich in meinem Sessel Platz nahm, kam mir eine vage, wirre

Ahnung davon, was er uns zu sagen haben würde. In diesen Tagen gab es nur wenig, was Vincents Namen mit meinem und Bobs zusammengebracht hätte. Abgesehen von unserer Freundschaft und einer anderen Sache.

»Mr. Mulcahy kommt vom Obersten Rat der Bruderschaft«, sagte Bob.

Oberster Rat – schattenhafte Worte aus einem Zeitungsmelodram: »Sensationelle Enthüllungen, revolutionärer Untergrund«. John O'Leary zweifellos und Charles Kickham und dazu jeglicher Name, der dem Journalisten eingefallen war – verzweifelte, verbissene Revolverhelden. Und hier saß die Wahrheit in Bobs Arbeitszimmer: ein rundlicher höflicher Mann mit Tonsur.

»Ich hatte geschäftlich in Cork zu tun«, sagte er in fast entschuldigendem Tonfall, »und es wurde vorgeschlagen, daß ich Sie beide aufsuche. Ich bin Handelsreisender von Beruf.« Agnes hatte den Akzent richtig eingeordnet – pures Dublin, überhaupt nicht irisch. Woher mochte dieser Akzent stammen? Ein Rätsel für die Gelehrten!

»Das war sehr zuvorkommend von Ihnen«, sagte Bob. »Es ist für uns beide eine große Ehre, nicht wahr, Hughie?«

Ich überlegte, ob er vor Mulcahys Eintreffen vielleicht ein oder zwei Gläser getrunken haben könnte. Seine Worte hatten einen Unterton, eine vage Gefahr lag in ihnen, die ich erkennen konnte, Mulcahy jedoch nicht.

»Sie stehen in hoher Achtung«, sagte Mulcahy. »Sie beide. Männer, die in Clonbrony Wood gekämpft haben. Männer, die unter Captain Ned Nolan gedient haben.«

»Ist er immer noch Captain?« fragte Bob leichthin und umgänglich. »Ich hätte gedacht, er wäre inzwischen Colonel oder Admiral.«

Mulcahy lächelte und blickte in sein Glas.

»Ich bekomme ab und zu einen Brief von Ned«, warf ich ein. »Zu Weihnachten manchmal. Und ich versuche, ihn über Kilpeder auf dem laufenden zu halten. Er ist hier geboren, wissen Sie. Thomas Justin Nolan war sein Vater, einer der Männer von 1848.«

»Das weiß ich«, sagte Mulcahy. »Er ist drüben in New York gestorben. Ohne Geld, halb vergessen, Schaffner oder so was. Ned Nolan muß sehr stolz auf ihn sein. John O'Mahoney selber hat ihm den Fenier-Eid abgenommen, und er hat dem Eid die Treue gehalten, in fetten wie in mageren Tagen.«

»Eine Familientradition«, meinte Bob. Er schob die Karaffe zu Mulcahy hinüber. Das Licht der schrägstehenden Sonne fiel darauf, und der Whiskey glühte wie Bernstein. Dann erinnerte Bob sich daran, was sich gehörte, hob die Karaffe hoch und schenkte sich und seinem Gast von neuem ein.

»Sie können sich vielleicht denken, Mr. Delaney, warum ich nach Kilpeder geschickt worden bin. Sie sind immer noch in der Bruderschaft angesehene Mitglieder, Sie und Mr. MacMahon. Und es kann Ihnen nicht verborgen geblieben sein, daß die Bruderschaft nichts mit der Land League zu tun haben will. Einige von uns wünschen ihr vielleicht alles Gute, aber wir wollen nichts mit ihr zu tun haben.«

»Ist das so?« fragte Bob. »Ich hatte den Eindruck, daß auch Davitt ein angesehenes Mitglied ist.«

»Dann irren Sie sich«, antwortete Mulcahy. »Ich kann Ihnen ruhig erzählen, daß Davitt aus dem Obersten Rat entfernt wurde, als er aus dem Gefängnis zu uns zurückkam. Aber wir haben sehr bedauert, daß wir ihn dort entfernen mußten. Er ist immer noch Mitglied der IRB, wie Sie ja selber auch, aber was er nun macht, unternimmt er auf eigene Faust, ohne unseren Segen. Und ich bin hergekommen, um Ihnen klarzumachen, daß auch Sie ohne unseren Segen handeln.«

»Nun gut«, sagte Bob. »Ich versichere Ihnen, daß mich das sehr betroffen macht, und dabei können wir es belassen und in aller Ruhe zusammen einen trinken.«

»Ach, Mr. Delaney«, meinte Mulcahy und betrachtete seinen Daumen, der über den Rand seines Glases fuhr. »Mr. Delaney.« Plötzlich blickte er auf. Seine Augen waren blaßblau, und sie waren mit starrem Blick auf Bob gerichtet. »So einfach ist das nicht, und das wissen Sie sehr gut. Heute sitzen im Londoner Unterhaus Männer, die sich als Fenier betrachten, die aber keine sind. Sie haben ihren Eid gebrochen, als sie ihren Fuß in dieses Haus gesetzt haben. Damals haben sie einen anderen Eid abgelegt, auf Victoria von England. Und überall in Connacht und Munster gibt es jetzt Männer, die sich für Fenier halten und die in der Land League aktiv sind. Und auch diese Männer verletzen ihren Eid.«

Es schien ein Jahrhundert her zu sein, daß wir in Cork City den Eid abgelegt hatten, Bob und Vincent und ich. Waren wir denn je jung genug gewesen, um zu glauben, daß wir das Empire umstürzen konnten, wenn wir im Ödland exerzierten und nur wenige Dutzend Gewehre und Revolver hatten, vage Versprechungen von Schiffsladungen von Männern aus Amerika? Ich erinnerte mich an das Zimmer, das Hinterzimmer von Tumultys Krämerladen, Taurollen und Fässer voller Metallstücke, einen angenehmen, muffigen Geruch im Zimmer, die verschlossene und verriegelte Tür schützte uns vor dem brackigen Geruch des Flusses, dem Teergeruch.

»Nein«, sagte Bob. »So einfach ist es nicht. Aber ich möchte Ihnen zu bedenken geben, Mr. Mulcahy, daß die Bruderschaft nicht so riesengroß ist, daß ihr es euch leisten könnt, einen von uns zu verlieren. Die Männer, die M. P.s geworden sind, nicht, daß das so viele wären, und die Männer, die in der Land League aktiv sind, und das sind schon beträchtlich mehr, sind doch gerade diejenigen, die die Bruderschaft braucht. Endlich hat sich die Geschichte auf dieser Insel in Marsch gesetzt, und wenn die Bruderschaft ihre Lektion nicht richtig lesen kann, dann wird sie Schiffbruch erleiden. Was zum Teufel bildet ihr Burschen im Obersten Rat euch eigentlich ein?«

»Was soll denn diese Frage? Der Rat versucht, uns alle an unseren Entschluß zu binden, nämlich für ein freies und unabhängiges Land zu kämpfen.«

»Kämpfen«, wiederholte Bob und sagte nichts mehr, sondern ruhte sich zufrieden auf diesem ironischen Echo aus.

Mulcahy nippte an seinem Whiskey und gab dann einen kleinen Schuß Wasser hinein.

»Wir sind keine Kinder«, sagte er. »In diesem Jahr oder in diesem Jahrzehnt wird es nicht mehr zum Kampf kommen. Das wissen wir. Aber der Tag wird kommen, an dem das Land abermals bereit sein wird, für seine Freiheit zu kämpfen, und die Organisation wird wieder Zulauf haben. Die Parlamentsmitglieder und die Organisatoren der Land League – beide Gruppen werden die Moral in diesem Land verderben.«

»Haben Sie je eine Versammlung der League besucht?« fragte Bob. »Sie würden es vielleicht lehrreich finden. Am Sonntag hat in Macroom eine stattgefunden, und nächsten Monat werden wir hier eine abhalten.«

»Mir Ihrer Mitwirkung«, sagte Mulcahy.

»Mehr als nur Mitwirkung«, korrigierte Bob. »Ich bin Sekretär der League für Kilpeder.«

»Sie haben noch nicht viel gesagt.« Mulcahy wandte sich mir zu. »Wie sehen Sie diese Angelegenheit, Mr. MacMahon?«

»Sie betrifft mich nicht direkt«, erwiderte ich. »Schulmeister haben mit solchen Fragen nichts zu tun. Aber wenn Sie mich fragen, wo meine Sympathien liegen...«

»67 haben Sie sich nicht herausgehalten«, fiel er mir ins Wort.

»Darüber ist schon zuviel gesagt worden«, sagte Bob. »Zu viele große Worte, zu viele Balladen.«

»Ich nehme aber doch an, es macht sich gut auf dem Podium der League«, meinte Mulcahy. »Schwenken Sie die Fenier-Flagge, und der Jubel wird Ihnen gewiß sein.«

»Wenn Sie mich fragen, wo meine Sympathien liegen«, sagte ich noch einmal, »dann gehören sie alle der Land League, und ich halte mich deshalb nicht für einen schlechteren Iren. Sie sagen uns, Sie sind Handelsreisender, Mr. Mulcahy. Dann wissen Sie doch sicher, in welcher Lage sich Bauern und Kätner in den letzten drei Jahren befunden haben. In dieser Baronie ist es schon zu Räumungen gekommen.«

»Aber sicher«, antwortete Mulcahy. »*Weihnachten in den Boggeraghs*, von Robert Delaney. Sehr schönes Stück Journalismus, Mr. Delaney. Sie haben wirklich etwas von einem Literaten.«

»Hören Sie«, sagte Bob, »lassen Sie uns doch zum Ende kommen.« Und mit einer Geste der Entschlossenheit, als ob er irgendeinen Fall zum Abschluß brächte, schenkte er Mulcahy und sich selber so große Portionen Whiskey ein, wie ich sie noch nie in einem christlichen Haushalt gesehen hatte, und hätte das auch bei mir getan, wenn ich ihm nicht rechtzeitig ein Zeichen gegeben hätte.

»Sonntag für Sonntag füllen sich Irlands Marktplätze bei Land-League-Versammlungen. Und mit gutem Grund. Zum Teil liegt es an den harten Zeiten, wie Hughie MacMahon gesagt hat. Aber mehr noch ist es ein Kampf um das Land. Bei uns geht es um das Land, und das war immer schon so, schon lange vor Cromwell. In Fenierzeiten, als wir die Polizeikaserne überfallen haben, standen 66 Männer hinter uns. Diese elende Ballade erinnert an sie, ›Full sixty men from Kilpeder town to the hills above did go‹. Sechzig von vielen Hunderten in diesen Baronien. Wenn alle dabeigewesen wären, dann hätten wir diese Kaserne wie eine Flut überspült. Wenn sie überall in Irland zu uns gestoßen wären.«

»Natürlich werden wir 67 nicht noch einmal kämpfen, Mr. Delaney.« Selbst, nachdem er sein Glas bis an den Rand mit Wasser gefüllt hatte, war der Trunk zu stark für Mulcahy, und er nippte nur vorsichtig daran. »Sie kennen diese triste Geschichte so gut wie ich. Unsere Führer waren untereinander zerstritten, und die Organisation war durchsetzt mit Denunzianten. Und am allerschlimmsten war, daß die Kirche absolut gegen uns war und uns von jedem Altar herab denunziert hat. ›Die Hölle ist nicht heiß und die Ewigkeit nicht lang genug‹, Sie kennen diese Worte so gut wie ich, Bob Delaney.«

»Ich kenne sie durchaus«, antwortete Bob, »und sie ruhen in der Sakristei jeder Kapelle in diesem Land und können jederzeit wieder in Gebrauch genommen werden, wenn die Organisation sich zu weit hervorwagt. Die Kirche wird die Organisation niemals unterstützen. Nie. Und ohne die Unterstützung der Kirche läßt sich in diesem Land nichts erreichen. Nichts.«

»Und hier beansprucht die Liga jetzt Ihre Loyalität, nicht wahr, Bob? Sie würden die Organisation im Stich lassen, wenn Sie dafür die Unterstützung der Bischöfe bekämen, was?«

»Der Bischöfe«, sagte Bob, »und der wohlhabenden Farmer und der Gombeen-Männer. Ich kenne alle eure Einwände. Ich lese ab und zu den *Irishman*.«

Der *Irishman* war, trotz eines dünnen Schleiers, der von Schicklichkeit und Gesetz gefordert wurde, ganz einfach das Sprachrohr der Organisation und wurde von einem beredten Fastbankrotteur namens Richard Pigott herausgegeben. Wütend opponierte er gegen die League und lehnte die Allianz, die Davitt und Devoy erkämpft hatten, vehement ab. Trotz seiner schrillen Rhetorik beharrte er auf der reinen, strengen Fenier-Doktrin: keine Kompromisse, Hände weg von der Landagitation, wartet auf den Tag, an dem sich das irische Volk erheben und den Tyrannen mit Waffengewalt stürzen wird. Harter, männlicher Kram. »Die Fenier«, hieß es, »verhandeln nicht.«

»Denken Sie doch einmal an Ihre eigenen Worte«, sagte Bob. »Die Bischöfe sind doch nicht das einzige. Meinen Sie denn, die Denunzianten seien mit MacNally und Nagle ausgestorben? Die Organisation ist hier und in den Staaten durchsetzt von ihnen. Weder hier noch in New York kann viel passieren, ohne daß Dublin Castle etwas erfährt. Und manchmal weiß das Castle es schon, ehe es passiert, wenn Sie verstehen, was ich meine.«

»Es hat Denunzianten gegeben«, gab Mulcahy zu, »und in Zukunft wird es noch mehr geben. Und wir wissen, wie wir mit ihnen umzugehen haben.«

»Aber sicher wissen Sie das«, erwiderte Bob. »Einen kurzen Marsch durch eine Gasse und eine Kugel in den Schädel, wenn John O'Learys empfindlicher Magen solche Methoden verdauen kann. Aber Sie werden nicht alle erwischen, und Sie werden die schlimmsten nicht erwischen. Haben Sie sich je überlegt, daß vielleicht ein oder zwei von ihnen ...«

»Vorsicht, Bob«, warnte Mulcahy.

»›It did good work for Ireland / did that old Fenian gun‹«, Bob sang diese beiden Zeilen der Straßenballade mit aufgesetzt gutturaler Aussprache, mit Dubliner Straßenakzent. »Ihr Oberster Rat kann so tugendhaft wie der verdammte König Billy sein, aber Sie ziehen einen Schwanz von Verbrechern und Mördern, Verleumdern und Feiglingen hinter sich her.«

Sein Mund arbeitete noch, als er seine Rede beendet hatte, er hob sein Glas, leerte es auf einen Zug und füllte es noch einmal aus der Karaffe. Mulcahy wechselte mit mir einen Blick und stützte die Hand auf seinen Stuhlsitz, als ob er sich erheben wollte. »Sie haben einst selber ein Fenier-Gewehr getragen, Bob, Sie und Hugh MacMahon hier. Und Ned Nolan. Daran erinnert man sich, und es spricht zu Ihren Gunsten.«

»Und Sie?« fragte Bob. »Haben Sie auch in diesem großen Kampf um die Befreiung unserer Nation eine Waffe getragen?«

»Gewissermaßen ja«, antwortete Mulcahy. »Ich war mit Peter Lennon in Tallaght. Eine unrühmliche Affäre.«

»Dabei war schließlich auch verdammt wenig Ruhm zu holen«, sagte Bob.

»Wenig damals«, meinte Mulcahy, »und jetzt noch weniger.« Er schien mehr sagen zu wollen, blieb aber statt dessen ruhig sitzen und faßte sich an die Ellbogen. Das Schweigen hielt lange genug an, um bedrückend zu wirken, und um es zu brechen, wollte ich etwas sagen. Ehe ich jedoch anfangen konnte, fing Mulcahy meinen Blick auf und hielt ihn fest. In diesem Moment wurde er seltsam beeindruckend. Seine blassen Augen waren einschüchternd.

»Nun gut«, sagte Bob schließlich. »Es war nett von Ihnen, mich zu besuchen, statt mir einen Brief mit Totenschädeln und gekreuzten Knochen oder einen Ihrer Desperados zu schicken.«

»Nein, nein«, wehrte Mulcahy ab.

»Aber Sie kennen jetzt meine Meinung«, fuhr Bob fort. »Ich sage Ihnen offen, was ich vorhabe. Ich arbeite jetzt für die League. Sie können mich durch Glocke, Buch oder Kerze oder welches Ritual auch immer aus der Organisation verstoßen.

Mulcahy seufzte. »Kein Ritual. Unsere Wege trennen sich, das ist alles. Es tut mir leid, das mitansehen zu müssen.«

»Mir auch«, sagte Bob. Er schüttelte den Kopf, als ob er ihn klären wollte. »Möchten Sie bei uns übernachten? Wir haben ein Bett für Sie, und wir könnten zusammen essen. Hughie hier und seine Frau Mary würden sich uns vielleicht gern anschließen.«

»Das würden wir wirklich gern«, sagte ich und brachte einen meiner unbezahlbaren Beiträge zu dieser Gelegenheit.

»Danke, nein«, wehrte Mulcahy ab. »Ich habe in den Kilpeder Arms ein Zimmer genommen, und ich muß mit dem Frühzug weiter. Aber ich danke Ihnen.«

Nun war Bob derjenige, der seufzte. »Nein«, sagte er. »Sie wollen nicht. Aber Sie trinken doch sicher mit mir einen zum Abschied.« Und wieder griff er nach der Karaffe, deren Pegel inzwischen merklich gesunken war. Mulcahy wollte ganz offenbar ablehnen, nahm sich dann aber zusammen und sagte: »Das mache ich natürlich gern, aber geben Sie mir einen Kleinen mit einem ordentlichen Schuß Wasser.«

Einen Moment saßen wir schweigend mit unseren Gläsern in der Hand da, dann hob Bob seins und sagte in fast befehlendem Ton: »Auf Irland!«

Mulcahy überlegte einen Moment, dann sagte er: »Auf alte Freunde.«

Nachdem er gegangen war, machten Bob und ich die Nacht durch. Anders kann ich das nicht nennen. Die Sonnenstrahlen, die auf Teppich und poliertes Holz gefallen waren, wurden weicher, verblaßten, verschwanden, und fast völlige Dunkelheit stahl sich ins Zimmer. Bob griff immer wieder zur Karaffe, und obwohl ich mein eigenes Glas nur selten zum Mund führte und durchaus nicht jedesmal leerte, wenn Bobs wieder leer war, waren wir doch, als die Nacht kam, keine Prachtexemplare unserer gelehrten Berufe mehr. Um neun Uhr war die Wasserkaraffe leer, und wir tranken den Whiskey pur.

Irgendwann zogen wir zu Conefry um. Eigentlich war die Bar

der Kilpeder Arms ein angemessener Ort für Leute unseres Standes, in dieser Nacht war das jedoch nicht der Fall. Das Séparée war leer, und außer dem jungen Conefry, dem Sohn des Besitzers, konnte niemand Bobs unklare Aussprache auffallen, mit der er zwei große Whiskey vor uns hinsetzen ließ. So standen wir schweigend da. Conefry schien einmal eine Bemerkung an uns zu richten, aber ich schüttelte den Kopf und zuckte die Schultern, und er begab sich zurück in die Bar mit ihrem leisen Stimmengewirr, dem Lachen, den Rufen, wenn ein Freund durch die Seitentür eintrat.

»Da hast du's«, sagte Bob schließlich. »Den Eid gebrochen. Was für ein törichter Kram. Ich bin froh, daß das jetzt alles aus und vorbei ist. ›Ich, Mickey Moor, schwöre feierlich‹ und so weiter und so fort.«

»Theoretisch hast du den Eid nicht gebrochen«, sagte ich. »Der Oberste Rat hat dir einen Befehl erteilt, und du hast dich geweigert, ihm zu gehorchen. Das ist etwas anderes.«

»Theoretisch«, sagte Bob.

Als ich das Glas an die Lippen hob, erblickte ich uns beide in dem langen, fleckigen Spiegel. Wir bildeten einen erbärmlichen Anblick in unseren Röcken und Westen, die zeigen sollten, daß wir über den Leuten in der Bar standen, und mit unseren geröteten Gesichtern, den unordentlichen Krawatten und dem nicht leicht definierbaren, aber nicht zu verkennenden Ausdruck in den Augen von Männern, die viel zuviel getrunken haben.

Conefry kehrte auf der Laufplanke hinter dem Tresen zu uns zurück. Er hatte sein Geschirrtuch in seinen Hosenbund gestopft und trug mehrere frischgespülte Gläser zwischen seinen Fingern an den Stielen.

»Dahinten steht ein Mann, Mr. Delaney, Patch Grogan, und er würde sich geehrt fühlen, wenn Mr. MacMahon und Sie ein Glas von ihm annähmen. Sie wissen schon, warum, sagt er.« Conefry grinste uns an und hätte uns fast zugezwinkert.

»Patch Grogan«, sagte Bob, »wer zum Teufel ist...« Aber ich legte ihm die Hand auf den Unterarm.

»Das freut uns sehr, Bart«, sagte ich. »Würden Sie Patch bitten, zu uns zu kommen?«

Conefry nickte, richtete seine kühlen Wirtsaugen auf Bob und ging in die Bar zurück.

»Himmel, Bob«, sagte ich leise. »Du mußt dich doch an Patch

Grogan erinnern, aus der Nähe von Knockmany? Er war einer von meinen Leuten, als wir die Hütten besetzt haben, und er war beim Marsch nach Clonbrony Wood bei uns.« Inzwischen redeten sogar Bob und ich vom »Marsch«, der doch bloß die wirre Flucht verängstigter Männer gewesen war.

Bob sah mich aus trüben Augen an, aber ein nüchterner Teil seines Gehirns war nun doch leicht aufgerüttelt. »Gott helfe uns, Hughie, der Name sagt mir nichts.« Aber ein Politiker, nüchtern oder betrunken, gibt sich nicht geschlagen. »Komm zurück, Bart«, rief er. »Hughie und ich trinken das Glas lieber mit Patch und den Jungs. Und zwar sehr gern.«

Und er kippte den letzten Whiskey, den er bestellt hatte, nahm meinen Arm, und wir beide gingen durch die Schwingtür in die Bar. Dort standen mindestens zwanzig Männer, und die Luft war zum Schneiden dick vom Tabaksrauch und dem süßen, kränklichen Portergeruch. Kleine Farmer waren die meisten, und einige wenige Landarbeiter vergeudeten hier ebenfalls ihre wenigen Schillinge. Patch Grogan lehnte am Tresen und grinste breit, als er uns beide sah, ein anständiger Bursche, der sich dringend hätte rasieren müssen; die Haut unter den Bartstoppeln war rotverbrannt und von kleinen geplatzten Adern durchzogen. Um Bobs Problem zu lösen, ging ich sofort zu ihm hinüber.

»Patch«, sagte ich, »das war wirklich eine gute Idee.«

»Ganz recht«, sagte Bob. »Schön, dich wiederzusehen.«

Als Conefry die Gläser auf den Tresen gestellt hatte, nahm Patch sie mit großer Geste auf und reichte sie uns. Die anderen in der Bar beobachteten uns, freundlich und mit leicht sardonischem Unterton, die übliche komplexe Reaktion der Landbevölkerung auf alles, was nicht ganz alltäglich ist.

»Auf dein Wohl, Patch«, sagte Bob mit klarer lauter Stimme und beschrieb mit dem Glas eine Geste, die den ganzen Raum einbezog.

»Auf die alten Tage, Anwalt«, sagte Patch.

»Auf die kommenden Tage, Patch. Die kommenden«, korrigierte Bob.

»Ich hab' Sie an dem Sonntag neulich in Macroom gehört«, sagte einer der Männer. »Bei Gott, das Land hat sich wieder in Bewegung gesetzt. Und Cork marschiert wieder vorn.«

»Der Vorhut-County«, sagte Bob und nahm einen Schluck von seinem Whiskey.

»Jetzt sag mal, Anwalt«, sagte Patch mit melodramatisch gesenkter Stimme. »Die Jungs hier und ich selber haben gerade irgendwie darüber diskutiert. Die Land League, wie ihr das nennt, da hat doch Michael Davitt seine Finger mit drin, nicht wahr?«

»Mehr als nur seine Finger«, antwortete Bob. »Auch sein Herz und seinen Rücken. Und John Devoy in New York, der für den Clann na nGael sprechen kann. Und Charles Stewart Parnell im Parlament, Parnell und O'Connor Power und Joe Biggar. Wenn das irische Volk heute Führer hat, dann sind das die Männer, die die Land League unterstützen.«

»Aber sicher«, sagte derselbe Mann, ein hagerer, recht junger Bursche mit Adamsapfel über seiner zugeknöpften Jacke. »Parnell und Davitt und die anderen.«

»Und auch die Organisation, zweifellos auch die Organisation, Anwalt«, sagte Patch. Offenbar hatte die Auseinandersetzung zwischen ihm und dem Hageren stattgefunden. »Wenn Devoy an der Spitze steht, dann hat sie auch den Segen der Organisation. Hab' ich recht, Anwalt?«

»Ach, das spielt doch jetzt keine Rolle mehr, Junge«, sagte Bob. »Jetzt gibt es keine Organisation mehr wie in deinen und meinen Jugendtagen. Es gibt nur ein paar Sonderlinge, die sich in Dublin herumstreiten, und eine Handvoll Revolverhelden in New York, die die schlechten Angewohnheiten der Yanks übernommen haben.«

»Was macht das denn?« fragte ein anderer. Er hielt ein Pint in der Hand, einer großen, leistungsfähigen roten Hand. »Jetzt hat schließlich die Land League das Sagen. Die Land League wird die Großgrundbesitzer und die Engländer in den Staub beißen lassen.«

»Da haben Sie wirklich recht«, erklärte Bob. »Bart, mach uns eine große Runde, wo wir schon mal dabei sind, und schenk dir auch ein Glas ein.«

»Jesus, Anwalt«, sagte Conefry. »Der Alte würde mir den Skalp vom Kopf reißen, wenn er wüßte, daß ich auf dieser Seite des Tresens einen getrunken hätte. Aber ich sag euch was. Ich werde erst den Jungs hier einschenken, und dann komm ich raus und trink mit euch. Dieses eine Mal.«

Und wirklich, er trank nur dieses eine Glas. Aber wenn ein Gastwirt im Dienst einen trinkt, dann ist das ein sicherer Hinweis auf eine feuchte, dreckige Nacht in seinem Haus. Und so kam es auch. Eine halbe Stunde vor der Sperrstunde sangen zwei oder drei Männer mit guten Stimmen für uns, und Matty Finneran, bekannt für seine Vortragskunst, hatte »Did they dare to slay Owen Roe O'Neill« für uns rezitiert. Ich selbst bot der Gesellschaft die Klage um Kilcash, die ich erst aufsagte und der ich dann eine grobe Übersetzung ins Englische folgen ließ. Einige der Männer kamen aus der gälischsprachigen Gegend im Westen, in der Nähe von Ballyvourney, und ihre Augen leuchteten beim Klang der älteren Sprache auf. Und einer von ihnen ließ sich zum Singen überreden und brachte uns eine dortige Version von »Roisín Dubh«, obwohl er keine großartige Stimme hatte.

Bob und ich saßen inzwischen an einem der beiden kleinen Tische, dessen Tischplatte ein Gewirr von leeren, vom Schaum des längst getrunkenen Porters und Stouts verkrusteten Gläsern war. Er hatte seinen Kragen gelockert, seine Weste aufgeknöpft und die Beine ausgestreckt, so daß die Gasflamme an der Wand hinter uns seine hochpolierten glänzenden Stiefel funkeln ließ. Er wollte nicht singen, er hatte keine Singstimme, aber er wollte auch nichts rezitieren, und das war im Grunde gut, denn er redete sehr unklar und hatte das Stadium erreicht, bei dem das Schweigen von plötzlichem unerklärlichem Zorn oder Anfällen von tränenseliger Zuneigung unterbrochen wird.

»Nun gut«, sagte Bart Conefry eine volle halbe Stunde nach der Sperrstunde. »Noch ein Lied, und dann ist Schluß. Tim, du hast hier die beste Stimme. Sing doch bitte ›Clonbrony Wood‹.« Und er sah Tim O'Driscoll und dann Bob und mich an, und dann, als ob ihm das jetzt erst eingefallen wäre, auch Patch. Für Patch war es ein großartiger Abend gewesen, er war ein Veteran von Clonbrony Wood, und nun trank er mit Kilpeders Schulmeister und dem katholischen Anwalt der Stadt, und wir drei waren in den Versen eines sinnlosen Liedes verewigt. Tim O'Driscoll war einer der jüngsten Anwesenden, er war ein Farmerssohn von Mitte Zwanzig und hatte eine klare, helle Stimme. Er lächelte zu unserem Tisch herüber und lehnte sich mit dem Rücken an die Wand gegenüber, von uns durch den langen Tresen getrennt.

»Jesus, nein!« schrie Bob plötzlich. »Dieses Scheißlied ist in dieser Stadt und in diesen Baronien schon viel zu oft gesungen worden. Laßt es doch mal ruhen, um Himmels willen. Keine Scheißlieder mehr!«

Seine wütenden Worte, ob nun nüchtern oder betrunken, ließen den Raum in Schweigen versinken. Tim sah sich unsicher um, warf einen Blick auf Conefry und ein oder zwei seiner Freunde.

»Dann eben ein anderes Lied«, meinte Conefry. »Um den Abend abzurunden.« Aber er hätte sich klarer ausdrücken müssen. Bart Conefry hatte, glaube ich, eine vage, wirre Vorstellung davon, was Bob zu schaffen machte, aber bei dem armen jungen Tim O'Driscoll war das nicht der Fall. Und er fing an zu singen; die Worte waren vielleicht geschmacklos, aber er gab ihnen eine feurige Bedeutung, und die Melodie erhob sich klar und silbrig in dem miefigen, abgestandenen Rauch.

»In a lonely Portland prison,
where Ned Nolan lay in chains...«

»Gut gemacht!« rief ein Mann in meiner Nähe, aber Bobs Gebrüll war lauter.

»Hör auf damit, du blöder kleiner Pisser!« rief er. »Schluß damit!« O'Driscoll verstummte mitten im Wort, während Bob mühevoll und stolpernd auf die Füße kam, sich krachend auf dem Tisch aufstützte, um Balance zu finden, und die hohen Gläser dabei herunterschlug, so daß sie auf dem Boden zerbrachen. »Du blöder kleiner Pisser«, wiederholte er und schien Tim quer durch das Zimmer angreifen zu wollen. »Was zum Teufel weißt du denn schon von Ned Nolan! Du warst 67 ein Baby in Röcken, und dein Vater hat dich an dem Morgen bestimmt zu Hause gehütet, es wäre ein schlechter Morgen gewesen, um sich in diese Stadt zu wagen, wo doch geschossen wurde. Ich könnte kotzen, von diesen Schüssen und auch von euch.«

O'Driscoll stand blaß und verwirrt da, aber einer seiner Freunde sagte: »Bei Jesus, Lehrer MacMahon, Sie sollten Mr. Delaney nach Hause bringen. In diesem Zustand könnte ihm leicht ein Unglück passieren.«

»Stimmt«, sagte ich. »Ein großartiger Abend, aber er hat ein bißchen zu lang gedauert.« Und ich legte Bob die Hand auf den Arm, aber er schüttelte sie ab.

»Hughie«, sagte er plötzlich, aber als ob er mich erst jetzt nach langer Abwesenheit wieder bemerkt hätte. »Was machen wir denn bloß hier, Hughie? Jesus, was haben wir uns köstlich amüsiert. Da hat einer mit einer schönen Stimme gesungen, hast du den gehört?«

»Hab' ich, Bob, ich habe ihn gehört. Eine schöne Stimme.« Und ich lächelte den jungen Tim ein bißchen an, um ihn in die verräterische Kumpanei des Trinkens einzubeziehen. Und das klappte, denn der brave junge Bursche erwiderte mein Lächeln und zuckte die Schultern.

»Gehen Sie durch die Seitentür, Mr. MacMahon«, sagte Bart. »Da ist es ruhiger, und Sie haben es kürzer bis zu seinem Haus.«

»Gehen wir«, sagte Bob zu mir, leise und benebelt. »Sag ihnen für mich gute Nacht.«

»Hab' ich schon gemacht, Bob«, antwortete ich. »Für uns beide.«

Die kühle Nachtluft traf mich wie ein blanker Säbel, kalt und hart. Wir standen in der engen Gasse zwischen Conefry und dem Sattler und wußten nicht so recht, wie wir unsere Füße setzen sollten. Bob stützte sich mit seiner ausgestreckten Hand gegen die Ziegelmauer und atmete tief, nach meiner Erfahrung ein verlokkender, aber trügerischer Versuch, Nüchternheit zu gewinnen. Aber in diesem Fall schien er von Erfolg gekrönt zu sein, denn er sagte mehrmals »mein Gott« und blieb dann bewegungslos stehen. Ich versuchte nicht, ihm zu helfen, denn es gab nichts, was ich tun konnte, und ich war im Grunde etwas böse auf ihn. Endlich wandte er den Blick von der Mauer ab und sagte: »Ich hab' mich da drinnen wie ein Idiot aufgeführt, nicht wahr, Hughie?«

»Stimmt«, bestätigte ich unbarmherzig.

»Es hätte wohl auch keinen Zweck, wenn ich wieder hineinginge, um mich zu entschuldigen.«

»Absolut nicht«, sagte ich. »Im Moment stoßen sie darauf an, daß wir endlich gegangen sind.«

Er brachte ein schwaches Lächeln zustande, das ich in der Dunkelheit kaum erkennen konnte, und wischte sich mit dem Taschentuch die Lippen ab.

Wir gingen durch die Gasse und erreichten Bobs Straße – in ein oder zwei der Häuser brannten noch Lichter, Bobs Wohnzimmer war hell; durch einen Spalt in den vorgezogenen Portieren fiel ein Lichtstrahl in den Garten.

»Du wirst erwartet, sehe ich«, sagte ich.

»Da kannst du sicher sein«, sagte er mit plötzlicher, unerwarteter Bitterkeit. »Ich werde immer erwartet.«

»Du hast wirklich keinen Grund, hier die melodramatische

Kreatur zu spielen«, sagte ich. »Du kommst doch nur selten angetrunken nach Hause.«

Er wollte etwas sagen, unterbrach sich dann aber und sagte: »Da hast du recht. Weißt du...«, und er verstummte und wandte sich zu mir um. »Es lag nicht an Jeremiah Mulcahy, diesem harmlosen, aufgeblasenen Zwerg. Manchmal muß ich an Ned Nolan denken, weiß du. Wenn ich an den Eid denke, dann denke ich an Ned und an sein Indianergesicht. Als ich mich an diese neue Aufgabe gemacht habe, habe ich dem Eid, und damit auch Ned, für immer den Rücken gekehrt. Und um das zu feiern, bin ich sturzbesoffen und ausfallend geworden.«

»Du hast meine Stimme, Bob«, sagte ich. »Was immer die wert sein mag. Die Land League ist unsere einzige Hoffnung, die Land League und Parnell. Die Fenier sind für immer erledigt.«

»Das sind sie wirklich«, sagte Bob. »Da kann gar kein Zweifel bestehen.«

In den nächsten Jahren sollte ich oft an diesen Moment denken, Bob und ich, wie wir uns unter dem schwachen, hinter Wolken verborgenen Mond gegenüberstanden, umgeben von den erleuchteten, behaglichen Häusern und der Stille der Nacht. Es war nicht der Eid, den Bob verraten hatte, und natürlich auch nicht den armen Ned Nolan drüben in Manhattan. Die Geschichte hatte ihr Urteil über die Fenier gefällt, und wer dieses Urteil nicht akzeptieren konnte, war zu Neds Leben von erschöpften Verschwörungen, vulgären Treffen und Demonstrationen verdammt. Aber man betrinkt sich nicht immer aus den Gründen, die man selber sieht, und was Bob und ich wirklich in dieser Nacht betrauerten, war das Ende unserer Jugend, unserer jungen Männlichkeit, und der Anfang eines neuen Kapitels.

Clonbrony Wood war unsere Jugend gewesen, sogar die Schüsse, die Erinnerung an offene Wunden wurde langsam erträglicher, und die Erinnerung an fallenden Schnee lebte unvergeßlich, töricht und doch rein in unserer Vorstellung weiter. Der Ladenschwengel, der Clonbrony Woods Vizekommandierender gewesen war, war jetzt ein Anwalt mit einer einträglichen Praxis und Schwiegersohn von Kilpeders Handelsfürst, verheiratet mit der holden Tochter dieses Fürsten. Vor ihm lag alles, was den Geist herausfordern kann – ein Kampf gegen eine alte Unterdrükkung, und die Rückgabe des Landes an dessen Volk. Er hatte keinen Grund, sich zu beklagen.

Und das hatte ich noch viel weniger, mit meiner soliden Ehe und den beiden kleinen Jungen, die unter meinem Dach schliefen. Aber die Jugend verläßt uns, zerkrümelt und verschwindet, und wir wissen es nicht; wir glauben, immer noch in ihrer Blüte zu stehen, bis uns eines Tages plötzlich etwas daran erinnert, daß sie aus und vorbei ist, verschlungen vom Schlund der Zeit. Wir sind alle Pächter der Zeit, und was immer uns daran erinnert, werden wir als Mörder verurteilen, wie den Boten, der eine schlechte Nachricht bringt. Für Bob war es, glaube ich, die Erkenntnis, daß Ned Nolans Zeit vorbei war, daß die Bruderschaft zu einem schäbigen Witz verkommen war. Der Landkrieg, wie Historiker wie der junge Prentiss die wahre irische Revolution jetzt nennen, hatte gerade erst angefangen, und Bob sollte seinen Platz darin einnehmen. Er wußte es von Anfang an, er wußte es, als wir in dieser Straße mit ihren behaglichen und wohlhabenden Häusern standen, von denen eines ihm gehörte – dunkle massive Möbel, Wedgwood und Spode, Regale voller schöner, in Leder gebundener Bücher, und sein Sohn Conor, der nicht wie meine beiden unter den Dachbalken schlief, sondern in einem eigenen Zimmer, der Erbe, der Enkel des Fürsten. Bob hatte niemals falsche Bescheidenheit gekannt, endlich hatte sich das Land in Bewegung gesetzt, und er war dabei. Aber er erinnerte sich – erinnerte sich woran? Welcher Moment stand ihm am lebhaftesten vor Augen? Für mich war es der Moment von fünf oder zehn Minuten, als ich vor Laffans Hütte getreten war, in den Hügeln, in der klaren Luft der schwarzen Nacht, und unter uns in der Boreen die brennenden Fackeln gesehen hatte, wie gefallene Sterne, die unsere Plündergruppen heimgeleiteten.

»Eine harte Nacht«, sagte Bob zu mir. »Es war anständig von dir, mir bei all meiner Schändlichkeit beizustehen.«

»Ach, geh zu Gott«, sagte ich.

Aber in den folgenden Monaten gab es in ganz County Cork nur wenige, die an den Robert Delaney glauben konnten, den Conefry und Tim O'Driscoll und die anderen in jener Nacht gesehen hatten. Als die Strategie der League geplant wurde, gab es keinen kühleren Kopf als seinen, und als er einige Jahre später für das Parlament kandidierte, als einer von Parnells erwählten Leutnants, erschien uns das allen als angemessene Belohnung, der zweifellos andere folgen würden, wenn wir erst Home Rule erkämpft hätten und unser eigenes Parlament auf dem College

Green wieder benutzen könnten. Soweit sollte es jedoch nicht kommen, wie wir alle wissen, der Traum vom Parlament liegt in Ruinen, Parnells Katastrophe hat ihn mitgerissen, und Bob kam dabei ebenfalls zu Fall. Aber Bob sollte auch seine eigene Katastrophe haben, und wenn ich Nostradamus oder Pastorini wäre, dann hätte ich sie ihm nach diesem betrunkenen Abend bei Conefry weissagen können, als der Whiskey die schwere Tür geöffnet und uns einen Blick auf seine Furien erlaubt hatte.

21

[Unbearbeitete Notizen von Patrick Prentiss über die Fortschritte der Land League, 1879–82, vor allem im County Cork. Und über diverse andere Themen.]

RIBBON FENIER. Der Erfolg der Land League war in beträchtlichem Ausmaße den Unternehmungen der »Ribbon Fenier« zu verdanken. Robert Delaney war typisch für die fähigsten unter ihnen. Die Bezeichnung war bei den »orthodoxen« Feniern entstanden, die ihn als Beleidigung verwendeten; aber, wie oft in solchen Angelegenheiten, wurde sie mit fröhlichem Zynismus übernommen. Die reinblütigen Fenier hielten Landagitation für eine minderwertige und vulgäre Abweichung von der Sache einer bewaffneten Rebellion, die einen freien und völlig unabhängigen republikanischen Staat errichten sollte. Die Stärke der League, behaupteten sie, stammte von den primitiven und gewalttätigen »Ribbon«-Gesellschaften, lockeren Gruppierungen von ländlichen Terroristen, deren Ursprünge in den Nebeln der Vergangenheit verlorengegangen waren.

Inzwischen jedoch war die Irish Republican Brotherhood zahlenmäßig so weit geschrumpft, so haarspalterisch und so doktrinär, daß sie vor allem der Jakobitischen Liga der Weißen Rose oder den legitimistischen Anhängern des Grafen von Paris oder des karlistischen Thronprätendenten ähnelte. Und doch gab es einen Unterschied. Unter der einfachen irischen Bevölkerung besteht große Sympathie für die Fenier: wie die Worte der Ballade es sagen, »they rose in dark and evil days«. Vor einigen Jahren haben ein Freund aus Clongowes und ich ein Denkmal für die Rebellen besichtigt, das in der Stadt Tipperary errichtet worden ist: ein verbrecherisch aussehender Mann, klein und mörderisch, eine Pike in der Hand. »Sie erhoben sich in düsteren, üblen Tagen«, sagte mein Freund, »und beim Zeus, so sehen sie auch aus.« Aber sie erhoben sich wirklich, und daran erinnert man sich in unseren heutigen Zeiten von Verhandlungen und Bannern und

Kompromissen und Landgesetzen. Sie erhoben sich, und sie bezahlten für ihre Tapferkeit oder ihre Torheit oder beides in Gefängniszellen, mit entsetzlicher Mißhandlung und Grausamkeit. Und solange die Organisation besteht, mit ihrem schattenhaften Obersten Rat, wird dieser Schatten verlängert und verzerrt über unsere Angelegenheit fallen. Die Organisation wird hier und in den Staaten durch ihren Fanatismus allein erhalten, durch die Sagen von Hinrichtungen und Morden, von »Kampffonds«, von Sprengladungen in englischen Städten, von den Morden im Phoenix-Park und in den gepflasterten Gassen Dublins.

Im Lichte dieser Sagen war es deshalb eine Ironie, vielleicht sogar eine Unverschämtheit, daß die Bruderschaft Männer wie Davitt und Delaney vorwarf, ihre Triumphe durch ihre Allianz mit den primitiven ländlichen Terroristen der Ribbongesellschaften zu erzielen. »Und so kam es zu einer Agitation, bei der manche nationale Leidenschaften aus Liebe zum Land vorgaben, andere ländliche Leidenschaften aus Liebe zur Nation, manche beides aus Liebe zu ihrem eigenen Vorteil.« So hat es Mr. Yeats, O'Learys geistiger Ziehsohn, mir gegenüber einmal ausgedrückt.

RIBBONMEN. »Meine Güte, nein«, sagte Hugh MacMahon zu mir. »Wenn ich jemals mit Ribbonmen zusammengetroffen bin, dann haben sie sich mir gegenüber jedenfalls nicht zu erkennen gegeben. Es hat natürlich Ribbongesellschaften gegeben, es gibt heute noch welche. Mit den ganzen vollmundigen Eiden, die aus der Haut von Protestanten Trommeln machen wollen und so weiter. Aber alles, was je dahintergesteckt hat, ob Sie es nun als Whiteys oder Ribbonmen oder mit einem grelleren Namen bezeichnen, ist Hunger nach Land, Angst, daß das Land weggenommen werden könnte. Auf dem Lande herrscht tiefes Unwissen, Unwissen und Grausamkeit, aber es gibt auch Schönheit und Musik. Die Land League hat zweifellos davon profitiert. Häßliche Dinge sind damals geschehen, an Grabschern und Gutsverwaltern. Davitt konnte das ebensowenig wie Bob Delaney oder John Stephen Murray in Macroom kontrollieren. Das und die Angst, die die Junker immer vor den wilden Bauern gehabt haben.

GROSSGRUNDBESITZER. In der großen Halle von Ardmor Castle, wo jetzt Tom Ardmors Bilder hängen, hingen damals die Portraits von Ahnen, von Großvätern und Urgroßvätern. Lionel

Forrester hat mich einmal in den Raum geführt, wo sie aufbewahrt sind, und die Schutzbezüge entfernt, Staubwolken wurden dabei durchs Zimmer geschleudert.

Es gab eine Huldigung an Tom Ardmors Vater, in einem schweren, reich verzierten Rahmen, aus Anlaß seiner Volljährigkeit. Ich habe viele ähnliche gesehen, in den Hallen der großen Häuser überall in diesem Land, und diese hier war ein Prachtexemplar ihrer Art, in großer, üppiger Schrift wurde dem Ehrenwerten James Phillip Forrester die Liebe und Verehrung seiner Stadt Kilpeder und seiner Pächter erklärt, die Worte glühten vor unterwürfiger Zuneigung. Ein Künstler aus Cork City war mit dieser Aufgabe betraut worden, und er hatte über dem Text eine romantische Version von Ardmor Castle dargestellt, in sentimentalen Pastelltönen; unter der Schrift zog sich ein Fries von nach oben blickenden Pächtern hin – Mädchen und Frauen mit Rosenwangen, kräftige Burschen, barfüßig, aber brav, ernste, weißbärtige ältere Leute in langen Mänteln, den Hut in der Hand, die Mädchen und Frauen versanken im Knicks. An den Seiten gab es Embleme – saubere Häuser, einen Hirten und seine Herde, einen Zaun samt Zauntritt, von Blumen überwachsen. In der Ferne Berge zahm wie Kälber. Und zweifellos wollte Ardmor seine Welt so, oder bestenfalls nur eine Spur wilder, sehen. Aber immer lag eine alptraumhafte Version dieser Welt auf der Lauer, einer Welt von wilden, gälischsprechenden Bauern, düster, mörderisch und unergründlich, einer Welt von verstümmeltem Vieh, gefolterten Gutsverwaltern und Prokuratoren, von in schwarzen Moortümpeln versenkten Leichen. Die Welt, kurz gesagt, der Ribbongesellschaften, die weniger in der Wirklichkeit als in der Phantasie der wohlhabenden Klassen existierten. Kein Wunder, daß Parnell, als er sich mit der Land League zusammentat und sogar ihr Präsident wurde, seiner Klasse als Verräter von bodenloser Schlechtigkeit erschien, als wahnsinnig vielleicht, denn in seiner Familie hatte es schon Fälle von Wahnsinn gegeben.

PARNELL. Sein Tod liegt noch keine fünfzehn Jahre zurück, und schon gibt es mehr als ein halbes Dutzend Biographien, zumeist Hagiographie, ein oder zwei Werke der Dämonologie, auch wenn das Buch von Mr. O'Brien, einem treuen Anhänger, zumindest als Buch eines Gelehrten oder doch als das eines sehr fähigen Journalisten gelten kann. Aber sogar Mr. O'Briens Buch hält doch den

Mythos aufrecht, die Vorstellung des erhabenen, strengen Führers, dessen Leidenschaft durch seine Kühle verborgen war, obwohl Mr. O'Brien Satz für Satz behauptet, korrekt wiederzugeben, was »Mr. Parnell« gedacht, getan oder vorgehabt hat. Aber worin bestand die Leidenschaft, die diesen jungen gutaussehenden Jäger, der sich auf seinem Besitz in Wicklow hätte wohlfühlen können, den High Sheriff des County, den Jagdherrn, in etwas zog, das einer Rebellion gleichkam, in die Zusammenarbeit mit ehemaligen Sträflingen, in mitternächtliche Treffen mit Terroristen? »Master Charley ist zum Regieren geboren«, sagte seine englische Nurse mit dem unglaublichen Namen Twopenny, als er sechs Jahre alt war. »Er war arrogant«, sagte ein Klassenkamerad aus seiner englischen Schule. »Er wollte uns beherrschen.« Drei Jahre Cambridge, Cricketspieler, gute Leistungen nur in Mathematik, dann Relegation. Jagdaufseher und Dienstboten erzählten ihm Geschichten von 98, von einem Rebellen, der vor den Toren von Avondale aufgeknüpft worden war, nachdem man ihn ausgepeitscht hatte, bis rot und blutig seine Eingeweide hervorgequollen waren. Mr. O'Brien legt großes Gewicht darauf, aber ich bezweifle, daß es so wichtig war. Parnell war während des Aufstandes 67 in Cambridge, war in Cambridge, als Allen, Larkin und O'Brien wegen des Mordes an Sergeant Brett in Manchester aufgehängt wurden.

Er gedachte ihrer zehn Jahre später bei einer seiner ersten Bemerkungen im Parlament. »...und darum möchte ich genauso direkt und in aller Öffentlichkeit sagen, daß ich nicht glaube und niemals glauben werde, daß in Manchester ein Mord begangen worden ist.« – »Eine Sensation«, wie der Hansard schreibt. Die Worte springen einem aus Hansards trockenen Seiten ins Gesicht, als sei ein Prinzip ausgesprochen worden, das dem englischen Gesetz, dem englischen Denken fremd war. »Ah, hervorragend«, sagte mein Vater. »Hervorragend. Aber überleg dir die Umstände. Schon damals war Parnell bereit, den armen Butt zu stürzen und die Leitung der irischen Partei zu übernehmen. Und wir waren mit ihm bereit, unsere Freunde waren bereit. Gleichzeitig hatten wir dem armen Butt zuviel zu verdanken; er hatte das nicht verdient. Ein Gentleman bis ins Mark.«

»Butt war ein Präzedenzfall«, sagte ich zu meinem Vater. »Butt und seine Kollegen in der alten Partei. Parnell war nicht der erste protestantische Gentleman, der sich auf unsere Seite gestellt hat.«

Das sagte ich zu Dominick Sarsfield Prentiss, Magister der Universität Dublin, Kronanwalt. Wir konnten uns endlich necken, ohne einander zu verletzen. »Gentleman!« sagte mein Vater. »Du Schurke! In der alten Partei, in Butts Partei, gab es Katholiken, die diesen Butt, einen Hinterwäldler aus Donegal, einen ehemaligen Orangisten, als Gentleman in die Tasche stecken konnten. Protestantisches Blut, erzogen im Trinity – da hast du Isaac Butts Anspruch auf einen alten Stammbaum. In Butts Partei gab es Katholiken aus alten Familien – O'Donoghue, O'Gorman Mahon... ach, nicht, daß das eine Rolle spielte. Ob Katholiken oder Protestanten, Parnell hat sie weggefegt. Weißt du, was Davitt nach seiner ersten Begegnung mit Parnell über ihn gesagt hat? Beim Essen, das für Davitt nach seiner Entlassung aus diesem elenden Gefängnis gegeben wurde? ›Eine englische Waffe, für einen irischen Zweck geschmiedet.‹ Irgend so etwas.« – »Er hatte einen englischen Akzent, nicht wahr?« – »Den hatte er sicher. Du hast ihn einmal gesehen, weißt du noch? In unserem Eßzimmer. Du warst zu klein und zu müde, um dich zu erinnern, ein kleiner Junge. Deine Mutter hatte dich nach unten geholt.« – »Ich weiß das noch.« – »Tust du nicht«, sagte mein Vater.

DIE PARTEI. Die haben wir natürlich immer noch, die Partei, die Parnell geschaffen hat, und sie hat vielleicht achtzig Mitglieder. Gehröcke und seidene Westen, ihre besten Männer liegen dauernd miteinander im Streit – Healy, O'Brien, Dillon, Redmond. O'Brien hat sein Gefolge aus unzufriedenen Leuten aus Cork, und Healy hat die Gombeen-Männer aus Bantry. Vielleicht achtzig irische Mitglieder, ein dumpfer, massiver Block in Westminster. Sie tragen die Narben von vergangenen Schlachten, Verhaftungen, Gefängnisstrafen; sie alle erinnern sich an die Spaltung, als sie übereinander hergefallen sind. Aber die Narben sind jetzt verblaßt, verhärtet. Wie haben sie wohl vor zwei Jahrzehnten ausgesehen, als ein ehrgeiziger junger Anwalt, ein Ex-Fenier, aus West Cork herüberkam? O'Brien und Dillon waren damals Hitzköpfe, stürmten von einem boykottierten Gut zum anderen durch das Land, forderten Polizei und Armee heraus. O'Brien, der sich weigerte, Gefängniskleidung zu tragen, hatte schwach und zitternd in seiner Zelle gelegen. Die »Keine-Pacht-Kampagne«, der Kampagnenplan, war seit einigen Jahren zum wirklichen Krieg geworden. Regimenter waren aus England herübergebracht worden, um dem Land Respekt einzujagen, aber das hatte nichts geholfen. »Die Junker dieses Landes«, sagte Finnerty, »sollten wie Waldtauben abgeschossen werden«, aber Davitt hatte mehr Nächstenliebe bewiesen. »Kauft jedem von ihnen eine Fahrkarte dritter Klasse nach Holyhead und sagt ihnen auf Wiedersehen.« Und den Vorsitz über sie hatte, kühl und ohne Nerven, ein Junker.

WOODHAVEN. Als Delaney nach der Nachwahl 1884 ins Parlament kam, war er weit über Corks Grenzen hinaus bekannt; wenn auch natürlich nicht in England. Er kam als einer von Parnells Hinterwäldlern nach Westminster, als irischer Grobian. In Irland dagegen war er als der Mann bekannt, der die Kampagne gegen Woodhaven geleitet hatte, neben Ardmor das größte Gut in den Baronien. In Woodhaven bin ich natürlich nicht empfangen worden. Die Wilcoxes wohnen dort auch nicht mehr; George Wilcox ist mit Kind und Kegel ausgezogen, sein Verwalter Harvey Sanders jedoch ist ein wütender, waschechter Tory der alten Schule. Wir sind uns ein- oder zweimal begegnet, und er konnte seinen Abscheu nur unvollkommen verbergen. Auf irgendeine Weise hatte er erfahren – in Kilpeder gibt es keine Geheimnisse –, daß ich mich mit Lionel Forrester auf gewisse Weise angefreundet habe, und das würde, selbst wenn es sonst keinen Grund gäbe, schon ausreichen. Der Haß des lokalen Landadels auf Lord Ardmor ist auf seinen Vetter übertragen worden, der als Exot gilt. Daß Forrester offen mit seiner Geliebten Emily reist, die einst Lady Ardmors Zofe war, macht die Sache auch nicht besser. Forrester findet das, wie die meisten Dinge, amüsant.

Und doch ist Woodhaven, allen konservativen Prophezeiungen zum Trotz, alles andere als ruiniert, und Wilcox müßte aus dem neuen Landgesetz einen netten Profit ziehen können. Woodhaven House selber steht auf einer Anhöhe, und Forrester und ich haben es uns eines Morgens angesehen. Von der steil ansteigenden Straße nach Graney aus, wo wir die Zügel anzogen, an einem heißen Morgen, an dem die Sonne die Nebel verbrannte, sah es auf seine Weise ebenso schön aus wie Ardmor Castle, wenn auch von bescheideneren Ausmaßen, ohne Ardmors behauenen Portlandstein, sondern erbaut aus warmen Ziegeln, die in diesem weichen Licht rosa aussahen. »Manchmal«, erzählte Forrester, »wurden die Demonstrationen sogar vor den Toren des Hauses selber abgehalten, gleich dort drüben, sehen Sie?« Er war eines

Tages über diese Straße herbeigeritten, um sich die ganze Aufregung einmal anzusehen.

»Wissen Sie, damals gab es auch in Kilpeder mehr als genug Aufregung, vor allem sonntags, wenn die ›Riesenversammlungen‹, wie sie das nannten, abgehalten wurden. Auf der Höhe des Boykotts gab es jeden Sonntag, ob es nun regnete oder die Sonne schien, eine Riesenversammlung, um den Woodhaven-Pächtern den Rücken zu stärken. Davitt war dabei, O'Brien, Dillon, Parnell selber kam auch einmal, das habe ich Ihnen ja schon erzählt. Die Versammlung wurde fast immer auf dem Marktplatz abgehalten; zweimal zumindest jedoch, glaube ich, hat Delaney sie dort drüben veranstaltet, vor den Toren von Woodhaven House. Bei Gott, dieser Bursche konnte mit einer Menschenmenge umgehen! Beim zweitenmal waren zweihundert Polizisten geschickt worden. Zweihundert. Und eine Abteilung Kavallerie. Ich konnte das Podium von hier aus sehen – eine viereckige Insel, umspült vom Ozean der Menschenmenge und von den uniformierten Polizisten; aber ich konnte nichts hören, keine einzige Stimme, nur die Rufe der Menge wurden zu mir herübergetragen. Ich hatte mein Fernglas mit, und ich konnte die Sprecher erkennen. Einen großen bärtigen Mann, Dillon, wie ich später erfuhr. Und Delaney, in seinem kurzen Überrock aus braunem Tweed, die Hände tief in den Taschen vergraben. Hier in Kilpeder wurde wirklich ein Krieg ausgekämpft. Den Räumungen wurde gewaltsam Widerstand geleistet, und die Sondertruppen und die Brecheisenbrigade arbeiteten unter dem Schutz der Polizeikarabiner. Zwei Männer kamen ums Leben, ein Polizist und einer von Wilcox' Verwaltern. Der Verwalter ist nie gefunden worden, und er wird auch erst gefunden werden, wenn sie das Moor trockenlegen.«

»Ein Krieg«, sagte ich. »Und wer hat ihn gewonnen? Von hier aus sieht Woodhaven doch wohlhabend aus.«

Und das stimmte auch. Constable hätte die Gutsfarm gemalt haben können; Heuwagen, saubere Scheunen, eine weite, üppige Wiese. Auf der anderen Seite lag unter Bäumen mit dicken Ästen, Grün an Grün, eine Herde in der Mittagsruhe, in einer schweren, stillen, trägen sonnigen Luft.

Forrester zuckte die Schultern. »Eine Definitionsfrage. Irgend etwas hat sich verändert, und zwar für immer. Haben die Pächter gewonnen? Einige ja, die meisten sogar. Aber einige wurden geräumt, wurden vertrieben. Die Fonds, die Delaney eingerichtet hatte, sorgten einige Zeit für sie, aber dann versiegte das Geld aus Amerika. Clann na nGael-Geld, halbe Dollars von Dienstmädchen. Die Amerikaner sahen gern Resultate – einen gemetzelten Staatssekretär, eine Dynamitexplosion. Als Delaney seinen Krieg gegen Woodhaven House führte, ruhten die Augen der irischen Amerikaner auf ihm. Aber wer interessiert sich für die verwundeten Veteranen, wenn ein Krieg zu Ende ist? Die meisten sind dann schließlich selber in Amerika gelandet, ein endloser Kreis. Delaney kümmerte sich immerhin um sie, Ehre wem Ehre gebührt. Gegen Ende hatte er dann allerdings andere Sorgen. Wer hat gewonnen, fragen Sie? Die Junker haben verloren, das steht fest. Delaney und Davitt und Dillon – sie haben uns zerschlagen.«

BOYCOTT. Wie die Namen großer Schlachten – Loch Mask House, Portumna, Woodhaven, die großen Schlachten des Landkrieges. Über alle wurde in der Londoner *Times*, in den *Daily News*, von Sonderkorrespondenten, in den *Illustrated London News* und in den amerikanischen Zeitungen, der *World*, dem *Herald* ausführlich berichtet. Die Londoner Zeitschriften brachten hervorragende Stiche: die militärische Besetzung von Ballinrobe in Mayo, Kavalleristen und Infantrie schlagen bei Loch Mask House ihr Lager auf, die Sondertruppe holt unter bewaffnetem Schutz Captain Boycotts Ernte ein, Boycott selber und seine Freunde sitzen in Loch Mask House bei ihrer letzten Mahlzeit, einige Weinflaschen auf dem Tisch, und Boycott steht mit einem Glas in der Hand davor, verhärmt, immer noch nicht imstande zu begreifen, was ihm da widerfahren ist. Boycott war die erste Schlacht dieser berühmten Kampagne, aber Woodhaven kam gleich danach. Als Delaney Woodhaven den Krieg erklärte, im Oktober 1880, hockte Boycott immer noch unter dem Schutz der Soldaten in Loch Mask House, seine Landarbeiter und Dienstboten waren verschwunden, und kein Höker in Ballinrobe ließ sich dazu herab, ihm Lebensmittel oder eine Kerze oder eine Dose Pfeifentabak zu verkaufen. Ließ sich nicht dazu herab oder war nicht tollkühn genug; Männer, die mit Grabschern oder boykottierten Junkern zu tun hatten, wurden bisweilen verprügelt oder verstümmelt.

Als ich an diesem heißen Nachmittag mit Forrester durch das sanfte Licht nach Woodhaven hinüberblickte, auf seine warmen Ziegelsteine, vor den rauhen, windigen Hügeln, fiel es mir schwer, mich an sein Aussehen auf den Stichen und Skizzen in den Zeitungen zu erinnern. Es gibt eine Darstellung der Szene, die Forrester erwähnt hatte – die League versammelt sich vor den Toren –, und eine weitere der Ersten Kavallerie unterwegs von Cork nach Kilpeder, uniformiert und lässig; der Stich jedoch, der damals berühmt wurde, nahm eine ganze Seite ein. Woodhaven House in Schwarz und Weiß, düster und gleichzeitig wehrlos. Sir George und Lady Wilcox stehen auf der Treppe unter dem Säulengang, und Sanders steht neben ihnen. Wilcox und Sanders halten Gewehre in der Armbeuge. Alle drei blicken zu den Gutstoren hinüber, wo sich zwar keine League versammelt, dafür aber über hundert Bauern, die Frauen in Schals und barfuß, die Männer in ihren altmodischen Röcken mit Schwalbenschwänzen und ihren hohen, mitgenommenen Hüten.

»Außergewöhnliche Ereignisse in Woodhaven House bei Kilpeder, County Cork.« So beginnt ein Bericht in der *London Gazette.*

Eine ebenso wütende und entschlossene Aktion wie die, die im County Mayo gegen Captain Charles Cunningham Boycott geführt wird, ist im tiefen Süden bei dem kleinen Marktflecken Kilpeder an der Straße von Macroom nach Killarney organisiert worden. In den letzten zwei Wochen sind Sir George und Lady Wilcox und ihr Verwalter, Mr. Sanders, von ihren Pächtern und der Bevölkerung von Kilpeder so effektiv abgeriegelt worden, als ob sie sich auf einer Eisscholle am Nordpol befänden. Zu Anfang der Aktion suchte eine Abordnung von Pächtern sie auf und bot ihnen für das jetzt fällige Quartal die Hälfte der jeweiligen Pacht an, eine Summe, die weit unter der von Griffith festgesetzten Schätzung liegt. Als dieses Angebot abgelehnt wurde, gab die Abordnung den Wilcoxes eine unverschämte »Gnadenfrist« von 24 Stunden, um sich die Sache noch einmal zu überlegen. Als diese Zeit verstrichen war, kehrten die Männer zurück, diesmal in Begleitung von Robert Delaney, des örtlichen Sekretärs der Land League. Delaney warnte Sir George und Mr. Sanders, die vorgeschlagene »faire Pacht« werde, wenn sie weiterhin ablehnten, an die League gezahlt und dort in Treuhand verwaltet werden. Über das Gut werde derweil dieselbe »moralische Isolation« verhängt, wie sie jetzt in Mayo bekannt wurde und für die die neue Bezeichnung »Boykott« geprägt worden sei.

Delaney stand zu seinem Wort. Nach der zweiten Ablehnung seitens Lord George begab er sich in die Küche und dann auf das Gutsgelände und befahl den Dienstboten und Landarbeitern, bis auf weiteres ihre Arbeit einzustellen. »Was sollen wir machen, Mr. Delaney?« soll ein ältlicher Gärtner gefragt haben, »die Wilcoxes sind immer anständig zu uns gewesen. Ich habe schon dem alten Herrn, Sir Georges Vater, gedient.« – »Jetzt können Sie Novenen für Sir George beten«, antwortete Delaney, »damit er Verstand annimmt.« Und die Diener wurden in einer verwirrten Prozession fortgeführt. Seither helfen ein Neffe von Mr. Sanders und einige Gentlemen aus der Nachbarschaft aus, ansonsten lasten die Arbeiten auf der sehr umfangreichen Gutsfarm auf den Schultern des Grundbesitzers und seines Verwalters.

Bis zum Eintreffen der Sondertruppe, der Abteilung Kavallerie und der Polizei, war Woodhaven House ganz und gar auf die Wohltätigkeit des benachbarten Landadels angewiesen, um überhaupt Lebensmittel zu bekommen. In Kilpeder gibt es ein großes Geschäft, Tully und Sohn, aber sein Besitzer, Mr. Dennis Tully, ist ein glühender Anhänger der Land League – und, wie wir nicht vergessen dürfen, Robert Delaneys Schwiegervater. Tully ist ein mittelgroßer Mann, jedoch von massivem Äußeren, mit großem kahlem Kopf und kleinen, scharfen Augen. »Sicher, die Beziehungen zwischen diesem Haus und Woodhaven sind schon seit undenklichen Zeiten äußerst freundschaftlich gewesen. Aber in harten Zeiten muß man zu seinem eigenen Volk halten. Und Sir George ist schließlich der Großgrundbesitzer des Dorfes Graney. Ich bin selber sein Pächter, und ich bin mir meiner Lage bewußt.« Er bezog sich dabei auf eine schöne Villa vor der Stadt, die er vor einigen Jahren erworben hat und die jetzt von seinem Sohn Vincent Tully bewohnt wird. Weder Tully noch sein Schwiegersohn Delaney scheinen unter Unterdrückung durch die ›Junkerklasse‹, wie sie es nennen, übermäßig zu leiden. Sie wohnen einander gegenüber in nagelneuen dreistöckigen Häusern, die auf ihren eigenen Grundstükken stehen.

Die *London Gazette* hat Delaney in seiner florierenden Kanzlei am Marktplatz aufgesucht. Als Anwalt steht er ein oder zwei Stufen höher als der Durchschnitt der Land-League-Agitatoren. Ihm fehlt die Universitätsausbildung, jedoch verfügt er über raschen Verstand, sardonischen Humor und eine gewisse Selbstbildung. Er akzeptiert die Bezeichnung »Landkrieg«, und seine Ansichten scheinen im Grunde ebenso extrem zu sein wie die seines Helden Michael Davitt. »Das Land Irlands« sagt er, »gehört dem irischen Volk. Wenn die derzeitigen Grundbesitzer irgendeinen Anspruch darauf haben sollten – was ich bezweifle, denn das Land wurde durch Eroberung und Betrug geraubt –, wenn sie irgendeinen gesetzlichen Anspruch haben, dann haben sie ihn schon seit langem dadurch verspielt, daß sie dem Volk ein barbarisches und unterdrückerisches System aufgezwungen haben. Eigentum, wie Sie in England wissen, bringt nicht nur Rechte mit sich, sondern auch Verpflichtungen, und in Irland sind diese Verpflichtungen seit Jahrhunderten, seit den Tagen Cromwells, ignoriert worden. Die Ansprüche sind verfallen, und das Volk hat sich aufgemacht, um sich das zu nehmen, was ihm gehört.« – »Ein in Ihrer Bewegung aktiver Mann hat erklärt«, sagten wir, »daß Grundbesitzer abgeschossen werden sollten wie Auerngockel.« – »Du meine Güte«, erwiderte Delaney, »zweifellos wollte er sagen, daß die Grundbesitzer Auerngockel schießen, statt ihren Pflichten nachzukommen. Die Land League ist eine friedliche Organisation, die nur im Rahmen des Gesetzes vorgeht.« Plötzlich lachte er. »Der Gentleman, den Sie zitieren, hat einen starken Akzent. Vielleicht hat er gesagt, daß die Grundbesitzer *Bauerngockel* abschießen. Das ist gegen das Gesetz. Heutzutage jedenfalls.«

Delaney, das sollte noch erwähnt werden, war in früheren Zeiten weniger zimperlich; damals war er der örtliche Anführer der Fenier-Verschwörung. Im März 1867 war er unter dem berüchtigten Edward Nolan Vizekommandant und nahm am Angriff auf die Kaserne teil, was ihm eine Gefängnisstrafe einbrachte. Er streitet ab, weiterhin Mitglied der Organisation zu sein, und doch ist allgemein bekannt, daß Land-League-Vertreter überall in Munster und Connacht mit der verfehmten Irish Republican Brotherhood in Verbindung stehen. In dieser Frage äußert Delaney sich jedoch recht offen. »Ich habe niemals bereut, was ich 67 getan habe«, sagte er. »Das irische Volk hat ein Recht auf seine volle Unabhängigkeit und darauf, als letzter Ausweg, für diese Unabhängigkeit mit der Waffe zu kämpfen. Aber vieles, worauf die Menschen im Prinzip ein Recht haben, ist in der Praxis töricht. 67 hat das bewiesen. Ich empfinde den größten Respekt für die IRB, aber ich glaube nicht, daß sie in diesen Zeiten das richtige ist.« – »Empfinden Sie auch den größten Respekt vor Edward Nolan, Ihrem ehemaligen Kommandanten?« fragte er. »Ich habe Ned Nolan einige Wochen lang gekannt«, antwortete Delaney, »lange genug, um zu wissen, daß er ein mutiger Mann und dazu kühl und findig ist. Er hat für Irland gekämpft und wird es vielleicht wieder tun. Aber vielleicht sollten Sie Fragen über Ned Nolan dem Direktor des Gefängnisses von Portland stellen, der ihn sieben Jahre lang gekannt und ihn im vergeblichen Versuch, ihn zu brechen, barbarischer und unmenschlicher Behandlung unterworfen hat.«

Lokale Loyalisten, mit denen wir gesprochen haben, behaupten, daß Delaney, seinen schönen Worten zum Trotz, noch tief im Feniertum verwurzelt ist, und daß die Land League selber nur einer neuen und vielleicht weiterreichenden Konspiration zur Tarnung dient. Der Leser muß sich selber sein Urteil über Delaneys Worte bilden und muß auch überlegen, wie weit sich die Behauptung, die Land League operiere nur im Rahmen des Gesetzes, von der Wahrheit entfernt. Es ist eine Frage, mit der sich derzeit zweifellos auch Mr. Gladstone und Mr. Forster befassen.

Sir George Wilcox wollte nicht mit uns sprechen, lieferte uns jedoch in seinem Ablehnungsschreiben eine Schilderung der entsetzlichen Umstände, in denen er und Lady Wilcox ihre Tage verbringen müssen, und verwies uns an die kürzlich gegründete Property Defence Association und deren Vorsitzenden, Major Oliver O'Donovan.

Major O'Donovan, den wir in seiner sauberen Villa vor der Stadt aufsuchten, ist ein Mann mittleren Alters, der sich aus der Indischen Armee zurückgezogen hat, wie man seinem ziegelroten Gesicht und seinem kurzen weißen Militärschnurrbart vielleicht entnehmen mag. Von Natur aus ist er, möchte man annehmen, ein Mann von rauher, aber herzlicher Jovialität, in bezug auf die Land League und ihre Agitatoren, vor allem Mr. Delaney, sind seine Ansichten jedoch wütend und unversöhnlich.

»Nehmen Sie doch meinen Fall«, sagte er. »Siebzehn Jahre lang habe ich als Offizier in Indien gedient. Ein Diener der Königin, des Empires, wenn Sie so wollen. Ich habe Ihrer Majestät dort draußen schon gedient, als sie noch nicht Kaiserin war. Und ich habe mich bescheiden genug durch meine Pachteinnahmen ernährt, durch meine Pachteinnahmen und durch den Gedanken, daß ich eines Tages nach Hause zurückkehren würde. Hier ist mein Zuhause, wissen Sie, was immer die League zu glauben vorgibt. Die O'Donovans sind nicht mit Cromwell hier hereingeschneit. Wir haben schon in Cork gelebt, als noch niemand in Irland den Namen Delaney gehört hatte. Die O'Donovans sind niemals wegen Wucherpachten bekannt gewesen, vor diesem Jahr nicht, meine ich. Jetzt hat die League, soweit ich weiß, mein Land auf die Liste ihrer zukünftigen Unternehmungen gesetzt. Aber ich werde mich nicht vertreiben lassen, Sir, und das gilt auch für die anderen Gentlemen, die sich zur Property Defence Association zusammengeschlossen haben.«

Major O'Donovans Land ist noch nicht »getroffen« worden, und die Landarbeiter auf den von ihm selber bewirtschafteten Feldern wirken durchaus zufrieden. Auf dem Spaziergang durch eine »Boreen« oder einen engen Seitenweg begegnete uns sein Hirte, Farrell, den er zu einem kurzen Gespräch zu sich rief. Farrell, zahnlos, mit in die Stirn gezogener Mütze, war unerschütterlich, wenn auch nicht klar verständlich, in seinem Lob des »Majors, Sorr«. Es schien schmerzlich offenbar, daß Major O'Donovan während seiner langen Jahre in Übersee die Erinnerungen an seine Heimat gehegt und daß er von der Vorstellung gelebt hatte, hier seinen Lebensabend zu verbringen. Das mag auch geschehen, aber vorerst zumindest muß er seine

Tage einer Schlacht widmen, wie er sie noch nie erlebt hat und deren Ende derzeit ausgesprochen unklar ist.

Derzeit beschränkt sich die Property Defence Association, deren Kommando er übernommen hat, darauf, der belagerten Garnison in Woodhaven House jede mögliche Hilfe zukommen zu lassen. Für das erste lokale Opfer des »Krieges«, Mr. Bartholomew Colthurst, stand solche Hilfe nicht zur Verfügung, und die Association verspricht, daß sein Schicksal sich nicht wiederholen wird. Major O'Donovans Sprache ist so kriegerisch, wie es der Lage angemessen erscheint, aber er betont, daß er allen Gesetzen unbedingt gehorchen will. »Eine handvoll Briten«, sagte er, »hat bei Rorke's Drift 10000 mörderischen Zulus widerstanden. Wir werden auch mit ein paar hundert Whiteboys fertig, wenn wir das Gesetz, die Armee und die Royal Irish Constabulary zur Anwendung bringen.«

Es ist ein seltsamer Umstand, daß der wichtigste Landbesitzer der Baronie und überhaupt ihr erster Mann, der Earl of Ardmor, sich bisher aus dem Kampf herausgehalten hat. Seine imposante Residenz, Ardmor Castle, erhebt sich über der Stadt Kilpeder, vor den Blicken verborgen durch eine schöne, üppige Schonung, ist aber doch immer gegenwärtig. Lord Ardmor hat sich zu Anfang der Krise durch seinen Verwalter Mr. Chute mit seinen Pächtern geeinigt, weswegen weniger vom Glück begünstigte Grundbesitzer ihn wohl beneidet haben mögen. Derzeit kann er von ihnen keine besondere Zuneigung beanspruchen. Außerdem will es ein unbestätigtes Gerücht, daß Lord Ardmor abgelehnt habe, als ihm die Ehrenpräsidentschaft der Property Defence Association angetragen worden sei. Major O'Donovan wollte dazu keinen Kommentar abgeben.

So ist in diesem aufregenden Jahr die Lage in Kilpeder. Es ist eine nichtssagende Stadt, unattraktiv und höchstens als Platonsche »Form« einer staubigen irischen Marktstadt interessant. Neben dem Schankraum des sehr anständigen lokalen Gasthauses kann es sich noch einer größeren Anzahl verschiedenster Lokalitäten mit Schankerlaubnis rühmen, als in England möglich sein könnten, höchstens vielleicht in Liverpools hibernischeren Stadtvierteln. Es gibt eine hübsche protestantische Kirche mit eleganten Türmen an einer Ecke des Dorfangers, gegenüber den Toren der Schloßdomäne. Am anderen Ende der Stadt an der Straße nach Macroom liegt eine riesige und anmaßende katholische Kirche von der Größe einer Kathedrale. Der Bauplan stammt, wie wir gehört haben, von Pugin selber, die Ausführung durch einen weniger begabten Epigonen jedoch scheint dem Auge des Laien ein wenig protzig.

Zwischen diesen beiden Polen, Schenke und Kirche, wird das Leben der Landbevölkerung sichtbar. Abends schlüpfen die Frauen in

Schals und schwarzen Röcken zur Andacht in die Kirche, während die Männer die Schenken aufsuchen. Für einen Außenstehenden ist es schwer, auch nur den geringsten Zugang zu ihrem Leben zu erlangen. In der Kirche Saint Jarlath, in der klösterlichen Dunkelheit des Abends, erhebt sich ein schwacher Duft von längst verbranntem Weihrauch zu den buntbemalten Statuen Unserer Lieben Frau, des Heiligen Joseph und der anderen Heiligen, während die Frauen mit gesenkten Köpfen knien und die Rosenkranzperlen langsam, als ob sie ihr eigenes Leben hätten, durch von der Arbeit harte Finger gleiten. Ihre Männer, die ihrer Kirche nicht weniger ergeben sind und deren Vorschriften nicht weniger sorgfältig befolgen, begeben sich lieber in die Schenken, die von Conefrys weiträumigen und wohlhabenden Räumlichkeiten bis zu einem hohen Tresen und einigen überhöhten unbequemen Bänken in einem Hökerladen reichen.

Wenn wir uns vielleicht nicht in einen solchen Laden, aber immerhin zu Conefry wagen, dann entpuppen die Gäste sich als liebenswürdig und Fremden gegenüber höflich, interessieren sich für die Geschehnisse in der Welt hinter ihren Bergen und sind doch seltsam und wohlüberlegt uninformativ. Es muß doch in Kilpeder jemanden geben, der nichts für die Land League übrig hat – ein Viehhändler zum Beispiel kann ihr wohl kaum Sympathien entgegenbringen –, und doch ist die gesellschaftliche Konvention des Schweigens so stark, daß auch nach mehreren Stunden der Konversation kaum etwas von Wert gesammelt werden konnte.

Auf dem Rückweg ins Gasthaus, beim Gedanken an die angenehme morgige Zugreise nach Dublin, durch warme und üppige Äcker zur Mittagszeit, überkommt uns vielleicht plötzlich das Gefühl, wie verschlossen, wie geheimnisvoll, wie bedrohlich diese Welt von Kilpeder doch ist. In der Dunkelheit sind die Hügel, die den Ort umgeben, unsichtbar, und doch sind wir uns ihrer Anwesenheit bewußt, dieser alten Umzäunung und Umfriedung.

MERTON PATCH. Hab' mit ihm geluncht, dem »Sonderkorrespondenten« der *London Gazette* während des Landkrieges. Jetzt im Ruhestand, aber immer noch eine beeindruckende Erscheinung, sorgfältig gekämmte silberne Haare, silberner Schnurrbart.

»Großer Gott«, sagte er, »wie gern hätte ich die Geschichte wahrheitsgemäß erzählt! Dieser geschlagene alte *miles gloriosus* – dieser O'Donovan! In den ganzen Wochen, die ich in Kilpeder verbracht habe, habe ich ihn wohl kein einziges Mal ohne ein Glas in der Hand gesehen – Cognac, Portwein, Rotwein, der bescheidene Whiskey. Er war halb eingelegt in Alkohol, zog ständig düstere Vergleiche zwischen den Bauern und den Zulus. Nicht, daß es eine Rolle gespielt hätte. Er war nur ein Dekorationsstück; die Tories graben immer gern irgendeinen gestandenen katholischen Konservativen aus, um zu zeigen, daß sie keine Vorurteile haben. Er war nicht wichtig; in der Property Defence Association gab es kühlere Köpfe. Die kleineren Grundbesitzer. Und Eddy Chute spukte auch im Hintergrund herum. Er konnte nicht viel offen tun, wissen Sie, nicht als Ardmors Verwalter, während Ardmor von der League hingerissen war, Gott weiß warum. Aber Chute war selber auch Grundbesitzer, und er kannte die Baronie. Chute war ziemlich ausgekocht, ihm konnte man nicht in die Karten schauen, Sie verstehen schon.«

ZULUS. Solche Vergleiche kamen häufig vor, die Gedanken des Empire beschäftigen sich gern mit dem Zulu-Abenteuer – Hochland-Regimenter in Kilts erteilen im Regen der Assagais den entsetzlichen schwarzen Kriegern eine Lektion. Captain Boycott und George Wilcox wurden mehrmals mit den heldenhaften Verteidigern von Rorke's Drift verglichen. Die Land League hatte größere Schwierigkeiten damit, sich selber mit den Schwarzen zu identifizieren, obwohl O'Connor Power in einer phantastischen Rede vor dem Unterhaus Cetewayo als »den O'Connell seines Volkes« beschrieb – ein zweifelhaftes Kompliment aus diesem Munde. Interessant, daß dieser Vergleich so gern gezogen wurde – ein wildes, mordlustiges Volk, so kamen sie uns wenigstens vor, als Analogie für die, die doch angeblich zur selben Nation gehören wie man selber.

ERSCHEINUNGEN. Wie es im Lesebuch steht: »Im Osten Irlands liegt England, wo die Königin lebt; viele Menschen, die in Irland leben, wurden in England geboren, wir sprechen dieselbe Sprache und sind eine Nation.« Am 21. August 1879, vier Monate nach der ersten Versammlung der Land League in Mayo, behaupteten einige Einwohner des Dorfes Knock, die Jungfrau Maria, den Heiligen Joseph und den Evangelisten Johannes gesehen zu haben. Wie in aller Welt konnten sie den Evangelisten so genau identifizieren? Mary Byrnes, die Hauptzeugin, sagte aus, sie habe ihn aufgrund seiner Ähnlichkeit mit seiner Statue »in der Kapelle von Lekanvey, bei Westport, County Mayo«, erkannt. Er stand gegenüber einem Altar von göttlichem Ursprung, auf dem ein Lamm ruhte, auf dessen Körper »goldene Sterne oder kleine funkelnde Lichter glitzerten wie Gasflammen oder Glaskugeln«.

Es war eine böse Zeit für Knock und für ganz Mayo, schon im dritten Jahr waren die Ernten nicht mehr zu retten. In der Nacht dieser »Erscheinungen« regnete es. In einigen der Zeugenaussagen wird die Land-League-Agitation als Arbeit von »Whiteboys« bezeichnet, ein Wort, von dem man durchaus annehmen mag, es sei schon vor einem Jahrhundert ausgestorben. Im Februar schrieb ein Journalist: »Tausende von Füßen waren hierher gewandert, beladen mit dem Schmutz der stinkenden Landstraßen, und Menschenmengen waren hier gekommen und gegangen, bis jeder Grashalm auf diesem Platz verschwunden war. Statt einer trockenen, glatten Wiese gab es nun eine Lehmfläche, auf der eine Schlacht ausgekämpft worden zu sein schien. Bei jedem Schritt sank der Fuß knöcheltief ein. Und doch fielen alle, die den Ort erreichten, auf die Knie, und viele warfen sich in hörbarem oder stillem Gebet zu Boden.«

Kein Wunder, daß englische oder ausländische Journalisten wie Patch nach Hause fahren und Bücher schreiben, in denen Kapitel wie »Aberglaube«, »Zauberglaube« und ähnliches unvermeidlich sind. Und doch besteht zwischen Knock und Lourdes kaum ein Unterschied. Ich rede jetzt nicht von den vorgeblichen Erscheinungen – zwischen leichtgläubigen Bauernmädchen in den Pyrenäen oder in den Mooren Mayos gibt es kaum Unterschiede. Aber sicher werden die Mengen, die sich in Lourdes drängen, von demselben blinden, unvernünftigen Glauben getrieben, der sie jetzt nach Knock führt, und die Frömmigkeit nimmt an beiden Orten gleich vulgäre und groteske Ausmaße an. Skeptiker haben die Ansicht vertreten, Mary Byrnes und ihre Mitvisionäre seien vom Beispiel Bernadettes inspiriert worden, da am vorhergehenden Sonntag ihre spirituellen Gaben und Tugenden in der Predigt gelobt worden waren. Und doch gelten die Franzosen nicht als eine für Aberglauben und Ignoranz offene Nation. In dieser Hinsicht kommen den Iren, wenn überhaupt, wohl nur die Gebirgsbewohner von Mazedonien und Transsylvanien gleich.

Warum schreibe ich mit solcher Hitze über dieses Thema? Warum kann ich weder in Lourdes noch in Knock ein Beispiel für den Glauben in seiner unschuldigsten und ergreifendsten Form sehen, einen Glauben wie den, der die Welt aus der finsteren Nacht der Götzenanbetung und der Sklaverei erhoben hat? Auch wenn es ein Glaube ist, den ich selber nicht mehr teilen kann. Ich versuche, mich zurückzuerinnern, in die Tage zurückzufühlen, als ich selber noch meinen Glauben hatte – den Glauben, wie wir immer sagten, mit absoluter Betonung auf dem bestimmten Artikel. Ich erinnere mich an die Kapelle in Clongowes Wood, wo ich in Messe oder Andacht mit den anderen Jungen kniete, und die abendliche Luft der Andacht war schwer vom Weihrauch, er filterte das schräg fallende Licht, das durch das bunte Glas zu uns hereinfiel.

Nichts. Ich kann mich an die Kapelle erinnern, an die anderen Jungen, an mich selber, wie ich neben ihnen kniete, an den Geruch der Holzpolitur, an Holzbänke, an Kerzenwachs, an weiße, sakramentale klare Kerzen, an das Gefühl, meine Hände im Gebet zu vereinen, Handfläche an Handfläche, an gesenkten Kopf und knochige, an Rippen gepreßte Ellbogen. Ich könnte immer noch die Antworten herunterleiern, ein Sturzbach von wohlklingendem Latein. Ich erinnere mich aber nicht an das Gefühl zu beten. Überhaupt nicht.

Hinter allem, was ich bisher aufgeschrieben habe – Gespräche mit Schulmeistern, Juristen, alten Revolutionären, Parlamentsmitgliedern – erhebt sich das hohe Bild jener anderen Welt, das für sie ebenso sicher existiert wie dieses Tintenfaß, wie die Themse, die ich im Moment nicht sehe, aber an deren Existenz kein Zweifel bestehen kann. So ist nach meiner Erfahrung Hugh MacMahon ein schlauer, eigener Mann, bisweilen sardonisch und durchaus kein Freund der Geistlichkeit. Und auch wenn es nie Gelegenheit gegeben hat, dieses Thema zur Sprache zu bringen, so weiß ich doch, wenn ich mich mit ihm unterhalte, daß ich einem Mann gegenüberstehe, für den der Glaube das sichere Versprechen Christi ist, einem Mann, dessen Frömmigkeit schlicht und phantasievoll zugleich ist.

Und wenn das bei Hugh MacMahon der Fall ist, wieviel mehr muß es für die Menschen zutreffen, die sich jeden Sonntag zur Messe versammeln, die Wallfahrten zu heiligen Brunnen unternehmen, sich auf Station Island erniedrigen und den Knock Patrick besteigen? Wieviel mehr für die Kätner mit ihren grellen heiligen Lithographien, ihren hinter billigen, bunten Votivgläsern flackernden Kerzen? Und doch will ich in gewisser Hinsicht ihre Geschichte erzählen.

ZEITUNGSAUSSCHNITT. Ein Auszug aus dem *Dublin Journal*, 20. September 1880 – es geht hier um Ennis, County Clare.

Zu diesem Zeitpunkt herrschte in der riesigen Menschenmenge eine gewaltige Aufregung, und das bildete einen sichtlichen Kontrast zu Mr. Parnell selber, der ruhig und gelassen dastand, barhäuptig, so daß die Abendsonne voll auf seinen gutaussehenden, kastanienbraunen Kopf fiel. Er ist kein geübter Redner, obwohl er doch seit Jahren im Unterhaus sitzt, und seine Stimme ist eher nachdrücklich als musikalisch. Oft versteckt er eine Hand hinter seinem Rücken oder schlägt die Arme übereinander. Er hatte bereits den Höhepunkt seiner Rede erreicht. Und doch begann er mit sehr milder Stimme, was der Natur seiner Botschaft widersprach.

»Nun«, fragte er seine große Zuhörerschar, »was wollt ihr mit einem Pächter anfangen, der eine Farm übernehmen will, von der sein Nachbar evakuiert worden ist?« Diese Frage, die vielleicht rhetorisch gewesen sein mag, wurde nicht so aufgefaßt, und an verschiedenen Stellen erklangen Rufe, unter denen »Umbringen!« und »Erschießen!« die schrillsten und düstersten waren. Diese Rufe, auch wenn sie vielleicht den Kehlen müßiger Tunichtgute entsprungen sein können, gaben doch zweifellos eine allgemein verbreitete Ansicht oder Empfindung wieder. Mr. Parnell wartete scheinbar gleichgültig, bis alles wieder ruhig war, dann erhoben sich seine letzten Worte, obwohl er sanft begonnen hatte, zu einem mitreißenden Schluß: »Ich glaube, irgendwer hat hier etwas von Erschießen gesagt!« Und wie aufs Stichwort wurden diese Rufe wiederholt, und wieder wartete er, bis Ruhe eingetreten war.

»Aber ich möchte euch einen sehr viel besseren Weg zeigen, einen christlicheren und menschenfreundlicheren Weg, der dem verlorenen Sünder eine Möglichkeit zur Reue bietet. Wenn jemand eine Farm übernimmt, von der ein anderer vertrieben worden ist, dann müßt ihr ihm aus dem Weg gehen, wenn ihr ihm auf der Straße begegnet, ihr müßt ihm in der Stadt aus dem Weg gehen, ihr müßt ihm am Ladentisch aus dem Weg gehen, auf dem Markt und beim Jahrmarkt und auf dem Marktplatz und sogar im Haus Gottes. Wenn ihr ihn konsequent alleinlaßt, wenn ihr ihn in eine Art moralischer Verbannung schickt, wenn ihr ihn von seinesgleichen isoliert wie einen Aussätzigen in alten Zeiten, dann zeigt ihr ihm dadurch eure Verachtung für das Verbrechen, das er begangen hat. Und ihr könnt euch darauf verlassen, wenn die Bevölkerung eines irischen Countys dieses Beispiel beherzigt, dann wird niemand so habgierig, so schamlos sein, die öffentliche Meinung aller gerechtdenkenden Menschen im County herauszufordern und eure ungeschriebenen Gesetze zu übertreten.«

ÜBERLEGUNGEN ZUM OBIGEN. Das *Dublin Journal* jener Jahre war absolut nationalistisch, aber durchaus nicht parnellitisch. Es ist daher lehrreich zu sehen, zu welch frühem Zeitpunkt und aus welchen Blickwinkeln Parnell in romantischem Licht gesehen wurde und daß alles, was zur Sagenbildung beiträgt, bereits zu erkennen war – Leidenschaft, verborgen hinter Zurückhaltung, eine Stimme, die aus der Ferne spricht, Geheimnisse. Aber es gibt hier auch ein kleines echtes Geheimnis. In dieser außergewöhnlichen Rede steckt ein falscher Ton: »Moralische Verbannung« ist kein bei den Farmern in West Clare üblicher Ausdruck; hier spricht der ehemalige Gymnasiast, der sich mit englischen Vorstellungen auskennt. Wenn wir von diesem Ausdruck absehen, dann sprach er jedoch mit einer phantastischen Direktheit, einer Genauigkeit, einem Wissen um das irische Volk und sein Verhalten, die einfach beeindrucken. Die Rede von Ennis war eine Kriegserklärung, und der Krieg folgte, ein Krieg, in dem der Sieg Parnells Klasse stürzen sollte. Als Journalisten widerstrebend oder voller Enthusiasmus die Sage von Parnells Ruhm aufbauten, ist ihnen da wohl je, vielleicht ungewollt und unbeachtet, der Gedanke gekommen, daß Parnells Triumph einen privaten Akt der Selbstzerstörung bedeuten würde? Sein Leben wäre dann ganz und gar tragisch gewesen, nicht nur in seinen entsetzlichen Schlußszenen. Der Gedanke ist ein brauchbares Korrektiv zu den üblicheren Interpretationen seines Lebens, die von hinten lesen und durch die Trümmer den strahlenden, geheimnisvollen Führer des Jahres 1880 sehen, der auf einem Podium in Ennis eine neue Art von Krieg erklärt, einen Krieg, dessen Zielscheibe zuerst der arme Trottel Boycott in Mayo und dann Sir George Wilcox in West Cork sein würden.

DER LANDKRIEG. Dieser vertraute Begriff ist sehr brauchbar, und doch war es natürlich niemals ein »Krieg« im herkömmlichen Sinn. Und die nüchterne Wahrheit ist, daß er auch nicht mit der Rede von Ennis begann. Glühende League-Journalisten wie William O'Brien plünderten das Arsenal der Kriegsberichterstatter aus und sprachen von Belagerungen, Schlachten, Strategien – eine Art von kriegerischer Rhetorik, die die Fenier eingeführt hatten. Aber sicher war es in einer gewissen Bedeutung des Wortes ein Krieg, wenn man die Andeutungen in Parnells Rede und der früheren Reden von Dillon und Brennan berücksichtigt. »Eure ungeschriebenen Gesetze«, hatte Parnell gesagt. Schon in den Wochen vor Ennis war bei Ballinrobe in Mayo ein Verwalter namens Feerick erschossen worden, und in der Nähe von New Ross in Wexford hatten Heckenschützen einen kleinen Grundbesitzer namens Boyd verwundet und seinen Sohn getötet. In Clonbur nahe bei der Grenze zu Galway wurde Lord Montmorres von Bewaffneten angegriffen und getötet, als er von einem Treffen von Grundbesitzern und Richtern nach Hause ritt. In keinem dieser Fälle kam es danach zu einer Verhaftung. In Carraroe im wildesten Connemara griff ein mit Mistgabeln, Knüppeln und Messern bewaffneter Mob Polizei und Verwalter an. Überall in Connacht und bis hinunter in den Norden von Munster machten Nachbarn Überstunden und brachten die Ernten der vertriebenen Farmer ein und in Sicherheit, damit die Grundbesitzer sie nicht bekommen konnten; in einem Dutzend dieser Fälle wurden sie von Bewaffneten geschützt.

Parnell und Dillon und O'Brien riefen natürlich nicht dazu auf, wenn sie Woche für Woche auf Marktplätzen überall im Land die moralische Macht der Ächtung priesen. Aber es ist nur ein sehr kleiner Schritt zwischen der Ächtung und der gewaltsamen Verfolgung eines Mannes, und die Bauern in Mayo und Kerry kannten sich mit diesen feinen Punkten moralischer Spitzfindigkeit nicht aus. In einem Land wie Irland gibt es überdies schlimmere Strafen als eine mitternächtliche Abreibung, einen Sturz in einen Dornbusch, eine Kugel. In diesem großen Bienenkorb von einer Gesellschaft, wo eine Gemeinde wie Honig in der Wabe zusammenklebt, muß es eine ganz besondere Qual sein, geächtet zu werden – auf der Straße, im Laden, auf dem Marktplatz und sogar in der Kirche. Als ob das Leben dir den Rücken gekehrt und dir zwar nicht das Dasein, aber doch die Identität verwehrt hätte.

TWOMEY. War bei Robert Delaney eine Art Stallbursche; Faktotum oder Vasall wäre vielleicht eine bessere Bezeichnung. Auf Hugh MacMahons Drängen habe ich ihn im Krankenflügel des Arbeitshauses von Kilpeder besucht; er war jünger als MacMahon, sah aber sehr viel älter aus, zahnlos und mit hellen, unrasierten eingefallenen Wangen, seine Augen waren kleine leuchtende dunkle Punkte. »Der arme Twomey«, hatte MacMahon gesagt. »Er hat Bob und mir oft erzählt, daß er damals mit uns in Clonbrony Wood gewesen wäre, nur hatte seine Mutter ihn und seinen

Bruder zu Hause gehalten, weil sie eine Mauer reparieren mußten. Da haben Sie einen geheimen Spalt in der Geschichte.« Aber er hatte nolens volens im Landkrieg seine Rolle gespielt, und deshalb war Delaney ihm verpflichtet. Die Mutter war inzwischen schon lange tot, und der Bruder war ein oder zwei Jahre zuvor gestorben. Twomey bestellte sein kleines Stück Land selber und stellte zur Ernte ein paar Tagelöhner ein. Es war sein Pech, daß das Gehöft in einer Gemeinde hinter Lughnavalla lag, einem Ort namens Horseleap, den Chutes Property Defence Association für ihren Gegenangriff ausersehen hatte.

Die »Schlacht« von Horseleap wurde von der League als Sieg angesehen, und das war sie auch, denn niemand wagte es, die Höfe der Vertriebenen zu übernehmen. Es ist elender Boden, und das Land ist bis heute, wenn auch inzwischen aus anderen Gründen, ohne Pächter geblieben. Niemand will oder braucht es jetzt, und von den zwanzig Hütten haben nur vier oder fünf zwei Jahrzehnte voller Wind und Regen überlebt, die Strohdächer sind schon längst verschwunden, aber die Mauern stehen noch, keine Türen, blinde Fenster, trockene Lehmböden. Der Wind weht jetzt durch sie hindurch. Aber es war trotzdem ein Sieg für die League. Die Grundbesitzer, eine Londoner Gesellschaft, verlangten Entschädigung nach dem dazu vorgesehenen Gesetz.

Die Pächter von Horseleap jedoch, die weniger Glück hatten, reihten sich in die Schar derer ein, die *United Ireland* als »verwundete Veteranen des Krieges um das Land« bezeichnete. Heimatlose Veteranen waren sie jedenfalls. Fast ein Jahr lang wurden sie durch League-Mittel unterhalten und wohnten in Hütten, die in einem Ödland namens New Horseleap für sie gebaut worden waren. Auch diese Hütten sind verschwunden, ob alt oder neu; im lustigen Namen Horseleap lag kein Glück. Schließlich war kein Geld zur Beihilfe mehr vorhanden, und mit den letzten Resten wurden für die Familien Überfahrten nach Liverpool oder Boston bezahlt. Bill Twomey jedoch, der keine Familie hatte, trostlos und verwirrt in Kilpeder herumlungerte und mal hier, mal dort wohnte, reparierte und flickte, erging es anders, denn eines Tages brachte Robert Delaney ihn in das Haus in der Cork Street mit dem kleinen Stall und dem zellenartigen Zimmer am Giebelende.

Ich hatte noch nie ein Arbeitshaus von innen gesehen und möchte dieses Experiment auch nicht wiederholen. Das Arbeitshaus in Kilpeder ist wirklich noch ein echtes Arbeitshaus, es wurde vor der Hungersnot errichtet und war in jenen Jahren Schauplatz von Ereignissen, die sich in die Erinnerung und die düstere Phantasie unseres Volkes eingeätzt haben. Nichts kann dieses von Mythen befangene Interieur jemals reinigen, diese mythischen Flecken jemals tilgen; aber ich muß zugeben, daß die Countyverwaltung es versucht hat; das Innere, wenn auch karg, ist sauber und ordentlich, die Luft bedrückend schwer von einem Aroma, in dem sich gekochter Kohl mit Karbolseife zu mischen scheinen. Die Insassen wirkten fröhlich genug, und der Leiter des Arbeitshauses, der mich an Twomeys Bett führte, war ein anständiger Bursche, freundlich und human und offensichtlich recht beliebt.

»Das war mein großer Tag«, sagte Twomey. »Der Tag, an dem mich Anwalt Delaney vor Tullys Laden auf der Straße ansprach und fragte, ob ich ihm mit seinen Pferden helfen wolle, den beiden Reitpferden und dem Nußbraunen, den er für den Einspänner benutzte. Später hatte natürlich der kleine Conor sein Pony und seinen Karren. Ich dachte zuerst, er meinte eine Arbeit, die einen oder zwei Tage dauern würde, den Stall saubermachen oder so, wissen Sie. Aber nein! Er wollte mich als Kutscher, und nicht einmal das gibt eine treffende Beschreibung meiner Pflichten, denn ich mußte Erledigungen für ihn machen, Besorgungen und so. Ich war bei allem, das nichts mit dem Gesetz zu tun hatte, sein Assistent, könnten Sie sagen. Mit meinem eigenen Zimmerchen, und beim Essen konnte ich meinen Stuhl neben Mrs. Gaffney und den beiden Lizzies an den Küchentisch schieben.«

»Er mochte Sie sehr gern, hat Mr. MacMahon mir erzählt.«

»Das stimmt, glaube ich. Nach ein oder zwei Jahren, als wir einander kennengelernt hatten. Aber zuerst, wissen Sie, war es nicht so sehr, daß er einen Kutscher brauchte. Er war einfach unglücklich über die Leute von Horseleap, so, als ob er etwas wiedergutmachen wollte. Aber warum denn? Schließlich hatte er doch für uns gekämpft und über unseren Köpfen die Flagge der Land League gehißt!«

Ich hatte ihm unter anderem ein halbes Pfund Tabak mitgebracht, und beim Reden beschäftigte er sich eingehend damit, mit arthritischen und überraschend kleinen Händen seine Pfeife zu stopfen.

»Wenn Sie Anwalt Delaney nur in diesem unglückseligen letzten Jahr gekannt hätten, dem Jahr der Parnell-Affaire, als in der

Stadt eine mörderische Stimmung herrschte und der Anwalt mittendrin steckte, dann könnten Sie nicht wissen, wie er war, als sein Erfolg losging. Er war selber auch Bauernsohn, wissen Sie, und darauf war er stolz, auch wenn er drüben in London Gesetzesmacher war und sich für Irlands Sache einsetzte, wie es heißt.«

»Ich habe ihn nicht gekannt«, sagte ich. »Wir sind einander nie begegnet. Mein Vater hat ihn gekannt.«

Prentiss Senior: Ein kluger Mann, Patrick. Ein fähiger Mann. Sehr geistreich und bissig. Aber irgendwo stimmte etwas nicht, Gott weiß, wo. Parnell war sein Herr. »Ich würde ihm in die Hölle folgen«, sagte er zu mir. Und bei Gott, das hat er getan.

»Das letzte Jahr«, sagte ich verblüfft. »Das Jahr des Parnell-Kampfes war 91. Das war doch noch lange nicht Anwalt Delaneys letztes Jahr.«

Er schien mich nicht gehört zu haben. Mit langen, tiefen Zügen brachte er die Pfeife in Brand und sog den Rauch ein.

»Ich erinnere mich an Tage, wenn ich Papiere in sein Büro bringen mußte, und Jamesey, sein Assistent, sie mir abnahm, aber über seine Schulter hinweg, denn er war ein kleiner Kerl mit runden Schultern, konnte ich den Anwalt an seinem Schreibtisch sehen, und die großen Persönlichkeiten unserer Welt hatten sich um ihn herum versammelt. T. D. Sullivan habe ich einmal dort gesehen, den Mann, der die Clonbrony-Wood-Ballade geschrieben hat, ein Bruder von A. M. Sullivan, dem Führer der Bantry-Bande. Tim Healy war auch einmal da, aber das muß ganz zu Anfang gewesen sein, später haben die beiden sich ganz entsetzlich zerstritten. Und ich habe Michael Davitt in diesem Zimmer gesehen, einen dünnen Mann mit nur einem Arm, den leeren Ärmel hatte er in die Jackentasche gesteckt, und seine dunklen eingesunkenen Augen brannten sich in einen hinein.«

Lange Pause, während er den süßlichen Tabak paffte, den MacMahon mir empfohlen hatte; seine trüben Augen blickten ins Leere, als er in der schöneren Vergangenheit herumtastete.

»Einmal«, sagte er, »und Sie wissen ja, wie die Erinnerung einem Streiche spielen kann, irgendein Fetzen Zeit bleibt ohne Sinn oder Verstand haften. Ich erinnere mich an einen Tag im Herbst während der Schlacht von Horseleap, wie Sie das nennen können, als ich in Kilpeder etwas zu erledigen hatte. Es war ein Tag mit großer Aufregung; es hatte irgendwelchen Ärger gegeben, und die Polizei rückte aus der Kaserne aus – das konnte ich vom anderen Ende der Stadt aus sehen, und andere sahen sich das zusammen mit mir an. Aber ohne Grund fiel mein Blick auf den Ardmor-Obelisken, und neben ihm standen der Anwalt und Vincent Tully, und die beiden lachten über irgend etwas, und wann immer einer versuchte, damit aufzuhören und dann den anderen ansah, prustete er gleich wieder los. Ich sehe das jetzt noch klar vor mir, die beiden Freunde, diese gutaussehenden, zuversichtlichen Burschen.«

»Er war eng mit Mr. Delaney befreundet, nicht wahr?« fragte ich vorsichtig.

Schwaden von verwirrtem Tabaksrauch. »Das weiß ich nicht so genau«, sagte er. »Wissen Sie, das war doch lange, ehe ich in die Dienste des Anwalts getreten bin. Aber mir kam es immer so vor, als ob es die drei gäbe – den Anwalt und Mr. MacMahon und Mr. Tully. Und Mrs. MacMahon, wenn Sie sich eine Frau als Freund vorstellen können. Eine feine, hübsche Frau.«

»Und auch Mrs. Delaney«, sagte ich.

»Ich habe nichts gegen Mrs. Delaney«, erwiderte er. »Es war doch nur natürlich, daß sie sich später einen richtigen Kutscher wünschte und keinen Burschen wie mich.«

»An jenem Morgen«, begann ich, »an dem Morgen, als Mr. Delaney in die Derrynasaggarts geritten ist...«

»Was die Erinnerung einem alten Mann doch für Streiche spielen kann«, sagte er, »ich erinnere mich viel deutlicher, wie die beiden Jahre früher zusammen am Obelisken standen.«

»An jenem Morgen«, begann ich noch einmal, »haben Sie damals Mr. Delaneys Pferd gesattelt?«

»Natürlich. Wer hätte das denn sonst machen sollen?« Er bewegte seine ausgestreckten Beine. »Lehrer MacMahon hat mir einmal etwas Seltsames über diesen Morgen gesagt, von dem Sie sprechen. Das war viel später, Jahre später.«

»Und was war das?« fragte ich.

»Damals habe ich ihm geholfen, seine Sachen aus der Stadt in sein Häuschen zu bringen. Der Mann hat ja vielleicht schwere Bücher! Daß er ein gelehrter Mann ist, wird sogar in Dublin und Cork City anerkannt. Donovan, der Fuhrmann, hatte alle schweren Teile für ihn transportiert, aber einige empfindliche Gegenstände mochte er nur sich selber und mir anvertrauen. An diesem Tag sind wir dreimal hin- und hergefahren, von Kilpeder bis zu dem Hügel, wo sein Haus steht. Es war ein glühendheißer Tag im

Juli. Nach der dritten Fuhre, als wir alles ausgeladen und einsortiert hatten, standen wir beide da, ohne Jacke und mit aufgekrempelten Ärmeln, willkommene Portergläser in der Hand.«

Er bewegte sich im Bett und blickte mir über die Schultern, als ob irgendwer den Saal betreten hätte. Aber außer uns war nur ein alter Mann anwesend, der am anderen Ende des Saales in seinem Bett lag und mit offenem Mund schlief. Hinter dem hohen Gitterfenster erhob sich die Mauer des Arbeitshauses mit ihren Eisenspitzen; die Straße nach Macroom lag staubig und still da, und im schwachen Wind zitterten die Grashalme auf dem Feld.

»Es war ein wolkenloser Tag, und in der Ferne waren die Derrynasaggarts gut zu sehen. Ich mochte sie nicht. Als junger Mann hatte ich sie fünf- oder sechsmal durchquert, auf dem Weg nach Killarney, und wenn man zur falschen Tageszeit unterwegs war, dann wünschte man sich weit weg – große, einsame Felsblöcke und Wind.«

»Ned Nolan«, sagte ich, um ein Stichwort zu geben. Aber das war nicht nötig.

»›Ich habe ihn geliebt‹, hat Lehrer MacMahon gesagt, ›genauso wie Bob ihn geliebt hat. Aber ich habe Bob allein zu ihm gehen lassen.‹«

»Woher wußten Sie, daß er Ned Nolan meinte?« fragte ich.

Aber er hatte seinen Kopf von mir abgewandt und sah an dem alten Schläfer vorbei, über die Straße nach Macroom hinweg auf das wogende Gras.

22

[Hugh MacMahon / Robert Delaney / Thomas Ardmor / Lionel Forrester]

Es war seltsam und unwahrscheinlich, daß Bob Delaneys Leben und das Leben der Ardmors, sein Leben und ihrs, einander berühren sollten. Aber das allerseltsamste muß, wie ich bis heute glaube, der Herbstabend gewesen sein, als er zwischen den Falken durch das Tor ging und die Allee zum Haus einschlug. Denn er ging zu Fuß, und ich habe ihn später nach dem Grund gefragt, schließlich hatte er inzwischen zwei Pferde und einen Einspänner aus poliertem Holz im Stall hinter seinem Haus. »Das ist doch mindestens eine Meile«, sagte ich, »von den Toren bis zum Schloß.«

»Eine Meile ist doch der reine Bummel, Hughie«, sagte er. »Wir gehen schließlich jeden Sonntag weiter.«

Ich glaube, daß er im Grunde ein ähnliches Gefühl wie ich hatte, nämlich, daß er in einer Romanze lebte, in der wir uns den Helden immer zu Fuß vorstellen, unterwegs vielleicht in einem Märchenwald oder auf einer im gleißenden Sonnenlicht ruhenden Wiese. Aber vielleicht stimmte das nicht; vielleicht wollte er den Moment einfach verlängern und voll auskosten. Ich sehe ihn in meiner Phantasie, allerdings nur in meiner Phantasie, denn an jenem Abend war er so sehr darauf versessen, mit allem herauszusprudeln, was im Schloß gesagt worden war, daß für die triviale Frage, wie er sich auf dem Weg dorthin gefühlt hatte, einfach keine Zeit mehr blieb.

Ein Mann im Schloß zumindest hatte ihn kommen sehen, Brian Griffin, der Butler. Als er die Treppe zum Säulengang hochstieg, öffnete sich die Tür, und Griffin trat hervor, um ihn in Empfang zu nehmen. Griffin stammte nicht aus dem Ort, hatte aber seit den Tagen des alten Earl in Kilpeder gelebt, und er und Bob kannten einander ein wenig. Einmal in vier Wochen vielleicht ging Griffin auf ein Pint zu Conefry und wechselte einen höflichen Gruß mit allen Viehhändlern oder Schulmeistern, die sich gerade dort aufhielten. Ein würdevoller, silberhaariger Mann mit weichem Limerick-Akzent. Bei dieser oder bei den folgenden Gelegenheiten gab es kein »Bob« oder »Brian«. »Lord Ardmor wird Sie in der Bibliothek empfangen, Mr. Delaney«, sagte Griffin.

»Warum bist du nicht zum Gutsbüro gegangen statt zur Vordertür, Bob?« fragte ich ihn an jenem Abend. »Ich hätte das so gemacht.« Wir drei, Mary und Bob und ich, saßen beim Tee in unserem Wohnzimmer, und im Kamin brannte wegen der Kälte des frühen Herbstes ein Feuer. »Ich hatte an Ardmor geschrieben«, antwortete er, »und Ardmor hat mir geantwortet. Wie es ja richtig war – ich hatte schließlich etwas mit ihm zu besprechen, und es betraf Chute.« Er brach ein Stück Toast ab und lächelte uns an. »Er ist auch nur ein Mann, weißt du, so wie wir und wie Chute.« Aber Chute war oft in der Stadt, im Schankraum der Arms oder bei Tully oder bei Sattler Robinson. Ardmor war uns ferner, und wir bekamen ihn nur bei besonderen Gelegenheiten zu sehen. An Jagdmorgen in den frühen Jahren, als er die Jagd noch leitete, führte er die Meute durch die Allee auf den Marktplatz, wo die anderen Jäger sich versammelten, und der alte Gilmartin hielt seine drei Mädchen, die Gläser mit Sherry und heißem Whiskey gegen die Morgenkühle verteilen mußten, reichlich in Trab. Und einmal pro Jahr inspizierte er meine Schule und wechselte verlegene, ungeschickte Worte mit den Jungen, die der Größe nach aufgereiht Habacht standen. Der Inspektor und ich – der echte Schulinspektor, meine ich – halfen als Dolmetscher. »Er ist nur ein Mann«, wiederholte Bob, »aber, ach, Hughie, wenn du diese Bibliothek doch bloß sehen könntest, dann würdest du denken, du wärest tot und in den Himmel aufgestiegen. Riesige Bücherwände, die bis zur getäfelten Decke hinaufreichen, und Sessel so tief wie Brunnen, vor einem Kamin, in dem man einen Ochsen braten könnte.«

»Liest er denn viel?« fragte ich mit demokratischem Sarkasmus.

»Er malt«, antwortete Bob.

»Er malt?« fragte ich und war erst einmal verwirrt über diese unerwartete Antwort.

»Ja«, sagte Bob, »malt«, und schwenkte seinen Toast wie einen Pinsel, der ein Stück Leinwand bemalt, durch die Luft.

»Wie schön für ihn«, sagte ich, noch immer in meinem sarkastischen Ton, »daß er einen angenehmen Zeitvertreib gefunden hat.«

Aber Bob schüttelte den Kopf. »Er ist eher Maler als Junker, das ist die Wahrheit. In der Bibliothek standen drei von seinen Bildern auf Staffeleien, und später, nachdem ich meine Bewunderung zum Ausdruck gebracht hatte, sind sie mit mir in das Zimmer gegangen, wo er malt. Wißt ihr, ich habe sie nicht im besten Licht gesehen, sondern im gelben Abendlicht. Das haben sie mir extra zu bedenken gegeben.«

»Sie?« Mary sprach dieses Wort wie eine Frage aus.

»Ja«, antwortete Bob, »sie erwarteten mich beide in der Bibliothek, und später wurde dort Tee serviert. Das ist heute schon mein zweiter Tee.«

»Wie ist sie denn?« fragte Mary. »Was hatte sie an?«

Bob und ich wechselten einen Blick, und ich wollte etwas sagen, aber Mary legte mir die Hand auf den Arm.

»Wie ist sie, Bob? Nun sag schon!«

»Ach, Mary«, antwortete Bob. »Wie soll ich sie oder irgendwen auf Befehl beschreiben? Sie ist keine Malerin, das ist doch immerhin ein Anfang. Aber bei Gott, im schlimmsten Fall könnte sie als Malermodell ihren Lebensunterhalt verdienen. Sie ist sehr schön, wenn auch ein bißchen dünn. Sie hatte ein Kleid aus einem weichen Stoff an, sehr dunkles Gelb, mit einem Muster, kleine Blumen, glaube ich. Frag mich nicht weiter. Und sie hat wunderschöne dunkle Haare, die sie lang trägt, sie sind fast schwarz und lässig zusammengebunden. Nein, ich möchte das anders ausdrücken. Sie hatte sich sorgfältig frisiert, damit ihre Haare lässig aussehen sollten. Sie ist eine umgängliche, höfliche Frau, und sie interessierte sich sehr dafür, was ihr Mann und ich uns zu sagen hatten. Sie ist eine ernste Frau, glaube ich, aber sie lächelt gern gedankenverloren. Das ist alles, was ich euch über sie erzählen kann.«

»Du hast sie ja kaum bemerkt«, sagte ich.

»Hat er doch«, widersprach Mary. »Bob bemerkt alle Frauen. Das hast du noch gar nicht über ihn gewußt, was, Hughie?«

»Sei's, wie es sei«, sagte Bob und hielt ihr seine leere Tasse hin.

»Ist der Tee vielleicht zu bitter, Bob?« fragte sie und schenkte ein. »Das kann doch durchaus so wirken, nachdem du auf Ardmor diesen feinen chinesischen Tee aus einem Silberservice bekommen hast, oder?«

Als Antwort grinste Bob sie an, aber sein Blick war wachsam und verwirrt.

»Ach, sicher, das hatte ich ganz vergessen«, sagte sie. »Du bist in deinem Haus doch auch an Silber gewöhnt. Agnes und dir ist Silber nicht fremd.«

»Ihr habt euch doch nicht nur über Malerei unterhalten«, sagte ich rasch.

»Stimmt«, sagte Bob, dessen verwirrter, zuneigungsvoller Blick immer noch auf Mary ruhte. »Aber ich sag dir, Hughie, daß diese Bilder mich wirklich umgeworfen haben. Sie sind wie eine private Vision der Welt, der Wirklichkeit – Bäume, Flüsse, Flußbetten aus Sand und Kieselsteinen. Und die Farben – hell, warm. Sie haben mich verwirrt, diese Bilder.«

»Das kam sicher unerwartet«, sagte ich.

»Ja«, stimmte Bob zu. »Unerwartet«, und Mary lächelte ihn an.

Ich weiß nicht, was ich erwartet hatte. Mein ganzes Leben, unser ganzes Leben lang waren »Ardmor« und »Forrester«, Titel und Familienname, mit dem Leben von Kilpeder verwoben gewesen. In den ersten Jahren ihrer Ehe war die Welt, so kam es uns vor, die große Welt, zu ihren Bällen gekommen, zum Hochzeitsball und zu den beiden Frühlingsbällen, die darauf gefolgt waren, Kutschen von allen großen Gütern im County und von weither, aus Meath und Galway und Mayo, die Lichter im Schloß hatten geleuchtet, und in unserer Phantasie hatten wir Musik gehört, Walzer, hatten uns Tanzende vorgestellt, Seidenkleider, die über polierte Intarsienböden fegten. Er hatte einen Großteil seines Lebens anderswo verbracht, zuerst in der Schule, dann in Cambridge, war nur in den Ferien nach Hause gekommen und dann später zur Armee gegangen. Nach der Armee nach Paris, und nun verbrachte er jedes Jahr vier Monate in Italien. Aber Kilpeder dachte an Paris nicht als an eine Stadt, sah Italien nicht als Land. Familien wie die Ardmors reisten eben dorthin, es gehörte zu ihrem Leben und war so geheimnisvoll und fremd wie die Wanderungen der Vögel. Später erfuhr ich natürlich, daß er all die Jahre in Paris seinem Studium gewidmet hatte und daß seine dortigen Freunde weder Pariser aus den elganten *faubourgs* waren noch Angehörige der britischen Kolonie, sondern Maler und Schriftsteller, einige Komponisten; es war ein Leben der Ateliers und der Cafés, der Landpartien, mit Körben voller Brot, Käse, Wein. Aber so lebte er nur einige Jahre, und Italien war anders. In Italien lebten sie in großem Stil, in Kilpederstil, in einer schönen Villa in Florenz.

»In der Bibliothek gibt es hohe Fenster«, sagte Bob, »die auf eine Terrasse hinausgehen. Man könnte auf der Terrasse stehen und über die Gärten, über den Fluß, über die Domänenmauern hinweg auf Kilpeder hinabschauen, uns alle bei unseren Pflichten oder bei unseren Vergnügungen sehen, wenn wir jungen Dummköpfen etwas beibringen oder für wohlhabende Farmer Testamente aufsetzen.«

»Wie es schon auf dem Stich heißt«, sagte ich. »›Die Stadt Kilpeder, Eigentum des Earl of Ardmor‹.«

»Was es wohl für ein Gefühl ist, eine Stadt zu besitzen?« fragte er.

»Frag deinen Schwiegervater«, antwortete ich.

Einen Moment lang sah er mich so wütend an, daß ich richtig verblüfft war, dann lächelte er.

»Das ist das Kunstwerk, auf dem Ardmor Castle ruht«, sagte Mary. »Der Stich der Stadt, die sie besitzen, und uns gleich mit, nicht Gemälde von Flüssen und Sand.«

»Ich schwöre bei Gott«, sagte Bob. »So, wie ihr beiden euch aufführt, könnte man meinen, ich wäre ins Schloß gegangen, um Geld und Bücher der Land League gegen Tee und ein paar Rosinenbrötchen einzutauschen.«

Nach diesem kurzen Waffengang folgte eine gemütliche Stunde, und ich kann den Unterton, den Mary und ich unseren Worten gaben, bis heute nicht verstehen, falls nicht ein schlichter, altmodischer Neid am Werk war; denn es heißt doch, daß hinter jedem irischen Rebellen und Aufwiegler ein Respekt vor dem Adel lauert, eine tiefe Bewunderung für ihre weiten Felder und ihr hochmütiges Auftreten.

»Rosinenbrötchen gab's«, erklärte Bob, »und viel Toast. Emily Weldon hat sie uns serviert, diese Zofe, die Lady Ardmor aus Westmeath mitgebracht hat. Ich glaube, Mary, sie war schwarz gekleidet und hatte hier und da ein bißchen Weiß und eine hübsche weiße Haube und Schürze.«

»Ich kenne Emily Weldon«, sagte Mary.

»Fandest du es leicht, mit dem Earl zu reden?« fragte ich. »Die wenigen Male, wo wir uns unterhalten haben, war er ziemlich steif – anständig, aber steif.«

»Es war wirklich leicht«, antwortete Bob, »wenn man bedenkt, worüber wir gesprochen haben. Er ist ein überraschender Mann – das ist eine gute Beschreibung für ihn. Weißt du, wenn er kein Großgrundbesitzer wäre, dann würde er sicher die League unterstützen. Er ist auf jeden Fall nicht gegen uns. Soviel steht fest.«

Ein Teil von mir war von dieser Nachricht nicht überrascht. Es war allgemein bekannt, daß er den Vorsitz über die Property Defence Association abgelehnt hatte und daß er ein Jahr vorher, in dem Jahr der Mißernte, gegen den Rat seines Verwalters Chute die Ardmor-Pachten gesenkt hatte.

»Es ist wider die Natur«, sagte ich, »ein Großgrundbesitzer, der die Land League unterstützt.«

»Ich habe nicht gesagt, daß er sie unterstützt«, korrigierte Bob. »Seine Umstände sind außergewöhnlich. Sein Einkommen steht auf einer Seite seiner Gedanken und sein Gewissen auf der anderen. Es spricht jedenfalls nicht zu seinen Ungunsten, daß er ein Gewissen hat.«

»Mein Gott, Bob«, sagte ich. »Es spricht auch nicht zu seinen Ungunsten, daß er ein Einkommen hat.«

»Parnell ist selber auch Grundbesitzer«, erklärte Mary fest, als ob der Fall damit geklärt sei.

»Sie kennen einander, Parnell und Lord Ardmor«, sagte Bob. »Sie waren beide in Cambridge auf der Universität. Lord Ardmor sagt, Parnell sei ein phantastischer Cricketspieler gewesen; das ist alles, woran er sich erinnert. Ja, und daß er wegen irgendeines Skandals geschaßt wurde – eine Rauferei oder eine Frau oder was auch immer.«

»Nun ja«, sagte Mary und seufzte, als ob ihr eine Last auferlegt worden sei. »Dann sind sie also befreundet?«

»Kann schon sein.« Bob zuckte die Schultern.

»Du hattest also keine Schwierigkeiten bei deinem Vorhaben«, sagte ich. »Wo Lord Ardmor der nationalistischen Sache doch so positiv gegenübersteht.«

»Ich habe nur gesagt, daß er nicht gegen uns ist«, erwiderte Bob. »Aber nein, es hat keine Schwierigkeiten gegeben. Ganz im Gegenteil.«

Bob Delaney hatte in der Bibliothek das Gefühl, daß der Tag in einer Pracht von sanften Farben zur Neige ging – die schrägen schweren Sonnenstrahlen fielen auf die reichen Farben der Teppiche, Ocker und Rosa und das Sandbraun von Arabien oder Turkestan. Das späte Sonnenlicht traf den tiefeingelassenen Kamin mit seiner tintenschwarzen Einfassung aus Onyx, die vielen Reihen der hohen, in Leder gebundenen Bücher, das Teeservice, das die Strahlen einfing und zurückwarf. Es war zu früh für Gaslicht oder Kerze, und die sanfte, rasch schwächer werdende Sonne, das warme, glühende Torffeuer gaben dem Raum sein einziges Licht, vergänglich und herausfordernd. Die anderen Zimmerecken lagen im Schatten.

»Und das war Ihre Mission bei mir, Mr. Delaney?« fragte Ardmor. »Nur das?« Er trug ein heidefarbenes Tweedjackett, ein weiches Hemd und eine locker gebundene Krawatte.

»Da unten wirkte es wie eine ausreichend große Mission«, sagte Delaney und nickte zu Kilpeder hinüber, das hinter den hohen Fenstern lag.

Es war ihm als das beste vorgekommen, Ardmor die Sache in klarer Sprache vorzutragen. Die League hatte nichts gegen Ardmor Castle, hatte keinen Grund dazu, wußte aber, daß die Property Defence Association von Edward Chute, Ardmors Verwalter, und deshalb in gewisser Hinsicht vom Castle aus geleitet wurde. Und in solchen Zeiten mußte das Gerede einen Skandal hervorrufen.

»Und einen Skandal könnten Sie nicht brauchen, was?« fragte Ardmor.

»Ein Skandal bringt niemals etwas ein«, sagte Delaney. »Außer den Lästermäulern natürlich.«

»Das Wort wird in diesem Land seltsam benutzt«, meinte Ardmor. »Es kann so vieles bedeuten. In England werden nur sehr persönliche Dinge als Skandale bezeichnet.«

»Hier auch«, erwiderte Delaney. »Aber in außergeöwhnlichen Zeiten wie diesen... Sie müssen wissen, was passiert ist, Lord Ardmor. Edward Chute hat sich bei den Leuten in Kilpeder sehr unbeliebt gemacht. Und Sie könnten durchaus Ihren guten Namen hier einbüßen, wenn sie dächten, daß Sie Chute ermutigt hätten. Oder daß Sie sogar einen Finger mit im Spiel haben.«

»Glaubt Ihre League das denn allen Ernstes?« fragte Ardmor.

Es schien ihn zu belustigen. Weil er weiß, daß ihn nichts treffen kann, dachte Delaney. Wir können Bat Colthurst und Woodhaven House und Eddy Chute und den armen Säufer O'Donovan treffen, aber nicht Ardmor Castle.

»Ich bin Agent der League für Kilpeder«, sagte Bob, »und Sie könnten das hier als offiziellen Besuch bezeichnen. Aber es war meine eigene Idee. Meine eigene Mission, könnten Sie sagen. Und durchaus freundlich gemeint.«

»Das akzeptiere ich«, sagte Ardmor, »und ich gehe davon aus, daß Sie gleichermaßen akzeptieren, daß ich mir von niemandem Vorschriften machen lasse, weder von der Property Defence Association noch von der Land League.«

»Ich wollte Ihnen durchaus keine Vorschriften machen, Lord Ardmor. Nichts von dem, was ich gesagt habe, legt eine solche Auslegung nahe.«

»Legt eine solche Auslegung nahe«, wiederholte Ardmor mit leichtem Sarkasmus. »Sie sind Anwalt, nicht wahr, Mr. Delaney?«

»Tom«, sagte Lady Ardmor. Sie hatte sich in ihrem niedrigen, gemütlichen Sessel zurückgelehnt und sprach aus seiner Tiefe heraus, ohne sich zu bewegen. Sie stützte ihr Kinn in ihre Hand und betrachtete die beiden Männer. Delaney war sich ihrer, ihres Schweigens bewußt gewesen. »Tom«, wiederholte sie, wie einen Tadel.

»Sie brauchen sich keine Sorgen zu machen, Mr. Delaney. Wie ich Ihnen mitteilen wollte, ist Edward Chute nicht mehr Verwalter des Ardmor-Landes. Schon seit Anfang der Woche nicht mehr. Es überrascht mich, daß das in Kilpeder noch nicht allgemein bekannt ist.«

»Ist es nicht«, sagte Delaney heftig vor lauter Überraschung. »Bei Gott, das ist es nicht. Ich bin ja stolz darauf, wie gut ich über Kilpeder informiert bin, aber das habe ich nicht gewußt.«

»Es wird bald genug allgemein bekannt sein. Ich muß natürlich einen neuen Verwalter finden, und deshalb habe ich an meine Anwälte in Dublin geschrieben. Einstweilen werde ich mich selber um meine Angelegenheiten kümmern.«

»Eddy Chute ist sehr lange mit dem Ardmor-Gut verbunden gewesen.«

»Sehr lange«, sagte Ardmor. »Er hat die Stelle von seinem Vater übernommen.«

»Ich erinnere mich an den Vater«, sagte Delaney. »Everard Chute. Er lebte noch und war voller Energie, als wir...« Er unterbrach sich.

»Als wir den Aufstand gemacht haben, wollten Sie sagen? Eine lebhafte Zeit für Kilpeder. Ich war damals in Cambridge, aber Sie waren hier, soviel ich weiß, Mr. Delaney.«

»Allerdings.« Delaney lächelte. »Ich bin gewissermaßen sogar hier im Schloß eingefallen. Das heißt, Ned Nolan und Hugh MacMahon sind auf Ihren Aussichtsturm geklettert, um den ersten Blick auf die Soldaten, die aus Macroom gegen uns aufmarschierten, zu werfen.«

»Edward Chute hat uns erzählt, daß Sie ein paar Jahre lang sozusagen befreundet waren«, sagte Ardmors Frau, und Delaney wandte sich ihr zu. Das Licht im Zimmer änderte sich, wurde dichter. Es fiel auf sie.

»Sozusagen«, wiederholte Bob. »Das ist der richtige Ausdruck. Wir sind ein paarmal zusammen auf die Jagd gegangen, wir beide und Vincent Tully. Er war auch bei meiner Hochzeit, zusammen mit Mrs. Chute. Er wird genug zu tun haben, nehme ich an, auch ohne seinen Verwalterposten.«

»Aber ja«, antwortete Ardmor. »Er ist selber auch Grundbesitzer. Und er hat seinen Verband. Ihre League wird ihn beschäftigen, fürchte ich.«

»Ja«, sagte Delaney und merkte, daß er sich nicht von Lady Ardmor abgewandt hatte, sondern sie anstarrte. Und sie starrte ihn an, als wollten ihre dunklen, ruhigen Augen ihn erforschen. Sie lächelte und senkte ihre Hand in ihren Schoß, wo sie sie liegenließ.

»Das ist der Tully mit dem großen Laden auf dem Marktplatz«, sagte sie.

»Der Sohn«, korrigierte Delaney.

»Vincent«, sagte Ardmor. »Wir haben Vincent kennengelernt, meine Liebe. Bei den Rodgers. Du erinnerst dich doch an ihn – ein gutaussehender Bursche, blaß, mit dichten schwarzen Haaren. Die Tullys gehören zu den alteingesessenen Familien hier in Kilpeder, nicht wahr, Mr. Delaney?«

»Das stimmt«, antwortete Delaney. »Darf ich fragen, Lord Ardmor, ob die League oder die Property Defence Association bei Ihrem Streit mit Eddy Chute eine Rolle gespielt haben?«

»Ich habe nichts von einem Streit gesagt«, antwortete Ardmor.

»Es gab keinen Streit. Es gab etliche Fragen – sie hatten mit der Verwaltung des Gutes zu tun. Wir verkehren immer noch freundlich miteinander. Vincent Tully hat an diesem berühmten Aufstand teilgenommen, Sylvia, wie Mr. Delaney hier und MacMahon, der Schulmeister, und MacCaffrey, einer unserer Bauern.«

»Der berühmte Aufstand«, sagte Sylvia Ardmor. »Und jetzt sitzen wir drei hier und trinken an einem ruhigen Septemberabend Tee.«

Die Stadt Kilpeder, dachte Delaney. Eigentum des Earl of Ardmor. Wenn sie sich gestritten haben, dann wird er das einem Dorfanwalt und Land-League-Agenten nie erzählen. Eddy Chute gehörte zwar nur zum untersten Rand der Oberschicht, aber dazu gehörte er eben doch, hatte am Trinity College studiert und war Offizier der Landwehr.

»Sie sind mein erster Rebell«, sagte Sylvia Ardmor. »Wurden Sie dazu verurteilt, gehängt, gestreckt und gevierteilt zu werden?«

»Nein. Aber ich habe sechs Monate von einer Strafe von vier Jahren abgesessen. Das hat mich zu dem gemacht, was ich heute bin. Ein verurteilter Rebell hat in diesem Land eine große Zukunft.«

Er sprach ohne ein Lächeln, aber Ardmor fing seinen Blick auf und lächelte anerkennend.

»Es hat solche Urteile gegeben, Sylvia«, sagte Ardmor. »Gehängt, gestreckt und gevierteilt. Der Knabe, der hier in Kilpeder das Kommando hatte, hat ein barbarisches Urteil bekommen.«

»Er wurde so barbarisch behandelt, wie sein Urteil gewesen war«, sagte Delaney.

»Das war der berühmteste, Sylvia«, erklärte Ardmor. »Edward Nolan. Ned Nolan, Nolan aus Clonbrony Wood. Er war nicht von hier, oder, Mr. Delaney, er war doch nicht aus Kilpeder?«

»Sein Vater war von hier«, antwortete Delaney kurz.

»Jetzt ist er allerdings weit weg, in Sicherheit«, sagte Ardmor. »In Amerika. Dank der Amnestie-Kampagne. Was treibt er so in Amerika, wissen Sie das? Hören Sie je von ihm?«

»Er ist zur Ruhe gekommen«, antwortete Delaney. »Arbeitet in einer Ziegelei, habe ich gehört.«

Wie zwei Stämme, dachte Delaney. Ardmor sagt nichts über diesen Verbrecher Chute, und ich halte immer noch zu Ned Nolan, als ob an einem Märznachmittag vor dreizehn Jahren ein kleiner Keil für immer festgefroren wäre.

»Ach«, sagte Ardmor, als ob ihn eine willkommene Nachricht erreicht hätte. »Man hört Gerüchte, in der Sensationspresse, von verknöcherten Tories im Club – Morde, Dynamit.«

»Dazu kann ich nichts sagen«, erklärte Delaney. »Ich gehöre keinem Club an.«

»Noch Tee, Mr. Delaney?« fragte Sylvia Ardmor. »Und probieren Sie ein Rosinenbrötchen. Die Köchin ist so stolz darauf.«

Es hat Zeiten gegeben, in denen ich mich bei dem Versuch ertappte, mir diese Szene vorzustellen, Bob Delaneys ersten Besuch auf Ardmor, seine erste Begegnung mit den Ardmors – mit Tom Ardmor und Sylvia Ardmor, wie er sie später mir gegenüber nennen sollte, wenn auch nur in der Intimität unserer vertraulichen Gespräche. Für mich blieben sie von Anfang bis Ende Lord und Lady Ardmor, und das sind sie noch heute. Jetzt gibt es nur noch Lord Ardmor, in seiner Villa in den Hügeln bei Florenz, die in meiner Vorstellung erfüllt ist von den Sommerfarben und den Düften eines Italiens, das ich niemals besucht habe; aber nun lebt er das ganze Jahr über dort, und ich habe keine Postkartenbilder dieser Hügel im Winter, und deshalb stelle ich mir vor, wie der Wind von den Alpen herunterheult.

Sie sprachen, erzählte uns Bob, über dieses und jenes, der Grund seines Besuches war schnell abgehandelt, aber die Ardmors baten ihn zu bleiben, und er hatte durchaus nichts dagegen. Vielleicht sahen sie einander als Abgesandte unserer beiden irischen Welten, als Botschafter, die sich treffen, um einen Vertrag zu besprechen, und diese Bibliothek, die ich dank Lionel Forresters Freundlichkeit seither selber besucht habe, der perfekte Schauplatz für eine so erhabene Begegnung, erblüht im letzten goldenen Sonnenlicht des Tages, das Licht berührt alles, berührt die hohen chinesischen Vasen mit ihren blauen und senfgelben Farbtönen, berührt das Pfirsich- und Lachsrosa verblaßten Damasts. Wie kommen sie einander bei dieser ersten sonnenhellen Begegnung vor? Ich stelle mir Bob ein bißchen steif vor, wie es seine Art war, seine Verlegenheit hinter trockenem distanzierendem Geist verborgen. Und Lord Ardmor, der in meiner Vorstellung damals die Sicherheit von Geburt, Klasse, Wohlstand ausstrahlte, auch wenn ich jetzt weiß, daß das nicht zutraf –

Sicherheit, die darin, wie er saß, stand, redete, zum Ausdruck kam. Und Lady Ardmor, Sylvia Ardmor – sie konnte ich niemals, weder am Anfang noch am Ende, mit irgendwelcher Klarheit vor mir sehen, nicht einmal mit der Klarheit der Illusion. Ich sehe sie nur durch das, was Bob mir später über sie erzählte. Es ist eine Szene, die in meiner Phantasie nicht leicht zustande kommt, und doch greife ich bisweilen auf sie zurück, sogar jetzt.

Lionel Forrester hat mir die Bilder von Lord Ardmor gezeigt, die im Schloß hängen, und einige von ihnen sind es, die an jenem Abend in der Bibliothek auf Staffeleien standen. »Er ist zweifellos ein Künstler, ein sehr reiner Künstler«, sagte Forrester, »das haben mir Fachleute versichert.« Als ich diese Bilder vor sechs Jahren zum erstenmal gesehen habe, kamen sie mir vor wie dekorative Kleckereien, bunt und lustig wie Kinderspielzeug waren einige von ihnen, andere Wirbel von leuchtenden Nebeln, Lebensfragmente, Picknicks, eine Jagd, wo ein Scharlachrot den rostbraunen Herbst und die Nebel dieser Jahreszeit durchbrach, ein Mann und eine Frau reglos auf einem Leinpfad, sie läßt die Hände herabhängen, preßt sie gegen ihren geraden rehbraunen Rock, aber eine seiner Hände ist vorsichtig, fast schon verstohlen nach ihr ausgestreckt. Ich weiß es jetzt besser; alle Welt malt jetzt so, wie Ardmor in seiner Jugend in Paris zu malen gelernt hat.

Forrester hat mich gelehrt, diese Bilder zu sehen, und er hat das verlassene Atelier durchsucht, um Aquarelle, Kohleskizzen hervorzuholen. Um ganz ehrlich zu sein, habe ich mich nie dafür erwärmen können. Ich weiß noch, wie Bob und ich, als ich ihn 1887 in London besuchte, die großen Galerien besucht haben, wo die Wunder der Renaissance aus Venedig und Florenz und Rom ausgestellt werden. Und sie bedeuten für mich die große Kunst, gegenüber der die heutigen Knaben gewogen und zu leicht befunden werden. Constable ist für mich ein würdiger Erbe dieser Giganten, und Frith, der die ganze Aufregung großer Menschenmengen zu großen Gelegenheiten in einem einzigen Rahmen festhalten kann, in so lebhaften Szenen, daß man das Gefühl hat, man könnte sich hineinfallen lassen und auf ein Pferd setzen, oder was immer gerade die Gelegenheit sein mag. Turner war ein großer Mann, ehe er verrückt geworden ist. Aber Constable – Englands ganzes Genie liegt in Constable, und es muß doch ein Volk von Genie sein, wenn es seine eigene liebliche Landschaft intakt halten und aus unserer Schutt und Ruinen machen konnte.

Auf Constables großen Bildern scheinen Natur und das Leben der Menschen, wie sie säen und ernten, ihre Kathedralen und ihre kleinen Brücken, ihre Lasttiere in Joch und Geschirr, sich zu vermählen mit der natürlichen Welt der Freiheit und Ordnung, eine friedlichere und fruchtbarere Ehe als viele, und der Beweis dafür strahlt aus der großen Tiefe, aus der grünen, schattigen, sonnigen Welt seiner Bilder. Ich kann davon wenig genug in den Gemälden wiederfinden, die auf Ardmor hängen, obwohl einige davon Sonnenlicht oder grünes Gras feiern, das Farbenspiel des Nebels auf dem großen englischen Fluß, wie sogar ich sehen kann.

Ich kann die Worte, die Bob in jener Nacht benutzt hat, nicht beschwören – daß diese Bilder eine Vision der Wirklichkeit seien; aber so klingen sie in meiner Erinnerung – und selbst jetzt klingen diese Worte fremd, affektiert. Vielleicht verwechselt meine Erinnerung Bobs Worte mit etwas, das ich viel später von Lionel Forrester gehört habe. Ich bin mir aber sicher, daß Bob voller Begeisterung über sie gesprochen hat und daß ihm auf gewisse Weise aufgegangen sein mußte, daß die Wahrheit über Ardmor in diesen Bildern lag, in Farbe auf einer Leinwand, und nicht im Gutsbüro oder auf der Jagdstrecke.

Als Delaney sich verabschiedete, hatte ein Mädchen bereits die Lampen in der Bibliothek angezündet. Alle drei hatten auf der Terrasse gestanden, und als sie sich umdrehten, warfen die Lampen mit ihren milchweißen oder blaßgrün glühenden Lampenkugeln Gaslicht in die Schlacht gegen die letzten Sonnenstrahlen. So muß es Künstlern vorkommen, dachte Delaney, wie Ardmor hier. Wir anderen sehen ein Zimmer, Stühle, Tische, einen Kamin, eine Bücherwand neben der anderen, und das Licht der Lampen ist uns ein Trost, ein Pfand gegen die Dunkelheit. Aber sie sehen Farben, Farben und verschiedene Arten von Licht.

Hinter ihnen, hinter Garten, Fluß, hohen Mauern lag Kilpeder, seine grauen und schwarzen Schieferdächer ragten nebeneinander auf, ein Gewirr, unterbrochen vom kahlen, leeren Marktplatz, am einen Ende bildete der adrette Turm der Church of Ireland den Rahmen für die Stadt, am anderen, ein kleines Stück die Straße nach Macroom hinunter, die gewölbten und anmaßenden Türme von Saint Jarlath. Eigentum von.

»Sind Sie je in unserer kleinen Kirche gewesen, Mr. Delaney?« fragte Sylvia Ardmor.

»Aber natürlich«, antwortete Delaney, und in ihm mischten sich milde Verwunderung und milder Ärger. »Ich habe protestantische Freunde, wissen Sie. Einige. Sie heiraten. Ihre Kinder werden getauft. Sie sterben.«

Der alte Johnston, John Sinnots Kanzlist, ein anständiger alter Bursche, seine Finger eingefärbt mit einer so schwarzen Tinte, daß keine Seife sie abschrubben, sondern sie nur für kurze Zeit zu Himmelblau mildern konnte. Im Schankraum der Kilpeder Arms (jetzt, von der abendlichen Terrasse aus gesehen, eine Anhäufung von Schieferplatten, tiefgrau und schwarz wie die nächtliche See) zogen lange tintenfleckige, arthritische Finger ein Glas Portwein zu sich heran. »Ach, Delaney, Sie alter Schurke. Sie reden so schön über das Gesetz und den Frieden der Königin und die Rechte der Untertanen, aber unter Ihrem teuren Anzug sind sie ein reuloser rebellischer Fenier. Sie würden alle armen loyalen Protestanten am nächsten Baum aufknüpfen!«

Er ist einmal zum Gottesdienst mit mir in diese Kirche gegangen, erinnerte sich Delaney. Seltsam, diese Kirche, eine Kirche, in der alles fehlte. Kein vager Duft von Weihrauch, der noch in den Ecken hing, keine zu grell angemalten Statuen – Sankt Joseph in einem milden weißen Gewand mit braunem Umhang, die Mutter Gottes in Blau und Weiß, Sankt Patrick in einem priesterlichen smaragdgrünen Kleid – keine Beichtstühle. Und hinter dem Altar, kein Tabernakel mit Vorhang und vergoldeten Türen, in dem sich Monstranz und Hostienkelch verbergen. Statt dessen ein Geruch von Sauberkeit, sauber wie der alte tote Johnston, Sonnenschein fiel aus hohen Fenstern aus klarem, ungefärbtem Glas auf uns herab.

»Die beiden Kirchen unterscheiden sich sehr«, sagte Sylvia Ardmor. »Ich mag die Farben von Saint Jarlath. Die Statuen. Wenn Tom und ich auf Reisen sind, in Italien oder Frankreich, gehen wir oft in die Messe. Hier wäre das nicht möglich, meinen Sie nicht? In Irland nicht.«

»Nein«, antwortete er. »In Irland wäre das nicht möglich.«

Wieder bemerkte er, daß Ardmor ihn mit einem Vergnügen betrachtete, das weder feindselig noch herablassend wirkte.

»Ich habe Ihre Zeit schon viel zu lange in Anspruch genommen«, sagte er. »Und Ihre Geduld.«

»Durchaus nicht«, widersprach Sylvia und legte impulsiv ihre Hand auf seinen Arm. »Was meinst du, Tom?«

»Kein bißchen«, sagte Ardmor. »Kein bißchen. Wir kennen viel zu wenige von unseren...« Er unterbrach sich, suchte nach einem Wort und sagte schließlich: »Von unseren Mitbewohnern dieser Stadt.«

Eigentum von.

Sie verabschiedete sich in der Bibliothek von ihm, während Ardmor ihn durch die lange Halle bis zur Eingangstür begleitete.

In der geöffneten Tür stand Delaney Ardmor gegenüber, blickte an ihm vorbei durch die ganze lange Halle und sagte: »Sie haben eine Familie mit langer Geschichte, Lord Ardmor.«

»Alle Familien haben lange Geschichten«, erwiderte Ardmor mit demselben Lächeln. »Und die einheimischen Iren stammen alle von Königen ab, heißt es.«

»Meine Familie nicht«, sagte Delaney.

Die Schatten waren länger geworden. Wirre Schatten säumten die Allee, als Delaney in die Stadt zurückging, die wirren Schatten der Zweige von Ulmen, von Eichen und Buchen.

Als Ardmor zurückkehrte, hatte Sylvia die Bibliothek verlassen. Die Türen zur Terrasse standen immer noch offen, und er ging durch den Raum und schloß sie, ehe er sich mit einer Zeitung vor den Kamin setzte. Gleich darauf legte er die Zeitung wieder beiseite. Ehe er das Zimmer verließ, ging er zu den Terrassentüren hinüber, berührte sie mit der Hand, als ob er sie öffnen wollte, und ließ dann die Hand sinken. Durch das Glas war nichts zu sehen, nur Schwärze. Sein eigenes Spiegelbild starrte ihn an, ein schlanker Mann, blonder Schnurrbart und große, neugierige Augen, im Spiegelbild fast farblos.

Er stieg die gewichtige, imposante Wendeltreppe hinauf, wobei dicke Teppiche auf dem milchweißen Marmor seine Schritte erstickten, und ging durch den Flur in sein Ankleidezimmer. Einmal blieb er vor einem seiner Bilder stehen, die er im Schloß aufgehängt hatte, dem Ölbild von Sylvia in Venedig. Hinter ihrer bloßen Schulter tanzte Sonnenlicht auf dem Canale Grande, eine Gondel, ein Schatten auf dem Wasser, Ca' Rezzonico gefleckt von Sonne und Schatten.

Er legte seinen schweren Tweedanzug ab, ging dann jedoch, ehe er seine Krawatte band und das Dinnerjackett anzog, durch den Flur zu Sylvias Zimmer und klopfte an.

Sie saß an ihrer Frisierkommode, der locker bebänderte weiße Morgenrock hing lose um ihre Schultern, ihre Haut hob sich weiß vom offenen dunklen Haar ab. Wenn sie lächelte, dann befanden sich die Winkel ihres großen, großzügigen Mundes in perfekter Symmetrie. Als sie ihn anlächelte, legte sie die langstielige gebogene Bürste weg und griff nach einem Emailletöpfchen, weiß wie Alabaster und mit Blumen bemalt. Er setzte sich auf den schmalen Sessel neben ihr und sah sie im Profil, während sie ihn aus dem Spiegel direkt anblickte. Es war ein alter Spiegel, silberfleckig, aber überraschend lebhaft, unbarmherzig. Kleine Lampen rahmten ihn ein, unbeweglich brennende Kerzen. Er saß oft hier und beobachtete Sylvia, ein Anblick, der ihm auf irgendeine Weise unerklärlich venezianisch vorkam und ihn deshalb an ihre ersten Wochen dort erinnerte – nicht an das Venedig der Wirklichkeit, sondern eher daran, wie er es, sogar wenn er dort war, in seiner Vorstellung am lebhaftesten sah: Eine Stadt der Geheimnisse, des Flüsterns, der Masken, der Täuschungen, ein zu einer echten Wahrnehmung erhobenes Touristenvenedig. Vielleicht.

»Da haben wir's nun«, sagte er. »Fenier und Land Leaguer. Auf Ehrenwort entlassen.«

»Und ganz und gar nicht das, was du erwartet hattest«, sagte sie.

»Wahrscheinlich nicht«, erwiderte Ardmor. »Ich weiß nicht, was ich erwartet hatte. Ich mochte ihn. Sehr sogar.«

»Ich mochte ihn sehr«, sagte Sylvia. »Ich auch.«

»Ja«, sagte er. »Das habe ich gemerkt. Und er auch.«

»Meinst du?« fragte sie und öffnete das Töpfchen. »Meinst du, so etwas fällt ihm auf?«

»Allerdings, und das weißt du genau. Ich unterschätze ihn nicht, und das solltest du auch nicht. Vielleicht ist er bisher noch nicht über Dublin und Cork hinausgekommen, aber das wird schon noch eintreten. Heutzutage kommen Männer wie Bob Delaney in diesem Land nach oben. Seine Enkel können die Könige der Hügel sein, wenn unser Schloß eine Ruine ist. Zerbröckeltes Mauerwerk und Spinngewebe.«

Ihre langen, blassen Finger nahmen Creme aus dem Töpfchen und verteilten sie auf ihrer Stirn.

»Wir sind grob gewesen«, sagte sie. »Wir haben ihn fast nichts über sich selber gefragt.«

»Er war seltsam zurückhaltend, was ihn selber anging«, meinte Ardmor.

»Ist er zum Beispiel verheiratet? Hat er Kinder?«

»Zum Beispiel«, antwortete Ardmor trocken. »Ja, er ist verheiratet, er hat einen Sohn. Er hat den Laden geheiratet, wie man hier sagt. Er war Tullys Ladengehilfe und hat die Tully-Erbin geheiratet. Tullys eigener Sohn, Vincent, ist der Augapfel des alten Mannes, aber er ist ein Playboy. Schmeichelt sich beim niedrigen Adel und bei den Krautjunkern ein, schießt, jagt, spielt, läuft in London und Paris den Huren nach. Der Alte hat aus Delaney eine Art Sohn gemacht, einen pflichtbewußten Sohn, hat ihn in die Familie aufgenommen, hat seine Ausbildung als Anwalt finanziert.«

»Woher in aller Welt weißt du das alles?« fragte Sylvia.

»Ach, Eddy Chute redet sehr gern über das Thema Robert Delaney. Delaney ist alles, was Chute haßt. Delaney ist ein Mann ohne Familie und kommt in der Welt hoch.«

Ihre Finger berührten ihre Schläfen, sie blickte zu Ardmor hinüber und lächelte. »Nein, Fenier und Sträfling. Das kann Chute ja nicht gefallen.«

»Um Chute Gerechtigkeit widerfahren zu lassen, so findet er das alles vielleicht durchaus pittoresk. Die Iren – jeder von ihnen – sind sehr sentimental, wenn es um Rebellionen geht, sobald die erst einmal unwiderruflich mißglückt sind. Erfolg erregt ihren Argwohn, und Meister Delaney hat alle Anzeichen eines Mannes, dem ein großer Erfolg bevorsteht. Wie er uns gesagt hat, die Rebellion hat ihn gemacht. Beim Zeus, er war eine erfreuliche Überraschung. Sardonischer Bursche. Und beeindruckend.«

»Sie«, sagte Sylvia. »Sie.«

»Bitte?« fragte Ardmor.

»Spielt keine Rolle«, sagte Sylvia. »Im Grunde nicht. Ich dachte nur daran, daß wir uns immer als Iren bezeichnen, wenn wir in England oder im Ausland sind. Aber hier, zu Hause, bezeichnen wir die Iren als ›sie‹. Wie eine Feder, die wir uns an den Hut stekken können, wenn wir Lust dazu haben. Wüst, pittoresk, wie Mr. Delaneys Gefängnisvergangenheit.«

»Der arme Delaney«, sagte Ardmor. »Er hat keine Wahl. Er muß sich damit abfinden, daß er weiß, wer er ist. Eine triste Entschädigung.«

Nun verteilte sie den dünnen Cremefilm auf ihre Wange, und ihre Finger bewegten sich sanft, tastend über ihre Haut. Eine Armbewegung ließ den Kragen ihres locker hängenden Morgenrocks rutschen und legte eine halbe Brust frei. Ohne darauf zu achten, widmete sie sich weiter ihrem Gesicht und den Worten ihres Mannes.

»Du wirst langsam unmöglich, Tom«, sagte sie. »Du wirst so ironisch wie Lionel. Du weißt doch, daß ich Ironie hasse.«

»Nein, das tust du nicht«, widersprach Tom. »Die einzigen, die Ironie hassen, sind die, die sie nicht erkennen können. Sie hassen sie aus irgendeinem ignoranten Instinkt heraus.«

»Zu klug für mich«, sagte sie. »Lionel und du, ihr wart immer schon zu klug für mich, ihr zwei.«

»Aber ich bin nicht wirklich klug, weißt du, nicht so wie Lionel.«

Die dünne, farblose, durchscheinende Maske glättete ihr Gesicht zur Ruhe. Sie saß bewegungslos da und hatte die Hände im Schoß gefaltet.

»Ja«, sagte sie schließlich. Ihre Augen versuchten, im Spiegel seine zu finden. Diese blickten nicht in ihre Augen, sondern auf ihre Brust, eine weiße, kleine, wohlgeformte Brust. Er streckte die Hand danach aus, und ihre Hand, weiß, ruhig, kam seiner entgegen und zog sie zu sich. Der Morgenmantel öffnete sich. Sie hielt seine Hand in ihrer, bewegte sie über ihre Brust, zog seine Finger im Kreis über ihre Brustwarze.

»Lieber Tom«, sagte sie, die schöne Maske glitzerte im silberfleckigen Spiegel, und ihre Augen begegneten sich noch einmal. »Lieber, lieber Tom.« Sie preßte seine Hand an ihren Körper.

Als ich in jenem Herbst in Kilpeder eintraf, hatte der Land-League-Boykott gegen Sir George Wilcox von Woodhaven House in der ganzen Baronie ein Gefühl der Belagerung ausgelöst. Sogar wir im Schloß konnten es spüren. Tom selber war sogar einer Art höflichem, zurückhaltendem Boykott durch den Landadel ausgesetzt, einer kühlen Feindseligkeit, die anhalten sollte, bis er Irland verließ, und die sich sogar noch vertiefte. In gewisser Hinsicht existiert sie bis heute. Eine Atmosphäre von tiefer Isolation prägt diesen Ort, Isolation, und natürlich in späteren Zeiten Vernachlässigung.

Auf ihre Weise war die Feindseligkeit durchaus angemessen. Die Journalisten und die Sprücheklopfer hatten recht: Der Landkrieg war ein Krieg, und im Krieg gibt es keine Neutralen. Nicht auf dem Schlachtfeld jedenfalls. Tom war natürlich nicht »für« die League, aber er war auch nicht klar und deutlich ihr Feind, wie ausnahmslos alle anderen Adeligen. Und Tom war mehr als Landadel, er gehörte zum Hochadel, er war der höchste Adelige der Baronie, ein Graf, dessen Vorfahren ihr Land von Elizabeth selber empfangen hatten. Gott weiß, was für Geschichten dieser kleine Prolet Chute im Club und auf der Jagd über ihn verbreitet hatte. Über uns alle, Kilpeder war ja schließlich ein Provinznest. Die meisten Angehörigen des Landadels, oder die, die dafür galten, hatten London besucht, waren »im Ausland« gewesen, was pro Jahrzehnt ein paar Wochen in Paris bedeutete, aber das war auch alles. Was sie von der Welt wußten, entnahmen sie *Punch* und den *Illustrated London News*, Besuchen englischer angeheirateter Verwandter, die so engstirnig waren wie sie selber.

Wenn Tom und Sylvia ihre Netze weit hätten auswerfen und öfter Gäste empfangen wollen, hätten sie ohne Schwierigkeiten ebenso weltgewandten Umgang gefunden, wie sie selber waren. Einige der großen Häuser in Meath und Cork und Tipperary veranstalteten ebenso wilde Wochenenden, wie man sie bei der Marlborough-House-Clique des Prinzen von Wales erleben konnte. Aber sie waren beide nicht auf diese anrüchige Weise weltgewandt, die nach Parfüm und Tabak roch, morgens Rebhuhn und Waldtaube abschlachtete, sich dann zu üppigen Dinners niederließ, auf die Kartenspiele und dann ein diskreter Tausch der Schlafzimmerschlüssel folgten. Sie waren zwar weltgewandt, aber auf eine nicht greifbare, vage, fast prinzipielle Weise.

Es half ihrem guten Ruf natürlich nicht, daß Bob Delaney, der Bürgerschreck par excellence, sie besucht hatte. Die Wut der Junker auf Delaney war, von deren Standpunkt aus, absolut gerechtfertigt. Delaney muß zweifellos während dieser beiden Jahre voller Kämpfe unter den vielen Land-League-Führern im ganzen Land zu den erfolgreichsten gehört haben – geschickt, klug, unversöhnlich, und mit einer Gabe für schrille und aufwieglerische Rhetorik. Anfangs kannte ich ihn nicht so gut, obwohl ich an mehreren Sonntagen in die Stadt ging, um ihn sprechen zu hören.

Deshalb lernte ich zuerst sein öffentliches Selbst kennen, ein Selbst, das untermalt wurde von unbeständigen orange- und rubinroten Pechflammen, vom Geschrei eines Mobs, der sich auf dem Marktplatz zusammendrängte, einer Kapelle, die zwischen den einzelnen Reden immer wieder »Clonbrony Wood«, »The Boys of Wexford« und »Clare's Dragoons« sowie die inoffizielle Nationalhymne einer nicht existierenden Nation spielte, »God Bless Ireland«. Am ersten dieser Sonntage bestand Delaneys Aufgabe darin, den Honoratioren des Tages vorzustellen, William O'Brien, einen Mann von zugleich wildem und nichtssagendem Aussehen, mit Kneifer und dürrem Bart, einen hinterwäldlerischen Camille Desmoulins, dem zu Recht eine Begabung für blutdürstige Reden nachgesagt wurde, die er mit hoher, schriller, unmusikalischer Stimme hielt, die jedoch zumindest diese Menschenmenge hier beeinflussen konnten. Er zeigte mit einem unnatürlich langen Finger auf die dunklen Hügel in der Ferne, hinter denen Woodhaven House lag, »diese dunkle und finstere Festung der Unterdrückung«, wie er es nannte, und die Menge rief – nein, schrie – ihre Zustimmung aus sich heraus. »Hier ist euer Mann«, rief O'Brien plötzlich und warf einen langen, sehnigen Arm um Delaneys Schulter. »Er hat die Männer von Kilpeder schon einmal an einem tragischen Tag voller Schnee und Blut angeführt. Und er führt euch in diese neue Schlacht, gegen Unterdrückung und gegen Großgrundbesitzer und gegen Großgrundbesitz.« Er ballte seine freie Hand zur Faust und schüttelte sie in Richtung der Hügel. »Wir werden das Land für das Volk erobern.«

Delaney, kein großer Mann, sondern einen Kopf kleiner, stand ruhig unter dem kaum spürbaren Gewicht dieses Vogelscheuchenarmes und wartete, bis der Refrain von »Clonbrony Wood« verklungen war, dann trat er vor, um zu sprechen, und ließ dabei den kameradschaftlichen Arm von seiner Schulter gleiten. Ich kann mich an keines seiner Worte erinnern, weiß aber noch, daß er sie geschickt gegen O'Briens ausspielte. Delaney konnte, wenn er wollte, mit brutalen Anklagen die Steine zum Leben erwecken, aber er hatte nicht vor, mit O'Brien zu wetteifern, sondern sprach so leise, daß die Leute in den letzten Reihen hinter dem Obelisken ihn kaum hören konnten, und seine Stimme brachte ebenso wie seine Worte eine unversöhnliche, harte Entschiedenheit zum Ausdruck. Als er geendet hatte, trat er einen Schritt zurück, wie um deutlich zu machen, daß er die Position, die mit Recht dem Besucher O'Brien zukam, nicht für sich in Anspruch nehmen wollte. Diese Geste hatte jedoch keinen Erfolg: In Kilpeder gehörte das Podium Robert Delaney.

Als ich ihn zum erstenmal im Schloß sah, wollte er keine Rede halten. Ich kam gerade von einem Tag auf der Jagd zurück und saß mit dem Jagdaufseher Glennon in einem Dogcart, als ich ihn die große Halle verlassen sah, wo ihn ein Stallbursche mit seinem Pferd erwartete, einer schönen braunen Stute. »Das war sicher Delaney, der Land Leaguer«, sagte ich zu Tom, als ich mir einen Whiskey einschenkte.

»Stimmt«, antwortete Tom. »Schade, daß du ihn verpaßt hast. Ein andermal.«

»Was zum Teufel hat ein verdammter Land Leaguer hier zu suchen«, fragte ich, »wenn er keinen Mob herbringen will, der uns das Dach über dem Kopf ansteckt?«

»Das hat er nicht vor«, sagte Tom. »Ganz im Gegenteil. Sylvia gewinnt ihn langsam lieb. Und ich auch.«

»Dann kein Wunder«, sagte ich und ließ mich ihm gegenüber in einen Sessel fallen. »Kein Wunder, daß der Landadel wütend auf dich ist. Seine Besuche hier sind öffentliche Ereignisse, nehme ich an. Er reitet auf dieser Stute die Allee hinauf und wirft einem Stallburschen die Zügel zu. Vielleicht ist der Stallbursche sein Vetter, hast du dir das schon einmal überlegt?«

»Der Stallbursche ist nicht sein Vetter«, antwortete Tom verärgert. »Ich habe dich nie für einen Snob gehalten, Lee. Ganz im Gegenteil sogar. Du hast doch eine eigene Vorliebe für tieferstehende Gesellschaft von einer gewissen Sorte, wenn ich mich richtig erinnere.«

»So siehst du also Delaney? Als tieferstehende Gesellschaft, die du dir ins Haus einlädst?«

»Komm mir hier nicht mit deinen Sprachtricks, Lee. Delaney ist hier in der Stadt ein bedeutender Mann, ein Anwalt – gewissermaßen sogar ein Schriftsteller.«

»Ein sehr erfolgreicher Schriftsteller«, sagte ich. »Ich habe *Weihnachten in den Boggeraghs* gelesen, Tom. Du bist hier derjenige, auf den kein Verlaß ist, nicht ich. Die anderen Junker in der Baronie lieben dich im Moment ebenso innig wie Charley Parnell. Und sie sind deine Leute, Tom. Vergiß das nicht. Nicht Delaney. Nicht Männer, die auf einem Podium Feuer und Revolution spuken.«

»Sind sie das?« fragte Tom, dann antwortete er sich selber: »Ja, natürlich sind sie das. Meine Leute, deine Leute. Bat Colthurst und Eddy Chute und der versoffene rotnasige O'Donovan, ja, unsere Leute.«

»Und der Pastor«, fügte ich hinzu. »Der Pastor und Evaline Dewhurst und Charlie Patterson und seine Frau und hundert andere. Ganz zu schweigen von deinen Eltern und meinen Eltern. Ja, unsere Leute. Und im Moment werden wir von der Land League belagert, wir allesamt, ob tot oder lebendig. Du kannst es deinen Nachbarn nicht übelnehmen, daß sie die Lage weniger großzügig betrachten als du.«

»Aber ich nehme es ihnen doch nicht übel, Lee. Ich nehme es ihnen überhaupt nicht übel. Ich will nur in diesem Krieg nicht Partei ergreifen, für niemanden.«

»So sieht es aber nicht aus«, sagte ich und leerte mein Glas.

»Ist mir verdammt egal, wie es aussieht«, sagte er. »Es ist mein Haus, es ist mein Land, und ich mache hier, was ich will. Ich mache, was ich will, und ich empfange, wen ich will. Die, denen das nicht paßt, können sich ihr Mißfallen sonstwohin stecken. Oder den anderen.«

Tom war und ist weniger mein Vetter als mein engster und liebster Freund, mehr als ein Bruder; aber alle zehn Jahre oder so wird mir die Erkenntnis vorgehalten, daß ich der jüngere Sohn eines jüngeren Sohnes bin, er dagegen ist der Earl of Ardmor. Er ist sich nicht darüber im klaren, wie massiv dabei seine Ausstrahlung ist, er hat eine erhabene Überzeugung davon, daß das, was er tut, richtig ist, weil er es tut; es ist ein grundlegender Zug seiner Persönlichkeit, stärker als Freundschaft, als Gesellschaft. Selbst jetzt, in der Düsterkeit seines selbstauferlegten Exils, wird er davon regiert. Er regiert alles, außer seiner Kunst und seiner Liebe zu Sylvia.

»Edel gesprochen«, sagte ich und hob mein leeres Glas zum Salut. Einen Moment lang starrte er mich mit echtem Zorn an, dann grinste er, nahm das Glas, füllte es und goß sich auch selber einen Whiskey ein.

»Ich habe mich oft gefragt«, sagte ich, »ist ›gegürteter Earl‹ ein Anachronismus, oder gibt's zu dem Job auch einen echten Gürtel? Kann ich ihn sehen?«

»Es gibt Gewänder«, antwortete er, »ganz unglaublich herrliche Gewänder. Sie kosten die Welt, das hat Mutter jedenfalls behauptet, als sie sie mir vermacht hat. Vater hat sie ein paarmal getragen.« Wieder lächelte er. »Derwater in Galway bewahrt seine in einer Vitrine auf, damit er sie jeden Morgen sehen kann.«

»Ich kenne Derwater«, sagte ich. »Der gehört selber in eine Vitrine. Lieber Delaney als Derwater.«

Eines abends kam er nach dem Essen, zu Kaffee und Brandy. Wir saßen zu viert in der Bibliothek.

»Chute hat endlich zugeschlagen«, sagte er. »In einem elenden Dorf namens Horseleap. Vielleicht zwanzig kleine Gehöfte, sie gehören irgendeiner Gesellschaft in London namens Munster Adventurers. Sie geht auf Cromwells Zeit zurück. Sie wollen räumen lassen, und warum auch nicht? Was kann das eine Gesellschaft in London interessieren?«

»Und Sie wollen sich gegen die Räumung zur Wehr setzen?« fragte ich.

»Mit Worten, Mr. Forrester. Mit Worten und vielleicht einigen Steinen, geworfen von gesetzlosen Elementen, die sich meiner Kontrolle entziehen. Damit erreichen wir wenig gegen eine Polizei mit Räumungsbefehlen und Karabinern. Es müßte beeindrukkend werden – ein ganzes Dorf wird geräumt und in ein verlassenes Dorf wie aus einem Goldsmith-Gedicht verwandelt. Das ist ihr Gegenschlag für den Boykott von Woodhaven House.«

»Es wird also zur Niederlage kommen«, sagte ich verblüfft. »Einer Niederlage für Ihre League.«

»Das glaube ich nicht«, antwortete Delaney. »Es wird der Property Defence Association nur so vorkommen.«

»Und auch den armen Schweinen, die aus ihren Hütten vertrieben werden«, sagte ich.

Ich sah zu Thomas hinüber und merkte, daß er nicht Delaney betrachtete, sondern Sylvia. Sie drehte langsam ein kleines Glas Chartreuse zwischen ihren Fingern und wandte ihren Blick nicht davon ab.

»Diesmal«, sagte Delaney, »sind wir gerüstet. Es gibt Hütten für sie und andere Unterstützung, bis sie wieder Boden unter den Füßen gefunden haben.«

»Gerüstet«, wiederholte ich. »Seit ich letzte Woche hier angekommen bin, höre ich mir militärische Gespräche an. Es ist wirklich ein Krieg.«

Plötzlich loderte ihr Glas im Lampenschein auf; ein grünes Funkeln, ein nasses Juwel, dann verschwand es wieder.

»Es überrascht mich, Mr. Forrester«, sagte Delaney plötzlich, »daß Sie nie über dieses Land geschrieben haben. Ich habe Ihr spanisches Buch gelesen. Sie sind sehr begabt.«

»Lee ist in der Ferne eher zu Hause«, sagte Sylvia ohne aufzublicken. »Das, was nahe liegt, langweilt ihn, nicht wahr, Lee?«

»Vielleicht macht die Entfernung alles klarer«, sagte ich. »Ordentlicher und besser zu erkennen. Was im Moment hier geschieht, verwirrt mich zum Beispiel.«

»Inwiefern denn, Mr. Forrester?« fragte Delaney höflich.

»Es ist eine Art Krieg«, antwortete ich. »Darin scheinen alle übereinzustimmen. Aber wie würde der Krieg aussehen? Für Ihre Leute?«

»Meine Leute«, sagte er. »Die Land League spricht ihre Ziele offen aus. Irlands Land für Irlands Menschen, ein Besitzbauerntum. Die Home Rule Association strebt, wie ihr Name schon sagt, eine eigene Regierung und ein eigenes Parlament an.«

»Tom und ich haben uns vor einigen Tagen über seine wunderschönen herzöglichen Gewänder unterhalten. Was würde mit denen passieren?«

Delaney nahm einen Schluck Kaffee, ehe er antwortete, dann setzte er seine Tasse auf den Tisch und lächelte.

»Ich will Ihnen ehrlich antworten: Es ist mir verdammt egal. Wenn das irische Volk ein Oberhaus will, dann sei es ihnen gegönnt. Wenn sie Königin Victoria wollen, dann sei auch sie ihnen gegönnt. Ich will, daß die Kontrolle über irisches Land und über irisches Leben wieder in die Hände des irischen Volkes übergeht. Einfach genug.«

Einfach genug, um irreführend zu sein, wie wir beide wußten, ebenso wie Tom, daran habe ich keine Zweifel. Er war derselbe, wie mir plötzlich aufging, wie der junge Mann, der eine Schar Bewaffneter gegen die Stadt geführt hatte, der die Polizei der Königin und die Soldaten der Krone beschossen hatte. Aber ich verstand – das glaubte ich zumindest –, ich verstand für ein oder zwei Minuten, was ihn für Tom und Sylvia so anziehend machte. Er war nicht der Mann, den man in einem obskuren Marktflecken zu finden erwartet; ländlicher Anwalt, örtlicher Agitator. Ich wandte mich zu Sylvia um, um einen Blick mit ihr zu wechseln, und erlitt einen der großen Schocks meines Lebens.

Sie hatte von ihrem Likör aufgeblickt. Das hatte sie wirklich. Und sie starrte Delaney an, starrte ihn ganz offen mit leicht geöffnetem Mund an. Sie saß mir schräg gegenüber, ihre freie Hand ruhte auf ihrer Hüfte. Ich erinnerte mich daran, wie ich diesen Blick zum erstenmal gesehen hatte, in dem Frühling, als Galantière in London ihr Portrait malte, als ich eines Morgens unerwartet ins Zimmer trat und sie mir im selben Winkel gegenübersaß, mit geöffneten Lippen und auf ihn gerichtetem Blick. Er rührte Farben an und sah nicht zu ihr hinüber, summte abwesend vor sich hin, und plötzlich lächelte sie. Ein leichtes Lächeln, zärtlich, liebevoll, und plötzlich kannte ich ohne Einschränkungen ihre Beziehung zu Galantière, so wie sich jetzt, unklar und beängstigend, ein Wissen um ihre Beziehung zu Bob aufdrängte. Und ich hatte recht, wie sie mir später erzählte. Wir hatten keine Geheimnisse voreinander, Sylvia und ich. Sie lächelte jetzt, und dann, vielleicht, weil sie meinen Blick spürte, schüttelte sie ganz leise den Kopf und wandte sich ab.

Wir sprachen drei oder vier Tage später in der indirekten Form darüber, die wir in den Jahren unserer wachsenden Freundschaft in London entwickelt hatten. Es war ein ungewöhnlich warmer Herbstnachmittag, wir gingen zusammen über die kleine japanische Brücke und spazierten am Ufer des Weihers, unter Weiden, zu dem absurden kleinen »Bootshaus« mit seinen zwei Stocherkähnen.

Wir ließen einen Kahn ins Wasser und saßen einander über dem klaren, leicht gekräuselten Wasser gegenüber. Für kurze Zeit wölbten sich über uns die Weiden, blaßgrün, dicht, während das Sonnenlicht sich seinen Weg durch die zarten, gekrümmten Zweige suchte.

»Armer Lee«, sagte sie, »du kommst mir immer auf die Schliche.« Sie hatte die weiten Ärmel bis über die Ellbogen aufgekrempelt, und nun zog sie eine Hand durchs Wasser. Ihr Unterarm war blaß und zeigte einige Sommersprossen.

»Nicht mit Absicht«, sagte ich.

»Er ist außergewöhnlich«, sagte sie, »klug und stark.«

»Vielleicht hat er aber nicht die Klugheit, die er brauchen wird.«

»Wie wahr«, erwiderte sie und sah zu, wie das Wasser an ihren weit gespreizten Fingern vorüberströmte. »Sag mir, wie du ihn findest.«

»Ist Mrs. Delaney auch schon im Schloß gewesen? Sie ist sehr schön, habe ich gehört, auf irische Weise, wie diese hellhaarigen Irinnen. Sie haben einen Sohn.«

»Conor«, sagte Sylvia. »Er erzählt von Conor. Er hat große Hoffnungen für ihn. Ich wußte nicht, daß sie schön sein soll. Hast du sie gesehen? Wer hat dir das erzählt?«

»Niemand«, antwortete ich. »Ich habe es erfunden, um dich aufzuziehen. Sie ist die Tochter des Ladenbesitzers. Ich kenne ihren Bruder Vincent, wir waren zusammen auf der Jagd. Ein vulgärer Bursche. Geckenhaft angezogen und lustig. Ein Streber.«

»Aber Robert ist überhaupt nicht vulgär«, sagte sie.

»Nein, ist er nicht. Daß muß ich dir zugestehen.«

»Das gestehst du mir zu? Streiten wir uns denn?«

»Wir streiten uns nicht«, sagte ich. »Wir tauschen unsere seltsamen Vertraulichkeiten aus. Vielleicht sollten wir über etwas anderes reden.«

»Ja«, meinte sie. »Vielleicht. Aber du würdest schrecklich gern darüber reden, nicht wahr? Du willst zum Sterben gern wissen, wie weit wir gegangen sind. Soll ich dir das erzählen?«

»Wenn du willst.«

»Nicht sehr weit, bei weitem nicht weit genug. Wir haben... ein Interesse bekundet.«

»Wenn ich du wäre«, sagte ich, »würde ich es dabei belassen. Ein sentimentales Interesse. Nichts Schlimmes passiert.«

Ich tunkte ein Ruder ins Wasser, und wir verließen den Schutz der Weiden. Die goldene Sonne traf meine Stirn, während Sylvia durch ihren breitkrempigen, unter ihrem Kinn festgebundenen Strohhut davor geschützt war.

»Vielleicht tue ich das«, sagte sie. »Aber nicht aus deinen Gründen. Dir macht es Sorgen, weil es gefährlich ist.«

»Du hast verdammt recht, es ist gefährlich. Die Dame vom Schloß und der League-Agitator.«

»Er und Tom finden sich unterhaltsam. Er kommt zu Besuch. Wie du gesagt hast, nichts Schlimmes passiert.«

»Galantière ist in euer Haus in Chelsea gekommen, um dein Portrait zu malen. Und da ist wohl auch nichts Schlimmes passiert? Galantière war immerhin ein Gentleman. Gewissermaßen.«

Ihr Lachen war wie die Oberfläche des Weihers, voller Kräusel. »Tom hat recht. Du bist ein Snob.«

»Das bin ich vielleicht«, gab ich zu, »wenn es um dich geht.

Diesmal könntest du verletzt werden, wirklich verletzt. Es ist nicht so wie mit Galantière. Oder diesem anderen Burschen.«

»Nein«, stimmte sie zu. »So ist es wirklich nicht. Es ist so, als ob Bob und ich uns an einem tiefen Abgrund gegenüberstünden.«

»Auch Tom könnte verletzt werden«, sagte ich. »Und Delaney am allerschlimmsten. Diese Leute sind einfach nicht so wie wir, Sylvia.«

»Ich würde Tom nie verletzen«, sagte sie.

»Jedenfalls nicht vorsätzlich.«

»Du bewunderst doch Galantières Portrait so sehr«, sagte sie. »Ich habe auf Galantière bestanden, weißt du. Tom hat ihn als Gesellschaftsmaler bezeichnet. Ja, das stimmt, sagte ich, und das ist genau, was ich will, ein geheimnisvolles Gesellschaftsbild, nur Oberfläche, weiß und schwarz und ein Hauch von sündhafter Farbe. Und das hat Galantière uns geliefert.«

»Tatsächlich«, sagte ich, »ziehe ich inzwischen Toms Portrait vor. Ich nehme an, Delaney hat es noch nicht gesehen.«

»Nein«, sagte sie mit aufgesetzter Züchtigkeit. »Noch nicht. Wenn er es je sieht, dann wird er nicht wissen, daß es mein Portrait ist. Er ist sehr schlicht, der arme Schatz. Er würde nie auf die Idee kommen.«

Wenn ich auf Ardmor war, dann kam ich jeden Tag, morgens, mittags und abends, oben auf der Treppe an diesem Portrait vorbei, gleich vor dem Durchgang zu den Schlafzimmern. Er hatte es sechs Monate später als Galantière das seine gemalt, und es ist gewissermaßen eine Reaktion darauf. Aber es ist anders als alles andere von Tom, das ich je gesehen habe – naturalistisch, präzise, und doch distanziert, gekünstelt. Als ob er Galantière in seinem eigenen Spiel schlagen wollte, was ihm aber natürlich nicht möglich war. Galantière war in seinem Fach ein Meister, ein listiger, oberflächlicher Meister. Ein Unterschied ist auch, daß hier der Hintergrund aus der Erinnerung heraus gemalt worden ist, eine Szene am Canale Grande, als ob das Bild als Huldigung an die ersten Monate ihrer Ehe entstanden wäre, ein in Komposition und Ausdruck ganz und gar konventioneller Hintergrund: Gondeln, auf dem anderen Ufer Paläste, fleckiges Canalettowasser. Im Vordergrund sitzt an einem hohen Fenster eine Frau, verborgen von halb heruntergelassenen Rolleaus, die späte Sonne fällt auf warmes Fleisch. Sie hat den Kopf von uns abgewandt.

Die Frau jedoch hat nichts Konventionelles. Sie ist halb nackt, und ihre Kleider liegen lose auf ihrem Schoß. Sie ist bis zur Taille entblößt, ihre Brüste sind klein, präzise, wohlgeformt. Eine Hand ruht locker auf ihrer bloßen Hüfte, eine Geste, die unmißverständlich zu Sylvia gehört.

»Es könnte ja schließlich jede sein«, sagte sie.

»Könnte es nicht«, widersprach ich. »Nur du könntest es sein.«

»Warum ziehst du es vor?« fragte sie. »Erregt es dich?« Sie machte das Wort zu einer spöttischen, satirischen Flamme.

»Ja, ein bißchen«, antwortete ich. »Um ehrlich zu sein. Ich bin ein sehr unreiner Kunstbetrachter. Es muß die Dienstboten schokkieren.«

Wieder lachte sie. »Es schockiert sie wirklich, das hat Emily mir erzählt. Mrs. Sheridan, die Gesetzgeberin im Dienstbotenflügel, hat ihnen erzählt, das Bild zeige ›eine von diesen italienischen Huren, die sich für sowas hergeben‹. Emily kann sie wunderbar imitieren. Emily ist sehr nett, findest du nicht, Lee? Eine schöne junge Frau, und ungeheuer lustig.«

»Sehr schön«, sagte ich.

»Ich dachte, du hättest sie bemerkt. Wir zwei sind uns sehr ähnlich, nicht wahr, Lee? Unverbesserlich.«

»Nicht ganz«, sagte ich. »Es gibt eine Menge, worin wir uns unterscheiden.«

Ich legte die Ruder weg, und wir trieben langsam auf das andere Ufer zu. Sie legte sich zurück und schloß unter dem Schutz ihres weißen Strohhutes die Augen, während ihre eine Hand immer noch ins Wasser hing und die andere auf dem Dollbord ruhte. Halb gegen meinen Willen stellte ich mir vor, und mochte mich dabei überhaupt nicht leiden, wie sie jetzt halb nackt mit mir im Boot säße, wie die Sonne auf ihre bloßen Brüste fiele, auf ihre schlanke Hüfte mit ihrem hohen, gewölbten Knochen. In gewisser Hinsicht war es Toms Fehler. Er hatte ein Bild gemalt, das sein erotisches Vorhaben erklärte; es gab darauf keine andere Reaktionsmöglichkeit. Es war im Grunde nicht Sylvias Fehler.

In der Ferne – hinter Fluß, Mauer, Stadt, die hinter den Weiden versteckt und vom Weiher aus nicht zu sehen waren – ragten die Boggeraghs auf, braune, kauernde wilde Tiere. Hinter mir rahmten die fernen Derrynasaggarts das Schloß ein. Meine Phantasie stieg plötzlich zu einer Höhe an, von der ich auf eine von Bergen eingerahmte Welt hinabblicken konnte, und in diesem Rahmen gab es Weideland, Hütten, wohlhabende Farmen, Kirchen, eine

Stadt, eine Mauer, ein Schloß, und, ganz in der Mitte, perfekt, blaugrün, von Zweigen und Blättern umsäumt, einen kleinen künstlichen und deshalb eleganten Weiher, und auf dem Weiher ein Boot mit zwei Gestalten, eine davon eine Frau, die die Augen geschlossen hat und ihr Gesicht in die Sonne hält.

23

[Patrick Prentiss / Hugh MacMahon]

Am 22. Dezember 1880, als Sir George und Lady Wilcox Woodhaven House verließen, ihrer Ansicht nach, um den Winter am Mittelmeer zu verbringen, in Wirklichkeit jedoch für immer, läutete ihr Abschied, so wirkte es in späteren Jahren, den Sturz des Feudalismus in Irland ein. Captain Boycott in Mayo, Bence Jones in Clonakilty, George Wilcox in Kilpeder – die Aufmerksamkeit von zwei Inseln war auf sie gerichtet gewesen, und die Stimme von Besitz und Autorität hatte sie für die Schlachtfelder im Kampf zwischen Zivilisation und Anarchie erklärt. Die Echos ihrer Zusammenstöße prallten aufeinander, rollender Donner grollte unter einem bleiernen Himmel auf den Hügeln.

Boycott verließ am 26. November Loch Mask House und wurde mit seiner Frau in einen fensterlosen Militärkrankenwagen gestopft, den Soldaten der 19. Hussars und First Dragoons, des 84. Fußregiments und 200 bewaffnete Polizisten begleiteten. Es wäre ein trauriger Anblick gewesen, wenn Boycott Hausenblasenfenster gehabt hätte, um einen Blick nach draußen zu werfen: Ein tiefhängender, bedeckter Himmel, der Wagen holperte quietschend über die ungewartete Kiesallee, die sich zwischen den verkommenen Gärten dahinzog, in der Ferne, verhüllt vom Novembernieselregen, verrottete das Heu auf den Reutern. Hinter den Gutstoren war die lange Straße nach Claremorris, der Boycott und seine Begleitung folgen mußten, wie ausgestorben. Auf Befehl der Land League verschwanden die Leute beim Klang des näherkommenden Geleitzuges, beim Quietschen von Leder, beim Rollen der Räder, den Rufen der Sergeants, den Hufen und Stiefeln auf der Straße, hinter Mauern, in Farmhäusern und Hütten. In den Dörfern waren die Läden geschlossen, verriegelt und verrammelt, nirgendwo hätten Boycotts Begleiter ein paar Süßigkeiten oder für sechs Pence Teeblätter kaufen können. Auf dem Bahnsteig in Claremorris hielt Colonel Bruce von der Royal Irish

Constabulary eine kurze Rede. Boycott nickte zum Dank, stieg in sein Abteil und verließ Irland über Dublin. Nally, der Land-League-Organisator von Mayo, wurde von einem Korrespondenten der *Times* beobachtet. Er lehnte am Bahnhofsgebäude, hatte die Arme verschränkt und ließ einen Strohhalm zwischen seinen Zähnen wippen.

Am 14. Dezember wanderten Bence Jones' Schafe und Rinder unbeaufsichtigt durch Cork. Die wenigen Viehtreiber, die bereit waren, für ihn zu arbeiten, hatten aufgrund von Drohungen ihre Arbeit niedergelegt: Kein Viehhändler in Cork wollte die Tiere kaufen oder ernähren, und das Gebrüll der Kälber und Lämmer wurde in einem ansonsten nüchternen Polizeibericht als »herzzerreißend« geschildert. Einer seiner Diener, ein Orangist, verkleidete sich und versuchte, in Skibbereen Lebensmittel zu kaufen, wurde jedoch erkannt und verprügelt; ein Samariter, der tapferer war als andere, schaffte ihn gefesselt, mit einer an seiner Jacke festgesteckten Botschaft, zurück nach Lisselan: »Landräuber, hütet euch!« Er wurde danach nie wieder richtig im Kopf. Mit Hilfe der Property Defence Association schlug Bence Jones zurück und ließ seine sämtlichen Pächter räumen. Inzwischen war er vor Wut und Trauer hysterisch und begriff überhaupt nichts mehr.

Er war ein Produkt von Harrow und Cambridge, ein Jurist, der schon vor der großen Hungersnot auf dem Familiengut ansässig gewesen war, ein schwatzhafter, salbungsvoller Mann, der gerade erst ein Buch veröffentlicht hatte: *Lebenswerk eines Großgrundbesitzers, der seine Pflicht tun wollte.* Als Patrick Prentiss später die Gelegenheit hatte, es zu lesen, kam es ihm vor wie ein kleines Denkmal menschlicher Einfalt. Wie ein spätgeborener Adam Smith beschrieb er in allen Einzelheiten, welche Handel er abgeschlossen und welche Einsparnisse er getätigt hatte, als er die von den Verhungerten und denen, die mit den Hungerschiffen nach Übersee vertrieben worden waren, verlassenen Höfe konsolidiert hatte. Er konnte, wie er prahlte, die höchsten Pachten in Irland fordern und auch einnehmen. Die Pächter, die solche Pachtsätze nicht erwirtschaften konnten, waren Opfer der angeborenen geistigen und intellektuellen Beschränkungen der irischen Eingeborenen – »Trunksucht, Trägheit, Schulden und Ränkeschmieden«. Er schien für die Land League einen Text vorbereitet zu haben, an dem sie ihre Predigten entwerfen konnten.

Und während der ganzen Katastrophe, die über ihn hereinbrach, konnte er weder die Bosheit seiner Feinde noch die seines Schicksals fassen. Er wurde ein unermüdlicher Leserbriefschreiber, der sich langsam einem Mythos annäherte, der inzwischen entstand: Dem der irischen Eingeborenen, einer Mischung aus Heimtücke und Sentimentalität, von Whiskey durchtränkt und in römischen Aberglauben eingelegt, die in der Hand eines aristokratischen Renegaten, Parnell, eines Catilinas unserer Tage, zu einer Waffe geworden waren. Und doch wäre nicht alles verloren gewesen, wenn sich nicht Gladstone und Forster und die Liberalen zu einer heimlichen Allianz mit Parnell bereitgefunden hätten, deren Ziel doch nur sein konnte, in Irland die englischen Interessen, die Sicherheit des Eigentums und die Sache der Zivilisation selber zu untergraben. An diesem Punkt jedoch geriet Bence Jones ins Stocken. Weder er noch die Tories der Property Defence Association konnten ein Motiv finden, das Gladstones finsteres Betragen erklärt hätte.

Nach dem Essen in einem Londoner Club über solche Fragen zu sprechen, war eine Sache, Bence Jones jedoch schickte seine Briefe wie Schlachtberichte aus der Frontlinie ab. An dem Tag, an dem Samuel Greene, sein entstellter und mißhandelter Diener, vor seine Tür gelegt wurde, verband er, so gut er konnte, Greenes Wunden, schenkte ihm einen großen Whiskey ein und schloß sich dann mit seinen Kontobüchern und Landkarten in seinem Büro ein und weinte vor Wut und Trauer.

Weitere Landkarten waren nötig, denn einige waren nur noch von historischem Interesse und belegten den Prozeß der Konsolidierung seit der Zeit vor der Hungersnot. In der allerfrühesten Karte, die über dem breiten, mit Kontobüchern überladenen Schreibtisch hing, waren die Namen der Pächter sorgfältig in klarer Schrift mit Tinte eingetragen, Pächter und Unterpächter und Unterunterpächter auf zwei Acres – Sheerin, Tuomy, Collins, Donovan, Barry, Breen, Treacy. Eine Appelliste derjenigen, die auf schwimmenden Särgen nach Amerika oder im Rachen der Arbeitshäuser oder in den riesigen Hungergräbern hinter der Kapelle auf den Hügeln verschwunden waren. Sie alle waren, wie er in seinem *Lebenswerk* behauptet hatte, »aus eigenem Antrieb« gegangen, was in gewisser Hinsicht ja auch stimmte. So erschien ihr Verschwinden jedoch nicht in der Erinnerung Clonakiltys. Auf einem Podium in Clonakilty erinnerte ein Land-League-Agitator seine Zuhörer daran, daß die Domäne selber, die hinter dem

Marktplatz zu sehen war, einst »die Heimstätten manch einer glücklichen Familie beherbergt hatte, die jetzt überall auf der ganzen Welt verstreut lebt«. So war es nicht gewesen, das wußte Bence Jones, so nicht. Er war kein Landräuber, es war sicher kein Verbrechen, den Boden zur vollen Blüte zu bringen, die schäbigen Hütten auszumerzen, die in Dreck und Schlamm versunkenen Eingänge, die Hügel der menschlichen Exkremente, den heißen Atem von Kuh, Schaf, Schwein in verdreckten einzimmrigen Hütten. Glückliche Familien, also wirklich! Es waren nicht die verschwundenen Toten, die sich jetzt gegen ihn erhoben, sondern die, an die er die konsolidierten Farmen verpachtet hatte, die keinen Grund hatten, ihm Vorwürfe zu machen, die in entsprechendem Maßstab so wie er von den zerstörten Hütten der verschwundenen Breens und Treaceys und der anderen profitiert hatten. Sie hatten keinen Grund, und doch drängten sie sich jetzt auf dem Marktplatz zusammen, um Delaney aus Kilpeder zu hören, diesen Emporkömmling und ehemaligen Ladenschwengel dieses Gombeenmanns Tully, der eines Sonntags kam, sich trotz der Verfolgung des armen George Wilcox die Zeit nahm, um abermals den traurigen Kümmerniskatalog der Pächter Clonakiltys herunterzubeten und sich dabei, um des billigen satirischen Effektes willen, von seinem Exemplar des *Lebenswerks* inspirieren ließ. Delaney, dessen eigenes Leben jetzt erst anfing, der sich eine Gefolgschaft aufbaute, seine eigene Anwaltspraxis stärkte, während der arme Bence Jones, dessen einziger tröstender Trunk nun das Selbstmitleid war und der doch seiner Ansicht nach Irland sein Leben gewidmet hatte, ein Leben der Arbeit und der Umsicht, jetzt nichts anderes zu tun hatte, als die Wunden eines Dieners zu verbinden und hinter verschlossener Tür zu weinen, wobei seine Tränen über pergamentene Wangen in einen patriarchalischen Bart rollten.

Patrick Prentiss konnte nichts über Bence Jones' Tag der wütenden, zornigen Tränen wissen, als er über den Triumph der Land League in Kilpeder nachdachte, diesen Triumph, der Robert Delaneys Karriere besiegeln sollte – erst Boycott weit oben im Westen in Mayo, dann Bence Jones in Clonakilty im Süden, in Cork, von Kilpeder getrennt durch Täler und durch von Osten nach Westen verlaufende Hügelketten, und schließlich Kilpeder selber, drei Glockenschläge, jeder lauter als der letzte, der Fall des Feudalismus in Irland. Aber er hatte zwei Berichte, einen von

Hugh MacMahon, einen von Lionel Forrester, über den Sturz von Sir George Wilcox, den Sturz von Woodhaven House. Zwei Teile einer Welt, Feldstecher, in rechtem Winkel zueinander auf dieselbe Szene gerichtet. Und er konnte natürlich Woodhaven House besichtigen, das jetzt seit etwa zwanzig Jahren immer mehr verfiel, die Einrichtung war in das kleine gemütliche Haus in Cheltenham geschafft oder auf einer Auktion veräußert worden, die Ställe standen leer, die Boxen verrotteten, der Ammoniakgestank von Pferdepisse war längst verflogen, und keine Erinnerungen störten die Zimmer des Hauses. Die Familie Wilcox, George und Caroline, war vom irischen Boden verschwunden.

Er war nicht der schlimmste, der alte George Wilcox, kein nachweislicher Landräuber wie Bence Jones und auch kein törichter und cholerischer alter Soldat wie Boycott. Die Wilcox' waren immer großzügig zu den Schulkindern von Kilpeder gewesen, und sie hatten dafür gesorgt, daß Saint Jarlath, als die protestantische Kirche renoviert wurde, ein buntes Glasfenster bekam, das angeblich die Ankunft von Sankt Kolumban auf der Insel Iona darstellte. Bei ihrer Rückkehr aus Indien war beider Haut ziegelrot gebrannt gewesen, Sir Georges Nacken hatte ausgesehen wie eine Karte des Pandschab, ein Zickzack von Linien und Rinnen. Ich konnte mir sehr gut vorstellen, daß in jenen sonnverbrannten Jahren ihre liebevolle Phantasie den nassen Feldern von Woodhaven House gegolten hatte.

Sir George hinkte und stützte sein lahmes Bein mit einem langen, reich verzierten Stock mit einem Knauf aus massivem Elfenbein, und auf Viehmärkten sah ich oft, wie er in aufgesetztem Zorn Viehhändler damit bedrohte, die dann, da sie diese Geste so freundlich auffaßten, wie sie gemeint war, so lange lachten, bis er seinen vorgeblichen Zorn aufgab, und sie dann mit einem Händespucken ihren Handel besiegelten. Dann ging er weiter über den Markt und schwang seinen langen Stock, um sich einen Weg zu bahnen, wobei er lautlos vor sich hinsummte, ein heimgekehrter Odysseus. Er war nicht der schlimmste, der alte George Wilcox, und das sagte ich auch zu Bob Delaney.

»Nein, durchaus nicht«, gab Bob zu, »bei weitem nicht, aber sein Verwalter war ein übler Bastard und hat ihm den schlimmstmöglichen Rat erteilt. Aber nicht deshalb hatte die League es auf ihn abgesehen. Die League hatte es auf ihn abgesehen, weil er verletzlich war. Alle wußten, daß Bankiers in drei Städten seine Wechsel hatten. Die League wußte, daß sie ihn erledigen konnte, und das hat sie getan.«

»Die League«, sagte ich. »Du bist bescheiden geworden, Bob. Du bist in Kilpeder die League, zusammen mit Pater Mullane und ein paar anderen.«

»Na gut. *Wir* haben ihn erledigt. Das hier ist kein Sport, Hughie. Es ist bitterer Ernst. Es kann mit den Junkern keinen Waffenstillstand geben, solange ihre Macht hier im Land nicht gebrochen ist und solange wir das den Leuten nicht beweisen können. Und es ist immer besser, wenn man das Schlachtfeld selber aussuchen kann und es nicht dem Gegner überlassen muß. Was in Mayo passiert ist, war großartig, Journalisten aus London und New York waren dabei, und es werden Bücher darüber geschrieben. Es wird auch hier passieren. George Wilcox steht mit dem Rücken zur Wand, und es wird kein Pardon geben. Nicht wegen der paar bunten Glasscherben, die er uns für seine Wucherpachten gekauft hat. Das weißt du doch selber. Wer hat denn den Bericht von Bat Colthursts heimatlosen Pächtern auf den winterlichen Landstraßen geschrieben?«

»Sir George Wilcox ist nicht Bat Colthurst«, wandte ich ein, obwohl nicht einmal dieser minimale Widerspruch mein Herz hatte.

»Schlimmer«, sagte Bob. »Schlimmer als Colthurst. Colthurst hatte zumindest den Anstand, seine eigene Drecksarbeit zu erledigen, statt sich hinter seinem Verwalter zu verstecken. Wilcox hat seine Chance gehabt. Wir haben ihm dreimal angeboten, eine faire Pacht mit ihm abzusprechen, und er hat dreimal abgelehnt, und die Krautjunker von der Property Defence Association haben ihm dafür auf die Schulter geklopft und ihn einen wackeren Burschen genannt. Soll er sich seine Pacht und seine Acres doch von denen holen.«

Und so trug es sich zu, daß Sir George und seine gute Lady Kilpeder so verließen wie Charles Boycott Ballinrobe, in Schimpf und Schande und beladen mit dem Makel der Niederlage. Es regnete, ein kalter dünner Dezemberregen ergoß sich über gefallene Blätter und die verfilzten blattlosen Hecken. Es gab für den benachbarten Landadel, für die Offiziere der Kavallerie und Infanterie-Abteilungen, die Richter und den Polizeiinspektor eine Art Frühstück in Woodhaven House, die Nachbarn trafen sehr früh am Morgen ein, und jede Kutsche und jeder Gig brachten einen Korb voller Lebensmittel mit, denn natürlich gab es in Woodhaven House kein Personal mehr, Köchin, Stubenmädchen, Stallbursche, Schweinehirt, alle waren schon längst auf Befehl der League verschwunden. Und die Dienstboten der Nachbargüter waren auch nicht bereit, die Allee zum Haus hochzufahren, und es hätte überhaupt nichts zu essen gegeben, wenn nicht Nessa Chute und zwei andere Damen die Ärmel aufgekrempelt und zugepackt hätten. Es muß ein melancholisches Frühstück gewesen sein, ganz anders als in den Jahren, wenn die Jagd nach dem Halali auf zertrampelten Feldern nach Woodhaven zurückkehrte und der Duft von Schinken und Speck die Herbstluft anreicherte.

Aber bis heute und Bobs Worten zum Trotz kann ich nicht gegen das Gefühl an, daß die Wilcox' von uns etwas Besseres verdient hatten, als sie bekamen, eine Reise durch eine menschenlose Landschaft zum Bahnhof in Macroom. In Kilpeder ließ sich keine Menschenseele blicken. Sie fuhren in ihrem kleinen Brougham durch die Stadt, Sir George hielt die Zügel in den Händen, vor ihnen und hinter ihnen ritt eine Abteilung Kavallerie, die sich mit durchweichten Capes vor dem Regen zu schützen versuchte.

In meinem Schulhaus konnten wir den Lärm ihres Anmarschs und das Klappern der Hufe auf der verregneten Straße hören. Die Jungen wußten sehr gut, was dieser Lärm zu bedeuten hatte, wechselten Blicke und kicherten los. »Kümmert euch um eure Aufgaben«, mahnte ich, »und nicht um unwichtige Geräusche auf der Straße.«

»Bitte, Meister«, sagte Pascal Quinlan, ein frecher, unverschämter Knabe, »dürfen wir nicht ans Fenster gehen und kurz die Soldaten vorüberreiten sehen? Das kann doch nichts schaden.«

»Ihr tut, was ich euch aufgetragen habe«, antwortete ich, griff zu meinem Bambusstock und bog ihn, »falls ihr auf dem Heimweg nicht eure wehen Finger in euren Achselhöhlen verstecken wollt.« Sie sahen mich verwirrt an, und ich war selber auch von dem Zorn meiner Worte und meines Tonfalls verwirrt.

»Das ist eine geschichtliche Lektion für euch, Jungs«, sagte ich. »Über die Geschichte, zu der wir selber gehören. Einer der Engländer, die uns vom Land vertreiben, verläßt uns, zumindest vorübergehend. Und keiner von euch ist zu jung, um zu wissen, wogegen die Leute von Kilpeder sich erhoben haben. Deshalb hat unsere Land League uns aufgetragen, an diesem Morgen unsere Gesichter abzuwenden. Und nun Schluß mit der Geschichte, jetzt wird weiter gerechnet.«

Woher also nehme ich das Recht zu behaupten, daß an jenem Morgen, als die Wilcox' uns für immer verließen, als die Briefe ihrer Anwälte sie in ihrer kleinen Villa in Südfrankreich erreichten und ihnen mitteilten, daß jetzt nicht einmal eine Pachtsenkung helfen könnte, sondern daß sie alles verkaufen sollten, nicht genügend Nächstenliebe gezeigt worden sei? Die Londoner Anwälte und ihre Partner in Dublin und die Auktionshäuser der Gegend erledigten alles für sie. Über ein Jahr war verstrichen, inzwischen schrieben wir März 1882. Kilpeder machte ein Fest aus der Auktion, Landadel und Volk drängten sich im ehemaligen Salon und machten ihr Gebot für Kaminböcke und Bulldoggen aus bemaltem Porzellan und bestickte Kaminschirme, jedoch nicht für die barbarischen Hindu- und Moslemschilde und die reichverzierten Schwerter und Dolche; sie waren nach Cheltenham gebracht worden, in meiner Vorstellung ein adrettes englisches Postkartendorf, Ziegelmauern und Efeuranken, wo die Diener des Empire endlich einen sicheren Hafen fanden.

Ich hörte nur von der Auktion, ich ging selber nicht hin. Ich hatte für die Sache genug getan, als ich den alten Leuten den Rükken gekehrt und meine Schüler angewiesen hatte, ein gleiches zu tun. Auch Bob Delaney ging nicht hin, denn er saß zu diesem Zeitpunkt unter der Anklage gefährlicher Aufwiegelei zusammen mit Parnell und den anderen Führern im Gefängnis von Kilmainham. Nein, es war Vincent Tully, der mir über die Auktion berichtete und der nicht im Traum auf die Idee gekommen wäre, so eine Gelegenheit zu verpassen, die er mit einigen seiner liederlichen Freunde besuchte.

»Melancholisch, es war ein melancholischer Nachmittag«, erzählte mir Vincent. Wir machten an diesem Sonntag einen Spaziergang nach Clonbrony. Jetzt, wo Bob im Gefängnis saß, fehlte es mir an Gesellschaft, und vor allem fehlten mir unsere sonntäglichen Wanderungen, auf denen wir uns über alles unter der Sonne unterhielten. Und nun trat Vincent vor, in solchen Fragen war kaum jemand feinfühliger als er.

»Aber schließlich sind die meisten Versteigerungen ein bißchen melancholisch«, meinte er. »Nicht die großen Maschinen und die Einspänner, die Wagen und die Kutschen, und auch nicht das Porzellanservice und das Kristall, auf das die cleveren Jungs aus Dublin und Cork City bieten. Nein, die kleinen unwichtigen Dinge, die fast ihr eigenes Innenleben haben – bis dann der Gehilfe des Auktionators sie hochhält. ›Halt es doch einmal hierhin, Dinny, damit die Damen es von vorn und von hinten sehen können; keine Sprünge zu sehen, ein Musterexemplar einer Obstschüssel aus Preßglas.‹ Und Dinnys lüsterne Hände drehen die arme runde Schüssel wie eine nackte Christin auf dem Block in Konstantinopel.«

»Aber ich hätte es um nichts in der Welt verpassen mögen. Ich war zusammen mit Sylvester Prendergast aus Millstreet und George Hoban da, einem anständigen Protestanten aus Macroom. Im Moment ist alles ziemlich kompliziert, Hughie, das weißt du, was Freundschaften zwischen den gegnerischen Konfessionen angeht, wie der alte Pater Murphy sie genannt hat, als ich ein Junge war, lange, ehe du je deinen ersten Blick auf Kilpeder geworfen hast. Die beiden gegnerischen Konfessionen. Ich habe sie mir immer wie Faustkämpfer vorgestellt, Boxer mit bloßen Fäusten, der protestantische Champion gewandt und agil, der katholische ein bißchen wie Murphy selber, mit haarigen Ohren und Nasenlöchern, aber stark durch die geheimen Mächte der Erde, in seinen Augen ein grimmiges, unbesiegbares katholisches Funkeln.«

»Die beiden gegnerischen Konfessionen. Wir waren beide in Woodhaven House im Dienst, als die ganzen Habseligkeiten der armen Lady Wilcox unter den Hammer kamen. Aber jetzt schneiden mich Burschen, mit denen ich seit zehn Jahren auf die Jagd gegangen bin, als ob ich immer noch ein Fenierführer wäre oder vielleicht zusammen mit Bob eine Zelle in Kilmainham verdient hätte. Natürlich würden sie vielen Katholiken ein gutes Leumundszeugnis ausstellen – Richtern und Anwälten, aber nicht Dennis Tullys Sohn. Nun gut. Aber weißt du, ich habe mich sehr zusammengenommen und kein Gebot gemacht. Ich wollte ihnen keine Waffe in die Hand geben, kein Thema für ein bißchen Klatsch, abends im Club bei einer Partie Whist: ›Tullys Sohn war da, hat dies und jenes an sich gerissen, und es wird bestimmt mit hohem Profit in Cork City weiterverkauft.‹ Ach, Hughie, auf dieser Welt hat ein Wucherer ein hartes Leben, niemand mag uns, aber wo wären sie denn ohne uns?«

Ja, wo? Ich hätte ihm gern eine passende Antwort erteilt. Aber ich konnte Vincent niemals lange böse sein. Er war ein geistreicher Mann, und er konnte von sich selber ein so genaues Bild geben, daß seine Kritiker schon im voraus entwaffnet waren. Damals hätte sich eine lange Liste von Vorwürfen gegen Vincent zusammenstellen lassen: Daß er ein Faulenzer und ein Snob war, daß sein Haß auf einen Vater, der ihm jeden Wunsch von den Augen ablas, etwas Abstoßendes hatte, daß er ein Wüstling und ein Verführer war, daß er einen feinen, scharfen Verstand an nichtige Vergnügungen verschwendete. Aber Vincent kam einem immer zuvor und zeichnete ein viel rücksichtsloseres satirisches Bild seiner selbst, als es Spy oder Ape in den Spalten von *Vanity Fair* möglich gewesen wäre.

Im Grunde überlebte er die kurze Kälte, die ihm in den frühen und grimmigsten Tagen der Land League entgegengebracht wurde, ohne großen Schaden. 83 oder 84 war er bei einigen Adelsfamilien in Gnaden aufgenommen, nahm wieder an der Jagd teil und gehörte zu der Handvoll von Papisten, die im Club willkommen waren. Es gab Gerüchte, ich hatte sie gehört und Bob auch, daß Vincent sich seine Zulassung in diese Welt verdient hätte – ein Darlehen von ein paar tausend Pfund für diesen oder jenen, und zwar nicht zu Dennis Tullys Wucherzinsen, sondern um einem Gentleman aus einer Notlage zu helfen; und es hieß, daß er junge Burschen, die mit ihm auf Vergnügungstouren nach London oder Paris gingen, bereitwillig an unterhaltsame Orte führte. Warum ihm die Gesellschaft solcher Leute so wichtig war, kann ich nicht sagen. Der alte Tully war natürlich entzückt – nicht über Vincents müßiges, protziges Leben, sondern weil er in der guten Gesellschaft akzeptiert wurde. Dennis konnte solche Fragen nicht sehr gut beurteilen und merkte nie, daß Vincent sich nur am Rand dieser Welt bewegte und daß er, wenn er einmal in den »besten« Häusern eingeladen war, selten zu den »besten« Essen oder Bällen gebeten wurde und daß sein Geist und sein wilder Humor seine Eintrittskarte darstellten.

Jedenfalls legten an jenem klaren, kalten Wintersonntag wir beide in gutem Tempo die Meilen zurück, Marys Lammbrote ruhten in unseren Taschen, und bei Grennan erwarteten uns Pints, und wir feierten, mit Vincents Witzen und meinen Ermahnungen, den Fall von Woodhaven als einen weiteren Glockenschlag, der das Vergehen der alten Ordnung in Kilpeder ankündigte. Bob, der mehr als die meisten dazu beigetragen hatte, diesen Sturz herbeizuführen, war nicht bei uns; aber das bot Grund zur Sorge und zum Bedauern, nicht zur Angst, denn es war allgemein bekannt, daß die Regierung, Gladstone und Forster, die Land- League-Führer aus Verwirrung und Frustration in Kilmainham eingesperrt hatte, nicht, weil sie irgendeinen wirklichen Wunsch hatte, sie zu entfernen. In zwei kurzen Jahren hatten Parnell und die Land League Irland unregierbar gemacht, solange ihre Bedingungen nicht erfüllt wurden. Kein Wunder, daß fast ganz Irland das Bänkellied kannte, »The Uncrowned Kind of Ireland Lies in Kilmainham Gaol«. Das Lied trug bei der Beschreibung des Elends und der Entbehrungen wie alle Straßenballaden sehr dick auf, aber wir wußten, daß der ungekrönte König nicht lange dort schmachten würde und daß seine Haftbedingungen einstweilen auch nicht besonders entsetzlich waren. Mr. Forster hatte, wenn auch widerstrebend, dafür gesorgt, und ich konnte mich auch selber davon überzeugen, als ich Bob in Dublin besuchte.

Nicht, daß Bobs Verhaftung auf die leichte Schulter genommen werden konnte, denn immerhin war er auf Ehrenwort entlassen worden, nachdem er von seinen vier Jahren erst sechs Monate abgesessen hatte. In späteren Jahren jedoch konnten wir mit ihm Witze darüber machen, daß er seine Karriere weitergebracht hatte, indem er es schaffte, als einer der wenigen lokalen Land-League-Agenten »ausgehoben« und nach Kilmainham gekarrt zu werden, wie Parnell und Dillon und die anderen. Denn Bob gab sich alle Mühe, sich einer Strafverfolgung auszusetzen, auch wenn er den Zeitpunkt dafür selber wählte. Die anderen wurden im Oktober 1881 verhaftet, während Bob sich noch bis zum Februar des folgenden Jahres auf freiem Fuß befand. Ich bin davon überzeugt, daß seine Verhaftung im Februar aufgrund schwerwiegenden Gesetzesbruches bei unserem gemeinsamen, früheren Besuch in Kilmainham abgesprochen worden war und daß Bob Parnell und den anderen klargemacht hatte, daß er Zeit brauchte, um das Chaos zu klären, das Chute in Horseleap angerichtet hatte, daß er danach aber als Märtyrer zur Verfügung stehen würde, und zwar mit großer Begeisterung. In Land-League-Tagen war eine Gefängnisstrafe eine unabdingbare Voraussetzung für den Aufstieg als Politiker.

In späteren Jahren bewahrte er als Erinnerungsstück den Haftbefehl auf, aufgrund dessen er am Abend des 4. Februar 1882 im

Schankraum der Kilpeder Arms verhaftet worden war. In seinen letzten Jahren, als er aus solchen Papieren ein Feuer machte, hätte er den Haftbefehl um ein Haar mit verbrannt, ich konnte ihn jedoch retten. Er ist in milder Sprache gehalten. »Robert Lacey Delaney wird vorgeworfen, seit dem 15. Dezember 1881 eines gesetzlich bestrafbaren Verbrechens schuldig zu sein, nämlich: Er soll andere zu Unrecht und ohne gesetzliche Vollmacht aufgewiegelt haben, diverse andere einzuschüchtern, um sie davon abzuhalten, das zu tun, wozu sie ein gesetzlich verbrieftes Recht hatten, nämlich, sich mit Hinblick auf das Landrecht nach dem Gesetz von 1881 an das Landgericht zu wenden, um für ihren Grundbesitz im County Cork eine angemessene Pacht festsetzen zu lassen, was einen Akt der Einschüchterung bedeutet sowie den Versuch, sich der Aufrechterhaltung von Gesetz und Ordnung zu widersetzen.«

Inspektor Pritchard hatte den Haftbefehl selber in Cork geholt und brachte ihn in die Arms, während Sergeant Dineen aus der Kaserne und ein Polizist verlegen neben der Tür des Schankraumes standen. Dort wurde wie verabredet der Haftbefehl verlesen, und Bob, Vincent und ich waren eine Dreiviertelstunde früher gekommen, um zum Abschied noch einen zu trinken.

»Möchten Sie uns nicht auf ein letztes Glas Gesellschaft leisten, Inspektor?« fragte Bob und nahm den Haftbefehl an sich.

»Danke, nein«, antwortete Pritchard. »Wir sollten uns sofort auf den Weg nach Cork machen.« Aber er stützte die Hände lässig auf eine Stuhllehne, während Bob seine Brille hervorholte und den Haftbefehl las.

»Der ist meiner Ansicht nach aber reichlich nachlässig aufgesetzt worden, Inspektor. Dort müßte stehen, daß ich diverse Personen gezwungen habe, die Pachten, die ihnen durch das Gesetz auferlegt sind, nicht zu bezahlen oder so etwas.«

»Zweifellos«, sagte Pritchard mit einem Unterton des Lächelns. »Aber ich bezweifle nicht, daß die dort verwendete Sprache trotzdem ihren Zweck erfüllen wird.«

»Ich auch nicht«, erwiderte Bob, »ich auch nicht.«

»Haben Sie draußen Ihre Handschellen«, fragte Vincent, »und Ihre Fußeisen?«

»Nicht nötig«, meinte Pritchard leichthin. »Mr. Delaney ist ein vernünftiger Mann, ein Jurist.«

»Wer immer diesen Haftbefehl aufgesetzt hat, hat ihn jedenfalls verpfuscht«, sagte Bob und leerte sein Glas. »War ›Buckshot‹ Forster der Autor, oder irgendein kleiner Fisch im Castle?«

»Irgendein kleiner Fisch im Castle«, antwortete Pritchard, und sein Lächeln verbreiterte sich. »Die werden noch unser Tod sein.«

»Von einigen von uns«, sagte Bob.

Vor den Arms hatte sich eine Menschenmenge angesammelt. Als sie Bob sahen, brachen sie in lautes Rufen aus. Er und Pritchard gingen zusammen hinaus, Vincent und ich folgten, und Dineen und der Polizist bildeten die Nachhut. Ein halbes Dutzend Polizisten erwartete uns – sie kamen nicht aus dem Ort, sondern waren berittene Polizisten, die Pritchard aus Cork mitgebracht hatte. Sie waren nicht abgestiegen und standen neben dem Wagen.

»Nun sag es schon, Bob!« rief jemand in der Menge, und andere stimmten ein. »Ihr Luder«, rief einer, »ihr könnt Bob Delaney nicht einfach aus Kilpeder wegholen!« – »Hoch Parnell« schrie jemand, und ein anderer rief »Hoch die Fenier!« Als ob sie erst jetzt auf die Idee kämen, umringten sie dann den Wagen und die Polizisten, die sie gleichmütig von den Pferden herunter ansahen und durchaus nicht mit nervöser Hand nach Knüppel oder Karabiner griffen. »Nieder mit den Landräubern!« rief eine Stimme, und dann ertönten noch mehrere »Hoch Parnell«s, aber »Hoch die Fenier« trug den Sieg davon, denn die Mehrheit der Menge entschied sich dafür, rief es aber nicht unisono.

»Keine Dummheiten, Mr. Delaney«, sagte Pritchard. »Ich bin sicher, daß ich mich auf Sie verlassen kann.«

»Ach, seien Sie sich da nicht zu sicher«, antwortete Bob. »Ich spüre, wie mein Fenierblut in Wallung gerät. Einmal Rebell, immer Rebell, wie es heißt. Wir haben diese verdammte Stadt Kilpeder mit weniger Männern eingenommen, als jetzt auf dem Marktplatz stehen. Ich spüre, wie mein Fenierblut zu kochen beginnt, und Tully und MacMahon hier geht es bestimmt auch nicht anders.«

»Nun sag es schon, Bob«, sagte Vincent und zündete sich eine Zigarre an.

»Wenn ich mich richtig erinnere«, meinte Pritchard, »dann haben Sie die Kaserne nicht einnehmen können.«

»Wie wahr«, sagte Bob und hielt beide Hände über seinen Kopf – einen Moment lang hielt ich es für eine Kapitulationsparodie Pritchard gegenüber, in Wirklichkeit jedoch wollte er die Menge zum Schweigen bringen – und hielt sie oben, bis wirklich Stille eingetreten war.

»Nein, nein, Jungs«, sagte er. »Wir spielen nicht ihr Spiel, sondern unser eigenes. Der Chef sitzt zusammen mit unseren anderen Führern im Kilmainham-Gefängnis, und Königin Victoria hat mir eine Einladung in Schönschrift geschickt, mich zu ihnen zu gesellen. Es wäre doch äußerst unhöflich, diese gastfreundliche Dame zu enttäuschen. Aber wißt ihr, warum sie diese Einladungen verschickt hat, zum Beispiel die, die Michael Davitt wieder in dieses schwarze Stinkloch Portland gestürzt hat? Weil sie glaubt und weil der Heilige Willie Gladstone glaubt und weil Buckshot Billie Forster glaubt, daß die Land League hilflos um sich schlagen und dann eingehen wird, wenn ihre Führer nicht mehr da sind. Das ist ihr Spiel. Und jetzt kommt unseres: Behaltet eure Höfe fest im Griff, das ist die Botschaft, die der Chef uns geschickt hat, als wir den Krieg um unseren Boden und um unser Land angefangen haben, und diese Botschaft schickt er uns auch heute aus Kilmainham.«

»Vergessen Sie nicht, Delaney«, sagte Pritchard mit leiser Stimme, »Sie sind hier, um verhaftet zu werden, und nicht, um Reden zu halten.«

»Sind Sie denn verrückt, Mann?« fragte Bob ebenso leise. »Ich kann keine Verantwortung für diese Leute übernehmen, wenn Sie mir mitten in meiner schönsten Rede einen Maulkorb anlegen.«

»Dann reden Sie weiter, Sie Luder«, sagte Pritchard. Es war allgemein bekannt, daß er mit einem Sinn für Humor gesegnet war, und im Moment hatte er den auch wirklich nötig.

Während Bob sprach, verließ ich den Eingang der Arms und umrundete die Menge, so daß ich die Szene, die historisch war, wie ich mir sagte, von außen sehen konnte, und doch empfand ich keines der angebrachten Gefühle, die zu historischen Momenten gehören. Einige Jahre später, als Timothy Keegan sein Buch *Licht und Schatten des Landkrieges* veröffentlichte, gab es darin, unter den vielen phantasievollen, aber schlecht ausgeführten Stichen – Parnell in Ennis, eine Evakuierung im Winter, Boycott am Ende – auch »Robert Delaneys Verhaftung in Kilpeder« zur Erbauung der Nachwelt: Bob spricht zur Menge, während finstere Polizisten ihn mit ihren Karabinern bedrohen und eine Version von Pritchard, komplett mit hochgezwirbeltem Schnurrbart, mit einem tadelnden Zeigefinger auf ihn weist. Bob hat in oratorischer Bravour eine Hand erhoben.

Und doch war Bobs Rede keine leere Schauspielerei, ganz im Gegenteil. Überall im Land wurde in diesen Monaten die ganze Autorität der lokalen Leagueführer benötigt, wenn die Agitation nicht zu anarchischer Gewalttätigkeit zerbröckeln sollte. Selbst in Kilpeder waren Schüsse gefallen und Vieh verstümmelt worden, und es gab zwei Morde, wegen derer niemals Anklage erhoben worden ist. »Wer wird Ihre Stelle einnehmen?« wurde Parnell bei seinem Eintreffen in Kilmainham gefragt, und er antwortete mit einem grimmigen Lächeln: »Captain Moonlight.« Dieser gute Captain war keine wirkliche Person, sondern ein Name, der in ungelenken Buchstaben unter Drohungen und Warnungen prangte. »Grabscher, hütet euch. John Fallin soll die Farm aufgeben, die er seinem Nachbarn weggenommen hat, sonst kommt Unglück über ihn und seine Söhne. Unterschrift: Captain Moonlight.« Oder »Die Gerechten der Baronie« oder »Captain Rocks Söhne«. Aber der Name »Captain Moonlight« war berüchtigt geworden, und als Parnell diesen Namen halb als Drohung, halb als Prophezeiung aussprach, beschwor er ein Jahrhundert des Schreckens herauf – Verwalter, die nackt ausgezogen und in Dornbüsche geworfen worden waren, Prokuratoren mit abgeschnittenen Ohren, verbrannte Scheunen und versengte Leichen, verstümmeltes Vieh, von Heckenschützen ermordete Großgrundbesitzer. Die Polizei konnte nur wenig tun, und in vielen Gegenden auf dem Land – in unserem eigenen Munster, viel schlimmer jedoch im hungernden, übervölkerten Westen – konnte nur die Land League eine gewisse Kontrolle ausüben, eine äußerst zweischneidige Kontrolle, denn in einigen Baronien waren die führenden League-Leute durchaus rauhe Kunden – Fenier und Söhne von Dorfkämpfern. »Captain Moonlight«, hatte Parnell gesagt, und dann war er durch den gewaltigen Steineingang ins Gefängnis geschritten.

Die Regierung schien jedoch nur vage Vorstellungen vom Leben im »Wilden Westen«, wie es hieß, zu haben, und am 20. Oktober 1881 wurden die gesamte League zur illegalen Organisation erklärt und die notwendigen Maßnahmen zu ihrer Unterdrückung eingeleitet. Überall im ganzen Land wurden in den folgenden Monaten Land-League-Vorsitzende, Sekretäre und Agenten verhaftet – sie wurden als »Verdächtige« bezeichnet –, obwohl nur die gefährlichsten unter ihnen tatsächlich im Gefängnis saßen und nur eine Handvoll von ihnen wie Bob nach Kilmainham geschickt wurde. Die Folge dieser ganzen Maßnahmen war, wie Parnell vorausgesagt hatte, daß das ganze Land Captain Moonlight anheimgegeben wurde.

Und natürlich richteten Regierung und Polizei bei ihren »Überfällen« auf die Land-League-Agenten, die sie dann für ein paar Wochen oder Monate ins Gefängnis steckten, mehr Schaden als Nutzen an. Am 22. Februar, im selben Monat, in dem Bob verhaftet worden war, fuhr ein kleiner Junker namens Cotter, der bereits in seinem 82. Lebensjahr stand und angeblich etwas wirr im Kopf war, von seinem Haus in Macroom nach Kilpeder, begleitet von seinem älteren Sohn, einem vitalen Jungen von sechzig, und einem vierzigjährigen Enkel, der aus gutem Grund als »der geile Cotter« bekannt war. Kurz vor Kilpeder wurden sie von einer Gruppe von Männern mit geschwärzten Gesichtern überfallen, einer hatte einen Revolver, die übrigen Stöcke, Knüppel und Steine. Der Sohn starb als erster, er wurde vom Revolver im Gesicht getroffen, dann wurde der alte Mann totgeprügelt.

Danach wurde der geile Cotter vom Wagen gezerrt und langsam und methodisch umgebracht. Auf zwei nahegelegenen Gehöften waren seine Schreie zu hören, aber natürlich war kaum jemand töricht genug, um ihm zu Hilfe kommen zu wollen. Seine Arme und Beine wurden zu rohem Fleisch geschlagen, dann wurden seine Hosen bis zu den blutigen Stiefeln hinuntergezogen und seine Zeugungsorgane abgehackt. Während dieses Verfahrens tat er zu irgendeinem Zeitpunkt seinen letzten Atemzug.

Das war Captain Moonlight an der Arbeit, und er war ein emsiger Gesell, aktiv in Connacht und Munster und im Osten in Wexford und den Midlands. Bei diesem Beispiel, einem von Hunderten, das ich lediglich deshalb anführe, weil es nur ein oder zwei Meilen von meiner Schule entfernt stattfand, welchem Prinzip der Gerechtigkeit, der Taktik oder auch nur der einfachen Rache wurde da gedient? Cotter war Grundbesitzer, aber er war inzwischen gewissermaßen auch zum Pächter geworden, denn er hatte zwei Farmen übernommen, die neben seinem eigenen Land lagen, was ihn zum »Grabscher« machte, wie ein Plakat an seinem Tor verkündet hatte. Das war sein Verbrechen, und zur Strafe wurde über ihn, seinen Sohn und seinen Enkel der Tod verhängt. Die besondere Aufmerksamkeit, die dem geilen Cotter entgegengebracht wurde, wurde durch sich rasch aus Macroom verbreitende Gerüchte einem Mann zugeschrieben, der die Entehrung seiner

Schwester rächen wollte. Was durchaus der Fall gewesen sein mag, eine billige Rache, zwei Verbrechen auf einen Schlag gesühnt.

Aber ich hatte immer das Gefühl, daß noch etwas Schwärzeres und Düstereres eine Rolle spielte, eine Art von primitivem Stammeszorn, der den Herren des Landes eine absolute Macht über die intimsten und die öffentlichsten Angelegenheiten unseres Lebens zuschreibt, was nur durch die allerprimitivste Rache gesühnt werden kann, durch das Kastriermesser und eine blutige Handvoll, die auf die Straße geworfen wird. Jedenfalls brachte dieser pikante Umstand dem Cottermord eine ganz besondere Berühmtheit. Aber auch ohne sie war die Nation sich darüber im klaren, daß Captain Moonlight tatsächlich im Land herrschte und daß wir uns den Zeiten von Whiteboys und Freischärlern näherten.

Gegen Ende April besuchte ich Bob im Gefängnis von Kilmainham. Ich fuhr mit dem Nachmittagszug nach Dublin und nahm mir ein Zimmer in der Nähe des Gefängnisses, eines riesigen, berüchtigten Klotzes mit düsteren Erinnerungen an die Rebellen, die 98 hier eingesperrt worden waren. Zu meiner beträchtlichen Überraschung und Erleichterung stellte ich deshalb fest, daß die wichtigsten »Verdächtigen« zwar nicht im Luxus, aber doch unter Bedingungen lebten, die nicht allzu weit davon entfernt waren, sie trugen ihre eigene Kleidung, und jeweils zwei Häftlinge teilten sich eine Zelle mit richtigen Betten, zwei Stühlen und einem Tisch. Alle Bücher und Zeitschriften, die sie geschickt bekamen, wurden ihnen ausgehändigt, und die Tische in den meisten Zellen waren mit Lektüre jeder Art übersät. Vom Essen ganz zu schweigen. Zuerst, erzählte Bob, war ein Versuch unternommen worden, sie auf Gefängniskost zu beschränken, und es hatte einen scheußlichen Tag gegeben, an dem Parnell und Dillon, die stolz auf ihr praktisches Geschick waren, den Versuch unternommen hatten, aus Rindfleischstücken, Schiffszwieback und einer wässerigen Gemüsesuppe sowie Resten von gekochtem Speck, die sie für diesen Zweck gehortet hatten, ein Stew zuzubereiten. Das Ergebnis war kläglich gewesen. Aber jetzt kümmerten sich die Ladies' Land League und andere Organisationen um diese Angelegenheit, und die Gefängniskost wurde üppig angereichert.

Parnell hatte natürlich die beste Zelle, einen großen Raum mit Vorhängen vor den vergitterten Fenstern. Diese Zelle diente auch als Büro, und hier wurde ich von Bob Parnell vorgestellt. Dillon und Sexton waren bei ihm, als Bob mich hineinführte, und alle drei begrüßten mich mit äußerster Höflichkeit. Er – ich rede natürlich von Parnell – trug schweren Tweed, eine Wolljacke und eine Art Kappe oder Fez aus schwarzem, weißbesticktem Stoff. Dieser komische Kopfputz konnte seine Erscheinung jedoch nicht beeinträchtigen. Er war wirklich einer der bestaussehenden Männer, die ich je gesehen hatte – groß, feinknochig, mit kastanienbraunen Haaren und Schnurrbart und suchenden Augen.

Aber im Raum gab es nur wenig Licht, für Gaslicht war es noch zu früh, und die schmalen, tief eingelassenen Fenster gingen auf den freundlosen, schattigen Hof hinaus.

»Gefängniszellen sind Ihnen ja nicht fremd, Mr. MacMahon«, sagt Parnell. »Wir wissen alle von Clonbrony Wood. Die Schwerverbrecher unseres Landes, heißt es nicht so in dem Lied?«

»Stimmt«, antwortete ich und wechselte einen Blick mit Bob, denn die verhafteten Fenier hatten nach dem Aufstand 1867 die heutigen Annehmlichkeiten nicht gehabt. Aber Parnell verstand und nickte kurz, als ob damit eine Einzelheit erledigt sei.

»Dillon hier hat wie Sie das Gefängnis kennengelernt«, sagte er, »und Kenny ebenfalls. Aber im Moment kommt das nicht in Frage. Wie immer Mr. Forster oder Mr. Harcourt die Dinge sehen mögen, Mr. Gladstone verfügt jedenfalls über einen feinen politischen Instinkt und gibt sich große Mühe, uns nicht zu Märtyrern mit breiten Pfeilen auf den Jacken und Blechbechern mit dünnem Kakao zu machen.«

»Noch heute mag ich keinen Kakao«, sagte ich, »und gebratenes Brot auch nicht.«

»In Kilpeder erleben Sie aufregende Tage, haben wir gehört«, meinte Dillon, ein auf seltsame Weise gutaussehender Mann, er wirkte fast spanisch mit seinem fahlen Gesicht, dem langen Bart und den tiefliegenden Augen.

»Unruhige Tage«, antwortete ich. »Es gibt kein Gesetz mehr, das der Rede wert wäre. Auf der Straße nach Macroom hat ein übles Gemetzel stattgefunden, und auf einer Farm unterhalb von Knockmany ist ein Grabscher ermordet worden.«

»Eine üble Geschichte«, sagte Dillon direkt an Parnell gewandt, »eine schlimme Geschichte.«

»Ja«, sagte Parnell ruhig. »Ja.«

In den folgenden Wochen und Jahren bin ich bisweilen nach

diesem Raum gefragt worden, denn natürlich wurde er nicht nur durch *Licht und Schatten* unsterblich gemacht, sondern auch durch diverse patriotische Veröffentlichungen, und William O'Brien hat in seinem »Vereinigten Irland« einen Stich, auf dem der Raum zu sehen ist. Der Stich wurde in Hunderten von Wohnzimmern und Schenken pflichtgetreu aufgehängt – »Der Chef und die Führer unseres Volkes beraten sich in ihrer Gefängniszelle«. Der Stich war recht wahrheitsgetreu, oft betrachtete ich eine Kopie, die fast ein Jahrzehnt lang hinter Conefrys Tresen hing und Staub sammelte, während die Farben zu grell waren, um zu verblassen. Die Geschichte hat das Bild verbannt, nicht die Zeit oder die Verwüstungen des Sonnenlichts. Zehn Jahre später gingen die »Führer unseres Volkes« einander an die Gurgel, und Dillon führte den Kampf gegen Parnell an.

Aber hier stand ich nun und sonnte mich in meinen fünf historischen Minuten, bis Bob und ich mit Anstand zu einem Spaziergang auf dem Hof davonschlüpfen konnten, hin und her, dann auf und ab, begleitet von einem Wärter, der sich jetzt höflich außer Hörweite aufhielt und uns mit breitem, fettigem Lächeln mitteilte, daß er ein so guter Ire war wie jeder andere und daß es eben nicht leicht war, Arbeit zu finden.

»Mr. Dillon nennt es eine üble Geschichte«, sagte ich. »Meine Güte! Weißt du, was sie mit dem geilen Cotter gemacht haben?«

»›Verstümmelt‹, stand im *Cork Examiner*«, antwortete Bob.

»Sie haben ihm mit einem Kastriermesser die Eier abgehackt«, sagte ich.

Bob blieb stehen und sah mich an. »Großer Jesus«, sagte er.

»Da hast du's«, sagte ich. »Die Duelletikette, wie Captain Moonlight sie versteht.«

»Nun ja«, sagte Bob. »Die Cotterfarmen liegen oben in den Bergen, und deren Pächter sind unwissende gälischsprechende Großmäuler. Und kein Mädchen war vor dem geilen Cotter in Sicherheit, ob sie nun gälisch oder englisch sprach und in die Kirche oder die Kapelle ging.«

»Jetzt sind sie das«, erklärte ich.

»Ich wüßte gern«, meinte Bob, »ob sie den ganzen Mann beerdigt haben. Das müßte doch die Anzahl der Trauernden beeinflußt haben. Einige heute tugendhaft verheiratete Mädels haben an seinen Teilen doch lebhaft Anteil genommen.«

»Das ist doch egal«, sagte ich, »da hinten herrscht blutiger

Mord«, und ich wies mit dem Kopf auf die graue Gefängnismauer. Dahinter floß der Fluß aus fernen Tälern und Dörfern in die Stadt, aus den sicheren und ruhigen Dörfern des Pale, Lucan und Chapelizod und den anderen. Aber hinter der Liffey, hinter Dublin und Kildare und Meath, hinter dem fetten, grünen Weideland des Friedens lagen Berge und Schluchten, die vielen Farmen und Hütten, deren Lichter bei Nacht einander zuzwinkerten, eine Welt der Gewalt, die sich zu den frühen Mainächten verdüsterte.

»Wenn sie es so wollen«, sagte Bob, sofort wieder ernst geworden. »Wir haben die Musik angestimmt und den Ball eröffnet, aber jetzt muß die Regierung das Lied beenden. Gladstone und Forster und Harcourt und Kompanie. Wir werden uns einigen, weißt du, Hughie. Parnell und Gladstone werden sich einigen.«

Ich lächelte ihn an, entzückt über die Zuversichtlichkeit seiner Worte, und sofort begriff er mein Lächeln.

»Nicht Parnell und Delaney«, sagte er. »Ich schwöre bei Jesus, ich habe keine Ahnung, warum sie mich hierher gebracht haben und nicht mit den anderen nach Cork City oder Clonmel oder Maryborough. Ich sitze mit am Tisch und nicke höflich, und damit beginnt und endet mein Beitrag dann auch schon. Sie sind alle sehr anständig, Parnell und Dillon und die anderen. ›Würden Sie uns da zustimmen, Mr. Delaney?‹ fragt Dillon dann mit seiner ernsten Hidalgo-Höflichkeit. – ›Das würde ich durchaus, Mr. Dillon‹, antworte ich. Und das stimmt.«

»Trotzdem«, sagte ich.

»Zuhause geht es euch allen gut?« fragte er. »Agnes schreibt regelmäßig, und Conor kritzelt Grüße quer über das Blatt. Und Vincent führt eine feine, sorglose Feder.«

»Alles in Ordnung, Bob«, sagte ich. »Aber natürlich wirst du vermißt.«

»Nicht mehr lange, so Gott will«, meinte er leichthin. »Ein Vertrag, so könntest du ihn vielleicht nennen, wird vorbereitet. Wir werden alle bald in unsere Heimatcounties zurückkehren. Das bleibt aber unter uns, Hughie«, sagte er mit leiser Stimme, aber wie bei einer normalen Unterhaltung und lächelte zum Wärter hinüber, der sich höflich in seiner abgelegenen Ecke aufhielt, noch immer mit seinem leichten liebenswürdigen Lächeln.

»Bei Gott, das sind gute Nachrichten, Bob«, sagte ich. »Die besten Nachrichten aller Zeiten.«

»So wird es heißen«, sagte Bob. »Ich bin sicher, daß William

O'Brien dafür eine ganz neue Drucktype erfinden wird. GROSSER SIEG ÜBER DEN ENGLISCHEN FEIND. STRAHLENDSTER TAG SEIT BENBURB.« Er zuckte die Schultern und wandte seinen Blick von mir ab. »Kümmer dich nicht darum, Hughie. Es wird ein guter Tag für die Pächter sein, und den brauchen sie schon seit langem. Die Gewalttätigkeiten werden für einige Zeit nachlassen. Der geile Cotter hat sein Opfer nicht umsonst gebracht.«

Dort, auf dem grauen, sonnenlosen Lufthof von Kilmainham hörte ich zum erstenmal von dem Vertrag, der später »der Kilmainham-Vertrag« heißen sollte und über den bis heute immer wieder heiß diskutiert wird. Wenn ich damals gewußt hätte, was ich hörte, oder wenn Bob offener gesprochen hätte, dann hätte ich vielleicht für einen Moment sehen können, wie die Geschichte wirklich arbeitet, hinter den bunten Bildteppichen und den Weihnachtspantomimen. Aber statt dessen dachte ich nur, daß Bob schöne Neuigkeiten hatte und daß es ein Privileg für mich war, sie so früh zu erfahren.

Es war ein grauer Abend, als ich ihn verließ, gelblicher Nebel kam vom Meer und senkte sich über die Stadt aus rosa Ziegeln und grauen, behauenen Steinen. Als ich den Fluß erreicht hatte, ging ich entlang den Kais nach Osten und überquerte ihn dann über die Metal Bridge. Ich blieb mitten auf dem Brückenbogen stehen und sah auf einer Seite die Four Courts, das Gericht, auf der anderen das Zollhaus, große, zuversichtliche, kunstvolle Bauten, arrogant und anmaßend, mit der protzigen Autorität des vergangenen Jahrhunderts, als die Macht der alten Ordnung noch unangefochten bestand und sich in solch zum Himmel strebender Architektur selber behauptete. So angenehm die Umstände auch sein mochten, unter denen die Staatsgefangenen, wie sie genannt wurden, in Kilmainham lebten, so hatte es doch den Geruch jeden Gefängnisses, einen Gestank, in dem sich Schweiß und Kohl und feuchter Stein mischten, der verschlammte Lufthof, Urineimer, das widerliche Elend der in den fensterlosen Zellen verstauten Menschen. Die nebelschwere Luft war doch viel besser.

Wie immer von der Geschichte gefesselt, wanderte ich durch die ausgedehnten Straßen und Gassen, die sich wie ein Gewebe auf dem Nordufer ausdehnten, und schlug achtlos einen umständlichen Rückweg zurück zu meinem Gasthaus ein, das ich durchaus nicht sofort erreichen wollte. Es war ein unfreundliches

Haus unter der Herrschaft einer riesigen Witwe mit Schürze, die mit einem so starken Dubliner Akzent sprach, daß ich sie kaum verstehen konnte. Die vornehme Welt war jetzt nur noch in der Sackville Street anzutreffen, ansonsten war sie schon längst auf das Südufer umgezogen, und die Straßen im Norden, die im früheren Jahrhundert sauber und gepflegt gewesen waren, waren jetzt bestenfalls heruntergekommen und schlimmstenfalls, womit man ohne Vorwarnung hinter einer Straßenecke konfrontiert werden konnte, so häßlich und verarmt wie jedes andere europäische Elendsviertel, die Oberlichter in den ehemaligen Stadthäusern von Baronen und Parlamentsrednern waren zerbrochen, ungewaschene und offenbar auch oft kranke, schlecht ernährte Kinder wimmelten in den Gassen herum. Eine schattenhafte, tote Stadt lag hinter dieser Armut: Sänften, in Taft gekleidete Damen, Duellanten, Glücksspieler, von Kerzen erleuchtete Bälle in Häusern, die jetzt zu Slums geworden waren. Unter uns Feniern war es ein Evangelium, daß alles sich geändert hatte, erstarrt, geschrumpft war, als Irland sein Parlament verlor und von einer Nation zur Provinz reduziert wurde, während sein edles Parlamentsgebäude als Bank dienen mußte. Wir hatten natürlich recht. Ohne ein Parlament hatten die Lords und ihre Winkeladvokaten und gekauften Abgeordneten, ihre Anwälte und Notare keinen Grund mehr, die schöne Stadt zu besuchen, die sie an der Liffey hochgezogen hatten. Aber wenn man durch die Straßen des heutigen Dublin geht, dann erscheint diese Antwort zu einfach. Schmutz und Gestank der Armut sind zu wirklich für eine Laune der Geschichte.

Ich war durchaus damit zufrieden, als sich rasch die Dämmerung über die Stadt senkte, mich vom Verfall des Jahrhunderts abzuwenden und die graue Anständigkeit meiner Pension in der Dorset Street aufzusuchen. Um diese Tatsache zu feiern, gestattete ich es mir, ein hellerleuchtetes Gasthaus aufzusuchen, an dessen Namen ich mich noch immer erinnern kann, Patrick Hanratty, dieser Name wurde in der Dämmerung von flackernden Gasflammen angestrahlt. Es gab einen Salon und eine Bar, und ich ging natürlich durch die Tür, die in den ersteren führte. Ich hatte genug von der Armut. Auf dem Fußboden lag ein Teppich, an den Wänden hingen Kopien von Bildern in reichverzierten Rahmen, ein Hochlandhirsch, gestellt auf einem Berggipfel, Strongbows Hochzeit mit Aoife, der Tochter MacMuroughs, ein Wirrwarr von geschichtlichen Unwahrscheinlichkeiten, normannische Ritter in Rüstungen und gälische Stammesführer in safrangelben Kilts. Es gab nur wenige Gäste, die ruhig zu zweit oder allein dasaßen und plauderten oder die Abendzeitungen lasen, an Tischen, die an der Wand unter den Milchglasfenstern standen, oder am Tresen, Büroangestellte, nahm ich an, oder kleine Beamte, vielleicht ein oder zwei Schulmeister so wie ich. Ich trat an die Bar und bat um einen heißen Whiskey, der mir fast sofort serviert wurde, denn an diesem kalten Abend wurde das Wasser ständig auf dem Siedepunkt gehalten.

Ich wechselte vage meteorologische Spekulationen mit meinem Nebenmann, der zwar nicht grob war, sich aber doch mehr für sein Schinkenbrot und sein Pint Porter zu interessieren schien, und deshalb konnte ich mir in aller Ruhe den Raum ansehen. Es besteht eine seltsame Allianz zwischen Schweigsamkeit und Respektabilität der Mittelklasse, und obwohl zwei Männer an einem Tisch eine angeregte Auseinandersetzung führten, waren die meisten allein oder sprachen so leise, daß die schweren Portieren und die dicken rotbraunen Teppiche fast jedes Geräusch erstickten. In der Bar war das anders, und ich hörte nicht nur fröhliche, nekkende oder streitende Stimmen, sondern konnte auch im langen Spiegel hinter dem Tresen sehen, was dort vor sich ging.

Es war eine große, schlichte Scheune von einem Raum, natürlich teppichlos, an einigen Stellen war der schwarze Bodenbelag abgeblättert, und an den Wänden war ein Druck neben dem anderen festgesteckt oder in dünnen Eichenrahmen aufgehängt. Für die meisten Handwerker war es noch zu früh, aber es waren trotzdem schon etliche vertreten. Dazu kamen Tagelöhner mit um den Hals gebundenen Taschentüchern und formlosen Mützen. Die Luft war vom Rauch zum Schneiden dick.

Wenn ich mich so genau an diese Bar erinnere, dann hat das seinen guten Grund, denn dort sah ich Ned Nolan zum erstenmal seit fünfzehn Jahren wieder.

Dort, wo Tresen und Wand zusammentrafen, befand sich ein Separee, ein kleiner privater Raum mit einer eigenen Tür, deren Wände jedoch nur schulterhoch waren. In der Bar war dieses Separee privat genug, aber der Spiegel hinter dem Tresen im Salon hing im richtigen Winkel, um mich etwa ein halbes Dutzend Männer sehen zu lassen, die hinter ihren Gläsern an einem Tisch saßen. Er saß in der Mitte, mir gegenüber, und er unterhielt sich mit einem Mann, der mir den Rücken zugekehrt hatte. Ned schien kurze Fragen zu stellen, während der andere ausgiebig antwortete. Die anderen, zumindest die beiden, zwischen denen Ned saß, schwiegen und ließen ihre Augen von Ned zu seinem Gesprächspartner und zurück wandern.

Ich sah Ned, aber zuerst erkannte ich ihn natürlich nicht. Fünfzehn Jahre sind eine lange Zeit, und viel war passiert. Ich sah zuerst ein Gesicht, das seinem ähnelte, ein außergewöhnliches Gesicht mit groben Knochen, hohen, vorspringenden Wangenknochen und tiefliegenden, unter kräftigen dunklen Brauen versteckten Augen. Er hatte jetzt einen dicken Schnurrbart, dessen Spitzen nach unten zeigten. Sein Mantel war dunkel, seine Hände ruhten bewegungslos auf dem Tisch, und seine wachsamen Augen waren auf den Sprecher gerichtet. Er sieht Ned sehr ähnlich, dachte ich, so, wie Ned heute wohl aussieht, und ich dachte, daß das doch eine schöne Geschichte für Mary und Vincent wäre, die Streiche, die die Phantasie uns spielt: Daß ich Bob besucht hatte und zwei Stunden später in einer Kneipe in der Dorset Street glaubte, Ned zu sehen.

Und in diesem Moment blickte er auf, wie durch eine Fügung des Schicksals, und fuhr zusammen, denn er sah mich im Spiegel, und unsere Blicke verhakten sich ineinander. Es war ein kurzer Moment, eine Minute vielleicht, aber endlos, und dann schüttelte er den Kopf und wandte sich wieder seinen Gefährten zu; aber ich hatte ihn richtig verstanden, blieb, wo ich war, und bestellte mir noch einen heißen Whiskey.

Zehn Minuten später kam er zu mir, nicht durch die Verbindungstür, sondern er ging erst auf die Straße und kam dann in den Salon, und er setzte sich auch nicht auf den Hocker neben meinem, sondern blieb stehen. Ich sah, wie er den Spiegel musterte, als ob er mich vor dem Blick seiner Gefährten oder sie vor meinen weiteren Beobachtungen verbergen wollte.

»Können wir uns treffen, Ned?« fragte ich, und er nickte und schien sich zu freuen, weil ich sofort zur Sache kam.

»Natürlich können wir das«, antwortete er. »Zwei Freunde, zusammengeworfen in den Straßen einer großen Stadt. Hugh MacMahon und Edward Lacey.« Seine Sprache war jetzt viel yankeehafter als früher, die Vokale flach eingeebnet.

»Aber jetzt nicht?« sagte ich wie eine Frage. »Du bist mit deinen Freunden zusammen. Du hast keine Zeit für ein kleines Glas allein?«

»Mit meinen Freunden, ja«, sagte Ned. »Ich möchte nicht, daß sie unruhig werden. Morgens mache ich manchmal einen netten Spaziergang. Im Süden der Stadt, an den Treidelpfaden am Kanal. Kennst du die Brücke, die bei der Mount Street über den Kanal führt?«

»Ich kann sie finden«, sagte ich.

»Einen frühen Spaziergang«, sagte er. »Halb zehn?«

»Halb zehn«, erwiderte ich. »Bringst du deine Freunde mit?«

Er hatte ein seltsames Lächeln. Ich erinnerte mich noch von früher daran. »Mary geht es gut?« fragte er. »Ich habe alle deine Weihnachtsbriefe. Ich bewahre sie auf. Sie sind – da, wo ich jetzt bin.« Er nickte mit dem Kopf in eine Richtung, in der vielleicht der Atlantik und der große Erdteil an seiner anderen Küste lagen.

»Es geht ihr gut«, sagte ich. »Und sie spricht oft von dir. Das tun wir alle. Bob sitzt in Kilmainham, das mußt du doch wissen. Deshalb bin ich hier in Dublin.«

»Wie könnte ich es nicht wissen?« fragte er. »Die Zeitungen sind ja voll von den Patrioten in Kilmainham, Parnell und Bob und den anderen.« Er sprach mit einer Tonlosigkeit, die weit entfernt von dem Sarkasmus war, den ich nur in dem Wort »Patrioten« erkennen konnte.

Er griff zu meinem Glas und nippte an dem kälter werdenden, mit Nelken gewürzten heißen Whiskey.

»Mount Street Bridge«, sagte ich, und er nickte. »Guten Abend, Mr. Lacey«, fügte ich hinzu, und er lächelte noch einmal. Unter seinem rauhen Goldgräberschnurrbart waren seine Zähne groß und weiß.

Ned erwartete mich an der eleganten kleinen Brücke, die sich bei der Mount Street über den Kanal wölbt. Auf dem Wasser herrschte schon zu dieser frühen Stunde lebhafter Verkehr, Boote aus dem fernen Athy, die die Atmosphäre der Landschaft ausstrahlten, die sie durchquert hatten, Botinnen der weiten, grünen Weiden, der dunklen, baumlosen Hügel, der tiefen Täler. Er stand mit untergeschlagenen Armen auf der Brücke, hatte mich aber kommen sehen und wandte mir das Gesicht zu. Als ich den Leinpfad erreicht hatte, kam er mir entgegen und legte mir verlegen den Arm um die Schultern. Ich erinnerte mich, als ob die Jahre uns nicht getrennt hätten, wie schwer es ihm immer gefallen war, solche Gesten zu machen, einen Freund zu berühren.

»Wir können über den Pfad in Richtung Rathmines gehen«, sagte er, »und dann führt ein Weg ins Dorf. Sie haben dort eine großartige Kaserne, die mit der Hinterseite zum Kanal liegt. Die Portobello-Kaserne.«

»Bist du schon lange hier?« fragte ich.

»Zwei Wochen«, antwortete er. »Fast schon drei. Aber weißt du, Hughie, in Wirklichkeit bin ich überhaupt nicht hier. Ich tue dir wohl auch keinen Gefallen mit meiner Gesellschaft.«

»Ich würde allerlei riskieren, Ned«, sagte ich, »um ein bißchen mit dir reden zu können. Wir vermissen dich sehr – Mary und ich und Vincent und Bob.«

»Verheiratet allesamt«, sagte er mit dem, was für ihn eine nekkende Stimme war, eine von Zuneigung erwärmte und doch nicht ganz unbefangene Stimme. »Du und Vincent und Bob.«

»Du hast meine Briefe nicht sorgfältig gelesen«, sagte ich. »Vincent ist wie immer, ein wilder Schurke von einem Junggesellen, der Schrecken der Väter und einiger Ehemänner.«

Wir hatten uns in Bewegung gesetzt, und Ned stieß mit seinem Stiefel gegen festgetrampelte Erde.

»Bob ist verheiratet«, sagte er, »und gut verheiratet. Die Hoffnung jedes Jungen in der Stadt, den Laden zu heiraten.«

»Der Laden liegt in seiner Vergangenheit«, sagte ich. »Allerdings fungiert er immer noch als Anwalt für den alten Mann.«

»Das müßte ihn ausreichend beschäftigen«, meinte Ned. »Letztes Jahr ist ein Bursche aus Macroom gekommen, der jetzt in New Jersey lebt. Er hat erzählt, daß der alte Tully ein wohlhabender Mann geworden ist und hier und da eine Farm übernommen hat. Das muß doch für Bob Arbeit genug bedeuten.«

»Die Arbeit für Dennis Tully hat ihn nicht ins Gefängnis von Kilmainham gebracht«, sagte ich.

»Die Land League, die Land League und dieser verdammte neue Aufbruch, wie sie ihn nennen. Gehörst du auch dazu, Hughie? Grünes Fahnentuch und Umzüge und alles?«

»Ich bin mit einem alten Freund zusammen«, sagte ich, »an einem schönen Tag im Vorfrühling, und gestern war ich auch mit einem alten Freund zusammen.«

Er warf mir einen schnellen Blick zu, dann nickte er. »Alles klar. Und Mary, und die Jungen?«

»Etwas Besseres könnte ich mir gar nicht wünschen«, antwortete ich. »Brian ist ein praktischer kleiner Kerl; aus dem wird noch einmal ein Ingenieur oder sowas. Tom dagegen, Tom liest ungeheuer viel. In dem steckt zumindest ein Schulmeister, aber ich habe größere Pläne mit ihm. Die Universität.«

»Das hast du mir geschrieben«, sagte Ned. »Daß ihr ihn Thomas getauft habt.«

»Daß ich ihn Thomas Justin MacMahon getauft habe. Nach seinem Großonkel, Thomas Justin Nolan. Nach deinem Vater.«

»Ja«, sagte Ned.

In der Baggott Street gab es eine Brücke, in der Leeson Street eine weitere. Sie funkelten im Morgenlicht, die Schleusenwärter riefen den Kahnführern etwas zu, über jede Brücke ergoß sich ein Strom von frühen Wanderern in die Stadt, manche saßen in Wagen oder ritten, die meisten jedoch, Händler und Handwerker, gingen zu Fuß. In der Ferne lagen im Dunst die Berge von Dublin, während wir auf die große Kuppel der Kirche von Rathmines zugingen, einem protestantischen Dorf, das jedoch von einem großen katholischen Dom beherrscht wurde.

»Ontario Terrace«, sagte Ned mit einer Kopfbewegung. »Da hat John Mitchel gelebt.«

»Ich schwöre bei Jesus, du bist ein Wunder, Ned. Ich habe mein ganzes Leben in diesem Land verbracht und hatte doch keine Ahnung, wo John Mitchel gewohnt hat.«

»Er hat eine Zeitlang hier gelebt«, erzählte Ned, »ehe sie ihn auf ein Schiff geschleift und in die Sträflingskolonie in Van Diemens Land verfrachtet haben.«

»Ein harter Mann«, sagte ich. »Van Diemens Land konnte ihn nicht halten.« Beide vom gleichen Schlag, Mitchel und Ned. Smith O'Brien und Neds Vater und die anderen hatten 1848 einen gentlemanhaften Protest gepredigt, während Mitchel für harten Krieg gewesen war, mit Klauen und Zähnen, gewetzten Piken und von Dächern in der Stadt geschleudertem Vitriol.

»Ich habe Karten, Hughie«, sagte Ned mit plötzlicher, selbstironischer Wichtigkeit, »eine Seekiste voll Karten, und Alben voller Bilder, Photos und andere Bilder, wie jeder verdammte Yankee mit irischer Großmutter.«

»Zwei irische Großmütter«, sagte ich, »und eine davon ist auch meine.«

Plötzlich lachte Ned und tippte meinen Ellbogen an, eine Geste, die natürlicher wirkte als seine frühere.

»Eines Abends«, erzählte er, »redete ich in Scranton, Pennsylvania in einer Kneipe – die nennt man drüben Saloon – mit einem Burschen von Clann na nGael, dem Sohn eines Mannes aus Leitrim, der im schwarzen Jahr 47 von dort vertrieben wurde, im Hungerjahr. Scranton ist Anthrazit-Gebiet, das Gebiet der Molly Maguires, eine rauhe Bande. ›Sag mal‹, sagt der, ›wie ist Dublin eigentlich?‹ – ›Ich war nur einen oder zwei Tage da‹, habe ich geantwortet, ›67, auf dem Weg von London nach Cork. Eine schöne große Stadt, mit dem prächtigsten Park der Welt, heißt es, dem Phoenix Park, und schönen öffentlichen Gebäuden, eleganten Plätzen, einem Fluß, der mitten durch die Stadt fließt.‹ – ›Zur Hölle damit‹, sagt er, ›ist sie für Hinterhalte gut geeignet?‹«

Ich mußte lachen, und wir beide wanderten in geselligem Schweigen weiter, Ned lächelte über mein Lachen; aber hinter allem überlegte ich mir, wie wenig ich doch von Neds Leben wußte. Ich stellte mir eine Grubenstadt vor, die Luft erfüllt von schwarzen Flocken, durch Berge gesprengte Tunnels, Gesichter unter flackerndem Kerosin, wie sie es nennen, schwarz wie Hottentotten vertrinken sie in den Saloons das Geld, das die Vorarbeiter ihnen zugeteilt haben, Iren und Polen und Männer aus Gegenden in Europa, die keinen richtigen Namen haben. Ned trinkt auch dort, und warum? Hat ihn die Organisation dorthin geschickt, oder verdient er dort seinen Lebensunterhalt? Aber womit? Denn für dieses schmutzige Handwerk war er nicht geeignet, hatte nur, wie seine Briefe uns mitgeteilt hatten, eine Zeitlang auf den Fähren und länger bei Tom Bonner in einer Ziegelei oben am Hudson gearbeitet, und ein oder zwei Jahre in einer Zeitungsdruckerei in Brooklyn.

Wir hatten jetzt die Portobello-Brücke erreicht, wo wir nach links nach Rathmines abbiegen konnten, aber Ned blieb stehen und zeigte nach vorn. »Da oben«, sagte er, »liegt, wenn du meinem Koffer voller Karten Glauben schenken willst, Harold's Cross, und da haben sie den armen Emmet gefangen.«

»Genau da?« fragte ich. »Vor uns?«

»Ein Stück weiter, auf der Harold's Cross Road«, sagte er. »Das Haus steht nicht mehr. Aber Major Sirr hatte auf der Brücke vor uns einen Posten stehen.«

Das war 1803. Für Ned waren 1882 und die 40er Jahre, als John Mitchel in der Onatrio Terrace lebte, und 1803, als Sirr und seine Miliz den armen Emmet jagten, den Denunzianten verkauft hatten, diesen jungen Helden, der aus dem Gebirge gekommen war, ein verdammter Rebell auf der Flucht – für Ned war das alles jetzt, nicht Vergangenheit, nicht Gegenwart, sondern jetzt, das zeitlose Leben Irlands, häßliche Sage, Wahrheit, strahlende Sage, was auch immer.

»Der arme Emmet«, sagte ich und meinte es auch. Ein so reines und schlichtes Bild, und so weit zurück in unserer Vergangenheit, fast ein Jahrhundert, ein kolorierter Stich, den wir alle aus unserer Kindheit kannten: Emmet vor Gericht, wo er die hohe Bank der Richter überragt, Norbury, der einschüchternde Richter, aber Emmet bleibt furchtlos. Drei Generationen kennen seine Worte. »Niemand soll mein Epitaph schreiben; denn niemand, der meine Motive kennt, wird es jetzt wagen, sie zu rechtfertigen, und Vorurteil oder Ignoranz sollen sie nicht verleumden.« Die Liebe hatte ihn aus der Sicherheit der Berge in die Stadt geführt; Sarah Curran, eine Kamee, in Elfenbein geschnitzt, hohe Stirn und kleines, wohlgeformtes Kinn im Profil; sie wohnte in einer Villa in Rathfarnham, Gärten und Obstbäume, weiße Blütenblätter mit rosa Spitzen. Er wurde in der Thomas Street an einem improvisierten Galgen gehängt, über Fässer gelegte Bretter, zwei Pfosten und ein Balken. »Das ist der Kopf des Verräters, Robert Emmet«, sagte der Henker. Hunde leckten das Blut auf, aber die Soldaten, Hochländer, jagten sie fort.

»Dieser Bastard MacNally«, sagte ich, »tagsüber vor Gericht sein Vertreter, nachts ein Regierungsspitzel mit monatlichem Gehalt.«

Wir bogen in die Rathmines Road ein, auf einer Seite lag die riesige katholische Kirche, die es zu Emmets Zeiten noch nicht gegeben hatte, vor der Emanzipation. Auf der anderen Straßenseite schlenderten Soldaten in Garnisonsuniform auf eine Gasse zu.

»Verrat hat keine vorgeschriebene Form«, sagte Ned. »Es gibt ihn in allen Formen und Farben und Größen. MacNally war ein junger Anwalt, der sich in düsteren, schlimmen Tagen abmühte, und vielleicht mußte er eine Frau und Kinder ernähren. Ich habe irgendwo gelesen, er hätte einen wunderschönen Tenor gehabt.«

»Er hat ein Vertrauen verraten«, entgegnete ich, »das heilige Vertrauen zwischen einem Angeklagten und seinem Anwalt.« Milder Sonnenschein wurde den lachenden Soldaten geschenkt, einer von ihnen hatte einen höheren Rang. »Dante läßt solche Leute auf den heißesten Ziegeln der Hölle Blasen am Hintern kriegen.«

Ich verweigerte Neds schwerfällige Ironie, und er fuhr heftig zu mir herum: »Das war noch nicht das Schlimmste«, sagte er. »Er hat seinen Eid verraten. Er hat den Eid der Society of United Irishmen abgelegt, und er hat seinen Eid verraten. Nicht schon zu Anfang, heißt es. Er ist in den Verrat hineingerutscht.«

Ein rosenrotes Dorf, Rathmines, nicht älter als unsere Gegenwart: Hübsche kleine Häuser für die Mittelklasse, Wohnzimmer und Empfangszimmer und ein naßkaltes Kämmerchen für das einzige grundlegende Merkmal der Respektabilität, ein Dienstmädchen, ein bis zur Erschöpfung arbeitendes Mädchen vom Lande, das beim ersten Morgenlicht die Feuer anzünden muß.

Wir gingen auf das Dorf, auf die Berge in der Ferne zu. Ich spürte ihn neben mir, nach all den Jahren härter geworden und doch unverändert, seine Geheimnisse hatte er so lange bewahrt, daß er sie mit Leichtigkeit trug, fast mit Nachlässigkeit, wie den Tornister eines Veteranen.

Vielleicht stimmte das, was er über MacNally sagte, wer weiß? In jenen Tagen blühte der Verrat wie die Rosen in Sarah Currans Garten in Rathfarnham, am anderen Ende der Straße nach Harold's Cross, zwischen uns und den Bergen am Horizont.

Nervös, besorgt, verängstigt vielleicht. Wer konnte ihm Vorwürfe machen? Das Netz zog sich um alle Männer von 98 zusammen, er selber war ein Gezeichneter, ein prahlerischer Anwalt, der in den Schenken an der Dodder auf die Menschenrechte trank, in der Ecke saß ein Polizeispitzel, einer von Higgins' Männern, von Major Sirrs Männern. Und danach ein ruhiger kleiner Plausch in Dublin Castle, mit dem Herrn Staatssekretär Cooke.

Es hatte wenig mit uns zu tun, sollte zumindest wenig mit uns zu tun haben, als wir im nagelneuen Dorf spazieren gingen. »Sie beherrschen uns noch immer«, sagte Ned, »wie schon seit Jahrhunderten. Gladstone und der verdammte Buckshot Forster. Es paßt dieser neuen Bande, Parnell und seinen Leuten, nur zu gut, ein paar Wochen gemütlich in Kilmainham zu sitzen, aber am Ende werden sie sich mit Königin Victoria arrangieren. Mit Königin Victoria und dem verdammten Mr. Buckshot Forster.«

»So weit ich informiert bin«, sagte ich, »und das ist nicht sehr gut, gibt es nicht nur Parnell und seine Leute, wie du sie nennst, womit du unter anderem auch Bob Delaney einbeziehst. Und wenn sie am Ende ein Gesetz erkämpft haben, das dem Volk Zugriff auf seine Felder und eine Waffe gegen die Großgrundbesitzer gibt, dann wünsche ich ihnen nur Kraft und Stärke.«

»Ein Gesetz«, wiederholte Ned mit seiner ruhigen Verachtung. »Und ein nettes kleines Zwangsgesetz als Zugabe – Zuckerbrot und Peitsche für liebe kleine Paddies.«

»Devoy gehört zu ihnen«, sagte ich, verletzt von seinem Tonfall. »Was jetzt geschieht, ist in New York von Michael Davitt und John Devoy ausgedacht worden. Das weiß jeder – es hat in jeder Zeitung, ob grün oder orange, gestanden. Die Organisation steht dahinter.«

Er blieb jählings stehen und wandte mir sein Gesicht zu. Er war wütend, das merkte ich, aber sein Gesicht war die Maske, an die ich mich erinnerte. Sioux oder Komantsche.

»Devoy ist nicht die Organisation«, sagte er, »genauso wenig wie O'Donovan Rossa, aber Rossa handelt wenigstens. Er hat einen Kampffonds, und er benutzt ihn, bei Gott. Davitt und Devoy sind schüchtern wie die Mäuse zur Organisation gegangen und haben um Erlaubnis für ihr Vorhaben gebeten, aber das ist abgelehnt worden. Die Organisation verhandelt nicht. Wir machen mit niemandem Geschäfte. Wir arrangieren uns nicht.«

»Na gut«, sagte ich. »Ruhe und Frieden, bitte.«

»Du bist ein komischer Bursche, Hughie MacMahon«, sagte er und lächelte wider Willen. »Das muß das MacMahon-Blut sein.«

Und so verbrachten wir den schönen Morgen und gingen am Ende zurück zur Merrion Row auf der anderen Seite des Parks, wo wir uns trennten. Ich erinnere mich gut an diesen Tag, und ich weiß noch, daß ich mich nachher gefragt habe, ob Ned nur zufällig beschlossen hatte, im Süden der Stadt spazieren zu gehen, auf einem Weg, der uns über elegante und schöne Plätze zurückführte, über Merrion Square und Fitzwilliam Square, wo Kindermädchen mit ihren Schützlingen und Damen und Herren der ersten Gesellschaft zu sehen waren, statt über den Fluß und zum Phoenix Park, die übliche Vergnügungsroute für flanierende Freunde? Wir verabschiedeten uns voneinander am Ende der Merrion Row, und ich wußte, daß es keinen Zweck hätte, ihn zu fragen, ob wir uns bald wiedersehen würden oder ob er vielleicht nach Kilpeder kommen oder wie lange er überhaupt in der Stadt bleiben wollte.

Wieder und wieder habe ich in den folgenden Wochen, und dann in den folgenden Monaten und Jahren und wirklich bis zum heutigen Tag daran gedacht, wie Ned da stand, als ich mich umdrehte, um ihm zum Abschied noch einmal zuzuwinken, und daran, wie Bob eine Woche später nach Hause kam, nachdem er zusammen mit den anderen Inhaftierten aus Kilmainham entlassen worden war. Ned steht, und das ist vielleicht nicht richtig – was mir lieb wäre –, im Zentrum dieses Gewirrs von Erinnerungen, im staubfleckigen Licht eines Dubliner Mittags.

Die Inhaftierten wurden am 2. Mai freigelassen, und natürlich waren die Zeitungen voll von dieser Nachricht und riefen sie, abhängig von ihren politischen Überzeugungen, entweder als großen Sieg für Land und Volk Irlands aus, oder als feige Kapitulation von Gladstone und seiner Regierung vor der Meute von bäuerlichen Brandstiftern und Folterern, die kläffend an den Fersen des verblödeten Aristokraten hingen, der sie anführte. Und am Nachmittag verkündete Gladstone im Unterhaus, daß dieser elende, verwirrte, wütende alte Buckshot Forster, Oberstaatssekretär für Irland, aus Protest zurückgetreten war. Am Donnerstag dem 4. saßen Parnell, Dillon und O'Kelly wieder auf ihren Plätzen im Unterhaus, und Lord Frederick Cavendish war zu Forsters Nachfolger ernannt worden. Am Samstag dem 6. wurde Davitt aus Portland entlassen, und Parnell und Dillon erwarteten ihn am Gefängnistor. Zusammen begaben sie sich mit der Bahn nach London.

Am Vorabend reiste Bob mit dem Abendzug von Dublin nach Kilpeder, und in derselben Nacht fuhr Lord Frederick mit Lord Spencer, dem neuen Vizekönig, nach Irland. In wenigen Stunden würden die Zeitungen jede seiner Bewegungen schildern, und sie haben sich in meiner und in der Erinnerung vieler Tausender in Irland und England eingebrannt. Er nahm um 8.20 Uhr den Zug nach Holyhead und trat am nächsten Morgen seine Arbeit in Dublin Castle an, wo ihn Burke, der Unterstaatssekretär, in seine Pflichten einführte.

In Kilpeder jedoch hatten wir an diesem Freitagabend nur für zwei Menschen einen Gedanken, Bob Delaney war der eine, Charles Stewart Parnell der andere, und nun wurde es in Irland ganz üblich, Parnell als den König oder den Ungekrönten König zu bezeichnen, wobei sich letzteres besser anhörte, ein wenig nach einer jakobitischen Romanze. Pater Mullane, der in Bobs Abwesenheit als inoffizieller Agent der League fungiert hatte, hatte im Pfarrhaus ein kleines Fest arrangiert, und draußen stand die Blaskapelle und spielte »A Nation Once Again« und »The West's Awake«.

»Wir haben sie geschlagen, Leute«, sagte Pater Mullane, ein sympathischer Kaplan mit rosiger Gesichtsfarbe. »Das einfache irische Volk hat sie geschlagen. Die Land League hat sie geschlagen. Die Verbrecher in Kilmainham und Portland haben sie geschlagen. Und Bob Delaney aus Kilpeder hat sie geschlagen.«

»Bob Delaney von Clonbrony Wood, meinen Sie, Pater«, rief jemand, und Mullane lächelte zurückhaltend, auch wenn er diskret dazu schwieg. Bob wollte unbedingt, daß Mary und Vincent und ich mit zu ihm nach Hause kämen, um zusammen mit ihm und Agnes ein Siegesglas zu leeren, aber Agnes wollte nichts davon hören, wo er doch gerade erst aus dem Gefängnis entlassen worden war, zwei Tage im Hauptquartier der League in Dublin gearbeitet und dann noch die Reise nach Kilpeder hinter sich gebracht hatte. Sie war stolz auf ihn, das war deutlich zu sehen, und sie hatte sich mit Recht zu einem feierlichen Anlaß angezogen, sie trug grau und einen Hut mit grauen Federn. Ihr Unterarm ruhte leicht auf seiner Schulter. Und warum sollte sie auch nicht stolz sein, die Rufe der Menge waren schließlich nicht besser oder schlechter als die Tatsachen: Bei Gott, wir hatten sie geschlagen, das Landgesetz war in allen Einzelheiten durchgekommen, und Buckshot Forster war mit eingekniffenem Schwanz nach Hause geschickt worden. Natürlich gab es auch Anzeichen dafür, daß nicht alles in Ordnung war, in Mayo hatte eine Menge, die vor Aufregung außer sich geraten war, einen Aufruhr verursacht, ein nervöser Polizist hatte geschossen und zwei Jungen getötet, und auf Lord Ashton, der mit seiner Kutsche von einem Besuch bei einem Freund zurückkehrte, war geschossen worden, die Mörder hatten ihn zwar verfehlt, seine Frau jedoch war getötet worden.

»Eine Woche«, sagte Bob zu Vincent und mir, als wir für einen Moment allein in einer Ecke der Pfarrei standen, unter smaragdgrünem und goldenem Fahnentuch. »Eine Woche, dann haben wir die Zügel wieder fest in der Hand. Nicht alle Agenten der League sind so friedlich wie der gute Pater. Aber wir können sie zurechtschleifen. Wir haben gewonnen, Jungs.« Plötzlich lachte er. »Wir sind nicht ans Gewinnen gewöhnt, Jungs. Wir werden nicht wissen, wie wir uns zu verhalten haben.«

Später, als ich mit Mary allein in unserer Küche war und auf der Kaminkante das Teewasser kochte, stand ich am Fenster und schaute in die Dunkelheit hinaus, wo ich im schwachen Mondlicht mit Mühe die Zweige des Apfelbaums erkennen konnte, während seine jungen Blätter unsichtbar waren.

»Ich erinnere mich«, sagte Mary, »wie du einmal da gestanden hast, und ich stand hier, am Morgenfeuer, und dann bist du nach Clonbrony Wood gegangen.«

»Ins Ödland von Knockmany«, sagte ich, »und danach zurück in die Stadt. Die kühnen Fenier von Kilpeder. Clonbrony war nur ein nachträglicher Einfall, könntest du sagen.«

»Die Ballade erinnert aber an Clonbrony«, sagte sie.

»Das ist doch klar«, erwiderte ich. »Bob hat schon recht. Wir sind nicht ans Gewinnen gewöhnt. Wir werden nicht wissen, wie wir uns zu verhalten haben.«

Oh my name it is Joe Brady and I'm called the Fenian blade.
From the chapel in North Anne Street I set forth one pleasant day,
To strike down a cruel tyrant in the Phoenix Park so gay.

Es war Pater Mullane, der mir diese Nachricht brachte, und seine Worte und sein Auftreten waren so erregt, daß ich nur wirre Worte aus ihm herausholen konnte, die sich jedoch zumeist als Tatsachen herausstellen sollten, während es sich beim Rest um wilde, unklare Spekulationen handelte. So sollte es für uns alle tagelang bleiben. Ich sagte Mary kurz Bescheid, verließ sie dann verwirrt und ängstlich und ging mit Mullane zu Bobs Kanzlei. Dennis Mullane war einen Kopf kleiner als ich – das ist er immer noch, der arme Mann, jetzt lebt er in einem Haus für Priester im Ruhestand, in Greystones im Süden von Dublin –, aber er blickte unterwegs nicht zu mir auf, wie er es sonst tat, sondern sprach direkt in die Luft, in den Wind, der jetzt aus den Hügeln kam. »Abgeschlachtet«, sagte er, »niedergemetzelt, alle beide, in Stücke gehackt, die Kehlen aufgeschlitzt. Diese verdammten Fenier«, sagte er, »diese verdammten mörderischen Fenier!« Dann ging ihm auf, was er gesagt hatte und zu wem, und er blieb stehen und legte mir die Hand auf den Arm. »Gott möge mir vergeben, Hugh. Ich hatte nicht nachgedacht. Das hat nichts mit dir oder mit Bob oder mit irgendwem von damals zu tun. Großer Gott, was für Nachrichten erreichen uns da am Tag des Herrn!«

»Wer kann das wissen?« fragte ich. »Um Gotteswillen, was ist denn passiert?«

Wir hatten die Ecke des Marktplatzes erreicht, und im Morgenlicht sah er vertraut und etwas öde aus, Läden und Obelisk, von Falken bewachte Tore und adrette Kirchtürme. In der Richtung, die wir im nächsten Moment einschlagen würden, lagen die Straße nach Macroom, Saint Jarlath und die Polizeikaserne.

Der Sergeant mußte die Nachricht per Depesche erhalten haben. Ich blickte kurz zu den Drähten hoch, die sich Meile für Meile zwischen uns und Dublin hinzogen und jeden Tag die Nachrichten von aufgeschobenen Reisen und geborenen Babies und Beschlüssen, aus Australien nach Hause zu kommen, und nun dieses zu uns brachten.

Bob stand in seiner Kanzlei am Fenster und sah uns heraneilen, und er nickte, blieb aber dort stehen. Seine Hände, wie ich sehen konnte, hatte er in den Taschen vergraben. Sein Kanzlist und drei oder vier unbezahlte League-Organisatoren und Vincent, und von allen unwahrscheinlichen Menschen auch der alte Tully waren bei ihm, Dennis höchstpersönlich, in seinem Tweed-Anzug, und das Geschwür oder der Karbunkel oder was immer auf der Seite seines kahlen Schädels saß, glühte lebhaft.

»Da habt ihr's«, brüllte der alte Tully mich an, mit erhobenem Gesicht und einem heulenden Ton der Wiederholung, als ob er den Tag mit Vincent angefangen und danach Bob angebrüllt habe. »Da habt ihr die Leute, mit denen ihr euch in der Blüte eurer Jugend eingelassen habt. Schlächter. Schlächter wie Dowling in seinem Laden, mit Blut auf der Schürze und Innereien an den Stiefeln.«

»Jesus Christus, Vater«, rief Vicnent, mit einer Wut, die er oft verspürt, die ich ihn jedoch niemals mit solcher Heftigkeit hatte zum Ausdruck bringen hören. »Hör doch auf! Halt eine Weile den Mund oder geh. Geh nach Hause oder in den Laden!«

Ich ging zu Bob hinüber.

»Der Oberstaatssekretär ist ermordet worden«, sagte er, »zusammen mit Burke. Gestern abend. Sie hatten im Castle Feierabend gemacht und gingen über die Liffey und in den Park. Wollten nach Hause, nehme ich an. Da erwartete sie eine Bande von Leuten und hat sie umgebracht. ›Abgeschlachtet‹ wäre das richtige Wort dafür. Das erste Kabel, das in der Kaserne angekommen ist, behauptete, sie hätten auch den Vizekönig erledigt – Spencer. Aber das stimmt nicht. Das ist noch nicht das Ende. Diese verdammte Tat war geplant, und zwar sehr gut.«

»Das kann doch nicht sein«, sagte ich dumm. So lange waren »Oberstaatssekretär« und »Buckshot Forster« Synonyme gewesen.

»Cavendish«, sagte Bob. »Denk doch nach, Hughie, um Himmelswillen. Cavendish. Lord Frederick Cavendish.«

»Der ist doch noch nicht hier.«

»Er ist wohl hier«, erwiderte Bob. »Das, was von ihm noch übrig ist. Er hat Freitagabend den Zug nach Holyhead genommen und ist gerade rechtzeitig hier angekommen, um ermordet zu werden.«

»Die haben sicher Forster gemeint«, sagte ich. »Wenn das gut geplant war, dann galt der Überfall Forster. Solche Aktionen müssen doch sicher langfristig geplant und vorbereitet werden.«

»Sie hatten Forster gemeint«, erwiderte Bob. »Kein Zweifel. Aber sie haben gewußt, daß sie den Neuen erwischen würden. Gladstone hat Forsters Rücktritt vor fast einer Woche bekannt gegeben.« Er lachte bellend. »Sie haben uns gerade rechtzeitig für den Mord an Cavendish und Burke aus Kilmainham entlassen.«

»Bob!« rief ich. »Darüber darfst du wirklich nicht deine Witze machen!«

»Witze, ja?« fragte er düster. »In Kilmainham haben auch die von uns gesessen, die wegen gewalttätiger Verbrechen schon früher im Gefängnis waren. Ich selber zum Beispiel, wie du vielleicht noch weißt. Und die Reden die wir allesamt gehalten haben, um die League aufzustacheln, waren zum Teil ganz schön blutrünstig.«

»Aber es ist doch trotzdem noch sehr weit«, wandte ich ein, »von feurigen Worten auf einem Podium bis zum Gemetzel im Phoenix Park.«

»Was macht das denn für einen Unterschied, Hughie?« fragte er ungeduldig. »Du redest wie irgendein verdammter Moraltheologe oben in Maynooth. Worauf es ankommt ist, daß alles uns zugeschrieben werden wird, daran kommen wir nicht vorbei. Nicht einmal der Chef – die *Times* und *Punch* werden zum Halali blasen. Du hast doch gesehen, wie sie uns im *Punch* darstellen, der Chef salbungsvoll und parlamentarierhaft, jeder Zoll Savile Row und Cambridge, und wir anderen, mit Affengesichtern und Grinsen, hängen an seinen Rockzipfeln und halten Revolver und Messer in der Hand. Messer, vergiß das nicht, die werden von heute ab das Bild von uns prägen.«

Ich hatte ihn nie so erschüttert gesehen, nicht einmal in Clonbrony Wood oder in den darauffolgenden Stunden.

»Laß sie doch, Bob«, sagte ich. »Sollen sie doch sagen, was sie wollen. Du bist Irland gegenüber verantwortlich, nicht England oder seinem Unterhaus. Mr. Parnell hat das immer wieder gesagt.«

»Das zu sagen kostet nichts«, entgegnete Bob. »Es ist eine ungeheuer wichtige Tatsache, daß wir nichts in Bewegung hätten setzen können, wenn wir nicht die Kirche auf unsere Seite gebracht hätten. Und wir hätten das Landgesetz nicht erreichen können, wenn Gladstone und seine Leute uns nicht unterstützt hätten. Das sind die Tatsachen hinter den Reden. Und wie glaubst du, fühlt sich der edle Christ Mr. Gladstone an diesem schönen Sonntag? Mein Gott, Cavendish war irgendwie mit ihm verwandt. Ein angeheirateter Neffe oder so etwas.«

Genau eine Woche später machten Bob und ich unseren Sonntagsspaziergang über grün verwachsene Wege in die Hügel.

Inzwischen war mehr bekannt geworden, uns und der Welt. Parnell und Dillon hatten die Tat verurteilt, wie auch der Oberste Rat der Organisation und Devoy drüben in Amerika. William O'Brien hatte in *United Ireland* seinen schwarz gerahmten Entsetzensschrei ausgestoßen. Alle Zeitungen, nicht nur die von London und Dublin und New York, sondern die Zeitungen der ganzen Welt hatten Karten der Dubliner Innenstadt gebracht, vermutlich alle so ähnlich wie ein Auszug aus Creasys *Fünfzehn entscheidende Schlachten*, Castle und Liffey, der Park mit seinem Eingangstor und der breiten Allee, die am Sitz des Vizekönigs vorbeiführt, der Poloplatz besonders markiert, denn alle wußten inzwischen, daß der Mord auf dieser Straße geschehen war, neben dem Poloplatz. Wie Vincent gesagt hatte: ›Auf jeden Fall haben wir uns in der ganzen Welt bemerkbar gemacht.‹ Aber sogar Vincent war erschüttert; es war eine seltsame Reaktion, die jeden anders betraf, die jedoch wunderlich tief ging, als ob ein so entsetzliches Verbrechen keinen Namen haben könnte, als ob die Verbrechensstatistiken von Süden und Westen – die auch Morde aufnahmen, natürlich – nicht 80, 81 und 82 jede Woche höher gelegen hätten. Aber das hier war etwas anderes.

Wir wußten jetzt, daß sie sich die Unbesiegbaren nannten, die »Invincibles«. The Irish National Invincibles. Sie hatten ihre schwarzgerahmte Karte in den Zeitungsredaktionen hinterlassen.

Wir wußten auch, genau wie das ganze Land, was geschehen war, wußten es mit der halluzinatorischen Genauigkeit, mit der ein Ereignis bekannt sein kann, bei dem nur wenige zugegen waren – obwohl in Wirklichkeit die Menschenmenge dabeigewesen war, die auf dem Poloplatz dem Spiel zugesehen und von der nur wenige mehr als Geschrei und ein Handgemenge gehört hatten. Am Tag seines Eintreffens, an diesem Samstag hatte der arme Cavendish sich daran gemacht, sich in diesem Labyrinth von Büros und oberen und unteren Höfen, das wir seit Jahrhunderten als Castle bezeichnen, mit seiner Aufgabe vertraut zu machen. Sein eigenes neues Büro schloß an das von Thomas Burke an, seinem Unterstaatssekretär, und ein Durchgang führte zu den Büros des Lordkanzlers und der Obersten Anwälte.

Im Castle gab es natürlich auch sehr viel anderes – Kapellen und was sonst dazu gehört, und sogar eine Rekonstruktion dessen, was wirklich als Burg bezeichnet werden konnte, der Turm, aus dem unser junger Held und Adler, der Rote Hugh O'Donnell, in den Tagen Elizabeths entflohen war und die Flamme mit nach Norden genommen hatte, die Tyrone und sein eigenes Tir-Connell und am Ende ganz Irland in Brand gesteckt hatte. Eine steinerne Treppe führte zu den Büros des obersten Inspektors der Royal Irish Constabulary und des Gefängnisbeauftragten, schwerbeschäftigte Männer heutzutage. Und im unteren Hof befand sich das Hauptquartier der Dublin Metropolitan Police, einer feinen Truppe, bei der Größe und stapazierfähige Gesundheit über die Einstellung entschieden. Es gab sogar einen prachtvollen Thronsaal, in dem junge Damen von Familie – Protestantinnen, aber in diesen diplomatischeren Zeiten auch etliche Katholikinnen – dem Lord Lieutenant präsentiert wurden, denn schließlich war er ja Vizekönig, Ersatz für Victoria höchstpersönlich.

Wenige Iren gab es nur, die nicht durch irgendein bescheidenes Band mit dem Castle verknüpft waren. Auch ich gehörte dazu, denn schließlich war es, zumindest theoretisch, der Oberstaatssekretär, der sich um die Finanzierung der Schulen kümmerte, der Prüfungstermine und Inspektionen festlegte und mit wohlwollendem Auge und Ohr registrierte, was ich der Jugend beibrachte. Der Oberstaatssekretär saß im Zentrum eines dieser großen Spinngewebe, die von London aus das Empire, die Welt umspannten.

Aber es gab noch ein anderes Castle, das wenig mit Prüfungsterminen und der Vorstellung junger Adelsdamen bei Hof zu tun hatte. Thomas Burke hatte diese andere Welt gekannt; ein katholischer kleiner Landbesitzer, Halbadel, Vetter dritten oder vierten Grades des großen Emmet Burke, seit 1869 Unterstaatssekretär. Ein »Castle-Schreiberling«, wie William O'Brien ihn in unseren Zeitungen nannte, ein »Castle-Bluthund«, wie Bob und andere ihn auf Podien überall in Munster und Connacht genannt hatten. Nicht ohne Grund. Burke hatte dieses andere Castle gekannt – Polizei, Richter, die Ohren offen und bereit für Denunzianten, die Börse leicht geöffnet, nicht zu weit. Bezahlung bei Erfolg, ein Nikken so gut wie ein Zwinkern. Düster und schwarz in der Vorstellung von uns allen diesseits des Abgrundes war dieses andere Castle.

An diesem ganzen Samstag war Cavendish mit Burke, seinem Vergil, seinem Cicerone, durch Büros, über Flure, durch Gänge, enge Steintreppen auf und ab gewandert, hatte vor hohen Papierstapeln auf mit rotem Siegellack befleckten Tischen gesessen. Und dann, abends, es war gegen sechs, aber in Dublins frühlingshaftem Mai noch nicht dunkel, hatte er zu Fuß vom Castle in seine Residenz gehen wollen, über die King's Bridge zum Park Gate. Bei der neuen Statue von General Gough, einem kühn uniformiertem Reiter, hatte Burke ihn eingeholt. Rechts von ihnen lagen die Nine Acres, links fanden ein Polo- und ein Cricketspiel statt, Spiele des Empire, des ländlichen England, Sport der Vornehmen. Als Hilfe sie erreichte, waren sie bereits tot, lagen in ihrem Blut. Eine Bande von Männern hatte sie abgeschlachtet, und der Untersuchungsbericht befand, sie seien »mit einer spitzen Waffe von großer Schärfe und Stärke getötet worden, nicht sehr groß jedoch, nicht breit und nicht länger als zehn oder zwölf Zoll.« Damals hieß es, es handle sich um amerikanische Messer, von der Sorte, die Bowie genannt wird, aber inzwischen wußten wir, daß es Skalpelle waren, die ihnen ein Dubliner Chirurg, der ihrer Sache wohl gewogen war, überlassen hatte. Wenn sie denn eine Sache hatten.

»Und sie sind noch nicht fertig«, sagte Bob. »Noch lange nicht. Vorgestern haben sie in Dublin einen Richter überfallen, und in Dublin ist ein weiterer Mann ermordet worden, der vielleicht ein Denunziant war. Die Irish National Invincibles! Mutter Gottes, da haben sie sich ja vielleicht einen Namen ausgesucht!«

Es war seltsam, diese grüne Straße entlangzugehen, die nach

regendurchtränkten Feldern roch, die in der Sonntagssonne trockneten, und über solche Themen zu reden. Als ob ein Messer auf der Straße glitzerte.

»Das hört schon wieder auf«, sagte ich. »Wenn sie wirklich eine Bande waren, dann gibt es mehr Denunzianten als nur diesen einen. Darauf kannst du dich verlassen. Sie sind die Konstanten der irischen Geschichte, unsere einzige behagliche Kontinuität.«

Bob blieb stehen, brach einen Zweig von einer Hecke und berührte die Blüten mit ihren rosa Spitzen. »Ich könnte dir Männer nennen, Hughie, die sich vielleicht zwischen uns und diesen Leuten bewegen – Byrne zum Beispiel, oder Hogan. Und dieser Bursche Sheridan – oh, bei Jesus, dieser Bursche Sheridan!« Ich lauschte ihm voller Bestürzung, denn sogar einem Außenseiter wie mir waren zumindest zwei Namen dieser Dreieinigkeit aus Zeitungen und Bemerkungen Bobs bekannt – Patrick Hogan, ein Freund von Davitt, der aus dem Obersten Rat zurückgetreten war und geholfen hatte, Mayo für die League zu organisieren. Und Frank Byrne aus Liverpool, Ex-Fenier, ein begeisterter Schütze in seinen wilden Jugendtagen.

»Lieber Gott, Bob«, fragte ich plötzlich, »ist Frank Byrne denn jetzt nicht der oberste Sekretär der Land League?«

»Ist er«, antwortete Bob trocken. »Im Moment wenigstens.«

»Und jetzt erzählst du mir, daß er mehr über diesen verdammten Irrsinn im Park weiß, als er wissen dürfte?«

»*Vielleicht* weiß er mehr«, korrigierte Bob gereizt. »Vielleicht. Du weißt doch, wie das ist, Hughie, eine Organisation wie unsere – wir ziehen alle möglichen Leute an. Und auch ein paar schräge Vögel. Ungezähmte Vögel wäre vielleicht ein besserer Ausdruck. Und ich habe nur meinen Verdacht, verstehst du?«

»Nicht ganz«, sagte es. »Es war doch ein seltsamer Einfall, einen schrägen Vogel zum Sekretär zu machen.«

»Du hast recht«, meinte er. »Aber er führt seine Bücher sehr gut, und es gelingt ihm auch vortrefflich, sie den Blicken von Castle und Scotland Yard zu entziehen.«

»Gebe Gott, daß ihm der Umgang mit Skalpellen nicht auch vortrefflich gelingt«, sagte ich. »Oder mit Schlachtermessern.«

»Verdammt, Hughie. Ist es nicht ohnehin schon schlimm genug, mußt du unseren Sonntagsspaziergang auch noch mit deinem Sarkasmus ruinieren? Leute wie Hogan und Byrne und Sheridan würden auf eigene Faust handeln. Der Oberste Rat hat sie verurteilt, hat die Invincibles mit Stumpf und Stiel verurteilt. Und was uns angeht, wir sind so gut wie ruiniert, wenn das Castle Verbindungen zwischen uns und diesen Gossenratten im Park nachweisen kann. Ich glaube aber nicht, daß sie das können. Schräge Vögel, aber kluge. Wir werden schon mit ihnen fertig.«

Der Höllenpark, dachte ich. Ein so guter Name wie jeder andere. Dort hatte einst eine Abtei gestanden, mit einer Quelle, *fionn uisge.** Im Laufe der Zeit wurden die gälischen Wörter zu »Phoenix«, und nun steht dort eine schöne Statue des sagenhaften Geschöpfes, die vor langer Zeit von Lord Chesterfield gestiftet worden ist, einem Vizekönig, der sein Amt schmückte; eine hübsche Vorstellung, ein sprachlicher Irrtum wird zum Mythos. Die Geschichte der Nation. Ich konnte spüren, daß Bob nach diesem Ausbruch Schweigen willkommen sein würde, und so gingen wir weiter, und Bob zog den Zweig zwischen seinen Fingern hin und her, so daß Knospen und junge Blätter abgerissen wurden. Wir waren weit entfernt vor der Szene, die uns vor unserem inneren Auge stand – dieselbe Szene, zweifellos, im Grau und Schwarz der Zeitungen und Zeitschriften, eine endgültige, trostlose Entfernung von der Wirklichkeit von Blut und zerfetztem Gewebe und Muskeln.

Und doch. Gab es nicht immer, für alle von uns, eine winzige Spannung, die einem unausgesprochenen Wissen entstammte, daß »Ribbon Fenier« trotz allem noch eine Art Fenier waren, daß, wenn die Peeler in einem protestierenden Dorf zu hart vorgingen, wenn sich ein Grundbesitzer zu brutal aufführte, wenn Schweigen und Isolation und Boykott und alles andere von einem gierigen kleinen Grabscher verhöhnt wurden, wenn, wenn, wenn... Schließlich waren die letzten Gewehre noch nicht weggelegt, die letzten Hippen nicht verrostet und zerbröckelt. Wir wußten es und wußten es auch wieder nicht, und wir waren damit zufrieden, es dabei zu belassen, in dieser Hinsicht waren wir weder besser noch schlechter als Mr. Forster in Dublin Castle oder Mr. Gladstone in der Downing Street. Gewalttätigkeit ist vielleicht kein Fleck auf dem Stoff des Lebens, sondern ein Teil des Gewebes.

Und ich hatte Bob jetzt meine eigene Geschichte zu erzählen und mußte auch zugeben, daß die Zeit verstrichen war, ohne daß ich sie erwähnt hatte, ohne daß ich wußte, ob ich sie erwähnen

* *fionn uisge* – irisch, »klares Wasser«

sollte oder nicht. Wir hatten die kleine schöne Brücke erreicht, die sich über eine Biegung der Sullane wölbt, und auf ein schweigendes Übereinkommen hin blieben wir hier stehen. Ich erinnerte mich an eine Brücke über einen Dubliner Kanal, an Lärm und Geräusche des Flußverkehrs, der Straße. Hier herrschte tiefe, perfekte Stille, es gab Weiden und einen sanften Bach.

»Als ich dich in Kilmainham besucht habe«, sagte ich, »habe ich danach Ned gesehen.«

»Ned«, wiederholte er, als ob er mich nicht richtig verstanden hätte, aber ich schwieg. »Unseren Ned? Ned Nolan?«

Ich nickte.

»Dann kam all die Aufregung und die Freude über deine Rückkehr«, fuhr ich fort. »An dem Abend hätte ich es dir mehrmals fast gesagt, aber immer kam irgend etwas dazwischen.«

»Ja«, sagte Bob und verstand mich schneller, als es mir lieb war. »Es ist eine ganze Woche her, und erst jetzt sprichst du über einen alten Freund, einen der Freunde von 67. Du hast Ned gesehen, wie meinst du das? Hast du mit ihm geredet, meinst du das?«

»Ich habe ihn durch Zufall in einer Kneipe in der Dorset Street gesehen, und wir beschlossen, uns am nächsten Tag ausgiebig zu unterhalten, und das haben wir auch gemacht. Wir haben einen langen Morgenspaziergang am Kanal im Süden der Stadt unternommen.«

»Und wie geht es Ned?« fragte Bob in einer Stimme, in der sich Wut und Zuneigung seltsam vermischten. »Was macht unser Ned?«

»Er ist wie immer«, sagte ich. »Er war glücklich, mich zu sehen, und er hat nach euch gefragt, nach euch allen. Wir fehlen ihm, da bin ich sicher, aber er ist so unergründlich wie immer. Dieser Bursche ist ein Indianer, ich schwör's, und kein Mann aus County Cork. Direkt aus Fenimore Cooper entsprungen«, fügte ich hinzu, um einen leichteren Ton ins Gespräch zu bringen.

»An dem Tag, als du mich in Kilmainham besucht hast«, sagte Bob. »Zeitlich kommt das hin. War er allein in der Kneipe?«

»Er war mit anderen Männern zusammen, mit einem halben Dutzend. Er hat sie allein gelassen, um mit mir zu reden, und dann ist er zu ihnen zurückgegangen.«

»Wie sahen sie aus?« fragte Bob.

»Ach, wie sehen sie schon aus, die Burschen, mit denen man in einer Kneipe redet! Arbeiter mit Schals und Mützen, ein paar kleine Händler und ähnliches, respektabler, mit steifen Hüten, einer hatte einen lockigen Vollbart. Nein, warte. Einer war dabei, den man immer wiedererkennen würde, gebaut wie ein junger Herkules, ein Eisenbahnarbeiter vielleicht, mit klarem, offenem Gesicht. Den konnte man einfach nur bewundern.«

Bob legte mir eine warnende Hand auf meinen auf der Brücke ruhenden Unterarm. »Mehr wissen wir nicht über sie, Hughie. Wir wissen nicht einmal das. Hast du mit Mary darüber gesprochen?«

»Hab ich nicht«, antwortete ich, und als ich diese Worte aussprach, gestand ich mir ein, warum ich eine Woche lang gewartet hatte, bis zu meinem Spaziergang mit Bob. »Ich habe ihr nur erzählt, daß ich glaubte, ich hätte Ned gesehen, aber daß ich mit dem Erzählen auf deine Rückkehr warten könnte. Aber daran war nur meine Liebe zur Dramatik schuld, da war noch nichts passiert.«

»Jesus, Maria und Joseph«, sagte Bob.

»Dublin ist ein riesiges Geschwür von einer Stadt«, sagte ich, »und es gibt durchaus Zufälle.«

»Ha!« rief Bob. »Ihr habt über Politik gesprochen, da bin ich sicher, vor allem, wo ich doch gerade in Kilmainham saß. Was hat er gesagt?«

»Was zu erwarten war. Ned ändert sich nicht.«

»Die Organisation hat ihn zu uns herübergeschickt«, sagte Bob. »Zweifelst du daran?«

»Nein«, antwortete ich und wählte meine Worte wahrheitsgemäß und sorgsam aus, »und dann auch wieder ja. Er hat wenig für euch übrig, für die Land League. Aber er hat auch voller Verachtung über die Leute von Devoy in den Staaten und über den Obersten Rat selber gesprochen.«

»Nein«, meinte Bob mit einem kurzen Aufflackern von Erheiterung. »Unser Freund Mr. Mulcahy würde ihm wohl nicht als Erlöser Irlands erscheinen.«

»Er empfindet Respekt für Rossa und für andere, die er mir gegenüber natürlich nicht erwähnen konnte. Die Männer, die den Krieg ins Lager des Feindes tragen, sind die, die den Eid halten.«

»Den Eid«, wiederholte Bob. »Den Scheißeid, Jesus, Maria und Joseph.« Ein hübsches Stück Blasphemie.

Wir standen wortlos nebeneinander, unsere Hände lagen auf

dem kühlen Stein eines anderen Jahrhunderts, von der Zeit erweicht, und schauten in grünes, träges und seichtes Wasser hinab.

»Wie du gesagt hast«, meinte er schließlich, »in der Natur kann es durchaus Zufälle geben. Er ist ganz gesetzlich auf Ehrenwort entlassen worden und hält sich zweifellos legal auf diesen Inseln auf. Das ist nicht unsere Angelegenheit. Und du bist auch nicht dazu gezwungen, deine Ferien in Dublin zu beschreiben, und ich muß den Inhalt von Unterhaltungen auf ländlichen Brücken nicht weitertragen.«

»William O'Brien schreibt in *United Ireland*«, sagte ich mit milder Bosheit, »daß jeder patriotische Ire die Pflicht hat, alles, was zur Aufdeckung...«

»Was William O'Brien in *United Ireland* schreibt, ist weder gesetzlich noch moralisch bindend. O'Brien und du, ihr braucht euch um die einzig wichtige Frage keine Sorgen zu machen. Ihr könnt sicher sein, daß diese Elenden, die das gemacht haben, eure kostbaren Invincibles, jetzt schon von zwei oder drei Denunzianten bearbeitet werden. Und Anderson und Mallon im Castle sind keine Stümper, ganz im Gegenteil. Sie werden sich die wahrscheinlichsten Schurken greifen und ihnen Daumenschrauben anlegen. Es besteht kein Grund dazu, mit ihnen in die Kloaken zu kriechen.«

»Ein wundervoller Apparat, das Gesetz«, sagte ich.

»Es ist wunderbar, denn es schafft Wahlmöglichkeiten, Hughie. Zum Beispiel kannst du dich entscheiden, wenn du willst, nach Kilpeder zurückzugehen und Sergeant Dineen zu erzählen, was du weißt. Oder besser, was du zu wissen glaubst. Was du vielleicht für einen Verdacht hast.«

»Ein wundervoller Apparat«, sagte ich noch einmal, dann fügte ich hinzu: »Oder du selbst, Bob. Vergiß das Gesetz. Wir wissen beide, daß ich niemals zur Royal Irish Constabulary gehen und den Mann verkaufen würde, der uns in Clonbrony Wood angeführt hat. Aber zwischen Bob Delaney und Hugh MacMahon: Wie siehst du das alles?«

Er zuckte die Schultern; oder eigentlich bewegte er sie schwerfällig, als ob er sich von einer Last befreien wollte. »Wir wissen noch nicht genug über diese Invincibles, aber wir werden es bald genug erfahren. Sie sind Abweichler, denen die Methoden von Kickham, O'Leary, Mulcahy und Co. wohl zu brav geworden sind. In ihren Augen ist sogar Devoy in New York verdorben. Und weißt du, eines wissen wir ganz sicher: Sie haben nicht zugeschlagen, weil Parnell und die League unterlegen sind, sondern weil sie gesiegt haben. Sie halten uns für Opportunisten, die das irische Volk mit ein paar Acres Weideland für die Viehzüchter kaufen, und mit vagen Versprechungen über eine Art Quasselbude im College Green, die unsere Herren uns dann Parlament zu nennen erlauben werden. Oder, um genauer zu sein, Hughie, wenn ich ein Invincible wäre, dann würde ich das so sehen.«

Er wandte seinen Kopf von der Brücke ab, dann lachte er, Licht tanzte in seinen Augen; er grinste.

»Das denke ich Hughie, und wir könnten uns über bessere Themen unterhalten.«

»Meine Frage bezog sich auf Ned, Bob.«

»Ich weiß nicht mehr als du. Du hast mit ihm gesprochen, hast seinen Tonfall gehört, hast ihm in die Augen geschaut. Ned ist ein Revolverheld, Hughie, egal, welchem Beruf er vielleicht ab und zu mal nachgeht. Er ist ein Revolverheld, und anders als die meisten anderen verfügt er über eine klare, kalte Intelligenz. Der Eid und diese verdammte Insel hier sind sein Schrein und seine Kirche und seine Theologie. Wenn diese Sache drüben organisiert worden ist, dann ist Ned genau der Mann, den sie schicken würden – Ned oder vielleicht Lomasney oder McCafferty. Aber ich würde auf Ned tippen.«

Er ging los, über die Brücke und zurück in Richtung Stadt und sah sich um. »Wir dürfen nicht zu spät zum Sonntagstee zurückkommen, sonst tobt Agnes.«

Auf dem Rückweg schien Bob unser Gespräch um jeden Preis von den Invincibles und von Ned wegsteuern zu wollen, nachdem er nun von mir jedes Wort Neds, an das ich mich erinnern konnte, gehört hatte. Aber ich dachte in den nächsten Monaten sehr viel daran, vor allem, als die Verhaftungen erfolgten und die Namen Hogan und Byrne in den Zeitungen erschienen. Inzwischen hatten beide das Land sicher verlassen, und als eine amerikanische Verbindung diskutiert wurde, wurde natürlich zusammen mit Lomasney auch Neds Name genannt. Inzwischen hatte die Dynamitkampagne angefangen.

»Einen besseren Kompromiß hätten wir nicht erreichen können«, sagte Bob plötzlich. »Das Land hat gejubelt, als wir das ›Keine Pacht‹-Manifest unterzeichnet und aus Kilmainham losgeschickt haben. Aber Forster hatte uns mit seinen Ermächtigungsgesetzen gelähmt, und unsere Agenten waren überall im Land festgesetzt worden. Was Forster oder auch die Royal Irish Constabulery dagegen nicht aufhalten konnte, war ›Captain Moonlight‹, wie der Chef vor den Toren von Kilmainham prophezeit hatte. Grabscher und Sondereinsatzleute wurden erschossen, und die Jungs aus Forsters Brecheisenbrigade wurden aus ihren Betten gezerrt und verprügelt und nackt in den Straßengraben geworfen. Und natürlich wurde weiter boykottiert.«

»Allerdings«, sagte ich. »Und damit ist es noch nicht zu Ende. In Kilpeder und Macroom und anderswo.«

»Du kannst dich darauf verlassen, daß damit bald Schluß ist«, erwiderte Bob. »Das war ein Teil des Handels. Eine günstige Interpretation des Landgesetzes durch Gladstone und ein Ende der ›unüblichen‹ Methoden der Land League. Wir haben gewonnen, Hughie, wir haben gewonnen. Aber nicht den Krieg, wie einige meinen. Was wir gewonnen haben, war eine erste Schlacht.«

So entscheiden sich also große Fragen in unserer neuen Welt, dachte ich. Nicht auf mit Leichen übersäten Schlachtfeldern, von Armeen mit Bannern und Sackpfeifern und grellen Standarten, sondern durch Arrangements zwischen einem Politiker in einem Herrenhaus in der Downing Street, wie man es nennen könnte, und einem anderen im Gefängnis von Kilmainham.

»Arrangiert«, sagte Bob, als ob er meine Gedanken gelesen hätte, »auf die akzeptierte moderne Weise, durch Botschaften, die durch die akzeptierte neue Verkörperung des Merkur hin und hergetragen werden, durch Captain William O'Shea.«

Ich hörte diesen Namen zum erstenmal, und er machte auf mich keinen Eindruck. »Ist der ein Mitglied eurer Partei?« fragte ich.

»Einer Partei«, antwortete Bob. »Nicht unserer, nicht deiner oder meiner. Aber du könntest schon sagen, daß er ein Parnellit ist. Ein Parnellit und ein Gladstone-it. Und ein O'Shea-it. Vor allem ein O'Shea-it.«

Er sprach mit einer zornigen Heftigkeit, die ich nicht deuten konnte. Aber inzwischen hatten wir die Anhöhe vor Kilpeder erreicht und konnten die Stadt vor uns sehen. Die Sullane glitzerte hinter den Mauern der Ardmor-Domäne.

»Die schmucke Welt liegt uns zu Füßen«, sagte Bob, als grobe Paraphrase Miltons.

»Und auch der Sommer«, sagte ich. »Wo sich das Land nun

beruhigt hat, könnten wir doch an einen unserer Ausflüge nach Killarney denken. Wie lange ist es schon her, vier oder fünf Jahre? Agnes und Mary würden sich sicher sehr freuen.«

»Killarney«, wiederholte Bob, und als er diesen Namen aussprach, sah ich den oberen See und das sanfte, unregelmäßige Ufer, die Abtei von Muckross, ihre sanften, eingestürzten Mauern und die im hohen Gras verstreuten wilden Blumen. Ich sah unsere eigene Jugend, denn wir waren schon lange vor Clonbrony Wood dorthin gegangen.

Ich habe mir nachher, Jahre später, eingebildet, daß an diesem besonderen Sonntag, in der warmen Luft, in der der milde Wind die Blätter bewegte, Bob sich mir gern anvertraut und mir erzählt hätte, was seine Gedanken beherrschte, die Leidenschaft, die in seinem Herzen Wurzeln geschlagen hatte. Als er mir endlich davon erzählte, lag die Katastrophe noch in der Ferne und war nur eine Möglichkeit; aber es lag Gefahr in der Luft, wie der Donner vor dem Sturm. Nur einmal berührte er an jenem Tag das Thema, und dann geschah es so verblümt, daß ich es nicht verstand.

»Manche behaupten«, sagte Bob und starrte auf Kilpeder, »daß Captain O'Shea ein passender Vermittler ist, weil er der Mann von Parnells Geliebter ist.« Er sprach so tonlos, daß mir seine Worte rätselhaft und unangebracht vorkamen.

»Na«, sagte ich. Zwei unvereinbare Tatsachen schienen in diesen einen Satz gepfercht worden zu sein. Oder die Sprache von zwei Literaturen – des Lebens und der Bücher. Denn Bridy Heron, die mit dem Viehhändler Carmody unter dem schwachen Vorwand, seine Haushälterin zu sein, zusammenlebte und sich deshalb in der Beichte den Zugang zur Kommunion rettete, egal, um welchen Preis für ihre Seele, war Carmodys »Person«. Und Helen Squires, in Arbutus House, war die »Person« des alten Majors Armstrong. »Geliebte« war ein Wort von einem anderen Planeten als dem unseren und das Wort »Parnell« stammte von einem dritten.

»Ich habe nur hier und da mal eine Andeutung gehört«, fuhr Bob fort, »und eine Unterhaltung zwischen Dillon und O'Brien, die ich nicht hätte hören sollen, denn ich gehöre durchaus nicht zu ihrem inneren Vertrautenkreis. Sie sind genauso schockiert wie du, Hughie, wenn das ein Trost für dich ist. Dillon ist wütend, weil Parnell sein Privatleben und die Arbeit der Partei vermischt. Und er sieht das alles recht trübe. Die Dillons sind solide irische Katholiken, trotz ihrer feinen Erziehung.«

»Ich verstehe«, sagte ich in vorgetäuschter Weltmännischkeit.

»Aber was willst du denn, Hugie, um Gottes willen? Er ist ein gutaussehender vitaler Mann in den Dreißigern. Soll er denn wie ein Mönch leben?«

»Nein«, erwiderte ich, »natürlich nicht.« Aber gleich darauf fügte ich bissig hinzu: »Und die Frau von diesem Captain O'Shea braucht von mir aus auch nicht ins Kloster zu gehen, wenn du verstehst, was ich meine. Und ich frage mich, was er denn überhaupt für ein Captain ist? Sie gelten doch allesamt als energische und tapfere Kerle, die ihre Frauen fest unter Kontrolle haben.«

»Woher zum Teufel soll ich das denn wissen?« fragte Bob. »Ich habe seinen Namen doch kaum je gehört. Und einmal gehört und dann besser vergessen – es gibt solche Namen.«

»Nolan zum Beispiel«, meinte ich.

»Ja«, sagte Bob. »In unserem erlesenen Kreis gilt ja Vincent als der Spezialist für Geist und Neckerei, aber, bei Gott, ich würde eher dich nominieren.« Die ganze Zeit hatte er seinen Zweig, der jetzt völlig kahl war, in der Hand behalten, und nun warf er ihn weg.

»Niemand«, sagte er plötzlich und wütend, »kann wissen, was mit einem Mann und einer Frau im Bett liegt. Und niemand hat das Recht, sich ein Urteil anzumaßen.«

»Niemand außer Gott«, sagte ich, der ewige Logiker.

»Diese Ausnahme muß ich dir zugestehen«, sagte Bob. »Aber sonst keine.«

»Gut gesagt«, erwiderte ich und dachte nicht weiter über die Frage nach, statt dessen paßten sich meine Gedanken einem Parnell an, der ganz anders war als in meiner törichten Vorstellung; denn wir sehen unsere Helden, so alt wir auch sein mögen, als kolorierte Tafeln in einem Buch zur moralischen und staatsbürgerlichen Festigung. Ich war sowohl von Natur als aus Berufung Schulmeister.

»Oft«, sagte Bob, »ist es keine Frage von Recht oder Unrecht, sondern ein Geheimnis, ein Rätsel, zu dem wir die Worte verloren haben, oder vielleicht hatten wir sie nie, oder wir sind zu schüchtern oder zu feige, um sie auszusprechen.« Er sprach jetzt langsam, als ob er runde, harmlose Steinchen aus einem kleinen Bach sammelte.

Aber wenn er mir etwas mitteilte, und ich weiß jetzt, daß das der Fall war, – weniger über Parnell als über sich selber –, dann fehlte mir die liebevolle Fähigkeit, dem zuzuhören, was die Stimme eines Freundes mir hinter dem Geräusch seiner Worte sagte.

»Nun ja«, sagte ich, »was für eine lebhafte Diskussion.« Denn es gab auf diesen Sonntagsspaziergängen, die mir so wichtig waren, oft Zeiten, wenn wir eine Stunde oder länger schweigend dahinschritten und über unterschiedliche Dinge nachdachten, zweifellos, und doch dasselbe Wetter spürten, milden Wind, prasselnden Regen, dieselben Felder sahen, Torfrauch aus denselben Schornsteinen quellen sahen. Nicht einmal an diesem Nachmittag stellte ich mir vor, daß das Leben uns auseinanderreißen könnte wie Zweige, die in reißendem Wasser plötzlich von Steinen geknickt werden. Und ich stellte es mir auch nachher nicht vor, im Wohnzimmer der Delaneys, wo Agnes Herrin über ihre großen Silberkannen war, deren dazugehörige Silbertabletts dampfendes Wasser und reiche schwere Sahne trugen. Später würde Mary für uns spielen, jetzt aber saß sie lächelnd da, glücklich, weil Bob lorbeergekrönt wieder bei uns war, dann lächelte sie mich und Vincent an, der ebenfalls lächelte, aber mit einem Funkeln der Vorfreude in den Augen, Vorfreude auf den Tropfen Whiskey, der dem Tee folgen würde, ein Funkeln, mit dem einen Moment lang das silbrige Glänzen seines Zigarrenetuis wetteiferte, als er seine Jacke aufknöpfte und zurückschlug. Meine Mary würde erst später spielen, aber voll der Vorfreude mit der Vincent – und ich selber auch, um die Wahrheit zu sagen – sich auf einen Spritzer Bernstein im klaren Waterfordkristall freute, hörte ich die Noten eine nach der anderen ins Zimmer strömen, verschlungene und verwobene Melodien, die uns aneinander banden, ein unsichtbares Silber, unstrukturiert und schwerelos.

24

[Lionel Forrester / Patrick Prentiss / Hugh MacMahon / Robert Delaney]

Oft geschieht es im Bett, daß wir von anderen Betten hören. Nach der Liebe schweben die Gedanken in köstlichem erotischem Wirrwarr durch eine halbe Welt von Betten, Körpern, Befriedigungen, und wir verspüren den Impuls, darüber zu reden.

»Sie schlafen miteinander, weißt du«, sagte Emily. »Sylvia und der Land Leaguer.«

»Sylvia!« sagte ich. Ich hatte es nicht gewußt, aber es überraschte mich nicht.

Er war einmal geschäftlich ins Schloß gekommen, dann oft zum Essen, nachdem Tom nach Paris gefahren war, und nur Sylvia und ich waren da gewesen, um ihn zu empfangen.

»Hat Sylvia dir das nicht erzählt?«

»Noch nicht«, antwortete ich. »Aber das wird sie schon noch tun. Wir beide stehen uns sehr nah. Wie übrigens auch Tom und ich.«

Und so, wie Sylvia mit Emily befreundet war, der Zofe, die sie aus Westmeath und London mitgebracht hatte. Eine seltsame Freundschaft, die Emily mit bewundernswertem Takt führte. Nur wenn wir im Bett waren, sie und ich, dann sprach sie von Lady Ardmor als Sylvia, und Tom war immer, sogar dann, »seine Lordschaft« oder »Lord Ardmor«. Außer natürlich, wenn sie und Sylvia allein waren, morgens oder abends, wenn sie Sylvias lange, volle Haare bürstete. »Und ich?« fragte ich sie einmal, als wir darüber sprachen. »Wie nennt ihr mich, du und Sylvia, wenn ihr allein miteinander seid?«

»Ach«, erwiderte sie, »wieso glaubst du, daß wir dich jemals erwähnen?«

»Aber das tut ihr«, sagte ich. »Du hast ihr von uns beiden erzählt, da bin ich sicher.«

»Bist du das wirklich?« fragte sie.

»Du hast vergessen«, entgegnete ich, »daß sie und ich ebenfalls befreundet sind, weißt du. Vielleicht enger als ihr beide.« In der Schwärze der Nacht spürte ich ihr Lächeln.

Jetzt, in dieser Nacht, schützte uns die Schwärze nicht, denn wir hatten zu beiden Seiten des Kopfendes Kerzen angezündet. Flakkerndes Licht fiel über Bücher, die auf meinem Arbeitstisch herumlagen, fiel auf das trübe Gold meiner Uhr, auf ihre aufgerollte Kette.

»Hast du niemals selber Lust auf sie gehabt?« fragte Emily.

»Was für eine seltsame Frage«, sagte ich. »Ich meine, jetzt, nach all der Zeit. Warum?«

»Ich weiß nicht«, sagte sie in ihrem flachen Midlands-Akzent. »Ich habe vorher nicht daran gedacht.«

»Sie ist Toms Frau«, erklärte ich. »Und er ist für mich mehr als nur ein Vetter. Er ist mein Freund.«

Sie lachte. »Was das in eurer Welt schon bedeutet. In eurer Welt wäre die Freundschaft nur eine zusätzliche Würze.«

»Nicht für mich«, sagte ich. »Und wenn du das jetzt noch nicht weißt, dann weißt du verdammt wenig über uns, auch wenn uns dasselbe Laken bedeckt.«

»Ich habe nicht gefragt, ob du versucht hast, sie ins Bett zu holen«, sagte Emily. »Ich habe nur gefragt, ob du Lust auf sie gehabt hast. Eine unschuldige Frage.«

»Unschuldig«, wiederholte ich. »Ja, natürlich habe ich Lust auf sie gehabt, welcher Mann hätte das nicht? Auf ihre Weise ist sie eine große Schönheit, weißt du, und eine sinnliche Frau. Sie muß ihren Körper kennen und wissen, wie Männer darauf reagieren. Das kann Erregung, Begehren entzünden, wenn du das meinst. Nur für einen Moment – eine flackernde Kerze, ein vornübergebeugter Busen. Wenn du das meinst.«

»Vor langer Zeit«, sagte sie, »stand ich in Sylvias Zimmer am Fenster, in diesem kleinen Zimmer mit der frühen Sonne, das sie ganz für sich haben will und das von Lord Ardmors Zimmer durch den kleinen Ankleideraum getrennt ist.«

»Eine seltsame Art, ein Schlafzimmer zu beschreiben.«

»Egal. Und weit entfernt vom Schloß, weit hinter den Terrassen, auf dem kleinen See, da wart ihr beide, du und Sylvia, ließet euch treiben, saht einander an. Ihre Hand hing im Wasser. In diesem Moment habe ich mir für einen Augenblick eingebildet, ihr hättet ein Verhältnis, ihr beide.«

»Eingebildet«, sagte ich. »Was für ein Wort, Emily. Ich erinnere mich an den Tag. Wir sprachen über...«

»Es ist ein Dienstbotenwort«, fiel Emily mir ins Wort. »Ein Zofenwort. Was erwartest du denn sonst von mir?«

»Wir sprachen damals«, fuhr ich fort, »von ihren Gefühlen für Robert Delaney, unseren Freunden, den Land Leaguer.«

»Eine so gute Methode wie jede andere, um das Blut aufzureizen«, sagte sie. »Darüber zu sprechen, wie man für irgendwen...«

»Das tust du selber gerade auch, Emily«, sagte ich. »Aber nicht so, wie du das meinst. Worauf zum Teufel willst du eigentlich hinaus?«

Sie lachte und stützte sich auf einen Ellbogen, um mich direkter anzusehen. Das Laken rutschte herunter, und ihre Brüste wurden in der unschuldigen, zärtlichen Offenheit von Liebenden in der warmen Spätsommernacht entblößt.

»Ich habe nur gefragt, ob du je Lust auf sie gehabt hättest«, sagte sie. »Eine einfache Frage.«

»Ja.« Ich war gereizter, als ich erwartet hatte. »Natürlich habe ich das. Wenn sie sich beim Essen zu mir vorbeugt, wenn ich ihr über einen Zauntritt helfe. Mehr könnte nie passieren.«

»Obwohl du von Galantière und Van Zandt weißt?«

»Bei Gott, du kannst eine perverse Göre sein, wenn dir der Sinn danach steht.«

»Sie ist keine Frömmlerin«, meinte Emily. »Galantière ist Franzose und Van Zandt ein Yank, und jetzt hat sie einen papistischen Emporkömmling, einen von den Leuten aus den Bergen, die im Jahre 67 Tod und Verwüstung verbreitet haben und der sich vielleicht in diesem Moment seiner neuen Karriere – dem Scheunenverbrennen und Ihre Majestät Beleidigen widmet.«

»Ah, da haben wir's«, sagte ich, »da haben wir's. Die äußerst protestantische Miss Emily Weldon ist entsetzt, weil die Countess of Ardmor Zuneigung zu einem Papisten gefaßt hat. Sing doch mal ein paar Zeilen vom Lilliburlero, Emily.«

»Allmächtiger Gott, Lee«, sagte sie, »du weißt, daß das nicht so einfach ist und daß ich mir ebenso Sorgen um Sylvia mache wie du selber. Da bin ich ganz sicher.«

»Weißt du«, fragte ich, »welche Theorie die papistische Bauernbevölkerung über protestantische Frauen hat? Nicht über die Männer, wohlgemerkt, diese Theorie bezieht sich nur auf die Frauen.«

»Du bist ein Grashüpfer«, tadelte sie, »wenn es darum geht, von einer Idee zur anderen zu springen.«

»Du mußt sie doch gehört haben«, sagte ich, »wo du doch aus der grasreichen Ebene von Westmeath kommst, wo der ländlichen Freuden gar viele sind, wie der Dichter sagt. Daß die Haut von Protestantinnen weniger weiß ist als die von Papistinnen.«

Und ich riß das Musselinlaken von uns beiden weg und hob eine Kerze, als ob ich diese Theorie überprüfen wollte.

»Weniger weiß sagen sie nicht«, erklärte Emily. »Sie sagen, daß Protestantinnen gelbe Haut haben. Stimmt das?«

Sie ruhte wie vorhin auf ihrem Ellbogen und zupfte nun sanft, lässig an ihrer langen Oberlippe, ihrem halb geöffneten Mund. Ein langer Körper, mit klaren Konturen, nicht wollüstig und doch sinnlich, die flachen, harten Muskeln des Bauches waren sinnlich, die langen Beine, die schmalen, sanft gerundeten Hüften.

»Stimmt das?« fragte sie.

»Woher soll ich das wissen?« antwortete ich. »Wann immer ich mit Katholikinnen geschlafen habe – wir müssen wenigstens annehmen, daß es Katholikinnen waren – dann war das auf dem Kontinent, mit Französinnen oder Italienerinnen. Sie sind von der Sonne gewärmt, kannst du sagen, dunkelgereift.«

»Wann immer«, ahmte sie mich nach, neckend, spöttisch. »Es muß phantastisch sein, ein Mann zu sein und über riesige Vergleichsmöglichkeiten zu verfügen, Frauen und ihre Körper, an die ihr euch nur noch halb erinnert. Irgendwann, bald, wirst du dich an mich vielleicht auch nur noch halb erinnern? An Sylvia Ardmors Zofe, die du in dein Bett geholt hast?«

»Du wirst langsam mehr für mich als nur das«, sagte ich. »Und das weißt du.« Ich richtete diese Worte nicht an sie, sondern an ihre Brüste, aber ich sagte die Wahrheit, und das wußte sie.

»Was spielt es für eine Rolle?« fragte sie. »Was gibt es für uns denn für eine Zukunft?«

»Das werden wir sehen«, antwortete ich. »es gibt jedenfalls mehr, als wir im Moment ahnen.«

Das sollte sich allerdings herausstellen. Sie ist immer noch bei mir, ebensosehr Frau wie Geliebte, nein, besser als Frau, denn wir wissen, daß unser Bündnis zuerst mit dem Fleisch geschlossen wurde – Zuneigung, Liebe, Vertrauen blühten aus der Lust auf, aus Haut, aus Kerzenlicht, das auf Brüste, Bauch, Büschel von drahtigem blondem Haar fällt.

Aber später sagte sie: »Aber trotz allem, Lee. Er wird ihr wichtiger, als er sein dürfte, und umgekehrt ist es auch so, da bin ich mir sicher. Es könnte sehr schlimm werden.«

»Sie sind doch beide besonnen«, meinte ich. »Ich sehe keinen Grund zur...«

»Besonnen!« rief sie. »Sylvia!« Und sie lachte kurz und gereizt auf. »Du kennst sie wirklich sehr schlecht, wenn du das meinst. Und jetzt würdest du sie überhaupt nicht kennen. Sie hat zu mir noch nie über jemanden so gesprochen wie jetzt über Delaney.«

Ich sagte nichts, ihre Besorgnis überzeugte mich nicht, obwohl mich die Umstände mehr überraschten, als ich vor mir selber zugeben wollte. Eine höchst unwahrscheinliche Kombination.

»Sie war verrückt vor Kummer und Sorge, als er in diesem Gefängnis in Dublin war. Es überrascht mich, daß das Lord Ardmor nicht aufgefallen ist. Von Sinnen ist das richtige Wort. Trauer um einen Mörder, einen Verbrecher.«

»Er ist weder das eine noch das andere«, sagte ich. »Und das weißt du sehr gut. Du bist doch ein verünftiges Mädchen.«

»Vernünftig genug, um die Zeitungen zu lesen und zu hören, was die Leute sagen. Wenn diese Bande die Morde im Phoenix Park nicht begangen, wenn sie den armen Lord Frederick und einen Mann, der seine Pflicht erfüllt, nicht niedergemacht haben, dann haben sie die Messer gekauft und gewetzt und in die Hände der Schlächter gelegt.«

»Wir werden es bald genug erfahren«, sagte ich. »Aber ich kenne Bob Delaney ein bißchen. Wir haben hier gegessen und sind zusammen spazierengegangen. Er ist nicht das Ungeheuer, als das du ihn darstellst, ein Brandstifter aus den Seiten des *Punch*. Es ist gefährlich genug, daß die Countess of Ardmor eine Affäre mit einem Kleinstadtanwalt hat. *Darin* liegt bei dieser Angelegenheit die Gefahr.«

»Du und ich«, sagte sie, und ihr Zorn verbarg sich hinter Gleichgültigkeit. »Das spielt keine Rolle. Ein Dienstmädchen im Bett eines Gentleman.«

»Die anderen Dienstboten?« fragte ich, und sie verstand die Frage.

»Vielleicht«, antwortete sie. »Wahrscheinlich. Wer kann das sagen? Sie vertrauen sich mir nicht an.« Emily, Griffin und Mrs. Ferguson, die Haushälterin, drei Protestanten in einem Haushalt voller katholischer Dienstboten, privilegiert, immer mit einer Distanz, die Freundschaften nicht ausschloß. Darin steckte ein Roman, vielleicht, aber wer hätte genug Kenntnisse, um ihn zu schreiben, über diese uns verschlossene Welt?

»Wenn sie es wissen«, sagte ich, »dann weiß es ganz Kilpeder.«

Wieder lachte sie. »Es ist so verrückt«, meinte sie, »wenn sie es wissen, dann bezweifle ich, daß sie glauben, was sie wissen.«

Und ich nahm sie wieder in die Arme, aber wir waren beide müde und lagen einfach nur da in unserer Umarmung. Ich streichelte ihre Hinterbacken, intim und kühl.

Bald darauf sagte sie: »Jetzt ist Zeit.« Als ich aus dem Fenster sah, sah zuerst alles immer noch kohlschwarz aus, aber dann wurde das Schwarz zu Grau, und ich konnte die Umrisse der Bäume mit ihren Frühlingszweigen weit hinter den Gärten und Terrassen sehen, und am Osthimmel, auf den mein Fenster hinausging, war ein schwaches Licht.

»Zeit«, sagte ich, und sie befreite sich aus meinen widerstrebenden Armen und glitt neben den Stuhl am Fenster, auf den sie vor Stunden ihr schlichtes Nachthemd und ihren Schlafrock aus Flanell geworfen hatte. »Ein oder zwei Stunden«, sagte sie, »und der Gärtnerjunge wird mit dem neuen Rasenschneidegeät ans Werk gehen, um die Welt angenehm für sie zu machen, für Sylvia und Seine Lordschaft.«

»Und für uns andere«, fügte ich hinzu.

Immer bewunderte ich ihre natürliche Unbekümmertheit ihrem Körper gegenüber, ihre lässige Sorglosigkeit in Fragen wie Kleidung, Nacktheit – das ist selten in ihrer Klasse, wie ich festgestellt habe, sogar beim intimen Zusammensein.

Das schwache Licht unserer beiden Kerzen lag auf ihr, auf dem langen, geraden Rücken, den schlanken Hinterbacken, die ich immer noch unter meinen Fingerspitzen zu spüren meinte.

»Er ist ganz anders als Galantière«, sagte sie. »Das läßt sich zu seinen Gunsten sagen.« Dann hob sie ihr Nachthemd hoch und streifte es über.

»Als Mann sicherlich«, sagte ich. »Ein Anwalt aus Cork und ein Maler dekorativer Portraits. Wir wissen beide nicht, wie sie im Bett sind, und wir wissen schließlich auch nicht, wie es ist, mit Sylvia im Bett zu sein.«

Sie zog ihr Nachthemd zurecht, knöpfte es jedoch nicht zu, kam zum Bett herüber und griff nach ihrer Kerze. Plötzlich ließ die Kerzenflamme ihr Gesicht mit den hohen Backenknochen und ihren großen, großzügigen Mund auflodern, ein schmales, gerades Gesicht. »*Du* weißt es nicht, und ich glaube dir. Sylvia hätte es mir auf jeden Fall gesagt.«

Ich nahm das Handgelenk, dessen Hand die Kerze hielt, und sie versuchte nicht, sich zu befreien.

»Was erzählst du mir da«, fragte ich, »wart ihr zusammen im Bett, Sylvia und du?«

»Wäre das so außergewöhnlich«, erwiderte sie, »eine Dame und ihre Zofe, in diesen alten, zugigen Häusern, wo Sylvia und ihr Vater ihre Besuchsrunden absolvierten, ein bedürftiger Colonel und seine Tochter, ein alter Mann, der sich nach einem lebhaften Fest, einem Tag auf der Jagd sehnt? Peng, peng, und die Vögel fallen von der Macht der Gewehre.«

»Du weißt, was ich meine«, sagte ich. »Sylvia hat mit dir geschlafen?«

»Oder ich mit ihr. Wie kann das entschieden werden? Wir haben miteinander geschlafen. Deshalb sind meine Gefühle für sie so stark, deshalb mache ich mir solche Sorgen um sie. Bist du nie auf diese Idee gekommen?«

»Nein.« Ich ließ ihr Handgelenk los. »Ich bin nie auf diese Idee gekommen, nicht im entferntesten.«

Einen Moment lang saß sie, wie ein Vogel auf einem Zweig, leicht auf der Bettkante und hielt die Kerze immer noch so, daß ich sie deutlich sehen konnte.

»Was denkst du jetzt?« fragte sie.

»Gar nichts«, antwortete ich. »Was fühle ich? Ich weiß nicht genau, was ich fühle.«

»Was möchtest du denn fühlen?« fragte sie.

»Und was ist jetzt zwischen euch beiden?«

Sie lächelte, berührte meine Lippen mit einer kühlen Hand, ließ sie dort, zog sie dann zurück. »Es ist lange her. Nach Galantière. Sie war damals verzweifelt, unglücklich. Ich konnte es nicht ertragen.« Und dann bückte sie sich und küßte mich, sie bückte sich so heftig, daß die kleine Flamme der Kerze flackerte und dann erlosch. Es war ein leidenschaftlicher Kuß, für sie, für mich.

Dann zündete ich ihre Kerze an meiner wieder an, und sie verließ mich. Als sie in der Tür stand, rief ich leise und fragend ihren Namen. Sie drehte sich um und lächelte boshaft. »Ach, aber das ist etwas, was du nie wissen wirst, nicht wahr? Du hast nur ein bißchen Lust auf sie, sagst du, und dann bist du ja so dick mit ihrem Mann befreundet. Armer Lee.«

Sie schloß die Tür so leise, daß ich es nicht hörte.

Ich weiß kein öffentliches Ereignis in meinem Leben, das England und Irland so sehr schockiert hätte wie die Morde im Phoenix Park, und der junge Prentiss erzählt mir, daß alle ihm dasselbe gesagt haben.

Ich erinnere mich lebhaft, daß ich an diesem Wochenende bei Jack und Lillie Holloway in Wicklow zu Besuch war, eine ganze Gesellschaft von uns war versammelt, und die Nachricht erreichte uns am Sonntag beim Frühstück, die Sonne schien auf den langen Tisch und wärmte die Schüsseln auf der Anrichte an der Wand. Dampf erhob sich zu den von Glas geschützten Gemälden lange vergessener Jagden, rosa Röcke und kläffende Hunde, eine zerfallene Mauer, eine Herbstlandschaft an einem Maimorgen. Ein halbes Dutzend Gäste saß schon zu Tisch, sie saßen am anderen Ende, wo die hohen Fenster auf die Hügel von Wicklow hinausgingen. Meine erste Reaktion war, das weiß ich noch gut, wie die zahlloser anderer: »Es ist nicht möglich«, sagte ich. »Er ist doch noch gar nicht hier.«

»O doch«, widersprach irgendwer – sagen wir Boy Heathcoat. »Er ist morgens eingetroffen, gestern morgen, und ehe die Sonne richtig untergegangen war, hatten sie ihn abgeschlachtet. Im Park, am Poloplatz.« Am Poloplatz – aus irgendwelchen Gründen prägte sich das im Gedächtnis aller ein.

»Cavendish«, sagte Heathcoat, »und der Unterstaatssekretär, ein Bursche namens Burke. Ich erinnere mich an Burke, bin ihm ein paarmal begegnet. Hart arbeitender Mann, erledigt zehn verschiedene unangenehme Aufgaben auf einmal, und das auch noch gut. Graue-Eminenz-Typ von Mann. Forster wäre ohne ihn verloren gewesen. Bei Gott, ich möchte wirklich hören, was Forster morgen abend im Unterhaus zu der ganzen Geschichte sagen wird. Er hat es vorausgesagt, wißt ihr, er hat so etwas vorausgesagt.«

»Es ist überhaupt nicht irisch«, meinte Jennie Chambers und berührte den Kragen ihres geblümten Morgenkleides mit den Fingern. »Messer doch nicht. Nicht einmal die schlimmsten unter ihnen nehmen Messer!«

»Aber sicher doch«, widersprach ihr Mann. »Messer, Hippen,

Mistgabeln, was ihnen gerade in die Hände kommt. Lies die Zeitungen, meine Liebe. Passiert jeden Tag.«

So hörte ich vom Detail, von diesem Detail, und Stück für Stück kam der Rest heraus, als ich mir eine Tasse Tee eingoß und mir Butter auf ein paar Scheiben Toast schmierte.

Billie Chambers hatte recht, und doch hatte er auch wieder nicht recht. Natürlich hatten wir seit fast drei Jahren Woche für Woche über die Morde in Irland gelesen: *Landkrieg* war nicht nur eine Phrase, die die Journalisten erfunden hatten. Gerichtsdiener, Polizisten, Sondertruppen, Verwalter, gelegentlich ein Junker oder eine unselige Ehefrau oder Tochter, die mit ihm in der Kutsche saß, auf dem Heimweg vom sonntäglichen Kirchbesuch, milde Kirchenlieder hallten noch in ihren Gedanken nach, dann fiel aus einer Hecke ein Schuß. Oder wir lasen, in anderen Zeitschriften natürlich, in anderen Drucktypen, vielleicht über ermordete Erzherzöge, über in Fetzen gesprengte zaristische Minister, über hochdekorierte österreichische Feldmarschälle, die zu Boden stürzten, weil ihnen dünner Stahl zwischen die Rippen gestoßen wurde. Das war es, was Jennie gemeint hatte. Sie meinte, daß die Leute, die man kannte oder von denen man wußte, nicht auf diese Weise starben, nicht der Sohn des Duke of Devonshire, Hartingdons jüngerer Bruder, Mrs. Gladstones Neffe. Man erfuhr so etwas nicht an einem Wochenende auf dem Lande, während man seinen Toast mit Wicklower Butter bestrich.

Pat Nugent stand an den hohen Fenstern, die auf die Hügel hinausgingen, und hatte die Hände hinter dem Rücken verschränkt. »Da«, sagte er plötzlich, öffnete die Hände und stieß mit dem Zeigefinger zu.

Er zeigte auf die Hügel, in die allgemeine Richtung des Clara-Tales, wo etwa eine Meile südlich Parnells Haus Avondale lag. Das nahm ich wenigstens an, und ich hatte richtig geraten, das war der Sinn des ausgestreckten Fingers.

»Wo ist er jetzt?« fragte er. »Wo ist er an diesem Sonntagmorgen? Verdammter Irrer, wendet sich gegen seine eigenen Leute und drückt dem Pöbel Messer in die Hände.«

Wir wissen heute natürlich, wo er war. Er hatte die Nacht bei Mrs. O'Shea in Eltham verbracht, wo er zumindest theoretisch nicht zu erreichen war, und er erfuhr von der schrecklichen Geschichte, als er sich am Bahnhof Blackheath eine Zeitung kaufte.

Seltsam, wie unterschiedlich wir auf öffentliche und private Katastrophen reagieren. Wir waren ehrlich und zutiefst schockiert, hatten aber nicht vor, uns das Wochenende verderben zu lassen, obwohl Pat Nugent und Jack Holloway, als er zu uns herunterkam, nicht so sicher waren, daß sich beides trennen ließ.

»Reitet immer noch auf die Jagd, weißt du«, sagte Pat.

»Hab ihn gesehen«, meinte Jack. »Guter Zügel.«

»Parnell hat jetzt das Horn in der Hand«, sagte Pat. »Er hetzt seine Meute auf die Beute, und die wird gejagt wie die Wölfe.«

»Macht selber auch ein bißchen Beute zur Zeit, habe ich gehört«, erklärte Jack. »Frau von irgendeinem Offizier auf Halbsold. Ich kann das andere einfach nicht glauben, Pat. Kenn den Burschen ein bißchen. Komischer Kauz, aber er würde sich nicht mit Straßenräubern und Mördern einlassen.«

»Würde er das nicht?« Pat fuhr herum. »Die Land League hat doch schließlich das Land verwüstet, gemordet und verstümmelt, Counties zum Kriegsgebiet erklärt, und wer, glaubst du, ist Präsident dieser verdammten Land League?«

»Nun setz dich doch, Pat, Lieber«, sagte Lillie Holloway. »Nimm dir ein Ei, um Himmels willen, und eine Tasse Tee. Du mußt bei Kräften bleiben«, meinte sie sardonisch, als ob sie Angst hätte, seine Besorgnis um das Allgemeinwohl könnte ihn schwächen, obwohl nur wenige im Zimmer, Jack Holloway wahrscheinlich nicht, daran zweifelten, daß sie die Nacht mit Pat verbracht und sich zu irgendeinem schicklichen Zeitpunkt davongeschlichen hatte.

Und so erfuhr ich, daß am Samstag, dem 6. Mai 1882, gegen sechs Uhr an einem milden Abend, klar, aber mit leichtem Bodennebel, Frederick Cavendish, der frischeingetroffene Oberstaatssekretär, und Thomas Henry Burke, Unterstaatssekretär für Irland, als sie durch die breite, schöne Allee zu Cavendishs Sitz gingen, von einer Verbrecherbande gemetzelt worden waren, die sich später als Mitglieder der Irish National Invincibles zu erkennen gab.

Es war ein Drehpunkt, ein Drehpunkt dafür, wie diejenigen, die aus »unserem« Irland kamen, über das Land dachten – unlogisch vielleicht, aber so war es nun einmal. Nach Phoenix-Park war es etwas weniger »unseres«.

Und da hast du's«, sagte Dominick Sarsfield Prentiss zu seinem Sohn Patrick. »Frank Byrne. Byrne war Sekretär der Land League in Großbritannien, und Parnell hatte ihn aufgesucht, als er einen Monat vorher aus Kilmainham Urlaub bekommen hatte, Parnell und der arme Justin McCarthy, der bravste Bursche, den du dir vorstellen kannst – würde bei jeder Gewalttätigkeit in Ohnmacht fallen, ganz besonders bei nacktem Stahl. Aber Byrne hatte die Skalpelle gekauft, mit denen die Morde durchgeführt wurden, und seine Frau hatte sie unter ihren Röcken nach Dublin geschmuggelt. Hat später damit geprahlt. Er war Zahlmeister der Invincibles, hat ihren laufenden Unterhalt von diesen blutrünstigen Clann-na-nGael-Hitzköpfen in Amerika eingezogen. Wie eng müssen Bindungen sein? Byrne und Hogan konnten sich in Sicherheit bringen, natürlich, solche Leute kommen immer ungeschoren davon.«

Sie befanden sich selber weit nördlich des Phoenix Park, Vater und Sohn, auf einem Sonntagsspaziergang über einen der Wege, die sich um den Hill of Howth winden, vor ihnen lagen die Stadt und die Irische See. An einem sehr klaren Tag konnte man von hier aus Wales in der Ferne sehen, eine Kante flachen Horizontes.

»Später, viel später kam natürlich alles heraus«, fuhr Dominick Prentiss fort, »als sie versuchten, es Parnell anzuhängen, die idiotischen Tories. Hogan führte sogar Le Caron, diesen verdammten britischen Spitzel, ins Unterhaus, um Parnell zu treffen, sie sprachen ein paar Minuten auf der Galerie miteinander. ›Ah ja‹, sagte Parnell. ›Einer unserer Freunde aus Amerika‹, sagte Hogan. ›Ah ja‹, erwiderte Parnell. ›Unsere amerikanischen Freunde. Gute lebhafte Leute, gute Iren.‹ Und natürlich brachte Le Caron diese frohe Botschaft gleich dem Innenministerium. Woher zum Teufel hätten wir denn wissen sollen, daß sie an Schlachtermesser dachten, an Dynamit, an blutigen Mord?«

Tief unter ihnen hielt das Postboot auf Irland zu, dahinter, in der im Sonnenschein glitzernden Bucht, durchpflügten Vergnügungsyachten elegant wie Reiher das Wasser.

»Mallon war sich von Anfang an ziemlich sicher, wer die Messerstecher waren«, sagte Prentiss' Vater. »Verdammt guter Polizist, dieser John Mallon, nicht, daß er das nötig gehabt hätte. Jeder fünfte Fenier in Dublin stand auf der Lohnliste der Polizei. Genau wie in den 60ern. Genau wie heute. Mallon kannte die

Mörder – Joe Brady, Fitzharris, Curley, diese ganze Elendsbande. Aber natürlich wollte er die Männer über ihnen, die, die die Befehle erteilt hatten. Zumindest wollte er an Hogan herankommen. Hogan in eine Zelle stecken und unter ihm Feuer anmachen, und dann würde Hogan ihn sofort geradewegs zu Parnell führen. Geradewegs zu uns allen, zweifellos.«

Patrick Prentiss wußte, daß ein Mann namens Tynan der Mittelsmann gewesen war, ein geschäftiger, wichtigtuerischer Mann, der Botschaften von London nach Dublin und dann wieder nach London brachte. »Nummer Eins, so haben sie mich genannt«, prahlte er in späteren Jahren, sicher in New York. »Nummer Eins der Irish National Invincibles«, und immer folgte ein Glas für Patrick Tynan, zur Ehre der Nummer Eins der Invincibles. In den 90er Jahren waren die Invincibles in den Saloons von New York und Chicago zu einer Art Helden geworden. Ein Mann, der nickte und zwinkerte, der auf gewisse »Höherplazierte« anspielte, ein oder zwei Namen, die Erstaunen erweckten, und ja, bitte, noch einmal dasselbe. Aber Superintendent Mallon war nicht dumm genug, um mit einem Köder wie Tynan zu fischen.

Die Parkmorde, auch wenn eher Forster als Cavendish das auserwählte Opfer gewesen sein mochte, waren sorgfältig geplant gewesen – ein generalstabsmäßiger Plan, mit Fluchtweg und alternativem Fluchtweg, falls der erste gesperrt war. Tynan war wirklich der Mittelsmann, und auch League-Funktionäre waren mit im Spiel. Amerikanisches Geld spielte eine Rolle. Die Befehle waren aus Amerika gekommen, von Rossa oder von Alexander Sullivan oder von John Devoy – aber Devoy war ein zu vorsichtiger Mann, rücksichtslos, aber weitsichtig. Irgendwo jedoch, an irgendeiner Querstraße oder Allee des Gewebes, saß jemand mit militärischem Training – irgendwer, der seine Zeit als Sergeant in irgendeinem britischen Regiment abgedient hatte – Ire oder Hochländer oder Waliser, zweifellos – oder, wahrscheinlicher, einer der Fenier der alten Garde, die drüben in ihrem Krieg für die Yankees gekämpft hatten, und die jetzt ein bißchen grau in Haar und Bart geworden waren. Mallon ging davon aus, ebenso wie E. G. Jenkinson, frisch ernannter zweiter Unterstaatssekretär im Castle, der sich vor allem solchen Angelegenheiten widmen sollte, denn niemand glaubte, daß sie jetzt aufhören würden, nicht, wenn sich diese Leute als »Invincibles«, Unbesiegbare, bezeichneten.

»Das waren aufregende Tage, Patrick, beim Zeus, wirklich aufregend. George Trevelyan hat Cavendishs Stelle übernommen, weißt du. Den kennst du doch, ein Historiker wie du – nennst du dich nicht so?«

»So nenne ich jedenfalls ihn«, antwortete Patrick. »Ein hervorragender Historiker. Aber durchaus nicht auf meiner Linie.«

»Sprich mit ihm«, riet Dominick Sarsfield Prentiss. »Er fuhr immer mit einem Talar auf dem Schoß durch Dublin, und darunter hielt er einen Revolver in der Hand. Und Lord Spencer war vorn und hinten von ganzen Kompanien mit Gewehr im Anschlag umringt. Man hätte doch annehmen können, die Trevelyans hätten Irland satt.« Plötzlich lachte sein Vater, das Gold seines dunklen Bartes war jetzt dunkler, aber immer noch golden, mit Spuren von Grau. »Sein Vater hat in den 40ern die Hungersnot organisiert, wie du weißt. Organisiert! Geschaffen und aufrechterhalten hat er sie, wenn man John Mitchel Glauben schenken darf. Aber sprich mit George. Von seiner Mutter her ist er ein Macauley – Historikerfamilie, könntest du sagen.«

»Brillant, wie er Carey erledigt hat.« Prentiss' Vater meinte Superintendent Mallon, nicht Trevelyan. »Sie waren auch hinter Mallon her, weißt du. Sie wußten, daß Mallon eine heiße Spur hatte, und Brady plante schon, ihn zu erledigen. In den Wochen und Monaten nach Phoenix Park gab es ein Dutzend Überfälle, fast alle in Dublin, und fast alle trugen Bradys Fingerabdrücke. Ein Bulle von einem Mann. Du kannst über Joe Brady sagen, was du willst, aber er war aus einer der alten Sagas entsprungen, Finn oder so, und hatte sich als Arbeiter verkleidet.«

Sonnenschein ließ tief unter ihnen das Postboot glitzern, und ein schneller, unerwarteter Wind brachte von Howth Castle Blumenduft, aromatisch und vielfältig.

»Was sie zur Strecke gebracht hat, weißt du, war das Gesetz, dieses wunderbare Instrument, für das ich dir offenbar keinen Respekt einflößen kann, du junger Schurke von einem Bücherwurm. Gesetzestexte, das sind die Bücher, die Macht haben. Dynamit, von mir aus, und Eisenketten. Und bisweilen ein Schlüssel, um eine Tür aufzuschließen. Was diese verdammten Invincibles anging, die uns fast alle zerstört und mit ihrem Blut bespritzt hätten, da handelte es sich um Abschnitt 16 des Gesetzes zur Verbrechensverhütung, wie es der Ehrenwerte John Adye Curran ausgelegt hat.«

Es dauerte fast ein Jahr – bis zum nächsten Februar – bis Brady, Carey und sechs andere in Kilmainham vor Gericht gestellt wurden unter der Anklage, sie »hätten, am 6. Mai 1882, verbrecherisch, vorsätzlich und böswillig planend Lord Frederick Cavendish und Thomas Henry Burke ermordet.« Aber das war nicht genug. Mallon und Curran jagten größeres Wild, und sie bekamen es auch ein oder zweimal zu sehen, jedoch wollte es nicht stillstehen. Carey sah von ihnen am ehrbarsten aus, wohlhabend, ein Bauunternehmer mit Sitz im Stadtrat – kein Steinhauer oder Maurer oder Schmied wie die anderen –, und Carey wurde dann als Kronzeuge benutzt und saß nicht auf der Anklage-, sondern auf der Zeugenbank, woraufhin sein Name noch Jahrzehnte später in den Dubliner Slums als Schimpfwort benutzt wurde: Selbstgerecht, unverschämt, wie sogar seine Auftraggeber zugaben, und bar jeder Ehre. Nachdem Brady gehängt worden war, schrieb er salbungsvoll in das Gebetbuch, das er Bradys Familie schickte: »Nachdem alle ihn verraten hatten, rettete er sich selber und viele andere.«

Er schrieb es über sich selber, natürlich, nicht über Brady, diesen Löwen, der trotzig vor seinen Anklägern stand. Aber sie kamen nicht höher als Carey, der zumindest einen Land Leaguer mit der Verschwörung in Verbindung bringen und der beschwören konnte, daß »Nummer Eins« ihm und den anderen ihre Befehle aus London gebracht hatte. Hogan und Byrne waren in Sicherheit, in Frankreich und in Amerika. Es gab einen Amerikaner, das wußte Carey – oder vielmehr einen Iren aus Amerika, einen der Veteranen des Bürgerkriegs, er war mit Befehlen herübergekommen und war auch befugt gewesen, selber Befehle zu erteilen, Pläne zu machen und für ihre Durchführung zu sorgen. Hogan und Byrne hatten sich in London mit ihm getroffen, und in Dublin war er mit Brady und anderen in gewissen Schenken und Wohnungen im Norden der Stadt zusammengekommen, die Brady hätte nennen können, aber Brady schwieg, vor Gericht und anderswo, breitschultrig und verachtungsvoll.

Mallon legte Carey im Castle Fotografien von Feniern vor, die bei ihren Verhaftungen 65 und 67 aufgenommen worden waren, Aufnahmen von vorne und im Profil, die meisten von ihnen waren junge Burschen, immer noch verwirrt von den Ereignissen; vereinzelte Schüsse, Chaos, Verhaftung, Mißhandlung vermischt mit Verachtung. Aber es gab auch andere Bilder, die mit größeren

Schwierigkeiten zusammengetragen worden waren – Daguerreotypien und Studioportraits, niemals für die Verwendung im Castle geplant. Natürlich waren die Großen vertreten: Devoy, Sullivan, O'Donovan Rossa. Aber mindestens fünfzig andere, für unschuldig befunden oder noch unter Verdacht, waren vorhanden, eines war ein Hochzeitsfoto, der Bräutigam unbeholfen und steif, die Braut in Weiß hielt einen Strauß im Arm, sah aber aus wie ein Dienstmädchen an ihrem freien Abend. Der Bräutigam war Dennis Florence Patterson, im Castle und bei Scotland Yard als Mörder bekannt, einige Jahre Bergarbeiter in Montana, geschickt im Umgang mit Sprengstoffen. Aber Carey schüttelte den Kopf. »Es war ein Yank«, sagte er. »Aber ich schwöre bei Gott, Superintendent Mallon, ich habe ihn nie gesehen oder seinen Namen gehört. Tynan wohl, bei Christus. Tynan hat ihn gesehen und Brady auch, aber sie lieben ihre Geheimnisse. ›Nummer Eins‹, hat Tynan immer zu mir gesagt, ›nenn mich nicht Tynan, nenn mich Nummer Eins.‹ Und er sagte zu mir: ›Überall gibt es Denunzianten.‹«

»Boshafter Knabe, was?« sagte Curran und lächelte Superintendent Mallon an.

»Und diese Schönheit haben Sie wohl auch nie gesehen?« fragte Mallon und drehte, scheinbar aufs Geratewohl, eine Fotografie um: Ein Mann in einem schattigen Hauseingang, groß, hager, schnurrbärtig.

Carey lächelte zu ihm auf. »Den hätte ich erkannt. Ich hätte Rossa erkannt, und den hier auch.«

»Ein oder zwei Quellen wollen ihn damals in Dublin gesehen haben, aber sie sind sehr vage, verdammt noch mal. Die Leute sehen ihn ständig, wie Napoleon oder Titus Oates. Sie selbst haben ihn sofort erkannt. Und dabei ist das Bild nicht sehr deutlich, möchte ich meinen.«

»Vor einigen Jahren« antwortete Carey, »hat der Clann na nGael Bilder von ihm für zehn Cents verkauft. Ned Nolan. Der Mann in der Bresche. Nolan von Clonbrony Wood.«

»Er ist jetzt mit seltsamen Leuten zusammen«, sagte Mallon. »Nicht gerade Clann na nGael. Eher Ihre Linie.«

»Aber ich bitte doch, Superintendent«, sagte Carey.

»Er hat zumindest einen Freund in der League«, erzählte Curran. »Einen Anwalt unten in Cork, in einem Ort in der Nähe von Macroom namens Kilpeder.«

John Curran selber hatte Patrick Prentiss von diesem Gespräch in Dublin Castle erzählt, Curran, inzwischen ein berühmter Kronanwalt, der an den Ruhestand dachte, überzeugter Tory, wenn auch kein fanatischer, trotz der politischen Meinungsverschiedenheiten befreundet mit Dominick Sarsfield Prentiss. »Es gibt Legenden«, sagte Curran, »unzählige Legenden über die Invincibles. Es gab sie schon, noch ehe sie in Kilmainham an den Galgen kamen. Im ersten Frühling wurden sie verwünscht, kein Eckensteher in Dublin war verworfen genug, um auch nur ein gutes Wort für diese Schlachter einzulegen. Und im nächsten Frühling ist Brady ein Held, der Degen der Fenier, und aller Haß konzentriert sich auf Carey, den Denunzianten. Nicht auf Mallon und mich, Gott sei Dank. Wir waren einfach Castle-Schreiberlinge, die Englands Befehle ausführten. Aber Carey war ein Gezeichneter. Und natürlich haben sie ihn am Ende erwischt. Haben ihn erschossen. Kein großer Verlust, um die Wahrheit zu sagen, obwohl er sich ja nützlich gemacht hat. Aber es hat Legenden gegeben, du hast sie sicher gehört.«

Daß Bradys Mutter ihn in der letzten Nacht in der Zelle besucht hatte. »Joe, wenn du etwas weißt, dann sag es nicht. Nimm dein Geheimnis mit ins Grab.« Brady wurde als erster von den fünfen gehängt. Am Pfingstmontag, dem 14. Mai 1883. Eine Menschenmenge wartete vor Kilmainham, und als die schwarze Flagge gehißt wurde, fielen sie auf die Knie.

»Was es jetzt, so spät in der Geschichte der Menschheit noch schaden könnte?« fragte Hugh MacMahon Patrick Prentiss rhetorisch. »Das will ich Ihnen sagen, Patrick, als jemandem, für den ich inzwischen Freundschaft empfinde. Aber als ein Freund zum anderen, und nicht für das Buch, an dem Sie arbeiten. Und das ist die Bedingung. Es tut mir leid. Ich bin selber ein bißchen ein Gelehrter, und es geht mir gegen den Strich.«

»Ja«, sagte Prentiss, »natürlich.« Aber mit einem inneren Vorbehalt, den er später am Abend zur Sprache bringen wollte. Eine Phrase, die in Clongowes Woods sehr geschätzt und gern verwendet worden war: eine jesuitische Empfindlichkeit des Gewissens.

»Von dem halben Dutzend Männern, die mit Ned in diesem Separee in der Dorset Street saßen, erinnere ich mich nur noch an zwei. Einer von ihnen konnte so gut Tynan sein wie jeder andere. Amerika war tapeziert mit seinen Portraits, nachdem er beschlossen hatte, daß er ein Held war – Plakate und Zeichnungen und was es sonst alles gibt – aber die Künstler, elend und unbegabt wie sie waren, konnten nur wenig tun, um ihn auch wie einer aussehen zu lassen. Adrett und ordentlich, mit wohlfrisiertem Haar und gelblichem Patriarchenbart. Und Kneifer, der mit einer Kette an seinem Kragenknopf befestigt war. Hat die Welt jemals einen Helden mit Kneifer gesehen? Aber natürlich wollte er genauso gern unter Beweis stellen, wie vornehm er war, wie hoch er über den schnöden Arbeiterklasseburschen stand, die die Tat im Park erledigt hatten.«

MacMahon lächelte erst Prentiss an, dann die sanften Hügel, hinter denen die grimmigen Derrynasaggarts lagen. Er hatte gegen die Abendkühle ein Feuer angemacht; Prentiss wurde davon ein bißchen zu warm, aber er merkte, daß die Hitze MacMahons Beinen willkommen war.

»Aber bei dem anderen Burschen, Brady, gab es keine Zweifel, Patrick. Das war ein Mann, den man nicht vergessen konnte. Joe Brady. Ich bin nicht unvernünftig genug, um bei ihm sentimental zu werden. Er war ein Mörder, egal aus welchem Grund, und Brady hatte über Cavendish gekniet und mit dem Skalpell losgesäbelt, um sicherzugehen, daß er auch wirklich tot war.«

»Was war denn das Besondere an ihm?« fragte Prentiss. »Ein Steinhauer von Mitte Zwanzig. Bei diesem Handwerk braucht man Kraft, aber Dublin wimmelt von kräftigen Burschen, die ein solches Handwerk ergreifen.«

»Ach«, antwortete MacMahon. »Sogar die Tory-Journalisten aus London haben ihn beim Prozeß immer wieder als ›entschlossen‹ bezeichnet – ›unterschwellige Wut‹ oder sowas. Er war kein Mann, den man schnell vergessen konnte, lassen Sie es dabei bewenden.«

»Ein bißchen wie der junge Ned Nolan«, sagte Prentiss leichthin.

»Nein!« widersprach MacMahon mit plötzlichem, unerwartetem Grimm. »Ich möchte meinen, Sie hätten jetzt eine Vorstellung von Ned Nolan, wie wir ihn zuerst gekannt haben, dem Ned Nolan, der an jenem ersten Abend nach Kilpeder kam und an unsere Tür klopfte. Es war nicht einmal Clonbrony Wood, das ihn verändert hat, oder die Toten, für die er an diesem Tag verantwortlich war. Es war das Gefängnis von Portland, die langen Jahre, Jahre des Schweigens, Monate der Finsternis, während seine Hände hinter seinem Rücken zusammengekettet waren. Das sind die

Jahre, die den anderen Ned Nolan geschaffen haben, den, über den die Zeitungen berichten.«

Prentiss, ein junger Mann, mußte sich Mühe geben, um sich die anderen jung vorzustellen: MacMahon, Delaney, Nolan, Tully.

»Was kann es denn schaden?« fragte Prentiss ein oder zwei Stunden später, als sie Becher voll Tee mit einem Schuß Whiskey in den Händen hielten. »Was kann es denn schaden, wenn ich in einem Buch schreibe, daß Ned Nolan kurz vor den Phoenix-Park-Morden von einem Freund in Dublin gesehen worden ist? Sein Name ist in diesem Zusammenhang oft genug gefallen – Nolan oder Lomasney oder McCafferty, McCafferty an der Spitze.«

»Gefallen in diesen Zeitungen, die sie in Amerika in den irischen Städten haben – in Boston und New York. McCafferty hat immer wieder angedeutet, daß er es gewesen war. Also soll er den Triumph behalten können.«

»Aber Nolan hat das nie von sich behauptet?«

»Ned Nolan?« MacMahon lächelte gelassen, nachsichtig, amüsiert. »Nein«, sagte er. »Ned Nolan war kein Mann für Behauptungen.« Er schüttelte den Kopf und erledigte damit Prentiss' geistigen Vorbehalt. »Lassen Sie es dabei. An Neds Händen klebt genug Blut. Er ist mit blutigen Händen gestorben.«

Bob Delaney dagegen war ein ganz anderer Fall, um es gelinde auszudrücken. Ich kann Patrick Prentiss wegen seines grellen Bildes von Ned keine großen Vorwürfe machen. Hatte ich mir nicht zum großen Teil ein ähnliches Bild gemacht? Aber Bob – Bob schien einem Roman von Balzac entsprungen zu sein – Lucien de Rubempré oder so. Ich habe diese Romane immer sehr gern gehabt. Der arme Vincent Tully hat einmal in einem Moment der Erbitterung zu mir gesagt, ich wäre »ruiniert von Mary und von Balzac.« Was er genau damit gemeint hat, kann ich nicht sagen, aber es hörte sich sehr richtig an.

Im September, im frühen Herbst, der auf ihre Entlassung aus Kilmainham im Frühling folgte, berief Parnell eine Versammlung auf seinem Gut Avondale ein, in Wicklow, um die Land League neu zu organisieren, und obwohl die großen Männer der Organisation anwesend waren – Davitt und Dillon und Healey und die anderen – waren auch ein paar weniger prominente eingeladen worden, und Bob gehörte zu ihnen. Als sich die neue League bildete, die Irish National League, hatte ihr Name eine vage Großartigkeit, die mir jetzt gewollt erscheint. Jetzt ging es nicht mehr nur um Boden, und ganz oben auf dem Banner stand Unabhängigkeit, nicht, um Aufsehen zu erregen, sondern als nächster Schlachtplan der Kampagne.

Die Pläne wurden in Avondale entworfen, wurden aber dem Fußvolk, wie man das nennen kann, im folgenden Monat in Dublin präsentiert – der Oktober ist ein elender Monat, mit seiner klaren Aussage, daß der Sommer vorbei ist und daß sich die trübe Decke des Winters um uns zusammenzieht. Bob brachte einen überschwenglichen Bericht über dieses Septembertreffen mit, aber es war das Treffen einen Monat später, ein kleineres Treffen – er und Parnell –, das bei ihm einen Eindruck hinterließ, den vermitteln zu können er nicht vorgab.

Es war eine Überraschung für mich, hatte Bob zu Hugh gesagt, als er im September aus Avondale zurückgekommen war. Ein schönes Haus, man könnte es sicher als Herrenhaus bezeichnen, aus dem alten Jahrhundert, aber nicht besonders groß, nicht mit Ardmor zu vergleichen, natürlich, oder mit einem halben Dutzend anderer Häuser hier in der Baronie. Es steht zwischen Bäumen, in einem riesigen Park, man kann ihnen ansehen, daß September ist, die Blätter werden gelb, und im Haus gibt es schöne Kamine aus italienischem Marmor, und Fenster, die über die Schonungen hinwegsehen, auf den Fluß. Neben der großen Halle liegt eine Bibliothek, bei der dir das Wasser im Munde zusammenlaufen würde, riesige Bücherschränke in dunkler Intarsienarbeit, die bis zur Decke reichen, und Bücher in gepunztem Ledereinband, kastanienbraun, schwarz, braun. Ich habe nur ein paar Titel aufgeschnappt – Montesquieu, und Hume, Gibbon und Robertson. ›In diesem Zimmer ruht ja ein Vermögen an Geschichte, Mr. Parnell‹, sagte ich zu ihm, als er mich durchs Haus führte, er ist die Höflichkeit selber, ein Mann von exzellenten Manieren – so arrogant, wie er allgemein dargestellt wird, würde man das nicht annehmen – und er hat sich um mich und Ignatius

Brennan und unseresgleichen genauso gekümmert wie um die großen Namen.

›Das glaube ich auch‹, antwortete er. ›Ich habe ein oder zweimal einen Band aus dem Schrank geholt, um ihn mir anzusehen, aber sie konnten mein Interesse nie fesseln. Wissen Sie, Mr. Delaney, ich glaube, sie sind fußweise gekauft worden, wie das Holz, auf dem sie stehen. Ein richtiges Haus braucht eine Bibliothek, und eine Bibliothek braucht Bücher, das ist alles.‹ Er klatschte in die Hände. ›Kommen Sie weg von hier‹, sagte er, ›dann zeige ich Ihnen Geschichte, wenn Sie so etwas interessiert.‹

Und dort in der Halle hingen von einer Art Minnesängergalerie hoch oben verblichene Flaggen und Banner herab. ›Die Flaggen der Volunteers‹, sagte er. ›Die Parnells haben die Volunteers befehligt, damals in den alten Zeiten, als wir unser eigenes Land, unser eigenes Königreich, unser eigenes Parlament hatten. Wir haben gegen die Union gekämpft, wissen Sie, mein eigener Urgroßvater war dabei, bei Grattans Leuten. Und der Vater meiner Mutter hat gegen die Engländer gekämpft, in der Yankeemarine, hat gegen sie gekämpft und sie auf dem Eriesee aufgerieben. Ich habe sein Schwert. Wenn Sie sich für Geschichte interessieren.‹

›Ich habe einen Freund‹, sagte ich, ›zu Hause in Cork, der eine große Leidenschaft für Geschichte hat. Ich werde mir alles merken, um es ihm zu erzählen.‹

›Eine Leidenschaft für Geschichte‹, sagte Parnell, ›eine irische Schwäche.‹

Nach einer Weile vergaß ich bei all der Arbeit Avondales Größe fast, vergaß sogar, daß ich mit dem Ungekrönten König geplaudert hatte.

Aber die harte Arbeit, die Arbeit ohne Jackett und mit aufgekrempelten Ärmeln, wurde von Healy und Harrington organisiert, vor allem von Healy. Dieser Healy ist das reine Wunder.«

Das erzählte mir Bob an jenem Septemberabend nach Avondale, und ich dachte in späteren Jahren an diese erste Beschreibung von Tim Healy, denn zehn Jahre später oder weniger, viel weniger sogar, sollte er kaum noch so schmeichelhaft über Healy sprechen.

»Ein klügerer Mann wird dir wohl kaum über den Weg laufen«, meinte Bob, »und wenn er einen Nachteil hat, dann, daß er klug aussieht; ein wirklich kluger Mann legt sich ein kunstvolles Auftreten von hartnäckiger Verwirrung zu, wie der alte Tully.«

»Aber er kommt doch aus einer Familie von Tullys, oder nicht?« fragte ich, um ihn ein bißchen zu necken. »Gewissermaßen, metaphorisch gesprochen.«

»Er gehört mütterlicherseits zu den Sullivans«, antwortete Bob. »Das schadet ihm ja auch nicht. Sein Vater war nur Sekretär der Armenpflege in Bantry. Er ist aus Cork wie wir selber. Er hat Stenographie gelernt, um in den Eisenbahnbüros in England zu arbeiten, und er hat Skizzen über die Ereignisse im Parlament zurück nach Irland geschickt. Diese Skizzen in der *Nation* haben uns allen einen Eindruck davon gegeben, was Parnell für uns tun könnte. Das weißt du doch selber, Hughie. Wir haben sie uns gegenseitig vorgelesen.«

»*The Nation*«, sagte ich, immer noch neckend, wenn auch nur leicht, aber so faßte Bob es nicht auf. »Die seltsamerweise T. D. Sullivan gehört.«

»Himmelherrgott, Hughie«, sagte Bob. »Es gibt kein Gesetz, das es verbietet, Onkel zu haben. Du bist auf deinen eigenen stolz genug.«

»Mein eigener«, erwiderte ich, »war Thomas Justin Nolan, nicht T. D. Sullivan.«

»Der Chef teilt deine sardonische Meinung durchaus nicht«, sagte Bob. »Als der Chef 79 nach Amerika gefahren ist, hat er Tim Healy zu seiner Assistenz mitgenommen. Ein Jahr später saß er im Parlament, und er hat in der Bewegung eine hohe Position, und dabei ist er noch keine dreißig, viel jünger als wir selber. Er hat es weit gebracht und wird es noch weiter bringen.«

Und das hat er ja auch! Aber Bobs Gedanken beschäftigten sich in diesem Herbst durchaus nicht mit Tim Healy, und Anfang November hatten wir beide das Gespräch, bei dem er mir von einer der beiden großen Veränderungen erzählte, die sich in seinem Leben ergeben hatten. Die Konferenz, die die neue Liga einsetzte – die Irish National League – fand am 17. Oktober 1882 in Dublin statt, aber er kehrte erst Anfang November nach Kilpeder zurück, und in der Zwischenzeit hörte niemand von ihm, weder Agnes noch irgendwer von uns, obwohl sein Name an vier aufeinanderfolgenden Tagen in der nationalen Presse als Mitglied des Organisationskomitees genannt wurde.

Zufällig war es Healy, der mir sagte, der Chef wolle mit mir sprechen, auf seinem Zimmer: Healy war der erste, der ihn so genannt hatte, wenn ich mich nicht irre, und dann übernahmen etliche von uns diese Bezeichnung – jüngere Burschen oder Leute wie ich, die vom Lande kamen. Er hatte an diesem Nachmittag nach mir Ausschau gehalten, aber es war ein schlaffer Tag, und ich hatte einen Spaziergang an den Kais gemacht und kehrte auf der anderen Seite der Nassau Street, entlang dem Gitter von Trinity, in Morrisons Hotel zurück.

»Er ist auf seinem Zimmer«, erzählte mir Tim. »Er sitzt schon den ganzen Tag auf seinem Zimmer.«

»Bei Gott«, erwiderte ich, »er hat seine Ruhe ja auch verdient«, denn er hatte die Besprechungen geleitet, bei denen den Mitgliedern die neue Satzung vorgestellt worden war, und er hatte uns (nicht zum erstenmal, was mich betraf, natürlich, denn ich war ja in Avondale gewesen, als die Satzung entworfen und die Strategie geplant worden war) von dem Plan erzählt, neunzig irische Abgeordnete ins Parlament zu bringen, »irisch« nach unserer Definition dieses vagen Begriffes.

Er saß am Fenster und trug seinen rustikalen Tweed, ein Feuer knisterte in der Kälte des Zimmers, und ein schwerer blaukarierter Reiseumhang war über seine Schultern geworfen. Aber mit seiner üblichen Höflichkeit erhob er sich halb, um mich zu begrüßen, dann nahm er wieder Platz. Durch dieses Fenster gesehen, hatte der Nachmittag ein melancholisches Aussehen, das ihm vor zehn Minuten noch gefehlt hatte, die leblosen Bäume im College-Park und die kargen Steinquader des 18. Jahrhunderts, hinter denen Swift und Burke studiert hatten.

Auf der anderen Seite des Zimmers, dem Kamin gegenüber, stand ein Tisch, den er und Healy als Schreibtisch benutzten und auf dem sorgfältig aufgestapelte Papiere neben einem Tintenfaß und zwei Kassenbüchern lagen, die sich gegeneinanderlehnten, ein großes und ein kleines. Der Stuhl, auf den er deutete, stand ungeschickt, ein Stuhl mit geradem Rücken, parallel seinem eigenen, so daß wir beide zusammensaßen und diesen plötzlich freudlosen Anblick draußen betrachteten.

»Ich habe eine Bitte an Sie, Mr. Delaney«, sagte er, »Sie sind ein Mann von Vernunft und Urteilskraft, und Sie können sehen, was passiert. Die Regierung erläßt harte Zwangsgesetze, und gegen diese werden wir mit Zähnen und Klauen kämpfen. Einige von ihnen wollen unser Blut sehen, und wer kann ihnen da Vorwürfe machen, erst gestern ist schließlich fünf Minuten von hier ein Geschworener erstochen worden, und letzte Woche wurde im County Monaghan ein Grabscher totgeschlagen. Wer kann ihnen Vorwürfe machen? Aber wir können Gladstone für uns gewinnen, wenn wir das Spiel richtig spielen. Und das Spiel, Mr. Delaney, wird für die nächsten Jahre in London gespielt werden, gegen die Politiker, nicht hier, gegen die Grundbesitzer. Das brauche ich Ihnen nicht zu erzählen, einem Mann, wie gesagt, von Vernunft und Urteilskraft.«

Später, als ich das Hughie und Vincent erzählte, sah ich, wie sie belustigte Blicke wechselten. Damals war ich nicht ohne Eitelkeit, das gebe ich zu. Aber hinter ihrer Belustigung konnte ich auch die Mienen von Männern entdecken, die ein einziges Mal hinter den Vorhang der Geschichte schauen dürfen, denn bei allen ländlichen Versammlungen und in der nationalistischen Presse war nur die Rede von einer Wiederaufnahme des Landkrieges gewesen; Parnell, der junge Healy und ich aber hatten im dunkler werdenden Zimmer in Dublin eine ganz andere Strategie diskutiert, die am Ende die League übertreffen würde. Kurz vor dem Ende, um genauer zu sein.

»Das wird keine populäre Politik sein, Mr. Delaney«, sagte er. »Anfangs nicht, nicht, solange sie noch keine Ergebnisse zeigt. Dillon wird nicht sehr glücklich sein, und William O'Brian auch nicht – ach, wissen Sie, sie werden sich natürlich dafür aussprechen und dafür einsetzen. Die beiden sind ja loyale Männer. Aber sie wollen den Kampf unbedingt zurück aufs Land tragen. Und das wird auch passieren – aber zum richtigen Zeitpunkt, und zu unseren Bedingungen.«

»Ja«, sagte ich, als ob ich ihn verstanden hätte, aber das hatte ich nicht, nicht ganz, obwohl ich eine vage Ahnung hatte. Healy... strahlte mich an, oder grinste – schwer zu sagen, was – als ob ich einem Test unterzogen würde, den ich mit Bravour zu bestehen hätte.

»Die Organisation wird in London einen Sekretär brauchen«, sagte Parnell. »In Westminster, um genauer zu sein. Nicht das ganze Jahr über, weiß Gott, nicht einmal während der gesamten Parlamentsperiode. Aber es wird vorkommen... wir können einen Mitarbeiterstab für Sie einrichten, ein oder zwei aufgeweckte Burschen. Healy konnte früher mit einer Hand für mich organisieren, was ich Ihnen jetzt vorschlage, aber jetzt habe ich andere Aufgaben für ihn, und er ist ja selber auch Abgeordneter, und das raubt einem doch ein wenig Zeit. Nicht soviel, wie allgemein angenommen wird. Nicht, wenn Sie ein irischer Abgeordneter sind.«

Das Zimmer war mit dieser Dubliner Schnelligkeit, die das Gemüt belasten kann, dunkel geworden, und Healy stand auf, um die Gasflammen anzudrehen und zündete dann eins, zwei, drei, vier, die Kerzen an, die ihr Licht auf seine Papiere warfen.

So geschah es mir, einem Dick Whittington unserer Tage, einem Jungen vom Lande, auf der Straße nach London, unterwegs zu Reichtum und Ruhm. Sylvia hatte mich im Haus in London so genannt. »›Dreh dich um, Whittington, Bürgermeister von London.‹ Das sagten die Glocken von Bow zu ihm. Wir können sie von Chelsea bis hier hören. Es sind aber andere Glocken, die wir jetzt hören. Er hatte eine Katze, dieser Dick Whittington. Bin ich deine Katze, Bob?«

»Er war ein Küchenjunge«, sagte ich zu ihr, als wir uns wie Löffel aneinanderschmiegten, ich sprach in ihr Ohr, in ihre zerzausten Haare. »Er war ein Küchenjunge, der sich mit dem Koch anlegte und dann ins Märchen davonrannte.«

»Ins Märchen davonrannte«, sagte sie. »Das gefällt mir.«

»Ihre Anwaltspraxis in Cork braucht es nicht zu beeinträchtigen«, sagte Parnell. »In Macroom.«

»Kilpeder«, korrigierte Healy am Schreibtisch.

»Kilpeder, natürlich«, sagte Parnell. »Ich dachte an die Rede, die sie damals bei den Boykotts in Macroom hielten. Ihr Schwiegervater kann Sie sicher ab und zu für einen Monat entbehren.«

»Ich erledige Dennis Tullys offizielle Angelegenheiten«, erklärte ich und hörte, wie steif meine Stimme klang, »und auch die von anderen – Farmern, Viehzüchtern, Kaufleuten in anderen Städten. Und ich habe die Zeit erübrigen können, um für die League als Agent zu fungieren, wie Sie wissen, Mr. Parnell.«

»Ja«, sagte er, »das haben Sie allerdings. Deshalb sind wir ja auf Sie aufmerksam geworden, nicht wahr, Healy?«

»Es wäre mir eine Ehre«, sagte ich ins Dunkle und wand mich auf meinem Stuhl, um ein gutaussehendes, im Schatten liegendes, bärtiges Profil anzusprechen. Ich hatte das Gefühl, daß er die Hände unter dem Umhang gefaltet hatte.

»Guter Cricketplatz da drüben«, sagte er und nickte zu dem in Dunkelheit gehüllten Trinitygelände hinüber. »Ich war selber früher ein recht guter Cricketspieler. In Cambridge. Das einzige, was ich in Cambridge gut gemacht habe. Ein Bursche aus Cork war mit mir zusammen in Cambridge, Tom Ardmor. Lord Ardmor. Familienname Forrester. Er stammt aus Ihrem Teil der Welt, ist das nicht so? Aus Kilpeder?«

»Kilpeder«, antwortete ich. »Ardmor Castle. Und da besteht kein Grund zum Boykott und hat auch nie bestanden. Er hat im ersten schlechten Jahr, ehe es überhaupt eine League gab, seine Pachten gesenkt.«

»Gut«, meinte Parnell lässig. »Guter Mann. Ich erinnere mich nicht besonders deutlich an ihn.«

»Über seinen ehemaligen Verwalter läßt sich nicht dasselbe sagen«, wandte Healy ein. »Über den kleinen Eddy Chute von der Property Defence Association läßt sich nicht dasselbe sagen.«

»Chute«, sagte Parnell. »Limericker Name.«

»Der nicht«, sagte ich. »Und sein Vater auch nicht. Durch und durch Westcorker Verwalter.«

»Schreiben Sie für Mr. Delaney eine Ernennungsurkunde aus, Healy. Alles soll seine Richtigkeit haben. Bei Gott, wir haben schon einige zweifelhafte Agenten gehabt, Mr. Delaney – Hogan, Byrne. Sie besitzen nicht zufällig ein paar Skalpelle oder Schlachtermesser?«

»Ich nehme an, Sie haben sich über meine Vergangenheit informiert, Mr. Parnell. Ich habe sechs Monate im Gefängnis gesessen. Ich war Fenier. Ich habe die Waffen gegen Ihre Majestät erhoben, und ich habe sie gegen ihre Diener abgefeuert – gegen Irish Constabulary und gegen Soldaten.«

»Im Wahlkampf hat Ihnen das gute Dienste geleistet, Mr. Delaney.«

»Auf dem Podium«, korrigierte ich. »Nicht im Wahlkampf.«

»Ich greife vor«, sagte er. »Aber nur ein bißchen. Was haben Sie mir noch für ein Boney-Zitat genannt, Healy? ›Einen Marschallsstab für jeden Rekruten?‹«

Ohne vom Schreiben aufzublicken, antwortete Healy: »Daß jeder französische Soldat den Marschallsstab im Tornister hat. Er muß ihn sich natürlich erst verdienen. So!« Er löschte das Papier mit einer so ausholenden und dramatischen Armbewegung, daß eine der vier Kerzen flackerte und erlosch.

Fast unmerklich lag dieser Teil des Raumes in tieferer Finsternis, fast in Nacht. Parnell betrachtete ihn.

»Mein Gott, Healy«, sagte er mit leiser, fast erstickter Stimme, fast mit Knabenstimme: »Machen Sie Licht. Oder pusten Sie eine andere aus. Schnell, Mann, wo sind Sie nur mit Ihren Gedanken?« Aber Healy kam ihm mit einer Streichholzschachtel zuvor, und die Kerze wurde wieder angezündet. Töricht, dachte ich, denn die drei Kerzen lieferten mehr als genug Licht für seine Arbeit. Es war doch keine Mitternacht.

Ich konnte Parnells erleichterten Seufzer hören. »Nichts ist schlimmer als drei brennende Kerzen, Mr. Delaney, das müssen Sie wissen. Es gibt nur weniges, das noch mehr Unglück bringt als drei brennende Kerzen, Flammen des Todes, sie rufen die Geister herbei. Und kein Monat im Jahr bringt soviel Unglück wie der Oktober – tote Blätter, toter Himmel, das Gefühl des Todes in der Luft. Ich habe mir alle Mühe gegeben, alles bis zum November aufzuschieben, aber das ging nicht. Ein unseliger Monat, Mr. Delaney; machen Sie im Oktober nichts, was nicht unbedingt nötig ist. In neun Fällen von zehn geht es übel aus.«

Als ich mich keine zehn Minuten später von ihm verabschiedete, war er wieder er selber, gedämpft, aber höflich. Er erhob sich von seinem Stuhl und zog den Umhang fester um die Schultern. »Wir werden es schaffen, Delaney«, sagte er. »Wir alle zusammen.« Er nickte, hinter ihm war Dublin wieder sichtbar geworden, denn die Laternenanzünder hatten ihre Arbeit erledigt. Lampenkugeln von perlfarbenem Licht, entlang der Nassau Street.

»Machen Sie sich keine Gedanken um diese letzte Szene«, sagte Healy zu mir, als wir im mit Teppichen ausgelegten Flur auf die Treppe zugingen. »Er ist abergläubisch wie ein Knochenrichter aus Kerry.«

Healy brach plötzlich in Gelächter aus; sein Lachen ließ seinen nervösen, drahtigen Körper erbeben. »Kennen Sie den schlimmsten Aberglauben von allen? Ich schwöre bei Gott, daß das stimmt. Er fürchtet und haßt die Farbe Grün über alles. Das grünste Land Europas, in jedem Sinne des Wortes. Grün ist die nationale Farbe, jedes Podium, das er betritt, ist mit grün drapiert. Die Farbe Grün.«

»Grün und Kerzen und der Monat Oktober hin oder her«, erwiderte ich, »es ist eine große Ehre, ihm zu dienen. Und ich stehe in Ihrer Schuld für jedes gute Wort, das Sie vielleicht für mich eingelegt haben.«

Er blieb stehen und legte mir die Hand auf den Arm. »Täuschen Sie sich nicht in mir, Bob, täuschen Sie sich in dieser Hinsicht niemals in mir. Der Ungekrönte König, der Führer, der Chef – das alles habe ich zustande gebracht – Phrasen, die ich geprägt und an die *Nation* geschickt habe. Wir brauchten dringend jemanden wie ihn, und nun haben wir ihn. Aber alles hat seinen Haken. Ich hätte es nicht schaffen können, wenn er nicht wäre, was er ist – ein bemerkenswerter Mann, klug und wild wie ein Tier im asiatischen Dschungel. Aber er ist auch ein seltsames Geschöpf. Sie haben eben einen Eindruck davon bekommen.«

Er war selber auch ein bemerkenswerter kleiner Bursche, mit hellen Augen hinter seinem Kneifer und einem kurzgeschnittenen kleinen Bart, unauffällig gekleidet, aber doch mit einer gewissen Eleganz seines langschössigen Rockes. Schließlich war er ja Parlamentsabgeordneter.

»Ich habe ein gutes Wort für Sie eingelegt, das will ich nicht abstreiten. Wir suchen Männer wie Sie. In der Partei gibt es immer noch altes, totes Holz aus den Tagen von Butt, und es gibt karrieresüchtige Gauner und hinterwäldlerische Land Leaguer aus der Wildnis von Mayo und Donegal. Aber sie werden bald verschwunden sein; wir gestalten die Partei ganz neu, der Chef und ich.«

Im Gehen ließ er weiterhin seine Hand auf meinem Arm ruhen, als ob er vergessen hätte, daß sie dort lag.

»Aber der Chef ist selber auf Sie aufmerksam geworden, wissen Sie, wie auch auf Davitt und O'Brien. Es sind aufgewühlte Zeiten, Bob, aufgewühlte Zeiten. Niemand kann sagen, wo wir alle landen werden, an welchem Palmengestade. Und mit uns das alte Irland, natürlich.«

Am Kopf der breiten Treppe jedoch, die ins Foyer des Hotels führte, blieb er abermals stehen und drückte meinen Arm heftig, ehe er ihn fallenließ. »Ist Ihnen das letzte Wort aufgefallen, das er an Sie gerichtet hat? ›Delaney‹, hat er gesagt. ›Guten Abend, Delaney‹ oder so etwas.«

»So heiße ich«, sagte ich.

»Ja, aber bisher war es ›Mr. Delaney‹. ›Mr. Delaney‹ hier und ›Mr. Delaney‹ dort. Bis Sie sich einverstanden erklärten, ihm zu dienen, bis Sie in seine Dienste getreten waren, gewissermaßen.«

Jetzt erreichten uns von unten Stimmen, und deshalb senkte er die seine. »So wie ich für ihn ›Healy‹ bin, sehen Sie, und Davitt ist ›Davitt‹. Sie sind alle gleich, Bob, die ganzen feinen Leute, egal, auf welcher Seite sie nun gerade stehen, und das lassen sie uns nie vergessen. Und wie geht es übrigens Ihrem guten Schwiegervater?« Er ging vor mir die Treppe hinunter. »Er ist ein Wunder, dieser Bursche. Ein solider Mann. Wir werden das neue Irland um Männer wie die Tullys von Kilpeder herum aufbauen. Sie sind die neuen fürstlichen Familien.«

Und die Sullivans von Bantry, dachte ich. Die Sullivans von Bantry und die Dillons aus Julia Duffs Laden in Ballaghadereen und die Lucies von Cashel und die Tullys von Kilpeder. Zu denen ich selber gehörte.

Später, Jahre später, erinnerte ich mich an diesen Abend in Morrisons Hotel, als Sylvia und ich in dem Haus in Chelsea Tee tranken, an einem warmen Frühlingstag, an dem vor dem Fenster die Kirschbäume blühten, und ich fragte: »Hast du je daran gedacht, mich ›Delaney‹ zu nennen?«

»Dich wie zu nennen?« fragte sie verblüfft und legte das Buch beiseite, in dem sie gerade las, behielt jedoch den Finger als Lesezeichen darin.

»Delaney«, wiederholte ich und erzählte ihr die Geschichte, und am Ende lachte sie.

»Das würde aber komisch klingen, nicht wahr?« fragte sie. »Eine Dame, die ein Parlamentsmitglied mit Nachnamen nennt, wie einen Kutscher?«

»Als wir uns kennengelernt haben, war ich das noch nicht.«

»Stimmt. Wir wußten nicht, was wir erwarten sollten – vielleicht einen wilden Fenier. Oder einen Land Leaguer mit einer Pistole und gälischem Wortschwall.«

»Ich war beides«, sagte ich. »Seinerzeit.«

Wir. Es war ein Wort, das sie von Anfang bis Ende, fast bis zum Ende, mit sorgloser Lässigkeit benutzte, und sie meinte damit sich und ihren Mann. »Tom und ich.« – »Tom sagt oft.« Für mich dagegen war es immer äußerst problematisch, ihr von Agnes zu erzählen, und ich tat es so selten wie möglich und überlegte mir Umschreibungen. »Meine Familie«, war so eine, die wir uns angewöhnt hatten. »Ich muß nach Kilpeder zurück«, sagte ich zum Beispiel. »In der Familie ist jemand krank.« – »Nicht der kleine Conor, hoffe ich«, erwiderte sie dann.

Während des ganzen Winters und Frühlings in jenem Jahr war er verreist, in ihre Villa in Cortona, seine Anwesenheit war jedoch spürbar. An den Wänden hingen seine Bilder und die Bilder von Freunden, deren Namen berühmt geworden sind, ein oder zwei von ihnen waren sogar damals schon berühmt. Zimmer um Zimmer, in keinem waren sie an den Wänden zusammengedrängt, wie es in anderen wohlhabenden Haushalten häufig vorkam, überall gab es nur ein oder zwei, ausgesucht, um miteinander eine Unterhaltung zu führen, die zu subtil war, als daß ich ihr hätte folgen können.

Als ich zuerst solche Bilder gesehen hatte, an jenem ersten Abend in Ardmor Castle, versuchte ich nachher, Hughie MacMahon ihre Wirkung auf mich zu erklären, aber das gelang mir nicht; und trotz all seiner geistigen Interessen und seinem natürlichen Instinkt für Gefühle wußte ich, daß er mir mit einer Mischung aus Zuneigung und verständnisloser Belustigung zuhörte. Später hätte ich ihm natürlich von ihnen erzählen können, aber diesem Teil meines Lebens, der in vieler Hinsicht dessen Mittelpunkt geworden war, lauschte er mit nervöser Abneigung und sorgte sich nur um Sicherheit, um die Sicherheit eines Freundes.

Nicht, daß Sylvia mich jemals über Kunst oder über Farbe und Form belehrt hätte; ihr Wissen war keine Frage der Worte, sondern der Gefühle, aber ich war immer von einer ihrer Eigenschaften beeindruckt, die auch unsere Londoner Bekannten bemerkten, die größtenteils Künstler waren oder sich am Rande der Künstlerwelt aufhielten, Männer und Frauen, die ich nur sah, wenn sie und ich zusammen waren. In dieser Hinsicht war sie rücksichtslos, und ich vertraute mich ihrer Führung an. Es war eine Eigenschaft, die es ihr gestattete, auf ein Bild so zu reagieren wie auf die wirkliche Welt, auf Sonnenuntergänge über Flüssen, auf vom Nebel verhüllte Straßen, auf eine Birne oder einen Pfirsich, auf die Freuden des Bettes, mit einer so selbstsicheren Schnelligkeit, die so gut war wie Genauigkeit, wenn nicht besser.

»Tom hat mir an diesem ersten Abend gesagt«, erzählte sie mir an diesem viel späteren Abend in Chelsea, »Tom hat mir gesagt: ›Er hält die Zügel des Lebens in seinen Händen.‹ Tom ist ein hervorragender Reiter, wußtest du das? Er reitet oder jagt heute nicht mehr so oft wie früher, aber er ist ein hervorragender Reiter.«

»Das weiß ich«, erwiderte ich. »Früher hat er doch in Kilpeder die Jagd angeführt.« Die Jäger versammelten sich an den von Falken bewachten Toren, die Hunde waren unruhig im Licht des frühen Morgens, die Reiter in ihren scharlachroten Röcken waren Herren der Pferde und der Szene. Dann ritten sie über den staubigen Marktplatz, vorbei an den goldenen Lettern von Tully und Sohn.

»Kennen Sie Robert Delaney?« fragte sie immer, an den »Abenden«, die sie uns beiden zu geben wagte. »Bohèmehaft« war ein Wort, das damals in Mode kam; der Abend war ein bißchen bohèmehaft, so hätte ich es für Hughie beschrieben. »Mr. Delaney ist ein Freund von uns. Er kommt ebenfalls aus Kilpeder. Aber er ist noch mehr, er ist einer von Parnells kühnen Streitern in Westminster. Nehmt euch also in acht, wir haben einen irischen Rebellen in unserer Mitte. Tom mag ihn sehr. Wir beide mögen ihn.« Aber wenige der Gäste auf Mrs. Merihews Party interessierten sich für Politik, weder für irische noch für englische. Es gab offenbar auch einen Mr. Merihew, aber er war außer Landes, er regierte irgendeinen Teil des Empire, der für Mrs. Merihews Gesundheit zu tropisch war.

»Sie haben Glück, liebe Sylvia«, sagte Mrs. Merihew, »daß Sie einen so gutaussehenden Stadtgenossen haben.«

»Ja, liebe Lucy«, erwiderte Sylvia, »finden Sie nicht?« Und lächelte, denn Bosheit war ein anderes ihrer Vergnügen, wie Flüsse und Nebel, eine Bosheit ohne üble Absichten, eine Würze.

»Nicht der einzige brauchbar aussehende Bursche in seiner Partei«, meinte ein junger Mann von nicht mehr als zwanzig, einundzwanzig, der gerade erst aus Oxford gekommen war, wie ich gehört hatte; er schrieb. »Ihr Chef ist der bestaussehende Mann im Unterhaus, bei Gott. Mein alter Herr wütet am Frühstückstisch über der *Times* gegen ihn. ›Verdammter Renegat, mehr ist er nicht‹, sagt mein alter Herr, ›sollte aufgeknüpft werden wie die Mörder, die seine Befehle ausführen.‹ – ›Er sieht viel zu gut aus‹, sage ich, und mein alter Herr läuft hinter der *Times* lila an.

»Er sieht ganz außergewöhnlich gut aus, das sagt jeder«, erzählte Lucy Merihew. »Ein unverheirateter Mann von Mitte Dreißig; nicht viel Geld, aber ein nettes Gut in Wicklow. Komisch, daß er nicht eingefangen worden ist; ist das nicht komisch, Sylvia?«

»Woher in aller Welt soll ich das wissen?« fragte Sylvia. »Er ist auf Fotos äußerst attraktiv; sogar auf Karikaturen ist er noch attraktiv. Sie müssen Tom fragen, Tom war mit ihm in Cambridge.«

»Sie wissen Bescheid«, sagte Sylvia mir an diesem Kirschblütenabend in Chelsea, ein Jahr später, 85, vor der verdammten Nachwahl von Galway, die alles ein wenig aus dem Schatten zerrte, in eine Art Halblicht. »An diesem Abend bei Lucy Merihew; alle wußten, daß Parnell eine Frau aushält, und wenn sie das wissen, dann wissen es alle.«

»Eine Frau aushält«, wiederholte ich. »Das hast du aber nicht gerade taktvoll ausgedrückt, meine Liebste.«

»Sie wissen viel weniger, als du mir erzählt hast«, erklärte Sylvia.

»Er ist verliebt«, sagte ich. »Und sie ist verheiratet. Wie du. Wie ich.«

»Nicht wie ich«, widersprach sie mit ihrem plötzlichen boshaften Lachen. »Nur sehr wenige sind so verheiratet wie ich.«

»Aber du verstehst, was ich meine«, sagte ich. »Ich finde es nicht leicht, mich über Parnell lustig zu machen.«

»Oder über die Ehe«, meinte sie. »Was soll ich denn bloß mit dir anfangen, armer Schatz?«

»Was du schon immer mit mir angefangen hast«, sagte ich. Eine Blumenvase stand zwischen uns auf einem niedrigen Tisch, Kupfer fing die letzten Sonnenstrahlen, darüber hing ein Gemälde von winterlichem Sonnenschein. Es gibt keine andere Beschreibung: Hügel, Licht und Schnee, leichte Schneedecke, zwei vage Figuren in der Ferne; aber es war ein Bild von winterlichem Sonnenschein. Ich hatte von ihr mehr gelernt als Liebe; von Sylvias Wänden, von Sylvias und Toms Wänden hatte ich eine Art zu Sehen gelernt. Nutzlos.

Ich verbrachte die Jahre 85 und 86 fast ganz in London, gute und elende Jahreszeiten, Sonnenschein und gelber Nebel, und die schlimmsten aller Londoner Monate, so ist es mir immer vorgekommen, Februar und März, wenn der Winter zur Ewigkeit geworden zu sein scheint. Tom schrieb nicht einmal, sondern dreimal, und bedrängte mich, ich sollte zu ihm nach Cortona kommen, wo ich genauso leicht schreiben konnte wie in England, leichter sogar, ohne froststarre Finger, ohne über einem Herd oder neben einem Kamin zu kauern. Aber das war nicht möglich. Ich arbeitete an zwei Büchern, von denen mein Einkommen absolut abhing, und beide fesselten mich ans Britische Museum und erforderten nur ab und zu eine Zugfahrt nach Cambridge.

Sylvia war in einem dieser Winter bis weit in den Frühling hinein für mich eine ungetrübte Freude, denn sie hatte sich entschieden, Tom nicht nach Cortona zu begleiten, und wollte auch nicht allein einen Winter in West Cork verbringen. Und deshalb blieb sie in dem kleinen, schönen Haus in Chelsea, von dem ich immer dachte und noch heute denke, daß es ihrem Gemüt, ihrem Wesen eher entsprach als die meisten anderen Orte, an denen ich sie gesehen habe.

Aber natürlich blieb sie wegen Robert Delaney, der nun ein parnellitisches Parlamentsmitglied war, in London. Zuerst wurde er von den Geistreichen als Tully-it bezeichnet, und diese Bezeichnung, die in die gedruckten Parlamentsprotokolle nicht aufgenommen wurde, bezeichnet einen Parnelliten, der ein besonderes Auge für die Interessen der Tullys, der Lucies, der Binchys und der anderen haben muß. Im Grunde war er das aber nie, wie die Ereignisse auf zerstörerische und irreparable Weise ergeben sollten; aber das verbreitete Mißverständnis war doch natürlich, denn er kam 84 ins Parlament, handverlesen von Parnell für eine Nachwahl in einem abgelegenen County. 86 dagegen war das Jahr, in dem Parnell und die Nationalisten reinen Tisch machten und die noch übriggebliebenen alten Whigs und Liberalen und Buttiten in Irland zerschlugen und eine Partei nach Westminster führten, die groß genug war, um zwischen Liberalen und Konservativen das Zünglein an der Waage zu spielen. Diesmal bezahlten weder die Tullys noch die Partei Bobs Wahlkampfkosten, sondern er selber, und er sorgte dafür, daß das bekannt wurde. Trotzdem wurde er vielleicht als widersprüchliche Kombination von Eigenschaften und Geschichte betrachtet – Fenier, Sohn eines kleinen Bauern, Land-League-Agitator, und, unvermeidlich, so wie die Healys und die Sullivans die »Bantry-Bande« waren, so war Bob Delaney der erste, aber gewiß nicht der letzte Vertreter des »Kilpeder-Clans« im Unterhaus.

Was ich hier berichte, war in den Zeitschriften jener Zeit erwähnt, oder in Sir Henry Lucys boshaften, unbekümmerten Berichten, in denen er Jahr für Jahr das parlamentarische Leben schilderte. Nach 86 begann Harry Lucy jedoch, die irischen Abgeordneten etwas ernster zu nehmen. In seinen frühen Berichten tauchen sie als komische Abwechslung auf, mit ihren Moor- und Whiskey-Stimmen, ihrer Rhetorik, ihren Fehlgriffen, ihren putzigen Redewendungen. Parnell war eine andere Frage. Er war kein Hinterwäldler, und er war ein Rätsel, ein Gentleman wie George Henry Moore und O'Conor Don, der sich jedoch auf die Seite der Moonlighter und Marodeure geschlagen hatte, fähig jeglicher Mißachtung den Traditionen des Hauses gegenüber, während er die gedehnte Aussprache Cambridges und der besten Jagdgesellschaften pflegte. Nach 86 jedoch, nachdem Parnell seine Partei von Mitgliedern eingeführt hatte, die ihm dermaßen verpflichtet waren, daß es fast einem Eid gleichkam, unterstützt von der League, den meisten Bischöfen und, nach Ansicht vieler, auch stillschweigend und vage von den Dynamitmännern und den Feniern, begann Harry, über die Iren ganz anders zu schreiben und den Abgang der irischen Gentlemen aus den alten kämpferischen Familien zu beklagen, durchaus echten Patrioten, etwas komisch aber liebenswert. An Parnells achtzig Leuten konnte Harry nichts Liebenswertes finden: Delaney war einer derer, die er sich für eines seiner säuretriefenden Portraits aussuchte.

Aber ich hatte Sylvia wochenlang besucht, und ich war ein häufiger Besucher, ehe ich dort Delaney traf. Es gab vereinzelte Hinweise auf die gelegentliche Anwesenheit eines Mannes – die gibt es immer – eine auf dem Kaminsims vergessene Pfeife, und es gab nur wenig, über das sie Lust hatte zu reden, obwohl wir hundert verschiedene Themen entdeckten. Ich sprach immer gern mit Sylvia, denn sie war eine wunderbare Frau, geistreich und sinnlich, nach meiner Erfahrung eine seltene Kombination. Der Klang ihrer Stimme, den ich als Silber beschrieben habe – auch wenn ich mir noch so den Kopf zerbreche, mir fällt kein zutreffenderes Wort ein – entsprach ihrem Wesen, hell, glitzernd, attraktiv getrübt, hier leuchtend, dort weniger.

»Emily ist hier nicht bei mir, Lee«, sagte sie am ersten Nachmittag, nachdem das Zimmermädchen mich zu ihr geführt hatte. »Das tut mir schrecklich leid – für dich natürlich; aber sie ist in Westmeath und kümmert sich um ihren armen Bruder. Später –

vielleicht in ein paar Monaten. Er hat eine kranke Lunge, weißt du.«

»Ich wußte das schon, Sylvia«, sagte ich. »Mach dir keine Sorgen!«

»Wie seltsam, daß du mit Emily zusammen bist«, meinte sie. »Ich habe noch nie von so einem Arrangement gehört.«

»Du überraschst mich«, erwiderte ich. »Ich dachte, du und Emily hättet keine Geheimnisse.«

»Wir haben viele«, sagte sie. »Sollen wir Tee trinken?«

»Ich hätte lieber einen Whiskey«, sagte ich. »Es ist kalt heute nachmittag.«

Sie lächelte. »Was für eine gute Idee! Ich schließe mich dir an.« Und das tat sie auch, sie schenkte uns zwei sehr großzügige irische Whiskeys ein.

»Lee«, sagte sie dann, »gehst du an irgendeinem Abend mit mir ins Unterhaus, damit ich ihn hören kann? Ich möchte ihn dort sehen, in seinem anderen Leben.«

»Natürlich tue ich das, meine Liebe, natürlich«, antwortete ich, »aber ich führe dich an den langweiligsten Ort in London, abgesehen von einer freidenkerischen Kapelle.«

»Ich finde es bestimmt nicht langweilig.«

»Nein, natürlich nicht. Aber vielleicht redet er ja nicht. Sogar die Iren halten ab und zu den Mund. Vielleicht sitzt er in der Bibliothek und schläft oder schreibt einen Brief. Vielleicht schreibt er nach Hause.«

»Nein«, sagte sie, »tut er nicht. Das werden wir verabreden. Er wird mir einen guten Termin nennen, und dann verständige ich dich.«

»Sein anderes Leben«, sagte ich. »Ein seltsamer Ausdruck. Er hat doch mindestens drei. Er hat Kilpeder. Und er hat immer noch viel mit den Angelegenheiten der League zu tun – einige sind durchaus gefährlich, ob er nun im Parlament sitzt oder nicht. Er könnte leicht wieder für sechs Monate oder so in einer Gefängniszelle landen. Es ist schon vorgekommen, es kommt durchaus vor.«

Sie erhob sich in einer einzigen, graziösen Bewegung, trat ans Fenster und blickte in den Garten zu ihren Kirschbäumen hinaus, deren zarte Zweige jetzt keine Blätter mehr hatten. Sie hielt ihr Glas in beiden Händen, dann nahm sie mit plötzlicher Bewegung, wie ein Mann, einen tiefen Zug.

»Dies ist sein Leben«, sagte sie. »Hier. Und es ist meins.«

In diesem Moment, als ihre Worte noch in der Luft hingen, begriff ich, wie ernst die Sache geworden war.«

»O meine Liebe«, sagte ich. »O liebe Sylvia.«

»Warum ›o liebe Sylvia‹?« fragte sie, ihren langen schlanken Rücken mir zugewandt, als spräche sie mit dem Fenster, den kahlen Bäumen, sich selber. Und dann fragte sie mich, wenn auch, ohne sich umzudrehen: »Warum, Lee? Warum ›o liebe Sylvia‹?«

»Weil ihr verliebt seid. Ihr beide, du und Robert Delaney.«

»Ja«, erwiderte sie. »Das sind wir. Ich auf meine Art und er auf seine; unterschiedliche Arten, aber ja, wir sind verliebt.«

»Wenn du das so meinst, wie ich weiß, daß du es meinst, dann ist das eine gefährliche Angelegenheit. Könnte gefährlich werden. Ihr brecht die Regeln.«

Wir haben diese Regeln immer noch, ausgefeilte Regeln – ob der Besucher seinen Hut und seine Handschuhe auf dem Dielentisch lassen darf, wie an Wochenenden auf dem Lande die Gästezimmer verteilt werden – Regeln, so kompliziert wie ein von Persern oder Chinesen ersonnenes Spiel, aber im großen und ganzen brauchbar.

Sie wandte sich nun um und sah mir voll ins Gesicht. »Tom und ich führen eine Ehe, die weit außerhalb der Regeln liegt, findest du nicht?«

»Nicht außerhalb der Hauptregel«, widersprach ich. »Die Hauptregel lautet: Du darfst dich nicht erwischen lassen, das weißt du verdammt gut. Und Liebe kann das restlos zur Hölle gehen lassen. Liebe, falls ich dich daran erinnern muß, ist eine Leidenschaft.«

»Tom und ich lieben uns. Er auf seine Weise und ich auf meine. Wir haben keine – was war noch deine vulgäre Bezeichnung dafür?«

»Tom und du, ihr habt eine Liebe, die ich für stärker halte als deine Gefühle für Delaney. Aber an *Leidenschaft* kann ich dabei nicht denken.«

Sie stand einen Moment lang bewegungslos da, wie schachmatt, dann goß sie sich noch einen Irish ein und gab, fast wie auf einen nachträglichen Einfall hin, auch in mein Glas einen Schuß.

»Bobs Führer«, sagte sie, »aus dem bißchen, das ich hier und da aufgeschnappt habe – das ist keine Geliebte, die er da hat, keine vulgäre Dirne in Seide, die er in Saint John's Wood versteckt. Er ist in diese Mrs. O'Shea verliebt – so behaupten manche. Das ist gefährlich, ist gefährlicher.«

»Das ist es allerdings«, sagte ich. »Wenn es stimmt. Aber darauf kommt es nicht an.«

Was der absurden Vorstellung ein Ende machen sollte, daß die Beziehung zwischen Parnell und Katharine O'Shea erst kurz, ehe der Skandal losbrach, bekannt geworden wäre. Sylvia hatte natürlich von Robert Delaney darüber gehört, aber bei mir war das nicht der Fall. Ich wußte es, weil es das allgemeine Gesprächsthema im Unterhaus war, unter Liberalen und Konservativen, und vom Parlament aus war es schon Jahre vorher in die Clubs und aus den Clubs in Salons und Schlafzimmer getragen worden. Katharine O'Shea hatte einige Male sogar als Botin fungiert, hatte Botschaften zwischen Parnell und Gladstone hin und her getragen, ebenso ihr Ehemann, so unglaublich das auch scheinen mag, ein erbärmlicher kleiner Exoffizier, der sich an seinen Kapitänsrang anklammerte wie an einen Beweis seiner Respektabilität – Captain William O'Shea, »Willie«. Und Willie machte auch für Joe Chamberlein den Boten. Ein schmutziges kleines Dreieck, das allein deshalb Klatsch hervorrief, weil es mit dem Parnell der Legende nur schwer zu vereinbaren war.

»Und Delaney«, fragte ich, »wie sieht Delaney die Gefahren, die in allem liegen – die Gefahren für ihn? Und für dich?«

»›Robert‹«, sagte sie, »ich möchte, daß du ihn ›Robert‹ nennst. Du bist mein guter Freund, Lee, und ich möchte, daß du auch sein Freund wirst.«

»Gerne«, antwortete ich. »Ich bin sehr angetan von ihm. Und ich habe ihn am Werk gesehen, vor den Toren der boykottierten Güter – der Güter deiner Nachbarn und ehemaligen Freunde übrigens. Ein hervorragender Mann. Es wundert mich gar nicht, daß du dich zu ihm hingezogen fühlst, das macht mir keine Sorgen.«

Sie nippte an ihrem Whiskey, dann setzte sie sich mir wieder gegenüber und schenkte mir ihr Sylvia-Lächeln: Unwiderstehlich, unerreichbar für Argumente oder Logik. »Ich glaube – wohlgemerkt, Lee, ich sage, ich glaube – daß ich sehr glücklich bin. Ich kann das nicht sicher wissen, weil ich nicht viel Glück gekannt habe. Nicht, daß ich unglücklich gewesen wäre, aber – du weißt schon, was ich meine.«

Unerreichbar für Argumente, Logik? Ich glaube das immer noch, aber ich bin nicht sicher, ich weiß nur, daß ich nie wieder versucht habe, ihr die Sache auszureden. Vielleicht hätte ich es tun sollen – Freundschaft drängte mich dazu, Liebe zu beiden, zu Tom wie zu Sylvia; Familienloyalität – alles drängte mich dazu. Aber es hätte nichts genutzt. Wer kann gegen das Glück argumentieren, welche Waffen können ihm etwas anhaben?

25

[Patrick Prentiss / Hugh MacMahon / Robert Delaney / Lionel Forrester]

Patrick Prentiss kannte natürlich die erste Erwähnung Robert Delaneys, die Sir Henry Lucy in seinem *Tagebuch des Salisbury-Parlamentes 1886–1892* noch einmal veröffentlicht hat. Es war übrigens die erste von etlichen Erwähnungen Delaneys, aber sie legte den Tonfall fest, und sie war in Lucys bestem oder schlechtestem Stil geschrieben: geschwätzig, herablassend, höhnisch.

Ein obskurer Abschnitt in den Morgenzeitungen erzählt uns vom Tod eines Mannes, der einst im Unterhaus sehr viel Platz eingenommen hat, Major O'Gorman. Er war der bei weitem größte Mann im Parlament, von gewaltigem Umfang, großem Herzen und Geist, und der Liebling der Journalisten. Er war unbeschreiblich witzig, der wahre Ire aus Fleisch und Blut (und von beidem hatte er große Mengen), den Charles Lever oft zeichnete, und für Mr. Disraeli eine unversiegbare Quelle der Erheiterung. Es war ein Erlebnis, Mr. Disraeli mit seinem Monokel im Auge zu beobachten, wenn sein Gesicht bei einem ungewohnten Lachen neue Falten warf, während er den Major in den Konvulsionen seiner rednerischen Leidenschaft sah. Aber der Major hatte mehr als dieses elefantöse Gewicht. Er war der beste der alten irischen Schule, abgesehen von Mr. Butt, Vorsitzendem seiner Partei. Er hatte seinen Titel ehrlich erworben, war für Ihre Majestät in ihrer scharlachroten Uniform auf das Schlachtfeld getreten. Und mehr als einmal hatte er auf dem Felde der Ehre gekämpft, wo es, ob seiner Ausmaße, nahezu als Wunder gelten muß, daß er das Gefecht überlebte. Aber vielleicht war er in seiner Jugend schlanker, oder er stand unter dem Schutz dieser Marienmedaillen, ohne die er angeblich keinen Schritt tat; denn er war selbstverständlich ein eifriger, aber niemals bigotter Sohn der Heiligen Mutter Kirche.

Und wen sollen wir als Vertreter der Bande erwählen, die Butt und Shaw und O'Gorman und The O'Donoghue ersetzt hat – Mr. Parnells auserlesene Mannschaft? Sollen wir uns für William O'Brien entscheiden, einen Zeilenschinder von einem Journalisten, der einen

Hang zu blutrünstiger Rhetorik hat, oder den gerissenen kleinen Mr. Tim Healy, Mr. Parnells Schoßhund, der jetzt jedoch kein Schoßhund mehr ist, wie die Gerüchte sagen, und der ohnehin immer etwas Katzenhaftes hatte, grausame Krallen und messerscharfe Zunge? Sollen wir Mr. F. X. O'Brien nehmen, dem die Auszeichnung zukommt, 1867 als letzter in diesem Königreich dazu verurteilt worden zu sein, gehenkt, gestreckt und gevierteilt zu werden? Soll es eine oder sollen es vielleicht zwei Personen sein, von denen es flüsternd heißt, daß sie ein kleines bißchen mehr über die Schlächterei im Phoenix-Park, über die Mr. Parnell ein so demonstratives Entsetzen vorführt, wissen, als sie darüber wissen sollten?

Nein, diese Fälle sind zu ausgefallen, und, im letzten Fall, zu empfindlich. Nehmen wir doch lieber Mr. Robert Delaney, Abgeordneter für County Cork. Ein energischer Mann ist dieser Mr. Delaney, die Nervosität seiner ersten Parlamentsperiode liegt hinter ihm, er ist mittelgroß, kräftig gebaut und durchaus gutaussehend mit seinem dicken braunen Schnurrbart. Bisweilen erscheint er im gröbsten Tweed im Unterhaus, wie es jedes Mitglied bisweilen tut, aber dieser Tweed ist so connemarahaft grob, daß man erwartet, Schnepfen aus den Taschen auffliegen zu sehen. Meistens jedoch ist er, anders als die große Mehrheit in Mr. Parnells »Gefolge«, unauffällig, sogar elegant gekleidet, als ob eine starke Hand – oder vielleicht sollten wir lieber sagen, eine sanfte weibliche Hand – ihn zu einem anständigen englischen Schneider geführt hätte.

Wie der verstorbene Major O'Gorman hat auch Mr. Delaney der Königin Rock getragen, aber einen Rock von ganz anderer Qualität und Schnitt, mit breiten Pfeilen bedruckt; nicht, weil er der Königin gedient hat, sondern weil er an der lächerlichen, aber leider mörderischen Fenier-Rebellion gegen sie teilgenommen hat. Diese wenigen Stunden der Rebellion und die Monate des Schleichens und Konspirierens, die vor ihr lagen, sind ihm zweifellos gut bekommen. Er ist der »Held«, oder einer der »Helden« einer Ballade, die auf dieser Episode beruht und die in Irland bei politischen oder alkoholischen Anlässen große Beliebtheit genießt, soweit sich diese beiden Anlässe überhaupt voneinander trennen lassen.

Mr. Delaney sitzt in den obersten Gremien der Irish National League, vor allem ihres agrarischen Flügels, des Flügels, der sich mit Moonlighting, Whiteboytum, dem Verstümmeln von Vieh und dem Ermorden von Grundbesitzern und widerborstigen Pächtern befaßt. Er ist deshalb ein natürlicher Verbündeter von Männern wie Mr. Dillon und Mr. O'Brien, wobei jedoch von Anfang an zu bemerken war, daß er seinem Führer gegenüber besondere Loyalität bewahrt. Kein anderes irisches Mitglied, mit Ausnahme anfangs von Mr. Healy, zeigt eine bereitwilligere Fähigkeit, Mr. Parnells Wünsche zu erkennen und auszuführen. Und Mr. Parnell seinerseits hat Mr. Delaney eine gewisse Herzlichkeit gezeigt, weit entfernt natürlich von wahrer Kumpanei, aber immerhin etwas anderes als die eisige Distanz, die er zu einem so wirkungsvollen Aspekt seines politischen Daseins gemacht hat.

In Mr. Delaney, könnten wir zusammenfassend sagen, haben wir ein fast perfektes Beispiel des neuen Iren, dessen Typus aus dem Zusammentreffen geschichtlicher Zwänge entsteht, gefördert durch die seltsame, erhabene Gestalt, die sich zum Herren über sie aufgeworfen hat und natürlich durch gewöhnlichen, altmodischen Ehrgeiz. Denn Mr. Delaney ist ein ehrgeiziger Mann, daran kann kein Zweifel bestehen: Ein Ladengehilfe, der zum Rebell, der zum Anwalt, der zum Landagitator, der zum Parlamentsmitglied wurde und der in eine der großen Kaufmannsfamilien eingeheiratet hat oder – wie sie auf jener Insel genannt werden –, in eine der großen »Gombeen«familien Irlands, die Tullys aus West Cork. Er hat sogar die eine Eigenschaft, die einzig den alten und den neuen Iren unterscheidet – einen Hauch von Gefahr, denn sein Führer bei der Fenierrebellion war »Ned« Nolan, »Dynamit«-Nolan, der, nach allgemeiner Ansicht, wenn nicht in die Schrekken des Phoenix Park, so doch auf jeden Fall in die neueste Serie von Dynamitanschlägen und Angriffen auf Eigentum und Leben der Bürger in London und anderen englischen Städten verwickelt ist. Und wenn Mr. Delaney sich von seinem ehemaligen Führer losgesagt hat, so hat das der Unterzeichnende ebensowenig gehört wie das Unterhaus.

»Bestimmt«, sagte Patrick Prentiss zu O'Clery, dem Freund seines Vaters, als sie zusammen im Stephen's-Green-Club saßen, dem Club, den Katholiken und jovialere Protestanten besuchten, »bestimmt«, er sprach von einem kurzen späteren Eintrag in Lucys *Tagebuch*, »kam das der Wahrheit ziemlich nah?«

Die leichte Herzlichkeit, die zwischen Mr. Parnell und diesem äußerst unwahrscheinlichen Objekt dafür besteht, dem Abgeordneten für Cork, Mr. Delaney, mag weniger geheimnisvoll sein, als wir zuerst angenommen hatten. Sie leben ihre Privatleben fürwahr weit außerhalb der Blicke der Öffentlichkeit, und das mag eine Bindung schaffen, so dünn sie vielleicht auch ist.

Das Haus wird übrigens, wie wir jetzt wissen, von einem neuen Mitglied für Galway bereichert, Captain William O'Shea, einem eleganten Militär a. D. mit funkelndem Monokel und gewissenhaft gewichstem Schnurrbart. Die dramatischen Umstände, durch die er den unwilligen Wählern Galways aufgezwungen wurde, werden noch in guter Erinnerung sein. Mr. Parnell steht offenbar aus irgendeinem Grunde in seiner Schuld, und als irischer Gentleman zahlt er seine Schulden selbstverständlich pünktlich und gewissenhaft.

»Das kommt der Wahrheit allerdings sehr nah«, sagte O'Clery. »Aber diese elende Nachwahl in Galway 86 hat natürlich alle Gerüchte aufgewirbelt, weit über die Partei hinaus, und am Ende schlugen sie sich auch als gedruckte Anspielungen und Andeutungen in diesem ganzen schleimigen Sumpf nieder. Dieses kleine Schwein Stead, dieser geifernde, scheinheilige, bigotte Schmierenjournalist brachte ein oder zwei Bemerkungen. Lucy war sogar noch relativ zurückhaltend.«

Sie saßen an den hohen Fenstern des Clubs und beobachteten Flaneure unterwegs vom oder zum Shelbourne. Auf der anderen Straßenseite waren die Bäume von St. Stephen's Green üppig belaubt, Enten schwammen auf ihrem Spielzeugsee, beobachtet von den Bänken her von Kindern und Gouvernanten. Ein kleines Mädchen rannte ans Wasser, jagte den Enten einen Schrecken ein, verteilte dann aber Brotkrusten, und die Enten schwammen wieder zu ihr hin.

»Die Sache mit Delaney, meine ich«, sagte Prentiss und zitierte die Worte, die er auf eine Karteikarte geschrieben hatte.

»Das! Daran habe ich nicht einen Moment gedacht. Und ich glaube nicht, daß ich das damals getan habe. Nein, damals können es nicht viele gewußt haben, weder Iren noch Engländer, Whigs oder Tories. Obwohl Delaney inzwischen ein Mann war, den man im Auge hatte. Nein, das wurde erst Jahre später bekannt. Hat Lucy es noch einmal damit versucht?«

»Nein«, antwortete Prentiss. »Kein einziges Mal. Erst am Ende, als alles zusammenbrach.«

»Seltsam. Ein Vögelchen singt einmal, und nur ein einziges Mal, in Harry Lucys empfindsames Ohr.«

»Er war ein Mann, den man im Auge hatte, sagen Sie.«

»O ja, ja, allerdings. Nicht Dillons Kaliber, noch nicht jedenfalls; aber er steuerte darauf zu. Ein kommender Mann, wie der junge Johnny Redmond, und du siehst ja, wie weit der es gebracht hat. Aber an Johnny Redmonds Rockschoß hängen ja auch keine Skandale.«

»Er war so oft zu Hause, in Kilpeder«, sagte Prentiss, »vielleicht hat...«

»Land-League-Angelegenheiten, und die Landagitation schritt rasch voran, das weißt du ja. Er arbeitete mit Dillon und O'Brien am Kampagnenplan. Und er war ja auch noch Anwalt mit großer Praxis. Am Ende teilte er sich die allerdings mit Dan Mulkerns in Millstreet; sie hätten sich zusammengetan, wenn das alles nicht passiert wäre.«

O'Clery erhob eine gewichtige Hand von seiner Sessellehne und winkte dem Kellner, der ruhig, im Halbschlaf, an der Wand des ansonsten verlassenen Raumes gelehnt hatte.

»Aber in Wirklichkeit«, fuhr O'Clery fort, »das habe ich wenigstens gehört, wollte er seinen Sohn besuchen. Dermot hieß er. Nein, Conor. Er vergötterte diesen Knaben, heißt es. Du darfst mich natürlich nicht nach Delaneys Familienleben fragen. Wir waren im Haus in gewisser Weise Verbündete. Aber wir haben uns nie nahegestanden. Dieser Freund von dir, der Schulmeister in Kilpeder. Den mußt du fragen.«

Conor bestimmt nicht. Prentiss hatte einen Versuch bei Conor unternommen und war mit Argwohn empfangen worden. Conor wollte nicht über seinen Vater sprechen, weder mit Prentiss noch mit irgendwem sonst.

Als der Kellner ihnen ihren Morgenkaffee serviert hatte, waren auch andere Clubmitglieder hereingeschlendert, zwei oder drei Gruppen, dazu ein Mann allein, den Prentiss erkannte: Blake-O'Ferrall, ebenfalls Verteidiger, wie O'Clery, wie sein Vater. Es war die Welt seines Vaters.

»Nach dieser Wahl in Galway 86«, murmelte O'Clery, »als Parnell uns Willie O'Shea in den Rachen stopfte, ob wir wollten oder nicht. ›Die O'Sheas werden Ihr Ruin sein‹, sagte Joe Biggar zum Chef. Ein grimmiger, ehrlicher kleiner Ulstermann war Joe Biggar.«

»Bob Delaneys Ruin, wenn wir das so nennen können…« begann Prentiss.

Mit einer Schnelligkeit, die ihn überraschte, packte die gewichtige alte Hand seinen Arm. »Ruhig, Patrick. Immer mit der Ruhe. Es ist fünfzehn Jahre oder weniger her. Wir reden nicht über den Dritten Kreuzzug, weißt du, oder über das Leben in Versailles. Blake-O'Ferral drüben hat Delaney gut gekannt, aber ich würde ihn an deiner Stelle nicht nach ihm fragen. Du würdest dir nur eine Serie von Flüchen einhandeln. Blake-O'Ferral ist ein Freund von Healy; sie haben Parnell wütend bekämpft. Dein Vater stand auch auf ihrer Seite, das weißt du, aber er war nie fanatisch, das darf ich wohl sagen. Großer Gott, der Mann mußte dem Lande zuliebe gehen, der Partei zuliebe – so hat dein Vater das gesehen. Aber kann man einem Mann eine Liebschaft zum Vorwurf machen, eh? Einen Unterrockzipfel?«

»Wir sprachen über Robert Delaney«, erinnerte Prentiss ihn sanft.

»Ich habe sie einmal gesehen«, erzählte O'Clery. »Nicht mit ihm natürlich. Sie ritt im Park aus, mit ihrem Mann. Gott, was für eine Frau, Patrick! Weißt du, an wen sie mich erinnerte, als sie da auf ihrem Pferd saß – ich erinnere mich an das Pferd, es war kastanienbraun, und an ihr schwarzes Reitkostüm? An Elisabeth, die österreichische Kaiserin. Sie ist zum Reiten hierher gekommen, weißt du, Elisabeth meine ich. Hatte hier einen Liebhaber. Nein, nein, Patrick, Sylvia Ardmor könntest du niemals als Unterrockzipfel bezeichnen.«

»Sie wurde aber so genannt«, erwiderte Prentiss. »In Kilpeder. Ich habe eine Bezeichnung gehört, die Healy für sie hatte.«

»Healy!« sagte O'Clery und ließ es darauf beruhen.

»Geliebt«, antwortete Hugh MacMahon Prentiss. »Natürlich hat Bob Conor geliebt. Warum sollte ein Mann seinen eigenen Sohn denn nicht lieben? Und als Conor klein war, hat er Bob vergöttert. Du konntest oft sehen, wie er Bob aus großen Augen anstarrte. Einmal, als Bob in der Stadt eine Rede hielt, sah ich einen Moment lang Conor, er stand in der Menge, allein – Agnes mochte solche Massenversammlungen nicht –, es muß während der großen Ferien gewesen sein, er war von Clongowes Wood zu Hause, und er schaute zu Bob auf, der in diesem Moment nicht einmal redete; er hatte gerade O'Brien vorgestellt. Dieser Junge hat seinen Vater vergöttert. Damals. Jetzt würde man nicht auf die Idee kommen, was meinen Sie, Patrick?«

»Wahrscheinlich nicht«, antwortete Patrick. »Das Ende muß für einen Jungen, der so empfand, ein arger Schock gewesen sein. Und im letzten Jahr hatte niemand von Ihnen große Freude an Delaney, nehme ich an.«

»Das könnten Sie so sagen«, meinte MacMahon trocken. »Aber natürlich zeigte Bob seine Liebe auf seine eigene Weise. Er hatte soviel zu tragen, daß er nicht genug Zeit für den Jungen hatte. ›Ja, Kleiner, was ist denn los?‹ fragte er. So etwas. Und oft genug habe ich Conor mitgenommen, wenn ich mit meinen eigenen Söhnen angeln ging, weil Bob in London war oder irgendwo im County oder in Tipperary oder wo auch immer für irgendeine Sache kämpfte. Aber das hat Conor niemals etwas ausgemacht. ›Mein Vater ist ein Soldat für Irland‹, sagte er dann immer, ›und Soldaten müssen in ihre Kriege ziehen. So ist es eben.‹«

»Sahen sie sich ähnlich?« fragte Prentiss, und MacMahon prustete plötzlich los.

»Nein, überhaupt nicht. Wo in aller Welt gibt es schon Blut, das es mit dem Blut der Tullys aufnehmen kann? Blutzellen wie ein Elefantenbulle müssen sie haben. Und im Herzen und im Kopf ist es genauso: Wenn Sie ein Tully sind, dann kommt es früher oder später zum Vorschein, hart wie Granit.«

»Nur nicht bei Vincent«, meinte Prentiss.

»Nein. Nicht bei Vincent.«

Aber was ich Patrick einfach nicht erzählen konnte, neben vielem anderen, was zweifellos viel wichtiger war, das war, daß ich das Gefühl hatte, Bob vernachlässigte Conor. Wenn er an einem seltenen Sonntag in der Stadt war, dann machten wir beide unseren üblichen Spaziergang in die Berge, und das war wichtig für ihn, und er schien weniger in unseren Worten seine Orientierung zu finden als in der Zuverlässigkeit unseres Schweigens, und vielleicht fand er seine Orientierung auch in der Geographie, denn wir hatten unsere festen Routen, vier oder fünf, eine führte in die Gegend, aus der die Delaneys stammten und aus der er sich vor langer Zeit auf der Suche nach Arbeit herausgewagt hatte. Eine andere führte in die fernen Derrynasaggarts, hinter denen Kerry lag. Und wir hatten niemals, keiner von uns, die Mission vergessen, die wir 67 übernommen hatten, als wir am Vorabend des Aufstandes das Terrain sondieren sollten, und welchen Schrecken es uns eingejagt hatte, die britische Armee dort in ihrer ganzen Macht und Würde zu sehen, als wir beide, vor dem Eisenbahnhotel in Killarney, begriffen hatten, daß die Rebellion fehlschlagen würde, was wir einander aber nicht gesagt hatten. Und wir hatten einen Weg, der uns nach Clonbrony Wood führte, wo das Herz von allem, was später passiert war, pulsierte.

»Sie wollen uns fertigmachen, Hughie«, sagte er vielleicht

plötzlich zu mir, »und auf faire Weise gelingt ihnen das nicht, deshalb werden sie zu anderen Mitteln greifen.« So erfuhr ich von ihm Neuigkeiten aus der großen Welt, in der er sich jetzt bewegte.

»Ach, meine Güte, Bob«, sagte ich, ganz der weise Kenner der Welt, »ihr schlagt sie doch in die Flucht. Es ist ganz umgekehrt. Achtzig Mitglieder im Unterhaus, durch ihren Eid gebunden, einander loyal. Ihr haltet in diesem verdammten Königreich das Gleichgewicht der Kräfte. Das sagt jede Zeitung, sogar die *Irish Times*, auch wenn sie es voller Wut sagt.«

»Das ist es ja gerade, begreifst du das nicht?« fragte Bob. »Die britische Regierung, Tories oder Liberale, werden doch nicht stillstehen und sich von einer Bande mutiger irischer Wegelagerer ausrauben lassen, von Brennan on the Moor*.«

Kühn, tapfer und furchtlos war der junge Brennan on the Moor: Wie einfach das Leben in den Balladen doch ist. Für mich und für die meisten wie mich, »anständige Nationalisten«, lag eine Art schwindelndes Siegesgefühl in der Luft, aber wir hatten von unseren Vorfahren nicht gelernt, damit umzugehen, dem Gaumen unseres Volkes war der Geschmack von Sieg nicht bekannt. Es war eine neue und köstliche Erfahrung. Unser Weg führte uns an diesem speziellen Sonntag zum Dorf Graney, in den Hügeln, einem durch Lied und Legende berühmten Dorf, wenn man die »Ballad of Clonbrony Wood« und »The Flight of Ned Nolan« zu den berühmten Liedern zählt. Am Ende unseres Spaziergangs, egal, wie spät, und ob es nun Sonntag war oder nicht, gab es immer eine Shebeen, deren Tür sich auf unser diskretes und rituelles Klopfen, einmal lang, zweimal kurz, öffnete. Und die Zeit, da bin ich fast sicher, war irgendwann gegen Weihnachten 86.

In London hatte Parnell sich mit Gladstone arrangiert – nicht als Bittsteller, wie Butt das vielleicht getan hätte, nicht durch einen gerissenen Handel mit Stil O'Connells, sondern als Stammesführer an der Spitze seines Volkes: So erschien er uns allen, Iren und Engländern, erhaben und entschlossen, eine Kreatur, wie die Tory-Presse schrieb, von satanischem Stolz. Und sie konnten das schließlich beurteilen, denn er hatte eine Weile mit ihnen geschäkert, um Mr. Gladstone nervös zu machen. Im Herbst war zu Hause der Kampagnenplan verkündet worden, und jetzt, gegen

* Willie Brennan, berühmter und vielbesungener Wegelagerer, erschossen 1807 während eines Überfalls.

Weihnachten, war die Kampagne voll in Gang und sollte das vollenden, was die Land League vier Jahre zuvor begonnen und zu dem Bobs *Weihnachten in den Boggeraghs* beigetragen hatte, nämlich, in Irland den Feudalismus zu zerschlagen.

»Das ist es ja«, sagte Bob noch einmal.

In der Nacht war ein leichter Schnee gefallen, und es war schwer, nicht an die Ereignisse von vor zwanzig Jahren zu denken – eine winterliche Landschaft, der Boden unter unseren Füßen hart, festgetrampelt vom Frost. Aber wir erwähnten sie beide nicht; vergraben in der Vergangenheit, verzerrt im Lied.

»Sie suchen immer noch nach Witterung«, fuhr er fort, »nach irgendeiner Spur, die sie von uns zu den Invincibles führt. Und wenn sie das nicht schaffen, dann wollen sie uns mit den Moonlighters und den Whiteboys in Verbindung bringen. Und das könnte ihnen sogar gelingen – einige von den League-Leuten in Mayo und Tipperary sind brutale Kerle, und es hat Morde gegeben. Balfour könnte so harte Zwangsmaßnahmen gegen uns verhängen, daß sie uns restlos zur Strecke bringen, uns handlungsunfähig machen.«

»Es spielt doch keine Rolle, was die Engländer tun«, sagte ich, »wenn unser Volk hinter euch steht. Unser Volk und die Kirche.«

An diesem Morgen in der Messe, als winterlicher Sonnenschein auf Altar, Bänke, durch Fenster aus buntem Glas fiel, grün, rot, gelb, hatte ich nicht an Christus und Sein Opfer denken müssen, sondern an das Gemeinschaftsgefühl, das uns zusammenhielt, und daran, was es bedeutete. Denn vor zwanzig Jahren, im Jahr der Fenier, im Jahr von Clonbrony, hatten wir alle – Bob und Vincent und ich und Ned Nolan und die anderen – was wir getan hatten, mit den Worten priesterlicher Verdammnis in unseren Ohren getan, auch wenn wir unsere Ohren davor verschlossen hatten. Aber die Kirche unterstützte die Kampagne, wie sie Parnell und Home Rule unterstützte – Pater Meagher hatte uns das diskret und sanft klargemacht, hatte die Hände wohlwollend unter seinem Meßgewand gefaltet und in der Sprache gesprochen, die in Irland zur zweiten Sprache der Kirche geworden war, Rivalin von Latein, Englisch, Gälisch, Phrasen, die wir alle im Laufe der Jahrzehnte zu deuten gelernt hatten: »Die gerechten und gesetzlichen Maßnahmen, die ein unbewaffnetes und friedliches Volk ergreifen muß, wenn es seine kleinen Heimstätten, seine Herdfeuer schützen will…, weise Führer, Führer in unserer Stadt und weit über unsere Stadt hinaus, haben für euch einen Plan ersonnen, einen Plan zu eurem Schutz und zum Schutze junger Familien auf ihrer eigenen Scholle – einen Plan für eine Kampagne, würde ich ihn vielleicht zu nennen wagen, wenn das nicht politisch klänge, unangebracht in einem Gotteshaus.«

Mit »Führer in unserer Stadt« meinte er natürlich Bob und die beiden, die ihn in seiner Abwesenheit vertraten: Pater Mullane, den Kaplan, und Brendan Fogarty, den neuen, jungen katholischen Anwalt der Stadt. Bob saß in der Bank der Tullys, Bob und Agnes und Conor, und hinter seiner Schulter konnte ich den alten Tully sehen, seinen polierten dunkelrosa Schädel, mit einer lila Geschwulst an der Seite über dem Ohr, groß wie ein Rotkehlchenei.

»Ja«, sagte Bob in seiner schroffen, respektlosen Art, »die Kirche hat sich in dieser Frage überraschend gut benommen. Sie hat den Erwartungen entsprochen. Vielleicht war es falsch von mir, daran zu zweifeln: Die Kirche wittert unseren Sieg wie die Trüffelschweine Trüffel.« Er versetzte mit seinem Schwarzdornstock der trockenen Hecke einen Hieb. »Jahrhundertelang Übung. Das macht sich bezahlt.«

»Du bist genau so zynisch wie Vincent«, sagte ich schockiert und belustigt. »Aber du sparst dir das für Privatgespräche auf.«

»Private Respektlosigkeit würde Vincents Zwecken nicht dienen. Sein Ziel im Leben ist es, den Alten zu schockieren.«

»Ein bescheidenes Ziel«, sagte ich. »Leicht zu erreichen. Du bist heute nicht zur Kommunion gegangen, habe ich zufällig gesehen.«

»In Kilpeder ist Privatleben so gut wie unmöglich«, erwiderte er. »Nein, bin ich nicht. Ich hatte nicht gebeichtet.«

»Ich wollte nicht aufdringlich sein«, sagte ich. »Nur ein freundliches Wort. Was ein Parlamentsmitglied tut, wird bemerkt. Wir haben nicht sehr viele, und von denen in der Vergangenheit gehörten nur wenige zu uns.«

»Ich habe schon verstanden«, sagte Bob.

Später, viel später, als Bob Delaney lieber allein trank, weder in Shebeens noch in Wohnzimmern von Freunden, sondern am Fenster mit der Spitzengardine, hinter der die Kirchtürme zu sehen waren, erinnerte er sich einmal, von all ihren gemeinsamen Spaziergängen mit Hugh MacMahon, an diesen Winterspaziergang, erinnerte sich daran aufgrund von MacMahons lässigen, wohlmeinenden Worten: »Du bist nicht zur Kommunion gegangen, habe ich zufällig gesehen.«

»Nein«, antwortete Delaney ihm, als er allein in seinem verstaubten Büro saß, das nur noch ab und zu ein Farmer besuchte, der sich aus den alten Zeiten an ihn erinnerte und eine anspruchslose Aufgabe für ihn hatte – ein zu beglaubigendes Dokument, eine Grundübertragung –, und als er sich mit zitternder Hand aus einer verschmierten Karaffe aus Waterforder Kristall Whiskey einschenkte, »nein, bin ich nicht.«

Ich hätte es ihm damals sagen können, hätte es ihm sagen sollen. Aber wie hätte er es denn verstehen sollen? Er hätte verstanden, schockiert und zornig, wenn ich ihm erzählt hatte, sagen wir, ich hätte League-Fonds veruntreut oder hätte für den alten Tully vierfach Buch geführt und aus seinem Vorrat zerknüllter Pfundnoten etliche in meine eigene Tasche überführt. Aber nicht, daß ich für Agnes nichts empfand, schon seit Jahren nicht mehr, daß mein wahres Leben sich in London abspielte, in einem schmalen schönen Haus in Chelsea, das selbst damals auf meine Rückkehr wartete, mit einem warmen, zuverlässigen Feuer gegen die Themsenebel und oben einem Bett, wo mein wahres Leben in ihren Armen, ihren geöffneten Beinen, Hüften lag, im warmen weichen Nest der Liebe.

Meine Liebe zu Sylvia übertraf sein Verständnis, das dachte ich damals. Und hatte ich nicht recht? Denn als ich es ihm erzählte, ein oder zwei Jahre später, als es aus mir heraussprudelte, weil der Whiskey für mich redete, hatte er da nicht genauso reagiert, wie ich es erwartet hatte – schockiert, ich konnte sehen, wie sich Arm und Schulter versteiften, konnte fast sehen, wie er seine Gedanken, sein Mitgefühl von mir abzog. »Erzähl mir nicht mehr davon«, sagte er.

»Wem soll ich es denn dann erzählen?« fragte ich ihn, den liebsten meiner Freunde. »Vincent vielleicht? Pater Meagher?«

»Erzähl es Gott«, sagte Hugh zu mir, »oder flüstere es ins Schilf, wie Midas in alten Zeiten.«

Mein Gewissen, soweit es vorhanden war, blieb lieber unbehütet oder bekämpfte sich vielleicht mit dem schottischen Priester der Kirche, die in der Nähe meiner Wohnung in Pimlico lag, einer

Gegend, die die MPs unserer Partei bevorzugten, da sie düster und freudlos genug war, um den nationalen Geschmack zu befriedigen. »Ach herrje«, sagte Pater Simpson, und seine Stimme erreichte mich durch die Dunkelheit und durch das Gitter. »Ach herrje, was für ein Durcheinander.«

Im Vorfrühling 1887 lud Sylvia mich zu einem späten Abendessen zusammen mit ihr und Delaney ein, das im Zimmer, das auf den Cheney Walk hinausging, vor dem Kamin serviert wurde. Es war ein geschäftiger Monat, eine geschäftige Jahreszeit für Delaney, der ununterbrochen hin- und herreiste, auf diesem elenden Postboot, zwischen London und Irland, da die Kampagne jetzt auf Hochtouren lief und der Landkrieg neu begonnen hatte, erst auf Clanricardes Gut in Portumna in Galway, dann bei De Freyne in Roscommon, bei dem großen Granden Landsdowne selber in Luggacurran, bei Brooke in Coolgreaney, Massereene in Louth. Und, natürlich – schicksalhaft, wie sich herausstellen sollte – bei Kingston in Mitchelstown. Einheimische führten die Agitation an, aber die Strategen der Kampagne waren O'Brien und Dillon und Delaney und einige andere. Jeder Sonntag sah einen von ihnen auf einem mit grünem Fahnentuch behangenen Podium, in irgendeiner Stadt eines Großgrundbesitzers, dessen großes Haus auf irgendeine Weise belagert wurde.

»Nein«, beantwortete Delaney meine Frage, »ich habe Weihnachten in Kilpeder verbracht.«

»Er hat seine Familie besucht«, sagte Sylvia mit aufgesetzter Bescheidenheit, als sie uns in gerillten, blaurot gemusterten Porzellantassen Kaffee einschenkte.

»Erstaunlich, daß Sie nicht die Möglichkeit gefunden haben, das Angenehme mit dem Nützlichen zu verbinden«, erwiderte ich. »Der Boykott von 1880 hat den armen alten George Wilcox vertrieben, aber es gibt ja immer noch Ardmor Castle.«

Bob lächelte und nahm ein Raucheretui von einem Beistelltisch, öffnete es und bot mir eine Zigarre an. Ich sah Sylvia an, und sie nickte.

»Wir leben recht häuslich, wie du siehst«, sagte sie. »Abendessen am Kamin, eine Zigarre. Philemon und Baucis.«

»Es ist kein Spiel, Mr. Forrester«, erklärte Bob. »Der Besitzer des Gutes Ardmor hat sich mit seinen Pächtern geeinigt, und ich bin sicher, daß Ihnen das bekannt ist. Aber nicht jeder Junker in der Baronie ist so vernünftig. Der Plan wird auch in Kilpeder ankommen, machen Sie sich keine Sorgen.«

Der Besitzer des Gutes Ardmor, eine nette Formalität.

»Nenn ihn Lee«, sagte Sylvia, »und Lee soll dich Bob nennen. Ich möchte, daß ihr gute Freunde seid. Ihr seid meine beiden guten Freunde.«

»Eddy Chute ist immer noch schwer mit seiner Property Defence Association am Werk, und diesmal wird es eine Tory-Regierung geben, die hier in London in sein Ohr flüstern kann. Er macht sich schon in Mitchelstown zu schaffen.«

»Um ehrlich zu Ihnen zu sein, Delaney«, sagte ich, »ich bin schändlich faul, wenn es um Politik geht. Ich lese kaum Zeitungen.«

»Lee schreibt ein Buch«, erklärte Sylvia ihm. »Zwei Bücher sogar. Wenn er Bücher schreibt, dann lebt er darin.«

»Nicht ganz«, widersprach ich.

»Was sind das für Bücher?« fragte er höflich, aber aus einem offenbar echten Interesse heraus. Sylvia hatte den richtigen Ausdruck gefunden: Philemon und Baucis. Und doch war es ein seltsamer Ausdruck, denn sie hatte niemals anziehender gewirkt, die Häuslichkeit bekam ihr gut, vielleicht auch der Ehebruch oder die Freuden des Bettes. Höchstwahrscheinlich alle drei. Aber vielleicht, um fair zu sein, war es Delaney, der in jenen Jahren auf seine Weise beeindruckend war, intelligent und energiegeladen. Und voller Selbstvertrauen.

»Zwei sehr unterschiedliche Bücher«, sagte ich. »Eins zum Vergnügen, von dem dann vielleicht ein paar hundert Stück verkauft werden und das respektvolle, nutzlose Rezensionen bekommen wird. Reiseskizzen, aufgrund von Notizen, die ich vor zehn Jahren oder mehr gemacht habe, Venedig, Bergamo.« Ich zuckte die Schultern. »Ich will nicht, daß das Übliche dabei herauskommt – Gondeln, Schatten auf den Kanälen, zerfallende Gebäude, Casanova. Das Schreiben ist ein Vergnügen, aber ich habe das Manuskript für den Frühling versprochen.«

»Tom und ich haben einige Monate in Venedig verbracht, nach unserer Hochzeit. Lee hätte uns dort besuchen sollen. Dann könnten wir im Buch vorkommen. Wie wir uns über eine Balkonbrüstung beugen oder in einen Kanal träumen.«

»Und das andere Buch?« fragte Delaney.

»Nicht der Rede wert. Es müßte scheffelweise Geld einbringen. Die beiden letzten haben das getan. Eine Art historische Romanze. Schwerter und schlichte Ehrlichkeit, mächtigen Schurken wird der Garaus gemacht, Verrat wird entlarvt.«

»Glaub ihm kein Wort, Bob«, sagte Sylvia. »Er ist sehr sorgfältig bei seinen Romanzen. Er kettet sich an einem Schreibtisch im British Museum an. Wie dieser deutsche Jude, von dem du uns erzählt hast, Lee, der jeden Tag da sitzt und in unserem Museum unsere Vernichtung plant, mit Hilfe unserer Bücher.«

»Er ist jetzt tot«, erklärte ich. »Es ist Jahre her, daß er das Museum benutzt hat. Als ich jung war. Er ist sehr berühmt, oder vielleicht eher berüchtigt. Wirklich, Sylvia, liest du denn nie?«

»Die Bücher von Freunden, Gedichte von Freunden. Das hält mich in Atem.«

»Delaney hier, Bob hier – plant auch unsere Vernichtung, behaupten manche. Die derzeitige Regierung ist jedenfalls dieser Ansicht, und viele auf den anderen Bänken teilen sie.«

»Und Eddy Chute«, sagte Delaney lächelnd, entspannt am Kamin. Er genoß seine Zigarre.

»Und der arme George Wilcox, und Boycott oben in Mayo, und Mrs. Blake und andere«, fügte ich hinzu. »Sie planen ihre Vernichtung, gewissermaßen jedenfalls, nicht wahr? Ich frage aus unparteiischer Neugier heraus.«

»Der Eigentümer«, begann er, und dann sagte er, als ob ihm aufgegangen wäre, wie gestelzt er sich ausdrückte, »Lord Ardmors Vernichtung wird nicht erwogen. Er hat sich zweimal mit den Ardmor-Pächtern geeinigt, einmal im schlimmen Jahr 79, als die Land League gebildet wurde, und jetzt wieder, im Zusammenhang mit dem Kampagnenplan.«

»Er kann sich das leisten«, sagte ich. »Die kleineren Grundbesitzer können das nicht.«

»Genug jetzt«, befahl Sylvia, ernst, aber im Tonfall aufgesetzter Wut. »Politik nach dem Essen vor einem winterlichen Kamin. Ich schlafe gleich ein, wenn ihr beide mich weiter so anbrummt.«

Sie sagte die Wahrheit, und doch nicht ganz die Wahrheit, denn Politik langweilte sie tatsächlich, fast so sehr, wie sie mich langweilt, und sie hatte kein besonderes Interesse an dieser Seite Delaneys. Sie sah seine andere Seite, den Verschwörer, den Ex-Sträfling, den Mann, der Mobs von Pächtern vor Domänentore geführt hatte, mit nächtlichen Fackeln, die loderten wie die von Brandstiftern, den Mann, der auf Podien eine Sprache verwendete, die nur um Haaresbreite von strafbarer Aufwiegelei entfernt war. Sie mochte den Delaney von Clonbrony Wood. Nein, sie liebte ihn natürlich.

Am Abend einige Wochen vorher, als ich mit ihr aufgrund von Delaneys Versprechen, er werde reden, ins Unterhaus gegangen war, hatte ich sie ab und zu angesehen, als sie auf der Damengalerie saß und sich graziös, aber nicht ganz damenhaft vorbeugte, ihren Ellbogen auf ihr Knie und ihr Kinn auf ihre kleine Faust stützte. Sie wandte mir ihr Profil zu, ihr Gesicht war unter ihrem geschwungenen und dramatischen Hut eine Kamee, eine Locke hatte sich darunter befreit.

Delaney trieb Arthur Balfour in die Enge, den Neffen Salisburys und den neuen Oberstaatssekretär für Irland. Nicht daß Balfour, ein träger Schöngeist, sich so leicht in die Enge treiben ließ; und all seiner Affektiertheit und seiner literarischen Bravour zum Trotz machte es ihm eine caligulasche Freude, Kampagnenplaner ins Gefängnis zu werfen, darunter auch einige, mit denen Delaney auf Podien gestanden hatte. Obwohl die beiden, der Schöngeist und der Ladenschwengel, die Schicklichkeit des Hauses wahrten, war ihr Haß aufeinander doch offenkundig.

»Der Herr Oberstaatssekretär«, sagte Delaney zum Beispiel, voller Verachtung für solche Heucheleien wie »mein ehrenwerter Freund« oder »der sehr ehrenwerte Gentleman«. »Der Herr Oberstaatssekretär ist entschlossen, die Gefängnisse Irlands mit denen zu füllen, die den Mut haben, für die armen vertriebenen Pächter Irlands zu sprechen. Genau wie er und seine Vorgänger entschlossen waren, die Arbeitshäuser und die Totenschiffe nach Halifax und Boston und New York mit den Vertriebenen zu füllen. Einige dieser Schiffe jedoch sind nicht untergegangen, und ihre Ladung hat in den Vereinigten Staaten und in Australien ein Irland im Ausland gepflanzt, das dieses Königreich zutiefst erschüttert hat und das ihm weiter Ärger machen wird, bis Irland Maßnahmen erreicht hat, die das Leben für die Ärmsten seiner Armen sicherstellen.«

»Der Vertreter für Cork«, sagte Balfour in seiner gedehnten Sprechweise, »verfügt über eine Kenntnis der Aktivitäten der Iren in Amerika, vor der ich mich bereitwillig verbeuge. Und ich würde ebenso wie der Innenminister äußerst gern alles hören, was er uns zweifellos über die Aktivitäten seiner irischen Yankeefreunde erzählen kann, seiner ehemaligen Waffengefährten, darf ich sie wohl nennen.«

»Nennen Sie sie, wie Sie wollen«, erklärte Delaney mit plötzlich aufflammendem Zorn. »Denen ist es scheißegal, wie Sie sie nennen, und mir auch.« Er setzte sich, sein Zorn hatte seine übliche Geschicklichkeit beim Debattieren zerstört, und er verschränkte die Arme.

Healy kam ihm zu Hilfe.

»Vielleicht interessiert es den sehr ehrenwerten Gentleman auch, wie er selber in den Zeitungen von New York und Boston genannt wird.« Lustknabe war so ungefähr das einzige, als das er dort nicht bezeichnet wurde. »Bunthorne« war eine Umschreibung, die von denen, die gebildet genug waren, um von Gilbert und Sullivan gehört zu haben, oft verwendet wurde, und dann gab es noch »zarte Blüte« oder »trippelnde Miss Arthur«. Nicht, daß das Balfour irgendwie gestört hätte, der Healy mit fast zärtlicher Verachtung anlächelte, denn er wußte den raschen Einsatz von Healys Gossentaktik zu schätzen.

Als Delaney an diesem Abend dann wieder sprach, hatte er sich unter Kontrolle, und er beeindruckte mich, wie einige andere von Parnells Leutnants, seine »neuen Männer«, wie sie genannt wurden, wie er die meisten, die ihn hörten, beeindruckte: Seine Argumente marschierten wie Bataillone auf und verstärkten seine Schmähreden, und er sprach nun, anders als vorhin, als Balfour seine Verteidigung durchbrochen hatte, mit wohlüberlegter und zorniger Gewißheit. Und während dieser ganzen Zeit, bei beiden Gelegenheiten, konnte Sylvias Kameenprofil allen, die Augen hatten, um zu sehen, seine eigene Geschichte erzählen.

Parnell selber blieb in dieser Zeit dem Parlament oft wochenlang fern, was den Anschein des Geheimnisvollen, der ihn umgab und den sogar viele empfanden, die inzwischen die Gründe für seine Abwesenheiten kannten oder errieten, nur verstärkte. Aber es stand ebenso fest, daß er weiterhin der Herr der Partei war und jede ihrer Bewegungen anordnete, mit Ausnahme, wie Delaney mir gegenüber einmal zugab, einiger Details des Kampagnenplans. In dieser Nacht jedoch ließ er sich zu einem Besuch im Unterhaus herab, er kam sehr spät, schlüpfte an seinen üblichen Platz und saß eine Stunde lang da, wobei er seine Hände tief in den Taschen seines Norfolkjacketts aus grobem Tweed vergrub, das er über einer Wolljacke nur halb zugeknöpft hatte. Bald darauf ließ er zwei oder drei Mitgliedern durch Zettelchen mitteilen, daß er mit ihnen reden wollte – Delaney gehörte dazu, Healy ebenfalls, der dritte war Justin McCarthy. Sie erhoben sich, als er sich erhob und durch den Mittelgang schlenderte, eine große, schlanke Gestalt. Er trug unpassenderweise eine weiße Rose im Knopfloch.

Es war einer der vielen Abende oder eine der vielen Nächte, die ich in Chelsea verbrachte; und Sylvia hatte recht, ich entwickelte eine Zuneigung zu Delaney – sie könnte als eine Art Freundschaft bezeichnet werden, wenn auch nicht als tiefe; denn uns trennte zuviel – Geschmack, Interessen –, und Ehrgeiz hat mich immer ein wenig abgestoßen, wie gut er auch verwendet oder versteckt wurde. Aber ich zog meine Nachmittage allein mit Sylvia bei weitem vor, vor allem als der Winter, sogar der Londoner Winter, sich langsam zum Frühling erwärmte. Sie freute sich immer, mich zu sehen, zum Teil, nehme ich an, weil ich so vieles als gegeben hinnahm, vielleicht sogar, oder vielleicht gerade Toms immer länger werdende Aufenthalte in Cortona. Unsere Freundschaft war echt und tief; aber es gab auch Zeiten, in denen Sylvia meine Gesellschaft wirklich brauchte, weil Bob wieder im Gefängnis saß – diesmal nicht in vornehmer Haft in Kilmainham, sondern in einem Provinzgefängnis mit harten Pritschen und elendem Fraß.

Aber ich dachte oft – wenn auch nicht mit besonderer Besorgnis, wie ich zugeben muß – über Emilys Frage nach, die sie mir an jenem Morgen im Bett in Ardmor gestellt hatte: Hatte ich Sylvia je begehrt? Ja, natürlich hatte ich das, aber auf komplizierte Weise, und doch hatte unsere Freundschaft zweifellos etwas Erotisches, so wie ein Zimmer durch ein Licht in eine bestimmte Farbe getaucht ist, die alles beeinflußt, was greifbar ist, und doch flüchtig bleibt.

Und Mr. Lionel Forrester, Lee Forrester, sagte Robert Delaney einmal zu sich selber, am Ende, als er sich alles überlegte; er trank an diesem Nachmittag nicht, sondern saß in seinem verstaubten Büro, hatte dem Marktplatz den Rücken gekehrt, und seine Hände ruhten flach auf dem schönen Schreibtisch aus hartem Holz, ein kleiner Stapel von unbearbeiteten, unwichtigen Anwaltsdokumenten war beiseite geschoben. Ein anständiger Bursche, im Vergleich mit seinesgleichen. Wie ihr Mann, wie Ardmor. Nein, der war mehr als anständig. Er hatte ein lässiges Auftreten, das ich bewunderte und fast nachgeahmt hätte, aber so dumm war ich denn doch nicht. Er wußte, wie man das Leben leicht nehmen kann, wie es im alten Lied über die Weidengärten, die Sally Gardens, heißt. Das Leben leicht zu nehmen ist ein Trick. Der Adel kennt ihn, die Eckensteher auch, und sogar der ein oder andere Viehtreiber, aber ich habe ihn nie beherrscht.

Wenn er auf diese Jahre zurückblickte, die Dick-Whittington-Jahre, wie Sylvia sie genannt hatte, dann erinnerte er sich an diese Eigenschaft, die alle, die ihn kannten, damals erwähnt hatten, sein Gefühl der Gewißheit. Aber er erinnerte sich auch an eine Zersplitterung, an abgrundtiefe Risse, die so tief lagen, daß er sich jetzt fragte, wie Selbstsicherheit sie überhaupt hatte begleiten können. Kilpeder und die Tullys, seine Abende mit Hugh und Mary, manchmal mit Vincent, jeden Morgen, wenn er in der Stadt war, sein Spaziergang, um seinen Pflichtbesuch im Laden und ein kurzes Gespräch mit dem alten Dennis zu absolvieren, ein unnötiger Gang, denn sie wohnten sich ja schließlich gegenüber, sie hätten zusammen frühstücken können, aber die Gewohnheit wollte es anders, und deshalb ging er zum Laden, inzwischen ein großartiges Gebäude, mit einem Jungen und zwei Mädchen als Aushilfe, die das taten, was er selber getan hatte, und dann ging er durch den Laden, vorbei an Stoffballen, Konserven, die jetzt in großen Mengen und großer Auswahl erhältlich waren, Roter Bete und amerikanischen Baked Beans, nebeneinander aufgestellten Hacken und Rechen, in das Büro, wo der alte Tully jetzt in aller Ruhe saß und eine Tür aus mattiertem Glas und Reihen von Kontobüchern ansah, seine Daumen in die Weste eingehakt oder die Hände hinter dem Kopf verschränkt, hinter dieser glänzenden Kuppel, die Hughie immer als das fleischgewordene Emblem des alten Tully bezeichnete, über Knochen gezogenes Fleisch, und über seinem Ohr das Geschwür der Weisheit.

»Schöner Tag, Robert«, sagte er dann.

»Stimmt«, erwiderte Delaney.

»Es sollte auch ein geschäftiger Tag werden«, sagte Tully, »für dich und auch für mich. Die Müden finden keine Ruhe, wie das Sprichwort sagt.«

»Deshalb sind sie ja auch müde«, meinte Bob. »Und dieser junge Brendan Fogerty erledigt deine Angelegenheiten gut?«

»Nun ja, das schon, Robert. Ich kann mich nicht beklagen. Natürlich wird er nie ein so guter Anwalt wie du werden. Aber er kümmert sich sehr gut um alle Angelegenheiten des Ladens, führt die Bücher tadellos, all die Algebra, die für mich das reine Griechisch war, bis du gekommen bist. Und er kümmert sich auch um einen gewissen Teil meiner anderen Angelegenheiten, die Darlehen, weißt du, jetzt in diesen schlimmen Zeiten habe ich sehr viel Geld verliehen und gebe mir alle Mühe, um zu helfen. Aber du weißt ja selber, Robert, das war schon so, lange ehe deine Angelegenheiten dich von hier fortgeführt haben, daß Land und Eigentum meine große Liebe wurden. Und ist das nicht der Ire in uns allen? Wir werden vielleicht im Laden geboren, aber unser Herz gehört dem Land.«

»Das wird behauptet«, sagte Delaney, »und es scheint ja auch zu stimmen.«

»Und dazu braucht man etwas mehr als einen kleinen Wicht wie Brendan Fogarty. Ich habe neulich mit Binchy oben in Charleville gesprochen, und er hat Dermody und Cox in Cork City sehr gelobt. Ich wollte dich fragen, Robert, was du von ihnen hältst.«

»Sie haben einen guten Ruf«, antwortete Delaney, »und das schon seit über einem Jahrhundert. Sie gehörten zu den ersten Katholiken in Munster, die als Anwälte zugelassen wurden. Es ist eine großartige Firma, sie kennen sich sehr gut aus.«

»Und beides Katholiken, sagst du. Das hatte mir wirklich Sorgen gemacht. Bei einem Namen wie Cox weiß man ja nie.«

»Es hat einen Watty Cox gegeben«, sagte Delaney. »Manche behaupten, er wäre katholisch gewesen.«

»Und ist das dieselbe Familie?«

»Durchaus nicht. Watty Cox war aus Dublin. Er gehörte 1798 zu den United Irishmen.«

»Ah!« Tully stieß patriotisch die Luft aus. »Sie erhoben sich in düsteren, üblen Tagen, um ihr Heimatland zu retten.«

»Es heißt auch, er sei Denunziant gewesen.«

»Gnädiger Gott«, sagte Tully, »Wir wollen hoffen, daß davon keine unten in Cork City sind, in den Büros von Dermody und Cox.«

»Denunzieren würde ihnen schwerfallen. Die meisten Fälle, die sie vertreten, sind die von Großgrundbesitzern, die von deinem Schwiegersohn belagert werden. Aber ich habe John Cox kennengelernt. Ein wirklich anständiger Mann. Wir haben zusammen gegessen, nachdem wir unter dem Auge des Gesetzes aufeinander eingeschlagen hatten.«

Tully lachte, scheinbar entzückt von diesem Einblick in das Leben eines anderen Handwerkes, seiner Rollen und Maskeraden. Dann sagte er jedoch ernsthaft: »Ich unterstütze den Kampagnenplan, Robert. Von ganzem Herzen. Das weißt du. Ein Ladenbesitzer kann nur wenig tun, aber vielleicht ist es für Männer wie O'Brien und Dillon und dich ein Trost, daß die soliden, respektablen Katholiken von Munster hinter euch stehen. Die Sträflingskleidung, die sie denen von euch aufzwingen, die sie ins Gefängnis werfen, ist eine Uniform, die voller Stolz getragen werden kann.«

Er hat diese Unform 67 mit anderen Augen gesehen, dachte Delaney. Aber die Zeiten ändern sich, die Leute ändern sich, selbst die Kirche ändert sich, auch wenn sie sich des Gegenteils rühmt. »Ich möchte meine eigene Kleidung nicht eintauschen«, meinte er, »und auch nicht mein bequemes Bett gegen eine Gefängnispritsche. Ich sehe mich vor.«

»Es muß für dich eine einsame Arbeit sein, drüben in London unter den Engländern. Zwei Zimmer hast du in Pimlico und ruinierst dir in billigen Garküchen den Magen.«

»Einsamkeit muß nicht sein«, erwiderte Delaney. »Es sind doch jetzt über achtzig von uns in London. Und billiges Essen auch nicht. Meine Praxis gestattet mir die Annehmlichkeiten, die ich brauche, und das sind nur wenige. Und natürlich meine Anteile am Laden hier.«

»Das ist großartig, Robert. Großartig. Einsam ohne Agnes, meinte ich. Ohne Agnes und den kleinen Conor.«

Meine Familie.

»Deshalb komme ich ja so oft nach Hause«, sagte Delaney. »Deshalb, und wegen der Kampagne.«

Vincent wäre normalerweise ein Gesprächspartner gewesen und hätte ihn mit einem Vergnügen, das in Vincents Fall absolut unschuldig war, nach den nächtlichen Freuden Londons in lüsternem Nebel, im Gaslicht ausgefragt. »Großer Gott, Bob, bei mir brauchst du doch nicht den Prüden zu spielen. Ich habe doch selber manche nette Nacht am Haymarket oder in der Music Hall angefangen. Hast du denn unsere schönen Ausflüge nach Paris in den alten Zeiten vergessen? Ein Mann wie du, der durch die einsamen Straßen des großen Babylon wandert, wie sie es nennen, von

Westminster nach Pimlico. Brätst dir ein Kotelett, liest ein bißchen Thomas von Kempen, und dann versinkst du in sorglosem Schlaf.« Nein, Agnes' Bruder würde es nicht im geringsten stören, wenn Delaney sich einen Rockzipfel suchte oder sogar ein bißchen höher ginge und in einer Villa in Saint John's Wood eine Feste installierte. »Ich würde es selber tun, Bob, wenn du die heilige Wahrheit wissen willst. Auf die Dauer spart das Geld – du weißt, was du kriegst – und so eine Frau läßt sich sauber halten. Fahr ab und zu mit ihr übers Wochenende nach Paris; gib ihr ein Gefühl von Entwicklung. Ein erfinderisches Volk.« Aber Agnes' Bruder konnte niemals erfahren, konnte niemals hören wollen, daß Delaney und Sylvia Ardmor sich liebten, daß sein Leben bei ihr war. Ein Teil seines Lebens, ein Teil, der so wichtig war, daß er nicht darüber nachzudenken brauchte, er wußte einfach, daß es ihn gab.

Vincent dagegen trieb es so toll wie immer, wie ein Bursche von zwanzig statt wie einer, der langsam in die mittleren Jahre kommt – ein großer Jäger, schnell zu Fuß, gut im Umgang mit Hunden, überhaupt allen Tieren, Hunden, Hasen, Dachsen. Und wie immer mit einem Gespür für elegante Erscheinung, scheinbar nachlässig, in Wirklichkeit jedoch sorgfältig geplant; feine Kleider achtlos getragen, nicht richtig zugeknöpft; der Hut hinten auf die vollen, lockigen Haare geschoben, in denen noch keine Spur von Grau zu sehen war. Er liebte sein Arsenal an sinnreichen Erfindungen, teure Gewehre, aus London importiert, mit Walnußkolben und reichem, tiefgrauem Metall, mit der Attraktivität einer lodernden Explosion, danach ruhige und gefährliche Kälte von Stahl.

Erst im letzten Dezember, ausgerechnet zu Weihnachten, hatte Delaney einen Verteidiger beauftragen müssen, Vincent gegen eine Klage auf gebrochenes Eheversprechen zu vertreten, die eine gewisse Marie Sinnott eingereicht hatte, eine unverheiratete Frau aus Mitchelstown. Vincent war nur haarscharf davongekommen. »Ich hatte ein Verhältnis mit ihr«, sagte Vincent, »das streite ich nicht ab. Aber ich habe ihr niemals die Ehe versprochen. Ich habe ihr gesagt, daß es in meinem Gewissen ein Problem gibt, ein Hindernis.« – »Ein Hindernis, ja?« fragte der gegnerische Anwalt. »Sie sind unverheiratet, soviel ich weiß, Mr. Tully.« – »Das stimmt, aber ich habe drei natürliche Kinder, drei Mädchen, für die ich sorgen muß.« – »Und ist deren Mutter am Leben?« – »Alle drei Mütter leben, Gott sei Dank«, antwortete Vincent. »Du weißt doch, Vincent, oder vielleicht nicht«, sagte Delaney, als sie den Gerichtssaal verließen, »wenn die Frauen dieses Landes jemals eine Revolte machen, dann werden sie dir mit Schafscheren kommen.« – »Damit schneiden sie sich doch ins eigene Fleisch«, erwiderte Vincent.

Der alte Tully war an diesem Tag nicht im Gerichtssaal gewesen. Es gab vieles, was er begreifen konnte, aber Vincent gehörte nicht dazu. »Was fehlt dem Jungen denn bloß?« hatte er einmal Delaney gefragt. »Wird der denn nie zur Ruhe kommen?«

»Er ist kein Junge mehr«, hatte Delaney geantwortet. »Er hat sein Leben gefunden, ein schönes, turbulentes Leben, jagt mit dem Adel, besucht ab und zu ein Herrenhaus, hat seine Hunde. Das Jagdhaus, das du ihm gekauft hast, ist die Bequemlichkeit selber – ein Stall, eine Haushälterin und immer ein aufmerksames Hausmädchen. Viele würden ihn beneiden.«

»Ich habe ihm das Jagdhaus nicht gekauft«, widersprach Tully schroff. »Er hat es für Geld gekauft, das ihm zustand. Nicht alle würden ihn beneiden, Robert, du und ich tun es nicht.«

»Nein«, stimmte Delaney zu.

»Ist er überhaupt ein Tully?« fragte Tully.

Dieses Leben in Kilpeder und das Leben in Chelsea, das kühle Bett und das Gefühl von Haut unter seinen Fingern, und das Leben auf Kampagnenpodien, immer mit drohender Verhaftung, die Polizisten in ihren Umhängen, halb um Entschuldigung bittend und halb zornig, ihre Augen auf den örtlichen Richter gerichtet und auf sein Nicken wartend, und das Leben im Parlament, das am seltsamsten wirkte, das am weitesten von dem entfernt war, was den Mittelpunkt seines Lebens ausmachte, den bleibenden Mittelpunkt, der sogar tiefer saß als seine Treffen mit Sylvia.

Einmal blickte er zum Parlament hoch, zur Westminsterbridge, als er am späten Nachmittag über das Embankment ging und hinter ihm die Sonne versank, und er erinnerte sich an eine Stelle irgendwo bei Macauley, an einen Überlebenden des 20. oder 21. Jahrhunderts, einen Neuseeländer, der eine neue Sintflut oder eine andere Katastrophe überlebt hat und der voller Verwunderung steht, wo er jetzt stand. Im Parlament, auf den gegeneinander angeordneten Bänken, saßen Toren und Fast-Bankrotteure, ein paar Mitglieder waren verrückt wie Märzhasen, Hinterwäldler aus abgelegenen Counties mit Schrullen und Lieblingsthemen, aber dort saßen auch die Männer, die nicht nur das Parlament, nicht nur Großbritannien kontrollierten, sondern ein Reich, das größer war als jedes bisher gesehene, größer als Alexanders – das von Gladstone und Balfour und Chamberlain und der Geister, die neben ihnen saßen, von Pitt und Fox und Peel und Palmerston. Und von Robert Delaney aus Kilpeder.

Nicht, daß ihm die Fragmente seines Lebens, irgendeins von ihnen, unangenehm gewesen wären, weit entfernt, abgesehen von der einen Schuld, die er empfand, wenn er in das große, einschüchternde Haus in Kilpeder zurückkehrte, eine Umarmung von Conor und von Agnes ein Kuß, kalt wie der Frost, bei dem ihr Körper in seinen Armen erstarrte. Nur, daß es ein Leben von Fragmenten war, machte ihm zu schaffen, auch wenn er sich noch so oft erzählte, daß die meisten in Fragmenten lebten und nur wenige so köstliche Fragmente zu fassen bekamen.

Als er am 11. April 1883 auf einem vor den Toren von Lughnavalla House, sechs Meilen hinter Kilpeder an der Straße nach Killarney, errichteten Podium stand und vorsätzlich, getreu der Strategie des Planes, Mr. Joseph Judkins Pächter aufforderte, das Gesetz zu brechen, als er nach getaner Tat den Friedensrichter dem Sergeant zunicken sah, empfand er deshalb eine Neugier, eine vage Erheiterung.

»Laßt sie durch«, sagte er, »laßt sie durch, Jungs. Sie sind nur Speichellecker, die tun, wie ihnen geheißen. Wir spielen ein besseres Spiel, an dem sie keinen Anteil haben.«

»Mr. Robert Delaney«, erklärte der Sergeant, ein stämmiger rotgesichtiger Mann, der aus einem Stich im *United Ireland* hätte entsprungen sein können, dessen Stimme jedoch vor Verlegenheit erstarrt war. »Es ist meine Pflicht, Ihnen mitzuteilen...«

Einen Monat später folgte ein kurzes Urteil, einige Monate in einem weniger komfortablen Gefängnis als Kilmainham, aber viel besser als das, in dem er, als junger Mann, sechs Monate verbracht hatte, obwohl er zu vier Jahren verurteilt gewesen war, und dieses Urteil war nützlich für die Kampagne, O'Brien und Dillon erwähnten ihn auf Podien, »unser inhaftierter Gefährte, verhaftet, weil er die Wahrheit gesagt hat«, Parnell stellte in seinem gedehnten Tonfall eine Frage, dann, am Ende dieser wenigen Monate, Banner vor dem Gefängnis, eine Blaskapelle spielte »Clonbrony Wood«.

26

[Ned Nolan / Gerald Millen]

Nolan führte den jungen Jim Morrissey in eine Schenke, die er von Zeit zu Zeit aufsuchte, ein Tresen und ein paar Tische bei den Docks von Manhattan, am Hudson. Er kannte sie schon seit Jahren, aus der Zeit, als er mit einem von Tom Bonners Ziegelkähnen in die Stadt gekommen war, zu den Docks oben am Fluß, die für den Flußhandel erbaut worden waren. Hinter ihnen lag ein Labyrinth aus ärmlichen Häusern, Mietskasernen, verdreckten Straßen. Iren besuchten diese Schenke – sie hatte einen irischen Besitzer, Gleason, und einen süßlichen irischen Namen, The Killarney Lakes – aber es kamen auch Schweden, Deutsche, Böhmen. Namen und Besitzer zum Trotz war es eine Dockerkneipe.

»Essen wir doch ein bißchen«, sagte Nolan und blieb in der Tür stehen. »Aber es ist ganz schön kalt heute nacht. Sollen wir ein oder zwei Gläser vom Harten trinken, für den Anfang?«

»Wenn es für Sie keine Rolle spielt, Captain, dann wäre mir ein Glas Bier zum Essen lieber. Ich trinke nichts Hartes, um ehrlich zu sein.«

Nolan nickte. »Ich auch nicht, Jim, ich auch nicht. Und ich nehme auch keine Männer, die das tun. Jetzt nicht mehr.«

»Es ist eine Ehre, Captain«, sagte Morrissey, der steif Nolan gegenüber auf seinem Stuhl saß, und er hob sein schweres Bierglas, dessen Farbe in der schmutzigen Dunkelheit der Schenke nicht zu erkennen war. »Solange ich mich erinnern kann, habe ich schon von Ihnen gehört. Ich bin natürlich Rossa begegnet und habe Devoy die Hand geschüttelt. Einmal habe ich sogar einen Abend mit dem armen Lomasney verbracht. Ihr Name wird oft erwähnt.«

»Zu oft«, sagte Nolan.

»Clonbrony Wood«, sagte Morrissey. Er war jünger als Joe Brady, erinnerte Nolan jedoch an diesen, war weniger kräftig gebaut, hatte aber die gleichen eckigen Schultern, das ehrliche Gesicht. Ein schlichterer Junge als Brady allerdings; was immer die Sage aus Brady gemacht hatte, er hatte jedenfalls einen scharfen Kopf auf seinen Schultern gehabt.

»Lange her«, sagte Nolan. »Eine andere Zeit.«

»Oh, aber bei Gott, es hat damit ja nicht aufgehört. Sie und Lomasney – Lomasney war der kleine Captain, und jetzt gibt es nur noch den großen Captain. So werden Sie beide bezeichnet, wenn keine Namen genannt werden; aber natürlich wissen alle, wer gemeint ist.«

Nolan legte Morrissey eine mahnende Hand auf den Arm, während der Kellner Schüsseln mit Rindfleisch, Kartoffeln, geschält, wie es in Amerika üblich war, und groß wie Granaten, und Haufen von wäßrigem Kohl vor sie hinsetzte.

»Sie sprechen wie ein Amerikaner mit Ihrem Akzent«, sagte Nolan. »Sie werden drüben auf ihrer Hut sein – Yanks mit irischen Namen, Leute aus der Arbeiterklasse. Scotland Yard hat eine Abneigung gegen uns gefaßt.«

»Ich bin in Irland geboren«, erwiderte Morrissey. »In Limerick. Mein Vater kam 67 nach Dartmoor, als Sie selber nach Portland gebracht wurden. Die Mutter ist mit mir und den Schwestern nach New York gegangen. Hier bekamen wir dann einen Brief, in dem stand, er wäre in Dartmoor gestorben. Diese Bastarde, sie haben ihn ermordet.«

»Ich habe von Ihrem Vater gehört«, sagte Nolan. »Ein guter Mann. Seien Sie ein ebenso guter Sohn.«

»Mit Gottes Hilfe«, antwortete Morrissey, und Nolan sah nach einem kurzen, düsteren Lächeln in ein Gesicht, das zu keiner Ironie fähig war. »Mit Gottes und Ihrer Hilfe, Captain. Sie haben ja selber einen Vater, auf den Sie stolz sein können, Captain – Thomas Justin Nolan, einen der großen alten Patriarchen – John Mitchel und Smith O'Brien und Meagher vom Schwert. Und Thomas Justin Nolan.«

»Wir sollten alle auf unsere Väter stolz sein«, sagte Nolan und zerschnitt zähes, zu lange gekochtes Rindfleisch. »Diese Messer sind verdammt stumpf. Meins wenigstens.« Sein Vater – das Jakkett geöffnet, um darunter eine einst grellbunte, jetzt aber verblichene und mit Soße bekleckerte Weste sehen zu lassen – sein Vater beugte sich in ihrem Zimmer in Greenwich Village über den Tisch, strahlend vor Whiskey und post-podialer Heiterkeit.

O my name it is Joe Brady and I'm called the Fenian blade,
From the Chapel in North Anne Street I set forth one
summer's day
To strike down a cruel tyrant in the Phoenix Park so gay.

»Es wird eine Fünf-Mann-Operation«, sagte Nolan. »Ich habe das Kommando.«

»Natürlich haben Sie das, Captain«, erwiderte Morrissey. Er hatte sein Fleisch nicht angerührt. Wer konnte ihm das verdenken, dachte Nolan.

»Der Zweite Kommandierende ist schon vor Ort, in London. Er ist schon seit Jahren dort. Das Yard weiß über ihn Bescheid, aber sie halten ihn für eine Randfigur, für einen Heißsporn. Völlig falsch. Er ist ein harter Mann. Ich habe ihn schon früher eingesetzt. Und einen anderen in London, der in Liverpool geboren ist. Sie und ich und ein anderer werden in den nächsten beiden Wochen nach drüben fahren.«

»Ich stehe zu Ihrer Verfügung, Captain. Es gibt da nur eine einzige Schwierigkeit, und es ist mir peinlich, die zu erwähnen.«

»Das braucht Ihnen doch nicht peinlich zu sein«, erwiderte Nolan. »Glauben Sie denn, ich selber hätte die Dollars für eine Dampfschiffahrkarte nach England? Dafür wird gesorgt, auch für unseren Unterhalt drüben, und für sichere Unterkunft. Wir sind Soldaten einer Armee, Jim, vergessen Sie das nie.«

»Warum sollte ich?« entgegnete Morrissey. »Ich habe doch den Eid abgelegt.«

»Wenn alle, die den Eid abgelegt haben, ihn auch hielten, von James Stephens' Zeiten bis heute, dann hätten wir eine Armee im Rücken, die größer ist als die von Napoleon oder Sherman. Sie müssen daran denken, Jim, daß wir in den Augen der Engländer keine Soldaten sind, sondern gemeine Mörder, und daß wir entsprechend behandelt werden.«

Er starrte in Morrisseys Augen, doch dort sah er kein Flackern, keine Rolleaus, die in aller Eile heruntergelassen wurden, um einen Moment der Furcht zu verbergen. Er nickte.

»Essen Sie jetzt, Junge. Die Soße ist sehr gut.«

Während Morrissey sich über sein Essen hermachte, trank Nolan in tiefen, gleichmäßigen Zügen sein Bier und genoß dieses eine Mal, was er da trank. Gutes Bier, das forderten die Arbeiter, die Schauerleute, die Deutschen.

Nolans lange, nachlässig gekämmte Haare waren immer noch schwarz, über den Ohren zeigten die Schläfen jedoch Silberstreifen. Sein schwerer, nach unten fallender Schnurrbart war unberührt vom Grau, er beschützte Nolans lange, dünne Lippen.

»Sie nennen uns gemeine Mörder«, sagte er, »aber sie wissen, daß das nicht stimmt. Als Dr. Gallagher und seine Leute vor Gericht gestellt wurden, lautete die Anklage auf Kriegführung gegen die Königin. Das waren die Worte. Es war 1883. Sie sitzen immer noch im Gefängnis, und da werden sie bis zu ihrem Tode bleiben. Einer von ihnen war ein Junge in Ihrem Alter, Tom Clarke. Vor ihm liegen noch Jahre von Zwangsarbeit, ehe seine Kräfte erschöpft sind. Und Stricke warten, falls sie Lust bekommen, sie zu verwenden.«

Er leerte seinen Maßkrug und stellte ihn auf den Tisch. Ein gutes Pint; er fühlte sich auf harmlose, leichte Weise beschwingt. Heute würde er keinen Tropfen mehr trinken, ein Pint Bier war seine Quote.

Morrissey fühlte sich jetzt entspannt genug, um zu lächeln. Joe Bradys Lächeln, rasch und offen.

»Sie sind ein Wunder bei Ihrer Arbeit, Captain. Lomasney tot, Gallagher im Gefängnis, aber Sie planen immer wieder neue Aktionen. Aber Sie wären nicht der beste Anwerber. Sie zeichnen kein rosiges Bild.«

»Nein«, erwiderte Nolan. »Es ist ein gefährliches Handwerk, und selbst von vielen unserer eigenen Leute ernten wir nur wenig Dank, und die Chancen stehen gegen uns. Zufall, Pech, nicht alle in ihrem Scotland Yard sind Idioten, und vor allem Denunzianten. Es gibt ein altes Sprichwort: Wenn man einen Iren auf einen Spieß steckt, dann findet man einen anderen, der den Spieß dreht. Aber niemals ohne Bezahlung, natürlich.«

Zwei Skandinavier am Nebentisch redeten in einem Singsang, Schwedisch oder Dänisch. Was würden sie sich bei dem allem denken? Nichts. Russen vielleicht, oder Polen, Bomben und Pistolen, um gegen Zaren zu kämpfen, Kosaken mit langen, geschwungenen Säbeln, Gefängnisse schlimmer als Portland oder Dartmoor, gefrorener, mit Eis überzogener Boden. Hier, unter den Yankees, wußten nur die Iren, daß Englands Empire ebenso grausam, daß sein Griff eine Kralle aus Eisen war. Sie waren ja selber halbe Engländer, diese Yankees. Bewerbungen von Iren werden nicht angenommen.

Nolan verabschiedete sich auf der Straße vor der Schenke von Morrissey. Zwei Blocks westlich von ihnen, hinter Lagerhäusern und Docks, floß der dunkler werdende Hudson, vereinzelte Lichter von Schiffen und Lastkähnen bewegten sich langsam. Das Ufer von New Jersey stieg steil aus dem Wasser auf. Plötzlich erinnerte Nolan sich an die Themse an jenem Dezemberabend 1884. Es gibt einen Fluß in England und einen in Mazedonien, wie der walisische Soldat in Nolans zerfleddertem, in Kunstleder eingebundenem Exemplar von Shakespeares Gesammelten Werken sagt.

Als er mit der Straßenbahn den Broadway hinabfuhr, erinnerte er sich an Bruchstücke dieser Szene: Agincourt, größter Sieg der Engländer, die Franzosen auf der Flucht, Fluellen, Waliser und Berufssoldat, ruft, die Franzosen hätten die Jungen im Lager umgebracht, den Gesetzen des Krieges zuwider. »Die Knapen!« läßt Shakespeare ihn sagen, seine Aussprache wird zum Witz, und dahinter verbirgt sich der Geist eines keltischen Kauderwelschs. Aber Heinrich läßt die Franzosen bezahlen, schneidet jedem einzelnen Gefangenen die Kehle durch. »O!« sagt Shakespeare, »Welch kühner König!« Die Gesetze des Krieges.

Die Docks hatte er jetzt weit hinter sich gelassen. Hier, mitten in der Stadt, lag zu beiden Seiten die geschäftige amerikanische Innenstadt, in der er sich viel besser auskannte als in seinem eigenen Land, in der er auch mit verbundenen Augen seinen Weg finden konnte. Und doch fühlte er sich immer noch als Fremder. In der 28. Straße stieg er aus und ging ostwärts, unterwegs wurde die Stadt immer vornehmer, er ließ Arbeiterbezirke hinter sich, Saloons mit grell gefärbten Lichtern, blau, grün, Türen, die sich nach außen öffneten und für einen Moment verräuchertes Lachen, Rufe auf die schmutzige Straße trugen. Zwei Prostituierte sprachen ihn an, aber er schüttelte den Kopf, drängte sich an ihnen vorbei. Eine von ihnen sah allerdings nicht schlecht aus, großer Mund und nach oben gewandtes Gesicht unter einem dunklen, mit weißen wehenden Federn ausstaffierten Hut. Einmal, vor Jahren, hatte er eine Freundin gehabt, die ihr ein wenig ähnlich sah, ein Dienstmädchen in einem Haus in Murray Hill, einige Blocks im Norden, oben in der Stadt. Jetzt war sie mit ihrem Lebensmittelhändler oder Metzger verheiratet, was immer er nun war, und eine Schwadron von Kindern wimmelte um ihre Knie. Großzügiger Mund. Ein irisches Dienstmädchen, gewitzt und bitter.

Gramercy Park könnte auch ein eleganter Stadtteil von Dublin sein, wo er, in jenen Wochen im Jahre 82, an den Kanal gegangen war, der vom Phoenix Park, wo er damals zu tun hatte, weit entfernt lag. Ein schöner, abgeschlossener Park, jetzt zu dieser späten Stunde leer, keine Kindermädchen, nur behäbige ältere Herren, die ihren Abendspaziergang machten, um ihre Verdauung zu aktivieren. Hinter dem Park, in der verabredeten Straße, begann er, die Nummern zu zählen. Die frühe Ziegeleleganz von Gramercy lag jetzt hinter ihm, er konnte nicht mehr über Dublin phantasieren; vor ihm lag eine lange Straße mit gediegenen Häusern aus braunem Sandstein, jedes hatte eine Treppe und eine kleine Veranda. »Brauner Sandstein!« hatte Tom Bonner ihm im letzten Jahr gesagt, als er sich bei ihm in der Ziegelei am Hudson, in Bonners weitläufigem Haus über dem Fluß ausruhte, einem irischen Triumph über die Yankees. »Brauner Sandstein, verdammter kotfarbener Dreck, das ist alles! Wieso um Himmels willen soll denn irgendwer mit Geld in der Tasche damit bauen wollen?« – »Ich will nichts wissen, Ned«, sagte Bonner ihm am ersten Abend, als sie zusammen auf der Veranda saßen und über Wälder, einen Teil der Ziegelei, Brennöfen auf den träge fließenden Fluß blickten. »Nichts wissen. Ich habe weder dem Kampffonds noch dieser anderen Sache auch nur einen Penny gegeben. Du bist hier als mein Freund.« In Bonners Aussprache vermischten sich New York und Fermanagh auf seltsame Weise.

»Ich wüßte nicht, was ich dir erzählen könnte, Tom«, erwiderte Nolan.

Monmouth – das war es natürlich. Für Fluellen ein Fluß in Wales, nicht in England. »Es gibt einen Fluß in Mazedonien, und es gibt außerdem einen Fluß in Monmouth.« – »Ich bin ein Waliser, wißt Ihr, mein guter Landsmann«, teilt König Heinrich ihm mit. Sie waren damals schon so, die Engländer. Victoria soll ja angeblich am St. Patrick's Day ein Kleeblatt anstecken. Fluellen hätte Falstaff im Auge halten und feststellen sollen, wie dieser Knabe seine Freunde belohnte, vor allem walisische Schwätzer und Sänger.

Er stieg die Stufen zu Nr. 67 hoch, zog am Glockenstrang und wartete.

Schwere, gewichtige Schritte ertönten, und die Tür wurde geöffnet. Er konnte den Mann in der unbeleuchteten Diele kaum sehen, er war groß und untersetzt. »Sie sind der Mann, auf den wir gewartet haben«, sagte er. Es sollte eine Frage sein.

»Edward Nolan«, stellte Ned sich vor.

»Genau der richtige!« Eine joviale Stimme. »Michael Tierney, Captain, zu Ihren Diensten.« Eine breite, weiche Hand nahm Nolans, zog ihn ins Haus, in die Dunkelheit, und schloß hinter ihnen die Tür. »Ich habe dem Mädchen frei gegeben, und Mrs. Tierney hat beschlossen, heute früh zu Bett zu gehen. Nicht, daß sie Sie nicht allzu gern kennengelernt hätte, sie bewundert Sie sehr. Aber heute ist wohl Alleinsein angesagt, nicht wahr?« Kein Geist des Irischen in seiner Sprache, noch weniger als Walisisches bei König Heinrich.

Aber das Wohnzimmer, dessen Vorhänge geschlossen waren, war hell beleuchtet, es war vollgestellt mit Möbeln aus teurem, dunklem Holz, und Bilder, undeutlich wie die Erinnerung an Weideland mit grasendem Vieh, hingen an allen Wänden. Es gab einen kleinen Bücherschrank. Arthur Millen, der dieses Treffen für Ned arrangiert hatte, stand daneben und hielt ein geöffnetes Buch in Händen. »Savages Buch, Ned«, sagte er. »*Achtundneunzig und Achtundvierzig*. Er zitiert eine Rede, die dein Vater in der Conciliation Hall gehalten hat.«

»Einen Tropfen Whiskey?« fragte Tierney, »The Creature, wie sie es zu Hause nennen?«

Zu Hause.

»Wenn Sie nichts dagegen haben«, antwortete Nolan, »dann wäre mir ein Glas Ginger-ale lieb.«

»Ach«, meinte Tierney, »im Dienst, eh? Sehr gern.«

Als sie zusammen am Feuer saßen, in Sesseln, die Nolan unangenehm weich fand, konnte er Tierney besser ansehen. Im Grunde war der nicht weich. Die Hand war irreführend gewesen. Wie konnte er auch weich sein, schließlich hatte er sich zu diesem Haus aus kotfarbenem Dreck und schweren Möbeln, zu Originalgemälden hochgearbeitet. Anfangs hatte er mit Spitzhacke und Schaufel die Straßen gebaut, jetzt verkaufte er der Stadt das Material dafür. Die New Hibernia Asphalt Company.

»Wie ich dir gesagt habe, Ned«, begann Millen, der das Geschäftliche immer sofort erledigte. »Michael war in den letzten sechs Jahren einer unserer großzügigsten Freunde. Viele waren nur Freunde für gutes Wetter und ließen sich durch ein Rauchwölkchen verjagen. Michael aber nicht.«

»Nicht Michael Tierney«, erklärte Tierney. »Bei Jesus, nein. Die Tierneys sind im schwarzen Jahr 47 hierher gekommen, Captain, vertrieben von der Hungersnot, die Mutter England für uns arrangiert hatte. Ich habe das nicht vergessen. Sehen Sie dieses Bild? Es ist speziell für mich gemalt worden, für Philomena und mich, meine ich, von einem irischen Künstler. Hier hat das Haus der Tierneys gestanden.«

Grünes Weideland, ein niedriger Zaun, Wolken mit rosa Rand hingen tief über grünen Hügeln in der Ferne.

»Der Künstler wollte das Haus so für mich malen, wie es war, wie ich mich daran erinnere, als ich ein kleiner Junge war, ein schönes großes Farmhaus, nichts Besonderes, mit einem Rosengarten. Aber ich habe gesagt nein, ich will es so sehen, so, wie es jetzt ist.«

»Er ist ein zuverlässiger Mann, Ned. Ich garantiere persönlich für ihn, und die Organisation tut das auch.«

Millens Organisation, dachte Nolan. Alle konkurrierten miteinander. Sullivans Triangle. Rossas Skirmishers. Nur Devoy sprach für die Organisation, für ihre Überreste. Und Devoy hatte sich durch seine Kontakte zu Davitt kompromittiert.

»Der Rat deiner Organisation, meinst du?« fragte Nolan. Millen nickte.

»Ich handle für sie. Ich bin nicht der Leiter des Rates, wie du weißt, aber eines seiner Mitglieder.«

»Das ist gut genug«, erwiderte Nolan. »Ich habe mit eurem Leiter gesprochen.«

»Bei Gott«, sagte Millen, »du bist ein vorsichtiger Mann.«

»An diesem Dienstag«, fuhr Nolan fort, »wurde mir die Berechtigung übertragen, Rekruten anzuwerben, und mir wurde finanzielle Unterstützung zugesagt.«

»Diese Zusage kam vom Rat«, erklärte Millen. »Die finanziellen Mittel dagegen kommen von Michael hier.«

»Und ich hatte den Wunsch, ein einziges Mal die Hand des Mannes zu schütteln, der nach drüben fährt«, sagte Tierney. »Den armen Brendan Horgan habe ich nie kennengelernt. Ich konnte ein bißchen helfen, konnte Horgans Mannschaft ausrüsten, aber ich hatte nie die Möglichkeit, ihn kennenzulernen. Und jetzt werde ich ihm niemals begegnen, diesem armen Burschen.«

Nolan blickte zu Millen hinüber, der leicht, fast unmerklich die Schultern zuckte. »Michael ist absolut zuverlässig. Was kann es denn jetzt noch schaden, wenn wir über Horgans Mannschaft sprechen? Die Organisation hat ein neues Lager in New Jersey, sie nennen es das Brendan Horgan Camp.«

Besser als das vernachlässigte Grab Thomas Justin Nolans. Eine kleine Summe, die Nolan regelmäßig bezahlte, sorgte dafür, daß es gepflegt und gejätet wurde.

»Es gibt nur wenig, was Sie wissen müssen, Michael«, sagte Nolan. Vornamen schienen der Weg zum Vertrauen zu sein. »Ich bin berechtigt, in England zu handeln und militärische Aktionen als offiziell anerkannter Vertreter der Organisation einzuleiten. Ich habe weder dem Rat noch dem Leiter des Rates mein Ziel genannt. Wir werden zu fünft arbeiten. Wenn wir uns in London versammeln, werde ich ihnen unser Ziel und unsere Pläne bekanntgeben.«

»Und das ist alles«, meinte Millen trocken. »Jetzt weißt du genausoviel wie wir, Michael. Würdest du zu solchen Bedingungen Asphalt liefern?«

»Wir sprechen hier nicht über Asphalt«, erklärte Tierney, leicht niedergeschlagen, aber immer noch entschlossen.

»Nein«, sagte Nolan, »Sie können Brendan Horgan nicht die Hand schütteln, und Dr. Gallagher oder William Mackey Lomasney auch nicht. Lomasney ist in Ausübung seiner Pflicht durch einen Unfall ums Leben gekommen. Aber Gallagher, Horgan und Ryan sind verschnitten worden. Sie und ihre Mannschaften.«

»Verschnitten?« wiederholte Tierney, verblüfft über dieses Wort.

»Verkauft«, erklärte Millen. »Denunziert. Verraten.«

»Bei Gallagher war das kein Geheimnis«, sagte Nolan. »Die Agenten von Anderson und Gosselin und Jenkinson haben im Zeugenstand ihre Geschichte erzählt. Aber es ist allgemein bekannt, daß auch Horgan verkauft wurde, und ich habe meinen eigenen Verdacht darüber, was Mick Ryan passiert ist.«

»Wenn es keine Denunzianten gäbe«, sagte Tierney, »wäre das alte Irland schon lange frei. Seit den Tagen von MacNally und Reynolds.«

»Du kennst deine irische Geschichte, Michael«, sagte Millen.

Noch viel früher schon, dachte Nolan. In Tudorzeiten wurden Köpfe in Salzlake nach Dublin geschafft, pro Faß gab es Bezahlung. In einsamen Venns lauschten verhungernde Stammesführer, wachsam wie Hasen, auf den Klang von Stiefeln, die durch die Gräser brachen, auf das Schwirren kurzer Säbel.

»Die Organisation weiß, wie sie mit Denunzianten zu verfahren hat«, sagte Tierney. Weder Millen noch Nolan antworteten ihm. »So heißt es jedenfalls«, fügte er hastig hinzu. »Carey, den Mann, der die Invincibles verraten hat, haben sie sogar in Südafrika aufgespürt, wo die Engländer ihn verstecken wollten.«

»Patrick O'Donnell«, erklärte Millen. »Er ist Carey gefolgt, ist an Bord der *Kinfauns Castle* mit ihm zusammen gefahren, hat ihn in Kapstadt erschossen. Sie haben O'Donnell nach London zurückgeschafft und gehängt. Es gibt eine Ballade über ihn.«

Es gibt über alle Balladen, dachte Nolan. Und mit etwas Glück einen reichverzierten Grabstein in Glasnevin, schlummernde Wolfshunde und ein dorniges Kreuz.

I am, you know, a venomous foe
To traitors one and all.

»Mit etwas Glück kann ich mich an der Ballade vorbeischummeln«, sagte Nolan.

»Sie haben schon eine«, widersprach Tierney, »Clonbrony Wood.«

»Die reicht dann ja wohl. Eine ist genug.«

Auch wenn es eine erbärmliche ist, Lügen, ausgeheckt, um einem gereimten Singsang zu entsprechen.

Tierney seinerseits fühlte sich unbehaglich, er wußte nicht, was er von Nolan halten sollte, der so war, wie er sich ihn vorgestellt hatte, und doch wieder ganz anders. Schwarzer Mantel, schäbige Vornehmheit, höflich und doch distanziert, nicht verächtlich, ohne Ungeduld, weil er hier in diesem Zimmer sein mußte. Ein gefährlicher Mann, nicht greifbar, ein geistiger Zustand, Pulverrauch klebte an seinem schwarzen Mantel. Es gab Leute, die behaupteten, er habe die Invincibles in den Phoenix Park geschickt. Und es stand absolut fest, daß er mit den Dynamitmännern zu tun hatte. Nicht wie Rossas Kämpfer, halb trainiert, rücksichtslos oder furchtsam, die in den Tod geschickt wurden, während Rossa sicher in New York saß und sich bei heißem Whiskey an barbarische Gefängniszustände erinnerte. Nolan war vorsichtig, findig, wie der kleine Captain Lomasney. Aber sogar Lomasney war tot, war in der Dunkelheit auf der Themse in London in Fetzen gesprengt worden.

Im ganzen war Tierney durchaus nicht unzufrieden darüber, sich in der dunklen Diele bei offener Tür von ihnen zu verabschieden. Eine Geschichte, die er seinen Kindern erzählen konnte, seinen Jungen. Ein Teil eines der Nolan-Teams, ohne seine Hilfe wäre alles unmöglich. Wozu ist Asphalt sonst schon gut?

»Er meint es gut«, sagte Millen auf der Straße. »Er hat gute Absichten.«

»Die Hölle ist damit gepflastert«, erwiderte Nolan. »Mit Absichten oder Asphalt. Ein Freund von mir behauptet, daß Asphalt und brauner Sandstein uns allesamt in einer Draisine in die Hölle schicken. Nur auf Ziegel und Granit ist Verlaß, sagt er.«

Millen lachte und berührte Nolans Schulter leicht mit der Hand. »Komm gut nach Hause, Ned«, sagte er.

Ned hatte für diese Nacht noch einen Besuch versprochen, und er legte den Weg dorthin zurück, ging weniger als zehn Blocks nach Süden und überquerte ein paar Avenues. Im Village seiner Kindheit hatten Docks und Straßen richtige Namen gehabt, während es in diesem Stadtteil nur Nummern gab, ebenso wie für die Avenues hier so weit im Osten.

Devoy verzehrte eine späte Mahlzeit in Devaneys Restaurant, ein Kotelett und Kartoffelpüree, ein Glas Milch neben seinem Teller. Eine Zigarre, halb geraucht und sorgfältig ausgedrückt, lag in einem Aschenbecher neben seinem Teller.

»Hast du dich diesen Delta-Glücksspielern verschrieben?« fragte er und kam sofort zur Sache. »Charlie«, rief er, »bring Tee für meinen Freund.«

»Für einen Auftrag«, antwortete Nolan. »Einen besonderen Auftrag. Ich habe ihn ihnen vorgeschlagen, und sie haben angenommen. Sie finanzieren ihn. Passiert überhaupt etwas, wovon du nichts weißt?«

»Das will ich nicht hoffen«, erwiderte Devoy und ließ seinen sanften Blick im verschlafenen Restaurant von einem leeren Tisch zum anderen wandern.

»Hast du Einwände?« fragte Nolan.

»Nur Befürchtungen. Sie sind eine üble Bande, aber ich will dir zugestehen, daß sie Geschäftssinn haben. Als ich zuletzt mit Rossa gesprochen habe, zitterte seine Hand so sehr, daß es ihm peinlich war, wenn er ein Schnapsglas an die Lippen heben wollte.«

»Die Entschuldigungen für Rossa gelten noch immer, das weißt du sehr gut«, sagte Nolan. Entsetzlich, in seiner finsteren Zelle, die Fußknöchel aneinandergekettet, er hüpfte, stolperte, kroch wie ein Tier auf den Essensgeruch zu, auf eine Schüssel mit wässrigem Stew auf altbackenem Brot.

»Ich habe niemals etwas anderes behauptet«, sagte Devoy. Er war ein gewissenhafter Esser, schnitt sein Kalbskotelett in winzige Bissen und kaute jeden, während er den nächsten zurechtschnitt, sein Gebiß arbeitete gleichmäßig hinter seinem schönen, zu früh ergrauten, kurzgeschnittenen Bart. Devoy hatte auch seine schlimmen Kerkerjahre gehabt – es verband sie, Devoy, Rossa, Nolan.

»Lomasney und du«, sagte Devoy. Er spießte ein Stück Kartoffel auf, die Zinken seiner Gabel durchbohrten ein Stück Fleisch. »Unternehmer.«

»Niemals ohne Billigung der Organisation«, entgegnete Nolan. »Wir haben den Eid abgelegt, und bei Jesus, wir haben ihn gehalten.«

»Bei Jesus«, wiederholte Devoy. »Du bringst wirklich geschmackvolle Blasphemien. Die Organisation. Welche Organisation? Welcher verdammte Zweig von ihr? Der Eid. Welcher verdammte Eid?«

»Du hast mich nicht zu einer Katechismusabhörstunde hierhergebeten, John. Es gibt eine Organisation, die Republican Brotherhood. Und es gibt einen Eid, den ich vor einem Vierteljahrhundert abgelegt habe, wie du selber. Wenn du etwas zu sagen hast, dann sag es, ob es nun ja oder nein ist. Es gibt eine Organisation, und was mich betrifft, so sprichst du für sie.«

»Nun sei doch vernünftig, Ned, ja? Das hört sich wirklich gut an und natürlich ermutige ich alles, was in diesem Sinne geflüstert wird. Aber wir bekämpfen uns doch allesamt gegenseitig. Die IRB zu Hause, wer spricht für sie? John O'Leary posiert wie jemand aus Plutarch, und dieses Bardenkind Yeats schreibt ein Sonett über diese Pose. Und der Clann na nGael hier, wo Sullivan einen Teil in der Hand hat und ich den anderen. Und diese Lügner und Drückeberger im Order of the Irish Race. Die würden Protestanten wie Tone und Emmet auf dem Scheiterhaufen verbrennen und Mitchel auch noch gleich mit in die Flammen stoßen, diesen verbissenen Protestanten.«

Als der Kellner Nolans Tee brachte, sagte Devoy: »Ich hätte jetzt auch gern einen, Charlie, und bitte, setze neben jede Untertasse einen kleinen Brandy. Nein, nein, Ned, hier gibt es keinen Widerspruch. John Devoy ist nicht der Mann, der dich den Pfad der Tugend hinabführt.«

Als Charlie zurückkehrte, hob Devoy sein Glas. »Viel Glück, Ned. Gib's diesen Bastarden. Und gib's ihnen so hart, daß sie nicht wieder auf die Füße kommen.«

Der vielschichtige Geschmack des Brandy breitete sich auf Nolans Zunge aus. Charlie hatte ihn aus Devaneys besonderem Vorrat genommen, das stand fest. Saft der Traube, Saft des Weines, wohlschmeckend und verlockend. Nur ein Narr würde ein zweites Glas trinken. Nicht Nolan.

»Mackey war ein ritterlicher Bursche, nicht wahr?« fragte Devoy. »Macht ein Komplott nach dem anderen, sprengt und sprengt, und will immer sicherstellen, daß kein englisches Leben gefährdet wird. Öffentliche Gebäude bei Nacht – immer ein kleines Risiko für einen möglichen Wärter, zweifellos. Aber kein Plan ist perfekt. Am Ende war das natürlich sein Verderben. Aber was brauche ich dir über das Schicksal von Captain William Mackey Lomasney zu erzählen? Hab ich recht, Ned?«

»Er hat mit Befugnis gehandelt«, erwiderte Nolan.

»Nicht mit meiner«, sagte Devoy, seine Gebißhälften stießen unregelmäßig gegeneinander.

»Befugnis«, wiederholte Nolan.

»Du liebst dieses Wort«, meinte Devoy. »Das muß doch eine Hilfe sein, bei deiner Arbeit.«

Nolan ging wieder nach Westen, zu seinem gemieteten Zimmer in Hell's Kitchen, er kehrte einem Fluß den Rücken und ging auf den anderen zu. Glücklich die Stadt, die sich zweier Flüsse rühmen kann, die zwei Flanken schützen. Er würde jetzt ein oder zwei Wochen lang nichts zu tun haben, konnte nirgendwo hingehen, außer auf sein Zimmer; ein billiger Koffer, eine Handvoll Bücher auf den Fensterbänken der beiden Fenster, die auf eine Zeile von Häusern schauten, die mit seinem eigenen identisch waren, nachts waren die meisten von ihnen dunkel, um Petroleum zu sparen – Kerosin, wie sie es hier nannten – keine zentrale Beleuchtung, keine Heizung, lebensgefährliche Kamine.

Sechs Jahre zuvor, an einem Winterabend in London, Mitte Dezember, vielleicht zwei Wochen vor Weihnachten, gegen sechs Uhr – fast der Zeitpunkt der Ereignisse im Phoenix Park, des Aufleuchtens eines Skalpells – an Londons Fluß, breit und tintenschwarz. Für Nolan gab es das nur in der Erinnerung, in Zeitungsberichten; aber Stunden vorher, weniger als einen Tag, hatte er mit Lomasney gesprochen, einem kleinen, schlanken Burschen, einem der Männer von 67, Lispeln, leise Stimme, sanftmütig, trotz allem, was sie ihm in ihren Gefängnissen angetan hatten – bei ihm gab es weder Rossas bourbondurchtränktes Selbstmitleid noch Davitts humanitaristischen Humbug – ein dünner, unversöhnlicher Mann.

»Du kannst mit jedem Segen gehen, den du brauchst«, hatte Nolan ihm gesagt, in der schäbigen Wohnung hinterm Strand, die Lomasney für seine Mannschaft gemietet hatte, das Wohnzimmer war nicht größer als eine Streichholzschachtel, im anderen Zimmer mit seiner durchhängenden Matratze schliefen sie, zwei längs und zwei quer an Kopf- und Fußende. »Und wenn deine London Bridge in die Luft gegangen ist«, fragte Nolan, »was passiert dann? Werden Tower und Parlament und der ganze Rest nach ihr in die Themse stürzen?« – »Es wird Aufmerksamkeit erregen«, erklärte Lomasney, »eines ihrer Bilder und Symbole nach dem andern wird in Fetzen geschlagen werden.« Sein Lispeln prägte wie immer seine Worte, schien sich über sie lustig zu machen. Aber er tat, was immer er zu tun ankündigte, und er war immer schon so gewesen, seit dem Überfall auf die Kaserne von Ballyknockane im Jahre 67. »Ein kleiner Mann«, hieß es im Bericht, den die belagerte Garnison später erstattet hatte, »aber er schien das Kommando innezuhaben.« Und das hatte er auch. Theoretisch lag das Kommando bei O'Brien, der auch als Kommandant von Ballyknockane vor Gericht gestellt wurde, während Lomasney noch auf der Flucht war und Waffen requirierte, als ob der 67er Aufstand nicht zerschlagen worden wäre. J. F. X. O'Brien, der letzte Mann, der je zu Hängen, Strecken und Vierteilen verurteilt worden war, der jedoch begnadigt und mit den anderen amnestiert worden war. Jetzt war er weißbärtig und patriarchalisch, einer von Parnells MPs, ein Lückenbüßer, zahm und sanftmütig, er strich sich über den Bart und dachte an seine Vergangenheit. Und Lomasney seinerseits befand sich in dieser letzten Nacht in unmittelbarer Nähe zu Westminster, auf einem unter der London Bridge vertäuten Boot.

Am Ende hatte er es verpfuscht. Die Strebepfeiler der Brücke waren schon seit Monaten gegen solche Greueltaten durch eiserne

Gitter geschützt worden, und Lomasney brachte seinen Sprengstoff an einem solchen Gitter an. Die zeitlich schlecht geplante Explosion erschütterte die Pfeiler geringfügig, schleuderte das Gitter jedoch himmelhoch, zusammen mit Lomasneys Mannschaft, obwohl die Polizei das erst Tage später erfuhr, so klein waren die Reste von Fleisch und Holz, die in der öligen Dunkelheit rasch den Fluß hinuntertrieben.

Zwei Tage später hatte Nolan als »einer der vielen Schaulustigen« den Ort besucht, in derselben zunehmenden Dunkelheit, schwache Gaslampen warfen bereits ihr verschleiertes Licht über den breiten Fluß, der Lomasney und seine Leute davongetragen hatte. Es durfte nicht zu Gewalt gegen Menschen kommen – Lomasneys Credo. Dafür hatte er zwei Nächte zuvor bezahlt. »Verdammte Fenier«, sagte ein Mann neben Nolan, er trug eine Stoffmütze, und er trug einen bräunlichen Mantel, hatte sich gegen die Dezemberkälte in einen Schal gewickelt, und er sprach mit Cockneyakzent. »Wenigstens ist niemand ums Leben gekommen«, erwiderte Nolan. »Es hätte doch schlimmer sein können.« Verwirrt von Nolans Akzent drehte der Mann ihm ein kleines, spitzes Gesicht zu.

Als er nach Westen ging, in Richtung Hudson, endlich nach Hause nach dem langen Abend, zu dem, was in diesem Monat sein Zuhause war, zog Nolan seine Erinnerungen von dem anderen, dem englischen Fluß fort, sah Gesichter in der Menschenmenge, die vielleicht zum späten Abendessen unterwegs war, Droschken klapperten an ihm vorbei, wenn er an Straßenecken stand und zurücksprang, um dem aufspritzenden Schneematsch zu entgehen. Unterwegs wieder zu dunklen Straßen.

Gerald Arthur Millen, der Nolan eine Woche zuvor die Erlaubnis seines Flügels der Organisation gebracht hatte, der sich mit ihm an jenem Abend bei Tierney, diesem Langstreckenpatrioten, getroffen hatte, mußte keinen so weiten Weg zurücklegen, um seine Wohnung hinten in der East Side, eine Etage in einem braunen Sandsteinhaus, zu erreichen. Marie, mit der er schon so lange zusammenwar, acht Jahre, daß er an sie als an seine Frau dachte, wartete auf ihn, um ihm Kaffee zu machen. Und dazu Toast, in lange Streifen geschnitten, »Soldaten« nannte sie sie auf ihre irische Art, sie war aus Cavan, der Kern ihrer Aussprache war vom Norden geprägt, aber Shannonwasser hatte seine Kanten durchtränkt und erweicht.

»Du hattest also eine Besprechung, Art«, sagte sie.

»So etwas Ähnliches«, erwiderte er, befreite seine müden Füße von engen, dreckverschmierten Lederstiefeln und zog Pantoffeln an. »Ich mußte zwei Männer zusammenbringen, einen Gebenden und einen Nehmenden. Ich bin nicht sicher, wer dabei wer war. Außer im Bezug auf das Geld. In dieser Hinsicht ist alles klar.« Er schlurfte zum Schreibtisch hinüber, der klein und von Papieren übersät war, eine billige Anrichte, die zu diesem Dienst gezwungen worden war, und dabei spürte er, wie seine Zehen sich ausdehnten. »Du brauchst nicht auf mich zu warten, Schatz«, sagte er. »Ich muß noch ein oder zwei Briefe schreiben.«

»Das macht mir nichts aus«, meinte sie.

»Na gut. Aber ich brauche eine halbe Stunde, vielleicht auch etwas länger. Ich muß mir gut überlegen, was ich schreibe.«

Er zog seinen Stuhl an den Tisch und öffnete eine Flasche mit schwarzer Tinte, schwarz wie Mitternacht in der trüben Gasbeleuchtung, die von der Wand her auf das Papier geworfen wurde.

Zuerst schrieb er, wie immer, aus einer Angewohnheit heraus, die zum Aberglauben geworden war, die Adresse auf den Briefumschlag: »Robert Anderson, Büro für Irische Angelegenheiten, Scotland Yard, London, England.«

Er brauchte fast eine Stunde für diesen Brief, da er als ehrlicher Arbeitsmann alles hinzufügte, was er überhaupt wußte, und dessen Wahrscheinlichkeit kommentierte; aber alles, worauf es ankam, alles, was ihn veranlaßte, das Wort DRINGEND in Großbuchstaben oben auf die Seite zu schreiben, war in den ersten beiden Abschnitten enthalten.

Der Delta-Rat, dem ich selber angehöre, hat Edward Nolan die Befugnis erteilt, ein Team zu organisieren und zu bewaffnen, mit ihm nach England zu fahren und dort zuzuschlagen. Er wird noch diese Woche aufbrechen, aber ich glaube, daß er über Frankreich fahren wird, und es wird auf jeden Fall noch mindestens einen Monat dauern, ehe er sein Team an Ort und Stelle haben wird. Welches Verbrechen er plant, kann ich Ihnen nicht sagen, ebensowenig, ob es in London, Liverpool oder Manchester ausgeführt werden soll. Ich habe den Eindruck, daß dieses Verbrechen sich eher gegen Personen als gegen Gebäude oder Institutionen richten wird; in dieser Hinsicht spricht er mit einer Mischung von Zuneigung und Verachtung über Lomasneys sogenannte »Skrupel« und über »Krieg in offenem Gelände«.

Sie sollten sich vor Augen halten, Mr. Anderson, daß ich keine Möglichkeit hatte, die Entscheidung meines Rates, in dem ich doch nur ein Mitglied unter vielen bin, zu verhindern. Und Sie sollten sich auch vor Augen halten, daß Nolan für seine Verschwiegenheit und seine todbringende Natur bekannt ist. Das hat den Rat so beeindruckt. Er ist ein äußerst gefährlicher Mann. Diesen Brief werden Sie erhalten, nachdem ein Kabel bei Ihnen eingetroffen ist, das ich morgen früh absenden werde. Wenn ich irgend etwas Neues in dieser Sache höre, werde ich kabeln oder mich im äußersten Notfall an Mr. Heathcote vom hiesigen Konsulat wenden, obwohl ich es bei weitem vorziehen würde, nicht zu dieser Möglichkeit greifen zu müssen. Ich bezweifle, daß ich noch mehr hören werde. Der einzige Mann in New York, zu dem Nolan Vertrauen hat, ist Devoy, der mir nicht vertraut und der überdies ein noch wortkargerer Mann ist als Nolan selber.

»So«, sagte Millen, faltete den Brief sorgfältig zusammen und schob ihn unter das Löschblatt. »Alles erledigt.«

»Du arbeitest zu hart«, sagte sie.

»Männerarbeit endet bei Sonnenuntergang«, sagte er, »aber Frauenarbeit...« Er klopfte auf sein Knie, sie kam zu ihm herüber, mit unsicherem Lächeln. »Du mußt sehr müde sein«, meinte sie, setzte sich dann aber auf seinen Schoß und lehnte ihren Kopf mit den dichten rotbraunen Locken an seine Schultern.

In der Hudson Street sprach ihn eine Prostituierte an, und er zog sie am Ellbogen unter eine Laterne, um sie besser ansehen zu können. Sie hatte dunkle, schwarz geschminkte Augen und eine kleine Stupsnase, ein Mädchen vom Lande. »Du siehst mir wie eine Irin aus«, sagte er, »ich kenne zu viele Iren.« Aber sie sah ihn verständnislos an. »Dein Land«, erklärte er. »Was ist dein Land, deine Nation?«

»Ach«, sie zuckte belustigt die Schultern. »Ich bin Schwedin.«

Von kalten nördlichen Gestaden, Fichten, sauberen, verschneiten Wäldern. Sie hätte helle Augen haben sollen.

»Gut«, sagte er.

»Ich wohne hier in der Nähe. Du kommst?«

»Ja«, antwortete er. »Ich komme mit dir.«

Er verließ sie weniger als eine Stunde später. Sie hatten wenig gesprochen, hatten im Gehen den Preis ausgehandelt. Das Zimmer war klein, vollgestopft, es gab ein ramponiertes Bett, über das eine Decke geworfen war, eine Waschschüssel und Handtücher auf einem Gestell, und einen Nachttopf hinter einem Wandschirm in trüber Farbe. Ein Fensterchen schaute in die Dunkelheit hinaus, auf eine unbeleuchtete Straße. Plötzlich erstrahlte grelles Licht, als sie die Gasflamme andrehte.

»Du müßtest besser heizen«, sagte er, »in dieser Jahreszeit.«

»Nicht mein Zimmer«, antwortete sie, »geliehen.« Sie schlug die Tagesdecke zurück und begann rasch und ohne Zimperlichkeit, sich auszuziehen. »Wie du willst?« fragte sie.

Er setzte sich aufs Bett und begann, seine Stiefel aufzuschnüren. »Wie es kommt«, meinte er, »wie es kommt.«

»Was?« fragte sie. »Was ist das?«

»Egal was«, sagte er und hatte schon eine Erektion, noch ehe sie ihr Mieder geöffnet hatte und zu ihm ins Bett stieg. Es gab keine Laken, und die Decken kratzten behaglich, ein Kontrast zu ihrer totenblassen Haut. Sie war dünn.

Etwas später stand er am Fenster, in Stiefeln und Hose, aber trotz der Kälte ohne Hemd. Tabaksrauch schwebte zu ihm herüber.

»Du willst Zigarette?« fragte sie.

Er schüttelte den Kopf. »Da, wo du herkommst«, sagte er, »erinnerst du dich daran?«

Verwirrt dachte sie nach, dann imitierte sie ein Spucken. »Kleines Mädchen damals. Dreck, Bretterstraßen, Schweine.«

Es herrschte fast völlige Finsternis, aber er konnte doch bald eine Reihe von Mietskasernen und am Ende des Blocks die Umrisse eines Lagerhauses erkennen. In solcher Finsternis, wenn er aus solchen Fenstern schaute, in Pennsylvania, Liverpool, Manchester, Chicago – einmal, während eines Auftrages, aus einem Fenster in der Falls Road in Belfast –, konnte er in stadtharte Finsternis hineinblicken und sich die Hügel von Cork vorstellen, dahinter unsichtbar die von Kerry, einen Marktplatz, Freunde, die sich um ein Klavier versammelten, eine Frau, die singt, den Tenor eines Mannes, der den Melodieteil übernimmt. An einer Straße, die sich zu mit Stechginster bewachsenen Hügeln hinaufschlängelte, erstreckten sich am Straßenrand Blumen bis zu den Hecken, lila, purpur, weiß wie ein Brautschleier. In winterlicher Dunkelheit flohen Männer über die Straße, verängstigt und verzweifelt, in einen verschneiten Wald mit schwarzen, nackten Zweigen. Er sah den Wald, sah Blumen und kahlzweigigen, verschneiten Winter, im Geiste seiner Erinnerung, und er hörte die singenden Stimmen.

»Ach«, sagte sie, als ob sie ihn zum erstenmal sähe, als das gelbe Gaslicht über ihn fiel. »Dein Rücken. Schlimmen Unfall einmal.«

»Einmal«, erwiderte er. »Lange her. Es war eine Katze. Eine Katze mit neun Schwänzen. Hast du jemals davon gehört? Von einer Katze mit neun Schwänzen?«

»Du warst im Gefängnis«, sagte sie. »Ich kenn Gefängnis. Wird mir erzählt.«

»Es ist lange her. Ich habe es vergessen.«

»Vergessen ist gut«, sagte sie.

»Manches«, erwiderte er. »Wenn du kannst. Sich an anderes zu erinnern ist gut.« Warum sich an Bretter, an Schweine, die sich auf verdreckten Hinterhöfen suhlen, erinnern, wenn die ganze Welt vor dir liegt, abwechslungsreich und neu?

Er hörte, wie sie sich bewegte, wie sie aufstand, hörte das Rascheln ihrer Kleider. Jetzt sagte sie mit anderer Stimme, mit der Stimme von vorhin: »Zeit zum Gehen. Weggehen. Du wohnst weit von hier?«

»Ich kenne den Weg dorthin«, antwortete Nolan.

Dritter Teil

27

[Patrick Prentiss / Hugh MacMahon / Robert Delaney]

Bisweilen glaubte Patrick Prentiss, nun die vollständige Geschichte beisammen, den Kreis geschlossen, die beiden Hälften eines Globus vereint zu haben, mit schwacher, gleichmäßiger Klebekante, wie eine auf Porzellan gezeichnete Linie, und schwächer noch als diese Linie sah er die Spuren seiner Schreinerarbeit vor sich, kleine aneinandergefügte Stücke, einige würden für immer fehlen, und an ihrer Stelle hatte seine Phantasie Pappstücke angeklebt, alles war so perfekt, zumindest zu seiner eigenen Befriedigung, und er war so zufrieden mit seinem Bild, dem Bild seiner rekonstruierten Welt, daß er den Globus fast auf seinem Schreibtisch in Pump Court sehen konnte, an der Themse, sogar in der Nähe des Themseabschnitts, wo Lomasney sich selber in Fetzen gesprengt hatte, so klein, daß sie niemals gefunden wurden, weder seine Überreste noch die seiner Männer oder die ihres gemieteten Ruderbootes.

An Herbstnachmittagen ging er oft zum Embankment, schaute nach links und nach rechts und freute sich ganz unvernünftigerweise darüber, daß er fast bis auf den Yard genau zwischen den beiden Brücken wohnte, den beiden englischen Brücken, Westminster und London, die Abbilder ihres Schicksals waren, des Schicksals von Delaney und Nolan. Nolan war am Abend der Lomasney-Explosion in London gewesen, das wußte Prentiss, und vielleicht hatte er im Schatten hier am Ufer gestanden und in den dunkler werdenden Fluß geblickt, vom Nebel umschlungen, ein Whistler'sches Nachtstück, oder besser noch, die Themse der späten Dickensromane, die jetzt niemand mehr liest, ein Fluß der Leichenfledderer und Leichen der Gestalten, die sich bei finsteren Vorhaben aus ihren Booten beugen. Und die plötzliche Explosion, ohrenbetäubend, eine Sekunde blendenden Lichts. Prentiss konnte sich vorstellen, wie Nolan hier stand, verwirrt und verstehend zugleich, während sich ein Faden durch seine Gedanken zog, der ein spöttisches Kinderlied mit sich brachte: *London Bridge is falling down, falling down, falling down…*

Oberhalb dieser Brücke, oberhalb von Southwark und Blackfriars und Waterloo lag Bob Delaneys Brücke, Dick Whittingtons Brücke, Westminster, und gleich daneben – und scheinbar ganz ohne Ende dort hingestreckt – das gewaltige selbstsichere Parlamentsgebäude im gotischen Stil des 19. Jahrhunderts, das Bob Delaney nach seinem ersten Besuch Hugh MacMahon beschrieben hatte, Kammer und Thronsaal und Ratshalle, die Ehrfurcht erwecken sollten und dieses Ziel auch erreichten; und wer sich dagegen erhob, wurde zur Bedeutungslosigkeit verkleinert; unwissende Stammeskrieger, ockerstreifige Zulus, Bauern aus West Cork. Aber Delaney war dorthin zurückgekehrt, eine Sitzungsperiode nach der anderen, Whittington Redivivus, und am Ende war er mit lässigem Wissen durch riesige Lobbies geschritten und hatte seinen Sitz in der Ratshalle eingenommen, von den Herrschern des Tages nur durch einen Tisch getrennt, auf dem ein wunderbar geschnitzter Amtsstab und eine Kassette mit amtlichen Papieren lagen. Und auf der anderen Seite des Parlaments, der Abtei und der berühmten Uhr lag das schmale, elegante Haus in Chelsea, in dem sein wahres Leben stattfand, das wahre Mark seines Daseins, von dem er endlich, widerstrebend, MacMahon erzählt hatte, was MacMahon endlich, Jahre später, fast ebenso widerstrebend, Patrick Prentiss erzählt hatte, während MacMahon immer noch nicht fassen konnte, daß ein solcher Umstand ein Leben auf den Kopf stellen konnte.

In diesen letzten Jahren zwischen 87 und 92 überstürzten sich die Ereignisse. Melodrama, Farce, Tragödie, und am Ende etwas, wofür Prentiss kein passendes Wort finden konnte – der Kampagnenplan, und dann, im April 1887, am Tag der zweiten Lesung des Zwangsgesetzes, durch das der Plan zunichte gemacht werden sollte, die Veröffentlichung in der *Times*, die beweisen sollte, daß Parnell nicht nur im allgemeinen mit Terroristen zu tun hatte, sondern vor allem auch mit den Schlächtern im Phoenix Park, mit den Invincibles.

»Natürlich erinnere ich mich«, sagte Prentiss' Vater. »Ich habe es am nächsten Morgen beim Frühstück gelesen. Die *Times* kam immer einen Tag zu spät. *Freeman's Journal*, *Irish Times* und dann die Londoner *Times* von gestern lagen immer neben dem Toastgestell. Beweis für unser kolonialistisches System, eh? Aber wir hörten an diesem Tag auch in den Four Courts davon, und die Tory-Anwälte haben vielleicht frohlockt! Carson war vor Freude außer sich. Ich habe es beim Frühstück gelesen, dieses Faksimile, das die *Times* veröffentlicht hatte. Weißt du, ich glaube, ich kann es dir wortwörtlich zitieren. Warte einen Moment.« Er schloß die Augen, ließ sein Anwaltsgedächtnis arbeiten und brachte eine brauchbare Version zustande.

15. Mai 1882

Sehr geehrter Herr:
Der Zorn Ihres Freundes überrascht mich durchaus nicht, aber er und Sie sollten wissen, daß die Morde öffentlich zu verurteilen unsere einzige Möglichkeit war. Es war offenkundig unsere beste Politik, das schnell zu tun.

Aber Sie können ihm und allen anderen Beteiligten mitteilen, daß ich zwar den durch ein Mißgeschick eingetretenen Tod Lord Cavendishs bedauere, ich jedoch zugeben muß, daß Burke nicht mehr bekommen hat, als er verdient hatte.

Sie können ihm und den anderen, denen Sie vertrauen, diesen Brief gerne zeigen, geben Sie jedoch meine Adresse nicht bekannt. Er kann mir über das Unterhaus schreiben.

Mit freundlichen Grüßen,
Chas. S. Parnell

»Eingewickelt in rotes Band mit Schleife, was?« hatte Dominick Prentiss gefragt. Sie saßen im Haus in Palmerston Park beim Frühstück, Vater und Sohn, die Morgensonne fiel auf Teekanne und Toastgestell, und der Vater beschäftigte sich mit den beiden Eiern, die er heftig gepfeffert hatte, er aß sorgfältig und strich sich bei jedem Mundvoll über den silbernen Bart. »Alles, was dazugehört, sogar dieses ›geben Sie meine Adresse nicht bekannt‹! Eine Zeile wie aus einem Melodrama, Boucicault oder Clyde Fitch. Sie können es deuten, wie sie wollen. Ein Mann, der seine Adresse nicht hergeben will, hat etwas Zweifelhaftes, und für die besser Informierten wird hier auf Mrs. O'Sheas behagliches Haus in Eltham angespielt. Nett, was?«

»Was habt ihr empfunden, als ihr das gelesen habt?« fragte Patrick Prentiss seinen Vater. »Du und deine Freunde?«

»Empfunden, was wir empfunden haben? Das ist das richtige Wort. Wir haben empfunden, ehe wir die Möglichkeit hatten, nachzudenken. Und meine Empfindung war, daß sich mein Rückgrat in Eis verwandelte. Es gab keinen Hinweis darauf, wem Parnell diesen Brief geschickt hatte, und wir hatten durchaus mit einigen lichtscheuen Gestalten zu tun, das wissen wir jetzt – Hogan und Byrne und noch schlimmeren. Und wir wissen, was Parnell in der Lobby zu diesem Bastard Le Caron gesagt hatte - alles, was später herauskam. Es gab keinen Hinweis darauf, daß Parnell den Brief geschrieben haben könnte, abgesehen von der Unterschrift, und diese Unterschrift hätte ich beschwören können. Aber die Vernunft war dann doch stärker. Es war unmöglich, Parnell dazu bringen, etwas aufzuschreiben, und schon gar nicht eine so mörderische Selbstbezichtigung. »Absurd!« Wütend stieß Dominick Prentiss seinen Löffel in das Ei. »Aber was spielte das für sie für eine Rolle? Zunächst einmal keine. Sie bekamen ihr verdammtes Zwangsgesetz, und dessen erste Folge war, daß O'Brien und Mandeville und dann dein Freund Delaney ins Gefängnis kamen.« *Tupf-tupf*, Damast auf Bart, die ruhige Handbewegung strafte die Hitze seiner Worte Lügen.

Überall in Irland, von Galway nach Waterford, wurden im Rahmen des neuen Gesetzes die Anführer im Kampagnenplan verhaftet. Aber die berühmtesten Verhaftungen waren die von O'Brien und John Mandeville, nachdem sie im August 1887 vor den Pächtern des Earl of Kingston gesprochen hatten, und von Robert Delaney wegen einer ähnlichen Rede, gehalten im folgenden April vor den Toren von Lughnavalla, sechs Meilen hinter Kilpeder auf der Straße nach Killarney.

Mandeville und O'Brien erschienen im September nicht vor dem Friedensrichter in Mitchelstown, wie ihnen befohlen worden war, aber trotzdem hatte sich dort eine wütende und lärmende Menschenmenge versammelt. Die Polizei eröffnete das Feuer. Drei Menschen wurden ermordet, und viele verletzt. Wie viele beim Massaker von Mitchelstown angeschossen wurden, war später heiß umstritten.

Als sie O'Brien verhaften wollten, hielt er um Mitternacht eine illegale Versammlung vor dem berüchtigten Gut Clanricarde ab. Er verbrannte eine Kopie der Proklamation des Lord Lieutenants, eine rasche kleine Flamme, die mit den petroleumdurchtränkten Fackeln wetteiferte. O'Brien und Mandeville weigerten sich, Gefängniskleidung zu tragen und saßen zitternd und nackt unter ihren Decken. Mandeville mußte das mit seiner Gesundheit bezahlen, O'Brien dagegen, tuberkulös und ausgemergelt, war aus härterem Stoff gemacht, ein Marat, dem Unterdrückung, Schlagzeilen, Leitartikel in seiner eigenen Zeitung nur gut taten. Keines davon war Delaneys Stil, weder Mandevilles, ein ehrlicher wohlhabender Farmer, ein schroffer und offener Mann, noch der des dramatischen O'Brien, dessen Brille und Feder bereit waren, für Irland zu kämpfen.

Im Mai nahm Delaney sardonisch und höflich im Gericht von Macroom sein Urteil entgegen. Der RIC-Inspector, der sehr viel weiser war als sein Gegenstück in Mitchelstown, gab Delaney die Möglichkeit, zur Menge zu sprechen. Die Richter standen im Schatten des Portals, während Bob im Sonnenschein auf der Treppe stand.

Licht und Schatten. Die Allegorie ging den Illustratoren der nationalistischen Presse nicht verloren.

»Das wird langsam zur Gewohnheit«, sagte Delaney mit einer Stimme, die inzwischen das Reden in der Öffentlichkeit gewöhnt war. »Aber jetzt gibt es einen Unterschied, Leute, vergeßt den nicht. Die RIC hat mich 67 zum erstenmal nach Macroom gekarrt, damals, als viele von euch hier in dieser Menge noch so klein waren, daß sie Mädchenkleider trugen, um nicht von den Feen entführt zu werden...«

»Einige von uns waren an dem Tag alt genug, um ein Gewehr zu tragen, Bob«, rief ein Mann aus Kilpeder namens Matty Hoskins.

»Tag für Tag lernte er dazu«, sagte MacMahon zu Patrick Prentiss. »Sich Namen zu merken, war wichtig. Und es stellte sich dann alles als verdammte Verschwendung heraus, nicht wahr, Patrick? Jede Kunst und jeder Trick des Staatsmannes, jede Kriegslist und jeder nette Kunstgriff; als das Ende kam, hatte er sie alle, und dann warf er sie wieder weg, wie Sie sagen könnten.«

»Die Geschichte warf sie weg«, meinte Prentiss, »und Delaney gleich mit.«

»Sie sind großartig in Geschichte, Patrick. Es ist ein Idol für Sie, das alles verschlingt, jeden, wie in alten Zeiten der Moloch.«

»Das ist ja so wahr, Matty Hoskins«, hatte Delaney gesagt. »Einige von uns waren wirklich alt genug, sechsundsechzig, um genau zu sein. Und Tausende von ihnen, mit ihren Gewehren und ihrer Kavallerie, und wenn nötig auch mit ihren Kanonen. Wir sind jetzt klüger; das ist ein Unterschied. Und wir haben sie in die Flucht geschlagen, das ist der zweite Unterschied. Wir werden ihr

Spiel nicht spielen, Jungs. Vor einer Stunde, als ich in dieses Haus gegangen bin, habe ich jemanden rufen hören: Denkt an Mitchelstown! Ich will nicht, daß jemals irgendwer: Denkt an Macroom! rufen muß, weil heute hier Blut vergossen worden ist.«

Als er den Fuß auf das Steigbrett des Polizeiwagens stellte, stimmte jemand »Clonbrony Wood« an.

»Oh, und noch was«, sagte er. »Ich möchte nicht bei meiner Heimkehr feststellen müssen, daß irgendein lokaler Thomas Davis ›Die Ballade von Bob Delaneys langer Kerkerhaft‹ verfaßt hat. Denkt an meine Würde, Leute. Ich bin doch Parlamentsmitglied!«

MacMahon hatte natürlich recht, das wußte Prentiss. Instinkt und gewandtes Auftreten hatten Delaney weit gebracht, gewandtes Auftreten und Intelligenz, Ehrgeiz, verborgen hinter Witz und guter Laune, wie ein Artilleriepark, der sich hinter der Infanterie versteckt. Und der Tag, an dem er ins Gefängnis ging, der 14. Mai 1888, kann durchaus der Höhepunkt seiner Karriere gewesen sein, obwohl es für andere, für MacMahon und Vincent und den alten Tully höchstens wie ein Vorhügel ausgesehen haben mag.

Er hatte mit der Menschenmenge umzugehen gewußt, und sie wich sogar zurück, um den Polizeiwagen durchzulassen.

Einen Tag später, als MacMahon sein altes Schulhaus verließ, wo er seine Schüler ihren Rechenaufgaben überlassen hatte, begegnete ihm der alte Tully, der zu einem frühen Tee nach Hause ging, in einem rabenschwarzen Mantel, wie MacMahon Prentiss erzählte, was seine übliche Kleidung war, von der er jedoch mehrere Exemplare haben mußte, denn die Ellbogen glänzten nie, was doch der Fluch von Sergestoff ist.

»Wir haben gut gewählt, Hugh«, sagte er zu MacMahon. »Du deinen Freund und ich meinen Schwiegersohn. Das ist der Bursche, der Balfour und Carson und ihren Rammböcken Widerstand leisten kann. Wenn er nur ein bißchen mehr Zeit zu Hause verbringen könnte!«

»Verlieren Sie nicht den Mut, Mr. Tully«, erwiderte MacMahon. »Wenn wir erst Home Rule haben, dann werden weder Gefängnis noch London nötig sein. Wir werden ihn dann ganz für uns haben, Agnes und Conor und Sie und seine Freunde.«

Ihm war nur zur einen Hälfte bewußt, was er da sagte, die andere versuchte, seine nächste Schulstunde zu planen, in der er die

Rosenkriege in Köpfe einhämmern mußte, die sich kaum für solche Fragen interessierten.

»Aber sicher«, meinte Tully, »aber sicher.«

»Wie es im Lied heißt«, fuhr MacMahon fort: »When brave Parnell brings Irish rule back home to Dublin town‹.«

»Der tapfere Parnell«, wiederholte Tully und griff eifrig diesen Namen auf. »Der dreiste Parnell würde der Wahrheit vielleicht näher kommen.«

»Tapfer oder dreist«, sagte MacMahon. Sie hatten die Biegung erreicht, hinter der Tullys und Delaneys große, schöne Häuser einander gegenüberstanden. »Wie man will«, fügte er geistesabwesend hinzu.

»Er ist ein dreister Mann«, erklärte Tully, der fest und undurchsichtig wie ein Aufsteigeblock dastand. »Wenn er die Frau eines Anhängers verführt und in sein eigenes Bett holt.«

Einen Moment lang waren diese Worte, so, wie Tully sie ausspuckte, selber undurchsichtig.

»Es ist kein Klatsch, Hugh«, beteuerte Tully. »Ich bin keiner, der solchen Klatsch weiterträgt. Aber ich war vor vierzehn Tagen in Bantry, und da habe ich mehr gehört, als mir lieb war. Da haben wir uns ja einen feinen Führer ausgesucht. Und jetzt krümmen wir uns unter seinem Joch, wie Pferde vor dem Pflug.«

»Sie hören dies, ich höre das«, sagte MacMahon, um Zeit zu gewinnen. »In diesem Land ist es für eine Pflanze besser, nicht zu hoch zu wachsen, oder ein Schlehenstock wird sie wieder klein schlagen. Nicht einmal der Liberator, O'Connell, war vor solchem Gerede gefeit. Und nach allem, was wir hören, hat es niemals einen gottesfürchtigeren Mann gegeben als O'Connell. Er ging doch oft und aus Überzeugung zur Kommunion.«

»Über den Liberator hieß es«, obwohl sie allein waren, senkte Tully seine Stimme, »daß er nicht wagte, einen Stein über die Mauer des Arbeitshauses in Cahirciveen zu werfen, aus Angst, er könnte einen seiner Bastarde treffen. Ich kann nicht sagen, ob es stimmt, aber das wurde in Kerry erzählt.«

»Kerry«, wiederholte MacMahon kurz, als ob dieses Wort allein schon eine Anklage gegen sich selber in sich trüge.

»Aber das ist etwas ganz anderes«, sagte Tully. Er war barhäuptig, und die taubeneigroße Geschwulst schien sich vor MacMahons besorgten Augen mit Blut vollzusagen. »Es ist eine Besudelung des Ehebettes. Ich habe das nicht als Schenkenschmutz oder als höhnische Bemerkung irgendeines Protestanten gehört. Tim Healy selber hat es mir erzählt.«

Einen wahnsinnigen Moment lang spielte MacMahon mit dem Gedanken, Tully darauf hinzuweisen, daß sein Sohn Vincent, was besudelte Ehebetten anging, vermutlich ein besser informierter Gewährsmann wäre als Tim Healy. Statt dessen sagte er lahm: »Da bringen Sie aber entsetzliche Neuigkeiten, Mr. Tully. Ich habe die Andeutung einer Andeutung gehört, aber nichts so Eindeutiges wie Sie.«

Kein Jahr später, als alles anfing zusammenzubrechen, erinnerte MacMahon sich an diese Unterhaltung, vor allem aber erinnerte er sich an diese vor Blut strotzende Geschwulst – so hatte sie wenigstens ausgesehen –, lila und pochend. Als ob diese Geschwulst nicht nur Tullys Zorn zum Ausdruck brächte, sondern irgendeine Stammesgewißheit, einen noch heftigeren Zorn als Tullys. Mit diesem Gedanken tröstete er sich zumindest abends, als er Zeit zum Nachdenken hatte. Und obwohl er Mary diese Szene beschrieb, verschwieg er ihr seine phantasievollen Vorstellungen, die, wie er wußte, dem Mythos der Tullys entsprachen, den er mit Vergnügen nun schon seit über zwanzig Jahren weiter ausspann. Einem Mythos der Ursprünge, wie das uralte gälische *Buch der Invasionen*, der mit dem ersten Tully begann, jedenfalls mit dem ersten Kilpeder-Tully, der unbeholfenen Schrittes mit seiner Kiepe voller Töpfe und Nadeln, Ahlen, bleischweren Pfanne aus dem Bergnebel hervorkam – aber aus welchen Bergen, den Boggeraghs, den Derrynasaggarts, dorthin, wo die Ardmors noch keinen Ort eingerichtet hatten, sondern wo es vorerst nur einen Kreuzweg gab, über Jahrhunderte als Treff- und Marktplatz geehrt, eine Kreuzung, um Handel zu treiben und zu tanzen. Dann, als es endlich eine Stadt gab, entworfen wie auf einen nachträglichen Gedanken hin vom Zeichner des Schlosses und der Domäne, gab es in der Nebenstraße den Hökerladen für den Sohn des Hausierers. Die Tullys wuchsen und schwollen mit jeder Generation mehr an, wie die Geschwulst vielleicht in Tullys Jugend gewachsen war und sich ausgebreitet hatte, verbunden durch mesmeristische Verwandtschaft mit anderen Familiengeschwulsten, denen der Sweeneys und der Scanlons und all der anderen in Munster, der Mächtigen im Land, der Besitzer einer Stammesenergie, die sie vorwärts drängte, wie Kartoffelstengel aus dem Boden drängen. Was sie wußten, das wußten sie, und Gott (Gott!)

helfe dem, der sich ihrem Wissen widersetzte: Daß die Heilige Römisch-Katholische Kirche die einzig wahre Kirche war, daß Wucher, wenn er von praktizierenden Katholiken betrieben wurde, kein Wucher war, sondern die Lektion des barmherzigen Samariters, daß Besudelung des Ehebettes nicht vergeben werden konnte.

Und noch viel mehr, hatte MacMahon für sich selber in einer erschlaffenden Schlußfolgerung hinzugefügt und hatte dann die Gaslampe ausgedreht und war nach oben ins Bett gegangen.

»Wir hatten anderes zu tun, als uns mit Parnells Beziehung zu dieser Frau, der Frau des elenden O'Shea, zu befassen.« Immer »wir«, dachte Dominick Prentiss' Sohn. Er war nie Parlamentsmitglied gewesen, obwohl Parnell und nachher irgendeine andere Fraktion der zerschlagenen Partei ihm einen Sitz angeboten hatten. Fähiger Verteidiger der Land-League-Agitatoren und der Moonlighter, Berater von Sir Charles Russel bei der *Times*-Untersuchung. Jetzt Berater von Dillon, O'Brien und Redmond, deren Rivalitäten ihm gleichgültig waren. Aber immer »wir« – Gentleman, Katholik, Ire, in dieser Reihenfolge. »Bei uns stand der Kampagnenplan ganz oben«, sagte Prentiss' Vater. Er hatte seine Eier gegessen und bestrich peinlich genau und gleichmäßig eine Scheibe Toast mit Butter. »Oh, es sah gut aus – zuerst O'Brien, dann Delaney und dann die anderen vor Gericht gestellt und verurteilt. Dann flohen O'Brien und Dillon aus dem Land, um sich längeren Strafen für andere Vergehen zu entziehen. Die nationalistische Presse – unsere Presse – schlachtete das alles weidlich aus. ›Denkt an Mitchelstown!‹ Und O'Briens Zeitung führte die Meute an. Beim Zeus, damals war er ein großer Journalist. Jetzt ist er etwas zahmer, das passiert uns allen. Zeit, die erweiterte Perspektive, nenn es, wie du willst: Die Zeit läuft ab, so nenne ich es. Aber für den Moment, hinter dem Wirbel, der rebellischen Rhetorik und Verwegenheit, grünem Fahnentuch und Kapellen, die ›A Nation Once Again‹ spielten, bis man bedauerte, daß Thomas Davis dieses verdammte Stück je geschrieben hatte – hinter all dem, und nur für einen Moment natürlich, waren wir ratlos. Balfour hatte, dank dem verdammten Zwangsgesetz, alle Karten, die er brauchte. Und« – Dominick Prentiss verstummte, bis er seinen Toast gekaut und hinuntergeschluckt hatte. »Und England stand hinter ihm. Seine eigenen Tories natürlich, aber auch viele

Liberale. Nicht alle teilten Gladstones großzügige, staatsmännische Auffassung der irischen Frage.«

Wie immer enthielt seines Vaters Lob für Gladstone auch schweren Sarkasmus, als ob geistige Größe zum Beispiel ein mentaler Defekt oder ein moralischer Mangel wäre. »Und wer konnte den Engländern überhaupt vorwerfen, wenn sie sich umsahen? Der durchschnittliche Engländer hat eine Abneigung gegen Körperverletzung, Mord, Dynamit. Und vor allem gegen das Verstümmeln von Vieh. Die Engländer sind irgendwie versessen auf das stumme Vieh, als ob es eine Seele hätte. Die Idee haben sie bestimmt von den Hindus übernommen, mitsamt deren goldenen Thronen und juwelenbesetzten Götzen.«

»Und außerdem«, fuhr sein Vater fort – allerdings erst eine Stunde später, als sie ihren Gesundheitsspaziergang, ein Wort, das seinen Vater entzückte, von Palmerston Park und durch dichtbebaute, selbstsichere Vororte zur Portobello Bridge machten, wo Dominick Prentiss' Kutscher wartete, um ihn in die Four Courts zu fahren. An diesem Tag lagen nur wenige Fälle an. Nach seinem ersten Schlaganfall hatte er die Anzahl der Mandate, die er übernahm, drastisch reduziert, aber er liebte den Geruch des Gerichts, die Bibliothek, die juristische Tracht, Talare und Perücken. »Und außerdem gingen auf dem Lande üble Dinge vor sich; weder die Kirche noch die League konnten mit dem besten Willen der Welt, den wir natürlich höflich voraussetzen, jede Whiteboybande in jeder Baronie unter Kontrolle halten – denk doch nur an diese üble Geschichte in Maamtrasna. Und dazu gab es, was für die Engländer noch schlimmer war, eine neue Folge von Sprengstoffanschlägen und Morden in England selber. Wir dachten alle – und das glaubte sicher auch der Innenminister –, daß es mit der London Bridge ein Ende gehabt hätte, als diese Irren sich selbst in die Luft gejagt hatten. Aber das war durchaus nicht der Fall. Und versuch doch mal, gegen ein Zwangsgesetz zu argumentieren, wenn der Innenminister von einem Plan weiß, das Parlament selber in die Luft zu sprengen, zusammen mit den Abgeordneten. Liberale und Tories sollten gemeinsam durch zerstörtes Holz- und Mauerwerk gen Himmel geschleudert werden.«

Sie hatten die Portobello Bridge inzwischen fast erreicht, wo MacMahon und Ned Nolan einst, auf einem anderen Spaziergang kurz vor den Phoenix-Park-Morden, stehengeblieben waren. Als sie auf der Brücke angelangt waren, blieb Dominick Prentiss stehen und lachte.

»Gen Himmel geschleudert«, wiederholte er, »zum Olymp, und dabei kollidieren sie auf ihrer Himmelfahrt – Balfour lässig wie immer, Bunthorne mit einer Iris im Knopfloch, stößt mit Gladstone zusammen, der, Feder und Heft in der Hand, die Gelegenheit nutzt, weiter an seinen Übersetzungen aus dem klassischen Griechisch zu arbeiten.« Wieder lachte er. »Eh, Patrick?«

Jetzt, wo sein Vater mehr Freizeit als Arbeit hatte, jetzt, wo Vater und Sohn endlich eine gewisse Verständigungsebene erreicht hatten, wachsam, zögernd und vertrauensvoll zugleich, konnte Patrick voller Zuneigung die Quellen des Humors seines Vaters finden – Edward Lear und die *Bab Ballads*, Lewis Carroll und Weihnachtspantomimen, die verschrobenen bewußten Exzentrizitäten von Verteidigern und Richtern.

»Und auch die irischen Abgeordneten?« fragte Patrick Prentiss. »T. P. O'Connor und Healy und Justin McCarthy fahren zum Himmel auf?«

»Ach, das ist es doch gerade, weißt du«, antwortete sein Vater. »Wenn wir der Regierung Glauben schenken wollten, wenn wir den Beratern des Innenministeriums – Anderson und Gosselin und den anderen – Glauben schenken wollten, wenn wir der *Times* Glauben schenken wollten, dann steckten die irischen Mitglieder – Parnells Bande, wie sie immer genannt wurden – nicht nur mit den Terroristen in Galway und West Cork unter einer Decke, sondern auch mit den dynamitbegeisterten Feniern in London und Glasgow und Liverpool.«

Als sie auf der kurzen Brücke standen und gen Süden blickten, sahen sie Kirche und Staat – gegensätzliche Symbole: Eine katholische Kirche, um die Mitte des Jahrhunderts erbaut, die mit post-emanzipatorischem Triumph prunkte, und die Portobello Barracks, in solider Strategie dort angelegt, um den Zugang zur Stadt nach Süden hin zu überwachen.

»Schließlich«, sagte Dominick, als sie sich umdrehten und zu einer Kutsche gingen, die vor Portobello House auf ihn wartete, »schließlich hatte doch die *Times* selber – die Donnerstimme, dank der Wunder des modernen Journalismus und der Druckereien die Stimme Englands – schließlich hatte doch die *Times* Irlands unseliges Schuldbekenntnis, verziert mit Parnells eigenhändiger Unterschrift, veröffentlicht. Bist du sicher, daß du nicht mit mir ins Gericht kommen willst? Ich habe die Hoffnung noch nicht aufgegeben, mein Junge. In dir steckt ein Jurist. Aber du stellst zu viele Fragen. Bleib einfach lange genug ruhig sitzen, dann redet der andere schon.«

»Heute nicht, Vater. Vielleicht morgen.«

»Wie du willst, mein Junge.« Luby, der Kutscher wartete bereits, die Hand an der Kutschentür. »Früher hat es dir gefallen«, sagte sein Vater und stieg ein. »Wenn du als kleiner Junge aus Clongowes nach Hause kamst, und dann ein Festmahl im Dolphin, ein Paar saftige Koteletts, Wildbret, für den Anfang eine anständige Suppe.«

»Den Dolphin gibt's noch immer, Vater. Morgen, die Four Courts und dann ein Festmahl.«

»Ich nehm dich beim Wort, junger Mann. Los geht's, Luby.«

Und die Kutsche entführte ihn ins Herz der Stadt, vorbei an den beiden alten Kathedralen, Christ Church und Saint Patrick, »früher christlich, jetzt protestantisch«, wie einer der Jesuiten in Clongowes gesagt hatte, nach Dublin Castle und den Four Courts.

»Meine Gefühle für Ned waren nicht mehr dieselben«, hatte Hugh MacMahon zu Prentiss gesagt, »nach Phoenix Park nicht mehr. Ich konnte natürlich nie sicher sein, daß es Ned gewesen war, daß ich Brady und die anderen in dieser Schenke in der Dorset Street mit ihm zusammen gesehen hatte. Aber in meinem Herzen wußte ich es, und nachdem ich mit Bob gesprochen hatte, wußten wir es beide. Ganz sicher. Und als die Bombenanschläge anfingen, und die Sprengungen, und dann die Überfälle und Morde auf der Straße, sagten wir: ›Ned ist dabei, auf irgendeine Weise.‹ Natürlich gab es viel mehr Gruppen als nur eine, und alle wetteiferten miteinander. Hier unten in Kilpeder konnte ich sie nicht auseinanderhalten, und Bob wußte auch nicht viel mehr, auch wenn die Tory-MPs von Männern sprachen, ›keine halbe Meile von hier entfernt, deren Hände mit dem Blut von Cavendish und Burke und den Frauen und Kindern, die bei der Eisenbahnkatastrophe ums Leben gekommen sind, besudelt sind.‹

Nein, aber ich erinnere mich an diesen schönen Frühlingstag, als wir am blühenden Kanalufer entlang zur Portobello Bridge gingen, und an die Bindung, die ich immer noch zwischen Ned und mir spüren konnte, trotz der vielen Jahre und des Schweigens. Aber wie konnte Ned das tun, was er am Ende zweifellos tat, das Schreckliche, was die letzte Handlung seines Lebens war, diesen kaltblütigen Mord?«

»Kaltblütig nicht, nach allem, was Sie mir erzählt haben, nach allem, was ich darüber gehört habe. Diese Nacht ganz zum Schluß, als Ned Nolan in Brierly Lodge einbrach und ihn erschoß, wie er da auf seinem Stuhl saß – nein, er wollte sich gerade erheben, nicht wahr? In dieser Nacht zumindest war er nicht kaltblütig. Alles, was er seit Jahren unter seinem Indianerpanzer empfunden hatte, brach nun endlich durch. Er war vor Wut außer sich, als er in Brierly Lodge einbrach.«

Denn endlich hatte Prentiss, glaubte er zumindest, den Entwurf, das Muster, das die Stücke bildeten, den Beginn seiner Geschichte, von einem Tag zu Anfang des Jahres 1867, als Ned Nolan mit dem Koffer in der Hand in die Stadt Kilpeder gewandert war und an der Tür seines Vetters, des Schulmeisters Hugh MacMahon angeklopft hatte, bis zu der Nacht im Jahre 1892, als er in Brierly Lodge einbrach, einen Mann durch zwei Kugeln in die Brust tötete, dann verwundet in Richtung Clonbrony Wood und die Derryansaggarts in der Ferne floh, und der Kreis, einer der Kreise, sich schloß.

»Ja«, sagte Hugh MacMahon in dem kleinen Haus, das sein Alterssitz war, mit Blick auf diese Berge, im Zimmer, wo die Bretter unter den Büchern im Regal durchhingen, dessen Fenster auf gelben Stechginster in der Ferne schauten. »Und wenn sein wahres Ich durchbrach, dann war er so wild wie ein Komantsche.«

»Aber Delaney versuchte, ihn zu finden, ihm zu helfen, als er verletzt war und sich oben versteckte, während Polizei und Soldaten ein Netz um ihn zogen.«

»Ich habe keinen von ihnen je ergründen können«, sagte MacMahon. »Meine beiden Busenfreunde, die beiden und Vincent Tully, und ich habe keinen je ergründen können.«

»Aber Vincent konnten Sie ergründen?« fragte Prentiss leichthin, versuchsweise.

Aber MacMahon durchschaute ihn, lachte und wehrte ab.

»Ich habe auch Vincent nicht ergründen können, aber wissen Sie, das hatte einen ganz anderen Grund. Vincent war ein Tully, und die Tullys leben nach ihren eigenen geheimnisvollen Gesetzen. Sogar Vincent. Warum Sie sich die Mühe machen, das Benehmen von Parnelliten und Feniern und Priestern und Grundbesitzern und Land Leaguers zu studieren, wenn Sie die Tullys studieren könnten, ist mir ein Rätsel. Oder weshalb ich in die Berge gehe, um die Lieder und Geschichten der wilden Irischsprecher aufzuzeichnen, wenn ich den verlorenen Nebel erforschen könnte, aus dem der erste Tully mit der Kiepe auf dem Rücken hervorgetreten ist. Meinen Sie, sie könnten vor langer Zeit Tinkers gewesen sein, im alten dunklen Jahrhundert? Oder Freischärler, die sich in den dunklen Höhlen von Kerry versteckten und sich untereinander immer weiter vermehrten? Oder einer der Lost Tribes? Ich hatte einmal die Vorstellung, daß sie Firbolg sein könnten. Kennen Sie die Sage, daß unter den uralten Völkern Irlands, die besiegt und zerschlagen wurden und sich verstecken mußten, auch die Firbolg waren, ein hassenswertes Volk, Männer mit Säcken?«

»Vincent war liebenswert«, wandte Pentiss ein.

»Das stimmt«, sagte MacMahon und wurde sofort wieder nüchtern.

»Die *Times*-Enthüllungen«, Prentiss wechselte bewußt das Thema, wollte es eine Weile ruhen lassen, um später noch einmal sein Glück zu versuchen, »sie scheinen die Iren nicht besonders bekümmert zu haben – weder Parnell noch irgendwen sonst. Machte Delaney sich Sorgen?«

»Sorgen?« wiederholte MacMahon und warf mit geübter Armbewegung die aufgeweichten Teeblätter in den Kamin. »Natürlich nicht. Und warum hätten wir besorgt sein sollen, so, wie die Dinge sich entwickelten?«

Ich weiß noch, wie er zum erstenmal nach Hause kam, nachdem die *Times* im Frühling 87 diese Geschichte über ›Parnellismus und Verbrechen‹ veröffentlicht hatte, mit allen Tatsachen und Zahlen über Morde und Folterungen, die sich in abgelegenen Gegenden zugetragen hatten, Connemara und Donegal, und deren Spur geradewegs in die Land-League-Büros in London und ins Unterhaus selber wiesen.

»Das ist eine Fälschung, weißt du«, sagte Bob, »ausgeheckt von Houston und seiner Loyal and Patriotic Union, Eddy Chutes Busenfreunden, und sie haben es zuerst der *Times* und dann der Regierung zugespielt. Als der Chef an diesem Abend ins Parlament kam, hatten die meisten von uns ein Exemplar der *Times*, aber Harrington und McCarthy und ich erwischten ihn als erste, und wir vier gingen in die Bibliothek, und er setzte sich und las den Brief. Dann blickte er lächelnd auf: ›Ich muß ja ein verzweifelter Bursche sein‹, sagte er, ›daß ich solche Briefe schreibe. Und die *Times* hat noch andere, sagen Sie? »Burke hat nicht mehr bekommen, als er verdient hat.« Blutrünstiger Bursche, blutrünstig und verzweifelt!‹

›Natürlich ist es eine Fälschung‹, sagte McCarthy leicht besorgt und ließ es zwar nicht wie eine Frage klingen, aber es hörte sich doch ein bißchen unsicher an. Parnell lächelte ihn an, nahm eine Zigarre aus seinem ramponierten alten Etui, schnitt die Spitze ab und zündete sie an. McCarthy ist ein anständiger Bursche, aber er ist auch ein bißchen eine nervöse Primel, hektisches Benehmen, schreibt Romane und so. ›Haben Sie irgendwelche Zweifel, Mr. McCarthy?‹ fragte Parnell. ›O nein, durchaus nicht‹, sagte der arme McCarthy ganz schnell. Parnell lächelte ihn wieder an und streckte die Hand zu Campbell aus, der ihm einen dicken Briefstapel brachte, auf dem obenauf ein Brieföffner lag, eine melodramatische Nachahmung eines marokkanischen Dolches. ›Nun, wir haben doch einen schlagenden Beweis‹, sagte Parnell. ›Sehen Sie sich die Unterschrift an. Chas S. Parnell. Seit Mitte 1878 habe ich kein solches ›S‹ mehr gemacht.‹ Er ließ seinen Blick von McCarthy zu uns anderen wandern, um zu sehen, wie wir auf diesen absurden schlagenden Beweis reagierten. ›Mein Gott‹, sagte Harrington nachher zu mir, ›wenn er im Parlament mit dem Brief so verfahren will, wird es keinen Engländer geben, der nicht glaubt, daß er ihn geschrieben hat.‹ Aber er hatte uns hereingelegt. Er hat einen seltsamen Sinn für Humor – nicht viel, und mit einem grausamen Stich. Als er in dieser Nacht sprach – es war schon nach ein Uhr morgens –, teilte er wütende Hiebe aus. ›Eine verbrecherische und schamlose Fälschung‹ nannte er den Brief. Ich halte bis ans Ende zu diesem Mann, Hughie, aber je mehr ich von ihm sehe, um so seltsamer wird er.«

»Seltsam sind die Manieren der feinen Leute«, sagte ich zu Bob.

»Seltsam sind die Manieren dieses Gentleman«, sagte er, gemäßigt und wie ein Anwalt.

Er hat einmal in unserem Haus gegessen«, erzählte Patrick Prentiss MacMahon, »und meine Mutter hat mich geweckt und nach unten geholt, damit ich ihn begrüßen konnte. Ich meine mich zu erinnern, aber mein Vater behauptet, das könnte nicht stimmen.«

»Solange es um Ihre eigenen Erinnerungen geht«, sagte MacMahon, »können Sie auf Ihrer Ansicht beharren, ohne Ihre Sohnespflichten zu verletzen.«

Prentiss lächelte. »Was ich noch erinnere – wenn ich noch etwas erinnere – dann Schwarz, und weiße, gestärkte Hemdbrüste, außer meiner Mutter keine Dame anwesend, Parnell bärtig und in grobem Tweed, als ob er gerade von einem Tag auf der Jagd zurückkäme. Ich weiß noch, wie er mich ansah und mir etwas über meinen Vater und das Gesetz sagte. Dann brachte meine Mutter mich wieder nach oben. Ich weiß noch, daß ich fast schlief, mein Vater kann also recht haben. ›Vergiß das nie‹, sagte meine Mutter. ›Du hast den Ungekrönten König Irlands gesehen.‹«

»Es könnte ein Traum sein«, räumte MacMahon ein, »genau der Traum, den ein Historiker haben würde.«

»Aber ich erinnere mich an etwas, das bestimmt kein Traum war«, sagte Prentiss. »Mutter lud mich im Imperial zum Lunch ein, und Parnell versuchte, in der Sackville Street eine Rede zu halten – das muß im letzten Jahr gewesen sein, natürlich –, eine Menschenmenge pöbelte ihn an, eine andere unterstützte ihn. Er hielt seine Rede, Dublin war immer für ihn, und am Ende hatte er auch die Fenier auf seiner Seite. Ich konnte etwas davon sehen, einen Teil der Menge, und als ich mich vom Fenster abwandte, sah ich, daß Mutter weinte. Und es nicht verbergen konnte. Sie hielt sich das Taschentuch an die Augen, als ob sie sie sauberwischen wollte, aber ihre Lippen sagten mir die Wahrheit.«

»Ihre Familie waren doch sicher keine Parnelliten?« fragte MacMahon. »Nach der Spaltung? Ich habe gehört, Dominick Prentiss sei...«

»Nein«, antwortete Prentiss. »Aber meine Mutter weinte an diesem Tag.«

»Was Parnell natürlich wollte«, sagte Dominick Prentiss am nächsten Tag zu seinem Sohn, als sie in der Bibliothek der Four Courts saßen, »war, die Fälschungen zu entlarven und aus allem zusammen ein nettes Paket zu schnüren – aus dem Fälscher, der

Loyal and Patriotic Union, die den Brief der *Times* zugespielt hatten, und aus der Regierung selber. Kurz gesagt, eine Verschwörung. Verdammt hart zu beweisen, Verschwörungen. Aber die Regierung drehte den Spieß restlos um – die Sonderkommission sollte nicht nur die Fälschungen untersuchen – die wurden zu einem bloßen Detail –, sondern auch Konspiration und Gewalt in Irland. Sie sollten nichts Geringeres finden als einen Plan zur Rebellion, bei dem Parnell und die anderen zu Mord und Attentaten anspornten und mit Dynamitmännern und Invincibles unter einer Decke steckten.«

»Aber das wäre doch selber eine Verschwörung«, meinte Prentiss, »und deshalb, wie du sagst, schwer zu beweisen.«

»Das war denen doch egal«, sagte Dominick Prentiss. »All unsere schmutzige Wäsche ans Licht zerren, Land Leaguers in den Zeugenstand holen, Landgrabscher von Gottweißwoher herüberbringen, aus Connemara und Dingle, und sie schwören lassen, daß sie von Moonlighters geschlagen und mißhandelt worden waren, Parlamentsmitglieder und Land Leaguers und Fenier unter einen Hut bringen: Das war alles, was sie wollten, und hinter den Kulissen gaben sie das auch zu – die ehrlichen wenigstens, nicht die geifernden Heuchler. ›Wir können Parnell einfach nicht mit den Invincibles zusammenbringen‹, das hat Balfour selber zu mir gesagt. ›Dieser Gentleman hat sorgfältig alle Brücken hinter sich verbrannt.‹ – ›Humbug‹, erwiderte ich. ›Es gab überhaupt keine Brücken.‹ – ›Nicht einmal die Briefe?‹ fragte Balfour in seinem besten Operettenstil. ›Ei, ei, diese hübschen Briefe.‹ – ›Wir werden schon noch sehen, wie hübsch sie wirklich sind‹, sagte ich, ›beim Zeus, ich wünschte, ich wäre noch beim englischen Gericht tätig. Ich würde diese kostbaren Briefe gern in Händen haben.‹ ›Das kann ich mir vorstellen‹, erwiderte Balfour. ›Aber Charlie Russell würde sich dieses Vergnügen niemals nehmen lassen. Dieser gierige Mensch.‹«

Dominick Prentiss lachte bei dieser Erinnerung. Zwei junge Verteidiger, in Roben und Perücken, blieben stehen, um ihn achtungsvoll zu grüßen. Das hat er sich für mich gewünscht, dachte Prentiss. Das wünscht er sich immer noch. Als Junge hatte er seinen Vater im Gericht gesehen, in einer ähnlichen Robe, die jedoch aus Seide war, nicht aus Tuch, schließlich war er Kronanwalt, und er war stolz geworden auf alles, womit sein Vater Wirkung erzielen konnte, auf die Bücher, die von Collin, seinem Sekretär, hereingetragen wurden, auf die Schachtel mit den Halspastillen, auf die gespreizten Hände, die er beim Verhör auf seine Hüften stemmte. »Nun reden Sie schon, Mr. Hennessey«, sagte sein Vater. »Seine Lordschaft ist für Nicken taub. Heißt das nun ja oder nein?«

»Dein Freund Delaney ist Anfang 89 wieder freigelassen worden«, sagte Dominick Prentiss. »Und sie haben auf ihn gewartet. Beim Zeus, und wie sie auf ihn warteten. Ein Land-League-Funktionär, der ein beglaubigter Fenier war, ein ehemaliger Sträfling.«

»Delaney hatte aber nichts mit den Invincibles zu tun«, meinte Prentiss. »Er hat sie gehaßt, darauf verwette ich meinen Kopf.«

»Dein Kopf ist kein Beweis, mein Junge«, sagte sein Vater mit der Stimme von früher, schneidend und entschieden, »daß er Ned Nolans Freund war, das ist ein Beweis. Daß er am Ende in die Berge gegangen ist, um Nolan zu finden, um ihm zu helfen, das ist der Beweis, nicht dein Kopf.«

Das alles betrifft mich überhaupt nicht«, sagte Delaney. »Nicht einmal die Fälschungen. Ich werde ihrer Vorladung folgen, wie es sich für einen guten Juristen gehört.«

»Aber was wollen sie denn dann von dir?« fragte Sylvia Ardmor. Es war an seinem zweiten Abend in London, am ersten war er bis nach Mitternacht mit Russel zusammengewesen, um seine Aussage durchzugehen. Weil er zu müde war, um in sein Quartier in Pimlico zu fahren, hatte er im Westminster Palace Hotel übernachtet. Jetzt, in Chelsea, spätnachts, stand er im Schlafrock am Schlafzimmerfenster und schaute auf eine Straße hinab, die bis auf einen patrouillierenden Polizisten menschenleer war.

Delaney zuckte die Schultern. »Russel wird mich später vorladen, als einen seiner Zeugen. Es spielt wirklich keine große Rolle. Wie gesagt, ich habe ihnen nichts zu erzählen. Ich bin sehr vorsichtig gewesen. Wir hatten Boykotts, und einige davon waren recht rauh, Raffer wurden angerempelt und eingeschüchtert, Vieh verstümmelt. Aber die einzige Gewalt gegen Menschen ist vorgekommen, als ich in Kilmainham gesessen habe, und nun wieder in den letzten Monaten. In dieser Hinsicht sind Gefängnisse nützlich.«

Sie hatte die Decken bis zu ihren nackten Schultern hochgezogen. Es brannte nur ein niedriges Feuer; das Zimmer war warm.

»War das Gefängnis schrecklich?« fragte sie.

»Ach, es ging«, antwortete Delaney, »sie haben eine Art Schwäche für Parlamentsmitglieder, und ich hatte keine Lust, nackt unter Gefängnisdecken zu sitzen wie O'Brien. Der muß eine richtige Vogelscheuche gewesen sein. Ich durfte einmal pro Monat Besuch bekommen, und Hugh MacMahon hat mich zweimal besucht, einmal hat er mir eine riesige, beeindruckende Geschichte Irlands mitgebracht, die irgendein Irrer im 18. Jahrhundert verfaßt hat. Meine Güte, geht irische Geschichte mir auf die Nerven! Parnell hat recht.«

»Und deine Familie?«

»Ja«, sagte Delaney mit einem Unterton von nervösem Sarkasmus. »Meine Familie war zweimal da. Beim zweitenmal hat sie den kleinen Conor mitgebracht.«

»Wie schön für dich, daß ›deine Familie‹ Conor mitgebracht hat. Es geht ihm gut, hoffe ich.«

»Es geht ihm gut«, antwortete Delaney. »Er ist im Moment nicht in der Schule. In Clongowes wissen die Jungen nicht, was sie von einem Burschen halten sollen, dessen Vater im Gefängnis sitzt. Für einige von ihnen bin ich natürlich ein Held, aber auch schrecklich viele Castle-Katholiken schicken ihre Söhne dorthin. Die Jesuiten legen großen Wert auf sie.«

»Castle-Katholiken?« fragte Sylvia. »Katholiken mit Burgen? Wie die Kenmares?«

Delaney lachte und wandte sich halb vom Fenster ab. »Katholiken, die in Dublin Castle empfangen werden, vom Vizekönig. Die Kenmares, sicher, aber auch einige von den Richtern – solche Leute. Hast du diesen Ausdruck wirklich noch nie gehört? Du weißt sehr wenig über meine Welt, was, Sylvia?«

»Für mich bist du deine Welt«, sagte sie, »und meine Welt. Dieses Zimmer ist unsere Welt.«

Vor Jahren, in seinem ersten Jahr im Parlament, waren sie einmal zu Beginn des Frühlings in Chelsea am Embankment vorbeigegangen. Sie trug einen leichten, rehfarbenen Mantel und einen breitkrempigen Hut, dessen Schleier sie hochgesteckt hatte. Ihre elfenbeinweißen Wangen belebten sich im Frühlingswind. Ihre Augen waren wie leuchtende, schwarze Achate. Sie hüpfte vor ihm her zur Mauer des Embankment und streckte ihm die Arme entgegen. Sie verschränkte ihren Arm mit seinem und legte ihre andere Hand fest auf seinen Unterarm. Hinter ihnen hörten sie ab und zu regelmäßige Schritte.

»Siehst du«, sagte sie, »niemand bemerkt uns hier. Hier ist es nicht politisch und auch nicht elegant.«

»Nein«, sagte Delaney mit betonter Lässigkeit.

»Ich möchte mit dir ins Theater gehen«, sagte sie munter. »In Museen, Restaurants, ich möchte mit dir im Park ausreiten. Aber das geht nicht. Ich möchte mit dir auf dem Land picknicken, an der Themse, mit einem weißen Tischtuch und einem Picknickkorb mit Hähnchen, Wein, danach Erdbeeren mit Schlagsahne in einem Gasthaus.«

»Reiten?« fragte Delaney und wechselte das Thema. »Im Park? Ich dachte, ehrbare Frauen ritten nicht im Park aus.«

»Es gibt einen Teil, wo sie das normalerweise nicht tun. Nur einen Teil. Draußen ist es eine andere Welt, nicht wahr? Regeln und Komplikationen. Gefahren. Aber ich bin auf jeden Fall keine ehrbare Frau.«

»Unseretwegen, meinst du?« fragte Delaney. »Natürlich bist du das. Wie kannst du so etwas Törichtes sagen, Sylvia.«

»Nein«, sagte sie, »nicht unseretwegen.«

»Weshalb denn?«

»Wir haben geredet und geredet und geredet, aber wir haben überhaupt nichts gesagt. Frag irgendwann einmal Lee.«

»Was soll ich ihn fragen?«

»Frag ihn, ob Sylvia Ardmor als ehrbar gilt.«

»Weshalb denn?« fragte er ein zweites Mal.

»Es ist so ein klarer Nachmittag«, sagte sie. »Keine Spur von Nebel, der Wind weht den Fluß klar. Mr. Whistler würde es hassen. Er wünscht sich Nebel so dick wie Graupensuppe und verschwommene Lichter, ein paar Gebäude wie Schatten ihrer selbst, das Parlament wie ein Märchenschloß, fast schwerelos. Wir könnten Mr. Whistler zu einem späten Abendessen bitten, aber er ist so ein Klatschbruder – die schlimmste Art von Klatsch, geistreicher Klatsch, mit einer Zunge wie eine Natter. Er und Tom sind eine phantastische Kombination, Tom gut gelaunt und Whistler geistreich und ohne eine Spur von guter Laune.«

»Hat Whistler das Portrait von dir gemalt, dieses phantastische im Eßzimmer, nur schwarz und weiß und ein einziger roter Farbtupfer?«

»Purpur«, korrigierte sie.

»Malt er nicht so, schwarz und grau und weiß?«

»Nein«, antwortete sie. »Das war ein anderer Maler. Er heißt Galantière. Er ist sehr klug, er hat bei Whistler gelernt.«

»Es ist ein wundervolles Portrait«, sagte Delaney.

»Ja«, erwiderte sie. »Ein bißchen theatralisch. Aber Tom gefällt es, und er kennt sich mit Malerei aus. Er will es nach Ardmor hinüberbringen. Komm, laß uns zurückgehen, Robert. Ich mag diesen Wind nicht mehr.«

In dieser Nacht, als Emily vor dem Wohnzimmerkamin zum Abendessen deckte, ging Delaney zu dem Bild in dem Eßzimmer, das Whistler selber für die Ardmors entworfen hatte, weiß und grau, wie für das Portrait geschaffen. Als er wieder ins Wohnzimmer kam, war Emily verschwunden. Er hörte, wie die Dielentür sich hinter ihr schloß.

Später, beim Brandy, sagte er: »Es ist ein wunderschönes Bild. Es ist mir ein Rätsel, wie so viel von einem Menschen in Öl eingefangen und auf einer Leinwand festgehalten werden kann.«

»Er war verliebt in mich, als er es gemalt hat«, sagte sie. »Manche behaupten, das helfe. Aber andere sagen, es störe. Es kommt wohl immer darauf an, nehme ich an.«

»Ich verstehe«, sagte Delaney, und dann fügte er steif hinzu: »Diesem Burschen hat es geholfen.«

»Ob ich in ihn verliebt war, das willst du wirklich wissen, nicht wahr?« Sie hatte zu ihrer leichten Mahlzeit keinen Wein getrunken, und jetzt nahm sie keinen Brandy, sondern saß ihm ruhig gegenüber. »Ich dachte eine Zeitlang, ich wäre es. Zuerst. Ich dachte, ich wäre verliebt, und dann wußte ich, daß das nicht stimmte. Ich habe es lange genug geglaubt, daß es für die ersten Monate der Affaire reichte, die ersten Nachmittage im Bett.«

Er sah sie schweigend an.

»Ich war zweimal verliebt«, sagte sie. »Nur zweimal. Zuerst in Tom, dann in dich. Und lange, bis zum letzten Jahr, habe ich euch beide geliebt. Aber jetzt nur dich. Das habe ich dir erzählt.«

»Aber nichts über... über...«

»Über Galantière. Weil ich wußte, wie dir zumute sein würde, und ich hatte recht. Ich habe Schluß gemacht, weißt du. Nicht er. Ich fühlte mich monatelang erbärmlich, aber dann war ich froh, daß ich Schluß gemacht hatte.«

»Warum sagst du es mir jetzt? Weil ich ein Interesse an Portraitmalerei zum Ausdruck gebracht habe?«

»Weil es Zeit ist, Robert. Höchste Zeit. Frag Lee. Lee ist ein guter Freund, und er wird es dir sagen, weil er mich liebt und dich mag. Du kommst in London nicht viel herum, aber ein oder zwei von euren Mitgliedern wohl. Die könntest du fragen.«

»Und du hast vor, mich den ganzen Abend über in Grausen zu versetzen, Sylvia, ist das so?« Er goß sich einen weiteren Brandy ein und gab Wasser dazu.

»Galantière konnte es nicht lassen, ein bißchen zu prahlen, und am Ende war er wütend und rachsüchtig. Dazu gehört nicht viel. Und dann gab es noch einen Amerikaner, der diskreter war, einen New Yorker namens Julius Van Zandt. Amerikaner können hervorragende Manieren haben, findest du nicht? Robert?«

»Das kann ich nicht beurteilen«, erwiderte Delaney. »Warum erzählst du mir das, Sylvia?«

»Vielleicht erregt es uns ja«, sagte sie. »Sag mir, Robert, schläfst du immer noch – nein, ich kann nicht ›deine Familie‹ sagen. Was soll ich sagen? Schläfst du noch mit Mrs. Delaney?«

»Um Gottes willen, Sylvia! Hör doch auf! Du genießt das doch nicht. Es ist scheußlich für dich. Warum tust du es?«

»Ist es scheußlich für dich, Robert? Oder was ist los? Ich könnte dir noch Schlimmeres erzählen...«

»Erzähl es mir, oder laß es bleiben, ganz, wie du willst«, erwiderte Delaney. »Ich weiß nicht, was ich fühle. Im Moment fühle ich mich wie betäubt, du könntest mir alles erzählen. Später werde ich wissen, was ich fühle. Vielleicht.«

Sie hatte ruhig dagesessen, ihr Gesicht war, ihren leidenschaftlichen Worten zum Trotz, so ruhig wie auf dem Portrait, die Worte wurden ruhig gesprochen. Jetzt, als er seine brennenden Augen auf sie richtete, sah er, daß ihre Lippen zu zittern anfingen, und mit anderer, ruhiger Stimme sagte sie: »Ja, vielleicht«, schlug ihre Hände vors Gesicht und brach in Tränen aus. Delaney streckte zwischen ihren beiden einander gegenüberstehenden Sesseln die Hand nach ihr aus, kniete dann neben ihr nieder und nahm sie in die Arme.

In dieser Nacht, im Bett, voller Liebe, liebten sie sich nicht, und als er in der Dunkelheit ihre Wangen streichelte, glaubte er, die schwache Feuchtigkeit trocknender Tränen spüren zu können.

»Du bist sehr gut zu mir, Robert. Wenn ich nur gut für dich wäre«, sagte sie.

Endlich schliefen sie in ihrer Umarmung ein, nachdem sie längst zu sprechen aufgehört hatten. Aber er wachte als erster auf und blieb lange still liegen, ohne sich zu bewegen, um sie nicht zu stören, und seine freie Hand liebkoste ihren Körper, glitt über kleine Brüste und feste Hüften. Sie wurde von Emilys Klopfen an der Tür geweckt, und sie blickte sofort zu ihm auf, mit so strahlenden und dunklen Augen, als ob sie überhaupt nicht geschlafen hätte, ihre dunklen Haare waren zerzaust, ihre Lippen geöffnet.

Nun, in diesem Januar, nachdem er aus dem Gefängnis nach London zu ihr zurückgekehrt war, vertrauten sie einander restlos, aber sie konnte ihr kompliziertes Wesen, ihre indirekte Bitterkeit nicht ganz ablegen. Es war zu der Art und Weise geworden, auf die sie ihr Leben mit ihm verkraftete.

»Aber Conor ist stolz auf dich?« fragte sie. »Egal, was die anderen Knaben in der Schule vielleicht sagen, Conor ist stolz auf dich?«

»Aber ja«, erwiderte Delaney. »Conor ist stolz auf mich. Er ist ebenso sehr Delaney wie Tully, der kleine Kerl. Eine ziemliche Leistung, würde mein Freund MacMahon sagen.«

»Dein Freund Hugh MacMahon, der Schulmeister in Kilpeder, dessen Frau Mary sehr hübsch ist, aber überhaupt nicht wie ich, und außerdem ist sie musikalisch. Siehst du? Ich weiß Bescheid über dein Leben. Über das, was du mir zu erzählen bereit bist.«

»Sie werden es nach besten Kräften ausnützen«, sagte Delaney, als ob er sie nicht gehört hatte. »Daß ich Fenier war und unter Ned Nolan gedient habe. Daß ich mit Hogan und Byrne gearbeitet habe. Aber es gibt nichts Greifbares für sie. Und es ist auch egal. Früher oder später werden sie Pigott aufrufen müssen, und wenn Russell das Kreuzverhör macht, dann wird er ihn in Fetzen reißen.«

»Pigott?« fragte Sylvia.

»Pigott ist der Fälscher«, erklärte Delaney. »Hörst du denn überhaupt nichts auf diesen Teeparties, auf denen du deine Nachmittage verbringst, oder ist da nur von William Morris und seinen verdammten Tapeten die Rede?«

»Sie sind überhaupt nicht verdammt«, widersprach sie. »Nur sehr reich gemustert und ein bißchen überspannt. Er hat eine Frau, die – ah! der hat vielleicht eine Frau! Es gibt ein Haus, das wir zusammen besuchen könnten, aber ich habe Angst, du könntest Jane begegnen. Alle halten sie für eine *femme fatale*, aber in

Wirklichkeit ist sie eine simple Person. Etwas dumm. Ist es denn bekannt, daß er der Fälscher ist?«

»Inzwischen ja. Inzwischen weiß jeder, daß er diese Briefe gefälscht hat. Aber sie wagen nicht, ihn vorzuladen, obwohl sie wissen, daß sie das müssen. Russell wird ihn in der Luft zerreißen.«

»Nicht alle meine Freunde sind so frivol, wie du dir so gern einbildest. Lee war mehrere Male bei den Anhörungen, und einmal hat er Whistler mitgenommen, und Whistler hat eine Skizze von Parnell angefertigt. Na, was sagst du dazu? Vielleicht kann ich sie ausleihen, oder vielleicht gibt er sie mir, wenn ich ihn nett darum bitte. Jimmy ist sehr angetan von mir. Das habe ich dir erzählt.«

»Ja.« Delaney wandte sich vom Fenster ab und sah sie an. »Das hast du mir erzählt.« Er lächelte. »Du und Nebel und die Themse.«

»Und Parnell, einige Stunden lang. Er findet Parnell sehr gutaussehend und angespannt. Warum ist er so angespannt, wenn Sir Charles Russell alles in Ordnung bringen wird?«

»Captain O'Shea ist als Zeuge aufgerufen worden, und er haßt Parnell natürlich.«

»Wieso ›natürlich‹?« fragte Sylvia. »Dieses elende Geschöpf hat seine Frau doch mehr oder weniger verkauft, nicht wahr?«

»So kannst du es ausdrücken, meine Liebe. Es ist vielleicht nicht ganz zutreffend, kommt der Sache jedoch ziemlich nahe. Vielleicht haßt er Parnell deshalb. Er haßt alle, von denen er abhängig ist – Parnell, Chamberlain, wahrscheinlich auch Gladstone. Aber Parnell ist derjenige, dem er schaden könnte. Healy hat mir erzählt, daß Russel ihn vernommen hat, wie ein Mann, der auf Zehenspitzen durch ein Minenfeld geht. Und das sieht Russel nicht ähnlich. So wird Russel mit Pigott nicht verfahren. Und Parnell saß aufmerksam wie ein Adler da, er trug seinen Mantel und hatte den Kragen hochgeschlagen.«

»Ja, ja«, sagte Sylvia. »Genau wie auf Jimmys Skizze. Könnte er Parnell wirklich schaden?«

»O ja«, antwortete Delaney. »Vielleicht könnte er ihn vernichten, vielleicht auch nicht, aber er könnte ihn übel zurichten, und mit ihm die Partei. Und auch Irland.«

Sie setzte sich plötzlich im Bett auf, und Laken und Tagesdecke rutschten herab und entblößte ihre Brust. Geistesabwesend zog sie die Decke hoch, tastte auf ihrem Nachttisch herum und nahm sich Zigaretten und Streichhölzer.

»Das könnte dir auch passieren, Robert, nicht wahr?« Sie fächelte den Rauch beiseite. »Unseretwegen?«

»Dasselbe könnte nicht passieren«, sagte Robert eine Spur zu lässig. »Ich bin kaum der Führer einer Partei oder einer Nation. Und niemand plant meine Vernichtung. Soviel ich weiß.«

»Das halbe elegante London hat seine – seine romantischen Verwicklungen. Auf den Parties, die ich besuche, die wir zusammen besuchen, sind sie ganz normal. Aber nicht in deiner Welt, in deiner irischen Welt.«

»Ach«, sagte Delaney. »Scher uns doch nicht über einen Leisten. Ich muß immer wieder Verteidiger finden, die meinen Schwager aus irgendeiner Klemme retten. Wenn ich das nicht selber mit einem diskreten Umschlag voller Zehnpfundscheine erledigen kann.«

»Vincent«, sagte Sylvia, »der letzte der Schurken von Mallow.«

Delaney lachte. »Das ist er wirklich, auf seine Weise. Ein seltsames Schicksal für den letzten Tully.«

»Aber es wäre etwas anderes, nicht wahr«, meinte sie, »für Robert Delaney, Parlamentsmitglied, der die Tochter des Fürsten geheiratet hat, und dessen Sohn von einem Bischof getauft wurde, der nur aus diesem Anlaß nach Kilpeder gekommen war? Lüg jetzt nicht, Robert. Keine Lügen mehr, das haben wir abgemacht, weißt du noch?«

»Doch«, sagte er. »Bei mir wäre es dasselbe. Schlimmer vielleicht. Aber es gibt nichts, was wir tun könnten.«

»Nein«, sagte sie, zog hastig an der Zigarette und drückte sie dann in einer kleinen Porzellanschüssel aus. »Ich kann nicht ohne dich leben.«

Er setzte sich neben ihr auf und berührte ihre Haare. »Ich hasse deine braunen Zigaretten, egal, wie sie heißen.« Er küßte sie.

»Ich weiß«, erwiderte sie. »Und ich dachte, ich würde davon türkisch und wollüstig. Nur Schleier und Rauch und Parfüm, wie eine Odaliske.«

Prentiss hätte Delaney mit der späten Einsicht der Geschichte natürlich erzählen können, daß Vincent durchaus nicht der letzte Tully war, daß Conor das Fürstentum geerbt hatte, wie es nach ihm seine Söhne erben würden. »Ja, natürlich erinnere ich mich gut an meinen Vater«, hatte Conor bei ihrer einzigen Unterhaltung in seinem Büro in Cork City gesagt. Den Laden hatte er schon längst Gehilfen überlassen, er war bereits ein Ritter des Columbanus, hatte noch keine Söhne, war aber schon mit Miss Irene Mary Coppinger von Montenotte verheiratet. »Er war ein Mann mit reichen Gaben – ein guter Anwalt, wissen Sie, und er hat viel für diese armen Teufel getan, die mitten im Winter aus ihren Hütten in den Boggeraghs vertrieben worden waren. Das wird nicht vergessen werden. Und Clonbrony Wood auch nicht.«

»Sie und er haben sich sehr gut verstanden«, sagte Prentiss, »das hat mir Hugh MacMahon erzählt.«

»Aber sicher«, erwiderte Conor. »Wenn er Zeit für mich hatte. Wenn er nicht – wissen Sie, das ist nicht das allerangenehmste Thema für mich.« Er schwang seine spiegelblank polierten schwarzen Stiefel auf den weichen Teppich seines Büros. »Wir sollten uns lieber im Oyster House mit zwölf vom Besten befassen. Sind mit dem Frühzug aus Galway gekommen.«

Er nannte sich Conor Delaney-Tully, und MacMahon liebte es, ihn als »Bindestrich« zu bezeichnen.

»Vor ein oder zwei Jahren«, erzählte MacMahon, »hat der junge Bindestrich O'Hart, den großen Genealogen, beauftragt, eine Familiengeschichte zu erstellen. Er hatte die Familie Guinness zu deren Zufriedenheit erforscht und dabei die Fähigkeiten eines Fachgelehrten mit denen einer Scheherazade verbunden. Das Resultat ist sehr schön, heißt es: Ein ausgearbeiteter, hübscher, regelmäßig gewachsener Baum, wie wir uns ihn im Garten Eden vorstellen. ›Kommen Sie weiter mit der großen Tully-Genealogie?‹ fragte ich, als er hier unten war und nach Belegen suchte. ›Ganz ausgezeichnet‹, antwortete er. ›Ganz ausgezeichnet.‹ Er ist ein pingeliger, optimistischer Mann. ›Ich bin allem und jedem bis ins Detail nachgegangen, bis zur Mittes des 18. Jahrhunderts. Danach wird alles sehr unklar.‹ Das kann ich mir vorstellen, aber für O'Harts Erfindungssinn ist nichts unmöglich.«

»Wer hätte gedacht«, sagte MacMahon vielleicht eine Stunde

später und in einem anderen Tonfall, »daß es nur noch weniger als ein Jahr dauern würde, bis alles zusammenbrach, in London, in Irland, hier in Kilpeder, als Parnell und die anderen alle diesen Untersuchungsausschuß verließen, im Triumph, während die *Times* und auch die Regierung erledigt waren und Parnell von Gladstone energisch unterstützt wurde und die Home Rule schon fast in Händen zu haben schien? Wie können Sie das wissen, Patrick, und trotzdem glauben, daß die Geschichte Sinn oder Vernunft oder Gesetz oder Muster hat? Es gab einen Zünder, das will ich Ihnen zugestehen, und die Lunten führten nach New York und zur London Bridge, nach Dublin und Clonbrony Wood und Muckross Abbey, weit entfernte und naheliegende Zeiten und Orte, und kurz vor diesem Jahr, kurz vor 1892, wurde ein Streichholz an den Zünder gehalten, und er brannte und loderte auf und versprühte seine Funken über einen Ozean und ein Meer, über Moore und Hügelland, bis er an jenem Abend in Brierly Lodge explodierte, als Ned Nolan mit seinem verdammten Gewehr einem Mann in die Brust schoß. Das will ich Ihnen zugestehen.«

»Ein Zünder«, Prentiss lächelte den alten Überlebenden an, dessen Augen braun wie Haselnüsse waren und der steif wie ein Truthahn dasaß. »Aber Sie glauben doch nicht an die Geschichte. Wie nennen Sie denn dann Ihren Zünder?«

»Eine Laune«, antwortete Macmahon. »Einen Tropus, wie die Poeten sagen würden. Einen Flug der Phantasie.«

28

[Lionel Forrester]

Und so lebte ich in diesem Jahr, in dem London ausnahmsweise für Irland Zeit hatte, bei all dem Melodrama im Zusammenhang des Parnell-Sonderausschusses und der letzten grellen Welle von Explosionen und versuchten Morden, vermutlich wie die meisten Londoner und genoß solche hervorragenden Momente tragischer Farce wie die von Pigott unter Charlie Russells vernichtendem Kreuzverhör, aber ich wußte natürlich, daß Sylvias Glück an Robert Delaney geknüpft war, und daß Delaney in einer empfindlichen Lage war, ein Land-League-Funktionär, den Sir Richard Webster, der die beiden angenehmen Rollen des Staatsanwaltes und des Verteidigers der *Times* sehr gut kombinierte, durchaus mit Leuten wie Hogan und Byrne und diesem hassenswerten Sheridan in Verbindung bringen konnte. Aber Delaney bestand das Verhör glänzend, verbrachte nicht mehr als zwei Stunden im Zeugenstand, ein wenig blaß nach acht Monaten Haft, aber ansonsten knapp und sardonisch wie immer. Ich ging an diesem Tag zur Vernehmung, auf Sylvias Bitte hin, Parnell jedoch fehlte. Er fehlte oft, was Russell ärgerte, und tauchte nur zu bestimmten Gelegenheiten auf – als Captain O'Shea seine Aussage machte und natürlich, als die gefälschten Briefe zur Sprache kamen.

Aber schließlich hatte ein Großteil des eleganten London die Angewohnheit angenommen, im Gerichtssaal Nr. 1 am Strand vorbeizuschauen. Ziemlich früh – er war bereits der dritte Zeuge der *Times* – betrat der zweifelhafte Captain William O'Shea den Zeugenstand, wie man das nennen könnte, und an diesem Tag war Parnell natürlich anwesend, wie auch, weniger auffällig, davon bin ich überzeugt, Jimmy Whistler und ich. O'Shea erschien mir damals, wie auch bei den andern Gelegenheiten, wenn er mir am Rande irgendeines gesellschaftlichen Ereignisses begegnet war, als abstoßender kleiner Flegel – nicht als Gentleman, sondern als diese besonders scheußliche Sorte Mann, die als »gentleman-ähnlich« beschrieben wird. Der Reporter des *Daily Express* drückte sich sehr gehässig aus: »Falls überhaupt möglich, so war er ein größerer Dandy denn je. Über seinen Ohren prangte eine frische Lockendolde, und sein wohlgeölter Hinterkopf glänzte wunderschön im elektrischen Licht. Wir hielten alle Ausschau nach den alten Augengläsern, die zu unserem Entzücken dann auch zum Vorschein kamen.« Er hatte nur wenig Interessantes zu erzählen, obwohl er sich alle Mühe gab, Parnell in das schlechtestmögliche Licht zu rücken, und Parnell, wie wir heute wissen, Russell aufgetragen hatte, ihn nicht zu hart in die Mangel zu nehmen. Ich hörte später, wie man ihn als »tickenden Zeitzünder« beschrieb.

Seltsam, daß ein fast legendärer Führer und seine Nation bald darauf von einer solchen Kreatur zerstört werden sollten. Aber die Geschichte bedient uns eben nicht so gut wie unsere Dramatiker, die uns einen brüllenden, prahlenden Tyrannen serviert hätten, mit jakobitischen Rachewünschen und Ränken. Ich stieß Jimmy an und sagte: »Da hast du ein Sujet«, aber er schüttelte ungeduldig den Kopf und nickte zu Parnell hinüber, den er die ganze Zeit schon anstarrte. »Großer Gott, was für ein gutaussehender Bursche, und der verschwendet sich an die Politik!« sagte er in seinem unausrottbaren näselnden Yankee-Akzent, mit seinem Lack aus Mayfair-Blasiertheit. »Aber im Moment ist er ein wildes Tier in seinem Bau. Sie ihn dir an!« Natürlich findet ein Maler das richtige Bild. Er hatte absolut recht. Es war Oktober, aber im Zimmer war recht gut geheizt, und doch saß Parnell da in seinem sehr gut geschnittenen, aber ziemlich mitgenommenen Mantel mit ausgebeulten Taschen und hochgeklapptem Kragen und starrte O'Shea an. Jimmy griff zu seinem Skizzenblock.

Später, auf dem Strand, als wir zum Lunch gingen, meinte Jimmy: »Das ist doch höchst außergewöhnlich, nicht wahr? Ganz London weiß jetzt Bescheid über Parnell und die O'Sheas. Alle, außer dem heiligen Willie Gladstone, getreu dem liberalen Katechismus. O'Shea könnte ihn vernichten. Wird er das tun, was meinst du?«

»Woher soll ich das wissen?« fragte ich. »Ich bin Parnell nie begegnet, und diesem – Fatzke vielleicht zwei oder dreimal.«

»Fatzke, sagst du!« meinte Jimmy. »Ein Captain bei den Hussars. Ich wüßte ja gern, wie das hingetrickst worden ist.«

»Gott weiß«, sagte ich. »Sohn eines Dubliner Anwalts, ist drüben auf eine ihrer guten Schulen gegangen. Auf eine ihrer guten römisch-katholischen Schulen, meine ich. Oscott. Aber ich habe gehört – ich habe wirklich nur gehört –, daß seine Familie in Limerick als Pfandleiher angefangen hat. Gombeen-Männer nennen wir sie zu Hause.«

»Zu Hause«, wiederholte Jimmy. »Ich vergesse immer, daß du Ire bist.«

»Stimmt das, Jimmy? Ich vergesse nie, daß du ein Yank bist. Das vergißt niemand.«

Es war ein Tag wie auf einem Bild von Jimmy Whistler. In der Nacht war Nebel aufgekommen und hatte sich nicht aufgelokkert. Es muß nett sein, wenn eine bestimmte Art von Wetter nach einem benannt wird, noch dazu ein Stück vom Seelenwetter, herbstlich und unbestimmt. Ein glücklicher Mann, dieser Whistler, eine künstliche Konstruktion zu sein, Spazierstock und Weste, die berühmten Bonmots, die Posen, und doch ein sehr großer Künstler, ohne Pose, unvergeßlich. Die Kunst hat keinen Gerechtigkeitssinn.

»Drüben«, sagte Jimmy und zeigte mit seinem Ebenholzstock auf das Embankment, als wir uns Trafalgar Square näherten. »Hat mir einen Namen gemacht, dieser Fluß. Nicht mein Vermögen, aber meinen Namen. Junger Yank kommt nach Paris und London, um sein Glück zu machen; verkehrte Welt, nicht wahr? Kehrt den Lauf der Geschichte um. Übrigens habe ich neulich einen Brief von Tom bekommen. Arbeitet immer noch mit seinen Ölfarben an weißen italienischen Mauern, Fichten, dieser Gottesgabe von einem Himmel, den sie da haben. Tom ist durchaus gut, wie du weißt. Das weiß ich schon seit unseren Pariser Tagen. Aber er stellt nie aus. Ich wüßte gern, warum nicht. Sylvia ist hoffentlich nicht einsam? Kannst du in deinem öden Museum die Zeit abknapsen, um in Chelsea vorbeizuschauen?«

»Aber ja«, antwortete ich wachsam. »Wir essen fast jede Woche zusammen, und wir gehen in Konzerte. Wir lieben beide Musik.«

Horatio Lord Nelson, hoch auf seinem von Löwen bewachten Podest, interessierte sich nicht für einen Amerikaner und einen Quasi-Iren, die unten vorbeigingen. Whistler legte mir die Hand auf den Arm, blickte zu ihm durch gelblichen Nebel hoch. »Sie haben dasselbe Problem«, sagte er. »Nelson vom Nil und Trafalgar und der Ungekrönte König von Irland. Eine Frau. Die von

Nelson hat ihn fast ins Unglück gebracht, aber er hat den Sturm überstanden. Wird der Ungekrönte König das auch, was meinst du?«

»Was hast du für ein Glück, ein Yank zu sein, Jimmy, und dir keine Sorgen über das Empire oder über Irland machen zu müssen.«

Er lächelte mich fast vergnügt an. »Ich kann vor dem Lunch keine wohlformulierten Sätze vertragen.«

Beim Lunch in der Pall Mall – einem einfachen Lunch, klare Suppe, gegrillte Seezunge und eine Flasche Wein; ein anständiger Club, aber auf seine Küche ist kein Verlaß – legte er eine Höflichkeitspause ein, ehe er sagte: »Sylvia selber ist zur Zeit auch sehr irisch. Sie ist bei mehreren ziemlich schäbigen Empfängen mit einem Iren gesehen worden, einem von Parnells Männern.«

»Ach ja?« fragte ich.

Mit dem Geschick eines Anatomen, der mit einem schwierigen Geflecht aus Venen und Nerven zu tun hat, zerlegte er seine Seezunge, vertieft in diese Aufgabe, und fragte fast nebenbei: »Du weißt nicht zufällig, wer das sein könnte?«

»Nein«, antwortete ich. »Aber wichtig kann es nicht sein, darauf kannst du dich verlassen, sonst hätte sie es mir erzählt.«

»Vielleicht hat sie dir von Galantière erzählt, ich habe es jedenfalls von Galantière. Natürlich ist das schon viele Jahre her. Da«, sagte er und hielt das fleischlose, feinknochige Skelett triumphierend zwischen Fischmesser und Gabel, ehe er es beiseite legte.

»Dieser Club hat eine Regel, Jimmy, tut mir leid. Politik und Damen werden niemals diskutiert. Angeblich hat sich das im Laufe der Jahre ausgezahlt.«

»Ach ja?« fragte Jimmy. »Hört sich an wie ein todsicheres Rezept für Langeweile. Aber uns geht es doch sicher nichts an. Es ist für Gentlemen gedacht, nicht für Maler oder Schriftsteller.«

»Es ist der große geheime Kummer meines Lebens, Jimmy, daß ich mehr Gentleman als Schriftsteller bin.«

Er stellte sein Glas auf den Tisch und sah mich an, als ob etwas von dem, was ich gesagt hatte, endlich einen Eindruck bei ihm hinterließ.

»Weißt du, Lee, du hast sehr recht. Das hast du wirklich. Das spricht zu deinen Gunsten, würden manche sagen.«

Und auf dieser Basis endete das Essen äußerst angenehm, obwohl ich seiner groben Frage auf so grobe Weise ausgewichen war. Wenn er seine Manieriertheit ablegte, wenn er ein seltenes Mal beschloß, nicht zu sprechen, um einen Effekt zu erzielen, und seinen Sätzen die Form, wenn auch nicht immer den Inhalt eines Epigramms gab, dann war er ein hervorragender Bursche, mitfühlend und schlicht, wenn er über Kunst sprach.

Aber später, als wir vor dem Club auf der Treppe standen, hatte er sein übliches Benehmen wieder angenommen; wie sein engtaillierter Mantel war es ein wenig zu grell.

»Also, Lee«, sagte er. »Endlich frei. Erzähl mir von Sylvias Iren. Clubregeln gelten nicht hier draußen auf dem Trottoir.«

»Ach, es gibt so eine Regel gar nicht, Jimmy. Ich habe sie erfunden, und dann haben wir das Thema gewechselt. Ich weiß wirklich nichts über einen Iren in Sylvias Leben. Abgesehen von mir. Und von Tom natürlich.«

»Und Tom«, sagte er und hob zum Abschied seinen theatralischen Stock. »Eigentlich ein armer Kerl. Aber ein wundervoller Maler. Du kannst ihm sagen, daß ich das gesagt habe, aber er weiß es sowieso.«

Als ich jedoch in Richtung St. James' Park ging, dachte ich nicht an Tom oder an Sylvia oder an Robert Delaney, sondern an mich selber und daran, mit welchem Ernst Jimmy Whistler meine Worte – mehr Gentleman als Schriftsteller – augenblicklich aufgegriffen hatte, ohne Bosheit, aber als ob ich eine Wahrheit in Worte gekleidet hätte. Im Park waren die hohen Bäume halb kahl, aber Herbstlaub klammerte sich noch braun und ocker an sie, und eine dicke Schicht von gefallenen Blättern bedeckte den Boden. Der Nebel ließ alles weicher aussehen, milderte alle Wahrnehmungen, lieferte eine Tonart, eine Palette, eine Atmosphäre, die sogar ein Paar einbezog, das auf mich zukam, Arm in Arm, aber so weit entfernt, daß ich nicht sagen konnte, wie alt sie waren. Und ich dachte noch einmal, wie schon vor ein oder zwei Stunden auf dem Strand, diesmal aber auf frivolere Weise, daß ich die Welt so sah, wie Jimmy Whistler mich sie zu sehen gelehrt hatte, wie ich durch Tommys Bilder und Aquarelle visuellen Unterricht erfahren hatte, wenn auch auf eine gänzlich andere Art, und vor allem, wie ich durch jene französischen Künstler geprägt war, die ich einst einfach für Toms Kumpel im Café Athénée gehalten hatte, die jetzt aber berühmt waren. Und sie alle – Handwerkerssohn, Lebensmittelhändlerssohn – waren allesamt mehr Künstler als Gentlemen.

Ich hatte ja angefangen zu schreiben, um mir ein Einkommen zu verschaffen, als jüngerer Sohn eines jüngeren Sohnes aus dem irischen Landadel, um unabhängig zu sein und nicht als ewiger Gast die Einladungen zu Hausfesten zu wochenlangen Aufenthalten ausdehnen mußte, dieses schäbig-vornehme Leben, das Sylvias Vater hatte führen müssen, vom Colonel zum Soldaten a. D. auf halbem Sold. Ich konnte mit der Sprache umgehen, und alle schienen die Geschichte mit Zuckerguß haben zu wollen; exotische Schauplätze, Abschnitte voller Adjektive, nicht so viele jedoch, daß sie die Handlung behinderten. Es war einfach ein Handwerk, respektabel, aber auch nicht mehr. Aber meine anderen Bücher, die Reiseskizzen, die Versuche von Biographien, die beiden kleinen Bücher, die mir und meinen Freunden als meine besten Bücher erschienen, *Aus Sizilien* und *Schatten auf dem Canale Grande*, hatten etwas Vorläufiges, Provisorisches, Eigensinniges. Ich hatte einer Intelligenz und einer nicht schlecht informierten Empfindsamkeit, nicht ohne attraktive Finten und die Fähigkeit zur indirekten Entdeckung, gestattet, mit dem zu spielen, wozu sie Lust hatten, mit Landschaften, die Geschichte mit Wasser und uralten Steinen verknüpften. Die Bilder, die Tom aus Italien zurückgebracht hatte, sogar sein Bild desselben Canale Grande - des banalsten aller Motive – entsprangen einem anderen, tieferen Tal des Gemütes, wo Leidenschaft und Technik sich vermählten.

Das dachte ich, als ich durch Jimmy Whistlers Nebel ging und eine Landschaft durch das Medium seines Bleistiftes sah, kahle Zweige, die mich an Bleistiftstriche erinnerten, nicht umgekehrt. Es war Mittwoch, und Emily – gesegnet mit der entgegenkommendsten aller Herrinnen – würde mit mir Tee und Konversation und die Freuden des Bettes teilen. Wir waren zu einer Art Kreuzweg gekommen, Emily und ich, denn sie war jetzt, außer durch die Formalität dieses Titels, meine Geliebte, und nicht mehr die Zofe, die ich vor Jahren zwischen die Decken eines Bettes auf dem irischen Gut meines Vetters geholt hatte. Wir paßten zueinander, ohne genau zu begreifen, wodurch; aber sie war zu loyal, um Sylvia zu verlassen, und ich selber konnte es mir auch nicht leisten, ihr eine Wohnung zu nehmen und sie auszuhalten. Und ich wäre nie auf die Idee gekommen, mit ihr zusammenzuziehen – ich war nicht Bohèmien genug, oder, wie Jimmy gesagt hätte, zu sehr Gentleman.

Und sie hätte gerade damals Sylvia niemals verlassen, wie wir beide wußten. Sylvia würde bald dringend eine Freundin brauchen, die zur Hand war. Denn wir wußten, daß auf irgendeine unklare Weise, wie durch einen schweren, unförmigen Schatten auf einer Gartenmauer, ihre Liebesaffaire mit Robert Delaney früher oder später eine Katastrophe herbeiführen mußte... doch für wen, für wie viele? Sicher für Delaney, und für Sylvia, und vielleicht für Tom. Obwohl Tom zu weit weg war, um davon betroffen zu sein, nur würde seine Liebe zu Sylvia ihn zwingen, sie vor einem Skandal zu schützen, egal, was ihn das auch kosten könnte.

Und dann tauchte vor meinem inneren Auge, vielleicht, weil unsere Vorstellungen, Vorahnungen eine Form annehmen müssen, so unwahrscheinlich oder unbegreiflich die auch sein mag, ausgerechnet eine Erinnerung an den Gerichtssaal am Morgen auf, als Captain William O'Shea seine Aussage machte, elegant, zu erlesen gekleidet, während sein Finger selbstzufrieden und nachdenklich über seinen Schnurrbart bis zu gewichsten Spitze fuhr, die Erinnerung an seinen affektierten Akzent, Mischung eines drittklassigen Internats, der gedehnten Redeweise der Hussars, an seine gewichtige Bedachtsamkeit des vielbeschäftigten Mannes, Joe Chamberlains Freund, irischer Gentleman von der papistischen Sorte, selber jedoch kein Papist, wobei mindestens ein Drittel der Zuhörer wußte, daß Parnell mit seiner Frau schlief, und O'Shea seinerseits wußte, daß er damit eine Waffe hatte, um Parnell in Schach zu halten, ihn wütend und angespannt auf seinem Stuhl zu halten, ein in einem Dickicht gestellter Wolf, der nicht wußte, ob er springen oder zurückweichen sollte, hinter seinem Bart und seinem hochgeklappten Kragen. Und natürlich hat das, was aus dem Quell der Erinnerung zu uns hochgespült wird, oft, unerkannt, die entsetzliche Erhabenheit der Prophezeiung. In gewisser Weise hat Captain O'Shea – diese Vulgarität, mit der er sich an seinen Titel klammerte – uns alle ruiniert, wie der lose Nagel im trügerischen Eisen am Huf des unsicheren Pferdes, das den Boten aufs Schlachtfeld trug.

29

[Archibald Spencer / Ned Nolan]

Der junge Mr. Archibald Spencer aus dem Innenministerium diente als inoffizieller Verbindungsmann zwischen dem Ministerium selber und New Scotland Yard.

Dem Innenminister war es zuwider, mit Claude Carrington, der sich mit gewissen sensiblen, unsittlichen Fragen befaßte, oder mit Robert Anderson von Scotland Yard zusammenzuarbeiten. Carrington war im Grunde in Ordnung –, dieses Zugeständnis machte der Innenminister – Harrow, 25 Jahre in der indischen Verwaltung, dann vier Jahre in Irland, während der schlimmsten Land-League-Tage. Er hatte das Adelsprädikat, das ihm vor zwei Jahren zuerkannt worden war, redlich verdient. Ein ernster, fähiger Bursche, nicht sonderlich phantasievoll, aber das war ja nur gut. Der Innenminister mißtraute der Phantasie. Diese Jahre in Irland hatten Carrington jedoch besudelt; diese entsetzlichen Leute, mit denen er zu tun gehabt hatte – nicht nur die Fenier und die Moonlighter, sondern auch die Denunzinaten, denen er ihr Blutgeld auszahlen mußte. Es mußte natürlich sein, ebenso, wie es Henker geben mußte. Aber Blutgeld hinterläßt Flecken an den Fingern.

Aber Anderson, Robert Anderson! Was für ein schrecklicher Mann! Unersetzlich – nun, vielleicht nicht unersetzlich, aber sehr wertvoll. Und schrecklich! Papistische Halsabschneider und Mörder waren schon schlimm genug, aber was pure gesetzestreue alltägliche Schrecklichkeit anging, waren die papsthassenden irischen Freikirchler ohne Parallele, und Anderson war wirklich ein Musterexemplar dieser Spezies – papistische Gewalttätigkeit und geheime Konspirationen fanden sich in ununterbrochener Linie von Guy Fawkes und Titus Oates bis zu dem Mann, der sich unter der London Bridge selber in die Luft gejagt hatte. Fawkes und Oates waren wenigstens Engländer gewesen – Sodomiten, was ihre rudimentäre Menschlichkeit verringerte, aber doch immerhin englische Sodomiten. Aber irische Papisten! Anderson konnte sie sofort erkennen, er roch sie wie ein Eber auf Trüffelsuche, und sein Bruder Sam in Dublin und vor ihnen ihr Vater, alles waschechte Orange-Männer, ein wirkliches irisches Paradoxon. Anderson war seine Aufgabe ein wenig zu Kopfe gestiegen, und er entdeckte Verbindungen zwischen den Feniern und den französischen und russischen Nihilisten, die sich in Whitechapel unter den Juden tummelten, in Sicherheit vor den Gesetzen ihres eigenen Landes. Anderson, befürchtete der Innenminister, war sogar zuzutrauen, daß er ein oder zwei Verbrechen arrangierte und einen Agent provocateur einschleuste. Aber er war ein Meister seines häßlichen Handwerkes, und er war 1868 aus Dublin herübergeholt worden, als die Fenier die Mauern des Gefängnisses von Clerkenwell gesprengt hatten, ohne Rücksicht auf Menschenleben. Er kannte die Namen, die Denunzianten, die richtigen Dubliner Polizisten, die richtigen Leute, die aus Cork und Boston und New York Berichte schickten.

Rang und Stand haben jedoch ihre Privilegien, und ob er nun jung war oder nicht, Eton oder nicht, Sohn von »Fruity« Spencer oder nicht, Archie Spencer konnte es dem Innenminister abnehmen, sich mit Carrington und Anderson abgeben zu müssen.

Spencer hatte den nebligen Nachmittag mit dieser Aufgabe verbracht, und er war, egal, wie der Innenminister darüber dachte, noch jung genug, um sie aufregend zu finden, eine Geschichte, die er Margaret erzählen konnte, wenn sie auf niedrigen Schemeln vor dem Kamin saßen, scharfgewürzte Nieren aßen und Tee mit Rum (in seiner Tasse) tranken. Früher einmal, hatte er gehört, war Anderson in einen Winkel des Irischen Büros in der Queen Anne Street verbannt gewesen, und jahrelang hatte er nicht einmal so viel Glück gehabt, sondern war mit einem Posten als Sekretär der Gefängnisbehörde abgespeist worden, obwohl er immer noch mit Dublin Castle und der Royal Irish Constabulary zu tun hatte. Ohne Titel oder angemessene Bezahlung unterhielt er seine Agenten in Chicago und New York, trieb aus obskuren Quellen Geld für sie auf und wurde deswegen von der Steuer drangsaliert. Aber das war vorbei. Seit 1888, dem Vorjahr, hatte Anderson eine offizielle Stelle bei New Scotland Yard, ein Gentleman mit dem Befehl über seine Truppen, uniformiert oder in Zivil, mit einem Büro in dem nagelneuen Gebäude am Embankment, so anders als die elenden Kaninchenställe von Büros in der kleinen Seitenstraße von Whitehall, und diese Beförderung machte Anderson nicht nur seinen eigenen Aufstieg bewußt, sondern auch die Tatsache, daß Regierung, Volk und Parlament gleichermaßen klar war, daß die alte Mentalität der Bow-Street-Büttel nicht mehr ausreichte. Der alte Yard hatte im letzten Jahr nicht einmal diesen Wahnsinnigen dingfest machen können, diesen Ripper, der in Whitechapel Huren zerfetzt hatte; und noch viel weniger konnten sie mit einer viel schlimmeren Bedrohung fertig werden, die nur einen Steinwurf entfernt am Werk war – Fenier, Anarchisten, Juden.

»Es war sehr nett vom Innenminister, Sie so rasch zu schicken«, sagte er zu Archie Spencer, »aber ich hatte wirklich auf einen kurzen Plausch mit ihm selber gehofft.«

»Das weiß er sehr wohl zu schätzen«, erwiderte Spencer. »Ihre Bitte ist durchaus registriert worden, Mr. Anderson. Aber im Moment gibt es sehr viel zu tun, wie Sie wissen. Ich kann Ihnen versichern, daß alles, was Sie mir mitzuteilen haben, auf seinem Tisch liegen wird, wenn er morgen abend aus Westminster zurückkommt.«

»Morgen abend!« sagte Anderson. »Morgen abend! Dieses Empire kann vielleicht abends regiert werden, Mr. Spencer, aber seine Arbeit wird von armen Trotteln wie mir erledigt, die jeden Morgen um halb neun hier eintreffen, eine volle Stunde vor meinem eigenen Sekretär.«

»Ja«, sagte Spencer. Dubliner Akzente waren oft lustig, dieser hier aber hatte einen unangenehmen Unterton.

»Erinnern Sie sich zufällig an die letzten Dynamitanschläge?« fragte Anderson. »Oder gingen Sie da noch zur Schule? Der Innenminister erinnert sich daran, da bin ich mir sicher. Er erinnert sich daran, und wenn sein Gedächtnis noch ein bißchen besser ist, dann erinnert er sich auch, daß sie schließlich durch eine Information gestoppt werden konnten, die ich besorgt hatte.«

»Das tut er sicher«, antwortete Spencer. »Wir sind Ihnen alle sehr dankbar, Mr. Anderson. Im ganzen Ministerium. Vor allem der Innenminister.«

»Ob sie wohl alle so waren, was meinen Sie?« hatte der Innenminister Spencer früher an diesem Tag gefragt. »Eklige kleine Menschenjäger? Halb verrückt, wie die verrückten Fenier selber, aber mit einem zusätzlichen Gewürz, einem besonderen Currygewürz, wenn sie sicher in ihren Büros saßen und ihre Komplotte und Gegenkomplotte aus der losen Luft gewebt haben, wenn nichts

Greifbares vorhanden war. Amtlich zugelassene Verrückte. Und trotzdem müssen wir uns auf sie verlassen, Archie. Das ist das Üble an der Sache, das ist die triste Lage, in die die Geschichte uns am Ende dieses wunderbarsten aller Jahrhunderte gebracht hat, Telefon und elektrisches Licht, und genug Kraft in einer Stange Dynamit, um bei der London Bridge ein Boot voller verrückter Fenier in die Luft zu sprengen. Aber in einem Fall unter zehn hat ein amtlich zugelassener Irrer wie Anderson recht – bei Davitt hat er sich geirrt, bei Parnell hat er sich geirrt, aber bei Gallagher hatte er recht. Suchen Sie ihn auf, Archie, und hören Sie sich an, was er zu bieten hat. Aber erwarten Sie keinen Schluck Whiskey. Zu allem Überfluß ist er auch noch ein bibelschwenkender irischer Freikirchler. Und die glauben, die Fenier seien mitten aus der Hölle entsprungen. Sie könnten natürlich recht haben. Eine üble Bande, diese Fenier. Einer von ihnen hat 67 aus der Nähe auf meinen Schwager geschossen. Hat ihn natürlich verfehlt, sein Pech.«

»Wir bekommen gleich Tee«, sagte Anderson, und sein Dubliner Schnarren weichte sich aus diesem geselligen Anlaß auf. »Den lasse ich mir jeden Tag um diesen Zeit servieren.«

»Ja«, sagte Spencer. »Zur Teezeit. Eine hervorragende Idee.«

Eine Stille folgte, die Anderson plötzlich, fast explosiv zerstörte. »Oxford?«

»Bitte?« fragte Spencer.

»Sie waren in Oxford«, sagte Anderson.

»Balliol«, erklärte Spencer belustigt.

»Ich weiß es immer«, sagte Anderson. »Ein Trick meines Metiers, ich registriere einen leichten Akzent, oder ähnliches. Ich war im Trinity College, Dublin, wissen Sie. Oxford, Cambridge, Trinity, Schwesteruniversitäten. Den Leuten hier scheint das nicht klar zu sein. Trinity ist von Königin Elizabeth gegründet worden.«

Und Elizabeth, dachte Spencer, hat sich Walsinghams bedient, dieses ersten Meisterspions, Guy Fawkes und Babington und die arme Maria Stuart sind ihm in die Falle gegangen. Vielleicht hatte der Innenminister das gemeint: Ob sie alle so waren? Aber Anderson kam Spencer nicht finster vor, sondern nur unbeholfen und vulgär und ein bißchen aufdringlich.

Anderson wartete, trommelte mit den Fingern auf seinem Schreibtisch, bis ein Polizist ihren Tee serviert hatte. Spencer blickte über seine Schulter auf die neblige Themse. Sah ein bißchen nach Whistler aus.

Aber Anderson hatte sich arg zusammengenommen und wahrte, was er für die notwendigen Grenzen der Höflichkeit unter Gentlemen hielt. Er reichte Spencer den Brief und bat ihn, ihn zu lesen. »Sie können ihn mitnehmen, wenn Sie wollen, können ihn dem Innenminister geben. Ich habe eine Abschrift.«

Als Spencer den Brief gelesen hatte, legte er ihn wieder auf Andersons Schreibtisch.

»Wer ist dieser Mann?« fragte er.

»Ah«, antwortete Anderson. »Da muß ich Sie und auch den Innenminister um Verzeihung bitten. Ich habe diesem Mann versprochen, sehr feierlich versprochen, schon vor Jahren, daß ich niemals, keinem Menschen gegenüber, seine Identität preisgeben werde. Ich habe auch anderen dieses Versprechen gegeben. Vor Jahren, als ich ohne Budget gearbeitet habe, mit einem Gehalt von 50 Pfund und davon und von ein paar Fetzen Land in Irland eine Familie ernährt und diese Männer auf meiner Gehaltsliste gehalten habe.«

»Drüben stellen sie sich unter Geheimhaltung vor«, hatte der Innenminister zu Spencer gesagt, »daß man alles vor dem Innenminister geheimhält. Und das ist sicher nur gut so. Es ist ein schmutziges Handwerk.«

»Nein«, sagte Spencer. »Ich meine den Mann, über den Ihr Bekannter Ihnen schreibt, der Mann, der nach hier unterwegs ist.«

»Der ist jetzt schon hier«, sagte Anderson. »Darauf können Sie sich verlassen. Es gibt Zeiten, da erinnert mich die gesamte Regierung – und ich sage das mit aller schuldigen Hochachtung – an ein Kapitel aus *Bleakhaus*. Das Kanzleigericht in Großbuchstaben.«

»Dickens stellt alles gern in einem sehr grellen Licht dar«, erwiderte Spencer. In Oxford hatte er manchen Abend mit seinen Freunden bei Mr. Pater verbracht, wo Dickens nicht besonders geschätzt wurde. »Ich weiß immer noch nicht, wer dieser Mann ist.«

»Er ist ein Revolverheld«, erklärte Anderson. »Ein Dynamitmann, ein Mörder, wie der Brief sagt. Er hat am Fenieraufstand teilgenommen und dafür bezahlt. In den 70er Jahren ist er amnestiert worden, als Mr. Gladstone und seine Freunde Irlands Ungemach beweinten. Und seither lebt er in Amerika, abgesehen von gewissen stillen Besuchen bei uns. Ich bin sicher, daß er geholfen hat, die Invincibles zu organisieren, und er hat mindestens zwei der Sprengstoffanschläge geleitet. Und jetzt ist er wieder hier. Daran kann kein Zweifel bestehen.«

Spencer hatte plötzlich das Gefühl, an einem normalen öden Oktobertag – Nebel in Whitehall, fader indischer Tee – am Rande eines Abgrundes zu schwanken, hinter und unter dem eine unbekannte Welt lag, eine Welt, über die er nichts wissen sollte. Vielleicht sollten wirklich einige zu solchem Wissen abkommandiert werden. Walsingham und Anderson.

»Und deshalb möchte ich, daß der Innenminister sofort erfährt, daß sich Ned Nolan in England aufhält. Nolan ist kein Prahlhans wie Rossa oder ein blutrünstiger Tropf wie Cavanagh.«

»Ihr ›Freund‹ schreibt Ihnen nicht, was dieser Bursche vorhat«, sagte Spencer.

»Mein ›Freund‹ weiß es nicht. Aber Sie können sich darauf verlassen, daß Nolan nicht herübergekommen ist, um sich Hampton Court und die Nationalgalerie anzusehen. Es sei denn, natürlich, er will sie in die Luft jagen.«

»Aber man kann doch nicht einfach Verbrechen organisieren und durchführen, und damit ist die Sache erledigt.«

»Allerdings nicht«, erwiderte Anderson, »und deshalb wurden die Invincibles auf dem Hof von Kilmainham gehängt, und deshalb sind Clarke und Gallagher im Gefängnis, sicher und elend bis an ihr Lebensende. Deshalb bleibt Rossa hübsch zu Hause in New York, und Patrick Ford klappert mit der Sammelbüchse bei irischen Dienstmädchen und Maurern und schickt das Geld zu uns herüber, um Dynamit und den einen oder anderen Revolver zu kaufen. Etwas von dem Geld. ›Ein Pfund für dich und eins für mich und eins für die Organisation.‹ Fenier-Buchführung. Wenn wir Nolan jemals hier finden, und wenn wir ihm jemals auch nur das Geringste nachweisen können, dann landet er wieder in Portland. Er ist auf Ehrenwort entlassen worden, erinnern Sie sich?«

»Großer Gott«, entgegnete Spencer, stand auf und ging zum hohen, schmalen Fenster hinüber. Er ließ seine Hand auf dem braunen Vorhang ruhen und blickte auf Whistlers Fluß hinab, auf die undeutlichen Bewegungen auf der Brücke, auf die ersten Straßenlaternen, die angezündet wurden.

»Die Welt draußen ist nicht angenehm, Mr. Spencer. Ich habe das in Irland entdeckt, wie vor mir mein Vater und der Vater meines Vaters. Drei Jahrhunderte in Irland, seit Cromwell und noch früher, haben wir Freiheit, Religion und Gesetze geschützt, die ihr hier in England für selbstverständlich haltet. Aber das braucht Sie nicht zu interessieren. Sorgen Sie dafür, daß der Innenminister den Brief meines ›Freundes‹ erhält.«

Spencer faltete den Brief zusammen und steckte ihn in die Tasche. »Das werde ich, Mr. Anderson. Das werde ich.«

Aber obwohl ihm versichert worden war, daß er sich für manches nicht zu interessieren brauchte, dauerte es doch über anderthalb Stunden, bis Spencer Andersons Büro verlassen konnte, denn Anderson wollte dem Innenminister und sogar dem Kabinett und dem Premierminister unbedingt eine Vorstellung von der Welt geben, mit der er, Anderson, täglich zu tun hatte, und in der der Brief aus New York nur ein Papierschiff auf den tosenden Fluten darstellte. Spencer hörte ihm nur halb zu, seine ballioltrainierten Gedanken siebten wie ein Goldgräbersieb die Nuggets aus, die vielleicht von Bedeutung sein könnten – ein versierter irischer Terrorist, einer aus einer Gruppe von fünf, stand kurz davor, in England, höchstwahrscheinlich in London, neue Operationen zu starten. Alles andere war eine Wolke der Täuschung, von der Art der Torheit, die der *Times* und der Regierung – demselben Minister gar, dem Spencer diente – die Vorstellung eingegeben hatte, die Iren könnten mit ein paar von einem schäbigen Fälscher zusammengekochten Briefen zu Fall gebracht werden, diesem unsäglichen Pigott, den Russell im Zeugenstand entlarvt und zerschmettert hatte.

Und während dieser anderthalb Stunden hatte er das zusätzliche Vergnügen, vom hohen Fenster aus sehen zu können, wie ein übler Nieselregen einsetzte und langsam zu einem stetigen Regenguß heranwuchs, dessen Kälte Spencer bereits in seinen Knochen spürte, als er in dem hohen, erbärmlich möblierten Büro saß, das von einem geizigen Steinkohlefeuer kaum erwärmt wurde.

»Tun Sie, was Sie können, Mr. Spencer, bitte, tun Sie, was Sie können«, bat Anderson, als er sich endlich erhob, die Fingerspitzen auf seinen Schreibtisch setzte und sie gegen die Tischplatte preßte wie Brückenpfeiler gegen ein Flußbett. »Tun Sie, was Sie können, um dem Innenminister den Ernst der Lage klarzumachen. Und erinnern Sie ihn daran, daß ich jederzeit bereit bin, alles mit ihm persönlich durchzugehen.«

»Jederzeit«, murmelte Spencer, während der Regen aufs Dach der Droschke prasselte und trommelte, die ihn zu dem kleinen

Haus in Chelsea brachte, das Margarets Vater ihnen drei Jahre zuvor zur Hochzeit geschenkt hatte. »Jederzeit« wiederholte er und ging die Geschichte so durch, wie er sie erzählen wollte, zuerst Margaret, dann dem Innenminister. Er zog den Brief aus der Tasche und sah sich im flackernden Licht eines Streichholzes einen Satz an, ein Wort, das der Dunkelheit entsprang, grell, von der Flamme umkränzt – »die Art dieses Verbrechens«, »ein Mörder«. Er stellte sich Andersons New Yorker Informanten vor – er unterschrieb mit einem Kreis, durch den ein Strich gezogen war – wie er sich in einem ihrer Saloons über seine Aufgabe beugte, ein Glas Whiskey neben dem Papier, trotz Lärm und Geschrei auf seine Arbeit konzentriert. Das Streichholz war fast bis zu Spencers Fingern herabgebrannt, und er schüttelte es, bis die Flamme erlosch. Es war keine ungebildete Schrift; die Sätze zogen sich schwungvoll über die Seite und brüsteten sich mit einer gewissen Erziehung. Er tastete an Mantel und Jackett herum und stopfte den Brief achtlos in eine Außentasche. Und es konnte ja alles stimmen; Pigott hatte Fälschungen zusammengeschustert, aber Phoenix Park war wirklich genug gewesen; ein Denunziant hatte dem Yard Dr. Gallaghers Bande geliefert.

»Wir sind da, Sir«, rief der Kutscher, und Spencer konnte durch den strömenden Regen seine erleuchteten Fenster sehen. Und als er sein Gartentor öffnete und der Regen auf sein Gesicht prasselte, wurde die Haustür aufgerissen, und Margaret stand da, eingerahmt in ein unerwartetes Viereck aus gelbem Licht; hinter ihr glaubte er das Hausmädchen zu erkennen, ein Aufleuchten von weißer Schürze. Margaret hielt den unpraktischen riesigen Regenschirm hoch, den irgendwer einmal vergessen hatte, mit Rippen wie ein Wal und nicht zu schließen; sie hielt ihn über ihren Kopf, ein Mantel war über ihre Schultern geworfen, und sie lief lachend auf ihn zu.

Als er ihr Lachen hörte – und ihr Lachen war das letzte, was Spencer jemals hören sollte – traten hinter zwei kahlen Bäumen mit triefenden Ästen zwei Männer hervor, zielten mit ihren Revolvern auf ihn und entleerten, Schuß um Schuß, ihre Magazine. Am Ende mischten sich Margarets Schreie unter die Schüsse. Dann gab es nur noch Margarets Schreien in dem, was sonst Stille gewesen wäre, und das Hausmädchen, das zu ihr hinrannte, kreischte. Margaret stand da wie angewurzelt, wie gelähmt. Sie sah, ohne es zu begreifen, daß einer der Männer vortrat, sich wie zum Gebet neben Archie kniete und sich über ihn beugte. Als das fast ebenso hysterische Hausmädchen sie erreicht hatte, waren die beiden Männer verschwunden, schwarze Gestalten in der regnerischen Nacht. Die beiden Frauen lagen sich in den Armen, und das Hausmädchen, eine Irin namens Kate Casey, rief voll verzweifeltem Entsetzen: »Der Ripper ist wieder da. Gütiger Jesus, das ist der Ripper!« Dann machte Margaret sich los und rannte zu Archie.

Ich habe mich vergewissert«, sagte Jim Morrissey. »Eddie und ich haben uns vergewissert. Wir haben aus nächster Nähe unsere Revolver in ihn geleert, wie Sie gesagt hatten, und um ganz sicher zu sein, sind wir dann zu ihm gegangen und haben nachgesehen. Er war tot.«

»Jim hat nachgesehen«, korrigierte Eddie MacCurtain. »Ich konnte mich nicht rühren. Ich habe mich gebückt und mich ganz und gar vollgekotzt, bis über meinen Mantelsaum hinweg, aber der Regen hat alles weggespült.«

»Wir hatten nicht mit dem Regen gerechnet«, sagte Nolan. »Aber das spielte keine Rolle.«

»Wie Sie gesagt hatten«, erzählte MacCurtain. »Als er nach Hause kam, war es schon dunkel, aber er kam über eine Stunde später, als wir erwartet hatten. Er war irgendwo aufgehalten worden. Und die ganze Zeit über hat es geregnet. Wir werden nie wieder trocken werden. Nie mehr.«

Nie mehr sauber, dachte Nolan. Das meinte er. Er dachte an seine eigene Reise vor zehn – oder waren es fünfzehn – Jahren nach Chicago, zu diesem Arzt, der Berichte nach London geschickt hatte.

Sie hatten ihre Mäntel abgelegt und saßen jetzt mit Nolan und Paddy Enright am Tisch, in der engen, verrußten Küche in Enrights Haus. Nolan hob die Flasche hoch und goß ordentliche Portionen ein, die erste reichte er Morrissey. Morrissey schüttelte den Kopf. »Trinken Sie das«, sagte Nolan. »Trinken Sie es auf einen Zug.« Er reichte MacCurtain das andere Glas. Vielleicht würden sie nie wieder trocken werden, ihre Jacken waren mehr als nur naß, sie waren durchgeweicht. Nasser Tweed vermischte sich mit den anderen Gerüchen: einem Kohlenfeuer, Kohl.

»Ich habe mir immer größere Sorgen gemacht, daß die Revolver nicht mehr schießen würden«, sagte Morrissey. »Die Kugeln hätten doch naß werden können. Wir haben die Revolver besser gegen den Regen geschützt als uns selber.«

»Wir haben unsere Revolver in ihn geleert«, wiederholte Eddie, scheinbar voller Verwunderung.

»Das war vielleicht nicht die allerbeste Idee«, erwiderte Nolan sanft. »Ihr müßt euch immer noch verteidigen können. Es gibt keinen, der es mit einem schwerkalibrigen Colt aufnehmen könnte. Nicht aus nächster Nähe.«

MacCurtain schnappte plötzlich nach Luft, als ob er sich selber überrascht hätte, und brach in trockenes Schluchzen aus. Enright machte eine unbeholfene Bewegung in seine Richtung, aber Nolan sagte: »Lassen Sie ihn in Ruhe.« Er hielt dabei zwar den Blick auf MacCurtain gerichtet, doch als ob er sie alle drei meinte, sagte er: »Jetzt wissen sie es. Morgen wird es das ganze Land wissen. Niemand ist sicher. Auch nicht der Privatsekretär des Innenministers, Sohn eines Generals, der Bücher über seine Feldzüge geschrieben hat. Der Innenminister ist nicht sicher, Balfour ist nicht sicher, Salisbury ist nicht sicher. Nicht, solange sie sich nicht für einen Krieg rüsten. Und das sollten sie. Denn was heute abend passiert ist, war eine kriegerische Handlung. Ausgeführt von Soldaten der irischen Republik.«

»Er war so gut wie Gold«, sagte Morrissey verteidigend. MacCurtain hatte auf Nolans Worte gehört, sein Schluchzen ließ nach.

»Die Frau hat geschrien«, sagte MacCurtain. »Wo sie doch lachend losgerannt war. Mit dem Licht hinter ihr. Und mit einem Schirm. Eine junge Frau. Ich konnte sie so deutlich sehen.«

»Was für eine Frau?« fragte Nolan plötzlich wütend. »Ihr habt mir nichts von einer Frau erzählt.«

»Sicher seine Frau«, antwortete Morrissey. »Sie wollte ihn vor dem Regen schützen.«

»Sie haben sie sehr gut sehen können, erzählen Sie mir. Und konnte sie Sie auch sehr gut sehen?«

Morrissey und MacCurtain tauschten kurze, ängstliche Blicke und überlegten sich diese Frage zum erstenmal. Dann schüttelte Morrissey energisch den Kopf. »Es war schwarze Nacht, und der Regen strömte. Wir konnten sie nur sehen, weil das Licht der Haustür auf sie fiel. Wir konnten noch eine andere Frau sehen. Aber sie konnten uns nicht sehen, nie im Leben.«

Nolan nickte. Morrissey war schon in Ordnung. Bei MacCurtain war er sich nicht sicher – obwohl er dagewesen war, als er gebraucht wurde. Sie hatten diesen Ausdruck immer so geliebt, er ging zurück auf die Tage der Fenier und vielleicht auch noch weiter.

»Ich habe mich über ihn gebeugt und nachgesehen«, sagte Morrissey.

»Und wenn die Frau ihn gesehen hätte«, Enright sprach zum erstenmal, seit er vor einer halben Stunde die beiden jungen Männer willkommen geheißen hatte, »hätten sie sie denn erschießen sollen, sie und die andere Frau, falls da noch eine war? Machen Sie den Jungs nicht mehr Angst als unbedingt nötig, Captain.«

»Nein«, antwortete Nolan. »So weit ist es noch nicht gekommen. Krieg gegen Frauen führen. Noch nicht.«

»Aus seiner Tasche ragte ein zusammengefaltetes Stück Papier heraus«, erzählte Morrissey. »Ich habe es mitgebracht. Ich weiß nicht, warum.«

Als Beweis für sich selber vielleicht, dachte Nolan. Als Beweis dafür, daß er wirklich getan hatte, was er getan hatte. Als eine Art Andenken, als Prüfstein vielleicht.

Er nahm das Papier, faltete es auseinander und legte es auf den Tisch. Der Regen hatte einige der Wörter verwischt, und auf einer Seite war ein ganzer Satz auf dem Papier zerlaufen, ein feuchter blaßblauer Fluß. Aber er konnte das meiste entziffern, und die ersten Worte, die ihm ins Auge sprangen, waren die seines eigenen Namens.

Er starrte über zwanzig Minuten diesen Brief an, ohne sich zu rühren, und eine Hand ruhte auf seinem feuchten, streifigen Rand.

»Nun ja«, sagte er schließlich und blickte lächelnd zu Enright auf. »Hier tun sich endlich die Geheimnisse des Empires auf.« Und als sie ihn fragend ansahen, lächelte er wieder und schüttelte den Kopf. »Nichts von Bedeutung, Jungs. Und auf jeden Fall machen sie ja Abschriften. Aber es war richtig, daß Sie es mitgebracht haben. Man weiß ja nie.«

Er ging durch die kleine Küche zum Kamin und ließ den Brief hineinfallen. Weil er feucht war, qualmte er, ehe er Feuer fing. Einen Moment lang genoß er die Vorstellung, seinen Namen aufleuchten zu sehen.

»Schenkt euch noch einen Schnaps ein, Jungs. Das ist ein Befehl. Und du auch, Paddy. Deshalb habe ich die Flasche ja mitgebracht. Noch einen Schnaps, und dann kommt der Korken wieder drauf.«

Im Gaslicht war der Whiskey dunkler Bernstein, unergründlich verhieß er Ruhe.

Als die anderen die Küche verlassen hatten, streckte Nolan sich auf dem Feldbett neben dem verlöschenden Feuer lang aus. Im roten, nachlassenden Licht konnte er den von Bechern und fettigen Tellern übersäten Tisch erkennen – Paddy hatte den Jungs Spiegeleier und Speck serviert, die sie verschlungen hatten – sowie Stühle mit hohen Lehnen, nicht zwei von derselben Sorte, ein schmales Fenster neben einem zu prall gepolsterten Schaukelstuhl und ein Roßhaarsofa. Das Fenster war ein schwarzes Rechteck.

Dahinter lag London, in Nolans Vorstellung schwarz und grau; im Norden der Fluß, schwarz und kurvenreich, überspannt von grauen Brücken; Westminster und Whitehall dagegen waren ein böses Gelb, die großen Parks nicht grün, sondern eine schwarzweiße Kreuzschraffur, wie auf einer Landkarte, und die Stadt zog sich endlos dahin, wie ein Labyrinth. Alles, was er von England kannte, abgesehen von einem Auftrag in Liverpool und einem in Glasgow, abgesehen von den Jahren in Portland, mit der Arbeit in den Steinbrüchen unter dem bleiernen Himmel, in der Nähe eines bleiernen Meeres, alles, was er kannte, war London, sichere Unterkünfte wie diese hier, Treffen in scheußlichen Wohnungen, in Häusern, von denen es eine Zeile nach der anderen gab, verfärbte rote Ziegel, verrußte gelbe Ziegel. Und riskant – nein, nicht sehr riskant, kein Haftbefehl lag gegen ihn vor, er schlenderte durch elegante Stadtteile, mit reichverzierten Fenstern über den Türen, deren Holz jedes Jahr neu gestrichen wurde, deren Glas von Armeen von Burschen und Dienstmädchen poliert wurde; Theater, Gaslaternen, klangvolle Sprache, Othello und Lear, Museen, große, weitläufige Leinwände, Farben reich wie Samt, eine andere Welt, voller Muße, Raum, Licht. Aber jetzt lag er hier allein, ängstlich, hellwach um zwei Uhr morgens, und sah das große mittelpunktslose Gewebe von grau und schwarz, in dem es nur einen plötzlichen Farbtupfer gab, einen roten Blutflecken in Chelsea.

Der Brief erzürnte ihn nicht mehr; er hatte mit Verrat rechnen müssen. Gallagher war verraten worden, wie vor ihm Comisskey;

in einem Gerichtssaal in Kilmainham hatte James Carey die Leben der Invincibles verschworen. Warum also nicht Millen, oder Kreis mit einem Strich, wenn er diesen Namen und diese Unterschrift bevorzugte. Ein liebenswerter Mann mit teurem Geschmack und einer Frau, die ein Auge für Kleider und häßliches, kostbares Porzellan hatte. Warum nicht Millen?

Ehe Nolan Morrissey und MacCurtain erlaubt hatte, zu schlafen, waren sie alles noch einmal durchgegangen, von Anfang an, hier ein mahnendes, dort ein lobendes Wort. Und jetzt konnte er die Szene fast vor sich sehen, diesen weniger als eine Minute dauernden Moment, der den roten Flecken auf die Londonkarte seiner Phantasie gesetzt hatte. Er sah die junge Frau, die sich einen Mantel über die Schulter geworfen hatte und lachte, mit dem großen, unpraktischen Regenschirm über ihrem Kopf rannte sie auf den Mann zu, der seine Hand auf die Torklinke gelegt hatte, sah die beiden Burschen, die er selber bewaffnet und losgeschickt hatte, vortreten, hörte das laute, echolose Dröhnen der detonierenden Patronen.

Gott, dachte er, wie er auf die eine oder andere Weise in allen schlaflosen Nächten gedacht hatte, seit er an dem Abend vor zwölf Jahren wie diese beiden Jungen heute nacht in einer zerfurchten Straße in Chicago vorgetreten war, um die Befehle des Obersten Rates auszuführen. Gott, dachte er, Gott gebe, daß ich recht habe. Ein Teil von ihm wußte, daß das der Fall war, wußte, daß Davitt und Bob Delaney und sogar Parnell, vor allem vielleicht Parnell, nur Lückenbüßer und Wasserträger waren. Und eine betrogene Nation folgte ihnen, gekauft durch Pachtnachlässe, die Möglichkeit, ihr Vieh auf größeren Weiden grasen zu lassen. Es hatte immer nur einen Weg gegeben: die Macht der Waffen und den Eid. Wenn er diese Lektion nicht in Clonbrony Wood gelernt hatte, dann auf jeden Fall in seiner Zelle im Gefängnis von Portland, im schwarzen Loch der Isolierhaft. Sie hatten Respekt vor Schüssen, bei denen ihr eigenes Leben in Gefahr geriet. Das war der Schatten, der Parnell seine Kraft gab, der Schatten eines Mannes, der mit dem Revolver in der Hand zwischen den triefenden Bäumen hervortritt.

Aber er konnte sich dieses Bild einer Frau, die er nie gesehen hatte, jung, im strömenden Regen lachend, nicht aus dem Kopf schlagen.

30

[Patrick Prentiss/Hugh MacMahon]

Am Heiligen Abend 1889 reichte Captain William Henry O'Shea, Mitglied des Parlamentes, ehemals beim 18. Husaren-Regiment, eine Scheidungsklage ein und beschuldigte den Führer der irischen Partei und seinen angeblichen Freund Charles Stewart Parnell des Ehebruchs.

Parnell hatte das vorangegangene Wochenende auf Gladstones Landsitz Hawarden verbracht. Der Besuch war sowohl gesellschaftlich als auch politisch ein großer Triumph und führte ihn auf den Gipfel seiner Macht als Führer, der fast von gleich zu gleich mit England verhandelte, als Sprecher einer Nation. Und mehr noch als bloß als Sprecher, denn die besondere, magische Aura des Stammesführers hatte ihn berührt und verlieh ihm eine rücksichtsvolle Sicherheit in Rede und Handlung. Gladstone wäre durchaus zu verzeihen gewesen, daß er Parnell darum beneidete: Gladstone war seinen Kollegen verantwortlich, von denen viele glaubten, wie im Grunde auch jeder Tory, daß Parnells Macht nicht im Parlament oder auf den Podien in Dublin und Cork läge, sondern in den gewetzten Klingen des Moonlighters und im Dynamit des Feniers, egal, was die Untersuchungskommission auch ermitteln mochte. Keine zwei Wochen zuvor war der Privatsekretär des Innenministers auf seiner eigenen Türschwelle vor den Augen seiner jungen Frau ermordet worden. Weder der Innenminister noch Arthur Balfour, der Minister für Irland, hatten gezögert, die üblichen Schlußfolgerungen zu treffen, ebensowenig wie Harcourt zusammen mit einer großen Minderheit unter den Liberalen. »Der Abgeordnete für Cork hat vielleicht nicht unter den Bäumen gelauert«, hatte Balfour mit seiner aufreizend affektierten Sprechweise – die je nach Standpunkt natürlich auch liebenswert wirken konnte – ausgeführt, »sicher hat er diese Greueltat nicht einmal vorausgesehen, sonst hätte ich doch Scotland Yard informiert. Vielleicht anonym. Aber er profitiert davon. Sie hilft, uns einzuschüchtern.« Parnell war an jenem Abend nicht im Parlament. Robert Delaney, der Abgeordnete für County Cork, sprach für ihn. »Er schüchtert jedenfalls keine unbewaffnete Menschenmenge ein, indem er auf sie schießen läßt, was in Mitchelstown Männer getan haben, die die Uniform der Königin trugen, und die dem Minister für Irland verantwortlich sind.« – »Der Abgeordnete für County Cork«, sagte Balfour, setzte sich und streichelte die gelb-schwarzgestreifte Blume, die an diesem Abend sein Knopfloch zierte, »hat ebenfalls die Uniform der Königin getragen. Eine andere Uniform.«

»Jawohl«, rief Delaney quer über den Tisch. »Ich habe die einzige Uniform im Zeughaus der Königin getragen, die ein Ire voller Stolz tragen kann.« Das Parlamentsprotokoll vermerkt Rufe wie »Zurücknehmen«, die jedoch nicht von Balfour stammten, der Delaney in diese mit breiten Pfeilen gemusterte Gefängnisuniform gesteckt hatte und der ihn nun liebenswürdig anlächelte.

Aber das alles drang nicht bis nach Hawarden vor. Parnell traf rechtzeitig zum Tee ein, und die Familie war von ihm entzückt. »Er zeigt niemals eine Bewegung«, notierte Mary Gladstone in ihrem Tagebuch, »hat ein kühles, gleichgültiges Auftreten, das in scharfem Kontrast zu dem tiefen, durchdringenden Starren seiner Augen steht, die dich nicht an-, sondern die durch dich hindurchsehen. Er sieht kränker aus als irgendwer, den ich jemals außer auf einem Totenbett gesehen habe, ist in Aussehen und Auftreten kultiviert und gentlemanlike und spricht mit perfekter Gelassenheit und recht offen über brennende Themen.« Ihr Vater schrieb mit Überraschung in sein eigenes Tagebuch: »Er ist sicher einer der besten Verhandlungspartner, die mir je begegnet sind«, und dasselbe sagte er in einem Memorandum vom 23. Dezember, genau einen Tag, bevor William O'Shea, Offizier und Gentleman, die Scheidung einreichte.

»Ob ich gewußt habe, daß er die Scheidung einreichen würde?« sagte O'Clery zu Patrick Prentiss. »Natürlich nicht. Das wußte keiner von uns – jedenfalls keines der irischen Mitglieder. Wir hätten es auch als letzte erfahren. Ich war über Weihnachten zu Hause in Dublin und traf deinen Vater auf dem Weihnachtsfest der Chandillons am Mountjoy Square. Die meisten von uns waren zu Hause. Die *Times* brachte die Geschichte am 27., und natürlich freute sie sich sehr darüber. Hast du gewußt, daß O'Shea zu Anfang Joseph Soames als Anwalt hatte, der auch die *Times* vertrat, während der Untersuchungsausschuß noch tagte? Die *Times* steckte bis über beide Ohren in dieser Sache. Die Geschichte wird das alles eines Tages klären. Vielleicht machst du das, mein Junge.«

»Das bezweifle ich.« Prentiss lächelte. »Aber wie war euch allen zu Anfang zumute?«

»Wie uns zumute war?« O'Clery erwiderte das Lächeln und faltete die kleinen, plumpen Hände auf seiner Weste aus changierender Seide. »Seltsam, nicht wahr, Juristen und MPs werden nur selten gefragt, wie ihnen bei einem Fall zumute ist. Was sie denken, darauf kommt es an. Ich weiß noch, daß dein Vater und ich und ein paar andere im Eßzimmer am Buffet standen, und daß darüber eines von diesen scheußlichen Bildern hing, auf die die Clandillons so stolz sind. Sie behaupten, es sei ein Maclise, Sarsfield, der in Ballyneety zum Angriff bläst, der nächtliche Überfall auf Williams Artillerie, unser Sieg. Der einzige. Keine von den Damen war bei uns, natürlich, aber du kannst dir sicher sein, daß sie im Salon über nichts anderes sprachen. Aber siehst du, Patrick, in diesem Haus gab es keine Seele, Mann oder Frau - ich schließe die Dienstboten hier aus – die nicht über Parnell und Kitty O'Shea Bescheid wußte. Großer Gott, wie hätten wir es nicht wissen sollen? Es war allgemeiner Klatsch, wenn auch nicht überall in Irland.«

Plötzlich begann O'Clery zu lachen, sein Lachen rollte durch seinen umfangreichen Bauch und kräuselte die Seide.

»Weißt du, was dein Vater gesagt hat, Patrick? Ich weiß es fast noch wortwörtlich, wir anderen lachten, und darüber war dein Vater wütend. ›Warum zum Teufel‹, sagte er, ›fordert niemand O'Shea zum Duell und pustet ihm seinen elenden kleinen Kopf weg? Muß einen anderen Grund nennen, aber das ist kein Problem. War doch in irgendein zweifelhaftes Geschäft verwickelt. Fahrt mit ihm nach Boulogne, drückt ihm eine Pistole in die Hand und pustet seinen Kopf weg.‹«

»*Mein* Vater soll das gesagt haben?« fragte Prentiss. Dominick Sarsfield Prentiss, überzeugtester Anti-Parnellit.

»Ach, siehst du, das war damals, Patrick. Am Anfang. Wir hatten gesehen, was die Engländer gemacht hatten, um Parnell zu ruinieren, wie sie versucht hatten, ihn zu ruinieren. Wir hatten

Pigott im Zeugenstand gesehen, ein ebenso schändlicher Anblick wie Titus Oates, und die Fäden führten von ihm zur *Times* und zur Regierung. Wenn man einen Führer hat, einen wahren Führer – und bei Gott, das war er! – und wenn seine Feinde zu ihren Messern greifen, dann schließt man sich um ihn zusammen und denkt vorher nicht erst groß nach.«

»Nicht einmal, wenn man ein Jurist ist?« fragte Prentiss sanft.

»Touché«, erwiderte O'Clery. »Aber siehst du, Patrick, ich würde nicht sagen, daß wir, die wir uns da im Eßzimmer versammelt hatten, unbedingt Männer von Welt waren, aber wir kannten die Welt. Und es ist eine Welt, die das Sechste Gebot leider nicht allzu gewissenhaft beachtet. Das Sechste bei uns. Parnell als Protestant würde es als das Siebte bezeichnen. Großer Gott, diese Leute können nicht einmal richtig bis zehn zählen. So etwas kommt vor. Balfour war, wie du weißt, damals Minister für Irland, und über ihn und eine gewisse adelige und sehr verheiratete Dame gab es mehr als nur Klatsch. Weißt du, was dieser schreckliche kleine William Martin sagte, der Bursche, dem der große Laden in der Sackville Street gehört? – ›Nicht vergessen‹, sagte er und entdeckte eine Formel, mit der wir unser Gesicht wahren konnten, ›nicht vergessen, daß Parnell ja schließlich ein Protestant ist.‹ Wir anderen starrten ihn an, bis er verstummte. Die Unschuld der ansonsten Korrupten!«

»Aber wenn Sie alle von der Affaire wußten...« begann Prentiss.

O'Clery schüttelte den Kopf. »Parnell informierte den *Freeman* – und der druckte es natürlich; die Zeitung war damals Parnells Schoßhund –, daß die Geschichte von denselben Leuten erfunden worden war, die Pigott angeheuert hatten. Und er sagte auch Davitt, der das natürlich weitertrug, daß er diese Affaire ›ohne einen Flecken auf seinem Ruf‹ überleben würde. Das waren seine Worte, ›ohne einen Flecken‹. Eine sehr seltsame Definition dieses Wortes. Noch Jahre später wiederholte Davitt das voller Zorn: ›Ohne einen Flecken!‹«

»Das kann Parnell doch unmöglich geglaubt haben«, meinte Prentiss. »Wozu sollte diese Lüge gut sein?«

O'Clery schälte mit der silbernen Klinge eines kleines Taschenmessers mit Elfenbeingriff einen Apfel. Er hielt inne. »Er wollte zweifellos Zeit gewinnen. Ein menschlicher Wunsch. Es war Februar oder März, glaube ich, als er das zu Davitt gesagt hat, und

Davitt hat mir – und anderen – gegenüber diese Worte sofort wiederholt. Der Fall kam dann erst im November vor Gericht. Er hatte natürlich in gewisser Hinsicht recht. Parnell hatte recht. Die Sache wurde aufgebauscht, um Parnell zu vernichten, um Home Rule zu vernichten. Er hatte die Zwangsvorstellung, daß Gladstone der Puppenspieler war, der an O'Sheas Fäden zog, aber das war natürlich absurd. Ich habe nie zu den heißen Bewunderern des Großen Alten Mannes gezählt, aber so tief wäre er nie gesunken. Es war Joe Chamberlain. Merke dir meine Worte, Patrick. Die Geschichte wird mir recht geben.«

Vorsichtig, mit überraschend geschickten kleinen, rundlichen Fingern entfernte er die Schale, ein einziges gewundenes Band, das glühendrot aussah.

»Aufgebauscht ist vielleicht nicht das richtige Wort, Mr. O'Clery? O'Shea hatte doch schließlich nicht unrecht. Sie hatten ein Verhältnis, Parnell und Katharine O'Shea. Ein ehebrecherisches Verhältnis.«

»Du klingst heute morgen wirklich sehr tadelsüchtig, Patrick. Wie dein Vater, nachdem er sich gegen Parnell gewandt hatte. Ja, sicher, der Captain hatte nicht unrecht. Er hatte schon seit 1880 nicht unrecht gehabt. Sie hatte inzwischen zwei Töchter von Parnell. Warum also wartete er bis jetzt, warum so lange, bis jede andere Möglichkeit, ihn zu vernichten, fehlgeschlagen war, nachdem er für die Iren eine Allianz mit Gladstone geschlossen hatte? Kannst du mir das sagen?«

»War da nicht irgend etwas mit einem Testament? Eine reiche Tante, die gestorben war? Es war in O'Sheas Interesse gewesen...«

»Aber sicher«, antwortete O'Clery. »Tante Bens Testament. Und O'Shea brauchte Geld, brauchte immer Geld. Er hatte bei der alten Dame schmarotzt, Katharine gezwungen, bei ihr zu schmarotzen. Und bei Parnell war nichts mehr zu holen; Galway war das letzte Mal gewesen, daß Parnell die Partei hatte benutzen können, um O'Shea zu bestechen. Ach, es gab mehr als nur einen Grund; es wird immer kleine Gauner wie O'Shea geben. Dein Vater hatte in der Hitze des Augenblicks gesprochen, aber seine Idee hatte wirklich etwas für sich – erschießt den kleinen Bastard. Dein kostbarer Freund Nolan trieb sich damals bis an die Zähne bewaffnet in London herum. Das war doch ein Hieb, den er für Irland hätte führen können.« Wieder hob sich der changierende

Seidenbauch unter dem Lachen. »Besser, als Brücken zu sprengen und unschuldige junge Burschen zu erschießen.«

Vorsichtig zerlegte O'Clery den Apfel, schnitt ihn in Stücke und bot Prentiss auf der Messerspitze eines an.

»Für zwei respektable Figuren des öffentlichen Lebens«, meinte Prentiss, »haben mein Vater und Sie sich große Mühe gegeben, den gekränkten Ehemann, wie er genannt wurde, zu verabscheuen. Betrogen von einem Freund!«

»Betrogen von einem Freund!« echote O'Clery. »Wir wollen da doch offen sein, Patrick. Die O'Shea-Scheidung hat Irland vernichtet. Wir sind immer noch vernichtet. Sieh dir uns doch an. Dillon und Redmond und O'Brien und ihre Fraktionen. Davitt predigt englischen Fabrikarbeitern Pazifismus und Landreform. Wir waren eine vereinigte Partei mit einem Führer. Wir haben uns nicht nur aus einem Grund gespalten. Healy, weil er ein bösartiger, rachsüchtiger kleiner Emporkömmling war, der Parnell schon seit Jahren gehaßt hatte. Und Davitt, weil er vielleicht ein Knastbruder und ein grimmiger Revolutionär ist, aber er ist auch ein frommer, gottesfürchtiger Katholik – typisch irisch, können wir sagen. Aber seit dem Tag der Scheidung war mir ohne Wenn und Aber klar, daß Parnell gehen mußte, zumindest vorübergehend. Die Kirche hatte Grund, sich zu äußern, konnte nicht schweigen, und sie konnte diesen Mann doch nur verdammen. Die Männer, die zu ihm gehalten haben, haben die Quälerei nur verlängert. Parnell muß das gewußt haben, aber er hatte den Stolz eines Luzifers, dieser Bursche. Und er hat die Romantiker mitgeschleift, die Romantiker wie deinen Delaney.«

Und meine Mutter, dachte Prentiss und erinnerte sich an das Geschrei in der Sackville Street, an das Fenster des Imperial, an seine Mutter, die vorgab, nicht zu weinen.

»Weißt du, ich habe mich nicht der Meute angeschlossen, die ihn zu Fall gebracht hat. Vergiß das nicht, Patrick. Ich habe meinen Standpunkt deutlich gemacht, und dann sind wir, wir Gentlemen in der Partei, zurückgetreten. Wir haben nicht zu der Meute aus Wölfen und wilden Hunden, Wieseln, Dachsen gehört, die ihn zu Fall gebracht hat.«

Genausowenig, dachte Prentiss, ehe er diesen Gedanken unterdrücken konnte, wie Pilatus.

»Es ging einfach nicht«, fuhr O'Clery fort, den Mund zur

Hälfte mit süßem Apfel gefüllt. Er schluckte. »Ein übler, unappetitlicher Scheidungsprozeß. Die Tatsachen, die vor Gericht herauskamen und die Parnell nicht bestritt. Es wäre nicht gegangen.«

For the Uncrowned King of Ireland
lies in Kilmainham Gaol.

»Aufregende Tage«, sagte Prentiss. »Als er die Partei kommandierte. Ich weiß noch, wie in der Schule...«

»Und er kommandierte wirklich«, fiel O'Clery ihm ins Wort. »Healy prahlt jetzt, daß Parnell am Ende nur noch ein Abbild seiner selbst war, halb verrückt, von Krankheit zerfressen und vernarrt in diese Frau. Aber glaub das nur ja nicht. Healy wagte erst zuzuschlagen, als Parnell vor Gericht gestellt, in die Enge getrieben war. Nein. Glaub das meiste nicht. Aber du kannst glauben, daß er in die Frau vernarrt war.«

»Vernarrt«, wiederholte Prentiss.

»Liebe«, sagte O'Clery, »wenn du dieses Wort vorziehst, dann kannst du es von mir aus gern verwenden. Er war in sie verliebt. Jeder katastrophale Zug, den er machte, bewies das. Nicht, daß er kein geschickter Kämpfer gewesen wäre; ganz im Gegenteil. Wütend wie ein Tiger, und äußerst findig. Für ihn und für das Land wäre es besser gewesen, wenn es nicht so gewesen wäre, wenn er rasch geschlagen und zum Rückzug gezwungen worden wäre. Aber er kämpfte bis zum Ende und zeigte uns ein wütendes Feuer, eine Seite, die wir geahnt, aber die wir zuvor nie gesehen hatten. Er konnte skrupellos sein, wenn es sein mußte. Wir hatten es immer gewußt und waren stolz darauf gewesen, hatten es staatsmännisch gefunden, aber das war jetzt vorbei. Er gab sich alle Mühe, uns gegeneinander aufzustacheln; er war wie ein Besessener. Aber er liebte diese Frau.«

»Ich erinnere mich noch«, sagte Prentiss, »es ist eines der wenigen Dinge, die ich noch erinnere, an die Menge in der Sackville Street, die ihn in Grund und Boden schreien wollte...«

»Die es versuchte, was ihr aber nicht gelang, wette ich«, erwiderte O'Clery und nahm sich ein weiteres Stück Apfel. »In Dublin war er sicher. Die Parnelliten konnten immer große Menschenmengen zu ihren Kundgebungen locken.«

»Ich glaube mich zu erinnern, aber ich bin nicht sicher. Ich meine mich zu erinnern, daß die Menge auf die Leibwächter einschlug und etwas über Kitty O'Shea brüllte.«

»Ja«, sagte O'Clery, »sogar in Dublin. Dublin war sicher, aber selbst in Dublin mußte er sich gegen diese Rüpel mit Leibwächtern schützen. Niemals ›Kitty‹. Healy und seine Kumpel brachten dem Mob diesen Namen bei. Katharine O'Shea. Und Katharine Parnell während der letzten Monate. Aber solange man sich an Parnell erinnert, wird sie Kitty O'Shea sein, und in Irland wird man sich immer an Parnell erinnern.«

Es war bei O'Clery dasselbe wie bei seinem Vater, dachte Prentiss, ein Rest von Treue für den Mann, an dessen Vernichtung sie mitgewirkt hatten.

»Ich weiß noch, Patrick«, sollte sein Vater eine Woche später zu ihm sagen, als sie im Arbeitszimmer im Haus in Palmerston Park saßen, nachdem sie im hellen Sonntagmorgenlicht aus der Messe gekommen waren. »Ich weiß noch, wie er nach Irland zurückgebracht wurde, die Prozession zum Glasnevin-Friedhof... Es war ein Sonntag wie heute, der 11. Oktober 1891. Aber ansonsten war es nicht wie heute, es war ein elender Tag mit tiefhängenden Wolken; aber alle sagen, Dublin habe nie so eine große Menschenmenge gesehen und werde auch nie wieder so eine große Menschenmenge sehen, und viele folgten dem Sarg, andere säumten die Straßen. Ich ging wie so oft von der Portobello Bridge zu Fuß in die Stadt, aber warum ich das an diesem Tag tat, kann ich einfach nicht sagen, es war scheußliches Wetter. Als ich über die Liffey ging, sah ich den mit Stoff behangenen Leichenwagen auf der Carlisle Bridge. Er fuhr über die Brücke, um die Sackville Street hoch zur Rotunda zu fahren. Einmal, Jahre zuvor, hatte ich in der Rotunda ein Podium mit ihm geteilt. Ich nahm den Hut ab. Ich sah den Wagen nur ganz kurz. Die Menge war riesig. Seine Anhänger gingen natürlich hinter dem Leichenwagen – Redmond und Kenny. Dein Delaney, der damals seine eigenen Sorgen hatte. Und Tausende und Abertausende, für die er ein toter König war, dabei hatten manche unter ihnen ihn garantiert wenige Wochen zuvor noch mit Lehm beworfen. Es war alles auf eine gewisse Weise beängstigend, wie eine Macht, die aus einem früheren Jahrhundert zu uns kam. Ha!« sagte sein Vater, öffnete mit großer Geste seine Zigarrenkiste und hielt sie Prentiss hin. »Später habe ich gehört, daß in der Sackville Street jemand gerufen haben soll: ›Da ist er. Da ist Healy!‹ Er war es natürlich nicht. Sie hätten ihn in Stücke gerissen. Sie gingen barhäuptig hinter ihm her, den ganzen Weg nach Glasnevin.«

»Und doch«, sagte Prentiss und nahm ausnahmsweise einmal eine Zigarre an. Sein Vater suchte sich ebenfalls eine aus und lächelte zufrieden über eine weitere dieser dünnen Bindungen, die sie im vergangenen Jahr einander nähergebracht hatten, näher an die Nähe, die sei einst gekannt hatten, als der Vater am Schreibtisch saß, während Gaslicht auf eine geöffnete Aktenmappe fiel, und Prentiss, ein Junge, der aus der Schule nach Hause gekommen war, ihm ein großes gebundenes Buch brachte, das er bei einem Stich geöffnet hatte, der eine Straße, Soldaten, eine Polizeikaserne zeigte und wofür er um eine Erklärung bat. Ach, das ist die Kaserne von Kilpeder, hatte sein Vater gesagt, der Fenier-Aufstand, die Kaserne, als der Aufstand schon vorbei war, nach der Schlacht von Clonbrony Wood. Sein Vater war unfehlbar und goldbärtig gewesen. »Und doch«, wiederholte Prentiss, »hast du gegen ihn gekämpft. Bis ans Ende, bis zur Kilkenny-Wahl und noch später.«

»O ja«, antwortete sein Vater. »Er mußte weg. Unbedingt. Gut, findest du nicht? Beste Havanna. Ein paar von uns haben sich zusammengetan, lassen sie aus London herüberschaffen – Richter Goodbody, Dr. Moynihan und ich. In Dublin bekommst du keine anständige Zigarre, außer, wie mir Johnny Hungerford erzählt, im Kildare Street Club; aber dahin würde ich niemals einen Fuß setzen. Es ist allerdings auch sehr wenig wahrscheinlich, daß sie mich dazu auffordern. In den Augen dieser Burschen bin ich kaum besser als ein Fenier. Zum Teufel mit ihnen. Der Stephen's Green Club ist mir gut genug.«

»Aber du hast an diesem trüben Sonntag deinen Hut abgenommen«, sagte Prentiss.

»Ja. Ich habe meinen Hut abgenommen.«

»Warum?«

»Warum? Verdammt blöde Frage, Patrick. Zeichen des Respekts. Wir haben zusammen gearbeitet, waren Kollegen. Der Tod tilgt eine ganze Menge, weißt du. Zeichen des Respekts.«

»Und das ist alles?«

»Warum sollte das nicht alles sein?« fragte Dominick Sarsfield und paffte wütend, laut an seiner Zigarre.

»Ich glaube, wir haben unsere Vergangenheit mit Parnell begraben«, sagte Patrick.

Sein Vater grunzte. »Du hast ja ein schönes Bild von unserer Geschichte, das muß ich sagen.« Trotz seiner Politik war er ein großer Bewunderer von Macauley und von Gibbon, Gibbons leichtfertigem Skeptizismus zum Trotz.

»Es ist eine schreckliche Tragödie«, sagte damals seine Mutter zu ihm, als ihre Kutsche sie nach Hause brachte. Es war nicht leicht gewesen. Westmoreland Street und D'Olier Street waren von drängelnden Männern verstopft gewesen. »Wie Shakespeare. Weißt du noch, wie wir uns *Macbeth* angesehen haben? Mr. Parnell hat Dinge getan, die er nicht hätte tun sollen, das behaupten jedenfalls seine Freunde. Und ich fürchte, sie sagen es zu Recht. Aber alles kam vom Stolz, von der Sünde, die alle anderen nach sich zieht. Du wirst das alles später verstehen, Patrick.«

»Und müssen wir jetzt gegen ihn sein«, fragte Patrick, »wegen dieser Sünde des Stolzes?« Sein Vater wollte nicht mit ihm darüber sprechen.

Die Kutsche rumpelte über die Kanalbrücke.

»Gewissermaßen«, antwortete seine Mutter. »Gewissermaßen ja. Aber, ach Patrick, es war sein Stolz, der ihn für uns zum König gemacht hat. Er hat hier für uns gekämpft, hier in Irland, und auch in England. Irland war immer seine Liebe, nur Irland.« Dann, als ob sie sich selber hörte, unterbrach sie sich. »Und er sieht aus wie ein König, Patrick. Nicht viele wirkliche Könige können das von sich behaupten. Aber was kümmert es uns, Patrick? Denk an die wirklichen Helden, wie wir gehabt haben – Patrick Sarsfield, dessen Name dein eigener Vater trägt, und Owen Roe O'Neill, und den armen Robert Emmet, der ganz hier in der Nähe gefangengenommen wurde. Nach Dublin zurückgelockt wegen seiner reinen Liebe zu einer edlen jungen Frau, zu Sarah Curran.«

»Ja«, sagte Patrick, weniger verwirrt von dem Mob in der Sackville Street als von den konfusen Worten seiner Mutter. Aber es war wirklich so, wie Pater Connell ihnen in Clongowes über *Macbeth* erklärt hatte: Ein Mann wird zerstört, wenn seine eigenen Gaben sich gegen ihn kehren und ihn zu einem unnachgiebigen Barbaren machen.

Wir hatten in Kilpeder unsere eigenen Probleme, die uns während des Jahres, in dem diese elende Scheidungsklage in London wie ein Feuer loderte, beschäftigten. Wir sprachen bisweilen darüber, aber es wirkte seltsam unwirklich, dieses Gespräch in Wohnzimmer oder Schenke, zwei Männer, die sich auf der tauenden Straße unterhielten. Für die meisten von uns in Kilpeder – für die von uns, die Nationalisten waren, natürlich – galt die ganze Geschichte als übles Komplott der englischen Tories und vielleicht auch der Liberalen. Die meisten von uns weigerten sich zu glauben, daß in der Falle echtes Fleisch stecken könnte, und wir überlegten uns nicht, was wir tun würden, wenn sich die Anschuldigungen gegen ihn vor dem Scheidungsrichter bewahrheiteten. Auch die Kirche hielt sich still zurück; und warum sollten wir ihrem Beispiel nicht folgen und hoffen, daß alles in Ordnung kommen würde? Er würde ohne einen Flecken dastehen, hatte er unseren Führern erzählt, und er hatte den Sonderausschuß ohne einen Flecken überstanden, obwohl üble Anschuldigungen gegen ihn zusammengetragen worden waren: Mord, Beteiligung oder zumindest Zustimmung.

Natürlich wußten einige etwas mehr – Bob zum Beispiel – und ich wußte mehr, weil er es mir erzählt hatte, und Mary auch. Der alte Tully wußte ebenso Bescheid wie Vincent. Brendan Fogarty, der katholische Anwalt, hatte die Gerüchte ebenso gehört wie Considine, der katholische Arzt. Und wir alle – fast alle, wie wir alsbald sehen sollten – verdrängten die ganze Sache, wie der Strauß, der den zoologischen Werken zufolge seinen Kopf bei nahender Gefahr im Sand versteckt. Das ist mir allerdings immer schon als höchst unwahrscheinlich erschienen, sonst wäre der Strauß eine ausgestorbene Spezies wie der Dodo, eine passende Beute für Mr. Darwins morbide Spekulationen.

Wir hatten unsere eigenen Probleme, denn in Munster galt immer noch der Kampagnenplan, egal, was bei den Scheidungsgerichten so lief, und allein in unserer Baronie gab es drei betroffene Güter, wobei Lughnavalla, außerhalb von Kilpeder an der Straße nach Killarney, Ursache von Bobs Verhaftung und Gefängnisstrafe, im Mittelpunkt des Interesses stand.

Es kam zur brutalsten Form eines Boykotts. Joseph Judkins war weder Ire, noch, wie das neue Wort hieß, Anglo-Ire, sondern der Sohn eines Engländers, der Lughnavalla nach der großen Hungersnot vom Encumbered Estates Court als Investition erworben hatte. Ein Verwalter, Rick Howard, leitete das Gut für ihn, überwies die Pachten an eine Londoner Bank und schickte vierteljährlich einen Geschäftsbericht an Judkins, der in Bradford in England lebte. Zuerst hatte Judkins versucht, jedes Jahr einige Monate in Lughnavalla zu verbringen, dann jedoch wie schon sein Vater festgestellt, daß er bei den Familien des Landadels wegen seines Akzentes, seiner mangelnden Manieren und anderer Dinge, die ihnen wichtig erschienen, nur geringes Ansehen genoß. Er wurde weder zur Jagd noch zu den Bällen im County gebeten, noch wollte man ihn als Friedensrichter sehen. Stumpfsinniger Engländer oder nicht, er wußte die Zeichen zu deuten und kam nur alle paar Jahre in der Jagdsaison, wie heutzutage Lionel Forrester, der ebenfalls geächtet wird, wenn auch aus anderen Gründen. Der Unterschied ist natürlich, daß Forrester ein geborener Gentleman und ein Meisterschütze ist, wie sein Vetter, der verschwundene Earl. Aber Judkins war eine Bedrohung für Wildhüter und Gillies, er ballerte wie ein Straßenschurke los und brachte mehr Zweige als Vögel zu Boden.

Alles, auch die Antwort, die Reaktion Lughnavallas auf den Kampagnenplan, lag also in den Händen des Verwalters Rick Howard, eines Anwalts und Busenfreundes von Eddy Chute, der der Property Defence Association vorstand. Und bei diesen beiden Kampfhähnen war jeder Gedanke ans Verhandeln überflüssig. Sie hätten Joseph Judkins lieber in ein Armengrab sinken sehen, statt mit der Land League zu verhandeln. Das alles war natürlich Wasser auf Bob Delaneys Mühlen, und wenn er in Kilpeder war, verbrachte er viel Zeit damit, die Pächter von Lughnavalla aufzustacheln, die sich nur zu gern aufstacheln ließen, denn der Plan rief sie auf, dem Grundbesitzer beträchtlich gesenkte Pachten anzubieten, und dieses Geld sollte, wenn er ablehnte, bis zu einer endgültigen Einigung in einen Land-League-Fonds fließen, also bis zu einem Datum, wie Howard und Chute vor Zeugen geäußert hatten, das mit der Bekehrung der Juden zusammenfallen würde. Zwischen diesen beiden also, zwischen Bob Delaney und Eddy Chute, war der denkbar sinnreichste Plan zur Zerstörung Lughnavallas ersonnen worden. Es würde jedoch nicht Judkins Ruin bedeuten, der in England nicht nur über weiteren Grundbesitz verfügte, sondern auch über zwei kleine Fabriken.

Dann beschloß Howard, mit der Vertreibung der Pächter zu

drohen und damit den Einsatz zu erhöhen. Bob machte Lughnavalla und die angedrohten Räumungen zum Thema einer Artikelserie, die erst im *Freemans Journal* erschien und dann in einer liberalen Wochenzeitschrift in Manchester, was dafür sorgte, daß Kilpeder in den kommenden Monaten große Aufmerksamkeit zuteil wurde. Obwohl er mehr zu tun hatte als bei der letzten Gelegenheit vor Jahren, und obwohl London ihn stark beanspruchte, schrieb er seine Artikel diesmal, ohne meine literarischen Dienste zu benötigen; Podium und Parlament hatten ihm einen Sprachgebrauch gegeben, den er eher zu leichtfertig anwandte.

Als die League im Vorjahr bei den Clanricarde-Gütern in Portumna zugeschlagen hatte, hatten O'Brien und die anderen League-Journalisten den Marquis von Clanricarde als gefühlloses, habgieriges Monster dargestellt, was sehr leicht war, denn er war ein pathologischer Geizhals, den sogar andere irische Großgrundbesitzer verabscheuten. Es war eine wunderbar erfolgreiche Strategie gewesen, und das Wort selber, »Clanricarde«, schien eine Zeitlang in den allgemeinen Schatz von Beinamen eingehen zu wollen. Bob hatte für Judkins, für den ich gegen Ende ein gewisses widerstrebendes Mitgefühl empfand, ein ähnliches Schicksal geplant. Clanricarde war immerhin ein Ire, ob ihm das nun selber klar war oder nicht; aber Judkins sollte von der Feder eines geschickten Propagandisten zum Abbild einer ganz besonderen Sorte Schurken gemacht werden: zum modernen englischen Bodenspekulanten, der sich an den entsetzlichen Folgen der Hungersnot weidet.

Und irgendwie stimmte das ja auch. Lughnavalla und seine Farmen, seine Mühle und seine Schmiede hatten seit undenklichen Zeiten einer gälischen Familie gehört, die in der Tudorzeit klugerweise protestantisch geworden war und die seither durch Eheschließungen und andere Kunstgriffe alles Gälische aus ihren Adern getilgt hatte. Major Brian O'Callaghan-Lindsay war ihr letzter Sproß, ein stark trinkender, tollkühn reitender Junker, der aus einem Buch von Charles Lever hätte entsprungen sein können, und wenn man den lokalen Sagen glauben durfte, dann nahm er gern die Dorfschönen in sein Bett, um sie für die Ehe abzurichten. Als die Hungersnot die Baronie heimsuchte, war er bis über beide Ohren verschuldet – *belastet*, die offizielle Bezeichnung war in diesem Fall ein Euphemismus – und er war froh, als er, wenn auch zu schlechten Bedingungen, an Samuel Judkins verkaufen und das stolze Blut der O'Callaghan-Lindsays nach Boulogne tragen konnte, wo er zweifellos feststellte, daß die Mädchen teurer und unhygienischer waren – aber auch erfahrener, was alles ausgeglichen haben mag. In der Baronie blieb er eine Sage; ich erinnere mich, daß ich einmal bei Conefry zufällig hörte, wie ein Bursche sagte, als eine von Vincents Eskapaden herausgekommen war: »Na, O'Callaghan-Lindsay ist ja der reine Waisenknabe gegen diesen Jungen.«

Ein armer Landbesitzer, aber eine lüsterne Sage wurde auf schäbige Weise ersetzt durch einen Bodenspekulanten aus Bradford, und Bob machte darum viel Wind und stellte es als Beispiel dafür dar, wie hilflos wir gewesen waren, ehe wir Mut gefaßt und angefangen hatten, uns zu organisieren. Und alles war natürlich die reine Wahrheit, und man konnte Bobs Feder nur alles Gute wünschen; aber ohne sich allzu weit von den Tatsachen zu entfernen, schaffte er es, aus Samuel Judkins Sohn Joseph eine Dickens'sche Groteske zu machen, irgendwo zwischen Quilp und Mr. Murdstone. Und als Howard sich dann ermannte, oder von Eddy Chute dazu getrieben wurde, tatsächlich mit den Räumungen anzufangen – Sondertruppen, Rammböcke, Royal Irish Constabulary, eine Abteilung Kavallerie, alles, was dazugehörte – waren Bob und die lokale League darauf vorbreitet, ganz zu schweigen vom *United Ireland*, das einen Korrespondenten schickte, einen von O'Briens Protegés, einen jungen Burschen namens Paschal Donnelly, der schöne blumige Artikel schrieb. *Weihnachten in den Boggeraghs*, Bobs und mein früher gemeinsamer Versuch, hatte, wie ich mir schmeichle, noch eine gewisse Zurückhaltung bewahrt, ein George-Crabble-ähnliches, nüchternes Pathos, aber Bobs Artikel im *Freeman* zogen Judkins und Rick Howard und Eddy Chute die Haut streifenweise ab, was aber nur ein stummer Fluch war im Vergleich zu Paschal Donnellys Depeschen, die durch in Dublin beigesteuerte »Illustrationen« noch weiter intensiviert wurden.

Nicht, daß die Tatsachen selber nicht überwältigend übel gewesen wären. Die vertriebenen Pächter wurden fast alle in Hütten untergebracht, die die Land League für sie vorbereitet hatte, und wurden mit Vorräten ernährt, die von League-Geldern bereits im Voraus für diesen Tag angeschafft worden waren, aber natürlich war allen Beteiligten klar, daß es sich dabei nur um einen Notbehelf für die Zeit bis zum erhofften Sieg handelte, und nach einigen

Monaten ließ die Moral der Pächter hier und dort nach. »Verletzte Veteranen des Landkrieges«, wurden sie auf League-Podien und in der nationalistischen Presse großartig genannt; aber der Geist kann nicht ewig von großspurigen oder auch nur von wahrheitsgemäßen Reden leben. Und wenn Bob die League und Davitt und Parnell hinter sich hatte, ihre direkt und indirekt aus Amerika gespeisten Fonds, dann hatten Chute und die Property Defence Association die offene Unterstützung Balfours, des Ministers für Irland, und das hieß, die der britischen Regierung.

Als der Frühling 1890 schon längst zum Sommer geworden war, fuhren Bob und ich eines Tages nach Lughnavalla, und wir schienen mitten in das Lieblingsgedicht meiner lieben Mutter hineingeraten zu sein, Goldsmiths »Verlassenes Dorf«. Mühle und Schmiede waren mit Brettern zugenagelt, während die Sondertruppen pflichtbewußt die Hütten dem Erdboden gleichgemacht hatten.

Ab und zu stößt man, wenn man durch die Hügel reitet oder geht, in unbekannter Landschaft auf eine solche Szene, und fast immer ist die Antwort, daß das »Dorf«, um ihm einen hochtrabenden Namen zu geben, durch die Hungersnot, »den großen Hunger«, wie es auf Gälisch heißt, hinweggefegt worden ist. Vier Jahrzehnte, in denen Wind und Regen und die Zeit selber mit ihrer geheimen Leistungsfähigkeit die zerfallenen Mauern bearbeitet haben, haben diese bescheidenen Ruinen mit Erde und Himmel versöhnt. »Ach«, sagt die Landbevölkerung, wenn man sie später im nächsten Dorf fragt. »Die armen Leute. Sie sind weggezogen.«

Lughnavallas Ruinen dagegen waren brandneu und sahen aus wie das, was sie waren, Resultat eines harten Schlages in einer häßlichen modernen Form der Kriegsführung. Natürlich kläffte nicht einmal ein Köter nach unseren Rädern.

Die Tore von Lughnavalla House standen offen, eines hing nur noch in einer Angel, doch es war Platz genug dazwischen, so daß wir, ohne daß ich herausspringen und es öffnen mußte, weiter über den von Unkraut überwucherten Pfad fahren konnten. Es war nie eines der architektonischen Wunder Munsters gewesen, ein befestigtes Haus aus dem 17. Jahrhundert, mit einem Schieferdach, das kunterbunt durcheinander gedeckt worden war. Am Säulengang zog Bob die Zügel, und der Sondertruppenmann, der hier hinterlassen worden und der unsere Wagenräder gehört hatte, öffnete die Haustür und kam zu uns heraus.

»Guten Morgen«, rief Bob, und der Mann sah uns mißtrauisch an.

Bob trug einen schmucken grauen Anzug mit Weste, beides von feinen schwarzen Streifen durchzogen, und einen weichen Hut. Als er aus dem Wagen sprang, zog er einen seiner Reithandschuhe aus. »Guten Morgen«, sagte er noch einmal, und der Mann nickte. »Na los«, sagte Bob. »Nun sagen Sie schon etwas. Trainieren Sie Ihre Stimme. Es muß schrecklich sein, der Tag folgt der Nacht, und Sie haben keine Seele, mit der Sie sprechen könnten. Reden Sie denn mit sich selber? Das soll ja vorkommen.«

»Was wollen Sie hier, Mr. Delaney?«

»Ach«, sagte Bob. »Und sogar eine Stimme aus der Gegend. Aber zum Glück nicht aus Kilpeder oder Macroom, bei Gott. Keiner aus Kilpeder hat sich zu den Sondertruppen werben lassen.«

»Millstreet, Mr. Delaney.«

»Wie, Millstreet!« sagte Bob. »Sie überraschen mich. Millstreet steht doch treu zur League!«

»Ich soll doch bloß nach dem Haus sehen. Ich habe nichts Schlimmes getan.«

»Armer Bursche«, meinte Bob. »So eine harmlose Aufgabe, und doch will kein anständiger Mensch mehr mit Ihnen reden. Mr. MacMahon hier und ich wollten uns hier umsehen, und wir haben uns selber Dispensation erteilt, um den Eid des Boykott zu brechen und Ihnen guten Morgen zu sagen, nicht wahr, Hugh?«

Aber ich wollte den armen Mann nicht verspotten und nickte nur. Er war ein schlaffer, fetter Mann von Mitte Vierzig, und er hätte eine achtbarere Arbeit finden können als diese hier.

»Wir würden gern mal einen Blick ins Haus werfen, sehen, wie bessere Leute als wir leben. Gelebt haben, meine ich. Sie haben doch nichts dagegen, Mr....«

»Dinny Trainor«, antwortete der Mann. »Dennis Trainor. Ich weiß nicht, Mr. Delaney. Mir ist befohlen worden, niemanden ins Haus zu lassen.«

»Und uns ist befohlen worden, mit niemandem zu reden, der die Befehle des Grundbesitzers befolgt. Wir alle verdrehen unsere Befehle ein bißchen, wenn das nichts schaden kann.«

Und er ging durch die Haustür. Ich folgte ihm auf dem Fuße, und Trainor kam verwirrt ein Stück hinter uns her.

Links gab es einen Salon, und das ist das einzige Zimmer, das wir betreten haben. Es war eine triste Erfahrung. Obwohl Judkin nur in der Jagdsaison nach Lughnavalla kam, gab es doch während des ganzen Jahres einige Dienstboten: Gärtner, eine Haushälterin und mehrere Dienstmädchen – ihnen allen war von der League, sicher mit schrecklichen Drohungen, befohlen worden, das Haus zu verlassen, und im Salon war seit Monaten nicht mehr gefegt oder Staub gewischt worden. O'Callaghan-Lindsay hatte dem neuen Besitzer einige Möbel verkauft, und der, wie auch sein Sohn, hatten nach und nach andere hinzugefügt, die Sorte Möbel, die man in einem Ferien- oder Jagdhaus findet, und sie paßten schlecht zu den Anrichten und den Schränken aus elegantem Obstbaumholz, die vielleicht vor einem Jahrhundert die gefährlichen bergigen Straßen Corks bezwungen hatten. Aber wenn an den Wänden jemals Portraits der O'Callaghans gehangen hatten, dann hatte der letzte Sproß dieser Sippe sie mit nach Boulogne genommen. Statt dessen hing über dem Kamin die Photographie einer Jagdgesellschaft, stämmige Männer in großkariertem Tweed, die Gewehre mit einstudierter Lässigkeit im Arm.

»Die Harfe einst in Taras Hallen«, sagte Bob, halb zitierte und halb sang er Tommy Moores vertraute Zeilen:

»The harp that once through Tara's halls,
the soul of music shed,
now hangs as mute on Tara's walls
as if that soul were fled.«

»Wie wahr«, sagte ich, und gemeinsam sangen wir die folgenden Zeilen, wobei uns das Lachen die Harmonien verdarb.

»So sleeps the pride of former days
so glory's thrill is o'er,
and hearts that once beat high for praise
now feel that pulse no more.«

»Sei nicht ungerecht«, sagte Bob, »das Herz des alten Callaghan hat oft hoch geschlagen, wenn das wahr ist, was über ihn erzählt wird.«

»Aber nicht zum Lob«, sagte ich. »Der alte Stamm, Bob. Der alte katholische Landadel. Wie sollen wir nur ohne sie zurechtkommen, Bob?«

»Wir müssen unser Bestes tun«, antwortete Bob. »Unseren eigenen Landadel schaffen. Vincent gibt sich ja alle Mühe. Nun ja, Dinny Trainor«, sagte er zu dem Mann, der aus der Halle zu uns ins Zimmer lugte. »Wir müssen Sie wohl Ihrem Schweigen überlassen. Wenn es in diesem Haus Bücher gibt, dann sollten Sie es einmal mit *Robinson Crusoe* versuchen. Darin stehen vielleicht nützliche Tips für das Verhalten auf einer einsamen Insel.«

Düster folgte Trainor uns nach draußen. Er schien wirklich keine Lust zum Reden zu haben.

»Das alles wird eines Tages vorbei sein«, sagte Bob und zog sich seine Handschuhe wieder an. »Vielleicht in ein paar Monaten. Es ist ein bißchen wie *Robinson Crusoe*, Sie sind der Herrscher von Lughnavalla und allem Land, so weit das Auge reicht.«

»Darüber weiß ich wirklich nichts, Mr. Delaney«, erwiderte Trainor. Er hatte sich so gut gehalten, wie er konnte, mit einer Art rauher Würde.

Aber über diesen anderen Teil seines Lebens sprach Bob nur selten zu mir, ein oder zwei Sätze brachen aus ihm heraus, weil er das Schweigen nicht ertragen konnte. Und einmal, als er etwas getrunken hatte, erzählte er mir das meiste, ehe ich Worte finden konnte, um ihn aufzuhalten, ehe er meinen Worten Gehör schenkte. Ich wollte das alles nicht. »Erzähl mir nichts mehr darüber«, sagte ich kalt zu ihm, »kein Wort mehr.« Und indem ich das gesagt habe, habe ich ihn im Stich gelassen, das weiß ich heute. Auf seltsame Weise war auch er isoliert, Farbe und Wärme seines Lebens waren weit weg, eingeschlossen in Reglosigkeit. Niemand in Kilpeder außer mir wußte Bescheid oder sollte es erfahren, bis alles zusammenbrach, und das lag in der Zukunft und war in diesem heißen, duftenden Sommer für mich unvorstellbar.

Ich wollte es nicht wissen.

»Er kommt aus Italien zurück«, sagte Bob an einem langen Sommerabend, als wir in die Stadt zurückgingen.

»Hierher, nach Kilpeder.«

»Wer?« fragte ich überrascht.

»Ardmor«, antwortete Bob. »Lord Ardmor. Sylvias Mann. Er bleibt ein oder zwei Wochen in London, und dann kommt er hierher. Ich weiß nicht, für wie lange.«

»Sylvias Mann.« Der Ausdruck hing in der Luft und schwebte bedrohlich zwischen uns. Ich fand es schwer, ruhig zu sprechen.

Die Tatsache, über die nachzudenken oder die als Möglichkeit zu betrachten ich mir nicht gestattete, lag nun offen da, was er offensichtlich wollte.

»Das wußte ich«, sagte ich schließlich. »Vor ein paar Tagen habe ich mit Bat Powers gesprochen.« Bartholomew Powers war der Obergärtner des Schlosses, ein Mann von großer natürlicher Würde. »Bat hat es mir gesagt.«

»Sylvia freut sich auf seinen Besuch. Sie stehen sich sehr nahe, sie und er. Das hat sie mir gesagt.« Er sah mich von der Seite her an, um festzustellen, wie seine Worte bei mir ankamen. »Wir stehen uns auch nahe.«

»Vielleicht findet er sein Leben hier einsam«, sagte ich, als ob ich nicht begriffen hätte, was er meinte. »Die kleineren Grundbesitzer sind wütend auf ihn, und Eddy Chute hat eine Art Parnell aus ihm gemacht, der sich gegen seinesgleichen wendet. Aber er ist ja auch in den letzten Jahren allein gewesen.«

»Sylvia bleibt in London«, erzählte Bob. »Aber vielleicht fährt sie für ein paar Wochen in das Haus, das sie in Italien haben. Irgendwo in der Nähe von Florenz.«

»Ein weiser Entschluß«, sagte ich. »London ist im Sommer sehr unangenehm, habe ich gehört, und die elegante Welt ergreift die Flucht. Viele werden jedoch durch die Umstände dazu gezwungen, in der Stadt zu bleiben. Mehrere Millionen.«

»Du bist kein Freund, wenn du so mit mir sprichst«, erwiderte Bob ruhig. »Ich kann mit niemandem sonst reden. Hör auf damit, Hughie, bitte.«

»Nein, du hörst auf damit, Bob.« Ich blieb auf der Straße stehen und sah ihn an. »Was soll ich denn sonst sagen? Daß du in Sünde mit der Countess of Ardmor lebst, ist für mich eine so verwirrende Vorstellung, daß ich damit nicht umgehen kann. Und ich kann auch nicht mit der Tatsache umgehen, daß du dadurch Agnes betrügst. Sie und Mary stecken dauernd zusammen. Sie ist einsam, wenn du so oft weg bist, und sie klammert sich an Mary. Und an ihre Familie – sie stehen sich sehr nahe, was für sie ein Segen ist –, aber auch an Mary. Und ein bißchen an mich. Sie prahlt bei mir mit deinen Triumphen. Ich habe kein verdammendes Wort über dich gesagt, aber, bei Gott, mehr kannst du von mir nicht erwarten.«

Bob sah betroffen aus, und dazu hatte er ja auch allen Grund. In diesem Leben können wir das Allerübelste tun, solange niemand unsere Worte an eine Wand schreibt und wir sie ansehen müssen. Aber immer kommt früher oder später eine hilfsbereite Person mit einem Stück Kreide des Wegs.

»So ist es nicht«, sagte er mit veränderter, leiserer Stimme.

»Das ist es nie«, erwiderte ich erbarmunglos.

Wir kamen aus der Richtung von Macroom und hatten zufällig die Anhöhe erreicht, auf der die englischen Soldaten vor zwanzig Jahren zuerst von unseren Spähern entdeckt worden waren. Die Stadt lag zu unseren Füßen, und hinter der kaum erkennbaren Domänenmauer glitzerte die Sullane. Dort, wo die Straße eine sanfte Kurve beschrieb, war ein Stück Mauer herabgefallen, nicht so schlimm jedoch, daß der Farmer sich veranlaßt gefühlt hatte, sie zu reparieren.

»So nicht«, widerholte er, und obwohl ich für ihn das Mitgefühl der Freundschaft – ja, fast der Liebe – empfand, sagte ich nichts.

»Die Countess of Ardmor, sagst du, und es ist wie ein Märchen, wenn du es sagst. Als er sie kennengelernt hat, war sie Sylvia Challoner, die Tochter eines Colonels auf halbem Sold mit verschuldetem Gut in Westmeath, zehn Farmen vielleicht und ein heruntergekommenes Haus, dessen Dach unbedingt neu gedeckt werden mußte. Sie haben sich in London kennengelernt, auf einem Fest, das irgendein Künstler gegeben hat. Der Alte hatte überall Schulden, in seinem Club, bei seinem Schneider. Wenn ich sie damals kennengelernt hätte ...«

»Aber das hast du nicht, Bob, das ist das Entscheidende.«

Nur, dachte ich, war das nicht das einzig Entscheidende, denn ich erinnerte mich daran, wie Lord Ardmor sie als seine Braut heimgeführt hatte und schon meilenweit entfernt die Freudenfeuer gebrannt, die Hügel gelodert hatten, und ich erinnerte mich, wie ich aus der Entfernung die strahlenden Fenster von Ardmor Castle gesehen hatte, die Kutschen, die durch die Tore rollten und nicht nur Gäste aus dem County brachten, sondern auch aus Dublin und Galway und London. Ich erinnerte mich daran, wie die Musik zu uns herübergeschwebt war; über Terrassen, See, Gärten, der Klang von Violinen in einer Sommernacht.

»Sie ist eine sehr schöne Frau«, sagte Bob. »Er ist in ihre Schönheit verliebt.«

»Ein durchaus üblicher Heiratsgrund«, erwiderte ich.

Wir konnten hinter den Schonungen eine Ecke vom Schloß sehen, eine Ecke aus weißem, abweisendem Stein, eine Terrasse. Unnahbar.

»Es ist ihre Schönheit, die er liebt«, fuhr Bob fort. »Nicht Sylvia. Ihre Schönheit. Aber er ist sehr nett zu ihr, und sie zu ihm. Sie lieben sich auf ihre Weise. Verstehst du, was ich sage, Hughie?«

Und warum das so war, kann ich nicht sagen, denn ich bin kein Mann von Welt, aber ich verstand, nur war meine Zunge allem verschlossen, was Bob von mir vielleicht hören wollte.

»Agnes?« fragte ich, nicht mehr. Er schüttelte den Kopf.

»Das hört doch nie auf, Bob. Entweder wird es immer schlimmer, oder« – ich zerbrach mir den Kopf nach einer passenden Formulierung, »oder an einem sonnenlosen Morgen werden du und deine Dame feststellen, daß ihr anders empfindet, weniger stark. Oder es wird zu einer Katastrophe kommen.«

»Wenn sie anders empfinden würde, Hughie, das wäre die schlimmste Katatrophe.«

»Diese Frau«, sagte Dennis Tully. »Es gibt durchaus ein Wort für sie, aber an einem anständigen christlichen Tisch kann man es nicht benutzen, schon gar nicht vor Damen.«

»Wenn ein Wort in der Heiligen Schrift benutzt wird, dann kann es in jeder christlichen Gesellschaft benutzt werden«, erwiderte Pastor Meagher. »Im Neuen Testament, zumindest«, fügte er hinzu. »Eine beim Ehebruch ertappte Frau. Aber das Neue Testament rät uns auch zur Vorsicht. Die Frage ist vor Gericht noch nicht untersucht worden. Und Parnell hat versichert, daß er ohne einen Flecken dastehen wird.«

Für mich war immer das Eßzimmer der Tullys der Mittelpunkt des Hauses gewesen, nicht der Salon. Das Haus hatte jetzt einen Namen, Inchigeelagh House, und über dem reichverzierten Kamin aus rot-schwarzem Marmor hing ein riesiges Gemälde von Inchigeelaghs lieblicher Umgebung, Gougane Barra, mit seinen Hügeln und dem kleinen perfekten See, seiner Wallfahrtsinsel, dem silbernen Allua. »Seid Ihr Tullys denn ursprünglich aus Inchigeelagh gekommen?« hatte ein Gast, ein Viehhändler aus Limerick, Dennis Tully einmal gefragt, und ich hatte meine Ohren gespitzt bei der Vorstellung, daß mein Lieblingsgeheimnis, die Herkunft der Tullys, nun endlich enthüllt werden sollte. »Aber nein«, hatte Tully geantwortet und sich das Kinn mit einer gewaltigen Damastserviette gewischt. »Durchaus nicht. Mrs. Tully und die Kinder und ich haben dort einmal ein Picknick gemacht, und danach habe ich es nie vergessen, und als ich dann dieses Ölgemälde in Cork City sah, habe ich es gekauft und neu rahmen lassen. Wißt ihr das noch, Agnes, Vincent? Oder wart ihr noch zu klein? Es ist eine perfekte Stelle für ein Picknick.«

Aber an diesem Sonntagnachmittag gab es keinen Viehhändler, nur die Tullys, sogar Vincent, und Bob und Agnes und Mary und ich und Pater Meagher und Fogarty, unseren katholischen Anwalt. Conor und unsere eigenen beiden Jungen hatten schon früh in der Küche gegessen und waren dann ein bißchen in Clonbrony Wood auf die Jagd gegangen.

»Es ehrt Sie sehr, daß Sie es so sehen, Pater«, sagte Tully ohne Begeisterung. »Aber kein Mensch an diesem Tisch zweifelt daran, zu welchem Urteil das Scheidungsgericht kommen wird. Und wie stehen wir dann da?«

»Es ehrt ihn als Priester«, meinte Fogarty sanft. »Als Jurist würde es ihn auch ehren. Bis jetzt sind noch keine Beweise vorgelegt worden.«

Tully grunzte und griff nach Soßenschüssel und -kelle, die ein Dienstmädchen ihm anbot. »Bücken, Mädchen«, sagte er, »bükken, damit ich sehe, was ich tue.« Es war August, Sommerlamm, zu lange gekocht, aber wohlschmeckend. »Also«, sagte Tully und schluckte sein Fleisch hinunter. »Ich will es Ihnen sagen, Pater. Wir sind hier eine gesittete Gesellschaft. Ordentlich und mit guten Manieren. Aber ehe wir uns von diesem Tisch erheben, wird es auf diesem Damast ein oder zwei Flecken geben – Soße oder Wein oder Kerzenwachs –, und dann wird er in die Waschküche gebracht. So geht es eben. Und niemand verläßt ein Scheidungsgericht ohne einen Flecken. Ich bin durchaus nicht auf Blasphemie aus, aber wie finden Sie das als Parabel?«

»Es gibt Flecken und Flecken«, warf Bob zu Meaghers deutlicher Erleichterung ein. »Wenn Captain O'Shea seine Anklage nicht belegen kann, dann gibt es für das Gesetz keinen Fall, und die ganze Sache braucht uns nicht zu interessieren.«

»Das sagst du, Bob, und dabei bist du doch Parlamentsmitglied und kennst dich mit dem Tun und Lassen dieses feinen Herrn aus?«

»Mr. Parnell schenkt mir nicht sein persönliches Vertrauen«, erwiderte Bob.

»Dann solltest du dich bei Gott mit Tim Healy unterhalten,

denn ich habe gehört, was Tim Healy in Bantry und anderswo gesagt hat.«

»Tim Healy schenkt er noch viel weniger sein Vertrauen.«

»Jetzt nicht mehr«, sagte Tully. »Aber früher war er sein Sekretär, und es hat gewisse Briefe gegeben, die er durch Zufall geöffnet hat und die er nicht hätte öffnen sollen. Und nicht nur von dieser einen Frau; diese Dirne ist nur die letzte. Bitte, entschuldigt meine Ausdrucksweise, meine Damen.«

»Hat deine Ausdrucksweise auch ein Wort für jemanden, der private Briefe liest und ihren Inhalt herumtratscht?« fragte Bob. »Wenn nicht, wäre dann ›Lump‹ vielleicht brauchbar?«

Ich kann nicht für andere sprechen, aber meinem Lamm nahm das die Würze, und plötzlich lastete das Schweigen schwer auf dem Tisch.

»Bob hat zu übereilt gesprochen, Vater«, sagte Agnes. »Ihn belastet das doch auch. Wie sollte es anders sein? Wo er doch in London ist, wo alles passiert!«

»Stimmt«, sagte Bob. »Tut mir leid, Dennis.«

»Keine Ursache«, sagte Tully fast überrascht. »Keine Ursache.« Und die gab es auch nicht; er legte keinen Wert auf wohlerzogene Reden. »Dir Kirche hat ihre Nächstenliebe, und das Gesetz seine seltsame Denkweise, aber Tatsache ist, daß in zwei Monaten der Mann, dem wir unser Vertrauen geschenkt haben, mit dem Makel des Scheidungsgerichtes den Gerichtssaal verlassen wird. Wir sind ein katholisches Volk, Pater. Wollen Sie denn, daß ein solcher Mann uns führt?«

»Ein solcher Mann?« fragte Meagher. Er entfernte gerade sorgfältig die Schale von einer Kartoffel. »Aber nicht doch. Ich kann nicht für den gesamten Klerus sprechen, aber ich kenne immerhin ein oder zwei Bischöfe. Ein überführter Ehebrecher? Nicht doch. Aber es muß ja nicht so weit kommen. Wir können doch alle hoffen.«

»Ich spreche nur sehr zaghaft über dieses Thema«, sagte Vincent, und nur seinen Eltern und vielleicht seiner Schwester entging diese Ironie. Sogar Meagher mußte ein rasches, kühles Lächeln unterdrücken. »Aber ich will verdammt sein, wenn ich begreife, womit der Ehebruch eines Mannes außer mit Ehebruch noch zu tun haben soll. Die Fenier haben Gewehre verteilt, die wenigen Gewehre, die sie hatten, aber Parnell hat aus unserem Volk eine Waffe gemacht. Kein anderer hätte das geschafft.«

»Ein katholisches Volk, Vincent. Ein katholisches Volk«, sagte Meagher. »Es ist alles sehr schwierig.«

»Tim Healy bewundert diesen Burschen nicht«, erklärte Tully. »Und viele andere in der Partei auch nicht. Trifft das nicht zu, Bob?«

»Parnell ist der Chef dieser Partei«, antwortete Bob. »Und ich halte zu ihm. Die Engländer hätten in all den Jahren kein so leichtes Leben gehabt, wenn unser Volk sich nicht gegen seine Führer gewandt hätte. Diesmal wird es nicht passieren, bei Gott.«

»Nun«, seufzte Tully und schob sich das letzte Stück Lamm in den Mund. »Überall gibt es Recht und Unrecht. Wie du sagst, wir müssen eben abwarten. Und nun, gute Frau, welchen Nachtisch wirst du für uns herbeizaubern?«

Später, auf der Straße, waren Mary und Agnes in einen ihrer endlosen Abschiede vertieft, wie es eben die Art der Frauen ist, und Vincent, Bob und ich plauderten noch ein Weilchen.

»Die Kinder sind zu Hause«, sagte ich, denn ich konnte das Licht in Conors Fenster sehen.

»Einer von ihnen sitzt zu Hause und liest«, erklärte Bob. »Dieser Junge ist die reine Leseratte. Mehr ein Delaney als ein Tully.«

»Wo waren sie denn?» fragte Vincent.

Ohne nachzudenken, antwortete ich: »Mit ihren Gewehren in Clonbrony Wood.«

Dann hörten wir meine Worte in der warmen Nacht, aus der noch nicht alles Licht verschwunden war, und wir prusteten alle drei los.

»Meint ihr nicht, sie werden noch ein Heiligtum daraus machen?« fragte Bob. »Einen Zaun herumziehen und eine Tafel aufhängen?«

»Die Jungen haben aber trotzdem Nerven«, sagte Vinccent. »Der zwölfte ist erst in einer Woche, und bis dahin sind die Moorhühner geschützte Geschöpfe.«

»Ach«, meinte ich, »ich glaube, sie waren auf alles aus, was sich bewegt, vom Rotkehlchen an aufwärts.«

»Ich organisiere selber eine Jagdgesellschaft«, sagte Vincent, »um den 12. zu feiern, wenn die Schneehühner ganz legal heruntergeholt werden dürfen. Ein Dutzend von uns vielleicht. Könnte ich einen von euch oder gar beide dazu überreden? Es könnte dir gefallen, Bob. Der Friedensrichter kommt auch. Ein guter Schütze, ich habe letztes Jahr schon mit ihm gejagt.«

»Danke, nein Vincent. Der Friedensrichter und ich haben uns lange genug unterhalten, als er mich bei der Lughnavalla-Demonstration verhaftet hat.«

»Es fehlt dir ja wirklich nicht an gesunder Bewegung, Vincent«, sagte ich, »wo du doch auf allen Hochzeiten tanzt.«

Vincent zuckte die Schultern. »Er ist nicht der Schlechteste. Ich bin weniger politisch als ihr beide. Ich nehme die Männer so, wie sie sind.«

»Und die Frauen«, ergänzte ich sanft. In diesem Moment hörte ich Mary lachen, sicher über etwas, das sie selber gesagt hatte, denn Witz gehörte nicht zu Agnes' vielen Tugenden. Ihre Hand lag auf Agnes' Unterarm, und sie lachte mit in den Nacken geworfenem Kopf.

»Nun gut«, sagte Vincent, »in Brierly Lodge wird es wenigstens keine Politik geben, nur einige Männer und einige Gewehre, gutes Essen und ein paar Flaschen von Mr. Connollys bestem Malzwhiskey. Evans kommt, der Mann, der Chutes Nachfolger als Verwalter auf dem Ardmor-Land ist, ein anständiger Bursche. Gemischte Religionen – einige von uns, einige von ihnen. Dermot O'Connell kommt aus Kerry herüber, ein direkter Nachkomme des Liberators.«

»Wie schön für ihn«, erwiderte Bob eisig. »Ich wünsche ihm Waidmannsheil. Die O'Connells haben Schüsse nicht immer so geliebt. Irland ist nicht einen Tropfen vergossenes Blut wert, pflegte der edle Ahne deines Freundes unseren Eltern zu erzählen.«

»Bei Gott, hast du eine grobe Zunge, Bob. Du hattest vorhin Glück, daß dein Schwiegervater eine Elefantenhaut hat.«

»Es wird Ärger genug geben, ehe das alles vorbei ist«, sagte ich. »Wir brauchen ihn nicht schon jetzt über uns heraufzubeschwören. Pater Meagher hat sehr vernünftig gesprochen, finde ich.«

»Dieser Bursche«, sagte Vincent und blickte nachdenklich zurück auf das Haus seines Vaters, wo Pater Meagher und der alte Tully immer noch in ihr Gespräch vertieft waren. »Dieser Bursche ist gerissen wie eine Scheißhausratte.«

Bob explodierte vor Lachen.

»Ich habe immer schon deine taktvolle Ausdrucksweise bewundert, Vincent«, sagte ich. »Ist es eine ausgeübte Kunst? Würdest du einmal in die Schule kommen und meinen Schülern Unterricht geben? Sie sind eine viehische Bande, weißt du.«

»Wie meinst du das, Vincent?« fragte Bob, nun wieder ernst.

»Das weißt du so gut wie ich, Bob. Diese Scheidung wird ziemlich schlimm werden, das sehe ich selbst hier im Hinterwald. Wenn die Partei zusammenhält, kommt ihr vielleicht darüber hinweg, aber nur haarscharf. Aber ich glaube nicht, daß sie das tut. Und die Kirche wird ihn verdammen, wird Parnell verdammen. Sie warten nur ab, wie sie diesen Sprung am besten tun können. In sechs Monaten wird Meagher jeden, der es wagt, ein Wort zu Parnells Verteidigung zu sagen, mit Feuer und Schwefel überhäufen.«

»Die Arbeit von zehn Jahren«, sagte Bob. »Von zehn verdammten Jahren. Einfach zerschlagen. Ich nehme das nicht hin, Vincent. Er ist ein Kämpfer. Er kämpft schon seit zehn Jahren, und er hat jeden Kampf gewonnen.«

»Ich gehe lieber nach Brierly zurück«, sagte Vincent, »solange es nicht nicht ganz dunkel ist. Parnell ist vielleicht ein zweiter Napoleon, der die Tories und die Property Defence Association und die Heilige Römisch-Katholische Kirche und Gossenspatzen wie den kleinen Tim Healy bezwingen kann. Aber es gibt einen Felsen, den er nicht zerschmettern wird«, Vincent zeigte zum Eßzimmerfenster, wo Gaslicht durch einen Spalt in den zugezogenen Vorhängen zu uns nach draußen drang. »Er wird an Dennis Tully und Männern wie ihm, anständigen, feigen und raffgierigen irischen Katholiken auf der ganzen Insel zerschellen.«

»Es muß wunderbar sein, wenn einem alles ganz egal ist, Vincent«, sagte Bob. »Es klärt den Geist.«

»Es gibt Dinge, die mir nicht ganz egal sind, Bob. Freundschaft zum Beispiel. Anständiger Wein, Sonnenaufgänge, ein guter Jagdmorgen. Nicht Politik. Davon habe ich genug gehabt.« Plötzlich legte er die Arme um uns, zog uns an sich und hielt uns in seiner festen Umarmung. Dann rief er: »Meine Damen, laßt eure armen Männer nach Hause gehen!«

»Vincent führt ein seltsames Leben«, sagte Mary an diesem Abend zu mir, als wir bei einer Tasse Tee in der Küche saßen. Sie trug immer noch ihr Kleid aus grobem Seidentuch, und sie war schön darin, mit enger Taille, wie es damals die Mode befahl, und vollbusig auf diese züchtige Art, die viel betörender ist als wollüstige Zurschaustellung, das fand ich wenigstens. »Aber er wirkt ja durchaus zufrieden dabei.«

»Es ist das Leben eines Jungen«, sagte ich, »und welcher Mann würde ihn nicht beneiden? Geld für alles, was ihm Vergnügen macht, ein Jagdhaus, Paris, wenn er einen Blick auf die Oper werfen will, oder London. Überall in Munster Freunde, die er besuchen kann, wenn ihm der Sinn danach steht. Und er ist nicht anonym. Keineswegs. Wenn du in einer Hotelbar in Waterford sagen würdest, daß du aus Kilpeder kommst, dann würde bestimmt jemand rufen: ›Aus Vincent Tullys Stadt. Das ist aber wirklich mal ein komischer Vogel!‹ Aber sie könnten genauso sagen: ›Kilpeder, ja? Dreh dich mal um, wir wollen sehen, ob der Gombeenmann Tully seine Krallen in deinem Rücken hat.‹«

Vincent hatte mich und meine Jungen und Bob und Conor einmal zu einem wunderschönen langen Wochenende in Brierly Lodge eingeladen. Und dort erfüllte sich wirklich ein Jungentraum: Ein nach Leder riechendes Waffenzimmer, Ställe, ein kleines Kutscherhaus. Denn es war nicht einfach nur eine Jagdhütte, sondern ein kleines Gut, mit Personal und einem Wildhüter und einem Türhüter. An dem Freitagabend, als wir dort eintrafen, erwartete uns bereits ein gewaltiger Tee, und am nächsten Morgen gab es ein riesiges Frühstück, Schinken und scharf gebratene Nieren und alles mögliche. Und am glücklichsten von allen, glaube ich, war Vincent. Ich hatte immer ein seltsames Gefühl bei ihm, daß trotz aller Freuden und aller Skandale, die die Frauen ihm einbrachten, er sich mit Männern glücklicher fühlte.

Das sagte ich jetzt Mary, und sie lächelte.

»Typisch für Jungen, nicht wahr?« sagte sie und sah mich nicht an, sondern den Tee, den sie einschenkte. »Sie genießen ihre eigene Gesellschaft. Später ändert sich das dann.«

Und noch später, als wir nach der Liebe im Bett lagen und Mary schlief, lag ich wach und dachte an meinen halben Witz, daß Männer in einer Bar in Waterford von dem wilden Schurken Vincent gehört hätten, über den Sagen gesponnen wurden, die vor Damen nicht erzählt werden durften. Ned kannten sie sicher vom Namen her, ebenso wie Joe Brady, oder die Manchester-Märtyrer. Und Bob hatte jetzt das, was die Zeitungen als »nationalen Ruf« bezeichneten, er war ein Fenier-Held, dem irgendeine hohe Position zustehen würde, wenn wir erst unsere Unabhängigkeit gewonnen hätten. Aber der Name des Schulmeisters von Kilpeder war im Osten bis Macroom und im Norden bis Millstreet bekannt, das war alles. Die Gälischsprecher in Coolea und Ballyvourney und in den Boggeraghs und Derrynasaggarts kannten ihn. Sie hielten mich durchaus für einen anständigen Burschen – sie hatten ja auch keinen Beweis für das Gegenteil; mein Gälisch war steif und bücherhaft, ich schrieb ihre Geschichten und Lieder auf, und ganz selten einmal, und das waren die Matterhörner meiner Karriere, brachte eine Dubliner Zeitschrift meine Übersetzung eines Liedes, »übersetzt aus dem Gälischen von Hugh Ignatius MacMahon, County Cork.« Du hast den besten Teil erwählt, würde Bob mir sagen, oder Vincent. Ich konnte hören, wie sie diese Worte ins Ohr meiner Vorstellung sprachen, und manchmal – wie zum Beispiel jetzt – wollte ich rufen: »Nein, ich will auf der Erde meine eigene Spur hinterlassen!«

31

[Lionel Forrester]

Zur Jagdsaison besuchte ich Tom in Kilpeder, und wir beide verbrachten eine einsame, aber angenehme Zeit. Bisweilen schloß sich uns Bobby Evans an, ein Waliser, der die Stelle des grimmigen Chute als Verwalter des Ardmor-Landes übernommen hatte, ein anständiger Bursche, der, da er kein Ire war, auch nicht zu Chutes Grausamkeiten neigte. Der Spätsommer ging in den Herbst über, dunkelgrüne Blätter wurden braun, dann trocken, so daß sie jetzt im Wind raschelten, und der Boden war unter unseren Füßen ebenfalls trocken. Tom war ein hervorragender Schütze, das war er immer schon gewesen. Die Karikaturisten des *Punch*, für die alle anderen Künstler außer ihnen selber blaß und unbedeutend, mit Lilien geschmückte Hornochsen sind, wären von der Sicherheit seines Auges und Arms verblüfft gewesen, wenn er sein Gewehr in einem eleganten, scheinbar lässigen Bogen schwenkte.

Dann jedoch zog mich das elende Buch – das andere, leichtere der beiden hatte sich selber beendet und war bereits beim Verleger – wieder nach London und mitten in Parnells Scheidungsklage. Unappetitlicher hätte es gar nicht sein können, und die *Times* brachte natürlich ausführliche und pikante Prozeßberichte. Parnell weigerte sich, sich vor Gericht vertreten zu lassen, und Frank Lockwood, Katharine O'Sheas Anwalt, verfolgte im Grunde lediglich den Prozeßverlauf. Zwei Tage lang, am 15. und 17. November, hatte O'Shea also eine große Bühne, auf der er sich als gekränkter und ehrsamer Gatte, Vater, Freund, weiser politischer Ratgeber darstellen konnte, während er Parnell als einen Mann bar jeglicher Ehre, skrupellos und verloren, brandmarkte, nicht einfach nur verworfen, sondern auch verachtenswert, der falsche Namen benutzte, die Hausmädchen über sein Gepäck belog und zu den üblichen erbärmlichen Würdelosigkeiten der französischen Farcen und der Seitensprünge und Frivolitäten der Mittelklasse in Seebädern griff. Es gab nur sehr wenige weltgewandte

Menschen – zumindest in London – die nicht eine ganz andere Geschichte kannten, nämlich, daß Katharine O'Shea bereits seit einem vollen Jahrzehnt Parnells Geliebte gewesen sein war, und zwar mit der stillschweigenden Billigung ihres Ehemannes, die den schäbigsten und verkommensten Motiven entsprungen war – Geldgier und dem Wunsch nach einer politisch einflußreichen Stellung. Nicht Katharine O'Shea hatte sich verkauft, sondern ihr Ehemann, und das sogar zweimal, zuerst an Parnell, dann an Joe Chamberlain, der schon lange nach einer Waffe gesucht hatte, um Parnell und Home Rule zu zerstören.

Am 18. November, einen Tag, nachdem die Scheidung unter dem Vorbehalt *nisi* ausgesprochen worden war, verkündete eine große Versammlung in Dublins Leinster Hall ihre Loyalität zu Parnell, und am 25., dem Vorabend der Parlamentssitzung, bestätigten die Mitglieder der irischen Parlamentspartei durch lauten Beifall seine Führerposition. Und doch war das alles nur eine seltsame Ouvertüre der Katastrophe, denn binnen sechs Tagen, vom ersten bis zum sechsten Dezember, wurde dieser Führerposition im Komiteeraum 15 des Unterhauses ein tödlicher Schlag versetzt; die Partei, die Parnell geschaffen hatte, wurde in der Mitte gespalten, und die Schockwellen pflanzten sich wie nach einem Erdbeben über die Irische See fort, verbitterten die Iren und sorgten dafür, daß sie mit einer Wut übereinander herfielen, die nicht einmal Chamberlain erhofft oder erträumt hatte. Sie sind immer noch gespalten, in ihrer jüngsten Vergangenheit gibt es einen Bürgerkrieg, und der Geist eines Führers, eines Verratenen oder Verräters, je nach Standpunkt, dominiert das Land.

Vor einigen Jahren besuchte ich einen Freund, einen Abgeordneten – für Worcester, glaube ich –, und als wir durch einen Flur gingen, sagte er spontan: »Das hier ist es, das berühmte Schlachtfeld, Komiteeraum 15.« Er klopfte an die Tür und riß sie auf. Der Raum war leer, ein schöner Raum mit Eichentäfelung, einem hufeisenförmigen Tisch und hohen Fenstern, die auf die Themse hinausgingen. Ich durchquerte das Zimmer und schaute hinaus, dann drehte ich mich um und versuchte, mir diese sechs häßlichen, barbarischen Tage vorzustellen – Parnell, Healy, Barry, Delaney, Redmond. Aber das gelang mir nicht; unsere geschichtliche Phantasie kommt nicht auf Befehl, ebensowenig wie irgendeine andere Phantasie. Ich hätte genausogut bei Madame Tussaud stehen können, denn ich sah nur einen Besprechungsraum, wo vorher und nachher sehr viel öde Arbeit geleistet worden war; und doch hatte mein Freund recht: Es war ein Schlachtfeld, und sein Name hallt in Irland immer noch wider: Komiteeraum 15.

Damals hatte ich meine eigenen privilegierten Kenntnisse über das Drama dieses Zimmers, denn während dieser fatalen Woche hatte ich Sylvia zweimal besucht, als Robert Delaney bei ihr war. Natürlich war es das Thema Nummer eins in London. Ich glaube, niemals zuvor hatte Irland eine solche Hauptrolle gespielt: Der Zusammenbruch des Komplottes gegen Parnell, als der Fälscher Pigott im Zeugenstand zerschmettert worden war, Pigotts Flucht nach Madrid und sein Selbstmord durch einen Revolverschuß, als Männer von Scotland Yard die Tür seines Hotelzimmers aufbrachen, die Scheidung, die Vernichtung oder annähernde Vernichtung der Partei – das alles war ein Drama, und zwar ein Drama, das ein Großteil seiner Spannung der außergewöhnlichen, rätselhaften Persönlichkeit Parnells verdankte.

Ich weiß noch, daß ich während der zweiten Besprechung im Komiteeraum mit Frank Lockwood in unserem Club aß, mit Mrs. O'Sheas Anwalt, einem soliden Juristen mit übermäßig eleganter Klientel, und natürlich die pure Diskretion; bei der zweiten Flasche Rotwein jedoch und in der Abgeschiedenheit des eigenen Clubs kam es zu einer gewissen Entspannung, was vielleicht nicht unbedingt anzuraten ist, wenn man einen Schriftsteller als Tischgesellen hat.

»Eine bezaubernde Dame«, sagte Frank, »aber unmöglich.« Ich nickte dem Kellner zu, der sich unserer leeren Gläser annahm. »Allerdings«, fuhr Frank fort, »war sie immerhin vernünftiger als Parnell. Sie wollte kämpfen – wollte Gegenklage erheben oder seine stillschweigende Duldung beweisen. Und beides wäre mir sehr leicht gefallen. Sehr leicht. Aber dann wäre die Scheidung abgelehnt worden, und sie wäre jetzt immer noch O'Sheas Frau. Und davon wollte Parnell nichts hören.«

»Ritterlich von ihm«, sagte ich.

»Vielleicht«, erwiderte er. »Wenn du Selbstmord für eine Form von Ritterlichkeit hältst. Ich nenne es verrückt.«

»Ja, aber er liebt sie doch«, sagte ich.

»Liebe«, wiederholte Lockwood mit einiger Abneigung, als ob er einen Zustand bezeichnete, der nicht die Achtung des Gesetzes genoß, was seinem eigenen Ruf in der Stadt jedoch widersprach. »Verrückt«, sagte er noch einmal.

»Hattest du mit ihm zu tun? Was macht er auf dich für einen Eindruck?«

»O'Shea«, sagte Lockwood, »sind alle Kinder zugesprochen worden, auch die beiden kleinen Mädchen, die Parnells Töchter sind. Das hat ihn in Panik versetzt; als ich mit ihm zu tun hatte, war sein Betragen... nun ja, grotesk. Ich fand, er zeigte Anzeichen von Wahnsinn. Die Leute benutzen dieses Wort, weißt du. In dieser Familie gibt es mehr Wahnsinn, als für eine Familie gut ist.«

»Das bedeutet sein Ende. Armer Teufel. Danach kann er doch nicht weiterleben. Sieh dir Dilke an. Nicht nur eine Scheidung, sondern Beweise, die ihn mit Dreck beworfen haben.«

»Dreck!« sagte Frank. »Nun übertreib nicht, Lee.«

»Wir sind nicht seine Anhänger, Frank. Wir sind auch keine englischen Freikirchler. Ich weiß nicht, was ich an seiner Stelle tun würde. Wicklow wäre unter diesen Umständen nicht sehr angenehm. Ich glaube, ich würde verkaufen, mir einen netten Ort auf dem Kontinent suchen, Südfrankreich vielleicht oder Italien. Das hat Charlie Ivory getan. In sechs Monaten ist die Scheidung rechtskräftig, und dann können sie heiraten.«

»Sag mal, Lee, interessieren dich die Tagesneuigkeiten nicht? Ein wenig Käse und zwei Gläser Port würden alles sehr nett abrunden. Parnell geht nirgendwohin. Er verhandelt nicht einmal in diesem Raum dort drüben«, er nickte in Richtung der Themse in der Ferne. »Er will Herr der Partei bleiben. Und er hat immer noch Kraft genug, um den Tempel einzureißen. Samson hat wenigstens seine Feinde vernichtet, nicht seine eigenen Leute.« Er winkte dem Kellner. »Wenn sie seine eigenen Leute sind. Auf mich wirkt er durch und durch englisch. Hervorragende Manieren, gute Aussprache.«

»Er ist ein Ire«, sagte ich. »So wie ich. Sie sind meine Leute, weißt du.«

»Sind sie das?« fragte Frank. »Viel Vergnügen. Einige von ihnen sind ganz schön laut, was?«

Ich ging davon aus, daß er auf einen Sprengstoffanschlag anspielte, den es vor zwei Tagen in der Metropolitan Line in der Gower Street gegeben hatte. Zum Glück waren keine Toten zu beklagen gewesen, aber wie bei zwei Dutzend anderen Vorfällen in diesem Jahr, bei denen es zumeist Tote gegeben hatte, wurden wir immer wieder daran erinnert, daß hinter den Worten und Leidenschaften der Podien und Komiteeräume wirkliche Gewalt existierte, Haß, der zum Mord fähig war. Scotland Yard hatte hervorragende Leistungen gebracht und Gruppen von Clann-na-nGael-Terroristen zur Strecke gebracht, aber dieser Anschlag hier war klüger als die meisten anderen gewesen, zumindest jedoch straffer organisiert, und er hinterließ keine Anhaltspunkte. Allerdings kannte der Yard diesmal den Namen seines Anführers, wie wir später herausfinden sollten.

Nach der Sitzung am 3. Dezember traf ich Delaney in Sylvias Haus in Chelsea, und er hätte mit Fug und Recht in elender Stimmung sein sollen, denn er hielt auch bei Hölle und Sintflut noch zu Parnell, und ich verwendete diesen Ausdruck, als ich mit ihm sprach.

»Nun, sie sind schon da«, erwiderte er. »Sowohl die Hölle als auch die Sintflut. Gladstone hat bekanntgegeben, daß wir nicht mehr mit der Unterstützung der Liberalen rechnen können, wenn Parnell bleibt, und heute hat ihn die irische Bischofskonferenz ganz offiziell verurteilt.«

»Da haben Sie's, alter Freund«, sagte ich und streckte die Hände aus, »Ihr rechter und Ihr linker Anker sind zerbrochen. Sie können jetzt nicht mehr zu ihm halten, und es wäre selbstsüchtig von ihm, das zu erwarten.«

»Zum Teufel, das können wir«, widersprach er. »Ich habe schon einen Tag und einen Abend davon hinter mir, und Sie werden verzeihen, wenn ich bitte, mit mehr davon verschont zu bleiben. Redmond hält im Moment ein Treffen der ›Parnelliten‹ ab, wie sie uns jetzt nennen, aber ich habe ihm gesagt, meine Anwesenheit sei nicht nötig. Alle wissen, wo ich stehe.«

Er durchquerte das Zimmer und legte die Hände auf die weiße Kamineinfassung und blickte ins Dezemberfeuer hinunter. Gleich darauf drehte er sich um und schien seine eigenen Worte nicht gehört zu haben. »Wir sind nicht zu einer Partei gemacht worden, um Englands Befehle auszuführen, weder die des Heiligen William Gladstone noch die irgendeines anderen. Und die Kirche hat in der Politik nichts zu suchen. Das irische Volk hat noch nicht gesprochen, und nur ihm allein gegenüber sind wir verantwortlich.«

»Ich hatte immer den Eindruck«, sagte ich, »und Sie müssen mich korrigieren, wenn ich mich irre, daß Parnell sich seit zehn Jahren alle erdenkliche Mühe gibt, um den englischen Liberalen den Hof zu machen und sich die Unterstützung der katholischen Kirche zu sichern.«

Während dieses ganzen Gesprächs saß Sylvia ruhig da, in einem hochgeschlossenen Schlafrock aus rotem Samt, über den ihre wunderschönen und unermeßlichen dunklen Haare offen fielen.

»Daß sie ertappt worden sind, Robert«, sagte sie. »Das ist ihre unverzeihliche Sünde. Sie werden ihn zur Strecke bringen, die Hunde werden seine Kehle zerfetzen.«

»Sie sind schon dabei«, erwiderte Delaney. »Barry und Healy und der Rest. ›Führermörder‹ hat Parnell heute nachmittag Barry ins Gesicht geschleudert. Barry hat in den 70er Jahren Isaac Butt erledigt, und jetzt winkt ihm eine größere Jagdbeute.«

»Parnell war nicht unglücklich, als Butt erledigt wurde«, sagte ich.

»Es könnte alles zum Besten sein«, meinte Delaney. »Die Geschwüre mit einer Lanzette durchstechen, den Eiter herauslassen. Burschen wie Healy und Barry, O'Connor.«

»Haben sie eine starke Stimme im Land?« fragte Sylvia plötzlich. Ich war überrascht. Ich hatte sie nur selten über solche Fragen sprechen hören, sie schienen sie nicht zu interessieren.

»Nicht O'Connor«, antwortete Bob. »O'Connor ist ein brauchbarer Journalist, für den Parnell einen Sitz für Liverpool gefunden hat. Aber Tim Healy ist ein großer Bündnisschmied; er ist ein Mann der Priester und der Bischöfe, und in Munster hat er starke finanzielle Interessen. Es zahlt sich nicht aus, ihn zu unterschätzen. Ich habe Redmond davor gewarnt, was allerdings nicht nötig war.«

»In Munster«, sagte sie. »Cork liegt in Munster.«

»Ist mir bekannt. Aber ich weiß, was du meinst. Er hat sehr enge Verbindungen zu den Condons in Millstreet und zu den Tullys in Kilpeder.«

»Aber nicht so enge wie du«, sagte Sylvia. »Deine Familie.« Sie nahm eine ihrer dunklen Zigaretten aus einer Elfenbeindose neben ihrem Sessel.

»Meine Familie«, wiederholte er.

»Und wie sieht der Vater deiner Familie diese ganze Angelegenheit?«

Das war natürlich ihre Privatsprache, aber sie war problemlos zu verstehen.

»Das werde ich später feststellen«, antwortete er. »Im Moment habe ich hier in London einen Kampf auszufechten, in Westminster.«

Sie schüttelte das Streichholz und warf es mit fast maskuliner Geste zum Kamin. Es flog nicht weit genug und blieb auf dem weißgoldenen Teppich liegen.

»Du hast mir vor langer Zeit einmal erzählt«, sagte sie, »daß du ohne Tullys Unterstützung niemals nach Westminster gekommen wärst.«

»Da hast du recht«, erwiderte er. »Aber das ist lange her. Ich war selber auch nicht untätig, was Bündnisse angeht; die League steht hinter mir und auch die Farmer, neben denen ich überall im Land gekämpft habe. Ich könnte diesen Sitz heute allein erringen und halten, wenn das sein müßte.«

»Und das kann durchaus passieren«, sagte sie. »Lee, wechsel bitte für uns das Thema.«

»Ich fürchte nein«, sagte ich. »Höchste Zeit für mich, nach Hause zu gehen.«

»Natürlich«, entgegnete Sylvia. »Emily wartet auf dich. Die Bösen finden keine Ruhe.« Und als sie sah, daß ich sie anstarrte, schüttelte sie den Kopf und lächelte. »Verzeih mir Lee. Ich bin etwas durcheinander. Es war nicht nett von mir. Ich freue mich für dich, für Emily. Das weißt du.«

»Ja«, sagte ich. »Ich weiß. Liebste, ich könnte niemals böse auf dich sein.«

Aber als sie mich zur Tür brachte, legte sie mir die Hand auf den Arm. Ich hatte meinen Mantel noch nicht angezogen, und die Berührung ihrer Finger war genau zu spüren. Ich legte meine Hand auf ihre.

»Ich habe Angst, Lee. Um ihn und um mich selber.«

»Das solltest du nicht«, sagte ich. »Es ist doch nur Politik. Politik hat uns immer gelangweilt, dich und mich. Das ist eine unserer Gemeinsamkeiten.«

»Parnell wird vernichtet«, sagte sie, »aber nicht durch die Politik.«

»Shakespeare sagt irgendwo so ungefähr, daß Männer gestorben sind und von den Würmern gefressen wurden, aber daran war nicht die Liebe schuld.«

»Paß auf«, bat sie. »Paß auf, was passiert. Du tust mir sehr gut, Lee. Du verlangst nichts von mir.«

Und dann legte sie den Arm um meinen Hals und küßte mich

leidenschaftlich, was so selten vorkam, daß ich mich an jedes einzelne Mal erinnern kann. Ich war völlig überrascht. Ich erwiderte den Kuß. Ihre Lippen waren leicht geöffnet. Sie trat zurück und sagte: »Du findest bestimmt leicht eine Droschke. Dafür brauche ich das Mädchen nicht loszuschicken.«

»So?« fragte mich Emily eine Stunde später im Bett. »Hat sie dich so geküßt?«

»Nicht ganz«, antwortete ich. »Fast, aber nicht ganz. Ich kam mir ganz schön komisch vor, wo ihr Liebhaber doch nur ein paar Fuß entfernt von uns stand.«

»Aber allzusehr hat es dich nicht gestört, nicht wahr?«

»Nicht allzusehr«, antwortete ich. »Sie hat mich wirklich erregt, und das wußte sie. Aber sie war zu sehr Dame, es zu erwähnen.«

»Hat sie dich so erregt?« fragte Emily und legte ihre Hand auf mich. »Bist du nicht froh, daß ich keine Dame bin?« Aber dann zog sie ihre Hand zurück und legte sie auf meine Brust. »Arme Sylvia«, sagte sie. »Wenn sie verzweifelt ist oder Angst hat oder sich zu einsam fühlt, dann kann sie nur so sprechen. Durch Küsse.«

»Sie hat vielleicht auch Grund zur Angst«, sagte ich. »Sylvia ist gescheit, auch wenn es ihr Spaß macht, das zu verbergen. Delaney ist alles, was ihr wichtig ist, und sie hat ihren Finger auf die schmerzende Stelle gelegt – Kilpeder, nicht Komiteeraum 15.«

»Komiteeraum 15?« fragte Emily. »Was ist das?«

»Großer Gott, Frau! Das weiß doch jeder! Da kämpft Parnell derzeit um sein Leben.«

»Der!« sagte sie verächtlich. »Warum in aller Welt hat dieser Mann sich je mit der Papistenbande eingelassen, diesen Sklaven ihrer Bischöfe und Priester!«

»Oho«, sagte ich, »die kühne protestantische Maid!«

»Ich bin absolut glücklich mit Ihrer Majestät«, sagte Emily. »Ich brauche keinen ungekrönten König. The lily-o, the lily-o, the royal loyal lily-o.«

Beim zweiten Mal war alles ganz anders. Emily erschien gegen acht am 6. Dezember unerwartet in meiner Wohnung, um mich nach Chelsea zu holen. Sie hatte Glück, mich anzutreffen: ich hatte mich gerade angezogen, um bei Freunden zu Abend zu essen, und meine Hand lag schon fast auf der Haustürklinke. »Sie ist völlig außer sich«, sagte Emily. »Sie weiß nicht, was sie mit ihm machen soll. Sie kennt keinen von seinen Freunden. Und sie weiß nicht, wer von denen, die er erwähnt hat, jetzt noch seine Freunde sind.« Sie hatte die Droschke warten lassen, und als diese durch die Stadt rumpelte, versuchte ich, ein wenig von dem herauszufinden, was passiert war.

Die Partei hatte sich wirklich gespalten, und zwar im bittersten Zorn. Zwei Drittel oder mehr hatten die Diskussion abgebrochen und den Raum verlassen. Vielleicht zwanzig – zu denen Delaney natürlich gehörte – waren bei Parnell geblieben. Das war am späten Nachmittag passiert, und danach hatte Delaney einige Stunden soliden Zechens eingeschoben. Er war außer Kontrolle, hatte bei Sylvia einen Tisch oder etwas ähnliches zerbrochen und sie ins Gesicht geschlagen.

»Großer Gott«, sagte ich. Das alles erfuhr ich nur stückweise von Emily und mußte ihr alles aus der Nase ziehen.

»Ich habe so etwas noch nie in meinem Leben gesehen«, erzählte sie. »Mein Bruder hat ja arg getrunken, aber er hat nie jemanden geschlagen. Soviel ich weiß wenigstens nicht.«

»Was hatte sie zu ihm gesagt?« fragte ich, aber sie schüttelte den Kopf.

»Das spielte keine Rolle. Er wußte nicht, daß es Sylvia war, er wußte inzwischen auch nicht mehr, wo er war. Er hat noch mehr getrunken. Er hat sich jetzt an den Brandy gemacht. Die Dienstboten – die anderen Dienstboten – sind schockiert.«

»Dazu haben sie auch allen Grund«, sagte ich.

Wir fanden ihn ausgestreckt in einem der riesigen Sessel am Kamin, seine Augen waren offen, aber glasig, und glitzernder Speichel floß über sein Kinn. Sylvia kniete neben ihm und blickte auf, als sie uns hörte.

Auf einer Wange hatte sie einen häßlichen roten Bluterguß. Sie hatte offenbar ebenfalls an diesem Abend ausgehen wollen, denn sie trug schwarz und eine enge Perlenkette.

»Er wollte... das nicht«, sagte sie und hielt ihre Finger vor den Bluterguß, ohne ihn zu berühren.

»Ob er es nun wollte oder nicht«, sagte ich mit einer Stimme, die meine Beurteilung der Affaire verriet. Eisenbahn- und Fabrikarbeiter schlugen vielleicht Frauen, ihre Frauen oder ihre Freundinnen, andere jedoch nicht.

Die Brandykaraffe stand unverschlossen neben seinem Sessel auf dem Boden, aber er hatte sein Glas fallen lassen, und es war fortgerollt und hatte den dicken weißen Teppich befleckt.

»Er muß ins Bett, aber das schaffe ich nicht allein«, sagte ich.

Mit vereinten Kräften stellten Emily und ich ihn auf die Füße, und er kam zu einer Art Bewußtsein, als wir ihn durch das Zimmer zur Treppe zogen, er half ein bißchen mit, machte kleine, stolpernde Schritte. Auf der Treppe blieb Sylvia hinter uns, und wir blieben stehen, als wir oben angekommen waren, weil Emily und ich nicht wußten, wohin wir ihn bringen sollten. »Da hinein«, sagte Sylvia, nickte zu einer Tür hinüber und ging vor uns her, um zu öffnen und das Gaslicht anzudrehen.

»Wo sind die Dienstboten?« fragte ich Emily.

»Ach«, sagte sie, in diesem Moment eher Westmeath als Protestantin. »Die kauern in ihren Mansarden oder unten in der Küche bei der Köchin und beruhigen einander mit Tee. Das hier wird noch heute nacht das Thema Nummer eins in diesen Straßen sein.«

»Legt ihn aufs Bett«, befahl Sylvia. »Ob wir ihn ausziehen sollten?«

»Ich glaube, das ist ihm egal«, sagte ich. »Emily und ich kümmern uns um ihn, Liebe. Geh du nach unten.«

»Nein«, widersprach sie energisch. »Ich bleibe bei ihm. Ich kann mich um ihn kümmern.«

Emily und ich sahen einander an, dann ging Emily und kehrte einige Minuten später mit einer Schüssel und einem Krug voll Wasser wieder, über dem Unterarm weiße Handtücher.

»Du willst ihn bestimmt ein bißchen saubermachen«, sagte sie. »Aber mach dir sobald wie möglich hiermit eine Kompresse und halte sie auf deine Wange. Selbst wenn du Glück hast, wird es morgen scheußlich aussehen. Kein Grund, alles noch schlimmer zu machen.« Sylvia nickte, allerdings geistesabwesend. Ihre Haare waren zu einer komplizierten Frisur hochgesteckt, und sie trug ein Diadem. Es bildete einen grotesken Kontrast zum Eisenbahnerbluterguß.

Als Emily gegangen war, sah ich mich im Zimmer um. Es war spärlich möbliert und wirkte fast klösterlich, es gab jedoch zwei Bilder, deren helle Mittelmeerfarben ich selbst in diesem elenden Licht erkennen konnte. Toms Zimmer.

Später erzählte mir Emily, dann Emily zusammen mit Sylvia, die endlich davon überzeugt war, daß er schlief, was geschehen war. Sylvia hielt die kalte Kompresse an ihre Wange, und einmal während unseres Gesprächs stand Emily auf und wechselte sie. »Bald können wir es mit Zaubernuß versuchen«, sagte sie.

Er war betrunken gewesen, als er kam, aber noch nicht so betrunken, daß er unverständlich gewesen wäre. Und über solche Umwege erfuhr ich von der Spaltung und von der Vernichtung Parnells und seiner Partei. Nicht, daß er es Sylvia und Emily mit diesen Worten erzählt hätte.

»Wir sind ohne sie sowieso besser dran«, hatte er gesagt. Zuerst hatte er nicht um mehr zu trinken gebeten. »Diese verdammten kleinen Scheißer«, sagte er. »Entschuldigt den Ausdruck, meine Damen. Gladstones Speichellecker, die Arschkriecher der Bischöfe. Wißt ihr, was in Westminster erzählt wird? Parnell sei bewaffnet gewesen, habe Healy erschießen wollen. Blöde Lüge. Irgendwer sollte ihn erschießen. Entschuldigt meine Ausdrucksweise.«

»Als ob keine von uns je das Wort ›Scheißer‹ gehört hätte«, sagte Emily. »In was für einer Welt lebt ihr Männer denn bloß?«

»Nicht abschweifen, Emily«, bat ich.

Die Gruppe von Parnells Gegnern, eine Gruppe, die klar in der Mehrheit war, hatte schon im voraus den Plan ausgearbeitet, daß William Abraham, einer der wenigen Nicht-Katholiken, die es noch in der Partei gab, den Antrag stellen sollte, Parnell die Parteiführung zu entziehen. Als der geplante Zeitpunkt gekommen war, hatte er den schriftlichen Antrag jedoch Justin McCarthy, dem Zweiten Vorsitzenden, überreicht. »Ich bin noch nicht abgesetzt!« brüllte Parnell und schnappte sich das Papier. Dann ging er auf McCarthy los, diesen äußerst harmlosen Literaten von sitzender Lebensweise, und hätte ihn geschlagen, wenn Delaney und Edmund Leamy nicht seine Arme festgehalten hätten.

Parnell hielt sich nicht an die Ordnungsregeln, das gab Delaney bereitwillig zu. Er zerriß Abrahams Antrag und erteilte statt dessen John O'Connor, auf dessen Unterstützung er bauen konnte, das Wort. »Charles Stewart Parnell ist immer noch der Herr der irischen Partei«, sagte O'Connor, »und er wird der Herr bleiben.« Da erhob Tim Healy seine Stimme. »Wie er das fertiggebracht hat, kann ich nicht begreifen«, sagte Delaney zu Sylvia. »Das Zimmer war ein Tollhaus, alle brüllten, nur Parnell nicht. Er stand stumm und wütend da. ›Und er wird der Herr bleiben‹, hatte O'Connor gesagt. Dann sagte Healy, und obwohl er seine Stimme nicht erhob, konnte jeder im Zimmer ihn hören: ›Gut, und wer ist die Herrin dieses Herrn?‹«

So betrunken er auch war, Delaney war es in diesem kleinen eleganten Salon in Chelsea gelungen, Gebrüll, Leidenschaften, Zorn und die plötzliche, unerklärliche momentane Stille zu vermitteln, in der Healys Worte erklungen waren, die Delaney wie ein Bühnenschurke gezischt hatte. Das trifft fast den Punkt, doch als Sylvia es mir erzählte, konnte ich es nicht glauben; es schien mir wie eine Vorstellung, die dem betrunkenen Zorn eines Mannes entsprungen war und in der zweifellos auch eine Wahrheit lag, aber ich konnte nicht glauben, daß diese Worte, die wie ein Messer das Gewebe der Partei zerschnitten, wirklich so gefallen waren.

Aber das waren sie. Am 8. wurden sie im *Freeman's Journal* veröffentlicht. Sylvia hatte diese Worte geglaubt, als Bob sie ausgesprochen hatte. »Das hättest du auch, Lee. Das hättest du auch. Ich konnte das Zimmer fast sehen, die Luft spüren.« Healys Freunde hatten sich um ihn geschart, und einer hatte gerufen: »Ich bitte meinen Freund, den Vorsitzenden –« Aber Parnell ging nicht auf ihn los, wie Delaney befürchtet hatte. Statt dessen zeigte er mit dem Finger auf ihn und streckte dabei seinen Arm zu voller Länge aus. »Bitten Sie lieber Ihre eigenen Freunde. Bitten Sie lieber diesen feigen kleinen Schurken dort drüben, der es vor einer Versammlung von Iren wagt, eine Frau zu beleidigen.«

So ging es noch einige Minuten weiter – das ist ja immer so. Aber es war vorbei. Justin McCarthy hielt eine würdevolle kleine Rede, dann führte er die Mehrheit der Partei aus dem Zimmer. Es war vorbei. Barry und Healy, die Führermörder, erteilten McCarthy, der schließlich Zweiter Vorsitzender war, das letzte Wort und verließen schweigend das Zimmer, zwei Männer unter vielen, wie Healy später sagen sollte, die »um Irlands willen gingen. Voller Trauer über die Trennung von einem Führer, der sich und das Land, das er als das seine beansprucht, besudelt hat.«

Das alles jedoch, diese Seite der Geschichte, war für Sylvia von wenig Interesse, während Delaney sprach. Sie sah die Vernichtung eines Mannes, einer Frau, mehr als nur eines einzigen Mannes vielleicht.

»Er ist immer noch der Vorsitzende«, sagte Delaney. »Wir bringen diesen Kampf nach Irland. Das irische Volk soll entscheiden, ob wir immer noch einen Führer haben oder ob wir um zehn Jahre zurückgeworfen werden sollen. Bei Gott, ich kann für das irische Volk sprechen; ich bin ein ebenso guter Ire wie Tim Healy oder John Barry.«

Und das war alles, worüber er sprechen wollte, über den Kampf, der nach Irland getragen werden sollte, und dann sah er sie plötzlich, als ob er sie an diesem Abend das erste Mal sähe.

»Du siehst aus wie eine Prinzessin«, sagte er. »Nein, noch besser als eine Prinzessin, wie eine Gräfin. Die Countess of Ardmor! Da hast du deinen Titel. Ich habe dich noch nie so angezogen gesehen; für mich hast du dich nie so angezogen.«

»Ich wollte essen gehen«, sagte sie. »Zwei von Toms besten Freunden haben mich eingeladen. Nette Leute. Sie würden dir gefallen.«

»Sie würden mir gefallen«, wiederholte er. »Sie sind nette Leute. Gibt es in diesem Haus einen Tropfen Brandy?«

Sie schenkte zwei Brandys ein und gab ihm das eine Glas.

»Dieses Geglitzer von Diamanten und Silber in deinen Haaren, tragen Gräfinnen so etwas – ein Diadem, ja?«

»Jede Frau kann eins tragen«, antwortete sie. »Ich trage es, weil es mir steht.«

»Steht dir, ja. Schöne Sylvia.«

Er stand unsicher auf, nahm sich die Karaffe und trug sie zurück zu seinem Sessel. »Geh lieber«, sagte er. »Nicht zu spät kommen. Nette Leute.«

Aber sie saß ihm ruhig gegenüber. Der Alkohol hatte ihn so aufgeregt, daß er nicht schlafen konnte. Ab und zu schlossen sich seine Augen, und sein Kopf fiel ihm auf die Brust, dann richtete er sich wieder auf und fing an zu reden. »Verdammte Pest, was bilden die sich eigentlich ein!« fragte er. »Healy, der Führermörder, Arschkriecher der Priester. Ich habe versucht, ihn zu finden, wollte es ihm ins Gesicht sagen. Der könnte bestimmt nicht kämpfen. Weißt du, wer uns verlassen hat, wer direkt hintereinander zur Tür hinausging? William Martin Murphy, der Gombeen-Mann, der mit dieser Bande aus Bantry unter einer Decke steckt, und hinter ihm Mr. Scheiß J.F.X. O'Brien höchstpersönlich, ein Fenier! Ein Fenier, bei Gott, der 67 mit uns gekämpft hat, der letzte, der jemals zum Hängen, Strecken und Vierteilen verurteilt wurde. Schade, daß das nicht passiert ist. Die Engländer und ihre verdammten halben Maßnahmen. Hörst du, Frau, hörst du?«

»Ja, Robert, ich höre dich.«

»Dienstag«, sagte er. »Wir fahren nach Dublin, Parnell und ein paar, denen er vertrauen kann – ich und die Redmonds. Der Rest wird nachkommen. Bei Gott, ich kann es gar nicht erwarten, Kingstown zu sehen, die Hügel von Dublin, den Zuckerhut. Dublin steht zu Parnell. Die Dubliner sind solide, sind keine Bischofsarschkriecher. Sie ragen aus dem Morgennebel, diese Hügel. Davon weißt du aber nichts.«

»Doch«, sagte sie. »Das weiß ich. Ich bin eine Irin. Das vergißt du manchmal.«

»Irin«, wiederholte er und plemperte neuen Brandy in sein Glas.

»Möchtest du ein bißchen Wasser?«

»Nein, ich möchte kein bißchen Wasser. Leute wie du, manchmal seid ihr irisch und manchmal nicht. Grüner Satin am St. Patrick's Day, oder ein Kleeblatt. Scheiß-Schloß Ardmor, Colonel in der Britischen Armee, herrscht seit Jahrhunderten über uns und nennt euch irisch, wenn es euch paßt.«

»Ja«, sagte sie.

»Warum gehst du nicht zu deiner netten Party bei deinen netten Leuten? Bei Toms Freunden. Der liebe Tom.«

»Vielleicht«, sagte ich, »komme ich mit angemessener Verspätung, wie wir eleganten Leute sagen. Ich möchte dich erst ins Bett bringen.«

»Kein Bett«, sagte Delaney. »Hier wohne ich nicht. Hier schlafe ich mit dir.«

»Doch, ins Bett«, erwiderte sie. »Du kannst den Brandy mitnehmen.«

Selten, sehr selten, vielleicht zweimal im Jahr, war ihr Vater so gewesen, aber am Ende hatte er sich immer ruhig von ihr aus dem Zimmer führen lassen, hatte sich seine Schuhe aufbinden und seinen Kragen lockern lassen.

Unsicher erhob sich Delaney. »Ins Bett gehen«, sagte er. »Wir gehen ins Bett. Der richtige Ort für dich, nicht bei netten Leuten, Toms Freunden, der nette Tom. Wenn du nackt bist, bei Gott, dann kann ich nicht sagen, ob du irisch oder englisch bist, wenn deine Haare über mich fallen. Wissen das die netten Leute? So bist du schön, nicht so, wie dieser Bursche dich gemalt hat, im schwarzen Kleid wie jetzt, dieser Bursche, dem du dich hingegeben hast.«

Er streckte die Hand nach ihrem Kleid aus und wollte daran reißen, aber sie schlug ihn hart mit der Handkante. Er zwinkerte verblüfft mit den Augen. »Hände weg von mir, verdammt«, sagte sie. »Du weißt nicht, was du sagst oder tust, du bist sturzbetrunken. Aber laß die Hände weg von mir.«

Und dann schlug er sie. »Die Dame aus dem Schloß«, sagte er. »Die schöne Dame aus dem Schloß.« Er holte aus und schlug sie mit flacher Hand auf die Wange. Sie schrie und schrie und weinte immer noch, als Emily einige Sekunden später ins Zimmer kam.

»Er stand da wie jemand, der etwas Entsetzliches getan hat«, sagte Emily, »und der nicht weiß, was. Er war blind, sabbernd betrunken. Er schaffte es, allein zurück zum Sessel zu gehen. Ich hätte keinen Finger gerührt, um ihm zu helfen.«

»Ja«, sagte ich. »Wenn dir das ein Trost ist – er wird sich morgen wie in der heißesten Hölle fühlen, schuldig wie die Verdammten, und er wird Angst davor haben, sich zu erinnern, warum er sich schuldig fühlt.«

»Gut«, sagte Emily. »Hervorragend. Der Whiskey ist erfunden worden, um den Papisten eine frühe Vorstellung von ihrem Fegefeuer zu vermitteln.«

»Hör auf«, sagte Sylvia. »Hör auf. Ihm ist fast das Herz gebrochen, und er hat sich ins Trinken geflüchtet, und da ist er ja nicht der erste. Ich kann mich an Tage erinnern, wenn die Schulden eines Quartals fällig wurden und wir nichts hatten, um sie zu bezahlen. Nichts. Die Rechnungen lagen auf einem Stapel da, und daneben lag die Liste über sie, die mein Vater in seiner ordentlichen Militärschrift aufgestellt hatte. ›Mach dir keine Sorgen, Sylvie‹, sagte er dann zu mir, ›mach dir keine Sorgen.‹ Und dann, aber erst bei Sonnenuntergang, entkorkte er den Whiskey. Ich habe schon Betrunkene gesehen. Aber wißt ihr, meine große Angst war in den letzten Jahren, daß ich irgendwann, irgendwie Robert das Herz brechen würde. Und jetzt, am Ende, bricht sein Herz wegen Parnell.«

»Noch nicht«, widersprach ich. »Noch lange nicht. Parnell ist ein Kämpfer, und er hat Kämpfer an seiner Seite. Vielleicht nicht im Komiteeraum 15, aber immerhin in Irland.« Ich blickte zur Treppe hinüber. »Er mußte sich betrinken. Wie dein Vater. Aber er mußte dich nicht schlagen. Dafür gibt es keine Entschuldigung.«

»Ich bin jetzt seine Feindin«, sagte Emily. »Nicht, daß das eine Rolle spielt.«

»Nein«, widersprach Sylvia. »Du mußt seine Freundin sein. Und Lee sein Freund.«

In der Tür sagte sie: »O mein Gott. Ich war bei den Appletons zum Essen eingeladen, und ich habe ihnen nicht einmal eine Absage bringen lassen. Das ist nicht witzig, Lee. Es gibt keinen Grund zum Lächeln.«

»Was glaubst du denn, warum ich hier im Abendanzug stehe, Sylvia? Ich war auch bei den Appletons eingeladen. Sie haben gesagt, sie hätten eine Überraschung für mich. Vielleicht warst du die Überraschung.«

»Nein«, sagte sie. »Ich glaube nicht. Als Tom in London war, hat er ihnen eines von seinen neuen Bildern geschenkt. Außer ihnen hat es noch niemand gesehen. Sie wollten es für ein kleines Fest aufbewahren. Toms Freunde. Oh, mein Gott.«

»Hilft alles nichts«, sagte ich. »Jetzt ist es zu spät. Und so könntest du ohnehin nicht gehen.« Ich berührte leicht ihre Wange, und sie wich zurück.

»So, wie ich mich fühle. Danke, Lee«, sagte sie.

Und ich begab mich hinaus in die Winternacht, zur King's Road, auf der Suche nach einer Droschke.

Als der junge Patrick Prentiss und ich letzte Woche in meinem Club zusammen aßen und dabei durchaus an dem Tisch gesessen haben könnten, an dem ich vierzehn Jahre zuvor mit Frank Lockwood gesessen hatte, gab ich ihm in knapperer Form Bericht. »O ja«, sagte ich. »Am Abend der Parteispaltung bin ich durch Zufall mit Robert Delaney zusammengetroffen. Am 6. Dezember. Ich weiß nicht mehr genau, wo das war. Vielleicht bei einem Essen bei den Appletons, aber das kann auch an einem anderen Abend gewesen sein. Er hat mir erzählt, was passiert war. Er war sehr aufgebracht, und er hatte ein wenig zuviel getrunken. Die Parnelliten, wie sie dann bald genannt werden sollten, wie Sie wissen, schlossen sich um Parnell zusammen, und einige fuhren nach Irland, um das Land zu seiner Unterstützung zu organisieren. Delaney gehörte natürlich zu ihnen. Es war, als bekäme ich ein Stück Geschichte frisch aus dem Ofen vorgelegt.«

»Mehr als nur ein Stück Geschichte«, meinte Prentiss. »Es hat das Gewebe des Jahrhunderts in der Mitte durchgerissen, hat es zerfetzt. Und es sollte noch schlimmer kommen, viel schlimmer. Als der Kampf nach Irland hinübergetragen wurde. Hat Delaney das gespürt, hatte er irgendeine Vorahnung?«

»Nun ja«, sagte ich, »er war sehr aufgebracht, aber er verriet nicht viel. Mir jedenfalls nicht. Im Grunde war er recht schweigsam.«

»Natürlich«, sagte Prentiss.

Natürlich. So wird die Geschichte, das, was wir Geschichte nennen, geschrieben, sogar von so skeptischen und intelligenten Männern wie dem jungen Prentiss. Der Stoff der Vergangenheit, Delaney betrunken und beleidigend, wie er im Haus seiner Geliebten herumsabbert, von mörderischem Zorn zerrissen – nichts davon kommt in die Bücher. Talleyrand oder jemand wie er hat die Geschichte als eine vereinbarte Lüge bezeichnet, aber in Wirklichkeit gibt es wenig genug Vereinbarungen. Sylvias Brüste, die bleich über dem schwarzen Samt leuchten, Delaneys Zorn auf die Bischöfe, auf jeden, der es wagte, sich gegen Parnell zu stellen; seine primitive Ausdrucksweise: Das alles ist Geschichte, oder sollte es zumindest sein.

Aber für die folgenden Tage steht der junge Mr. Prentiss auf festem Boden. Parnell und mit ihm Delaney verließen London am Abend des 9. und nahmen die Nachtfähre nach Irland. Ein Kabel war vorher geschickt worden, und eine riesige Menschenmenge erwartete ihn, auf den Straßen wurde gejubelt, und bei seinem Hotel begrüßte ihn eine weitere Menge mit Bannern und Musikern. Die sich hin- und herbewegenden steifen Hüte der städtischen und ländlichen Honoratioren verloren sich in einem Meer von Mützen. Der Lärm, das wird das *Freeman's Journal* Mr. Prentiss mitteilen, war ohrenbetäubend, wurde schließlich aber verständlich: »Parnell! Parnell! Parnell!« Bis zum Schluß war sein politischer Instinkt untrüglich: Er hatte gesagt, daß er Dublin halten könnte.

Nur wenige Iren, egal, welcher Politik oder welcher Konfession, Parnelliten, Anti-Parnelliten, Loyalisten, Fenier, Katholiken, Protestanten, können die folgenden zehn Monate vergessen, die mit den Dubliner Menschenmengen anfingen, die Parnell im Hafen empfingen und vor Morrisons Hotel auf ihn warteten; dann folgte die außergewöhnliche Szene am nächsten Tag, als Parnell die Zeitung übernahm – ich habe ihren Namen vergessen

– als er sie mit Gewalt an sich brachte und dadurch dem Land klarmachte, daß er zwar schon in der Vergangenheit rätselhaft gewesen war, daß er aber durchaus noch weitere Karten im Ärmel hatte.

Was die Leute – vor allem junge Burschen wie Prentiss – inzwischen als den »Mythos« Parnells bezeichnen, als ob er irgendein übernatürliches Wesen wäre, ein verdammter König aus einer mesopotamischen Sage, begann, glaube ich, nicht im Jahrzehnt seiner Erfolge, als er als erster nach O'Connell einer Nation eine Form gegeben hatte, sondern an jenem Dezembermorgen, und baute sich in den zehn Monaten, die ihm noch blieben, immer weiter auf. Ich wußte ganz sicher, weiß ganz sicher, daß einige von denen, die ihn damals verabscheuten, irische und englische Tories, nun widerwillig anfingen, voller Bewunderung über ihn zu sprechen und sich zu erinnern, daß er trotz allem von ihrem Blut war, ein protestantischer Kämpfer, der mit dem Rücken zur Wand stand. Und natürlich strömten jetzt, am Ende, die Anhänger des entgegengesetzten Lagers, die Fenier, zu seiner Unterstützung zusammen, denn die Fenier waren inzwischen zu Liebhabern der verlorenen Sache geworden.

32

[Patrick Prentiss / Robert Delaney / Hugh MacMahon]

»Nein«, erzählte Dominick Sarsfield Prentiss seinem Sohn, »ich bin nicht zu seiner Massenveranstaltung in die Rotunda gegangen, und ich bin sicher, daß niemand mich vermißt hat. Ich hatte mich noch nicht von ihm distanziert – warum hätte ich das machen sollen? Ich war kein Parlamentsmitglied, ich war kein Mitglied ihres politischen Apparates oder ihrer Ligen, obwohl Gott weiß, daß ich genug der ihren verteidigt hatte – redselige Journalisten, Moonlighters, patriotische Bettler. Aber ich hielt mich von ihm fern. Niemand hat mich vermißt, darauf kannst du dich verlassen. Die Stadt war den ganzen Tag in Tumult gewesen, von dem Moment an, als das Boot in Kingstown angelegt hatte, und am Abend gab es einen Fackelzug von Morrisons Hotel zur Rotunda, durch die ganze Sackville Street. Diese arme Rotunda, eines der schönsten Gebäude von Dublin, elegantestes 18. Jahrhundert, und wir haben es zu einem Kampfplatz gemacht. Ich kann mir alles gut vorstellen, und du könntest das auch; lies es im *Freeman's Journal* oder besser noch im *United Ireland* nach.«

»Und ich nehme an, daß auch Mr. O'Clery nicht in der Rotunda war.«

»Deine Annahme ist wohl fundiert«, erwiderte Dominick Prentiss lächelnd. »Nun, wo kann er gewesen sein? Healy war unten in Cork und machte Parnell die Hölle heiß. Und ich glaube mich zu erinnern, daß O'Clery nach Kilkenny gefahren war. Es sollte die große Kraftprobe werden, weißt du. Die Nachwahl in Kilkenny. Wenn Parnell sie gewinnen könnte, dann hieß das, daß das Land wirklich hinter ihm stand. O'Clery war bestimmt nicht bei Healy oder Barry oder Murphy oder einem anderen dieser vulgären Schweine. Das Schlimmste an der Spaltung war auf beiden Seiten, daß man in die Gesellschaft von Schurken, streberischen Ladenschwengeln und Stenotypisten geschleudert wurde. Ich hätte Tim Healy niemals als Kanzlisten eingestellt, und sieh ihn dir jetzt an, ein Kronanwalt in Seide. Und sein Aufstieg ist noch nicht beendet.«

»Du warst also nicht auf dieser großen Versammlung in der Rotunda, als Parnell zum König von Dublin ausgerufen wurde. Er muß sich für unbesiegbar gehalten haben, bei dem Jubel und dem Geschrei und der Musik. Nach seiner Rede haben sie sich um ihn gedrängt. Ich habe das *Journal* schon gelesen, Vater, und ich habe mit alten Parnelliten gesprochen, die dabeigewesen sind. Warum stand Dublin so unbedingt hinter Parnell?« In der letzten Zeit hatte sein Vater die Gewohnheit angenommen, ein Thema aufzugreifen und ihm dann aus dem Wege zu gehen. Er redete allerdings kein unzusammenhängendes Zeug. Und sein Auftreten vor Gericht war so penibel wie immer.

»Ich weiß, wo ich an diesem Abend war. Großer Gott, Junge, du redest von dieser Geschichte wie von der Antike, von den Punischen Kriegen. Es war Dezember 1890, Mitte Dezember, wir bereiteten uns alle auf Weihnachten vor. Ich aß an dem Abend im Club, allein. Es waren höchstens ein Dutzend Mitglieder anwesend, und ab und zu sah einer von uns die anderen fragend an. Alle machten das, außer Tisdall-O'Leary-O'Malley, wie er sich selber nannte, der ein bißchen daneben war und der angeblich an einer endlosen Geschichte der Irischen Brigaden schrieb. Ich bezweifle, daß er den Namen Parnell je registriert hat, dieser Glückspilz.«

»Ich hatte einen Tisch mit Blick auf den Park – draußen war es stockfinster, natürlich, aber die Laternen beleuchteten das Gitter, und ich konnte die Winterbäume und den vereisten See ahnen. Ardilaun hat wirklich phantastische Arbeit für uns alle geleistet, als er den Park angelegt hat, es ist gut, ein bißchen vom Land in der Stadt zu haben, nur ein Schritt über die Straße aus einem der Clubs oder aus dem Shelbourne, und man ist da. Es war ruhig genug, als ich mein Essen beendete, aber ich mußte mich durch die Menge vor Morrisons Hotel durchkämpfen, die auf ihren Auserkorenen wartete. Nein, an diesem Abend hatte ich das Gefühl, daß der verrückte Tisdall-O'Leary-O'Malley und ich die einzigen beiden Männer in Dublin waren, die nicht auf dem Rutland Square standen und Parnell zujubelten.«

»Er heißt jetzt Parnell Square«, sagte Patrick. »Oder er wird bald so heißen. Das haben sie vor.«

»Rutland Square, Junge, Rutland Square. Die Namen verändern, um eine momentane Laune zu befriedigen! Mein Gott, was für ein Land. Einen Mann ins Grab hetzen und dann eine Straße nach ihm benennen.«

An diesem Abend (das wußte Patrick Prentiss) erfuhr Parnell, daß *United Ireland*, die Zeitung, die er gegründet hatte, sich in Feindeshand befand. Das erfuhr er auf der Tribüne, und er nickte, als ob er nicht richtig gehört hätte. Am nächsten Morgen sollte er nach Cork fahren, wo Healy und seine Leute Kräfte sammelten, da Munster ihr Operationszentrum war. Parnell jedoch verbrachte die Nacht bei Dr. Kenny und bat Delaney und einige andere, ihn dort am nächsten Morgen aufzusuchen.

Er hatte nicht gefrühstückt«, erzählte Bob Hugh MacMahon drei Tage später, nachdem er selber aus Cork City nach Kilpeder zurückgefahren war. »Er trank nur eine Tasse tintenschwarzen Tee nach der anderen. Der arme Kenny drängte ihn, etwas zu sich zu nehmen. Kenny wurde langsam zu unserem Ärztekorps. Aber Parnell schüttelte den Kopf. Er hatte in der Rotunda schwarz getragen, einen schwarzen, elegant geschnittenen Anzug; nun trug er einen seiner abgenutzten Tweedanzüge und eine Wollweste. Aber jedenfalls hatte er nicht vergessen, sich Haare und Bart zu kämmen, vielleicht hatten die Kennys ihn auch daran erinnert. Dieser Mann ist schwach, aber er strahlt eine endlose Art von zorniger Energie aus, wie ein Hochofen.«

»Bei dir hört er sich an wie der Leibhaftige in einer Pantomime«, meinte MacMahon.

Delaney wollte schon wütend protestieren, unterbrach sich dann aber. »Bei Gott, Hughie, du hast den Nagel auf den Kopf getroffen.«

Leamy und Willie Redmond und John Clancy waren dort, aber Parnell diktierte gerade seinem Sekretär Campbell, der neben ihm saß und Notizen kritzelte. Als Delaney das Zimmer betrat, hielt er inne und legte Campbell einen Moment lang die Hand auf den Arm.

»Wir fahren nach Hause, Delaney«, sagte er.

»Cork City wird zu Ihnen stehen, Mr. Parnell. Cork City ist so solide wie Dublin.«

»Es ist eine verlorene Stadt inmitten eines großen County, sagte Parnell. »Im größten County Irlands.«

»Ich garantiere für Kilpeder«, sagte Delaney. »Kilpeder, Macroom, Millstreet.«

»Kilpeder«, wiederholte Parnell mit freudlosem, aber nicht unfreundlichem Lächeln. »Das Paris des Westens wird es genannt, habe ich gehört.«

»Kilpeder«, erwiderte Delaney, »befindet sich auf dem exakten geographischen Mittelpunkt des Gebietes, das es umgibt.«

Nach einem Moment lachte Parnell. »Gut gegeben«, sagte er zu Campbell. »Der exakte geographische Mittelpunkt. Das gilt auch für meinen Wohnort, für Avondale. Das haben sie gemeinsam, Delaney.«

»Vielleicht werden Sie es sehen«, sagte Delaney. »Vielleicht kommen Sie nach Kilpeder.«

»Ach, das bezweifle ich nicht. Ehe das hier vorbei ist, werde ich in jeder Stadt in Irland gewesen sein, die groß genug ist, um sich eines Hühnerstalls zu rühmen und die wilden Schweine aus ihren Straßen zu vertreiben.«

»Wir sind ein bißchen besser.«

»Sie sind doch Fenier gewesen, nicht wahr? Bei einer Schlacht. Sie waren der Führer in einer Schlacht.«

»Einer Art Schlacht«, korrigierte Delaney. »Und ich war nicht der Anführer.«

»Sie sind einfach zu bescheiden. Sie haben eine Polizeikaserne eingenommen.«

»Mit Verlaub, das haben wir nicht. Wir haben es versucht, aber es ist uns nicht gelungen.«

»Jetzt haben Sie die Chance, Ihre Ehre wieder herzustellen. Wir werden die Büros unserer Zeitung wieder übernehmen, und wenn sie uns irgendwelchen Widerstand entgegenbringen, dann werden wir uns den Weg hinein erkämpfen.«

Bob starrte ihn an, dann Leamy und Redmond, und dann zog er unaufgefordert einen Stuhl vom Eßtisch zu sich heran und setzte sich.

»Sie können das nicht ernst meinen, Mr. Parnell.«

»Wenn es sein muß, dann werden wir die Redaktion mit der Waffe erobern.«

»Wenn es sein muß«, wiederholte Delaney. »Aber welche Waffen würden wir denn wählen?«

»Einen Mob, Delaney. Ein Dubliner Mob ist weiß Gott die schrecklichste Waffe auf der Welt.«

»Ich war eine Zeitlang Fenier«, erwiderte Delaney. »Aber nun bin ich schon seit einer Reihe von Jahren Anwalt. Wir können nicht mit brutaler Gewalt Gebäude einnehmen – und schon gar nicht in der Abbey Street, mitten in Dublin.«

»Ihr Juristen könnt den Fall nachher klären. Tatsache ist, daß uns ein Kampf bevorsteht und daß ich diese Zeitung brauche. Wir haben sie gekauft, bei Gott, und haben William O'Brien als Redakteur eingesetzt, haben seinen Ruf gemacht. Jetzt ist er zum Feind übergegangen und hat einen kleinen Parvenu zum Redakteur vom Dienst ernannt. Wie heißt er noch, Leamy?«

»Matty«, antwortete Leamy. »Matty Bodkin. Ein anständiger Bursche.«

»Aber Sie werden einen besseren Chefredakteur für uns abgeben. Sie werden Ihre Zeit nicht damit verschwenden, daß Sie Ihr Mäntelchen nach dem Wind drehen.« Parnell schob die Papiere auf den Tisch vor ihm zu Campbell hinüber. »Wenn Sie mir ein Ei bringen würden«, sagte er, »ein ganz normales Ei.« Er trank seinen inzwischen sicher lauwarmen Tee und goß sich aus der blauweißen Kanne neuen ein.

»Mr. Parnell«, sagte Willie Redmond. »Was Delaney meint, ist, glaube ich, daß Sie nicht ohne irgendeine Handhabe in irgendwelche Gebäude eindringen können. Brauchten wir vielleicht eine Räumungsklage? Bob?«

Aber Bob war zu tief in seine Gedanken versunken, um zu antworten. Schließlich sagte er: »Das ist seit einigen Jahrhunderten die Theorie, Willie. Aber vielleicht ändert sich das.«

»Hatten Sie eine Räumungsklage, Mr. Delaney«, fragte Parnell »als Sie versucht haben, die Polizei aus der Kaserne von Kilpeder zu vertreiben?«

Er nahm das rohe Ei, das Campbell ihm auf einer Untertasse gebracht hatte, schlug es in ein Cognacglas und verschluckte es.

»Fast wie ein Jagdfrühstück, was? Nicht so verfeinert, wie alles sein mußte, als ich die Jagd geleitet habe. Einfach ein Jagdmorgen, wissen Sie. Bleakley, mein Rüdemeister, schlug den Eiern immer mit seinem Wilderermesser den Kopf ab, und dann tranken wir sie. Er füllte die Schalen mit Brandy. Der fehlt mir jetzt.«

»Es war eine kriegerische Handlung«, erklärte Delaney. »Der Angriff auf die Kaserne.«

Parnell sah ihn an, nur seine tiefliegenden brennenden Augen waren nicht ruhig. »Eine kriegerische Handlung«, sagte er. »Ja, gut. Eine kriegerische Handlung.«

»Wißt ihr, Hughie, Vincent«, sagte Delaney ein paar Tage später in Kilpeder. »Da wußte ich, daß ich zu ihm halte, egal, was auch passiert. Es ging über Politik, über Recht und Unrecht hinaus. Ich brauche keine Argumente, weder seine noch die der anderen Seite. Jungs, ich habe keine Ahnung, wie sich in Dublin die Nachricht verbreitet hat, daß wir, daß Parnell die Zeitung besetzen wollte. Aber in der Abbey Street stand schon eine Menschenmenge. Der Kutscher wußte nicht, was er machen sollte, aber Parnell stieg aus, kletterte auf den Kutschbock und nahm dem Kutscher die Zügel ab, dann rumpelten wir in vollem Tempo durch die Abbey Street, und die Menge teilte sich so gut wie sie konnte, wie die Fluten des Roten Meeres. Vor dem Zeitungshaus ließ er die Zügel fallen, als ob er für sie keine Verwendung mehr hätte, sprang zu Boden, ging zur Tür und hämmerte dagegen. Sie warteten schon auf uns, und die Tür war verschlossen und verriegelt. ›Matty‹, hörte ich mich ins Redaktionsfenster rufen, ›sei kein verdammter Wurm. Mach uns die Tür auf.‹ Aber drinnen blieb alles still, obwohl das Fenster im ersten Stock keine Gardinen hatte und wir sehen konnten, daß sich drinnen etwas bewegte, dann erschien ein Gesicht, verschwand, und ein anderes Gesicht tauchte auf. Parnell ballte die Hände zu Fäusten und schlug auf die Tür ein. ›Laß mich rein, du elender kleiner Sperling!‹ Natürlich kam keine Antwort. Simple Furcht, wenn schon nichts anderes, hielt sie wohl davon ab. Die Menge brüllte, es klang ganz schrecklich. Parnell drehte sich wütend zu uns um. ›Jemand soll mir ein Stemmeisen geben‹, sagte er. Und bei Gott, es kamen Arbeiter von einer nahegelegenen Baustelle, und drei Minuten später hatte er ein Stemmeisen und Patsy Fitzgerald eine Spitzhacke in der Hand. Einige von uns versuchten, durch die Kellerfenster ins Haus zu gelangen, aber die meisten waren bei Parnell, der mit ungestümer Wut ans Werk ging, dann überließ er das Stemmeisen aber geübteren Händen, und die Tür wurde mit langem, lautem Krachen aus den Angeln gerissen. Nun strömten wir alle ins Haus, gerade, als die anderen aus dem Keller hochgestürzt kamen. Parnell überschritt als erster die Schwelle, und ich war nicht weit hinter ihm, wir beide waren total eingestaubt und verdreckt. Matty Bodkin und zwei seiner

Unterredakteure starrten uns an, und Parnell musterte sie wütend, er sagte kein Wort und hatte auch nicht vor, etwas zu sagen. ›Tja, Matty‹, sagte John Clancy einigermaßen ruhig zu ihm. ›Gehst du von selber, oder möchtest du rausgeschmissen werden?‹«

»Und das alles«, sagte Vincent Tully in Kilpeder zu Delaney, »das alles in der achtbaren, gesetzestreuen Stadt Dublin.«

»Achtbar, jawohl«, erwiderte Delaney. »Weißt du, wer John Clancy ist? Er ist der High Sheriff für Dublin.«

John Philpott Adams«, erzählte Dominick Prentiss seinem Sohn, »hatte an diesem Morgen das Pech, sich in der Upper Abbey Street zu befinden. Du erinnerst dich sicher an John Philpott Adams, einen anständigen protestantischen Kronanwalt, einen kleinen Mann, der die Gesetze sehr gut kannte. Einige Aspekte der Gesetze. Er stand da wie angenagelt, sah alles, und jemand schlug ihm den Hut vom Kopf; er gab in der Bibliothek der Four Courts einen Bericht der Ereignisse. Sie schwärmten in den zweiten Stock, und sie haben sogar ein Fenster herausgenommen, haben es aus dem Rahmen gerissen – vielleicht gehen Stemmeisen und Spitzhacken ins Blut – und als nächstes sah Jonny, daß Parnell in der Fensteröffnung stand und die Menge losbrüllte. Er stand ganz ruhig da, ohne eine Bewegung, und er umfaßte seine Ellbogen, wie es seine Angewohnheit war. Ich kann mich an Johnny Adams' Worte noch genau erinnern. Die Leute, sagte er, waren wie gebannt. Sie hatten natürlich gebrüllt, das Gebrüll von Dublin, wenn es irgendeine Leidenschaft oder auch nur simple Aufregung wittert. Aber plötzlich war alles still. Und dann sagte Johnny Adams – und an diese Worte erinnere ich mich fast wortwörtlich: ›Ich verspürte eine tödliche Spannung, wie angesichts eines Tigers, der vor Wut außer sich war. Dann sprach er, nur ein paar Worte, und seine Stimme war noch schrecklicher als sein Aussehen.‹ Da saß Johnny, in der Bibliothek, er trug immer noch seinen Mantel und seinen arg verbeulten Hut. Irgendein anständiger Bursche in der Menge, erzählte er mir später, hatte den Hut aufgehoben und ihn mit dem Ärmel abgewischt. Die Straßen waren vom Dezembermatsch verdreckt.«

»Konnte sich Mr. Adams an die Worte erinnern?« fragte Patrick Prentiss seinen Vater.

»Wir halten Dublin«, hatte Parnell gesagt. »Ich verlasse mich auf Dublin. Dublin ist unsere Festung. Dublin ist treu. Was Dublin heute sagt, sagt morgen ganz Irland.« Mit verschränkten Armen stand er, Adams zufolge, da, dann ging er rückwärts ins Zimmer zurück, und die Männer, die um ihn herumstanden, verbargen ihn vor den Blicken der Menge in der Abbey Street.

»Man braucht fünfzehn Minuten, um vom Gericht in die Abbey Street zu gehen«, sagte Dominick Prentiss. »Nein, zehn. Aber es war so, als ob Johnny uns Nachrichten von irgendeinem Schlachtfeld gebracht hätte, aus Austerlitz oder Waterloo vielleicht, nicht aus einer Straße im wirtschaftlichen Zentrum einer Provinzstadt. Außergewöhnlich. Und mir ist nicht als einzigem dieser Gedanke gekommen, denn irgendwer, ich glaube, es war Stephen Ronayne, sagte: ›Er ist nicht zurückgekommen, um eine Nachwahl zu gewinnen, sondern um einen Krieg zu führen.‹ Und außerdem fiel eine sehr seltsame Bemerkung, seltsam, wenn wir bedenken, woher sie stammte. Edward Carson, ja, Carson, ›Balfours Hund‹, wie sie ihn nannten, der ›blutige Carson‹, der Staatsanwalt, suchte seine Papiere zusammen und erhob sich, mit einem Lächeln auf seinem harten, langen, orangistischen Henkergesicht. ›Einen Krieg‹, sagte er, ›und zwar die schlimmste Sorte, einen Bürgerkrieg. Mögt ihr im Kampf untergehen, ihr beiden Fraktionen.‹ Dabei sah er mich direkt an. Carson und ich sind immer gut ausgekommen, weißt du; er ist ein überzeugter Tory, aber kein Fanatiker. ›Ich wußte doch, daß wir mit deinen guten Wünschen rechnen können, Ned‹, erwiderte ich. ›Aber immer‹, sagte er, ging zur Tür und fügte dann hinzu, ohne sich zu mir umzudrehen: ›Ich weiß, auf welcher Seite ich stehen würde. Dieser Bursche ist vielleicht ein Schurke, aber beim Zeus, kämpfen kann er.‹ – ›Protestantisches Blut, Ned‹, rief ich ihm neckend hinterher. ›Am Ende zählt das.‹ Er stand gerade in der offenen Tür und drehte sich dann kurz um, um mich anzulächeln, und obwohl sein Lächeln umgänglich sein sollte, Anwaltsbrüder et cetera, hat die Natur es nicht gut mit ihm gemeint, und ich sah keinen Dubliner Anwalt, wütend, aber fair in seiner Arbeit, sondern das Lächeln ihres ganzen verdammten Empires, wie es sich gemütlich zurücklehnte, um zuzusehen, wie wir uns selber in Fetzen reißen.«

Und da stehen wir nun«, sagte Bob zu uns, zu Vincent und mir in meiner Küche. »Cork steht zu uns, bei Gott. Cork steht unerschütterlich zu uns, der Healyclan kann sich zum Teufel scheren. Wirklich, Jungs, zwischen Dublin und Cork gab es keine einzige Stadt, wo die Jungs nicht warteten, um uns zu ermutigen und dem Chef zuzujubeln. Und in Cork City hat uns eine riesige Menschenmenge ins Victoria geleitet. Er hat in dieser Stadt in zwei Tagen vier Reden gehalten, und alle Versammlungsräume waren überfüllt. ›Cork steht zu uns‹, sagte er nach einer seiner Reden zu mir. ›Dublin und Cork stehen zu uns. Sie sollten stolz darauf sein, daß Sie aus Cork sind, Delaney.‹«

»Aber das war Cork City«, sagte Vincent und goß aus seiner Taschenflasche aus massivem Silber, der Flasche, die er schon 67 benutzt hatte, oder ihrer Nachfolgerin, Whiskey in unseren Tee, für Bob einen doppelten Schuß.

»Ja«, sagte Bob und blickte von seinen Spiegeleiern auf. Mary war mit unserem Jüngsten zu den Großeltern gefahren, und Brian und ich mußten uns ernähren, so gut wir konnten. Ich mache sehr gute Spiegeleier. »Ja, Cork City. Sprich weiter, Vincent.«

»Ich wäre mir an deiner Stelle beim County nicht so sicher«, sagte Vincent. »Das sollte ein warnendes Wort sein.«

»Ach, Mallow!« meinte Bob. »Was kann man von Mallow schon erwarten? William O'Brien kommt aus Mallow, und sieh ihn dir doch an. Ein Zeilenschinder, der wie ein kühner Fenier-Freibeuter durch die Gegend stolziert.« O'Brien hatte sich wie Dillon von Parnell distanziert; sie hatten sozusagen noch nicht zu den Waffen gegriffen, aber ihr Kurs war klar. Davitt hatte sich fast von Anfang an von ihm distanziert.

»Vincent«, sagte ich, »denkt an Orte, die näher an Zuhause liegen als Mallow.«

Bobs Messer und Gabel schwebten immer noch bewegungslos über seinem Teller, und er starrte mich an. Sein Spott über Mallow hatte nur Zeit gewinnen sollen.

Vincent zuckte die Schultern. »Die Bischöfe haben sich geäußert, Bob. Das weißt du so gut wie ich. Und seit der Messe am letzten Sonntag gibt es außer den Protestanten keinen Mann, keine Frau und kein Kind in Kilpeder, die das nicht wissen.«

»Meagher hat es von der Kanzel verkündet?« fragte Bob.

»Das konnte er ja wohl nicht«, sagte ich. »Es war schließlich keine Enzyklika. Aber Parnell ist in unmißverständlicher Sprache von den Bischöfen verurteilt worden. Und das hat Meagher uns mitgeteilt.«

»Uns«, wiederholte Bob verächtlich und wandte sich wieder seinen Eiern zu. »Und was haben ›wir‹ getan, als ›wir‹ gehört haben, daß unser Führer vom Altar herab verurteilt wurde?«

»Es wurde still«, antwortete Vincent. »So still, man hätte eine Maus furzen hören können. Und ich habe mich gerade noch rechtzeitig auf meiner Bank umgedreht, um zu sehen, wie Lanty Hanlon und seine Leute, vielleicht ein halbes Dutzend, aufstanden und gingen. Du kennst sie ja. Sie sind wenige, und ihre Frauen schämen sich für sie, heißt es. Die Organisation.«

Eine zutreffende Bemerkung. Falls es in Kilpeder überhaupt noch Fenier gab, dann konzentrierten sie sich um Lanty Hanlon, den Hufschmied, und um ein paar reizbare junge Landarbeiter und Ladengehilfen, mit denen er Wallfahrten nach Clonbrony Wood unternahm, und denen er *Reden von der Anklagebank* und das Buch über Wolfe Tone zu lesen gab.

»Ja«, sagte Bob, »Lanty und die Jungs. Gott helfe uns. Und was hat der Rest von uns gemacht?«

»Wir haben an der Messe teilgenommen«, antwortete ich. »Einige sind zur Kommunion gegangen, und dann sind wir nach Hause zurückgekehrt.«

»Zu glücklichem oder traurigem Mittagessen, je nachdem«, sagte Vincent.

»Als Meagher in seinem Meßgewand aus der Kirche kam, war er sofort von einer Menge von Männern umringt.«

»Ich höre mir an, was die Leute sagen, Bob«, sagte Vincent. »Ich halte die Ohren offen. Du wirst von Macroom bis zur Grenze einen harten Kampf auszufechten haben.«

»Du hörst deinen Vater beim Sonntagsessen«, sagte Bob, »und jeden bankrotten verkommenen katholischen Krautjunker zwischen Kilpeder und Killarney. Aber mit denen werden wir unseren Kampf nicht führen.«

»Ich höre auch andere, Bob«, erwiderte Vincent mit einer unter diesen Umständen lobenswerten Sanftheit. »Und ich sage dir nur, daß dir ein harter Kampf bevorsteht. Daß er *uns* bevorsteht, sollte ich vielleicht sagen.«

Bei dieser Korrektur lächelte Bob. Für einen Moment waren seine kleinen, regelmäßigen Zähne zu sehen. »Du stehst also auf unserer Seite, Vincent. Natürlich tust das, Ihr beide, natürlich tut ihr das.«

»Daran brauchst du doch wirklich nicht zu zweifeln, Robert Delaney«, sagte ich.

Vincent stützte seinen Ellbogen auf den Tisch und zeigte mit dem Finger auf Bob, zögerte und sagte dann: »Du weißt doch, Bob, nicht wahr, daß es für Hugh bei dieser Sache ein kleines Risiko gibt. Er ist der Schulmeister, und Pater Meagher bestimmt über die Schule. Es wird sehr hart zugehen, im ganzen Land.«

»Du hast natürlich recht«, sagte Bob betroffen.

Aber ich schüttelte den Kopf. »So weit ist es noch nicht gekommen. Es hat doch keinen Sinn, den Sorgen auch noch hinterherzulaufen. Ich bin ein vorsichtiger Mann, das wißt ihr doch.«

»67 warst du nicht vorsichtig«, sagte Bob, »als du die Hütten eingenommen und bis zum Ende gehalten hast.«

»*Jung* ist vielleicht ein besseres Wort für das, was ich damals war«, sagte ich wegwerfend. »Es gibt noch Tee, Vincent, wenn es auch noch Whiskey gibt.«

»Fogarty«, sagte Bob. »Ich werde Fogarty brauchen. Was wißt ihr über ihn? Wo steht er?«

»Er hat alle Hände voll zu tun«, sagte Vincent, »mit den armen Teufeln, die Howard und Chute vertrieben haben, und er muß den Boykott von Lughnavalla durchsetzen und noch zwei andere, um weiter Druck zu machen. Das alles hat sich nicht in Luft aufgelöst, nur weil es wegen Mrs. O'Shea und den Bischöfen und Mr. Gladstone noch ein paar unwichtige Probleme mehr gibt.«

»Ich muß es aber wissen«, sagte Bob. »Und ich habe wenig Zeit. Ich fahre morgen nach Kilkenny. Ich versuche, ihn morgen früh zu besuchen, ehe er frühstückt.«

»Überlaß Fogarty mir, Bob«, sagte Vincent. »Wir sind alte Angelkameraden. Brüder im Orden der Forelle.«

Wieder lächelte Bob, diesmal entspannter, und streckte seine Hände zu einem päpstlichen Segen aus. »Sei hinfort ein Menschenfischer, Simon Vincent.«

Vincent griff nach seiner Flasche. »Unseren Mägen zuliebe«, sagte er. »Wir drei sind sehr priesterlich, nicht wahr?«

Als ich später allein war, und noch viele Male danach, habe ich mich meiner müßigen Phantasie ergeben und die Abbey Street im Herzen Dublins vor mir gesehen – die Menschenmenge, die ich nicht so sehe wie Menschenmengen aus der Wirklichkeit, sondern als Bild, als Lithographie, wenn Sie so wollen, allerdings in Bewegung, wie diese Kameras, die es jetzt gibt, die flackernde Bilder auf eine Leinwand werfen, damit uns die Vergangenheit nicht mehr verlorengeht, sondern immer zugänglich sein wird, verzerrt und verharmlost, nur ein Krähenfuß in der Erinnerung einer Maschine, alles stumm, nicht belebt durch eine Stimme – die Menge, ungestüm in ihrem Schweigen, und dann der Moment, als die Geschichte in der Schwebe hing, als Parnell, der uns mit der Meisterschaft seines kalten, gesammelten Schweigens bezwungen hatte, einem Arbeiter das Brecheisen entriß, um eine Tür einzuschlagen, als er später völlig eingestaubt und wütend dastand. Wütend wie ein Tiger, so hatte ihn Bob beschrieben. Ich habe mir diese Szene vorgestellt als die Szene, die unser Leben für immer verändert hat, nicht wie die Szenen, die für mich keine Bedeutung hatten: Parlament und Scheidungsgericht und eichengetäfeltes Komiteezimmer.

»Wir werden sie zerschlagen«, sagte Bob, »macht euch da keine Sorgen, Jungs. Der verdammte Pope-Hennessy unten in Kilkenny. Bildet sich ein, er könnte für die Partei sprechen und im selben Atemzug ihren Führer verurteilen. Und hinter ihm steht eine Bande von Drückebergern und Gombeen-Männern. Und dabei war Pope-Hennessy vor der Spaltung unser auserwählter Mann, vom Chef selber ausgesucht, doch jetzt kommt ein kühler Wind vom Altar auf, und schon wendet er sich gegen uns.«

Vincent bot wieder die Flasche an, aber Bob schüttelte den Kopf.

»Drei Whiskey pro Tag, das ist meine Quote. Und, Jungs, ich hätte wirklich keinen besseren Ort fürs Zuschlagen aussuchen können als Kilkenny.«

Später, auch diesmal erst später, und als ich allein war – das scheint das Requisit für meine Gedankenprozesse zu sein – senkte sich die Last dieser Pronomen auf mich, die sich in den kommenden Wochen und den wenigen Monaten, die uns noch blieben, auf uns alle senken sollten und die uns immer noch belasten. Denn wir hatten noch nicht erfaßt, was »sie« und »wir« bald bedeuten sollte. »Wir« bedeutete uns, Parnelliten und Anti-Parnelliten gleichermaßen, denn »wir« waren »sie« und »sie« waren »wir«. Den Engländern war das nie gelungen. Wir krempelten unsere Ärmel hoch und machten uns daran, uns selber zu zerstören. »Wir« schlugen auf »sie« ein, wie Gog und Magog.

33

[Patrick Prentiss / Robert Delaney / Hugh MacMahon]

»Ich habe manchmal gedacht«, sagte Hugh MacMahon zu Patrick Prentiss, »daß Sie nur durch Magie oder durch die flakkernde Scheinmagie der neuen Geräte Bob Delaney so kennenlernen könnten, wie er an dem Abend vor der Wahl in Kilkenny und sogar noch danach war. Kilkenny, Sligo, Carlow – drei Wahlen hintereinander, jede auf schmutzigem Terrain ausgekämpft, Gog schlägt auf Magog ein, so habe ich es für mich selber ausgedrückt. Kilkenny, Sligo, Carlow, und jede Wahl eine Niederlage. Kilkenny war kein Todesstoß, sondern eher ein verwirrender Rückschlag, aber Sligo zwang uns eine böse Vorahnung auf, und Carlow brachte die Gewißheit darüber, was passierte, und deshalb kam Bob von jeder Wahl nur rücksichtsloser, bitterer und scharfzüngiger zurück.«

In späteren Jahren wiederholte Delaney diese Namen, wenn er allein war, eine unheilvolle Litanei – Kilkenny, Sligo, Carlow. Während des Wahlkampfes in Kilkenny hatte er angefangen, einen Revolver bei sich zu tragen, ohne zu wissen, warum – es war nicht nur wegen der Gefahr, die der Mob langsam darstellte, während die Fenier als inoffizielle Leibwächter fungierten und Parnells Post Morddrohungen enthielt, die in verstaubten Provinzstädten auf ihn warteten.

Nicht daß Kilkenny verstaubt gewesen wäre, es war eine recht schöne Stadt – einst war es immerhin die Hauptstadt des normannischen Irlands gewesen – dominiert von der riesigen Burg der Butlers, die sich über der Nore erhob, und in den Straßen gab es, eingeklemmt zwischen Läden und Schenken, Häuser, die schon seit Jahrhunderten alt waren, die Häuser der großen Kaufmannsfamilien des Mittelalters und der Tudorzeit.

Delaney ging durch die Straßen zum Victoria Hotel, dessen Front eine gelbe, nur unvollkommen weggewischte und verschmierte Schrift aufwies: »Kitty O'Shea«. Das Foyer war überfüllt mit Männern, schwerer Tabaksgeruch hing in der Luft; Rufe waren aus der Bar zu hören. Jamesey Grace hielt ihn auf der mit Teppich belegten Treppe an. »Er ist im großen Zimmer vorn«, sagte Grace, »hinter dem Salon. Er sieht schlecht aus, Bob, erschöpft und mitgenommen; aber in ihm brennt ein Feuer. Die anderen sind vor uns gekommen; sie haben das Imperial übernommen – Healy, Barry, die ganze Blase. Sogar Davitt ist hier. Aber bei Gott, Bob, wir werden sie in die Flucht schlagen – in North Kilkenny und Castlecomer gibt es rauhe Burschen, die Leute in den Bergen stehen auf unserer Seite; die Organisation hat uns Unterstützung und Schutz angeboten, falls es Ärger gibt. Kannst du dir das vorstellen, Bob, du und ich nach all den Jahren, und jetzt arbeiten wir wieder mit der Organisation zusammen!«

Jamesey Grace war 67 dabei gewesen, einer der Männer aus Limerick, das hatte ihm drei Jahre – oder fünf? – in Dartmoor eingebracht. Jetzt sah er aus wie ein Politfunktionär, ein Land League-Sekretär, mit leichtem Bauchansatz, seine hellblonden Haare wurden oben schon dünner, sein Gesicht war bei den meisten Gelegenheiten gelassen, jetzt jedoch rot angelaufen, und seine Augen waren wachsam und aufgeregt. Er sieht aus wie ich, dachte Delaney und legte ihm freundlich die Hand auf den Oberarm, um an ihm vorbeizugehen, während Grace lieber noch stehengeblieben wäre.

»Zwei Gruppen von Iren«, sagte Delaney, »die sich gegenseitig aufschlitzen wollen, die eine Gruppe sitzt in einem Hotel namens Victoria, die andere im Imperial.«

»Nun ja«, sagte Grace. »Name ist Schall und Rauch.«

»Merk dir das«, meinte Delaney. »Wir finden nicht jeden Tag einen schönen Ausdruck.«

Parnell hatte sich in einem tiefen Sessel in der Wärme des Torffeuers ausgestreckt, seine Füße ruhten auf einem zweiten Sessel, einige Papiere lagen auf seinem Schoß. Grace hatte recht gehabt; er sah müde und abgekämpft aus, sein gutgeschnittenes bärtiges Gesicht war bleich.

»Morgen wird es regnen, Delaney«, sagte er. »Aber wir haben Veranstaltungen in sechs Städten, und wir werden dort sein, egal, wie scheußlich der Himmel aussieht. Die Renegaten waren schon dort, Healy und Davitt – diese elende Dohle Davitt, eine Dohle mit einem Flügel, und der ist beschnitten, damit er nicht fliegen kann.«

Die Häßlichkeit dieses Bildes traf Delaney wie ein Schlag. Parnell las es in seinem Gesicht.

»Oho«, sagte er. »Wie gemein, so etwas zu sagen. Das stimmt. Ich verliere die Kontrolle über meine Zunge, sie rennt, wohin sie will, wie ein reiterloses Pferd. Und es ist mir total egal. Ich kann jetzt endlich sagen, was ich schon jahrelang sagen will, Jahre, in denen ich politisch geschickt und zurückhaltend war. Das ist vorbei. Die Burschen, die wir jetzt auf unserer Seite brauchen, haben wenig Interesse an guten Manieren. Das weiß Davitt. Ich habe gehört, was er auf Rednerbühnen über mich gesagt hat. Und im Vergleich zu diesem Köter Healy ist er nichts. Er hat seine Zunge nicht nur gegen mich gewandt. Er wird es bereuen, das verspreche ich Ihnen. Wenn es sein muß, dann werde ich ihm mit der Peitsche kommen, mit einer ganz normalen Kutscherpeitsche.«

»Vielleicht gibt es keinen Regen«, erwiderte Delaney. »Es ist ein klarer Abend. Ein schöner Abend.«

Parnell lächelte. »Sie sind ein Mann von großer Diplomatie und feinem Takt geworden, Delaney. Die Zeit hat Wunder an Ihnen gewirkt. Das ist vielleicht nicht nur gut. Von jetzt an werden wir nicht die saubersten Waffen verwenden.«

»Sie brauchen sich meinetwegen keine Sorgen zu machen«, sagte Delaney. »Ich bin durch eine harte Schule gegangen, und ich habe ein gutes Gedächtnis.«

An jenem Abend, erzählte er MacMahon, hatten wir jedoch noch kaum eine Vorstellung davon, welche Waffen wir brauchen würden. In Castlecomer konnten wir unsere Kundgebung durchführen, auch wenn gebrüllt und gehöhnt wurde, und in Castlecomer sahen wir zum erstenmal Burschen, die das, was sie »Kitty O'Sheas Unterhose« nannten, an Zweigen befestigt hatten. Zuerst konnten wir nicht begreifen, was das darstellen sollte oder was die Männer brüllten, aber schließlich ging es uns doch auf, und ich sah Parnell ein oder zwei Schritte zurücktreten, als ob er stolperte. Unsere Leute zahlten es ihnen aber mit gleicher Münze heim; Schlehdornknüppel wurden geschwungen, es gab blutige

Köpfe – es war wie einer der alten Dorfkämpfe zur Zeit unserer Großväter.

Als wir abfuhren – ich saß zufällig in seinem Kremser – warteten sie auf uns und bewarfen uns mit Steinen und Torfbrocken. Parnell wurde von einem Stein am Auge getroffen, einige behaupteten sogar, der Stein sei vorher in ungelöschten Kalk getunkt worden. Dr. Hackett war Gott sei Dank bei uns. Parnell saß stumm da, bis wir wieder in der Stadt in Sicherheit waren – die Stadt Kilkenny hat bis fast ans Ende zu uns gehalten. Er sagte nur zweimal etwas, und jedesmal hatte es mit Details über die Wahlkreise zu tun, als ob wir von einer ganz normalen Veranstaltung nach Hause führen und uns nichts Aufregenderes bevorstünde als Lachsbrote. Er war totenblaß, barhäuptig, sein Bart war struppig geworden, und der improvisierte Verband hing über dem verletzten Auge.

Nein, es kam noch etwas zu diesem Aussehen dazu, und Davitt war inzwischen in der Unmenschlichkeit, die uns alle überkam, schon so weit gegangen, daß er es aussprach: »Ist Mr. Parnell wahnsinnig?« fragte er. »Seine Taten weisen Anzeichen von Wahnsinn auf, an denen niemand zweifeln kann.« Und als diese Worte erst einmal ausgesprochen waren, wurden sie von Healy und MacDermott und den Burschen, die mit ihnen Gossen und Kloaken teilen, aufgegriffen. Bewußt zitierten sie Davitt falsch. »Liegt hier Wahnsinn vor? In der Familie gibt es Wahnsinn, schon seit Generationen. Die wahnsinnigen Parnells.« In den Straßen Irishtowns stieß ich auf Billy Cummings. Wir kennen uns sehr gut aus alten Zeiten, aber nun stand er auf Healys Seite.

»Nun sag mir, Billy«, fragte ich, »ist diese wilde Geschichte über den Wahnsinn erst kürzlich ans Licht gekommen? Gestern hat dein Spezi Healy in Thomastown seinen Zuhörern erzählt, daß wir uns nicht von einem Wahnsinnigen anführen lassen dürfen, der reif fürs Irrenhaus ist. War dieses düstere Geheimnis dir und Tim Healy verborgen, als Tim letztes Jahr ›Charles Stewart Parnell, dem Mann, den der Himmel gesandt hat, um sein auserwähltes Volk zu führen, unserem ungekrönten König‹ gehuldigt hat? Wie ist das nun, Billy?«

»Wir waren zu weit gegangen«, sagte Billy. »Du hast recht, wir hatten einen verdammten gesalbten König aus ihm gemacht, und danach konnten wir nur noch das Beste hoffen. Aber in den letzten beiden Jahren haben wir die Partei selber geleitet, du und ich und Tim und die anderen. O'Brien und Dillon und du führten den Kampagneplan durch; ohne euch drei hätte niemand einen verdammten Finger für die vertriebenen Armen in Galway und Tipperary und Cork gerührt. Und jetzt ist die Zeit gekommen, um die Wahrheit zu sagen. Seit zwei Jahren ist er schon nicht mehr bei uns gewesen, sondern war in Wahnsinn verfallen und hat sich an der Fotze seiner Hure zu schaffen gemacht.«

Es gab nur eine einzige angemessene Reaktion. Ich setzte meine Füße fest auf das Pflaster von Irishtown und haute ihm eine rein. Ohne daß ich mir darüber im klaren gewesen war, hatte ich die Wahrheit gesprochen, als ich zu Parnell sagte, ich sei durch eine harte Schule gegangen und hätte ein gutes Gedächtnis. Während er immer noch unter Schock stand, zielte ich auf sein Ohr, verfehlte es aber und traf ihn seitlich am Hals, in der Nähe der Kehle. Der zweite Schlag warf ihn auf die Knie, und er kniete auf dem Pflaster und hielt sich eine Hand an seinen verdammten Mund. Er sah verblüfft aus. Ich kniete mich neben ihn, aber er schob mich mit seiner freien Hand von sich weg. Ich trat hinter ihn, faßte ihn unter den Achselhöhlen, zog ihn hoch, und er drehte sich zu mir um. Er schien mich schlagen zu wollen, dann ließ er seinen Arm jedoch sinken, und ich gab ihm mein Taschentuch. Da standen wir, zwei Männer mittleren Alters, wie zwei junge Burschen in einer Gasse.

»So wird das alles enden, Bob«, sagte er, und ich nickte. »Erinnerst du dich an das andere Irishtown? 79? In Mayo, als Davitt das Banner entfaltet hat.«

»Ich erinnere mich«, sagte ich. »Aber ich war damals nicht dabei.«

»Aber du bist dann bald genug gekommen, Bob«, erwiderte er. »Wir sind von Anfang an dabeigewesen, du und ich. Und jetzt sieh dir uns beide an!«

Ich bürstete den ärgsten Dreck von seinem Mantel – keiner von uns dachte daran, nach seinem Hut Ausschau zu halten, und wir trennten uns und gingen in entgegengesetzte Richtungen davon.

Nun, das war Kilkenny, Hugh. Oh, aber es kam noch etwas dazu. Ich hatte mich mit einigen der loyal gebliebenen Männer aus Castlecomer getroffen – nicht, daß es davon so viele gäbe; Castlecomer war ein wunder Punkt; sie hatten ihr Feld gut bestellt, Healy und Davitt, meine ich – und ich ging gerade ins Hotel, als ein junger Mann von vielleicht Mitte Zwanzig auf mich zukam

– ein einfacher Bursche, weißt du, Stoffmütze und schlechte Zähne – und sagte, ein Mann wollte bei Delargy mit mir sprechen.

»Was zum Teufel ist Delargy?« fragte ich.

»Eine Kneipe«, antwortete er.

»Nun«, sagte ich, »gehen Sie vor. Ich spreche mit jedem, und meine Kehle ist trocken.« Das alles stimmte auch.

Ich folgte ihm durch die Gassen und diese Bögen, die sie in Kilkenny haben – ich schwöre bei Gott, man sollte denken, man wäre in die Tage der Normannen zurückversetzt – und ich will verdammt sein, wenn wir nicht schon wieder in Irishtown waren, dem Schauplatz des großen Boxertreffens Cummings gegen Delaney, und dann gingen wir in eine Schenke, die selbst eine Shebeen wie die von Grennan hier in Kilpeder noch übertraf – halb Laden und halb Tränke, aber immerhin mit einem Separee samt Tür, an die der junge Spund klopfte, und drinnen saß an einer Seite des Tisches, hinter einem Glas und flankiert von zwei Männern, die mit dem Rücken zur Wand saßen, Jeremiah Mulcahy, heil und gesund, vom Obersten Rat der Irish Republican Brotherhood, deren Eid ich gebrochen hatte, als ich die Hand nach der Land League ausgestreckt hatte.

Ich erinnere mich noch an seinen Besuch«, sagte ich zu Bob. »Er saß in deinem Büro, höflich und beleibt, und hatte seine Haare eingeölt, um eine kahle Stelle wie eine Tonsur zu verbergen, er war das absolute Idealbild eines Handelsreisenden, und überhaupt nicht der Desperado, als der ein Angehöriger der Kommandozentrale der Fenier doch immer betrachtet wird. Aber er hat uns mit Glocke, Buch und Kerze aus der Organisation ausgestoßen.«

»Das ist zehn Jahre her«, erwiderte Bob. »Er ist kein Handelsreisender mehr, hat er mir gesagt. Er ist in den Ruhestand getreten und hat ein kleines Haus in Dalkey. Aber aus dem Obersten Rat hat er sich nicht zurückgezogen. Absolut nicht.«

»Es muß eine beneidenswerte Würde sein«, sagte ich. »Verräter an der Republik von einem Haus in Dalkey aus zu denunzieren – zweifellos auf dem Hügel, mit Blick auf Dublin Bay.«

»Er hat sich nicht weiter dazu geäußert«, sagte Bob. »Er hat mir einen großen Whiskey gekauft.«

»Große Whiskeys gibt es nicht, sagt Vincent.«

Bob lächelte.

»Wollte er dich noch einmal ausschließen? Vielleicht machen sie das ja alle zehn Jahre.«

»Ganz im Gegenteil«, antwortete Bob. »Die Organisation steht jetzt hinter uns, unterstützt uns. Wir müssen sehr taktvolle Ausdrücke verwenden. Wir werden die Unterstützung der ›Hügelleute‹ in Anspruch nehmen, der Burschen, die nie aufgegeben haben, die in die Berge gegangen sind. Aber gemeint ist damit die Organisation der IRB. ›Und damit, Bob‹, sagte Mulcahy zu mir, ›sind wir wieder zusammen, wie 67.‹«

»Ich hatte seinen Annäherungsversuch mißverstanden«, fuhr Bob fort. »Ich dachte, er wollte mich aushorchen. Aber das war durchaus nicht der Fall. Die IRB hat ihre Mitglieder angewiesen, uns zu unterstützen, und Parnell hat sich mit zwei Mitgliedern des Rates getroffen, inoffiziell natürlich. Mulcahy wollte mich und Leute wie mich treffen – Ribbonfenier haben sie uns verächtlich genannt –, um uns zu versichern, daß sie keinen Groll mehr gegen uns hegten.«

»Das muß ja eine große Erleichterung für dich gewesen sein«, sagte ich.

»Das habe ich ihm auch gesagt, und zwar im selben Tonfall wie du. Im Moment ist uns jede Unterstützung willkommen, habe ich ihm gesagt, aber haltet euch in sicherer Entfernung. Das ist alles, was die Kirche jetzt noch braucht, und sie hat ja ohnehin schon viel. Daß wir eine Fenierpartei werden.«

»Sie könnten euch mehr schaden als nützen«, sagte ich zu Bob. »Was sind sie denn heute, höchstens eine Handvoll von Raufbolden wie Lanty – nicht, daß er im Grunde kein anständiger Bursche wäre – und diese Prahlhänse in New York, und John O'Leary, der Young-Ireland-Gedichte von sich gibt.«

»›Wir wissen sehr gut, wie man sich in sicherer Entfernung hält, Bob, wir brauchen Ihre Anweisungen nicht‹, sagte Mulcahy zu mir und hob sein Glas, das ich bestellt hatte, um seine Runde zu vergelten. Die beiden Burschen neben ihm waren etwas jünger, sie hatten Gesichter wie Felsen, tugendhafte dickschädelige Fenier von der Joe-Brady-Sorte.«

»›Dieser junge Bursche, der Sie hergeführt hat‹, sagte Mulcahy, ›er hat gestern abend weniger als zwanzig Fuß von Ihnen entfernt gestanden, als Sie Ihre kleine Unterhaltung mit William Cummings hatten. Wenn Sie Ärger bekommen hätten oder in Gefahr geraten wären, dann hätte er Ihnen geholfen. Ich habe Sie in seine Obhut gegeben.‹ Ich sah ihn an, diesen wohlerzogenen kleinen Höker im Ruhestand, der seinen Finger an seinem Glas heruntergleiten ließ, als ob er es glätten wollte...«

»Sieh dich mit diesen Burschen vor, Bob. Wie sanft sie auch aussehen mögen.«

»›Ich danke Ihnen‹, sagte ich zu ihm, sehr höflich, glaube ich. ›Aber ich befinde mich jetzt schon eine Reihe von Jahren in meiner eigenen Obhut. Ich bin damit zufrieden. Es ist mir lieber so.‹ Er saß einen Moment still da, dann hob er den Finger und fuhr sich damit über die Lippen. Nachdenklich, meine ich. ›Wie Sie wollen, Bob‹, sagte er, ›so oder so; es ist gut, daß Sie wieder bei uns sind.‹ – ›Lassen Sie uns das klar feststellen, Jeremiah‹, erwiderte ich. ›Ich bin nicht bei euch, und ihr seid nicht bei mir. Wir sind immer noch die irische Parlamentspartei, die jeder Ire unterstützen kann.‹ – ›Wie Sie wollen, Bob, wie Sie wollen –‹, wiederholte er. Und dann, anstandshalber, haben wir noch eine halbe Stunde dagesessen und noch eine Runde bestellt, um in die liebenswerte Nostalgie zu versinken, die inzwischen zum festen Repertoire der alten Fenier gehört. ›Wußten Sie, daß Patsy Mangan von uns gegangen ist?‹ – ›Nein, das wußte ich nicht, Gott gebe seiner Seele Frieden.‹ Solches Gerede.«

»Parnell und die Fenier«, sagte ich und füllte unsere Tassen noch einmal mit harmlosem Tee. »Hören die Wunder denn nie auf?«

»Er ist jetzt ein anderer, Hughie, ein Verzweifelter, wie ein Schwertkämpfer, der in weit entfernten Hügeln zum letzten Kampf antritt. Er wird jede Waffe nehmen, wenn er sie verwenden kann. Er ist findiger denn je. Bei Gott, Hughie, er ist ein Mann, wie wir ihn seit Sarsfield oder O'Donnell nicht mehr gehabt haben.«

»Er hat deine Bewunderung gewonnen«, sagte ich ausweichend. »Und das ist kein geringer Sieg. Du lobst nicht so leicht jemanden. Das überläßt du Vincent und mir.«

Meine lässige Bemerkung über uns, uns drei, schien eine Saite angeschlagen zu haben.

»Da war noch etwas, Hughie. Ich wollte gerade aufstehen und gehen, da fragte Mulcahy sanft: ›Hören Sie eigentlich noch von Ned Nolan?‹ – ›Nein‹, antwortete ich und setzte mich mit plötzlicher Besorgnis, so einer Ein-Engel-ist-über-dein-Grab-gegangen-Geschichte. ›Nein, warum sollte ich? Hughie MacMahon schreibt ihm jedes Jahr zu Weihnachten einen Brief im Namen von uns allen, aber er weiß natürlich nie, wohin er ihn schicken soll. Er schickt die Briefe an Tom Bonner in seiner Ziegelei am Hudson, und früher oder später trifft dann bei uns eine Antwort ein.‹ – ›Dieses Jahr brauchen Sie keine zu erwarten‹, sagte Mulcahy, ›Ned Nolan ist in London, und er ist schon über ein Jahr dort. London, Liverpool. Glasgow.‹ – ›Wenn er im Auftrag der Organisation dort ist‹, sagte ich, ›dann will ich nichts darüber wissen, Jeremiah.‹ – ›Nun gut, Bob‹, sagte er, ›so, wie die Dinge heutzutage liegen, wäre diese Frage auch schwer zu beantworten. Er dient der Sache der irischen Republik; das könnten wir sagen, ja. Aber der Rat übernimmt keine Verantwortung.‹ – ›Haben Sie sich in der Stadt umsehen können, Jeremiah?‹ fragte ich ihn. ›Es gibt viele schöne Ruinen und einen prächtigen Rundturm.‹ – ›Ich muß morgen früh nach Dublin zurück‹, erwiderte er und nahm meine feine Abschweifung mit Anstand hin, ›aber ich war in den vergangenen Jahren oft beruflich hier. Eine schöne alte normannische Stadt, und dann gab es in den alten Jahrhunderten ja auch noch Owen Roe O'Neill und die Katholische Konföderation. Ich liebe die Geschichte sehr. Ich lasse die Jungen hier‹, und er klopfte einem von ihnen auf eine felsenharte Schulter. Und dann verabschiedete ich mich.«

»Hast du verstanden, was er meinte?« fragte ich. »Wegen Ned?«

»Ich glaube nicht, daß ich das wollte«, antwortete Bob. »Ebensowenig wie wir beide uns erinnern möchten, daß du ihn in den Tagen der Invincibles vielleicht in einer Dubliner Schenke gesehen hast oder auch nicht.«

»Jesus, Maria und Joseph«, sagte ich, obwohl ganz andere Namen in meinem Kopf widerhallten – London, Liverpool, Glasgow. In meinen Gedanken herrschte ein wirres, blendendes, taubmachenden Chaos von zerstörtem Mauerwerk, verstümmelten Körpern.

Dieses Gespräch muß bei einem der beiden kurzen Besuche stattgefunden haben, die Bob von Kilkenny aus zu Hause machte, wo er ansonsten bis zum Ende zu tun hatte, bis die Wahl am 22., ganz kurz vor Weihnachten, stattgefunden hatte. Die Zeitungen erwähnten fast jeden Tag seinen Namen; denn da die meisten der berühmteren Namen jetzt auf der anderen Seite zu finden waren, waren die Männer von mittlerer Bedeutung – John Redmond und Henry Harrison und eben auch Robert Delaney – prominent geworden. Als er Weihnachten zurückkam, war er ein geschlagener Mann. Nicht, daß man ihm das hätte ansehen können, denn Kilkenny war noch nicht Sligo und schon gar nicht Carlow, und er ging durch die Stadt, vom Haus ins Büro, und besuchte mit Fogarty die vertriebenen Pächter, energisch wie immer, vielleicht noch mehr, als ob er seinen Zustand dramatisieren wollte, er klopfte den Männern auf die Schulter, was früher nie seine Art gewesen war, und am Heiligen Abend, als er anderswo erwartet wurde, verzehrten er und Vincent die nichtssagende Winterlammkeule, die die Kilpeder Arms ihren Opfern vorsetzten, und lachten zusammen über zwei Flaschen Rotwein, auf die Portwein folgte.

»Eine ganze Flasche«, erzählte mir Vincent, »und ich hätte sie auch in einen Stiefel gießen können, so wenig Wirkung zeigte sie bei ihm. Aber ich war ganz schön angetrunken, bei Gott. Gott sei Dank konnte Sullivan mich nach Brierly Lodge zurückfahren.«

Conor schläft«, sagte Agnes zu ihm, als er das Haus betrat. »Er hat so lange wie möglich auf dich gewartet, und dann ist er auf sein Zimmer gegangen.« Sie stand in der dunklen Diele. Hinter ihr war eine einzige Kerze angezündet worden, um dem Christkind den Weg zu weisen.

»Ich hatte in den Arms etwas zu erledigen«, sagte er.

»Mit Vincent«, erwiderte sie.

»Familienangelegenheiten«, sagte er. »Ich bin zu Weihnachten gern mit meiner Familie zusammen. Mit meinem Schwager, und jetzt mit meiner Frau. Ich bin ein häuslicher Mensch. Können wir kein Licht im Haus haben?«

»Die Kerze ist angezündet worden«, sagte sie.

»Wir brauchen mehr. Eine Kerze ist vielleicht für Ihn genug.« Er drehte das Gaslicht an.

»Conor ist glücklich darüber, daß du über Weihnachten zu Hause bleibst«, erzählte sie. »Du bist sein Vorbild, Robert. Das weißt du, nicht wahr?«

»Armer kleiner Kerl«, sagte er. »Ich habe bei Elliott, dem Gewehrmacher in Kilkenny, ein wunderbares Schrotgewehr für ihn gefunden, Schrotgewehre für den Landadel von Kilkenny sind ihre Spezialität. Beim Zeus, ich hätte nichts dagegen, selber ein paar Schüsse abzugeben. Vincent sagt, ich hätte kein besseres finden können.«

»Hat Vincent dir von Vater erzählt, darüber, wie Vater jetzt von dir denkt? Ich war den ganzen Tag drüben, weißt du, bis ich hierher zurückgekommen bin, um mit Conor auf dich zu warten. Mutter und die Köchin und ich haben den ganzen Tag für das Essen gebraucht – haben gebacken und geröstet und geschmort und mit Fett übergossen.«

»Vincent spricht zwar über viele Themen«, entgegnete Delaney. »Aber dein Vater taucht nur selten in seiner Konversation auf. Ich weiß eigentlich nicht, warum.« Er setzte sich und goß sich einen kleinen Brandy ein, dann füllte er das Glas fast bis zum Rand mit Wasser.

»Kilpeder steht hinter der Kirche, Gott sei Dank. Es steht hinter Pater Meagher. Vater auch. Er hat sich gegen den Ehebrecher gewandt.«

»Sie haben sich alle gegen den Ehebrecher gewandt, nicht wahr?« fragte Delaney. »Kilpeder, Zitadelle der Sündlosen.«

»Auch noch Blasphemie«, sagte sie. »Dein Repertoire vergrößert sich.«

»Und du entwickelst einen netten bitteren Sarkasmus, Agnes.«

»Ich bekomme langsam Übung«, erwiderte sie. »Robert.« Sie hockte sich ihm gegenüber auf eine Stuhlkante. »Ist dir überhaupt klar, was passiert, oder hat dieser Wahnsinnige dich so betört, daß du deinen gesunden Menschenverstand verloren hast? Der war doch immer deine große Stärke. Laß für einen Moment die Moral beiseite. Er kann nicht gegen die gesamte Kirche, zwei Drittel seiner Partei und die große Mehrheit des Volkes überall auf dieser Insel ankämpfen. Er wird untergehen, und er wird alle, die töricht genug sind, sich an ihn zu klammern, mit ins Verderben reißen.«

»Laß die Moral für einen Moment beiseite«, wiederholte Delaney. »Ich muß Hughie fragen, wie das auf Latein heißen würde. Es wäre ein großartiges Motto für die Familie Tully. Wir könnten es in goldenen Buchstaben auf rotem Hintergrund über der Ladentür anbringen. Nein, nicht rot. Keine rote Farbe für die Tullys.«

»Du hast die Familie nicht immer so verachtet«, sagte sie. »Es gab einmal einen kleinen Bauernsohn aus den Bergen, dem Tullys Laden wie ein Palast erschien.«

»Da hast du wirklich recht, Agnes«, sagte er. »Es tut mir leid. Es wäre zu jeder Zeit eine Gemeinheit gewesen, so etwas zu sagen, ganz besonders aber am Heiligen Abend. Ich bin hundemüde, und dann habe ich auch noch Portwein getrunken, ein gefährliches Getränk. Wir werden ein schönes Weihnachten haben, eines, an das Conor sich erinnern wird. Ein lieber kleiner Kerl, dieser Conor.«

»Das können wir«, sagte sie. »Vater hat versprochen, daß kein böses Wort über seine Lippen kommen wird. Er will Mutter und mir eine Freude machen.«

»Und auch nicht über meine, Agnes. Auch nicht über meine.«

»Wir können eine wunderschöne Weihnachtszeit haben«, sagte sie und ließ sich im Sessel zurücksinken und faltete ihre Hände in ihrem Schoß. »Bis zum Dreikönigstag.«

»Eine gute Weihnachtszeit, Agnes. Ja. Aber nicht ganz so lang. Ich muß zum neuen Jahr wieder in London sein.«

»In London! Das Parlament tagt doch gar nicht. Wozu brauchen sie dich denn dort?«

»Du hast es selber gesagt, Agnes. Wir stehen vielleicht mit dem Rücken zur Wand. Ich gehe dahin, wohin ich geschickt werde. Die beiden Fraktionen schlagen auf Irlands Straßen aufeinander ein, aber es gibt Orte, an denen wir noch miteinander sprechen. Es ist wie eine Schachpartie. Es geht um Geld, um Parteigelder, um eine Frage der Gesetze. Wir müssen uns vielleicht in Frankreich treffen, wenn es ganz schlimm kommt. Gegen O'Brien und Dillon sind Haftbefehle erlassen worden. Sie können weder nach hier noch nach England einen Fuß setzen. Aber London ist der erste Schritt.«

»Das kann ich verstehen«, sagte sie, und eine Spur von Bitterkeit kehrte zurück. »Wenn es um Geld geht, kannst du dich darauf verlassen, daß die Tullys Verständnis haben, wie?«

Er lächelte sie versöhnlich an. »Oder der Bauernsohn, der gut rechnen konnte und ihr Buchhalter wurde.«

»Du hast es seit damals weit gebracht, Robert, weit, und weit von mir fort.«

»Wir haben es weit gebracht«, erwiderte er mit einer Geste, die das ganze Zimmer einbezog und durch Zufall dort endete, wo Kerzenlicht im verdünnten Brandy glühte.

»Wir hatten es schon so weit gebracht, als du Kilpeder noch nicht verlassen hattest. Jetzt bist du im ganzen Land bekannt und sitzt im Parlament, was du sagst und tust, steht im *Freeman's Journal* und im *Examiner* und auch in den englischen Zeitungen. Es ist kein Wunder, daß Conor auf dich stolz ist.«

»Und du.«

»Ach, deine Frau. Sicher, sicher. Aber wenn du durch deine eigene Halsstarrigkeit in den Schmutz gezogen wirst, wird es nur noch wenig geben, worauf wir beide stolz sein können.«

»Laß uns ein oder zwei Punkte klarstellen, Agnes. Ich halte diesen Wahlkreis. Ich habe mich bei den Leuten umgehört. Sie sind unglücklich über die Ereignisse der letzten beiden Monate, das ist schon wahr. Aber sie werden zu mir halten.«

Sie lachte. »Jetzt weiß ich, daß du wirklich verloren bist, Bob. Die Leute in Cork erzählen jedem, was er hören will, und sie tun genau das, was sie wollen. Du bist hier beliebt, Bob, und das mit gutem Grund, und sie werden dich mit schwerem Herzen aus dem Sattel werfen.«

Ein eisiger Lufthauch, gekühlt in einer Arktis schlauen Verstandes, schien in das Zimmer geweht zu sein. Er registrierte mit Überraschung, daß er ein wenig zurückgewichen war.

»Und du, Agnes? Wenn meine Torheit, wie du das nennst, mich aus dem Sattel wirft, wo stehst dann du?«

»Ich warte seit Monaten darauf, daß wir uns endlich aussprechen, und nicht ich habe das jetzt am Heiligen Abend zur Sprache gebracht. Nun gut. Du bist mein Ehemann, ich habe alle anderen um deinetwillen aufgegeben, so, wie sie uns bei den Nonnen auf die Ehe vorbereitet haben, ich habe meines Vaters Haus, Dach und Schutz verlassen. Ich werde zu dir stehen, wie ich zu dir stehen würde, wenn du dich dem Trunke ergäbst oder dieses Haus in Dublin beim Rennen verspieltest oder deine Anwaltspraxis durch Torheit und Fehleinschätzungen ruiniertest. Ich werde zu dir stehen.«

»Dafür danke ich dir«, sagte er. »Ich wußte es, aber ich bin dankbar. Dafür, daß ich es ausgesprochen höre.«

»Aber«, fuhr sie fort und beugte sich vor, ihre Hände ruhten nun nicht mehr in ihrem Schoß, sondern auf ihren fest zusammengepreßten Knien. »Aber wenn du jemals Schande über dieses Haus, über unsere Ehe, über mich und unseren Sohn bringst, dann helfe dir Gott.«

»Weil ich zu Parnell stehe?« fragte er wachsam. »Ich kann dir nicht folgen.«

»Doch, das kannst du«, entgegnete sie. »Aber du brauchst mir nicht weiter zu folgen; denn ich habe nichts mehr dazu zu sagen. Halte mich niemals für eine Närrin, Bob, ich weiß, daß du von Zeit zu Zeit dazu neigst. Ich bin auf eine Weise, für die ich nicht einmal die richtigen Worte finden kann, für dich eine Enttäuschung gewesen, aber ich war doch keine so große Enttäuschung, daß ich dir nicht einen feinen Sohn geschenkt hätte. Es tut mir leid, daß ich dich enttäuscht habe, aber halte mich niemals für eine Närrin und vergiß auch nicht, daß ich eine Frau bin. Mehr haben wir uns nicht zu sagen. In zwei Stunden ist schon Mitternacht. Gesegnete Weihnachten, Bob.« Sie stand auf, küßte ihn leicht auf die Lippen und verließ das Zimmer.

Nachdem sie gegangen war, stand er am Fenster, neben der brennenden Kerze. Auch in Tullys Haus gegenüber stand so eine Kerze, wie auch in jedem anderen Haus in dieser schönen, protzigen Straße. Als Junge, auf der Farm, die nicht so klein gewesen war, wie er jetzt gern behauptete, sondern mittelgroß, mit üppigem Gras und glattflankigem Vieh, hatte an jedem Weihnachtsfest eine Kerze im Fenster gestanden. Unten im Tal und an den Hängen der niedrigen Hügel wurden die Kerzen schon angezündet, noch ehe es dunkel war. In einem Jahr hatte er, eingehüllt in den warmen Mantel aus dem Laden in Millstreet, der sein Weihnachtsgeschenk gewesen war, vor dem Farmhaus gestanden, neben dem Stall, und der schwere Geruch von Tieren und nassem Stroh hatte seine Nasenlöcher erfüllt, war jedoch von einem scharfen Dezemberwind weggeweht worden, und er hatte zugesehen, wie die Dunkelheit kam, eine Dunkelheit ohne Mond oder Sterne, so daß die Kerzenflammen selber wie Sterne in einer gefallenen Welt aussahen, oder eher noch wie Sterne, die herabgefallen waren, um eine Verheißung zu bringen, eine so gewaltige und überwältigende Verheißung, daß seine Vorstellung sie nicht erfassen konnte. Es war nicht nur die Verheißung der Religion, auch wenn sie den Kern der Sache bildete, sondern eine amorphe, grenzenlose Verheißung, die sich in die von Flammen durchbrochene unbedrohliche Dunkelheit hineinzog. Jetzt gab es nur die brennenden Kerzen einer begrenzten Zeit der Freude, ein harmloses Ritual. Wie Agnes gesagt hatte, er hatte es weit gebracht.

Ich zähle es zu den nicht unbeträchtlichen Segnungen meines Lebens, daß die MacMahons, anders als gewohnt, dieses Weihnachtsmahl nicht bei den Tullys einnahmen. Der arme Brian hatte Mumps bekommen, sein Gesicht war zu einer Karikatur seiner selbst angeschwollen, und das reichte als Entschuldigung. In diesem Dezember 1890 erschien der Eßtisch der Tullys durchaus nicht als Zitadelle weihnachtlicher Freude, wie sie Mr. Dickens beschreibt. Und das war er auch nicht. Was Vincent mir zwei Tage später erzählte, als ich ihn in Brierly Lodge besuchte, ließ mein Blut gefrieren. Nicht, daß ich es noch einmal wiederholen müßte, denn in ganz Irland wurden die Weihnachtsessen verdorben, mit Ausnahme vielleicht der loyalistischen Haushalte. Aber es kann in Inchigeelagh House (O Gott! Dieser vulgäre Name! Überhaupt, Häusern Namen zu geben, als ob sie christliche Seelen wären! In der Stadt Limerick gibt es sogar ein Haus namens Villa Herz Jesu) durchaus ein bißchen schlimmer gewesen sein, wenn wir an Tullys und an Bobs Stellung denken, ein mit dem Gewebe der Kaufleute des County verwobener Kaufmann und ein parnellitischer Organisator.

»Es war wirklich ganz schön brutal«, sagte Vincent.

Wir verbrachten einen ruhigen Nachmittag vor einem schönen Feuer, düsterer, freudloser Frost hatte den Boden vor den Fenstern überzogen, aber wir hatten es gemütlich und nutzten den Nachmittag sinnvoll, in dem wir Vincents Schrot- und sonstige Gewehre reinigten und ölten. Was einst die Bibliothek von Brierly Lodge gewesen war, hatte er zu einer Waffenkammer gemacht, mit reichverzierten Schränken für Gewehre, die er aus einer Laune heraus gekauft hatte – ein Elefantengewehr, zwei persische Gewehre, die aus einem Märchen zu stammen schienen, die meisten jedoch funktionierende Waffen. Eine Wand diente jedoch tatsächlich als Bibliothek. Er las weitaus mehr, als er vorgab – Romane und Erinnerungen, Balzac und Brantôme in englischer Übersetzung, Charles Reade und Wilkie Collins.

»Ganz schön brutal«, wiederholte er. »Die beiden hatten versprochen, sich gut zu benehmen, aber das half nichts. Keiner von beiden war daran schuld, es war einfach verdammt unausweichlich, wie Regen und Frost. Sie haben wirklich zugestoßen, sie haben unverzeihliche Dinge gesagt.« Und Vincent, vor dem Gewehr und Werkzeug auf dem Tisch ausgebreitet lagen, Büchsenputzer und Tücher und Ölkännchen, erzählte mir diese unverzeihlichen Dinge.

»Weißt du«, sagte er am Ende seiner entsetzlichen Aufzählung, »der alte Mann hat mir leid getan. Das Alter macht mich wohl schwach. Auf dem Höhepunkt seines Zorns standen Tränen in seinen Augen; seine Augen drohten, überzulaufen, und es waren nicht Tränen des Zorns, sondern Tränen der Trauer. Bob war sein wahrer Sohn, nicht ich. Das haben wir immer gewußt.«

»Aber Vincent«, begann ich zu protestieren.

»Spar dir deine Puste, und kühl damit deinen Porridge ab, Hughie. Er liebt mich, glaube ich, manchmal mehr, als er jemals irgendwen sonst geliebt hat. Aber Bob war der Sohn, den er gern in mir gehabt hätte. Das wissen wir. Und jetzt sind sie zerstritten.«

»Für Bob ist es doch sicher ein ebenso harter Schlag«, meinte ich.

»Normalerweise wäre es das, aber die Ereignisse ändern sich eben bisweilen. Bob hat einen Rockzipfel in London, weißt du.«

Ich zog mein Tuch gerade durch einen Lauf und beugte mich noch etwas tiefer über meine Aufgabe. »Jetzt mach aber mal einen Punkt, Vincent! Bob Delaney! Hat er dir das erzählt?«

»Natürlich nicht. Seinem eigenen Schwager? Aber ich weiß es, bei Gott, ich weiß es. Meine Fähigkeiten sind begrenzt, Hughie, aber sie sind fein entwickelt – Jagen, Rennen, Frauen, überall, wo es darum geht, kannst du dich auf mich verlassen. Und was macht es denn schon, außer in den Augen der Priester? Und Agnes ist ein recht kalter Fisch, wenn du die Wahrheit wissen willst; das wissen wir beide. Sie wäre im Kloster glücklicher gewesen, doch sie hat sich damit begnügt, die beste Mutter auf der Welt zu sein. Aber etwas steht fest: Wenn Bob ihr jemals den Rücken kehren würde, dann hätte er mich zum Feind, und ich wäre ein schlimmerer Feind, als er vielleicht erwartet. Aber ein Rockzipfel, meine Güte. Das ist etwas ganz anderes. Die Institution der Ehe ruht auf Rockzipfeln – da hast du ein metaphysisches Rätsel, Lehrer MacMahon.«

Ich zog den Lappen aus dem Lauf. Manche Arbeiten vermitteln tiefe Befriedigung, und Gewehre zu reinigen und zu ölen gehört aus irgendeinem Grunde dazu.

Er hatte völlig recht, wenn er seine Fähigkeiten als gut bezeichnete, er war ein großer, schläfriger Kater, dessen Wachsamkeit aber unter aller Schläfrigkeit messerscharf war.

»Was hast du gesagt, Hugh?«

»Nichts. Meine Gedanken sind abgeschweift. Ich dachte an die Nacht, als wir die Waffen erbeutet haben. Und daß eines unserer Teams sich Brierly Lodge vorgenommen hat.«

»Die Zeiten ändern sich, Hughie. Die Zeiten ändern sich.«

»Für Ned nicht«, sagte ich.

»Nein«, sagte er. »Nicht für Ned. Aber sogar Ned wird eines Tages zur Ruhe kommen. Vielleicht ist er das schon. Vielleicht strebt er eine Karriere als nationales Heiligtum an, wie Rossa und O'Leary.«

»Er ist in England«, erwiderte ich. »Er ist seit einem Jahr in England. Er leitet die Dynamitmannschaft.«

Vincent hielt im Moment kein Gewehr in der Hand, sondern einen Revolver von amerikanischem Fabrikat, groß und tödlich. Ich erinnerte mich an die erste Nacht, als Ned Nolan an meine Tür klopfte und eine großkalibrige Waffe mitbrachte.

»Das bildest du dir ein«, sagte Vincent.

»Ich weiß es von Bob, und der weiß es vom Obersten Rat.«

»Sag mir kein einziges Wort mehr darüber, Hugh«, verlangte er energisch. »Kein einziges Wort. Gütiger Jesus. Ein Wunder, daß der Yard ihn noch nicht ausgehoben hat.«

»Sie haben den Haftbefehl schon ausgestellt«, entgegnete ich. »Aber sie brauchen mehr als nur einen Verdacht, nehme ich an. Bob hat nur eine Anspielung und eine Andeutung gehört.«

»Deute mir hier keine Andeutungen an, Hughie. 1890 ist nicht das Jahr des Aufstandes. Es ist auch schon fast 91. Nur noch ein paar Tage. Das Jahrhundert geht zu Ende, mein Junge, und wir mit ihm. Ned steckt irgendwo in der Vergangenheit fest, kämpft mit echtem Dynamit unsichtbare Schlachten. Der bloße Gedanke an Ned jagt mir schon Angst ein. Er könnte uns alle ins Verderben stürzen.«

Ich wollte etwas sagen, aber er schüttelte den Kopf. »Kein Wort mehr.«

Und in diesem Moment trat Theresa Fuller, seine Haushälterin, ins Zimmer, um uns ein Lunchtablett zu bringen, Suppe und Brote. Haushälterin, sage ich, denn das war die höfliche Fiktion in der Stadt, die überall gepflegt wurde, nur nicht in den Schenken. Sie konnte nicht viel älter als zwanzig sein, ich hatte ihren Bruder Eddie als Schüler gehabt, und er war ein oder zwei Jahre älter gewesen als die meisten anderen. Aber *Haushälterin* war das

Wort, auf das sich alle geeinigt hatten, und ich kann nichts zu solchen Fragen sagen, die nur sie und ihren Beichtvater angingen, aber jedenfalls ging sie zur Kommunion. Man weiß eben nie. »Guten Tag, Lehrer MacMahon«, sagte sie prüde und proper. »Ich habe gestern in der Stadt mit Mrs. MacMahon gesprochen. Die ist wirklich eine nette Dame, Gott segne sie.«

»Gott segnet die Hübschen«, sagte Vincent zu ihr. »Mrs. MacMahon und du seid bei ihm sicher.«

»Das weiß ich wirklich nicht«, sagte sie und verließ uns.

»Ihr beide habt an diesen langen Winterabenden bestimmt wunderbare Gespräche«, sagte ich, »über die ästhetischen Vorlieben des Göttlichen Schöpfers.«

»Das haben wir«, antwortete Vincent. »Das haben wir. Zurück zu Bob und seinem Rockzipfel. Ich hoffe, es ist ein Mädchen, das sehr gut zu trösten versteht, denn das wird er brauchen. Ich habe ihm hier in Kilpeder auch ein bißchen geholfen. Aber es ist hoffnungslos. Es geht ja nicht nur um meinen Vater und Pater Meagher. Bob hat die Pächter und den Kampagnenplan in Fogartys Hände gelegt, und Fogarty ist jetzt Healys Mann.«

»Ja, verdammt«, sagte ich. »Fogarty ist bloß Bobs Stellvertreter, und Bob kann ihn vor die Tür setzen.«

»Aber, aber.« Vincent nahm die Suppentasse in die Hand und löffelte die dicke, würzige Suppe. »Bob ist drüben in London, um Irland zu retten, und in Kilkenny, um Parnell zu retten. Aber Fogarty war die ganze Zeit hier in Kilpeder, hat für die Pächter gearbeitet und sich um die Nöte der Vertriebenen gekümmert. Er ist schon anständig, dieser Fogarty, kein Verräter. Nicht alle Guten stehen auf der einen Seite und alle Schurken auf der anderen.«

»Das weiß ich«, sagte ich.

»Parnell ist vernichtet«, meinte Vincent, »wie diese Frösche, die immer noch herumhüpfen, wenn die Schuljungen ihnen schon längst den Kopf abgeschnitten haben. Wenn er untergeht, wird er andere mit sich ziehen. Nicht alle vielleicht, aber sie werden zu Hause ein starkes Fundament brauchen, und Bob verliert seins.«

»Du solltest dich wirklich entscheiden«, sagte ich. »Ist Parnell nun ein sterbender Frosch oder ein sinkendes Schiff?«

»Ach«, erwiderte Vincent, »du kannst bis ans Ende deiner Tage den Schulmeister spielen und die rhetorischen Mängel deiner Freunde tadeln, und ich kann bis ans Ende meiner Tage jagen und herumpoussieren, und Ned Nolan kann die wenige Zeit, die ihm noch bleibt, damit verbringen, Bahnsteige und unschuldige Reisende in die Luft zu jagen. Aber Bob ist derjenige von uns, der sein Leben lang auf der Reise ist.«

Ein oder zwei Stunden nach dem Lunch war unsere Aufgabe erledigt. Die Gewehre ruhten wieder in ihren Ständen, und die Walnußkolben glühten mit der Dankbarkeit, die schönes Holz fast empfinden zu können scheint, wogegen die klaren, tödlichen Läufe das genaue Gegenteil des Holzes waren, unmenschlich, kalt, härter als Anthrazit.

Ehe ich ging, ging Vincent zur Wand, betrachtete seine Waffensammlung nachdenklich, griff dann zu einem kurzläufigen Revolver und kam quer durch das Zimmer zu mir zurück, hielt dabei unterwegs inne und nahm eine Schachtel Patronen vom Arbeitstisch.

»Gib das Bob«, sagte er. »Er kann ihn in eine Schreibtischschublade stopfen, wenn er will, aber in diesen Zeiten ist es besser, wenn man so einen hat.«

Ich schüttelte den Kopf. »Bob war schon in Kilkenny bewaffnet. Er trägt seit Wochen eine Waffe bei sich. Was für eine Idiotie hat uns bloß alle überkommen! 67 hatten wir einen Feind vor uns. Jetzt greifen wir gegeneinander zur Waffe.«

Er wollte nichts davon hören, daß ich zu Fuß in die Stadt zurückgehen wollte, sondern lieh mir einen seiner Einspänner, und so legte ich die wenigen Meilen angenehm und geruhsam zurück, die Sonne war bleich und der Himmel bleigrau und schwer. Vom Kamm von Hogan's Hill sah ich Stadt und Schloß, die Kirchen und den Fluß, den zugefrorenen Fluß, dessen Eisdecke die Farbe von Asche hatte.

34

[Lionel Forrester / Hugh MacMahon / Robert Delaney]

Ich besuchte Tom erst Ende August dieses letzten Jahres für uns alle, 1891, in Kilpeder, obwohl ich bereits einige Wochen früher herübergekommen war, um eine Einladung Georgie Winslows zur Jagd in Westmeath anzunehmen, auf sein Gut bei Mullingar, mit einem sehr schönen Queen-Anne-Haus und wunderbarem Blick auf Loch Owel. Es war eine seltsame Zeit für die Insel. Einen Monat vorher hatte Parnell die letzte und entscheidendste seiner katastrophalen Nachwahlen ausgekämpft und verloren, die Nachwahl von Carlow, und seine Feinde bliesen zum Halali. Selbst jemand, der so wenig von Politik verstand wie ich – da sie mich wirklich langweilt – wußte das. Aber erstaunlicherweise war ich nicht gelangweilt, ganz im Gegenteil, das war niemand im Land. Ein großes Drama schien sich dem letzten Vorhang zu nähern, und niemand konnte die Dialoge vorhersagen. Ich hatte natürlich auch meine besonderen Gründe – meine Gefühle für Sylvia und Tom und im Grunde auch für Robert Delaney, denn ich war ihm nähergekommen. Nun endlich war die Zuneigung entstanden, die Sylvia sich erhofft hatte. Aber die Aufregung herrschte überall in Irland, und alles, was geschah, war beispiellos theatralisch, wie auf einer Bühne, das Ende war vorherbestimmt, doch die Hauptperson war kein Schauspieler, der sich nach Fallen des Vorhangs erheben und sich den Staub abklopfen würde.

Einer der überraschenden Aspekte für mich war, daß Parnell, dessen Name allein schon seit einem Jahrzehnt für die irischen Loyalisten den Greuel schlechthin verkörperte, nun von vielen mit einer gewissen großzügigen Bewunderung und mit Mitleid erwähnt wurde. Den ersten Vorgeschmack dieses neuen Zustandes erhielt ich an meinem ersten Nachmittag in Hazeldene, als Georgie und sein Jagdaufseher und Fred Keating und ich selber die Felder abschritten, auf denen wir am nächsten Morgen jagen wollten.

»Carlow muß für den armen Parnell verdammt übel gewesen sein«, sagte Georgie und versetzte einigen hohen Gräsern einen Hieb mit seinem Stock. »Vom Mob mit Steinen beworfen zu werden! Er stand im Regen auf einem Jagdwagen, heißt es in den Zeitungen. Und er hatte nicht die geringste Chance, weißt du, nicht die geringste; warum zum Teufel tut er das? In Kilkenny hatte er eine Chance, weißt du, in Sligo schon nicht mehr, und in Carlow war alles verloren. Die allgemeine Wahl wird ihn begraben, wird ihn zuschneien.«

»Beim Samiel«, meinte Fred Keating, »leicht wird er es ihnen jedenfalls nicht machen. Hat es sich selber zuzuschreiben, wißt ihr. Spielt sich zum Herrn über papistische Mobs auf. Sie wenden sich ja gegen ihre eigenen Leute, warum also nicht gegen einen von uns, der sich auf ihre Seite gestellt hat? Aber beim Samiel, was für ein Kämpfer, eh? Was für ein Kämpfer! Er wird ihnen schon zeigen, aus welchem Stoff er gemacht ist, eh?«

»Großer Gott«, sagte George, »was bist du doch für ein verdammter kleiner Orangemann, Fred. Aber ich muß ihn einfach bewundern. Gott sei Dank verliert er, aber er geht wie ein Gentleman unter.«

»Goethe«, sagte ich und führte auf diesen Feldern einen exotischen Namen ein, »Goethe hat gesagt, die Iren seien wie eine Hundemeute, die ihre eigenen Helden zur Strecke bringt.«

»Hat er das gesagt?« fragte Georgie in milder Verwunderung. »Hätte nicht gedacht, daß er überhaupt von Irland gehört hätte. Ist aber auch kein Wunder, hab diese Deutschen nie gelesen. Nur Fürze und Bier.«

»Der edle Hirsch, an den er dabei dachte«, erklärte ich, »war der Herzog von Wellington.«

»Ha!« sagte Georgie. »Wellington! Irgendwer hat ihn mal als Iren bezeichnet; er sagte, wenn er in einem Stall geboren worden wäre, dann wäre er deshalb noch kein Pferd. Wißt ihr, seine Frau kam sogar aus dieser Gegend. Sie war eine Pakenham, Kitty Pakenham. Nicht, daß er viel von ihr gehalten hätte.«

Später, als Fred sein spätnachmittägliches Nickerchen machte, führte Georgie mich in die Ställe, um mir eine Stute zu zeigen, die er einem komplizierten Handel verdankte, bei dem Zehnpfundnoten und der Zugang zu irgendeinem elenden Moorweg eine Rolle gespielt hatten. Er hatte einen guten Griff getan: Sie war wirklich ein schönes Geschöpf, schöne Flanken und kräftiger Widerrist, gute klare Augen. Er streckte die Hand aus, und der Stallbursche durchwühlte seine Taschen nach einem Stück Zucker.

»Tom Ardmor«, sagte Georgie, »das ist wirklich ein seltsamer Bursche. Aber sie haben einen phantastischen Ball gegeben, nicht wahr? Nachdem sie nach Hause gekommen waren? Den werden Jean und ich nicht so schnell vergessen.«

Mir war vollkommen entfallen, daß auch die Winslowes unter den vielen Gästen gewesen waren. »Ich auch nicht«, sagte ich. »Ich weiß noch, wie das Schloß in den alten Tagen war, als Toms Vater noch lebte. Der Ball war wirklich wie in alten Zeiten.«

»Davon ist ja jetzt kaum noch die Rede, wie ich höre«, sagte Georgie, als die Stute ihre Schnauze an seiner zuckrigen Hand rieb. »Tom ist fast das ganze Jahr weg, das Schloß abgeschlossen, Sylvia in London, die adeligen Familien wütend auf Tom. Woher diese Wut, was ist passiert?«

»Tom und die Land League haben gleich zu Anfang Frieden geschlossen. Tom hat im ersten schlimmen Jahr, als eine Hungersnot bevorzustehen schien und die Land League ihre Arbeit noch nicht richtig aufgenommen hatte, die Pachten gesenkt.«

»Habe ich auch gemacht«, erwiderte Georgie. »Das würde doch jeder anständige Mensch tun. Nur sieben Prozent zwar, aber damit konnten die Leute überleben, damit und mit ein paar vernünftigen privaten Arrangements, Gnade vor Recht gewissermaßen, was? Kannst deine eigenen Leute doch nicht ihre Farmen verlieren lassen.«

»Ja, aber siehst du, du konntest es dir leisten, und Tom auch. Die League hat einige der kleineren Landbesitzer an die Wand gedrückt; einige von ihnen haben verkaufen müssen. In unserer Baronie ist Tom ungefähr so populär wie Michael Davitt, und es hilft nicht viel, daß er fast das ganze Jahr über verreist ist. Der Landadel von Cork gluckt eben zusammen.«

»Wo tut er das nicht? Wo tut er das nicht? Aber du triffst Tom, natürlich, als Vetter, und du triffst auch Sylvia, hast du mir erzählt. Sie war wirklich ein umwerfendes Mädchen. Keine zwölf Meilen von hier aufgewachsen. Aufgewachsen ist nur so eine Redensart, sie war ja zuerst in der Schule, und danach waren sie und Hubert, ihr alter Herr, wirklich ewig in Geldnöten. Man traf sie natürlich auf Gesellschaften, Jagden, Jagdbällen; damals lebten sie mit unzureichenden Mitteln in London.«

»Ja«, sagte ich, »da hat sie Tom kennengelernt.«

»Das weiß ich noch!« rief Georgie und rieb mit seiner nassen Hand über den glatten, kastanienbraunen Hals der Stute. »Das weiß ich noch! Er hat sie durch irgendwen aus dieser Künstlerclique kennengelernt, die er so liebt. Komische Bande, wenn du mich fragst. Ach, einige darunter sind sicher Gentlemen. Aber sie war vielleicht eine umwerfende Braut! Ich hatte sie zwei, drei Jahre nicht gesehen. Ein schönes Mädchen, auf diese seltsame Art, die diese Künstler lieben, und dann sieht sie dich so an, als ob sie sagen wollte: Ist mir doch egal, was du über mich denkst! Challoner war ganz anders, der arme Mann; ein anständiger, anspruchsloser Bursche. Er hatte schwere Zeiten erlebt, war nicht der Offizier Ihrer Majestät, der sich am meisten hervorgetan hätte, aber immerhin hatte er es bis zum Colonel gebracht. Über Sylvia waren Geschichten im Umlauf, über Sylvia und einen jungen Amerikaner, einen Burschen aus New York, mit einem von diesen niederländisch klingenden Namen. Steckte da was dahinter, was meinst du?«

Er sah mich nicht an, sondern putzte sich mit einem Taschentuch, das er aus seiner fleckigen und ausgefransten Hose gezogen hatte, die Hand ab.

»Wir sind sehr eng befreundet, Sylvia und ich«, sagte ich.

»War nicht böse gemeint. Kein Wort mehr über die Sache. Aber trotzdem...«

Beim Abendessen setzte Jean Winslowe mich an ihre linke Seite, und irgendwann war klar, daß sie auf dieselbe Unterhaltung aus war. Sie war eine gräßliche Klatschtante, und bis vor wenigen Jahren war auch über sie viel getrascht worden. »Aber wenn es stimmte, Lee – natürlich stimmt es nicht, aber *wenn* es stimmte, wäre es nicht auch ein ganz winzig kleines bißchen Tom Ardmors Fehler? Sitzt da unten in – wo ist er doch noch gleich, Venedig? – und läßt Sylvia allein in London. Hast du gesehen, ach, natürlich hast du es gesehen, dieses Bild von Galantière? Du bist doch Schriftsteller, das ist eine Art Künstler; willst du mir wirklich sagen, das Bild hätte von einem Mann gemalt werden können, der sie nicht im Bett gesehen hätte und der nicht verliebt in sie wäre? Frauen sehen bei der Liebe anders aus, und er wußte, wie Sylvia dabei aussieht. Das macht das Bild so aufregend. Es ist unanständig, mein Lieber. Es sollte unter Verschluß sein.«

»Gewissermaßen ist es das«, sagte ich. »Es hängt in einem Privathaus, das nur Freunde besuchen.«

»Aah!« rief sie in gespieltem Entsetzen und berührte kurz ihre Brust mit der Hand, wie nach einem Messerstich. »Du bist nicht zufällig auch ein ganz winziges bißchen in sie verliebt, Lee, oder?«

Das Kutscherhaus des Schlosses war jedoch so ordentlich wie immer, und Furey, der Torhüter, berührte seine Kappe mit dem Zeigefinger, als mein Einspänner durch die Tore rollte. Die Gärten, in denen schon der Herbst zu spüren war, waren immer noch schön, aber fast schon zu üppig, ihnen fehlte die Finesse, mit der Isabel sie geschaffen, mit der Tom sie gepflegt hatte. Hazeldene, Carrignagort House, in Mallow, wo ich die vergangene Nacht verbracht hatte, Ardmor Castle – ihre Städte hinter sich zu lassen, Mullingar, Mallow, Kilpeder, durch die Tore zu reiten, die Domänenmauern sicher, tröstlich hinter sich zu legen, war wie der Übergang in eine unveränderliche Welt, die von der Zeit nicht berührt wurde. So wirkte es jedenfalls auf das Auge, so kam es einem vor, wenn man nach Geräuschen, Gerüchen urteilte.

Aber die Norris' aus Carrignagort hatten davon gesprochen, nach England überzusiedeln und das Gut einem Verwalter zu überlassen. »Es ist nicht mehr dasselbe Land, Lee. Nicht mehr unser Land; sie wollen nicht, daß wir es als unser Land betrachten, wir sind hier Fremdlinge, wissen Sie. Wir, Sie, wir alle. Großer Gott, unsere Familien waren doch schon lange vor Cromwell hier, vor Elizabeth sogar. Wir waren früher selber Papisten, und wir schämen uns dessen nicht.«

Tom hatte mich vom Haus aus gesehen und erwartete mich auf der mit Kies bestreuten Auffahrt. Er trug jetzt einen kurzen, blonden, von der Sonne gebleichten Bart, der ihm gut stand, ansonsten wirkte er unverändert und schien sich wie immer zu freuen, mich zu sehen.

»Wunderbar, endlich einmal Besuch zu bekommen, Lee, um dir die Wahrheit zu sagen«, meinte er, als wir zum japanischen Garten und See gingen, als ob wir, ohne auch nur ein Wort zu sagen, gewußt hätten, daß wir das beide wollten. »Ohne die Dienstboten«, sagte er, »und den armen Charlie Greene, den Pastor, könnte ich Robinson Crusoe sein. Ich will damit nicht sagen, daß ich nicht mal in die Stadt gehen könnte – offenbar bin ich in der Stadt beliebt –, und ich könnte in den Kilpeder Arms meinen Ellbogen aufstützen, könnte mit dem Anwalt plaudern und am anderen Ende der Stadt mit dem Friedensrichter. Aber das wäre doch nicht ganz das Richtige für einen Earl, für einen so vornehmen Adeligen wie mich, was? Snobismus stirbt nur schwer – es ist die mächtigste menschliche Empfindung, abgesehen höchstens von der Gier. Ich werde boykottiert, das ist es, beim Zeus. Der einzige Grundbesitzer Irlands, der von den Grundbesitzern boykottiert wird.«

Ich fand, er sprach ein bißchen zu nervös, obwohl ich noch nicht sagen konnte, warum; es gab nur sehr vage Anzeichen, die Wörter stolperten ein wenig übereinander, sein Tonfall war eine Spur zu scherzhaft.

Ich erzählte ihm von meinem Gespräch mit den Norris', das ich am Vorabend geführt hatte.

»Sie haben recht, weißt du«, sagte er. »Es vergeht, unser Irland vergeht wie diese Blumen; und jeder kann diese Blumen sehen. Jeder Idiot. Sie verkaufen, einige von den kleineren Burschen verkaufen. Die Norris' haben das nicht nötig, sie treibt nur der Wunsch, wieder nach Hause zu kommen. Trotz all der Jahrhunderte, die wir nun schon hier sind, möchten sie nach Hause. Hier hat es eine Revolution gegeben, Lee, und wir sind allesamt zu blind, um sie zu sehen. Die Sieger haben sich untereinander zerstritten, sie haben ihre Messer gezückt, es gibt einen Bürgerkrieg. Das kommt in den meisten Fällen so, wenn ich die Geschichte recht verstehe. Aber das hilft uns nicht weiter.«

»Aber du weißt es«, sagte ich. Wir hatten das Ufer des stilvoll angelegten Sees erreicht, der auf komplizierte Weise von unterirdischen Quellen gespeist wurde, die zu einem Gott weiß wie hohen Preis einst umgeleitet worden waren, um Sylvias damaliges Vergnügen an allem Japanischen zu befriedigen. »Weißt du, wenn alles ein bißchen anders gekommen wäre, dann hätten sie jetzt einen von uns als ihren ungekrönten König, einen von unseren Leuten, wie Georgie Winslowe sagen würde.«

»Das bezweifle ich.« Tom hockte sich hin und zog eine Uferblume mit den Wurzeln aus der Erde. Sie hatte blaue und weiße Blütenblätter, dünne, speerähnliche und sehr dunkelgrüne Blätter und zarte, kurze Wurzeln, an denen ein wenig feuchte Erde klebte. »Es mußte so kommen, Parnells Vernichtung. Großer Gott, Lee, du bist der Schriftsteller, nicht ich. Hast du es nicht kommen sehen?«

»Jetzt werde ich schon zum zweitenmal in dieser Woche als Schriftsteller bezeichnet. Ich bin kein Schriftsteller, verdammt, ich bin ein Gentleman, wie Congreve zu Voltaire gesagt hat. Ich würde kein einziges Wort schreiben, wenn ich nicht immer in Geldnöten wäre. Es mußte so kommen, also wirklich!«

»Ich denke schon«, sagte er sanft, »ich denke schon.« Er wanderte in Sylvias kleinen, eleganten Pavillon, den wir unter uns als Teehaus bezeichnet hatten, und setzte sich in einen der Korbsessel. Bald würden die Gärtner die Möbel in die Ställe schaffen und das empfindliche Bauwerk winterfest machen. Ich setzte mich neben ihn, und wir beide blickten hinaus auf den See.

»O ja«, sagte er. »Sie war vom Schicksal bestimmt, Parnells Vernichtung. Nicht alles ist vom Schicksal bestimmt. Ich bin kein Mystiker geworden, Willie Yeats hat mich nicht bekehrt. Es war nicht vom Schicksal bestimmt, daß Sylvia sich in Robert Delaney verlieben sollte. Aber es ist passiert.«

Verdutzt wandte ich meinen Blick vom See ab und sah ihn an. Er blickte mir direkt in die Augen.

»Aber ja. Sie sind ineinander verliebt. Du und ich, wir wissen das beide. Sylvia und ich haben uns immer geliebt, weißt du, und Heimlichtuerei hätte alles zwischen uns zerstören können. Das haben wir von Anfang an gewußt. Sie hat mir von Galantière und dann, etwas später, von Van Zandt erzählt. Und dann von Delaney. Aber mit Delaney, und mit dem Lauf der Zeit, hat sich alles geändert. Was sie mir zuerst erzählt hat, war... daß er ihr etwas bedeutete. Lassen wir es dabei. Wie ihr die beiden anderen etwas bedeutet hatten. Aber das ist jetzt anders. Schon lange.«

Er schwieg, als ob er die Worte abwägte, aber was er schließlich sagte, war einfach: »Ich werde sie immer lieben.«

Ich sah ihn an, hätte gern die Hand ausgestreckt, um ihn zu berühren, hätte gern gewußt, was ich sagen, tun sollte. Ich weiß noch, daß es für diese Tageszeit sehr warm war.

»Van Zandt hatte für sie allen Mut der Neuen Welt dargestellt, ihre Fröhlichkeit, du weißt schon. An ihm gab es einfach nichts Kompliziertes. Aber Mama zog in New York einmal kurz an der Hundeleine, und das war's.«

Es war ein stiller, windloser Tag. Keine Geräusche wurden aus der Stadt, von der anderen Seite der Domänenmauern zu uns herübergetragen: nicht die Rufe, die quietschenden Räder.

»Sie hat verdammtes Pech mit Männern, nicht wahr, Lee? Verdammtes Pech mit Männern, und dabei verdient sie nur das beste. Van Zandt war immerhin ein Gentleman, ein harmloser kleiner

Bursche, diskret. Aber Galantière war anders. Nach Galantière hörte man in London Sylvias Namen, hörte ihn bei Gesellschaften. Und jetzt Delaney, ein Mann auf dem Weg zur Katastrophe. Wie sein Führer.«

»Ich besuche sie, Tom«, sagte ich. »Das solltest du wissen. Das heißt, ich besuche Sylvia, und meistens ist Delaney bei ihr.«

»Ja«, erwiderte Tom. »Natürlich.«

Dann betrachteten wir eine Zeitlang, ohne es richtig wahrzunehmen, das stille, glatte Wasser, kein Kräusel war zu sehen, und es war eingerahmt von elegantem, sterbendem Schilf.

Sechs Zypressen, tiefgrün, ein reiches, fettes Grün, verbargen zur Hälfte etwas, das vielleicht ein zerstörter Garten war, zerbrochene Statuen, eine umgekippte Urne, und vielleicht auch nicht. Es schien früher Morgen zu sein – das Licht hatte einen rötlichen Unterton – und die Wirkung war winterhaft, trotz des üppigen Grüns.

Tom zuckte die Schultern. »Vielleicht. Ich habe es im Februar gemalt. Verdammt kalt in ihren Hügeln im Februar. Keine Spur vom sonnigen Italien.«

Ich wühlte nach Worten wie nach Kleingeld. Ich wußte wirklich nie, was ich von seinen Bildern hielt, was ich über sie sagen sollte. Jetzt weiß ich das natürlich. Dieser Stil ist jetzt der letzte Schrei; niemand kann sich vorstellen, daß jemals auf andere Weise gemalt worden ist. Und weg ins Gerümpel mit der Art von Kunst, mit der wir alle aufgewachsen sind. Jetzt weiß ich, was Tom machte, was viele von ihnen machten, manche besser als Tom, andere schlechter. Aber Tom bringt die wahre Kunst, obwohl er bis heute nicht ausstellt; doch ein Dutzend oder mehr, zwei Dutzend seiner Bilder sind in Umlauf geraten, und Toms Name wird respektiert. Thomas Forrester, so signiert er sie alle, mit dem Familiennamen.

»Und da hast du es«, sagte er. »Dieses und zwei andere Bilder sind die einzig guten, die ich im vergangenen Jahr gemalt habe. Aber drei ist genug, drei ist ein Geschenk. Im Grunde ist ein einziges das schon.«

Für den Moment stand es auf einer Staffelei, im späten Nachmittagslicht der Bibliothek. Hinter dem offenen Fenster lagen Terrassen, Gärten, See, das Teehaus, in dem wir gesessen hatten.

»Es ist schon sehr lange her«, sagte ich, »da habe ich mit Jimmy

Whistler gegessen. Vielleicht habe ich dir darüber geschrieben. Während des Parnell-Prozesses. Sie bezeichneten es als Sonderausschuß, aber es war trotzdem ein Prozeß. Jimmy sagt, du seist ein wahrer Künstler.«

»Ist das wahr?« fragte Tom erfreut. »Jimmy ist wirklich der echte wahre Künstler. Ein schrecklicher Lügner, aber nie im Zusammenhang mit Kunst.«

»Aber mein Problem ist, weißt du, Tom«, sagte ich sehr vorsichtig, »daß ich bei Jimmys Bildern fast immer weiß, woran ich bin. Er kann so wolkig und nachtstückhaft sein, wie er will, kann es ›Arrangement in Grau‹ oder wie auch immer nennen, es gibt immer eine Stimmung, in die ich mich versenken kann. Ich kann sagen, ja, genauso empfinde ich manchmal, wenn ich am Embankment entlanggehe. Genau so. Aber...«

»Aber bei mir nicht.«

»O nein«, widersprach ich schuldbewußt. »So habe ich das nicht...«

»Ich weiß.« Tom lachte und klopfte mir auf die Schulter. »Ich weiß. Ich wünschte, ich könnte wie Jimmy mit Worten umgehen. Aber das kann ich nicht. Ich weiß, was ich *tue*, das glaube ich wenigstens. Das ist alles.« Plötzlich lachte er wieder, wenn auch in einer anderen Tonart. Seine Hand lag noch auf meiner Schulter, und er drückte zu. »Weißt du, wer das zu verstehen scheint? Robert Delaney.«

Ich hielt das zuerst für einen Witz, aber dann sagte er: »Die Wahrheit, die reine Wahrheit. Er hat uns früher hier besucht; damit hat diese verdammte Geschichte doch angefangen. Er hat einmal zu mir gesagt: ›Ich weiß nicht, was Sie sehen, wenn Sie malen. Aber es ist eine besondere Art, die Dinge zu sehen, und es gibt nicht nur eine, das sagen diese Bilder.‹ Und natürlich hatte er recht. Viel näher kann man der Sache nicht kommen. Nicht ganz nah, aber näher, als ich mit Worten beschreiben kann. Worte spielen keine Rolle für...« Er zeigte mit dem Finger auf die Leinwand. »Worte spielen keine Rolle für das da. Das da ist sogar gegen Worte.«

»Für Delaney spielen Worte eine Rolle«, sagte ich.

»O ja«, entgegnete Tom. »Im Moment.«

»Im Moment! Er hat sein Leben darauf aufgebaut, auf Tribünen, in Zeitungen, im Parlament. Pamphlete, Rhetorik, Männer, die sich Mühe geben, seine Worte aufzuschnappen. Ein Leben.«

»Für den Moment«, wiederholte Tom. »Nach einer Weile wird alles so ruhig wie das hier.«

Und für den Moment, für den Moment waren das Zimmer und meine Gedanken erfüllt von der Ruhe »dessen da«, den Zypressen, den umgestürzten Statuen, den Urnen, dem versunkenen Garten. Für den Moment lehrte »das da« uns über das Schweigen die Stille.

In der letzten Augustwoche wollte Parnell auf dem Marktplatz von Kilpeder eine Rede halten. Den ganzen Juli und August über bis in den September hinein zog er von einer Stadt zur nächsten – Marktstädte, Junkerstädte, einige waren kaum größer als Weiler. Es kam mir jetzt so vor, als würden seine Anhänger, zu denen ich auch Bob rechnete, von wütenden Impulsen primitiven Stolzes geleitet, einer Wut über das, was verlorengegangen war, was jeden Tag mehr verrann, und ihr gemeinsamer Haß war so wütend wie jeglicher Haß, den wir jemals auf die Engländer gerichtet hatten.

Einmal, früher im August, hatten Bob und Parnell sich an Bord desselben Schiffes befunden und nach der Abfahrt von Holyhead nebeneinander an der Reling gestanden. Die Nacht war dunkel und mondlos, es regnete ab und zu. Das *Freeman's Journal* war am Vortag auf die andere Seite übergewechselt, und Edmund Gray hatte salbungsvoll verkündet, daß Parnells Hochzeit mit »Mrs. O'Shea«, wie er sie bewußt nannte, es dem irischen Volk unmöglich gemacht habe, den Ehebrecher Parnell jemals wieder als ihren Führer anzuerkennen. »Ich habe diesen Burschen Gray noch nie leiden können«, sagte Parnell. »Verdammter Engländer, mischt sich in unser Leben ein, behauptet, er wäre ein Ire. Warten Sie bis Thurles.« Er war nach Thurles unterwegs. »Da werde ich ein oder zwei Worte zu ihm sagen, werde ihm ein paar glühende Kohlen in die Hose schaufeln.«

Weißt du«, hatte Bob mich in ziemlich gereiztem Ton gefragt, »weißt du, daß er nicht einmal auf die Idee gekommen ist, sich bei denen von uns, die zu ihm stehen, und zwar mit beträchtlichen

Risiken, während wir jeden Tag weniger werden, zu bedanken? Patsy Daly in Thurles hat wirklich jeden Batzen auf den Tisch gelegt, um die Kundgebung dort zu organisieren. Thurles, ausgerechnet Thurles, mit dieser großen häßlichen Kathedrale, die alles und jedes überragt, die katholischste Stadt in Irland, damit prahlen sie, was immer das heißen soll, zum Teufel; aber es gibt Parnelliten in Tipperary, und Patsy wird sie herbeischaffen, selbst wenn ihn der Erzbischof höchstpersönlich von seinem kitschigen Altar herab verurteilt. Und am Ende wird Parnell zu allem ›danke‹ sagen, als ob er eine Tasse Tee bekommen hätte.

›Wissen Sie, Delaney‹, sagte er in der Nacht zu mir, als wir an der Reling lehnten und in die schwarze Nacht hinausschauten, in das schwarze Wasser unter uns, ›ich würde gern von Ihnen hören, welches Ergebnis Sie für die allgemeinen Wahlen erwarten.‹

Nun, das Problem war in diesem Moment, daß ich in der Bar fünf Große getrunken hatte, und deshalb dachte ich, zum Teufel, jeder Lear verdient seinen Kent. ›Ich glaube, Sie werden mit fünf Anhängern ins Parlament zurückkehren. Nein, mit vier, ich kann nicht mehr für Kilpeder garantieren.‹

›Oder vielleicht‹, antwortete er, ›vielleicht komme ich ganz allein zurück, und dann steht eines fest: Ich werde eine irische Partei vertreten, deren Unabhängigkeit nicht untergraben oder bestochen oder eingeschüchtert werden kann.‹

Darauf verstummte Kent, Hughie, und wir beide standen noch eine Weile dort und blickten in Fahrtrichtung. Irland lag noch etliche Meilen vor uns. Bis schließlich die Kälte durch Mantel und Pellerinen zu mir durchdrang und ich mich entschuldigte, worauf er allein dort stehenblieb.«

Aber als Bob mir seine Befürchtungen in Hinsicht auf Thurles und Patsy Daly beschrieb, wußte ich, daß er in Wirklichkeit an Kilpeder und sich selber dachte. Die Flut strömte gegen ihn; die Kirche, Tully und alles, was Tully war und vertrat, die geschäftlichen Interessen der Stadt und ihre katholischen Honoratioren. Noch bedrohlicher war, daß inzwischen bekannt war, daß Fogarty bei der allgemeinen Wahl gegen Bob antreten würde, und es gab Farmer, wohlhabende Farmer und einige weniger wohlhabende, die aber doch schon das Stimmrecht besaßen, die guten

Grund hatten, Fogarty zu unterstützen. Fogarty arbeitete für sie und trug die täglichen Lasten. So etwas wird in Irland nicht vergessen, wo es wichtiger ist, was ein Mann ist und tut, als welche Ideen er vielleicht zur Schau stellt. Bob wußte das selber, und er widmete Kilpeder in diesen letzten Wochen sehr viel Zeit, aber es war offenkundig, daß er das nicht gern tat – ich konnte es, nach allem, was ich wußte, jedenfalls spüren.

Bereits zwei Wochen vor der Kundgebung ließ Bob seine Plakate, die diesmal riesig waren, in der Stadt und an Hökerläden und Scheunen auf dem Lande anbringen: »Charles Stewart Parnell, offizieller Führer des irischen Volkes, Vorkämpfer der Rechte des Volkes, wird auf dem Marktplatz von Kilpeder sprechen. Mit ihm auf dem Podium wird Robert Delaney stehen, Kilpeders Abgesandter im Parlament des Feindes, Verteidiger der Armen im Kampf gegen die Vernichtungspolitik der Großgrundbesitzer. Ebenso Vincent Tully, Esquire, wie Robert Delaney ein Held von Clonbrony Wood in düsteren, üblen Tagen. Gott schütze Irland.«

Viele dieser Plakate wurden mit Schmierereien besudelt. »Kitty O'Sheas Hemd«. Aber Lanty hatte seine zähen Burschen, die Organisation selber patrouillierte durch die Straßen, um die neuen Plakate zu schützen, die Bob daraufhin ankleben ließ. Die neuen wiesen die Namen noch weiterer Männer auf – Edmund Leamy und John Redmond –, deren Teilnahme versprochen wurde.

»Held von Clonbrony Wood«, protestierte Vincent. »Wir haben noch nie so tief sinken müssen, Bob.«

»Wir werden noch tiefer sinken, ehe wir fertig sind«, erwiderte Bob. »Sprich deine Gebete, denn ich bin absolut bereit, in Schnörkelbuchstaben hinzuzufügen: ›Sitzt gegen den strengen Befehl seines Vaters auf dem Podium.‹«

»Und noch eins«, sagte Bob einen Tag später zu Lanty. »Wenn der Chef in der Stadt ist, dann möchte ich nicht, daß sein Blick auf den Dreck fällt, den diese Leute an die Wände schmieren.«

»Wenn der Tag gekommen ist, kann ich wenig gegen den Dreck tun, den sie wahrscheinlich dazwischenrufen werden«, erwiderte Lanty. »Du weißt doch selber, was letzte Woche in Thurles passiert ist, und danach in Ennis. Und in Ennis ist die Organisation stärker als hier. Was die Jungs und ich für den Tag planen...«

»Vergiß nicht«, sagte Bob, »ich brauche das nicht zu hören. Und vergiß nicht, daß die Polizei und der Friedensrichter auf dem Marktplatz sein werden, um für Ordnung zu sorgen.«

Lanty hustete und spuckte zwischen seine schweren Schmiedestiefel. »Scheiß-Peeler.«

»Scheiß-Peeler mit Scheiß-Karabinern. Aber ich will nicht, daß irgendwer von uns auf diesem Marktplatz bewaffnet ist. Nicht mit Schußwaffen, meine ich. Ein Schlehenknüppel ist etwas ganz anderes – das ist eine Art persönlicher Schmuck. Und der eine oder andere kann auch ruhig einen Hurlingschläger als Beweis für unsere Liebe zu unseren wiederbelebten gälischen Sporttraditionen bei sich haben. Aber keine einzige Schußwaffe, hast du verstanden?«

»Mit Verlaub, Mr. Delaney, Befehle nehme ich nicht von Ihnen an, sondern nur von der Organisation.«

»Die Organisation und ich haben in dieser Sache eine Absprache erreicht«, erwiderte Bob. »Wenn du mir nicht glaubst, dann kannst du eine gewisse Person in Cork City fragen, deren Name uns beiden bekannt ist.«

Mir erscheint es seltsam, und ich habe versucht, für Patrick ein Bild davon zu zeichnen, daß er bis zum letzten Ende, bis alles für ihn zusammenbrach, noch so findig war wie an jenem Morgen im Jahre 67. Wenn wir drei allein waren – er und ich und Vincent (und manchmal auch Mary) –, konnte er bei solchen Gelegenheiten Parnells Aussichten unverblümt und düster einschätzen, durch die Stadt jedoch bewegte er sich in seiner alten Zuversichtlichkeit.

Und Agnes, das muß ich zu ihren Gunsten sagen, hielt während dieser ganzen schweren Zeit zu ihm; die Kommunikation zwischen den beiden einander gegenüberliegenden schönen Häusern kam auf ihren Wunsch wie auch auf den ihres Vaters zu einem Stillstand. Wenn im Delaney-Haushalt Lebensmittel oder andere Waren benötigt wurden, dann schickte sie eines ihrer Dienstmädchen in den Laden, während es ihr früher Freude gemacht hatte, selber auszusuchen und vielleicht sogar mit einem von Bobs Nachfolgern als Ladengehilfe zu feilschen. Aber sie hatte die Worte des Sakramentes der Ehe ernstgenommen, so, wie sie alle Sakramente ernst nahm, und sie hatte Bob für gute wie für schlechte Zeiten geheiratet und alle anderen um seinetwillen aufgegeben. Wenn die Luft rein war, schlüpfte sie aber doch ab und zu einmal zu einer Tasse Tee bei ihrer Mutter über die Straße, und einmal saß, als Mary Agnes besuchen wollte, die Mutter bei ihr in der Küche, »die schweigende Tully«, wie Vincent sie nannte, eine schwere, beleibte Frau, die immer Kleider trug, die eine Näherin in Cork City für sie angefertigt hatte und die an ihr immer formlos wirkten, weshalb sie sie mit einer Art von Mißbilligung trug, als ob sie sagen wollte, »Ich weiß, wie ich aussehe, es wäre nicht nötig gewesen, soviel Geld auszugeben«.

»Es ist schrecklich, Agnes«, sagte sie, »nach soviel Nachdenken und Sorgfalt und Mühen, und was deine Erziehung gekostet hat – nicht, daß wir dir das mißgönnen, Geld, das für Erziehung ausgegeben worden ist, ist niemals vergeudet, sagt Mr. Tully, das hat immer schon goldene Zinsen getragen – und jetzt das.«

»Was geschehen ist, ist geschehen«, sagte Agnes. »Bob hat sein Schicksal mit dem dieser Männer zusammengeworfen, und es gibt keinen Weg zurück.«

»Moonlighters«, sagte Mrs. Tully, »Freischärler, unter dem Befehl eines Ehebrechers.«

»Ich weiß, was sie sind, Mutter. Hörst du bitte auf? Ich kann nichts machen. Geh mit deinen Vorwürfen zu Vincent, der auf Bobs Seite steht und am Sonntag neben ihm auf der Tribüne sitzen wird.«

»Vincent«, Mrs. Tully seufzte. »Ich weiß nicht, womit ich solches Herzeleid verdient habe.« Und leise begann sie zu weinen, Tränen hinterließen Streifen auf ihrem weichen, teigigen Gesicht, unter der schwarzen Haube, die sie nicht abgesetzt hatte.

Später hatte Agnes mit überraschender Härte zu Mary gesagt: »Vincent hat wirklich viel Schlimmeres getan, als mit einem verurteilten Ehebrecher auf dem Podium zu stehen. Wir beide wissen das, und sie weiß es auch.«

Parnell kam spät am Samstag mit dem Zug von Cork nach Macroom an, und Bob brachte ihn nach Kilpeder, wo er unbedingt ein Zimmer in den Arms nehmen wollte, obwohl Bob ihm eines in seinem Haus angeboten hatte. Die Stadt war ruhig, eine trügerische Ruhe, und Parnell ging, begleitet von Bob und Leamy, einem Parlamentsmitglied und einem seiner Anhänger, wie irgendein Handelsreisender zu den Arms und trug sich ins Gästebuch ein. Bob sah seinen kurzen, vertrauten Namenszug auf der blauen Linie, die seit dem Fälschungsprozeß berühmte Unterschrift: »Chas. S. Parnell, MP.«

»Ja, wirklich«, sagte Gilmartin, der Besitzer der Arms, »ein nettes ruhiges Zimmer hinten im Haus, Mr. Parnell, das ist genau das richtige. Mit Blick auf die Berge.«

»Ich ziehe Zimmer nach vorn vor«, sagte Parnell. »Haben Sie wohl eins mit Blick auf den Marktplatz? Ich mag die Geschäftigkeit einer Stadt.«

»Sonntagmorgens ist hier nicht viel los«, erwiderte Gilmartin, »aber morgen abend natürlich...«

Er unterbrach sich, und Parnell sagte: »Ja.«

Der Morgen war so ruhig, wie Gilmartin prophezeit hatte, die Stadt begab sich ruhig zur Messe nach Saint Jarlath, während die Handvoll von Protestanten am anderen Ende des Orts ihren Gottesdienst verrichteten. Aber die RIC war bereits mannstark vertreten, sie hatte aus Macroom und Millstreet Verstärkung bekommen und ging in Zweiergruppen durch die Stadt. Von Zeit zu Zeit blieb ein Paar beim Podium stehen, wie Soldaten, die ein Feld mustern, wo eine Schlacht ausgefochten werden soll, und manchmal starrten sie auch auf die Vorderfenster der Arms. Vielleicht sahen sie ihn kurz, wie ich selber, nachdem ich genau zu diesem Zweck durch die Stadt gegangen war. Er stand am Fenster, schaute herunter und hatte eine Teetasse und eine Untertasse in der Hand. Später ging er ins Eßzimmer, wo Bob und Leamy zu ihm stießen.

Parnells Kundgebung in Kilpeder wurde von den Zeitungen und den Büchern, die bald darauf zu erscheinen begannen, ausgiebig dargestellt. Die Bücher wußten natürlich, daß es eine der letzten Szenen sein würde; in wenigen Wochen würde alles vorüber sein. Aber vielleicht wußten das auch die Zeitungen: Ihre Zeichner gaben ihm das Aussehen eines Wahnsinnigen.

Am Abend waren, trotz des klaren, grünlichen Sommerlichtes, Pechfackeln angezündet worden. Parnell verließ die Arms, gefolgt von Bob und Leamy und den Männern, die im Laufe des Tages noch zu ihm gestoßen waren – Harrington und die beiden Redmonds und Harrison. Seine Anhänger hatten im Moment die Überhand, und sie brüllten los, als sie ihn sahen, was er jedoch nicht zu hören schien, und er wartete geduldig – ich stand so dicht bei ihm, daß ich ihn hätte berühren können –, als Lantys Leute ihm den Weg zur Tribüne freimachten.

Ich hatte seit jenem frühen Tag vor zehn Jahren, als Bob uns einander vorgestellt hatte, nicht mit ihm gesprochen, und ich weiß noch, daß ich ihn danach Mary gegenüber als äußerst gutaussehenden Mann beschrieben hatte, und sie hatte jedes Wort, jeden Blick, jedes Detail seiner Kleidung beschrieben haben wollen. Später hing ein Druck in unserer Küche, der ihn so zeigte, wie er damals ausgesehen hatte, ein bißchen verschönert vielleicht, aber nicht viel, und unter dem Stich standen seine berühmten Worte aus Ennis: »Behaltet eure Heimstätten in festem Griff.« Vielleicht sah er ein bißchen zu hübsch aus, sah aus wie nur wenige Politiker, ein königliches Aussehen, vielleicht war auch dort der luziferische Stolz vorhanden, aber wir alle hatten ihn als positives Omen betrachtet. Nun war er wie ein gestelltes Wild, seine Augen waren trübe, wachsam, gefährlich, vielleicht wirklich – wie Davitt und Healy schändlicherweise behaupteten – fast wahnsinnig.

Der Tag hatte mit Pater Meaghers Predigt schlecht angefangen. »Der Gestank des Scheidungsgerichtes«, sagte er, »ist nach Kilpeder getragen worden und weilt in dieser Stadt. Der Mann, dem unser Volk in seiner Unschuld und seiner bitteren Not sein Vertrauen geschenkt hat, hat Irland durch die besudelten Laken eines ehebrecherischen Bettes gezerrt. Ich will mich in dieser Pfarrei in niemandes Politik einmischen, aber auch ohne Einmischung kann ich sagen, daß kein anständiger Mann, kein Mann, dem Irlands Bestes am Herzen liegt, heute abend den Wunsch haben kann, auf den Marktplatz zu gehen. Und nun wollen wir alle, die wir unsere Gebete im heiligen Opfer der Messe vortragen, ein besonderes Gebet sprechen und unser armes, schwergeprüftes Land unter den besonderen Schutz Mariens stellen, die ohne Sünde empfangen wurde, die unbefleckte Mutter unseres Heiligen Erlösers.«

Wenn alle, denen Irlands Bestes am Herzen lag, an jenem Abend wirklich einen Bogen um den Platz gemacht haben, dann ist mir die Identität des Mobs, der sich zur Schlacht stellte und der Parnelliten und Feniern und Polizisten zahlenmäßig weit überlegen war, wirklich ein Rätsel.

Schon am Nachmittag war es ihnen gelungen, das grüne Fahnentuch mit seiner goldenen Schnörkelschrift, seiner Harfe, seinem Rundturm und seinem Motto, den Worten der Märtyrer von Manchester »Gott schütze Irland«, von der Tribüne zu reißen. Lantys Männer hatten mit ihnen darum gekämpft, jedoch verloren. »Diese Bastarde«, sagte Lanty zu Bob. »Banner und Fahnentuch gehörten ihnen, nicht uns – das Fahnentuch, das die League in den letzten zehn Jahren benutzt hat.«

»Macht nichts«, sagte Bob. »Der Chef haßt die Farbe grün, er wird es als gutes Omen bezeichnen.«

Aber das war es nicht.

Vincent war zusammen mit Bob und den anderen dort – wie er es versprochen hatte, und der alte Tully saß zweifellos zu Hause und weinte, wie David um Absalom geweint hatte –, und sah heiter aus wie eh und je: Ein Bratenrock, um den ein Torypolitiker ihn hätte beneiden können, spiegelblank polierte Stiefel, eine lila Krawatte aus changierender Seide, eine blumenkohlgroße Parnellitenrosette, wie sie alle eine trugen. John Redmond, der Junker aus Wexford, war ein bißchen verlegen über ihre Vulgarität. Vincent hatte in seiner Tasche seine silberne Taschenflasche, in der anderen steckte als Gegengewicht eine geladene zweiläufige Derringer.

Während Bobs einführender Rede gab es keine störenden Zwischenfälle, obwohl hier und da gemurmelt wurde. Die Menge war eher gegen Bob als für ihn, und das merkte er und versprach sich ein oder zweimal; am Ende hatte er sich gefangen, und seine abschließenden Worte waren große schauspielerische Kunst; sie präsentierten Parnell den Einwohnern von Kilpeder, wie man einen König oder einen siegreichen General präsentieren könnte, dessen bloße Anwesenheit in der Stadt schon eine Art königlicher Herablassung bedeutete.

Er hätte sich umziehen sollen. Er war der einzige Mann von Bedeutung auf dem Podium, der keinen Bratenrock trug, sondern eine schwarze kurze Jacke über einer Wolljacke und eine Tweedhose, die in aller Eile gebügelt worden zu sein schien. Unter seinem Bart war sein Gesicht entsetzlich bleich, seine Augen brannten. Ob er weiß, wo er ist, fragte ich mich und schämte mich über diese Frage. Weiß er, daß er in Kilpeder ist? Healy und die anderen hatten eben in unseren Gemütern ihr Samenkorn gepflanzt. Und er war immer unterwegs gewesen, von einer Stadt in die andere, und alle sahen gleich aus, vielleicht waren die Markthallen unterschiedlich geformt und auf den Plätzen standen unterschiedliche Denkmäler, ansonsten gab es aber keine Unterschiede, weder im Regen, der sie verwischte, noch im staubigen Sonnenschein wie heute.

»Männer von Kilpeder«, sagte er in der Stimme, von der wir schon gehört hatten, ruhig, lässig. »Wir stehen heute auf dem Marktplatz, wo im Jahre 67 die Männer dieser Stadt ihre Kräfte sammelten, um für unser Land zu kämpfen. Hier hat Kilpeder seine Tapfersten und Besten versammelt. Einige von ihnen stehen heute hier mit mir auf der Tribüne, aber ich gehe davon aus, daß noch mehr uns zuhören. ›Full sixty men from Kilpeder town to the hills above did go. Gainst troopers red and peelers black we fought them as we could.‹ Heißt es nicht so im Lied? Männer von Kilpeder, das ist euer Lied, nicht meins. Und ganz Irland ehrt euch seinetwegen.«

Plötzlich war der Marktplatz still, fast atemlos. Lieber Gott, dachte ich, er hat es wieder geschafft. Später erzählte mir Bob, daß er ihm am selben Morgen vor dem Frühstück den Text der Ballade eingetrichtert hatte, mit großer Mühe, denn Parnell hatte keinen Sinn für Poesie, weder für Knittelverse noch für wahre Kunst. Aber was spielte das für eine Rolle? Für diesen Augenblick hatte er Kilpeder in der hohlen Hand, und das wußte er. Die Augen, die wütend ausgesehen hatten, strahlten in diesem Moment.

Dann rief jemand: »Hey, Charley! Kitty hat dir die falsche Hose gegeben, als du heute aus dem Bett gestiegen bist.«

In der Stille waren diese Worte klar und abstoßend zu hören. Sogar seine Gegner waren für einen Moment stumm, und das gab Parnell eine trügerische Chance, das Gehörte zu ignorieren und weiter die vorbereitete Rede zu halten, für die er einen Text in der Hand hatte, den er nicht brauchte; er hielt diese Rede nun schon seit Wochen.

»Nun«, begann er, »nun, wo unser ewiger Feind auf der anderen Seite der Irischen See das Schlimmste gegen uns versucht hat und es fehlgeschlagen ist, versucht er nun wieder, was er immer getan hat, zu seinem ewigen Nutzen und unserer ewigen Schande. Sie stacheln uns gegeneinander auf. Oder, wir wollen lieber sagen, das ist ihre Absicht. Denn ich kenne Irland, wie ihr es kennt, und ihr und ich wissen...«

»Mr. Fox«, rief eine andere Stimme, »haben Sie Ihre Rechnung in den Arms schon bezahlt?« Fox war, wie beim Scheidungsprozeß herausgekommen war, ein Name, den er verwendet hatte; es war ein Name, den Healy überall in den Dreck gezogen hatte. »Hast du Kitty mitgebracht, oder verbringt sie die Nacht mit dem Captain, wie eine gute Ehefrau?«

Was als nächstes gerufen wurde, kann ich nicht sagen, denn nun brach auf dem überfüllten Marktplatz ein Tumult los. Weder ich noch irgend jemand sonst weiß, womit es anfing; aber ich nehme an, daß Lantys Männer sich an den Rufer herangemacht hatten, um den sich dann seine Kumpanen scharten. Ich hatte schon aufgewühlte politische Versammlungen miterlebt und hatte oben in den Bergen von den wilden, unbegreiflichen Dorfkämpfen der alten Zeiten gehört, wo sich die Männer aus zwei Dörfern an einem bestimmten Tag trafen und aufeinander einschlugen, so daß gespaltene Schädel und ein oder zwei Tode die Folge ihrer Begegnung waren. In diesen Zustand verfiel jetzt der Marktplatz von Kilpeder, und eine Zeitlang, wie lange genau, kann ich nicht sagen, stand ich voller Entsetzen da, wußte nicht, was ich machen sollte und war in der Eingangstür zu Tullys Laden einigermaßen in Sicherheit. Aber damals dachte ich, daß die Männer auf der Tribüne, Bob und Vincent und vor allem Parnell, am dringendsten Schutz brauchten, und deshalb bahnte ich mir vorsichtig einen Weg, von Laden zu Laden und bis zur Tribüne, ein Schullehrer mittleren Alters, der nicht einmal einen Rohrstock als Waffe hatte.

Und dabei fand ich heraus, was jeder Soldat, sonst aber kaum jemand weiß: Daß die Handgemenge, die stattfanden, die Gewalttätigkeiten und die Faustschläge und die geschwungenen Knüppel nicht dem Wahnsinn eines Dorfkampfes entsprangen, sondern daß hinter ihnen ein grober, primitiver Plan steckte. Jeder versuchte, die Tribüne zu erreichen – Healys Mob, wenn er denn einen Namen haben muß, so ungenau der auch sein mag; während Lantys Mob am Fuße der Tribüne stand und wild entschlossen war, sie zu halten.

Als die Gewalttätigkeiten ausbrachen, machte Parnell einen Versuch, seine Rede weiter vorzutragen, aber das hatte keinen Sinn, nicht einmal als Geste, und so blieb er völlig regungslos stehen. Die anderen auf der Tribüne waren aufgesprungen und scharten sich um ihn. Aber Lantys Männer waren zu spärlich vertreten, und obwohl sie vor der Tribüne standhielten, hatten die anderen die Tribüne umzingelt und machten sich an der Hinterseite des wackelnden Bodens zu schaffen. Eine oder zwei Minuten früher hatte Major Richardson, der lokale Friedensrichter, in seine Trillerpfeife geblasen und etwas gerufen, woraufhin die Polizisten sich, geführt von Sergeant Kelleher, mit gezückten Knüppeln auf die Menge gestürzt hatten, sich mit vernünftiger Unparteilichkeit ans Werk machten und versuchten, mit Hilfe des Rocks der Königin die Menge zu teilen. Kelleher gab ihnen ein schönes Beispiel, und diese Aufgabe schien ihm sogar ein gewisses Vergnügen zu bereiten, aber weder er noch seine Männer schienen viel ausrichten zu können.

Richardson stand auf meinem Weg, wenn ich das so nennen kann, vor Robinsons Sattlerei.

»Mein Gott, Major Richardson«, sagte ich, »was schlagen Sie hier vor?«

Er war ein kleinwüchsiger Mann, untersetzt, aber ohne überflüssiges Fleisch, und trug einen kurzen karierten Mantel und einen weichen Hut. Er hatte sich unter seinem kurzen, militärischen Schnurrbart eine Zigarre zwischen die Zähne geklemmt.

»Ich habe vor zehn Minuten gerufen, Lehrer MacMahon, daß ich vorhabe, die Ordnung aufrechtzuerhalten. Vielleicht haben Sie mich nicht gehört. Außer Sergeant Kelleher scheint niemand mich gehört zu haben.« In diesem Moment ließ Kelleher gerade, wie ich mit Befriedigung feststellte, seinen Knüppel auf irgendeinen Schädel hinabsausen, wem der gehörte, war mir egal. »Während der letzten zehn Minuten«, sagte Richardson, »ist das hier eine illegale Versammlung gewesen.«

»Es ist mir ein Trost, das zu wissen«, erwiderte ich, »aber ein verdammt geringer. Was sonst haben Sie vor?«

»Ich habe Kelleher seine Leute bewaffnen lassen. Wollen Sie vielleicht, daß er einfach so in eine unbewaffnete irische Menschenmenge hineinschießen läßt? Das ist wohl kaum der Geist von Clonbrony Wood.«

Gott sei Dank waren sie nicht alle unbewaffnet. Vincent war es gelungen, neben Parnell zu treten, und er stand ebenso ruhig wie Parnell und hatte die Hände auf seinem flachen Bauch gefaltet. Er hatte seine Derringer aus der Tasche genommen, ließ sie jedoch nicht sehen. Vincent Tully war die überraschendste Person, die ich je gesehen habe, und ich habe immerhin in meiner Jugend einen Schilling bezahlt, um auf dem Puck Fair in Killorglin ein Geschöpf zu sehen, das halb Mann und halb Frau war.

»Was haben Sie vor, Major?« fragte ich noch einmal und unterdrückte meinen Zorn.

»Ich weiß es nicht, MacMahon, um ehrlich zu sein. Ich habe Kelleher zur Tribüne geschickt. Wenn sie durchkommen, werden wir sehen, was wir sehen werden. Ihr Parnell und Ihr Delaney sind durchaus nicht mein Geschmack, aber ihre Versammlung war gesetzlich erlaubt, und bei Gott, ich werde sie beschützen, wenn ich kann. Und wenn ich dazu Karabiner benutzen muß, dann werde ich das tun, bei Gott.«

Das Schlimmste war, daß es keine Rückzugsmöglichkeiten zu geben schien. Ich blickte die Straße nach Macroom und die Chapel Street hinab, und überall gab es Menschenmengen, ob freundlich oder nicht, konnte ich nicht sagen, und dann drehte ich den Kopf, um mich umzusehen, und zwar genau in dem Moment, der dem Abend seinen außergewöhnlichen Höhepunkt bescherte.

Über die Auffahrt, vorbei am Kutscherhaus, vorbei an den von Falken bewachten Toren kam eine Kutsche gejagt, in der zwei Männer saßen. Auf diese Entfernung, so gering sie auch war, konnte ich sie nicht erkennen, so verblüfft war ich. Der Kutscher hielt eine lange Reitpeitsche und schlug damit nach rechts und links und hieb sich einen Weg zur Tribüne frei. Er saß auf der Sitzbank, der Mann neben ihm jedoch stand und hielt eine Waffe in der Hand – einen Revolver, wie sich bald herausstellen sollte. Der Mann mit dem Revolver war der Earl selber, Lord Ardmor, der Kutscher sein Vetter, den ich später gut kennenlernen sollte, den ich jetzt aber nur vom Sehen und vom Namen her kannte.

»Delaney«, rief Ardmor, »bringen Sie ihn her zu uns, und steigen Sie selber ein. Die anderen werden dann schon in Sicherheit sein. Der Pöbel hat es doch auf ihn abgesehen.«

Weder Richardson noch ich konnten genau sehen, was passierte, aber wir konnten es uns getrost vorstellen, denn wir sahen, wie Parnell und Bob sich bückten und dann von der Tribüne verschwanden.

»Jesus Christus«, sagte Richardson, entweder zu mir oder zu dem Genannten. Der Marktplatz war still, aber das konnte nicht lange anhalten. »Kelleher!« rief er, »rufen Sie Ihre Männer zusammen und geben Sie dieser Kutsche sicheres Geleit. Wenn jemand Hand daran legt, dann benutzen Sie, wenn es sein muß, auch die Karabiner.«

Inzwischen hatte Forrester die Kutsche wenden lassen und hielt über den Marktplatz auf die Tore zu. Kelleher und seine Männer schafften soviel, wie zu erwarten war, nämlich recht wenig. Ein Rüpel, der neben der Kutsche rannte, griff hinein, packte Parnell am Revers und begann, ihn herunterzuziehen. Ardmor zielte mit seinem Revolver, so kühl, als ob er eine Leinwand mit einem seiner Pinsel berührte, auf die Schulter dieses Mannes und drückte ab. »Nein!« rief Richardson, und dann rief er noch einmal: »Jesus

Christus!« Er stürzte vorwärts, wand und prügelte sich seinen Weg durch die Menge und schwang sich selber auf die Kutsche.

Die Menge, Freund wie Feind, war nun wieder zum Leben erwacht und rannte hinter der Kutsche her, konnte es jedoch nicht mit ihr aufnehmen. Und Kelleher, mit lobenswerter Schnelligkeit, ordnete seine Männer vor der Einfahrt zum Schloß in beeindrukkende Dreierreihen.

Niemand von uns wußte, was er machen sollte – niemand von uns, heißt das, außer Brendan Fogarty. Die Gewalttätigkeit war vom Platz abgeflossen, wie Eiter aus dem Schnitt eines Skalpells. Ich bemerkte, daß ich neben Bill Regan stand, einem wohlhabenden Farmer, dessen Land hinter Clonbrony lag.

»Was zum Teufel hältst du davon, Hugh?« fragte er vorsichtig, und ebenso vorsichtig antwortete ich: »Bemerkenswert.«

»Jetzt sind sie also in Sicherheit, er und Delaney.«

»Das stimmt«, sagte ich, »und das freut mich, obwohl es mir leid tut, die Rede versäumt zu haben.«

Er lächelte. »Du bist Parnells Mann.«

»Das bin ich.«

»Das bin ich auch«, erwiderte er, und wir beide lächelten erleichtert.

»Bei Gott«, sagte Regan, »was für ein schreckliches Chaos. Hier hätte es wirklich zu Mord und Totschlag kommen können. Hast du so etwas schon mal gesehen? Diese Kutsche, und der Lord höchstpersönlich mit einer riesigen verdammten Waffe. Was für Zeiten beginnen denn jetzt bloß für uns?«

Inzwischen hatten alle Honoratioren die Tribüne verlassen. Es war für sie ein viel erschütternderes Erlebnis gewesen als für irgendeinen von uns anderen, und mit einem einzigen Gedanken, »einen Großen bitte«, hatten sie sich in die Kilpeder Arms zurückgezogen. Alle, heißt das, außer Vincent, der mich entdeckt hatte und auf uns zukam. Er schien sich zu freuen wie ein Schneekönig. »Beim Zeus, Jungs, der alte Stamm ist doch ganz nützlich. Gott segne den Landadel und seine unergründlichen Wege. Parnell und Ardmor waren beide in Cambridge, meint ihr, das erklärt die Sache? Aber wie verdammt schnell das doch ging! Ardmor war immerhin früher in der Armee, aber Forrester ist mir immer eher wie eine alte Jungfer vorgekommen. Aber vorhin war das nicht so.«

In diesem Moment kletterte Brendan Fogarty auf die leere Tribüne und bewies uns zum ersten Mal seinen Mut. Während des

Kampagnenplans war er Bobs fähiger Leutnant gewesen, hatte aber zumeist in Bobs Schatten gestanden. Jetzt bekamen wir einen ersten Eindruck seiner Fähigkeiten, eine Ouvertüre zu einer Karriere, die heute, 1904, noch nicht beendet ist, wo Brendan Fogarty uns in Westminster vertritt. Und ich will verdammt sein, wenn er seinen auserwählten Männern nicht befohlen hatte, die Menge an die Tribüne heranzuschieben, damit er nicht in die leere Luft sprechen mußte. Bis zu diesem Moment hatte ich ihn in der Menge noch nicht entdeckt. Es war weder seine Art, Redner anzupöbeln, noch seinen Schlehdornstock zu schwingen wie einen Shillelagh * bei einer Jahrmarktsprügelei.

»Da haben wir es, Jungs«, sagte er mit dieser Stimme, die für einen Mann von noch nicht Dreißig fast unnatürlich tief wirkte, eine Stimme, geschmeidig wie goldener Sirup. »Da haben wir es, klar wie eine Rechenaufgabe in der Schule. Wer ist Mr. Charles Stewart Parnell, und wer unterstützt ihn? Wir wissen es. Kilpeder hat die Lektion gelernt, die in Bitterkeit und Trauer in jeder einzelnen Stadt Irlands gelernt wird. Sie sitzen zusammen in einer Kutsche. Charles Stewart Parnell und der Großgrundbesitzer dieser Stadt, der Fremde, dessen Ahnen in diesen Tälern und Bergen geplündert und gemordet und erschlagen haben, und der Major der verdammten britischen Armee Richardson, der hiesige Friedensrichter. Da habt ihr den Parnellismus, zu einem netten Paket verschnürt und mit einem Band umwickelt.«

Die Menge stieß einen Ruf des Zornes und der Zustimmung aus, und warum auch nicht? Die meisten von Lantys Handvoll Feniern, darunter auch Lanty selber, hatten sich verzogen, und wer noch übrig war, arme, verdutzte republikanische Ladenschwengel, hatte wirklich keine Lust, sich für Junker und britische Offiziere einzusetzen.

Wütend wandte ich mich zu Vincent und Regan um, aber noch ehe ich etwas sagen konnte, meinte Vincent: »Brillant. Verdammt brillant. Vor einer Stunde war er noch der kleine Brendan Fogarty, und jetzt sind Cato und Cicero und Marcus Antonius Waisenknaben gegen ihn. Was reine, pure Frechheit angeht, könnte

* Shillelagh: anglisierte Form des irischen *sail éille*, mit einem Lederriemen versehener Stock aus Weiden- oder Schlehdornholz. Wanderstab der irischen Landarbeiter, und von diesen oft zu Zwecken der Selbstverteidigung verwendet.

der Mann glatt ein Tully sein. Mein Alter hat vielleicht Bob verloren, aber er kann durchaus einen neuen Sohn gefunden haben.«

Und wie aufs Stichwort veränderte sich die goldene Sirupstimme und nahm den Tonfall von Mitleid und Trauer, vielleicht von einer leichten Verwunderung über die Irrwege der menschlichen Natur an. Er war barhäuptig und wurde schon langsam kahl, hatte seine Haare sorgfältig gekämmt, um seine Kopfhaut zu verbergen, die im Licht der Pechfackeln geglänzt hätte, die wie durch ein Wunder nicht erloschen waren.

»Es hat mir leid getan, meinen alten Freund Bob Delaney in dieser Kutsche zu sehen. Meinen alten Freund und Kommandanten sollte ich ihn nennen, denn der Kampagnenplan ist ein Krieg, und Bob Delaney ist ein Soldat Irlands, der uns und seinem Land viele Jahre lang gut gedient hat. Er ist nicht der einzige gute Mann, der zu dem gefallenen Luzifer steht, bei dem wir einst Führung gesucht haben. Es spricht für Bob Delaney, daß seine Loyalität so stark ist, daß sie seine gesunde Vernunft besiegt. Und das ist das Schmerzlichste von allem: Daß Bob Delaney beiseite geschoben werden muß, wie ein verrotteter Ast abgehackt werden muß, damit der Baum gedeihen kann. Aber wir wissen, Gott helfe ihm, wo er sich in diesem Augenblick befindet und in wessen Gesellschaft. Er hat sich selber vom Volk Irlands getrennt, es war seine Entscheidung, nicht unsere. Gott gebe, daß er auf dem Weg, den er eingeschlagen hat, sein Glück findet, und Gott sei Dank, daß wir uns nicht auch dafür entschieden haben.«

»Und alles, was er getan hat«, rief Vincent entzückt, »war, in eine Kutsche zu springen, um nicht vom Mob ermordet zu werden.« Er drehte den Verschluß seiner schönen silbernen Taschenflasche ab und reichte sie erst Regan, der sie gerne annahm, dann mir, der ebenfalls nichts gegen eine scharfe Stärkung hatte. »Nein, nein, Jungs«, sagte Vincent. »Die Stunde zeigt, was in einem Mann steckt. Das ist die Lektion, die uns die Geschichte lehrt. Die einzige Lektion. Nein, das ist genial, und es steht uns nicht zu, ihm das zu neiden. Brendan Fogarty steht vor uns wie die Nelly Melba der provinziellen Rednerkunst. Und wir werden ihn leider nicht sehr lange in der Provinz behalten können. Die große Welt draußen wird schon bald nach solcher Schurkerei rufen.«

Fogarty selber schien diese Ansicht ein wenig zu teilen, denn nachdem er geendet und die Menge sich zu Conefry, Grennan oder Moore begeben hatte, stand er immer noch auf der Tribüne und schien überrascht zu sein von dem, was er getan hatte.

Vincent schlenderte zu ihm hinüber, stand unter der Tribüne und schaute hoch.

»Das war großartig, Brendan. Seit den Tagen von Dan O'Connell hat niemand...«

»Genug, Vincent. Es ist spät, und dein Sarkasmus ist schon bei hellichtem Tage ermüdend genug.«

»Das kann schon sein«, erwiderte Vincent unerwartet. »Gute Nacht, Brendan. Lassen wir es dabei. Und ich freue mich ohne Bosheit auf den entscheidenden Test für deine rednerischen Talente.«

»Ach ja?« fragte Fogarty. »Und was mag das sein?«

»Daß du das, was du eben erzählt hast, Bob Delaney ins Gesicht sagst.«

Und damit hatte Vincent schon seinen glänzenden Hut auf die eine Seite seines Kopfes mit den dichten, silbergestreiften Locken geschoben und sich zum Gehen gewandt, und Regan und ich folgten ihm.

35

[Lionel Forrester / Emily Weldon]

Die gesellschaftlichen Umgangsformen in der Kutsche waren etwas angestrengt, vor allem, nachdem Richardson, der lokale Friedensrichter, zu uns gestoßen war – verlegen, weil er einfach aufgesprungen war, aber mit einer Geschicklichkeit, um die die meisten ehemaligen Militärs ihn beneidet hätten. Nicht, daß er nicht willkommen gewesen wäre, denn ich konnte aus dem Augenwinkel heraus sehen, daß in seiner Rocktasche ein kurzläufiger Revolver steckte, und mit ihm und Tom neben mir waren wir gut geschützt, als wir durch die Stadt und durch die Tore jagten.

Als wir uns bereits auf der Auffahrt befanden, drehte ich mich um und sah, daß der Polizeisergeant seine Männer sehr effektiv vor dem Tor postiert hatte, und deshalb verlangsamte ich die beiden Stuten erst zum Trab, dann zum Trott. Ich empfand die ungeheure Erleichterung, die dem schlichten Wissen, jetzt in Sicherheit zu sein, entspringt.

»Mr. Forrester«, sagte Richardson. Wir waren ein oder zweimal bei denselben Gesellschaften gewesen – nicht hier, aber wir hatten in Mallow gemeinsame Freunde. »Hätten Sie wohl die Güte? Ich verlasse Sie hier.«

Ich zog die Zügel an, und er stieg aus. Sein Revolver steckte wieder in seiner Tasche. Es war jetzt dunkel, aber immer noch hell genug, daß wir einander klar sehen konnten. Er hatte eine Hand in der Tasche, die andere lag auf dem Kutschenrand. Er blickte zu Tom hoch.

»Das war sehr wirkungsvoll, Ardmor«, sagte er, »es hätte zu häßlichen Szenen kommen können.« Aber er wollte offenbar noch mehr sagen, und Tom nickte kurz und musterte ihn. »Sie vergessen doch hoffentlich nicht, daß das Gesetz in der Stadt Kilpeder und in dieser Baronie von mir selber und von der Royal Irish Constabulary aufrechterhalten wird?«

»Ach, in der Tat?« fragte Tom. »Forrester und ich saßen bei einer ruhigen Schachpartie, als mein Türhüter hereingestürzt kam und uns erzählte, daß eine Gruppe von Männern, die meisten von ihnen offenbar Parlamentsmitglieder, das schloß er aus ihren Zylindern, auf dem Marktplatz bedroht würde. Er glaubte, der Friedensrichter und die Polizei hätten die Kontrolle verloren. Natürlich haben wir ihm das nicht geglaubt und sind aus Neugier losgefahren. Aber ich hatte wirklich den Eindruck, daß die Lage außer Kontrolle geraten war.«

»Das stimmte auch. Sie können verdammt sicher sein, daß das nicht wieder passieren wird, und wenn ich die Armee rufen muß. Aber Sie werden sich an meine Worte erinnern?«

»Waren Sie je in den Kilpeder Arms? Dort hängt ein schöner Stich der Stadt im Schankraum. Darunter steht: ›Die Stadt Kilpeder, Eigentum des Earl of Ardmor!‹«

Richardson gestattete sich ein düsteres, eisiges Lächeln. »Um es so zu sagen: Die Zeiten haben sich ein wenig verändert.« Er beugte sich in die Kutsche. »Das tut mir alles sehr leid, Mr. Parnell.« Parnell blickte ihn an, ohne ihn wahrzunehmen, dann nickte er. »Gute Nacht«, sagte Richardson und marschierte die Auffahrt hinunter, eine schneidige, militärische Gestalt.

»Ist schon ein anständiger Bursche«, sagte Tom.

»Besser als manche«, bestätigte Delaney.

»Ich habe zuletzt in Oxford Schach gespielt«, sagte ich, als wir uns wieder in Bewegung setzten.

»Aber alles andere war die Wahrheit«, erwiderte Tom. »Das mit dem Schach war doch ein nettes Detail. Vielleicht sollte ich es mal mit Romanen versuchen, Lee?«

Tom befahl einem Diener, Parnell nach oben zu führen, damit er sich saubermachen und, falls er das wollte, ein wenig ausruhen konnte, und wir drei übrigen gingen in die Bibliothek und standen dort verlegen herum.

»Einen Whiskey«, sagte Tom zu Delaney.

»Nein, danke, nein«, entgegnete Delaney steif. »Jetzt, wo ich weiß, daß er in Sicherheit ist, werde ich in die Stadt zurückgehen. Aber ich muß ihn morgen früh abholen kommen. Er wird zu einer Kundgebung in Askeaton, in Limerick, erwartet.«

»Um Gottes Willen, Mann«, widersprach Tom. »Nehmen Sie einen Whiskey.« Und er verteilte an alle großzügig eingeschenkte

Gläser, wies auf Wasserkrug und Siphon und setzte sich in einen der Sessel vor dem Kamin, über dem Sylvias Porträt hing.

»Was zum Teufel reden Sie da von Askeaton?« fragte ich. »Dieser Mann ist nicht reisefähig. Er ist erschöpft, und er ist müde. Das sehen Sie doch. Sehen Sie ihm doch einmal in die Augen. Er ist erschöpft und todkrank.«

»Ich erinnere mich an dieses Zimmer«, platzte es plötzlich aus Delaney heraus. Er zeigte mit seinem Glas auf die Staffelei. »Ist das ein neues Bild?«

»Ja. Bei diesem Licht können Sie es nicht sehen. Und Gaslicht würde es scheußlich aussehen lassen. Werfen Sie morgen früh einen Blick darauf.«

»Ich bin sehr dankbar für Ihre Hilfe«, sagte Delaney. »Seinetwegen und meinetwegen. Ich hätte nie erwartet, daß Sie... daß Sie auf unserer Seite stehen würden.«

»Das tue ich auch nicht«, erwiderte Tom. »Ganz im Gegenteil. Was ich zu Richardson gesagt habe, war ehrlich gemeint. Kilpeder ist eine Ardmorstadt. Ich will verdammt sein, wenn ich zusehe, wie sie vom Pöbel besudelt wird.«

»Vom Pöbel«, wiederholte Delaney gewichtig, als ob er einen Grenzstein trüge, Schritt um schweren Schritt, um die endlose Entfernung zwischen ihnen beiden zu messen. Eine Ablenkung schien angebracht. »Vielleicht waren Sie noch nie hier auf der Terrasse, Delaney«, sagte ich. »Kommen Sie mit, es könnte Sie interessieren. Allerdings werden wir in diesem Licht nicht viel sehen.«

Delaney blickte Ardmor an, der dünn lächelte und nickte.

»Ich brauche ein wenig Ruhe«, sagte er.» Du hast einen nervenaufreibenden Fahrstil.«

Delaney und ich standen nebeneinander auf der Terrasse. Einige wenige frühe Platanenblätter waren bereits auf die Steinplatten gefallen. »Da haben wir sie«, sagte ich und zeigte auf die vereinzelten Lichter. »Die Stadt Kilpeder.«

»Eigentum des Earls of Ardmor«, fügte Delaney hinzu und setzte einen weiteren Grenzstein ab.

»Vor 25 Jahren«, erzählte ich, »während der Schlacht, während *Ihrer* Schlacht, haben Isabel, Toms Mutter, und ich auf dieser Terrasse gestanden. Wir wußten nicht, was passierte, hörten Schüsse und Geschrei. Aber gegen Ende sahen wir die lange Kolonne der Soldaten in ihren roten Röcken, die die Anhöhe auf der Straße nach Macroom hinaufmarschierten.«

»Das muß ein willkommener Anblick für Sie gewesen sein.«

»Das war es natürlich in gewisser Hinsicht. Aber nicht so sehr, wie Sie sich das vielleicht vorstellen. Alles kam uns sehr weit weg von uns vor, sehr unwahrscheinlich. Wie das, was heute passiert ist. Es war ein Tableau, nichts, was uns jemals berühren konnte.«

»Es war eine Rebellion«, entgegnete Delaney. »Wir kämpften, um das Land zu befreien. Das glaubten wir zumindest. Männer kamen ums Leben, mußten ins Gefängnis. Ich mußte selber ins Gefängnis. Nicht lange. Der Mann, der uns angeführt hat, war jahrelang dort; das hat ihn um den Verstand gebracht.«

Noch ein Grenzstein.

»Er weiß Bescheid«, sagte ich. »Haben Sie das gewußt?«

Er wandte sich sofort zu mir um, gab jedoch keine Antwort. Er befürchtete zweifellos, mich mißverstanden haben zu können.

»Über Sylvia und Sie. Er weiß, daß Sie sich lieben.«

Er starrte mich an. Die Luft hatte sich schon den ganzen Abend nicht bewegt und war bedrückend gewesen, nun aber kam eine Brise auf. Es war gerade hell genug, um am Horizont die Konturen der Berge zu erkennen.

»Woher können Sie das so genau wissen?«

»Sie hat es ihm erzählt. Sylvia erzählt Tom alles. Sie lieben sich auch. Auf andere Weise, natürlich. Keine zwei Lieben sind gleich.«

Er war wie vom Donner getroffen. Er begriff ganz plötzlich, daß es einen Teil ihres Lebens gab, den sie nicht mit ihm teilen wollte. Und auch ich begriff es jetzt gewissermaßen. Ich hatte keine Zweifel daran, daß ihre Liebe zu Delaney tief war, und ich hatte törichterweise angenommen, daß sie ihm deshalb alle Tore geöffnet hatte. Aber bei Sylvia wußte man nie. Ihr Herz war eine Sammlung komplizierter Schachteln; wie töricht, sich vorzustellen, daß sie sich alle auf eine Berührung hin öffnen würden, so tief die auch gehen mochte.

»Ich...«, fing er an, dann unterbrach er sich und sagte noch einmal »ich...«

Ich legte ihm die Hand auf den Unterarm. »Sie brauchen nichts zu sagen. Das hier ist kein Gespräch. Ich dachte nur, Sie müßten es wissen, und ich war fast sicher, daß das auch der Fall wäre. Wir wollen nicht weiter darüber reden. Gehen wir hinein; langsam wird mir kalt in diesem Wind.«

Und mir ging auf, daß ich vielleicht in der allerbesten Absicht genau das Falsche gesagt haben könnte, aber das spielte im Moment keine Rolle. Parnell saß mit Ardmor vor dem Kamin, und eine Stunde lang saßen wir vier zusammen, und nachdem Delaney sich verabschiedet hatte, wir drei.

Es war eine seltsame Stunde, weil wir wild entschlossen waren, die Politik nicht zu erwähnen, und Parnell unterdrückte sogar Delaneys dringlichste Fragen nach den Details des nächsten Tages. Parnell hatte eine weite Jacke angezogen, die ein Diener ihm gegeben hatte. Er nippte an seinem Rheinwein. Neben ihm stand eine gekühlte Flasche. Er sprach ein wenig mit Tom über Cambridge, das Tom gefallen, während Parnell es gehaßt hatte, dann über die Fuchsjagd, die er leidenschaftlich liebte, und schließlich ausgerechnet über Geologie und Mineralogie. Er war von dem festen, fast besessenen Glauben, daß Wicklows legendäre Goldminen noch nicht erschöpft seien, sondern irgendwo auf den richtigen Zugang, die passenden Arbeitstechniken warteten. »Die Wissenschaft macht in unseren Tagen große Fortschritte, wissen Sie. Ich habe mir ein kleines Labor eingerichtet und mache meine Experimente. Irgendwann, wenn das alles vorbei ist und Mrs. Parnell und ich uns in Avondale eingerichtet haben...« Nicht »meine Frau und ich«, sondern die vulgäre Ausdrucksweise der Mittelklasse, »Mrs. Parnell und ich«, der Ausdruck, der diese Tatsache betonen sollte. Er und Tom hatten früher beide die lokale Jagd geleitet, und jede Einzelheit über Jagden, Hunde, Pferde, Dickichte, Zäune schien ihn zu interessieren. »Wissen Sie, ich erinnere mich...« fing er dann an, und zwei rote Flecken bildeten sich in seinem blassen Gesicht über dem struppigen Bart.

»Sie jagen noch immer, natürlich. Natürlich müssen Sie das. Ich habe mir die Gegend angesehen, als ich aus Macroom hierhergefahren bin. Hervorragendes Gelände, hervorragend.«

»Jetzt nicht mehr so oft«, antwortete Tom trocken, »und ich bin sehr viel außer Landes. Ich habe ein Haus in Italien.«

»Italien«, meinte Parnell. »Nie da gewesen. Mag diese ausländischen Gegenden nicht. Nur Geplapper und Kauderwelsch.«

»Gutes Licht«, entgegnete Tom. »Ich male.«

»Sie malen, sagen Sie? Sie malen Bilder? Seltsam. Aber schließlich muß man sich ja beschäftigen, wie? Hab mich nie für Kunst, Musik interessiert. Bin jetzt zu alt, ein Leopard kann seine Flecken nicht loswerden. Als ich in den 70er Jahren erstmals im Parlament war, hat Biggar mich in Opern und Music Halls geschleppt. Die

Opern haben mich wenig überzeugt, aber die Music Halls waren sehr lustig, Komiker, und die Lieder hatten Hand und Fuß, leuchtende Farben, Flitter. Ja.«

Und nachdem Delaney gegangen war und Parnell sich ein drittes, letztes Glas Rheinwein eingeschenkt hatte, begriff ich, was hier passierte. Für eine Stunde befand er sich wieder in seiner alten Welt, der Welt, der er an jenem Abend 1876 den Rücken gekehrt hatte, als er sich im Parlament erhoben hatte, um die Fenier zu verteidigen, ein liebenswerter junger Gutsbesitzer aus Wicklow mit sanfter Stimme und guten Manieren. Er war auf gewisse Weise heimgekehrt, als er für einige Stunden dieses Schloß in West Cork aufsuchte, im Land der Fuchsjagden, wo er die ihm eigene Aussprache hörte, und an was er sich an diesem schlimmen Tag erinnerte, waren die wogenden Felder und herausfordernden Hecken, der Horizont aus fernen Bergen, die er gesehen hatte.

»Meine Güte, ja«, lachte er. »Der alte Biggar. Ihr Burschen hier unten, von euch sagen wir in Wicklow und Wexford, daß ihr gar keine Jäger seid, sondern Straßenräuber, brüllende Wilde, wie diese Blazers da oben in Galway.« Er nickte sich selber zu. »Je mit den Blazers geritten?«

»Einmal«, antwortete Tom sanft, als ob er meine Gedanken teilte. »So kühn sind sie nun auch wieder nicht. Wir hier unten könnten ihnen durchaus noch etwas beibringen.«

Plötzlich wandte Parnell sich an mich. »Sie haben eine gute Hand für Pferd und Wagen, Mr. Forrester. Sie heißen doch Forrester, das hat mir der Bursche oben gesagt, der Bursche, der mir die Jacke gebracht hat.«

»Die hatte ich mal«, korrigierte ich.

»Sie haben sie immer noch. Anständig von Ihnen beiden, mir aus dieser Klemme zu helfen. Hilft alles nichts, das Land steckt in einem verdammten Chaos. Wir werden es schon in Ordnung bringen. Nehme nicht an, daß Sie meine Ansichten teilen.« Ich wollte etwas sagen, aber er schüttelte den Kopf. »Spielt keine Rolle. Ich möchte früh ins Bett gehen, wenn es Ihnen nichts ausmacht. Morgen muß ich nach Limerick. Habe Limerick nie leiden können, keine Ahnung, warum nicht.«

Tom erhob sich, streckte die Hand nach dem Glockenstrang aus und sagte: »Geht mich nichts an, Mr. Parnell, aber an Ihrer Stelle würde ich das nicht tun. Ich würde mich hier für ein paar

Tage ausruhen und dann nach Hause fahren, um wieder zu Kräften zu kommen.«

»Ja, aber das ist es ja, sehen Sie«, erwiderte Parnell. »Sie sind nicht an meiner Stelle. Niemand ist das. Man kann die Jagd nicht wegen einer laufenden Nase abblasen. Nicht, wenn man die Jagd noch eine Weile leiten will.«

Am Morgen holten Delaney und zwei Männer aus Limerick ihn in einem geschlossenen Wagen ab. Es regnete, und die Berge hatten sich hinter dem Nebel versteckt. Delaney zog am Säulengang die Zügel an, um Parnell einen Regenmantel und einen Hut zu bringen. Er zog sich mit Mühe den Regenmantel an und betrachtete dann den Hut.

»Wo haben Sie den denn her?« fragte er.

»Er hält immerhin den Regen ab«, erwiderte Delaney. »Wir konnten Ihren nicht finden.«

»Sowas nennt man doch Kalabreser, nicht wahr? Manche nennen sie auch Fenierhüte. Egal. Jetzt werde ich ja auch Fenier genannt. Was meinen Sie«, sagte er und setzte den weichen, breitkrempigen Hut auf, »Forrester, Ardmor? Jetzt sehe ich wohl wie ein Brigant aus, was?«

Aber das tat er nicht. Er sah aus wie ein todkranker Mann, der nicht auf seinen Arzt oder seine Familie hören will. Als er im prasselnden Regen Anstalten machte, in die Kutsche zu steigen und sich halb umdrehte, um uns zuzuwinken, traf ihn ein plötzlicher Windstoß, und er stieg ungeschickt und in aller Eile ein, während Delaney die Tür knallend zuzog. Damals hatte Parnell noch kaum mehr als einen Monat zu leben.

»Hat es ihr einfach an den Kopf geknallt, der Armen«, sagte Emily zu mir. »›Wie kannst du behaupten, mich zu lieben, und mit ihm darüber reden? Seid ihr denn krank, seid ihr beide krank?‹ Er war völlig nüchtern, aber Leidenschaft und Zorn ließen ihn wie einen Wahnsinnigen reden.«

»Und du«, erwiderte ich, »hattest wie ein gemeiner Dienstbote das Ohr an die Tür gelegt. So etwas hätte ich nie von dir erwartet, Emily. Du enttäuschst mich.«

»Was erwartest du denn von mir? Ich bin eine gemeine Dienstbotin. Hol mich in dein Bett, dann bekommst du allen Küchenklatsch.«

»Hör auf damit. Das meine ich nicht, und das weißt du verdammt genau.«

»Wenn irgend etwas oder irgendwer meiner Sylvia wehtut, dann bin ich in der Nähe, und das weißt *du* verdammt genau. Das solltest du wenigstens wissen.«

»Ja.« Ich seufzte. »Gute Nacht, Emily. Sie haben sich versöhnt, hast du gesagt, am Ende haben sie sich versöhnt. Darauf kommt es an, nicht wahr?«

»Ich weiß nicht«, antwortete sie. »Vielleicht. Ich weiß nicht, worauf es ankommt.«

In der Dunkelheit wußte ich, ohne daß sich ihre Stimme geändert hätte, daß sie angefangen hatte zu weinen. Unsere Hüften berührten sich, und sie entfernte ihre langsam ein wenig von meinen. Danach stellten wir uns beide schlafend, und nach einer Weile nickte ich tatsächlich ein, wußte aber, daß sie dort lag und sich mit großen Augen voller Tränen erinnerte.

Ich habe dir von Anfang an, Bob, fast von Anfang an gesagt, daß ich ihn liebte. Ich habe dich in dieser Hinsicht nie belogen.«

»Daß du ihn liebtest? Daß du ihn immer noch liebst? Das hast du mir von Anfang an gesagt?«

»Ja, von Anfang an.«

»In der ersten Nacht«, sagte Delaney, »als wir uns zum erstenmal in einem Bett umarmt haben, hast du gerufen, du hast gerufen ›Ich liebe dich‹, und damit hast du mich gemeint.«

»Und das war auch die Wahrheit«, erwiderte sie. »Das war die Wahrheit, die wir sprechen, wenn wir im Bett schreien, ob wir nun Frau sind oder Mann. Aber es ist eine ganz besondere Wahrheit. Später, als wir nebeneinander lagen und uns umarmten, habe ich versucht, es dir zu sagen, habe ich es dir gesagt. Das weißt du noch.«

»Ja. Das weiß ich noch. Aber alles hat sich geändert. Dann kam die Liebe.«

»Dann kam die Liebe«, wiederholte sie. »Weißt du, ich glaube, es war nicht im Bett, sondern hier in diesem Salon, fast unerwartet; du machtest etwas ganz Normales, ich glaube, du hast das Feuer geschürt, und ich wußte, daß ich dich liebte. Ich weiß, daß ich dich liebe.«

»Und darüber kannst du einfach mit... mit...«

»Warum nicht?« fragte sie. »Warum in aller Welt nicht? Mit Tom habe ich etwas, was ich mit keinem anderen haben kann, nicht einmal mit dir.«

»Und bleibt von den anderen auch noch etwas Besonderes? Von Galantière und von diesem Amerikaner?«

»Ach, was soll denn das?« fragte sie, und in ihrer Stimme kämpften Kummer und Wut. »Was soll denn das? Willst du wissen, ob ich noch weiß, wie ich mit ihnen geschlafen habe? Das weiß ich allerdings noch. Ob ich in Galantières Ohr geschrien habe? Das habe ich allerdings. Ich habe lauter geschrien als – ich geschrien habe. Ist es das, was du hören willst?

»Und hast du das Ardmor erzählt? Daß du in Galantières Ohr geschrien hast?«

Ein langes Schweigen folgte, und Emily hörte Schritte; sie wußte, daß Sylvia in ihrem kleinen, eleganten Salon hin- und herlief. Emily konnte sie fast vor sich sehen; sie trug ihren lachsroten Morgenrock.

Plötzlich verstummten die Schritte. »Wir sprechen so gut wie nie über *deine* Familie, Bob, oder? Warum eigentlich nicht? Über den alten Mann, der dir nun unbedingt Steine in den Weg legen will. Einmal hast du mir erzählt, daß Conor krank war, und einmal hatte er in der Schule einen Preis gewonnen. Für Rhetorik. Aber wir sprechen nie über deine Familie, nicht wahr? Über Agnes. Agnes Delaney. Deine Frau.«

»Das geht...« Er unterbrach sich.

»Was heißt das? Daß mich das nichts angeht? Wolltest du das sagen? Und warum sollte Tom Ardmor dann dich angehen?«

»Weil ich dich liebe, verdammt noch mal, und du mich liebst, und ich dachte, ich hätte all deine Liebe.«

»Hast du Agnes über uns erzählt? Schläfst du mir ihr? Wenn nicht, findet sie das nicht seltsam? Wenn ja, schreit sie in dein Ohr? Erzähl mir darüber; diese Dinge sind immer aufregend.«

»Hör auf«, sagte Bob. »Um Gottes willen, hör auf, so zu reden, Sylvia.«

»Du verdammter Heuchler«, sagte sie. »Du verdammter römisch-katholischer Heuchler, du verdammter heuchlerischer Ladenschwengel!«

Emily hörte etwas am Kamin zerschellen. Gebe Gott, daß es nicht das Meißner ist, dachte sie.

»Nein«, sagte Delaney mit anderer Stimme, als ob er ihr Boot in ruhigeres Fahrwasser lenken wollte. »Wir schlafen im selben Bett, das ist alles. Mehr kann ich dir nicht sagen, außer einem. Sie glaubt, daß ich – mich mit jemandem treffe, und sie will keinen Skandal. Und da kann ich ihr keinen Vorwurf machen. Ich war über meine Ehe enttäuscht – nachher, du verstehst schon – und sie leidet darunter. Ich kann nichts anderes tun.«

Aber Sylvia wollte seinen anderen Tonfall nicht akzeptieren.

»Verdammte Frau«, sagte sie, »verdammte Jungfrau mit einem Sohn, den sie anbeten kann. Ich weiß wirklich nicht, warum ich mich je mit dir eingelassen habe. Meinst du denn, daß mir ein Skandal egal wäre, daß ich kein Risiko eingehe? Oder meinst du, bei mir spielte das keine Rolle? Daß es keine Rolle spielt, was über Sylvia Challoner bekannt wird?«

»Sylvia«, sagte er, »Hör auf. Ich liebe dich. Hör auf. Liebe mich.«

»›Liebe mich!‹ Du hast diesem Wort seine Bedeutung genommen, Bob. Nimm mich so, wie ich bin. Wenn du nicht das lieben kannst, was ich bin, dann haben wir beide Pech gehabt, ich kann mich nämlich nicht ändern. Und wenn ich das könnte, dann würde ich es doch nicht wollen.«

Dann hörte Emily, daß sie zu weinen anfing und hätte fast die Hand nach der Klinke ausgestreckt, aber sie wußte, daß das tödlich sein würde, zumindest für sie selber. »O Bob, Bob, Bob, Bob«, hörte sie Sylvia sagen, viermal, durch ihr Schluchzen hindurch, und dann hörte sie Delaney mit so leiser Stimme sprechen, daß sie nichts verstehen konnte.

Und deshalb hatte Lee Forester zu ihr gesagt, zu Emily, daß sie sich schließlich doch versöhnt hätten, nicht wahr, und daß es darauf ankäme, oder nicht?

Ja, dachte Emily, und sie weinte nicht mehr, war jedoch unglücklich, merkte, daß ihre Augenlider schwer wurden und wußte, daß sie bald einschlafen würde. Sie ließ eine Hand über ihren ganzen Körper gleiten, über ihren Hals, ihre Brüste, ihre fast aufgerichteten Brustwarzen, denn ihre Traurigkeit hatte einen Unterton von Erotik, über ihren Bauch, ihre Hüften, ihre langen, zu schlanken Beine. Dann legte sie die Hand an ihre Wange und schlief ein, und dabei staunte sie über die vielen Möglichkeiten, die die Menschen haben, um einander unglücklich zu machen.

36

[Hugh MacMahon/Robert Delaney]

Ein gewisser Jeremiah Dempsey betreibt am anderen Ende der Stadt einen Hökerladen, in dem ich alle drei Wochen etwas Tabak, Dochte für meine Lampen oder Ähnliches kaufe. Hauptsächlich möchte ich jedoch mit Jeremiah ein paar Worte wechseln, der sich nicht auf die vagen Spekulationen einläßt, die in seinem Beruf so häufig vorkommen, sondern der über eine eher gespenstische oder zumindest exzentrische Weisheit verfügt, wovon ich natürlich Patrick Prentiss niemals überzeugen könnte, und deshalb habe ich ihn nie zum Erwerb von einigen Federkielen oder einer Rolle Schnur dorthin geführt. Und vielleicht täusche ich mich ja auch in Jeremiah, und seine Weisheit, so, wie ich sie mir vorstelle, ist eher abwesend als anwesend, so, wie auch seine Zähne.

Jeremiah jedenfalls ist davon überzeugt, daß der Ruin mit Parnells Tod über uns gekommen ist. Er ist sich da so sicher wie ein Stammeskrieger, der vor einer Wüstenhütte die Knochen wirft. Er kehrt oft zu diesem Thema zurück, vielleicht glaubt er, daß es mich über die Maßen interessiert.

»Hat der *Cork Examiner* denn nicht ein Bild davon gebracht, Meister? Von dieser großen Menschenmenge, die dem Leichnam zu diesem großen Friedhof gefolgt ist, den sie da oben in Dublin haben? Als sein Leben zu Ende ging, haben ihn nicht viele unterstützt, aber alle, die ihn unterstützt hatten und sich dann von ihm abwandten, fürchteten sich und gingen voller Trauer hinter dem Sarg her, voller Angst vor dem, was jetzt kommen würde. Und Sie wissen das so gut wie ich, wir haben hier alle gehört, daß der Sarg so schwer war, daß sechs Männer, so stark sie auch waren, ihn nicht vom Boden und schon gar nicht auf ihre Schultern heben konnten. Und als sie ihn dann endlich ins Grab senken konnten, an diesem wilden Tag, ist da nicht bei hellichtem Tag ein Stern vom Himmel gefallen, und strahlte nicht der Himmel, der vorher nur düster geworden war, nur so von seltsamen Lichtern? Das sind die Tatsachen, Meister.«

Es sind Tatsachen in unserem Leben als Volk, ob sie sich nun zugetragen haben oder nicht, und ich habe Patrick mehr als einmal gesagt, daß es zu seinem Schaden ist, wenn er sie ignoriert. Aber Patrick lächelt. »Vor ein paar Jahren hat John Dillon meinem Vater erzählt«, sagt er, »daß er in München eine Wagneroper besucht und Parnell dort gesehen hat, und Leute, die in Ringsend und Irishtown in den Kneipen trinken, können Ihnen erzählen, daß er mit den Buren in Südafrika gegen die Engländer gekämpft hat. Es gibt immer solche Sagen, wenn...« Dann unterbricht er sich.

»Wenn Könige sterben, Patrick. Wenn Könige sterben. Und dieser wurde nicht in der Schlacht von seinen Feinden erschlagen. Wir haben ihn selber zur Strecke gebracht. Vielleicht war das nötig, aber wir haben ihn selber zur Strecke gebracht. Ich muß zugeben, das muß ich Ihnen zugestehen, daß die Vorstellung von Parnell in irgendeiner Oper, und ganz besonders in einer Wagneroper, grotesk ist, aber John Dillon ist ein gebildeter Mann und ein Gentleman, der ihrem Durchschnitt weit überlegen ist. Obwohl sein Gewissen in dieser Frage vielleicht nicht so ganz rein ist, das weiß ich nicht.«

Aber Jeremiah weiß das. »Nun, Meister, und das sage ich ganz unter uns, wir zwei Alten haben doch nun schon seit vielen, vielen Jahren miteinander zu tun. Ich bin selber ein William O'Brien-Mann, und als im Jahre 90 diese schmutzige Geschichte hochkam, habe ich den Mund gehalten – wen interessiert schon, was ein Höker denkt? –, aber ich habe Parnell gegenüber mein Herz verhärtet. Das sage ich Ihnen offen. Er hat das heiligste aller Gebote in den Schmutz getreten, durch das auf Gottes Befehl die Familie zusammengehalten wird, und weil er das getan hat, sind wir, das Volk, gespalten worden, und das sind wir bis heute geblieben. Er war vielleicht ein schlechter König, aber, bei Jesus, ein König war er. Und wir haben ihm den Dolch in den Rücken gestoßen!«

An all dem mag etwas sein. Nicht die gesamte Weisheit des Menschengeschlechtes ruht in der Universität von Oxford, auch wenn Patrick Prentiss vielleicht vom Gegenteil überzeugt ist. Und ich weiß selber, aus Gründen, die nicht unbedingt etwas mit Jeremiah Dempseys Höker-Prophezeiungen zu tun haben müssen, daß an dem Tag, am 7. Oktober, als die Nachricht Irland erreichte, daß Parnell am Vortag um Mitternacht in Brighton gestorben war, eine Stille über das Land kam, die noch viele Tage nach seiner Beisetzung in Glasnevin am 11. anhielt, einem Sonntag, dem Tag, an dem er, wie er in Cabinteely versprochen hatte, zurückkehren wollte, was die hysterisch abergläubische Hysterie, die dicht unter der Oberfläche des Schweigens lag, nur noch vergrößerte.

Aber ich verfolge ebenfalls – aus Gründen, die rational sein mögen oder auch nicht, woher soll ich das wissen? – alles, was uns in den Monaten überkam, die auf Parnells Tod folgten, zurück, wie man einen verworrenen Zwirnsfaden zurückverfolgen würde. Es ist ein Muster, das ich erst später erkannt habe. Zuerst schien es nur Bob allein zu betreffen, denn er hatte sein Schicksal mit Parnell zusammengeworfen und nannte sich, was er bis zur Woche seines Todes auch beibehalten sollte, Parnells Mann.

Er war natürlich bei der Beisetzung in Glasnevin, einer der Führer der Delegation aus Cork, einer wichtigen Delegation, da Parnell der Abgeordnete dieses prahlerischen Lilliputs gewesen war. Und deshalb hatte er dicht neben dem Grab gestanden.

»Nein, es gab keine seltsamen Lichter«, erzählte er mir später, »und auch keine Sternschnuppe bei hellichtem Tage. Aber es gab wirklich ein Wunder, bei Gott, das gab es. Wenn alle, die den toten Parnell betrauerten, zu dem lebenden Parnell gestanden hätten, dann hätte er sein Leben nicht so elend damit verbraucht, von einer Stadt zur nächsten immer weiter zu kämpfen und sich von Männern, die er aus dem Moor gezogen hatte, beleidigen zu lassen. Da hast du dein Wunder, bei Jesus.«

Niemand schien je auf den Gedanken gekommen zu sein, daß das, was als Parnellismus bekannt war, mit Parnell gestorben sein könnte, und Bob stürzte sich sofort zusammen mit Parnells übrigen Anhängern in die Vorbereitungen für die allgemeine Wahl, die im Frühsommer stattfinden sollte.

»Aber was ist es denn, Bob?« fragte ich ihn einmal. »Kannst du klar und deutlich – so, als ob du mit einem einzigen Menschen sprächest und nicht zu einem Publikum – kannst du mir sagen, was Parnellismus ohne Parnell ist?«

»Wir stehen«, antwortete Bob, »für ein Irland ohne Schurken, ohne Glücksritter wie Healy oder Gombeen-Männer wie Dennis Tully. Wir stehen für ein Irland, das nicht bei dem Heiligen Willy Gladstone um Gnade bittet, das sich nicht des Kampfes schämt, der im Jahre 67 in dieser Stadt ausgefochten wurde.«

»Bob«, sagte ich, »ich halte zu euch, das weißt du. Aber ich will verdammt sein, wenn du mir erzählt hast, was Parnellismus ist.«

Bob lächelte mit reuevoller Ehrlichkeit. »Parnellismus bedeutet, Leuten wie Tim Healy und Brendan Fogarty zu sagen, sie könnten sich ins Knie ficken. Das ist vielleicht kein großartiges Programm, aber so, wie die Dinge im Moment stehen, haben wir eben kein anderes.«

Nun, dachte ich, warum nicht? Die Erinnerung an Brendan Fogarty stieg in mir auf, wie er mit sorgfältig gekämmten und geölten Haaren auf der Tribüne stand, von der Charles Stewart Parnell vertrieben worden war.

Und Bob leistete, trotz der Anforderungen, die aus London an ihn gestellt wurden, in diesen Monaten bemerkenswert gute Arbeit, sammelte Anhänger und zwang Fogarty zu dem widerstrebenden Eingeständnis, daß das Gesetz Bob die Kontrolle über die Gelder der League zugestand, die an die vertriebenen Pächter verteilt werden sollten; und er erinnerte die Farmer auf dem Land, wo so etwas nicht leicht in Vergessenheit gerät, daß er es gewesen war, der den Plan in die Baronie gebracht hatte, während Fogarty erst später auf Bobs Vorschlag hin als Stellvertreter eingesetzt worden war. Und die Land League war ja vor zehn oder mehr Jahren Bobs Werk gewesen. Er war zur Stelle gewesen, wenn er gebraucht wurde, das war schon seit dem Jahre 67 so; und in seinem letzten Kampf, als er mit dem Rücken zur Wand stand, belastete er sich nicht weiter mit Zimperlichkeiten, sondern ließ bei Fogartys Kundgebungen seine Blaskapelle – mit Kornetts, Trommeln und allen Schikanen – mit den Marschversionen von »Clonbrony Wood« und »High upon the Gallows Tree« und »Out and Make Way for the Bold Fenian Men« auf den Marktplatz marschieren. Der arme Fogarty mußte mit den Balladen über den Aufstand von 1789 zurückschlagen, mit »The Rising of the Moon« und »The Croppy Boy«. Schließlich konnte Bob wohl kaum mit Pater Murphy und General Humbert und dem kühnen Kelly, den Boy from Killane marschiert sein, aber, musikalisch gesehen, beherrschte Bob das Terrain.

Und wenn es um Verleumdungen ging, dann zeigte er ein Talent, das er bisher niemals benötigt hatte, da wir uns in nationalistischem Gebiet befunden und die Loyalisten nur vernachlässigenswerte Stimmanteile davongetragen hatten, wie man sagt; aber Bob war jetzt nur der Kandidat einer Minderheit, wenn er die

Lage nicht verbessern konnte, und er kämpfte mit einer schmählichen Energie, die unter Beweis stellte, daß er in seinen Jahren im Parlament Healy aufmerksam zugehört hatte. Er bezeichnete Fogarty als den »rhetorischen Knaben«, variierte diesen Beinamen und machte Fogartys Debut auf der Rednerbühne von einem Triumph zu einer Farce. Bei allem war Vincent sein fähiger Sekundant, denn während Bob kaum noch Skrupel hatte, so war Vincent gänzlich frei davon. »Dieser Meßdiener«, sagte Vincent und gab bei Conefrys großzügige Runden aus. »Ist euch je aufgefallen, Jungs, wie wunderbar glatt seine Wangen sind, als ob er sich niemals rasieren müßte? Der hat vielleicht ein Glück. Habt ihr denn keine Angst um ihn, falls er je in London losgelassen wird, wo es die vielen angemalten Frauenzimmer gibt und die Knaben, die seltsame Waren feilbieten? Nun trinkt doch, Männer.«

Der Herbst und der lange Winter gingen schließlich zu Ende, und der Frühling kam. Wie leicht ist es, wenn wir von der Spaltung reden, von Männern und Strategien, von Bob, der dies, und Brendan Fogarty, der jenes ausheckte, wie leicht ist es, sich vorzustellen, daß Herz und Mittelpunkt Kilpeders bei diesen Fragen pulsierten. In Wirklichkeit waren wir natürlich eine Marktstadt in einer Baronie der Weideländer und der Bergfarmen, die sich während des endlosen Winters auf die Frühjahrsbestellung freuen konnten, während dumpfen Bauernsöhnen die Grundlagen zivilisierter Kenntnisse durch Rohrstock und dauernde Wiederholung eingebimst werden mußten. Sogar Bob selber – und natürlich auch Fogarty, auf seiner Seite des Abgrundes – hatten noch die normale Anwaltsarbeit, obwohl Bob sich immer mehr gezwungen sah, sie an Jamesey Gannon zu delegieren, den hellen jungen Burschen, den er in seine Kanzlei aufgenommen hatte. Wir trafen uns in der Weihnachtszeit, und am Heiligen Abend selber verbrachten wir alle zusammen eine steife, formelle Stunde in Inchigeelagh House, Agnes und ihrer Mutter zuliebe, und Bob und der alte Tully brachten eine schwache Höflichkeit zustande, während Vincent sich keinerlei Mühe gab, sie zu verstärken. Er begriff sie als Anomalität, als kurze Geste aus Achtung vor der Weihnachtszeit, ansonsten hielt er sich zurück und beobachtete mit fröhlicher, verhohlener Bosheit, wie sein Vater und Bob zu dem Schluß kamen, daß das Wetter doch recht milde sei für diese Jahreszeit.

Am ersten Freitag im März, als noch keine einzige Straße zu tauen angefangen hatte, fuhr ich mit meinem kleinen Wagen in die Berge, über die Straße, die an Clonbrony Wood vorbeiführte, um einen alten Gälischsprecher zu besuchen, den ich liebgewonnen hatte, Tadg Morkan und seine Frau Bridget, zahnlos, mit kleinem Gesicht, das rund war wie ein Apfel und überall dort, wo es nicht knallrot war, bleich wie Pergament. Ich hatte zwei Flaschen und einen Schinken mitgenommen, den Mary für diese Gelegenheit gebacken hatte. Sie wollte nicht mitkommen, obwohl sie die Morkans kennengelernt hatte und leiden mochte; die traurige Wahrheit war nämlich, daß sie kein Gälisch sprach und auch unfähig war, mehr als einen oder zwei schlecht ausgesprochene Sätze zu lernen, obwohl ihr Französisch durchaus brauchbar war, da sie eine Klosterschule besucht und schon früh gelernt hatte, daß Französisch eine elegante und zarte Sprache war, eine passende Sprache für eine junge Dame mittleren Ranges (oder was man in Munster dafür hielt), Gälisch jedoch die Sprache der Hirten und Fischer an der Westküste. Und solche Überzeugungen sterben schwer und lassen sich von anderen Vorstellungen nicht entwurzeln. Sie hatte die Texte einiger der großen gälischen Lieder auswendig gelernt, »Una Bhán« zum Beispiel, und sie sang sie gut, sie war eine gute und ausdrucksvolle Sängerin, aber ihr Herz gehörte Balfe und Moore und Schumann. Und, um ehrlich zu sein, sie hat »Una Bhán« sicher gut gesungen, Gott segne sie, aber sie war nie fähig zu dem herzzerreißenden Vortrag, den ich in Bauernhäusern wie Tadg Morkans gehört habe, wo die Erde selber den Sänger zu ihrem Sprachrohr gemacht zu haben schien, unsere eigene Erde, die Hügel und Horizonte, die nur uns allein gehören, und zu denen kein anderer jemals wirklich Zutritt erlangen kann.

Es folgte, wie immer, eine lange Nacht, Nachbarn kamen dazu, wie John Sweeney, ein bekannter Virtuose auf der Fiedel, und Tim Timoney, der Geschichtenerzähler, der vor mir keine Hemmungen hatte, weil ich niemals Notizbuch und Bleistift bei mir führte wie die Sammler, die jetzt, in diesen Jahren, den frühen 90ern, in die gälischsprachigen Gebiete schwärmten, um eine bizarre Partnerschaft zwischen Armut und dem, was sie die »reine gälische Rasse« nannten, zu finden. Gut, daß sie nur in den begrenzten Sommerferien kamen, sonst wäre ihre Vorstellung von »reiner Rasse« leicht durch Prügel zu Schaden gekommen.

»Sagen Sie, Meister«, bat mich Tim Timoney, »stimmt es, daß

Charles Parnell einem Engländer die Frau weggenommen und in sein eigenes Bett geholt hat?«

»Das stimmt«, antwortete ich.

»Gut gemacht«, sagte er.

»Aber es war kein Engländer, sondern ein Ire, ein O'Shea aus Limerick.«

»Ach herrje«, sagte Bridget Morkan. »Das ist ja etwas ganz anderes. Die Kirche verurteilt so etwas aufs Schärfste.«

»Was war das denn für ein Ehemann, daß er das zugelassen hat?«

»Das weiß ich nicht«, erwiderte ich. »Aber er hat in der Armee der Königin das Schwert geführt, und sein Vater war ein Gombeen-Mann im County Limerick.«

Timoney spuckte ins Feuer. »Ich verspüre keinen Groll gegen einen Mann, der das Schwert der Königin führt, aber Gombeen-Männer verdienen jedes Schicksal, das ihren Söhnen widerfährt.«

Mary und Vincent, und in Momenten der Verärgerung auch Bob, sagten oft, daß ich einen Kult mit diesen gälischsprechenden Gebirglern betriebe und in ihrem Zustand primitiver Entbehrungen eine wunderliche Weisheit zu finden glaubte, aber ich konnte diese Einstellung bis heute niemals teilen.

Seit damals habe ich mehrmals versucht, mich an den nächsten Morgen zu erinnern, den Samstag, an dem ich mit den Morkans Brot und Tee zu mir nahm und durch die klare Märzluft nach Hause fuhr. Der Frühling war noch nicht gekommen, war aber bereits eine lebhafte Hoffnung, doch ich kann mich kaum an etwas erinnern, nur daran, wie klar die Berge hinter mir aussahen, wie die Stadt in der Ferne langsam zu erkennen war, an die milde Verwunderung, die mich, und nicht zum erstenmal, überkam, als ich an Clonbrony Wood vorbeifuhr, der ein Stück von mir entfernt lag, nicht nur räumlich, sondern auch zeitlich, was den Wald normal und vertraut machte. Die klare Luft, die Märzluft, das ist alles, woran ich mich zu erinnern glaube, und selbst das mag eine Illusion sein, denn ich sehe es heute als äußersten Rand und Grenze unseres gemeinsamen Lebens in Wachstum und Möglichkeiten, Marys und meines und ein wenig selbst das unserer Söhne, aber auf jeden Fall war es der Rand für Bob und Agnes und Vincent und den alten Tully. Und auch der Rand, auch wenn er noch jahrelang keinen Grund haben würde, das zu erkennen, für den Sohn von Bob und Agnes, der sich heute Conor Tully-

Delaney nennt. Und das macht er teilweise, zu einem guten Teil, aufgrund des Besuches, den Michael Patrick Murphy zwei Tage später, am Montag, Bob in seiner Kanzlei abstattete.

Am Sonntag nach der Messe erzählte Bob mir, daß er diesen Besuch erwartete, und zuckte die Schultern. Zwischen den beiden Fraktionen kam es immer wieder zu inoffiziellen Besuchen, so wie sich Soldaten unter einer weißen Fahne treffen und Tabak und Zeitungen austauschen; aber es gibt die unterschiedlichsten Fraktionen, und Mike Murphy war nicht nur Healys Mann und sogar ein entfernter Vetter von Healy – was jedoch auf Hunderte in diesem überaus fruchtbaren Clan zutraf –, sondern er war auch ein enger Freund und Geschäftspartner, um es taktvoll auszudrücken, des alten Dennis Tully, und ein Mann, selber Anwalt, mit dem Bob in jenen Zeiten – längst vergangen, wie es jetzt schien, obwohl sie nur zwei, drei Jahre zurücklagen –, als er Dennis' Anwalt gewesen war, oft zu tun gehabt hatte.

»Ein trister Anfang für eine Woche«, meinte Dennis, »ein Morgenplausch mit Mike Murphy«, und keiner von uns beiden dachte weiter daran. Ein Morgenplausch, denn Bob wollte den Nachmittagszug von Cork nehmen, da er in London zurückerwartet wurde.

Ich kann mich auch an diesen Morgen nicht mehr deutlich erinnern, ich erinnere mich nur noch an Kilpeders liebenwürdige Geselligkeit nach der Messe, der Marktplatz war freundlich und sauber, der Obelisk zur Erinnerung an die Volljährigkeit des jetzt längst verstorbenen Earl of Ardmor glitzerte im Sonnenlicht, mit Ausnahme einer Stelle an seinem Sockel, an der ein Hund sein Geschäft verrichtet hatte, diese traurige Art von leichtem Mißgeschick, die man einfach übersieht, wenn man hofft, in einer irischen Marktstadt noch irgendeinen Schönheitssinn am Leben erhalten zu können.

Der Frühling stand wirklich auf dem Sprung. Als ich am Vortag nach Hause gefahren war, hatte ich vom Hügelkamm aus sehen können, daß die Gärtner in der Domäne an der Arbeit waren. Lord Ardmor war allerdings schon vor Monaten abgereist, und die Haupttore waren verschlossen. Eine Stunde später, als Mary zu Hause den Tee aufsetzte, versuchte ich müßig, mir eine italienische Gebirgsstadt vorzustellen, aber als Bausteine dienten meiner Phantasie lediglich einige Bücher mit Reiseskizzen, eines davon übrigens von Lionel Forrester, und eine Laterna-Magica-Vorführung, die Mary und ich vor einigen Jahren in Macroom besucht hatten – Burgen, Hügel, Renaissance-Plätze mit reichverzierten Marmorbrunnen, alles in Sepia und mit nicht überzeugender künstlicher Kolorierung.

Was sich zwischen Bob und Mike Murphy abspielte, Michael Patrick Murphy, der in späteren Jahren als Cork Citys Handelsfürst berühmt wurde und dessen Sohn heute eine äußerst erfolgreiche Partnerschaft mit Conor Tully-Delaney eingegangen ist, hat Bob mir ausführlich geschildert; aber im Laufe der Jahre fügte er, nüchtern oder betrunken, immer noch neue Einzelheiten hinzu, ob er sich nun mit halluzinatorischer, untrüglicher Genauigkeit daran erinnerte oder ob seine Phantasie später passende Details fabrizierte. So sagte er, lange später, kurz vor seinem Tode zu mir: »Weißt du, ehe Jamesey ihn in mein Büro führte« – er brauchte weder Subjekt noch Zeitpunkt genauer zu bezeichnen – »erledigte ich gerade allen möglichen Kleinkram, und draußen, auf dem Bürgersteig, kläffte ein Köter, genauer unter meinem Fenster. Ich hatte es die ganzen Jahre vergessen. Aber jetzt erinnere ich mich genau, es lenkte mich ab, und ich wollte gerade aufstehen und zur Haustür gehen und ihn verjagen. Ist das nicht komisch, Hughie, daß mir das ausgerechnet jetzt einfällt?«

Ach, Bob, ich habe dich immer um diesen Schreibtisch beneidet«, sagte Murphy, »um diesen und um seinen Zwilling in deinem Wohnzimmer. Ein Schreibtisch verleiht einem Mann in unserem Metier ein großes Gefühl der Sicherheit, wie ein Achterdeck einem Kapitän.«

»Du siehst gut aus, Mike«, sagte Bob.

»Du auch, Bob«, erwiderte Murphy, »vielleicht ein bißchen überanstrengt, nimm mir das bitte nicht übel. Du mußt ja ein erschöpfendes, anstrengendes Leben geführt haben, mit deinen Anwaltsverpflichtungen hier in der Stadt und dem Plan, den du von Brendan Fogartys Schultern genommen und dir wieder aufgebürdet hast, und zu allem Überfluß auch noch alle Arbeit, die du in London für uns geleistet hast.« Er sprach jovial und nur mit einer Spur der Bosheit, die Cork unfehlbar in jeder Unterhaltung unterbringt, wie eine Köchin kurz an der Pfeffermühle dreht.

»Mir bekommt es gut genug«, erwiderte Bob. »Jamesey erledigt die alltäglichen Angelegenheiten sehr geschickt. In ihm steckt ein guter Anwalt. Er erinnert mich daran, wie ich in seinem Alter war.«

»Und natürlich«, fügte Mike sanft hinzu, »muß es dich doch sehr entlasten, daß ihr Dennis Tullys verschiedene juristische Angelegenheiten nicht mehr führen müßt, weder du noch Jamesey. Es ist wirklich ein trauriger Tag, wenn Familien sich spalten.«

»Ich bin dir dankbar für deine Besorgnis«, sagte Bob, der in demselben boshaften und hitzköpfigen County aufgewachsen war. »Ich gehe davon aus, daß du sie Dennis gegenüber bereits zum Ausdruck gebracht hast.«

»Aber selbstverständlich. Er war so freundlich, mir für die letzte und die kommende Nacht ein Bett anzubieten, und dann muß ich in die Stadt zurückfahren.«

Bob erzählte mir in den späten halluzinatorischen Jahren, daß ihm manchmal, wenn er allein etwas getrunken hatte, die Vorstellung kam, daß es überhaupt nicht Murphy war, sondern Healy, denn Murphy hatte sich einen ordentlichen kleinen Healy-Bart und Schnurrbart stehen lassen, und von Zeit zu Zeit, wie zu dieser Gelegenheit, benutzte er sogar einen an einer Goldkette befestigten Kneifer, den er gerne abnahm und in der bleichen, staubfleckigen Sonne zum Funkeln brachte.

»Es ist nett von dir, bei mir vorbeizuschauen«, sagte Bob, »so, wie die Dinge stehen.«

»Ach, Bob, sind wir denn nicht alle gute Iren? Im Grunde?«

»Zweifellos«, antwortete Bob. »Wenn du tief genug gräbst. Ich habe keine geologischen Fähigkeiten.«

Murphy spendierte ihm ein kompliziertes Lächeln, als ob er sagen wollte, ein netter scharfer Hieb, aber es ist doch ein bißchen früh, um die Klingen zu kreuzen.

»Kann ich dir irgendwie behilflich sein, Mike?« fragte Bob.

»Das kannst du«, antwortete Murphy. »Du kannst mir und unserem armen, leidgeprüften Land behilflich sein, und nicht zuletzt kannst du auch dir selber behilflich sein.«

»So, so«, sagte Bob. »Und wie kann ich dieses segensreiche Werk vollbringen?«

»Das weißt du sehr gut.« Murphy bewegte seine kleinen Füße in ihren glänzenden Stiefeln mit dem elastischen Gummi an den

Seiten und stieß dabei aus Versehen seine Aktentasche um, die klein und schwarz war und wie die Stiefel glänzte. »Du weißt sehr gut, warum ich dich um dieses Gespräch gebeten habe, Bob. Ich fordere dich auf, dich aus dem Wahlkampf zurückzuziehen und Brendan Fogarty den Weg zum Parlament freizumachen, wobei ihm dann nur noch die Loyalisten Widerstand entgegenbringen werden.«

»Ich vertrete Kilpeder jetzt schon seit vielen Jahren«, sagte Bob, »seit Mitte der 80er Jahre, und trotz der Anspannung, die du bemerkt hast, bin ich mit meinen Leistungen zufrieden. Ich habe vor, auf diese Weise weiterzumachen.«

»Bob«, erwiderte Murphy und nahm seinen Kneifer ab, nicht, um ihn funkeln zu lassen, sondern um ihn mit seinem Taschentuch zu polieren. Noch eine Healy'sche affektierte Geste, wie Bob mir nachher erzählte. »Du wirst die Stimmen zwischen dir und Brendan aufteilen. Dieser verdammte Loyalist Chute wird kein Bein auf den Boden bekommen. Aber Brendan wird gewinnen. Das weißt du. Du bist kein Idiot.«

»Das weiß ich durchaus nicht, Mike«, sagte Bob. »Und selbst wenn ich diesmal verlieren sollte, dann wäre das scheißegal. Ich würde Brendan mit Zähnen und Klauen auf den Leib rücken. Brendan fürchtet sich sehr leicht, weißt du.«

»Aber sieh doch mal«, Murphy steckte sein Taschentuch in die Tasche, und gleichzeitig verschwand das meiste von seinem umgänglichen Ton. »Ihr erwischt vielleicht hier und da den einen oder anderen Sitz; Johnny Redmond ist sicher, und ein paar andere auch, die wir erwähnen könnten – zwölf Sitze, höchstens fünfzehn. Den Rest bekommen wir, den ganzen Rest.«

»Wir bekommen ihn«, echote Bob. »Und wer ist ›wir‹? Im Moment ist ›wir‹ jeder, der ein Messer in der Hand hatte, als der Chef am Boden lag. Aber das wird ein kurzlebiges ›wir‹ sein. Dillon und O'Brien wehren sich jetzt schon gegen das gemeinsame Joch, unter das sie für diesen Wahlkampf gespannt sind, und in der nächsten Runde wird es ›Dilloniten‹ und ›O'Brieniten‹ und »Parnelliten‹ geben. Ganz zu schweigen von deinem eigenen lieblichen Helden und Verwandten, Timothy Michael Healy, Esquire. Solange er lebt, wird es eine ›Healyiten‹-Partei geben. Nein, nein, Mike. Deine Leute werden früher oder später mit meinen Leuten zu tun haben. Da hast du die Politik so zubereitet und serviert wie Tim und du sie mögen, geradeheraus und unverblümt. Keine ermüdenden Appelle an den Patriotismus, das überlassen wir Dillon und O'Brien. Und dem Gedenken des Chefs.«

»Ich nehme dir das nicht übel, Bob.«

»Das solltest du aber. Du bist heute morgen nicht sehr wachsam.«

»Ich brauche von dir keine Lektionen über Patriotismus, Robert Delaney, und deshalb höre ich auch keine. Wenn du glaubst, daß es mir nur um einen Wahlerfolg geht, dann irrst du dich, und du irrst dich auch bei Tim. Tim hat nicht zuerst an die Engländer gedacht, als er mit dem Chef gebrochen hat, ebensowenig wie Dillon oder O'Brien. Und Michael Davitt schon gar nicht, das wirst du selber zugeben. Wir brauchten nicht einmal die Stimme der Bischöfe, um an unsere Pflicht erinnert zu werden.«

Bob seufzte. »Die Vergangenheit ist die Vergangenheit. Laß uns doch einen Morgen Urlaub von ihr nehmen.«

»Dies ist eine katholische Nation, Bob, und sie hätte sich nicht von einem überführten Ehebrecher anführen lassen, von einem Mann, der noch an seinem Todestag im Ehebruch verharrte.«

Bob preßte seine gekrümmten, angespannten Finger gegen die Kante seines Schreibtisches.

»Na gut, Mike, laß doch diese ganze Unterhaltung Urlaub nehmen. Ich habe dieses Gerede restlos satt. Du kannst es mitsamt deiner Person zu Tim zurückbringen, zusammen mit dem Bescheid, daß er ein scheinheiliger Mistkerl ist. Er wird seine Flagge niemals in diese Stadt pflanzen können, solange ich hier bin, um sie wieder herauszureißen.«

Bobs Erinnerung war einige Stunden später und in der halluzinatorischen alkoholisierten Zukunft dieselbe: Daß Murphy den Blick von ihm abwandte und hinter ihn und durch das Fenster mit seiner goldenen Aufschrift schaute. Einen Moment lang dachte Bob, was ist denn da bloß zu sehen, höchstens ein paar alte Männer, die vor Conefrys Tür herumlungern und warten, daß geöffnet wird, Läden, vielleicht eine wie eine Mohammedanerin verhüllte Frau, die über den Bürgersteig eilt, der Obelisk, ein Stück Domänenmauer, und in der anderen Richtung Tullys Laden, wo der junge Bursche, Bobs Nachfolger, die Wollmäuse aus den offenen Türen ins Freie fegt.

»Und das anständige irische Volk wird auch nicht zulassen, daß ein Ehebrecher es im Parlament vertritt.«

Bob starrte ihn einen Moment lang sprachlos an. Die Worte,

die soeben gefallen waren, schienen auf einem Haufen in seinem Gehirn zu liegen, um von ihm unter Schmerzen in die richtige Reihenfolge gebracht zu werden.

»Parnell, Bob«, sagte Murphy sanft, als ob er mit einem Invaliden spräche, »Parnell wurde durch seinen Ehebruch vernichtet, und das Wort allein und mehr noch der Zustand geistigen Übels, den es beschreibt, ist ein schädlicher und widerlicher Gestank, der noch immer in den Nüstern dieses Landes hängt. Parnell hat frühzeitig die faire Warnung erhalten, zurückzutreten, sich aus der Politik zurückzuziehen, wenigstens vorübergehend. Er wurde nicht nur durch seinen Ehebruch, sondern auch durch seinen Stolz vernichtet, als er den guten Rat derer nicht annehmen wollte, die ihm und Irland wohl wollten.«

»Wir reden hier nicht über Parnell«, sagte Bob. »Laß Parnell beiseite und komm zur Sache.«

»Wir sind schon bei unserer Sache, Bob. Du weißt es, und ich weiß es.«

Das muß ich ihm lassen, sagte Bob später. Sein Auftrag hat ihm kein Vergnügen gemacht, es sah jedenfalls nicht so aus. Es schien ihn wirklich zu schmerzen, und ich glaube, er hätte es gern dabei belassen, nachdem er gesagt hatte, worum es ging, wenn ich ihn aufgefordert hätte, zu gehen. Tim dagegen, Tim hätte jede Minute, jedes gemeine Wort genossen, zu dem er sich vielleicht gezwungen gesehen hätte, um die Reinheit und das katholische Irland zu verteidigen. Aber Mikes Kneifer war von seiner Nase gefallen und baumelte jetzt an seiner Kette hin und her, und er schien es nicht bemerkt zu haben. Als er sprach, hatte er mich angesehen, aber jetzt hatte der Platz wieder seine Aufmerksamkeit auf sich gezogen.

»Nein«, sagte Bob. »Ich weiß es nicht. Du wirst es mir schon genau erklären müssen.«

»Wenn es dein Wunsch ist, Bob. Wenn es dein Wunsch ist. Du unterhältst seit Jahren eine unzulässige Beziehung zu einer Dame, deren Namen weder hier noch anderswo je erwähnt zu werden braucht, solange du das nicht selber willst. Zu einer verheirateten Dame, so wie du ein verheirateter Mann und Vater bist.«

Bob sagte nichts. Er merkte, daß seine Fingerspitzen, die er noch immer auf die Tischplatte preßte, langsam wehtaten, und daß sich der Schmerz über die Nerven und Muskeln seiner Arme aufwärts fortpflanzte. Er ließ die Hände in seinen Schoß sinken.

»Ich weiß, Bob, ich weiß. Du fragst dich, was dir größeres Vergnügen bereiten würde: Mich zu erschießen oder mir den Kopf abzureißen. Aber wir sitzen nun eben hier.«

»Und deine einzige Sorge«, erwiderte Bob, »die einzige Sorge von dir und dieser kleinen Ratte aus Bantry ist die moralische Reinheit von Kilpeders parlamentarischer Vertretung.«

»Es ist eine Welt, Bob« sagte Murphy und wandte sich dabei durch das Glas an den Marktplatz, »in der die Dinge nicht in ordentlichen kleinen moralischen Schubladen liegen. Wir sind beide schon lange genug Anwälte, um das zu wissen. Wir sind beide schon lange genug in der Politik. Das Leben ist eine Schweinerei.«

»Welch ein Glück für die Leichenfledderer«, sagte Bob.

»Schieß einfach drauflos, Bob. Sag, was du willst. Es ist ein Schock, das weiß ich.«

»Ich habe wirklich Lust, dir etwas anzutun«, sagte Bob. »Habt ihr denn gar keinen Anstand im Leib, Junge, daß ihr so tief herabsinkt, eine solche Waffe zu verwenden? Aber das habt ihr natürlich nicht. Ich habe Healy am Werk gesehen, ich habe ihn gehört. Und das alles wegen eines elenden Sitzes im Londoner Parlament.«

»Du hast recht, Bob. Es ist ein elender Sitz. Er lohnt das Opfer deines guten Namens nicht. Und der steht ja nicht einmal auf dem Spiel. Brendan wird auf jeden Fall die Wahl gewinnen.«

»Ja, aber ihr geht kein Risiko ein, nicht wahr?« Bob rutschte auf seinem Sitz hin und her. »Sag mal, weiß Brendan über deinen Besuch und seinen Zweck Bescheid?«

»Wie nennst du ihn noch, den Meßdiener? Nein, es gibt keinen Grund, den Meßdiener zu schockieren. Fürs erste nicht.«

»Was noch wichtiger ist«, fuhr Bob fort, »ist Dennis Tully informiert?«

»Das ist er nicht«, antwortete Murphy ruhig und gelassen. »Und Gott gebe, daß er es auch nie erfährt. Du hast ihm übel mitgespielt, diesem Mann, der dich aus der Gosse geholt hat. Nein, von mir oder meinen Leuten wird er nichts darüber erfahren. Gebe Gott, daß du ihm nicht das Herz brichst. Wenn es zum allgemeinen Skandal wird, dann erfährt er es natürlich.«

»Ach? Und wie könnte das passieren?«

»Wie das passieren könnte? Wir beide haben gerade erst gesehen, wie das Land durch einen Skandal, der aus dem Scheidungsgericht durchsickerte, gespalten wurde, und trotzdem fragst du, wie es passieren könnte?«

»Es gibt einen Unterschied.« Sorgfältig wählte Bob seine Worte. »Dein Drama braucht einen lokalen Captain O'Shea, und den gibt es nicht.«

»Oho!« sagte Murphy. »So ist das also. Die Wege des Adels sind fürwahr wunderlich. Du hast dich in seltsame Gesellschaft begeben, mein Junge.«

Bob zuckte die Schultern. Er griff nach seinem Brieföffner, einem gekrümmten orientalischen Dolch aus rasierklingenscharfem Stahl, den Mary und ich ihm einmal zu Weihnachten geschenkt hatten. Er hielt ihn zwischen seinen Zeigefingern, und die stechende Klinge verschaffte ihm ein schwaches Vergnügen, eine Erleichterung.

»Das würde dann wirklich häßlich. Wirklich häßlich, Bob. Die Angelegenheit würde so weit gehen, wie es niemand von uns wünscht, am wenigsten die betroffene Dame.«

Er schob seinen Stuhl um einige Zoll zurück, aus Angst, dachte Bob zuerst, als ob er Bobs mörderische Gedanken in seinen Augen sehen könnte, aber in Wirklichkeit wollte er sich nur bücken, um seine Aktentasche auf seinen Schoß zu heben und ein dickes, vielfach mit verknotetem Band umwickeltes Bündel hervorzunehmen. Das Band war rot, die Farbe des Blutes.

»Es gibt Möglichkeiten, Bob«, sagte er mit derselben sanften Stimme, wie ein Chirurg, der bei einem Freund das Skalpell ansetzt. »Es gibt Möglichkeiten. Dieses... dieses Material hier. Es gibt Möglichkeiten, dieses Material bekanntwerden zu lassen, zumindest so, daß es sich herumspricht. Nicht durch den *Cork Examiner* oder das *Freeman's Journal* natürlich, oder überhaupt eine Zeitung, die man in einem katholischen Haus finden würde. Aber es gibt Möglichkeiten. Wir kennen sie beide; wir sind beide Anwälte; wir haben beide schon mit unappetitlichen Fällen zu tun gehabt. Großer Gott, jetzt fällt es mir ein, haben wir uns nicht einmal zusammengetan, um eins von Vincents... wie sollen wir das nun nennen? Um es zu bereinigen jedenfalls.«

Er legte die Papiere auf den Tisch, und ehe er die Hand wieder wegziehen konnte, hatte Bob voller Wut mit dem Messer zugestochen. Es war der reine Zufall, daß es Murphys Hand verfehlte und statt dessen die Papiere aufspießte und sich tief in die Tischplatte bohrte.

Wie Murphy gesagt hatte, waren sie beide Anwälte, und Bob hatte eine Übelkeit erregende, klare Ahnung davon, was er finden würde, wenn er das Band löste. Jahre später, als Bob tot aufgefunden worden war, fiel es an Jamesey Gannon und mich, als die von ihm festgesetzten Testamentsvollstrecker, die Papiere durchzusehen, und Jamesey entdeckte dabei das Bündel, das ganz hinten in eine der tiefen Schubladen unten im Schreibtisch gestopft war. Es war restlos eingestaubt, Staub sammelte sich auf dem Rand, als er mit der Hand darüber fuhr, und der Messerstich war eine klaffende Wunde. Ich zerschnitt das Band mit meinem eigenen Taschenmesser und öffnete das Bündel. Ich brauchte nur einen Blick darauf zu werfen, um zu wissen, worum es sich handelte – photographische Wiedergaben von Dokumenten verschiedenster Art und Größe – die Berichte eines Privatdetektivs in London, einige Hotelrechnungen und Briefe in einer lebhaften Schrift. Ich packte alles, ohne es zu lesen, und trug es zum Kamin, wo Jamesey ein Streichholz daran hielt. Alles brannte wie Zunder.

»Ich glaube nicht, daß er sie je gelesen hat«, sagte ich zu Jamesey. »Ich habe das Gefühl, daß vor uns noch niemand diesen Knoten gelöst hat.«

»Ich weiß noch, wie sie an jenem Morgen auf seinem Schreibtisch lagen«, sagte Jamesey. »Ich war drüben in meinem eigenen Zimmer, dem Zimmer, in dem Bob im letzten Jahr geschlafen hat, und ich hörte, wie er brüllte: ›Jamesey‹, brüllte er, ›Jamesey!‹ Ich stürzte sofort hinüber, und da saß Mike Murphy so weit hinten auf seinem Stuhl, wie das überhaupt nur möglich war, seine Arme zitterten, und Bob war aufgesprungen und schien jemanden ermorden zu wollen, am liebsten wohl sich selber. Das Bündel lag dort auf dem Tisch zwischen ihnen, und das Messer war durch alle Papiere und zweifellos bis in die Tischplatte hindurchgestochen worden, aber Mahagoni ist hartes Holz, und das Messer war umgefallen und lag auf den Papieren.«

Der Einschnitt war immer noch auf der Tischplatte, die Jamesey und ich erst einmal von Staub und Schmutz hatten befreien müssen, ehe wir an die Arbeit gehen konnten.

»›Ja, Mr. Delaney‹, sagte ich so ruhig wie möglich. Das war ganz zu Anfang, und er war für mich immer noch ›Mr. Delaney‹. ›Jamesey‹, sagte er. ›Weißt du, wer das ist?‹ – ›Natürlich weiß ich das, Sir‹, antwortete ich. ›Guten Morgen, Mr. Murphy.‹ – ›Guten

Morgen, James‹, antwortete er mit kleinlauter Stimme. ›Er ist ein Mann, der in einem christlichen Zimmer nichts zu suchen hat. Hol ihm seinen Mantel und seinen Hut und sorge dafür, daß er nie wieder einen Fuß in dieses Büro setzt.‹ Ich tat wie mir geheißen, aber ich war außer mir vor Angst. Bob war natürlich mein Arbeitgeber, und er war ein Parlamentsmitglied und im Ort ein großer Held, dessen beherrschte und doch mörderische Wut bekannt war. Aber Michael Patrick Murphy war ebenfalls ein sehr mächtiger Mann, mit dem sich ein junger Anwalt nun wirklich nicht anlegen wollte. Doch Murphy sagte ruhig: ›Seien Sie ein braver Junge, Jamesey. Bringen Sie mir meine Sachen.‹ Als ich damit zurückkehrte, stand er Bob gegenüber. ›Du bist außer dir, Bob‹, sagte er. ›Sehr verständlich. Überstürze jetzt nichts, überlege dir alles in Ruhe. Es hat keine Eile; laß dir ein oder zwei Wochen Zeit zum Überlegen.‹ Er nickte mir zu, dann ging er. Bob stand hinter seinem Schreibtisch, dann folgte er, scheinbar aus einem plötzlichen Impuls heraus, Murphy auf den Marktplatz. Gott weiß, was dort draußen für Worte fielen, aber als Bob wieder ins Büro kam, sah er schlimmer aus denn je, schwarz vor Wut, der er keinen freien Lauf geben konnte.«

Gott weiß, und ich weiß es auch, was dort zwischen den beiden für Worte fielen. Und Vincent wußte es auch, denn Bob hatte uns beiden auf unterschiedliche Weise die Sache vorgetragen.

»Sag nichts«, sagte Murphy zu ihm. »Reden ändert nichts, Bob. Sieh dort hinüber, auf die andere Seite des Marktplatzes.« Und dort am anderen Ende befanden sich natürlich die protestantische Kirche und die Tore der Ardmor-Domäne, die von Falken bewachten Tore, wie ich sie immer nenne, nach Art Homers. »Überleg es dir, Junge«, sagte Murphy. »Sag jetzt nichts zu mir, aber überlege dir, was ich sage. Klare Worte sind das beste. Sie ist mit dem Großgrundbesitzer von Kilpeder verheiratet. Nichts kann das tilgen – weder Clonbrony Wood, noch die Piken der Fenier, noch die Boykotts, nichts. Du hast dein Nest besudelt, Junge.«

»Letztes Jahr«, sagte Bob, »habt ihr einen Adler erlegt, du und Healy und die übrigen von eurer Bande. War das nicht genug für euch?«

»Gegeifer«, entgegnete Murphy. »Hör dir selber zu, dann wirst du es merken. Ich bin ein ebenso guter Ire wie du, vielleicht ein besserer, und ich weiß, daß Tim Healy ein besserer ist. Seit 86, seit der Wahl von Galway, hat Tim Healy erklärt, daß Irland größer ist als jeder Führer. Führer sind keine Adler, Bob. Sie sind Menschen, und wenn sie im Weg stehen und den Fortschritt behindern, dann müssen sie dazu gezwungen werden, beiseitezutreten.«

»Du scheinheiliger Hurensohn«, sagte Bob. »Verschwinde aus meiner Stadt.«

»Aus deiner Stadt, ja? Sie gehört dem Earl of Ardmor, oder, obwohl der Earl das noch nicht weiß, Dennis Tully. Aber es ist nicht deine Stadt. Du kannst meine Worte auf die Probe stellen, aber du wärest ein Narr, wenn du das tätest.«

»Vor einiger Zeit«, sagte Bob, »hat mich ein Freund gefragt, wofür Parnellismus steht, und ich habe ihm gesagt, es sei eine Möglichkeit, Tim Healy und Brendan Fogarty aufzufordern, sie möchten sich ins Knie ficken. Dabei habe ich dich übersehen.«

»Wenn es dir Freude macht, das zu sagen, Bob...« Murphy zuckte die Schultern. »Lassen wir es dabei. Meine besten Empfehlungen an deine liebe Frau.«

Und Bob sah zu, wie er davonging, über den ganzen Platz und in Richtung Inchigeelagh House. »Die Nemesis tritt in allen Größen und Formen auf«, sagte Bob später zu mir. »Haben die alten Griechen daran gedacht, an eine Nemesis mit Kneifer und kurzen O-Beinen?« Aber ich konnte ihm darauf nicht viel erwidern. Er wollte natürlich auch keine Antwort, sondern er wollte mit einem Freund zusammensein – vielleicht wollte er einen Rat. Aber ich hatte keinen Rat für ihn, ich war völlig ratlos. Mary hätte ihm vielleicht etwas sagen können, hätte ihn besser trösten können als ein Mann. Aber ich mußte ihm versprechen, ihr nichts davon zu erzählen. Er betonte immer wieder, von Anfang bis Ende, daß er sich seiner Liebe zu der betreffenden Dame nicht schämte, aber ich habe den Verdacht, daß ein Teil von ihm das doch tat, ein Teil von ihm, der ein Bauernbursche von der Farm war, und daß dieser Bursche nicht wollte, daß Mary von der ganzen Sache erfuhr, von Chelsea und von Murphys ekelhaftem Bündel.

Danach ließ er die Frist, die Murphy ihm gesetzt hatte, gefährlich weit fortschreiten, denn er verbrachte die folgende Woche in London, im Parlament und bei Sylvia, sagte ihr jedoch nichts, da er nicht wußte, was er sagen sollte, und nicht wußte, was er tun sollte, und dann kehrte er nach Kilpeder zurück. An diesem letzten Freitag saß er zumeist allein in seinem Büro, wie Jamesey mir später erzählte, hinter seinem Schreibtisch, ohne zu arbeiten.

Jamesey wußte natürlich, daß ihn irgendein Donnerschlag getroffen hatte, wußte aber nicht, worin dieser bestand.

Er kochte eine Tasse Tee und brachte sie Bob. »Wenn ich etwas tun kann, um Ihnen behilflich zu sein, Mr. Delaney?«

Bob brauchte einige Sekunden, um Jameseys Worte zu begreifen, dann schüttelte er den Kopf. »Ach, danke, Jamesey. Wir arbeiten heute nicht. Nicht richtig. Nimm dir einen freien Tag. Weder auf deinem noch auf meinem Schreibtisch gibt es etwas von Bedeutung.«

Nichts, dachte Jamesey, außer einer Kerbe in Bobs schönem Schreibtisch, die so breit war wie eine Messerklinge. Jamesey zögerte einen Moment und überlegte sich genau, was er sagen wollte.

»Was ich meine, Mr. Delaney, ist, ob ich irgend etwas tun kann, ob ich Ihnen auf irgendeine Weise nützlich sein kann. Sie haben Freunde in dieser Stadt, Sie haben Anhänger. Und die haben Sie auch verdient.«

»Danke.« Bob lächelte.

Es war fast, sagte Jamesey, ein Lächeln, wie man es für ein Kind haben würde, ein kleines Kind, das die Welt liebt, das sich aber in ihr täuscht.

Und Jamesey beschloß, das Beste, was er tun könnte, das, was die Welt normal und sicher wirken lassen würde, sei, das Angebot seines Arbeitgebers anzunehmen, sich den Rest des Tages freizunehmen und zu verschwinden. Das allerletzte, was er tat, als er zur Ausgangstür ging, war, von einem kleinen Jungen die Nachricht entgegenzunehmen, die Vincent aus Brierly Lodge an Bob geschickt hatte.

»Ich weiß nicht mehr genau, was ich geschrieben habe«, erzählte mir Vincent. »Aber ich habe so starke Worte gewählt wie nur möglich: Daß ich ihn am Wochenende dringend sehen müßte, daß Brierly Lodge ein besserer Treffpunkt wäre als Kilpeder, daß ich ihn anflehte, zu mir zu kommen, wenn ihm meine Freundschaft etwas bedeutete. Er mußte gewußt haben, daß ich irgendwie Wind von der Geschichte bekommen hatte, und es überrascht mich, daß er nicht auf die Idee gekommen ist, ich könnte ihn nach Brierly Lodge locken wollen, um in friedlicher Umgebung die Ehre meiner Schwester zu rächen. Aber wie dem auch sei, er kam am späten Nachmittag auf diesem braunen Pferd, das damals sein Stolz war, erinnerst du dich daran, und er bestrafte es auf das

Grausamste. Ich beobachtete ihn vom Fenster aus, und er schlug es zweimal mit der Peitsche. Er war niemals ein eleganter Reiter, aber er hatte seine Pferde doch immer anständig behandelt. Ich sah, daß mein Torhüter ihm in der Ferne, am Ende der Allee, hinterherstarrte.

Sie saßen am Feuer, hielten große Whiskeys in der Hand, Bob hatte seinen nicht verdünnt, und Vincent erzählte Bob von dem Packen photographischer Papiere, die Michael Patrick Murphy ihm aus Cork City geschickt hatte.

»Ich habe nur einen Blick darauf geworfen, Bob, nur, um sicherzugehen, daß das, was Mike in seinem Brief geschrieben hat, stimmt, und dann sind sie dort gelandet.« Er nickte zum Kamin hinüber.

Bob sah ihn an, hielt sein Glas mit beiden Händen und schwieg.

»Bob«, sagte Vincent nach einem langen Seufzer. »Laß uns mit einem Punkt anfangen. Laß uns Agnes aus dieser Sache heraushalten. Sie ist meine Schwester, und wir sind eine Familie, die sich nahesteht, egal, wie die Dinge zwischen mir und dem alten Herrn liegen mögen. Aber geschehen ist geschehen, und im Moment mache ich mir um dich Sorgen. Diese Bande hat es auf dich abgesehen; du mußt dich fügen oder untergehen. Und sie üben Druck auf dich aus. Daß sie mir diesen Dreck geschickt haben, war eine Art, Druck auszuüben, auch wenn Murphy das ganze in hassenswerte Beteuerungen seiner Besorgnis um die Familie verpackt hat, vor allem um die arme Agnes und mehr noch, um einen letzten Schlag für meinen schwergeprüften Vater zu vermeiden. Wann zum Teufel haben diese schweren Prüfungen wohl begonnen? Aber das spielt jetzt wirklich keine Rolle.«

»Nichts spielt eine Rolle«, sagte Bob endlich. »Ich habe das Gefühl, im Nichts zu schwimmen.«

»Nun, das tust du nicht, mein Junge. Den Gedanken kannst du dir sofort aus dem Kopf schlagen. Du sitzt hier in einem Haus einige Meilen vor Kilpeder im County Cork, und du mußt dich entscheiden, ob du bekanntgeben willst oder nicht, daß du für die Wiederwahl kandidieren wirst. Das ist alles.«

»Das ist alles«, sagte Bob.

»Nun?«

»Diese Bastarde«, sagte Bob. »Dieselben verdammten Bastarde, die den Chef gestürzt haben, und dieses Mal benutzen sie noch dreckigere Waffen. Im Gesetz gibt es ein Wort für das, was sie tun.«

»Vergiß es, Bob. Du bist der Jurist, nicht ich, aber du kannst das vergessen.«

»Wenn ich es könnte«, meinte Bob, »dann würde ich den ganzen verdammten Tempel einreißen, wie der blinde Samson.«

»Das kannst du«, erwiderte Vincent. »Es liegt in deiner Macht. Es ist ein passender Vergleich: Du würdest dich und Agnes vernichten, zweifellos auch den alten Herrn, und ganz gewiß würdest du die Dame vernichten, der deine Zuneigung gilt.«

»Meine Liebe«, korrigierte Bob.

»Was auch immer.«

»Du willst mir erzählen«, sagte Bob, »daß ich nachgeben muß.«

»Ja«, entgegnete Vincent sanft und goß mehr Whiskey in ihre Gläser. »Du hast keine Wahl. Aber das ist noch nicht alles, und du solltest es besser wissen. Du kannst dieses Feuer niederbrennen lassen, wenn du Brendan Platz machst, aber du kannst es nicht löschen. Überleg dir einmal, wie viele Leute jetzt schon über dich und die Dame in London Bescheid wissen müssen. Du kannst einen Skandal verhindern, aber du kannst nichts dagegen tun, daß Klatsch durchsickert, wie Gas aus schadhaften Leitungen.«

»Zur Hölle damit«, sagte Bob.

»Vielleicht. Vielleicht kommt alles irgendwie in Ordnung. Aber für dich kommt es darauf an, zurückzutreten, und zwar sofort.«

Delaney lächelte freudlos. »Ich habe dich noch nie so unverblümt erlebt.«

»Das habe ich auch nie nötig gehabt«, erwiderte Vincent. »Ich möchte dir etwas zeigen.« Er stand auf, ging zur Tür und rief zur Küche hinüber: »Bring noch eine Flasche, wie ein braves Mädchen, und frisches Wasser. Wir sitzen hier bestimmt noch lange.«

Theresa Fuller hatte gerade gebacken, und obwohl sie sich die Hände gewaschen hatte, waren ihre Arme von Mehl bestäubt.

»Was für ein braves Mädchen«, sagte Vincent. »Ein großer Trost für einen Mann mittleren Alters. Nicht wahr, meine Süße?«

Sie lächelte verlegen, als sie eine Flasche und einen Krug voll klarem Wasser auf den Boden neben den Kamin stellte.

»Nicht wahr, meine Süße?« wiederholte er. »Ein großer Trost für einen Mann, angenehm und wohlgeformt.«

»Wenn Sie meinen«, sagte sie und mied Delaneys Blick.

»Das meine ich«, erklärte Vincent, legte leicht und zärtlich die Hand auf ihre Hüfte und streichelte sie.

Nachdem sie gegangen war, fragte Delaney. »Was sollte das denn?«

»Sie ist doch nett, nicht wahr?« fragte Vincent. »Nicht das erste Mädchen hier im Haus, aber vielleicht das letzte. Auf irgendeine Weise paßt sie zu mir. Ich glaube nicht, daß ich noch heiraten werde.«

»Doch, ja«, sagte Delaney. »Sehr nett.«

»Aber du kannst dir wohl zweifellos vorstellen, wie in der Stadt über sie gesprochen wird. Sie hat einen Vater und einen Bruder, die eine Zeitlang außer sich vor Wut waren, aber ich bin ja trotz allem der ›Sohn‹ von ›Tully und Sohn‹. Sie hat unter den Mädchen in der Stadt nur wenige Freundinnen in ihrem Alter. ›Haushälterin‹, meine Güte. In dieser unserer Welt geschehen häßliche Dinge, Bob. Du erinnerst dich sicher, daß du für mich in Mallow eine gewisse delikate Angelegenheit in Ordnung gebracht hast, mit der Frau eines gewissen protestantischen Apothekers. An der Heimatfront ist jetzt alles in Ordnung, habe ich gehört; eintausend Pfund können etliche Wunden heilen. Aber es gibt Häuser in Mallow, wo die brave Frau nicht mehr empfangen wird. Das kann passieren, in Kilpeder oder in Mallow oder in London. Einem Dienstmädchen, einer Apothekersfrau oder der Gattin eines Lords.«

»Ich habe verstanden«, sagte Delaney. »Du brauchst nicht konkreter zu werden, Vincent.« Er leerte sein Glas und bückte sich nach der Flasche.

»Gut«, sagte Vincent. »Genug gesagt also?«

»Die Welt ist unappetitlich, hat Mike Murphy mir mitgeteilt.«

»Der Weise von Cork City. Er hat allerdings recht. Es gab einen Franzosen, das hat Hughie mir erzählt, der gesagt hat, jeder von uns müßte jeden Morgen eine Kröte schlucken. Keinen Frosch, wohlgemerkt, was für diese degenerierte Nation eine Delikatesse wäre, sondern eine schleimige, glitschige, graue Kröte.«

»Ein Weiser namens La Rochefoucault«, erwiderte Delaney. »Und ich bin nicht so sicher, daß Hughie dir das erzählt hat. Du liest mehr, als du zugibst, Vincent. Es ist nützlich, einen Freund wie dich zu haben, aber einer ist genug.«

»Na gut«, sagte Vincent. »Jetzt vergessen wir das alles und machen uns ans Trinken. Diese nette Person wirft nachher etwas für uns in die Pfanne, und wenn du möchtest, kannst du hier übernachten. Und morgen früh machst du dann, daß du nach Kilpeder kommst und diesen Brief an die Parteizentrale schickst.«

»Ja, laß uns das vergessen«, sagte Bob, »aber für die Kröte bin ich noch nicht bereit, vielen Dank.«

Tully reckte sich, stand auf und ging ans Fenster. »In diesem Jahr wird der Frühling spät kommen, glaube ich.«

»In Manchester sind die Immobilienpreise gefallen, habe ich gehört«, erwiderte Delaney. »Und in Glasgow gibt es nicht genug Bauholz. Und glaubst du, die Franzosen werden jemals das Elsaß zurückerobern?«

Die nette Person hatte die Tür offengelassen. Tully durchquerte das Zimmer und schloß sie. Dann schenkte er sich neuen Whiskey ein und leerte sein Glas in drei Zügen.

»Jeder, kannst du das nicht begreifen, Bob? Darauf kam es diesem Franzosen an. Jeder von uns muß das. Ich muß auch meine Morgenkröte herunterwürgen. Ich mache es, wenn ich beim Rasieren in den Spiegel schaue. Die Kröte schmeckt immer noch ekelhaft, aber sie ist im Laufe der Jahre kleiner geworden. Ich will dir von ihr erzählen.«

Er brauchte dafür etwas länger als zwei Stunden, es war ein langer, komplizierter Bericht, mit Nebenstraßen und Umleitungen, mit Erklärungen zu bestimmten Punkten, und ab und zu kreiste die Straße um sich selber, um dann aber doch immer wieder vorwärts zu führen. Und Delaney unterbrach zuerst, kurze, präzise Anwaltsfragen. Am Ende jedoch saß er nur da und hörte zu. Gemeinsam hatten sie die Hälfte der Flasche geleert, ehe Vincent seinen Bericht beendet hatte, und sie waren betrunken.

»Nun, Bob«, sagte Tully, »hier hast du meine Kröte, und sie ist doch wirklich ein hübsches, kleines Tier.«

Aber Delaney hatte die Augen halb geschlossen und wandte sein Gesicht dem Kamin zu. Das Feuer war fast erloschen, und keiner von beiden hatte daran bedacht, mehr Torf aufzulegen.

»Bob?« fragte Tully. »Bob? Bist du überhaupt wach?« Aber Delaney gab keine Antwort, und Tully sah ihn an, saß still da und bückte sich zweimal, um ihre Gläser neu zu füllen.

Der Abend senkte sich mit kühlem, winterlichem Licht über den Raum, er hatte noch kein Anzeichen von Frühling, und sein Licht fiel über die Bücherschränke und die Fuchsköpfe an der

Wand, über die englischen Jagdbilder, auf denen Reiter in rosa Röcken über Mauern und Tore sprangen.

Theresa öffnete die Tür, kam herein und starrte die beiden Männer an.

»Wollt ihr etwas zu essen?« fragte sie.

»Verdammt unwahrscheinlich«, antwortete Tully. »Sieh uns doch an, ja?«

»Mach ich doch«, antwortete sie.

»Ich leg mich ein bißchen hin«, sagte er. »Vielleicht möchte er etwas zu essen, wenn er aufwacht. Mach ihm ein Bett zurecht.«

»Der wird erst in Stunden wieder wach«, sagte sie, »so, wie er aussieht.«

»Du kannst nicht nach dem Aussehen urteilen«, sagte er und kam mühsam auf die Füße. Sie wollte ihm helfen, und er stützte sich schwer auf ihre Schulter. Für eine so schlanke junge Frau verfügte sie über überraschende Kraft, und sie war inzwischen auch darin geübt, ihm Nacht für Nacht so ins Bett zu helfen, zumindest in zwei Nächten von sieben. Guter bäuerlicher Stamm, sagte Tully manchmal zu sich selber, wenn er sich an die Kraft ihrer Schultern und Hüften erinnerte; guter bäuerlicher Stamm. Und dann fragte er sich selber, was sind wir denn für ein Stamm, da die Ursprünge der Tullys ihm ebenso weit zurück und geheimnisvoll erschienen wie Hugh MacMahon.

Als Delaney jedoch mit üblem Geschmack und ohne sofort zu wissen, wo er war, in seinem Stuhl erwachte, schlief sie schon lange in ihrem Nachthemd und in eine Decke gewickelt, im Schlafzimmer hinten im Haus neben Tully im Bett ausgestreckt. Sie hatte ihm seine Jacke und seine Stiefel ausgezogen, und er schnarchte.

Delaney war betrunken, aber nicht so betrunken, daß er sich den Geschmack des Whiskeys, seinen Geruch gewünscht hätte. Er erhob sich unsicher, dann ging er in die Diele und hinaus in die mondhelle Nacht. Der Mond war voll und sehr groß, und Bob konnte den Stall und die Koppel, die Scheunen, niedrige Zäune in der Entfernung, das kleine, phantasievolle Kutscherhaus klar erkennen. Er beschloß, sich eine gewisse Nüchternheit zu erwandern und ging die Auffahrt hinab, vorbei am Kutscherhaus, wo der Torhüter und seine Frau schliefen, und auf die Straße nach Kilpeder. Er ging, zuerst unsicher, mehrere Stunden lang, ein guter langer Marsch, mehrere Meilen nach Kilpeder, bis er schon fast einige späte Lichter erkennen konnte, wie gefallene Sterne, dann drehte er um und ging zurück. Er war immer noch betrunken, hatte den Whiskey noch im Kopf und im Blut, aber er spürte, wie die Klarheit zurückkehrte, wie eine Truppe von vernünftigen Schwertkämpfern in ihren Rüstungen sich durch das Unterholz einen Weg schlug und durchs Moor stapfte.

Als er nach Brierly Lodge zurückkehrte, kannte er sich trotz seiner vielen Besuche dort nicht gut genug aus, um sich ein Zimmer zu suchen. Er wollte nicht bei Tully und der netten Person hereinplatzen, und noch viel weniger bei den beiden Hausmädchen, die sich ein Zimmer teilten. Er schob zwei Sessel zusammen und streckte sich, nicht allzu behaglich, darauf aus.

Als am Morgen die nette Person ins Zimmer kam, war er hellwach und stand am Fenster. Sie führte ihn in die Küche, und während eines der Mädchen ihm eine Kanne Tee kochte, ging sie Tullys Rasierpinsel und eines seiner Rasiermesser holen. Delaney saß am Tisch und trank seinen Tee, als Tully in die Küchentür trat. Er sah Delaney wortlos an, bis Delaney sagte: »Guten Morgen, Vincent. Der Tee ist erstklassig. Gieß dir doch auch eine Tasse ein.« Dann lächelte Tully, nickte und nahm Platz.

Als Delaney aufbrach, ging Tully neben ihm und neben dem Pferd durch die Tore hindurch und bis zur Straße nach Kilpeder.

»Du hast einen stärkeren Kopf als ich, bei Jesus«, sagte Tully vorsichtig.

»Ich scheine ihn ja auch zu brauchen, einen guten starken Kopf.«

Delaney hatte seine Handschuhe angezogen, berührte zum Abschied seinen bloßen Kopf mit seiner Reitpeitsche und ritt dann nach Kilpeder. Er ritt sofort zu seinem Büro, schloß die Tür auf und setzte sich an den Schreibtisch. Zu dieser Stunde, am Sonntagmorgen, war die Stadt totenstill. Er legte Papier, Briefumschläge und Federn neben seinen Arm und klappte den leuchtenden Messingdeckel seines reichverzierten Tintenfasses auf, eine Anschaffung aus den 70er Jahren, als er, ein frisch zugelassener Anwalt, mit Agnes nach Cork City gefahren war, um die Einrichtung für, wie sie schwor, »die schönste Anwaltskanzlei in ganz Cork, in ganz Munster« zu besorgen.

Er schrieb vier Briefe an Kollegen und teilte ihnen mit, daß gesundheitliche Gründe es ihm unmöglich machten, bei der allgemeinen Wahl für Kilpeder zu kandidieren, und er forderte sie auf, einen anderen Kandidaten zu finden, der gegen Brendan Fogarty antreten könnte, um »Charles Stewart Parnells Vermächtnis an Irland intakt zu halten«. Aber er teilte ihnen auch mit, daß dieselben gesundheitlichen Gründe, die Befehle seines Arztes, es ihm vielleicht sehr schwer machen könnten, dem Kandidaten seine aktive Unterstützung zukommen zu lassen. Mitte der Woche wollte er in Westminster sein und diese Angelegenheit mit ihnen besprechen.

Dann, ohne ein Pause, schrieb er, nachdem er kurz die Finger gestreckt hatte, die die Feder zu fest umklammert hätten, an Sylvia und teilte auch ihr mit, daß er Mitte der Woche nach London kommen würde und daß sie Wichtiges zu besprechen hätten, über das sie schon längst hätten sprechen sollen. Er beendete den Brief wie immer, indem er ihr seine Liebe versicherte. Er faltete den Brief zusammen, dann öffnete er ihn wieder und kritzelte unter seinen Namen »Robert« noch rasch: »Übrigens spiele ich mit dem Gedanken, ein wenig Urlaub von der Politik zu machen. Überrascht dich das?«

Aber er hatte es zu lange aufgeschoben, diesen und die anderen Briefe zu schreiben. Denn irgendwann an diesem selben Morgen lieferte ein Botenjunge im Haus in Chelsea ein dickes Päckchen für Lady Ardmor ab, auf dem vorne und hinten der Vermerk »sehr dringend« und »rein persönlich« zu lesen war. Emily brachte es ihr ins Frühstückszimmer, wo sie an einem langen, ausschweifenden Brief an Tom in Cortona schrieb. »Noch immer gibt es keine Anzeichen des Londoner Frühlings«, schrieb sie, »keine einzige Knospe an den Obstbäumen, aber ich kann die Bäume vom Fenster aus sehen, sehr klar im hellen kühlen Sonnenlicht, leuchtend und schattenlos, dein Stil, Tom, und absolut nicht Jimmy Whistlers.«

37

[Emily Weldon / Lionel Forrester / Hugh MacMahon]

Nein, sagte Emily zu mir, am letzten Nachmittag und in der letzten Nacht, die sie zusammen waren, ehe er nach Irland zurückfuhr, etwas über eine Woche, bevor der Botenjunge mir dieses elende Päckchen brachte – er war eigentlich kein Junge, sondern ein schrumpliger Mann, ein Cockney, mit schwarzen, schiefen Zähnen – am letzten Nachmittag hatte er ihr nichts davon erzählt, was passieren würde, und auch in der Nacht sagte er nichts davon. Sie hätte es mir erzählt, und wenn nicht, dann hätte ich es ihr angemerkt.

Nein, ganz das Gegenteil schien der Fall zu sein. Ich weiß noch, daß sie mir erzählte, daß sie ihren Lieblingsspaziergang gemacht hatten, am Embankment, wo sie am Fluß die Abtei und das Parlament sehen konnten, und sie konnte ihn immer noch damit nekken, daß er Dick Whittington war, der nach London gekommen war, um dort Oberbürgermeister zu werden. Zwei kleine Jungen jagten ein Eichhörnchen, und Sylvia hatte sie ausgeschimpft, aber Bob sagte, daß kleine Jungen es niemals schaffen, Eichhörnchen zu fangen. Und dann erzählte er ihr von den Zaunkönigsängern, die es bei ihm zu Hause gibt, in Kerry und diesseits der Countygrenze, in seinem Teil Corks, die am 27. Dezember herumziehen, dem Tag nach Weihnachten, mit einem armen Zaunkönig, der in einem geflochtenen Käfig eingesperrt ist und am Ende geschlachtet wird. Solche Praktiken sind zivilisierten Gegenden wie Westmeath fremd. Als sie an diesem Nachmittag nach Hause kamen, sah sie wunderbar aus, die Kälte hatte ihre Wangen gerötet, aber Pelz, weißer Pelz mit kleinen schwarzen Pellerinen hatte sie vor der Kälte geschützt.

Ich brachte ihr das Päckchen ins Frühstückszimmer, wo sie einen Brief schrieb, und sie bat mich, ihr ein Messer zu bringen, da das Päckchen in Schnur eingewickelt war, deren Enden mit Wachs versiegelt waren. Ich war natürlich neugierig auf das Päckchen, aber ich ging zu den Hausmädchen und ließ sie mit ihm allein.

Ein oder zwei Stunden später kam sie zu mir und sagte, sie wollte für ein paar Stunden ausgehen – ich glaube, in eine Galerie –, und bat mich, ein Mädchen nach einer Droschke zu schikken. Als sie zurückkam, war sie ruhig, bestimmt und fast lässig, so, wie sie manchmal war. Ich weiß noch, daß sie die Treppe hochging und stehenblieb, um etwas zu mir zu sagen, sie legte eine Hand auf den Treppenpfosten und stemmte die andere in die Hüfte. Lord Ardmor nannte das ihre Brigantinnenpose. Wir haben noch ein bißchen herumgealbert, das weiß ich noch.

Und die nächsten Tage waren ganz normal. Robert Delaney wollte am Mittwoch oder am Donnerstag kommen, sagte sie, und wie immer lächelte sie, als sie mir das erzählte. In der letzten Nacht war sie so unruhig, daß sie keine zwanzig Minuten stillsitzen konnte, und sie ging von einem Zimmer ins andere. Vielleicht, weil sie ihn erwartet, dachte ich, aber dann ging mir auf, daß kein Mensch je so verliebt gewesen ist. Wir unterhielten uns, und immer wieder brach sie unser Gespräch ab und starrte aus dem Salonfenster in die Dunkelheit und auf die Gaslampen hinaus. Und dann sagte sie, sie wollte früh zu Bett gehen. Sie lächelte und machte einen ihrer Scherze über leere Betten.

Und deshalb werde ich immer davon überzeugt sein, daß ich recht habe, daß sie zuviel von diesem verdammten Mittel genommen hat, das ich immer gehaßt habe und das sie seit einem Jahr schon nicht mehr benötigt hatte, aber die Flasche war noch fast voll. Sie muß eine sehr große Dosis genommen haben, meint Dr. Cummings, und dann ist sie vielleicht nach einer Weile wieder wachgeworden und konnte den Gedanken an die Nacht nicht ertragen, und deshalb hat sie noch ein zweites Mal eine sehr große Dosis genommen, und das hat die Katastrophe ausgelöst. Das meint Dr. Cummings, und das glaubte auch dieser andere – der Untersuchungsrichter, heißt das nicht so?

Ja, sagte ich zu Emily, so muß es gewesen sein.

Ich war in Paris, als Sylvia starb, aber zum Glück hatte ich Emily eine Karte mit meiner Adresse geschickt, und sie schickte mir und Tom in Cortona gleichzeitig ein Kabel. Sie hatte nicht gewußt, wie sie Delaney benachrichtigen sollte, obwohl sie wußte, daß er am Mittwoch – ich traf am Mittwochabend ein – oder spätestens am Donnerstag nach London kommen und Sylvia gleich nach der Parlamentssitzung des Abends aufsuchen würde.

Dort fand ich ihn Donnerstagabend, im Parlament, und er wäre sofort losgestürzt, als wir in der Lobby standen, aber ich überredete ihn, noch zu bleiben.

»Sie hatte diese Angewohnheit«, versicherte ich ihm, als wir hin- und herliefen, »so konnte sie schlafen. Das müssen Sie doch gewußt haben, wir wußten es alle. Emily und Tom und ich. Sie hatte in der Vergangenheit arge Schlafprobleme. Solche elenden Unfälle passieren; man hört doch fast jeden Monat davon. So starke Mittel sollten nicht so leicht zugänglich sein, wie sie es sind, die Ärzte schreiben zu leichtfertig Rezepte aus. Und noch vor kurzer Zeit brauchte man nicht einmal ein Rezept.«

»Nein«, sagte Delaney, »nein.« Er schüttelte den Kopf wie ein gequälter Jungbulle. »Nein.«

»Hören Sie, alter Freund«, sagte ich. »Warum kommen Sie heute abend nicht zu mir? Sie haben mich noch nie besucht. Ich habe ein brauchbares Gästebett. Ich glaube nicht, daß Sie jetzt allein sein sollten, wirklich nicht.«

»Nein«, sagte er, »nein«. Aber er sprach nicht mit mir. Er hörte mich nicht.

Ich beauftragte ihre Pfarrkirche in Chelsea mit ihrer Beisetzung, und als Tom aus Cortona eintraf, gab es einen Trauergottesdienst. Er sandte Delaney eine kurze Nachricht, um ihn über diesen Gottesdienst zu informieren. Als ihr, Sylvias und sein Abgeordneter wäre es höcht angemessen, wenn er an diesem Gottesdienst teilnähme, und Lord Ardmor würde es als eine Ehrung des Gedenkens an seine verstorbene Frau aufnehmen.

Die Kirche war ziemlich voll. Hochadel und niedriger Adel, jedenfalls die, die die Ardmors gekannt hatten und sich in London aufhielten, waren vertreten, egal, was sie von Toms Politik halten oder was sie über Sylvias Abenteuer, wie sie sie nannten, gehört haben mochten. Und natürlich waren auch die Künstler zugegen, Tom und Sylvias Freunde, oder nur Toms, oder Sylvias Maler und Schriftsteller – Jimmy Whistler natürlich, aber auch William Morris und seine außergewöhnliche Frau, die es absolut mit Sylvia hatte aufnehmen können. Ich habe Oscar Wilde sagen hören, daß sie gemeinsam auf ihre entgegengesetzte Art eine neue Vorstellung von Weiblichkeit geschaffen hätten, geheimnisvoll und wild, aber subtil. Ich für meinen Teil habe den ganzen Wirbel um Jane Morris nie verstanden; nur, wie er sie gemalt hatte, war dafür verantwortlich. Ich fand sie schlampig und spießig. Wilde selber war auch gekommen, in nüchterner Kleidung; ich wußte, daß er Sylvia immer gern gemocht hatte.

In dieser Gesellschaft wirkte Delaney in seinem schwarzen Mantel unbedeutend; er fühlte sich unsicher bei diesem anglikanischen Gottesdienst und schien in sehr schlechter Form zu sein. Zum erstenmal sah ich ihn, wie er einem Londoner erscheinen mußte: ein Provinzpolitiker, mit immer noch sehr ungeschliffenen Manieren.

Und bin ich denn wirklich ganz sicher, daß Sylvia so gestorben ist – »Tod durch einen Unglücksfall«, wie es hieß? Ja, im Grunde bin ich das; Emily sagt, als sie Sylvia das Päckchen gab, habe Sylvia gesagt: »Persönlich! Sie meinen natürlich privat. *Persönlich*, was für ein vulgäres Wort!« Und das Päckchen war wirklich die Vulgarität selber, es war in Packpapier eingewickelt und mit Bändern und Schnur umwickelt. Genau das, was man mit Schlaf oder Alkohol oder Drogen aus seinen Gedanken vertreiben würde. Sie hatte nicht alles gelesen, vielleicht nur den Begleitbrief mit seinen scheinheiligen Drohungen, der sie bat, an ihren eigenen und an Robert Delaneys guten Namen zu denken, die zweifellos besudelt werden würden, wenn er so weitermachte wie bisher. »Die Tribüne des Volkes ist immer der Prüfung des Volkes unterworfen.« Emilys Blick war auf diesen Satz gefallen, ehe sie das Päckchen verbrannt hatte. Es ist eine seltsame Tatsache, daß die Papiere, wie ich während meines einzigen verblümten Gesprächs über diese Angelegenheit mit MacMahon, dem Schulmeister von Kilpeder und Delaneys bestem Freund, erfuhr, in keinem der drei Häuser, in die sie geschickt wurden – Delaneys Kanzlei, Brierly Lodge, dem Haus in Chelsea – überhaupt richtig gelesen wurden. Ein kurzer Blick, ehe sie verbrannt wurden, reichte völlig aus. Diese Art Brief sollte mit einer Zange zum Feuer getragen werden.

Nein, ich bin fast sicher, daß Sylvia durch einen Unglücksfall ums Leben kam, obwohl es ihr durchaus zuzutrauen gewesen wäre, zu sagen: »Verdammtes Pack, meint ihr denn wirklich, ihr könntet mich in die Enge treiben? Was seid ihr doch für Idioten! Man hat doch immer die Wahl.« Ich kann sie vor mir sehen, wie sie das sagt, in ihrer Brigantinnenpose, eine Faust in die Hüfte gestemmt, ein Bein vorgestellt. »Du bist wohl nicht in sie verliebt, oder?« hatte Jean Winslowe mich gefragt, und ich hatte ihr keine Antwort gegeben. Doch, jetzt wußte ich, daß ich das gewesen war. Aber als ich an diesem Morgen in der Kirche Toms und Delaneys Gesicht sah, wußte ich, daß ich die Liebe nur kenne, wenn sie weit entfernt, für mich unerreichbar ist. Was Emily und ich zusammen haben, ist etwas ganz anderes. Wir können uns zum Beispiel Sylvia teilen.

Die Parnelliten nominierten einen anderen Kandidaten, der gegen Brendan Fogarty antreten sollte, einen jungen Dubliner Journalisten namens Felix O'Neill, der nichts zu verlieren hatte, nicht einmal seine Einlage, die aus dem Parteifonds beigesteuert wurde. Der Wahlkampf im Juli ging ruhig genug vor sich, jetzt, wo Parnell tot war, bestand keine Notwendigkeit mehr für Pöbelaktionen oder Dreck oder vom Straßenrand geschleuderte Lehmklumpen.

Bob nahm kaum am Wahlkampf teil, obwohl er die beiden Male, an denen O'Neill auf dem Marktplatz sprach, bereit war, auf der Tribüne zu erscheinen, über der ein riesiges, schwarz-grün drapiertes Portrait Parnells aufragte, das die Inschrift trug: »Unser Führer und Märtyrer.« Beim erstenmal stellte er O'Neill sogar vor, aber dabei sprach er fast mechanisch: »Unser Führer und Märtyrer«, nannte er Parnell immer wieder, als ob er seine Inspiration in der Bildunterschrift finden müßte. »Die Prinzipien, für die unsere Partei immer eingetreten ist«, sagte er. »Irlands Land für Irlands Menschen und legislative Unabhängigkeit für diese ganze historische Nation, oft erobert…« Er unterbrach sich, als ob er nach der passenden Phrase suchte, als ob seine Gedanken anderswo weilten: »Oft erobert, aber niemals vernichtet. Unsere toten Patrioten. Die strahlenden Taten früherer Jahrhunderte.« Er endete einfach nur noch mit Phrasen, statt mit Argumenten oder mit Sätzen – mit Skizzen, die sich politisch anhörten.

Bei Brendan Fogartys letzter Rede am Vorabend der Wahl, als eine Menschenmenge den Platz füllte, war alles ganz anders. Lantys wenige Männer waren auch da, um zu buhen und zu pfeifen, aber ihre Herzen waren nicht dabei, seit sie den Parnell der letzten Monate nicht mehr schützen mußten, den Outlaw Parnell, der fast ein Fenier gewesen war. Die Tribüne war stolz mit grün und gold dekoriert, neue Banner, die meisten zwar aus Crêpe, einige aber auch aus Seide, mit goldenen Bildern von Rundtürmen und Wolfshunden, und über allem wölbte sich ein Bogen, während auf einem Gitter am hinteren Ende der Tribüne Bilder von Owen Roe O'Neill, Daniel O'Connell und Robert Emmet aufgestellt waren – drei Männer, die einander kaum etwas zu sagen gehabt hätten, wenn sie sich im Leben begegnet wären. Michael Patrick Murphy saß natürlich auf der Tribüne, zusammen mit Pater Meagher und sogar mit Dennis Tully, der den geschäftlichen Wert und die Redlichkeit der neuen finanziellen Gemeinschaft unter Beweis stellen sollte. Nicht weniger als vier Parlamentsabgeordnete schmückten das Podium, und unter ihnen war auch Tim Healy höchstpersönlich, im Bratenrock, der goldgerahmte Kneifer an seiner Goldkette fing einen Moment lang die Abendsonne ein, und die beiden runden Glasscheiben waren völlig undurchsichtig und schienen keine Augen hinter sich zu verstecken. Aber im nächsten Moment drehte er sich um, um etwas zu Fogarty zu sagen – zweifellos eines seiner berühmten unbarmherzigen Bonmots, denn er lächelte auf eine komische Weise – und nachdem er geendet hatte, prustete Fogarty los, nahm sich dann aber zusammen.

Als Francis Xavier Moriarty, ein Parlamentsabgeordneter aus dem County Kerry, sich zu höchsten rhetorischen Höhenflügen aufschwang, kam Bob aus seiner Kanzlei. Zuerst bemerkte ihn niemand von uns. Als ich ihn entdeckte, lehnte er an der geschlossenen Tür und hatte die Arme über der Brust verschränkt. Eine dichtgedrängte Menge trennte mich von ihm, und ich machte keinen Versuch, mich zu ihm hindurchzuschlängeln, was sich als Fehler erweisen sollte. »Rhetorischer Höhenflug« ist im Falle von Francis Xavier Moriarty nicht unbedingt nur eine Metapher. Er jagt jede Rede in die Luft und bläst ihr durch rhythmische Platitüden immer wieder Luft unter die Flügel, so kontrolliert, daß die Flügel schweben, sich senken, gleiten, sich wieder erheben, und dann, am Redeschluß, lassen sie das Geschöpf sanft nach unten sinken und sich unsichtbar auf seine Schulter hocken.

Und während dieses letzten, gleitenden Sinkens brüllte Bob: »Führermörder Healy und Meßdiener Fogarty, Healys Arschkriecher!« Moriarty verstummte verwirrt und verdattert, die Schwingen seiner Rede flappten hilflos. »Los, weiter«, brüllte Bob und nutzte das unfreiwillige Schweigen aus, »los, weiter, du

Luder aus Kerry! Habt ihr je«, rief er der Menge zu, »solches Gefasel gehört, wie die Leute aus Kerry es von sich geben?«

»Ich werde nun meine Bemerkungen beenden«, sagte Moriarty, »die sich an die nüchternen Wähler von Kilpeder richten.«

»Jetzt sind sie nüchtern«, sagte Bob, »aber riech morgen früh mal ihren Atem. Ihr werdet doch einen Riesenwhiskey auf euer Gewissen kippen müssen. Healy, der Führermörder. Der lächelnde Messerstecher.« Ich kann diese Worte beschwören, denn ich spitzte meine Ohren, um nichts zu verpassen; die Zuhörer aber fingen, noch ehe er aufgehört hatte, an zu reden, sie lachten tolerant, und einer versicherte dem anderen, daß Bob betrunken war, aber ich konnte auch spüren, daß sie schockiert waren, denn sie waren seit mindestens fünfzehn Jahren daran gewöhnt, Bob als Mann von nüchterner Autorität zu betrachten, einige Male pro Jahr betrunken vielleicht, aber wer von uns ist das nicht, und bei Bob hatte es sich damit.

»Gehen Sie zurück in Ihre Kanzlei, Mr. Delaney«, rief jemand, und damit war das Eis gebrochen, und eine gröbere Stimme schrie: »Gönn dir bei Conefry noch einen Großen, Bob!«

Healy war aufgestanden, stellte sich neben Moriarty und streckte seinen langen, schwarzbekleideten Arm aus. »Nun gut«, sagte er mit einer Tenorstimme, in der eine Peitsche knallte, »nun gut, Jungs«, und sie wandten sich um, um ihn anzusehen. Jetzt, viel zu spät, versuchte ich, zu Bob hinüberzugelangen, und ich konnte sehen, wie Vincent sich ihm auf dem Trottoir näherte.

»Da habt ihr es«, sagte Healy. »Das ist das Herz der parnellitischen Macht in Kilpeder, Gott helfe uns. Nicht der Zeitungsschmierer, den Redmond und seine Leute aus Dublin geschickt haben. Da steht er, früher war er ein guter Mann; auf vielen Tribünen haben wir zusammen gestanden. Aber diese Zeiten sind vorbei. Und deshalb wird es morgen einen anderen Mann geben, der uns in der Höhle des britischen Löwen vertritt. Brendan de Sales Fogarty. Habe ich recht?« Und er zerrte Fogarty, der durchaus nichts dagegen hatte, auf die Füße.

Aber als er dieses glatte, sinnlose Geschwätz beendet hatte, stand Vincent neben Bob, und eine Minute später hatte auch ich sie erreicht. Vincent legte Bob die Hand auf den Arm, aber Bob riß sich von ihm los. »Hände weg von mir, du Gombeenbrut!« sagte er, und ich sah, wie Vincent in plötzlichem kurzem Zorn blaß wurde. »Jetzt gehört ihnen die Welt, Hughie«, sagte Bob zu mir,

»ihnen gehört die Welt, ihnen gehört die Welt, ihnen gehört die Welt. Die Welt gehört den Gombeen-Männern. Und wir hatten gedacht, sie gehörte den Großgrundbesitzern.«

»Wir bringen ihn ins Haus«, sagte Vincent zu mir, denn wir boten eine Ablenkung, die uns genauso wenig willkommen war wie Fogartys Leuten, alle starrten Bob an wie eine Mißgeburt. Aber Bob stieß ihn zur Seite, und Vincent sagte zu mir: »Du mußt wohl allein mit ihm fertig werden, Hughie, ich scheine heute abend keine willkommene Gesellschaft zu sein.« Aber das mußte ich nicht, denn der junge Jamesey Gannon stand jetzt neben uns, und gemeinsam zogen und trugen wir ihn in seine Kanzlei. Es war inzwischen Anfang Juli, und an den langen, hellen Abenden fiel klares, gelbliches Licht in die Kanzlei. Es fiel auf die langen Reihen juristischer Bücher, die braun und schwarz eingebunden waren und die Bob, wie alle Anwälte, in seinem Büro stehen hatte, weil sie seinen Mandanten bewiesen, daß sie einen Fachmann vor sich hatten, und nicht, weil sie ihm bei seiner Arbeit viel nutzen konnten.

»Da sind sie«, sagte er, als er sie sah, und dann zeigte er auf sie. Wir schafften ihn in seinen Sessel hinter dem Schreibtisch, und Jamesey ging in sein Zimmer, um auf einem Apparat, den er dort aufbewahrte, einer mit Petroleum betriebenen Bedrohung für die Sicherheit Kilpeders, Tee zu kochen.

Jetzt mußte der Zeitpunkt für Fogartys Rede sehr nahegerückt sein, denn die Kapelle hatte zur Einleitung bereits ihre aufrüttelnde Version von »A Nation Once Again«, angestimmt, des Liedes, das Fogartys Leute als ihre Hymne adoptiert hatten.

Bob nickte voller Zustimmung zu den ungesungenen Worten, die wir alle, alle in unserer Generation in ganz Irland auswendig wußten.

»›And then I prayed I yet might see our fetters burst in twain‹«, sagte Bob, der keinen Versuch zu singen machte, »›and Ireland long a province be a nation once again.‹ Da hast du's, Hugh. Wie soll man so einem Lied Widerstand leisten?«

»Wie lange hast du schon getrunken?« fragte ich, sanft, wie ich glaubte.

»Nicht sehr lange, überhaupt nicht sehr lange, Hughie. Ich war zuerst im Schankraum der Arms, aber da wurde mir zu verstehen gegeben, daß meine Anwesenheit dieser auserlesenen Gesellschaft von Viehhändlern und Handelsreisenden nicht angenehm sei. Sie sagten nichts, aber wie du weißt, bin ich eine empfindsame Pflanze. Ich weiß, wann ich unerwünscht bin. Ich wollte zuerst zu Conefry hinübergehen, aber ich konnte sehen, daß es dort von Brendan de Sales Fogartys Anhängern nur so wimmelte und daß ich auch dort unerwünscht sein würde.«

Als Jamesey zurückkam, nahm Bob die Tasse von ihm entgegen, tat einen tiefen Schluck und hätte sich fast verschluckt. »Würdet ihr das bitte ein wenig versüßen, um Gottes Willen?«

Jamesey blickte mich fragend an, und als Antwort ging ich hinter den Tisch, wo ich ein umgekipptes Glas und keine Flasche, sondern einen Krug Poitín fand. Ehe ich davon etwas in seine Tasse gab, goß ich sein Glas voll und leerte es auf einen Zug, dann sah ich zu Jamesey hinüber. Er schüttelte entsetzt den Kopf. Jamesey ist immer noch Anwalt in Kilpeder, und bisweilen trinken wir zusammen einen in den Arms, und ab und zu frage ich mich, warum diese Nacht ihn nicht in die Abstinenz und die Arme von Pater Matthews Limonadenbrigade gejagt hat.

»Komm lieber mit mir nach Hause«, sagte ich. »Agnes möchte dich heute nacht bestimmt nicht sehen.«

»In keiner Nacht«, sagte Bob.

»Betrunken oder nüchtern.« Die Kapelle strebte ihrem aufwühlenden Höhepunkt entgegen, und ich konnte mir vorstellen, wie Brendan sich, unterstützt von einer hilfreichen Hand unter jedem Ellbogen, Murphy, Healy, langsam erhob.

»›For freedom‹«, sagte Bob, der noch immer Thomas Davis' ein halbes Jahrhundert alte Worte zitierte, »›for freedom comes from God's right hand, and needs a godly train.‹ Sind sie das nicht, Jungs? Habt ihr je ein göttlicheres Gefolge gesehen?«

»Mary macht dir eine anständige Tasse«, sagte ich, »obwohl ich Jameseys Gebräu nicht zu nahe treten will. Und du kannst das Bett von einem der Kinder haben. Federweich.«

»Mary«, wiederholte er. »Zum Henker, du hast vielleicht Glück, Hugh. Weich. Und stark, Hugh, stark. Sie ist Silber, Silber, Hugh.«

»Und sie mag dich sehr, Bob, dich und Vincent.«

»Aber kein Gold«, sagte er vernünftig. »Kein Gold, weißt du. Aber Silber, reines, lauteres Silber.« Mit dramatischer Geste hielt er sich eine Hand hinters Ohr. »›And righteous men must make our land a nation once again.‹ Und da stehen sie zu unserer Belehrung und Erbauung, Hugh, auf dem Marktplatz von Kilpeder.

Die rechtschaffenen Männer höchstpersönlich. Sind wir denn nicht die reinen Glücksschweine?«

Aber er wollte weder mit mir nach Hause gehen noch Jameseys Angebot annehmen, ihm während der Nacht Gesellschaft zu leisten, und deshalb saßen wir bei ihm und ließen ihn weiterreden, es wurde immer schlimmer und schließlich unzusammenhängend, seine Augen quollen hervor und tränten, und ein Speichelfaden, den er immer wieder mit dem Handrücken abwischte, zog sich über sein Kinn. Wir blieben noch eine weitere Stunde. Wir hörten Brendans Worte, ohne sie verstehen zu können, und dann spielte die Kapelle zum Abschluß »Let Erin Remember«, eine von Thomas Moores *Irish Melodies*, die wir vier in den alten Tagen oft zusammen gesungen hatten, wenn sich unsere drei Köpfe zu Marys hinabgebeugt hatten, der sich über die Tasten senkte, weil sie es nicht nötig hatte, auf die Noten zu schauen.

Gott sei Dank war Bob nicht mehr klar genug, um dieses Stück zu hören, denn sein Text wäre für den betrunkenen Sarkasmus, den er in seinem Suff für Swiftsche Ironie hielt, das gefundene Fressen gewesen. »Let Erin remember the days of old, ere her faithless sons betrayed her.«

Bei der Biegung am Ende des Platzes sagten Jamesey und ich einander Gute Nacht.

»Kommt das oft vor?« fragte ich ihn, aber er schüttelte den Kopf. »Nein«, sagte er. »Nur zwei oder dreimal bisher. Er trinkt jeden Abend in den Arms ein paar Glas, auf dem Heimweg, aber was kann das denn schaden?«

Ja, was? Und es dauerte denn auch noch lange, bis Bob überall als Mann mit »einer starken Schwäche« galt, wie es bei uns heißt – ein wahrhaftes Paradoxon. Es dauert eine Weile, bis man so weit ist, und es dauert eine Weile, bis es anderen auffällt. Es dauert eine Weile, bis es in der Stadt sprichwörtlich geworden ist, daß man Anwalt Delaney jeden Spätnachmittag in den Arms, an drei von vier Abenden im Separee bei Conefry und alle paar Monate einmal bei Grennan, wenn er sonst nirgendwo mehr etwas bekommt, konsultieren kann. Es dauert eine Weile, bis die Mandanten bemerken, daß die Arbeit vernachlässigt oder daß sie bisweilen unachtsam oder gar fehlerhaft erledigt wird, daß Briefe mit Bobs Unterschrift verschickt werden, die Jamesey für ihn verfaßt hat.

»Nein, was kann das schon schaden?« sagte ich an jenem Abend zu Jamesey, als Echo seiner Worte.

»Nicht, daß er nicht recht hat, wenn man sich das genau überlegt«, sagte Jamesey.

»Was Healy und seine Bande angeht, meinen Sie?« fragte ich. »Ach, Jamesey, auf beiden Seiten gibt es Recht und Unrecht. Am Ende war Parnell vor Stolz blind und wild, und Bob war wild aufgrund einer wütenden Loyalität, die jenseits aller Vernunft lag.«

»Das meine ich nicht«, antwortete Jamesey. »Das interessiert mich alles nicht die Bohne. Was John Dillon und John Redmond angeht, da würde es mir wirklich Mühe machen, zu entscheiden, wer von beiden der ärgere Lügner war. Aber wissen Sie noch, was er Ihnen und Vincent Tully gerade vorbrüllte, als ich zu Ihnen gestoßen bin? Wir dachten, es wären die Großgrundbesitzer, sagte er, aber es sind die Gombeen-Männer.«

»Ach«, sagte ich, »Bob und sein Schwiegervater verstehen sich nicht gut. Das weiß ganz Kilpeder.«

»Judkins, dieser unselige Trottel von einem Engländer, verkauft Lughnavalla«, sagte er, und ich erwiderte, daß ich das wüßte.

Auch das wußte ganz Kilpeder. Es war, wie die Ereignisse beweisen sollten, der letzte Sieg der Kampagne in Munster, die letzte der großen Boykottaktionen, und deshalb auch Bobs letzter Sieg, obwohl Brendan Fogarty ihm den vielleicht streitig machen würde, denn ein Großteil des letzten Stoßes war von Brendan ausgeführt worden, während Bob in London war. Aber die Kampagne gegen Lughnavalla war von Bob geplant worden, und bis heute wird, wenn sich Kilpeders Erinnerung Lughnavalla zuwendet, von Bobs Sonntagstreffen dort draußen vor den Toren gesprochen, von den Bannern und der Musik, und von den Männern, die er mitgebracht hatte, um den Pächtern Mut zu machen – O'Brien und Dillon und die anderen. Ich erinnerte mich daran, wie Bob und ich durch das boykottierte Gutshaus gegangen waren, und an den armen verängstigten Sondertruppenmann aus Millstreet, der hinter uns hergetrottet war.

»Aber das Gutshaus selber«, fuhr Jamesey fort, »Lughnavalla House. Wußten Sie, daß Dennis Tully es auf einer privaten Auktion erworben hat?«

Ich sah ihn sprachlos an. Meine Verblüffung war mir offenbar anzusehen, und er lächelte fast schon herablassend, obwohl er dazu eigentlich zu höflich war, ein junger Anwalt, der einem

Schulmeister mittleren Alters die Grundsätze des Daseins beibrachte. »Er wird nur die Domäne selber und natürlich das Haus für sich verwenden. Er hat sich mit den Pächtern auf die Bedingungen geeinigt, die Bob zu Anfang der Kampagne aufgesetzt hat. Und es heißt, daß er nicht recht weiß, was er mit Lughnavalla House anfangen soll. Vielleicht wird er es abreißen lassen und diese schönen Steine anderweitig verwenden, oder vielleicht läßt er es einfach stehen, bis die Zukunft ihm dann einen passenden Plan eingibt.«

Männer, die nach der Kundgebung bei Conefry oder bei Grennan noch einen getrunken hatten, torkelten nach Hause, brüllten einander an, und eine Gruppe von Burschen, die viel zu jung aussahen, um wählen zu dürfen, sangen in einer Vielzahl von unschönen Tonarten »A Nation Once Again«.

»Sie sind doch ein gelehrter Mann«, sagte Jamesey, »unser großer Fachmann über Kilpeder bis zurück in die alten Zeiten, als es noch gar kein Kilpeder gab, sondern nur wilde O'Donovans und MacCarthys und O'Callaghans, die durch die Wälder streiften, und höfische Normannen – Barry und Roche. Vielleicht interessiert es Sie, sich einmal an einem verregneten Nachmittag ein Bild davon zu machen, wie Immobilien in den letzten zehn Jahren ihre Besitzer gewechselt haben. Seit dem Landkrieg. Irlands Land für Irlands Volk. Und wer könnte irischer sein als Dennis Tully und Michael Patrick Murphy?«

Was mich vor allem beeindruckte, war, glaube ich, das plötzliche Auflodern von Geist und Sarkasmus bei diesem jungen Jamesey Gannon. Ich hatte ihn immer für einen ausgezeichneten Burschen gehalten, ein wenig unreif vielleicht, aber in diesem Moment, in dieser Sommernacht mit ihrem hellen Mond, schien sich Bobs Talent für schonungslose Reden an seinen Schüler vererbt zu haben.

Früher einmal hätten solche Worte, dachte ich, als ich nach Hause ging, wie ein brennendes Streichholz das Pulverfaß meiner Phantasien über die Tullys in Brand gesetzt, und wirklich spielte meine Vorstellung einen Moment lang fast halbherzig mit einer Vision Dennis Tullys, der die Ahnenhallen durchschritt, die er von dem Engländer übernommen hatte, der sie vom letzten O'Callaghan übernommen hatte, nachdem die Photographien der Jagdpartien entfernt und durch Ölgemälde der Bucht von Neapel, einer weniger farbenfreudig gehaltenen Reproduktion des Herzen Jesu und des heiligen Patrick in smaragdgrünem Umhang und Mitra ersetzt worden waren. Aber ich war nicht mit vollem Herzen bei dieser Phantasie.

Ich war zu verzweifelt über Bob, und ich erinnerte mich, als ich mich unserem Tor näherte, an dieses Bild verlorenen Glücks, das mir vor einer Stunde kurz in den Sinn gekommen war, an unser eigenes Wohnzimmer, in dem wir uns zu viert in Gesang und Freundschaft versammelt hatten. Nein, nicht in Freundschaft, sondern in Liebe. Und plötzlich ging mir auf, wie lange her das war, denn nicht nur an einem dieser Abende, sondern an Dutzenden davon waren wir nicht zu viert, sondern zu fünft gewesen.

Plötzlich und präzise sah ich Ned Nolan, den einzigen Ned, den wir kannten, vor mir, den jungen Soldaten, der in den letzten Tagen des lange zurückliegenden Januars vor der »Schlacht«, vor den schrecklichen entstellenden Jahren im Gefängnis, ehe sich Schankraumsagen grellbunt und verzerrend um ihn gerankt hatten, an unsere Tür geklopft hatte. Ich sah, wie er auf der Stuhlkante saß, ein wenig entfernt von uns, in seiner rabenschwarzen Jacke, seinen dicken, schwerfälligen schwarzen Stiefeln, mit zaghaftem Lächeln, das sich langsam zu Vertrauen erweichte. Und Mary, deren Finger auf dem Klavier ausgefeilte, leicht sardonische Variationen beschrieben, und Vincent, der sich leicht zu ihr hinüberbeugte und dessen leichter Tenor die Worte von Moores *Irish Melodies* formte, auch er leicht sardonisch; wie Mary machte er sich sanft über ein Gefühl, einen Überschwang an Gefühl lustig, von dem wir in unseren Herzen wußten, daß es vor dem Spott kam, daß es darüber stand. »Though lost to Mononia and cold in the grave, he returns to Kincora no more.« Mononia, der erfundene latinisierende Name für Munster, unsere Provinz, und deshalb hatte das Lied für uns seine eigene besondere Bedeutung.

Ned lauschte und lächelte. Vor langer Zeit, vor einem Vierteljahrhundert.

38

[Ned Nolan]

Die Explosion erbrachte immerhin einige Abschnitte in den meisten Großstadtzeitungen, einige am Morgen, nachdem sie sich zugetragen hatte, einige weitere, nachdem die Ermittlungen über die Toten abgeschlossen waren. Es war eine trübe Geschichte, die ans Melodrama heranreichte: eine Explosion in einem Schuppen hinter einem kleinen Haus im Labyrinth des East End, der eine Tote war fast bis zur Unkenntlichkeit verstümmelt, dem anderen waren oberhalb der Knie beide Beine weggerissen worden. Fast einen Tag überlebte er, bei Bewußtsein und von Schmerzen gefoltert, im Guy's Hospital; Morphium betäubte ein wenig die allerunerträglichsten Leiden, veranlaßte ihn zu unzusammenhängenden Reden, aber seine Geschwätzigkeit ging nie so weit, daß er gesagt hätte, wer er war, oder woher – ein junger Bursche, vielleicht Mitte Zwanzig, sehr kräftig gebaut. Es war unmöglich, seinem Gerede einen Sinn zu entnehmen, und dann starb er. Seine Hose, oder das, was oberhalb seiner Oberschenkel noch davon übrig war, war aus billigem englischem Stoff, die Jacke dagegen, wenngleich ebenso billig, war ein Yankee-Fabrikat und trug das Etikett eines Schneiders am Broadway in New York City.

Die gerichtliche Untersuchung kam im Sonnenschein der Presse ans Licht. Die Explosion war durch die – zweifellos unbeabsichtigte – Detonation von Schießpulver entstanden, aber es ließ sich beweisen, daß sich im Schuppen auch Dynamit befunden hatte, was die Wucht der Explosion erklärte – sie zerriß die Spülküche des Hauses und des linken Nachbarhauses. Das Haus, zu dem der Schuppen gehörte, war von einem gewissen Patrick Enright gemietet, einem 42jährigen Liverpooler mit irischen Eltern aus Armagh. Enright war von Beruf Bauunternehmer, und er identifizierte einen der Toten als Edward MacCurtain, einen Iren, der als Lehrling bei ihm gearbeitet hatte, und den anderen als seinen Untermieter James Morrissey, einen Amerikaner, dessen Beruf ihm unbekannt war. Der Untersuchungsrichter spekulierte, ob hinter allem terroristische Fenier stecken könnten, aber es gab kaum konkrete Beweise, und seit der Katastrophe vom Bahnhof Paddington vor über einem Jahr hatten die Fenier keine Verbrechen dieser Art mehr begangen.

Nolan – er nannte sich jetzt John Boland, und dieser Name stand auch in seinem amerikanischen Paß – wartete über eine Woche, fast zehn Tage, ehe er wieder Kontakt zu Enright aufnahm, und obwohl er wußte, daß Enrights Haus nicht mehr polizeilich überwacht wurde, suchte er Enright nicht dort auf, sondern sprach ihn an einer Straßenecke an, als Enright von einem Bauplatz nach Hause ging.

»Jesus, Ned, willst du, daß wir verhaftet werden, willst du, daß sie uns beide verhaften?«

»Wir müssen kurz miteinander reden, Paddy, zehn Minuten oder so. Wir können zu dir nach Hause gehen, aber gleich hier in der Nähe ist auch eine Kneipe, was immer dir lieber ist. Aber wir können nicht weitermachen, wenn wir nicht miteinander reden, Paddy. Keiner von uns.«

»Es ist noch längst nicht zu Ende, Ned«, sagte Enright, als sie an einem Tisch in dem kleinen, verdreckten Lokal saßen, in dem sich außer ihnen nur noch drei Straßenarbeiter befanden. »Ich habe mich drei Tage lang mit der irischen Abteilung des Yard unterhalten, und sie haben auch noch zwei Polizisten aus Dublin geholt, die mit mir sprechen wollten. Und sie waren überhaupt nicht nett, diese Ärsche. Die eigenen Leute sind immer die schlimmsten. Immer.«

»Aber du hast dich nicht kleinkriegen lassen«, erwiderte Nolan. »Enright, der Harte.«

»Nein, hab ich nicht. Aber sie haben mich zusammengeschlagen, die Dubliner Burschen. ›Weg mit euren Scheißhänden‹, habe ich gesagt. ›Ich bin ein britischer Untertan‹, habe ich gesagt. ›Ich bin kein Scheißnigger!‹«

»Wie wahr«, sagte Nolan. »Aber irgendwas müssen sie doch von dir erfahren haben, irgendwas.«

»Verdammt wenig«, antwortete Enright und hob sein Glas. »Zum Wohle. Ich habe ihnen erzählt, daß ich bei MacCurtain so meinen Verdacht hatte, daß er ein wenig zu sehr Paddy war, aber daß Morrissey ein echter Yank war, überhaupt nicht verdächtig.

Und nein, niemand hat sie besucht, außer einem Freund von Morrissey, einem gewissen Boland. Ich habe ein- oder zweimal mit ihm einen getrunken, aber er war ein wortkarger Bursche. ›Denk gut nach‹, sagte Anderson zu mir, dieser geifernde kleine protestantische Bastard, ›war das nicht Nolan statt Boland? Diese Namen sind leicht zu verwechseln.‹ – ›Aber nein‹, sagte ich. Dann zeigte er mir die Bilder, die sie 67 von dir gemacht haben, und eins, das irgendwann in New York aufgenommen worden ist, so unscharf, daß man dich wirklich nicht erkennen konnte. Der Mann hatte einen Bart, sagte ich, aber er sah wirklich nicht so aus wie dieser Bursche hier. Und das stimmte ja auch. Mein Gott, was warst du damals für ein junger Spund. Ein echter kleiner Terror, mit deinen kurzen wütenden Haarbüscheln, und du starrst in die Kamera, als ob du dem Burschen gleich in den Hals springen willst.«

»Das hast du gut gemacht, Paddy«, sagte Nolan und nippte an seiner faden, übersüßen Limonade. »Besser, als ich erwartet hatte, um ganz ehrlich zu sein.«

»Was wird jetzt aus uns werden, Ned?«

Nolan zuckte die Schultern. »Nichts. Das Nichts, das schon seit einem Jahr aus uns wird. Warum waren diese beiden Trottel im Schuppen?«

»Naja, ich dachte, Ned, daß es keinen Zweck hätte, guten Sprengstoff verkommen zu lassen, wo ich ihn doch jeden Tag auf der neuen Baustelle brauche.«

»Die Munition der Irischen Republik und ihrer Armee«, sagte Ned, »macht die Großstadt London noch größer«, dann fügte er hinzu, als er die Furcht in Enrights Augen aufkommen sah, »naja, warum nicht? Es ist eine Schande, wenn gutes Material verkommt.«

»Was wird aus uns werden?« fragte Enright noch einmal.

»Nichts«, antwortete Nolan. »Du wirst weiter dein Scherflein zur Vergrößerung der Stadt beitragen, die die Welt beherrscht. Und ich werde mich dahin zurückziehen, wo immer ich hergekommen bin. Ich werde mich langsam zurückziehen, Paddy, fürchte ich. Ich brauche Geld.«

»Das bekommst du«, versprach Enright. »Ich verwalte über 1000 Pfund Organisationsgelder bei meinem eigenen Geschäftskapital, aber wir müssen ein bißchen warten. Die Burschen vom Yard werden mein Geld im Auge haben.«

»Zweihundert Pfund, Paddy, und hundert amerikanische Dollars. Morgen in der Mittagspause. Nein, zum Tee. Ich will dich ja schließlich nicht drängen.«

»Allmächtiger Gott, Ned«, begann Enright, aber dann sah er plötzlich den Teil Nolans, den er schon einige Male gesehen hatte: Der Tag von Paddington war eine solche Gelegenheit gewesen, und der Regentag, an dem sie nach dem Mord an Spencer auf die Jungen gewartet hatten. »Zum Tee«, sagte er. »In Ordnung, Ned.«

Nolan wäre an diesem Abend der einzige Patient in Dr. Carrolls Wartezimmer gewesen, und er wartete auch mit verschränkten Armen wie ein Patient. Seine eingesunkenen Augen waren über seiner langen, dünnen gebogenen Nase und seinem amerikanischen Revolverheldenschnurrbart halb geschlossen. In einer Ecke des Zimmers stand ein Skelett, um Carrolls anatomische Kenntnisse unter Beweis zu stellen, an der Wand hing eine Schautafel des menschlichen Körpers, des männlichen Körpers, mit blauen Strichen für die Venen, roten für die Arterien und einem gelben Gitterwerk für die Nerven und Nervenknoten. Das Gesicht glühte in den Farben, die durch die abgeschälte Epidermis und Dermis entblößt wurden.

Obwohl er erst am Anfang seiner mittleren Jahre stand, war Carroll, abgesehen von einem Kranz aus kastanienbraunen Haaren, die dunkler waren als seine blonden Augenbrauen, bereits kahl. Er war klein und untersetzt und trug zur Sprechstunde eine dunkle Jacke, die nicht zu seiner Hose paßte.

»Nun ja, Nolan«, sagte er. »Sehr lange. Fast ein Jahr.«

»Etwas mehr«, korrigierte Nolan. »Ein Jahr und etwas mehr.«

»Ich hoffe, Sie teilen unsere Vorliebe für Kaffee. Wir machen guten Kaffee. Muriel und ich, meine ich. Unseren Geschmack an Tee haben wir fast verloren.«

»Die Zeiten ändern sich«, sagte Nolan und lächelte höflich. Carroll war der erste Mann, dem Nolan je begegnet war, der eine Frau namens Muriel hatte – wie in einem Roman.

»Sie verstehen natürlich, Ned«, sagte Carroll und schaute in seinen Garten hinaus, »daß Sie und ich nicht...«

»Das haben Sie mir schon längst klargemacht, James«, erwiderte Nolan. »Sie bekommen Ihre Befehle direkt vom Obersten Rat, und ich war hier in einer unabhängigen Mission. Aber ehe ich New York verlassen habe, habe ich mich davon überzeugt, daß ich Devoys Segen hatte.«

»Seinen persönlichen Segen vielleicht, Ned. Millen hat Sie geschickt, der Mann, den Sie selber als englischen Spitzel entlarvt haben. Seither haben Sie allein gearbeitet.«

»Nicht so allein, daß ich auf Ihren und auf den Befehl der Organisation nicht vor einem Jahr die Operationen eingestellt hätte. Ich habe den Eid abgelegt, und das wissen Sie, James.«

Sie unterbrachen ihr Gespräch, als Muriel Carroll den Kaffee brachte, eine reichverzierte Messingkanne und orientalische, vielleicht persische oder arabische Tassen.

»Es ist sehr schön, Sie wiederzusehen«, sagte sie mit einem englischen Akzent, den Nolan als Mittelklasse einordnen konnte.

»Den Eid«, sagte Carroll, als ob er diese Worte in einer Zange hielte und hin- und herdrehte. Als Muriel Carroll ging, schloß sie hinter sich die Tür. »Wie sind Sie im letzten Jahr zurechtgekommen?«

Nolan zuckte die Schultern. »Ich habe ein paar Monate bei Enright gearbeitet. Danach habe ich in Sheffield eine Stelle gefunden. Und dann bin ich nach London zurückgekommen.« Er wühlte in seiner Tasche und zog ein zusammengefaltetes Blatt Papier heraus. »Ich habe eine Aufstellung der Gelder gemacht, die Enright verwaltet und aus denen ich Mittel entnommen habe, um meine eigenen Reisekosten und eventuelle Notfälle zu bestreiten.«

»Sie kehren in die Staaten zurück, haben Sie mir geschrieben. Nach Hause.«

»Ich bin dort nicht zu Hause«, widersprach Nolan. »Und auch nicht in England.«

»Nein«, sagte Carroll und schenkte braunen, aber dünn aussehenden Kaffee in die exotischen Tassen ein.

Nolan betrachtete das geisterhafte Gewebe des geschälten Mannes, Muskelstränge, Mississippis und Amazonen aus Arterien und Venen.

»Nun ja«, sagte Carroll. »Wir haben eine Informationsquelle beim Yard, und zwar eine gute. Gegen Jack Boland ist kein Haftbefehl erlassen worden, und der gegen Ned Nolan ist bereits vor fast zwei Jahren verjährt. Sie können reisen, wohin Sie wollen. Enright hat verdammtes Glück, daß er im Baugewerbe ist und ohnehin viel mit Sprengstoff arbeitet. Sie haben ihn hart rangenommen; sie wissen, daß er in der Organisation war, aber er hat ihnen nichts gesagt.« Er zuckte die Schultern. »Sie können Sie vielleicht beschatten lassen, aber das ist alles. Haben Sie schon eine Überfahrt gebucht?«

»Noch nicht. Ich fahre von Queenstone aus. Nach all den Jahren, nach allem, was geschehen ist, darf ich mir doch wohl einen Blick auf Irland gönnen.«

»Niemand hat das mehr verdient als Sie«, sagte Carroll und nippte an seinem ungesüßten Kaffee. Nolan gab Zucker in seine Tasse, ehe er probierte, und Carroll zuckte zusammen.

»Einen guten Rat, Ned?« fragte er, und Nolan nickte. »Es ist alles vorüber, Junge.« Plötzlich tauchte Cork City wieder in seiner Stimme auf. »Alles vorbei. Endgültig. Deshalb wurde Ihnen aufgetragen, die Operationen einzustellen. Ich weiß nicht, warum Sie noch ein Jahr geblieben sind. Sie hätten nach Hause fahren können.«

»Dort bin ich nicht zu Hause«, sagte Nolan noch einmal. »Ich hatte hier ein Team, wir waren da, wo wir hingehörten. Die Befehle ändern sich. Es war ein aktives Team, zuverlässig und erfolgreich.«

»Ich will nichts davon wissen«, sagte Carroll scharf. »Überhaupt nichts. Es ist vorbei. Gegen Ende haben Gruppen wie Ihre, oder Gallaghers oder Lomasneys, wenig getan, außer Straßenbahnschaffnern und Hausmädchen in Boston Grund zum Prahlen zu verschaffen. Mehr schaffen sie nicht, und sie richteten sogar Schaden an. Wir wollen das nicht mehr.«

»Wir?« fragte Nolan.

»Wie schon gesagt, Ned. Die Zeiten ändern sich; ich gehöre jetzt zum Rat. Ich bin nicht mehr der Nachrichtenübermittler.«

»Und was erwarten Sie jetzt von mir? Soll ich Medizin studieren wie Sie?«

»Ich bin seit über zwanzig Jahren Arzt, Ned. Sie müssen doch auch irgendeinen Beruf haben.«

Nolan zuckte die Schultern. »Ich werde bestimmt nicht verhungern, ganz im Gegenteil. Ich habe einen alten Freund mit einer Ziegelei am Hudson, oberhalb der Stadt. Dort steht mir noch ein Angebot offen. Er war früher ziemlich groß, gehörte zu O'Neills Leuten. Hat Überfälle gemacht. Heute macht er Ziegel.«

»Und ich bin Arzt«, sagte Carroll, »und Devoy ist Journalist, und MacDevitt ist Polizist in Philadelphia. Es ist vorbei, Ned. Es ist vorbei, seit sich das Volk hinter Parnell und die League geschart hat.«

»Parnell ist tot«, sagte Nolan. »Tot und begraben. Und seine Leutnants raufen sich um seine Knochen.«

»Da besteht keine Hoffnung für uns«, erwiderte Carroll, »nicht die geringste.«

An der Haustür sagte Carroll: »Ich nehme an, Sie haben gehört, daß Millen eine Fenier-Beerdigung bekommen hat. Im Woodlawn Cemetery in New York, ein in die Flagge gehüllter Sarg, und eine würdevolle Rede von Rossa. So erschien es uns am besten.«

»Ein schrecklicher Unfall für einen Mann wie Millen, in der Blüte seiner Jahre in den Fluß zu fallen, und niemand hat ihn rufen hören. New York ist eine große, seelenlose Stadt.«

»Ist es das?« fragte Carroll. »Man hört es ja oft.«

Carroll stand in der Tür und blickte ihm nach, hagere Schultern, die Hände in die Taschen seines im Gaslicht glänzenden Regenmantels geschoben. Es goß.

In der Diele begegnete ihm Muriel. »Er macht mir solche angst, James. Er hat mir immer angst gemacht.«

»Wem geht das nicht so?« fragte Carroll. »Aber wir werden ihn nicht wiedersehen. Niemals.«

»Fährt er nach Hause?« fragte sie.

»Das ist eine Frage der Definition.«

In seiner Praxis schaute er in den dunkler werdenden Garten hinaus. Er wirkte in der mondlosen, regnerischen Nacht kalt und abweisend.

Othello hat nichts mehr zu tun, dachte er. Lebt wohl, ihr großen Kriege. Aber sofort tadelte er sich für diese Frivolität. Nolan war eine Art Held, der weiterkämpfte, während der Erfolg am anderen Ende eines langen Fernrohrs immer kleiner wurde, und der Oberste Rat war ein gespenstisches Gremium, das gegen alle Hoffnung hoffte, harmlos fast, ohne Bedeutung heutzutage für den Yard, wenn es nicht diesen Fanatiker Anderson gäbe. Französische Anarchisten, Russen, Juden schmiedeten ein Komplott, um die ganze Welt zu befreien – wovon? Irland war ein kleiner Fisch. Nolan fuhr nach Hause, denn das war sein Zuhause, falls er überhaupt eins hatte, um in einer Ziegelei am Hudson Vorarbeiter zu werden. Er hatte etwas Besseres verdient.

39

[Robert Delaney / Hugh MacMahon / Vincent Tully]

Bob verbrachte immer noch einen Teil jeder Nacht zu Hause, im selben Bett wie Agnes. Später schlief er dann oft in dem schmalen Eisenbett mit Strohmatratze, das er in Jamesey Gannons ehemaligem Arbeitszimmer aufgestellt hatte. Aber zuerst, in den ersten Monaten nach Sylvias Tod, nach Parnells Tod, nachdem Ardmor Castle geschlossen worden war, schlief er mit Agnes in dem großen Ehebett aus Mahagoni, weil etwas anderes beiden unnatürlich vorgekommen wäre. Aber sie schlief von ihm abgewandt, wie sie es immer getan hatte, seit sie, als sie die Schubladen und Fächer des Schreibtisches im Salon durchgesehen hatte, die Briefe gefunden hatte, sechs oder acht Briefe in lebhafter Kritzelschrift. Sie wünschten sich kurz und höflich gute Nacht. Wenn sie nebeneinander lagen, ohne sich zu berühren, spürte er ihre Steifheit.

In den ersten beiden Jahren wußte er, daß er immer noch ein geachteter Anwalt mit treuer Klientel war, und oft trank er monatelang nur wenig. Er schlief jetzt morgens länger, frühstückte dann allein in der Küche und arbeitete bis spätabends, bis er wußte, daß die Schenken geschlossen waren.

In einer solchen Nacht, an einem Mittwoch Mitte Oktober, wurde leise gegen das Fenster in der Eingangstür des Büros geklopft, und er öffnete Ned Nolan die Tür.

Er erkannte ihn natürlich nicht, und er konnte ihn auch nicht deutlich sehen, eine hohe, dunkle Gestalt, deren Gesicht von einem weichen Hut mit schlaffer Krempe verborgen wurde. Das Licht, das hinter Delaney brannte, fiel auf den Mantel, der eigentlich gar kein Mantel war, sondern ein glänzendes Regencape, dunkler als schwarz, wenn das Licht darauf fiel.

»Nun«, sagte er, und die Gestalt, schwärzer als schwarz, glänzend wie Rohöl, echote:

»Nun. Willst du mich nicht einlassen, Bob?«

Sofort erkannte er die Stimme, sein Wissen übersprang Jahre

und Bündel von Nerven und Schaltungen in seiner Erinnerung, und er war sprachlos.

»Nun mach schon«, sagte Nolan. »Auf diesem Marktplatz gibt es sonst niemanden, mit dem man reden könnte. Um diese Zeit ist er stiller als jedes Grab.«

Zögernd streckte Delaney die Hand aus, berührte Nolans Schulter, berührte den unangenehm glitschigen Regenmantel. Es hatte geregnet, entweder hier oder wo immer Nolan herkam. Aber hinter seiner Gestalt konnte Delaney eine Mondsichel sehen, zwar umwölkt, aber doch klar.

»Du bist es, Ned«, sagte Delaney, und Nolan stand bewegungslos da, ohne eine Antwort zu geben.

Delaney packte Nolans Schulter fester und sagte, »komm rein, Junge, komm rein«, und Nolan folgte der gastfreundlichen Hand in die Diele. Delaney schloß hinter ihnen die Tür. In der Diele brannte nur eine einzige Gasflamme, im Büro jedoch, mit seinen zwei Gasflammen und der grünen Lampenglocke auf dem Tisch, die einem grünen, leuchtenden Mond ähnelte, wandte Delaney sich zu ihm um, und was er sah, verschlug ihm für einen Moment die Sprache.

»Die Zeiten ändern sich, Bob«, sagte Ned. »Die Zeit ändert uns«, und er nahm seinen breitkrempigen Hut ab, der naß war wie sein Regenmantel. Seine Haare waren noch schwarz, wenn auch von Grau durchzogen, und das war mehr, als Delaney von sich selber sagen konnte, und der herabfallende Schnurrbart wies ebenfalls graue Spuren auf. Aber nun gab es tiefe Furchen auf jeder Seite des langen, dünnlippigen Mundes und auf der Stirn. Seine Augen haben sich verändert, dachte Delaney, dann dachte er aber, daß er sich das vielleicht nur einbildete.

Als er Nolan aus dem Regenmantel geholfen hatte, fragte er: »Kann ich dir etwas zu trinken anbieten, Ned?«

»Ich hätte nichts gegen einen Schluck Whiskey«, antwortete Nolan. »Es ist eine üble Nacht. Ich bin mit dem Abendzug nach Macroom gekommen und hierher gelaufen, nur ein oder zwei Meilen hat ein Fuhrmann mich mitgenommen.«

»Gelaufen!« sagte Delaney. »Heilige Mutter Gottes, ich habe deinen Koffer vergessen.«

»Du hast ihn übersehen, das ist das richtige Wort«, Nolan lächelte. »Ich habe ihn mit ins Haus gebracht. Er steht in der Diele.

Plötzlich erinnerte Delaney sich an MacMahons Beschreibung

des Abends, an dem er im Jahre 1867 für Ned Nolan die Tür aufgemacht hatte, für einen Mann, schwarz wie eine Saatkrähe, der einen schwarzen Koffer bei sich hatte.

»Nun, Ned, nun«, er hob sein Glas. »Auf dein Wohl!«

»Sláinte!«* erwiderte Nolan in einem entsetzlichen Akzent, der jedenfalls nicht aus Munster stammte. »Bob, sind diese Vorhänge zur Zier, oder können sie auch zugezogen werden?«

»Können sie«, antwortete Delaney, der ihn verstanden hatte und nicht überrascht war, nur ein wenig belustigt darüber, daß er nicht überrascht war. »Nein, es sind echte funktionierende Vorhänge.« Er griff hinter sich nach den Schnüren und schloß den schwarzen, unsichtbaren Marktplatz aus.

»Bist du auf der Flucht, Ned?« fragte er unverblümt.

»Nein«, antwortete Nolan. »Überhaupt nicht. Aber sie haben einen Schatten auf mich angesetzt. Er war mit mir auf der Nachtfähre, ich habe ihn in Dublin einmal gesehen, und er saß auch im Zug nach Cork. Ich habe bis Cork gewartet, um ihn abzuschütteln, ihm Ferien zu gönnen, ein neues Meer und eine schöne Landschaft. Aber er hat sicher der Polizei in Cork City berichtet, und es stört einfach, wenn diese Leute an einem hängen. Ich fahre am Samstag von Queenstown.«

»Nach New York«, sagte Bob.

»Natürlich. Wohin sollte ich denn auch sonst fahren? Ich werde ein ruhiges Leben führen und in einer Ziegelei arbeiten. Meine Freunde erzählen mir, daß ich vielleicht ein kleines Haus bekommen kann, mit Blick auf den Hudson.«

»Zeit, daß du zur Ruhe kommst, Ned. Früher oder später müssen wir das alle.«

»Du hast es wirklich mit Stil gemacht, Bob«, sagte Nolan und schloß durch eine weite Handbewegung Bücher, Ledersessel, Landschaftsbilder in schweren Rahmen, den teuren Stoff der geschlossenen Vorhänge mit ein.

»Stimmt«, sagte Delaney. »Hat keinen Sinn, das zu leugnen. Als wir uns zuletzt gesehen haben, wohnte ich in einem Zimmer über Tullys Laden.«

»Nicht ganz«, korrigierte Nolan. »Als wir uns zuletzt gesehen haben, saßen wir in Cork City und warteten auf unseren Prozeß, du und ich und Hughie und Vincent.«

* *sláinte* – irisch, »Gesundheit«, auch als Trinkspruch üblich.

»Ja«, antwortete Delaney. »Um genau zu sein. Und ich habe ein großartiges Haus, das auf eigenem Grund und Boden steht. Aber Hughie und Mary haben alles beim alten gelassen. Er ist bis heute Schulmeister und bimst den Jungs mit Hilfe der Rute Wissen ein.«

»Ich weiß«, sagte Nolan. »Ich habe alle seine Briefe gelesen und aufbewahrt und wieder gelesen. Oft habe ich sie erst Monate später bekommen, ziemlich ramponiert, nachdem sie immer wieder hin- und hergeschickt worden waren.«

»Und es hat noch länger gedauert, bis du sie beantwortet hast«, erwiderte Bob, aber mit einem Lächeln, das seinen Worten die Schärfe nehmen sollte.

»Ich wußte nie so recht, was ich schreiben sollte«, erklärte Nolan. »Ich nahm mir ab und zu Papier und Feder, aber die Worte wollten einfach nicht kommen. Ich dachte an euch, an euch alle, und an Kilpeder und Clonbrony Wood. Deshalb bin ich hier, deshalb fahre ich von Queenstown ab und nicht von England.«

»Mit einem Polizisten auf den Fersen«, sagte Bob. »Die Peeler in Cork City werden nicht lange brauchen, um sich denken zu können, wo du bist. Der Sergeant hier ist im Grunde auch kein Idiot, und Richardson, der Friedensrichter, ist ein gerissener Bastard, ein ehemaliger Armee-Bursche aus Indien.«

»Na und?« fragte Nolan. »Gegen mich besteht kein Haftbefehl, und ich habe einen amerikanischen Paß. Zwei sogar, um ganz sicher zu gehen. Mir kann also nichts passieren; aber du denkst vielleicht anders, Bob, oder vielleicht auch Hughie.«

»Ned!« sagte Delaney. »Um Gottes willen! Aber es wäre bestimmt das beste, dich an einem ruhigen Ort unterzubringen. Während wir uns unterhalten haben, habe ich schon daran gedacht.«

»In der Zeitung hat gestanden«, sagte Nolan, »daß du dich aus der Politik zurückgezogen hast. Aus persönlichen Gründen, hieß es.«

»Ja.« Delaney blickte auf die vielen Papiere, die unordentlich über seinen Tisch verstreut lagen. »Meine wachsende Anwaltspraxis.« Er lächelte, aber das Lächeln galt nicht Nolan.

Als er aufblickte, sah er, daß Nolan ihn musterte. Er hat zweifellos sehr gut gelernt, einen Tonfall zu deuten, dachte Delaney, oder Gesten, die komplizierte Bedeutung des Lächelns. Hughies Indianer – oder zumindest Lederstrumpf – liest abgeknickte Zweige, eine Fußspur in feuchtem Boden.

Dringend. Persönlich.

»Ich war mir durchaus nicht sicher, ob ich willkommen sein würde, weißt du«, sagte Nolan. »Ein Brief zu Weihnachten ist eins. Aber über mich sind schlimme Dinge gesagt worden, vieles davon war Unsinn, wie die Ballade. Deshalb habe ich gehofft, daß du hier sein würdest. Hughie hat mir vor Jahren geschrieben, du hättest ein schönes Büro am Marktplatz, neben den Kilpeder Arms. Ändert sich hier denn niemals etwas?«

»Sehr wenig«, antwortete Bob.

»Außer dem Laden«, sagte Nolan. »Tully und Sohn. Er kann es jetzt mit den großen Geschäften am Broadway in New York aufnehmen.«

»Mindestens.«

»Über der neuen Front, über der Oberschwelle steht ein Datum«, fuhr Nolan fort. »1846. Was bedeutet das?«

Nolan schüttelte den Kopf. »Frag den Alten. Ich hab noch für ihn gearbeitet, damals, als die Bauarbeiter bei uns waren. ›Tully und Sohn‹, sagte er. ›Wie beim alten Laden. Und vor allem ein Jahr. Ein Gründungsjahr.‹ Aber die Tullys waren schon lange vorher in Kilpeder, der erste ist um die Jahrundertwende aus den Bergen oder aus Kerry oder woher auch immer gekommen. Das ist alles, was wir wissen. Hughie ist der große Fachmann für Tullylogie. Frag Hughie.«

Nolan nippte höflich an seinem Glas, aber Delaney konnte sehen, daß es fast leer war. Er schenkte Nolan fast den ganzen Fingerbreit ein, den es noch in der Flasche gab, und feuchtete sein Glas nur anstandshalber an. Der Geschmack lag auf seiner Zunge, eine Erinnerung an feuchtes Vergessen; einmal, in der Vergangenheit, an Freundschaft, Lieder.

Plötzlich, nachdem seine Überraschung sich gelegt hatte, freute er sich, Nolan zu sehen; plötzlich erinnerte er sich, spürte die besondere Beziehung, die zwischen ihnen entstanden war, damals, vor einem Vierteljahrhundert, und die Hughies milde Eifersucht und Vincents fast von Bosheit freien Spott erweckt hatte.

»Willkommen zu Hause, Ned Nolan«, sagte er und hob sein Glas mit dem einen Tropfen darin.

»Ich bin hier wirklich zu Hause, das weißt du«, sagte Nolan. »Ich bin hier geboren. Hughie und ich sind Vettern. Das vergessen alle. Sie bezeichnen mich als Yank.« Aber seine Stimme war mehr Yank als irisch.

»War dein eigener Vater nicht lange vor Hughie Schulmeister in Kilpeder? Thomas Justin Nolan. Er ist hier in Kilpeder nicht vergessen, Ned. Thomas Justin Nolan.«

»Ah«, sagte Nolan. »Und in den Staaten auch nicht. Wenn sie auf die Männer dieser törichten Bewegung anstoßen, dann nennen sie gelegentlich seinen Namen zusammen mit den tapferen Patrioten Young Irelands, den Männern von 48, Smith O'Brien und Thomas Francis Meagher vom Schwert und Michael Doheny und diesem und jenem und Thomas Justin Nolan.«

»Ja«, sagte Delaney und beließ es dabei.

»Nicht, daß wir es besser gemacht hätten, was, Bob?« fragte Nolan leichthin. »Noch mehr Wracks am Strand. Du natürlich nicht, versteh mich nicht falsch. Ich meine mich selber – und Leute wie mich, Rossa trinkt sich in New York zu Tode, und Lomasney hat sich in Fetzen gesprengt, und der arme Tom Clarke ist immer noch in einer von ihren schrecklichen Zellen angepflockt.«

»Es lohnt sich, Anwalt zu sein«, sagte Bob mit einem Lächeln, aus dem Nolan eine andere Bedeutung lesen konnte. »Ganz selten einmal lohnt es sich. Ich weiß das ideale Quartier für deine wenigen Tage hier. Du wirst prächtig leben, mein Junge. Prächtig.«

Als es hell genug war, daß Twomey Delaney Pferd und Kutsche und den vollgepackten Picknickkorb bringen konnte, aber noch ehe die Farmer an die Arbeit gegangen waren, fuhren sie über die Straße nach Killarney – »die Landstraße«, wie die Einheimischen sie nannten – vorbei an den von Falken bewachten Toren, die jetzt verschlossen waren, große Eisentore wie Speere, gekrönt von Speerspitzen, vorbei an der adretten protestantischen Kirche und ihren in der heller werdenden Dämmerung bescheiden wirkenden Steinen. In der Ferne, noch grau in diesem Licht, lagen die Derrynasaggarts, die Dämmerung verhieß einen klaren Tag, und einige bleiche Sterne verlöschten.

»Ich erinnere mich an diese Straße«, sagte Nolan. »Ich erinnere mich an alle Straßen hier. In meinem Koffer hinter uns habe ich eine Schachtel mit Landkarten, und ich habe sie an den verdammtesten Orten betrachtet, Bob. Nicht nur von dieser Gegend, Bob, sondern auch von Gegenden, die ich nie gesehen habe, von Donegal, Galway und Mayo.«

»Ich war nur einmal in Donegal«, sagte Delaney. »Einige Teile davon sind wirklich schön, aber andere sind unglaublich kahl und nackt. Die armen Schweine tun mir leid, die dort leben. Es gibt jetzt eine sogenannte Behörde für übervölkerte Gebiete, die sich den Kopf über sie zerbricht. Da hast du's, wie aus Lewis Carroll oder *Gullivers Reisen*. Der Boden ist so arm, daß er kaum irgendwen ernähren kann, deshalb nennt die Regierung ihn ›übervölkert‹. Ich fasse es nicht.«

»Die englische Regierung«, sagte Nolan.

»Für den Moment«, sagte Delaney, »die einzige, die wir haben. Ich war zusammen mit einem anderen Abgeordneten da oben. Damals fingen wir gerade mit dem Landkrieg an. Dieser Bursche, er hieß Ignatius Fuller, war ein anständiger Mensch, und die Kapelle ging vor ihm her und spielte: ›We'll Have the Land for the People‹. Ein großartiges Landkriegslied. Das gab Ignatius sein Stichwort. Ignatius kommt aus den reichen Feldern von Meath, Feldern so dick wie Butter. ›Wir werden das Land für das Volk gewinnen‹, setzte er an, mit großer Geste der geballten Faust, und die armen Leute aus Donegal brüllten ihre Zustimmung. Dann sah er sich das Feld genauer an. ›Aber gütiger Jesus‹, sagte er, ›wo ist das Land?‹ Es war gar nicht leicht, das wieder in Ordnung zu bringen. Sie sind empfindlich da oben in Donegal.«

»Wir haben sehr verschiedene Leben gelebt. Bob, wir beide, nicht wahr?«

»Alle Leben sind unterschiedlich«, erwiderte Bob. »Wenn du etwas tiefer gräbst.«

Die kleinen Farmen hatten sich jetzt belebt, und der Rauch der ersten Feuer stieg auf, schwache Schwaden, der »Kern« jedes Feuers wurde ins Leben geblasen, neuer Torf um ihn herum aufgehäuft, eine praktische Kunst, so vertraut, daß sie keine Kunst mehr ist. Und die Berge waren jetzt klar in Sicht, nicht mehr verhangen, sondern bedrohlich, in einer sicheren, weiten Ferne, aber Delaney erinnerte sich, wie sie aus der Nähe aussahen, kahl, nur nebelfeuchter Fels. Die Heide des späten Frühling und Sommers war schön, hatte aber ihre eigene, zäh verwurzelte Härte.

Bei den Toren von Lughnavalla House hielt Delaney einen Moment lang, und sie grinsten einander an.

»Wir haben hier geplündert, weißt du noch?« fragte Delaney. »Ich habe vergessen, welche Gruppe das war.«

»Die dritte«, antwortete Nolan. »Die dritte, unter einem Burschen namens Charlie Buckley, so einem kleinen, energischen jüngeren Bauernsohn. Voller Energie. Buckley fielen alle Häuser an der Straße nach Killarney zu, ihm und seinem Team. Es war schon lange nach drei Uhr, fast so spät wie jetzt, oder so früh, als sie zu uns zurückkamen.«

»Eine beeindruckende Gedächtnisleistung«, sagte Delaney trocken und fuhr wieder an.

Als sie vor der Tür standen, griff Delaney in seine Manteltasche und holte den schweren Schlüssel aus dunklem Eisen heraus, der lang und überraschend dick war.

»Ich dürfte den eigentlich nicht haben«, sagte er. »Lughnavalla House ist jetzt das Eigentum meines Schwiegervaters.«

»Was ihm gehört, gehört doch fast auch dir«, entgegnete Nolan. »So war es doch immer schon.«

»Nichts ist ewig«, sagte Delaney und öffnete die Haustür. Er hob den Proviantkorb hoch und ging ins Haus. Nolan folgte ihm.

»Als ich zuletzt hier war«, erzählte Bob, »war ich mit Hughie zusammen, und der Boykott lief auf vollen Touren. Ein Sondereinsatzmann war hier, wie sie genannt werden, ein armer Schlappschwanz aus Millstreet. Die Jungs dort haben ihm sicher ein herzliches Willkommen bereitet, da kannst du sicher sein; aber schließlich muß jeder arbeiten, und die Zeiten sind hart.«

Aber Nolan ging von ihm fort in den Salon, und dort fand ihn Delaney, wie er sich eine Wand nach der anderen ansah, die riesigen vulgären Photographien der Jagdgesellschaften, die Fuchsköpfe, eine Glasglocke mit einem Fasan mit buntem Gefieder in kunstvoll konstruierter Umgebung, Gras und ein wenig Holz, rosa und gelbe Blumen und einige wütende Farbtöne. Darin muß auch Luft versiegelt sein, dachte Delaney müßig und ohne Bedeutung.

»Und Dennis Tully aus der Stadt Kilpeder ist jetzt der Herr dieses Hauses«, sagte Nolan. »Der Herr von Lughnavalla.«

»Stimmt«, erwiderte Delaney. »Und ich bin nicht mehr sein Anwalt. Sein Anwalt ist Brendan Fogarty, unser Parlamentsmitglied. Wir dringen unbefugt ein, wir brechen das Gesetz.«

»Gesetzesbruch ist nichts Neues für mich«, sagte Nolan. »Aber für dich als Anwalt ist das anders. Ich nehme an, du hast kein Gesetz mehr gebrochen, seit wir die Waffen des alten Judkins für einen besseren Zweck abgeschleppt haben.«

»Das hättest du ihnen im Jahre 82 sagen sollen, als sie mich nach Kilmainham gebracht haben, und dann noch einmal während des Kampagnenplans, was ich just diesem Haus zu verdanken hatte.« Judkins. Ned erinnerte sich sogar an diesen Namen.

»Hmm«, meinte Nolan diplomatisch. Sechs Monate für Land-League-Agitation war nichts, was Ned Nolan beeindrucken konnte, dachte Delaney. Aber dann erinnerte er sich, als Nolan an die hohen Fenster trat, daß Hugh MacMahon während dieser Zeit in Kilmainham Ned Nolan im Separee einer Kneipe auf dem Nordufer der Liffey gesehen hatte, einige Tage vor dem Gemetzel im Phoenix Park. Für einen Moment erkaltete er innerlich.

»Es sind kalte, kahle Berge«, sagte Nolan über die Derrynasaggarts.

»Stimmt«, erwiderte Delaney. »Aber dahinter liegen die schönsten Seen der Welt.« Einmal hatte Hugh MacMahon am Ufer eines Sees, in der Nähe der Ruine von Muckross Abbey, einen Vortrag über die Gedichte eines Mannes gehalten, der dort begraben war und der im alten Jahrhundert in der alten Sprache geschrieben hatte. Ein berühmter Dichter, wie hieß er denn bloß?

»Mach kein Feuer, Ned. Nicht nötig, Aufmerksamkeit zu erregen. Ansonsten bist du hier völlig sicher. Die Farmen liegen alle zwei oder drei Meilen hinter dem Hügelkamm. Ich komme heute abend mit Hugh zurück.«

»Hugh und Vincent«, sagte Nolan. »Ich möchte Vincent sehr gern sehen. War es nicht Vincent, der uns mehr als einmal wieder Mut gemacht hat, weißt du das noch? Dieser Mann hat wirklich einen wunderbaren Witz. Hatte er jedenfalls. Hat er den immer noch?«

»Allerdings«, sagte Delaney. »Ein Bursche von grenzenlosem Witz.«

»Shakespeare«, sagte Nolan. »*Hamlet.* Er sieht besser aus als der arme Yorick, hoffe ich?«

»Jedenfalls hat er viel mehr Fleisch.« Delaney grinste. »Hughie muß dir doch über ihn geschrieben haben. Er ist heutzutage aalglatt und selber eine Art Grundbesitzer. Herr eines hocheleganten Jagdhauses namens Brierly Lodge.«

»Warum hast du mich nicht dorthin gebracht?« fragte Nolan sofort, und wieder hatte Delaney ein Gefühl, fast eine Witterung von tierischer Wachsamkeit. »Zu unserem alten Freund Vincent?«

»Da gibt es Personal«, antwortete Delaney. »Hausmädchen und einen Stallburschen und alles andere. Du wirst zweifellos die

Ruhe und Einsamkeit von Lughnavalla House vorziehen. Und außerdem ist der Bursche von grenzenlosem Witz nicht anwesend. Er macht einen Besuch, ich glaube, in Tipperary, hat Agnes mir gesagt. Er kommt morgen zurück.«

»Agnes«, sagte Nolan. »Agnes habe ich nie kennengelernt.«

»Nein«, sagte Delaney.

»Brierly Lodge«, sagte Nolan mit grimmiger Exaktheit und entfaltete in Gedanken die Generalstabskarte, die er seit einem Vierteljahrhundert dort aufbewahrte. »Das liegt keine drei Meilen von hier entfernt. An der Straße, die am Wald vorbeiführt. An unserem Wald. Dieses Haus haben wir auch ausgehoben, Bob, weißt du das nicht mehr? Da wohnte ein Bastard namens Boyle. John Boyle. Er war ein großer Jäger, und das war nützlich für uns.«

»Heute ist es besser bestückt als damals«, sagte Delaney. »Vincent hat ein Waffenarsenal, mit dem das Elsaß befreit werden könnte. Oder zumindest Kuba.«

»Aber ich sehe ihn doch sicher, ehe ich mich zu meinem Schiff nach Queenstown begebe«, sagte Nolan und versuchte, die Tatsachen seiner langgehegten Phantasie anzupassen. »Hughie und Vincent und dich.«

»Hughie und mich wirst du auf jeden Fall sehen, Ned. Wir kommen heute abend beide, und dann machen wir uns eine schöne Nacht.«

Er ging ans Fenster, das auf eine ungepflegte Wiese hinausging. »Das mit Vincent könnte etwas schwieriger werden. Er kommt morgen zurück, sagt Agnes, aber er hat in seinem Haus eine Gesellschaft. Eine Freitagsabendgesellschaft, nur Gentlemen. Richter Martin aus Cork City und Richardson, unser Friedensrichter, und Regan, ein Bursche, der bei Millstreet schöne Pferde züchtet. An die zehn Gentlemen. Nicht das richtige für uns, oder was meinst du, Ned?«

»Nein. Nicht das richtige für uns. Für mich jedenfalls nicht. Vincent begibt sich da wirklich in seltsame Gesellschaft.«

»Das tun wir alle, Ned. Heutzutage.« Delaney wandte sich vom Fenster ab und lächelte. »Alle, außer mir. Ich habe die Geselligkeit aufgegeben.«

»Ich meine das ernst, Bob«, sagte Nolan mit leichter Besorgnis, als ob ein Stückchen Gewißheit unter seinem Stiefel zertreten worden sei. »Du und Hughie und Vincent. Wenn er zurück ist.«

»Im Korb ist eine Flasche«, sagte Delaney. »Vincent kommt heute abend noch nicht zurück.«

Nachdem er die Hälfte der unkrautüberwucherten Auffahrt zurückgelegt hatte, drehte er sich auf seinem Sitz um und sah Nolan am Fenster stehen. Er hob zum Gruß die Hand.

Delaney hatte den richtigen Anlaufhafen gefunden. Das stellte Nolan fest, als er über eine enge Boreen ging, die offenbar schon jahrelang niemand mehr betreten hatte, und dann eine Weide erreichte, auf deren einer Seite leere Ställe standen. Er ging durch die Ställe und roch längst verschwundenen Hafer und Stroh, den Gestank von Pferdepisse, der niemals aus einem Stall verschwindet und in Boden und Bretter einzieht. Hinter den Ställen zog sich eine schöne, eingezäunte Weide zum Hügelkamm hoch. Oben auf dem Kamm, da war er fast sicher, sah er eine Straße, so zart wie einen Bleistiftstrich. Ansonsten war er allein, er, und nicht Dennis Tully oder der Engländer Judkins, war der Herr von Lughnavalla.

Im Haus packte er den Korb aus, den Delaneys Bursche ihm gepackt hatte – einen Schinken, Brot, Butter, Tee, Zucker, Konservendosen mit amerikanischen Bohnen und Fisch, einen fast kompletten Rosinenkuchen, von dem nur eine Scheibe fehlte. Er suchte sich ein Schlafzimmer, in dem es weder Bettlaken noch Decken gab, wohl aber eine Matratze aus grauweißem Drillich und zwei klumpige Kissen. Alles war verkauft worden, dachte er, Haus und Möbel, als ob der Engländer nach Hause gewollt hätte, ohne auch nur ein Andenken mitzunehmen, und dem alten Tully eine Art Vermächtnis hinterlassen hatte – Glasglocken mit Fasanen und zweifellos Porzellan im Eßzimmer, das Rot und Blau von China.

Aus seiner schwarzen Tasche mit dem Doppelgriff holte er Hemden und Unterwäsche, und als er alles ordentlich in einer Nachttischschublade untergebracht hatte, entnahm er ihr auch noch seine Schachtel mit Karten und die mit Briefen, die billige Kunstlederausgabe von Shakespeares gesammelten Stücken, eine Schachtel Patronen und seinen schweren, massiven, in weißes Flanell eingewickelten Revolver. Für ein oder zwei Tage würde er es gemütlich genug haben. Er war zu Hause.

Einige Tage später mußte ich durch Lughnavalla House gehen und alles verschwinden lassen, was Ned Nolan vielleicht dort vergessen hatte, wie man ein Haus ausräuchert, nachdem eine Seuche es heimgesucht hat. Natürlich gab es nichts – ein paar Hemden, drei waren sauber, eines an Kragen und Manschetten verschmutzt. Eine Schachtel mit Landkarten und eine, in der er Briefe aufbewahrt hatte, einige waren schon viele Jahre alt, meine eigenen jährlichen Briefe und Briefe von Freunden waren dabei. Nichts, was ihn mit seiner Organisation in Verbindung bringen konnte. Eines der beiden Rasiermesser neben der Waschschüssel konnte seines sein, es war in Amerika hergestellt. Und auf dem Nachttisch lag seine Ausgabe von Shakespeares gesammelten Werken.

Woher wußten Sie so genau, daß es seine war? fragte Patrick Prentiss mich natürlich.

Ach, sicher war es seine, antwortete ich und reichte sie ihm. Einst hatten zweifellos ein Name und vielleicht auch ein Datum in der oberen Ecke des Vorsatzblattes gestanden, waren jedoch weggeschnitten worden.

Als er das erste Mal in Kilpeder war, im Jahre 67, erzählte ich Prentiss, hatte er eine andere Ausgabe, eine reichverzierte mit Goldschnitt und gepunztem Einband. Sie hatte seinem Vater gehört, Thomas Justin Nolan, und auf dem Vorsatzblatt hatte eine lange Widmung vom Vater an den Sohn gestanden. Aber vielleicht hatte er sie verloren, oder sie war verschlissen. Diese hier hat ihm gehört – sehen Sie, dort hat er etwas an den Rand geschrieben. Er war ein großer Verehrer von Shakespeare, unser Ned.

Prentiss nahm das Buch und blätterte die Seiten mit der Sorgfalt um, die sich beim Gelehrtenstudium eben einstellt.

»Es muß viel ausgehalten haben«, versicherte ich ihm, »wenn wir uns überlegen, wo Ned es überall bei sich gehabt haben muß.«

»Seltsam«, meinte Prentiss. »Eine Leidenschaft für Shakespeare. Es paßt nicht.«

Patrick hat eine große Vorliebe für Muster.

»In Macroom gibt es einen Metzger«, erwiderte ich, »mit einer heißen Leidenschaft für Gilbert und Sullivan. Und früher gab es in Mallow eine protestantische Dame, deren Lebensziel es war, eine Biographie der Borgias zu schreiben.«

Damit hatte ich ihn in seine Schranken gewiesen, und das wußte er und lächelte. Patrick Prentiss und ich sind ziemlich gute Freunde geworden. Ich habe mich selber auch oft über Ned und Shakespeare gewundert und keine Antwort finden können.

Was wir wußten, und was ich Patrick erzählte, war, daß der Abend, den wir zusammen verbrachten, Ned und Bob und ich, in gewisser Hinsicht eine große Enttäuschung war, als ob Neds Rückkehr ein Ereignis darstellte, das nicht hätte geschehen sollen, das am falschen Ort und zur falschen Zeit stattfand. Und Patrick war natürlich vom Gegenteil überzeugt, weil er ja so sehr an Muster glaubt. Ein letztes Rädchen fand seinen Platz, und die Maschine der Geschichte, unserer Geschichte, die seit Jahren untätig und rostig gewesen war, setzte sich wieder in Bewegung, wie diese komplizierten Erfindungen, die auf technischen Ausstellungen gezeigt werden und uns Einblick in die zukünftige Perfektion der Maschine und, stillschweigend, auch des Maschinenbauers geben.

Aber Patrick hat kein Gespür für die Atmosphäre dieses Donnerstagabends, trotz all meiner bescheidenen Versuche, sie für ihn zu beschreiben. Wir drei saßen im Kerzenschein vor dem Kamin im Salon. Aus Taktgefühl, aus einem Gespür für die große Entfernung zwischen uns, erzählte er uns nur wenig über das Leben, das er geführt, oder über die Gründe, aus denen er es geführt hatte, sondern er erzählte von den Orten, die er besucht, was er gesehen hatte, den Mississippi und die Stelle in Pittsburgh, Pennsylvania, wo die Flüsse zusammenströmen, und das Labyrinth in Hampton Court, wo er einen Tag verbracht hatte.

»Ich habe dich gesehen, Bob«, sagte er. »Ich war dreimal im Unterhaus auf der Galerie – Frank Byrne hatte mich hineingelotst – und bei Gott, du sahst hervorragend aus, wie du es da mit den besten von ihnen aufnehmen konntest. Ich hätte gern meinen Nebenmann angestupst und gesagt, das ist mein Freund Bob Delaney.«

»Und das hättest du tun sollen«, sagte Bob.

»Nein. Das glaube ich nicht.«

Er war neugierig, wußte jedoch kaum etwas darüber, über mein großes Vorhaben, die Lieder und Geschichten und Sagen der Gälischsprecher in den Bergen zu sammeln, ehe alles in Vergessenheit geriet und die letzten Sprecher gestorben waren und den jüngeren Leuten das Gälische, eine verachtete Sprache, eine Sklavensprache, aus dem Leib geprügelt worden war. Ich muß mit Wärme gesprochen haben, denn er sagte: »Gute Arbeit, Hughie«, und dann verstummten wir alle drei wieder.

»Hier bin ich«, sagte er mehrmals, »nur für einige Tage. Aber hier bin ich zu Hause.« Oder einer von uns sagte: »Bei Gott, es ist gut, dich für eine Weile bei uns zu Hause zu haben, Ned.« Und wir meinten das auch alle drei, wir alle drei wollten, daß es stimmte, und wir alle wußten irgendwo in einer untersten Schicht der Wirklichkeit, daß es nicht stimmte, daß er im Grunde nicht zurückgekehrt war.

Was für Bob und mich am schwersten zu akzeptieren war, war die Art, in der er alles, jeden Gedanken und jede Anspielung, mit den wenigen Wochen verband, die er bei uns verbracht hatte, mit dem Tag – mit den Stunden, um genau zu sein – des Aufstandes.

»Es gibt eine Zeit in der Jugend, Jungs«, sagte er, »wenn alles klar ist, wenn der See sich nicht kräuselt, der Bach klar wie Kristall ist. Die Zeit wühlt den Lehm auf. Wir drei und Vincent, und die Jungs, die mit uns in Clonbrony Wood waren. Das läßt sich nicht auswischen oder von ein paar törichten Liedern besudeln. Später leben wir im Dreck. Ich habe im Dreck gelebt. Wir tun unser Bestes, aber das sind die nackten Knochen der Sache.«

»Im Dreck«, wiederholte Bob. »Dreck und nackte Knochen. Du hast ja eine düstere Lebenssicht, Ned.«

Es sollte eine von Bobs Nächten werden. Das wußte ich, weil ich sie inzwischen kannte, aber auch Ned wußte es. Er war immer wachsam – Bob, mir, sich selber gegenüber. Auch wenn Türen und Fenster verschlossen, wenn die Vorhänge zugezogen waren, hätte er einen Schritt auf dem Gartenweg gehört. Eine Angewohnheit, die er bald nicht mehr benötigen würde.

Denn er sprach in diesem besonderen Tonfall, der unweigerlich der Selbsttäuschung entstammt, davon, wie angenehm das Leben für ihn in dem Haus sein würde, das Tom Bonner ihm oberhalb der Ziegelei mit Blick auf den Hudson suchen würde. Einen königlichen Fluß nannte er ihn, nördlich der Ziegelei, im Winter zugefroren, aber eine Fahrrinne wurde offengehalten, und für den Rest des Jahres herrschte auf dem Fluß lebhafter Verkehr, Dampfer, Segelschiffe, Frachtkähne, Lustfahrzeuge.

Dann sagte er plötzlich, nachdem er diesem Thema über zwei Stunden lang ausgewichen war: »Es ist alles vorbei, wißt ihr.«

»Es ist schon seit Jahren vorbei, mein Junge«, erwiderte Bob, und der Whiskey knabberte vorerst noch ohne große Folgen an den Kanten seiner Diskretion. »Hier in der Stadt gibt es einen Burschen namens Lanty Hanlon, einen Hufschmied. Du erinnerst dich sicher nicht an ihn.«

Ned schüttelte den Kopf.

»Er war bei uns, ein schlaksiger junger Bursche, der Hughs Schulhaus höchstens seit ein, zwei Jahren verlassen hatte. Er ist die ganze Organisation, die es jetzt noch in Kilpeder gibt, er und ein paar jüngere Söhne und der Bierkellner von Grennan. Am Ende, als wir Schlehenknüppel brauchten, hat Mulcahy sie verständigt, und ihre Hilfe war uns sehr willkommen. Das ist das Ende, Ned. Jedenfalls in diesem Land. Vielleicht habt ihr in New York und Boston immer noch große Pläne.«

»Und morgen lädt Vincent den Friedensrichter von Kilpeder zum Essen ein«, sagte Ned. »Rund ist die Welt, die auf Rädern fährt, wie mein Vater immer sagte.«

»Er ist nicht der Schlimmste auf der Welt«, meinte Bob. »Aber ich habe die Einladung abgelehnt. Ich bin während des Boykotts auf Richardsons Befehl hin verhaftet worden, und das erstickt eine Freundschaft im Keim. Aber meistens beschränken sich seine Pflichten auf Wilderer und Vorfahrtsstreitigkeiten. Er ist schon in Ordnung.«

Wenn der Aufstand nur überall stattgefunden hätte«, sagte Ned, »wie es abgesprochen war, als der Tag festgesetzt wurde. Wenn sich zwischen uns und den Jungs in South Cork und in Limerick und in Tipperary und in den Hügeln oberhalb von Dublin noch andere erhoben hätten. Dann hätten wir etwas erreicht, bei Gott.«

»Wenn«, wiederholte Bob und schenkte uns wieder ein. »Und wenn Bonaparte am Morgen von Waterloo keine Bauchkrämpfe gehabt hätte und wenn Julius Caesar auf den guten Rat seines Wahrsagers gehört hätte. Wir hatten eben keinen Wahrsager.«

»Aber wir hatten genug Denunzianten«, sagte ich. »Denunzianten haben den Aufstand überall in Irland vereitelt, Ned. Das weißt du. Massey, Corydon, die ganze Bande. Es hat aber keinen Sinn, über das alles groß herumzureden. Überlaß das den Balladenmachern.«

»Verdammte Denunzianten«, sagte Ned. »Wenigstens hatten wir keine in Clonbrony Wood. Dieser Tag kann in unbesudelter

Erinnerung bleiben, Jungs. Ehe wir anfingen, durch Dreck zu gehen, uns im Dreck zu bewegen.«

Ich hatte sein Gerede über Dreck langsam satt, denn ich hatte ihn als Teil meiner eigenen Existenz niemals besonders bemerkt. Ned und sein Drecksgerede hatten etwas mit Lady Macbeth und ihrer verspäteten Abneigung gegen Blut gemeinsam. Und dann erkannte ich plötzlich, wie eine Flamme, die neben den Kerzen aufloderte, die Bedeutung seiner Worte. Er sprach überhaupt nicht von Dreck, nicht von dem rauhen Schmutz und Dung, der durch Alter und Zeit über das Gemüt kommt. Er sprach von sich selber, von seinem Leben. Er sprach von Blut.

Ich zitterte und blickte durch das kleine, flackernde Licht zu Bob hinüber, in der vagen Hoffnung, daß er meine Erkenntnis teilte, aber er machte sich seine eigenen Gedanken und blickte in das Glas, das er mit beiden Händen hielt.

Nach einer Weile, nach einer langen Weile, nachdem wir über vier Stunden dagesessen hatten, hatte ich das alles satt. Ich hatte zwar oft von uns vieren und von Mary geträumt, wie wir uns in Sonnenlicht und klarer Luft unterhalten, oder an die Geselligkeit eines Sonntagsessens, an ein Leinentischtuch und vielleicht eine Lammkeule, einen Nachtisch, Zigarrenrauch und guten Portwein gedacht, nie aber an drei Männer, die bei Kerzenlicht in einem Haus sitzen, aus dem die Zeit eine historische Karikatur gemacht hat, die ihre Vergangenheit durchgehen, wie Greise in einer Schenke, und ich hatte mir auch nicht vorgestellt, daß Ned seine Schuld wie eine zweite Haut mit sich herumtragen würde. Nein, keine Schuld, sondern das schlichte Wissen um seine Taten und wie wenig er damit erreicht hatte.

Aber ich konnte Bob nicht dazu bringen, mit mir zu kommen, und deshalb überließ ich ihn Lughnavalla House und Ned und ging im Sternenlicht über die barmherzig klare, gerade Landstraße nach Hause. Und so ist es dann geschehen.

Wenn ich mir die Sache jetzt überlege, sagte Bob mir einige Wochen später, dann würde ich den Anfang in einer Art von Bedrücktheit suchen, die mich überkam, in der Düsterkeit dieses Salons, die von diesen grellen Kerzen zerrissen wurde, und in der

Mitte von allem war dieses Pathos, das Ned mit sich herumzutragen schien, diese fehlende Überzeugung, die manchmal in seiner Stimme lag, so daß sein Leben in der Ziegelei am Hudson genausogut eine Beschreibung eines Sampans hätte sein können, mit dem er durch das Japanische Meer schiffte. Ein Verlorener. Ich stand auf, und da die Vorhänge zugezogen und der Hügelkamm zwischen uns und allem Übel lag, zündete ich jede Lampe in diesem elenden Zimmer an – Lampen mit grünen Lampenkugeln, Lampen mit milchweißen und mit Blumen bemalten Lampenkugeln, Lampen aus vielfarbigen Hölzern. Alle. Zwei holte ich dann noch aus dem Eßzimmer. Und die ganze Zeit über sah Ned mich erstaunt an, auf milde, nachdenkliche Weise erstaunt. Er war nicht an Alkohol gewöhnt, das war klar; aber er hatte seine Anspannung abgelegt.

Ach, großer Gott, dieses Zimmer sah vielleicht scheußlich aus, Hughie. Kein Wunder, daß dieser Engländer es mitsamt seinem ganzen Inhalt verkauft hatte. Erinnerst du dich überhaupt daran, wie es aussah, an dem Tag, als wir dort hineinstolzierten und der Sondereinsatzmann hinter uns hertrippelte? Nachts, bei künstlichem Licht sieht es noch schlimmer aus. Und sich dann vorzustellen, daß das der Gipfel ist, zu dem Dennis Tully emporgeklettert ist. Er sei ihm gegönnt, aus vollstem Herzen gegönnt.

Dann fing ich an, mit Ned zu sprechen, ohne Hemmungen mit ihm zu sprechen – zwischen uns hatte es immer eine besondere Bindung gegeben, das weißt du doch noch –, und ich erzählte ihm, wie es bei mir aussieht, und ziemlich viel von dem, was passiert ist. Er hörte zu – er gab sich Mühe, zuzuhören – aber wir hätten genausogut zusammen auf derselben Insel gestrandet sein und aus verschiedenen Erdteilen mit verschiedenen Bräuchen und anderen Göttern kommen können.

»Worauf es ankommt«, sagte er schließlich, »ist, daß du zu dem Mann gehalten hast, dem du dein Wort gegeben hattest. Die meisten von diesen Mistkerlen haben ihn im Dreck stecken lassen. Du aber nicht, Bob.« Als ob das alles am Ende für mich irgendeine Rolle spielte, als ob überhaupt etwas eine Rolle spielte, das alles war doch aus mir herausgeblutet, und als ich in London in der Kapelle saß und wußte, daß Sylvia tot war und wie sie gestorben war, kam ich mir vor wie eine leere Schale. Eine Schale hat keine Bedeutung. Und blöderweise, obwohl ich doch sehen konnte, daß er das genauso wenig verstehen könnte, als wenn ich Walisisch gesprochen hätte, habe ich versucht, von ihr zu erzählen. Ich muß einfach betrunken gewesen sein. Und zum Ausgleich – das sollte sicher ein Trost sein – erzählte er mir von einer Frau, die er hätte heiraten können, einem Dienstmädchen in New York, und dann von anderen Frauen hier und dort, die meisten von ihnen Körper, um seine Bedürfnisse zu befriedigen, aber er erinnerte sich an zwei oder drei unter ihnen und dachte oft an sie. »Ich verstehe, ja«, sagte ich, weil er mir doch helfen wollte und es klar war, daß er noch nie, zu niemandem, über solche Dinge gesprochen hatte.

Aber wir konnten die Politik nicht ruhen lassen, das kann kein Ire, jedenfalls kein Ire wie wir, die bei einer Flasche zusammensitzen. »Devoy konnte sich anpassen«, sagte ich zu ihm. »Devoy hat dein Vertrauen, und Devoy hat die Allianz zwischen Parnell und der League geschaffen.« Zeitungsgerede. Ich muß mich ja wie das *Freeman's Journal* angehört haben, und mir war inzwischen wirklich alles scheißegal; aber seine Grimmigkeit machte mir angst und machte mich wütend, er war wie aus Eisen. »Sie haben es uns mit dem Schwert genommen«, sagte er, »und nur durch das Schwert können wir es zurückgewinnen.« Dann schenkte er – er, wohlgemerkt, nicht ich – unsere Gläser wieder voll.

»Mit dem Gewehr«, sagte ich. »67 haben wir es mit dem Gewehr versucht. Aber einige von uns sind weitergegangen. Einige von uns haben sich auf Skalpelle verlegt, um unbewaffnete Männer zu zerhacken, und auf schwarzes Pulver und Dynamit, um Leute zu vernichten, die zufällig vorüberkamen, alte Männer und Kinder. Frauen. Eine seltene Freude muß das machen, Krieg gegen Frauen zu führen.«

»Ich habe vor einigen Jahren in der Zeitung gelesen, daß du in Mitchelstown warst, als die Peeler in die Menge gefeuert haben. Haben die damals einen Unterschied zwischen Männern und Kindern gemacht? Als sie uns in den schwarzen Vierzigern zu Millionen ausgehungert und dann vertrieben haben, haben sie da einen Unterschied gemacht?«

»In unserer Zeit hätte es wieder eine Hungersnot geben können«, sagte ich, »wenn nicht der Landkrieg gekommen wäre. Einen Scheißnutzen hatten wir damals von der Organisation, die uns nach besten Kräften behindert hat. Und wir haben gewonnen. Das ist der Krieg, den wir gewonnen haben. Sieh dich doch um.«

»Das mache ich«, sagte er. »Lughanavalla House ist aus den Händen des Engländers in die Hände von Dennis Tully übergegangen.«

In Flammen, dachte ich. Nichts wird jemals die Lughnavalla Houses dieses Landes verbrennen, außer echten Flammen, Lughnavalla House soll brennen, Ardmor Castle soll brennen und Macroom Castle soll brennen. Wenn ich bisher noch nicht betrunken gewesen war, dann war ich es jetzt und hatte große, apokalyptische Visionen. Und Ned war vielleicht auch betrunken, hätte wenigstens betrunken sein sollen; aber wenn, dann auf seine Weise, ruhig trotz seiner gewalttätigen Sprache, als ob alles schon seit Jahren geklärt wäre, wie eine Gleichung bei Euklid. Aber jetzt hatte die Geschichte ihm das Geometriebuch zugeschlagen. Er würde seine Nächte auf dieser elenden, von der Geschichte geschundenen Insel haben, die zu seinem Tabernakel geworden war, zum Allerheiligsten, und dann würde er zu seiner Ziegelei und seinem Freund Bonner davonreisen, diesem Feniersoldaten und Plünderer, der zum wohlhabenden Ziegelhersteller geworden war und dessen Galeonen – zumindest dessen Lastkähne – sich auf den Gewässern der ganzen Welt drängen und Ziegel nach New York City bringen.

Da saßen wir beide nun, kein gutes Treffen nach einem Vierteljahrhundert, und schlugen aufeinander ein, während wir die Flasche leerten, wie Karikaturen im *Punch*.

Dämmerung, ein blasses Grau, zeigte sich in einem Spalt im nicht richtig zugezogenen Vorhang. Ich stand auf und warf dabei einen mit Perlmutt oder seiner billigen Variante aus Birmingham kitschig verzierten Schemel um. Ich öffnete die Vorhänge mit solcher Wucht, daß ich einen von ihnen herunterriß. Es war zu dunkel, um die Derrynasaggarts zu sehen.

»Wir haben Clonbrony Wood«, sagte Neds Stimme hinter mir. »Dieses ist passiert, und jenes ist passiert. Wir haben Clonbrony Wood. Wir vier. Wir 60. Wie einen Moment der Klarheit, eine Stunde, einen Tag der Klarheit.« Er schien zu erkennen, daß wir diese Nacht der Aussprache an uns hatten zerren lassen, daß etwas verunstaltet war, und er zog mich zurück. Ich weiß, was ich hätte sagen sollen, irgend etwas, das seine Worte bestätigte. Dies ist passiert, und jenes ist passiert, für ihn waren die Jahre im Gefängnis von Portland passiert, hatten an seinem Geist gezerrt, ihn niedergezwungen, Tag um Tag voll sinnloser Arbeit, Nacht für Nacht nur Schwärze, kein Geräusch außer einem gelegentlichen Schrei einsamer Qual. So stellte ich es mir wenigstens vor und kam damit der Wahrheit wohl nahe genug. Das war der Preis, den

Ned für Clonbrony bezahlt hatte. An dem Tag, den du und er in Dublin hattet, Hughie, weißt du das noch, da hast du ihn danach gefragt, und er hat die Schultern gezuckt. »Ich war in Händen meiner Feinde. Ich konnte nichts Besseres erwarten.« Und Clonbrony war der eine helle, klare Flecken in der Zeit für ihn, in der Erinnerung muß er klare Winterluft gespürt haben, kahle saubere Zweige, die Hügel in der Ferne, einen gut geführten Kampf – töricht, zweifellos, aber gut bekämpft.

Aber die Furien waren über mich gekommen, die Furien und der Alkohol, und ich dachte, soll doch alles einstürzen, soll außer Ruinen nichts mehr übrig bleiben, soll die Wahrheit selber Brecheisen und schwarzes Pulver darstellen.

»Clonbrony Wood«, brüllte ich ihn an. »Diese blöde Ballade ist nicht der einzige Flecken darauf, Ned. Wir sind von einem Denunzianten verkauft worden. Ein Denunziant war mit uns in Clonbrony Wood.«

Ich hörte nichts hinter mir, kein Geräusch, und ich war viel zu sehr mit mir selber beschäftigt, um mich umzudrehen.

Ich legte hilflos den Kopf gegen das angenehm kühle Fenster und fing an zu weinen. Ich bin fast verrückt geworden, als Sylvia – als Sylvia starb, aber ich kann mich nicht erinnern, daß ich geweint hätte. Ich weinte jetzt, Tränen, die Trauer, Whiskey und Wut entstammten, und irgendwo hinter allem auch dem hinterhältigen kleinen Wissen, daß ich etwas gesagt hatte, was niemals hätte gesagt werden dürfen – nicht von mir an diesem Tag in Lughnavalla House, und auf jeden Fall niemals zu Ned. Aber du mußt es wissen, Hughie; der Bogen muß sich zu einem Ring biegen, und dann werden wir den verdammten Ring wegwerfen und nie mehr wieder darüber reden. Ich war mir keines Geräusches außer meines eigenen Schluchzens bewußt, das ich endlich unter Kontrolle brachte, aber meine Augen waren feucht, was ich ganz schrecklich fand, und ich kam mir zerrüttet, verwirrt vor. Dann hörte ich Ned mit ruhiger und gleichmäßiger Stimme fragen, als ob dieser Eisenstab, der seine Seele war, eine Stimme bekommen hätte: »Wer, Bob? Nenne seinen Namen.« Und ich war so zerrüttet, daß ich nichts anderes tun konnte, und mein Ausruf hatte deshalb ein Knurren, eine Wut auf mich selber und auf 25 Jahre unseres Lebens in sich.

»Vincent«, sagte ich. »Vincent Tully, der Bursche von grenzenlosem Witz. Vincent ist zum Denunzianten geworden.«

»Das kann ich dir nicht glauben«, sagte Ned, und seine Stimme war immer noch ruhig, hart wie Eisen, hart wie Stahl.

»Solltest du aber«, sagte ich. »Er hat es mir selber gesagt.«

»Er hat gebeichtet?« fragte Ned, und jetzt mischte sich noch etwas anderes dem Stahl bei. »Er hat es dir gebeichtet?«

»Du könntest es als Beichte bezeichnen, nehme ich an«, sagte ich, und bei diesen Worten spürte ich eine gewisse Kontrolle in meine Rede zurückkehren. »Ja, er hat es ja selber auch als Beichte bezeichnet.«

Es war an dem Tag gewesen, als Bob, der sich einfach nicht entscheiden konnte, von Vincent den kurzen Brief bekommen hatte, der ihn dringlichst bat, nach Brierly Lodge zu kommen, an dem Tag, als Vincent ihm von der kleinen nassen häßlichen Kröte erzählte, die jeder von uns jeden Tag herunterschlucken muß, wie der zynische französische Maximenerfinder behauptet.

»Jeder, begreifst du das nicht, Bob? Darauf kam es diesem Franzosen an. Jeder von uns macht das. Ich selber muß jeden Morgen meine Kröte schlucken. Ich mache das vor dem Spiegel, beim Rasieren. Die Kröte schmeckt immer noch ekelhaft, aber im Laufe der Jahre ist sie ein bißchen kleiner geworden. Laß mich dir von ihr erzählen.«

Es passierte in den Wochen, als wir alle, wir vier, Ned und Bob und Vincent und ich und einige hundert andere in Cork City im Gefängnis auf unseren Prozeß warteten. Butt war mit Hilfe einiger Fonds, die die Organisation beigesteuert hatte, herbeigereist, um Ned zu verteidigen, gegen den, wie wir wußten, die gefährlichsten Anklagen erhoben werden würden. Aber für Vincent, seinen geliebten Sohn, war Dennis Tully von seinem Anwalt Dripsey gedrängt worden, den besten Verteidiger zu engagieren, und der beste war Emmet Burke, die Krönung einer Juristenfamilie, die schon seit Generationen in Blüte stand. Und Vincent seinerseits hatte erklärt, er würde überhaupt keinen Verteidiger nehmen und sich mit dem erstbesten Juristen mit Säufernase und geplatzten Adern zufriedengeben, wenn Bob und ich nicht dieselbe juristische Vertretung bekämen, die ihm selber geboten wurde. Und so kam es, daß ein Schulmeister und ein Ladengehilfe vor Gericht vom teuersten Verteidiger Irlands vertreten wurden, einem Mann, der jedes Pfund seines Honorars wert war.

Ich erinnere mich noch gut an mein eigenes Gespräch mit Bourke, einen privilegierten Einblick in die komplizierten Wege der Justiz, und an die taktvolle Selbstwertung ihrer Vertreter, die sie beherrschten und in einer Sprachwelt parallel zu unserer eigenen lebten, die sich von dieser aber doch sehr unterschied. Und Bob hatte ein ähnliches Gespräch geführt, wie er mir später erzählte. Woran ich mich bei Bourke am besten erinnere, ist eine ruhig gemusterte, aber opulente Krawatte und das geduldige, gelangweilte Betragen eines Schulmeisters, der eine Klasse voller Dummköpfe in die Geheimnisse der Quadratgleichungen einführt. »Nein, nein«, sagte er immer wieder und schüttelte seinen Kopf über irgendeine Bemerkung, die ich auszusprechen gewagt hatte, über irgendein Stück nackter Tatsache, die ich in unser Gespräch gezerrt hatte. »Nein, nein. Darüber steht nichts in der Anklageschrift. Nicht, so weit ich mich erinnere. Wie ist es mit Ihnen, Dripsey?«

Er hatte ein schwungvolles Auftreten und diese ironische Verbindlichkeit, die manche Verteidiger kultivieren und die nur noch lebhafter strahlt, wenn sie mit den Katastrophen verglichen wird, die möglicherweise auf ihre Mandanten warten. Aber er leistete phantastische Arbeit, fand ich: Vincent wurde freigesprochen, weil er zu tief in der Fenierhierarchie gestanden hatte, um das Gesetz zu interessieren, jedenfalls nicht mehr als irgendein Bauernjunge, der uns gefolgt war, und Bob und ich bekamen vier Jahre, von denen wir nur sechs Monate absitzen mußten.

Bob und ich waren wohl kaum ganz unschuldig zu nennen, und in den folgenden Jahren diskutierten wir oft mit Vincent diese milden Urteile – die natürlich nicht beispiellos waren, denn überall in Munster wurden andere Männer zu vier und zu sechs Jahren verurteilt, aber unsere Urteile waren uns wegen ihrer Gewöhnlichkeit doch nicht weniger willkommen. Doch wir zwei hatten immer das Gefühl, daß Dennis Tully auf irgendeine Weise sein Gewicht in die Waagschale geworfen hatte. Wenn Vincent dabei war, dann drückten wir uns sehr taktvoll aus, er dagegen hatte solche Skrupel nicht. »Da können wir uns verdammt sicher sein, Jungs. Der alte Herr weiß, was das richtige Wort für das richtige Ohr ist. Nichts Unsauberes natürlich. Aber ein Freund vor Gericht, wie das Sprichwort sagt. Und ist dieser Emmet Bourke nicht ein Wunder, Jungs, ein Kopf wie eine feine tickende Uhr – beschränkt vielleicht, aber in Gold eingefaßt.«

Aber so war es überhaupt nicht gewesen. Und ein Vierteljahrhundert später erzählte Vincent Bob in Brierly Lodge, was passiert war.

Reden wir Klartext«, hatte der junge Vincent Tully zu Bourke gesagt. »Sie meinen, ich sollte mich der Krone als Denunziant anbieten.«

»Ja, reden wir Klartext, Mr. Tully – junger Mr. Tully, wenn ich so sagen darf. Und Wörter wie ›Denunziant‹ sind kein Klartext. In diesem Land sind sie alles andere als das. Die Krone hat, meiner Ansicht nach äußerst großzügig, ihre Bereitwilligkeit erklärt, die ganze Angelegenheit weitherzig und verständnisvoll zu betrachten, und wenn Sie Ihrerseits eine Möglichkeit finden, sich der Krone nützlich zu erweisen, dann würde die Krone das, was als Ihre Reue betrachtet werden könnte, eine Reue darüber, daß Sie sich an einer so katastrophalen Farce beteiligt haben, durchaus nicht vergessen.«

»Und das«, sagte Vincent, »wäre auf irgendeine Weise besser als schnödes Denunziantentum? Es gibt da einen feinen Unterschied, den ich einfach nicht erfassen kann.«

Bourke lächelte. »Sie verfügen über eine nette Ironie, Mr. Tully. Das muß eine Blume sein, die in Ihrer Baronie heimisch ist.«

»Hatten Sie solche Diskussionen auch mit anderen Männern aus Kilpeder?« fragte Vincent.

»Aber nein. Es hat einen bewaffneten Aufstand gegeben, Schüsse sind gefallen, es gab Tote. Ihr Freund MacMahon zum Beispiel hatte den Befehl. Für einen bewaffneten Aufstand gibt es harte Strafen, wie Sie natürlich wissen.«

»Den Befehl!« wiederholte Vincent. »Er war der Vize-Vize-Befehlshaber. Das wäre ich selber gewesen – wenn die Lage sich nicht geändert hätte.«

»Wenn Edward Nolan nicht nach Kilpeder gekommen wäre, um das Kommando zu übernehmen. Aber das hat er getan. Nolan ist fällig, wenn Sie diesen juristischen Euphemismus entschuldigen. Er gibt nichts zu und streitet nichts ab, sagt nur, daß er das

Kommando hatte und daß alles auf seinen Befehl geschah. Sie sind in einer anderen Lage, Sie und Schulmeister MacMahon. Oder das könnten Sie sein. Es liegt natürlich nur an Ihnen.«

»Und Robert Delaney?« fragte Vincent.

»Ah!« sagte Bourke und kostete es weidlich aus. »Nun, das ist für Mr. Dripsey und mich wirklich ein nettes Problem. Ich verteidige Sie alle drei, natürlich, mit Dripseys Assistenz – ist er nicht ein trister Bursche? Und immer hat er einen Tropfen an der Nase hängen, als ob er seinem Namen alle Ehre machen wollte, wie eine Figur bei Dickens – und jeder dieser drei Fälle hat seine Besonderheiten. Delaney war nicht nur der Vizebefehlshaber, er hatte auch bis zu Nolans Eintreffen das Kommando. Und die Krone – ein dummes Wort, denn die Krone ist in Westminster Abbey oder im Londoner Tower oder irgendwo dort – wenn ich die Krone sage, dann meine ich meinen gelehrten Freund Mr. Bodkin, den Kronanwalt. Er ist wirklich recht gelehrt – die Krone ist irgendwie zu der Vorstellung gelangt, daß Robert Delaney der Ortskommandeur für Kilpeder war.«

Vincent wollte etwas sagen, aber Bourke hob die Hand. »Ich vertrete Delaney ebenso wie Sie selber. Seien Sie also vorsichtig, wenn Sie etwas sagen.«

»So ist das also«, sagte Vincent.

Ein guter halber Zoll trennte die Gitterstäbe des kleinen rechteckigen Fensters von der verdreckten Scheibe. Dahinter lagen ein Hof und hohe Mauern, wie Vincent genau wußte. Dahinter lagen Cork City, Sunday's Well und Montenotte, die Theater und die Oper, die Glocken von Shandon, die so wunderbar über der Lee erklingen, wie es in dem Lied heißt, das alle auswendig kennen.

»So ist das«, stimmte Bourke zu.

»Schöne Pleite für Robert Delaney und schöne Pleite zweifellos auch für Hugh MacMahon, aber nicht für Dennis Tullys Sohn.«

»Seien Sie nicht absurd«, Bourkes Stimme knallte in dem staubigen Zimmer wie eine Peitsche, »wenn Ihnen oder irgendeinem der anderen irgendwelche Milde erwiesen würde, dann aufgrund ihrer Hilfe bei der Wiederherstellung von Ruhe und Ordnung auf dieser unseligen Insel. Und nicht, weil Ihr Vater Ihnen einen anständigen Anwalt nehmen kann. Die Krone handelt und feilscht nicht. Die Krone ist kein Gombeen-Mann.«

»Die Krone«, sagte Vincent, »liegt im Londoner Tower. Mr. Bodkin handelt und feilscht, nehme ich an?«

»Ich bin bei meinen Mandanten alles mögliche gewöhnt, Mr. Tully. Schluchzen, Verzweiflung, Unverschämtheit, was Sie wollen. Wenn ich mich zu sehr langweile, dann lege ich das Mandat nieder. In meinen ersten Jahren vor Gericht konnte ich mir das noch nicht erlauben. Einmal habe ich einen Mann verteidigt, der einer jungen Sau die seltsamsten Dinge angetan hatte und keine Spur von Reue zeigte. Ich bitte Sie! Einer Sau! Ein Schaf wäre natürlich etwas ganz anderes gewesen.«

Plötzlich klatschte Vincent in die Hände und lachte. »Sie sind schon komisch, Mr. Bourke. Ich nehme an, Sie können sich auf ein gutes Abendessen freuen?«

Bourke zuckte die Schultern. »Nicht besonders gut. Bodkin und ich essen zusammen im Imperial.«

»Und Sie schlagen vor«, fuhr Vincent fort, »daß ich Ihrem Tischgesellen mein Herz ausschütte, nachdem er sein unverdauliches Frühlingslamm und diesen Tupfen aus grünem Vitriol gegessen hat, den das Imperial danebenlegt und Mint-Soße nennt?«

»Sie werden langsam munter« erwiderte Bourke. »Das bedeutet, daß Sie sich überlegen, was ich Ihnen gesagt habe. Nein, Sie werden nicht mit Mr. Bodkin sprechen. Ein Polizist und zwei Herren vom Dublin Castle haben Mr. Dripsey ihre Bereitwilligkeit, nur ihre Bereitwilligkeit, zu verstehen gegeben, mit Ihnen und mit Mr. MacMahon zu sprechen. Nach diesen Gesprächen ist es möglich, daß sie Mr. Bodkin ihre Empfehlungen für die günstigste Behandlung Ihrer Fälle mitteilen.«

Vincent stand auf, ging ans verdreckte Fenster und schaute in den Hof hinunter.

»Eine düstere Aussicht, nicht wahr?« fragte Bourke. »Vielleicht gewöhnt man sich im Laufe der Jahre daran, aber das bezweifle ich.«

Vincent hatte nichts zu sagen.

»Die Zeit drängt«, sagte Bourke. »Das Gericht will nicht warten.«

»Kein Grund zur Eile«, erwiderte Vincent. »An Denunzianten hat es der Krone doch nie gefehlt.«

»Die Krone braucht sich nicht zu beeilen«, sagte Bourke. »Aber Sie. Wie Sie gesagt haben, sie stehen schon Schlange. Sie könnten dabei verlieren.«

»Wenn ich zum Denunzianten würde«, begann Vincent, aber

Bourke fiel ihm ins Wort. »Drehen Sie sich bitte um, Mr. Tully. Sehen Sie mich an.« Vincent sah, daß Bourke aus seiner Tasche eine reichverzierte Uhr genommen und ihren Deckel aufgeklappt hatte. Eine theatralische Geste, wie Vincent wußte, aber dennoch eine wirkungsvolle.

»Ich habe sehr viel zu tun, Mr. Tully. Verteidiger sind keine Provinzanwälte, die sich den ganzen Tag Zeit lassen können, um irgendwelche Skrupel zu entflechten. Ich gebe Ihnen einen kurzen, klaren Rat. Ich bin nicht die Krone, ich bin nicht der Kronanwalt. Ich bin Ihr Verteidiger und deshalb auf Ihrer Seite, und ich werde gut dafür bezahlt, daß ich ihnen meinen besten Rat erteile. Behandeln wir einen kurzen Moment diese Frage des Denunziantentums. Wenn Sie in den Monaten vor dem Aufstand zur Polizei oder nach Cork City gegangen wären und alles erzählt hätten, was Sie wußten, um sich dadurch zu bereichern oder vielleicht auch aus dem nobleren Wunsch, sinnloses Blutvergießen zu verhindern, dann wären Sie zweifellos ein Denunziant. Aber die Rebellion der Fenier ist niedergeschlagen worden, und ihre kurze Stunde der Tollkühnheit in Cork und Limerick und Kerry war im Rest des Landes ein Fiasko. Namen, die in Ihrer Organisation sehr hoch stehen, schlagen... den Weg der Vernunft ein. Ich wundere mich wirklich darüber, daß die Krone sich dazu herabläßt, solche Handel einzugehen. Aber Kronen sind von Natur aus sauber. Da gibt es keine Unklarheiten.«

»Wenn«, sagte Vincent, »wenn ich auspacken würde, dann nur unter gewissen Bedingungen.«

Bourke hob seine freie Hand, drehte das Handinnere nach außen und schloß seinen Uhrdeckel. »Wenn Sie bereit sein sollten, eine Aussage zu machen und Fragen zu beantworten, die die Herren, die aus Dublin gekommen sind, Ihnen stellen möchten, dann würde wohl eine kurze Nachricht an den Gefängnisdirektor den Prozeß in Gang setzen.«

Vincent brauchte jedoch eine volle Woche, um sich zu entscheiden, eine volle Woche mit dem täglichen mühseligen Marsch durch den Gefängnishof, danach die Rückkehr in die Stille der Zelle, eine volle Woche, in der er schlaflos auf seiner Pritsche lag, wo ihn nur eine dünne Strohschicht vom Holz trennte. Einmal besuchte sein Vater ihn während dieser Woche, aber Vincent erzählte Bob nichts weiter über diesen Besuch, als ob die bloße Tatsache des Besuches bereits ihre eigene Bedeutung hätte. Genauer gesagt, er erzählte nicht direkt über diesen Besuch.

»Dir sind damals keine Vorschläge gemacht worden, Bob, oder?« fragte Vincent ihn in Brierly Lodge, im Licht des späten Nachmittags, und Bob schüttelte den Kopf. »Nein«, sagte Vincent, »und Hughie auch nicht. Sie kannten ihr Material wie ein Steinmetz, der mit seinem Meißel am Stein herumklopft, bis er eine schwache Stelle, einen dünnen Riß findet.«

Nach einer Woche benachrichtigte Vincent durch den Wärter den Gefängnisdirektor, und drei Tage später befand er sich in einem geräumigen, aber spärlich möblierten Zimmer, wo drei Männer hinter einem langen, mit grauem Fries bezogenen Tisch saßen. Ihre Namen nannten sie ihm nicht. Vor dem Tisch stand ein einfacher Stuhl ohne Armlehnen, und Vincent wurde durch eine Handbewegung bedeutet, dort Platz zu nehmen. Die Handbewegung hatte, wie Vincent später erfuhr, Jeremiah Callinan gemacht, ein Kommissar aus dem Castle. Der zweite Mann war ebenfalls Kommissar, allderings aus Cork, ein großer, kahler Mann mit einem großen, unförmigen roten Muttermal, der dritte, der ebenfalls aus dem Castle gekommen war, war recht jung, groß und hatte einen gelblichen Schnurrbart.

»Sie wollen eine Aussage machen«, sagte der Gelbliche. Er war Engländer, und Vincent fand es schwer, seinen Akzent unterzubringen.

»Das stimmt«, erwiderte Vincent. »Aber nur unter bestimmten Bedingungen.«

»Bedingungen, wie!« sagte der Gelbliche. »Sie brauchen unsere Zeit nicht zu verschwenden«, er warf einen Blick auf eine Namensliste, »unsere Zeit nicht zu verschwenden, Tully. Wir haben reichlich Leute, die keine Bedingungen stellen.«

Vincent blieb schweigend sitzen und wußte nicht, ob er wieder gehen sollte oder nicht.

Jeremiah Callinan beugte sich vor, ein schwerer, schlaffer Mann, dessen Bauch gegen den Tisch drückte. »Aus reiner Neugier: An was für Bedingungen haben Sie dabei gedacht?«

»Ich werde Ihnen erzählen, welche Rolle ich bei dem Aufstand gespielt habe, angefangen von dem Tag, an dem ich den Eid abgelegt habe, und dann weiter bis zur Stunde meiner Kapitulation, und ich werde nichts auslassen. Ich war bewaffnet, und mit diesen Waffen habe ich auf die Soldaten der Königin geschossen. Ich habe geholfen, die Waffenplünderungen zu organisieren, die den Aufstand in Kilpeder ermöglicht haben. Aber ich werde niemand anderen belasten. Das sind meine Bedingungen.«

»Vincent«, sagte Callinan und wußte seinen Vornamen, ohne auf die Namensliste zu schauen. »Das hilft weder uns noch Ihnen. Sie haben sich mit der Waffe in der Hand ergeben, wie Nolan und Delaney und MacMahon. Wir haben alles gegen Sie, was wir brauchen. Wenn Sie mit der Mütze in der Hand vor Ihre Majestät treten, dann sollten Sie Ihr etwas anzubieten haben.«

»Dieser Mann aus Skibbereen«, sagte der Gelbliche zu Callinan und blickte ungeduldig von der Liste auf. »Der würde vielleicht eine kleine Unterhaltung lohnen.«

»Nolan hat Ihnen niemals den Eid abgenommen, Vincent«, sagte Callinan. »Ehe Nolan aus dem Ausland kam, war Delaney Ihr Ortskommandant, und es war Delaney, Delaney und MacMahon und Sie selber, die den armen Trotteln, die Ihnen gefolgt sind, den Eid abgenommen haben. Aber wer hat Ihnen den Eid abgenommen, Vincent, und wer Delaney?«

Dieses Fenster, ein hohes Fenster, war strahlend sauber und überhaupt nicht verdreckt, und wer auf Vincents Stuhl saß, hatte einen schönen Blick auf die Stadt, die drei Männer hinter dem Tisch konnten jedoch nur eine Tür, einen Wärter und eine Abfolge von Burschen sehen, Burschen wie mir, dachte Vincent.

»Skibbereen«, sagte der Gelbliche. »Heißt Donovan. Könnte ein Verwandter von diesem Verbrecher Rossa sein. Sein richtiger Name ist doch Donovan?«

»Kann schon sein«, sagte Callinan trocken.

Nicht in dieser Nacht, doch in der nächsten, vier Tage vor der Verhandlung, war es Vincent auf irgendeine Weise gelungen, einzuschlafen, als er vom blendenden Licht einer Laterne geweckt wurde und Füßescharren hörte. Hinter den undeutlichen Figuren – er konnte erkennen, daß es zwei waren – sah er, daß seine Zellentür offen stand. Weit hinten, auf der linken Seite des Flurs, schien ein schwaches grünliches Licht.

»Das ist wunderbar so«, sagte Callinan zu dem Wärter, der die Laterne in der Zelle ließ und die Tür schloß. »Stört es Sie«, fragte Callinan, »wenn ich mich auf die Ecke... wie soll man das denn nennen? Nicht Bett jedenfalls. Ihrer Pritsche setze?« Verschlafen, bald jedoch klarer und schließlich wachsam, nickte Vincent.

»Nun, Vincent, mein Junge«, sagte Calliman. »Schön, eine Möglichkeit zum Plaudern zu haben, ohne diesen verdammten Engländer und dieses Zimmer, das aus der spanischen Inquisition zu stammen scheint.«

Vincent musterte ihn im trügerischen Laternenlicht. Es war mehr an ihm als nur Schlaffheit und Bauch. Er sah aus wie ein wohlhabender Farmer, fleischige Wangen und ein breites, energisches Kinn.

»Bedingungen, meine Güte!« sagte Callinan. »So weit hatte der Engländer recht, aber sehr weit war das eben nicht. ›Ich werde keinen anderen belasten!‹ Edel gesprochen, bei Gott. Robert Emmet hätte es nicht besser ausdrücken können. Aber wir wollen uns doch lieber die Tatsachen ansehen, mein Junge.«

Das Wort »Junge« ließ in seiner Aussprache eine Glocke klingeln, klar wie die Shandon-Glocken. »Sie sind aus Cork«, sagte Vincent.

»Natürlich«, erwiderte Callinan befremdet. »Woher sollte ein Callinan denn sonst kommen? Mein Vater hat sich an O'Connells Repeal-Agitation beteiligt,und ich bin immer hinter ihm hergetrottelt. Zweimal bin ich so nahe an den Liberator herangekommen, daß ich ihn hätte berühren können – ein Mann von gewaltigem Körperbau und einer Stimme wie ein Stier, aber wenn es sein mußte, konnte sie auch betörend und weich sein.«

»Sie haben es weit gebracht seit damals, Kommissar«, sagte Vincent.

»So weit nun auch wieder nicht, mein Junge. So weit nicht. Wissen Sie, es gibt einen Mann, der mich ganz seltsam an meinen armen Vater erinnert, und das ist Ihr Vater, Vincent.

Wir haben uns letzte Woche lange unterhalten, Mr. Tully und ich. Auf seinen Wunsch, das versichere ich Ihnen. Nicht auf meinen.«

»Ja«, sagte Vincent. »Ich verstehe. Mein Vater und Sie haben viele Gemeinsamkeiten.«

»Er ist im County ein kommender Mann, Ihr Vater, meine ich. Aber das alles schert ihn im Moment keinen Pfifferling. Sein Herz ist gebrochen, Vincent. Aber das brauche ich Ihnen wohl nicht zu erzählen.«

»Nein«, sagte Vincent. »Das brauchen Sie nicht.«

»Der einzige Sohn«, sagte Callinan. »Sie wissen doch, wie Väter über den einzigen Sohn denken.«

»Ich weiß es von diesem«, erwiderte Vincent und ließ seinen Blick von Callinan zur Wand wandern.

»Ich werde niemand anderen belasten«, sagte Callinan. »Lassen Sie uns einen Moment dabei verweilen. Es gibt etwas, was ich Ihnen vor diesem verdammten Engländer nicht erzählen konnte und was ich Ihnen jetzt auch nicht erzählen dürfte. Nichts kann Edward Nolan helfen und nichts kann ihm schaden. Aber Ihre Freunde, Delaney und MacMahon, sind ein bißchen besser dran, als Sie vielleicht meinen. Weder das Castle noch London selber hat große Lust, die Gefängnisse lebenslänglich mit törichten Feniern zu füllen. Die Anklage gegen Delaney und MacMahon ist auf Hochverrat gesenkt worden, und das ist etwas ganz anderes. Sie müssen schon mit einigen Jahren hinter Schloß und Riegel rechnen, aber nicht mit so vielen, wie zu erwarten wäre. Nun kommen wir zur Anklage gegen Sie.« Er zuckte die Schultern. »Wer weiß?«

»Es ist schade«, erwiderte Vincent, »daß ich nicht den Liberator zum Verteidiger haben kann. Er hat in den Dreißigern für die Leute in Doneraile wahre Wunder bewirkt.«

»Sie haben seinen Erben, Junge. Sie haben Emmet Bourke. Issaac Butt ist ein anständiger, hart arbeitender, trinkfester Protestant, aber Emmet Bourke ist der wahre Künstler. Emmet Bourke hat Bodkin, dieses orangistische Arschloch, auf Hochverrat für Sie drei heruntergehandelt. Und Emmet Bourke hat Bodkin ins Ohr geflüstert, daß Sie vielleicht nützlich sein könnten für – für die, denen Sie vielleicht gerne nützlich wären, wenn Sie verstehen, was ich meine. Bourke und Bodkin sind alte Freunde hier im Gerichtsbezirk. Überlegen Sie es sich, mein Junge. Sie haben noch die ganze Nacht dazu. Es ist gerade erst zwei vorbei.«

»Sie kommen ins Gefängnis«, sagte Vincent, »meine beiden besten Freunde auf der Welt, und ich komme ungeschoren davon, oder fast ungeschoren.«

»Nein, Junge. Nein, nein«, widersprach Callinan freundlich, als ob er Form und Farbe von Vincents Qual sehr gut erkennen könnte. »Sie werden alles, alles verlangen. Als Zeichen Ihrer guten Absichten. Aber Ihre beiden Freunde werden wegen Ihrer Aussage keinen Tag länger im Gefängnis verbringen. Darauf gebe ich Ihnen mein Wort, das Wort eines Mannes aus Cork an einen anderen. Und Sie brauchen nicht vor Gericht auszusagen. Einige Fragen, die diskret in dem Zimmer gestellt werden, das wir beide kennen, um Ihre Referenzen zu zeigen, gewissermaßen, und dann eine so vollständige schriftliche Aussage, wie Ihnen überhaupt nur möglich ist.«

In der vom grellen Laternenlicht zerrissenen Dunkelheit war Callinan Polizist, Vater, Feind, Priester, Freund.

»Und was kann das Schweigen schon nützen?« fragte Callinan. »Eine Verschwörung liegt in Trümmern. Sie haben Glück, junger Mann, daß Sie Emmet Bourke und mich haben. Von Ihrem Vater ganz zu schweigen.«

Am nächsten Morgen saß er sauber rasiert wie ein Kaplan auf demselben Stuhl und sah keinen der drei Männer an, Callinan schon gar nicht, sondern blickte an ihnen vorbei durch das Fenster auf die Stadt, deren Fluß an Weiden der Freiheit vorbei ins Meer floß, vorbei an sanften Hügeln, den von der Zeit abgeschliffenen Ruinen von Burg und Abtei, und Vincent sagte: »An der Spitze der Kommandozentrale für Cork steht ein Mann namens Joseph Tumulty. Er hat ein Schiffsausstattungsgeschäft im Hafen. Eigentlich dürfte er die Namen der anderen Mitglieder der Kommandozentrale nicht kennen, aber das tut er, und er wird redselig, wenn er etwas getrunken hat.«

»Einen besseren Anfang hätten Sie gar nicht machen können«, sagte Callinan später zu ihm. »Tumulty hatte seine Aussage schon gemacht und uns alles erzählt, was er wußte. Aber Ihre Bestätigung war nützlich. Wir konnten das, was Tumulty uns letzte Woche erzählt hat, mit Ihrer Aussage vergleichen. Sie haben sich den besten Gefallen getan, der überhaupt möglich ist. Ich war stolz auf Sie, Vincent.«

»Joe Tumulty«, sagte Bob in Brierly Lodge. »Dieser kleine Bastard. Zu Land-League-Zeiten hat er mich als Ribbonfenier beschimpft, dieser kleine Scheißer.«

»Wie würdest du mich denn nennen?« fragte Vincent, und Delaney schwieg. »Sie müssen irgendwo in Dublin Castle aufgestapelt sein und Staub sammeln. Aussagen und beeidete Berichte von Leuten, die dasselbe getan haben wie ich. Große Fische und kleine Fische.«

Noch immer schwieg Delaney.

»Es war nicht genug«, sagte Vincent. »Sie hatten Tumultys ausführliche Aussagen, und es war nicht genug, daß ich hier und da etwas davon bestätigte.«

Ein Stück Torf fiel vornüber in die Flammen und zeigte sein hellrotes brennendes Inneres.

»Ich habe ihnen William Lomasney gegeben«, fuhr Vincent fort. »Ich habe ihnen Lomasney verkauft.«

Als Delaney endlich sprach, hatten seine Gedanken in der Vergangenheit herumgesucht, hatten vergessene Details durchwühlt. »Das konntest du nicht, Vincent«, sagte er langsam, als ob er vorsichtig einen Fuß nach dem anderen auf einen trügerischen Bergsims setzte. »Wir waren zwar im Gefängnis von Cork, als Lomasney verhaftet wurde, aber niemand hat ihn verpfiffen. Mackey wurde er damals genannt, weißt du noch, William Mak-key. Er wurde in Cork City verhaftet, nach einer Schießerei mit der Polizei. Ein Polizist kam dabei ums Leben.« Er schüttelte den Kopf, als ob er ihn klären wollte, als ob er sich von allem befreien wollte, was gesagt worden war.

»Er hatte seine Befehle von Tumulty bekommen«, sagte Vincent schonungslos. »Direkt von Tumulty. Aber seit seinem Überfall auf Ballyknockane war er auf der Flucht. Er raubte Waffengeschäfte in der Stadt aus, um seine Männer wieder zu versorgen. Und er handelte auf eigene Faust und hielt Tumulty nicht auf dem laufenden. Er verdächtigte Tumulty, das hat Callinan mir erzählt. Aber er benutzte das Versteck, das wir alle kannten; er war bei den Keefes, beim alten Francis Keefe und seinem Sohn. Tumulty hätte das nicht wissen können, die Keefes waren dem Kilcrea-Kommando unterstellt.«

Aber Delaney schüttelte wieder den Kopf. »Da wurde er aber nicht verhaftet, Vincent. Habe ich dir das nicht erzählt?«

»Am Tag, nachdem ich ihnen das erzählt hatte, haben sie die Keefes ausgehoben und Vater und Sohn verhaftet. Lomasney war danach übel dran, ohne Versteck und mit seinem Mißtrauen gegen Tumulty. Ein Revolverheld auf der Flucht.«

Bob starrte ihn an. »Was haben sie ihm noch gegeben«, sagte er endlich, »zehn Jahre?«

»Zwölf«, antwortete Vincent. »Es gab irgendeine technische Frage. Sie konnten die Mordanklage nicht durchsetzen und haben ihm Hochverrat vorgeworfen.«

Delaney streckte die Hand nach der Flasche aus, aber durch irgendeinen Instinkt zog sein Arm sich von selber zurück.

»Trink schon«, sagte Vincent. »Der Whiskey ist nicht anstekkend. Connollys bester.«

Delaney goß sich großzügig ein, dann ging er mit seinem Glas ans Fenster und drehte Vincent den Rücken zu.

»Später kam es mir immer sehr lang vor«, erzählte Vincent. »Wochen um Wochen. Und doch waren es nur drei Tage und drei Nächte. Nachmittags und zum Teil auch nachts schrieb ich an meiner Aussage. Sie hatten mir einen Tisch in die Zelle gestellt, und ich saß auf der Pritschenkante. Und ich hatte zwei Kerzen, der Wärter zündete sie an, wenn nicht mehr genug Licht durch das Fenster fiel: und morgens beantwortete ich ihre Fragen. Sie stellten nie Fragen zu dem, was ich geschrieben hatte; ich wußte vorher nie, worauf sie jetzt wieder neugierig sein würden. Einige Fragen konnte ich beantworten, andere nicht. Nachdem Ned gekommen war, konnte ich ihnen nur noch wenig erzählen. Er war so wortkarg, weißt du noch? Du dagegen fuhrst mit Ryan aus Macroom nach Cork, und nachher hast du uns erzählt, was du dort gehört hattest. Das hättest du nicht tun dürfen, Bob. Ned war wütend darüber, daß Hughie und ich soviel wußten.«

»Das war mein Fehler«, sagte Delaney zum Fenster. »Ich hatte Vertrauen zu dir.«

»Nach einer Weile«, sagte Vincent, »merkte ich Veränderungen in meiner Welt nur daran, ob die Kerzen brannten oder nicht. Meine Finger waren steif vom Schreiben. Aber jeden Tag und spät nachts, ehe ich einschlief, suchte Callinan mich auf. Ich drehte der Zellenwand den Rücken zu, diesem Gips, der von Gefangenen, die vor mir hier gewesen waren, verdreckt war, und er erzählte mir von den beiden Malen, an denen er den Liberator gesehen hatte, und von seiner ersten Zeit bei der Polizei, in Drumshanbo, oben in Leitrim. Er brachte Kakao mit; nicht den Dreck, den wir bekamen, weiß du noch, sondern dicken, sahnigen süßen Kakao. Hörst du mir überhaupt zu, Bob?« fragte er Delaneys Rücken.

»Hast du dafür Lomasney verkauft?« fragte Delaney. »Für einen Becher Kakao?«

»Vielleicht«, antwortete Vincent. »Ich dachte, für meine Freiheit. Aber vielleicht war es für einen Becher Kakao. ›Stückwerk, Junge‹, sagte Callinan zu mir. ›Altbackenes Brot. So nennt dieser verdammte Engländer Ihre Aussage. Und kein Wunder; es ist doch nicht vorbei: Am Dienstag sind in Limerick Junction zwei Polizisten ermordet worden, und hier unten treibt sich William Mackey mit seinen bewaffneten Männern herum. Aber machen Sie weiter, Junge. Geben Sie die Hoffnung nicht auf. Wir treffen die Entscheidung zu dritt, und einer von uns steht, bei Gott, auf Ihrer Seite. Trinken Sie Ihren Kakao, Junge. Die Köchin kocht ihn extra für mich, sie ist eine brave Frau, kommt von der anderen Seite der Berge, aus Fenit in Kerry.‹ Als er aufstand, um zu gehen, sagte ich: ›Ich kann Ihnen Mackey liefern!‹«

Der Türhüter und ein junger Bursche hatten Rechen bei sich und glätteten den Kiesbelag des Weges, sie ließen sich Zeit dabei und dehnten ihre Arbeit bis zum Sonnenuntergang aus.

»Das ist sie«, sagte Vincent. »Das ist meine Kröte.«

Als Delaney sich vom Fenster abwandte, sagte er: »Ach, Vincent.« Mehr fiel ihm nicht ein. Er konnte seine eigenen Gefühle nicht deuten. Sie waren ein Chaos, intensiv, aber ungeordnet.

Weil es nichts anderes zu tun zu geben schien, durchquerte Delaney das Zimmer und setzte sich Vincent gegenüber. Die Flasche stand zwischen ihnen.

Lange hatte Vincent befürchtet, daß sie ihn mit seiner schriftlichen Aussage unter Druck setzen und regelmäßig Berichte von ihm erwarten würden. Aber nichts geschah, und die Jahre, die seinen Freunden zugemessen worden waren, schrumpften zu sechs Monaten, und dann waren sie wieder in Kilpeder. Einmal, viele Jahre später, hatte er in Dublin in der Westmoreland Street Callinan gegenübergestanden, der ihn nicht zu erkennen schien, er war nun ein behäbiger Mann mit Hängebauch und dickem schneeweißem Schnurrbart. Er kaute etwas, vielleicht ein Bonbon, seine Kiefer bewegten sich langsam seitwärts, wie bei einem Kamel.

»Nun, Bob«, wiederholte Tully. »Da hast du meine Kröte, und sie ist doch wirklich ein hübscher kleiner Brocken. Bob? Bob? Bist du überhaupt wach?«

Ein Teil von Delaney war wach und nüchtern genug, um Tullys Frage zu hören, aber nicht, um sie zu beantworten. Er erinnerte sich daran, als er, um wieder nüchtern zu werden, seinen langen Spaziergang über die frisch gerechte Auffahrt und vorbei am Kutscherhaus und auf die Straße nach Kilpeder machte. Gegen Morgen war er bereit gewesen, mit der Tasse Tee, die Vincents nette Person für ihn gekocht hatte, seine eigene Kröte zu schlucken und Vincent sogar guten Morgen zu wünschen, als er ihn stumm und zögernd in der Küchentür stehen sah. Und das Seltsame ist, dachte er, als er im Licht des frühen Morgens in seine Kanzlei ritt, um die Briefe zu schreiben, von denen er jetzt wußte, daß er sie schreiben mußte, das Seltsame ist, daß er auf diese Weise mein Problem gelöst hat, es war ein Geschenk eines Freundes, die Beichte der fatalen Anpassungsfähigkeit eines jungen Mannes.

Ich habe Ned natürlich nicht alles erzählt, sollte Bob mir später erklären, das konnte ja kaum von Interesse für ihn sein, aber ich hatte zuviel gesagt, um es wieder zurückzunehmen, und ich hatte ihm das Schlimmste erzählt. Ich war ziemlich übel dran, weißt du, Hughie, vom Whiskey und meinem eigenen Elend, und ich empfand auch irgendeinen trüben Zorn, nicht auf Vincent, sondern auf Ned, weil er sich für so rein hielt, weil er Clonbrony Wood für so rein hielt, und auch uns, dich und mich und Vincent, und weil er die ganze Zeit Blut mit sich herumschleppte und es als Dreck bezeichnete. Wenn Blut Dreck ist, dann klebt an uns allen Dreck.

Aber Neds Schweigen war entsetzlich, auch wenn ich im Moment zu betrunken und wütend war, um es richtig zu deuten.

Er hatte ein Glas geleert, wo ich zwei getrunken hatte, und doch war er nüchtern wie ein Richter. Er war auch ein Richter, obwohl ich das nicht begriff – Richter und Ankläger und Geschworener. Er stellte mir jedoch erstaunlich wenig Fragen, wenn man bedenkt, was ich ihm erzählt hatte.

»Es ist lange her«, sagte ich.

»O ja«, meinte er, »sehr, sehr lange.«

»Und das Üble an der Sache ist, weiß du«, sagte ich, »daß Hughie und ich am Ende nur sechs Monate von unserer Strafe absitzen mußten. Er hätte nur sechs Monate seines Lebens geben müssen, und statt dessen nagt jetzt das an ihm.«

»Die Straßen des Lebens sind hart«, sagte Ned. »Die meisten jedenfalls.«

»Ich habe manches getan, worauf ich nicht stolz bin«, fuhr ich fort, »und du sicher auch, Ned.« Kalte Furcht machte meiner Betrunkenheit zu schaffen, wie ein Wind, der das Espenlaub schüttelt.

»Sehr viel«, sagte Ned.

»Da hast du's«, sagte ich. »Ich habe Hughie natürlich nichts gesagt.«

»Nein«, sagte Ned im selben vagen, gleichgültigen Tonfall. »Natürlich nicht. Aber mir.«

»Der Whiskey hat es dir erzählt, Ned. Ich habe in den letzten Monaten zu sehr zugelangt. Überhaupt im ganzen letzten Jahr.«

»Es ist wunderbar«, sagte Ned, und seine Stimme klang jetzt nur noch nach Yank, hart und metallisch, »wie alles im Leben eine Entschuldigung hat. Und jeder. Die Hölle muß leer sein.«

»Die Hölle ist hier, behaupten einige philosophische Schulen«, sagte ich.

»Und sie sind wirklich gute Schulen«, sagte er.

An diesem Morgen saß ich zu Hause in meiner eigenen Küche und trank Tee, eine ganze Kanne und noch ein bißchen mehr. Mrs. Madigan hatte immer heißen, starken Tee für mich. Eine anständige Frau aus Macroom. Agnes will unbedingt, daß wir sie ›Köchin‹ nennen. Ich weiß noch, wie Vincent einmal zu Agnes gesagt hat: ›Wenn Gott gewollt hätte, daß sie ›Köchin‹ heißen soll, dann hätte er schon bei ihrer Taufe dafür gesorgt.‹ Er hat immer die Luft aus dem affektierten Benehmen und dem schönen Schein der Tullys herausgelassen. Aber er hatte ja selber auch Macken. Ja, die hatte er bestimmt. Nach einer Weile machte ich einen Spaziergang durch die Stadt. Ich hätte gern Mary und dich besucht – es war immer noch früh, kurz nach sieben, ich hatte Saint Jarlath schlagen hören – aber ich wußte, wenn ich dir oder Mary auch nur ein Wort sagte, dann würde ich alles sagen, und ich hatte immer noch diesen lieben, törichten Glauben, daß am Ende alles in Ordnung kommen, daß ich es in Ordnung bringen würde.

Ich ging ans andere Ende der Stadt und bewunderte die adrette und ordentliche Kirche, die so oft von Gott besucht wird wie unsere eigene, würde ich sagen, aber auf andere Weise. Adrett und sauber, und gegenüber der Kirche sah ich, nur zehn Yards entfernt, die von Falken bewachten Tore, aber an diesem Tag waren sie verschlossen und verriegelt. Dann ging ich wieder zurück durch die Stadt und legte eine ehrerbietige Pause beim Obelisken ein. Jetzt war der Tag klar und windstill, und die Berge waren in der Ferne deutlich zu sehen. Irgendwo zwischen ihnen und uns lagen Brierly Lodge und Lughnavalla House und Clonbrony Wood. Drei Handelsreisende beendeten in den Arms das Frühstück, ihr Tisch sah aus wie ein mit Leichen übersätes Schlachtfeld, Toastkrusten und Brotkrümel lagen neben Speckrinden im geronnenen Eigelb. Ich setzte mich an einen anderen Tisch und bat das Mädchen – Norah Spillane, du kennst sie, ein nettes Mädchen – um Tee und Toast, und einen kleinen – wirklich nur einen kleinen – Schuß Rum im Tee. Bei Norah wirkt ein Zwinkern genauso wie ein Wort, kein Wunder bei dem Vater und den beiden Brüdern, die sie hat.

Dann ging ich an Tully und Sohn vorbei zu meinem Büro. Die Fenster fingen das Licht, und das Glas war fast undurchsichtig, aber ich sah vor meinem inneren Auge die schweren Eichenschubladen, in denen alles mögliche lag, Rasiermesser, Tischlermesser, und ich sah die Tische mit den Stoffballen, nüchternes Braun und neckischen hellen Musselin, Apfelgrün und weiche Spalierpfirsichfarbe. James hatte das Büro natürlich schon geöffnet und wirkte überrascht, als er mich sah, und mehr als überrascht, als ich mich hinter meinen Schreibtisch setzte und mir die alte, aber noch nicht todgeweihte Korrespondenz vornahm. Ohne zu fragen, brachte er mir Tee. Er kannte die Routine.

Ich sah, wie er mich anstarrte, und fragte: »Na, Jamesey, was ist los?«

»Um Ihnen die reine Wahrheit zu sagen«, antwortete er, »Sie sehen aus wie die Hölle.«

»Die Hölle ist leer«, sagte ich. Er dachte über diese Behauptung nach, und dann ging er wieder in sein Zimmer. Um ein Uhr mittags ging ich zu Conefry und trank zwei Glas Bier im Separee. Hinter dem Tresen, neben dem langen trüben Spiegel, wo früher der Öldruck von Parnell gehangen hatte, auf dem er bärtig und bleich aussah, heruntergekommen durch die Kunst des Druckers, aber nicht ohne einen schwachen sentimentalen Wert, hing jetzt ein aus der Verbannung in irgendeinem Abstellraum zurückgeholtes Bild von Daniel O'Connell, dem Liberator höchstpersönlich, der in einer gewaltigen Geste die Hand hob, vor Bergen, die zweifellos die Berge seiner Heimat Kerry darstellen sollten. »Ein gutaussehender Mann muß der Liberator gewesen sein«, sagte ich, und Conefry nickte zustimmend und musterte mich mit kalten Augen.

Ich wußte, daß Vincent schon am Nachmittag aus Tipperary zurückgekommen sein mußte, weil doch abends sein Essen stattfinden sollte, und wirklich befand sich das Hausmädchen, das mir auf mein Klingeln öffnete, schon in der Aufregung bevorstehender Gastlichkeit. Die nette Person stand hinter ihr, in einem braunen Rock und einer braun-gelb gestreiften Hemdbluse, dem Feinsten von Tully und Sohn.

Ich nahm Vincent am Arm und führte ihn in sein Waffenzimmer, und ehe er auch nur ein Wort hatte sagen können, drückte ich ihn in einen Sessel, setzte mich zu ihm und erzählte ihm die ganze elende Geschichte, ohne mir eine Pause für Tadel oder Entschuldigung zu gönnen. Als ich fertig war, starrte er in den Kamin. Er hatte sich noch nicht umgezogen und trug einen Anzug aus feinem blassem Kammgarn und eine Weste mit hohem Revers. Von uns allen hatte sich Vincent im Aussehen am wenigsten geändert, manche Burschen haben eben dieses Glück.

»Am Ende war er ziemlich lässig«, sagte ich. »Machte Witze über die Hölle. Aber das hat mich keine Sekunde lang täuschen können. In diesem Burschen steckt rohe Gewalt.«

»Witze über die Hölle«, wiederholte Vincent.

»Morgen muß er weg«, sagte ich, »um sein Schiff in Queenstown noch zu bekommen, aber das ist morgen, und – um Himmels willen, Vincent, du weißt, warum ich gekommen bin; um dich zu warnen.«

Vincent nickte, dann machte er eine Handbewegung, als ob es nicht mehr nötig sei, daß ich noch mehr sagte.

»Sieh dich um«, sagte er, »ich könnte den Angriff einer ganzen Zulunation abwehren. Und Richardson ißt heute abend hier. Er hat heutzutage immer einen Polizisten als Leibwache bei sich. Im Kutscherhaus werden Polizisten sein. Wenn dir das Sorgen macht.«

»Er wollte dich unbedingt sehen, Vincent. Das hat er mir immer wieder gesagt. Jesus, ich könnte mir die Zunge aus dem Mund reißen.«

»Ja«, sagte Vincent. »Trinkst du einen Kurzen mit mir, Bob? Einen zum Abschied?«

»Einen zum Abschied?« fragte ich. »Mitten am Nachmittag?«

»Wenn ich dich nicht zum Bleiben überreden kann. Ich habe Harry Braxton aus Tipperary mitgebracht. Er hat sich ein bißchen hingelegt. Harry würde dir gefallen, er schreibt Skizzen für die Londoner Jagdzeitschriften.«

Aber ich schüttelte den Kopf, und wir leerten unsere bescheidenen Gläser, Mitchell vom Besten, zehn Jahre alt, weich und matt zuerst, dann belebend, in kleinen Waterfordgläsern, sehr alten Gläsern mit der Würde verschwundener Handwerkskunst.

Als wir in der Haustür standen und in den Nachmittag hinausschauten, fragte ich, weil ich es einfach fragen mußte: »Du verstehst doch, Vincent, nicht wahr? Es liegt kein Haftbefehl gegen ihn vor, aber andererseits...«

Er lächelte mich an. »Keine Angst, Bob. Ich habe dem Friedensrichter in dieser Hinsicht nichts zu erzählen. Komm gut nach Hause!«

Als ich im Sattel saß, drehte ich mich um, um ihm zum Abschied zuzuwinken, und er kam die Treppe herunter auf mich zu, dann blieb er stehen, seine Hände waren tief in seinen Taschen vergraben, und sein Gesicht zeigte ein breites Lächeln.

Aber wie Ned diesen Tag und den Abend verbrachte, ehe er sich auf die drei Meilen nach Brierly Lodge machte, entzieht sich jeglicher Mutmaßung, wie die Lieder der Sirenen oder der Name, den Achilles trug, als er unter Frauen lebte. Wie gesagt, er hatte wenig hinterlassen. Er nahm seinen mörderischen amerikanischen Revolver und die Schachtel Patronen mit nach Brierly Lodge.

Aber er hatte einen langen Tag gehabt, um nachzudenken und seine Gefühle zu untersuchen; was er tat, geschah nicht auf einen Impuls hin. Er hinterließ zumindest eine Spur davon, und ich fand sie schließlich.

Hinter Lughnavalla House, ein wenig westlich, in Richtung der Hügel, gibt es einen kleinen, von einem Bach gespeisten Teich, von Schilf umwachsen – ein bißchen zu hübsch und sinnlos, zweifellos hat ihn eine längst verstorbene Dame der O'Callaghans anlegen lassen, und dann ist er im Laufe der Zeit verschlammt. Auf einem flachen Felsen, der breit genug war, um als Sitz zu dienen, fand ich in einem Etui aus rissigem Kunstleder eine Generalstabskarte, auf der Lughnavalla House und Brierly Lodge mit Bleistift eingekreist waren. Wie ich später zu Bob sagte, brauchte er sie nicht, um nach Brierly Lodge zu finden, er hatte schon früher alles Nötige in sein Gedächtnis übertragen können, blaue Linien und rote Linien für Straßen, Kreuzschraffierungen. Eine der alten halbzölligen Karten. Aber als sie ihn endlich fanden, befand sich in seiner Tasche eine Karte in großem Maßstab von ganz Munster, Cork und Kerry, grün und braun, Landzungen, die wie Finger in den blaßblauen Atlantik greifen.

40

[Ned Nolan / William Richardson / Robert Delaney / Hugh MacMahon]

Er legte vor dem nächsten Hügelkamm eine Pause ein, setzte sich in das hohe Gras und lehnte seinen Rücken gegen einen Felsen. So feiner Regen, daß er ihn an seiner Wange fast nicht spürte, ein Nebel, der von Kerry über die Berge hinweg nach Osten getrieben war. Weiden mit Mauern aus lockeren grauen Steinen wie Schraffuren zogen sich zwischen ihm und diesen Bergen dahin. Es war ein schöner Abend. Und still. Noch war kein Geräusch zu hören, obwohl er sehr genau lauschte. Saatkrähen drehten über den Bäumen ihre Kreise, aber er konnte sie nicht krächzen hören.

Er griff in die tiefe rechte Manteltasche, zog den Revolver heraus und legte ihn auf seinen Schoß, ein plötzliches Eindringen von Metall, von Maschinen an diesem Hang, zwischen Gräsern und feuchter Erde. Stahl, härter und viel glatter als Fels, ein hölzerner, von Alter und Schweiß dunkel gewordener Kolben. Er bewegte sich vorsichtig, besorgt um seine verletzte linke Schulter, und öffnete den Zylinder, ließ die vier benutzten Patronen ins Gras fallen und suchte sich aus denen, die lose in seiner Tasche lagen, neue aus. Dann ließ er den Zylinder wieder zurückschnappen und wog den Revolver auf seiner offenen Handfläche. Unter seinem Griff berührten seine Fingerspitzen Buchstaben, die so vertraut waren, daß sie keine Bedeutung mehr hatten: *Colt Firearm Company Hartford Conn. U. S. Patent.* Wörter, die in einer amerikanischen Fabrik mit hohen rauchenden Schloten in heißes Metall eingestanzt worden waren, in einer Landschaft aus Grau und Schwarz wie aus *Harper's Weekly*. Er steckte den Revolver wieder in seine Tasche. Er stellte sich den Geruch von eben explodiertem Pulver vor.

Erst jetzt wandte er seine Aufmerksamkeit seiner Wunde zu, die er gerade sehen konnte, wenn er die Schulter nach links drehte. Die Kugel aus dem Karabiner eines Polizisten, die ihn getroffen hatte, als er von Brierly Lodge wegrannte, hatte das Fleisch durchschlagen, war am Schulterblatt abgeprallt und dann nach außen getreten und hatte eine klaffende Wunde hinterlassen. Vor ein oder zwei Stunden, als er die erste Ruhepause eingelegt hatte, erschöpft und erschüttert, in den Feldern zwischen Brierly und Clonbrony, auf der anderen Seite des Kamms, hatte er seine Krawatte abgenommen, sie zusammengefaltet und gegen die Wunde gedrückt. Jetzt fühlte er nach und fand nassen, durchweichten Stoff vor, konnte aber keine Blutung mehr feststellen. Seine Nerven bildeten sich ein, daß seine Finger weiße, gezackte Knochensplitter berührten.

Wenn es erst einmal richtig dunkel wäre, würde er schlafen, wenn er das konnte, und am nächsten Tag konnte er die Vorhügel der Derrynasaggarts erreichen. Dort gab es nur die eine Straße, die zwischen den Bergen, an der Flesk entlang, nach Kerry führte. Wenn er ihr auswich, wenn er sich an die Hügel hielt, würden sie ihn verlieren.

Der neblige Regen hatte einen leichten Meergeruch, der vom Atlantik durch Kerry, über die Berge hergetragen worden war. Weit vor ihm, weiter, als er jemals ohne Hilfe kommen konnte, brachen sich Wellen an steilen Landzungen. Er stellte sich den Ozean vor, ein Bild grenzenloser Freiheit. Jetzt hielten ihn Weiden, eingekreist von trockenen Zäunen, übersät mit Findlingen.

Die Kugeln, die mit ohrenbetäubendem Lärm im Eßzimmer von Brierly Lodge detoniert waren, waren jetzt fern. Ein paar Unzen Blei, aber unwägbar, da Vincents Leben schwer auf ihnen lastete. Als er ins Zimmer gestürzt war, hatte Vincent gerade gelacht. Früher hatte er leicht und oft gelacht, und zweifellos tauschte er sich jetzt mit verwandten Geistern aus, mit Humoristen von grenzenlosem Witz. Geräusche, Farben, Gerüche aus dieser einen Minute waren in Nolans Erinnerung haften geblieben, duftender Dampf, der aus einer Suppenterrine aufstieg, voll und lammig. Gläser mit rotem Wein, einige Gläser mit bernsteinfarbenem Whiskey auf der riesigen Damastdecke, erwartungsvolle Gesichter, rosig und bärtig, jetzt verwirrt durch sein plötzliches Eindringen ins Zimmer. Er hob die schwere Waffe, erkannte ihn sofort und sah in seinen Augen Erkennen und etwas, das von Furcht weit entfernt war. »Hallo, was soll das?« fragte irgendwer. Wie auf einen Befehl hin hatte Nolan zweimal geschossen, hatte auf das schneeweiße Hemd gezielt, drei oder vier

Zoll über die lockere Kette aus schwerem Gold, die sich über die Weste zog.

Dann hatte er sich umgedreht und war losgerannt, vorbei an dem Dienstmädchen in schwarzem Kleid und steifer weißer Schürze in der Diele, dessen Augen in verwirrtem Schock weit aufgerissen waren. Vorbei an den dunklen Umrissen von Bücherschränken und Tischen vor den Wänden, gelbem Gaslicht auf dunklen Bildern, goldenen Schnörkeln, die aufleuchteten. Die mit Kies bestreute Auffahrt hinab, die Nachtluft verhieß Kälte, aber keinen Regen, noch nicht. Er hatte sich leise und ungestört nach Brierly Lodge geschlichen, während die Polizisten im Kutscherhaus miteinander plauderten, aber dazu hatten sie jetzt keine Zeit. Seine Schüsse hatten Alarm ausgelöst, und hinter ihm, durch die offene Tür, waren Rufe und das Schreien einer Frau, ein anhaltendes Heulen zu hören. Als er die Auffahrt hinabrannte, kam einer der beiden Polizisten auf ihn zu, und Nolan schoß aufs Geratewohl, um ihn abzuwehren. Er hatte das Eingangstor schon hinter sich, als die Kugel ihn traf und vorwärtsschleuderte.

Er rannte die Straße entlang, warf sich über eine niedrige Steinmauer und lag keuchend dahinter auf dem Boden, lauschte zwanzig Minuten, vielleicht eine halbe Stunde auf Rufe, dann ging er vorsichtig, wachsam zu der Scheune, die er vorher als Rückzugslinie ausersehen hatte. Schwerer Tiergeruch hing in der leeren Scheune; er betäubte den Gestank seines eigenen Schweißes. Als es ihm sicher vorkam, ging er weiter und tat genau das, was sie sicher nicht von ihm erwarteten, er wich den Straßen aus und überquerte zu Fuß die Felder.

Jetzt konnte er, wenn er sich mühevoll am Felsen anders hinsetzte, zurück in Richtung Kilpeder blicken. Trotz des Regens konnte er vereinzelte Farmhäuser ausmachen, rauchende Schornsteine, blasse Lichter in der Abendluft. Auf einem tiefgrünen Feld in der Ferne sah er Vieh auf dem Heimweg, der Treiber ging daneben her, seine Gerte war nicht zu erkennen. Weit zu seiner Rechten lag die Domäne eines Herrenhauses, das Haus selber war eine graue Masse, aus dieser Höhe trotz der schützenden Bäume mitsamt seinem künstlichen See zu sehen. Vor langer Zeit, vor einem Vierteljahrhundert, in den frühen Monaten des Jahres 67, hatte er die Namen dieser Farmen, dieser Domäne gekannt. Sie waren Namen auf einer Generalstabskarte gewesen, eingetragen neben genauen Vierecken, Kreisen, Dreiecken. Das alles war jetzt so lange her, daß er sich aus der Nacht der Waffenaktion am besten an diese Karte erinnerte, die sie auf dem Tisch ausgebreitet hatten und die auf einer Seite einen nassen Teeflekken zeigte, ein braunes Sargassomeer.

Mit der schützenden Dunkelheit würde auch die Kälte einsetzen. Zuerst würde sich der Nebel verdichten und den Horizont im Westen verdecken. Aber in diesem Moment lagen die Weiden zu seinen Füßen, das Stück Domäne, die dunkle Masse von Clonbrony Wood in perfekter Stille, im geräuschlosen Regen.

Attend you gallant Irishmen, attend me as you should,
whilst I relate the doleful tale of dark Clonbrony Wood.

Eine elende Geschichte, deine Tage durchleben zu müssen, wenn dir ein paar miserable Balladen angehängt werden, wie verbeulte Blechdosen einem Hundeschwanz.

Martin Egan hatte die einzige Schankbewilligung im Dorf Graney, einer Ansammlung von Läden und Hütten an der Straße, die sich wie ein Band von Kilpeder nach Ballyvourney und von Ballyvourney an den düsteren Derrynasaggarts entlang bis nach Kerry hinzog.

Vor einer Stunde hatte er im ersten grauen Morgenlicht benommen und etwas ängstlich auf ein Klopfen hin die Tür geöffnet, danach war er die Höflichkeit und Gastfreundschaft selber, hatte ein Torffeuer gemacht, damit die drei Männer, die vor der Tür standen, sich aufwärmen konnten – Richardson, der Friedensrichter, Neafsey, der Polizeikommissar und Ewing, ein Soldat aus der Armeekaserne. Jetzt standen sie beieinander vor einer halbzölligen Karte, die einen der drei kleinen Tische vollständig bedeckte, und hielten Becher mit gezuckertem Tee in der Hand.

Egan hielt sich besorgt in ihrer Nähe. Bisweilen kamen zwar vornehme Leute in seine Schenke, um nach einem Ritt an einem Winterabend ein schnelles Glas zu trinken, oder drei oder vier junge Krautjunker, die schon zu betrunken waren, um sich dafür zu interessieren, wo sie den nächsten zu sich nahmen. Oder eine Jagd, die an einem nüchternen rostroten Morgen angefangen hatte, während gegen Abend lässige Reiter auf der Suche nach einer kleinen Stärkung verschwanden. Aber das kam nicht oft vor und wurde dann später mit seinen Stammkunden besprochen, Farmern aus der Umgebung von Graney und Slievemuck.

»Sind Sie wirklich sicher, Gentlemen, daß Sie nichts in den Tee haben möchten, um die Nässe unschädlich zu machen?«

Richardson schüttelte seinen kleinen, kompakten Kopf. »Ganz sicher, Egan. Vielleicht später, wenn wir dann noch hier sind.« Er sprach durch eine unangezündete Zigarre, die seine starken weißen Zähne unter einem rötlichen, kurzgeschnittenen Schnurrbart sehr fest hielten. Er war ein kleiner Mann, aber kräftig gebaut. Sein leichter Mantel, kühne rote Karos auf braunem Hintergrund, war nicht zugeknöpft.

Neafsey blickte aus der offenen Tür auf die Straße, wo zehn seiner Männer in kleinen Gruppen standen und miteinander sprachen. Ihre Karabiner hatten sie achtlos über ihre Schultern geworfen. Ihre Pferde, die elegant die Köpfe senkten, grasten auf dem Feld. Mit Ausnahme von einem, das den Kopf hochhielt und die salzige Luft schnupperte. Kelleher, ihr Sergeant, stand für sich, er hatte den Helmriemen aufgeschnallt und den Helm auf seinen ehemals roten, jetzt langsam ergrauenden Haaren zurückgeschoben. Sein Umhang hing lose über seine Schultern, und er hatte die Daumen in seinen breiten schwarzen Gürtel gehakt. Er stand breitbeinig da und blickte zu den Hügeln hinüber, die zum unsichtbaren Kerry hin anstiegen.

Ewing ging langsam zur Stirnwand, wo ein gelbes, fleckiges Plakat ein Rennen ankündigte, das vor drei Wochen in Tralee stattgefunden hatte. Ewing war der jüngste der drei, ein Captain, der sofort nach Eintreffen von Richardsons Kabel bei seinem Colonel nach Kilpeder gekommen war, ohne Zeit damit zu vergeuden, seine Uniform anzuziehen.

»Es ist ganz schön viel verlangt«, sagte er, »Soldaten auf die Jagd nach einem einzigen Mann zu schicken. Dafür habt ihr doch eine bewaffnete Polizei. Und dann gleich zehn, und jetzt lungern sie hier auf der Straße herum.«

»Auf meine Verantwortung, Ewing«, sagte Richardson. »Nicht auf Neafseys. Neafsey hat seine Männer auf den Straßen nach Macroom und Millstreet verteilt. Aber hier brauche ich etwas Besseres. Ich brauche mehr Leute, als Neafsey mir geben kann. Wir werden diesen Burschen nämlich hier fangen. Irgendwo in dem Gebiet zwischen uns und diesen Hügeln oder in den Hügeln selber.«

»Hinter der Countygrenze«, sagte Neafsey. »Er könnte auch nach Süden in Richtung Kenmare oder in Richtung Killarney unterwegs sein. Sie werden auch auf der anderen Seite der Berge nach ihm Ausschau halten.«

»Aber ich will ihn hier festnehmen«, sagte Richardson geduldig, als ob er eine Rechenaufgabe erklärte, »ehe er dieses County verläßt.«

Ewing nippte an seinem Tee, aber der war kalt geworden, und die süße Flüssigkeit hinterließ einen unangenehmen Geschmack in seinem Mund. Er stellte den Becher auf einen der leeren Tische, auf dem die eingetrockneten Ringe von Portergläsern zu sehen waren. Ein schmuddeliges Zimmer, dachte er.

»Wenn ich Sie richtig verstanden habe«, sagte er, »dann ist dieser Nolan kein Bauer, er ist nicht einmal ein Einheimischer. Er ist ein städtischer Verbrecher aus New York oder London oder Liverpool, der hier einen Besuch macht. Er wird doch wohl eher versuchen, nach Queenstown oder Cork City zu kommen, irgendwohin, wo es Docks und Schiffe gibt.«

Plötzlich hustete Neafsey und trat von einem Fuß auf den anderen. Er ließ seinen Blick wieder zu seinen Männern und ihren Pferden wandern. Richardson lächelte ihn an und bezog auch Ewing in sein Lächeln mit ein.

»Der Kommissar ist durchaus Ihrer Meinung, Captain. Deshalb hat er seine Männer auf der Straße nach Macroom postiert. Aber wir werden ihn hier festnehmen. Wenn Ihre Leute eintreffen, werden wir uns verteilen und auf die Hügel zuhalten.«

»Um einen Mörder einzusacken«, murrte Ewing. »Eine schöne Aufgabe für die Soldaten Ihrer Majestät.«

»Es gibt keine bessere«, sagte Richardson. »In Indien mußten wir auch Mörder fangen. Wir nannten es Grenzkrieg. Genau dasselbe.«

»Ah«, sagte Ewing.

Jetzt, wo er Richardson einordnen konnte, wich die Spannung von ihm. Aus diesem Stoff wurden eben Friedensrichter gemacht. Jüngere Söhne des irischen Landadels, respektable Schulen, dann nach Indien, Dienst in einem Eingeborenenregiment, etwas Polo, ein paar Flirts, Hochzeit beim ersten Heimaturlaub, dann noch zwanzig Jahre dort draußen, rotbraun gebrannter Nacken, das

Gehirn langsam in abendlichen Gin eingelegt. Dann zurück nach Irland, ein Posten als Friedensrichter, um über die Runden zu kommen und das Leben lebenswert zu machen. Kleine Villa mit einem Rosengarten, die Jagd, steifer Rücken und ein paar Pfund in Staatsanleihen investiert, ein Kartenspiel im Country Club. Abends standen sie an ihrem Fenster in Cork oder Tipperary, blickten über Rosen und dunkler werdende grüne Felder und erinnerten sich an staubige rote Ebenen, magere Rinder, eine Kaserne.

»Sie und ich wissen vielleicht etwas über die Armee«, sagte Richardson wie als Antwort auf Ewings Gedanken. »Aber die Leute, die dieses Land kennen, sind Neafseys Jungs. Die Royal Irish Constabulary. Die halten für uns das Land, nicht unsere Armee.«

Neafsey trat nervös von einem Fuß auf den anderen. Bei Richardson wußte man nie, er war ein launiger Mann mit einem Sack voller Witze, offen und angenehm herablassend, aber unter seiner Umgänglichkeit hart und gerissen. Wie der arme tote Vincent Tully, der auf dem roten türkischen Teppich in seinem eigenen Eßzimmer lag.

Wenn wir Ned Nolan finden, Sir«, sagte Neafsey, »werde ich durchaus zufrieden sein. Und meine Männer auch.«

»Nicht finden«, entgegnete Richard scharf. »Wir werden ihn festnehmen. Und das müssen Sie auch Ihren eigenen Leuten klarmachen, Ewing. Ich will ihn festnehmen, nach Cork City bringen, vor Gericht stellen und als gemeinen Mörder hängen lassen. Ich will nicht, daß er eine Sage zurückläßt.«

»Dann, bei Gott, Sir«, sagte Neafsey, der alle Diskretion verlor, »dann haben Sie sich eine ganz schöne Aufgabe aufgehalst.«

»Es ist eine schlechte Gegend, soweit ich gehört habe«, sagte Ewing. »Cork und Tipperary. Unruhige Counties.«

»Glauben Sie das doch nicht«, erwiderte Richardson. »Gutes Land, reizende Leute. Brauchen ein bißchen Verständnis, Freundlichkeit, eine feste Hand. Meinen Sie nicht auch, Neafsey?«

»Ich bin aus Waterford«, erwiederte Neafsey.

»Ach, sind Sie das?« fragte Richardson. »Das wußte ich ja gar nicht.«

Haben ja auch nie gefragt, dachte Neafsey. Wir haben eben ihre Befehle auszuführen, als Gegenleistung für Uniformen aus warmer, strapazierfähiger Wolle, Umhänge, Ledergürtel, hohe Helme, Karabiner, Beförderungen, Pensionen.

Die frühe Morgenluft hatte noch immer die Kälte der Nacht. Große Wolken im Westen, Hügel, die sich schwarz vor dem Himmel abzeichneten. In der kargen Bergwelt, auf die Nolan zuwanderte, in der er sich selber bereits sah, würde er nur Erinnerungen als Gesellschaft haben, Briefumschläge, die sich zufällig öffneten, deren aufgespeicherte Aromen in den vom Nebel befreiten Morgen strömen würden. In einem Saloon in Manhattan, schattig und kühl, während vor den offenen Türen die gleißende Sonne des New Yorker Sommers auf staubige Straßen brannte, beugte Rossa sich zu ihm vor, mit seinem verfilzten Bart, seinen eingesunkenen Augen und seinen vom Alkohol geröteten Wangen. »Ich habe Devoy und seine Bande aufgegeben«, sagte er, wie Nolan ein Überlebender der Gefängnisse Ihrer Majestät, dessen Stimme von einem Jahrzehnt des Whiskeys belegt war, den er für sein gutes Recht hielt. »Ich sammle jetzt für meinen eigenen Fonds und verwende die Gelder so, wie ich es für richtig halte. Ich will den Krieg in das Lager des Feindes tragen, du weißt schon, was ich meine. Einen Kampffonds. Für jeden eingezahlten Dollar passiert etwas. Devoy kann jetzt nur noch reden und sammelt bei Bierkutschern und Dienstmädchen sein Geld.« Dienstmädchen. Wie Margaret eins gewesen war.

Sie stand am Fenster seines kleinen, dunklen Zimmers, nackt, eine große Frau: Ihre dunklen Haare fielen offen auf ihre Schultern. Sie wandte ihm den Rücken zu, das Gaslicht ließ ihre Oberschenkel, ihre langen Beine, ihren Rücken weicher wirken. In einer Hand hatte sie ein Hemd gehalten, das lose über den staubigen Boden schleifte. »Du machst zuviel von mir her«, sagte sie, »ein Dienstmädchen in einem ihrer Häuser, an ihrem freien Nachmittag.« – »Dreh dich um und sieh mich an«, sagte er, aber das tat sie nicht. Ihr bloßer Körper war ein Band zwischen ihnen. Ihr hingegebener Körper. »Das bedeutet nichts«, sagte er, aber er sah sie in diesem Haus, irgendwo in Murray Hill, uniformiert, mit weißem Häubchen kniete sie vor einem ihrer Kamine. »Dreh dich zu mir um.« Sie drehte sich um, mit schwachem Lächeln, mißbilligend, mit bloßen Brüsten. »Da hast du's«, sagte sie. »Du hast nichts damit zu tun«, sagte er, »du bist, wie du bist.« – »Ach, du weißt wenig von mir, ich bin Dienstmädchen, und alle meine Freundinnen sind Dienstmädchen.« County Cork lag in ihrer Stimme. »Aus Cork«, sagte er, »wir beide.« Sie trat dicht an das Bett heran, auf dem er lag, ihre Beine berührten die grobe Decke. »Ich habe zwei Tage in Queenstown auf die Überfahrt gewartet«, sagte sie. »Mehr bin ich in der Welt nicht herumgekommen.« Seine Hand fuhr über die leichte Rundung ihres Bauches, über ihre schmalen Hüften. Sie legte ihre beiden Hände auf seine. »Du bist ein weitgereister Mann«, sagte sie mit schwachem Corker Spott. »Du warst an fernen Orten.« – »Aber sicher«, sagte er und öffnete ihre Beine. »In Königreichen der Phantasie.«

Ein einziger Raum enthielt für ihn seine wirklichen Farben, dunkel im trüben Feuer seiner Vorstellung, brannte in Träumen, durfte nie erwähnt werden. Eine Decke, grau, dünn, mit breiten Pfeilen bedruckt, sie fühlte sich rauh an. Ein verkrusteter Urineimer. Jeden Morgen gab es eine Brotration, einen Pint Tee, der in eine Blechdose gegossen wurde, die er durch die Gitterstäbe hinausstrecken mußte. Jeder mußte der Reihe nach den Pißkarren über die Galerie ziehen. Er würde nie die schweren Türen vergessen und die Männer dahinter – Timmins, Corbett, Madden, Daly, der Mann, der verrückt wurde und hinter Eisengittern in seiner Zelle schrie. Arktisch im Winter, vom Steinhauen verhärtete Finger wurden blau, die schäbige Decke wärmte nicht. Aber im Sommer war jede Zelle ein Backofen und buk ihren Insassen wie Kuchenteig, sie preßten ihren Mund an das Luftloch und saugten warme, stinkende Luft.

Hier dagegen war der Himmel leuchtend, endlos, die starren Gräser waren tiefgrün.

An diesem Morgen schürte Delaney das Feuer, das das Dienstmädchen im Salon entfacht hatte. Torfsoden glühten rot, wurden zu Skeletts. Er richtete sich auf und sah das Spiegelbild des Zimmers im massiven ovalen Spiegel, Bücherschränke reichten bis zu einer porzellanweißen Stuckdecke, schwere Vorhänge hatten die Farbe alten, staubigen Goldes, auf der breiten Mahagoniplatte seines Schreibtisches, dessen Zwilling in seinem Büro stand, waren Papiere verstreut.

Agnes stand schlank, kleinbusig, mit schmaler Taille unter ihrem glatten braunen Kleid neben der Lehne eines großen Ohrensessels und beobachtete ihn. Im Spiegel fing er ihren ruhigen, distanzierten Blick auf.

»Gegen Abend könnte es kalt werden«, sagte er. »Ich nehme meinen dicken Mantel mit, den mit der halben Pelerine.«

»Nimm mit, was du willst«, sagte sie. »Warum sollte es mich interessieren, welchen Mantel du anziehst?«

»Ich wollte Konversation machen«, erwiderte er. »Zwischen Mann und Frau. Morgenkonversation.«

»Ich schicke Conor ein Kabel in die Schule«, sagte sie, »damit er herkommt. Ich gehe zu meinen Eltern. Da sollten wir jetzt alle sein.«

»Es ist schrecklich für ihn«, sagte Delaney. »Und für dich. Wenn ich könnte, würde ich dir helfen. Aber ich wäre deinem Vater nicht willkommen. Ich kann ihm da keinen Vorwurf machen.«

»Er würde dich nicht einmal erkennen«, sagte sie mit der trokkenen Stimme, die auf einen nicht begriffenen Schock folgt. »Er erkennt niemanden von uns. Nicht mich, und Dr. Considine auch nicht. Er will nicht ins Bett. Letzte Nacht hat er stundenlang mit gefalteten Händen und offenem Mund dagesessen. Und ich habe ihn nur angestarrt.«

»Ja.« Delaney wandte sich ihr zu. »Aber er weiß, daß du da bist. Da bin ich mir sicher. Und es ist ihm bestimmt ein Trost. Du solltest bei ihm sein.«

»Soll ich ihm erzählen, daß du nicht in Kilpeder bist, daß du dich diesem Revolverhelden anschließen willst, dem Mann, der den armen Vincent ermordet hat?«

»Ich will ihn finden«, korrigierte Delaney. »Ich will mich ihm nicht anschließen.«

»Jede Hand in diesem Land hat sich gegen ihn gewandt. Außer deiner. Aber was ist von dir schon anderes zu erwarten?«

Delaney seufzte. »Und ich werde ihn nicht finden. Richardson wird das tun, und die Polizei. Sie werden ihn aus den Bergen ins Gefängnis von Cork City bringen und vor Gericht stellen und ihn hängen. Er verdient es, gehängt zu werden.«

»Aber du wirst im Gerichtssaal stehen und ihn verteidigen. Den Mann, der Vincent ermordet hat, der den ganzen Weg hierhergekommen ist, um Vincent zu ermorden. Aber warum, um Himmels Willen? Was hat Vincent denn Ned Nolan oder überhaupt irgendwem je getan?«

Delaney lächelte kurz und humorlos und schüttelte den Kopf. »Den Tod hatte er jedenfalls nicht verdient.«

»Aber du bist bereit, der Kreatur zu helfen, die ihn ermordet hat. Das Leben hat es gut mit dir gemeint, ehe du dafür gesorgt hast, daß alles über deinem Kopf zusammenbrach. Und das auf jede Weise. Mein Vater hat sich deiner angenommen, als du ein kluger Junge ohne Aussichten warst, hat dich in seinem Laden aufgenommen, hat dich zum Anwalt ausbilden lassen, hat dir seine Tochter gegeben, die er mehr liebt als sein Leben. Es war kein Leben, es war ein Märchen.«

Dick Whittington, hatte Sylvia zu ihm gesagt, dreh dich um, Dick Whittington, Bürgermeister von London. Mich machen sie nie zum Bürgermeister, sagte er. Iren brauchen sich gar nicht erst zu bewerben. Sie lachte, steckte ihre Hände in seine tiefen Manteltaschen, und sie beugten sich über das Embankment und schauten den großen Fluß hinauf, auf das Parlament, die große Brücke, Männer, die von der Arbeit nach Hause eilten. Dann dreh dich um, Dick Whittington, Präsident von Irland, hatte sie gesagt. Und ohne auf Passanten zu achten, hatte sie ihn leicht und rasch geküßt und ihre Wange gegen seine gepreßt.

Ein kurzer Blick auf die Uhr, ein Hochzeitsgeschenk von Vincent, eingefaßt in schwere Goldbronze. Er ging zum Schreibtisch.

»Du hast dich gegen uns gewandt«, sagte sie. »Gegen unsere Familie. Sogar gegen die Kirche.«

»Ja«, sagte er und zwang sich, sie anzusehen, in blaue, jugendliche Augen, die sie sich bis heute bewahrt hatte.

»Mit ihr hat es angefangen«, sagte sie. »Mit dieser Hure. Rede du nur von Politik und Prinzipien und Parnell, diesem anderen Ehebrecher, aber mit ihr hat es angefangen. Wir hatten hier, in diesem Haus, alles, was wir je brauchten.« Ein Bild verlorenen häuslichen, anspruchslosen Glücks lag in ihren letzten Worten.

Ohne einen Grund öffnete er eine der unteren Schubladen und berührte den törichten Revolver, den er in den letzten Monaten, als der Pöbel die Podien angriff, auf denen Parnell zu sprechen versuchte, bei sich getragen hatte. Er hob ihn hoch, dann legte er ihn wieder zurück.

»Nimm ihn mit«, sagte Agnes. »Du kannst mit ihm in den Bergen den Revolverhelden spielen. All dein Übel hast du in diesem Schreibtisch, die Pistole und die Briefe aus London in blauen Umschlägen mit blöden Schnörkeln. Und in diesen Briefen stehen

Dinge gekritzelt, die keine Frau jemals zu Papier bringen würde. Das dachte ich zumindest.«

Er verschloß den Revolver und die Erinnerung an Briefe in der Schublade.

Bewegungslos stand sie neben dem Brokatsessel, den sie mit solcher Sorgfalt in Cork City ausgesucht hatte. Ein Sessel mit Substanz, hatte sie ihm mit stolzem, zärtlichem Tonfall erzählt.

Im kleinen Stall hinter dem Haus hatte Twomey das braune Pferd für ihn gesattelt. »Das Wetter hält sich vielleicht«, sagte Twomey.

»Das gebe Gott«, erwiderte Delaney. »Es ist wirklich nicht nötig, daß ich naß *und* töricht bin.«

»Das sind Ihre Worte«, sagte Twomey, »nicht meine. Denken Sie darüber nach.«

Der Stallgeruch war beißend, tröstlich nach der toten, trockenen Luft des Salons. Er ließ sich von Twomey die Zügel geben und führte das Pferd hinaus. Twomey, ein kleiner, o-beiniger Mann, folgte ihm.

»Lassen Sie sich von einem Toren raten, Anwalt. Er wird Sie erst brauchen, wenn sie ihn im Gefängnis von Cork City untergebracht haben. Wenn sie ihn auf irgendeine Weise dorthingeschafft haben.«

»Ich bin hier der Tor, Bill, nicht Sie. Und einem Toren kann man keinen Rat geben.«

»Es wäre die würdevolle Vorgehensweise. Fahren Sie in Ihrer Kutsche hin, mit Ihrem glänzenden Zylinder, stellen Sie sich dem Gefängnisdirektor vor. Robert Delaney, Anwalt, ehemaliges Parlamentsmitglied, und überhaupt.«

»Ehemaliges dies und jenes«, sagte Delaney.

Als er auf dem Pferd saß, ging Twomey durch die kurze Straße bis zum Platz neben ihm her. Twomey legte der Braunen, die nervös ihren Kopf abwandte, die Hand auf den Hals.

»Die Peeler sind in alle Himmelsrichtungen ausgerückt«, sagte Twomey, »aber Major Richardson und der Kommissar sind über die Landstraße nach Kerry geritten.«

»Richardson versteht sein Handwerk«, sagte Delaney. »Sie könnten hier sogar ein paar Soldaten sehen, ehe der Tag viel älter ist. Genau wie 67.«

»Ich kann mich so genau an 67 erinnern«, sagte Twomey, »als ob es erst gestern gewesen wäre. Mein Vater war damals schon tot, aber die Mutter und Paddy und ich hatten unsere Farm auf der anderen Seite. Sie ließ uns beide auf den Rosenkranz schwören, daß wir niemals den Eid ablegen würden. Der große Tag kam und ging, und Paddy und ich hatten einfach keine Ahnung davon. Wir haben statt dessen einen Zaun repariert. Nun ja, die Mutter ist längst von uns gegangen, und Paddy auch. Gott sei ihnen gnädig, und die Farm haben wir auch schon lange nicht mehr, das wissen Sie ja, Anwalt.«

»Die Zeiten ändern sich«, sagte Delaney und brach auf, vorbei an einer verschlossenen Kirche und an verschlossenen Gutstoren, nach Graney.

Zeit für frischen Tee, Egan«, sagte Richardson kurz nach Mittag, »und diesmal könnte ein Schuß im Tee wirklich nicht schaden. Und wenn Sie schon dabei sind, dann bringen Sie den Polizisten dasselbe. Geben Sie eine doppelte Portion hinein. Das kommt doch sicher gut an, was, Neafsey?«

In diesem Moment rief der Sergeant etwas, und sie gingen nach draußen. Der Sergeant zeigte auf Kilpeder, wo auf dem Band der Straße in der Ferne eine Bewegung zu sehen war, schwerfällig wie eine Raupe auf dem Weg über ein Blatt.

»Das müßten meine Leute sein«, sagte Ewing.

»Ja«, meinte Richardson. Er nahm ein rundes, mit Perlmutt verziertes und in Gold eingefaßtes Opernglas aus seiner Manteltasche und stellte es ein. Er merkte, daß Ewing ihn ansah. »Nicht ganz militärisch, was, Ewing? Aber besser, als Sie im Moment sehen.«

Er schaute durch das Glas, dann gab er es Ewing. »Recht haben Sie«, sagte er. »Ihre Leute.«

Egan brachte ihnen ihren Tee, die Becher standen auf einem Tablett aus angestoßener Emaille.

»Vor ihnen kommt noch andere Gesellschaft«, sagte Ewing. »Ein Bursche auf einem braunen Pferd. Kein Soldat. Scheint es nicht besonders eilig zu haben. Da, sehen Sie selbst.«

Schon lagen niedrige Hügel zwischen ihm und der Umgebung von Kilpeder. Jetzt machten sie sicher schon Jagd auf ihn, aber es gab keinen höheren Aussichtspunkt, von dem aus er sie hätte erspähen können. Gegen Abend würde er so hoch in den Bergen sein, daß er für die Welt verloren war. Und sie hatten keinen besonderen Grund zu der Annahme, daß er diesen Weg einschlagen würde, daß er sich bewußt für ein pfadloses Ödland entscheiden würde, schließlich wußten sie, daß er verwundet war. Es wäre doch wahrscheinlicher, daß er sich irgendwo versteckte und sich um seine Wunde kümmerte, oder daß er versuchte, Cork zu erreichen. Aber die Wunde war schlimmer, als er zuerst angenommen hatte. Schulter und Achselhöhle seines Mantels waren blutdurchtränkt, und er konnte die Blutung einfach nicht zum Stillstand bringen.

Bei einem Bach, der über kahlen Felsen den Hügel hinabfloß, legte er die Hände zusammen, was sehr weh tat, und trank. Auf der anderen Seite des Hügels fand er einen Ziegenpfad, der aufwärts führte und durch den Hügel vor Augen, die vielleicht von Osten her nach ihm Ausschau hielten, verborgen war.

Der Tee war mehr als willkommen. Als Delaney ihn an seine Lippen hielt, roch er den schweren Whiskeydunst, der sich mit seinem Aroma verbunden hatte.

»Seltsam, nicht wahr?« fragte ihn Richardson. Der Subalternoffizier war so klug gewesen, einen Feldstecher mitzubringen, und Richardson hatte ihn sofort an sich genommen. Im Moment hielt er ihn an seine Augen und musterte die langen, unregelmäßigen Reihen von Polizisten und Soldaten, die sich auf die Vorhügel zubewegten. Anders als in der Ballade, dachte Delaney gleichgültig. Darin war von schwarzer Polizei und roter Armee die Rede gewesen; dieses hier war Militär ohne Uniform, im schwarzen Rock.

»Was meinen Sie?«

»Daß dieser Edward Nolan wie Falschgeld wieder auftaucht, natürlich«, sagte Richardson, senkte den Feldstecher, vergaß jedoch, ihn Ewing zurückzugeben. »Ich nehme an, ganz Kilpeder weiß inzwischen Bescheid.«

»Das ist allerdings der Fall«, erwiderte Delaney trocken. »Mein Stallbursche hat mich heute morgen geweckt, um es mir zu erzählen.«

»Darüber werden sie noch jahrelang sprechen, was, Mr. Delaney? Wir kennen doch unser Volk, nicht wahr, Sie und ich?«

»Was ich seltsam finde«, sagte Delaney, »ist, warum Sie und Neafsey und Sergeant Kelleher so sicher sind, daß es Edward Nolan war. Ein Mann bricht in Brierly Lodge ein, begeht einen blutigen Mord, und Sie alle sind sicher, daß es ein Bursche war, der vor einem Vierteljahrhundert zuletzt hiergewesen ist.«

»Warum sollten wir nicht sicher sein?« fragte Richardson. »Sie sind es doch auch. Was sonst hätte Sie denn so früh hierhergeführt? Sie brauchen sich doch bei herumstromernden Mördern nicht um Aufträge zu bemühen, nehme ich an?«

Mit einer Miene, die Höflichkeit mit milder Irritation vermischte, nahm Ewing den Feldstecher wieder an sich.

»Wollen wir mutmaßliche Mörder sagen?« fragte Delaney. »Und im Moment ist keiner zu sehen.«

»Warum sollte ich nicht sicher sein?« fragte Richardson noch einmal. »Ich war in Brierly Lodge dabei. Ich saß sogar links neben dem armen Tully. Er konnte noch ein oder zwei Worte sagen, ehe Nolan feuerte. ›Ned‹, sagte er, ›Ned, ich habe doch nicht...‹, irgend so etwas, und dann hat Nolan gefeuert.«

»Wir hatten schon nach Ned Nolan Ausschau gehalten, Mr. Delaney«, sagte Neafsey. »Er ist letzte Woche mit der Nachtfähre herübergekommen, und wir sind ihm von Dublin nach Cork gefolgt, aber dort hat er unsere Leute abgeschüttelt. Wissen Sie, es bestand immer die Chance, daß er in Kilpeder auftauchen würde, wir haben einen Steckbrief und Zeichnungen bekommen und sogar ein nutzloses Photo.«

»Eigentlich«, sagte Richardson, »kann er schon ein oder zwei Tage hier in der Gegend gewesen sein. Sie wissen nicht zufällig etwas darüber, oder?«

»Lag ein Haftbefehl gegen ihn vor? Wurde er gesucht?«

Richardson seufzte. »Anwälte machen auch immer nur Schwierigkeiten. Wenn das hier vorbei ist, müssen wir einiges klären, eh, Neafsey?«

»Ned Nolan ist irgendwo da draußen, und er hat Vincent Tully ermordet. Darauf kommt es an. Wir wissen es alle, und Sie wissen es auch.« Neafsey fügte düster hinzu: »Oder er ist unterwegs nach Macroom oder in die Boggeraghs.«

Richardson zog ein Zigarrenetui aus marokkanischem Leder hervor und bot an. Ewing nahm eine Zigarre, Delaney und Neafsey schüttelten den Kopf.

»Verdammt komische Geschichte«, meinte Richardson. »Ich nehme nicht an, daß Sie Licht in sie bringen können? Nein. Und wie steht es mit diesem Schulmeister?«

»Fragen Sie ihn«, sagte Delaney.

»Ja, das werden wir«, erwiderte Richardson. »Es werden schon genug Fragen gestellt werden.«

»1867«, sagte Richardson einige Minuten später, um das Schweigen zu brechen. »Damals war ich Subalternoffizier. Sie trugen wohl noch Kinderkleider, Ewing, oder einen Matrosenanzug, und spielten mit einem Reifen.«

»Und ich habe die Polizeikaserne in Kilpeder angegriffen«, sagte Delaney. »Unter Nolans Kommando.«

Neafsey lächelte zu den Bergen hinüber, die jetzt um die Mittagszeit schön waren, wenn man sie in aller Bequemlichkeit von einer ländlichen Schenke aus betrachtete, während man heißen Tee mit Whiskey in den Händen hielt.

»Ja«, sagte Richardson. »Sie und MacMahon der Schulmeister und Vincent Tully.«

»Und ein paar andere«, fügte Delaney hinzu.

»Verdammt wenige«, sagte Richardson. »Gott sei Dank.«

Nachdem er auf der anderen Seite des Hügels eine Stunde und dann noch eine Stunde gewandert war, erreichte er eine öde, kärglich bewachsene Hochebene. Der Tag war hell geworden, polierte Felsen glitzerten im Sonnenlicht. Hier gab es nicht einmal einen Ziegenpfad, und er watete durch störenden Stechginster. Vor ihm, so weit das Auge reichte, folgte ein Hügel auf den anderen. Am Ende von allem würden die Hügel sich senken, zu einer fast ebenso rauhen Gegend, danach jedoch zu Tälern, Farmen, einem Fluß. Er würde eine reiche Auwahl haben. Lange Zeit in seinem Leben – fast immer, so kam es ihm manchmal vor – war er allein gewesen, aber das hier war eine andere Art von Einsamkeit. Sie machte ihm ein wenig angst. Er versuchte, nicht zurückzublicken, auf Brierly Lodge, auf das, was er getan hatte. Was er nicht vergessen konnte, war, wie Delaney ihm von Tullys Verrat erzählt hatte, unten in Lughnavalla House. Als ob er ihm das häßliche Geheimnis im Mittelpunkt der Welt zeigen wollte. Aber das hier war der hohe Kamm der Welt, mit reinem Duft, und nur das Schreien unsichtbarer Vögel in der Ferne brach die Stille.

Bald darauf, erzählte Bob mir in der folgenden Nacht, stieß Richardson einen komischen Seufzer aus und sagte: »Zeit, uns von Mr. Egan zu verabschieden. Mit etwas Glück sprechen wir auf dem Rückweg noch einmal vor.«

Alle vier ritten über die Landstraße, Neafsey und Ewing vorweg, Richardson und Bob hinter ihnen, und alle vier hielten gleichmäßig Schritt mit den Soldaten und Polizisten, die in langen, suchenden Reihen auf beiden Seiten neben ihnen vorrückten. Es war eine Straße, über die Bob mehr als ein dutzendmal geritten war, auf den Ausflügen, die wir zu den Seen gemacht hatten, wir beide und Mary und der arme Vincent, und später auch Agnes. Und Bob und ich selber hatten natürlich diese Straße eingeschlagen, als wir am Vorabend des Aufstandes Killarney besucht hatten, um herauszufinden, was um Himmels Willen die Jungs aus Kerry trieben.

Bob vergeudete nicht mehr als einen oder zwei Gedanken an Ewing, diesen zackigen, jungen englischen Offizier, für den das Land zweifellos nicht mehr bedeutete als Einladungen zu Jagdbällen. Neafsey hatte Bob sein ganzes Leben in irgendeiner Form und unter irgendeinem Namen gekannt. Nicht der Schlimmste. Aber der Name Callinan kam ihm in den Kopf, des armen Vincents Jago oder Machiavelli oder was auch immer. Richardson schien eine kompliziertere Natur zu sein, was er nicht von ihm erwartet hätte, diesem ehemaligen indischen Offizier, der zum Friedensrichter geworden war. Zuerst hatte er Richardsons Höflichkeit und Hilfsbereitschaft für eine Folge seines Amtes gehalten, aber im Laufe des Nachmittags änderte er seine Ansicht.

»Er ist ein übler Bursch, wissen Sie, Ihr Ned Nolan«, sagte Richardson. »Seit Ihren Jugendtagen hat er ziemlich häßliche Waffen in Händen gehabt.«

»Er ist mit heilem Verstand aus Ihrem verdammten Gefängnis

gekommen«, sagte Bob, »und das war nicht bei allen der Fall. Nicht wenige sind von dem, was ihnen angetan wurde, verrückt geworden. Ich habe eine Kostprobe bekommen, die mir fürs Leben reicht. Ich hatte eine Woche unten im ›Loch‹, wie sie es nennen, tief in den Eingeweiden des Gefängnisses, für etwas, das sie als ›Gehorsamsverweigerung‹ bezeichneten.«

»Heiler Verstand, sagen Sie?« fragte Richardson, und bei diesen Worten zog er die Zügel an und rief Neafsey und Ewing etwas zu. Ganz am Ende der Treiberkette auf ihrer linken Seite hob ein Polizist den Arm, er war so weit weg, daß er aus schwarzen Splittern zu bestehen schien. Ewing hob seinen Feldstecher und sah zu ihm hinüber.

»Aber eines ist mir ein Rätsel«, fuhr Richardson fort. »Ich gehe jedoch davon aus, daß wir darauf eine Antwort bekommen werden.« Für den Moment schien er den winkenden Polizisten und Ewing mit seinem Feldstecher nicht wahrzunehmen. »›Ned‹, sagte Tully, als Nolan ins Zimmer gestürzt kam. Sagte es zweimal. ›Ned‹, und zwei oder drei Worte, die ich nicht verstehen konnte. Gleich darauf kam die Explosion. Er hatte schreckliche Angst, oh, ich bezweifele gar nicht, daß er schreckliche Angst hatte. Wer hätte das nicht? Aber er war nicht überrascht. Es war fast so, als ob er es erwartet hätte. Nolan hat sich ziemlich verändert – er sieht recht wild aus, wenn wir nach den Skizzen gehen dürfen – aber Tully wußte sofort, wer er war. Ist das nicht seltsam?«

»Der Mann dort drüben scheint etwas zu haben«, sagte Bob, und in diesem Moment fielen zwei Schüsse, obwohl Bob keinen Rauch sehen konnte. Richardson legte ihm die Hand auf den Arm.

»Ja, das stimmt«, sagte er. »Signalschüsse. Ja, sie haben etwas.«

Er hatte einen Hügelkamm bestiegen, mühselig klammerte er sich mit einer Hand an die Zweige des zähwurzeligen Stechginsters, und für ein oder zwei Minuten wagte er es, sich vor dem Horizont sehen zu lassen. Hinter ihm in der Ferne konnte er die dunklen, vorrückenden Gestalten sehen, wie Saatkrähen auf einem Kornfeld, hörte aber nichts, falls nicht das, was er wirklich für Krähenkrächzen oder das Schreien unsichtbarer Möwen gehalten hatte, ihre Rufe gewesen waren. Er konnte die Straße nicht sehen, bezweifelte aber nicht, daß sie auch dort mannstark vertreten waren. Er wunderte sich über die Aussicht. Kilpeder war nicht zu sehen, falls nicht zwei winzig kleine aufragende Stöcke die Türme von Saint Jarlath waren. Weiter zu seiner Linken jedoch sah er weiße Flecken, die sicher verstreute Farmhäuser waren, wie weißbemalte Holzstücke in Weihnachtsgeschenken für Kinder: Ein Stückchen polierter Stahl stellte einen Teich vor, Glas konnte zerbrechen und Finger zerschneiden, und ein grünes Filztuch konnte auseinandergefaltet und für Weideland gehalten werden. Und die komplizierten, teureren Ausgaben wiesen kleine Porzellankühe, Schafe, Schweine auf.

Einmal, in dem einen Zimmer, das sie vor dem Krieg in Manhattan geteilt hatten – ein Doppelbett, Stühle, ein Wandschrank und eine Kommode, deren Schublade sich nicht öffnen ließ – einmal hatte sein Vater zwei Tage vor Weihnachten ein solches Geschenk mitgebracht, eine teure Ausführung in einer Schachtel aus hellem Holz, ein Geschenk, für das Nolan eigentlich schon zu alt war, aber sie hatten es auf dem Tisch aufgebaut und noch tagelang nach jeder Mahlzeit neu aufgestellt. Vielleicht, dachte er, habe ich auf diese Weise durch all diese Jahre hindurch Irland mit mir herumgetragen, eine Schachtel aus hellem Holz im Mittelpunkt meiner Phantasie, Schachteln mit Landkarten und den Briefen eines Schulmeisters aus Kilpeder, Felder aus grünem Filz und winziges mit Farbe beklecksstes Porzellanvieh.

Am anderen Ende des Feldes mit den Saatkrähen sah er eine andere Bewegung, ein Arm wurde gehoben, und er drehte sich um, um ihnen den Rücken zuzukehren, zu einem plötzlich riesigen, grenzenlosen, leeren Irland. Dabei verfing sich sein Stiefelabsatz in einer dicken Wurzel, was ihn vorwärts riß, und er rollte den Hügel hinunter, zuerst überrascht und wütend; er versuchte ohne Erfolg, sich mit seinem heilen Arm an Büschen festzuklammern, an der Erde, eine Hand glitt über glatten, nassen Felsen. Als er endlich bewegungslos auf dem Boden ausgestreckt lag, spürte er nur einen neuen dumpfen Schmerz in seinem rechten Fuß und Knöchel. Erst, als er versuchte, sich aufzurichten, stellte er fest, daß er das nicht konnte, und er konnte auch nicht gehen. Vielleicht, wenn er einen Stock fände, würde er hinken können.

Und so haben sie ihn gefunden, erzählte mir Bob, und als er und Richardson durch das Ödland ritten, konnten sie sehen, wie Polizei und Soldaten rasch, aber wachsam zu den beiden Polizisten vorrückten, die gerufen und die beiden Signalschüsse abgegeben hatten.

Weißt du, was ich vor allem empfunden habe, als ich zu Ned geritten bin? fragte mich Bob. Ich habe mich geschämt, ich habe mich verdammt geschämt, und ich habe mich nicht darauf gefreut, ihm ins Auge zu sehen. Vincent würde jetzt noch leben, dachte ich, und Ned stünde auf seinem Schiff nach Amerika, zu dem kleinen Haus, das über Ziegelöfen auf einen amerikanischen Fluß schaut. Ich schämte mich auch für Dinge, die nichts mit Ned zu tun hatten: Agnes, die am Morgen neben einem Sessel gestanden hatte, den wir uns in der ersten Freude über unsere Hochzeit ausgesucht hatten, und Conor war jetzt unterwegs aus seiner Schule in Kildare zu dem alten Mann, der schlaflos und ohne zu essen total betäubt in einem mit Möbeln vollgestopften Haus saß. Ich schien etwas von dem Dreck an mir zu haben, von dem Ned in Lughnavalla House gesprochen hatte.

Aber dann fielen die Schüsse, erst einer, dann mehrere in rascher Reihenfolge. Ehe wir die Männer erreichten, rannten sie auch schon auf etwas zu, von dem ich wußte, daß es Ned war. Wir kamen nur mühsam voran, weil wir jetzt vom Stechginster behindert wurden, und stiegen ab. Als wir sie erreichten, standen sie um ihn herum. Neben einer seiner geöffneten Hände lag ein Stück von einem abgebrochenen Zweig, neben der anderen, gerade noch von seinen Fingern berührt, der amerikanische Revolver.

»Niemand war daran schuld, Sir«, sagte Kelleher sofort zu Neafsey. »Halb ging er und halb kroch er, als zwei von unseren Leuten ihn hörten und das Signal gaben. Er machte irgendeine Bewegung mit diesem Stück Zweig, und einer von den Jungs war so nervös, daß er dachte, es wäre diese verdammte riesige Kanone, und er schoß auf ihn, es sollte ein Warnschuß sein, aber er hat ihn getroffen. Und dann hat er wirklich seinen Revolver gezogen, und die Jungs haben das Feuer eröffnet.«

Der Polizist, der den ersten Schuß auf Ned abgegeben hatte, war sofort zu erkennen. Er stand blaß und sprachlos da.

Ich kniete neben Ned nieder. Eben hatte ich noch Angst davor gehabt, ihm in die Augen zu blicken, aber jetzt, wo er ins Nichts hineinsah, konnten sie mir nichts mehr tun.

»Ich nehme an, das ist Nolan?« fragte Ewing, seine Stimme war nicht unfreundlich, sondern neutral, daran interessiert, daß alles seine Ordnung hatte.

»Captain Nolan«, erwiderte ich. »Captain Edward Nolan.«

»Ach ja?« fragte Ewing, aber sein Interesse war nicht groß genug, um zu fragen, was ich damit gemeint hatte.

»Sie waren befreundet«, sagte Richardson zu Ewing, als Information und sehr milden gesellschaftlichen Tadel.

»Edward Nolan und Vincent Tully und ich selber«, sagte ich. »Sie haben ja keine Ahnung.«

Sie hatten natürlich keinen Wagen, und deshalb mußten sie ihn quer über einem Sattel nach Kilpeder zurückbringen, so erzählte mir Bob. Das war allerdings nicht nötig, denn ich sah selbst, wie sie auf den Marktplatz geritten kamen, fast ganz Kilpeder war zugegen. Aber ich ließ mir diese Szene von Bob beschreiben, weil ich wußte, daß er die ganze Geschichte von Anfang bis Ende erzählen mußte.

Wir saßen in meinem Haus, Bob in dem Sessel, den ich normalerweise beanspruchte, und Mary auf dem Klavierhocker, ruhig und bewegungslos, und sie hielt ihre Hände auf dem Schoß gefaltet.

»Und hier sitzen wir nun«, sagte sie. Ich bot ihm noch einmal etwas zu trinken an, und er lehnte noch einmal ab. Ich merkte selber, daß ich ein Glas brauchte, und deshalb schlüpfte ich in die Küche, wo ich einen ruhigen, milden Whiskey trank, während ich aus der geringen Entfernung Marys Stimme murmeln hörte. Bob sagte nichts, nichts, das ich hören konnte. Ich fragte sie in dieser Nacht und dann auch noch in der folgenden Woche mehrmals, was sie ihm hatte sagen können, aber sie schüttelte den Kopf.

Da haben wir's«, sagte Packy Lawlor spätabends bei Conefry. »Ganz am Ende, nach allen Höhen und Tiefen der letzten zehn Jahre verursacht Ned Nolan eine Katastrophe.«

»Eine üble Geschichte«, sagte Peter Cunningham und nickte leicht zu Conefry hinüber, um ihm mitzuteilen, daß ihre Gläser leer vor ihnen standen. Ein bulliger Mann, solide in seinem schwarzen Anzug, Ellbogen und Hosenboden glänzten, aber der Anzug war gut gebürstet, und ein goldener Knopf befestigte den krawattenlosen Hemdkragen.

Der Marktplatz war durch das breite Fenster hinter ihnen kaum zu sehen und lag im schwachen letzten Tageslicht da. Die Bar auf der anderen Seite war ebenso überfüllt wie der Salon, die Luft war von Stimmen und Rauch und vom dunklen Portergeruch zum Schneiden dick, aber Lawlor und Cunningham saßen gemütlich allein im Separee, nebeneinander, hinter der mannshohen Trennwand aus mattiertem, leicht vom Rauch verfärbtem Glas. Hinter dem Tresen beherrschte Conefry, assistiert von zwei Gehilfen, von denen einer sein Sohn und die vierte Generation in der Zunft war, beide Bars und das Separee. Seine tiefblauen Augen über der geschwungenen Nase und dem herabfallenden Schnurrbart überwachten seine Gäste.

Er ging durch die Bar zum Separee, schenkte Whiskey in die beiden Gläser, nahm ein drittes Glas am Stiel aus dem Regal über ihm und trat zu ihnen. Viehhändler, wohlhabender Farmer, Gastwirt: Das mattierte Glas trennte sie von den übrigen Trinkern.

Mit leiser, geübter Stimme, die außerhalb des Separees nicht zu hören war, sagte er, nachdem er zur Bar hinübergenickt hatte: »Bei Jesus, ihr solltet mal die da hinten hören. In ihrem Leben hat es keine solche Aufregung mehr gegeben, seit Parnell versucht hat, seine Rede zu halten.« Er schaute an ihnen vorbei zum Marktplatz, erinnerte sich, was an jenem Abend passiert war, und lächelte grimmig.

»Da habt ihr's!« sagte Lawlor. »Bauernburschen und Tagelöhner. Solche Leute machen doch aus jedem Schurken und Freischärler einen Helden. Das kostet sie nichts.«

»Der alte Mann hat natürlich all meine Trauer und mein Mitleid«, sagte Conefry. »Brierly Lodge öde und verlassen. Und eine gewisse junge Frau ist der Welt ausgesetzt, ohne daß der arme Vincent die Zeit hatte, ihr eine schriftliche Empfehlung auszuschreiben.«

»Ihre Talente empfehlen sich schon selber«, sagte Lawlor.

»Nein, nicht in Kilpeder«, widersprach Cunningham. »Nicht, solange Pater Meagher noch eine Stimme hat.«

»Was wird der arme Dennis Tully mit Brierly Lodge anfangen?« fragte Lawlor Cunningham. »Wenn sein ärgster Kummer vorbei ist.«

»Ach«, antwortete Cunningham mit der Diskretion eines Auktionators. »Ja, was? Wenn alles, was dieser alte Bursche an Hypotheken und Grundbriefen besitzt oder kontrolliert oder hält, zusammengeflickt würde, dann würde er statt dieses *rara avis* in Italien zum Lord von Kilpeder ausgerufen werden.«

»Und das alles«, fügte Conefry hinzu, »hat Delaney aus übergroßer Liebe zu dem hier weggeworfen.« Er nippte an seinem Whiskey, schmatzte und gab Wasser in sein Glas.

»Zu dem hier, und weil er auf das falsche Pferd gesetzt hat«, sagte Lawlor und ließ seine Augen rasch über die Stelle neben dem Spiegel schweifen, wo Parnells Portrait gehangen hatte.

»Und dann macht er sich auf die Suche nach Nolan, dem Mörder«, sagte Cunningham. »Er bastelt sich eine neue Karriere als Versager. Er läßt wirklich nichts aus.«

Lawlor stieß das tiefe, schallende Gelächter eines Milchfarmers aus. »Karriere als Versager. Da habt ihr's!«

Als Bill Twomey hereinkam, steuerte er sofort auf den Tresen zu und teilte dem Gehilfen in seiner weißen Schürze seine Bestellung mit, aber Conefry sah ihn und winkte ihn ins Separee.

»Du bist heute morgen gesehen worden, Bill, als du dich von Delaney verabschiedet hast. Ehe er aufgebrochen ist.«

»Es war keine heimliche Abreise«, erwiderte Twomey.

»Mr. Lawlor und Mr. Cunningham und ich zerbrachen uns gerade den Kopf über das große Thema und Rätsel der Stunde«, fuhr Conefry fort. »Ned Nolan und der Mord am armen Vincent Tully. Ich nehme an, Bob Delaney könnte einen Tropfen Licht in dieses Dunkel werfen?«

»Meinen Sie?« erwiderte Twomey hilfreich.

Der Gehilfe stellte das hohe Porterglas vor ihn hin, und er wollte ihm seine beiden Kupfermünzen zuschieben, aber Lawlor schüttelte den Kopf; dieses Pint gehörte zu seiner Runde.

»Aber du hast heute morgen mit Bob geredet«, sagte Lawlor, »und ihr müßt doch über dieses Thema gesprochen haben.«

»Nicht, daß ich wüßte«, sagte Twomey. Er berührte das kühle Glas mit kurzen, abgearbeiteten Fingern, zog es aber nicht zu sich heran.

»Ein kluger Mann, dieser Bob Delaney«, fuhr Cunningham

fort. »Auch darüber haben wir gesprochen. Aber er hat bessere Tage gesehen. Er ist nicht mehr in Spitzenform, findest du nicht, Bill?«

Nun hob Twomey sein Glas und trank einen tiefen Schluck. Neben Cunningham und Lawlor befand sich ein freier Hocker, aber Twomey blieb stehen.

»Als ich während des Landkrieges von meinem Hof vertrieben wurde«, sagte Twomey, »hat Bob Delaney mir Arbeit gegeben. Ich verstehe mich am besten auf Farmarbeit, aber kein Farmer ist zu mir gekommen.« Er blickte kurz Lawlor an, dann senkte er seinen Blick bescheiden auf den dicken, sahnigen Porterschaum. »Aber die Zeiten waren damals schließlich für alle hart.«

»Ach ja, der Landkrieg«, sagte Conefry. »Alte Geschichte.«

»Ich habe Gott sei Dank ein gutes Gedächtnis«, sagte Twomey. Er nahm drei tiefe Schlucke, dann hielt er das Glas etwas von sich ab, um seinen Fortschritt zu überprüfen. Er wollte überhaupt nicht hier sein, sondern in der Bar. Er arbeitete ohne Freude an seinem Pint. Die drei Weisen von Kilpeder, Senatoren und Ratgeber, verloren das Interesse an ihm. In der Bar konnte er mit seinesgleichen, vielleicht zwei oder drei von den Jungs aus Lughnavalla gemütlich zusammensein. Was er aus der Bar hörte, war konfuses Geplapper, irgendwer lachte, dann brüllte jemand, der schon zuviel getrunken hatte, unzusammenhängend los.

Conefry starrte aus kalten, blassen Augen den Tresen entlang. »Der Fluch einer Nation«, sagte er. »Der Wohlstand einer Nation vertrunken und dann verpißt.«

»Na los, Dan«, rief jemand in der Bar. »Komm schon!« Das Geräuschniveau der Stimmen senkte sich wie eine zurückweichende Flut.

Twomey stellte sein leeres, schaumbedecktes Glas ab, und Cunningham bot ihm halbherzig ein zweites an, aber Twomey lächelte nur zum Dank und begab sich dann in die Bar. In seiner Hosentasche rieb er die beiden schweren Kupfermünzen aneinander. Es war gerade etwas ruhiger geworden, als er in die Bar trat. Einige wenige redeten immer noch. Irgendwer – zweifellos der betrunkene Schreihals – ließ Arme und Kopf auf dem Tresen aus porterverschmiertem grobem Holz, kein Mahagoni, ruhen. »Na los!« rief die Stimme wieder. Der Raum war jetzt still, erwartungsvoll. Nun erhob sich eine andere Stimme, ein Tenor, klar im Rauch, im dunkler werdenden Raum der Nacht.

Attend you gallant Irishmen, attend me as you should,
whilst I relate the doleful tale of dark Clonbrony Wood.

Twomey gab dem Gehilfen ein Zeichen und setzte sich zwar nicht neben einen Mann aus Lughnavalla, aber immerhin neben einen anständigen Burschen namens Spring, der früher in Ardmor Castle Wildhüter gewesen und der jetzt eine Art Faktotum war und nebenbei ein bißchen wilderte.

Vertraut wie eine oft gereiste Straße, wie der Anblick des Marktplatzes im Mondlicht, verband die Melodie die Worte mit ihren schlichten Reimen mit ihrem eigenen Leben, verband sie in Geschichte und Sage.

Im Separee sagte Lawlor mit leiser, knurrender Stimme: »Gibt es hier im Haus kein Gesangsverbot?« Aber Conefry schüttelte mit einem Stirnrunzeln den Kopf. Er war einen Schritt vom Tresen weggetreten und stand mit verschränkten Armen da, ein unbeweglicher Zuhörer.

Es gab so viele Strophen, daß niemand jemals alle sang. Der Sänger, Phil Hennessys Zweitjüngster, der bei Colonel Sanderson im Garten aushalf, lieferte ihnen eine gute Vorstellung, sechs oder acht Strophen, dann sprach er, wie die Tradition es vorschrieb, die letzte Zeile eher, als daß er sie sang, wodurch er seine Zuhörer vom Gesang wieder zur Rede und auf die unebenen, speichelbefleckten Bodenbretter zurückführte.

»Eine schöne Stimme«, sagte Spring. »Er bringt ein wunderschönes *Stabat Mater*. Wenn ihn die Professoren in Cork City hören könnten, dann wäre sein Glück gemacht.«

And may God show mercy to the men who held Clonbrony
Wood.

»Jesus Christus«, sagte Lawlor zornig. »Die machen bestimmt bis zur Sperrstunde so weiter, und dann werden sie in den Straßen einer ruhigen Stadt randalieren.

›The Smashing of the Van‹ und ›The Rising of the Moon‹ und alles andere. Gott segne die Tage, als der grausame Unterdrücker patriotische Balladen verboten hatte und man sich in aller Stille in einem respektablen Lokal an einem Glas Malt-Whiskey erfreuen konnte.«

»Möge Gott den Männern Gnade erweisen, die Clonbrony

Wood gehalten haben«, zitierte Cunningham. »Vincent Tully und Ned Nolan hat er ja eine seltsame Gnade erwiesen.«

»Ganz zu schweigen von Delaney«, sagte Lawlor.

»Ist euch je aufgefallen«, fragte Conefry, »wie sorgfältig sie seit einigen Jahren der anderen Ballade, der über Nolan, aus dem Weg gehen?«

Aber das hatte er zu früh gesagt. Auf den Wunsch eines Nebenmannes, der ihn *sotto voce* dazu drängte, sang Hennessey eine Strophe:

Beneath the oaks brave Nolan turned and faced his grim-
faced men.
›Take heart, my boys, tis joy to know we face the foes again.
Like great Tyrone and Sarsfield bold and all who've
understood,
that freedom's won 'neath blood-red sun or in dark
Clonbrony Wood.‹

»Als nächstes« sagte Cunningham, »wird es eine Ballade über Lynechhaun geben, den wahnsinnigen Mörder von Achill, oder über Brennan, den Banditen von Cashel.«

»Ach, das schadet doch nicht«, sagte Conefry und ging mit der Diplomatie eines Erbwirtes zur Bar, zapfte für den jungen Hennessy ein neues Pint und überredete ihn, »Eilín a rún« zu singen, eines der alten gälischen Liebeslieder, für das ein englischer Text geschrieben worden war. Die klare Stimme, die ihren Weg durch die komplizierte Melodie suchte, befreite den überfüllten Raum vom Pulverdampf und vom fernen Echo des Dynamits.

Twomey verabschiedete sich früh und ging durch die stille Stadt zu seinem Zimmer über dem Stall. Im Delaneyhaus brannte kein Licht, während der erste Stock von Inchigeelagh House hell erleuchtet war, und obwohl die schweren Vorhänge vorgezogen waren, konnte er sehen, daß auch im vorderen Salon Licht brannte. Ein Spalt von Licht, nicht mehr.

41

[Hugh MacMahon / Lionel Forrester]

Einen seiner letzten Besuche bei mir machte Patrick Prentiss an einem Wochenende in dem wunderbaren Sommer 1908, vier Jahre, nachdem er zum erstenmal bei mir gewesen war. Er hatte die Formalität aufgegeben, sich ein Zimmer in den Kilpeder Arms zu nehmen, sondern schickte mir statt dessen ein Kabel, das mir mitteilte, wann ich ihn erwarten konnte. Und ich machte mich ans Werk, holte das Feldbett ins vordere Zimmer und schlug es vor dem Kamin auf, plante eine Mahlzeit und vielleicht auch einen Ausflug für den nächsten Tag.

Aber an diesem ersten, lange vergangenen Tag war er mit Pferd und Einspänner, gemietet in Trainors Mietstallung, über die Bob und ich einst für einige Stunden als über unser Kavalleriedepot kommandiert hatten, zu mir herausgekommen. Und Trainor konnte sich immer noch Patricks Kundschaft erfreuen, stellte ich fest, als ich am Tor stand und ihn in die Ferne einen Hügel hinauffahren sah. Diesmal jedoch war er nicht mit Holz, Geschirr und einem gehorsamen Tier ausgestattet, sondern saß auf einem Fahrrad. Und warum auch nicht?

An jedem milden Wochenende vom Vorfrühling bis zum Spätherbst machte Trainor durch das Vermieten von Fahrrädern einen netten Profit. Es sind wunderbare Erfindungen, die den jungen Leuten aus Cork und Dublin die reine Luft und die Schönheit des Landes bringen. Allein, oder häufiger noch zu zweit oder in kleinen Gruppen, fahren sie mit dem Zug nach Macroom und mieten dort oder in Kilpeder ihre Fahrräder. Die meisten nehmen die Countystraße durch die Derrynasaggarts in die Gegend von Killarney und dann weiter südwärts nach Tralee. Es findet sich immer eine Bauersfrau, die ihnen Wasser für ihren Tee gibt oder Betten für sie findet. Und sie haben Zeit genug, ihre Räder gegen Steinmauern zu lehnen, hinüberzuklettern und durch das Gras zu den dachlosen, zerfallenen Kirchen und Mönchsklöstern und zu den normannischen Bergfrieden zu gehen. Die meisten von ihnen sind hervorragende junge Leute, idealistisch, intelligent und schlecht informiert.

Die meisten von ihnen lernen Gälisch – sie bestehen darauf, es Irisch zu nennen – und die große Attraktion für sie ist meine alte Liebe, das gälischsprachige Gebiet von Ballyvourney und Coolea. Einige von ihnen haben sich mit meinen alten Kameraden dort angefreundet, den Geschichtenerzählern und Sängern und Fiedlern; und mir scheint, daß diese Burschen sich in letzter Zeit ein wenig aufblasen, seit ihnen gut angezogene junge Damen und Herren versichern, daß sie die letzten, kostbaren Schreine der noblen Traditionen der Gälen sind. Naja, es schadet ja nichts.

Die Radfahrer wollen alle auch ihre Abstecher und Ausflüge machen, und ab und zu kommen sie an meinem Haus vorbei. Ich winke ihnen dann zu, und wenn ich ihre irischen Grüße auf Irisch erwidere, dann meinen sie, den ersten Vorposten der edlen Eingeborenen getroffen zu haben, und kommen auf eine Plauderei herüber. Sie sind von wildem Enthusiasmus erfüllt und meistens recht niedergeschlagen, wenn sie feststellen, daß ich ein Schulmeister im Ruhestand und in einer englischsprachigen Gegend geboren und aufgewachsen bin, aber ich wende unsere Zeit gut an, koche ihnen Tee und erzähle ihnen von schönen Stellen, die sie sich einfach nicht entgehen lassen dürfen, Gougane Barra zum Beispiel. Die meisten von ihnen sind energische Patrioten. »Kilpeder war groß im Fenierkrieg«, sagte einer von ihnen, der in seinem geringen Vorrat nach Worten suchte. »Im Vergleich schon«, sagte ich höflich und doch voller Wahrheitsliebe. »Natürlich war es das«, sagte er, »und die Irischsprecher müssen Herz und Seele des Aufstandes gewesen sein.« Ich hatte den Mund voll von heißem Tee, und ich hätte mich fast verschluckt. Wenn Hugh O'Neill höchstpersönlich mit einer gespenstischen Armada aus spanischen Kriegsschiffen zurückgekehrt und in der Bantry Bay vor Anker gegangen wäre, dann hätten diese Burschen vielleicht den Hintern hochgekriegt, aber wahrscheinlich hätte die Erinnerung an die Katastrophe von Kinsale, die tief in ihren edlen gälischen Seelen vergraben war, sie zurückgehalten. »Ist Ihnen nicht gut, Meister?« fragte der Junge, und ich schüttelte wortlos den Kopf und wagte noch nicht zu reden. Ein braver Junge aus Dublin und, wie viele von diesen Leuten, ein Mitglied von Sinn Féin. Nachdem er gegangen war, wusch ich den Klang seines Dubliner Gälisch aus meinen Ohren, indem ich einige Seiten meines geliebten Montaigne las, in John Florios wunderbarem geschmeidigem Englisch, und mir einige Strophen aus Brian Merrimans *Cúirt an Mheán Oíche* aufsagte, eines Dichters aus Clare aus dem 18. Jahrhundert, dessen Ansichten zu verschiedenen Themen den Jungen aus Dublin überraschen werden, wenn die Zeit gekommen ist.

Sie alle bitten darum, wie ich höre, nach Clonbrony Wood geführt zu werden, wovon heute nur noch wenig genug übrig ist, denn der Gutsverwalter Robert Evans hat Teile des Waldes zum Abholzen verkauft. Und natürlich wollen sie von der Countystraße aus den kahlen Hang gezeigt haben, wo Ned Nolan ums Leben gekommen ist. Und doch erreichen sie, wenn sie weiterfahren, schließlich im Tal so schöne Seen, daß kein Tourist sie zerstören kann, und sie können in milder Luft, die so delikat ist wie Äpfel, neben den Ruinen von Muckross Abbey picknicken. In ihrem Alter war ich genauso.

Patrick brachte immer einen Korb mit, der zur Hälfte mit Erwartetem und zur Hälfte mit Überraschungen gefüllt war. Diesmal waren wie immer eine Flasche Jameson und zwei Flaschen schöner Châteauneuf dabei, einige Pariser Zeitungen und eine elegante kleine vierbändige Ausgabe von Motleys *Aufstieg der niederländischen Republik*, die er für nur zwei Pfund, das behauptete er wenigstens, auf den Kais entdeckt hatte.

Als er sich häuslich eingerichtet hatte, denn er ist ein Mann der Rituale, stellt seine Zahnbürste sorgfältig hin und betreibt ähnlichen anderen Unsinn, trugen wir unsere Stühle in den Vorgarten und ließen uns dort mit unseren hohen Gläsern voll französischem Wein nieder. Die Flasche stand zwischen uns im Gras.

Patrick machte mich auf die vielen anderen Radfahrer aufmerksam, die er getroffen hatte, ehe er auf die Straße abgebogen war, die zu meinem Haus führt.

»Ja, allerdings«, sagte ich. »Irland in Bewegung. Nächstes Jahr wird an der Straße nach Macroom eine Gerberei gebaut. Die Sullane wird in Zukunft wohl nicht mehr so süß duften. Aber natürlich muß irgendwo Leder gegerbt werden, und es bringt Arbeitsplätze. Vielleicht können die jungen Leute dann hier leben statt in Boston oder Liverpool. Und die Textilfabrik, die bei Ihrem letzten Besuch eröffnet wurde, ist ein großer Erfolg.«

»An die kann ich mich überhaupt nicht erinnern, Hugh, um ehrlich zu sein«, sagte er. »Ist es ein Tully-Unternehmen?«

»Das nicht gerade«, antwortete ich und blickte in die Ferne. »Sie gehört einem Mann aus Bantry, aber ich habe gehört, seine Großmutter mütterlicherseits sei eine Tully gewesen, derselbe Stamm, aber ein anderer Zweig.«

»Eine seltene Allee der Möglichkeiten«, sagte Patrick. »Das muß doch Ihre fachliche Neugier geweckt haben.«

»Ach, Patrick, ich habe die Tullys aufgegeben. Das Leben ist zu kurz. Der Bursche heißt Moran, und er ist mit den Tullys und auch mit den Michael Patrick Murphys verwandt. Sie sind alle verwandt. Früher oder später wird die Inzucht sie alle erledigen; sie werden Kinder mit Schwanzresten hervorbringen. Mr. Morans Spezialität ist Frömmigkeit, er hat Verträge mit der Hälfte aller Nonnenklöster in Irland und beliefert die heiligen Schwestern mit Unterwäsche. Letztes Jahr, im März, liefen schockierende Gerüchte um, angeblich hatte er so leichte, dünne Ware geliefert, daß den armen Damen fast die Hintern erfroren wären, auch, wenn sie zwei Hosen auf einmal anzogen. Aber wie hätte so ein Wissen die Klostermauern durchdringen können? Jedenfalls wird Moran bald zum päpstlichen Grafen ernannt werden, und Seine Heiligkeit würde doch niemals jemanden, der Nonnen erfrieren läßt, adeln. Count Moran wird er dann heißen.«

Patrick streckte die Beine aus und hielt sein Glas ins Sonnenlicht. »Mich täuschen Sie nicht, Hugh. Ein kleiner Rest Neugier auf die Tullys ist immer noch vorhanden, und ganz unten liegt eine abergläubische Angst.«

»In diesem Jahr habe ich an den Rosen Wunder gewirkt, und von Ihnen kommt kein lobendes Wort.«

»Eine junge Dame aus guter Familie hat mir letztes Jahr in London und ausgerechnet in einem Gewächshaus erzählt, daß Rosen langsam vulgär werden.«

»Gehen Sie ihr aus dem Weg«, sagte ich. »Sie sind zu Höherem bestimmt.«

»Bin ich das? Wir werden Zeit haben, darüber zu reden. Aber ab und zu war ich ein fleißiger Forscher. Ich habe herausgefunden, warum das Jahr 1846 am Ziergiebel von Tully und Sohn steht. Nicht alle sind im Jahre des großen Hungers verhungert. Einige haben Geschäfte gemacht, und sogar sehr gute Geschäfte. Auf ihrem Glück sind ganze Häuser gegründet worden.«

»Aber wenige hatten die Stirn, ihr Glück dadurch zu feiern, daß sie ein Datum in Stein eingekerbt haben, noch dazu, wo es keine drei Meilen vor der Stadt ein Massengrab aus der Zeit der Hungersnot gibt. Aberglaube, von wegen!«

»Sie sind sehr gut darin, Steinen die Geschichte abzulesen.« sagte Prentiss. »Vielleicht war die Archäologie Ihre wahre Berufung.«

»Vielleicht«, erwiderte ich. »Nehmen wir Brierly Lodge. Wie Sie wissen, stand es seit Vincents Tod leer, und es gab auch keinen Verwalter. Ich glaube nicht einmal, daß die Tür abgeschlossen war. Tinker sind eingedrungen, und Jungen haben die Fenster mit Steinen eingeworfen. Am Ende hat der alte Dennis die Möbel verkauft und das Haus verfallen lassen. Aber als er letztes Jahr starb und sein Testament verlesen wurde, kam heraus, daß Brierly Lodge zusammen mit einer jährlichen Summe für seine Unterhaltung an die Ursulinerinnen geht. Und die Ursulinerinnen werden gebeten, Witwen und ältere unverheiratete Damen aus guter Familie als zahlende Gäste aufzunehmen, die ihre letzten Jahre in Gebet und klösterlicher Atmosphäre verbringen wollen.«

»Ein schöner Gedanke«, sagte Patrick leicht überrascht. »Das hätte ich nicht von dem alten Schurken erwartet.«

»Es soll eine Erinnerung an Vincent sein. Es wird dort eine Kapelle für Vincent geben. Und das ist ja nur richtig so, wenn man sich überlegt, wie vielen jungen Witwen Vincent in diesem unserem irdischen Leben Trost bringen konnte, und auch wieviel anderen, die diesen tristen Zustand noch gar nicht erreicht hatten.«

Patrick hielt sich das Glas an die Lippen, aber er mußte lachen und stellte es rasch beiseite.

»In aller Fairness, Hugh. Ein Hang zum Sardonischen hat schon früher zu Ihrem Wesen gehört und war ein angenehmer Zug. Aber Sie sind ja zum reinen Timon von Athen geworden.«

Ich ließ mich nicht erweichen. »Die Ursulinerinnen nehmen jetzt Bewerbungen an, und ganz oben auf der Liste steht Agnes Delaney. Das Haus ist zu groß für sie, und der Laden kommt sehr gut mit der monatlichen Inspektion durch Conor Tully Bindestrich Delaney zurecht. Und das Klosterleben war die große Liebe ihres Lebens, ehe sie Bob kennenlernte.«

»Die Vincent-Tully-Kapelle«, sagte Patrick fast nachdenklich. »Wissen Sie, Hugh, von allen, die außer Ihnen in diese Angelegenheit verwickelt waren, hätte ich wohl am liebsten Vincent kennengelernt.«

»Na bitte. Und jetzt habe ich kein Thema mehr, über dem ich

die Phiolen meiner schlechten Laune ausgießen könnte. Aber wenn Sie an Agnes denken, dann können Sie sich wirklich fragen, wie oft sich das Leben selbst einholt und seine ursprünglichen Pläne ausführt, egal, was in den Jahren dazwischen passiert ist.«

Bald danach brachen wir zu einem Spaziergang auf, aber erst kümmerte ich mich um mein Stew, das ich nun schon seit zwei Tagen in Arbeit hatte und das einer meiner Triumphe zu werden versprach. Wenn ich daran denke, daß die arme Mary gelebt hat und gestorben ist, ohne daß ich in der Küche mehr getan hätte als Tee und Eier zu kochen und ganz selten einmal Brot aufzubraten. Aber die Alten haben schlichte Vergnügungen: Üppige, knochenlose Stews, ein Glas Wein, regelmäßige Verdauung, von der Blase nicht gestörter Schlaf. Der arme, unschuldige Patrick Prentiss – vergleicht mich mit Timon von Athen! Gott sei Dank hat er nicht in Wut und Zorn der Alten hineingeschaut, in dieses großes Geheimnis, das wir versuchen, vor ihnen zu verheimlichen, aus Sorge um die Gesundheit des Landes.

Wir gingen über die lange, kurvenreiche Boreen, die an einem Moor und dann an einer Art Weide vorbei und schließlich zu einem Hügel führt, der leicht bestiegen werden kann und guten Ausblick hat, nach Osten und nach Norden auf die Derrynasaggarts und die Boggeraghs, und nach Süden auf die Stadt selber. Patrick hatte nun schon seit einigen Jahren seinen eigenen Schlehenstock, den er in meinem Ständer stehenließ. Derselbe Handwerker, der auch meine machte, hatte ihn hergestellt, ein Gastwirt, der mehr als nur einen Tropfen Dorfkämpferblut in den Adern haben mußte.

»Wie ist es mit Ihnen, Hugh«, fragte Patrick. »Können Sie von Ihrem Leben zurücktreten und seine Umrisse sehen?«

»Seien Sie nicht absurd«, sagte ich. »Warum, Patrick, ich bin neugierig, warum hätten Sie am liebsten Vincent kennengelernt?«

»Ehrlich gesagt, weil er so reizend war. Er muß einen umwerfenden Charme gehabt haben. Männer in Dublin und Cork City, die ihn gekannt haben, sagen, sie wären niemandem begegnet, der das Leben so liebte und die Freiheit so genoß.«

»Seine Freiheit war ihm sehr wichtig«, sagte ich. »Er bewegte sich mit wunderbarer Eleganz, wie er den Kopf hielt, wie er einen Freund beglückwünschte, mit seinem leicht prahlerischen Gang, wie einer der Krautjunker des alten Jahrhunderts, halb Jockey und halb Gentleman. Einmal – ich glaube nicht, daß ich Ihnen das erzählt habe – als unser Kleiner in Cork im Krankenhaus war und an der Hüfte operiert werden mußte, wurde uns eines Morgens ein Briefumschlag an die Tür gebracht, und darin steckten 300 Pfund in Zwanzigpfundnoten. ›Ich!‹ sagte Vincent, als ich zu ihm ging. ›Ich, ein Tully und stolz darauf, und soll Geld ohne Zinsen vergeben? Wofür hältst du mich denn bloß? Um Himmels willen, Hugh, verbreite diese wilde Geschichte bloß nicht in Kilpeder.‹ Ich mußte lachen. Alle liebten Vincent.«

»Ned Nolan nicht.«

»Seien Sie sich da nicht zu sicher. Ned hat ihn auch geliebt, glaube ich, auf seine Weise.«

»Warum um Himmels willen hat er ihn dann ermordet? Ich habe mit dieser Frage angefangen und bin der Antwort noch nicht nähergekommen.«

Ich sagte nichts. Ich wußte schon längst, daß das zum tief vergrabenen Thema unseres Lebens gehörte, das von meinem und Bobs und Vincents und Neds. Und da würde es bleiben.

»Damals, als Sie mich zu Bill Twomey ins Arbeitshaus geschickt haben. Da hat er gesagt, er hätte Bob Delaney kaum diese Nachricht gebracht, als Bob auch schon einen Zettel kritzelte, den Bill zu Ihnen bringen sollte. Aber Sie standen in der Haustür, lasen diesen Zettel mehrmals, und dann schüttelten Sie den Kopf und sagten, es gäbe keine Antwort.«

Es war seltsam, in dieser grünen Allee über diese Fragen zu reden, wo uns auf beiden Seiten hohe, verwucherte Hecken umgaben. Dahinter, auf der linken Seite, lag Lucys Moor. Schwerer Duft von Dung und Blattwerk hing in der Luft.

»Er wollte, daß ich mit ihm käme, um Ned zu suchen, oben in den Derrynasaggarts. Aber Ned schien endlich eine Grenze überschritten zu haben, auf die er seit zwanzig Jahren zugegangen war. Ich war bereit, ihn zu lieben und um ihn zu trauern, aber ich wollte keine Hand rühren, um ihm zu helfen. Nationen brauchen vielleicht ihre Ned Nolans. Ich brauche sie nicht.«

»Für die patriotischen jungen Radfahrer ist er eine Art Held geworden«, sagte Patrick.

»Und mit gutem Grund«, erwiderte ich. »Meine militärische Karriere, wenn Sie das so nennen wollen, war kurz und ruhmlos, aber bei Gott, wenn man einem heldenhaften Kommandanten gegenübersteht, dann weiß man das, und Ned war einer. Die Schlacht in Kilpder, der Rückzug nach Clonbrony, die Waffenaktion ganz zu Anfang… Er war ein guter Soldat, grimmig und kühn und kühl. Nationen brauchen solche Männer in ihrer Erinnerung. Einige Monate später war er eine Gestalt in einer formlosen Gefängnisuniform, wurde mißhandelt, und sein Gemüt verzerrte sich. Möge die Erde leicht auf ihm und auf den anderen liegen. Genug davon, Patrick, es ist kein Thema für so einen Tag.«

»Mehr als genug«, erwiderte Patrick mit einer Heftigkeit, die ich nicht erwartet hatte. »Mehr als genug, Hugh.«

Als wir den Hügelkamm erreichten, nach, wie ich eingestehen muß, zwei Pausen, die ich mir erschlichen hatte, indem ich einmal einen Ruf der Natur vortäuschte und ein anderes Mal eine wilde Blume bewunderte, die Patrick noch nie gesehen hatte, schienen die beiden Hügelketten in der durchscheinenden Luft zu ruhen, und die Stadt lag vor uns wie ein kunstfertiges Spielzeug. Ardmor Castle war ein Märchenschloß für Kinder, mit seinen hohen, in der Sonne leuchtenden Fenstern, den breiten Terrassen, den Gärten, dem kleinen japanischen See, der in diesem Moment wie die Sullane in der Sonne aufglitzerte.

Ich zeigte mit meinem Stock an der Sullane entlang in Richtung Macroom.

»Da ist der Bauplatz für die wunderschöne neue Gerberei.«

Aber Patrick starrte auf die Domäne. »Mein Gott«, sagte er, »die wird ja wieder zur Natur und wächst zu; die Blumengärten sind schon fast nicht mehr zu retten; eine Terrasse scheint kurz vor dem Einsturz zu sein – die da drüben, sehen Sie!«

»Was erwarten Sie?« fragte ich. »Der Mann, den der Verwalter eingestellt hat, und seine beiden Helfer sind schon in Ordnung, aber richtige Gärtner sind sie nicht, und der Verwalter ist auch keine Hilfe. Für Robert Evans gibt es nur Kontobücher, und Weidenbäume und kleine nutzlose Seen liegen jenseits von solchen Rechnungen. Früher, als Lionel Forrester noch jedes Jahr zur Jagd herkam, war das anders. Zumindest ein oder zwei Monate jedes Jahr gab es auf Ardmor eine feste Hand.«

»Wir sehen uns immer noch recht oft«, sagte Patrick. »Sind im Grunde gute Freunde geworden. Wir essen alle paar Wochen zusammen, besuchen Galerien oder so. Er läßt Sie herzlich grüßen.«

»Grüßen Sie ihn auch von mir, Patrick, grüßen Sie ihn bitte.« Ich hatte immer den Eindruck gehabt, daß es auf der Welt keine zwei engeren Freunde gegeben hätte als Lionel Forrester und mich, wenn uns nicht zuviel getrennt hätte, die Welt der Stadt und die Welt des Schlosses.

»Da drüben«, sagte Patrick und zeigte mit seinem ausgestreckten Arm in die Richtung, die er meinte, »was ist das für ein Haus?« Es lag so weit weg, daß es nur aus Schornsteinen, Türmen und im Sonnenlicht funkelndem Fensterglas zu bestehen schien. »Ich müßte das doch noch wissen, meinen Sie nicht, aus den Zeiten, als Sie mich zu meinem törichten Projekt ermuntert haben?«

»Es ist doch nicht töricht«, meinte ich. »Warum sagen Sie das? Aber es stimmt. Es ist eines der Herrenhäuser, die wir geplündert haben. Es heißt Mount Harmony, und die Familie heißt Rhys. Aber sie haben es unter den Bedingungen des Gesetzes verkauft und sind nach England gezogen.«

Er schüttelte den Kopf. »Es ist eine verschwindende Welt«, sagte er. »Fast, als würde sie sich in Luft auflösen.«

»Das Gesetz hat alles besiegelt«, sagte ich.

Das Gesetz war das berühmte Wyndham-Gesetz, das Gutsbesitzer ermunterte, nicht hier und dort ein Stück Land zu verkaufen, sondern ihre gesamten Ländereien, bis zu ihrer Türschwelle und zur Not auch noch weiter. Doch viele, wie die Otways und die Childresses und die O'Mahoney-Roberts', hatten nur bis zu ihrer Domänenmauer verkauft und klammerten sich verbissen an ihre Herrenhäuser.

Aber Patrick hatte recht. Es ist eine verschwindende Welt, die fast nicht bemerkt, was ihr widerfährt. Sie sehen ihre Nachbarn verkaufen und nach London oder vielleicht in die britischen Kolonien in Rom und Florenz ziehen, aber es bleibt nicht in ihrer Vorstellung haften. Und sie haben immer noch ihre Jagdbälle und ihre Jagden, glänzende Schauspiele, scharlachrote Röcke jagen durch grüne und braune Landschaften; ihre Söhne dienen immer noch in der Armee – *ihrer* Armee – in Indien und Afrika oder wo immer das Empire sie vielleicht braucht. Ihre verblaßten Standarten hängen in ihren Kirchen, und Tafeln erinnern an tapfere junge Burschen, die in Ladysmith oder Spion Kop gefallen sind. Doch viele von ihnen bleiben, aus Überzeugung und zu ihrem finanziellen Schaden, denn sie betrachten sich als Iren, nicht als Engländer, auch wenn sie der Krone gegenüber loyal sind. Aber die überzeugten Republikaner streiten es ab, daß sie überhaupt Iren sind. Torheit! Natürlich sind sie Iren. Andererseits bin ich im Grunde ja ein alter Fenier, und – ach ja!«

»Ich habe Wyndham kennengelernt«, sagte Patrick. »Geistreich und belesen. Er hat mir gefallen. Er bezeichnet sich selber auf seine Weise auch als Iren. Offenbar war Lord Edward Fitzgerald sein Urgroßvater.«

Ich machte eine wenig enthusiastische Geste.

»Ist Mount Harmony während des Landkrieges nicht auch boykottiert worden?« fragte Patrick, dem plötzlich die Erinnerung kam.

»Ho, ho, und wie es boykottiert wurde!« antwortete ich. »Bob hat eine seiner wütendsten Kampagnen gegen Mount Harmony geführt. Nur der arme Judkins in Lughnavalla hat das noch übertroffen. Er hat aus Neville Rhys eine Mischung der schlimmsten Eigenschaften von König Herodes und dem Zauberer Merlin gemacht. Die Rhys' kamen ursprünglich aus Wales.«

Patrick blickte nach Norden, auf die Boggeraghs.

»Damals, Hugh, auf unserem ersten gemeinsamen Spaziergang, haben Sie gesagt, das sei die wahre Revolution gewesen, nicht die Trommeln und Gewehre und Gewehre und Trommeln der Fenier, sondern die Land League und Parnell.«

»So in etwa«, sagte ich. »Es wird vielleicht noch mehr Gewehre und Trommeln geben, aber nur, um alles offiziell zu machen.«

Patrick wandte sich zu mir um. »Delaney war ein bemerkenswerter Mann«, sagte er. »Er hat hier die Fenier kommandiert, und im Landkrieg hatte er das Kommando und danach beim Kampagnenplan. Parnell ist jetzt wieder in Mode, wissen Sie, jetzt, wo er tot und unschädlich ist, und die Fraktionen arbeiten wieder zusammen, während seine Statue die Sackville Street dominiert.«

»Aber Bob nicht«, sagte ich als Antwort auf seine stumme Frage. »Männer wie Bob sollten still an irgendeinem exotischen Ort verschwinden, wenn ihre Stunde vorüber ist. Es geht nicht, sich in der Stadt sehen zu lassen wie ein Original, unrasiert, beim Trinken in den Schenken, und nach Lust und Laune grimmige Reden zu führen. Während seiner letzten Jahre ist er nicht ein Mal in der Messe gewesen, und er ist ohne die letzte Ölung gestorben. Er wurde tot auf dem Bett in seinem Büro gefunden.«

»Ja«, sagte Patrick. »Von Ihnen und Jamesey. Sie haben es mir erzählt. Entsetzlich.«

»Das können Sie wohl sagen. Haben Sie deshalb beschlossen, Ihr Buch nicht zu schreiben – unser Buch, wie ich es in Gedanken schon nannte?«

»O nein«, antwortete er. »Durchaus nicht. Oder vielleicht doch, auf eine seltsame Weise. Wir werden darüber reden, das verspreche ich Ihnen.«

Und das taten wir, beim Essen, zu dem ich den Tisch mit einer von Marys Damastdecken gedeckt hatte, die ich behalten hatte. Die anderen habe ich natürlich unseren Söhnen und ihren Bräuten gegeben. Ich hatte mitten auf den Tisch eine Vase mit Rosen gestellt, um dieses törichte Mädchen zu tadeln, das in einem Gewächshaus (ausgerechnet!) behauptet hatte, Rosen kämen aus der Mode. Wir tranken die zweite Flasche Châteauneuf, und ich muß zugeben, daß das Stew einfach perfekt war, Lamm, Möhren und Kartoffeln vermischten sich hervorragend aufgrund meiner besonderen Methode. Aber er ging indirekt, im Krebsgang an die Dinge heran; Jahr für Jahr wurde Patrick irischer, irgendein Erbe, das ihm im Blut lag, näherte sich ihm wie eine aufkommende Flut.

Er wollte mir zuerst von seinem letzten Besuch bei Lionel Forrester erzählen, in der Wohnung, in der Forrester und Emily in London lebten. »Er hat natürlich nicht wirklich Geld, der arme Bursche«, sagte Patrick, »aber er kommt zurecht. Vor vielen Jahren hat er Whistler – James Whistler! – überredet, gegen eins von Ardmors Bildern die Zimmer zu gestalten. Ardmor war natürlich einverstanden. Und man bemerkt die Tische und das wenig aufregende Essen nicht, weil in jedem Zimmer vier oder fünf Bilder von Ardmor hängen. Hugh, sie sind großartig! Es gibt nur wenig Orte, an denen Ardmors zu sehen sind, und Lees Wohnung gehört dazu. ›Er ist der wahre Künstler‹, hat Lee zu mir gesagt, ›Jimmy Whistler hat mir das vor langer Zeit gesagt, und der hat niemanden so leicht gelobt, er war im Grunde ein mißgünstiger Bursche.«

Aber das wußte ich. Selbst Schulmeister in Munster hören Lord Ardmors Namen zusammen mit denen dieser Franzosen, die uns einst so seltsam vorgekommen waren, als der *Punch* noch Witze über sie machte. Bob hatte es gewußt! Er kam von seinem ersten Besuch im Schloß zurück und sagte, dort hingen Bilder, die einen die Welt anders sehen ließen. Was bedeutet das, dachte ich und denke es noch immer. Wie hatte Bob das wissen können?

»Er hat das Galantière-Portrait«, erzählte Patrick. »Er bewahrt es für Ardmor auf. Ardmor will nicht, daß es im Schloß ist, so, wie die Dinge liegen.«

»Was ist das für ein Portrait?« fragte ich, und Patrick sah mich mit einem Ausdruck an, der sehr nah an Überraschung heranrückte, aber dann ging ihm, wie so oft in unseren Gesprächen, auf, daß er die Geschichte von zwei Welten im Kopf hatte, von meiner Welt und der Welt der Forresters, und daß es sehr viel aus meiner Welt gab, was ich ihm nie erzählt hatte, und zweifellos hatte auch Lionel Forrester ihm einiges verschwiegen. Stücke und Teile von Welten. Fragmente.

»Ein Portrait«, sagte er mit gewollter, strategischer Offenheit, »von Sylvia Challoner, der Frau, die Bob Delaney geliebt hat.«

»Ach«, sagte ich und wies die Strategie zurück. »Darüber haben Bob und ich höchstens drei-, viermal geredet, und auch das nur kurz. Ich weiß nur wenig darüber. Es ergibt für mich wenig Sinn.«

»Natürlich«, sagte er, »das hatte ich vergessen, Hugh.« Und wieder füllte er unsere Gläser, und der rote Châteauneuf fing das heiße Glühen des Torffeuers auf.

Sagen Sie, Lee«, bat mich Patrick Prentiss eines Nachmittags, als Emily Freunde besuchte – nicht, daß sie so viele davon hätte, das arme Ding, in ihrer Situation. Natürlich ist sie unter meinen Freunden in der Bohème mehr als willkommen, aber sie kann sie nicht ausstehen. Im tiefsten Herzen ist sie eine äußerst züchtige Dame von irisch-protestantischem Bekenntnis, aber ein liebes, gutes Geschöpf. Es war ihr Pech, sich in zwei Taugenichtse wie Sylvia und mich zu verlieben. »Sagen Sie, Lee«, bat Prentiss, »ist sie nie eifersüchtig, weil das Portrait einer anderen Frau den Ehrenplatz über dem Kamin im Wohnzimmer einnimmt?«

»Aber nicht doch«, erwiderte ich. »Sie empfindet größte Achtung vor der Erinnerung an Lady Ardmor. Sie waren fast Freundinnen.« Patrick macht sich inzwischen wirklich gut; es ist kaum noch eine Spur von dem jungen Collegepedanten übrig, der mich zum erstenmal 1904 auf Ardmor besucht hat. Doch es schien keinen Grund zu geben, seine Ansichten über die Beziehungen, die das Leben zwischen Männern und Frauen schafft, zu erschüttern. Das wird das Leben zweifellos selber erledigen.

Aber wie gesagt, er macht sich sehr gut, und es überraschte mich überhaupt nicht, als er erzählte, daß er sein Buch fallenlassen und wahrscheinlich nie wieder aufnehmen würde.

»War wohl zu verworren, nicht wahr?« fragte ich, stellte Kekse und etwas Madeira zwischen uns und dachte mit einem Stich an Sylvia. Sie hatte Madeira geliebt. »Gut!« hatte sie immer gesagt und sich die Lippen geleckt.

»Sie wollten nur den Fenieraufstand, ein paar Stunden im Jahre 1867, und dann weitete die Sache sich aus und umfaßte ein Jahrzehnt nach dem anderen. So etwas kann passieren. Wäre mir auch fast so gegangen, als ich mein kleines Buch über die Fronde geschrieben habe.«

»Nein«, erwiderte er. »Das ist es nicht. Ich habe genau die Form, die ich brauche, vom Aufstand über den Kampagnenplan bis zu Parnells Sturz. Es ist eine Geschichte, die weiß Gott von irgendwem erzählt werden müßte. Es gibt keine irischen Historiker. Es wäre bestimmt ein schönes Stück neuer Geschichte, das mir einen Namen als kommender Mann machen würde. Die Artikel, die ich bisher veröffentlicht habe, sind gut angekommen. Das hörte ich zumindest, als ich letzten Monat in Oxford war.«

»Nun?« fragte ich.

»Es ist nicht die ganze Geschichte«, sagte er sofort. »Robert Delaneys Liebe zu Sylvia Ardmor gehört dazu, und Tom Ardmors Liebe zu ihr, und das kann ich doch niemals erzählen. Ich weiß ja auch fast nichts darüber. Sie sind äußerst diskret gewesen.«

»War ich das?« fragte ich. »Und dabei bin ich immer stolz auf meine männliche, ja, fast jungenhafte Offenheit.«

Er hat gelernt, meine affektierten Sprüche zu überhören, die meine Generation, die sie immer als geistreich betrachtet hat, jetzt einfach nicht mehr loswird. Wilde hat mehr auf dem Gewissen als nur ein paar ruinierte Telegraphenknaben.

»Wußten Sie, was im Herzen, im tiefsten Herzen von Clonbrony Wood liegt? Die Stunde, lange Zeit danach, als Ned Nolan in Brierly Lodge hereinstürzte und Vincent Tully ermordete oder hinrichtete oder umbrachte, oder was immer er sich dabei gedacht haben mag. Und das ist ein unlösbares Geheimnis und wird es immer bleiben.«

»Es muß nicht unbedingt etwas mit Clonbrony Wood zu tun haben«, sagte ich, »und nichts mit 1867. Nolan war inzwischen zum Wahnsinnigen mit fixer Idee geworden, zum herumstreifenden Killer, wie diese Nihilisten in Rußland.«

»Nein, nein«, Patrick schüttelte den Kopf. »Aber ist er nach Kilpeder gekommen, um Tully zu ermorden, oder ist ihm dort etwas zu Ohren gekommen? Und Hugh MacMahon weiß es, da bin ich sicher. Aber ich könnte ihn nie danach fragen. Wenn er könnte, würde er es mir erzählen; wir sind Freunde, und er ist ein redlicher Mann und hat den schulmeisterlichen Respekt vor der Geschichte. Mehr Respekt als wir beide, fürchte ich. Aber er ist durch Loyalität oder durch Liebe oder beides zum Stillschweigen gezwungen. Ich habe übrigens eine Theorie, und ich hoffe bei Gott, daß ich mich irre.«

»Oh?« fragte ich, und er lächelte und schüttelte den Kopf mit diesem Lächeln, mit dem mehrere Generationen irischer Bauern britische Richter angelächelt haben.

»Aber die Antwort könnte auch nicht in einem Buch stehen, ebensowenig wie Sylvia Challoner oder die Weise, auf die sich meine eigenen Gefühle während dieser Jahre verändert haben, als ich mich mit den unwahrscheinlichsten Männern unterhalten habe – Revolverhelden im Ruhestand, ruinierten Junkern, Schenkenprahlern. Das Buch wäre in den Augen unserer alten Universitäten keine Geschichte, und auch nicht in den Augen der weniger alten. So ist es eben.«

Aber seine letzten Worte schienen sich an Sylvia zu richten; er konnte die Augen nicht von ihr abwenden, von diesem fast bombastischen Arrangement in Schwarz und Weiß, auf dem die schwarzgekleidete schlanke Frau den scheuen Mut ihrer Individualität gegen die Formalität betonte; ihr schwarzes Ballkleid war fast gefährlich dekolletiert, ihre Taille war schmal, die Brüste waren klein und selbstsicher. Als er das Portrait zum erstenmal sah, hatte Prentiss gedacht, sie schiene hinter die Leinwand zu blicken, nicht auf den Betrachter, sondern auf den Maler, aus Augen, in denen Intelligenz und Witz lagen, und zu ihm zu sagen: »Ich komme zu einer anderen Verabredung zu spät. Ich kann nicht darauf warten, bis du mich in Schwarz, Weiß und graue Schatten arrangiert hast.«

»Haben Sie Ihrem Tutor im New College schon Bescheid gesagt?«

»Aber sicher«, antwortete Prentiss. »Er war entsetzt, und dann hat er frischen Toast gemacht. Er befürchtet, ich könnte auf gewisse Leute an den deutschen Universitäten hereingefallen sein, die behaupten, wir könnten die Vergangenheit nie kennenlernen, die Geschichte niemals schreiben und die Geschichten, die wir haben, seien einfach nur angenehme oder aufwühlende oder auch pathetische Erzählungen. ›Nun ja‹, sagte er in seiner katzenhaften, glatten Art. ›Ich höre schon die Umlaute in Ihrer Stimme, Sie waren bei ihnen. Sie werden Ihnen nicht guttun.‹«

»Sie könnten recht haben«, sagte ich, »diese wilden Hunnen. Erzählungen sind doch in Ordnung. Geschichte ist eine Art Erzählung, eine Fiktion. Ich habe das selber auch immer gedacht, wenn ich Ihnen die Wahrheit sagen soll.«

»Die Liebe zu Fiktionen«, erwiderte er so prompt, daß er den Satz geübt haben mußte, »ist mir immer als untrügliches Anzeichen für einen Mangel an Phantasie erschienen.« Er lächelte.

Verdammt! dachte ich. Er hat nur zu gut von mir gelernt. Und ich schenkte ihm und mir selber ein zweites Glas von Sylvias Madeira ein, wie ich ihn in Gedanken immer nenne.

»So war sie, wie sie leibte und lebte«, sagte ich und nickte zum Portrait hinüber.

»Ja«, entgegnete er, und in diesem Moment wurde die Haustür geöffnet und Emily kam, wie immer mit langbeinigen, leichten Schritten, ins Zimmer.

»Patrick!« sagte sie voller Freude und mit freundlicher Bosheit. »Der Historiker unserer mageren Leben. Es weht ein beißender Frühlingswind«, sagte sie und nahm ihre Haube ab. »Ich habe einen langen Spaziergang gemacht, das ganze Embankment entlang.«

Ich mache selber auch oft diesen Spaziergang, und ich weiß natürlich, warum. Ich habe Tom jetzt schon zwei Jahre nicht mehr gesehen, obwohl wir uns so nahestehen wie immer. Ich habe ihn in Cortona besucht, und wir verbrachten eine wunderbare Woche dort, die Luft war kühl und erfrischend und wunderbar nach dem Nebel und den Schneeschauern eines Londoner Winters mit seinem endlosen Regen. Wir waren zufrieden, wenn wir auf der Terrasse sitzen und auf die Haine des Nachbarn hinüberblicken konnten. »Ich kenne ihn ein wenig«, erzählte Tom über den Nachbarn. »Er kommt aus einer prähistorischen Familie und hat irgendeinen Titel. Das haben sie hier alle. ›Mein englischer Freund, der große französische Maler‹, so nennt er mich vor seinen Freunden und brüllt danach vor Lachen. Ich habe übrigens die Malerei aufgegeben. Ich versuche es jetzt mit der Bildhauerei, aber nur, damit ich etwas zu tun habe.« – »Seltsam«, sagte er etwas später, »oft haben wir uns monatelang nicht gesehen, einmal sogar ein halbes Jahr nicht. Und doch ist ihr Fehlen eine schmerzhafte Wunde, die niemals weniger wehtut. Was für verdammtes, verdammtes Pech das arme Mädchen gehabt hat. Wenn ich doch nur...« Aber ich legte ihm die Hand auf den Arm und schüttelte den Kopf. Wir saßen in geselligem Schweigen da und sahen hinter den Hainen Hügel, die so anders als die zu Hause sind, wie es nur möglich ist, braun, terrassiert.

Und die Themse ist nicht die Sullane. Um es gelinde zu sagen. Wir treffen die üblichen Spaziergänger am Embankment, und einige von uns nicken einander zu – ein Armeeoffizier im Ruhestand, eine aus Ceylon zurückgekehrte Teepflanzerswitwe, und sogar noch ein Ire, ein Arzt, der mehr als sein halbes Leben in den Straits Settlements verbracht hat, er hat ein knallrotes Whiskeygesicht, einen ebensolchen Hals und ein Arsenal an fröhlichen Platitüden. Sogar Tom, denke ich manchmal auf diesen Spaziergängen – vielleicht Tom ganz besonders –, ist in das Chaos des Lebens hineingeraten, wurde davon geschlagen, hat grausame Dinge über sich selber herausgefunden, hat Sylvia geliebt, ohne sie zu besitzen, hat diese wundervollen Landschaften gemalt. Aber ich habe mich für diese Zukunft fithalten können, in der ich nun neben einem ehemaligen Arzt, einem ehemaligen Offizier und einer Teepflanzerswitwe über das Embankment schlendere.

Und Lionel Forrester und Sie haben also beschlossen, daß Geschichte nicht viel besser ist als ein Roman«, sagte ich. »Und was zum Teufel soll ich mit all meinen Büchern machen, meinem Gibbon und meinem Lingard und dieser schönen Motley-Ausgabe, die Sie mir heute mitgebracht haben? Soll ich annehmen, daß es niemals einen Aufstieg der niederländischen Republik gegeben hat? Es wird eine traurige Zeit für Schulmeister sein, wenn dieser Unsinn erst einmal frei herumlaufen darf.«

»Es gibt im Leben nicht nur Geschichte«, sagte er. »Ich habe beschlossen, doch Jurist zu werden. Schließlich wohne ich in Pump Court. Besser könnte ich es gar nicht treffen.«

»Ah«, erwiderte ich. »Sie wollen also doch Jurist werden?« Ich häufte Stew auf unsere leeren Teller. Es war wirklich ein hervorragendes Lammstew, das muß ich sagen; es kommt auf die kleinen geheimen Zutaten an, die kleinen Zwiebeln und den kleingeschnittenen Porree.

»Mein Vater wird bald in den Ruhestand treten. Er freut sich darauf, und es wird ihm große Freude bereiten, daß sein Sohn seine Zimmer benutzen kann.«

»Ganz zu schweigen von seinem Talar«, sagte ich.

»Noch nicht sofort, fürchte ich«, erwiderte Patrick. »Dominick Sarsfield Prentiss ist Kronanwalt und trägt einen seidenen Talar. Meiner wird aus Tuch sein. Aber ich kann seine Perücke und seine Beffchen benutzen.«

»Sie befürchten also nicht, die Juristerei könnte sich ebenso wie die Geschichte als Fiktion erweisen?«

»Das weiß ich doch schon«, antwortete er. »Das wissen die meisten Juristen, glaube ich. Mein Vater ist sehr beredt, wenn es um dieses Thema geht. Wir sind uns in den letzten Jahren sehr nahegekommen. Ich stelle fest, daß er wirklich ein brillanter Mann ist.«

»Meine eigenen Söhne haben dieselbe Entdeckung gemacht«, sagte ich. »Irgendein neuer Wind muß aus der Arktis herüberwehen und die Intelligenz älterer Männer ungemein vergrößern.«

Patrick ging zum Picknickkorb und entnahm ihm seine letzte Delikatesse, eine Flasche von Monsieur Courvoisiers Cognac, für den ich zwei Gläser von passender Form fand.

»Einige Jahre lang hatte ich zwei andere Väter«, sagte Patrick. »Sehr andere Väter als ihn. Sie und Lionel Forrester.«

»Das weiß ich, Patrick, das weiß ich. Ich liebe Sie dafür. Aber jetzt ist Zeit zum Aufbruch, Zeit, zu Dominick Sarsfield Prentiss zurückzukehren.« Lammstew und der rote Wein Frankreichs und der beste aller Branntweine: Das ist einfach das Größte. »Sie werden in Irland tätig sein?«

»Wo denn sonst?« fragte er. »Ich bin Ire. Das hier ist mein Land. Ich werde mich natürlich zuerst freischwimmen müssen, aber ich denke auch daran, mich im Laufe der Zeit der Politik zuzuwenden. Ein Sitz im Parlament. In unserem eigenen natürlich. Home Rule kommt, Hugh. Es ist nur eine Frage der Zeit.«

»Home Rule«, sagte ich und schlug mit dem Löffel auf den Tisch, »ein paar Kellen Selbstregierung, ausgeteilt von Mutter Britannia, und John Redmond nickt mit dem Kopf und sagt: ›Vielen Dank, Ma'am‹. Es gibt nur ein Ziel, nur ein einziges Ziel, Patrick Prentiss, vergessen Sie das ja nicht – ein freies Volk in einem freien Land, die Republik Irland, vergessen Sie das nie.«

»Oh, und wer soll uns die beschaffen, die patriotischen jungen Radfahrer?«

»Vielleicht«, sagte ich. »Es sind schon seltsamere Dinge vorgekommen.« Ich beugte mich über meinen Cognac und sah, daß Patrick mich anlächelte.

Und nichts konnte ihn davon abhalten, im Morgengrauen nach Kilpeder zu fahren, ein Pferd und einen Einspänner zu mieten und mich zu einem Tagesauflug an die Seen und die »Abtei« in Muckross abzuholen, wie sie immer genannt wird, obwohl sie in Wirklichkeit ein Mönchskloster war, das der große Donal MacCarthy im 15. Jahrhundert für die Franziskaner gegründet hat. Wenige interessieren sich für solche Feinheiten. Wir mußten zuerst bei den Kilpeder Arms in der Stadt halten, bis Patrick mit dem Picknickkorb, den er dort bestellt hatte, wieder zum Vorschein kam.

Gilmartin begleitete ihn, trat in die Morgensonne und streckte sich wie eine große Katze. »Unterwegs zu den Seen, was, Meister?« fragte er und legte einen Hand auf den Einspänner.

»Ein schöner Tag für einen Ausflug, Gott sei Dank«, erwiderte ich.

»Wie die alten Zeiten«, sagte er, »als ich bei Ihnen zur Schule ging, und sonntags sah ich dann, wie Mrs. MacMahon und Sie mit... nun, mit irgendeinem Ihrer vielen Freunde aufbrachen.«

»Mit Vincent Tully höchstwahrscheinlich«, sagte ich. »Und natürlich mit Robert Delaney. Das waren unsere besten Freunde.« Von Leuten wie Gilmartin soll man sich nie einschüchtern lassen; leichthin gesagte Bosheit ist die schlimmste, die es gibt.

»Ja, natürlich«, meinte Gilmartin.

»So«, sagte Patrick. Er stellte den Korb in den Wagen, stellte einen Fuß auf das eiserne Trittbrett und schwang sich mit der gedankenlosen Eleganz eines jungen Mannes an Bord.

Die Stadt funkelte: Es war wirklich ein wunderbarer Sommer! Die goldenen Buchstaben und der scharlachrote Hintergrund an Tullys Ladenschild glitzerten wie ein russisches Ornament, und die Türme von Saint Jarlath hinter uns und der protestantischen Kirche vor uns strahlten in der Sonne. Der Obelisk des längst verstorbenen jungen Earl of Ardmor, dieses zutiefst vertraute und absurde Objekt, hatte in diesem Licht eine ganz neue Reinheit. Und die Markthalle, Nachfolgerin der Halle, wo in einem früheren Jahrhundert Eilín Dubh Ní Chonaill, eine junge und leidenschaftliche Adelsdame aus Kerry, Art O'Leary gesehen hatte, der an der Stirnwand lehnte, schön und tollkühn, in seinem Umhang von französischem Schnitt, während seine längst an den Schwertgriff gewöhnte Hand nachlässig auf seiner Hüfte ruhte. Einige Zeilen ihrer großartigen gälischen Klage um ihn kamen mir in den Kopf, willkommen und ungerufen. Keine Geschichte, also wirklich! Sie liegt unwiderruflich in Liedern, in Poesie.

Patrick hielt bei den verschlossenen Toren von Ardmor Castle an, stieg aus, ging zu einem der Falken hinüber, diesem steinernen Vogel, der seine steinerne Kugel festhielt und die Flügel ausbreitete. Er ließ seinen Finger über das Geschöpf fahren, von Flügelspitze zu Flügelspitze, rieb mit den Fingern über den Schnabel aus grausamem Stein. Er merkte, daß ich ihn anlächelte.

»Das soll Glück bringen«, sagte er.

»Vielleicht haben Sie zu lange gewartet«, erwiderte ich. »Boshafte Jungen werden denen bald ihre Streiche spielen.« Und als ich meine lässigen Worte hörte, hatte ich das Gefühl, das Urteil über die Welt der Ardmors gesprochen zu haben.

Nach der langen Fahrt durch die Berge und dann durch das schöne grüne Tal der Flesk hatten wir großes Glück in Muckross. Die Stadt Killarney, mit der es an Zauber und Schönheit höchstens noch Port Said aufnehmen kann, war relativ ruhig, noch waren nur wenige Sommerfrischler unterwegs, aber die Fremdenführer lauerten ihnen schon vor den Hotels der Stadt auf, mit ihren Ausflugswagen und ihren Säcken voller Geschichten über die Cailín Bán und allem anderen. Vincent hat einmal zu uns gesagt: »Wenn die Gesetzestafeln Mose, auf denen mit Flammenschrift die Zehn Gebote stehen, je entdeckt werden, dann werden sie nach Killarney gebracht und für zwei Schilling ausgestellt.« – »Oder das Schweißtuch der Veronika«, meinte Bob, »am Rand mit Shamrocks und in der Ecke mit einem Rundturm bestickt.« – »Ihr seid beide schreckliche Gotteslästerer«, lachte Mary. »Ich zittere bei dem Gedanken, was das Leben noch für euch bereithalten wird.«

»Bob Delaney und Sie waren kurz vor dem Aufstand hier, nicht wahr?« fragte Patrick.

»Stimmt«, antwortete ich. »Stimmt. Und es hat uns eine Höllenangst eingejagt, daß die Stadt überfüllt war von Soldaten, die in aller Eile aus Limerick hierher verlegt worden waren. Die feinen Hotels – das große Eisenbahnhotel und die anderen – quollen nur so über vom Landadel Kerrys, der Hals über Kopf mit allem Silber- und Goldgeschirr, das in ihre Kutschen paßte, hierhergestürzt war. Große Aufregung, und Bob grinste trotz seiner Angst wie ein Luchs bei dem Gedanken, daß wir an allem schuld waren. Ein paar Wochen später war alles vorbei. Es war so, als ob es nie geschehen wäre.«

»Es ist geschehen«, sagte Patrick.

Aber in dem stillen Mönchskloster, das wir für uns alleine hatten, hallten ihre Stimmen in meiner Erinnerung wider, Bobs und Vincents und Marys. Und Neds! Aber Ned war niemals mit uns hier gewesen, in diesem kühlen uralten Steinbau, im hohen Gras, am Seeufer. Patrick und ich gingen durch Kirchenschiff und Altarraum und standen im kleinen, eleganten Kreuzgang.

»Eine Welt der Ruinen«, sagte Patrick.

»Ruinen können durchaus noch Verwendung finden«, sagte ich. »Irgendwann gegen Ende der elisabethanischen Welt ist die schöne junge Erbin des großen MacCarthy Mór mit ihrem Liebsten aus der Burg ihres Vaters entflohen, und dann haben sie hier geheiratet. Genau hier, wo wir stehen, behauptet die Überlieferung. Und schon damals war es eine Ruine.«

»Gut«, meinte Patrick. »Wie ein Märchen mit einem glücklichen Ausgang.«

»Vielleicht«, sagte ich. »Ihr Liebster wurde in London in den Tower gesperrt und verbrachte dort jahrelange bittere Flitterwochen. Sie sind alle hier begraben, die großen Häuptlinge von Kerry, die MacCarthy Mórs und die O'Donoghues aus den Glens. Ganz zu schweigen von unseren besten Dichtern – O'Rahilly und Owen Ruagh O'Sullivan.« Dachlos, wie alle alten Mönchsklöster und Abteien. Über uns ein klarer, blauer, wolkenloser Himmel, Saatkrähen kreisten über dem zerfallenen Glockenturm.

Dann gingen wir ans Seeufer, und die widerhallenden Stimmen verstummten in meinen Ohren, und ich hörte nur noch unsere Stiefel im hohen, nassen Gras und das Krächzen der Krähen. Hinter uns lag die verlorene, schöne Kirche, in der Stammesführer und Dichter und viele weniger wichtige Leute begraben waren, Menschen, deren Namen Jahrhunderte von Regen, von Nebeln, die auf den Winden vom unsichtbaren Atlantik hierhergeweht worden waren, ausgelöscht hatten.

Die wichtigsten Personen

ARDMOR, ISABEL, VERWITWETE COUNTESS OF. Toms Mutter.

ARDMOR, SYLVIA FORRESTER, COUNTESS OF. Geborene Challoner.

ARDMOR, THOMAS FORRESTER, EARL OF.

BELTON, PAUDGE. Constable der Irish Constabulary, 1867 stationiert in Kilpeder.

BONNER, THOMAS. Fenier, im Exil in den USA, betreibt eine Ziegelei am Hudson.

BOURKE, EMMET. Kronanwalt. Betraut mit der Verteidigung von Robert Delaney, Hugh MacMahon und Vincent Tully, 1867.

BOYCOTT, CAPTAIN CHARLES CUNNINGHAM. Gutsverwalter in Mayo, gegen seinen Willen findet sich sein Nachname heute in den Wörterbüchern vieler Sprachen wieder.

BOYLE, JOHNNY. Besitzer von Brierly Lodge bei Kilpeder (1867).

BRADY, JOE. Mitglied der Invincibles, am 14. Mai 1883 im Gefängnis von Kilmainham gehängt.

BRENNAN, MATTY. Fenier, Schlacht von Kilpeder und Clonbrony Wood.

BRICK, JEREMIAH. Fenier, betreibt einen Reitstall in Killarney.

BURKE, THOMAS. Unterstaatssekretär für Irland, am 6. Mai 1883 im Phoenix Park, Dublin, ermordet.

BUTT, ISAAC. Kronanwalt. Betraut mit der Verteidigung von Edward Nolan (1867), Organisator und erster Führer der irischen Home-Rule-Partei im Parlament.

BYRNE, FRANK. Sekretär der Land League Organisation in Großbritannien, wurde der Komplizenschaft mit den Invincibles verdächtigt (1882).

CALLINAN, JEREMIAH. Kommissar der Irish Constabulary, arbeitet in Dublin Castle (1867).

CAREY, JAMES. Führer des Dubliner »Kreises« der Invincibles.

CARROLL, JAMES. Fenier, Arzt in London.

CASEY, BRENDAN. Fenier. Schlacht von Kilpeder und Clonbrony Wood.

CAVENDISH, LORD FREDERICK. Frisch ernannter Staatssekretär für Irland, am Abend seines Eintreffens am 6. Mai 1882 im Dubliner Phoenix Park ermordet.

CHALLONER, COLONEL HUBERT. Britischer Offizier a. D., kleiner Gutsbesitzer in Westmeath, Sylvia Ardmors Vater.

CHAMBERLAIN, JOSEPH. Britischer Politiker. Zuerst zögernder Unterstützer, dann Gegner der Home Rule für Irland.

CHUTE, EDWARD. Wie schon sein Vater Everard Verwalter der Ardmor-Güter, danach Organisator der Property Defence Association.

COLTHURST, BARTHOLOMEW. Gutsbesitzer im Bergdorf Aghabullogue.

CONEFRY, BART. Wie schon sein Vater Kilpeders führender Gastwirt.

CONSIDINE, DONALD. Arzt in Kilpeder.

CREMIN, PATER GABRIEL. Bis Mitte der 70er Jahre Pfarrer in Kilpeder.

CUMMINGS, BILLY. Nationalist und Anti-Parnellit.

CUNNINGHAM, PETER. Auktionator in Kilpeder (1892) und Anti-Parnellit.

DAVITT, MICHAEL. Fenier, Häftling in Dartmoor, Land-League-Organisator.

DELANEY, AGNES. Verheiratet mit Robert Delaney, Tochter Dennis Tullys.

DELANEY, ROBERT. Fenier, später Anwalt, Land-League-Agent in Kilpeder, Londoner Sekretär der Irish National Land League, Home-Rule-Vorkämpfer und Parlamentsmitglied.

DEVOY, JOHN. Fenier-Veteran und Verschwörer, im New Yorker Exil.

DILLON, JOHN. Nationalistischer Politiker, zusammen mit William O'Brien Organisator des Kampagnenplans, Kollege und später Gegner Charles Stewart Parnells.

DINEEN, DANIEL. Sergeant der Royal Irish Constabulary in Kilpeder (70er Jahre).

DRIPSEY, PETER. Anwalt in Cork City (1867).

DUIGNAN, CHARLIE. Amerikanischer Fenier, zusammen mit Nolan in Chicago.

DUNPHY, PAT. Fenier, Sergeant in der Schlacht von Kilpeder und Clonbrony Wood.

ENRIGHT, PADDY. Mitglied von Nolans Londoner Delta-Team.

EVANS, ROBERT. Nach Edward Chute Verwalter der Ardmorgüter (1880–1904).

EWING, CAPTAIN LESLIE. Kommandant einer Armee-Einheit, die 1892 nach Kilpeder verlegt wurde.

FOGARTY, BRENDAN. Anwalt und Land-League-Agent in Kilpeder, Parlamentsmitglied und Anti-Parnellit.

FORRESTER, LIONEL. Essayist und Romancier, Vetter und Freund von Thomas Ardmor.

FORSTER, WILLIAM EDWARD. Britischer Staatsmann, Staatssekretär für Irland (1880–1882), wurde von irischen Nationalisten »Buckshot« (Rehposten) genannt.

FULLER, THERESA. In späteren Jahren Vincent Tullys Lebensgefährtin.

GALANTIÈRE, PAUL. Gesellschaftsmaler, spezialisiert auf Portraits.

GANNON, JAMESEY. Robert Delaneys Kanzlist (seit ca. 1890).

GILMARTIN, PAUL. Wie sein Vater Besitzer der Kilpeder Arms (1904).

GRACE, JAMESEY. Home Rule-Politiker, Parnellit.

HAGGERTY, JOSEPH. Aus Aghabullogue vertriebener Pächter (1879).

HANLON, LANTY. Fenierführer in Kilpeder (1890–92).

HEALY, TIMOTHY MICHAEL. Nationalistischer Politiker, zuerst Anhänger, dann Gegner Parnells.

HOGAN, PATRICK. Kassenwart der Land League, der Komplizenschaft mit den Invincibles verdächtigt.

HONAN, CORNELIUS. Sergeant der Irish Constabulary in Kilpeder (1867).

JUDKIN, JOSEPH. Englischer Besitzer von Lughnavalla House bei Kilpeder.

KELLEHER, EDWARD. Sergeant der Royal Irish Constabulary in Kilpeder (1880–1890).

LAFFAN, PAT. Kleinbauer und Schnapsbrenner in Kilpeder.

LAWLOR, PACKY. Wohlhabender Bauer in Kilpeder.

LEAMY, EDMUND. Home-Rule-Verfechter, Parlamentsmitglied, Parnellit.

LEESE, DICK. Pastor in Devon, mit Patrick Prentiss befreundet.

LEESE, ELEANOR. Verheiratet mit Dick.

LOMASNEY, WILLIAM MACKEY. Fenierveteran, kam bei einem Sprengstoffattentat am 13. Dezember 1884 in London ums Leben.

MCCARTHY. JUSTIN. Home-Rule-Verfechter, Parlamentsmitglied, zuerst Anhänger Parnells, später dessen Gegner.

MACCURTAIN, EDDIE. Mitglied von Nolans Deltateam.

MACMAHON, HUGH. Fenier, Schulmeister, Volkskundler.

MACMAHON, MARY. Verheiratet mit Hugh.

MAGUIRE, PATER STEPHEN. Pfarrer in Macroom, Co. Cork (um 1880).

MEAGHER, PATER IGNATIUS. Pfarrer in Kilpeder (ab ca. 1880).

MILLEN, GERALD ARTHUR. Mitglied im Obersten Rat der Delta-Organisation.

MORRISSEY, JIM. Mitglied von Nolans Delta-Team.

MULCAHY, JEREMIAH. Mitglied im Obersten Rat der Irish Republican Brotherhood.

MULLANE, PATER DENNIS. Kaplan in Kilpeder (ab ca. 1880).

MURPHY. JOHN STEPHEN. Anwalt und Land-League-Agent in Macroom (80er Jahre).

MURPHY, MICHAEL PATRICK. Anwalt, nationalistischer Politiker, Anti-Parnellit (1892).

NEAFSEY, PHILIP. Kommissar der Royal Irish Constabulary (1892).

NOLAN, EDWARD. Fenier, Kommandant in Kilpeder (1867), Häftling im Gefängnis von Portland, Verschwörer in England und den USA.

NOLAN, THOMAS JUSTIN. Veteran des gescheiterten Aufstandes von 1848, Vater Edwards, im amerikanischen Exil.

O'BRIEN, WILLIAM. Nationalistischer Politiker, Journalist, Agitator.

O'CLERY, MYLES. Kronanwalt, Home-Rule-Verfechter, Parlamentsmitglied.

O'DONOVAN, MAJOR OLIVER. Britischer Offizier a. D., Gutsbesitzer in Kilpeder, Vorsitzender der Property Defence Association.

O'GORMAN, MAJOR PURCELL. Home-Rule-Verfechter, Parlamentsmitglied.

O'MAHONEY, JOHN. Veteran des Aufstandes 1848, im Exil in den USA, gründet in den 50er Jahren zusammen mit James Stephens die Fenier, wurde später als militärischer Kommandant abgesetzt.

O'SHEA, KATHARINE. Geliebte und spätere Ehefrau Parnells.

O'SHEA, CAPTAIN WILLIAM. Ehemaliger Soldat, Parlamentsmitglied für Galway, verheiratet mit Katharine.

PARNELL, CHARLES STEWART.

PATCH, MERTON. Londoner Journalist, während des Landkrieges Korrespondent in Kilpeder.

PIGOTT, RICHARD. Nationalistischer Journalist, Fälscher der berüchtigten »Parnellismus und Verbrechen-Briefe«.

PRENTISS, DOMINICK SARSFIELD. Kronanwalt, Patricks Vater.

PRENTISS, PATRICK. Student in Oxford, angehender Historiker.

QUILL, MARGARET. Dienstmädchen in Murray Hill in New York.

REILLY, CAPTAIN EUGENE. Fenier, Kommandant in Killarney (1867).

RICHARDSON, MAJOR WILLIAM. Früher bei den Punjabi Lancers, Friedensrichter in Kilpeder (1880–1892).

ROSSA, JEREMIAH O'DONOVAN. Fenier, nach langen Jahren in englischen Gefängnissen im Exil in New York, Schriftsteller.

SHEEHAN, KEVIN TIMOTHY. Fenier, Arzt in Chicago.

SPELLACY, JAMESEY. Fenier, Schlacht von Kilpeder und Clonbrony Wood.

SPENCER, ARCHIBALD. Privatsekretär des Innenministers, Westminster (1889).

STEPHENS, JAMES. Veteran des Aufstandes von 1848, zusammen mit John O'Mahoney Gründer der Fenier, später abgesetzt.

TIERNEY, MICHAEL. Präsident der New Hibernia Asphalt Company in New York, unterstützt irisch-revolutionäre Ziele.

TIMONEY, MARTIN. Ortskommandeur der Fenier in Killarney (1867).

TULLY, DENNIS. Kaufmann in Kilpeder.

TULLY, MALACHI (»Der Gründer«), Höker, Dennis' Vater.

TULLY, MARY ELLEN. Verheiratet mit Dennis.

TULLY, VINCENT. Dennis' Sohn, Fenier in Kilpeder (1867), später Gutsherr.

TUMULTY, JOSEPH. Ortskommendeur der Fenier in Cork City, Schiffsausstatter.

TWOMEY, BILL. Aus Lughnavalla vertriebener Pächter (1887), danach Faktotum bei Robert Delaney.

TYNAN, PATRICK. Selbsternannte »Nummer 1« der Irish National Invincibles.

WELDON, EMILY. Sylvia Ardmors Zofe, später Lebensgefährtin Lionel Foresters.

WHISTLER, JAMES ABBOTT MACNEIL. Amerikanischer Maler, lebt in London.

Erklärung im Text verwendeter historischer Begriffe

1848: mißglückter Aufstandsversuch der Young-Ireland-Bewegung (s. dort).

Boykottkampagne: Kampagne der Land League (s. dort). Um die Vertreibung von Pächtern zu verhindern, die ihre Pacht nicht mehr bezahlen konnten, wurden alle Käufer solchen Pachtlandes boykottiert, d. h. niemand verkaufte ihnen etwas, sie fanden keine Landarbeiter und kein Hauspersonal, niemand redete mit ihnen. In dieser völligen Isolation konnten sie nicht überleben, gaben auf und gingen dann oft nach England. Der erste »Boykottierte« war ein Captain Boycott, der dieser neuen Politik seinen Namen lieh.

Christian Brothers: katholischer Mönchsorden, in dessen Händen seit etwa 1850 praktisch das gesamte irische Jungenschulwesen liegt.

Clann na nGael: irisch »Familie der Iren«, nach dem mißlungenen Aufstand von 1867 in den USA gegründeter amerikanischer Zweig der IRB.

Croppies: vom englischen *to crop*, »abschneiden, scheren«. Anhänger der United Irishmen, einer Organisation, die für den irischen Aufstand des Jahres 1798 verantwortlich zeichnete, die ihre Haare nach dem Vorbild der französischen Revolutionäre kurz trugen.

Dublin Castle: Von 1295 bis 1921 Sitz der britischen Kolonialverwaltung in Irland, galt als Symbol für die Fremdherrschaft schlechthin. Dublin Castle dient heute als Museum und als Rahmen für Staatsempfänge.

Dynamiters: in den USA gegründete irische Terrororganisation, vergleichbar den Invincibles (s. dort).

Fenier: s. a. *Irish Republican Brotherhood.* Die Fenier, irisch Fianna, waren eine sagenhafte Kriegertruppe der irischen Vorzeit.

Firbolg: die erste in Irland nachweisbare keltische Bevölkerungsgruppe, die vermutlich um das Jahr 500 v. Chr. einwanderte.

Fomori: sagenhafte irische vorkeltische Urbevölkerung.

Heckenschulmeister: irische Lehrer, die während der Jahre der Penal Laws (s. dort) den Kindern der armen irischen Katholiken heimlich Unterricht in irischer Sprache und Kultur, klassischen Sprachen, Religion u. ä. erteilten, was von der britischen Obrigkeit untersagt war.

Home Rule: ab 1870 Strömung in der irischen Politik, vertreten vor allem von Isaac Butt und Charles Stewart Parnell. Ziel dieser Bewegung war es, für Irland größtmögliche Autonomie bei gleichzeitigem Verbleiben im britischen Staatsverband zu erreichen. Auch englische liberale Politiker unterstützten die Forderung der irischen Partei im Parlament nach Autonomie.

Invincibles: Abspaltung der IRB, irische Geheimorganisation, die durch Morde und Sprengstoffattentatee Irlands Unabhängigkeit beschleunigen wollte. Auf das Konto der Invincibles gingen z. B. die sogenannten Phoenix Park-Morde des Jahres 1882, denen zwei hohe englische Beamte zum Opfer fielen.

Irish Republican Brotherhood: irischer Geheimbund, auch »Fenier« genannt, gegründet 1858 in Dublin von James Stephens, Joseph Deneffe, Thomas Clarke Luby, Peter Langan, Owen Considine und Garret O'Shaughnessy. Ziel der Irish Republican Brotherhood – IRB – war Irlands völlige Unabhängigkeit von Großbritannien, die die IRB nur durch einen bewaffneten Aufstand glaubte herbeiführen zu können. Seit 1916 hieß die Organisation Irish Republican Army (IRA).

Kingstown: englischer Name für Dun Loaghaire, Hafenstadt an der irischen Ostküste, heute ein Stadtteil von Dublin.

Ladies' Land League: irische Frauenorganisation, gegründet 1881, die die Arbeit der Land League fortsetzte, während deren Führer im Gefängnis saßen und die Land League verboten war. Auch die Ladies' Land League wurde verboten, was die Frauen aber an ihren Aktivitäten nicht hinderte. Das Überleben der Land League und ihr schließlicher Erfolg geht nicht zuletzt auf die Arbeit der Ladies' Land League zurück. Ende 1882 wurde die Organisation aufgelöst, vor allem auf Wunsch von Parnell, dem es nicht paßte, daß die Damen inzwischen auch frauenrechtlerische Forderungen geäußert hatten.

Land League: von Michael Davitt 1870 gegründete Organisation. Durch Agitation und Boykottmaßnahmen versuchte die Land League die Vertreibung von Pächtern, die ihre Pacht nicht mehr bezahlen konnten, zu verhindern. Ein Fernziel der Land League war eine Landreform, die der armen katholischen bäuerlichen Bevölkerung Irlands eigenes Land geben sollte.

Lost Tribes: Im County Galway ansässige Familien, die der alten gälischen Oberschicht angehörten. Vermutlich wurden sie unter Cromwell ausgerottet.

O'Connell, Daniel: (1775–1847), irischer Politiker, Jurist. Wurde 1828 ins britische Parlament gewählt, konnte jedoch als Katholik seinen Sitz nicht einnehmen. Seit 1812 hatte O'Connell für katholische Emanzipation agitiert, d.h. für die rechtliche Gleichstellung der britischen und irischen Katholiken in allen Bereichen. Daß 1829 das britische Unterhaus die rechtliche Benachteiligung der Katholiken beendete, ist vor allem O'Connells Verdienst. Seit 1834 vertrat er im Unterhaus die Forderung nach einer Auflösung der Union zwischen Irland und England (s. *Union* und *Repeal*). Von der Young-Ireland-Bewegung und den Feniern (s. dort) wurde O'Connell immer stärker angegriffen, einerseits wegen seiner zaghaften Methoden, andererseits, weil er nichts für die arme irische Landbevölkerung tat, sondern letztlich seiner eigenen Klasse, den katholischen Grundbesitzern, diente.

Orangisten: ursprünglich Anhänger Wilhelms von Oranien, der 1690 den von den irischen Katholiken unterstützten letzten Stuart-König James II. besiegte; später: britische Loyalisten in Irland, die die protestantische Vorherrschaft sichern wollten und Irland als Teil des britischen Königreichs betrachteten, weshalb sie allen Äußerungen von irischem Nationalismus feindlich gegenüberstanden.

Order of the Irish Race: extremistische irisch-nationalistische Organisation gegen Ende des 19. Jahrhunderts, die jegliche Zusammenarbeit mit Protestanten ablehnte und folglich Parnell und dessen Home-Rule-Bewegung heftiger bekämpfte als die britische Regierung.

Pale: Gebiet an der irischen Ostküste mit Dublin im Mittelpunkt, das seit der Eroberung durch die Normannen 1169 zuerst unter normannischer, dann unter englischer Herrschaft stand, als im übrigen Land noch das alte gälische Gesellschaftssystem bestand.

Penal Laws: Zwischen 1695 und 1705 erlassener Gesetzeskatalog, der den irischen Katholiken sämtliche bürgerlichten Rechte nahm und die Höchstgrenze des für Katholiken zulässigen Eigentums festsetzte – beispielsweise durften sie kein Land erwerben oder vererben, kein Pferd besitzen, das mehr als fünf Pfund wert war, keine Universität besuchen und kein öffentliches Amt bekleiden. Diese Gesetze wurden erst gegen Ende des 18. Jahrhunderts schrittweise gelockert und 1830 endgültig aufgehoben.

Queenstown: englischer Name für die Hafenstadt Cobh in Südirland, in der Nähe von Cork.

Repeal: Bewegung in der ersten Hälfte des 19. Jahrhunderts, die die Auflösung der 1800 vollzogenen Union Irlands und Großbritanniens forderte, in der Hoffnung, Irland dadurch eine gewisse Autonomie zu sichern. Führer der Repeal-Bewegung war Daniel O'Connell (s. dort).

Ribbonmen: irische katholische Geheimorganisation im 18. und 19. Jahrhundert, vergleichbar den Whiteboys.

1798: mißglückter Aufstand in den Grafschaften Wexford und Mayo (dort mit französischer Unterstützung).

Sinn Féin: (irisch: »wir selber«) Radikaler Flügel der irischen Nationalisten, die sich ab 1900 unter der Führung von Arthur Griffith von der Irischen Partei im Parlament (geführt von Parnells Nachfolger John Redmond) distanzierte. Sinn Féin strebte eine wirtschaftlich und politisch selbständige Republik Irland an und suchte dieses Ziel durch Boykottaktionen, zivilen Ungehorsam und bewaffneten Aufstand (1916) zu erreichen.

Union: durch Parlamentserlaß im Jahre 1800 verfügte Auflösung des bisherigen Parlamentes in Dublin (das von der englischen Krone bereits im Jahre 1295 eingesetzt worden war). Von nun an wurde Irland direkt von London aus regiert, was in weiten Kreisen der irischen – katholischen wie protestantischen – Bevölkerung auf heftigen Widerstand stieß, da man glaubte, von nun an werde alles über die Köpfe der Betroffenen hinweg von Beamten in London entschieden, die keine Ahnung von den irischen Verhältnissen hatten.

Whiteboys: um 1760 in Munster entstandene bäuerliche Geheimorganisation mit dem Ziel, die Lebensverhältnisse der katholischen Landbevölkerung zu verbessern. Obwohl die Whiteboys ihre Aktivitäten weitgehend auf Südirland beschränkten, riefen sie bei den Protestanten in ganz Irland erhebliche Beunruhigung hervor und verhinderten damit einen überkonfessionellen Zusammenschluß zur Verfolgung gemeinsamer Interessen.

Young Ireland: irische Bewegung, die sich 1843 als Organisation zusammenschloß und die vollständige Loslösung Irlands von Großbritannien feierte. Ihr zentrales Organ war die Wochenzeitung *The Nation*, herausgegeben von Thomas Davis, einem Dichter, der viele der noch heute bekannten irischen Rebellenlieder verfaßte und erstmalig in seiner Zeitung veröffentlichte. Nach dem fehlgeschlagenen Aufstand von 1848 gingen die meisten prominenten Young-Ireland-Mitglieder auf den Kontinent oder in die USA ins Exil.